CHINA SYSTEM
EXAM
ANALYST INSTITUTE

全国计算机技术与软件专业
技术资格（水平）考试辅导丛书

系统架构设计师
教程

（第2版）

希赛IT教育研发中心 组编

张友生 王勇 主编

电子工业出版社
Publishing House of Electronics Industry
北京·BEIJING

内 容 简 介

本书由希赛 IT 教育研发中心组织编写，作为计算机技术与软件专业技术资格（水平）考试中的系统架构设计师级别的考试辅导指定教材。内容涵盖了最新的系统架构设计师考试大纲（2009 年版）的所有知识点，对系统架构设计师所必须掌握的理论基础知识做了详细的介绍，重在培养系统架构设计师所必须具备的专业技能和方法。

本书内容既是对系统架构设计师考试的总体纲领性的要求，也是系统架构设计师职业生涯的知识与技能体系。准备参加考试的人员可通过阅读本书掌握考试大纲规定的知识，把握考试重点和难点。

本书可作为系统架构设计师和系统分析师的工作手册，也可作为软件设计师、数据库系统工程师和网络工程师进一步发展的学习用书，还可作为计算机专业教师的教学参考书。

未经许可，不得以任何方式复制或抄袭本书之部分或全部内容。
版权所有，侵权必究。

图书在版编目（CIP）数据

系统架构设计师教程 / 张友生，王勇主编；希赛 IT 教育研究中心组编. —2 版. —北京：电子工业出版社，2009.7
（全国计算机技术与软件专业技术资格（水平）考试辅导丛书）
ISBN 978-7-121-08940-4

Ⅰ. 系… Ⅱ.①张…②王…③希… Ⅲ.计算机系统－工程技术人员－资格考核－自学参考资料
Ⅳ.TP30

中国版本图书馆 CIP 数据核字（2009）第 089122 号

责任编辑：高洪霞
印　　刷：北京天宇星印刷厂
装　　订：三河市皇庄路通装订厂
出版发行：电子工业出版社
　　　　　北京市海淀区万寿路 173 信箱　　邮编 100036
开　　本：787×1092　1/16　　印张：42.75　　字数：1274 千字
印　　次：2009 年 12 月第 2 次印刷
印　　数：4 001～5 500 册　　定价：79.00 元

凡所购买电子工业出版社图书有缺损问题，请向购买书店调换。若书店售缺，请与本社发行部联系，联系及邮购电话：（010）88254888。
质量投诉请发邮件至 zlts@phei.com.cn，盗版侵权举报请发邮件至 dbqq@phei.com.cn。
服务热线：（010）88258888。

前　言

随着信息系统的规模越来越大，复杂程度越来越高，整个系统的结构显得越来越重要。对于大规模的复杂信息系统来说，对总体的系统结构设计比起对计算的算法和数据结构的选择已经明显变得重要得多。在此种背景下，人们认识到系统架构的重要性，并认为对系统架构的系统、深入的研究将会成为提高生产率和解决维护问题的最有希望的新途径。然而，在专业的系统架构设计师的培养方面，国内还刚刚起步，企业对系统架构设计师的需求远远得不到满足。

目的

根据信息产业部和人事部联合发布的国人部发[2003]39 号文件把**系统架构设计师**开始列入了计算机技术与软件专业技术资格（水平）考试系列，**并且与系统分析师、网络规划设计师、信息系统项目管理师并列为高级资格。**这将为培养专业的系统架构设计师人才，推进国家信息化建设和软件产业化发展起到巨大的作用。

然而，计算机技术与软件专业资格（水平）考试是一个难度很大的考试。二十多年来，考生平均通过率比较低。主要原因是考试范围十分广泛，牵涉到计算机专业的每门课程，还要加上数学、外语、系统工程、信息化和知识产权等知识，且注重考查新技术和新方法的应用。考试不但注重广度，还有一定的深度。特别是高级资格考试，不但要求考生具有扎实的理论知识，还要具有丰富的实践经验。

对于系统架构设计师或者有志成为系统架构设计师的学习者而言，面对的最大困惑就是没有专业的指导书籍。因此，希赛 IT 教育研发中心组织编写了这本专业的系统架构设计师教程，作为计算机技术与软件专业资格（水平）考试中的系统架构设计师级别的考试辅导指定教材。

内容

本书内容涵盖了最新的系统架构设计师考试大纲（2009 年版）的所有知识点，对系统架构设计师所必须掌握的理论基础知识做了详细的介绍，重在培养系统架构设计师所必须具备的专业技能和方法。

本书内容既是对系统架构设计师考试的总体纲领性的要求，也是系统架构设计师职业生涯的知识与技能体系。准备参加考试的人员可通过阅读本书掌握考试大纲规定的知识，把握考试重点和难点。

本书可作为系统架构设计师和系统分析师的工作手册，也可作为软件设计师、数据库系统工程师和网络工程师进一步发展的学习用书，还可作为计算机专业教师的教学参考书。

关于作者

希赛是中国领先的 IT 教育和互联网技术公司，在 IT 人才培养、行业信息化、互联网服务及其他技术方面，希赛始终保持 IT 业界的领先地位。希赛对国家信息化建设和软件产业化发展具有强烈的使命感，利用希赛顾问网（www.CSAI.cn）强大的平台优势，加强与促进 IT 人士之间的信息交流和共享，实现 IT 价值。

希赛 IT 教育研发中心（以下简称"希赛教育"）是希赛公司下属的一个专门从事 IT 教育、教育产品开发、教育书籍编写的部门，在 IT 教育方面具有极高的权威性。特别是在 IT 在线教育方面，稳居国内首位，希赛教育的远程教育模式得到了国家教育部门的认可和推广。"让每个人随时随地享受 IT 教育"是希赛教育不懈努力和追求的目标。

本书由希赛 IT 教育研发中心组织编写，参加编写的人员来自企业研发团队，具有丰富的软件开发和架构设计经验。本书由张友生和王勇主编。全书分为 20 章。第 1 章由彭世强编写，第 2 章由周峻松编写，第 3、7 章由张友生、徐锋编写，第 4 章由黄云志编写，第 5、9 章由戎橄编写，第 6 章由张友生、吴小军编写，第 8 章由漆英编写，第 10、13、18 章由殷建民编写，第 11 章由高新岩编写，第 12、14 章由王乐鹏编写，第 15 章由陈江鸿编写，第 16 章由陈建忠编写，第 17、19 章由王勇编写，第 20 章由刘兴编写。

致谢

在本书的编写过程中，参考了许多相关的文献和书籍，作者在此对这些参考文献的作者表示感谢。

感谢电子工业出版社孙学瑛老师，她在本书的策划、选题的申报、写作大纲的确定，以及编辑、出版等方面，付出了辛勤的劳动和智慧，给予了我们很多的支持和帮助。

感谢希赛教育系统架构设计师学员，感谢本书第一版的读者，正是他们的想法汇成了本书的源动力，他们的意见使本书更加贴近读者。

由于作者水平有限，且本书涉及的内容很广，书中难免存在错漏和不妥之处，作者诚恳地期望各位专家和读者不吝指正和帮助，对此，作者将十分感激。

交流

有关本书的意见反馈和咨询，读者可在希赛教育网（www.educity.cn）社区中的"书评在线"版块的"希赛 IT 教育研发中心"栏目上与作者进行交流。

希赛 IT 教育研发中心

2009 年 5 月

目录

第1章 操作系统

本章主要介绍操作系统的基本概念及其形成、发展历史和主要类型，并指出操作系统的5大管理功能。掌握操作系统原理的关键在于深入理解"一个观点、两条线索"——一个观点是以资源管理的观点来定义操作系统；两条线索是操作系统如何管理计算机各类资源和控制程序的执行。操作系统如何实现对这些资源的管理，其内涵、设计和实现是本章的主要内容。

1.1 操作系统的类型与结构

计算机系统由硬件和软件两部分组成。操作系统是计算机系统中最基本的系统软件，它既管理计算机系统的软、硬件资源，又控制程序的执行。操作系统随着计算机研究和应用的发展进步形成并日趋成熟，它为用户使用计算机提供了一个良好的环境，从而使用户能充分利用计算机资源，提高系统的效率。操作系统的基本类型有：批处理操作系统、分时操作系统和实时操作系统。从资源管理的观点看，操作系统主要是对处理器、存储器、文件、设备和作业进行管理。

1.1.1 操作系统的定义

操作系统（Operating System，OS）是计算机系统中的核心系统软件，负责管理和控制计算机系统中的硬件和软件资源，合理地组织计算机工作流程和有效地利用资源，在计算机与用户之间起接口的作用。操作系统与硬件/软件的关系如图1-1所示。

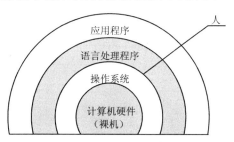

图 1-1　操作系统与硬件/软件的关系

1.1.2 操作系统分类

按照操作系统的功能划分，操作系统的基本类型有批处理操作系统、分时操作系统、实时操作系统、网络操作系统、分布式操作系统、嵌入式操作系统等。

1. 批处理操作系统

在批处理操作系统（Batch Processing Operating System，BPOS）中，系统操作员将作业成批地输入计算机，由操作系统选择作业调入内存加以处理，最后由操作员将运行结果交给用户。

批处理操作系统有两个特点：一是"多道"，指系统内可同时容纳多个作业；二是"成批"，指系统能成批自动运行多个作业，在运行过程中不允许用户与其作业发生交互作用。所以，合理地调度和管理系统资源是操作系统的主要任务。资源使用的有效性和作业的吞吐量是多道批处理操作系统的主要设计目标，同时也要兼顾作业的周转时间。

2．分时操作系统

在计算机体系结构发展中，引进了中断和通道技术，于是就有了分时的概念。分时操作系统（Time Share Operating System，TSOS）是指一台计算机连接多个终端，系统把CPU（Central Process Unit，中央处理单元）时间分为若干时间片，采用时间片轮转的方式处理用户的服务请求。对每个用户能保证足够快的响应时间，并提供交互会话能力。在计算机系统中，分时的概念是指两个或两个以上事件按时间划分轮流地使用系统中的某一资源。实际上，在多道程序系统中，内存中的诸作业程序也是分时使用CPU的。分时操作系统具有多用户同时性、交互性、独立性、及时性等特点。

3．实时操作系统

计算机不但广泛应用于科学计算和数据处理方面，也广泛应用于工业生产过程中的通常称之为实时控制的自动控制，实验室中的实验过程控制，导弹发射控制，票证预订管理等应用领域。实时系统是随着计算机应用于实时控制和实时信息处理领域中而发展起来的。"实时"是指及时响应随机发生的外部事件的请求，并以足够快的速度完成对外部事件的处理，控制所有实时设备和实时任务协调一致地运行。实时系统包括实时控制系统和实时处理系统。实时控制指生产过程控制等。实时处理指实验数据采集、订票系统等；实时系统的主要特点是及时性和高可靠性。

4．网络操作系统

网络操作系统（Network Operating System，NOS）是建立在各结点计算机的操作系统之上，用于管理网络通信和共享资源，协调各结点计算机上任务的运行，并向用户提供统一、有效的网络接口的一组系统软件。网络用户只有通过网络操作系统才能为其提供各种网络服务。网络操作系统的主要任务是用统一的方法管理整个网络中共享资源的使用和协调处理任务。它应具有下述4个基本功能：

（1）网络通信。实现源计算机与目标计算机之间的无差错数据传输。它包括为通信双方建立通信链路；对传输过程中的数据差错进行检查和校正，并使发送、接收速度匹配；在传输任务完成后，拆除通信链路。

（2）资源管理。采用统一、有效的方法协调多个用户对共享资源的使用，使用户能很方便地使用远程资源。对资源的具体管理和控制，仍由其主机的操作系统实现。

（3）提供多种网络服务。主要的网络服务有：远程作业录入服务，使用户能将作业传输到远程结点计算机进行批处理，并将结果回送给用户；电子邮件服务，为用户传输实时和非实时的电子邮件；文件传送、访问和管理服务，使用户能方便地访问远程结点的文件。

（4）提供网络接口。向网络用户提供统一、有效的网络共享资源和得到网络服务的网络接口。

5．分布式操作系统

从计算机发展趋势来看，计算机的体系结构开始向并行处理技术和多处理机的计算机系统结构的方向发展。分布式操作系统是为分布式计算机系统配置的操作系统。它在多计算机系统环境下，负责控制和管理以协同方式工作的各类系统资源和分布式进程的同步，并执行和处理机间的通信、调度与分配等控制事务，自动实行全系统范围内的任务分配和负载平衡。它是具有高度并行性、故障检测和重构能力的一种高级软件系统。

分布式操作系统（Distributed Operating System，DOS）与网络操作系统都工作在一个由多台计算机组成的系统中，这些计算机之间可以通过一些传输设备来进行通信和共享系统资源。分布式操作系统更倾向于任务的协同执行，并且各系统之间无主次之分，也无须采用标准的通信协议进行通信。它基本上废弃（或改造）了各单机的操作系统，整个网络设有单一的操作系统，由这个操作系统负责整个系统的资源分配和调度，为用户提供统一的界面。用户在使用分布式操作系统时，不需要像使用网络操作系统那样指明资源在哪台计算机上，因此分布式操作系统的透明性、坚强性、统一性及系统效率都比网络操作系统要强，但实现起来难度也大。

6．嵌入式操作系统

嵌入式系统将操作系统和功能软件集成于计算机硬件系统之中，简单地说就是系统的软件与系统的硬件一体化，类似于 BIOS（Basic Input Output System，基本输入/输出系统）的工作方式，具有软件体积小，高度自动化，响应速度快等特点。

根据 IEEE（Institute of Electrical and Electronics Engineers，美国电气和电子工程师协会）的定义，嵌入式系统是用于控制、监视或者辅助操作机器和设备的装置。此定义是从应用方面考虑的，嵌入式系统是软件和硬件的综合体，还可以涵盖机电等附属装置。

嵌入式系统是以应用为中心、以计算机技术为基础、软硬件可裁减，对功能、可靠性、成本、体积、功耗严格要求的专用计算机系统。广而言之，可以认为凡是带有微处理器的专用软硬件系统都可以称为嵌入式系统。嵌入式系统采用"量体裁衣"的方式把所需的功能嵌入到各种应用系统中，它融合了计算机软硬件技术、通信技术和半导体微电子技术，是信息技术的最终产品。

有关嵌入式操作系统的详细知识，将在第 11 章进行介绍。

1.2　操作系统基本原理

操作系统的主要功能是进行处理机与进程管理、存储管理、设备管理、文件管理和作业管理，本节讨论操作系统是如何完成这些功能的。

1.2.1　处理机与进程管理

处理机是计算机系统的核心资源。操作系统的功能之一就是处理机管理。随着计算机的迅速发展，处理机管理显得更为重要，这主要由于：计算机的速度越来越快，处理机的充分利用有利于系统效率的大大提高；处理机管理是整个操作系统的重心所在，其管理的好坏直接影响到整个系统的运行效率；而且操作系统中并发活动的管理和控制是在处理机管理下实现的，它集中了操作系统中最复杂的部分，它设计得好坏关系到整个系统的成败。

进程（process）是处理机管理中最基本的、最重要的概念。进程是系统并发执行的体现。

由于在多道程序系统中，众多的计算机用户都以各种各样的任务，随时随地争夺使用处理机。为了动态地看待操作系统，以进程作为独立运行的基本单位，以进程作为分配资源的基本单位，从进程的观点来研究操作系统。因此，处理机管理也被称为进程管理。处理机管理的功能就是组织和协调用户对处理机的争夺使用，把处理机分配给进程，对进程进行管理和控制，以最大限度发挥处理机的作用。

1. 进程的概念

用静态的观点看，操作系统是一组程序和表格的集合。用动态的观点看，操作系统是进程的动态和并发执行的。而进程的概念实际上是程序这一概念发展的产物。因此，可以从分析程序的基本特征入手，引出"进程"的概念。

顺序程序是指程序中若干操作必须按照某种先后次序来执行，并且每次操作前和操作后的数据、状态之间都有一定的关系。在早期的程序设计中，程序一般都是顺序地执行的。

在多道程序系统中，程序的运行环境发生了很大的变化。主要体现在：

（1）资源共享。为了提高资源的利用率，计算机系统中的资源不再由一道程序专用，而是由多道程序共同使用。

（2）程序的并发执行或并行执行。逻辑上讲：允许多道不同用户的程序并行运行；允许一个用户程序内部完成不同操作的程序段之间并行运行；允许操作系统内部不同的程序之间并行运行。物理上讲：内存储器中保存多个程序，I/O 设备被多个程序交替地共享使用；多处理机系统的情形下，表现为多个程序在各自的处理机上运行，执行时间是重迭的。单处理机系统时，程序的执行表现为多道程序交替地在处理机上相互穿插运行。

实际上，在多道程序系统中，程序的并行执行和资源共享之间是相辅相成的。一方面，只有允许程序并行执行，才可能存在资源共享的问题；另一方面，只有有效地实现资源共享，才可能使得程序并行执行。

这样，可增强计算机系统的处理能力和提高机器的利用率。并发操作实际上是这样的事实：大多数程序段只要求操作在时间上是有序的，也就是有些操作必须在其他操作之前。这是有序的，但其中有些操作却可以同时进行。

2. 进程的定义与分类

由于多道程序系统环境下并行程序执行的特征：并发性、动态性、开放性和相互制约，这样，使用程序的概念就不能如实地反映程序活动的这些特征，必须引入新的概念——进程。操作系统内在最本质的特征是动态性和并发性，而进程正反映了动态性和并发性等特征。

程序的并行执行具有如下特征：

（1）并发性。即并发程序的若干个程序段同时在系统中运行，这些程序段的执行在时间上是重迭的，一个程序段的执行尚未结束，另一个程序段的执行已经开始，即使这种重迭是很小的一部分，也称这几个程序段是并发执行的。

（2）动态性。指程序与其执行活动不再一一对应。并发程序中的并发活动是动态产生、动态消亡的。例如，几道并发执行的 C 语言程序共享 C 编译系统，在这种情况下，一个编译程序能同时为多道程序服务，每个程序调用一次就是执行一次，即这个编译程序对应多个执行活动。

（3）开放性。指系统中并发执行的程序共享使用的资源，程序的执行与外部因素（如执行速度）相关，不再具有封闭性。

（4）相互制约性。指程序的动态活动相互依赖、相互制约。其制约关系可分为间接制约关系和直接制约关系两种：间接制约关系是指相互无逻辑关系的用户程序之间竞争使用资源所发生的制约关系；直接制约关系是指存在逻辑关系的程序之间相互等待而发生的制约关系。通过程序活动的这种相互制约关系，才能保证程序的正确运行。

系统中同时存在许多进程，它们依性质不同可分为几种不同的类别：

（1）系统进程和用户进程。一般来讲，在管态下执行的进程称为系统进程；在目态下执行的进程称为用户进程。系统进程起着资源管理和控制的作用；用户进程是为用户任务而建立的进程。

（2）父进程和子进程。系统或用户首先创建的进程称为父进程；在父进程下面的进程称为子进程。父子进程间存在着某些控制结构和控制关系，因此可以定义一个进程图。进程图是一棵有向的、包含一个根节点的树。节点表示进程，记为 Pi，从节点 Pi 到节点 Pj 的一条边表示进程 Pj 是由进程 Pi 创建的。其中，称 Pi 是 Pj 的父进程，而 Pj 则是 Pi 的子进程。如图 1-2 所示。

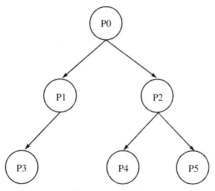

图 1-2　进程图

进程图反映了进程间的父、子关系，创建与被创建关系，控制与被控制关系，反映了进程间的层次关系。同一个进程下属的所有进程称为一个进程族，即协调完成同一任务的进程集合同属于一个进程族。父、子进程间的关系主要如下：

（1）进程控制。任何一个进程只能由其直接的父进程创建，进程也只能被其父进程删除。而且当删除某一中间进程（即非叶子节点）时，同时隐含地删除其所属的所有各级子进程。父进程能对其下属的各级子孙进程实施控制，如挂起某个子孙进程。而子进程无权对其父进程实施控制。

（2）运行方式。父进程一旦创建了进程后，可以选择父、子进程同时运行的方式；父进程也可以等待子进程的运行，直至全部子进程结束后，才开始重新运行。

（3）资源共享。可以选择两种不同的资源共享方式：一是子进程可共享父进程所拥有的全部资源；二是子进程仅能共享父进程的部分资源。

3. 进程的状态转换

由进程运行的向断性，决定了进程至少具有下述三种状态。

（1）就绪状态。当进程已分配了除 CPU 以外的所有必要的资源后，只要能再获得处理机，便能立即执行，把进程这时的状态称为就绪状态。在一个系统中，可以有多个进程同时处于就绪状态，通常把它们排成一个队列，称为就绪队列。

（2）执行状态指进程已获得处理机，其程序正在执行。在单处理机系统中，只能有一个进程处于执行状态。

（3）阻塞状态进程因发生某事件（如请求 I/O、申请缓冲空间等）而暂停执行时的状态，亦即进程的执行受到阻塞，故称这种暂停状态为阻塞状态，有时也称为"等待"状态，或"睡眠"状态。通常将处于阻塞状态的进程排成一个队列，称为阻塞队列。

进程的状态随着自身的推进和外界的变化而变化。例如，就绪状态的进程被进程调度程序选中进入执行状态；执行状态的进程因等待某一事件的发生转入等待状态；等待状态的进程所等待事件来到便进入就绪状态。进程的状态可以动态地相互转换，但阻塞状态的进程不能直接进入执行状态，就绪状态的进程不能直接进入阻塞状态。在任何时刻，任何进程都处于且只能处于某一状态。

进程状态的变化情况如下。

（1）运行态→等待态：一个进程运行中启动了外围设备，它就变成等待外围设备传输信息的状态；进程在运行中申请资源（主存储空间及外围设备因得不到满足）时，变成等待资源状态，进程在运行中出现了故障（程序出错或主存储器读写错等），变成等待干预状态。

（2）等待态→就绪态：外围设备工作结束后等待外围设备传输信息的进程结束等待；等待的资源能得到满足时（另一个进程归还了资源），则等待资源者结束等待；故障排队后让等待干预的进程结束等待，任何一个结束等待的进程必须先变成就绪状态，待分配到处理器后才能运行。

（3）运行态→就绪态：进程用完了一个使用处理器的时间后强迫该进程暂时让出处理器，当有更优先权的进程要运行时也迫使正在运行的进程让出处理器。由于自身或外界原因成为等待状态的进程让出处理器时，它的状态就变成就绪状态。

（4）就绪态→运行态：等待分配处理器的进程，系统按一种选定的策略从处于就绪状态的进程中选择一个进程，让它占用处理器，那个被选中的进程就变成了运行态。

图 1-3 表示了进程的三种基本状态及各状态之间的转换。

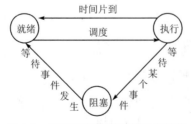

图 1-3　进程三态模型及其状态转换

3．关于挂起状态

在不少系统中，进程只有图 1-3 所示的三种状态。但在另一些系统中，又增加了一些新状态，其中最重要的是挂起状态。引入挂起状态的原因有：

（1）对换的需要。为了缓和内存紧张的情况，而将内存中处于阻塞状态的进程换至外存上，使进程又处于一种有别于阻塞状态的新状态。因为即使该进程所期待的事件发生，该进程仍不具备执行条件而不能进入就绪队列，称这种状态为挂起状态。

（2）终端用户的请求。当终端用户在自己的程序运行期间，发现有可疑问题时。往往希望使自己的进程暂停下来。也就是说，使正在执行的进程暂停执行，若是就绪进程，则不接受调度以便研究其执行情况或对程序进行修改。把这种静止状态也称为挂起状态。

（3）父进程请求。父进程常希望挂起自己的子进程，以便考查和修改子进程，或者协调各子进程间的活动。

（4）负荷调节的需要。当实时系统中的工作负荷较重，有可能影响到对实时任务的控制时，可由系统把一些不重要的进程挂起，以保证系统能正常运行。

（5）操作系统的需要。操作系统希望挂起某些进程，以便检查运行中资源的使用情况及进行记账。

由上所述，不难了解挂起状态具有下述三个属性：

（1）被挂起的进程，原来可能处于就绪状态，此时进程（被挂起）的状态称为挂起就绪；若被挂起的进程原来可能处于阻塞状态，此时的状态称为挂起阻塞。不论哪种状态。该进程都是不可能被调度而执行的。

（2）处于挂起阻塞状态的进程，其阻塞条件与挂起条件无关；当进程所期待的事件出现后，进程虽不再被阻塞，但仍不能运行，这时，应将该进程从静止阻塞转换为挂起就绪。

（3）进程可以由其自身挂起，也可由用户或操作系统等将之挂起。其目的都在于阻止进程继续运行，被挂起的进程是只能用显式方式来激活，以便从挂起状态中解脱出来。

图 1-4 演示出了具有挂起操作的进程状态演变情况。

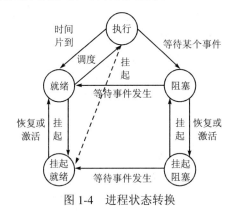

图 1-4　进程状态转换

4．进程控制块

进程是可以与其他程序并发执行的段程序的一次执行过程，是系统进行资源分配和调度的基本单位。进程是一个程序关于某个数据集的一次运行。也就是说，进程是运行中的程序，是程序的一次运行活动。相对于程序，进程是一个动态的概念，而程序是静态的概念，是指令的集合。因此，进程具有动态性和并发性。

从静态的角度看，进程实体由程序块、进程控制块（Process Control Block，PCB）和数据块三部分组成。程序块描述该进程所要完成的任务；数据块包括程序在执行时所需要的数据和工作区。进程控制块包括进程的描述信息、控制信息、资源管理信息和 CPU 现场保护信息等，反映了进程的动态特性。进程控制块如图 1-5 所示。

| 进程标识 | 状态 | 优先级 | 控制信息 | 队列 | 访问权限 | 现场 |

图 1-5　进程控制块

PCB 是进程存在的唯一标志，PCB 描述了进程的基本情况。系统根据 PCB 感知进程的存在，和通过 PCB 中所包含的各项变量的变化，掌握进程所处的状态，以达到控制进程活动的目的。在创建一个进程时，应首先创建其 PCB，然后才能根据 PCB 中的信息对进程实施有效的管理和控制。当一个进程完成其功能后，系统则释放 PCB，进程也随之消亡。一般情况下，进程的 PCB 结构都是全部或部分常驻内存的。

在进程控制块中，主要包含下述 5 方面的内容：

（1）进程标志符。进程标志符用于唯一地标示一个进程。一个进程通常有以下两种标志符：

- 内部标志符。在所有操作系统中，都为每一个进程赋予一个唯一的数字标志符，通常是一个进程的序号。设置内部标志符主要是为了方便系统使用。
- 外部标志符。它由创建者提供，通常是由字母、数字所组成的，往往由用户（进程）在访问该进程时使用。

为了描述进程的家族关系，还应设置父进程标志符及若干子进程标志符。设置用户标志符，以指示拥有该进程的用户。

（2）处理机状态信息。处理机状态信息主要是由处理机各种寄存器中的内容组成的。处理机在运行时，许多信息都放在寄存器中。当处理机被中断时，所有这些信息都必须保存在 PCB 中，以便在该进程重新执行时，能从断点继续执行。这组寄存器包括：

- 通用寄存器。又称为用户可视寄存器。它们是用户程序可以访问的，用于暂存信息。在大多数处理机中有 8～32 个通用寄存器。在 RISC（Reduced Instruction Set Computer，精简指令集计算机）结构的计算机中，可超过 100 个。
- 指令计数器。其中存放了要访问的下一条指令的地址。
- 程序状态字 PWS。其中含有状态信息，如条件码、执行方式、中断屏蔽标志等。
- 用户栈指针。每个用户进程有一个或若干个与之相关的系统栈，用于存放过程和系统调用参数及调用地址，栈指针指向该栈的栈顶。

（3）进程调度信息。在 PCB 中还存放一些与进程调度和进程转换有关的信息，包括：

- 进程状态。指明进程的当前状态，作为进程调度和转换时的依据。
- 进程优先级。是用于描述进程使用处理机的优先级别的一个整数，优先级高的进程应优先获得处理机。
- 进程调度所需的其他信息。它们与所采用的进程调度算法有关。例如，进程已等待 CPU

的时间总和、进程已执行的时间总和等。

- 事件。是指进程由执行状态转变为阻塞状态所等待发生的事件。

（4）进程控制信息。进程控制信息包括：

- 程序和数据地址。是指进程程序和数据所在的内存或外存地址，以便再调度该进程执行时，能从 PCB 中找到其程序和数据。
- 进程同步和通信机制。指实现进程同步和进程通信时必需的机制，如消息队列指针，信号量等，它们可能全部或部分地放在 PCB 中。
- 资源清单。是一张列出了除 CPU 以外的、进程所需的全部资源及已经分配到该进程的资源的清单。
- 链接指针。它给出了本进程所在队列中的下一个进程的 PCB 首地址。

（5）PCB 的组织方式。在一个系统中，可拥有数十个、数百个乃至数千个 PCB。为便于管理，应按照一定的方式将它们组织起来。目前最常用的组织方式是链接方式，即将具有相同状态的 PCB（含未用的空白 PCB），通过链接指针链接成几个队列。这样，可以形成就绪队列、若干个阻塞队列和空白 PCB 队列等。

5. 进程控制

进程控制是通过进程控制原语实现的。用于进程控制的原语主要包括：创建原语、阻塞原语、撤销原语、唤醒原语、优先级原语和调度原语。在操作系统中，原语是一个不可分割的基本单位。它们可以被系统本身调用，有的也以软中断形式供用户进程调用。

通常操作系统中设置三种队列：执行队列、就绪队列和阻塞队列，队列的类型与状态机的状态设置有关。在单处理器系统中执行队列只有一个成员。一般阻塞队列的个数取决于等待事件（原因）的个数。新创建的进程处于就绪队列。

（1）创建原语。用来创建一个新进程。即当前运行进程从空白 PCB 队列中申请一个空白 PCB，同时获得该进程的内部标识；然后将有关参数（如进程的优先级、CPU 的初始状态、内存大小和资源清单等）填入新创建进程 PCB 中，并置这个新进程的状态为"就绪"；最后，把这个填好的 PCB 插入到进程的就绪队列中，新进程即随之产生。新建立的进程开始处于就绪状态。大多数进程是在系统运行过程中动态地产生的。常用建立进程的方法有两种：一种是创建法，操作系统对外提供一条创建进程的原语，该原语的功能是为调用者动态地建立一个所需的进程，所有的用户进程和许多的系统进程均是用这种方法创建的；另一种方法是生成法，在系统生成的同时，就建立一些系统进程，并永久地常驻在系统内部。创建进程的重要工作是建立PCB，并装配进程的实体。

（2）阻塞原语。当运行进程所期待的某一事件尚未出现时，运行进程就调用阻塞原语把自己阻塞起来。因运行进程正处于运行状态，故先中断 CPU 停止该进程的运行，并把 CPU 现场信息保存到 PCB 中；然后该进程为"阻塞"状态，并将其 PCB 插入到进程的阻塞队列中，最后执行进程调度程序，按照某种调度算法从进程的就绪队列中选取一个就绪进程投入运行。阻塞原语也可将指定的进程变为阻塞状态。

（3）唤醒原语。当被阻塞的进程所期待的事件出现时，由当前运行进程执行唤醒原语来唤醒被阻塞的进程。即将期待该事件的阻塞进程从阻塞队列中摘下来，再将其置为"就绪"状态后插入就绪队列中。运行进程继续执行。

（4）撤销原语。当一个进程完成其规定的任务后应予以撤销。即通过调用者提供的进程标志符作为索引，到 PCB 集合中寻找对应的 PCB，并获得该进程的内部标识及状态。若该进程处于运行状态，则中断 CPU 停止该进程的执行，并设置重新进行进程调度的标志，同时撤销该进程及其子孙进程，并回收被撤销进程的所有资源及 PCB。若重新调度的标志为真，则执行进程调度程序重新选择一个就绪进程投入运行。

6. 进程互斥与同步

进程互斥定义为：一组并发进程中一个或多个程序段，因共享某一共有资源而导致必须以一个不允许交叉执行的单位执行。也就是说互斥是要保证临界资源在某一时刻只被一个进程访问。

进程同步定义为：把异步环境下的一组并发进程因直接制约而互相发送消息而进行互相合作、互相等待，使得各进程按一定的速度执行的过程称为进程同步。也就是说进程之间是异步执行的，同步即是使各进程按一定的制约顺序和速度执行。

系统中有些资源可以供多个进程同时使用，有些资源则一次仅允许一个进程使用，将一次仅允许一个进程使用的资源称为临界资源（Critical Resourse），很多物理设备如打印机、磁带机等都属于临界资源，某些软件的变量、数据、表格也不允许两个进程同时使用，所以也是临界资源。

进程在并发执行中可以共享系统中的资源。但是临界资源的访问则必须互斥进行，即各进程对临界资源进行操作的那段程序的执行也须是互斥的，只有这样才能保证对临界资源的互斥访问。把一个进程访问临界资源的那段程序代码称为临界区（Critical section）有了临界区的概念，进程间的互斥就可以描述为：禁止两个及以上的进程同时进入访问同一临界资源的临界区。为此，必须有专门的同步机构来协调它们，协调准则如下：

（1）空闲让进。无进程处于临界区时，若有进程要求进入临界区则立即允许其进入。

（2）忙则等待。当已有进程进入其临界区时，其他试图进入各自临界区的进程必须等待，以保证诸进程互斥地进入临界区。

（3）有限等待。有若干进程要求进入临界区时，应在有限时间内使一进程进入临界区，即它们不应相互等待而谁也不进入临界区。

（4）让权等待。对于等待进入临界区的进程，必须释放其占有的 CPU。

信号量可以有效地实现进程的同步和互斥。在操作系统中，信号量是一个整数。当信号量大于等于零时，代表可供并发进程使用的资源实体数，当信号量小于零时则表示正在等待使用临界区的进程数。建立一个信号量必须说明所建信号量所代表的意义和设置初值，以及建立相应的数据结构，以便指向那些等待使用该临界区的进程。

对信号量只能施加特殊的操作：P 操作和 V 操作。P 操作和 V 操作都是不可分割的原子操作，也称为原语，因此，P 原语和 V 原语执行期间不允许中断发生。

P（sem）操作的作用是将信号量 sem 值减 1，若 sem 的值成负数，则调用 P 操作的进程暂停执行，直到另一个进程对同一信号量做 V 操作。V（sem）操作的作用是将信号量 sem 值加 1，若 sem 的值小于等于 0，从相应队列（与 sem 有关的队列）中选一个进程，唤醒它。

一般 P 操作与 V 操作的定义如下所述：

P 操作：

P（sem）{

```
sem = sem-1;
if（sem<0）进程进入等待状态;
else 继续进行; }
    V 操作：
    V（sem）{
    sem = sem+1;
if（sem≤0）唤醒队列中的一个等待进程;
else 继续进行; }
```

为了保护共享资源（如公共变量等），使它们不被多个进程同时访问，就要阻止这些进程同时执行访问这些资源（临界资源）的代码段（临界区）；进程互斥不允许两个以上共享临界资源的并发进程同时进入临界区。利用 P、V 原语和信号量可以方便地解决并发进程对临界区的进程互斥问题。

设信号量 mutex 是用于互斥的信号量，初值为1，表示没有并发进程使用该临界区。于是各并发进程的临界区可改写成下列形式的代码段：

```
P（mutex）;
    临界区
V（mutex）;
```

要用 P，V 操作实现进程同步，需要引进私用信号量。私用信号量只与制约进程和被制约进程有关，而不是与整组并发进程相关。与此相对，进程互斥使用的信号量为公用信号量。首先为各并发进程设置私用信号量，然后为私用信号量赋初值，最后利用 P，V 原语和私用信号量规定各进程的执行顺序。

经典同步问题的例子是生产者－消费者问题。这要求存后再取，取后再存，即有两个制约关系,为此,需要两个信号量,表示缓冲区中的空单元数和非空单元数,记为 Bufempty 和 Buffull,它们的初值分别是 1 和 0，相应的程序段形式是：

```
生产者
loop
    生产一产品 next;
    P（Bufempty）;
    next 产品存缓冲区;
    V（Buffull）;
endloop
消费者
loop
    P（Buffulll）;
    V（Bufempty）;
    从缓冲区中取产品;
    使用产品;
endloop
```

7. 进程通信与管程

通信（Communication）即在进程间传送数据。一般来说，进程间的通信根据通信内容可以划分为两种：控制信息的传送和大批量数据的传送。把控制信息的传送称为低级通信，而把大批量数据的传送称为高级通信。进程的同步和互斥是通过信号量进行通信来实现的，属于低级通信。高级通信原语则提供两种通信方式：有缓冲区的通信和无缓冲区的通信。

汉森（Brinch Hansen）和霍尔（Hoare）提出了一个新的同步机制——管程。管程是一个由过程、变量及数据结构等组成的集合，即把系统中的资源用数据抽象地表示出来。这样，对资源的管理就可以用数据及在其上实施操作的若干过程来表示，而代表共享资源的数据及在其上操作的一组过程就构成了管程。进程可以在任何需要资源的时候调用管程，且在任一时刻最多只有一个进程能够真正地进入管程，而其他调用进程则只能等待。由此看来，管程实现了进程之间的互斥，使临界区互斥实现了自动化，它比信号量更容易保证并发进程的正确性。管程结构如图1-6所示。

图1-6　管程结构

8. 进程调度与死锁

进程调度即处理器调度（又称上下文转换），它的主要功能是确定在什么时候分配处理器，并确定分给哪一个进程，即让正在执行的进程改变状态并转入就绪队列的队尾，再由调度原语将就绪队列的队首进程取出，投入执行。

引起进程调度的原因有以下几类：

（1）正在执行的进程执行完毕。

（2）执行中的进程自己调用阻塞原语将自己阻塞起来进入睡眠状态。

（3）执行中的进程调用了 P 原语操作，从而因资源不足而阻塞；或调用 V 原语操作激活了等待资源的进程队列。

（4）在分时系统中，当一进程用完一个时间片时，将引起进程高度。

（5）就绪队列中某进程的优先级变得高于当前执行进程的优先级，也将引起进程调度。

进程调度的方式有两类：剥夺方式与非剥夺方式。所谓非剥夺方式是指，一旦某个作业或进程占有了处理器，别的进程就不能把处理器从这个进程手中夺走，直到该进程自己因调用原语操作而进入阻塞状态，或时间片用完而让出处理机；剥夺方式是指，当就绪队列中一旦有进程的优先级高于当前执行进程的优先级时，便立即发生进程调度，转让处理机。

进程调度的算法是服务于系统目标的策略，对于不同的系统与系统目标，常采用不同的调度算法：

（1）先来先服务（First Come and First Served，FCFS）调度算法，又称先进先出（First In and First Out，FIFO）。就绪队列按先来后到原则排队。

（2）优先数调度。优先数反映了进程优先级，就绪队列按优先数排队。有两种确定优先级的方法，即静态优先级和动态优先级。静态优先级是指进程的优先级在进程开始执行前确定，执行过程中不变，而动态优先级则可以在进程执行过程中改变。

（3）轮转法（Round Robin）。就绪队列按 FCFS 方式排队。每个进程执行一次占有处理器时间都不超过规定的时间单位（时间片）。若超过，则自行释放自己所占有的 CPU 而排到就绪队列的末尾，等待下一次调度。同时，进程调度程序又去调度当前就绪队列中的第一个进程。

进程管理是操作系统的核心，在进程管理的实现中，如果设计不当，会出现一种尴尬的局面——死锁。

当若干个进程互相竞争对方已占有的资源，无限期地等待，不能向前推进时会造成"死锁"。例如，P1进程占有资源R1，P2进程占有资源R2，这时，P1又需要资源R2，P2也需要资源R1，它们在等待对方占有的资源时，又不会释放自己占有的资源，因而使双方都进入了无限等待状态。

死锁是系统的一种出错状态，它不仅浪费大量的系统资源，甚至会导致整个系统的崩溃，所以死锁是应该尽量预防和避免的。

（1）死锁条件。产生死锁的主要原因是供共享的系统资源不足，资源分配策略和进程的推进顺序不当。系统资源既可能是可重复使用的永久性资源，也可能是消耗性的临时资源。产生死锁的必要条件是：互斥条件、保持和等待条件、不剥夺条件和环路等待条件。

（2）解决死锁的策略。处于死锁状态的进程不能继续执行又占有了系统资源，从而会阻碍其他作业的执行。

解决死锁有两种策略：一种是在死锁发生前采用的预防和避免策略；另一种是在死锁发生后采用的检测与恢复策略。

死锁的预防主要是通过打破死锁产生的4个必要条件之一来保证不会产生死锁。采用的死锁预防策略通常有资源的静态分配法或有序分配法，它们分别打破了资源动态分配条件和循环等待条件，因此不会发生死锁。但这样做会大大降低系统资源的利用率和进程之间的并行程度。

死锁避免策略，则是在系统进行资源分配时，先执行一个死锁避免算法（典型的如银行家算法），来保证本次分配不会导致死锁的发生。由于资源分配很频繁，因此死锁避免策略要耗费大量的CPU时间。

> **希赛教育专家提示**：实际上，系统出现死锁的概率很小，故从系统所花的代价上看，采用死锁发生后的检测与恢复策略要比采用死锁发生前的预防与避免策略代价小一些。

9. 线程

在支持线程的操作系统中，线程是进程中的一个实体，是系统实施调度的独立单位。线程只拥有一些在运行中必不可少的资源，它与属于同一个进程的其他线程共享该进程所拥有的资源。各线程之间可以并发地运行。线程切换时只需保存和设置少量寄存器的内容，而并不涉及存储器管理方面的操作，所以线程切换的开销远远小于进程的切换（原运行进程状态的切换还要引起资源转移及现场保护等问题）。同一个进程中的多个线程共享同一个地址空间，这使得线程之间同步和通信的实现也比较容易。

1.2.2 存储管理

存储器是计算机系统中最重要的资源之一。因为任何程序和数据及各种控制用的数据结构都必须占有一定的存储空间，因此，存储管理直接影响系统性能。

存储器由内存和外存组成。内存是由系统实际提供的存储单元（常指字节）组成的一个连续地址空间，处理器可直接存取。外存（辅存）是指软盘、硬盘、光盘和磁带等一些外部存储部件，常用来存放暂不执行的程序和数据。处理器不能直接访问外存，需通过启动 I/O（Input/Output，输入/输出）设备才能进行内存、外存交换，其访问速度慢，但价格便宜，常用做内存的后援设备。

内存大小由系统硬件决定，存储容量受到实际存储单元的限制。虚拟存储器（简称虚存）不考虑实际内存的大小和数据存取的实际地址，只考虑相互有关的数据之间的相对位置，其容量由计算机地址的位数决定。

系统中内存的使用一般分成两部分，一部分为系统空间，存放操作系统本身及相关的系统程序；另一部分为用户空间，存放用户的程序和数据。

存储管理主要是指对内存储器的管理，负责对内存的分配和回收、内存的保护和内存的扩充。存储管理的目的是尽量提高内存的使用效率。

1. 地址重定位

在存储管理中，有一个地址重定位的问题。一般来说，用户的目标程序地址是相对地址，指令中的地址是相对首地址而定的，在程序执行之前首地址通常设为零。这个相对地址称为逻辑地址，它不是内存中的物理地址。物理地址是内存中各存储单元的编号，是存储单元的真实地址，可以寻址并且实际存在。为了保证程序指令执行时能够正确地访问到预定的单元，需要将逻辑地址通过一种地址转换机制变换成物理地址，这一过程就称为"地址重定位"，也称为地址映射或地址映象。

重定位方法有两种：静态重定位和动态重定位。

静态重定位的地址转换是在程序运行之前完成的，一般由连接装入程序在程序装入主存的过程中实现逻辑地址到物理地址的转换。程序被装入主存后，不能再在主存中移动，因而采用这种重定位方式，不能实现虚拟存储器。

动态重定位是在程序装入主存后，在指令执行阶段完成对该指令中的逻辑地址到物理地址的转换。它的实现由硬件地址变换机构完成，因此系统对硬件要求的支持多，但装入主存中的程序可以根据系统当前的需求在主存中上、下移动或在内、外存中调进、调出，是实现虚拟存储器必须采用的一种重定位方法。目前的计算机系统大部分采用这种重定位方式。

2. 存储管理的功能

在多道程序系统中，多个程序同时驻留内存。那么，该如何有效地利用内存，如何让需要较大运行空间的作业运行，如何保护与共享内存呢？为了提高存储资源的利用率，存储管理应具有以下功能：

（1）分配与回收。内存分配方法有两种：静态分配和动态分配。静态分配是指在目标模块装入内存时即取得所需空间，直至完成不再变动；动态分配则允许进程在运行过程中动态申请内存空间。采用动态分配方法的系统中，常配合使用合并自由区的方法，使一个连续的空区尽可能大。

（2）存储扩充。提供虚拟存储器，使计算机系统似乎有一个比实际内存储器容量大的内存空间。需考虑放置策略、调入策略和淘汰策略。

（3）共享与保护。共享指共享系统在内存中的程序和数据。由于多道程序共享内存，每个程序都应有它单独的内存区域，各自运行，互不干扰。

3. 单一连续区管理

在单道程序系统中，内存区域的用户空间全部为一个作业或进程占用。单一连续分配方法主要用于早期单道批处理系统及 20 世纪 80 年代的个人计算机系统。单一连续分配方法主要采用静态分配方法。为降低成本和减小复杂度，常不对内存进行保护，因而会引起冲突，使系统瘫痪。

4. 分区存储管理

分区存储管理包括固定分区和可变分区。其基本思想是把内存划分成若干个连续区域，每个分区装入一个作业运行。要求作业一次性装入内存，且分区内部地址必须连续。

（1）固定分区管理。固定分区分配方法是把内存空间固定地划分为若干个大小不等的区域，划分的原则由系统决定。系统使用分区表描述分区情况，如图 1-7 所示。分区一旦划分结束，在整个执行过程中每个分区的长度和内存的总分区个数保持不变。

分区号	大小（KB）	起址（KB）	状态
1	12	20	已分配
2	32	32	已分配
3	64	64	已分配
4	128	128	已分配
5	256	256	自由

0	操作系统
24KB	作业 1
32KB	作业 2
64KB	作业 3
128KB	作业 4
256KB	⋮

图 1-7 固定分区表

（2）可变分区管理。可变分区分配方法是把内存空间按用户要求动态地划分成若干个分区，如图 1-8 所示。这样就解决了固定分区分配方法中的小作业占据大分区后产生碎片的浪费问题。可变分区分配方法初始时只有一个分区，随后，分配程序将这个分区依次分给作业或进程。

分区号	大小（KB）	起址（KB）	状态
1	8	20	已分配
2	16	28	已分配
3	…	…	空闲
4	128	128	已分配
5	…	…	空闲

a）已分配区表

分区号	大小（KB）	起址（KB）	状态
1	64	64	可用
2	128	128	可用
3	…	…	空闲
4	…	…	空闲
5	…	…	空闲

b）已分配区表

图 1-8 可变分区表

希赛教育专家提示：每种存储组织方案都包含一定程度的浪费。在可变分区分配系统中，内存中的作业在开始装入和归还自由区之前，内存浪费并不明显，但这些自由区可以被其他作业使用。随着进程的执行，剩余的自由区域会变得更小。因此在可变分区分配系统中，也存在着存储器浪费。

在可变分区分配系统中，当一个作业完成时，能够检测到被释放的存储区是否与其他自由存储区域（自由区）相邻接。如果与其他自由存储区邻接，可以在自由存储区表记录上新增加一个自由区，或新的自由区与相邻接的现存自由区合并的单一自由区。

合并相邻接的自由区以形成单个更大的自由区叫做合并。用合并自由区的方法，重新获得最大可能连续的存储块。即使合并了自由区，仍会发现分布在主存各处的破碎的自由区在主存中占据了相当数量的空间。有时，虽然自由区的总和大于新作业所要的存储区，而此时却没有单个的自由区足够装下这个作业。

存储拼接技术也称碎片收集，包括移动存储器的所有被占用区域到主存的某一端。这样留下单独的大的存储自由区，来代替在可变分区多道程序设计中常见的许多小自由区。

当所有可利用的自由存储区连续时，一个正等待着的作业能够调入运行，因为它的存储需求能被拼接形成的单个自由区所满足。

存储分配算法用来决定输入的程序和数据应该放到主存中的什么地方。常使用的三种算法是：

（1）最佳适应算法。选择最小的足够装入的可利用自由区。对许多人来说，最佳适应看起来是最直观且吸引人的算法。

（2）首次适应算法。从主存低地址开始选择第一个足够装入的可利用的自由区。首次适应也具有直观吸引力，此算法可以快速做出分配决定。

（3）最差适应算法。最差适应说的是，把一个程序放入主存中最大的自由区。这种方法吸引人的原因很简单，在大自由区中放入程序后，剩下的自由区经常也很大，于是也能装下一个较大的新程序。

上述三种方法都把用户作业完全地连续存放在一个存储区域中。为了能在较小的内存空间中运行较大的作业，常采用内存交换技术。所谓内存交换技术，是指将作业不需要或暂时不需要的部分移到辅存，让出内存空间以调入需要的部分，交换到辅存的部分也可以再次被调入。实际上这是用辅存作为缓冲，让用户程序在较小的存储空间中，通过不断地换出作业而运行较大的作业。

5. 页式存储管理

在可变分区分配方案中，内存中放置的程序常采用首次适应、最佳适应、最差适应算法实现，但运行的程序需存放在一个连续的分区中。

分页的基本思想是把程序的逻辑空间和内存的物理空间按照同样的大小划分成若干页面，以页面为单位进行分配。在页式存储管理中，系统中虚地址是一个有序对（页号，位移）。系统为每一个进程建立一个页表，其内容包括进程的逻辑页号与物理页号的对应关系、状态等。

页式系统的动态地址转换是这样进行的：当进程运行时，其页表的首地址已在系统的动态地址转换机构中的基本地址寄存器中。执行的指令访问虚存地址（p，d）时，首先根据页号 p 查页表，由状态可知，这个页是否已经调入内存。若已调入内存，则得到该页的内存位置 p'，然后，与页内相对位移 d 组合，得到物理地址 r。如果该页尚未调入内存，则产生缺页中断，以装入所需的页。如图 1-9 所示。

页式虚拟存储管理是在页式存储管理的基础上实现虚拟存储器的。首先把作业信息作为副本存放在磁盘上，作业执行时，把作业信息的部分页面装入内存储器，作业执行时若所访问的页面已在内存中，则按页式存储管理方式进行地址转换，得到欲访问的内存绝对地址，若欲访问的页面不在内存中，则产生一个"缺页中断"，由操作系统把当前所需的页面装入内存储器中。

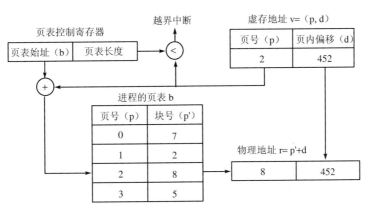

图 1-9　页式存储管理地址转换示意图

为此，在装入作业时，就应在该作业的页表中指出哪些页已在内存储器中，哪些页还没有装入内存。可用一个标志位指示对应页是否在内存储器，可假设标志位为 1 表示该页在内存，而标志位为 0 表示该页尚未装入内存。为了能方便地从磁盘上找到作业信息的副本，故在页表中还可指出每一页副本在磁盘上的位置。

当要装入一个当前需要的页面时，如果内存储器中无空闲块，则可选择一个已在内存储器中的页面，把它暂时调出内存。若在执行中该页面被修改过，则把该页信息重新写回到磁盘上，否则不必重新写回磁盘。当一页被暂时调出内存后，让出的内存空间用来存放当前需要使用的页面。以后再要使用被调出的页面时，可用同样的方法调出另一个页面而将其再装入内存。页面被调出或装入之后都要对页表中的相应表目做修改。

当内存中无空闲块时，为了装入一个页面而必须按某种算法从已在内存的页中选择一页，将它暂时调出内存，让出内存空间来存放所需装入的页面，这个工作称为"页面调度"。如何选择调出的页面是很重要的，如果采用了一个不合适的算法，就会出现这样的现象，刚被调出的页面又立即要用，因而又要把它装入，而装入不久又被选中调出，调出不久又被装入，如此反复，使调度非常频繁。这种现象称为"抖动"。一个好的调度算法应减少和避免抖动现象。常用的页面调度算法有：

（1）最优（OPT）算法。选择不再使用或最远的将来才被使用的页，这是理想的算法，但是难以实现，常用于淘汰算法的比较。

（2）随机（RAND）算法。随机地选择被淘汰的页，开销小，但是可能选中立即就要访问的页。

（3）先进先出算法。选择在内存驻留时间最长的页，似乎合理，但可能淘汰掉频繁使用的页。另外，使用 FIFO 算法时，在未给予进程分配足够的页面数时，有时会出现给予进程的页面数增多，缺页次数反而增加的异常现象。FIFO 算法简单，易实现。可以把装入内存储器的那些页的页号按进入的先后次序排成队列，每次总是调出队首的页，当装入一个新页后，把新页的页号排到队尾。

（4）最近最少使用（Least Recently Used，LRU）算法。选择离当前时间最近的一段时间内使用得最少的页。这个算法的主要出发点是，如果某个页被访问了，则它可能马上就要被访问；反之，如果某个页长时间未被访问，则它在最近一段时间也不会被访问。

6. 段式存储管理

段式存储管理与页式存储管理相似。分段的基本思想是把用户作业按逻辑意义上有完整意义的段来划分，以段为单位作为内、外存交换的空间尺度。

一个作业是由若干个具有逻辑意义的段（如主程序、子程序、数据段等）组成的。分段系统中，容许程序（作业）占据内存中许多分离的分区。每个分区存储一个程序分段。这样，每个作业需要几对界限地址寄存器，判定访问地址是否越界也困难了。在分段存储系统中常常利用存储保护键实现存储保护。分段系统中虚地址是一个有序对（段号，位移）。系统为每个作业建立一个段表，其内容包括段号、段长、内存起始地址和状态等。状态指出这个段是否已调入内存，即内存起始地址指出这个段，状态指出这个段的访问权限。

分段系统的动态地址转换是这样进行的：进程执行时，其段表的首地址已在基本地址寄存器中，执行的指令访问虚存（s，d）（取指令或取操作数）时，首先根据段号 s 查段表，若段已经调入内存，则得到该段的内存起始地址，然后与段内相对地址（段内偏移量 d）相加，得到实地址。如果该段尚未调入内存，则产生缺段中断，以装入所需要的段。段式存储与页式存储的地址转换方式类似，参看图 1-9。

段式虚似存储管理仍然以段式存储管理为基础，为用户提供比内存实际容量大的虚拟空间。段式虚拟存储管理把作业中的各个分段信息都保留在磁盘上，当作业可以投入执行时，做如下操作：

（1）首先把当前需要的一段或几段装入内存。

（2）作业执行时，如果要访问的段已经在内存，则按照"段式存储管理"中的方式进行地址转换；如果要访问的段不在内存中，则产生一个"缺段中断"，由操作系统把当前需用的段装入内存。

因此，在段表中应增设段是否在内存的标志以及各段在磁盘上的位置，已在内存中的段仍要指出该段在内存中的起始地址和占用内存区长度。

作业执行要访问的段时，由硬件的地址转换机构查段表，若该段在内存中，则立即把逻辑地址转换成绝对地址。若该段不在内存中，则形成"缺段中断"，由操作系统处理这个中断。

处理的办法是，查内存分配表，找出一个足够大的连续区以容纳该分段，如果找不到足够大的连续区则检查空闲区的总和，若空闲区总和能满足该段要求，那么进行适当移动将分散的空闲区集中；若空闲区总和不能满足该段要求，可把内存中的一段或几段调出，然后把当前要访问的段装入内存中。段被移动、调出和装入后都要对段表中的相应表目做修改。新的段被装入后应让作业重新执行被中断的指令，这时就能找到要访问的段，可以继续执行下去。

7. 段页式存储管理

段页式管理是段式和页式两种管理方法结合的产物，综合了段式组织与页式组织的特点，根据程序模块分段，段内再分页，内存被分划成定长的页。段页式系统中虚地址形式是（段号、页号、位移），如图 1-10 所示。系统为每个进程建立一个段表，为每个段建立一个页表。段页式管理采用段式分配、页式使用的方法，便于动态连接和存储的动态分配。这种存储管理能提高内存空间的利用率。

图1-10 段页式存储管理地址

段式虚拟管理还是以段为单位分配内存空间，整段的调出、装入，有时还要移动，这些都增加了系统的开销。如果按段页式存储管理的方式，把每一段再分成若干页面，那么，每一段不必占用连续的存储空间，甚至，当内存块不够时，可只将一段中的部分页面装入内存，这种管理方式称为"段页式虚拟存储管理"。

段页式虚拟存储管理为每一个装入内存的作业建立一张段表，还要为每一段建立页表。段表中指出该段的页表存放位置及长度，页表中应指出该段的各页在磁盘上的位置以及页是否在内存，若在内存则填上占用的内存块号。作业执行时按段号查段表，找到相应的页表再根据页号查页表，由标志位判定该页是否已在内存，若是，则进行地址转换；否则进行页面调度。地址转换过程如图1-11所示。

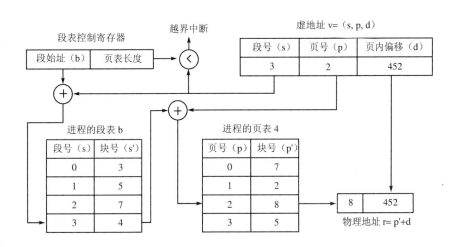

图1-11 段页式存储管理中的动态地址转换示意图

段页式虚拟存储管理结合了段式和页式的优点，但增加了设置表格（段表、页表）和查表等开销，段页式虚拟存储器一般只在大型计算机系统中使用。

8. 存储保护

存储保护的基本思想是规定各道程序只能访问属于它的区域，以及存取公共区域中的信息，当然，对公共区域的访问是有限制的。

存储保护通常是由计算机软件和硬件的相互配合来实现的。存储保护包括两方面的内容，分别是上下界保护和控制权保护。

（1）上下界保护。上下界保护通常由硬件提供保护机制，软件配合实现。当要访问内存某一单元时，硬件首先进行访址合法性检查，检查经过重定位后的内存地址是否在上下界寄存器所规定的范围之内。若在规定的范围之内，则允许访问，否则产生中断。

在分页和分段环境下，利用给出作业的最大页号（页表长度）和段号（段表长度）来实现。程序运行时，页表长度或段表长度被放入页表或段表地址寄存器的左边部分，当中央处理器访问某虚拟地址时，硬件自动把页号（段号）与页表（段表）长度进行比较；在分段环境下还要将段内地址与段表中的段长度进行比较，如果合法，才进行地址转换，否则产生越界中断信号。

（2）控制权保护。控制权保护是对授权可使用的信息可读可写权限进行控制。常用的存取控制包括读、写、执行和增加（只允许添加不允许修正）4 类。各类用户的访问权限是这 4 类存取控制类型的组合。此外，对共享段的访问还要注意读和写操作之间的互斥。

1.2.3　设备管理

在计算机系统中，除了处理器和内存之外，其他的大部分硬设备称为外部设备。它包括输入/输出设备，辅存设备及终端设备等。这些设备种类繁多，特性各异，操作方式的差异很大，从而使操作系统的设备管理变得十分繁杂。

1. 设备的类型

随着个人计算机、网络的发展，外部设备更趋多样化、复杂化和智能化。例如网卡、仿真终端、虚拟终端、Windows 终端和 X-Windows 终端。

按工作特性分为两大类：一类是存储设备，即用来保存信息的设备；另一类为输入/输出设备，用于接收来自计算机外部的信息和将计算机内部的信息送出的计算机外设。

从资源分配的观点看，可以把设备分成独占设备、共享设备和虚拟设备。独占设备指由于设备本身的特点适合于在运行期间只为一个作业服务的设备（如打印机、终端）。共享设备指设备以分时方式响应使用，可被若干个作业共享（如磁盘等）。虚拟设备用软件的方法模拟实现某种物理设备的操作。

按设备的使用特性来分，设备可分为存储设备、输入/输出设备、终端设备及脱机设备等。

按设备的从属关系来分，可把设备划分为系统设备和用户设备。系统设备是指那些在操作系统生成时就已配置好的各种标准设备。例如，键盘、打印机及文件存储设备等。而用户设备则是那些在系统生成时没有配置，而由用户自己安装配置后由操作系统统一管理的设备。例如，网络系统中的网卡、实时系统中的模数变换器、图像处理系统的图像设备等。

按信息组织方式来划分，设备可分为字符设备和块设备。键盘、终端、打印机等以字符为单位组织和处理信息的设备被称为字符设备；而磁盘、磁带等以字符块为单位组织和处理信息的设备被称为块设备。

对设备分类的目的在于简化设备管理程序。由于设备管理程序是和硬件打交道的，因此，不同的设备硬件对应于不同的管理程序。不过，对于同类设备来说，由于它们的硬件特性十分相似，因此，它们可以利用相同的管理程序或只需做很少的修改即可。

2. 设备管理的任务

设备管理是对计算机输入/输出系统的管理，这是操作系统中最具有多样性和复杂性的部分。其主要任务是：

（1）选择和分配输入/输出设备以便进行数据传输操作。

（2）控制输入/输出设备和 CPU（或内存）之间交换数据。

（3）为用户提供一个友好的透明接口，把用户和设备硬件特性分开，使得用户在编制应用程序时不必涉及具体设备，系统按用户要求控制设备工作。另外，这个接口还为新增加的用户设备提供一个和系统核心相连接的入口，以便用户开发新的设备管理程序。从而提高设备和设备之间、CPU 和设备之间，以及进程和进程之间的并行操作度，以使操作系统获得最佳效率。

为了完成上述主要任务，设备管理程序一般要提供下述功能：

（1）提供和进程管理系统的接口。当进程要求设备资源时，该接口将进程要求转达给设备管理程序。

（2）进行设备分配。按照设备类型和相应的分配算法把设备和其他有关的硬件分配给请求该设备的进程，并把未分配到所请求设备或其他有关硬件的进程放入等待队列。

（3）实现设备和设备、设备和 CPU 等之间的并行操作。

（4）进行缓冲区管理。一般来说，CPU 的执行速度和访问内存速度都比较高，而外部设备的数据流通速度则低得多（例如键盘）。为了减少外部设备和内存与 CPU 之间的数据速度不匹配的问题，系统中一般设有缓冲区（器）来暂放数据。设备管理程序负责进行缓冲区分配、释放及有关的管理工作。

3. 主要设备管理技术

设备管理的主要任务首先是分配和回收设备，控制设备的工作，完成用户的输入/输出请求；其次是提高 CPU 与设备以及设备与设备之间的并行工作速度，提高设备的使用效率。主要设备管理技术有：

（1）中断技术。当外设向 CPU 发出中断请求的时候，CPU 暂停正在执行的程序，转去执行中断处理程序。处理完成后，再返回到断点处继续执行被中断的程序。中断处理能够对输入/输出是否正常结束或者发现错误等进行相应的处理。使用中断技术后，CPU 不必时时去查询外设，减少了 CPU 询问外设的时间，从而提高了 CPU 和外设并行工作的能力。

（2）通道技术。指专门建立一套用于控制外设和内存之间进行信息传输的硬件机构，又称 I/O 处理机。建立通道后，CPU 不直接去控制各个 I/O 设备。而是通过通道去控制，每个通道把一个或多个外部设备与 CPU 联系起来，使它们能并行工作。通道专门用于数据传输工作。

中断和通道技术为 CPU 与外设之间的并行操作提供了可能性，但 CPU 与外设之间速度的不匹配仍会降低 CPU 的使用效率．因此又发展了缓冲技术。

（3）缓冲技术。缓冲区是在内存中开辟的专门用于数据传输过程中暂存数据的区域，是一种解决高速 CPU 和低速外设之间速度不匹配的存储装置。引入缓冲不但缓解了速度方面的矛盾，且减少了 CPU 对 I/O 设备的访问次数。提高了 CPU 和外设并行工作的程度。

4. 设备连接

现代计算机系统对外部设备的控制常分为三个层次，即通道、控制器和设备。控制设备的软件分为与设备有关的和与设备无关的两大类。前者与具体的设备类型有关，设备驱动程序就是与设备有关的；与设备无关的软件主要用于在用户一级提供统一的接口，包括处理控制器的公共部分。需要处理的内容包括：为设备驱动程序提供统一的接口，设备命名，设备分配与回收，错误报告，块设备空间管理，缓冲管理等。

通常，高速外设的输入/输出操作是以块为单位的，如磁盘块的大小是固定的。所谓块，又称为物理记录，是实际从设备读取或写到设备上的信息单位。相应的逻辑记录是从用户观点考察的一个信息单位。为了提高辅助存储器的利用率，尤其是磁带，一般由若干逻辑记录组成一个物理记录，这称为组块技术。

缓冲是一种暂存技术。它利用某个存储设备，在数据的传输过程中进行暂时的存储。缓冲技术的引入，有效地改善了处理器与输入/输出设备之间速度不匹配的情况，也减少了设备的中断请求次数。缓冲技术可以采用硬件缓冲和软件缓冲两种。硬件缓冲是利用专门的硬件寄存器作为缓冲区；软件缓冲是利用操作系统的管理，用内存中的一个或多个区域作为缓冲区，进而可以形成缓冲地。

5. 数据传输控制方式

设备管理的主要任务之一是控制设备和内存或 CPU 之间的数据传送，本节介绍几种设备管理的主要任务之一是控制设备和内存或 CPU 之间的数据传送常用的数据传送控制方式。

选择和衡量控制方式的原则如下：

（1）数据传送速度足够高，能满足用户的需要但又不丢失数据。

（2）系统开销小，所需的处理控制程序少。

（3）能充分发挥硬件资源的能力，使得 I/O 设备尽量忙，而 CPU 等待时间少。

外围设备和内存之间常用的数据传送控制方式主要有以下几种方式：

（1）程序控制方式。处理器启动数据传输，然后等设备完成。

（2）中断方式。程序控制方式不能实现并发。中断方式的数据传输过程是这样的，进程启动数据传输（如读）后，该进程放弃处理器，当数据传输完成，设备控制器产生中断请求，中断处理程序对数据传输工作处理以后，让相应进程成为就绪状态。以后，该进程就可以得到所需要的数据。

（3）直接存储访问（Direct Memory Access，DMA）方式。指外部设备和内存之间开辟直接的数据交换通路。除了控制状态寄存器和数据缓冲寄存器外，DMA 控制器中还包括传输字节计数器、内存地址寄存器等。DMA 方式采用窃取（或挪用）处理器的工作周期和控制总线而实现辅助存储器和内存之间的数据交换。有的 DMA 方式也采用总线浮起方式传输大批量数据。

（4）通道方式。通道又称为输入/输出处理器（Input/Output Processor，IOP），可以独立完成系统交付的输入/输出任务，通过执行自身的输入/输出专用程序（称通道程序）进行内存和外设之间的数据传输。主要有三类通道：字节多路通道、选择通道和成组多路通道。

6. 设备的分配

设备分配的原则是根据设备特性、用户要求和系统配置情况决定的。设备分配的总原则是既要充分发挥设备的使用效率，尽可能地使设备使用率优化，但又要避免由于不合理的分配方法造成进程死锁；另外还要把用户程序和具体物理设备隔离开来，做到设备的独立性，即用户程序面对的是逻辑设备，而分配程序将在系统把逻辑设备转换成物理设备之后，再根据要求的物理设备号进行分配。

设备分配方式有两种：一种是静态分配，另一种是动态分配。静态分配方式是在用户作业开始执行之前，由系统一次分配该作业所要求的全部设备、控制器和通道。一旦分配之后，这些设备、控制器和通道就一直为该作业所占用，直到该作业被撤销。静态分配方式不会出现死锁，但是设备的使用效率低。因此，静态分配方式并不符合设备分配的总原则。

动态分配在进程执行过程中根据执行需要进行。当进程需要设备时，通过系统调用命令向系统提出设备请求，由系统按照事先规定的策略给进程分配所需要的设备、I/O 控制器和通道，一旦用完之后，便立即释放。动态分配方式有利于提高设备的利用率，但如果分配算法使用不当，则有可能造成进程死锁。

与进程调度相似，动态设备分配也是基于一定的分配策略的。常用的分配策略有先请求先分配、优先级高者先分配策略等。

（1）先请求先分配。当有多个进程对某一设备提出 I/O 请求时，或者是在同一设备上进行多次 I/O 操作时，系统按提出 I/O 请求的先后顺序，将进程发出的 I/O 请求命令排成队列，其队首指向被请求设备的 DCT。当该设备空闲时，系统从该设备的请求队列的队首取下一个 I/O 请求消息，将设备分配给发出这个请求消息的进程。

（2）优先级高者分配。这种策略和进程调度的优先级算法是一致的，即进程的优先级高，那么它的 I/O 请求也优先满足。对于相同优先级的进程来说，则按照先请求先分配策略分配。

7. 磁盘调度算法

设备的动态分配算法与进程调度相似，也是基于一定的分配策略的。常用的分配策略有先请求先分配、优先级高者先分配等策略。

在多道程序系统中，低效率通常是由于磁盘类旋转设备使用不当造成的。操作系统中，对磁盘的访问要求来自多方面，常常需要排队。这时，对众多的访问要求按一定的次序响应，会直接影响磁盘的工作效率，进而影响系统的性能。

访问磁盘的时间因子由三部分构成，它们是查找（查找磁道）时间、等待（旋转等待扇区）时间和数据传输时间，其中查找时间是决定因素。因此，磁盘调度算法先考虑优化查找策略，需要时再优化旋转等待策略。

（1）先来先服务调度。按先来后到次序服务，未做优化。

（2）最短查找时间优先（Shortest Seek Time First，SSTF）调度。FCFS 会引起读写头在盘面上的大范围移动，SSTF 查找距离磁头最短（也就是查找时间最短）的请求作为下一次服务的对象。SSTF 查找模式有高度局部化的倾向，会推迟一些请求的服务，甚至引起无限拖延（又称饥饿）。

（3）SCAN 调度。又称电梯算法，SCAN 算法是磁头前进方向 L 的最短查找时间优先算法，它排除了磁头在盘面局部位置上的往复移动，SCAN 算法在很大程度上消除了 SSTF 算法的不公平性，但仍有利于对中间磁道的请求。

8. 虚设备与 SPOOLING 技术

采用假脱机技术，可以将低速的独占设备改造成一种可共享的设备，而且一台物理设备可以对应若干台虚拟的同类设备。假脱机（Simultaneous Peripheral Operation On Line，SPOOLING）的意思是外部设备同时联机操作，又称为假脱机输入/输出操作，采用一组程序或进程模拟一台输入/输出处理器。

SPOOLING 系统的组成如图 1-12 所示。该技术利用了专门的外围控制机将低速 I/O 设备上的数据传送到高速设备上，或者相反。但是当引入多道程序后，完全可以利用其中的一道程序来模拟脱机输入时的外围控制机的功能，把低速的 I/O 设备上的数据传送到高速磁盘上；再利用另一道程序来模拟脱机输出时的外围控制机的功能，把高速磁盘上的数据传送到低速的 I/O 设备上。这样便可以在主机的控制下实现脱机输入、输出的功能。此时的外围操作与 CPU 对数据的处理同时进行。

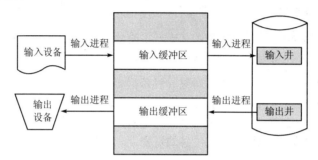

图 1-12　SPOOLING 系统示意图

采用假脱机技术，可以将低速的独占设备改造成一种可共享的设备，而且一台物理设备可以对应若干台虚拟的同类设备。SPOOLING 系统必须有高速、大容量并且可随机存取的外存（例如，磁盘或磁鼓）支持。

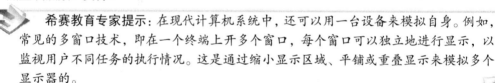

希赛教育专家提示：在现代计算机系统中，还可以用一台设备来模拟自身。例如，常见的多窗口技术，即在一个终端上开多个窗口，每个窗口可以独立地进行显示，以监视用户不同任务的执行情况。这是通过缩小显示区域、平铺或重叠显示来模拟多个显示器的。

1.2.4　文件管理

操作系统对计算机的管理包括两个方面：硬件资源和软件资源。硬件资源的管理包括 CPU 的管理、存储器的管理、设备管理等，主要解决硬件资源的有效和合理利用问题。

软件资源包括各种系统程序、各种应用程序、各种用户程序，也包括大量的文档材料、库函数等。每一种软件资源本身都是具有一定逻辑意义的、相关信息的集合，在操作系统中它们以文件形式存储。

计算机系统的重要作用之一是能快速处理大量信息，因此数据的组织、存取和保护成为一个极重要的内容。文件系统是操作系统中组织、存取和保护数据的一个重要部分。

文件管理的功能包括：建立、修改、删除文件；按文件名访问文件；决定文件信息的存放位置、存放形式及存取权限；管理文件间的联系以及提供对文件的共享、保护和保密等。允许多个用户协同工作又不引起混乱。文件的共享是指一个文件可以让多个用户共同使用，它可以减少用户的重复性劳动，节省文件的存储空间，减少输入/输出文件的次数等。文件的保护主要是为防止由于误操作而对文件造成的破坏。文件的保密是为了防止未经授权的用户对文件进行访问。

文件的保护、保密实际上是用户对文件的存取权限控制问题。一般为文件的存取设置两级控制：第 1 级是访问者的识别，即规定哪些人可以访问；第 2 级是存取权限的识别，即有权参与访问者可对文件执行何种操作。

1. 文件和文件系统的概念

文件是信息的一种组织形式，是存储在辅助存储器上的具有标识名的一组信息集合。它可以是有结构的，也可以是无结构的。

操作系统中由文件系统来管理文件的存储、检索、更新、共享和保护。文件系统对文件进行统一管理，目的是方便用户并且保证文件的安全可靠。

文件系统包括两个方面：一方面包括负责管理文件的一组系统软件；另一方面包括被管理的对象——文件。

从用户角度看，文件系统的最大特点是"按名存取"，用户只要给出文件的符号名，就能方便地存取文件信息。文件系统的主要目标是提高存储器的利用率，接受用户的委托实施对文件的操作。为了能正确地按名存取，文件系统应具有如下功能：

（1）管理辅助存储器，实现文件从逻辑文件到辅存物理空间的转换。

（2）有效地分配文件信息的存储空间。在用户创建新文件时为其分配空闲区，而在用户删除或修改某个文件时，回收和调整存储区。

（3）建立文件目录。文件目录是实现按名存取的一种手段，一个好的目录结构既能方便检索又能保证文件的安全。

（4）提供合适的存取方法和存取权限，以适应不同的应用。

（5）提供文件共享、保护和保密等安全设施，提供友好的用户接口。

根据不同的方面，文件有多种分类方法。按文件的用途可以分为系统文件、库文件和用户文件等；按文件的安全属性可分为只读文件、读写文件、可执行文件和不保护文件等；按文件的信息流向可以分为输入文件、输出文件和输入/输出文件等；按文件的组织形式可以分为普通文件、目录文件和特殊文件等。特殊文件是 UNIX 系统采用的技术，是把所有的输入/输出设备都视作文件（特殊文件）。特殊文件的使用形式与普通文件相同。

2. 文件的逻辑结构和组织

文件的结构是指文件的组织形式，从用户观点所看到的文件组织形式，称为文件的逻辑结构。

文件的逻辑组织是为了方便用户使用。一般文件的逻辑结构可以分为两种：无结构的字符流文件和有结构的记录文件。记录文件由记录组成，即文件内的信息划分成多个记录，以记录为单位组织和使用信息。

记录文件有顺序文件、索引顺序文件、索引文件和直接文件。

（1）顺序文件。大多数文件是顺序文件。顺序文件的记录定长，记录中的数据项的类型长度与次序固定，一般还有一个可以唯一标识记录的数据项，称为键（key），记录是按键值的约定次序组织的。顺序文件常用于批处理应用，对于查询或更新某个记录的处理性能不太好。

（2）索引顺序文件。索引顺序文件是基于键的约定次序组织的，而且维护键的索引和溢出区域。键的索引也可以是多级索引。索引顺序文件既适用于交互方式应用，也适用于批处理方式应用。

（3）索引文件。索引文件是基于记录的一个键数据项组织的。许多应用需按照别的数据项访问文件，为此，常采用索引文件方法，即对主文件中的记录按需要的数据项（一个或几个）建索引，索引文件本身是顺序文件组织。

（4）直接文件。直接文件又称哈希（Hash）文件。记录以它们在直接访问存储设备上的物理地址直接（随机地）访问。直接文件常用于需要高速访问文件而且每次访问一条记录的应用中。

3. 文件的物理结构及组织

文件的物理结构是指文件在存储设备上的存放方法。文件的物理结构侧重于提高存储器的利用效率和降低存取时间。文件的存储设备通常划分为大小相同的物理块，物理块是分配和传输信息的基本单位。文件的物理结构涉及文件存储设备的组块策略和文件分配策略，决定文件信息在存储设备上的存储位置。常用的文件分配策略有：

（1）顺序分配（连续分配）。这是最简单的分配方法。在文件建立时预先分配一组连续的物理块，然后，按照逻辑文件中的信息（或记录）顺序，依次把信息（或记录）按顺序存储到物理块中。这样，只需知道文件在文件存储设备上的起始位置和文件长度，就能进行存取，这种分配方法适合于顺序存取，在连续存取相邻信息时，存取速度快。其缺点是在文件建立时必须指定文件的信息长度，以后不能动态增长，一般不宜用于需要经常修改的文件。

（2）链接分配（串联分配）。这是按单个物理块逐个进行的。每个物理块中（一般是最后一个单元）设有一个指针，指向其后续连接的下一个物理块的地址，这样，所有的物理块都被链接起来，形成一个链接队列。在建立链接文件时，不需指定文件的长度，在文件的说明信息中，只需指出该文件的第一个物理块块号，而且链接文件的文件长度可以动态地增长。只调整物理块间的指针就可以插入或删除一个信息块。

链接分配的优点是可以解决存储器的碎片问题，提高存储空间利用率。由于链接文件只能按照队列中的链接指针顺序查找，因此，搜索效率低，一般只适用于顺序访问，不适用于随机存取。

（3）索引分配。这是另一种对文件存储不连续分配的方法。采用索引分配方法的系统，为每一个文件建立一张索引表，索引表中每一表项指出文件信息所在的逻辑块号和与之对应的物理块号。索引分配既可以满足文件动态增长的要求，又可以方便而迅速地实现随机存取。这是由于索引表中存放着全部逻辑块号与物理块号的对应关系。

对一些大的文件，索引表的大小会超过一个物理块，就会发生索引表的分配问题。对大文件一般采用多级间接索引技术，这时在由索引表指出的物理块中存放的不是文件信息，而是存放文件信息的物理块地址。这样，如果一个物理块能存储 n 个物理块地址，则一次间接索引，可寻址的文件长度将变成 $n \times n$ 块。对于更大的文件可以采用二级间接索引，甚至三级间接索引技术（如 UNIX 系统）。

索引分配既适用于顺序存取，也适用于随机存取。索引分配的缺点是索引表增加了存储空间的开销。另外，在存取文件时需要访问存储设备两次，一次是访问索引表，另一次是根据索引表提供的物理块号访问文件信息。为了提高效率，一种改进的方法是，在对某个文件进行操作之前，预先把索引表调入内存，这样，文件的存取就能直接从内存的索引表中确定相应的物理块号，从而只需要访问一次存储设备。

4. 文件访问方法

用户通过对文件的访问（读写）来完成对文件的查找、修改、删除和添加等操作。常用的访问方法有两种，即顺序访问和随机访问。

（1）顺序访问。顺序访问是按照文件的逻辑地址顺序访问。对无结构的字符流文件，顺序访问反映当前读写指针的变化，在访问完一段信息之后，读写指针自动加上这段信息的长度。

（2）随机访问。随机访问方法又分成两种：一种是根据记录的编号访问文件中的记录，或者根据读写命令把读写指针移到所需要的信息段开始处；另一种是按键访问文件中的记录。

文件的访问依赖于存放文件的存储设备的特性，也依赖于文件的分配策略。例如，磁带是典型的顺序访问设备，磁盘则是典型的随机访问设备。

5. 文件存储设备管理

文件存储设备管理，就是操作系统要有效地进行存储空间的管理。由于文件存储设备是分成许多大小相同的物理块，并以块为单位交换信息，因此，文件存储设备的管理实质上是对空闲块的组织和管理问题。它包括空闲块的组织，空闲块的分配与空闲块的回收等问题。有三种不同的空闲块管理方法，它们分别是索引法、链接法和位图法。

（1）索引法。索引法把空闲块作为文件并采用索引技术。为了有效，索引对应于一个或由几个空闲块构成的空闲区。这样，磁盘上每一个空闲块都对应于索引表中一个条目，这个方法能有效地支持每一种文件分配方法。

在系统中为某个文件分配空闲块时，首先扫描索引空闲文件目录项，如找到合适的空闲区项，则分配给申请者，并把该项从索引空闲文件中去掉。如果一个空闲区不能满足申请者的要求，则把另一项分配给申请者。如果一个空闲区所含块数超过申请者的要求，则为申请者分配所要的物理块后，再修改该表项。当一个文件被删除释放物理块时，系统则把被释放的块号及第一块块号置入索引空闲文件的新表项中。

 希赛教育专家提示：在内存管理中所用到的有关空闲区的分配和回收算法，只要稍加修改就可以用于索引法。

（2）链接法。链接法使用链表把空闲块组织在一起，当申请者需要空闲块时，分配程序从链首开始摘取所需的空闲块。反之，管理程序把回收的空闲块逐个挂入队尾，这个方法适用于每一种文件分配方法。空闲块的链接方法可以按释放的先后顺序链接，也可以是按空闲块区（连续/1个空闲块）的大小顺序链接。后者有利于获得连续的空闲块的请求，但在分配请求和回收空闲块时系统开销多一点。

（3）位图法。位图法使用一个向量描述整个磁盘，向量的每一位表示一个物理块的状态，如0表示空闲块，而1表示该块已使用。位图法易于找到一个或连续几个空闲块，此法适合每一个文件分配方法。另外，位图本身很小，易于全部放入内存。

6. 文件控制块和文件目录

文件控制块（File Control Block，FCB）是系统在管理文件时所必需的信息的数据结构，是文件存在的唯一标志，也称文件描述词。文件目录就是文件控制块的有序集合。FCB 的内容包括相应文件的基本属性，大致可以分成 4 个部分：

（1）基本信息。如文件名、文件类型和文件组织等。

（2）保护信息。如口令、所有者名、保存期限和访问权限等。

（3）位置信息。如存储位置、文件长度等。

（4）使用信息。如时间信息和最迟使用者等。

文件控制块的集合称为文件目录，文件目录也被组织成文件，常称为目录文件。

文件管理的一个重要方面是对文件目录进行组织和管理。文件系统一般采用一级目录结构、二级目录结构和多级目录结构。DOS、UNIX、Windows 系统都是采用多级（树型）目录结构。

在多级目录结构中，从根出发到任何一个叶节点只有一条路径，该路径的全部节点名构成一个全路径名，又称绝对路径名。为查找一个非目录文件，就使用它的全路径名。

多级目录结构更加完善了文件结构的查找范围，更好地解决了文件的重名问题，增强了文件的共享和保护。

7. 文件的使用与共享

一般文件系统都提供一组命令，专门用于文件和目录的管理。如目录管理、文件控制和文件存取等命令。

（1）目录管理命令。如建立目录、显示目录、改变目录、删除目录（一般只可删除空目录）。

（2）文件控制命令。如建立文件、删除文件、打开文件、关闭文件、改文件名、改文件属性。

（3）文件存取命令。如读写文件、显示文件内容、复制文件等。

文件的共享是指不同的用户使用同一文件。文件的安全是指文件的保密和保护，即限制非法用户使用和破坏文件。

文件的共享可以采用文件的绝对路径名或相对路径名共享同一文件。一般的文件系统，要求用户先打开文件，再对文件进行读写，不再使用时关闭文件。若两个用户可以同时打开文件，对文件进行存取，称为动态文件共享。

文件的安全管理措施常常在系统级、用户级、目录级和文件级上实施。

（1）系统级。用户需注册登记，并配有口令。每次使用系统时，都需要进行登录（Login），然后输入用户口令（Password），方能进入系统。

（2）用户级。系统对用户分类并限定各类用户对目录和文件的访问权限。

（3）目录级。系统对目录的操作权作限定，如读（R）、写（W）、查找（X）等。

（4）文件级。系统设置文件属性来控制用户对文件的访问，如只读（R）、读/写（RW）、共享（Share）、隐藏（Hide）等。

> **希赛教育专家提示**：对目录和文件的访问权限可以由用户设置，除了限定访问权限，还可以通过加密等方式进行保护。

1.2.5　作业管理

从用户的角度看，作业（job）是系统为完成一个用户的计算任务（或一次事务处理）所做的工作总和。例如，对于用户编制的源程序，需经过对源程序的编译、连接编辑或连接装入以及运行产生计算结果。这其中的每一个步骤，常称为作业步，作业步的顺序执行即完成了一个作业。

从系统的角度看，作业则是一个比程序更广的概念。它由程序、数据和作业说明书组成。系统通过作业说明书控制文件形式的程序和数据，使之执行和操作。而且，在批处理系统中，作业是抢占内存的基本单位。

操作系统中用来控制作业的进入、执行和撤销的一组程序称为作业管理程序，这些控制功能也能通过把作业步细化，通过进程的执行来实现。

用户的作业可以通过直接的方式，由用户自己按照作业步顺序操作，也可以通过间接的方式，由用户率先编写的作业步依次执行的说明，一次交给操作系统，由系统按照说明依次处理。前者称为联机方式，后者称为脱机方式。

1. 作业控制与作业管理

一般操作系统提供两种作业控制方式：一种为联机方式，另一种为脱机方式。

（1）联机方式。联机方式是通过直接输入作业控制命令，提交用户作业，运行用户作业。用户作业的提交是通过终端依次键入操作命令或可执行程序名提出运行请求，系统做出相应的处理，直至完成一个作业的计算要求。

命令的输入有两种方式。一种是交互式输入，用户每键入一条命令，操作系统接收命令，解释执行然后等待用户键下一条命令，直到作业完成为止。另一种是连续批处理输入，用户键入一条命令，不等这条命令执行完成（让这条命令在后台运行），用户又可键入下一条命令，而连续键入若干命令形成命令串，由操作系统自动地对这些命令逐个取出并解释执行多行，最后给出计算结果。

（2）脱机方式。脱机方式是通过作业控制语言（也称做业控制命令），编写用户作业说明书。这种方式中，用户不直接干预作业的运行，而是把作业与作业说明书一起交给系统，当系统调度到这个程序时，由操作系统根据作业说明书对其中的作业控制语言和命令解释执行。

早期的脱机作业方式是由操作员接收用户的请求再提交给系统的。现代操作系统提供了让用户经终端把作业和作业说明书直接提交给系统的能力。

2. 作业状态及其转换

一个作业从交给计算机系统到执行结束退出系统，一般都要经历提交、后备、执行和完成4 个状态。其状态转换如图 1-13 所示。

（1）提交状态。作业由输入设备进入外存储器（也称输入井）的过程称为提交状态。处于提交状态的作业，其信息正在进入系统。

（2）后备状态。当作业的全部信息进入外存后，系统就为该作业建立一个作业控制块（Job Control Block，JCB）。系统通过 JCB 感知作业的存在。JCB 包括的主要内容包括作业名、作业状态、资源要求、作业控制方式、作业类型及作业优先权等。

（3）执行状态。一个后备作业被作业调度程序选中而分配了必要的资源并进入了内存，作业调度程序同时为其建立了相应的进程后，该作业就由后备状态变成了执行状态。

（4）完成状态。当作业正常运行结束，它所占用的资源尚未全部被系统回收时的状态为完成状态。

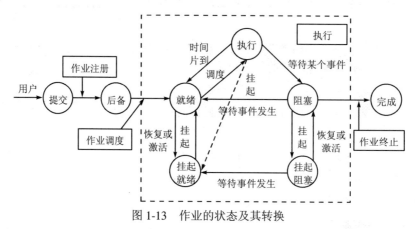

图 1-13　作业的状态及其转换

3. 处理机调度

处理机调度通常分为三级调度：高级调度、中级调度和低级调度。

（1）高级调度。高级调度也称为作业调度。高级调度的主要功能是在批处理作业的后备作业队列中选择一个或者一组作业，为它们建立进程，分配必要的资源，使它们能够运行起来。

（2）中级调度。中级调度也称为交换调度。中级调度决定进程在内、外存之间的调入、调出。其主要功能是在内存资源不足时将某些处于等待状态或就绪状态的进程调出内存，腾出空间后，再将外存上的就绪进程调入内存。

（3）低级调度。低级调度也称为进程调度。低级调度的主要功能是确定处理器在就绪进程间的分配。

4. 作业调度

作业调度主要完成从后备状态到执行状态的转变及从执行状态到完成状态的转变。

作业调度算法有许多种。与进程调度相似，调度算法有的适宜于单道系统，有的适宜于多道系统。作业调度算法有：

（1）先来先服务。按作业到达的先后次序调度，它不利于短作业。

（2）短作业优先（Short Job First，SJF）。按作业的估计运行时间调度，估计运行时间短的作业优先调度。它不利于长作业，可能会使一个估计运行时间长的作业迟迟得不到服务。

（3）响应比高者优先（Highest Response Ratio Next，HRRN）。综合上述两者，既考虑作业估计运行时间，又考虑作业等待时间，响应比是：

$$HRRN = (估计运行时间+等待时间)/估计运行时间$$

（4）优先级调度。根据作业的优先级别，优先级高者先调度。

5. 用户接口

用户接口也称为用户界面，其含义有两种，一种是指用户与操作系统交互的途径和通道，即操作系统的接口；另一种是指这种交互环境的控制方式，即操作环境。

（1）操作系统的接口。操作系统的接口又可分成命令接口和程序接口。命令接口包含键盘命令和作业控制命令；程序接口又称为编程接口或系统调用，程序经编程接口请求系统服务，即通过系统调用程序与操作系统通信。系统调用是操作系统提供给编程人员的唯一接口。系统调用对用户屏蔽了操作系统的具体动作而只提供有关功能。系统调用大致分为设备管理、文件管理、进程控制、进程通信和存储管理等。

（2）操作环境。操作环境支持命令接口和程序接口，提供友好的、易用的操作平台。操作系统的交互界面已经从早期的命令驱动方式，发展到菜单驱动方式、图符驱动方式和视窗操作环境。

1.3 网络操作系统

当今时代，网络无处不在，要使网络为用户服务，网络操作系统起着重要作用。

1.3.1 类型与功能

NOS 是使网络上各计算机能方便而有效地共享网络资源，为网络用户提供所需的各种服务软件和有关规则的集合。NOS 的基本组成包括：运行在服务器上的操作系统和运行在桌面 PC 式客户系统上的软件。目前最流行的 NOS 有 NetWare 系列、Windows NT、UNIX、Linux，以及相应的网络服务软件等。

NOS 按照网络地理范围分别有广域网 NOS 和局域网 NOS；按提供服务的方式或控制方式分为客户机/服务器结构的 NOS 和对等结构的 NOS；若根据支持 NOS 的单机操作系统的类型分，又有基于 CP/M 的 NOS、基于 MS-DOS 的 NOS、基于 OS/2 的 NOS 和基于专用 OS 的 NOS。

NOS 是建立在主机操作系统基础上，用于管理网络通信和共享资源，协调各主机上任务的运行，并向用户提供统一有效的网络接口的软件集合。它是网络范围的操作系统，具有以下 4 个基本功能：

（1）网络通信。主要是实现源主机与目标主机之间无差错的数据传输。

（2）资源管理。采用统一的、有效的方法协调诸用户对共享资源的使用，让用户使用远地资源也像使用本地资源一样。

（3）提供多种网络服务。主要有：电子邮件服务，为用户传送实时和非实时的电子邮件；文件传送和操纵服务，把文件从源站传送到目标站，或向远地站存取文件等；作业传送和操纵服务，将作业传送至目标站进行处理。

（4）提供网络接口。向网络用户提供统一地、经济地使用网络共享资源和取得网络服务的网络接口，使用户无须了解很多共享资源的属性和有关网络的知识。

最常见的 NOS 只是控制局域网上的文件和数据库服务器及提供打印机共享。它除了应具有通常操作系统应具有的处理机管理、存储器管理、设备管理和文件管理功能外，还应具有以下两大功能：高效、可靠的网络通信能力和多种网络服务功能。

NOS 由运行在服务器上的操作系统及运行在桌面 PC 或客户系统上的软件组成，以实现 NOS 的两个基本要求：允许在局域网上的资源共享，使现有 PC 操作系统不作改变仍继续运行。一些 NOS 需要专门的服务器来处理共享任务，称为服务器操作系统。另一些 NOS 支持非专用的服务器，即将服务器功能和桌面 PC 结合在一起，这一种是用于对等式的局域网的。

NOS 的服务器软件管理提供给客户工作站的所有服务，是 NOS 的主要组成部分。这些功能主要是文件处理、打印机服务、网络的通信管理，以及安全功能。

1.3.2 网络管理控制

NOS 的核心配置在网络服务器上，每个工作站上配置工作站网络软件。这样，NOS 主要由 4 部分组成，分别是工作站网络软件、网络环境软件、网络服务软件和网络管理软件。

1. 工作站网络软件

在工作站上配置网络软件的主要目的是实现客户与服务器的交互，使工作站上的用户能访问文件服务器上的文件系统和共享资源。因此，在工作站一般配置有重定向程序（Redirector）和网络基本输入/输出系统（Net BIOS）。

（1）重定向程序。对于 C/S（Client/Server，客户/服务器）模式，其工作站上的用户请求可分为两类：

- 本地请求。用户请求访问本地 DOS 系统，如访问本地的文件系统和资源；
- 文件服务器请求。用户请求访问文件服务器上的文件系统和共享资源。

为使用户能以相同的方式请求访问本地系统和文件服务器，在工作站上配置网络请求解释程序。该程序的基本任务是对工作站所发出的请求进程正确地导向。网络请求解释程序在接受工作站发来的请求后，先判断该请求是本地请求还是服务器请求。若是本地请求，便直接将该请求转给本地操作系统，并按常规方式进程处理；若是文件服务器请求，则应把本次请求中所提供的命令及参数，按照某种 C/S 协议形成请求包，再通过传输协议软件和网络适配器，将该包发往文件服务器。

（2）网络基本输入/输出系统。在 C/S 模式中，为使客户端能与服务器进行交互，就必须在工作站的网络应用软件和局域网硬件之间再配置传输协议软件，用于将工作站形成的对服务器的请求包传输给服务器，以及将服务器的相应包返回给工作站。

NetBIOS 是网络应用程序与局域网硬件之间的界面程序，它可使网络应用程序以显式命令方式访问局域网设施，以实现工作站与服务器之间的通信。NetBIOS 在本质上是一种传输协议软件，它能应用于各种局域网环境，它所提供的、供应用程序使用的一组命令与硬件无关。由于 NetBIOS 具有与硬件、软件无关性，因而它具有较好的可移植性。

API（Application Programming Interface，应用编程接口）作为 NetBIOS 的应用程序界面，它建立在 OSI/RM（Open System Interconnection/Reference Model，开放系统互联参考模型）中的两个层次上。

- 数据链路层。它能在网络的两个工作站间传送数据报，每个数据报的长度为 0～512 字节。应用程序可以使用 NetBIOS 所提供的数据报支持命令，来发送和接收数据报。
- 会话层。它协调两站应用层之间的互相作用，并支持它们之间实现可靠的数据传输。应用程序可利用 NetBIOS 所提供的会话支持命令来请求开始会话、结束会话及交换较大的信息包（0~64KB）。

2．网络环境软件

在服务器上配置网络环境软件的目的主要有：

（1）为多任务的高度并发执行提供良好环境；

（2）对工作站和服务器之间的报文传送进行管理；

（3）提供高速的多用户文件系统。

因此，网络环境软件主要包括：

（1）多任务软件。在网络环境中配置多任务的核心以支持服务器中的多个进程（网络通信进程、多个服务器进程、控制台命令进程、磁盘进程和假脱机打印进程等）的并发执行。

（2）传输协议软件。为了实现网络的户操作性，在 NOS 中需配置多种类型的传输协议。这样，NOS 可使网络服务器和基于这些协议的主机和局域网实现联通。

（3）多用户文件系统。文件服务是目前 NOS 所提供的最重要的服务。NOS 操作系统应支持多用户同时访问和文件共享，并采取多种方法，如增加高速缓冲区、采用电梯调度算法等来提高访问文件的速度和保证文件的安全性。

3．网络服务软件

网络是否受用户欢迎，在很大程度上取决于 NOS 所提供的网络服务。随着 NOS 的日益完善，其所提供的网络服务也日益丰富。NOS 主要提供以下几种服务：

（1）名字服务。名字服务是管理网络上所有对象的名字，例如，进程名、服务器名、各种资源名、文件及目录名等。名字服务器实质上包含了一个存放名字及其属性的数据库系统，以及向用户提供的以透明方式寻址和定位服务的软件。当用户要访问某一对象时，只需输入该对象的名字而不需知道该对象的物理位置。

（2）多用户文件服务。该服务提供用户（程序）对服务器中的目录和文件进程有效地及可控制地访问。对文件的访问由服务器进行管理，即先由用户向服务器提出文件服务请求，然后由工作站网络软件将该请求发送给服务器，这样避免两个工作站同时访问某一个存储空间。

（3）打印服务。NOS 提供以假脱机方式实现打印机共享的服务。当工作站用户有数据需要打印输出时，可将数据送到服务器的打印机上进行打印。由打印服务程序在服务器上生成一个假脱机文件，并将它送打印队列中等待打印。假脱机打印程序从打印队列中依次取出假脱机文件进行打印。

（4）电子邮件服务。工作站上的用户可以利用电子邮件服务，把邮件发送给网络中的任一工作站用户、以及 Internet 工作站上的用户。电子邮件服务还提供群组和广播方式发送电子邮件。

4．网络管理软件

（1）安全性管理。安全性管理是 NOS 必须提供的基本管理功能。它通过对不同用户授予不同的访问权限及规定文件与目录的存取权限这一方式来实现对数据的保护。目前，NOS 一般可设置 4 级访问控制。

- 系统级控制。用于控制用户的入网。
- 用户级控制。对不同用户授予不同的访问权限。
- 目录级控制。为各目录规定访问权限。
- 文件级控制。通过对文件属性的设置来实现对文件的访问。

（2）容错。容错技术保证数据不至于因系统故障而丢失或出错。

- 第一级容错。用于防止因磁盘表面的缺陷、目录和文件分配表 FAT 的出错所引起的数据丢失；
- 第二级容错。防止因磁盘驱动器故障和磁盘控制器故障而引起的数据丢失。
- 第三级容错。防止因服务器故障而导致系统瘫痪。

有关容错的更多知识，请阅读 16.6 节。

（3）备份。通过安全备份数据文件来实现数据保护。有两种备份方式，分别是脱机备份和联机备份。有关备份的更多知识，请阅读 2.6 节。

（4）性能监测。通过对网络性能的监测，可及时了解网络的运行情况并发现故障，有助于网络管理员及时采取措施来排除故障和提高网络的运行效率。性能监测的范围是：网络中分组的流量、服务器的性能、硬盘性能及网卡的操作等。

第2章 数据库系统

随着应用系统的规模越来越大，现在的系统开发大部分都基于数据库的应用，因此，作为一名系统架构设计师，要熟练地掌握数据库系统的设计方法和技术。

本章在宏观上就系统架构设计师必须要掌握的内容进行介绍，有关细节方面的知识，读者如果感兴趣，可以参考《数据库工程师考试考点分析与真题详解》（王勇，电子工业出版社）。

2.1 数据库管理系统的类型

通常有多个分类标准。

第一个标准是数据库管理系统（DataBase Management System，DBMS）所基于的数据模型。当前，许多商业 DBMS 中所用的主要数据模型是关系数据模型。有些商业系统中实现了对象数据模型，但未得到广泛使用。许多传统（较老的）应用仍然在基于层次和网状数据模型的数据库系统上运行。关系 DBMS 一直在向前发展，特别是它还结合了对象数据库中开发的一些概念。这样就促使一种新的数据库类型得以出现，即对象-关系 DBMS。因此基于数据模型，可以将 DBMS 划分为以下几类：关系 DBMS、对象 DBMS、对象-关系 DBMS、层次 DBMS、网状 DBMS 及其他 DBMS。

第二个分类标准是系统所支持的用户数。单用户系统（single-user system）一次只支持一个用户，大多数情况下，这种系统都用在个人计算机上。多用户系统（multiuser system）占 DBMS 的大多数，可同时支持多个用户。

第三个分类标准是数据库分布至多少个站点（站点数）。如果 DBMS 只位于单一的一台计算机上，那么这个 DBMS 就是集中式的。集中式 DBMS 可以支持多个用户，但 DBMS 和数据库本身完全在一台计算机上。分布式 DBMS（DDBMS）可以使实际的数据库和 DBMS 软件分布在多个站点上，并通过计算机网络相连接。同构 DDBMS 在多个站点上使用同样的 DBMS 软件。最近的趋势是开发软件来访问在异构 DBMS 下存储的多个原有自治数据库。这就引出了联合 DBMS（或多数据库系统），在这样的系统里，各 DBMS 是松耦合的，并有一定程度的本地自治性。许多 DDBMS 都使用客户/服务器体系结构。

第四个分类标准是 DBMS 的价格。大多数 DBMS 包的价格都是在 1 万～10 万美元。用于微机的单用户低端系统的价格在 100～3000 美元。作为另一个极端，一些精心设计的系统包价格竟达 10 万美元以上。

也可以根据存储文件的存取路径类型来划分 DBMS。一种很有名的 DBMS 所基于的就是调整的文件结构。

最后，可将 DBMS 分为通用 DBMS 和专用 DBMS。如果系统性能是优先考虑的问题，那么可以针对某个特定应用设计并构建一个专用 DBMS；倘若未做重要修改，这种系统将无法用于其他应用。过去开发的一些航空订票系统和电话目录系统就是专用 DBMS。这些系统可以划归为联机事务处理（On-Line Transaction Processing，OLTP）系统，OLTP 必须在不增加过多延时的条件下支持大量的并发事务。

2.2 数据库模式与范式

数据库模式与范式是数据库系统中的两个重要概念，是进行数据库设计的基础。

2.2.1 数据库的结构与模式

数据库技术中采用分级的方法，将数据库的结构划分为多个层次。最著名的是美国 ANSI/SPARC 数据库系统研究组 1975 年提出的三级划分法，如图 2-1 所示。

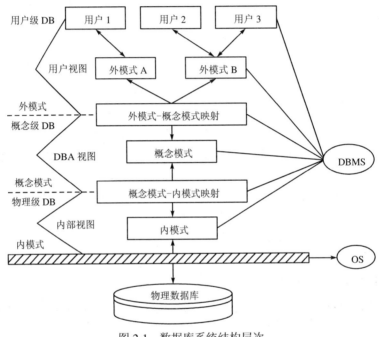

图 2-1 数据库系统结构层次

1. 三级抽象

数据库系统划分为三个抽象级：用户级、概念级、物理级。

（1）用户级数据库。用户级数据库对应于外模式，是最接近于用户的一级数据库，是用户看到和使用的数据库，又称用户视图。用户级数据库主要由外部记录组成，不同用户视图可以互相重叠，用户的所有操作都是针对用户视图进行的。

（2）概念级数据库。概念级数据库对应于概念模式，介于用户级和物理级之间，是所有用户视图的最小并集，是数据库管理员看到和使用的数据库，又称 DBA（DataBase Administrator，数据库管理员）视图。概念级数据库由概念记录组成，一个数据库可有多个不同的用户视图，每个用户视图由数据库某一部分的抽象表示组成。一个数据库应用系统只存在一个 DBA 视图，它把数据库作为一个整体的抽象表示。概念级模式把用户视图有机地结合成一个整体，综合平衡考虑所有用户要求，实现数据的一致性、最大限度降低数据冗余、准确地反映数据间的联系。

（3）物理级数据库。物理级数据库对应于内模式，是数据库的低层表示，它描述数据的实际存储组织，是最接近于物理存储的级，又称内部视图。物理级数据库由内部记录组成，物理级数据库并不是真正的物理存储，而是最接近于物理存储的级。

2．三级模式

数据库系统的三级模式为概念模式、外模式、内模式。

（1）概念模式。概念模式（模式、逻辑模式）用于描述整个数据库中数据库的逻辑结构，描述现实世界中的实体及其性质与联系，定义记录、数据项、数据的完整性约束条件及记录之间的联系，是数据项值的框架。

数据库系统概念模式通常还包含有访问控制、保密定义、完整性检查等方面的内容，以及概念/物理之间的映射。

概念模式是数据库中全体数据的逻辑结构和特征的描述，是所有用户的公共数据视图。一个数据库只有一个概念模式。

（2）外模式。外模式（子模式、用户模式）用于描述用户看到或使用的那部分数据的逻辑结构，用户根据外模式用数据操作语句或应用程序去操作数据库中的数据。外模式主要描述组成用户视图的各个记录的组成、相互关系、数据项的特征、数据的安全性和完整性约束条件。

外模式是数据库用户（包括程序员和最终用户）能够看见和使用的局部数据的逻辑结构和特征的描述，是数据库用户的数据视图，是与某一应用有关的数据的逻辑表示。一个数据库可以有多个外模式。一个应用程序只能使用一个外模式。

（3）内模式。内模式是整个数据库的最低层表示，不同于物理层，它假设外存是一个无限的线性地址空间。内模式定义的是存储记录的类型、存储域的表示以及存储记录的物理顺序，指引元、索引和存储路径等数据的存储组织。

内模式是数据物理结构和存储方式的描述，是数据在数据库内部的表示方式。一个数据库只有一个内模式。

内模式、模式和外模式之间的关系如下：

（1）模式是数据库的中心与关键；

（2）内模式依赖于模式，独立于外模式和存储设备；

（3）外模式面向具体的应用，独立于内模式和存储设备；

（4）应用程序依赖于外模式，独立于模式和内模式。

3．两级独立性

数据库系统两级独立性是指物理独立性和逻辑独立性。三个抽象级间通过两级映射（外模式/模式映射，模式/内模式映射）进行相互转换，使得数据库的三级形成一个统一的整体。

（1）物理独立性。物理独立性是指用户的应用程序与存储在磁盘上的数据库中的数据是相互独立的。当数据的物理存储改变时，应用程序不需要改变。

物理独立性存在于概念模式和内模式之间的映射转换，说明物理组织发生变化时应用程序的独立程度。

（2）逻辑独立性。逻辑独立性是指用户的应用程序与数据库中的逻辑结构是相互独立的。

当数据的逻辑结构改变时，应用程序不需要改变。

逻辑独立性存在于外模式和概念模式之间的映射转换，说明概念模式发生变化时应用程序的独立程度。

 希赛教育专家提示：逻辑独立性比物理独立性更难实现。

2.2.2　数据模型

数据模型主要有两大类，分别是概念数据模型（实体联系模型）和基本数据模型（结构数据模型）。

概念数据模型是按照用户的观点来对数据和信息建模，主要用于数据库设计。概念模型主要用实体-联系方法（Entity-Relationship Approach）表示，所以也称 E-R 模型。

基本数据模型是按照计算机系统的观点来对数据和信息建模，主要用于 DBMS 的实现。基本数据模型是数据库系统的核心和基础。基本数据模型通常由数据结构、数据操作和完整性约束三部分组成。其中数据结构是对系统静态特性的描述，数据操作是对系统动态特性的描述，完整性约束是一组完整性规则的集合。

常用的基本数据模型有层次模型、网状模型、关系模型和面向对象模型。

层次模型用树型结构表示实体类型及实体间联系。层次模型的优点是记录之间的联系通过指针来实现，查询效率较高。层次模型的缺点是只能表示 1:n 联系，虽然有多种辅助手段实现 m:n 联系，但较复杂，用户不易掌握。由于层次顺序的严格和复杂，引起数据的查询和更新操作很复杂，应用程序的编写也比较复杂。

网状模型用有向图表示实体类型及实体间联系。网状模型的优点是记录之间的联系通过指针实现，m:n 联系也容易实现，查询效率高。其缺点是编写应用程序比较复杂，程序员必须熟悉数据库的逻辑结构。

关系模型用表格结构表达实体集，用外键表示实体间联系。其优点有：

（1）建立在严格的数学概念基础上；

（2）概念单一（关系），结构简单、清晰，用户易懂易用；

（3）存取路径对用户透明，从而数据独立性、安全性好，简化数据库开发工作。

关系模型的缺点主要是由于存取路径透明，查询效率往往不如非关系数据模型。为了后面介绍的方便，先看几个基本概念。

（1）域：一组具有相同数据类型的值的集合。

（2）笛卡儿积：给定一组域 D_1，D_2，…，D_n，这些域中可以有相同的。D_1，D_2，…，D_n 的笛卡儿积为：

$$D_1 \times D_2 \times … \times D_n = \{(d_1,\ d_2,\ …,\ d_n) | d_j \in D_j,\ j=1,\ 2,\ …,\ n\}$$

其中每一个元素（d_1，d_2，…，d_n）叫做一个 n 元组（简称为元组）。元组中的每一个值 d_j 叫作一个分量。

（3）关系：$D_1 \times D_2 \times … \times D_n$ 的子集叫作在域 D_1、D_2、…、D_n 上的关系，用

$$R(D_1，D_2，…，D_n)$$

表示。这里 R 表示关系的名字，n 是关系的目或度。

关系中的每个元素是关系中的元组，通常用 t 表示。关系是笛卡儿积的子集，所以关系也是一个二维表，表的每行对应一个元组，表的每列对应一个域。由于域可以相同，为了加以区分，必须对每列起一个名字，称为属性。

若关系中的某一属性组的值能唯一地标识一个元组，则称该属性组为候选码（候选键）。若一个关系有多个候选码，则选定其中一个为主码（主键）。主码的诸属性称为主属性。不包含在任何候选码中的属性称为非码属性（非主属性）。在最简单的情况下，候选码只包含一个属性。在最极端的情况下，关系模型的所有属性组是这个关系模型的候选码，称为全码。

关系可以有三种类型：基本关系（通常又称为基本表或基表）、查询表和视图表。基本表是实际存在的表，它是实际存储数据的逻辑表示。查询表是查询结果对应的表。视图表是由基本表或其他视图表导出的表，是虚表，不对应实际存储的数据。

基本关系具有以下 6 条性质：

（1）列是同质的，即每一列中的分量是同一类型的数据，来自同一个域。

（2）不同的列可出自同一个域，称其中的每一列为一个属性，不同的属性要给予不同的属性名。

（3）列的顺序无所谓，即列的次序可以任意交换。

（4）任意两个元组不能完全相同。但在大多数实际关系数据库产品中，例如 Oracle 等，如果用户没有定义有关的约束条件，它们都允许关系表中存在两个完全相同的元组。

（5）行的顺序无所谓，即行的次序可以任意交换。

（6）分量必须取原子值，即每一个分量都必须是不可分的数据项。

关系的描述称为关系模型。一个关系模型应当是一个五元组。它可以形式化地表示为：R（U，D，DOM，F）。其中 R 为关系名，U 为组成该关系的属性名集合，D 为属性组 U 中属性所来自的域，DOM 为属性向域的映象集合，F 为属性间数据的依赖关系集合。关系模型通常可以简记为：R（A_1，A_2，…，A_n）。其中 R 为关系名，A_1，A_2，…，A_n 为属性名。

关系实际上就是关系模型在某一时刻的状态或内容。也就是说，关系模型是型，关系是它的值。关系模型是静态的、稳定的，而关系是动态的、随时间不断变化的，因为关系操作在不断地更新着数据库中的数据。但在实际当中，常常把关系模型和关系统称为关系，读者可以从上下文中加以区别。

在关系模型中，实体以及实体间的联系都是用关系来表示。在一个给定的现实世界领域中，相应于所有实体及实体之间的联系的关系的集合构成一个关系数据库。

关系数据库也有型和值之分。关系数据库的型也称为关系数据库模式，是对关系数据库的描述，是关系模型的集合。关系数据库的值也称为关系数据库，是关系的集合。关系数据库模式与关系数据库通常统称为关系数据库。

2.2.3　数据的规范化

关系模型满足的确定约束条件称为范式，根据满足约束条件的级别不同，范式由低到高分为 1NF（第一范式）、2NF（第二范式）、3NF（第三范式）、BCNF（BC 范式）、4NF（第四范式）等。不同的级别范式性质不同。

把一个低一级的关系模型分解为高一级关系模型的过程，称为关系模型的规范化。关系模型分解必须遵守两个准则。

（1）无损连接性：信息不失真（不增减信息）。

（2）函数依赖保持性：不破坏属性间存在的依赖关系。

规范化的基本思想是逐步消除不合适的函数依赖，使数据库中的各个关系模型达到某种程度的分离。规范化解决的主要是单个实体的质量问题，是对于问题域中原始数据展现的正规化处理。

规范化理论给出了判断关系模型优劣的理论标准，帮助预测模式可能出现的问题，是数据库逻辑设计的指南和工具，具体有：

（1）用数据依赖的概念分析和表示各数据项之间的关系。

（2）消除 E-R 图中的冗余联系。

1．函数依赖

通俗地说，就像自变量 x 确定之后，相应的函数值 $f(x)$ 也就唯一地确定了一样，函数依赖是衡量和调整数据规范化的最基础的理论依据。

例如，记录职工信息的结构如下：

职工工号（EMP_NO）

职工姓名（EMP_NMAE）

所在部门（DEPT）。

则说 EMP_NO 函数决定 EMP_NMAE 和 DEPT，或者说 EMP_NMAE，DEPT 函数依赖于 EMP_NO，记为：EMP_NO→EMP_NMAE，EMP_NO→DEPT。

关系 $R<U, F>$ 中的一个属性或一组属性 K，如果给定一个 K 则唯一决定 U 中的一个元组，也就是 U 完全函数依赖于 K，就称 K 为 R 的码。一个关系可能有多个码，选其一个作为主码。

包含在任一码中的属性称为主属性，不包含在任何码中的属性称为非主属性。

关系 R 中的属性或属性组 X 不是 R 的码，但 X 是另一个关系模型的码，称 X 是 R 的外码。

主码和外码是一种重要的表示关系间关联的手段。数据库设计中一个重要的任务就是要找到问题域中正确的关联关系，孤立的关系模型很难描述清楚业务逻辑。

2．第一范式

1NF 是最低的规范化要求。如果关系 R 中所有属性的值域都是简单域，其元素（即属性）不可再分，是属性项而不是属性组，那么关系模型 R 是第一范式的，记作 $R \in 1NF$。这一限制是关系的基本性质，所以任何关系都必须满足第一范式。第一范式是在实际数据库设计中必须首先达到的，通常称为数据元素的结构化。

例如，表 2-1 所示的结构就不满足 1NF 的定义。

表 2-1　不满足 1NF 的结构

职工工号	职工姓名	住址
32060231	张晓明	江苏省南通市人民路 56 号[226001]

表 2-1 为非第一范式，分解如表 2-2 所示。

表 2-2　满足 1NF 的结构

职工工号	职工姓名	所在省	所在市	详细地址	邮编
32060231	张晓明	江苏省	南通市	人民路 56 号	226001

这就满足了第一范式。经过处理后，就可以以省、市为条件进行查询和统计了。

满足 1NF 的关系模型会有许多重复值，并且增加了修改其数据时引起疏漏的可能性。为了消除这种数据冗余和避免更新数据的遗漏，需要更加规范的 2NF。

3．第二范式

如果一个关系 *R* 属于 1NF，且所有的非主属性都完全地依赖于主属性，则称之为第二范式，记作 *R*∈2NF。

为了说明问题，现举一个例子来说明：

有一个获得专业技术证书的人员情况登记表结构为：

省份、姓名、证书名称、证书编号、核准项目、发证部门、发证日期、有效期。

这个结构符合 1NF，其中"证书名称"和"证书编号"是主码，但是因为"发证部门"只完全依赖与"证书名称"，即只依赖于主关键字的一部分（即部分依赖），所以它不符合 2NF，这样首先存在数据冗余，因为证书种类可能不多。其次，在更改发证部门时，如果漏改了某一记录，存在数据不一致性。再次，如果获得某种证书的职工全部跳槽了，那么这个发证部门的信息就可能丢失了，即这种关系不允许存在某种证书没有获得者的情况。

可以用分解的方法消除部分依赖的情况，而使关系达到 2NF 的标准。方法是，从现有关系中分解出新的关系表，使每个表中所有的非关键字都完全依赖于各自的主关键字。可以分解成两个表（省份、姓名、证书名称、证书编号、核准项目、发证日期、有效期）和（证书名称、发证部门）。这样就完全符合 2NF 了。

4．第三范式

如果一个关系 *R* 属于 2NF，且每个非主属性不传递依赖于主属性，这种关系是 3NF，记作 *R*∈3NF。

从 2NF 中消除传递依赖，就是 3NF。例如，有一个表（职工姓名，工资级别，工资额），其中职工姓名是关键字，此关系符合 2NF，但是因为工资级别决定工资额，也就是说非主属性"工资额"传递依赖于主属性"职工姓名"，它不符合 3NF，同样可以使用投影分解的办法分解成两个表：（职工姓名，工资级别），（工资级别，工资额）。

5．BC 范式

一般满足 3NF 的关系模型已能消除冗余和各种异常现象，获得比较满意的效果，但无论

2NF 还是 3NF 都没有涉及主属性间的函数依赖，所以有时仍会引起一些问题。由此引入 BC 范式（由 Boyeet 和 Codd 提出）。通常认为 BCNF 是第三范式的改进。

BC 范式的定义：如果关系模型 $R \in 1NF$，且 R 中每一个函数依赖关系中的决定因素都包含码，则 R 是满足 BC 范式的关系，记做 $R \in BCNF$。

当一个关系模型 $R \in BCNF$，则在函数依赖范畴里，就认为已彻底实现了分离，消除了插入、删除的异常。

综合 1NF、2NF 和 3NF、BCNF 的内涵可概括如下：

（1）非主属性完全函数依赖于码（2NF 的要求）；

（2）非主属性不传递依赖于任何一个候选码（3NF 的要求）；

（3）主属性对不含它的码完全函数依赖（BCNF 的要求）；

（4）没有属性完全函数依赖于一组非主属性（BCNF 的要求）。

6．多值依赖和 4NF

第四范式是 BC 范式的推广，是针对有多值依赖的关系模型所定义的规范化形式。

多值依赖：关系模型 $R<U, F> \in 1NF$，X、Y 是 U 的非空子集，$Z=U\text{-}X\text{-}Y$ 也非空，若任取一组值对 $<x, z>$，都可决定一组 $<y1 \backslash y2 \backslash \ldots \backslash yn>$ 值，且此决定关系与 z 值无关，就称 Y 多值依赖于 X，记做 $X \rightarrow \rightarrow Y$。

定义：关系模型 $R<U, F> \in 1NF$，若对任一多值依赖 $X \rightarrow \rightarrow Y$，$X$ 必包含 R 的主键，称 R 是第四范式的，记作：$R \in 4NF$。

例如，表 2-3 表示关系 R（ypm，bm，sccj）。

表 2-3　关系 R

用品名（ypm）	部门（bm）	生产厂家（sccj）
办公桌	生产经营部	美时办公用品公司
办公桌	总经理办公室	华鹤家具有限公司
办公椅	生产经营部	美时办公用品公司
办公椅	总经理办公室	华鹤家具有限公司
办公椅	计划部	华鹤家具有限公司

分析上表，这是实际工作中常见的登记表，抛开是否规范不说，这样的登记表一目了然。但从规范化的角度来看，对 ypm 的一个值，不论 sccj 取什么值，总有一组确定的 bm 与之对应，所以有 ypm$\rightarrow \rightarrow$bm，同样分析有 ypm$\rightarrow \rightarrow$sccj，此关系是全码，这说明 R 不满足 4NF，此种关系模型有数据冗余和修改量大等弊端。可用分解法消除不满足 4NF 的多值依赖。解决办法：把 R 分解为 $R1$（ypm，bm），$R2$（ypm，sccj）。

7．非规范化处理

规范化设计所带来的性能问题在实际应用中可能令人无法承受。如果出现这种情况，就要进行非规范化。非规范化就是为了获得性能上的要求所进行的违反规范化规则的操作，由于非规范化几乎必然导致冗余，占用更多的存储空间，因此它需要对性能和空间进行平衡考虑，需要不断地尝试和评估过程。进行非规范化有很多方法，不过大部分都与实际应用有关系，包括冗余属性，合并表等。可以根据实际的应用进行选择，找到最有效的方法。

2.3　数据操纵和使用

结构化查询语言（Structured Query Language，SQL），由 Boyce 和 Chamberlin 于 1974 年提出，1975～1979 年，IBM San Jose Research Lab 的关系数据库管理系统原型 System R 实现了这种语言。SQL-86 是第一个 SQL 标准（SQL 语言在 1986 年被美国国家标准化组织 ANSI 批准为关系数据库语言的国家标准，1987 年又被国际标准化组织 ISO 批准为国际标准，此标准也于 1993 年被我国批准为中国国家标准），后续的有 SQL-89、SQL-92（SQL2）、SQL-99（SQL3）等。现在大部分 DBMS 产品都支持 SQL，但每个产品对 SQL 的具体支持程度不尽相同。

SQL 的特点主要体现在以下几个方面：

（1）集数据定义语言、数据操纵语言、数据控制语言的功能于一体，语言风格统一。

（2）存取路径的选择及 SQL 语句的操作过程由系统自动完成，减轻了用户负担，提高了数据独立性。

（3）采用集合的操作方式。

（4）既是自含式语言（联机交互），又是嵌入式语言（宿主语言）。

（5）语言简洁，易学易用。

2.4　数据库设计

数据库设计的过程是将数据库系统与现实世界密切地、有机地、协调一致地结合起来的过程。数据库的设计质量与设计者的知识、经验和水平密切相关。作为数据库应用系统的重要组成部分，数据库设计的成败往往直接关系到整个应用系统的成败。

以数据库为基础的数据库应用系统与其他计算机应用系统相比往往具有数据量庞大、数据保存时间长、数据关联复杂、用户要求多样化等特点。

数据库设计中面临的主要困难和问题有：

（1）同时具备数据库知识与应用业务知识的人很少。懂得计算机与数据库的人一般都缺乏应用业务知识和实际经验，而熟悉应用业务的人又往往不懂计算机和数据库。

（2）项目初期往往不能确定应用业务的数据库系统的目标。

（3）缺乏完善的设计工具和设计方法。

（4）需求的不确定性。用户总是在系统的开发过程中不断提出新的要求，甚至在数据库建立之后还会要求修改数据库结构或增加新的应用。

（5）应用业务系统千差万别，很难找到一种适合所有业务的工具和方法，这就增加了研究数据库自动生成工具的难度。因此，研制适合一切应用业务的全自动数据库生成工具是不可能的。

2.4.1 数据库设计的特点

数据库设计的很多阶段都可以和软件工程的各阶段对应起来，软件工程的某些方法和工具同样也适合于数据库工程，但数据库设计还有很多自己的特点。

（1）从数据结构即数据模型开始，并以数据模型为核心展开。这是数据库设计的一个主要特点。

（2）静态结构设计与动态行为设计分离：静态结构设计是指数据库的模式结构设计，包括概念结构、逻辑结构和物理结构的设计。动态行为设计是指应用程序设计，包括功能组织、流程控制等方面的设计。传统的软件工程往往注重处理过程的设计，不太注重数据结构的设计，在结构程序设计中只要可能就尽量推迟数据结构的设计，而数据库设计正好与之相反，需要把主要精力放在数据结构的设计上，如数据库的表结构、视图等。

（3）试探性：数据库设计比较复杂，又缺少完善的设计模型和统一的过程，设计的过程往往是试探性的过程，因此设计的结果往往不是唯一的。有时多种方案并存，供设计者选择，而且这种选择并不是完全客观的，有时多少取决于用户的偏爱和观点。

（4）反复性：由于数据库设计是一种试探性的过程，这就决定了数据库的设计是一个反复推敲和修改的过程，而不可能"一气呵成"。

（5）多步性：传统的数据库设计采用直观设计法或单步设计法，它由设计者通过对用户的调查访问，确认需求，熟悉用户应用问题的语义，结合结构限制与 DBMS 功能，凭设计人员的经验进行分析、选择、综合与抽象之后，建立数据模型，并用 DDL 写出模式。由于这种设计方法要求设计人员有比较丰富的经验和熟练的技巧，不易为一般人所掌握，且因缺乏工程规范支持和科学根据，现已抛弃不用。新的数据库设计是分步（阶段）进行的。前一阶段的设计结果可作为后一阶段设计的依据，后一阶段也可向前一阶段反馈其要求，反复修改，逐步完善。

2.4.2 数据库设计的方法

目前已有的数据库设计方法可分为 4 类，即直观设计法、规范设计法、计算机辅助设计法和自动化设计法。直观设计法又称单步逻辑设计法，它依赖于设计者的知识、经验和技巧，缺乏工程规范的支持和科学根据，设计质量也不稳定，因此越来越不适应信息管理系统发展的需要。为了改变这种状况，1978 年 10 月，来自 30 多个欧美国家的主要数据库专家在美国新奥尔良市专门讨论了数据库设计问题，提出了数据库设计规范，把数据库设计分为需求分析阶段、概念结构设计阶段、逻辑结构设计阶段和物理结构设计阶段 4 个阶段。目前，常用的规范设计方法大多起源于新奥尔良方法，如基于 3NF 的设计方法、LRA 方法、基于 E-R 模型的数据库设计方法、基于视图概念的数据库设计方法等。下面对几种设计方法做简单介绍。

1. 基于 3NF 的数据库设计方法

这是由 S.Atre 提出的数据库设计的结构化设计方法，其基本思想是在需求分析的基础上，识别并确认数据库模式中的全部属性和属性间的依赖，将它们组织成一个单一的关系模型，然后再分析模式中不符合 3NF 的约束条件，用投影和连接的办法将其分解，使其达到 3NF 条件。其具体设计步骤分为 5 个阶段，如图 2-2 所示。

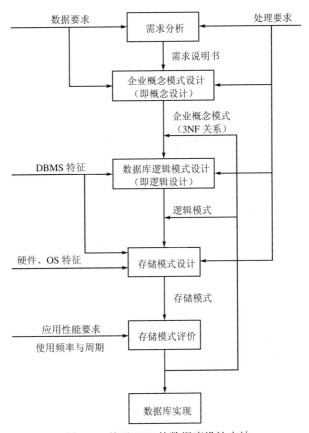

图 2-2 基于 3NF 的数据库设计方法

（1）设计企业模式。利用上述得到的 3NF 关系模型画出企业模式。具体包括：

- 分析应用环境，并设定环境中所使用的各种资料。
- 确定每一种报表各自所包含的数据元素。
- 确定数据元素之间的关系，如确定主关键字和一般的数据元素。
- 对每一组或若干组数据元素推导出 3NF 的关系模型。
- 在 3NF 关系模型的基础上画出数据库的企业模式。

（2）设计数据库逻辑模式。根据上一步得到的企业模式选定数据模型，从而得出适用于某个 DBMS 的逻辑模式。根据逻辑模式导出各种报表与事务处理所使用的外模式。

（3）设计数据库物理模式（存储模式）。根据数据库的逻辑模式和给定的计算机系统设计物理模式。

（4）评价物理模式。对物理模式估算空间利用情况，并推算输入输出的概率。必要时根据物理模式调整各种报表与事务处理的外模式。对外模式进行存取时间的估算。

（5）数据库实现。具体实现数据库。

2．LRA 方法

数据库设计的 LRA（Logical Record Access，逻辑记录存取）方法从用户的信息要求和处理要求出发，分三个阶段完成数据库的设计。

（1）需求分析。向现有和潜在的用户了解和收集有关的信息内容和处理要求，并将它们文本化。

（2）逻辑设计。又分信息结构设计和信息结构改进两步。前者主要是分析各种用户的信息要求，确定实体、属性及实体之间的联系，并综合成一个初始的数据库信息结构。信息结构改进的主要任务是根据设计的初始信息结构、处理要求和 DBMS 的特点，设计 DBMS 能处理的模式。它分三步完成，即首先定义局部信息结构，并将局部信息结构合并成全局信息结构；然后分别将全局信息结构和局部信息结构转换为 DBMS 所能支持的逻辑数据库结构和局部逻辑数据库结构；最后根据数据传送量、应用的处理频度、逻辑记录存取数等因素，改进逻辑数据库结构。

（3）物理设计。LRA 方法的物理设计与其他方法的物理设计类似。LRA 方法的特点是提供一种定量估算的方法，使得能够对数据库逻辑结构的性能进行分析，在可供选择的若干个结构中选择一个处理效率较高的结构，或者据此对现有的逻辑结构进行改进。为此，LRA 使用逻辑记录存取数表示在一个应用程序执行过程中对一个记录类型所要查找的记录的个数，记作 LRA 数。根据所有应用程序的 LRA 数及它们在单位时间内要执行的次数，就可以知道哪些应用程序可能要求的 I/O 次数最多，哪些应用程序在性能上起着主导地位，从而决定如何改进逻辑结构以提高处理效率。

3. 基于实体联系的数据库设计方法

1976 年，由 P.P.S.Chen 提出的 E-R 方法主要用于逻辑设计。其基本思想是在需求分析的基础上，用 E-R 图构造一个纯粹反映现实世界实体之间内在联系的企业模式，然后将此企业模式转换成选定的 DBMS 上的概念模式。E-R 方法简单易用，又克服了单步逻辑设计方法的一些缺点，因此成为比较流行的方法之一。但由于它主要用于逻辑设计，故 E-R 方法往往成为其他设计方法的一种工具。

4. 基于视图概念的数据库设计方法

此方法先从分析各个应用的数据着手，为每个应用建立各自的视图，然后再把这些视图汇总起来合并成整个数据库的概念模式。合并时必须注意解决下列问题：

（1）消除命名冲突。

（2）消除冗余的实体和联系。

（3）进行模式重构。

在消除了命名冲突和冗余后，需要对整个汇总模式进行调整使其满足全部完整性约束条件。

5. 面向对象的关系数据库设计方法

面向对象的数据库设计（即数据库模式）思想与面向对象数据库管理系统（Object-Oriented DBMS，OODBMS）理论不能混为一谈。前者是数据库用户定义数据库模式的思路，而后者是数据库管理程序的思路。用户使用面向对象方法学可以定义任何一种 DBMS 数据库，即网络型、层次型、关系型、面向对象型均可。对象的数据库设计从对象模型出发，属于实体主导型设计。

数据库设计（模式）是否支持应用系统的对象模型是判断是否是面向对象数据库系统的基

本出发点。应用系统对象模型向数据库模式的映射是面向对象数据库设计的核心和关键，其实质就是向数据库表的变换过程。有关的变换规则简单归纳如下：

（1）一个对象类可以映射为一个以上的库表，当类间有一对多的关系时，一个表也可以对应多个类。

（2）关系（一对一、一对多、多对多及三项关系）的映射可能有多种情况，但一般映射为一个表，也可以在对象类表间定义相应的外键。对于条件关系的映射，一个表至少应有三个属性。

（3）单一继承的泛化关系可以对超类、子类分别映射表，也可以不定义父类表而让子类表拥有父类属性，反之，也可以不定义子类表而让父类表拥有全部子类属性。

（4）对多重继承的超类和子类分别映射表，对多次多重继承的泛化关系也映射一个表。

（5）对映射后的库表进行冗余控制调整，使其达到合理的关系范式。

面向对象关系数据库设计效果可归纳为：

（1）数据库结构清晰，便于实现面向对象的程序设计。

（2）数据库对象具有独立性，便于维护。

（3）需求变更时程序与数据库重用率高，修改少。

6．计算机辅助数据库设计方法

计算机辅助数据库设计是数据库设计趋向自动化的一个重要步骤，它的基本思想并不是完全由机器代替人，而是提供一个交互式过程，人机结合，互相渗透，帮助设计者更快更好地进行设计工作。在数据库设计过程中，目前还没有全自动设计方法，只能使用计算机进行局部辅助设计，而且一般立足于不同的设计规程和模型化工具，如关系数据库模式的辅助设计工具的应用。许多自动化设计工具，如 Oracle Designer，已经具有如下一些稳定的特性：

（1）确定业务和用户需求的功能。

（2）对业务处理建模的功能。

（3）对数据流建模的功能。

（4）对实体及其相互关系建模的功能。

（5）生成创建数据库对象的 DDL（Data Definition Language，数据定义语言）语句的功能。

（6）对数据库设计周期的支持。

（7）业务处理二次工程。

（8）数据库和应用软件的版本控制。

（9）文档和用户反馈信息报告的生成。

7．敏捷数据库设计方法

近年来，一种新的软件开发方法学——敏捷方法学被逐步应用于数据库设计。它提出了在可控制方式下的进化设计。迭代式开发是它的一个重要特点，即整个项目生命周期中运行多个完整的软件生命周期循环。敏捷过程在每次迭代中都会度过一个完整的生命周期且迭代时间较短。

敏捷方法的一些原则包括：拥有不同技能和背景的人能够紧密合作；每个项目组成员都有自己的数据库实例；开发人员的数据库经常集成到共享主数据库；数据库包含计划和测试数据；所有的变化要求数据库重构；每个数据库重构都可以通过编写 SQL 语句来自动完成；自动地更新所有开发人员的数据库；清晰地分离所有的数据库获取代码等。

敏捷数据库设计方法保持多个数据库在一个系统中；而且不需要专职的 DBA。可以通过开发一些简单工具来帮助解决数据库进化过程中大量的重复性工作。

目前，敏捷方法在数据库设计中的应用尚有一些没有解决的问题，如集成数据库和 24×7 小时实施等，还有待进行进一步的研究工作。

此外，其他的设计方法还有属性分析法、实体分析法及基于抽象语义规范的设计法等，有兴趣的读者可以参阅有关资料。在实际的设计过程中，各种方法可以结合起来使用，例如，在基于视图概念的设计方法中可用 E-R 方法来表示各个视图。

2.4.3　数据库设计的基本步骤

分步设计法遵循自顶向下、逐步求精的原则，将数据库设计过程分解为若干相互独立又相互依存的阶段，每一阶段采用不同的技术与工具，解决不同的问题，从而将问题局部化，减少了局部问题对整体设计的影响。目前，此方法已在数据库设计中得到了广泛应用并获得了较好的效果。

在分步设计法中，通常将数据库的设计分为需求分析、概念结构设计、逻辑结构设计和数据库物理设计 4 个阶段，如图 2-3 所示。

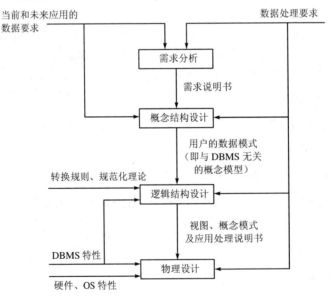

图 2-3　数据库的设计步骤

1. 需求分析

需求分析是指收集和分析用户对系统的信息需求和处理需求，得到设计系统所必需的需求信息，建立系统说明文档。其目标是通过调查研究，了解用户的数据要求和处理要求，并按一定格式整理形成需求说明书。需求说明书是需求分析阶段的成果，也是今后设计的依据，它包括数据库所涉及的数据、数据的特征、使用频率和数据量的估计，如数据名、属性及其类型、主关键字属性、保密要求、完整性约束条件、更改要求、使用频率、数据量估计等。这些关于数据的数据称为元数据。在设计大型数据库时，这些数据通常由数据字典来管理。用数据字典管理元数据有利于避免数据的重复或重名以保持数据的一致性及提供各种统计数据，因而有利于提高数据库设计的质量，同时可以减轻设计者的负担。

2．概念结构设计

它是数据库设计的第二阶段，其目标是对需求说明书提供的所有数据和处理要求进行抽象与综合处理，按一定的方法构造反映用户环境的数据及其相互联系的概念模型，即用户的数据模型或企业数据模型。这种概念数据模型与 DBMS 无关，是面向现实世界的、极易为用户所理解的数据模型。为保证所设计的概念数据模型能正确、完全地反映用户的数据及其相互关系，便于进行所要求的各种处理，在本阶段设计中可吸收用户参与和评议设计。在进行概念结构设计时，可先设计各个应用的视图（view），即各个应用所看到的数据及其结构，然后再进行视图集成，以形成一个单一的概念数据模型。这样形成的初步数据模型还要经过数据库设计者和用户的审查与修改，最后形成所需的概念数据模型。

3．逻辑结构设计

这一阶段的设计目标是把上一阶段得到的与 DBMS 无关的概念数据模型转换成等价的，并为某个特定的 DBMS 所接受的逻辑模型所表示的概念模式，同时将概念设计阶段得到的应用视图转换成外部模式，即特定 DBMS 下的应用视图。在转换过程中要进一步落实需求说明，并满足 DBMS 的各种限制。该阶段的结果是用 DBMS 所提供的数据定义语言（DDL）写成的数据模式。逻辑设计的具体方法与 DBMS 的逻辑数据模型有关。逻辑模型应满足数据库存取、一致性及运行等各方面的用户需求。

4．数据库物理设计

物理设计阶段的任务是把逻辑设计阶段得到的满足用户需求的已确定的逻辑模型在物理上加以实现，其主要的内容是根据 DBMS 提供的各种手段，设计数据的存储形式和存取路径，如文件结构、索引的设计等，即设计数据库的内模式或存储模式。数据库的内模式对数据库的性能影响很大，应根据处理需求及 DBMS、操作系统和硬件的性能进行精心设计。

实际上，数据库设计的基本过程与任何复杂系统开发一样，在每一阶段设计基本完成后，都要进行认真的检查，看是否满足应用需求，是否符合前面已执行步骤的要求和满足后继步骤的需要，并分析设计结果的合理性。在每一步设计中，都可能发现前面步骤的遗漏或处理的不当之处，此时，往往需要返回去重新处理并修改设计和有关文档。所以，数据库设计过程通常是一个反复修改、反复设计的迭代过程。

2.4.4　需求分析

需求分析是数据库设计过程的第一步，是整个数据库设计的依据和基础。需求分析做得不好，会导致整个数据库设计重新返工。需求分析的目标是通过对单位的信息需求及处理要求的调查分析，得到设计数据库所必需的数据集及其相互联系，形成需求说明书，作为后面各设计阶段的基础。因此，这一阶段的任务如下。

1. 确认需求、确定设计目标

数据库设计的第一项工作就是要对系统的整个应用情况进行全面、详细的实地调查，弄清现行系统的组织结构、功能划分、总体工作流程，收集支持系统总的设计目标的基础数据和对这些数据的处理要求，明确用户总的需求目标；通过分析，确定相应的设计目标，即确定数据库应支持的应用功能和应用范围，明确哪些功能由计算机完成或准备让计算机完成，哪些环节由人工完成，以确定应用系统实现的功能。这一阶段收集到的基础数据和一组数据流程图是下一步进行概念设计的基础。

2. 分析和收集数据

这是整个需求分析的核心任务。它包括分析和收集用户的信息需求、处理需求、完整性、安全性需求，以及对数据库设计过程有用的其他信息。

信息需求是指在设计目标范围内涉及的所有实体、实体的属性及实体间的联系等数据对象，包括用户在数据处理中的输入/输出数据及这些数据间的联系。在收集中，要收集数据的名称、类型、长度、数据量、对数据的约束及数据间联系的类型等信息。

处理需求是指为了获得所需的信息而对数据加工处理的要求。它主要包括，处理方式是实时还是批处理，各种处理发生的频度、响应时间、优先级别及安全保密要求等。所要收集的其他信息还有企业在管理方式、经营方式等方面可能发生的变化等。

分析和收集数据的过程是数据库设计者对各类管理活动进行深入调查研究的过程，调查对象包括数据管理部门的负责人、各使用部门的负责人及操作员等各类管理人员，通过与各类管理人员相互交流，逐步取得对需求的一致认识。由于这种交流的双方涉及不同层次、不同业务领域的管理人员，知识背景不同，因而这一调查研究过程十分复杂和困难。为了减少因分析和收集数据的失误而导致整个系统的失败或延长研制周期，人们研究了许多用于需求分析的方法和技术，力求清楚地表达用户需求，系统地分析和收集需求数据。按方法的规范化程度可分为弱方法学、强方法学和格式化方法。按方法描述需求的观点可分为面向数据的方法与面向过程的方法两大类。面向数据的方法有：

（1）弱方法学。这类方法仅是一些原则性指南，并无专门的语言或特定的记法，有较大的自由度，使用者可以发挥自己的创造性，适用面广，尤其适用于复杂环境的需求分析。如企业系统规划法（Business System Planning，BSP）、面向对象的分析法（Object Oriented System Analysis，OOAD）等方法属于这类方法。

（2）强方法学。这是形式化方法，它以一种具有确定语义成分及语法规则的语言作为描述手段，对使用者有较强的制约，便于实现自动化，但一般只适用于特定的应用环境。这类方法有 PSL/PAS（Problem Statement Language/Problem Statement Analyzer）、SREM（Software Requirement Engineering Methodology，软件需求工程方法）、TAGS（Technology for the Automated Generational System，自动生成系统技术）等。

（3）格式化方法。此法介于上述两种方法之间，它虽然采用规范化的记法，但一般没有确定的语义成分。这类方法有 BIAIT（Business Information Analysis and Integration Technique，业务信息分析与集成技术）、SADT（Structured Analysis and Design Technique，结构化分析与设计技术）等。其中有的是采用提问对答方式来进行信息分析的，如 BIAIT，但大多数采用规范化的图形标记法及文字说明作为表达方式。由于这类方法的用法自由度适中，且采用直观的图形方式，因而使用较为广泛。目前，这类方法中有不少已开发了相应的自动化支持工具。

结构化分析方法是一种广泛应用的需求分析方法。它是以数据流图为主要工具、逐步求精地建立系统模型的一种系统分析方法。这种方法采用了如数据字典、判定表、判定树等一些辅助工具，这些工具是密切配合使用的。

结构化分析方法中的数据字典与 DBMS 中的数据字典在内容上有所不同，DBMS 数据字典是用来描述或定义数据库系统运行所涉及的各种对象的，但在功能上它们是一致的。利用数据字典可更方便地管理软件开发过程或数据库系统，提高软件开发效率或数据库系统的运行效率。下面举例说明结构化分析方法。

某机器制造厂的零配件采购子系统要处理的工作是：对生产部门提出的生产计划书根据零配件当前价格计算出成本送主管部门审批，对已批准的生产计划制订采购计划，准备好订货单送给供应商。该子系统顶层的数据流图如图 2-4 所示。

图 2-4　零配件采购子系统顶层数据流图

为了反映系统更详细的处理过程，可将图 2-4 中的处理过程再细分为三个子过程，得到第一层次的数据流图，如图 2-5 所示，其中每个子过程还可以再细分，得到第二层次的数据流图。

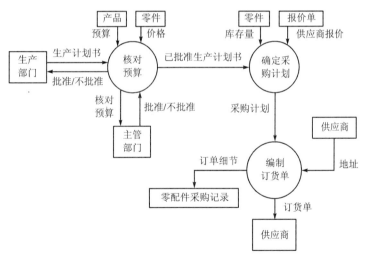

图 2-5　零配件采购子系统第一层数据流图

数据流图表达了数据和处理的关系，数据字典则是对系统中数据的详尽描述。对数据库设计来讲，数据字典是进行详细的数据收集和数据分析所获得的主要成果。数据字典中的内容在数据库设计过程中还要不断修改、充实、完善。

一般来说，在数据字典中应包括对以下几部分数据的描述。

（1）数据项：数据项是数据的最小单位，对数据项的描述应包括数据项名、含义、别名、类型、长度、取值范围及与其他数据项的逻辑关系。

（2）数据结构：数据结构是若干数据项有意义的集合。对数据结构的描述应包括数据结构名和含义说明，并列出组成该数据结构的数据项名。

（3）数据流：数据流可以是数据项，但更一般的情况下是数据结构，表示某一处理过程的输入或输出数据。对数据流的描述应包括数据流名、说明从什么过程来及到什么过程去，以及组成该数据流的数据结构或数据项。

（4）数据存储：数据存储是在处理过程中要存取的数据，也是数据结构。它可以是手工文档或手工凭单，也可以是计算机化文档。对数据存储的描述应包括数据存储名、说明、输入数据流、输出数据流、数据量（指每次存取多少数据）、存取额度（指每天或每小时或每周存取几次）和存取方式（指是批处理还是联机处理、是检索还是更新、是顺序存取还是随机存取）。

（5）处理过程：对处理过程的描述应包括处理过程名、说明、输入数据流、输出数据流，并简要说明处理工作、额度要求、数据量、响应时间等。

下面分别给出这5个方面的实例。在图2-5中有一个数据流为订货单，每张订货单中有一个数据项为订货单号。在数据字典中可对此数据项做如下描述：

数据项名：订货单号

说　　明：标识每张订货单

类　　型：CHAR

长　　度：7

别　　名：采购单号

取值范围：1000000～9999999

在图2-5中，采购计划是一个数据流，在数据字典中可对采购计划做如下描述：

数据流名：采购计划

说　　明：各产品所需零件数

来自过程：确定采购计划

流至过程：编制订货单

数据结构：采购计划

　　　　　采购细节

　　　　　采购审核

在数据流的描述中记录了有关数据流的所有细节，在数据结构中"采购细节"、"采购审核"均是数据结构，在数据字典中还有详细的说明，这里不必再列出详细结构。下面只给出"采购细节"的数据结构。

数据结构：采购细节

说　　明：作为采购计划的组成部分，说明对于某个产品，要采购哪些零件，哪种零件采购多少数量

组　　成：零件号

　　　　　数量

在图 2-5 中，产品是一个数据存储，在数据字典中可对其做如下描述：

数据存储：产品

说　　明：对每种产品的品名、规格的描述，并对每种产品做成本预算，在核对生产计划书的成本时用

输出数据流：预算

数据描述：产品号

　　　　　　产品名称

　　　　　　产品描述

　　　　　　预算

数　　量：每月 30 至 40 种

存取方式：随机存取

对图 2-5 中的第二个过程"确定采购计划"可做如下描述：

处理过程：确定采购计划

说　　明：对要采购的每一个零件，根据零件库存量确定采购数量，再根据每位供应商的最低报价选择适当的供应商，制定采购计划。

输　　入：供应商报价

　　　　　　零件库存

　　　　　　已批准生产计划

输　　出：采购计划

程序提要：

- 对已批准生产计划中每种零件，根据零件库存计算采购数量。
- 对应采购的每种零件查找供应商报价表，选择报价最低的供应商号。
- 将此供应商号填入应采购零件表的相应列中。

处理完所有零件形成采购计划输出。

3．整理文档

分析和收集得到的数据必须经过筛选整理，并按一定格式和顺序记载保存，经过审核成为正式的需求说明文档，即需求说明书。实际上，需求说明书是在需求分析的过程中逐渐整理形成的，是随着这一过程的不断深入而反复修改与完善的，是对系统需求分析的全面描述，由用户、领导和专家共同评审，是以后各设计阶段的主要依据。这一步的工作是进行全面的汇总、整理与系统化，以形成标准化的统一形式。

需求说明书作为应用部门的业务人员和数据库设计人员的"共同语言"，要求准确地表达用户需求，无二义性，可读性强，为数据库的概念设计、逻辑设计和物理设计提供全面、准确和详细的资料。

需求说明书通常包括下述内容：

（1）应用功能目标。明确数据库的应用范围及应达到的应用处理功能。

（2）标明各用户视图范围。根据结构与职能关系图、数据流程图和管理目标与功能相关表等，确定不同部门或功能的局部视图范围。

（3）应用处理过程需求说明。包括主要反映应用部门原始业务处理的工作流程的数据流程图、标明不同任务的功能及使用状况的任务分类表、标明任务与数据间联系及不同数据的不同操作特征与执行频率的数据操作特征表、标明各任务的主要逻辑执行步骤及程序编制的有关说明的操作过程说明书。

（4）数据字典。包括数据分类表、数据元素表、各类原始资料。

（5）数据量。

（6）数据约束。数据约束指应用对数据的特殊要求。它主要有数据的安全保密性、数据的完整性、数据的响应时间、数据恢复等。

2.4.5 概念结构设计

概念结构设计阶段所涉及的信息不依赖于任何实际实现时的环境即计算机的硬件和软件系统。概念结构设计的目标是产生一个用户易于理解的，反映系统信息需求的整体数据库概念结构。概念结构设计的任务是，在需求分析中产生的需求说明书的基础上按照一定的方法抽象成满足应用需求的用户的信息结构，即通常所称的概念模型。概念结构的设计过程就是正确选择设计策略、设计方法和概念数据模型并加以实施的过程。

概念模型是现实世界到机器世界的一个过渡的中间层次，它有以下特点：

（1）概念模型有丰富的语义表达能力，能表达用户的各种需求，是对现实世界的抽象和概括，它真实、充分地反映了现实世界中事务与事务之间的联系，能满足用户对数据的处理要求。

（2）易于交流和理解。由于概念模型简洁、明晰、独立于机器，是数据库设计人员和用户之间的主要交流工具，因此可以用概念模型与不熟悉计算机的用户交换意见，使用户能积极参与数据库的设计工作，保证设计工作顺利进行。

（3）概念模型易于更改。当应用环境和应用要求发生变化时，能方便地对概念模型修改和扩充，以反映这些变化。

（4）概念模型很容易向关系、网状、层次等各种数据模型转换，易于导出与 DBMS 有关的逻辑模型。

概念数据模型的作用是：提供能够识别和理解系统要求的框架；为数据库提供一个说明性结构，作为设计数据库逻辑结构即逻辑模型的基础。

概念模型的描述工具应该能够体现概念模型的特点，如 E-R 模型。近年来，由于面向对象数据模型具有更丰富的语义、更强的描述能力而越来越受到人们的重视，不但出现了商品化的面向对象 DBMS，而且开始实际应用于概念模型的设计中，作为数据库概念设计的工具。Teory 等人提出的扩展的 E-R 模型增加了类似面向对象数据模型中的普遍化和聚合等语义描述机制，为这种最为人们熟悉的数据模型注入了新的生机，为概念模型的描述增加了一种理想的选择。

概念结构的设计策略主要有自底向上、自顶向下、由里向外和混合策略。在具体实现设计目标时有两种极端的策略或方案，一种是建立一个覆盖整个单位所有功能域的全局数据库，称之为全局方案或全局策略；另一种则是对每一个应用都建立一个单独的数据库，称之为应用方案或应用策略。

　　由于各个部门对于数据的需求和处理方法各不相同，对同一类数据的观点也可能不一样，它们有自己的视图，所以可以首先根据需求分析阶段产生的各个部门的数据流图和数据字典中的相关数据设计出各自的局部视图，然后进行视图集成。

1. 视图设计

　　在实体分析法中，局部视图设计的第一步是确定其所属的范围，即它所对应的用户组，然后对每个用户组建立一个仅由实体、联系及它们的标识码组成的局部信息结构（局部数据模式）框架，最后再加入有关的描述信息，形成完整的局部视图（局部数据模式）。这样做的目的是为了集中精力处理好用户数据需求的主要方面，避免因无关紧要的描述细节而影响局部信息结构的正确性。整个过程可分为 4 个步骤：确定局部视图的范围；识别实体及其标识；确定实体间的联系；分配实体及联系的属性。

　　（1）确定局部视图的范围。需求说明书中标明的用户视图范围可以作为确定局部视图范围的基本依据，但它通常与子模式范围相对应，有时因为过大而不利于局部信息结构的构造，故可根据情况修改，但也不宜分得过小，过小会造成局部视图的数量太大及大量的数据冗余和不一致性，给以后的视图集成带来很大的困难。

　　局部视图范围确定的基本原则是：

- 各个局部视图支持的功能域之间的联系应最少。
- 实体个数适量。一个局部视图所包含的实体数量反映了该局部视图的复杂性，按照信息论中"7±2"的观点，人们在同一时刻可同时顾及的事情一般在 5～9，以 6 或 7 最为适当。因此，一个局部视图内的实体数不宜超过 9 个，否则就会过于复杂，不便于人们理解和管理。

　　（2）识别实体及其标识。在需求分析中，人们已经初步地识别了各类实体、实体间的联系及描述其性质的数据元素，这些统称为数据对象，它们是进一步设计的基本素材。这一步的任务就是在确定的局部视图范围内，识别哪些数据对象作为局部视图的基本实体及其标识，并定义有关数据对象在 E-R 模型中的地位。

　　1）数据对象的分类。为了确定数据对象在局部 E-R 数据模型中的地位，首先必须对所有已识别的数据对象加以适当的分类，以便于根据它们所属的对象类来确定它们在相应局部 E-R 模型中的身份。数据对象分类的原则是同一类中的对象在概念上应该具有共性。如高校中的教师这个概念是指在职的教学人员，他们的性质由姓名、性别、出生年月、工作单位、职称、专业特长等数据项加以描述。因此，教授、副教授、讲师和助教均可归入教师这一类，但他们在概念上并不完全相同，除了共性之外，还各有其特殊部分，如教授、副教授有研究方向、指导研究生等描述项，职称也不一样。因此数据对象存在分类层次问题，为此可运用面向对象数据模型中子类与超类的概念。

　　2）识别实体与属性。建立局部 E-R 数据模型，还须识别每个对象类在局部 E-R 模型中的地位：实体、属性或联系。实体和属性之间在形式上的界限并不明显，常常是现实世界对它们已有的大体的自然区分，随应用环境的不同而不同。在给定的应用环境中区分实体和属性的总的原则是要在此应用环境中显得合理，且同一个对象类在同一局部视图内只能做一种成分，不能既是实体又是属性或联系。此外，为了对已给定的需求目标，更合理地确认局部 E-R 模型中的实体和属性，以便在逻辑设计阶段从 E-R 模型得到更接近于规范化的关系模型，可按下述一般规则来区分实体与属性。

① 描述信息原则：在 E-R 模型中的实体均有描述信息，而属性则没有。据此，可将一个需要描述信息的对象类作为实体，而将只需有一个标识的对象类归为属性。例如，仓库这个对象类在某些事务处理中需要用到仓库的面积、地点、管理员姓名等描述信息，则宜将其归入实体。但如人的年龄、物品的重量等对象类，在一般应用中都不需要描述信息，所以它们在通常情况下都作为属性。

② 多值性原则：所谓多值性是指若一个描述项存在多个值描述其描述对象，则即使该描述项本身没有描述信息也宜划为实体。例如，加工种类与其描述的工件之间就符合多值性原则，因为每个工件实体可能需要多个工种的加工，尽管工种除了工种名外不需要其他的描述，但还是将工种作为实体为好。

> 希赛教育专家提示：这一原则最好与存在性原则结合起来使用，如果将被描述对象删除后，描述项没有再存在的意义，则即使此描述项是多值的也不宜作为实体。例如，零件的颜色可以是多值的，但颜色离开了其描述的对象就没有单独存在的意义，因此还是作为属性为宜。

③ 存在性原则：设对象类 R 的描述项 A 和 B 的值集分别为 $\{a_1, a_2, \ldots\ldots, a_n\}$ 和 $\{b_1, b_2, \ldots\ldots, b_n\}$。若从 R 中去掉 B 的某个值 b_i，从而去掉与它的所有联系，如果 b_i 的消失对应用不产生任何影响，则 B 作为属性，否则 B 应作为实体。

④ 多对一联系性：属性不再与其描述对象以外的其他对象类发生联系。相反，如果一个对象类的某个描述项与另一个对象类存在着多对一联系，则此描述项即使本身没有描述信息，也宜将其作为实体。例如在前面所讲的工件与加工种类的例子中，如果还有一个车间实体，且加工种类与车间之间存在多对一联系，则将加工种类划为实体更合适。

⑤ 组合标识判别原则：若一个对象类的标识是由其他对象类的标识组成的，该对象一般应定义为联系。相反，如果组成某对象类标识的各成分不是其他实体的标识，且作为实体在应用的上下关系中很自然，则可以定义为实体。例如，一个工厂生产的零件须由名称及规格组成组合标识，在一般应用中应将零件作为实体较为适宜。

实体与属性的识别过程是个相互作用的反复过程，随着实体的确认，属性也将趋于明朗，反之亦然。在此过程中根据应用需求对已经识别的实体和属性做适当指派，发现问题再来调整，在识别过程中必须遵循前面所讲的总原则。

3）对象的命名。在需求分析中得到的数据对象通常都是有名称的，但由于这些名称未经规范化，常常存在诸如同名异义、异名同义等许多命名上的冲突、不一致性及语义不清等问题，是造成数据不一致性及数据冗余的一个重要原因，此外，数据对象原有的名称有的过于冗长，给用户使用带来很大不便。为此，需要按一定的规范对每一类数据对象重新命名，给它指定一个简洁明了且唯一的名字，避免异义同名和异名同义存在，使每个对象名符合规范要求。

4）确定实体的标识。实体的标识是能够唯一地标识一个实体的属性或属性组，也就是该实体的关键字。确定实体标识在实体识别与规范化命名之后进行，首先确定每个实体的候选关键字。一个实体可能有若干候选关键字，选择其中对有关用户最熟悉的一个候选关键字作为主关键字（或主码），并将每个实体的候选关键字、主关键字记入数据字典。

（3）确定实体间的联系。实际上，识别联系的主要任务是在需求分析阶段完成的。这里的工作一是从局部视图的角度进行一次审核，检查有无遗漏之处，二是确切地定义每一种联系。

在现实世界中，诸多形式的联系大致可分为三类：存在性联系、功能性联系和事件联系。存在性联系如学校有教师、教师有学生、工厂有产品、产品有顾客等；功能性联系如教师讲授课程、教师参与科研、仓库管理员管理仓库等；事件联系如学生借书、产品发运等。

根据上述分类仔细检查在给定的局部视图范围内是否有未识别的联系，在确认所有的联系都已识别并无遗漏之后，还需对联系进行正确的定义。定义联系就是对联系语义的仔细分析，识别联系的类型，确定实体在联系中的参与度。

1）二元联系的类型与定义。二元联系是指两个实体类之间的联系。根据参与联系的两个实体类值之间的对应关系分为一对一、一对多及多对多三种类型。对每一种联系类型，要确定实体在联系中的参与度，并以 $m:n$ 的形式标在 E-R 图上要说明的实体旁，若 $m>0$，表明该实体参与联系是强制性的，若 $m=0$ 则是非强制性的。下面分别讨论上述三类联系的定义，以及另一种二元联系——实体类内部的联系。

① 一对一联系：这是一种最简单的联系类型。若对于实体集 A 中的每一个实体，实体集 B 中至多有一个实体与之联系，反之亦然，则称实体集 A 与实体集 B 具有一对一联系，记为 1:1。例如在一个施工单位中，如果规定每项工程最多只能由一名工程师负责管理，而一名工程师最多也只能负责一项工程，则工程师与工程间的这种管理联系便是一对一联系。按照实体参与联系的强制性情况，又可分为以下三种情况：

（a）两类实体都是强制性的。假如规定每个工程师一定要负责一项工程，每项工程也一定要有一位工程师负责，便属于此种情况。如果工程师的标识为职工号，工程的标识为工程号，对于工程师与工程间的 1:1 联系，可用职工号或工程号作为标识。

（b）其中仅有一类实体是强制性的。若规定每项工程必须由一名工程师负责，但并不是所有工程师都必须负责一项工程（因为有可能没有那么多工程），此时，每一项工程一定对应着唯一负责联系，所以工程号可用做联系的标识。

（c）两类实体均为非强制性的。如工程师不一定安排负责管理工程，有的工程项目暂时可以不安排工程师负责管理，这种情况表示凡分到工程项目的工程师与工程项目之间总存在一一对应的联系，因此职工号或工程号均可选为负责联系的标识，定了其中一个为标识，另一个就作为候选关键字。

② 一对多联系：若对于实体集 A 中的每一个实体，实体集 B 中有 n 个实体（$n \geq 0$）与之联系，反之，对于实体集 B 中的每一个实体，实体集 A 中至多有一个实体与之联系，则称实体集 A 与实体集 B 有一对多的联系，记为 $1:n$。以专业与学生间的关系为例：如规定一个专业可以管理许多学生，每个学生只能属于一个专业，这种联系就是一对多联系。对这种联系只需关心"多"端实体的强制性，分两种情况进行讨论：

（a）"多"端的实体是强制性的。此时，每个学生必须归属某个专业，即每个学生都有一个确定的专业，但每个专业都不唯一地对应一个学生，故可以选择学号作为联系的标识。

（b）"多"端的实体是非强制性的。对本例而言是指有些学生（如新生）不属于任何专业的情况。此时实际上仅表示已经分配专业的学生与专业之间的联系，对这些学生中的每一个都有一个确定的专业，因此，应以学号为联系的标识，而专业代号只作为联系的一般属性。

③ 多对多联系：若对于实体集 A 中的每一个实体，实体集 B 中有 n 个实体（$n \geq 0$）与之

联系，反过来，对实体集 B 中每一个实体，实体集 A 中也有 m 个实体（$m \geq 0$）与之联系，则称实体集 A 与实体集 B 具有多对多联系，记为 $m:n$。教师与学生这两个实体类间的教与学的联系就是多对多的联系。这时，只有<教师、学生>对才能确定一个特定的教学联系。因此，一般情况下可以以两个关联实体的标识拼凑作为联系的标识。但这种方法对某些情况就不能构成有效的联系标识。当一个实体值在同一个联系上可能存在多个不同的联系值时，就会出现这种情况。如教师与其讲授的课程之间的联系，同一个教师可讲授几门不同的课程，也可以多次讲授同一门课程，这是一种特殊的多对多联系。显然，对于教师与讲授课程间的联系，如在教师档案中要求记录担任教学工作的情况，就需要在联系标识中增加表示授课日期的属性，即其合适的联系标识可能为（教师号，课程号，授课日期）。

④ 实体类内部的联系：这种联系发生在同一类实体的不同实体之间，因此称为内部联系或自联系，它也是一种二元联系，其表示方式与前面的二元联系并无不同，要注意仔细区别同一实体类中的不同实体在联系中扮演的不同角色及联系标识的选择。例如在职工类实体中间就存在着管理者与被管理者的联系。一个职工可以管理别的职工，称为管理者或领导者。一个管理者可以管理多个职工，而一个职工最多只从属于一位管理者，从而构成了一对多联系。若规定所有职工都要受管理（最高管理者考虑自己管理自己），但不是所有职工都是管理者，则此联系在"多"端呈现强制性。其中每个联系实体包含两个职工号值：职工号和管理员职工号，以区别不同的实体在联系中的角色。

若略去实体与其属性图，以上实体间的二元联系可用图 2-6 表示。

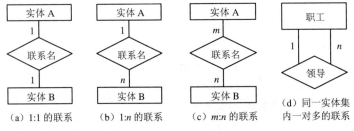

（a）1:1 的联系　　（b）1:n 的联系　　（c）$m:n$ 的联系　　（d）同一实体集内一对多的联系

图 2-6　实体间的二元联系

2）多元联系的识别与定义。两个以上的实体类之间的联系称为多元联系。例如在供应商向工程供应零件这类事件中，如果任一供应商可向任一工程供应任一种零件，则为了确定哪个供应商向哪个工程供应了何种零件，就必须定义一个三元联系，因为只有供应商、工程及零件三者一起才能唯一地确定一个联系值。其联系的标识由参与联系的实体类的标识拼接而成，在此例中由供应商、工程、零件三个实体类的标识拼接而成。

> **希赛教育专家提示**：涉及多个实体的事件是否属于多元联系完全取决于问题的语义，不可一概而论。例如，如果上例中的问题说明变成每个工程需要订购一定的零件，而任一供应商可向任一工程供应零件，这里有两层意思，一是只有工程定了才能确定订购的零件，二是只有供应商及工程确定了，才能确定一个供应关系。根据这一情况，应定义两个二元联系，如图 2-7（a）所示。

假如问题的说明是任一个供应商向任一项工程供应零件，但某个供应商向某项工程供应的零件是一定的，则在供应商与工程之间的关系确定后，供应的零件也就确定了。由此可知，只需定义一个二元联系就可以，如图 2-7（b）所示，其中供应的零件作为供应联系的一个属性。

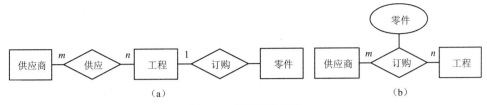

图 2-7　多元联系示例

总之，具体问题应该具体分析，以便使定义的模式确切地表达问题的语义。

3）消除冗余联系。若出现两个或两个以上的联系表示的是同一概念，则存在着冗余的联系，具有冗余联系的 E-R 模型转换为关系模型可能会得到非规范化的关系，因此必须予以消除。

出现冗余联系的一个重要原因是存在传递联系。例如，图 2-8 中表示了产品与零件之间的"组成"联系，零件与材料之间的"消耗"联系及产品与材料间的"使用"联系。其中，材料与零件间的联系是 1:n，零件与产品之间的组成联系是 n:m，其实由这两个联系必然得出产品与材料之间的使用联系 m:n。因此，图中产品与材料间的联系是冗余的，应将其去掉。

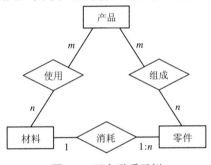

图 2-8　冗余联系示例

4）警惕连接陷阱。连接陷阱是一种存在语义缺陷的联系结构，它是由于在定义联系过程中对语义的理解出现偏差而造成的，因而无法由它得到需要的信息。连接陷阱可分为扇形陷阱、断层陷阱和深层的扇形陷阱三种情况：

① 扇形陷阱。两个实体类间的一对多联系，由一个实体值引出多个同一类型的联系值，称之为扇形联系。扇形陷阱则指由一个实体引出两种不同类型的扇形联系，形成双扇形结构。图 2-9（a）是这种结构的一个例子，这种联系结构无法获得哪个职工属于哪个专科的信息，其原因是将专科与职工之间的联系通过医院来连接了。如采用图 2-9（b）所示的联系结构，就较自然地表示了医院、专科及职工之间的层次关联。如果假定任一医院的职工无例外地分属于医院的各个专科的话，该结构可以确定一个职工所属的专科或医院，但如果允许某些职工直属医院而不属于任何专科，那么这种结构还是不合适的。

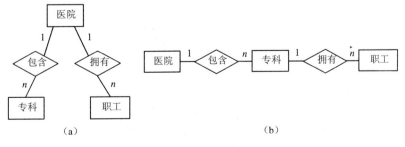

图 2-9　扇形陷阱示例

② 断层陷阱。断层陷阱是指型图所含的传递联系掩盖了某些特定的直接联系的现象。例如图 2-9（a）的联系结构虽然隐含了医院与其职工的联系（传递联系），但却没有提供部分职工直属于医院的联系路径，因而出现了断层陷阱。解决办法是设置一个虚构的专科或增加一个联系，如在本例中增加一个医院-职工联系。增加虚构实体和现实世界不符，因此可考虑增加一个联系，但增加新的联系在某些情况也可能带来新的麻烦，见下面的讨论。

③ 深层的扇形陷阱。考虑一个"教师指导学生参加课题"的例子，若每个学生可在多位教师指导下参加多个课题研究，每位教师可指导多名学生，但现在只允许一名教师指导一名学生参加一个课题，不允许多名教师指导同一名学生参加某个课题。对此可先建立一个由两个多对多的二元联系组成的模式，如图 2-10（a）所示。利用联系的分解法则将其分解为如图 2-10（b）所示的结构，它是以学生为中心的双扇形结构，从该联系结构无法得到哪位教师指导哪个学生参加何种课题的信息，这表明存在扇形陷阱。

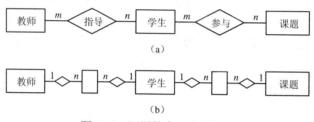

图 2-10　深层的扇形陷阱示例

图 2-11（a）是对它的一种改进，在其中增加了一个教师与课题的联系。该联系结构能确切地提供："教师 1 指导学生 1 参与课题 1"，"教师 2 指导学生 2 参与课题 1"的信息，但从此图无法确定教师 1 指导学生 2 参与了哪一个课题。对教师 2 和学生 1 也是如此，因为参加课题 1 或 2 均是正确的语义。之所以如此，原因在于新增加的教师与课题间的多对多联系带来了两个新的双扇形结构，即以教师为中心的及以课题为中心的双扇形结构。增加的新联系虽然消除了原来的陷阱，却产生了新的陷阱。对这类问题的有效解决办法是将三个实体间的联系定义成一个单一的三元联系，它的 E-R 模型如图 2-11（b）所示。现在，每一个联系值唯一地确定了另一个联系值，从中可获得哪位教师指导某学生参加哪一课题的确定信息。可见问题的实质是对于应该定义成三元联系的问题千万不能用二元联系代替。

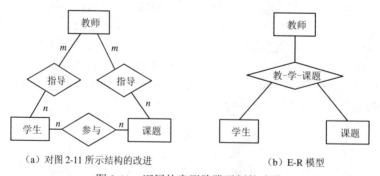

（a）对图 2-11 所示结构的改进　　　　　　（b）E-R 模型

图 2-11　深层的扇形陷阱示例的改进

（4）分配实体及联系的属性。在需求分析中收集的数据对象集内，除去已识别的实体、联系及标识外，剩下的主要是非标识属性。问题的实质就是将这些非标识属性恰当地分配给有关实体或联系。不过分配这些属性时，应避免使用用户不易理解的属性间的函数依赖关系及其有关准则，而应该从用户需求的概念上去识别框架中实体或联系必须有的描述属性，并按下述两条原则分配属性。

1）非空值原则。所谓非空值原则是指当一个属性的分配在几个实体或联系中可以选择时，应避免使属性值出现空值的分配方案。例如在前面曾经讲过的工程师负责工程的模式中，其联系是一对一且两个实体类均属非强制性的情况，现有一个属性项"施工期限"，按依赖关系考虑可加给工程师、工程或负责联系三者中的任何一个，因为工程师与工程在这里是一对一的联系，工程师定了，工程的施工期限也就定了。但有的工程师可能没有分配到负责工程的任务，若把施工期限作为工程师的属性，在此情况下便会出现空值；若作为工程的属性，则工程可能还未纳入计划，也会出现空值，可见将"施工期限"分配给负责联系最为适宜。

2）增加一个新的实体或联系。在分配属性过程中，有时会出现有的数据项在框架模式中似乎找不到适合依附的实体或联系。对于这种情况，常常可通过在原模式中增加一个新的实体或联系加以解决。例如，图 2-12 表示一个病区/病人模式，这是一个一对多，且"多"端为强制性的联系，在所有明显的属性均已分配完后，尚有属性项手术名及手术号待分配。这里手术名依赖于手术号，一个病人可能接受多种手术，一个病区可能接纳不同种手术的病人。在此情况下，手术号与手术名两个数据项不论作为哪个实体或联系的属性均不合适，为此可以在原来的模式中增加一个新的实体——手术，再加一个病人与手术的联系就可以了，如图 2-13 所示。

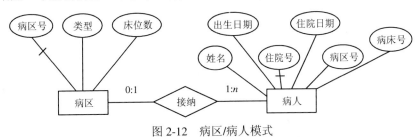

图 2-12　病区/病人模式

按上述属性分配原则建立的模式将有利于转换成规范化的关系模型。

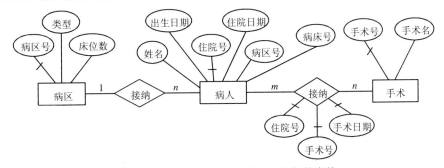

图 2-13　在原来的模式中增加一个新的实体

2. 视图集成

视图集成就是要将反映各用户组数据的局部数据模式综合成单位中某个确定范围内的单一数据视图，即全局数据模式，又称模式汇总。该全局数据模式是未来数据库结构的基础，因此视图集成是数据库设计过程中一个十分重要的步骤，也是一项较为复杂和困难的任务。当所有局部视图设计完毕后，即可开始视图集成。

（1）视图集成的原理和策略

视图集成的实质是所有局部视图的统一与合并，在此过程中主要使用了三个基本概念：等同、聚合和普遍化。基于这三个概念，有三种相应的基本集成方法。

1）等同。等同又称一致性合并，是指如果两个或多个数据对象具有相同的语义，则把它们归并为同一个对象，以消除不一致性，而不管它们的名字原来是否相同；同样，如果两个对象有相同的名字，但表示不同的对象，则应通过改名把它们区分开来。

等同包括简单数据对象间的等同和多个数据对象的聚合与另外几个数据对象聚合之间的等同。等同的数据对象其语法表示形式不一定相同，它与通常所说的同义异名是一个概念。识别等同时还要注意鉴别同名异义和语义相同但值域不同两种情况。同名异义虽有相同的表示形式，但语义却不同。等同的概念貌似简单，但在实践中要做出判断却并不容易，须做仔细分析，主要依靠对有关数据对象类值域的分析比较。

2）聚合。聚合表示和数据对象间的一种组成关系，例如数据对象学生可看成是学号、姓名、性别、年龄、系别、学籍、专业等数据元素的聚合。聚合集成主要用于实体的属性分配，有关的思想和方法请参看前面的实体分析法。

3）泛化。泛化是对某一概念范围内具有共性对象的一种抽象。在视图集成中，它用于对现实世界中的事物进行归类。虽然泛化和聚合均表示事物的层次结构，且同一个数据对象可能同时参与泛化和聚合两种联系，但它们是两个截然不同的概念。聚合是将若干不同类型的数据对象组合成一个高级对象的过程，而泛化是按某公共属性的值对事物进行抽象和归类的过程。

综合地运用上述三种方法可有效地进行视图的集成。

视图集成从策略上可分成两类：二元集成和 n（$n>2$）元集成。每一类又有两种可能的集成方式：二元集成分为平衡式和阶梯式，n 元集成分为一次集成与多次集成，因而总共有 4 种可能的集成方案。如图 2-14 所示。

图 2-14　视图集成的策略

1）平衡式集成。这种集成方式是把整个集成过程分成若干层次，在每层中进行两两集成，其结果进入下一层集成，集成的对数逐层减少，最后得到统一的视图。Teory 和 Fry 等人证明，只要选择恰当的集成初始序列，就有可能使这种集成的分析比较次数达到最少。两个分别具有 N 和 M 个对象的视图，其集成结果，在不考虑聚合和分解引起的增减的情况下，可能有 $N+M-X$ 个对象，其中 X 为视图间对象的重叠度，若两个视图中有 i 个对象等同，则 $X=i-1$。为了最大限度地减少在后面的集成中涉及的对象数，选择初始集成序列时应使每对集成视图的 X 值尽可能地大，若在每个集成层次上均按此原则进行，则就可能使总的集成效率达到最高。只有当配对的是关系极为密切的视图，即对应于事务处理中联系最紧密的功能域时，才能使配对视图中的 X 值为最大。由此可见，确定视图初始集成序列中的分组原则与划定局部范围的原则是一致的，因而有关的方法也是可参照使用的。

2）阶梯式集成。是一种流水线作业形式的集成方式，它无须考虑视图的初始序列，当然也不保证 X 值为最大，但省去了进行处理的麻烦，且这种方案适合同已经存在的局部集成模式进行综合。数据库的应用范围常常随着单位的发展而需要逐步扩展，扩展的每一种功能所涉及的数据，通常与已经集成的数据模式关联最为密切，而阶梯式集成为这种情况提供了最为适宜的策略。

由以上可知，二元集成是一种较简单且行之有效的策略。它的优点在于可使每个集成步骤上的分析比较过程简单化和一致化，因而使用较广泛。它的主要缺点是集成操作的总次数较多，且在最后必须分析检查是否满足总体性能，必要时须做调整。

3）一次集成。一次集成 n 个视图。其优点是能充分地考虑全局需求，不必到最后再来分析调整，且集成操作次数少。缺点是集成效率将随着视图数及视图中对象数的增加而明显降低，因为集成过程中的基本操作是等同性检查，一次集成 n 个视图，为了判别一个视图中单个数据对象的等同性，必须与其他 $n-1$ 个视图中的每个数据对象进行比较，所以只有当 n 较小时，这种策略才有意义。

4）多次集成。先用与平衡式二元集成相同的机理，将待集成的视图分成若干组，每组的视图数可以是两个或多个，但个数不能太多，然后按组集成，形成若干中间视图，再对这些中间视图进行分组、集成，最后得到全局视图。它的优点是，具有平衡式二元集成法效率较高的优点，集成操作的总次数较少，其次，其分层的集成过程在概念上正好与大多数具有层次功能结构的事务单位相吻合。事务管理人员可凭借其丰富的事务知识有效地进行低层次集成；单位中高级管理人员具有的综合知识及全局观点，有利于运用聚合或普遍化概念进行高层次上的集成。此策略的效果同样取决于初始集成序列的划分。它的缺点是一致性差。

（2）视图集成的方法和步骤

局部视图集成是一个相当困难的工作，往往必须凭设计者的经验与技巧才能很好地完成。尽管如此，集成的方法很多，它因所用的概念设计数据模型、集成策略、集成过程的输入/输出量及识别和解决冲突的方法的不同而各有其独特的执行过程，但总的来说都分成两个阶段：预集成阶段和集成阶段。

1）预集成阶段。确定总的集成策略，包括视图集成的优先次序、一次集成的视图数及初始集成序列等；检查集成过程要用到的信息是否齐全；揭示和解决冲突，为下阶段的视图归并奠定基础。

2）集成阶段。集成阶段的主要任务是归并和重构局部视图，最后得到统一的全局视图。全局视图须满足下述要求：

- 完整性和正确性。整体视图应包含各局部视图所表达的所有语义，正确地表达与所有局部视图应用相关的数据观点。
- 最小化。原则上，现实世界同一概念只在一个地方表示。
- 可理解性。即应选择最易为设计者和用户理解的模式结构。

一个视图的集成主要是实体与联系的集成，整个集成过程也就是这两类基本集成过程反复交替执行的过程。

（3）冲突的发现与解决

冲突的表现和处理策略如下：

1）同名异义。为了发现不同视图间的同名异义问题，可以列出所有同名数据对象，然后逐一判别其语义。对同名异义冲突通常采用换名加以解决，既可对同名者之一换名，也可对两者都给以重新命名。识别语义的主要方法是进行值域分析。

2）异名同义。识别异名同义比较困难，一般由设计者对所有对象一个不漏地逐一鉴别。它同样采用换名的方法解决。若归并时试图将它们合并为一个对象，则可以把其中之一的名称做为合并后的对象名；若集成后，它们仍以两个不同的对象存在，则可对其一换名。当然，若原名都不合适，则可以对两者都重新命名。

3）同名不同层次。如果两个对象同名，但其中之一是作为一个视图中的实体，而另一个是另一视图中的属性，则在集成时就会发生同名不同层次的冲突。解决这种冲突的办法有两个，一是将属性转换为实体，二是将实体变换成属性。

例如，设一局部视图中有一部门实体 DEPT，而在另一与之集成的视图中有职工实体 EMP，且 EMP 有属性 DEPT，于是发生了同名不同层次的冲突。此时，可将 EMP 的 DEPT 属性去掉，另设一个实体 DEPT 与 EMP 建立联系，这时再与另一视图集成就容易多了。

再如，设一局部视图中有一名为 STOR 的仓库实体，其中含有一属性部门号（DEPT-NO）；在另一局部视图中有一单位实体 DEPT，其中仅含有一个属性 DEPT-NO。对这类同名不同层次的冲突，可将 DEPT 实体变换为其所在视图中与 DEPT 相关的另一实体的属性，然后再进行集成。

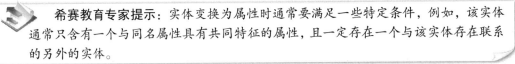

希赛教育专家提示：实体变换为属性时通常要满足一些特定条件，例如，该实体通常只含有一个与同名属性具有共同特征的属性，且一定存在一个与该实体存在联系的另外的实体。

4）虽同名同义，但对象联系测度不同。所谓联系测度是指实体的联系是一对一、一对多还是多对多。若同名同义对象在一个局部视图中为一对多联系，在另一局部视图中为多对多联系，则在集成时将发生联系测度冲突。一般而言，一对多包含一对一，多对多包含一对多。所以解决这种冲突的方法往往取较高测度为集成后的相应联系的测度。

5）数据特征不相容。如果一同名同义属性在一局部视图中可作为关键字属性，但在另一局部视图中不具有关键字属性特征；或者，如果一组属性在不同视图中具有相反的相互依赖关系。这两种情况均会发生数据特征不相容冲突。对于第一种不相容冲突，集成时往往需要重新选择关键字；关于第二种不相容冲突，解决的策略则依赖于实际应用环境。例如设在两个不同局部视图中都含有课程和教室属性。其中之一存在课程决定教室的属性依赖关系；而在另一局部视图中课程与教室的依赖关系刚好相反。当将这两个属性集成到一个实体中时，其间原有的这种对应联系将不存在。此时，若这种联系的丢失不产生影响，则集成可正常进行。但如同第一种冲突，有时可能要重新指定关键字，而且，有时第二种冲突也可能具有第一种冲突的特征，本例就可能是这种情况。

不相容冲突因不同的环境而可能有多种不同的形式，应根据具体情况采用不同策略加以灵活处理。

另一类貌似不等同但通过适当映射可转化为等同的数据对象，称为等价的数据对象类。通常有两种等价情况：

1）用不同的名称和值域描述同一种事物。例如，出生日期（日期型）与年龄（整型）、职工号（字符型）与工作证号（整型）等。

2）用不同的度量单位度量同一事物。对于"重量"、"长度"等度量属性都可能出现这一情况。如对于一个物品的重量单位在一个视图中定义为吨，而在另外的视图中定义为公斤。这两种情况实质是用不同的形式来描述同一事物或概念，这种描述同一事物或概念的数据对象类称为等价数据对象类。这些等价数据对象类之间可以按一定的规则映射，如出生日期与年龄之间，吨与公斤之间都可按公式进行相互转换，对那些没有确定的规则可循的等价数据对象类之间的映射可用对照表加以实现。

等价数据对象类是由于各个用户组对数据对象的观点不同而造成的。它们可以通过映射转化为等同数据类，然后再按等同数据对象进行集成。所以在集成前应仔细识别所有等价数据对象类，并确切说明它们之间的映射。

一个数据对象类所有可能的实例的集合称为该对象类的值域，或简称为域。数据对象类的值域是分析该数据对象类语义的重要依据，是识别各个视图中数据对象类在所讨论的概念上是等同、有共性或不相干的主要依据。因此仔细定义每个数据对象的值域是识别来自不同视图的数据对象类是否等同的主要手段。假如用 $Dom(A)$ 表示对象类 A 的值域，各对象类在值域上存在 4 种相关情况：

域等同：$Dom(A) = Dom(B)$。

域包含：$Dom(A) \subseteq Dom(B)$ 或 $Dom(B) \subseteq Dom(A)$。

域重叠：$Dom(A) \cap Dom(B) \neq \phi$。

域分离：$Dom(A) \cap Dom(B) = \phi$。

对所有数据对象按上述 4 种值域相关情况归类后，便可用不同的方法对实体类进行集成。

（4）实体类的集成

下面按照前面定义的 4 种值域相关情况，采用二元集成策略，对各视图中的实体类进行集成。为了方便起见，用大写字母，如 A、B 等表示实体类，用 $Attrs(A)$ 表示实体类 A 的属性。

1）域等同。A 和 B 是来自不同视图的两个实体，如果它们的值域等同，则集成过程就是建立一个单一的实体类，设为 C，作为全局模式中的实体类，其属性 $Attrs(C)$ 为 A 和 B 的属性之并，值域等同于 A 或 B 的值。因此，在这种情况下，集成操作就变成了求并操作，可形式地表示为：

$Attrs(C)$：$= Attrs(A) \cup Attrs(B)$

$Dom(C)$：$= Dom(A)$（或 $Dom(B)$）

2）域包含。若两个实体类 A 和 B，有 $Dom(A) \subseteq Dom(B)$，即实体类 A 是实体类 B 的子集，在集成模式中把实体类 B 换名为 B_1，并建立一个新的实体类 A_1 代替视图中的实体类 A，实体类 A_1 的属性是实体类 A 的属性与实体类 B 的属性的差集，即去掉 A 与 B 中相同的那部分属性，而仅保留 A 中不同于 B 中的那部分属性。A_1 与 A、B 的关系及 B_1 与 B 的关系可形式地表示成：

$Attrs(B_1)$：$= Attrs(B)$

$Attrs(A_1)$：$= Attrs(A) - Attrs(B)$

$Dom(A_1)$：$= Dom(A)$

Dom(B_1)：=Dom(B)

3）域重叠。属于这种情况的实体类 A 和 B，不仅存在部分公共属性，且两个实体类中的部分实例是重叠的。例如，一个工厂中参加业余大学学习的职工在不同视图中被表示成学生和职工两个实体类，但业余大学的学生具有学生和职工双重身份，是它们域的重叠部分。对这类实体的集成方法是，在全局模式中建立三个实体类，一是 A、B 两实体的联合，表示为 AB，其域是 A、B 的域的并集，包含了 A、B 的所有实例，属性则为这两类实体的属性的交集，是 A 和 B 的公共属性；另外，两个实体记为 A_1 和 B_1，是 AB 实体集的两个子集，其域分别等同于 A 和 B 的域，而它们的属性分别为 A、B 的属性中不在 AB 中出现的那部分。

4）域分离。设 A 和 B 是来自不同视图的两个实体类，如果它们之间存在下述情况之一，则归入域分离集成方法。一是 A 和 B 存在某些共性，但它们的实例在所关心的概念上是不相关的；二是两者虽然不存在公共实例，但可统一于某个有意义的概念，第一种情况如教授与研究生，两者虽然有系名、姓名、年龄、住址等相同的属性，但在通常意义上，它们的值域不可能等同、包含或重叠。对于这种情况，集成时不必对它们进行归并，按原样转入全局模式。对于第二种情况可引入普遍化机制进行概念集成。在集成的全局模式中建立三个实体类 A_1、B_1 和 C，其中 A_1、B_1 相应于局部视图中的实体类 A 和 B，而 C 则相应于 A 和 B 的普遍化概念。全局模式和局部模式间属性和域的关系与域重叠的情况相同。

对于来自 n 个视图的 n 个实体类（A_1，A_2，……，A_n），其集成过程可以重复采用二元集成策略，对某些域关系可采用 n 元集成。

（5）联系类的集成

联系类集成是通过语义分析来归并和调整来自不同视图的联系结构。联系的语义主要由联系的元数、实体在联系中的角色和参与度及联系的值域等表示。根据待集成联系类的元数和实体在联系中所起角色的异同，可将联系类的集成分成 3 种类型、8 种情况。下面对它们逐一进行讨论。

1）元数和角色相同联系类的集成

情况 1：实体的参与度相同。集成这类联系类时，通常只需将其中任一联系类原样转入全局模式即可，并根据情况对实体类和属性做简单的归并处理。例如，图 2-15（a）表示来自视图 V_1、V_2 的两个联系类，除了左端的实体不同外，要符合前面所讲的情况。由于左边的两个实体类的域是不相交的，可进行普遍化集成，且可能已在实体集成中识别。图 2-15（b）是其集成结果。

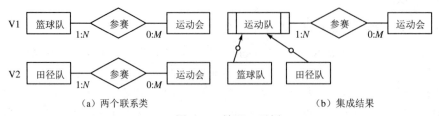

（a）两个联系类　　　　　　　　　　　　　　（b）集成结果

图 2-15　情况 1 示例

情况 2：实体的参与度不同。这种情况表明，尽管联系的元数和实体在联系中担任的角色相同，但实体在不同视图中参与该联系的程度并不相同，即该联系类在不同的视图中所受的结构制约不同。对这类联系的集成，通常引入一个子集结构来协调两者在参与度上的差异。例如，教师与课程间的联系可能有两种观点，一是担任教学任务的观点，二是工作量统计的观点。按第一种观点，教师可能不担任任何教学任务，但从第二种观点看，每个教师至少担任一门课程的教学任务。所以在两种不同观点的授课联系中，教师的参与度是不同的。在集成时可引入"任课教师"作为教师实体类的一个子集，以统一参与度，从而可将两个联系在全局模式中归并为一个联系。

2）相同元数，不同角色联系的集成

情况 3：域包含。域包含指一个视图中的一个联系类为另一视图中的一个联系类的子集。例如教师与项目的联系，在一个视图中为"参与"联系，而在另一视图中可能就是"领导"联系，两个联系中的实体类相同，但在其中充当的角色却不同。但如果事务规则说明项目的领导者一定是项目的参与者，则"领导"联系类便是"参与"联系类的一个子集，也就是"领导"联系中的所有<教师，项目>实体对一定包含在"参与"联系的实体对集合<教师，项目>中。这种联系类的子集关系的语义制约是：当加入一个新的"领导"联系实例时，它必须同时加入"参与"联系，对于删除操作也是如此。

情况 4：域分离。在这种情况下，参与两个不同视图中联系类的实体虽然相同，但它们表示的却是通常意义上互不相干的两件事。集成时，它们会变成全局模式中两个实体类间的两个联系。

情况 5：域重叠。这种情况下的两个联系类的域之间有重叠部分，即一个联系类的某些实例同时也是另一个联系类的实例，但两个联系类的域不是包含关系。集成时，在全局模式中，两个视图中相同的实体类两两合二为一，并在两个实体类之间建立三个联系，两个为集成前的原有联系，另一个为包含前两个联系类实例的父集，与原有联系构成一个子集层次结构。例如教师与研究生之间，可能有上课和指导两种不同的联系。如果指导研究生论文的教师也要给研究生上课，则两个联系的实例就有重叠部分（假定不是所有上课的教师都指导论文）。

3）不同元数联系的集成

情况 6：可归并的不同元数的联系类。如果两个元数不同的联系类存在语义上的等价性，即它们实质上表示了相同的信息，则这两个联系类是可归并的。通常总是将元数较多的联系类转入全局模式。因此，仔细地鉴别两个不同元数的联系类是能否归并的关键。例如图 2-16 中机器与零件之间的联系，在视图 V_1 中以"组成"作为联系类，在视图 V_2 中则以"包含"表示一个机器所包含的零件；实际上 V_2 的联系可由 V_1 导出，所以，只需把 V_1 中的联系类转入全局模式即可。

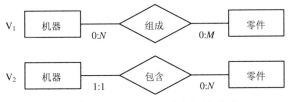

图 2-16　机器与零件之间的联系

情况 7：有条件可归并的联系类。这是指在某些条件成立的前提下，元数较少的联系类，可以从元数较多的联系类导出的情况。换句话说，这种情况比情况 6 多了一个限制条件——可导出性条件。因此，集成这两个类的关键是识别元数较少的联系类从元数较多的联系类导出的条件，一旦识别成功，就可按情况 6 所述可归并联系相同的方法进行处理，即将元数较多的联系类移入全局模式。例如在图 2-17 中，V_1 表示了工程向供应商购买部件的联系，V_2 也表示了类似的联系，为了确定此两者是否可归并，首先要分析可归并的条件，如果 V_2 的联系中＜工程，部件＞与＜供应商＞之间保持一对一的关系，而且 R_1 中供应商的所有属性都包含在 R_2 中，则该两个联系类是等价的，可以合并，按照可归并联系类的集成原则，将元数较多的 V_1 中的联系类移入全局模式。

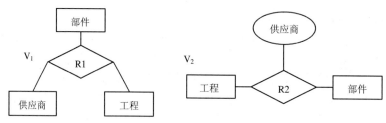

图 2-17　工程向供应商购买零件的联系

情况 8：不可归并的联系类。如果两个联系类具有完全不同的语义，无法通过增加对联系类的结构制约或语义制约而使它们兼容，则它们是不可归并的，集成时只能照原样分别转入全局模式中。例如设在视图 V_1 中有教师指导研究生参加课题研究的三元联系（在 V_2 中另有一个教师管理课题的联系），如图 2-18 所示。如果教师指导研究生所参加的课题和教师所管理的课题并不一致，则此两种联系类所表达的语义是互不相干的，因而也就不能进行合并，只能照原样移入全局模式中。

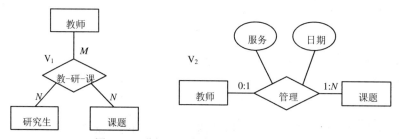

图 2-18　讲师、研究生、课题之间的联系

（6）新老数据模式的集成

当需要对已经建立的数据库系统进行扩充、修改，以扩大其应用范围，满足企业业务上发展的需要时，就会出现新老数据模式的集成问题。

1）原有系统为多个独立数据库时的集成。这种情况下的集成包括单个数据库的集成和扩充的数据模式的集成。由于这些独立的数据库仅仅各自反映单个用户组的需求，而且很可能是在不同时期由不同的设计人员设计的，因而这些数据库之间及其和扩充的数据模式之间，必然地存在许多冲突和冗余。把它们集成为一个能支持所有应用，并能保证数据的一致性、完整性及最小冗余的全局模式后，原有的应用程序很可能都不能运行。因此，事前需要有周密的计划，原则是既要满足新的需要，同时尽可能地保持原来的数据模式，以便将原有的应用程序稍做改动后仍能运行。

2）原有系统为单一的综合数据库时的集成。这时原有的数据模式已是经过集成的数据模式，再和扩充部分集成时，应尽量地向原模式靠拢，以使得原数据库支持的应用程序基本不变。

进行新老数据模式集成时，首先必须理解原有数据模式。如果原有数据库未留下概念设计的文档，那么就得从分析模式入手，这一过程不但十分困难和烦琐，而且容易出错或遗漏。因此，对于比较复杂的数据模式，最好先将逻辑模式翻译成相应的 E-R 图，将其与用户交互，确认新的需求，根据用户意见，对 E-R 模式进行调整，形成新的用户视图，然后再按前面所述的方法集成。可见，新老数据模式的集成比之全新的视图集成受到的限制更多，因此，在某种意义来说也更加困难。

2.4.6　逻辑结构设计

数据库逻辑结构设计的任务就是把概念结构设计阶段设计好的基本 E-R 图转换为与具体机器上的 DBMS 产品所支持的数据模型相符合的逻辑结构。这一阶段是数据库结构设计的重要阶段。

数据库逻辑设计的基础是概念设计的结果，而其成果应包括为某 DBMS 所支持的外模式、概念模式及其说明及建立外模式和概念模式的 DDL 程序。因此，进行逻辑设计前，必须了解数据库设计的需求说明和概念设计的成果（包括 E-R 图和其他文档），并仔细阅读有关 DBMS 的文件。数据库的外模式和概念模式是用户所看到的数据库，是应用程序访问数据库的接口，因此在数据库逻辑设计阶段，还必须提供应用程序编制的有关说明，最好试编一些典型的访问数据库的应用程序，以检验所设计的概念模式是否满足使用要求。概念模式是数据库的基础，它的设计质量对数据库的使用和性能，以及数据库在今后发展过程中的稳定性均有直接的影响。为了设计出能够正确反映一个项目数据间内在联系的好的概念模式，设计时必须正确处理各种应用程序之间、数据库性能与数据模式的合理性和稳定性之间的各种矛盾，对设计中出现的各种矛盾要求要权衡利弊，分清主次按统筹兼顾的原则加以正确处理。

逻辑结构设计一般分为以下几个步骤：

（1）将概念结构向一般关系模型转化。

（2）将第一步得到的结构向特定的 DBMS 支持下的数据模型转换。

（3）依据应用的需求和具体的 DBMS 的特征进行调整与完善。

下面以常用的 E-R 模型和扩充 E-R 模型为主，针对关系数据库的逻辑设计介绍基本原则和方法。

1．基本 E-R 模型向关系模型的转换

基本 E-R 模型主要包含实体和联系两个抽象概念，实体和联系本身还可能附有若干属性。其转换的基本原则是，实体和联系分别转换成关系，属性则转换成相应关系的属性。因此，E-R 模型向关系模型的转换比较直观，但不同元数的联系具体转换方法稍有不同，下面根据不同的情况分别讨论。

（1）一对一联系。设有两个实体 E_1 和 E_2 之间为一对一联系。此情况存在三种可能的转换方案。

方案 1：将实体 E_1、E_2 和联系名 R 分别转换成为关系 E_1、E_2 和 R，它们的属性分别转为相应关系的属性，即得到：

E_1（$\underline{k_1}$，a）

E_2（$\underline{k_2}$，b）

R（$\underline{k_1}$，k_2，r）（k_2 是候选关键字）

其中属性下面带一横线者为关系的关键字。

方案 2：将实体 E_1 转换为关系 E_1，将实体 E_2 与联系名 R 一起转换成关系 E_2'，E_2' 的属性由 E_2 和 R 的属性加上 E_1 的关键字组成，其关键字 k_1、k_2 为其候选关键字。转换后的关系为：

E_1（$\underline{k_1}$，a）

E_2'（$\underline{k_2}$，b，k_1，r），（k_1 是候选关键字）

方案 3：与方案 2 类似，不过把实体 E_1 与联系 R 一起转换成关系 E_1 后，其结果为：

E_1'（$\underline{k_1}$，a，k_2，r），（k2 是候选关键字）

E_2（$\underline{k_2}$，b）

上述三个方案实际上可归结为转换成三个关系和转换成两个关系两种。如果每个实体的属性数较少，而联系的属性与两个实体之一关系又较密切，则可采用方案 2 或方案 3，其优点是可减少关系数，有利于减少连接运算从而提高查询效率，但如果每个实体的属性较多，且合并后，会造成较大数据冗余和操作异常，则以采用方案 1 为宜。

（2）一对多联系。这种情况存在两种转换方案，其一是把两个实体类和一个联系类分别转换成对应的关系，实体类的属性转换为对应关系的属性，其标识属性即为对应关系的关键字，而联系类转换得到的关系，其属性由两个实体的标识属性和联系类本身的属性组成，并以多端实体类的标识属性为其关键字。其转换结果为三个关系。第二个方案是转换成两个关系，设少端和多端的两个实体类分别为 E_1、E_2，联系名 R。转换时，将实体类 E_1 转换为一个关系 E_1，E_2 和 R 合起来转换成一个关系 E_2'，E_2' 的属性由 E_2 和 R 的属性加上 E_1 的标识属性组成，并以 E_2 的标识属性为其关键字。

（3）多对多联系。由两个实体类之间多对多联系组成的 E-R 模型向关系模型转换时，将两个实体类和一个联系类分别转换成关系，实体类的属性分别转换成对应关系的属性，其标识属性为其关键字，由联系类转换得到的关系的属性由两个实体类的标识属性和联系类本身的属性组成，其关键字是由两个联系的实体类的标识属性组成的。

（4）多元联系。实体类分别转换为相应的关系，三个实体类间的多元联系转换为以该联系名为关系名的关系，关系的属性由各实体的标识属性及其联系的属性组成，并以各实体的标识属性为其关键字。例如图 2-19 所示的部件（PART）、工程（PROJECT）和供应者（SUPPLIER）三者之间的联系为 P-J-S，其属性为 QTY。转换时，把 PART、PROJECT、SUPPLIER 和联系 PJS 分别转换为相应的关系，其结果如下：

PART（P#，PN）

PROJECT（PNO，PNAME）

SUPPLIER（S#，SN）

PJS（P#，PNO，S#，QTY）

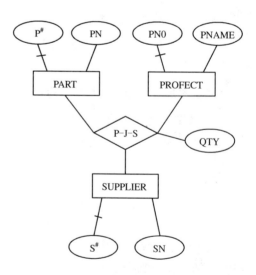

图 2-19　部件工程和供应者之间的关系

（5）自联系。自联系是同一实体集的实体间的联系。例如对于职工实体类内部有领导与被领导的联系，在部件这个实体集的实体之间有组成成分与组成者之间的联系等，均属于实体类的自联系。在这种联系中，参与联系的实体虽然来自同一实体类，但所起的作用不一样。

（6）弱实体类的转换。一个实体类，如果它的存在依赖于另一实体类，则称之为弱实体类。例如职工的亲属（DEPENDENTS）是依赖于职工（EMPLOYEE）实体类而存在的，因为实体集亲属（DEPENDENTS）是弱实体类，它们之间的关系如图 2-20 所示。由于弱实体类不能独立地存在，而是由其他实体标识而存在，所以不能单独地转换成一个关系，因此图 2-20 可转换成如下两个关系：

　　　　EMPLOYEE（empno，name，birthday）

　　　　DEPENDENTS（empno，name，sex，age，kinship）

其中 kinship 表示职工亲属与职工的关系，可以取值为"配偶"、"儿子"、"女儿"等。

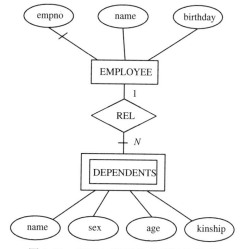

图 2-20　职工与职工的亲属间的关系

（7）带有非原子属性的实体的转换。属性的原子性是关系模型对每个关系的基本要求。但 E-R 数据模型允许用集合或聚合作为属性，这类实体的转换与一般实体的转换有所不同。假如 k 是标识属性，a 是普通原子属性，r 是集合属性，r={r_i|i=1，1，……，n}，g 是聚合属性，由原子属性 g_1、g_2 聚合而成，则此实体 E 可转换成下列两个关系：

　　　　E（k，a，g_1，g_2）

　　　　E′（k，r_i），i=1，2，……，n

其中 k 表示关系的主关键字。

2．扩充 E-R 模型向关系模型的转换

扩充 E-R 模型是基本 E-R 模型的扩充。它主要扩充了两点，一是一个实体集可能是另一个实体集中的某个属性，即一个实体集可以附属于另一个实体集，二是增加了一种叫 ISA 的特殊联系，这种联系建立了两个实体集间的继承关系，通过这种联系可以构成实体集之间的普遍化/特殊化层次结构。下面讨论这些扩充部分的转换，这些转换方法也可推广到其他具有这些概念的数据模型。

（1）一个实体集同时是另一实体集的属性。设实体集 E_1 有属性 k_1、a_1、k_2，其中 k_1 为 E_1 的标识属性，而属性 k_2 是另一实体 E_2 的标识属性，E_2 有属性 k_2、e_1、e_2，则可转换成两个关系：

　　　　E_1（k_1，a_1，k_2）

　　　　E_2（k_2，e_1，e_2）

图2-21（a）是这种情况的一个实例，它可转换成工厂与厂长两个关系：

工厂（<u>厂名</u>，性质，地址，厂长工作证号）

厂长（<u>身份证号</u>，姓名，性别，年龄）

（2）两个实体集间 ISA 联系的转换。这种情况下的实体 E_0 是实体集 E_1 的超集，而实体 E_1 是实体集 E_0 的子集。E_1 继承 E_0 的全部属性，同时，E_1 可以有其自己的属性。图 2-21（b）是这种联系的一个实例。

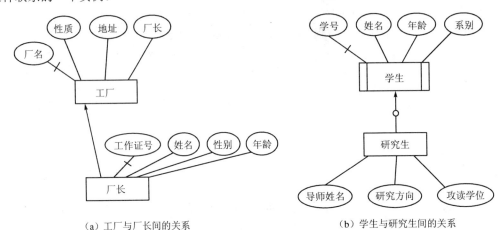

（a）工厂与厂长间的关系　　　　　　　　（b）学生与研究生间的关系

图 2-21　扩充 E-R 模型向关系模型的转换示例

对于这种 E-R 图，将其超类和子类分别转换成两个关系，并且子实体集以其超类实体集的关键字为关键字，即：

E_0（<u>k</u>，a）

E_1（<u>k</u>，b，c）

据此，图 2-21（b）所示的实例可转换成下面两个关系：

学生（<u>学号</u>，姓名，年龄，系别）

研究生（<u>学号</u>，导师姓名，研究方向，攻读学位）

（3）一个超集具有多个子集时的转换。设超实体集 E_0 的属性集为 $\{k, a_1, \ldots\ldots, a_n\}$，它有 m 个子实体集 $E_1, \ldots\ldots, E_m$，子实体集的属性集为 Attr（E_i）（$1 \le i \le m$），子实体可能不相交，也可能重叠。在这种情况下可把 $E_0, E_1, \ldots\ldots, E_m$ 分别转换成关系：

E_0（<u>k</u>，a_1，$\ldots\ldots$，a_n）；

E_i（<u>k</u>，Attr（E_i））；（$1 \le i \le m$）

3．一般关系模型向特定的关系模型的转换

在逻辑结构方面，一般关系模型结构与目前较常用的 DBMS 支持的关系模型结构并无明显冲突。设计时需要注意下述问题：

（1）注意 DBMS 支持的数据类型。一般而言，E-R 数据模型不像 DBMS 那样只支持有限的几种数据类型，据此转换而得到的关系模型，必然保留了 E-R 模型中的数据类型。因此，在向具体的 DBMS 所支持的关系模型转换时，对 DBMS 不支持的数据类型必须做相应的修改。如果用户坚持要使用原来的数据类型，就可能导致数据库的数据类型与应用程序中的数据类型不一致，应用程序必须负责这两者之间数据类型的转换。

（2）DBMS 对关系模型的数量、一个关系中属性的个数、关系名与属性名的长度等的限制。如果一般关系模型与 DBMS 的这些限制存在冲突，则按特定 DBMS 的要求进行修正。

 希赛教育专家提示：在向特定 DBMS 转换之前，需先对转换所得到的关系模型进行规范化处理。

4．设计用户子模式

用户子模式（外模式）是用户所看到的数据库的数据逻辑结构。各个用户（或用户组）可以有各自的外模式。外模式是概念模式的子集，但在结构和形式上可以不同于概念模式，甚至可采用不同的数据模型，不过一般都是同一数据模型。

关系数据库的外模式由与用户有关的基表及按需要定义的视图构成。设计外模式时，可参照概念设计中的局部 E-R 图。在关系模型中，利用 SQL 语言中视图的功能设计更符合局部用户需要的用户子模式，可按如下操作工作：

（1）使用更符合用户习惯的别名。在合并各部分 E-R 图时，曾做了消除命名冲突的工作，这在设计数据库整体结构时是非常必要的。它使得在数据库系统中对同一关系和属性使用唯一的名字，但这对局部应用说来，可能使某些用户感到不方便，不符合以往的习惯。利用视图（View）就可以让视图名和视图中的属性名与用户习惯一致，让用户对视图查询，使系统更符合用户的习惯。

例如，在数据库中有个关系"部门"，它的属性为部门号、部门名称、经理姓名，但在某个局部应用中，习惯称此关系为单位，属性为单位代码、名称、领导姓名。那么，可对这个局部应用定义如下的视图：

```
CREATE VIEW UNIT（UNO，NAME，LEADER）
AS SELECT DNO，DEPTNAME，MGR
FROM DEPT
```

这样用户可以每次只对视图查询，而不查询基本表，使用户感到系统更符合自己的习惯。

（2）定义不同的视图。可以对不同级别的用户定义不同的视图，以满足系统对安全性的要求。例如，在希赛教育视频系统中有一视频关系，包含的属性有：视频编号、视频名称、所属级别、单价、开发部门、录制负责人、技术数据、测试结果。对于视频编号、视频编名称、所属级别、单价，允许任何顾客查询，对于视频销售部门还允许查询开发部门与录制负责人，对于希赛教育管理部门则允许查询全部数据。这样，可以为一般顾客和视频销售部门各定义一个视图，在为顾客定义的视图中只包含允许顾客查询的属性；在为视频销售部门定义的视图中只包含允许销售部门查询的属性。建立应用系统时，顾客只查询为他们定义的视图，销售部门也只查询为他们定义的视图，而管理部门则可以对视频关系查询，这样便保证了系统的安全性要求。

（3）简化用户对系统的使用。SQL 语句中有些查询是比较复杂的，对于那些不熟悉计算机的人是不易于理解的。如果在某些应用中对某个或某些复杂查询是经常要用的，则可以将这个（或这些）复杂的查询定义为视图，用户每次只对定义好的视图进行查询，以使用户使用系统时感到简单直观、易于理解。

5. 数据模型的优化

由 E-R 图表示的概念模型转换得到的关系模型经过规范化以后，基本上可以反映一个企业数据的内在联系，但不一定能满足应用的全部需要和系统要求，因此，还必须根据需求分析对模型做进一步的改善和调整，其内容主要是改善数据库的性能和节省存储空间两个方面。

（1）改善数据库性能的考虑。查询速度是关系数据库应用中影响性能的关键问题，必须在数据库的逻辑设计和物理设计中认真加以考虑，特别是那些对响应时间要求较苛刻的应用，应予以特别注意。

就数据库的逻辑设计而论，可从下列几个方面提高查询的速度。

1）减少连接运算。连接运算对关系数据库的查询速度有着重要的影响，连接的关系越多，参与连接的关系越大，开销也越大，因而查询速度也越慢。对于一些常用的、性能要求较高的数据库查询，最好是一元查询，这与规范化的要求相矛盾。有时为了保证性能，往往不得不牺牲规范化要求，把规范化的关系再合并起来，称之为逆规范化。当然，这样做会引起更新异常。总之，逆规范化有得有失，设计者可根据实际情况进行权衡。

2）减小关系大小及数据量。被查询的关系的大小对查询速度影响较大。为了提高查询速度，可以采用水平分割或垂直分割等方法把一个关系分成几个关系，使每个关系的数据量减少。例如，对于大学中有关学生的数据，既可以把全校学生的数据集中在一个关系中，也可以用水平分割的方法，分系建立关系，从而减少了每个关系的元组数。前者对全校范围内的查询较方便，后者则可以显著提高对指定系的查询速度。也可采用垂直分割的方法，把常用数据与非常用数据分开，以提高常用数据的查询速度。例如，高校中教职工档案，属性很多，有些须经常查询，有些则很少查询，如果放在一起，则关系的数据量就会很大，影响查询速度，因此把常用属性和非常用属性分开，就可提高对常用属性的查询速度。

3）尽量使用快照。快照是某个用户所关心的那部分数据，与视图一样是一种导出关系，但它与视图有两点不同：一是视图是虚关系，数据库中并不存储作为视图的导出关系，仅仅保留它的定义，快照则是一个由系统事先生成后保留在数据库中的实关系；二是视图随数据当前值的变化而变化，快照则不随原来关系中数据的改变而及时改变，它只反映数据库中某一时刻的状态，不反映数据库的当前状态，犹如照片只反映某一时刻的情景，不能反映情景变化一样，之所以称它为快照，原因就在于此。但它与照片又有不同，快照不是一成不变的，它可以由系统周期性地刷新，或由用户用命令刷新。刷新时用当前值更新旧值。在实际应用中，快照可满足相当一部分应用的需要，甚至有些应用就是需要快照，而不是当前值。例如注明列出"某年某月某日截止"的统计或报表就是快照。由于快照是事先生成并存储在数据库中的，因而可大大缩短响应时间。目前不少 DBMS，如 Oracle、MS SQL Server 等支持快照。对不支持快照的DBMS，用户也可以把需要作为实关系使用的导出关系作为一个独立关系存于数据库中，但这种做法只能供查询使用，对它们的刷新及管理由用户负责。

（2）节省存储空间的一些考虑。尽管随着硬件技术的发展，提供用户使用的存储空间越来越大，但毕竟仍是有限度的，而数据库，尤其是复杂应用的大型数据库，需要占用较大的外存空间。因此，节省存储空间仍是数据库设计中应该考虑的问题，不但要在数据库的物理设计中考虑，而且还应在逻辑设计中加以考虑。在数据库逻辑设计中可采取以下措施：

1）缩小每个属性占用的空间。减少每个属性占用的空间，是节省存储空间的一个有效的措施。通常可以有两种方法：即用编码和用缩写符号表示属性，但这两种方法的缺点是失去了属性值含义的直观性。

2）采用假属性。采用假属性可以减少重复数据占用的存储空间。设某关系模型 R 的属性 A 和 B 之间存在函数依赖 A→B，B 的每一个值需要占用较大的空间，但 B 的域中不同的值却比较少，A 的域中具有较多的不同值，则 B 的同一值可能在多个元组中重复出现，从而需要占用较多的空间，为了节省空间，可利用属性 B 的域中不同值少的特点，对 B 的值进行分类，用 B′表示 B 的类型，则 A→B 可分解成两个函数依赖，即：

$$A→B′，\ B′→B$$

这样，就可用 B′代替原来元组较多的关系 R 中的属性 B，而另外建立一个较小的关系 R′来描述 B′与 B 的对应关系。这里 B′在原关系 R 中起了属性 B 的替身的作用，所以称 B′为假属性。例如，在职工关系中，职工的经济状况这一属性通常由职工号决定，一个大型企业的职工人数很多，如每一职工逐一填写，就要占用较多的空间，为了节省空间可把经济状况分为几种类型，在元组较多的职工关系中用经济状况的类型代替原来的经济状况，这里经济状况的类型就是假属性，另外建立一个较小的关系来描述每种经济状况类型的具体内容。

> **希赛教育专家提示**：数据库设计与数学问题求解不同，它是一项综合性工作，受到各种各样的要求和因素的制约，有些要求往往又是彼此矛盾的，因此，设计结果很难说是最佳的，常常有得有失，设计者必须根据实际情况，综合运用上述原则和有关理论，在基本合理的总体设计的基础上，做一些仔细的调整，力求最大限度地满足用户各种各样的要求。

6. 模式的评价与改进

对模式的评价包括设计质量评价和性能评价两个方面。设计质量标准有：可理解性、完整性、可恢复性、安全性和扩充性。目前对这些标准的评价只能做大致的估计，还没有十分严格有效的度量方法。至于数据模式的性能评价，由于缺乏物理设计所提供的数量测量标准，因此也只能进行实际性能的估计，它包括逻辑记录存取数、传输量及物理设计算法的模型等。常用 LRA 方法来进行数据模式的性能评价。它主要从逻辑记录存取数、传送量、物理设计算法的模型等方面进行评估，具体评价的标准有 LRA、TV、SS 三个参数。LRA（Logical Record Access）指单位时间内需要访问的逻辑记录数；TV（Transport Volume）指单位时间的数据传输量；SS（Storage Space）指数据库存储空间，包括数据占用空间和指针占用空间两部分。

理想情况是 LRA、TV、SS 均较小，但实际上是不可能的。因为要想 LRA 较少，很可能是把每个记录类的长度设计得较大，从而增加数据传输量。因此，根据这三个参数可对设计的数据模式做一个评估以便改进。

根据对数据模式的性能估计，对那些明显地影响性能的因素加以改进，如利用逆规范化以减少单位时间内存取的逻辑记录数 LRA 来减少连接运算的次数，利用分解操作减少单位时间内数据传输量 TV，利用减少属性长度或假属性以节省存储空间等。此外，在物理设计时可利用特定的 DBMS 的特点，如索引、聚簇功能来进一步提高系统的效率。

必须强调指出的是，在进行模式的改进时，绝对不能修改数据库的信息内容，如若不修改信息内容无法改进数据模式的性能，则必须重新进行概念设计。

2.4.7 物理结构设计

数据库在实际的物理设备上的存储结构和存取方法称为数据库的物理结构。数据库物理设计是利用已确定的逻辑结构及 DBMS 提供的方法、技术，以较优的存储结构、数据存取路径、合理的数据存储位置及存储分配，设计出一个高效的、可实现的物理数据库结构。显然，数据库的物理设计是完全依赖于给定的硬件环境和数据库产品的。数据库物理设计过程如图 2-22 所示。

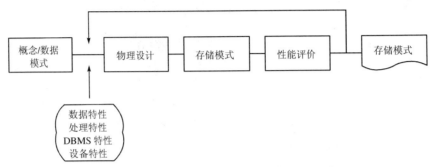

图 2-22　数据库物理设计过程

由于不同的 DBMS 提供的硬件环境和存储结构、存取方法，以及提供给数据库设计者的系统参数、变化范围有所不同，因此，为了设计出一个较好的存储模式，设计者必须了解以下几方面的问题，做到心中有数。

（1）了解并熟悉应用要求，包括各个用户对应的数据视图，即数据库的外模式（子模式），分清哪些是主要的应用，了解各个应用的使用方式、数据量和处理频率等，以便对时间和空间进行平衡，并保证优先满足应用的时间要求。

（2）熟悉使用的 DBMS 的性能，包括 DBMS 的功能，提供的物理环境、存储结构、存取方法和可利用的工具。

（3）了解存放数据的外存设备的特性，如物理存储区域的划分原则，物理块的大小等有关规定及 I/O 特性等。

存储模式和概念模式不一样，它不是面向用户的，一般的用户不一定也不需要了解数据库存储模式的细节。所以数据库存储模式的设计可以不必考虑用户理解的方便，其设计目标主要是提高数据库的性能，其次是节省存储空间。

在进行物理设计时，设计人员可能用到的数据库产品是多种多样的。不同的数据库产品所提供的物理环境、存储结构和存取方法有很大差别，能供设计人员使用的设计变量、参数范围也大不相同，因此没有通用的物理设计方法可遵循，只能给出一般的设计内容和原则。

数据库物理设计内容包括数据存储结构的设计、集簇的设计、存取路径的设计和确定系统配置几个方面。

1. 数据存储结构的设计

数据存储结构的设计就是设计存储数据的结构形式，它涉及不定长数据项的表示、数据项编码是否需要压缩和采用何种压缩、记录间互联指针的设置，以及记录是否需要分割以节省存储空间等在逻辑设计中无法考虑的问题。

由于各个系统所能提供的对数据进行物理安排的手段、方法差异很大，因此设计人员应仔细了解给定的 DBMS 在这方面提供了什么方法，再针对应用环境的要求，对数据进行适当的物理安排。

2．集簇的设计

集簇的设计是通过把一些经常用于同一访问的记录在外存空间集中存放在一起，或存放在相邻的区域，以提高数据库的性能。在有些 DBMS 中，记录的存放位置由操作系统决定，DBMS 无法控制，对这类 DBMS 在数据库的设计中也就毋庸加以考虑。但有些 DBMS，如 Oracle 和 SQL/DS 的 DBMS，提供了集簇功能，供数据库设计者控制记录的存放。

3．存取路径的设计

一般来讲，数据库系统是多用户共享系统，对同一数据存储要建立多条存取路径才能满足多用户的多种应用要求。物理设计的任务之一就是要利用 DBMS 提供的文件结构、索引技术等技术手段，选择适宜的文件结构和索引技术等使得主要应用能够对每个记录或关系进行有效地访问，即提供合适的存取路径。例如，将哪些属性列作为次码建立次索引，根据应用要求还要对哪些属性列建立组合索引，是否还需要根据数据库产品提供的功能建立其他类型的索引等。

原则上讲，索引选择可以采用穷举法，对每种可能的方案进行代价估算，从中选择最佳的方案，但实际上这是行不通的，因为：

（1）数据库中文件之间的相关性。例如，关系数据库中的连接操作涉及多个文件，在计算连接操作的代价时，往往与其他关系参与连接操作的方法有关，因而各个文件往往不能孤立地进行设计。

（2）可能出现组合爆炸问题，难以进行计算。即使对于由五个文件组成的数据库，每个文件只有五个属性的话，如果只在单个属性上建立索引，其存取结构的可能方案就有 $2.6×10^{11}$ 种之多。实际的数据库文件一般远不止 5 个，每个文件的属性也不止 5 个，而且有可能需要在多个属性上建立索引，这样的求解空间显然太大了。

（3）访问路径与 DBMS 的优化策略有关。一个事务究竟如何执行，不仅取决于数据库设计者提供的访问路径，还取决于 DBMS 的优化策略。若设计者所认为的事务执行方式与 DBMS 实际执行事务的方式不同，就会出现设计结果与实际情况的偏差。

（4）代价估算比较困难。首先因为代价模型与系统有关，很难形成一套通用的代价估算公式；其次，代价估算还与数据库本身的特性有关，为了获得必需的设计参数，必须对数据进行统计分析，而在数据库设计阶段，对数据特性的了解往往是不充分的。

（5）设计目标较为复杂。鉴于上述原因，很难进行比较精确、优化的数据库物理设计。目前常用的是一种简化的设计方法，其思想和基本方法如下所述。

K.Y.Whang 等人分析了各种连接方法后认为，在一定条件的限制下，某些连接方法是可分离的，换句话说参与连接的各个关系的代价可以独立地估算，对于像用嵌套循环法进行两个关系连接等不可分离的连接方法，即使按分离的方法处理，也不会引起显著的误差。因此，在进行数据库物理设计时，可以分别设计各个文件，从而避免了前面提到的组合爆炸问题，大大缩减了求解空间。K.Y.Whang 等人的这一理论称为可分离理论。

按照可分离理论，根据处理要求，对记录在文件中的存放方式：有序或无序，或按某一属性（或属性组）进行集簇等，做出初步的抉择，再在运行中进行适当调整，而不必穷举各种可能，从而把问题归结为一个文件要建立哪些索引。而且经过简单分析后，可确定在有些属性上无须建立索引，当然也就不需要进行代价的分析和比较。不需要建立索引的属性有：

（1）在查询条件中不出现或很少出现的属性。

（2）属性值很少的属性。因为对于这种情况，如果在其上建立索引，则在每个索引项后面会附有大量的 tid（元组标志符——由块号和记录在块中的地址组成），顺序索引集的溢出块将会很多，用索引去检索，不如直接进行顺序扫描。

建立索引的一般原则为：

（1）如果某个（或某些）属性经常作为查询条件，则考虑在这个（或这些）属性上建立索引。

（2）如果某个（或某些）属性经常作为表的连接条件，则考虑在这个（或这些）属性上建立索引。

（3）如果某个属性经常作为分组的依据列，则考虑在这个（或这些）属性上建立索引。

（4）为经常进行连接操作的表建立索引。

一个表可以建立多个索引，但只能建立一个聚簇索引。

> **希赛教育专家提示**：索引一般可以提高查询性能，但会降低数据的修改性能。因为在修改数据时，系统要同时对索引进行维护，使索引与数据保持一致。维护索引要占用相当多的时间，而且存放索引信息也会占用空间资源。因此在决定是否建立索引时，要权衡数据库的操作，如果查询多，并且对查询的性能要求比较高，则可以考虑多建一些索引。如果数据更改较多，并且对更改的效率要求比较高，则应该考虑少建一些索引。

4. 确定系统配置

许多 DBMS 产品都设置了系统配置变量，例如控制内存分配的参数、使用系统的用户数和其他影响系统性能的参数，供设计者和 DBA 对数据库进行物理优化。初始情况下，系统都为这些变量赋予了合理的默认值。但是这些值不一定适合每一种应用环境，在进行物理设计时，可以重新对这些变量赋值以改善系统的性能。

通常情况下，这些配置变量包括：同时使用数据库的用户数，同时打开的数据库对象数，使用的缓冲区长度、个数，时间片大小，数据库的大小，装填因子，锁的数目等。这些参数值会影响存取时间和存储空间的分配，在物理设计时就要根据应用环境确定这些参数值，以使系统性能最优。

评价物理结构设计完全依赖于具体的 DBMS，主要考虑操作开销，即为使用户获得及时、准确的数据所需的开销和计算机的资源开销。具体可分为如下几类：

（1）查询和响应时间。响应时间是从查询开始到查询结果开始显示所经历的时间。一个设计得好的应用程序可以减少 CPU 时间和 I/O 时间。

（2）更新事务的开销。主要是修改索引、重写物理块或文件以及写校验等方面的开销。

（3）生成报告的开销。主要包括索引、重组、排序和显示结果的开销。

（4）主存储空间的开销。包括程序和数据所占用的空间。一般对数据库设计者来说，可以对缓冲区做适当的控制，包括控制缓冲区个数和大小。

（5）辅助存储空间的开销。辅助存储空间分为数据块和索引块两种，设计者可以控制索引块的大小、索引块的充满度等。

实际上，数据库设计者只能对 I/O 服务和辅助空间进行有效控制。对于其他的方面则只能进行有限的控制或者根本不能控制。

2.4.8　数据库应用程序设计

数据库应用程序设计与开发是数据库应用系统开发的重要组成内容，它遵循应用软件开发的一般规律，即遵循常规的软件工程方法。

1．选择设计方法

首先，使用一个好的数据库设计方法学，应该能在合理的期限内，以合理的工作量，产生一个既能满足用户关于功能、性能、安全性、完整性及发展需求等方面的要求，同时又服从特定 DBMS 的约束，并且可以用简单的数据模型来表达的数据库结构。其次，数据库设计方法还应具有足够的灵活性和通用性，不仅能够供具有不同经验的人使用，而且应该不受数据模型及 DBMS 的限制。最后，数据库设计方法应该是可再生的，即不同的设计者使用同一方法设计同一问题时，应该得到相同或相似的设计结果。

2．制定开发计划

对于一些有开发价值的软件，接下去的工作就是编制项目开发计划。开发计划主要包括待开发软件的概述、开发人员组织、人员安排、资源的利用、开发进度安排、经费使用、预算等。开发计划须经有关部门审批后方可进入开发阶段。

有关开发管理方面的详细知识，将在第 12 章介绍。

3．选择系统架构

运行数据库的计算机系统大体上可以划分为四类，即集中式系统、个人计算机系统、客户/服务器系统、分布式系统。数据库系统的架构也有大致相应的划分，但这种划分并不是绝对的，而且是随着数据库技术的发展而发展的。在当今的客户/服务器结构数据库系统中常常存在数据的分布，因此从广义的意义上理解也是一类分布式的系统。目前在网络环境下使用较多的架构是 C/S 结构和 BPS（Browser/Server，浏览器/服务器）结构。本质上，BPS 也是一种 C/S 结构，它是一种由传统的二层 C/S 结构发展而来的三层 C/S 结构在 Web 上应用的特例。三层的 BPS 架构具有许多传统 C/S 架构不具备的优点，而且又紧密地结合了 Internet/Intranet 技术，是技术发展的大势所趋，它把应用系统带入了一个崭新的发展时代。

具体到某一个应用，到底应该选择哪种架构还要具体情况具体分析。在一些大型应用中，有时也可能将两种或几种结构综合到一个系统比较合适，如 C/S 和 BPS。总之，好的系统架构可以事半功倍，尤其在需求调整时，更能体现合理的系统架构的好处。

有关架构设计的详细知识，将在第 8 章介绍。

4．设计安全性策略

建立正确的安全性级别和方案，是整个应用成功的一个重要保障。太低的保密级别会使一些未经授权的操作者看到敏感的数据；太严格的保密级别又会限制操作者完成正常的工作，并可能会导致用户对应用程序，甚至对整个系统不满意。

在建立一个保密方案之前，收集和分析环境的保密需求是很重要的。在制订安全方案时可以将数据库的用户划分成若干等级，然后列出每一等级用户的访问权限，即在哪些数据库对象上允许执行哪些操作。

一定要注意保证用户或应用程序中所使用的用户名称和密码的安全，这些注册凭据必须在用户或应用程序连接数据库时是可用的，但对于那些未经许可的用户或程序又必须隐藏。

设计安全性策略时主要考虑以下几个方面：

（1）硬件平台的安全问题。硬件是软件的物理基础，因此，必须确保支持数据库应用系统运行的所有硬件设施（包括计算机主机、外部设备、网络设备及其他辅助设备）的安全，使其免受自然灾害和人为破坏，并建立完备的安全管理制度，防止非法人员进入计算机控制室进行各种偷窃和破坏活动。

（2）操作系统和数据库系统的安全问题。为确保数据库应用系统安全、可靠地运行，对操作系统和数据库系统也应采取一定的安全保护措施。

（3）网络系统的安全问题。

（4）应用系统的安全问题。

有关安全性设计的详细知识，将在第 15 章介绍。

2.5　事务管理

数据库系统运行的基本工作单位是事务，事务相当于操作系统中的进程，是用户定义的一个数据库操作序列，这些操作序列要么全做要么全不做，是一个不可分割的工作单位。事务具有以下特性。

（1）原子性（Atomicity）：数据库的逻辑工作单位。

（2）一致性（Consistency）：使数据库从一个一致性状态变到另一个一致性状态。

（3）隔离性（Isolation）：不能被其他事务干扰。

（4）持续性（永久性）（Durability）：一旦提交，改变就是永久性的。

事务通常以 BEGIN TRANSACTION（事务开始）语句开始，以 COMMIT 或 ROLLBACK 语句结束。COMMIT 称为"事务提交语句"，表示事务执行成功的结束。ROLLBACK 称为"事务回退语句"，表示事务执行不成功的结束。从终端用户来看，事务是一个原子，是不可分割的操作序列。事务中包括的所有操作要么都做，要么都不做（就效果而言）。事务不应该丢失或被分割地完成。

2.5.1　并发控制

在多用户共享系统中，许多事务可能同时对同一数据进行操作，称为"并发操作"，此时数据库管理系统的并发控制子系统负责协调并发事务的执行，保证数据库的完整性不受破坏，同时避免用户得到不正确的数据。

数据库的并发操作带来的问题有：丢失更新问题、不一致分析问题（读过时的数据）、依赖于未提交更新的问题（读了"脏"数据）。这三个问题需要 DBMS 的并发控制子系统来解决。

处理并发控制的主要方法是采用封锁技术。它有两种类型：排他型封锁（X 封锁）和共享型封锁（S 封锁），分别介绍如下：

（1）排他型封锁（简称 X 封锁）。如果事务 T 对数据 A（可以是数据项、记录、数据集，乃至整个数据库）实现了 X 封锁，那么只允许事务 T 读取和修改数据 A，其他事务要等事务 T 解除 X 封锁以后，才能对数据 A 实现任何类型的封锁。可见 X 封锁只允许一个事务独锁某个数据，具有排他性。

（2）共享型封锁（简称 S 封锁）。X 封锁只允许一个事务独锁和使用数据，要求太严。需要适当放宽，例如可以允许并发读，但不允许修改，这就产生了 S 封锁概念。S 封锁的含义是：如果事务 T 对数据 A 实现了 S 封锁，那么允许事务 T 读取数据 A，但不能修改数据 A，在所有 S 封锁解除之前绝不允许任何事务对数据 A 实现 X 封锁。

数据库是一个共享资源，它允许多个用户程序并行地存取数据库中的数据，但是，如果系统对并行操作不加以控制，就会存取不正确的数据，破坏数据库的完整性。

在多个事务并发执行的系统中，主要采取封锁协议来进行处理。

（1）一级封锁协议。事务 T 在修改数据 R 之前必须先对其加 X 锁，直到事务结束才释放。一级封锁协议可防止丢失修改，并保证事务 T 是可恢复的。但不能保证可重复读和不读"脏"数据。

（2）二级封锁协议。一级封锁协议加上事务 T 在读取数据 R 之前先对其加 S 锁，读完后即可释放 S 锁。二级封锁协议可防止丢失修改，还可防止读"脏"数据，但不能保证可重复读。

（3）三级封锁协议。一级封锁协议加上事务 T 在读取数据 R 之前先对其加 S 锁，直到事务结束才释放。三级封锁协议可防止丢失修改、防止读"脏"数据与防止数据重复读。

（4）两段锁协议。所有事务必须分两个阶段对数据项加锁和解锁。其中扩展阶段是在对任何数据进行读、写操作之前，首先要申请并获得对该数据的封锁；收缩阶段是在释放一个封锁之后，事务不能再申请和获得任何其他封锁。若并发执行的所有事务均遵守两段封锁协议，则对这些事务的任何并发调度策略都是可串行化的。遵守两段封锁协议的事务可能发生死锁。

下面讨论封锁的粒度。所谓封锁的粒度即是被封锁数据目标的大小。在关系数据库中，封锁粒度有属性值、属性值集、元组、关系、某索引项（或整个索引）、整个关系数据库、物理页（块）等几种。

封锁粒度小则并发性高，但开销大；封锁粒度大则并发性低但开销小。综合平衡照顾不同需求以合理选取适当的封锁粒度是很重要的。

采用封锁的方法固然可以有效防止数据的不一致性，但封锁本身也会产生一些麻烦，最主要的就是死锁问题。所谓死锁是指多个用户申请不同封锁，由于申请者均拥有一部分封锁权而又需等待另外用户拥有的部分封锁而引起的永无休止的等待。一般来讲，死锁是可以避免的，目前采用的办法有如下几种：

（1）预防法。此种方法是采用一定的操作方式以保证避免死锁的出现，顺序申请法、一次申请法等即是此类方法。所谓顺序申请法是指对封锁对象按序编号，在用户申请封锁时必须按编号顺序（从小到大或反之）申请，这样能避免死锁发生。所谓一次申请法即是指用户在一个完整操作过程中必须一次性申请它所需要的所有封锁，并在操作结束后一次性归还所有封锁，这样也能避免死锁的发生。

（2）死锁的解除法。此种方法允许产生死锁，并在死锁产生后通过解锁程序以解除死锁。这种方法需要有两个程序，一是死锁检测程序，用它测定死锁是否发生，另一是解锁程序，一旦经测定系统已产生死锁则启动解锁程序以解除死锁。有关死锁检测及解锁技术请参阅相应的资料，这里不做进一步讨论。

2.5.2　故障与恢复

数据库的故障可用事务的故障来表示，主要分为 4 类：

（1）事务故障。事务在运行过程中由于种种原因，如输入数据的错误、运算溢出、违反了某些完整性限制、某些应用程序的错误，以及并发事务发生死锁等，使事务未运行至正常终止点就被撤销，这种情况称为"事务故障"。

（2）系统故障。系统故障是指系统在运行过程中，由于某种原因（如操作系统或数据库管理系统代码错误、操作员操作失误、特定类型的硬件错误（如 CPU 故障）、突然停电等造成系统停止运行），致使事务在执行过程中以非正常方式终止，这时内存中的信息丢失，但存储在外存储设备上的数据不会受影响。

（3）介质故障。系统在运行过程中，由于某种硬件故障，如磁盘损坏、磁头碰撞或由于操作系统的某种潜在的错误、瞬时强磁场干扰，使存储在外存上的数据部分损失或全部损失，称为"介质故障"。这类故障比前两类故障的可能性虽然小得多，但破坏性却最大。

（4）计算机病毒。计算机病毒是一种人为破坏计算机正常工作的特殊程序。通过读写染有病毒的计算机系统中的程序与数据，这些病毒可以迅速繁殖和传播，危害计算机系统和数据库。目前大多数病毒是在 PC 和其兼容机上传播的。有的病毒一侵入系统就马上摧毁系统，有的病毒有较长的潜伏期，有的病毒则只在特定的日期发生破坏作用，有的病毒感染系统所有的程序和数据，有的只影响特定的程序和数据。

在数据库系统中，恢复的基本含义就是恢复数据库本身。也就是说，在发生某种故障使数据库当前的状态已经不再正确时，把数据库恢复到已知为正确的某一状态。目前数据库系统中最常用的恢复方法是转储和登记日志文件，可根据故障的不同类型，采用不同的恢复策略。

2. 故障的恢复

（1）事务故障的恢复。事务故障是指事务未运行至正常终止点前被撤销，这时恢复子系统应对此事务做撤销处理。事务故障的恢复是由系统自动完成的，不需要用户干预，步骤如下：

- 反向扫描文件日志，查找该事务的更新操作。
- 对该事务的更新操作执行逆操作。
- 继续反向扫描日志文件，查找该事务的其他更新操作，并做同样处理。
- 如此处理下去，直至读到此事务的开始标记，事务故障恢复完成。

（2）系统故障的恢复。系统故障发生时，造成数据库不一致状态的原因有两个：一是由于一些未完成事务对数据库的更新已写入数据库；二是由于一些已提交事务对数据库的更新还留在缓冲区没来得及写入数据库。系统故障的恢复是在重新启动时自动完成的，不需要用户干预，步骤如下：

- 正向扫描日志文件，找出在故障发生前已经提交的事务，将其事务标识记入重做（Redo）队列。同时找出故障发生时尚未完成的事务，将其事务标识记入撤销（Undo）队列。
- 对撤销队列中的各个事务进行撤销处理：反向扫描日志文件，对每个 Undo 事务的更新操作执行逆操作。
- 对重做队列中的各个事务进行重做处理：正向扫描日志文件，对每个 Redo 事务重新执行日志文件登记的操作。

（3）介质故障与病毒破坏的恢复。在发生介质故障和遭病毒破坏时，磁盘上的物理数据库被破坏，这时的恢复操作可分为三步：

- 装入最新的数据库后备副本，使数据库恢复到最近一次转储时的一致性状态。
- 从故障点开始反向读日志文件，找出已提交事务标识将其记入重做队列。
- 从起始点开始正向阅读日志文件，根据重做队列中的记录，重做所有已完成事务，将数据库恢复至故障前某一时刻的一致状态。

（4）具有检查点的恢复技术。检查点记录的内容可包括：

- 建立检查点时刻所有正在执行的事务清单。
- 这些事务最近一个日志记录的地址。

采用检查点的恢复步骤如下：

- 从重新开始文件中找到最后一个检查点记录在日志文件中的地址，由该地址在日志文件中找到最后一个检查点记录。
- 由该检查点记录得到检查点建立时所有正在执行的事务清单队列（A）。
- 建立重做队列（R）和撤销队列（U），把 A 队列放入 U 队列中，R 队列为空。
- 从检查点开始正向扫描日志文件，若有新开始的事务 T1，则把 T1 放入 U 队列，若有提交的事务 T2，则把 T2 从 U 队列移到 R 队列，直至日志文件结束。
- 对 U 队列的每个事务执行 Undo 操作，对 R 队列的每个事务执行 Redo 操作。

DBA 要做的基本操作是：

- 重装最近转储的后援副本。
- 运行日志文件，执行系统提供的恢复命令。

数据库安全和恢复是数据库系统正常运行的保证。对于大型数据库管理系统一般都提供了实现安全机制的保证，即由系统提供了相应的功能，但对于小型的数据库管理系统并非都具有相应功能，有时需要人工的辅助措施，用以保证数据库的安全和恢复。

2.6　备份与恢复

数据库中的数据一般都十分重要，不能丢失，因为各种原因，数据库都有损坏的可能性（虽然很小），所以事先制订一个合适的可操作的备份和恢复计划至关重要。备份和恢复计划要遵循以下两个原则制订：

（1）保证数据丢失得尽量少或完全不丢失，因为性价比的要求，这要取决于现实系统的具体要求。

（2）备份和恢复时间尽量短，保证系统最大的可用性。

数据库备份按照不同方式可分为多种，这里按照备份内容分为物理备份和逻辑备份两类。

物理备份是在操作系统层面上对数据库的数据文件进行备份，物理备份分为冷备份和热备份两种。冷备份是将数据库正常关闭，在停止状态下利用操作系统的 copy、cp、tar、cpio 等命令将数据库的文件全部备份下来，当数据库发生故障时，将数据文件拷贝回来，进行恢复。热备份也分为两种，一种是不关闭数据库，将数据库中需要备份的数据文件依次置于备份状态，相对保持静止，然后再利用操作系统的 copy、cp、tar、cpio 等命令将数据库的文件备份下来，备份完毕后再将数据文件恢复为正常状态，当数据库发生故障时，恢复方法同冷备份一样。热备份的另外一种方式是利用备份软件（例如，veritas 公司的 netbackup，legato 公司的 network 等）在数据库正常运行的状态下，将数据库中的数据文件备份出来。

为了提高物理备份的效率，通常将完全、增量、累积三种备份方式相组合。完全备份是将数据库的内容全部备份出，作为增量、累积的基础；增量备份是只备份上次完全、增量或累积备份以来修改的数据；累积备份是备份自上次完全或累积备份以来修改过的数据。一般一个备份周期通常由一个完全备份和多个增量、累积备份组成。由于增量或累计备份导出的数据少，所以其导出的文件较小，所需要的时间较少。利用一个完全备份和多个增量、累积备份恢复数据库的步骤如下：

（1）首先从完全备份恢复数据库。

（2）然后按照时间顺序从早到晚依次导入多个增量和累积备份文件。

逻辑备份是指利用各数据库系统自带的工具软件备份和恢复数据库的内容，例如，Oracle 的导出工具为 exp，导入工具为 imp，可以按照表、表空间、用户、全库等四个层次备份和恢复数据；Sybase 的全库备份命令是 dump database，全库恢复命令是 load database，另外也可利用 BCP 命令来备份和恢复指定表。

在数据库容量不大的情况下逻辑备份是一个非常有效的手段，既简单又方便，但现在随着数据量的越来越大，甚至上 TB，利用逻辑备份来备份和恢复数据库已力不从心，速度很慢。针对大型数据库的备份和恢复一般结合磁带库采用物理的完全、增量、累积三种备份方式相组合来进行。但无论何时，逻辑备份都是一种非常有效的手段，特别适合于日常维护中的部分指定表的备份和恢复。

2.7 分布式数据库系统

近年来，随着计算机技术与网络技术的发展，特别是 Internet 的兴起，分布式数据库系统得到了很快的发展和应用。

2.7.1 分布式数据库的概念

分布式数据库系统是相对于集中式数据库系统而言的，是将数据库技术与网络技术相结合的产物。分布式数据库（Distributed DataBase，DDB）比较确切的定义是：分布式数据库是由一组数据组成的，这组数据分布在计算机网络的不同计算机上，网络中的每个结点具有独立处理的能力，成为场地自治，它可以执行局部应用，同时，每个结点也能通过网络通信子系统执行全局应用。负责分布式数据库的建立、查询、更新、复制、管理和维护的软件，称为分布式数据库管理系统（Distributed DataBase Management System，DDBMS）。分布式数据库管理系统保证分布式数据库中数据的物理分布对用户的透明性（transparency）。一个计算机网络组成的计算机系统，在配置了分布式数据库管理系统，并在其上建立了分布式数据库和相应的应用程序后，就称其为分布式数据库系统（Distributed DataBase System，DDBS）。分布式数据库管理系统是分布式数据库系统的核心。

1．分布式数据库的特点

从上面的定义可以看出分布式数据库系统有以下几个特点：

（1）数据的分布性。分布式数据库中的数据分布于网络中的各个结点，它既不同于传统的集中式数据库，也不同于通过计算机网络共享的集中式数据库系统。

（2）统一性。主要表现在数据在逻辑上的统一性和数据在管理上的统一性两个方面。分布式数据库系统通过网络技术把局部的、分散的数据库构成一个在逻辑上单一的数据库，从而呈现在用户面前的就如同是一个统一的、集中式的数据库。这就是数据在逻辑上的统一性，因此，它不同于由网络互联的多个独立数据库。分布式数据库是由分布式数据库管理系统统一管理和维护的，这种管理上的统一性又使它不同于一般的分布式文件系统。

（3）透明性。用户在使用分布式数据库时，与使用集中式数据库一样，无须知道其所关心的数据存放在哪里，存储了几次。用户需要关心的仅仅是整个数据库的逻辑结构。

与集中式数据库相比，分布式数据库具有下列优点：

（1）坚固性好。由于分布式数据库系统是由多个位置上的多台计算机构成的，在个别结点或个别通信链路发生故障的情况下，它仍然可以降低级别继续工作，如果采用冗余技术，还可以获得一定的容错能力。因此，系统的坚固性好，即系统的可靠性和可用性好。

（2）可扩充性好。可根据发展的需要增减结点，或对系统重新配置，这比用一个更大的系统代替一个已有的集中式数据库要容易得多。

（3）可改善性能。在分布式数据库中可按就近分布，合理地冗余的原则来分布各结点上的数据，构造分布式数据库，使大部分数据可以就近访问，避免了集中式数据库中的瓶颈问题，减少了系统的响应时间，提高了系统的效率，而且也降低了通信费用。

（4）自治性好。数据可以分散管理，统一协调，即系统中各结点的数据操纵和相互作用是高度自治的，不存在主从控制，因此，分布式数据库较好地满足了一个单位中各部门希望拥有自己的数据，管理自己的数据，同时又想共享其他部门有关数据的要求。

虽然分布式数据库系统与集中式数据库相比有不少优点，但同时也需要解决一些集中式数据库所没有的问题。首先，异构数据库的集成问题是一项比较复杂的技术问题，目前还很难用一个通用的分布式数据库管理系统来解决这一问题。其次，如果数据库设计得不好，数据分布不合理，以致远距离访问过多，尤其是分布连接操作过多，不但不能改善性能，反而会使性能降低。

2．分布式数据库的分类

分布式数据库及其分布式数据库管理系统，根据许多因素有不同的分类方法，总的原则是分布式数据库及 DDBMS 必须是其数据和软件必定分布在用计算机网络连接的多个场地上。从应用需要或本身的特征方面考虑可将它从几个方面来分类：

（1）按 DDBMS 软件同构度来分。当所有服务器软件（或每个 LDBMS）和所有客户软件均用相同的软件时称为同构型分布式数据库；反之，则称为异构型分布式数据库。

（2）按局部自治度来分。当对 DDBMS 的存取必须通过客户软件，则系统称为无局部自治；当局部事务允许对服务器软件进行直接存取，则系统称为有一定的局部自治。自治的两个分别是无局部自治和联邦型 DDBMS 或称多数据库系统。多数据库系统本质上是集中式与分布式的混合体：对一个局部用户而言，它是自治的，那么是一个集中式 DBS；对一个全局用户而言，则是一个分布式 DBS，但这个 DDBS 没有全局概念模式，只有一个由各局部数据库提供给全局允许共享的有关模式的集成。

（3）按分布透明度来分。分布透明度的另一个概念是模式集成度。若用户可以对集成模式操作不需要涉及任何片段、重复、分布等信息时，则这类 DDBMS 称为有高度分布透明（或高度模式集成）；若用户必须知道所有有关于片段、分配、重复等信息时，则这类 DDBMS 没有分布透明，没有模式集成度。当系统不提供分布透明，用户查询时必须指定特定的场地、特定的片段等信息，当然 DDBMS 可以部分分布透明（介于两者之间）。

3. 分布式数据库的目标

理想的分布式系统使用时应该精确得像一个非分布式系统的样子。概括起来有以下 12 条具体规则和目标：

（1）局部结点自治性。网络中的每个结点是独立的数据库系统，它有自己的数据库，运行它的局部 DBMS，执行局部应用，具有高度的自治性。

（2）不依赖中心结点。即每个结点具有全局字典管理、查询处理、并发控制和恢复控制等功能。

（3）能连续操作。该目标使中断分布式数据库服务情况减至最少，当一个新场地合并到现有的分布式系统或从分布式系统中撤离一个场地不会导致任何不必要的服务中断；在分布式系统中可动态地建立和消除片段，而不中止任何组成部分的场地或数据库；应尽可能在不使整个系统停机的情况下对组成分布式系统的场地的 DBMS 进行升级。

（4）具有位置独立性（或称位置透明性）。用户不必知道数据的物理存储地，可工作得像数据全部存储在局部场地一样。一般位置独立性需要有分布式数据命名模式和字典子系统的支持。

（5）分片独立性（或称分片透明性）。分布式系统如果可将给定的关系分成若干块或片，可提高系统的处理性能。利用分片将数据存储在最频繁使用它的位置上，使大部分操作为局部操作，减少网络的信息流量。如果系统支持分片独立性，那么用户工作起来就像数据全然不是分片的一样。

（6）数据复制独立性。是指将给定的关系（或片段）可在物理级用许多不同存储副本或复制品在许多不同场地上存储。支持数据复制的系统应当支持复制独立性，可像它全然没有存储副本一样地工作。

（7）支持分布式查询处理。在分布式数据库系统中有三类查询：局部查询、远程查询和全局查询。局部查询和远程查询仅涉及单个结点的数据（本地的或远程的），查询优化采用的技术是集中式数据库的查询优化技术。全局查询涉及多个结点上的数据，其查询处理和优化要复杂得多。

（8）支持分布事务管理。事务管理有两个主要方面：恢复控制和并发控制。在分布式系统中，单个事务会涉及多个场地上的代码执行，会涉及多个场地上的更新，可以说每个事务是由多个"代理"组成，每个代理代表在给定场地上的给定事务上执行的过程。在分布式系统中必须保证事务的代理集或者全部一致交付，或者全部一致回滚。

（9）具有硬件独立性。希望在不同硬件系统上运行同样的 DBMS。

（10）具有操作系统独立性。希望在不同的操作系统上运行 DBMS。

（11）具有网络独立性。如果系统能够支持多个不同的场地，每个场地有不同的硬件和不同的操作系统，则要求该系统能支持各种不同的通信网络。

（12）具有 DBMS 独立性。实现对异构型分布式系统的支持。理想的分布式系统应该提供 DBMS 独立性。

上述的全功能分布式数据库系统的准则和目标起源于：一个分布式数据库系统，对用户来说，应当看上去完全像一个非分布式系统。值得指出的是，现实系统出于对某些方面的特别考虑，对上述各方面做出了种种权衡和选择。

2.7.2　分布式数据库的体系结构

分布式数据库系统的模式结构有 6 个层次，如图 2-23 所示，实际的系统并非都具有这种结构。在这种结构中各级模式的层次清晰，可以概括和说明任何分布式数据库系统的概念和结构。

图 2-23 的模式结构从整体上可以分为两大部分：下面是集中式数据库的模式结构，代表了各局部场地上局部数据库系统的基本结构；上面是分布式数据库系统增加的模式级别。

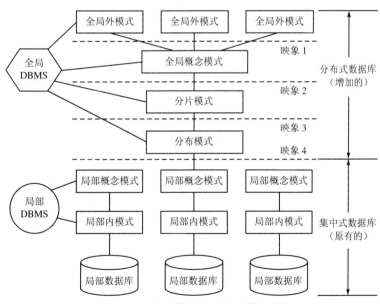

图 2-23　分布式数据库系统的模式结构

（1）全局外模式。它们是全局应用的用户视图，是全局概念模式的子集。

（2）全局概念模式。它定义分布式数据库中数据的整体逻辑结构，数据就如同根本没有分布一样，可用传统的集中式数据库中所采用的方法定义。全局概念模式中所用的数据模型应该易于向其他层次的模式映象，通常采用关系模型。这样，全局概念模式包括一组全局关系的定义。

（3）分片模式。每一个全局关系可以划分为若干不相交的部分，每一部分称为一个片段，即"数据分片"。分片模式就是定义片段及全局关系到片段的映象。这种映象是一对多的，即每个片段来自一个全局关系，而一个全局关系可对应多个片段。

（4）分布模式。由数据分片得到的片断仍然是 DDB 的全局数据，是全局关系的逻辑部分，每一个片段在物理上可以分配到网络的一个或多个不同结点上。分布模式定义片段的存放结点。分布模式的映象类型确定了分布式数据库是冗余的还是非冗余的。若映象是一对多的，即一个片段分配到多个结点上存放，则是冗余的分布数据库，否则是不冗余的分布数据库。

根据分布模式提供的信息，一个全局查询可分解为若干子查询，每一子查询要访问的数据属于同一场地的局部数据库。由分布模式到各局部数据库的映象（映象 4）把存储在局部场地的全局关系或全局关系的片段映象为各局部概念模式采用局部场地的 DBMS 所支持的数据模型。

分片模式和分布模式均是全局的，分布式数据库系统中增加的这些模式和相应的映象使分布式数据库系统具有了分布透明性。

（5）局部概念模式。一个全局关系经逻辑划分成一个或多个逻辑片断，每个逻辑片断被分配在一个或多个场地上，称为该逻辑片断在某场地上的物理映象或物理片断。分配在同一场地上的同一个全局概念模式的若干片断（物理片断）构成了该全局概念在该场地上的一个物理映象。

一个场地上的局部概念模式是该场地上所有全局概念模式在该场地上物理映象的集合。

由此可见，全局概念模式与场地独立，而局部概念模式与场地相关。

（6）局部内模式。局部内模式是 DDB 中关于物理数据库的描述，类似于集中式 DB 中的内模式，但其描述的内容不仅包含局部本场地的数据的存储描述，还包括全局数据在本场地的存储描述。

在图 2-23 所示的六层模式结构中，全局概念模式、分片模式和分布模式是与场地特征无关的，是全局的，因此它们不依赖于局部 DBMS 的数据模型。在低层次上，需要把物理映象映射成由局部 DBMS 支持的数据模型。这种映象由局部映射模式完成。具体的映射关系，由局部 DBMS 的类型决定。在异构型系统中，可在不同场地上拥有类型的局部映射模式。

这种分层的模式结构为理解 DDB 提供了一种通用的概念结构。它有三个显著的特征：

（1）数据分片和数据分配概念的分离，形成了"数据分布独立型"概念。

（2）数据冗余的显式控制。数据在各个场地的分配情况在分配模式中一目了然，便于系统管理。

（3）局部 DBMS 的独立性。这个特征也称为"局部映射透明性"。此特征允许在不考虑局部 DBMS 专用数据模型的情况下研究 DDB 管理的有关问题。

1．分布式数据库系统与并行数据库系统的区别

分布式数据库系统与并行数据库系统具有很多相似点：它们都是通过网络连接各个数据处理结点的，整个网络中的所有结点构成一个逻辑上统一的整体，用户可以对各个结点上的数据

进行透明存取等。但分布式数据库系统与并行数据库系统之间还是存在着显著的区别的，主要表现在以下几个方面：

（1）应用目标不同。并行数据库系统的目标是充分发挥并行计算机的优势，利用系统中的各个处理机结点并行地完成数据库任务，提高数据库的整体性能。分布式数据库系统主要目的在于实现各个场地自治和数据的全局透明共享，而不要求利用网络中的各个结点来提高系统的整体性能。

（2）实现方式不同。由于应用目标各不相同，在具体实现方法上，并行数据库与分布式数据库之间也有着较大的区别。在并行数据库中，为了充分发挥各个结点的处理能力，各结点间采用高速通信网络互联，结点间数据传输代价相对较低。当负载不均衡时，可以将工作负载过大的结点上的任务通过高速通信网络送给空闲结点处理，从而实现负载平衡。在分布式数据库系统中，各结点（场地）间一般通过局域网或广域网互联，网络带宽比较低，各场地之间的通信开销较大，因此在查询处理时一般应尽量减少结点间的数据传输量。

（3）各结点的地位不同。在并行数据库中，各结点之间不存在全局应用和局部应用的概念。各个结点协同作用，共同处理，而不可能有局部应用。

在分布式数据库系统中，各结点除了能通过网络协同完成全局事务外，还有自己结点场地的自治性。也就是说，分布式数据库系统的每个场地又是一个独立的数据库系统，除了拥有自己的硬件系统（CPU、内存和磁盘等）外，还拥有自己的数据库和自己的客户，运行自己的DBMS，执行局部应用，具有高度的自治性。这是并行数据库与分布式数据库之间最主要的区别。

2．数据分片和透明性

将数据分片，使数据存放的单位不是关系而是片段，这既有利于按照用户的需求较好地组织数据的分布，也有利于控制数据的冗余度。分片的方式有多种，水平分片和垂直分片是两种基本的分片方式，混合分片和导出分片是较复杂的分片方式。

分布透明性指用户不必关心数据的逻辑分片，不必关心数据存储的物理位置分配细节，也不必关心局部场地上数据库的数据模型。从图 2-23 所示的模式结构可以看到分布透明性包括：分片透明性、位置透明性和局部数据模型透明性。

（1）分片透明性是分布透明性的最高层次。所谓分片透明性是指用户或应用程序只对全局关系进行操作而不必考虑数据的分片。当分片模式改变时，只要改变全局模式到分片模式的映象（映象 2），而不影响全局模式和应用程序。全局模式不变，应用程序不必改写，这就是分片透明性。

（2）位置透明性是分布透明性的下一层次。所谓位置透明性是指，用户或应用程序应当了解分片情况，但不必了解片段的存储场地。当存储场地改变时，只要改变分片模式到分配模式的映象（映象 3），而不影响应用程序。同时，若片段的重复副本数目改变了，数据的冗余改变了，但用户不必关心如何保持各副本的一致性，这也提供了重复副本的透明性。

（3）局部数据模型透明性是指用户或应用程序应当了解分片及各片断存储的场地，但不必了解局部场地上使用的是何种数据模型。模型的转换及语言等的转换均由映象 4 来完成。

3. 分布式数据库管理系统

分布式数据库管理系统的任务，首先就是把用户与分布式数据库隔离开来，使其对用户而言，整个分布式数据库就好像是一个传统的集中式数据库。换句话说，一个分布式数据库管理系统与用户之间的接口，在逻辑上与集中式数据库管理系统是一致的。但是考虑到分布式数据库的特点，其物理实现上又与集中式数据库不同。下面以一种分布式数据库管理系统 DDBMS 的结构为例，来分析它的主要成分和功能，如图 2-24 所示。

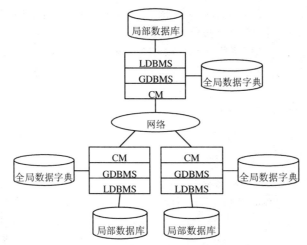

图 2-24　分布式数据库管理系统的结构

由图 2-24 可以看出，DDBMS 由 4 部分组成：

（1）LDBMS（局部 DBMS）。局部场地上的数据库管理系统其功能是建立和管理局部数据库，提供场地自治能力、执行局部应用及全局查询的子查询。

（2）GDBMS（全局 DBMS）。全局数据库管理系统主要功能是提供分布透明性，协调全局事务的执行，协调各局部 DBMS 以完成全局应用，保证数据库的全局一致性，执行并发控制，实现更新同步，提供全局恢复功能。

（3）全局数据字典。存放全局概念模式、分片模式、分布模式的定义及各模式之间映象的定义；存放有关用户存取权限的定义，以保证全局用户的合法权限和数据库的安全性；存放数据完整性约束条件的定义，其功能与集中式数据库的数据字典类似。

（4）CM（Communication Management，通信管理）。在分布数据库各场地之间传送消息和数据，完成通信功能。

DDBMS 功能的分割和重复及不同的配置策略就导致了各种体系结构。

（1）全局控制集中的 DDBMS。这种结构的特点是全局控制成分 GDBMS 集中在某一结点上，由该结点完成全局事务的协调和局部数据库转换等一切控制功能，全局数据字典只有一个，也存放在该结点上，它是 GDBMS 执行控制的依据。它的优点是控制简单，易实现更新一致性。但由于控制集中在某一特定的结点上，不仅容易形成瓶颈而且系统较脆弱，一旦该结点出故障，整个系统将瘫痪。

（2）全局控制分散的 DDBMS。这种结构的特点是全局控制成分 GDBMS 分散在网络的每一个结点上，全局数据字典也在每个结点上有一份，每个结点都能完成全局事务的协调和局部数据库转换，每个结点既是全局事务的参与者又是协调者，一般称这类结构为完全分布的 DDBMS。它的优点是结点独立，自治性强，单个结点退出或进入系统均不会影响整个系统的运行，但是全局控制的协调机制和一致性的维护都比较复杂。

（3）全局控制部分分散的 DDBMS。这种结构根据应用的需要将 GDBMS 和全局数据字典分散在某些结点上，是介于前两种情况之间的体系结构。

局部 DBMS 的一个重要性质是：局部 DBMS 是同构的还是异构的。同构和异构的级别可以有三级：硬件、操作系统和局部 DBMS。其中最主要的是局部 DBMS 这一级，因为硬件和操作系统的不同将由通信软件处理和管理。

异构型 DDBMS 的设计和实现比同构型 DDBMS 更加复杂，它要解决不同的 DBMS 之间及不同的数据模型之间的转换。因此在设计和实现 DDBMS 时，若是用自顶向下的方法进行，即并不存在已运行的局部数据库，则采用同构型的结构比较方便。若是采用自底向上设计 DDBMS 的方法，即现已存在的局部数据库，而这些数据库可能采用不同的数据模型（层次、网状或关系），或者虽然模型相同但它们是不同厂商的 DBMS（如 Informix、Sybase、Db2、Oracle），这就必须开发异构型的 DDBMS。要解决异构数据库模型的同种化问题，这是研制异构型 DDBMS 的关键问题，所谓同种化就是寻找合适的公共数据模型，采用公共数据模型与异构数据模型（局部）之间的转换，不采用各结点之间的一对一转换。这样可以减少转移次数。设有 N 个结点，用公共数据模型时转换次数为 $2N$，而各结点之间一对一转换则需 $N(N-1)$ 次。

现在的分布数据库系统产品大都提供了集成异构数据库的功能，以 Sybase Replication Server 为例，任何数据存储系统只要遵循基本的数据操作和事务处理规范，都可以充当局部数据库管理系统。Sybase Replication Server 提供开放接口以支持异构数据库，包括以下 4 个功能构件：

（1）Sybase 客户/服务器接口。负责完成 Replication Server 与各异构数据库服务器间的通信。如果局部数据服务器不支持 C/S 接口，系统管理人员还可以为该服务器创建 Open Server Gateway，完成通信任务。

（2）Replication Agent 或 Log Transfer Manager。作为 Replication Server 在各局部数据库服务器的代理，监控局部数据操作。

（3）错误处理。统一处理各局部数据库服务器返回的错误。

（4）Functions，Function Strings 和 Function String Classes。负责完成各数据库服务器间数据模型和数据操作的转换。

2.8　并行数据库系统

计算机系统性能价格比的不断提高迫切要求硬件和软件结构的改进。硬件方面，单纯依靠提高微处理器速度和缩小体积来提高性能价格比的方法正趋于物理的极限；磁盘技术的发展滞后于微处理器的发展速度，使得磁盘 I/O 瓶颈问题日益突出。软件方面，数据库服务器对大型数据库各种复杂查询和 OLTP 的支持使得对响应时间和吞吐量的要求顾此失彼。同时，应用的发展超过了主机处理能力的增长速度，数据库应用的发展对数据库的性能和可用性提出了更高要求，能否为越来越多的用户维持高事务吞吐量和低响应时间已成为衡量 DBMS 性能的重要指标。

计算机多处理器结构以及并行数据库服务器的实现为解决以上问题提供了极大可能。随着微处理器技术和磁盘阵列技术的进步，并行计算机系统的发展十分迅速，出现了 Sequent 等商品化的并行计算机系统。为了充分开发多处理器硬件，并行数据库的设计者必须努力开发面向软件的解决方案。为了保持应用的可移植性，这一领域的多数工作都围绕着支持 SQL 查询语言进行。目前已经有一些关系数据库产品在并行计算机上不同程度地实现了并行性。

将数据库管理与并行技术结合，可以发挥多处理器结构的优势，从而提供比相应的大型机系统要高得多的性能价格比和可用性。通过将数据库在多个磁盘上分布存储，可以利用多个处理器对磁盘数据进行并行处理，从而解决了磁盘 I/O 瓶颈问题。同样，潜在的主存访问瓶颈也可通过开发查询间并行性（即不同查询并行执行）、查询内并行性（即同一查询内的操作并行执行）以及操作内并行性（即子操作并行执行），从而大大提高查询效率。

2.8.1　功能和结构

一个并行数据库系统可以作为服务器面向多个客户机进行服务。典型的情况是，客户机嵌入特定应用软件，如图形界面、DBMS 前端工具和 C/S 接口软件等。因此，并行数据库系统应该支持数据库功能、客户/服务器接口功能，以及某些通用功能（例如，运行 C 语言程序等）。此外，如果系统中有多个服务器，那么每个服务器还应包含额外的软件层来提供分布透明性。

对于 C/S 架构的并行数据库系统，它所支持的功能一般包括：

（1）会话管理子系统。提供对客户与服务器之间交互能力的支持。

（2）请求管理子系统。负责接收有关查询编译和执行的客户请求，触发相应操作并监督事务的执行与提交。

（3）数据管理子系统。提供并行执行编译后查询所需的所有底层功能，例如并行事务支持、高速缓冲区管理等。

上述功能构成类似于一个典型的关系型数据库系统，不同的是并行数据库系统必须具有处理并行性、数据划分、数据复制以及分布事务等的能力。依赖于不同的并行系统体系结构，一个处理器可以支持上述全部功能或其子集。

并行数据库系统的实现方案多种多样。根据处理器与磁盘及内存的相互关系可以将并行计算机结构划分为三种基本的类型，下面分别介绍这三种基本的并行系统结构，并从性能、可用性和可扩充性等三个方面来比较这些方案。

（1）Shared-Memory（共享内存）结构，又称 Shared-Everything 结构，简称 SE 结构。Shared-Memery 方案中，任意处理器可通过快速互联（高速总线或纵横开关）访问任意内存模块或磁盘单元，即所有内存与磁盘为所有处理器共享。IBM3090、Bull 的 DPS8 等大型机以及 Sequent、Encore 等对称多处理器都采用了这一设计方案。

并行数据库系统中，XPRS，DBS3 以及 Volcano 都在 5kared-Memory 体系结构上获得实现。但是迄今为止，所有的共享内存商用产品都只开发了查询间并行性，而尚未实现查询内并行性。

（2）Shared-Disk（共享磁盘）结构，简称 SD 结构。Shared-Disk 方案中，各处理器拥有各自的内存，但共享共同的磁盘。每一处理器可以访问共享磁盘上的数据库页，并将之拷贝到各自的高速缓冲区中，为避免对同一磁盘页的访问冲突，应通过全局锁和协议来保持高速缓冲区的数据一致性。

采用这一方案的数据库系统有 IBM 的 IMS/VS Data Sharing 和 DEC 的 VAX DBMS 和 Rdb 产品。在 DEC 的 VAX 群集机和 NCUBE 机上实现的 Oracle 系统也采用此方案。

（3）Shared-Nothing（分布内存）结构，简称 SN 结构。Shared-Nothing 方案中，每一处理器拥有各自的内存和磁盘。由于每一结点可视为分布式数据库系统中的局部场地（拥有自己的数据库软件），因此分布式数据库设计中的多数设计思路，如数据库分片、分布事务管理和分布查询处理等，都可以在本方案中利用。

采用 Shared-Nothing 方案的有了 Teradata 的 DBC 和 Tandem 的 NonStop SQL 产品以及 Bubba，Eds，Gamma，Grace，Prisma 和 Arbre 等原型系统，所有这些系统都开发了查询间和查询内的并行性。

表 2-3 从性能、可用性和可扩充性等方面对上述三种体系结构进行了比较。

表 2-3　三种体系结构性能比较

	Shared-Memory	Shared-Disk	Shared-Nothing
性能	最佳	较佳	较佳
可用性	低	较高	高
可扩充性	差	较好	好
负载均衡	易做到	易做到	难做到
实现技术	容易	较复杂	复杂
成本	高	较低	低
处理器数	数十个	数百个	数千个
规模	中小系统	中小系统	大系统

简而言之，在可扩充性与可用性方面 SN 结构显然要优于其他两种结构；而在负载均衡、设计的简单性等方面，则是 SE 结构优点突出一些。对于结点数目较多的配置，SN 结构比较好地适应了高伸缩性的要求，它通过最小化共享资源来最小化资源竞争带来的系统干扰。而对于中小型系统的配置，SE 结构由于其设计的简单性和负载易于均衡也许就更为合适一些。

为了兼顾 SE 与 SN 的优点，有人提出了一种混合型的方案：整个系统是 Shared-Nothing 结构而每个结点是 Shared-Memory 结构，即多个 SE 结构的结点相互联接成更大的 SN 结构。这种方案在某些场合特别具有吸引力。

2.8.2　并行处理技术

在数据库管理系统中，查询处理的主要任务是翻译用户所给出的查询语句并对若干可能有效地查询处理计划进行评价、比较，从中选出能优化其性能的一个方案。查询处理的效率对整个系统的性能有很大的影响，因此并行数据库系统中查询处理的并行实现也就成为并行数据库管理系统的一个重要指标。

1．并行查询处理概述

对应于传统的顺序执行计划（Sequential Plan，SP），常称相应于并行处理环境下的执行计划为并行执行计划（Parallel Plan，PP）。

如果查询 Q 的某个并行执行计划 PP 与 Q 的一个顺序执行计划 SP 对应于相同的操作树，则称 PP 为 SP 的一个并行化方案；而由顺序执行计划 SP 得到某个 PP 的过程称为并行化。显然，一个串行执行计划可以通过不同的并行化过程得到不同的并行执行计划。

并行化过程可以由下述一些基本概念刻画。

（1）并行粒度：并行粒度指的是查询执行的并行程度，并行粒度从粗到细可分为如下四种：事务间并行性．查询间并行性（事务内的查询间的并行性），操作间并行性（事务内的查询内的操作间的并行性）和操作内并行性（事务内的查询内的操作内的并行性）。

一般来说，并行粒度越细，并行化程度就越高，而实现就越为复杂。一个好的并行数据库系统应该能实现操作内的并行性。

并行数据库系统通过开发事务间、查询间、操作间及操作内 4 种不同粒度的并行性来在 OLTP 及 DSS（Decision Support System，决策支持系统）两种应用环境中提供优化的事务吞吐量和响应时间。

（2）并行化形式：并行化可分为水平并行化，也称独立并行化（Independent Parallelism）和垂直并行化，也称流水线并行化（Pipelining Parallelism）两种形式，图 2-25 给出了这两种形式的示意图。

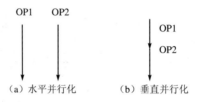

图 2-25　并行化的两种形式

如果两个操作无相互依赖关系，则称这两个操作相互独立；如果操作 OP2 直接依赖于 OP1，并且 OP2 必须等待 OP1 处理完所有元组后方可开始执行，则称 OP2 以阻塞方式直接依赖于 OP1；如果 OP2 无须等待 OP1 处理完所有结点即可开始执行，则称 OP2 以流水线方式直接依赖于 OP1。

水平并行化指的是互相独立的多个操作或者一个操作内互相独立的多个子操作分别由不同的处理器并行执行的形式；垂直并行化则是指存在流水线方式依赖关系的操作分别由不同处理器并行执行的形式。

例如：排序操作、扫描操作由不同的处理器并行执行就是水平并行化的实例，而扫描操作→排序操作→连接操作→分组操作由不同的处理器并行执行是垂直并行化的实例。如图 2-26 所示。

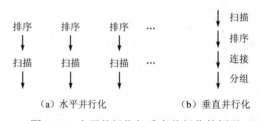

图 2-26　水平并行化与垂直并行化的例子

由于关系代数的封闭性和数据操作的相对独立性，关系查询具有三种固有并行性，即操作间的流水线并行性、操作间的独立并行性以及操作内的独立并行性，这为关系代数的并行化提供了现实基础。

2．并行操作算法

实现关系查询并行化的简单方法是并行数据流方法，这种方法的基本思想是使用顺序数据操作算法实现关系数据库的三种固有并行性。但是，许多研究表明，使用并行数据操作算法实现查询的并行处理可以更充分地发挥多处理器的并行性，极大地提高查询处理的效率。

目前并行操作算法大多是围绕连接操作而设计的，早期的连接算法都假定数据在连接属性的分布是均匀的，在此基础上，对原来的顺序算法进行改造而产生了基于嵌套循环的并行连接算法、基于合并扫描的并行连接算法、基于 Hash 的并行连接算法，基于索引的并行连接算法。近几年来，为了克服数据扭曲（数据分布很不均匀）对连接算法的影响，又出现了不少经过改进后的上述连接算法。

3．并行查询优化

查询优化始终是数据库管理系统的重要组成部分。查询优化的目标在于提高执行效率，它主要是要对各种可能的查询执行计划进行评估，并从中选出最优的查询执行方案。并行查询优化的目标和任务也一样。并行查询优化的目标在于从查询的并行执行计划空间中找出最优的并行执行计划。

由于并行数据库环境中存在多个处理器，并行查询优化应尽可能地使每个操作并行处理，充分利用系统资源提高并行度来达到提高系统性能的目的，因此它的实现与传统的数据库查询优化有所不同，更强调数据分布的均匀性。

并行查询优化面临的两大困难在于：

（1）执行计划搜索空间的庞大。在传统的顺序查询优化中，往往采取穷尽的办法或者某种半穷尽的办法搜索整个查询计划空间，为每个查询计划估算出代价，而后找出代价最小的查询计划。然而，在并行环境下，并行执行计划空间往往呈指数增长。

因此，依靠传统的穷尽办法进行并行查询优化是不现实的。并行查询优化应该可以提供某种启发式的方法对并行执行计划空间作裁剪以减少搜索空间的代价。为此，不少学者相继提出了基于左线性树的查询优化算法、基于右线性树的查询优化算法、基于片段式右线性树的查询优化算法、基于浓密树的查询优化算法、基于操作森林的查询优化算法。这些算法均是在搜索代价和最终获得的查询计划的效率之间有着不同的权衡。

（2）执行时的某些系统参数（例如，CPU 数目、内存大小等）在优化时是未知的。在多用户环境下，系统参数如 CPU 数目、内存大小只能到计划执行时才能确定。

有的学者提出了两阶段优化的思想，将查询处理分为静态顺序优化和动态并行化两个阶段进行。

阶段 1：在编译阶段，假设全部内存大小可为查询所用，利用传统查询优化策略得到最优顺序执行计划。

阶段 2：执行阶段，根据阶段 1 的顺序执行计划得到给定缓冲区大小和处理器数目条件下的最优并行化方案。

将并行查询优化分解为两个阶段进行，有效地解决了并行查询面临的两大困难，同时又降低了并行查询优化算法的复杂性，但问题是，两阶段优化是否能保证并行执行计划的最优性。

希赛教育专家提示：有关并行查询优化的策略和查询优化算法均处在进一步的研究之中。

2.9 数据仓库

传统的操作型数据库主要是面向业务的，所执行的操作基本上也是联机事务处理，但随着企业规模的增长，历史积累的数据越来越多，如何利用历史数据为未来决策服务，就显得越来越重要了，而数据仓库就是其中的一种技术。

2.9.1 数据仓库的概念

著名的数据仓库专家 W.H.Inmon 在 "Building the Data Warehouse" 一书中将数据仓库定义为：数据仓库（Data Warehouse）是一个面向主题的、集成的、相对稳定的、且随时间变化的数据集合，用于支持管理决策。

1. 面向主题的

操作型数据库的数据组织面向事务处理任务（面向应用），各个业务系统之间各自分离，而数据仓库中的数据是按照一定的主题域进行组织。主题是一个抽象的概念，是指用户使用数据仓库进行决策时所关心的重点方面，一个主题通常与多个操作型信息系统相关。例如，一个保险公司所进行的事务处理（应用问题）可能包括汽车保险、人寿保险、健康保险和意外保险等，而公司的主要主题范围可能是顾客、保险单、保险费和索赔等。

2. 集成的

在数据仓库的所有特性中，这是最重要的。面向事务处理的操作型数据库通常与某些特定的应用相关，数据库之间相互独立，并且往往是异构的。而数据仓库中的数据是在对原有分散的数据库数据抽取、清理的基础上经过系统加工、汇总和整理得到的，必须消除源数据中的不一致性，以保证数据仓库内的信息是关于整个企业的一致的全局信息。

3. 相对稳定的

操作型数据库中的数据通常实时更新，数据根据需要及时发生变化。数据仓库的数据主要供企业决策分析之用，所涉及的数据操作主要是数据查询，一旦某个数据进入数据仓库以后，一般情况下将被长期保留，也就是数据仓库中一般有大量的查询操作，但修改和删除操作很少，通常只需要定期的加载、刷新。

4. 随时间变化的

操作型数据库主要关心当前某一个时间段内的数据，而数据仓库中的数据通常包含历史信息，系统记录了企业从过去某一时点（如开始应用数据仓库的时点）到目前的各个阶段的信息，通过这些信息，可以对企业的发展历程和未来趋势做出定量分析和预测。

数据仓库反映历史变化的属性主要表现在：

（1）数据仓库中的数据时间期限要远远长于传统操作型数据系统中的数据时间期限，传统操作型数据系统中的数据时间期限可能为数十天或数个月，数据仓库中的数据时间期限往往为数年甚至几十年；

（2）传统操作型数据系统中的数据含有"当前值"的数据，这些数据在访问时是有效的，当然数据的当前值也能被更新，但数据仓库中的数据仅仅是一系列某一时刻（可能是传统操作型数据系统）生成的复杂的快照；

（3）传统操作型数据系统中可能包含也可能不包含时间元素，如年、月、日、时、分、秒等，而数据仓库中一定会包含时间元素。

数据仓库虽然是从传统数据库系统发展而来，但是两者还是存在着诸多差异，如：从数据存储的内容看，数据库只存放当前值，而数据仓库则存放历史值；数据库数据的目标是面向业务操作人员的，为业务处理人员提供数据处理的支持，而数据仓库则是面向中高层管理人员的，为其提供决策支持等。表 2-4 详细说明了数据仓库与传统数据库的区别。

表 2-4　数据仓库与传统数据库的比较

比较项目	传统数据库	数据仓库
数据内容	当前值	历史的、归档的、归纳的、计算的数据（处理过的）
数据目标	面向业务操作程序、重复操作	面向主体域，分析应用
数据特性	动态变化、更新	静态、不能直接更新，只能定时添加、更新
数据结构	高度结构化、复杂，适合操作计算	简单，适合分析
使用频率	高	低
数据访问量	每个事务一般只访问少量记录	每个事务一般访问大量记录
对响应时间的要求	计时单位小，如秒	计时单位相对较大，除了秒，还有分钟、小时

2.9.2　数据仓库的结构

从数据仓库的概念结构看，一般来说，数据仓库系统要包含数据源、数据准备区、数据仓库数据库、数据集市/知识挖掘库以及各种管理工具和应用工具，如图 2-27 所示。数据仓库建立之后，首先要从数据源中抽取相关的数据到数据准备区，在数据准备区中经过净化处理后再加载到数据仓库数据库，最后根据用户的需求将数据导入数据集市和知识挖掘库中。当用户使用数据仓库时，可以利用包括 OLAP（On-Line Analysis Processing，联机分析处理）在内的多种数据仓库应用工具向数据集市/知识挖掘库或数据仓库进行决策查询分析或知识挖掘。数据仓库的创建、应用可以利用各种数据仓库管理工具辅助完成。

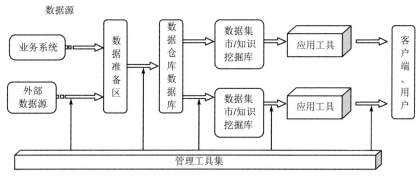

图 2-27　数据仓库的概念结构

1. 数据仓库的参考框架

数据仓库的参考框架由数据仓库基本功能层、数据仓库管理层和数据仓库环境支持层组成，如图 2-28 示。

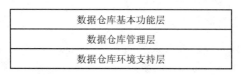

| 数据仓库基本功能层 |
| 数据仓库管理层 |
| 数据仓库环境支持层 |

图 2-28　数据仓库的框架结构

（1）数据仓库基本功能层。数据仓库的基本功能层部分包含数据源、数据准备区、数据仓库结构、数据集市或知识挖掘库，以及存取和使用部分。本层的功能是从数据源抽取数据，对所抽取的数据进行筛选、清理，将处理过的数据导入或者说加载到数据仓库中，根据用户的需求设立数据集市，完成数据仓库的复杂查询、决策分析和知识的挖掘等。

（2）数据仓库管理层。数据仓库的正常运行除了需要数据仓库功能层提供的基本功能外，还需要对这些基本功能进行管理与支持的结构框架。数据仓库管理层由数据仓库的数据管理和数据仓库的元数据管理组成。

数据仓库的数据管理层包含数据抽取、新数据需求与查询管理，数据加载、存储、刷新和更新系统，安全性与用户授权管理系统，以及数据归档、恢复及净化系统等 4 部分。

（3）数据仓库的环境支持层。数据仓库的环境支持层由数据仓库数据传输层和数据仓库基础层组成。数据仓库中不同结构之间的数据传输需要数据仓库的传输层来完成。

数据仓库的传输层包含数据传输和传送网络、客户/服务器代理和中间件、复制系统以及数据传输层的安全保障系统。

2. 数据仓库的体系结构

大众观点的数据仓库的体系结构如图 2-29 所示。

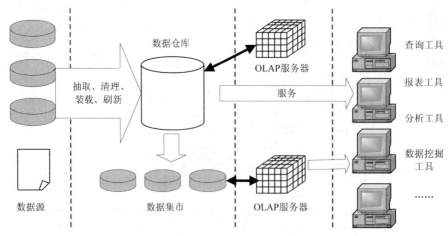

图 2-29　数据仓库体系结构

（1）数据源。是数据仓库系统的基础，是整个系统的数据源泉。通常包括企业内部信息和外部信息。内部信息包括存放于 RDBMS（关系型 DBMS）中的各种业务处理数据和各类文档数据。外部信息包括各类法律法规、市场信息和竞争对手的信息等。

（2）数据的存储与管理。是整个数据仓库系统的核心。数据仓库的真正关键是数据的存储和管理。数据仓库的组织管理方式决定了它有别于传统数据库，同时也决定了其对外部数据的表现形式。要决定采用什么产品和技术来建立数据仓库的核心，则需要从数据仓库的技术特点着手分析。针对现有各业务系统的数据，进行抽取、清理，并有效集成，按照主题进行组织。数据仓库按照数据的覆盖范围可以分为企业级数据仓库和部门级数据仓库（通常称为数据集市）。

（3）OLAP 服务器。对分析需要的数据进行有效集成，按多维模型予以组织，以便进行多角度、多层次的分析，并发现趋势。其具体实现可以分为：ROLAP、MOLAP 和 HOLAP。ROLAP 基本数据和聚合数据均存放在 RDBMS 之中；MOLAP 基本数据和聚合数据均存放于多维数据库中；HOLAP 基本数据存放于 RDBMS 之中，聚合数据存放于多维数据库中。

（4）前端工具。主要包括各种报表工具、查询工具、数据分析工具、数据挖掘工具以及各种基于数据仓库或数据集市的应用开发工具。其中数据分析工具主要针对 OLAP 服务器，报表工具、数据挖掘工具主要针对数据仓库。

2.9.3　数据仓库的实现方法

数据仓库的特性决定了数据仓库的设计不同于传统的数据库设计方法。数据仓库系统的原始需求通常不是很明确，并且不断变化、增加，所以，数据仓库的建立是一个过程，从建立简单的基本框架着手，不断丰富和完善整个系统。这一过程将由以下几部分构成：需求分析、概念模型设计、逻辑模型设计、物理模型设计和数据仓库生成。

从整体的角度来看，数据仓库的实现方法主要有自顶向下法、自底向上法和联合方法。

1. 自顶向下法

在该方法中，首先应找出数据仓库解决方案所要满足的商业需求，把商业需求视为实现数据仓库的首要任务。数据仓库是一种功能而不是一种特征，数据仓库保存信息，并以外部工具易于显示和操作的方式组织这些信息。因此，如果不借助于可以利用这种功能的外部工具，最终用户就无法将这种功能嵌入到数据仓库中。这样，就很难定出该功能的范围，除非用广义上的商业术语，如"数据仓库将包含有关客户、供应商、市场、产品的信息"。自顶向下方法的优点和缺点见表 2-5。

表 2-5　自顶向下方法的优缺点

优　　点	缺　　点
商业需求清楚地描绘出数据仓库实现的范围，因此是实现数据仓库解决方案的有效方法	机会有时超出了当前的业务范围
技术取决于商业	技术可以促进商业和竞争优势，但开始时对商业的促进是不明显的
易于向决策者提供数据仓库的收益情况	一旦数据仓库已经实现，可能就不再要求更高的目标

规划和实现数据仓库的自顶向下方法一般用于以下情况：

（1）实现单位比较熟悉技术，并具有根据商业需求采用自顶向下方法开发应用程序的丰富经验。

（2）决策层（总经理、决策者、投资者）完全清楚数据仓库的预测目标。

（3）决策层（总经理、决策者、投资者）完全清楚数据仓库用做哪些机构的决策支持工具。

（4）决策层（总经理、决策者、投资者）完全清楚数据仓库已经是商业过程中的一个子过程。

如果技术是成熟的和众所周知的，或者必须解决的商业问题是显而易见的，那么自顶向下方法是很有用的。采用自顶向下方法可以将技术和商业目标有机地结合起来。

2．自底向上法

自底向上方法一般从实验和基于技术的原形入手。先选择一个特定的、众所周知的商业问题的子集，再为该子集制订方案。实现自底向上一般是比较快的。自底向上可以使一个单位在发展时用尽可能少的经费和时间，就可以在做出有效地投入之前评估技术的收益情况。在数据仓库领域，自底向上方法是快速实现数据集市、部门级数据仓库的有效手段。自底向上方法的优点和缺点见表 2-6。

表 2-6　自底向上方法的优缺点

优　点	缺　点
实现的需求和开始时的需要远远超过自顶向下分析和长期考虑的范围	最初方案实现之后，最好回顾一下方案是如何服务于整个企业的
在企业对数据仓库了解的早期，该方法使企业无须巨大投入就可见到效益	单个自底向上工程项目的失败可能推迟潜在技术的实现
少数人集中工作在一个部门范围，可以加速实现决策过程	早期的小组应不断发展为较大的小组，以扩充最初方案的覆盖范围

规划和实现数据仓库的自底向上方法一般用于以下情况：

（1）企业还没有确实掌握数据仓库技术，希望进行技术评估来决定运行该技术的方式、地点和时间。

（2）企业希望了解实现和运行数据仓库所需要的各种费用情况。

（3）企业在对数据仓库进行投资选择。

自底向上方法对于希望从数据仓库投资中快速得到回报的用户是非常有效的。该方法可以使企业充分利用各种技术，无须冒很大风险。

3．联合方法

在以上两种方法的联合方法中，企业在保持自底向上方法的快速实现和机遇应用的同时，还可以利用自顶向下方法的规划和决策性质。这种方法依赖于以下两个因素：

（1）自顶向下的结构、标准和设计小组，可以从一个项目向另外一个项目传递知识，也可以把战术决策变为战略决策。

（2）自底向上方法的项目小组，它直接负责在短期内实现一个集中的、部门级的商务解决方案。

联合方法具有以上两种方法的优点，但是难以作为一个项目来管理。该方法一般用于：

（1）实现企业拥有经验丰富的设计师，有能力建立、证明、应用和维护数据结构、技术结构及企业模型，可以很容易地从具体（运作系统中的元数据）转移到抽象。

（2）企业拥有固定的项目小组，完全清楚数据仓库技术应用的场所。他们可以清楚地看到当前的商务需求。

联合方法适合数据仓库技术的快速试运行，并且保留了建立长远的决策方案的机会。

2.10　数据挖掘

随着数据库技术的迅速发展及数据库管理系统的广泛应用，人们积累的数据越来越多。激增的数据背后隐藏着许多重要的信息，人们希望能够对其进行更高层次的分析，以便更好地利用这些数据。目前的数据库系统可以高效地实现数据的录入、查询、统计等功能，但无法发现数据中存在的关系和规则，无法根据现有的数据预测未来的发展趋势。缺乏挖掘数据背后隐藏的知识的手段，导致了"数据爆炸但知识贫乏"的现象。

2.10.1　数据挖掘的概念

数据挖掘（Data Mining）技术是人们长期对数据库技术进行研究和开发的结果。起初各种商业数据是存储在计算机的数据库中的，然后发展到可对数据库进行查询和访问，进而发展到对数据库的即时遍历。数据挖掘使数据库技术进入了一个更高级的阶段，它不仅能对过去的数据进行查询和遍历，并且能够找出过去数据之间的潜在联系，从而促进信息的传递。现在数据挖掘技术在商业应用中已经可以马上投入使用，因为对这种技术进行支持的三种基础技术已经发展成熟，它们是海量数据搜集、强大的多处理器计算机和数据挖掘算法。

从技术上来看，数据挖掘就是从大量的、不完全的、有噪声的、模糊的、随机的实际应用数据中，提取隐含在其中的、人们事先不知道的、但又是潜在有用的信息和知识的过程。这个定义包括好几层含义：数据源必须是真实的、大量的、含噪声的；发现的是用户感兴趣的知识；发现的知识要可接受、可理解、可运用；并不要求发现放之四海而皆准的知识，仅支持特定的发现问题。

还有很多和这一术语相近似的术语，如从数据库中发现知识、数据分析、数据融合（Data Fusion）及决策支持等。

何为知识？从广义上理解，数据、信息也是知识的表现形式，但是人们更把概念、规则、模式、规律和约束等看做知识。原始数据可以是结构化的，如关系数据库中的数据；也可以是半结构化的，如文本、图形和图像数据；甚至是分布在网络上的异构型数据。发现知识的方法可以是数学的，也可以是非数学的；可以是演绎的，也可以是归纳的。发现的知识可以被用于信息管理，查询优化，决策支持和过程控制等，还可以用于数据自身的维护。因此，数据挖掘是一门交叉学科，它把人们对数据的应用从低层次的简单查询，提升到从数据中挖掘知识，提供决策支持。在这种需求牵引下，汇聚了不同领域的研究者，尤其是数据库技术、人工智能技术、数理统计、可视化技术、并行计算等方面的学者和工程技术人员，投身到数据挖掘这一新兴的研究领域，形成新的技术热点。

从商业角度来看，数据挖掘是一种新的商业信息处理技术，其主要特点是对商业数据库中的大量业务数据进行抽取、转换、分析和其他模型化处理，从中提取辅助商业决策的关键性数据。

简而言之，数据挖掘其实是一类深层次的数据分析方法。数据分析本身已经有很多年的历史，只不过在过去数据收集和分析的目的是用于科学研究，另外，由于当时计算能力的限制，对大数据量进行分析的复杂数据分析方法受到很大限制。现在，由于各行业业务自动化的实现，商业领域产生了大量的业务数据，这些数据不再是为了分析的目的而收集的，而是由于纯机会的（Opportunistic）商业运作而产生的。分析这些数据也不再是单纯为了研究的需要，更主要是为商业决策提供真正有价值的信息，进而获得利润。但所有企业面临的一个共同问题是：企业数据量非常大，而其中真正有价值的信息却很少，因此从大量的数据中经过深层分析，获得有利于商业运作、提高竞争力的信息，就像从矿石中淘金一样，数据挖掘也因此而得名。

因此，数据挖掘可以描述为：按企业既定业务目标，对大量的企业数据进行探索和分析，揭示隐藏的、未知的或验证已知的规律性，并进一步将其模型化的先进有效的方法。

数据挖掘与传统的数据分析（如查询、报表、联机应用分析）的本质区别是数据挖掘是在没有明确假设的前提下去挖掘信息、发现知识。数据挖掘所得到的信息应具有先知，有效和可实用三个特征。

先前未知的信息是指该信息是预先未曾预料到的，即数据挖掘是要发现那些不能靠直觉发现的信息或知识，甚至是违背直觉的信息或知识，挖掘出的信息越是出乎意料，就可能越有价值。在商业应用中最典型的例子就是一家连锁店通过数据挖掘发现了小孩纸尿布和啤酒之间有着惊人的联系。

特别要指出的是，数据挖掘技术从一开始就是面向应用的。它不仅是面向特定数据库的简单检索查询调用，而且要对这些数据进行微观、中观乃至宏观的统计、分析、综合和推理，以指导实际问题的求解，企图发现事件间的相互关联，甚至利用已有的数据对未来的活动进行预测。例如，加拿大 BC 省电话公司要求加拿大 SimonFraser 大学知识发现研究组，根据其拥有十多年的客户数据，总结、分析并提出新的电话收费和管理办法，制定既有利于公司又有利于客户的优惠政策。这样一来，就把人们对数据的应用，从低层次的末端查询操作，提高到为各级经营决策者提供决策支持。这种需求驱动力比数据库查询更为强大。

2.10.2　数据挖掘的功能

数据挖掘通过预测未来趋势及行为，做出前摄的、基于知识的决策。数据挖掘的目标是从数据库中发现隐含的、有意义的知识，主要有以下 5 类功能。

1．自动预测趋势和行为

数据挖掘自动在大型数据库中寻找预测性信息，以往需要进行大量手工分析的问题如今可以迅速直接由数据本身得出结论。一个典型的例子是市场预测问题，数据挖掘使用过去有关促销的数据来寻找未来投资中回报最大的用户，其他可预测的问题包括预报破产及认定对指定事件最可能做出反应的群体。

2．关联分析

数据关联是数据库中存在的一类重要的可被发现的知识。若两个或多个变量的取值之间存在某种规律性，就称为关联。关联可分为简单关联、时序关联、因果关联。关联分析的目的是找出数据库中隐藏的关联网。有时并不知道数据库中数据的关联函数，即使知道也是不确定的，因此关联分析生成的规则带有可信度。

3．聚类

数据库中的记录可被划分为一系列有意义的子集，即聚类。聚类增强了人们对客观现实的认识，是概念描述和偏差分析的先决条件。聚类技术主要包括传统的模式识别方法和数学分类学。20 世纪 80 年代初，Mchalski 提出了概念聚类技术及其要点，即在划分对象时不仅考虑对象之间的距离，还要求划分出的类具有某种内涵描述，从而避免了传统技术的某些片面性。

4．概念描述

概念描述就是对某类对象的内涵进行描述，并概括这类对象的有关特征。概念描述分为特征性描述和区别性描述，前者描述某类对象的共同特征，后者描述不同类对象之间的区别。生成一个类的特征性描述只涉及该类对象中所有对象的共性。生成区别性描述的方法很多，如决策树方法、遗传算法等。

5．偏差检测

数据库中的数据常有一些异常记录，从数据库中检测这些偏差很有意义。偏差包括很多潜在的知识，如分类中的反常实例、不满足规则的特例、观测结果与模型预测值的偏差、量值随时间的变化等。偏差检测的基本方法是，寻找观测结果与参照值之间有意义的差别。

2.10.3　数据挖掘常用技术

常用的数据挖掘技术包括关联分析、序列分析、分类、预测、聚类分析及时间序列分析等。

1．关联分析

关联分析主要用于发现不同事件之间的关联性，即一个事件发生的同时，另一个事件也经常发生。关联分析的重点在于快速发现那些有实用价值的关联发生的事件。其主要依据是事件发生的概率和条件概率应该符合一定的统计意义。

对于结构化的数据，以客户的购买习惯数据为例，利用关联分析，可以发现客户的关联购买需要。例如，一个开设储蓄账户的客户很可能同时进行债券交易和股票交易，购买纸尿裤的男顾客经常同时购买啤酒等。利用这种知识可以采取积极的营销策略，扩展客户购买的产品范围，吸引更多的客户。通过调整商品的布局便于顾客买到经常同时购买的商品，或者通过降低一种商品的价格来促进另一种商品的销售等。

对于非结构化的数据，以空间数据为例，利用关联分析，可以发现地理位置的关联性。例如，85%的靠近高速公路的大城镇与水相邻，或者发现通常与高尔夫球场相邻的对象等。

2．序列分析

序列分析技术主要用于发现一定时间间隔内接连发生的事件。这些事件构成一个序列，发现的序列应该具有普遍意义，其依据除了统计上的概率之外，还要加上时间的约束。

3．分类分析

分类分析通过分析具有类别的样本的特点，得到决定样本属于各种类别的规则或方法。利用这些规则和方法对未知类别的样本分类时应该具有一定的准确度。其主要方法有基于统计学的贝叶斯方法、神经网络方法、决策树方法及 support vector machines 等。

利用分类技术，可以根据顾客的消费水平和基本特征对顾客进行分类，找出对商家有较大利益贡献的重要客户的特征，通过对其进行个性化服务，提高他们的忠诚度。

利用分类技术，可以将大量的半结构化的文本数据，如 WEB 页面、电子邮件等进行分类。可以将图片进行分类，例如，根据已有图片的特点和类别，可以判定一幅图片属于何种类型的规则。对于空间数据，也可以进行分类分析，例如，可以根据房屋的地理位置决定房屋的档次。

4．聚类分析

聚类分析是根据物以类聚的原理，将本身没有类别的样本聚集成不同的组，并且对每一个这样的组进行描述的过程。其主要依据是聚到同一个组中的样本应该彼此相似，而属于不同组的样本应该足够不相似。

仍以客户关系管理为例，利用聚类技术，根据客户的个人特征以及消费数据，可以将客户群体进行细分。例如，可以得到这样的一个消费群体：女性占 91%，全部无子女、年龄在 31 岁到 40 岁占 70%，高消费级别的占 64%，买过针织品的占 91%，买过厨房用品的占 89%，买过园艺用品的占 79%。针对不同的客户群，可以实施不同的营销和服务方式，从而提高客户的满意度。

对于空间数据，根据地理位置以及障碍物的存在情况可以自动进行区域划分。例如，根据分布在不同地理位置的 ATM 机的情况将居民进行区域划分，根据这一信息，可以有效地进行 ATM 机的设置规划，避免浪费，同时也避免失掉每一个商机。

对于文本数据，利用聚类技术可以根据文档的内容自动划分类别，从而便于文本的检索。

5．预测

预测与分类类似，但预测是根据样本的已知特征估算某个连续类型的变量的取值过程，而分类则只是用于判别样本所属的离散类别而已。预测常用的技术是回归分析。

6．时间序列分析

时间序列分析的是随时间而变化的事件序列，目的是预测未来发展趋势，或者寻找相似发展模式或发现周期性发展规律。

2.10.4　数据挖掘的流程

数据挖掘是指一个完整的过程，该过程从大型数据库中挖掘先前未知、有效、可实用的信息，并使用这些信息做出决策或丰富知识。

数据挖掘环境示意图如图 2-30 所示。

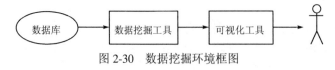

图 2-30　数据挖掘环境框图

数据挖掘的流程大致如下。

1．问题定义

在开始数据挖掘之前最先的也是最重要的要求就是熟悉背景知识，弄清用户的需求。缺少了背景知识，就不能明确定义要解决的问题，就不能为挖掘准备优质的数据，也很难正确地解释得到的结果。要想充分发挥数据挖掘的价值，必须对目标要有一个清晰明确的定义，即决定到底想干什么。

2．建立数据挖掘库

要进行数据挖掘必须收集要挖掘的数据资源。一般建议把要挖掘的数据都收集到一个数据库中，而不是采用原有的数据库或数据仓库。这是因为大部分情况下需要修改要挖掘的数据，而且还会遇到采用外部数据的情况；另外，数据挖掘还要对数据进行各种纷繁复杂的统计分析，而数据仓库可能不支持这些数据结构。

3．分析数据

分析数据就是通常所进行的对数据深入调查的过程。从数据集中找出规律和趋势，用聚类分析区分类别，最终要达到的目的就是搞清楚多因素相互影响的、十分复杂的关系，发现因素之间的相关性。

4．调整数据

通过上述步骤的操作，对数据的状态和趋势有了进一步的了解，这时要尽可能对问题解决的要求能进一步明确化、进一步量化。针对问题的需求对数据进行增删，按照对整个数据挖掘过程的新认识组合或生成一个新的变量，以体现对状态的有效描述。

5．模型化

在问题进一步明确，数据结构和内容进一步调整的基础上，就可以建立形成知识的模型。这一步是数据挖掘的核心环节，一般运用神经网络、决策树、数理统计、时间序列分析等方法来建立模型。

6．评价和解释

上面得到的模式模型，有可能是没有实际意义或没有实用价值的，也有可能是其不能准确反映数据的真实意义，甚至在某些情况下是与事实相反的，因此需要评估，确定哪些是有效的、有用的模式。评估的一种办法是直接使用原先建立的挖掘数据库中的数据来进行检验，另一种办法是另找一批数据并对其进行检验，再一种办法是在实际运行的环境中取出新鲜数据进行检验。

数据挖掘过程的分步实现，不同的步骤需要不同专长的人员，他们大体可以分为三类。

（1）业务分析人员。要求精通业务，能够解释业务对象，并根据各业务对象确定出用于数据定义和挖掘算法的业务需求。

（2）数据分析人员。精通数据分析技术，并对统计学有较熟练的掌握，有能力把业务需求转化为数据挖掘的各步操作，并为每步操作选择合适的技术。

（3）数据管理人员。精通数据管理技术，并从数据库或数据仓库中收集数据。

由上可见，数据挖掘是一个多种专家合作的过程，也是一个在资金上和技术上高投入的过程。这一过程要反复进行，在反复过程中，不断地趋近事物的本质，不断地优化问题的解决方案。

2.11 常见的数据库管理系统

在本章前面的各节中，详细讨论了 DBMS 的各种技术，本节介绍几种主流的 DBMS 产品。

2.11.1 Oracle

Oracle 的结构包括数据库的内部结构、外存储结构、内存储结构和进程结构。

在 Oracle 中，数据库不仅指物理上的数据，还包括处理这些数据的程序，即 DBMS 本身。Oracle 提供以关系模式存储和访问数据的方法，关系模型中的"关系"、"属性"和"元组"在 Oracle 中称为"表"、"列"和"行"。数据库中的数据存储在表中，表之间可以建立联系。为了加速对存储在表中数据的存取速度，可以对表中数据建立必要的索引。

除了以关系格式存储数据外，Oracle8 以上的版本支持面向对象的结构（如抽象数据类型）。一个对象可以与其他对象建立联系，也可以包含其他对象，还可以用一个对象视图支持面向对象的接口数据而无须对表做任何修改。

用户定义的存储和访问数据的表、对象和相关的一些其他结构在 Oracle 中称为数据库的内部结构，主要包括以下元素：表、视图、列、数据类型，分区，索引和簇，用户及模式，序列，过程、函数、包和触发器，同义词，权限及角色和数据库链接。

无论是面向对象的结构还是关系结构，Oracle 数据库都将其数据存储在物理的数据文件中。数据库结构提供数据存储到文件的逻辑图，允许不同类型的数据分开存储，这些逻辑划分即是表空间。在 Oracle 中，除了存储数据的文件外，还有 DBMS 的代码文件、日志文件和其他一些控制文件、跟踪文件等。外存储结构主要包括表空间和文件结构。

Oracle 数据库在运行中使用两种类型的内存结构，分别是系统全局区（System Global Area，SGA）和程序全局区（Program Global Area，PGA）。SGA 是数据库运行时存放系统数据的内存区域，它由所有服务器进程和客户进程共享。PGA 是单个存放 Oracle 进程工作时需要的数据和控制信息的。程序全局区不能共享。

为了访问数据库中的数据，Oracle 为所有用户提供一组后台进程，并且建立一些内存储结构专门存放最近对数据库存取的数据，以减少对数据库文件的 I/O 次数，改善数据库性能。Oracle 中的进程分为三类：用户进程、服务器进程和后台支持进程。

数据库实例就是用来访问数据库文件集的内存储结构和后台进程的集合。在 Oracle 并行服务器方式下，一个单独的数据库可以被多个实例访问。

1. PL/SQL

PL/SQL（Procedural Language/SQL）是 Oracle 的一个重要工具，通过用在其他过程性语言中的结构对 SQL 进行了扩展，增加的结构包括：变量和类型，控制结构（如 IF-THEN-ELSE 语句和循环语句），过程和函数，对象类型和方法。这些过程性的结构与 Oracle SQL 无缝的结合使 PL/SQL 将 SQL 语言的灵活性和 4GL 语言的强大功能结合在一起，并能以单记录方式处理对数据库的访问结果，成为设计复杂应用程序的有力工具。

PL/SQL 是对 SQL 的扩展，PL/SQL 支持 SQL 92 标准的初级标准。使用 PL/SQL 可以在 Oracle 内部操纵数据，也可以在应用程序中操纵数据，每种环境中 PL/SQL 都有自己的优点。

PL/SQL 使用客户机/服务器模式提高系统效率。

PL/SQL 中的基本单位是"块"（block），所有的 PL/SQL 程序都由块（无名块、命名块、子程序、触发器）构成。这些块可以相互嵌套。通常每个块执行程序的一个单元工作，各个块分担不同的任务。每个块分为三个部分：说明部分、执行部分和任选的异常处理部分。执行部分至少包括一条可执行语句。错误处理代码与程序主体分离使程序本身结构更加清晰。

在块的说明部分可以定义变量，用来在程序和数据库单元之间进行信息交换。对每个变量都要定义一个类型，此类型定义了变量中存储的信息类型。PL/SQL 支持用户定义的数据类型，用户可以用自己定义的类型来定制自己程序中要处理的数据结构。

PL/SQL 提供了三种控制结构：条件语句、循环结构、GOTO 语句。

PL/SQL 用"异常情态"（exception）和"异常处理器"（exception handler）来实现错误处理。使用这种异常处理机制可以用来进行运行时刻的错误处理。每当程序出现一个错误，就会触发一个异常情态，将控制转给异常处理器。异常处理器是程序中一个单独的部分，其中包含了发生错误时要执行的代码。这种将错误处理与程序的其他部分分离的方法使程序更容易被理解，也确保可以捕获所有错误。

此外，PL/SQL 还提供了动态 SQL、会话间通信等功能特性，使得 Oracle 高级排队机制具有稳定性、可伸缩性、可恢复性。

PL/SQL 中有三种数据类型，标量类型、复合类型及引用类型。标量类型没有任何构件，复合类型可以包含很多构件，引用类型是指向其他类型的指针。

2．包与触发器

（1）包（package）。包是在 PL/SQL 中融入的一个 Ada 的特性，它是一个可以将相关对象存储在一起的 PL/SQL 结构，是带名的 PL/SQL 块。包提供了扩展语言的机制，是 PL/SQL 中非常有用的特性。包由包说明（又称为包头）和包体两个分离的部件组成。每个部件都单独被存储在数据字典中。包仅能存储在服务器端的数据库中，而不能存放在客户端。

（2）触发器（trigger）。触发器类似于过程或函数，是具有说明、执行和异常处理的 PL/SQL 块。触发器也必须存储在数据库中。对触发器而言，当触发事件发生时就会显式执行该触发器，并且触发器不接受参数。执行触发器的操作是点火触发器，触发器事件就是在数据库表上执行的 DML（Data Manipulation Language，数据操纵语言）语句，如 INSERT、DELETE、UFDATE 等。

使用触发器可以完成复杂的不能在建表时通过说明完整性约束条件来定义的完整性限制，进行必要的审计工作。在修改表时，自动给其他需要执行操作的程序发信号。

（3）外部过程。PL/SQL 是一种功能强大的结构化查询语言，但在某些方面还是有些限制，如不能与文件系统以及其他系统设备进行交互，不能进行复杂的数字运算等。这些方面对其他的一些 3GL、4GL 语言是更适合的。Oracle 提供了能直接从 PL/SQL 调用 C、C++、Java 过程的功能，处理方式是将它们作为外部过程调用。

3．优化技术

Oracle 是一个功能强大、非常复杂的软件系统。为了充分发挥已有硬软件的功能，使数据库应用系统达到最有，掌握数据库调整技术，进行有效的系统优化是非常必要的。

Oracle 的优化技术主要包括：安装、内存/CPU 的优化，存取路径的选择、存储空间的优化、关于并行性的考虑、初始化参数的调整、Oracle 性能包的组成和使用语句应用程序的调整。

（1）安装。安装 Oracle 数据库是使用数据库的第一步，用户在安装过程中经常会出现一些错误，因此要注意安装中哪些影响数据库使用的问题，避免以后再中断系统运行，重新处理这些问题。安装中需要考虑的问题有：README 文件、硬件和软件的需求、磁盘空间、特权（操作系统特权和数据库特权）、SHARED_POOL_SIZE、数据库创建参数（最大数据文件参数、表空间配置、Oracle REPORT、控制文件）等。

（2）内存/CPU 优化。包括存储器需求、共享池、数据缓冲区、日志缓冲区、多线程服务器、排序区优化、CPU 功能最大化等。

为了调整存储器，确保机器上有足够的内存空间，应首先了解运行的程序有多大的存储器需求。确定存储器的大小要考虑机器上同时运行的其他软件的额外空间需求，这一般用于支持 Oracle 系统的内存空间的三倍以上。

SGA 的共享池是 Oracle 消耗内存空间最大的部分，共享池由库高速缓存、字典高速缓存和用户与服务器会话信息组成。其中库高速缓存是用来分析和执行 SQL 语句的内存空间。调整 SGA 的一个重要问题是确保库高速缓存足够大，以使 Oracle 能在共享池内保持分析和执行 SQL 语句。库高速缓存的失败率应接近于零，如果库高速缓存的失败率过高，则应通过增加共享池的大小来纠正。字典高速缓存中存放数据字典的信息、文件空间可用性信息和对象权限。一个调整好的数据库应该有平均超过 90%的字典高速缓存成功率，否则需要增加共享池的大小。

确定数据缓冲区大小的原则是使缓冲的失败率最小，加大数据缓冲区可以降低缓冲区的失败率，提高系统性能。

日志缓冲区中存放的是要写入联机日志文件的信息，在 Oracle 中是用 REDO ALLOCATION LATCH 来管理对日志缓冲空间请求的。将信息导出或写入日志缓冲区时，保证没有等待条件对调整进程是很重要的，可利用 SYS 用户所拥有的 V$LATCH 性能表来检查等待状态。调整初始化文件参数可以减少或消除等待。利用 Windows NT 性能监视器可以检查对日志空间的需求。

对多线程服务器，可以修改初始化参数文件中 MTS 的相关参数达到最佳运行效果。

增加内存排序空间可以加速排序操作，对建立索引和执行 OBDER BY 子句是非常有益的。大多数排序空间使用 64K 默认值，但 DBA 也可以根据系统运行情况，修改初始化参数文件中排序区参数的值，增加排序区空间，提高系统运行效率。

最大限度地发挥 CPU 的功能是提高系统运行效率的重要方面。如果 CPU 未被充分利用，则不必考虑 CPU 的升级。

（3）输入/输出。输入/输出是数据库性能的最重要的方面。调整数据库的 I/O 性能可遵循如下原则：不在分布式处理中使用索引组织表；创建应该的或多个表空间存放索引组织表和其溢出数据；为表和索引建立不同的表空间；确保索引表空间和数据表空间位于不同的磁盘驱动器上；将经常同时查询和频繁查询的对象放在各自的磁盘上；将大对象分割存放在多个磁盘上；通过定期报告和固定更新使已链接的行链接最小化；在独立的各个盘上至少创建两个用户定义的回滚表空间；在初始参数文件中安排回波段的次序，使它们在多个磁盘之间进行切换；尽量减少碎片；至少创建一个表空间供临时段使用；创建临时表空间，改善磁盘排序的性能；将日志文件放在一个读写较少的磁盘上；对每个 Oracle 实例建立两个以上的日志组，将每个组成员放在不同的磁盘上；在利用 Oracle 进行审计时，应查看 SYS 审计表的大小和记录数，并且建立一个把信息移到概要表后每天清除日常内容的机制；确定合适的表和索引空间的大小。

（4）分区。在 Oracle 中，可以按照一定的原则将一个大表分为若干小表，这些小表称为分区。分区的管理比大表的管理简单，而且还可以使基于代价的优化器能选择不同的存取路径获取数据，改善系统性能。最简单而有效的分区放置方法是把每个分区放入独自的表空间，并将这些表空间放在不同的磁盘驱动器上。

（5）并行性。并行处理可以进一步增强数据库的性能，使应用和服务功能得到很大提高。Oracle 的并行处理用于数据仓库、VLDB（Very Large DataBase，超大型数据库）和大型数据密集型应用。可以通过设置初始化参数文件中的参数值设置并行查询特性。

（6）应用程序调整。应用程序调整是数据库调整中重要的组成部分。应用程序调整主要包括以下几方面：

在安装时应使用常规的 SQL 语句代码书写，如：关键字要大写、关键字的位置、语句匹配及对象别名等。

使用数据库触发器和过程使程序代码标准化，避免语法分析的重复开销。

在每天的例行备份中对数据库对象进行分析，以使所有经过语法分析的 SQL 语句从共享池清除。

建议 1～15 人使用小的共享池，16～25 人使用中等的共享池，25 人以上使用大的共享池。

在使用基于代价的优化器进行测试和编码时，使用 EXPLAN PLAN 和优化器提示以使系统开销最小。

4．备份与恢复

在 Oracle 中，逻辑备份又称为导出。Oracle 提供了逻辑备份的实用工具 Export、Import。与物理备份不同，逻辑备份是利用 SQL 语句从对象中读出数据，再写入二进制文件。逻辑备份中一个表的导出可能是一个包含 CREATE TABLE 和 INSERT 语句及表中所有数据的导出文件。当用 Import 工具恢复时是利用 SQL 语句的 CREATE TABLE 命令重新创建表，利用 INSERT 语句插回表中行。

Oracle 提供了两种导出方法：即规范路径导出和直接路径导出。前者通过 SQL 语言层将数据导出，后者则完全跳过 SQL 语句直接从底层将数据导出，因此速度很快。在 Oracle 中数据的导出有三种模式：完全导出模式（完全方式、累加方式、增量方式）、用户导出模式、表导出模式。

利用数据库逻辑备份的优点是：

（1）在导出时可以检测到数据块的损坏。

（2）当用户失误或结构失效时，用 Import 实用工具很容易恢复表。

（3）可以采用完全、增量和累加等灵活的导出方式。

（4）导出备份可移植，且可以导入到当前机器的任何一个数据库，或远程机数据库。

（5）可以使用导出导入数据库对数据库进行重组，以减少磁盘碎片。

（6）在 Oracle 中，可以使用导出导入改变分区设计。

（7）可以进行版本升级。

在 Oracle 中进行数据库备份应遵循如下基本规则：

（1）建议日志文件归档到磁盘，以后再复制到磁带。

（2）应使用单独的磁盘或磁盘组保存数据库文件的备份。

（3）应保持控制文件的多个副本。

（4）联机日志文件应为多组，每组至少应保持两个成员，且不应驻存在同一物理设备上。

（5）保持归档重做日志文件的多份副本。

（6）每次修改数据库结构都应该对控制文件进行备份。

（7）若企业有多个 Oracle 数据库，应使用具有恢复目录的 Oracle 恢复管理器。

Oracle 日志文件中记录对数据的修改后值。Oracle 数据库正常操作最少需要两个日志文件组，每个包括一至多个日志文件成员。日志文件组中每个成员包含同样的信息。

日志文件是循环使用的。选择联机日志文件的大小和数量很重要。若日志文件过小，则写日志文件进程必须频繁切换日志文件，若日志文件过大，则恢复期间要做大量恢复操作，并且需要很长时间。对于大多数 Oracle 业务，默认日志文件大小就足够了。对于大多数业务，联机日志文件数目在 2～10 就足够了。日志组不能超过 MAXLOGFILES。每组成员数不能超过 MAXLOGMEMBERS。

Oracle 可以在归档日志模式下运行，也可以在非归档日志模式（系统默认模式）下运行。当数据库在归档模式下运行时，尽管日志以循环方式工作，所有日志在被覆盖前，均被建立一个副本，这样，在介质故障恢复时即可将数据库恢复至最近一致状态。当数据库在不归档模式下运行时，不保存旧的事务日志。

在 Oracle 中有三种恢复方式：数据块恢复，线程恢复和介质恢复。

（1）数据块恢复。数据块恢复在数据库正常操作期间 Oracle 自动进行，对用户是透明的。

如果一个进程在修改缓冲区时死亡，Oracle 使用联机重做日志文件为当前线程创建缓冲区，并将其写入磁盘。当 Oracle 在缓冲区中检测到损坏的数据块时，则使用联机日志文件予以恢复。

（2）线程恢复。线程恢复在 Oracle 发现线程打开而实例死掉的情况下，由 Oracle 自动进行。如果数据库有单个实例，则进行冲突恢复。如果有多个实例访问数据库，且有一个实例冲突，则第二个实例自动进行线程恢复以恢复第一个实例。

（3）介质恢复。数据块恢复和介质恢复是由 Oracle 自动完成的，而介质故障恢复则是系统按照 DBA 的命令完成的。介质故障恢复的基本方法是将数据库备份装入，再根据重做日志文件将数据库恢复至最近一致的状态。

在进行介质故障恢复时，有三个选项：数据库、表空间和数据文件。

- 数据库恢复：由备份恢复全部数据库。
- 表空间恢复：进行特定表空间的介质恢复。
- 数据文件恢复：进行特定数据文件的介质恢复。

借助恢复管理器实用程序能够把由 DBA 造成的错误降到最小，对多个数据库管理的情况尤为有益。

5．Oracle 工具

（1）Designer。Oracle 提供了一系列的工具产品，Designer 是 Oracle 的一个重要的 CASE（Computer Aided Software Engineering，计算机辅助软件工程）工具套件。作为 CASE 工具，它支持应用系统的建模、分析、数据结构和应用程序的自动生成。它的各个产品几乎覆盖了系统开发的整个生命周期，是一个功能很完备的 CASE 工具。它主要包括 CASE Method，CASE dictionary，CASE Designer 和 CASE Generator 等。

CASE Method 为系统需求分析及系统设计提供了一整套方法论和一组具有标准任务的阶段化技术，它采用面向对象的设计思想，自顶向下的开发方法和自底向上的检查手段。它是整个 Designer 工具集的思想基础和精髓。在商务系统的整个生命周期中（从规划到生产），CASE Method 就是一张可依据的路线图。

Desiner 的各个工具将其生成的可共享信息保存在一个共享分析库——CASE Dictionary 中，CASE Dictionary 提供了自己的分析、设计和实现工具，自动地记录、组织和检查 CASE Method 所收集的信息。基于这个共享分析库，Designer 可以支持 Client/Server、分布式环境和集中式环境中的分析结果的共享，并能实现系统的规范及命名的统一，支持在系统设计工作组内部成员的信息共享，从而减少重复说明和重复分析，保证了开发人员能够在任何时候都在最新的定义上工作，同时可以在分析过程中自动生成系统文档。

CASE Designer 是进行分析与设计的重要工具，它提供系统需求分析和设计的界面，可以直观地设计系统的实体关系图、功能层次分解围、数据流程图以及各种对应关系的矩阵图等。通过提供一个连接共享 CASE Dictionary 的高级交互式图形接口，使用户能够建立并操纵图表，分析所生成的结果保存在 CASE Dictionary 中，而这些图表又可为 CASE Method 或其他结构化方法所使用。借助图表，用户和开发设计人员之间的复杂思路能够较容易地表达和交流，同时开发设计人员相互之间也能够容易和清楚地传递定义说明。

CASE Generator 将 CASE Dictionary 中记录的设计定义（或者说是前面各阶段分析出的实体关系图）自动生成基于 Oracle 或其他各种 ANSI 标准关系数据库的 100%立即可用的数据结构，数据库中将自动实现所有相关的完整性约束、数据库触发器、角色控制等；它可以自动生成 Developer、Visuat Basic、C++、Oracle Power Objects 等 100%可运行的应用程序。Designer 的 Web 生成器可以生成基于 Oracle Web Server 的应用系统，具备完整的事务处理能力和 Web 文档分布功能，并支持网络计算结构。

另外，Designer 具有反向生成能力，可以对现有基于 Client/Server 结构的应用系统进行分析得出系统的逻辑模型，存入共享数据库，再利用 Web 生成器生成基于 Internet/Web 技术的应用系统，实现从 Client/Server 到 Web 的平滑移植。

（2）Oracle Forms。Oracle 将其应用系统开发工具统称为 Developer，Oracle Forms 是该工具集中极重要的组件，是在客户机/服务器体系结构下开发基于 Oracle 数据库的客户端应用系统的开发工具。它采用所见即所得的开发方式并具有强大的默认功能，在开发人员不编写任何代码的情况下，Forms 能根据各属性的用户定制或默认设置来生成功能较完备的应用系统，完成基本的表格处理。

Oracle Forms 开发的应用程序由三大部分组成，包括 Forms，Menus 和 Library。其中 Forms

是在应用系统运行时人机交互的表格接口，最终用户通过表格提出特殊的请求，然后再通过表格检查系统（包括本地的或远程的服务器）对请求的响应，这些请求包括对数据的查询、增加、修改和删除等操作。Menus 则是专门为用户设计的或 Oracle Forms 提供的系统默认菜单，它需要与某个 Form 绑定，即将其指派给某个 Form，则运行时用户能够看到该菜单，借助菜单用户可以通过简单的菜单选择完成某些请求。当然当菜单足够复杂时，用户甚至能够不用键盘即可进行对表格的输入。Library 是一个应用系统内的可共享代码库，通过将某些频繁使用或在不同 Porms 中使用的公共程序单元放在 Library 中，可以实现代码的共享，并降低维护的难度，提高编码的质量。

Forms 尽管有较强的默认功能，但真正实用的复杂客户应用系统仍需要开发人员编制相当数量的代码来加强对系统的控制，从而满足很复杂的请求。在上面提到的三个模块中都可能要求编写代码，如 Form 中的触发器，Menu 中的菜单项响应操作或命令正文，至于 Library 中的程序单元则更是代码了。Forms 提供的编程语言是真正的第四代语言——PL/SQL。这里的 PL/SQL 与 SQL* PLUS 的 PL/SQL 是完全一致的，其编程效率大大高于第三代语言，如 C 语言。

由 Oracle Forms 开发的表格应用程序 Forms 能够与数据库服务器上的数据库紧密结合，因此它能充分发挥数据库的性能；在运行中能够自动使用绑定变量（查询参数）、同时打开多个数据库游标及数据库存储过程（多个用户共享的 Server 端处理）等技术，从而可以大大提高系统效率，尤其在客户机/服务器体系下，可以大大减少无用数据的传输，进而降低网络负载和客户机的负担。

在 Oracle 的网络计算结构体系中，Forms 作为 Developer 的重要组成部分，也是应用服务器的重要部件，将 Oracle Forms 设计的 Forms 移到 Web Server 上之后，设置必要属性、参数后，在客户端只需运行简单的 Web 浏览器即可维护用户界面，在这样的三级体系（客户机——应用服务器——数据库服务器）结构中，应用系统的实施和维护成本都大大降低，因为不必再为每个客户安装、维护一个 Oracle Forms 工具及相应的应用程序执行码。

2.11.2 Sybase

Sybase 的 C/S 架构包括数据库客户端和数据库服务器端。服务器优化数据存取，集中化业务规则以保证数据完整性。客户应用优化用户界面。应用程序逻辑及完整性逻辑组件可酌情放在客户和/或服务器结点上。

在两层配置模式中，客户应用直接与服务器进行连接。第一层为客户应用程序，主要是指实现应用逻辑和数据表现的开发工具软件；第二层为服务器应用程序，它提供服务管理和处理众多的连接操作。这些应用包括数据库服务器及打印、电子邮件等服务。

为满足企业级分布式计算应用的要求，Sybase 采用了基于组件方式的多层（常用三层）客户机/服务器体系结构。组件的主要优点是其自包含性和可重用性，系统中任何一个组件当被另一个具有同样功能的组件取代时都无须对周围的组件进行重编码或修改。

第一层为客户应用程序。负责实现在客户系统上的数据显示和操作以及对用户输入做合理性检验，Sybase 的开发工具产品系列，例如，Power Builder 等处在这一层。

第二层为基于组件方式的中间件层。该层能为分布式异环境提供全局性的数据访问及事务管理控制。Sybase 的中间件层产品有 Omni Connect，Open C1ient 及 Open Server 等。

第三层为服务器应用软件。它负责数据存取及完整性控制。Sybase 数据库产品系列，例如，

Adaptive Server Enterprise，Sybase MPP，Sybase IQ 及 SQL Anywhere 处于这一层。

1．软件组成及其功能和性能特点

Sybase 这种架构的高适应性体现在企业可依据其特定的和变化中的分布式应用的需要来定制各个层次中的组件。Sybase 的这些产品能优化地集成在一起协同运行，但它们彼此又是相互独立的，都能容易地与第三方产品实现集成，因而用户可灵活地构建一个完整的异构分布式系统。

（1）数据库层

- Sybase Adaptive SQL Server：高性能关系数据库管理系统。
- Sybase MPP（软件）：并行处理软件产品使 SQL Server 充分发挥大规模并行处理硬件的优势。
- Sybase IQ（选件）：该服务器采用独有的 BitWise 索引技术为数据仓库应用中即查询提供极快的查询速度。
- SQL Anywhere：基于 PC 的 SQL DBMS，包含一个名为 SQL Remote 的异步复制组件。
- SQL Server Manager：直观可视化的数据库系统管理软件。
- SQL Server Monitor：以图形方式实时监视系统性能的软件。

（2）中间层

- Replication Server 采用基于事务的复制技术，可在分布环境下实现多厂商不同数据库间的数据复制。
- Open Client：它为要访问 SQL Server 的客户应用和工具提供一个通用的接口。
- Open Server：是个高可配置的服务器工具箱，开发人员用它可把任何数据源或服务器应用构造成一个多线索的服务器。
- Omni CONNECT：提供对整个企业范围内的任何异构数据源进行完全透明的存取。
- Info Dump：用来在异构数据库间实现数据迁移，允许 Sybase 转售的第三方产品。

（3）工具层

- PowerBuilder：它是个面向对象的开发工具，是最受欢迎的客户机/服务器前端工具之一。新版本增加了对 Internet 和数据仓库的支持。
- PowerDesigner：是个对数据和应用进行分析设计、创建模式和维护的工具集。
- Power++：能支持客户机/服务器和 Internet 的快速应用开发的 C++软件。
- Info Maker：用于 C/S 和数据仓库应用的综合报表和数据分析工具。
- Power Site：能创建动态数据库内容的 Web 应用开发工具。

（4）Adaptive Server Enterprise

Adaptive Server Enterprise（ASE）是一个深受用户欢迎的高性能数据库，它具有一个开放的、可扩展的体系结构，易于使用的事务处理系统，以及低廉的维护成本。ASE 提供了对 Java 存储过程的支持、支持 Java 用户自定义函数和数据类型，支持在服务器上通过 Java 访问远程服务器，所有这一切将快速应用开发推进到一个新的高度。通过提供对扩展标记语言（Extensible Markup Language，XML）搜索的支持，其功能得到了进一步的增强，它允许用户无须编写自定义代码就可搜索 XML 文档。ASE 在数据服务器中部署 Enterprise JavaBean（EJB）组件的能力提高了数据的安全性，并使性能得到了优化。基于行的安全特性和连接层加密确保了数据的安全性和可靠性。一系列的功能增强，从使用第三方的工具进行系统参数的动态配置到优化性能，进一步确保了电子商务的动态性能。

Adaptive Server Enterprise 是针对电子商务应用环境而推出的永不停顿的高性能企业智能型关系数据库管理系统，它具有开放的、可扩展的体系结构，易于使用的事务处理系统，以及低廉的拥有成本，成为用于各种平台的理想数据库系统。

2．企业应用服务器

企业应用服务器（EAServer）是 Sybase 公司的具有高度伸缩性、功能强大的电子商务解决方案应用服务器，这些解决方案包括企业门户、无线服务器、金融服务器、Open server 和 Open switch 等产品。EAServer 提供了一组高性能的服务用于 Web 和分布式应用的部署。在对 J2EE 应用开发模型提供完全支持的同时，EAServer 还为几乎任何类型的应用提供了跨客户机和跨组件的支持。此外，EAServer 还提供了异构后端办公系统的单点集成，将业务扩展到 Web。

EAServer 的关键特性包括最优秀的事务处理、安全性管理、内置的负载平衡、失败转移，以及高可用性。

系统的灵活性和适应性确保了各种应用的可靠部署。这些应用领域包括：电子商务基础架构、用户资源管理、采用客户机/服务器应用进行 N 层 Web 部署，包括无线集成在内的垂直市场机会。

利用 EAServer，企业可以获得一个基础架构，该架构允许它们使用现有的业务应用来满足用户需求，同时又能够使新的应用开发和部署选择最大化以满足未来的客户需求。

EAServer 支持所有的 J2EE（Java 2 Platform,Enterprise Edition，Java2 平台企业版）规范，允许企业在它们的电子商务解决方案中部署任何兼容 J2EE 的应用。EAServer 同时支持流行的非 J2EE 开发技术，例如，COM（Component Object Model，构件对象模型）和 CORBA（Common Object Request Broker Architecture，公共对象请求代理架构），并把它们部署到 Web，允许在电子商务解决方案中充分利用各种范围广泛的应用，同时又不必购买多个应用服务器，现有的和传统的应用也不必重组或替换，这就降低了总拥有成本。它还提供了更快速地部署这些解决方案的能力，因此，缩短了应用推向市场的时间。

由于能够在相同的应用中部署 J2EE 和非 J2EE 构件。这就为将传统的应用和非 J2EE 应用升级到 J2EE 标准提供了一个渐进的迁移路径，因而使应用的升级成本降到了最低限度。部署来自两个不同应用的组件的能力也允许用户在运行这些应用的同时，能够同时对它们进行升级，因此使得由于应用停止运行而导致的业务机会的丢失降到最低。EAServer 还包含了用于将大型机代码转换为 Java 代码的内置工具，从而允许企业能够使它们的传统应用支持 Web，并在它们的电子商务解决方案中充分地利用它们。

3．系统分析设计工具

PowerDesigner 是具有集成特性的设计工具集，用于创建高度优化和功能强大的数据库、数据仓库并能针对某一应用开发工具快速地生成相应的对象和组件。

PowerDesigner 是一个功能强大而使用简单的工具集。提供了一个复杂的交互环境，支持开发生命周期的所有阶段，从处理流程建模到对象和组件的生成。PowerDesigner 产生的模型和应用可以不断地增长，适应并随着用户的组织的变化而变化。

PowerDesigner 的体系结构由 6 个组件构成：

（1）PowerDesigner Process Analyst。用于数据分析,建立和维护 Process Analyst 模型（PAM），

以及用于"数据发现"。

（2）PowerDesigner Data Architect。用于数据库设计中，创建和维护双层数据模型，即概念数据模型与物理数据模型，针对多种数据库管理系统的数据库生成，支持高质量的文档生成。另外，使用其逆向工程能力，设计人员可以得到一个数据库结构的"蓝图"，以及它的数据模型，可用于建立文档和维护数据库或移植到一个不同的 DBMS。

（3）PowerDesigner AppModeler。用于物理建模和从物理数据模型产生针对某一应用开发工具（例如，PowerBuilder、Visual Basic 等）快速地生成相应的对象和组件。此外，AppModeler 还可以生成用于创建数据驱动的 Web 站点的组件，使开发人员和设计人员同样可以从一个 DBMS 发布"动态"的数据。另外，AppModeler 提供了针对超过 30 个 DBMS 和桌面数据库的物理数据库生成、维护和文档生成。

（4）PowerDesigner MetaWorks。用于高级协同工作，产生和维护中央数据字典，支持高级的团队开发，信息的共享和模型的管理。

（5）PowerDesigner WarehouseArchitect。用于数据仓库和数据集市的建模和实现。WarehouseArchitect 提供了对传统的 DBMS 和数据仓库特定的 DBMS 平台的支持，同时支持多维建模特性和高性能索引模式。WarehouseArchitect 允许用户从众多的运行数据库引入（逆向工程）源信息。WarehouseArchitect 维护源和目标信息之间的链接追踪，用于第三方数据抽取和查询及分析工具。WarehouseArchitect 提供了针对所有主要传统 DBMS，诸如 Sybase，Oracle，Informix，DB2，以及数据仓库特定的 DBMS 如 RedBrick Warehouse 和 ASIQ 的仓库处理支持。

（6）PowerDesigner Viewer。用于以只读的、图形化的方式访问建模和元数据信息。Viewer 提供了对 PowerDesigner 所有模型信息的只读访问，包括处理、概念，物理和仓库模型。此外，它还提供了一个图形化的查看模型信息的视图，Viewer 提供了跨模型的报表和文档功能。

PowerDesigner 提供了对所有 UML 图的支持，从而赋予对象建模者一整套分析、设计以及与开发集成的工具。UML 配置文件支持为应用程序设计者和开发者提供了更富表现力的环境。PowerDesigner 通过增强的向导和数据库反向规范化等工具及用户/权限支持对数据建模进行了改进。数据库管理员和数据库开发者，可以在考虑运行任何生产数据库服务器时所必需的重要安全细节的同时，更加有效地制订出最优化的方案。

PowerDesigner 完全兼容 ebXML、J2EE、Web 服务及.NET 平台。它为所有模型和对象提供了通用的性能、扩展属性和 VBScript 处理，而不仅仅是对数据库的自定义和开发语言支持。借助新增的"自由模型"和可用于所有图表的自定义符号，能很好地适应不同企业的规划要求并发挥其最佳性能。

4．应用开发工具

PowerBuilder 是完全按照 C/S 架构设计的快速应用开发工具。使用它能够快速、容易地建立综合的、图形化的、访问存储在本地或网络服务器上数据库信息的应用。

PowerBuilder 的主要特点如下：

（1）专业的客户机/服务器应用开发工具。

（2）全面支持面向对象开发。

（3）使用专门接口或 ODBC（Open Database Connectivity，开放数据库互连），可同时支持与多种数据库的连接。适合多层客户机/服务器结构的集成化应用系统开发。

（4）提供丰富的数据表现风格，可定制的称为"数据窗口（DataWindow）"对象（该项技术已获专利），可容易地对数据库进行操作和灵活地编写报表和商业图形。

（5）支持动态数据交换、动态连接库、对象连接与嵌入。

（6）提供灵活、快捷的数据和结构移动（复制）方式。

（7）提供强大的调试器和多种调试方式。

（8）支持 Internet 多层体系结构下的快速 Web 应用开发。

PowerBuilder 的程序设计是基于事件驱动的，用户可以通过选择在窗口中的对象来控制处理的流向，而这在过程化程序设计中是做不到的。PowerBuilder 应用是一组 PowerBuilder 对象的集合。一般一个 PowerBuilder 应用包括：应用对象，窗口对象、在窗口对象中的菜单对象、数据窗口对象、用户定义对象和按钮等各种控制对象，以及与这些对象相关的事件和事件处理程序（脚本）。

开发 PowoBuilder 应用主要包括创建对象并定制它们的特性，使用 PowerScript 语言、PowerBuilder 或用户定义函数编写脚本，用以定义和处理当某个事件发生时需要执行的任务或动作。

2.11.3　Informix

Informix 关系数据库管理系统是一个跨平台、全功能的 RDBMS，后改造为 ORDBMS（对象关系 DBMS），它具有各种特性，并且能够十分方便地与各种图形用户界面工具相连接。Informix 的安装、配置和使用非常方便，技术特色强而概念简洁明了。

1. 体系结构

Informix ONLINE 动态服务器采用多线程体系结构实现，这意味着只需较少的进程完成数据库活动，同时也意味着一个数据库进程可以通过线程形式为多于一个的应用服务。通常称这样一组进程为数据库服务器。根据需要，可以为数据库服务器动态分配一个进程，故称之为动态服务器。

多线程体系结构还可以有更好的可伸缩性。这意味着，当增加更多用户时，数据库服务器只需要少量额外资源，这得益于多线程服务器实现本质上的可伸缩性的效率。

（1）进程结构。进程结构形成数据库服务器。

- 虚拟处理器。组成数据库服务器的进程称为虚拟处理器。在 UNIX 系统中，这些进程叫 oninit。
- 虚拟处理器类。每个虚拟处理器数据都隶属于某个虚拟处理器类。所谓虚拟处理器类是一组进程，完成特定的任务。

（2）共享内存。Informix 动态服务器的共享内存由三个区构成：

- 驻留区。主要用做缓冲区。包括数据缓冲池、逻辑日志缓冲、物理日志缓冲和其他系统数据结构。可以配置该部分常驻物理内存，使得对该区的访问速度加快，系统整体性能可能会有所提高。
- 虚拟区。主要用做内存池以支持会话和线索。根据用途的不同，内存池可以进一步分为：会话池、多线索池、字典池、存储过程池、排序池、大缓冲区池以及全局池。内存池的分配和释放是动态进行的，虚拟区在进行内存池的分配时以 8KB 为单位。如果已有的虚拟区耗尽，动态服务器可以向操作系统再次动态申请。

- 消息区。在客户与服务器利用共享内存进行通信时，消息区将用做通信缓冲区。每一用户连接（利用共享内存进行通信）大致占用 12KB 的空间。

（3）磁盘部分。Informix 动态服务器的磁盘存储结构主要基于如下几个基本概念：PAGE，CHUNK，EXTENT，TBLSPACE，DBSPACE，BLOBSPACE 及 BLOBPAGE。

- PAGE（页）：页是 INPORMIX 动态服务器的基本存储单位和基本 I/O 单位。页的大小因机器和操作系统的不同而不同，一般为 2KB，也可能为 4KB。用户无法改变页的大小。

- CHUNK：是磁盘上的一块连续的物理空间，ONLINE 数据最终存放于此，可设置 CHUNK 的个数和大小。因此，CHUNK 是 ONLINE 的物理存储实体。

- EXTENT（区间）：区间是分配给一个表使用的磁盘上一组物理连续的页，表的空间是按 EXTENT 为单位分配的，某个表的 EXTENT 大小在创建表时描述。

- DBSPACE（数据空间）：是一组存放数据库和表的 CHUNK 的逻辑集合。每个 DBSPACE 至少分配有一个 CHUNK，叫做初始 CHUNK。DBSPACE 可根据需要分配任意多的 CHUNK，如果完成一个 DBSPACE 上的空间，可以继续为它分配新的 CHUNK。

- TBLSPACE（表空间）：是分配给一个表的所有 EXTENT 的逻辑集合，一个 TBLSPACE 可包括一个或多个 EXTENT。TBLSPACE 的空间不一定是连续的，而一个 EXTENT 的内部空间则一定是连续的。

- BLOBSPACE（BLOB 数据空间）：当 ONLINE 使用 BYTE 和 TEXT 数据类型是，将存放在 BLOBSPACE 中，BLOBSPACE 是 CHUNK 的逻辑集合，它们专门用于存放 BLOB 数据类型，数据行和索引不放在 BLOBSPACE 中，只存放 BLOB 的页及相关 BLOB 系统信息页。

- BLOBPAGE（BLOB 数据页）：真正用于存放 BLOB 数据的地方。

- 逻辑日志：磁盘上有一定数目的逻辑日志文件，用于存储所有数据库的事务日志信息，它是可重复使用的。至少有 3 个逻辑日志，初始化时，它们放在根的 DBSPACE 中。

- 物理日志：是 ONLINE 系统中一块连续的磁盘空间，包含一次检查点以来被修改的页面的前映象。主要用于容错恢复机制，也用于联机备份，是所有 ONLINE 系统的内部组成部分。

2．软件开发工具

Informix 的软件开发工具主要有 Informix-SQL、Informix-ESQL、Informix-4GL 等。它们具有不同的功能和特点，既能单独使用，也可根据实际需要相互配合使用。

（1）Informix-SQL。Informix 以 SQL 语言为基础加以扩充，形成了一个综合应用开发工具环境 Informix-SQL。Informix-SQL 的软件开发工具主要由 5 个强有力的开发工具组成，即屏幕表单生成工具、用户菜单生成工具、报表书写工具、模式定义工具和查询语言 SQL。屏幕表单是 Informix-SQL 最主要的功能模块。它通过开发者自己设计的与 Informix 数据库紧密相连的屏幕表格来操纵数据库，实现数据的输入、查询、修改和删除等操作。Informix-SQL 提供了比较丰富的数据操纵功能，可以进行各种有条件查询和无条件任意查询，能够前后查找、修改及删除数据。报表控制能够完成简单的报表统计生成和输出。通过用户菜单可以生成各种功能菜单，将各种屏幕表格和报表控制连接组合在一起，构成一个完整的应用系统。

Informix-SQL 通过数据库管理软件 Isql 对 Informix 数据库和数据表进行管理与维护。Isql 提供了屏幕表单、SQL 交互数据操纵、数据库控制、数据表控制、报表控制等功能机制。数据库管理员可以利用屏幕表单完成数据的查询、修改和删除，也可以使用标准 SQL 语言实现数据定义、数据操纵。对于数据库的建立和删除可以通过数据库控制来实现。对于数据表和索引的建立、修改及删除则可通过数据表控制来完成。

作为软件开发工具，Informix-SQL 的优点在于它的简单易学以及程序的通用性（即不需编译，可在各种 UNIX 操作系统下直接运行），而且程序所占的存储空间和运行空间较小，但它的用户界面只能处理比较简单的数据流程，无法适应各种复杂的应用系统。

（2）Informix-ESQL。Informix-ESQL 称为嵌入式 SQL 开发工具，即将符合 ANSI 标准的 SQL 语句嵌入到宿主语言中。主语言可以是 C、COBOL、FORTRAN 和 ADA 等语言，因此 Informix-ESQL 可细分为 Informix-ESQL/C、Informix-ESQL/COBOL、Informix-ESQL/FORTRAN 和 Informix- ESQL/ADA 等。Informix-ESQL 是在 Informix-SQL 基础上发展起来的第三代程序语言开发工具。

由于 C 语言具有灵活、运行效率高、与 UNIX 系统连接方便、紧密等特点，所以 Informix-ESQL/C 便成为 Informix-ESQL 开发工具系列中的首选。Informix-ESQL/C 充分继承了 C 语言简练、灵活、表达能力丰富的特点，生成的目标程序精练、运行效率高。通过嵌入在 C 语言中的 SQL 语句，Informix-ESQL/C 可以方便灵活地操纵 Informix 数据库。利用宿主变量，数据能够在 C 语句和 SQL 语句之间进行传递。通过分析指示变量，C 语言能够对 SQL 语句的返回结果进行逻辑判断，确定数据的正确走向。为了处理多行数据，Informix-ESQL/C 提供了一种游标机制，能够实现多行数据的查询和插入。Informix-ESQL/C 还具有动态处理的功能，可以动态地处理各种 SQL 语句。

在数据库定义与设计阶段，Informix-ESQL/C 的表现形式与 Informix-SQL 相似，但其目标程序生成需要经过编译。在软件的编程与调试阶段，Informix-ESQL/C 灵活、功能丰富的特点得到充分体现。在数据输入模块中，可以直接使用 Informix 提供的 PERFORM 屏幕表单工具实现数据的输入及查、删、改等功能。在数据处理模块，C 语言灵活、强大的功能得到了充分的发挥。在数据输出模块，Informix 提供的 ACE 报表工具能够方便地实现各种报表输出。此外，还可以编写 C 函数或使用 UNIX 系统的 Lex 工具等直接生成各式各样的报表，实现数据的各种输出。

利用 Informix-ESQL/C 开发软件，目标程序必须经过编译生成。其目标程序占用的存储空间较小，运行空间也较小，因此程序的运行效率非常高。由于 Informix-ESQL/C 程序的主体是 C 语言，虽然灵活性很强，但程序的编写及调试比较复杂，相应的程序维护也比较困难。

（3）Informix-4GL。Informix-4GL 是第四代数据库开发语言，它的功能非常强，可以用一条简单的语句实现若干条低级语言语句才能实现的功能。

Informix-4GL 提供了开发基于 Informix 数据库的管理信息系统的全部工具，包括数据库语言、程序设计语言、屏幕建立程序、菜单建立程序、报表书写程序和窗口管理程序。通过数据库语言可以直接在 4GL 程序中对数据库进行定义、数据插入及查、删、改等操作。其程序设计语言既有第四代程序设计语言的简单性，又有通用程序设计语言的灵活性。4GL 的非过程语句非常紧凑，并能满足大量的应用要求。过程化语句可以实现 4GL 的设计者们未能预见的功能。Informix-4GL 包括一个屏幕建立程序（FORM4GL），开发者可以用它来设计美观的屏幕格式作为应用程序的用户画面，并使用 Informix-4GL 的交互式语句实现数据的输入及显示。菜单建立程序使程序员只要描述出菜单的各选择项及相应动作，就能自动完成系统功能菜单的建立。报表书写程序提供了建立各种报表的语句及内部函数，使报表的生成非常容易。利用窗口管理程序可以在应用程序中根据需要打开相应的窗口，并在窗口中执行相应的程序，使开发出的程序界面更友好和丰富，软件的功能更强。

使用 Informix-4GL 开发应用软件比较容易。使用数据库语言，可以在 Informix- 4GL 程序中直接定义并建立所需的数据库及数据表。利用菜单建立程序，可以方便地建立起应用程序的各级功能菜单。通过屏幕建立程序和窗口建立程序，能够迅速构造起应用程序的数据输入模块。使用 4GL 的程序控制语句、内部函数及 C 语言函数接口，可以编写出各种复杂流程的数据处理程序。通过报表书写程序，能够快速生成各种输出报表。

使用 Informix-4GL 编写程序，它的目标程序也必须经过编译生成。其目标程序占用的存储空间较大，所需运行空间也较大。但是，4GL 程序的开发及调试比较简单，程序维护也比较方便。

2.11.4　SQL Server

SQL Server 最初是由 Microsoft、Sybase 和 Ashton-Tate 三家公司共同开发的，于 1988 年推出了第一个 OS/2 版本，在 Windows NT 推出后，Microsoft 与 Sybase 在 SQL Server 的开发上就分道扬镳了。Microsoft 将 SQL Server 移植到 Windows NT 系统上专注于开发推广 SQL Server 的 Windows NT 版本，Sybase 则较专注于 SQL Server 在 UNIX 操作系统上的应用。本节介绍的是 Microsoft SQL Server，简称为 SQL Server 或 MS SQL Server。

SQL Server 的分布式体系结构把应用程序对数据库的访问和数据库引擎分离开来，核心数据库服务器运行在基于 Windows 的服务器之上。基于 Windows 的服务器一般通过以太局域网与多个客户机系统连接。这些客户机系统一般是运行 SQL Server 客户机软件的计算机。这些计算机既可以是单独的桌面系统，也可以是其他网络服务的平台，例如，IIS（Internet Information Server，Internet 信息服务）Web 服务器。

SQL Server 网络连接利用现有的网络拓扑结构，例如，以太网和令牌环网等。SQL Server 还提供了协议独立性，并与所有运行的网络协议相兼容。

1．基本组件

SQL Server 的 4 个基本服务器组件包括 Open Data Services、MSSQL Server、SQL Server Agent、MSDTC。

Open Data Services 组件在服务器的网络库和 SQL Server 引擎之间提供了一个接口。

MSSQL Server 服务管理构成 SQL Server 数据库的全部文件，同时还负责处理 SQL Server 语句和分配系统资源。

SQL Server Agent 服务负责调度 SQL Server 的作业和警报。按 SQL Server 专用术语来说，作业是一种预定义的对象，由一步或多步组成，每一次包含一个定义好的数据函数，例如，一个 Transact-SQL 语句或一组语句。警报是一种动作，响应指定的事件。通过设定，可以让警报执行多种任务，如运行作业或者发送电子邮件。

Microsoft Distributed Transaction Coordinator（MSDTC）是一种事务管理器，负责协调多个服务器上的数据库事务。MSDTC可以通过SQL Server数据库引擎或直接由客户机应用程序激活。

2. Transact-SQL

SQL Server使用的SQL语言称为Transact-SQL。Transact-SQL与大多数的ANSI SQL标准兼容，但它提供几种扩展和增强功能。如，Transact-SQL包含了几个流控制关键字，这些关键字可以方便开发存储过程和触发器。

Transact-SQL通常用于数据库管理任务，如创建、删除表和列，也可以用Transact-SQL编写触发器和存储过程，还可以用Transact-SQL来修改SQL Server的配置，或与SQL Server的Graphical Query Analyzer交互使用来执行查询语句。Transact-SQL提供三种类型的SQL支持，即DDL、DML和DCL（Data Control Language，数据控制语言）。

3. 常见版本

SQL Server的常见版本如下：

（1）企业版（Enterprise Edition）。支持所有的SQL Server 2000特性，可作为大型Web站点、企业OLTP以及数据仓库系统等的产品数据库服务器。

（2）标准版（Standard Edition）。用于小型的工作组或部门。

（3）个人版（Personal Edition）。用于单机系统或客户机。

（4）开发者版（Developer Edition）。用于程序员开发应用程序，这些程序需要SQL Server作为数据存储设备。

此外，SQL Server 2000还有桌面引擎（Desktop Engine）和Windows CE版。用户可以根据实际情况选择所要安装的SQL Server版本。

第 3 章　数据通信与计算机网络

从古代的驿站、八百里快马，到近代的电报、电话，人类对于通信的追求从未间断，信息的处理与通信技术的革新一直伴随社会的发展。而作为 20 世纪人类最伟大、最卓越的发明——个人计算机的出现与发展，使得人们获得了以前无法想象的信息处理能力，为了将这些强大的信息处理设备连接起来，避免出现信息孤岛现象，就催生了"计算机网络"，这一新时代的通信技术。计算机网络使得其功能得到了大大的加强，范围得到了很大的扩展。

从严谨的定义角度说，计算机网络是指由通信线路互相连接的许多独立自主工作的计算机构成的资源共享集合体，它是计算机技术和通信技术相结合的产物。它的出现推动了信息化的发展，从局域网到互联网，都对信息应用产生了深远的影响。因此这就要求系统架构设计师在设计应用系统时必须了解网络的基础知识与特性，掌握一些相关的基础应用知识。

3.1　Web 和 Internet

Internet 是全球最大的、开放的、由众多网络互联而成的计算机互联网。狭义的 Internet 指上述网络中所有采用 IP（Internet Protocol）协议的网络互联的集合，其中 TCP（Transmission Control Protocol，传输控制协议）/IP 协议的分组可通过路由选择相互传送，通常把这样的一个网称为 IP Internet。而广义上的 Internet 指 IP Internet 加上所有能通过路由选择至目的站的网络。

Internet 的工作基础是 TCP/IP 协议，它为计算机网络提供了端到端通信能力，承载着各种有效的应用系统。

3.1.1　Internet 基础协议

TCP/IP 协议是当今世界上最流行的开放系统协议集。它正在支撑着 Internet 的正常运转。

1. IP 协议

由于各种网络协议主要是定义了"物理层"和"数据链路层"。要让这些在最低两层不同的网络能够形成一个统一的通信大网，则必须在更高的一层——网络层得到统一。

而 IP 协议运行在网络层上，可实现异构的网络之间的互联互通。它是一种不可靠、无连接的协议。IP 定义了在整个 TCP/IP 互联网上数据传输所用的基本单元（由于采用的是无连接的分组交换，因此也称为数据报），规定了互联网上传输数据的确切格式；IP 软件完成路由选择的功能，选择一个数据发送的路径；除了数据格式和路由选择精确而正式的定义之外，还包括一组不可靠分组传送思想的规则。这些规则指明了主机和路由器应用如何处理分组、何时及如何发出错误信息以及在什么情况下可以放弃分组。IP 协议是 TCP/IP 互联网设计中最基本的部分。

IP 协议给每一台主机分配一个唯一的逻辑地址——IP 地址。IP 地址的长度为 32 位，它分为网络号和主机号两部分。网络号标识一个网络，一般网络号由互联网络信息中心（InterNIC）

统一分配。主机号用来标识网络中的一个主机，它一般由网络中的管理员来具体分配。

将 IP 地址分成了网络号和主机号两部分，设计者们就必须决定每部分包含多少位。网络号的位数直接决定了可以分配的网络数（计算方法：$2^{网络号位数}$）；主机号的位数则决定了网络中最大的主机数（计算方法：$2^{主机号位数}-2$）。然而，由于整个互联网所包含的网络规模可能比较大，也可能比较小，设计者最后聪明地选择了一种灵活的方案：将 IP 地址空间划分成不同的类别，每一类具有不同的网络号位数和主机号位数。

如图 3-1 所示，IP 地址的前四位用来决定地址所属的类别。

图 3-1 IP 地址分类示意图

> **希赛教育专家提示：** 在 IP 地址中，全 0 代表的是网络，全 1 代表的是广播。举个例子来说：假设一个单位的 IP 地址是 202.101.105.66，那么它所在的网络则用 202.101.105.0 来表示，而 202.101.105.255（8 位全为 1 转成十进制为 255）则代表向整个网络广播的地址。另外，127.0.0.1 被保留作为本机回送地址。IP 地址类别对照表如表 3-1 所示。

表 3-1 IP 地址类别对照表

	A 类地址	B 类地址	C 类地址	D 类地址	E 类地址
地址格式	N.H.H.H	N.N.H.H	N.N.N.H	N/A	N/A
适用范围	大的组织	中型组织	小型组织	多目广播	保留
高位数字	0	10	110	1110	1111
地址范围	1.000 到 126.0.0.0	128.1.0.0 到 191.254.0.0	192.0.1.0 到 223.225.254.0	224.0.0.0 到 239.255.255.255	240.0.0.0 到 254.255.255.255
网络/主机位	7/24	14/15	22/8	N/A	N/A
最大主机数	16777214	65543	254	N/A	N/A

前面所述的是目前使用的 IP 协议，它的版本号是 4（简称为 IPv4），发展至今已经使用了近 40 年。IPv4 的地址位数为 32 位，但近年来 IP 地址的需求量越来越大，使得地址空间容量严重不足，再加上 IPv4 无连接、非可靠、没有优先级、服务质量设计不足都给网络的发展带来了瓶颈。

IPv6 在 IPv4 的基础上进行改进，它的一个重要的设计目标是与 IPv4 兼容。它将地址位数从原来的 32 位扩展到 128 位，并采用 16 进位表示，每 4 位构成一组，每组间用一个冒号隔开。为了更好地将 IPv4 过渡到 IPv6，IPv6 提供了两类嵌有 IPv4 地址的特殊地址：

　0000：0000：0000：0000：0000：FFFF：xxxx：xxxx

或　0000：0000：0000：0000：0000：0000：xxxx：xxxx。

另一方面，它采用更小的路由表、加入了对自动配置的支持、增加了对移动 IP 的支持、提高了服务质量的定义一服务。

2．TCP 和 UDP 协议

在 TCP/IP 协议族中，有两个功能不同、用途不同的传输协议：一是传输控制协议 TCP，二是用户数据报协议（User Datagram Protocol，UDP）。TCP 与 UDP 协议的对照如表 3-2 所示。

表 3-2　TCP 与 UDP 协议对照表

TCP	UDP
工作在传输层	工作在传输层
可靠的、面向连接的数据流传输服务	不可靠、无连接的数据报传输服务
有报文确认、排序及流量控制功能	无报文到达确认、排序及流量控制功能
可靠性由协议解决	可靠性问题由应用程序解决

TCP 协议是一个面向连接的可靠传输协议，具有面向数据流、虚电路连接、有缓冲的传输、无结构的数据流、全双工连接五大特点。而实现可靠传输的基础是采用具有重传功能的肯定确认、超时重传技术，而通过使用滑动窗口协议则解决了传输效率和流量控制问题。

在 TCP 报文中有几个重要的字段：源端口地址、目的端口地址标识了通信双方的端口地址；序号字段说明该报文段在发送方的数据中的编号；确认号字段则是本机希望接收的下一字节组的序号；而码位（6 位，要使用哪位，就将该位置为 1）用来指明 TCP 报文的作用，码位字段的含义如表 3-3 所示。

表 3-3　TCP 常用码位字段

位　号	字　段	含　义	位　号	字　段	含　义
1	URG	紧急指针	2	ACK	确认应答
3	PSH	请求急近	4	RST	连接复位
5	SYN	同步序号	6	FIN	发送方结束

TCP 在建立连接和关闭连接时，采用的是大名鼎鼎的三次握手协议。因为 TCP 的基础是不可靠的分组传输（IP 协议），报文可能发生丢失、延迟、重复和乱序的可能，因此三次握手协议是连接两端正确同步的充要条件。这个过程如图 3-2 所示。

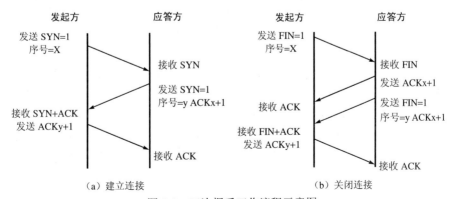

图 3-2　三次握手工作流程示意图

（1）建立连接：首先由发起方发送一个同步序号包（将 SYN 置为 1，并提供序号）；当应答方接收到同步序号包（SYN）时，就对其进行肯定确认（ACK 序号+1），并发送自己的同步序号包（将 SYN 置为 1，并提供序号）；当发送方收到后，则对其进行肯定确定（ACK 序号+1），以通知目的主机双方已完成连接建立。

（2）关闭连接：首先由发起方发送一个结束包（将 FIN 置为 1，并提供序号）；当应答方收到后，先进行肯定确认（ACK 序号+1），而不急于回送 FIN 包，先去通知相应的应用程序；当应用程序指示 TCP 软件彻底关闭时，TCP 软件再发送第二个 FIN 包。其他的过程是与建立连接类似的。

采用三次握手协议能够有效地避免出现错误的连接现象，但同时也因此付出了许多通信的代价，降低了连接速度。再加上对每个数据包的肯定应答所耗费的资源，使得 TCP 传输的速度变慢。

而 UDP 协议则是直接使用底层的互联网协议来传送报文，它和 IP 一样，提供的是不可靠、无连接的数据报传输服务，它不提供报文到达确认、排序以及协议。而正是因为如此，它的效率是高于 TCP 协议的，因此在网络环境质量较好的场合（如局域网通信），更适用于 UDP。TCP 和 UDP 协议都是工作在传输层上的，实现的是端到端的通信，而端口正是用来标识不同的"端"。IP 地址是针对一台主机而言的，而在网络应用中，一台主机通常会由多个应用程序在使用，因此为了区分不同的应用程序，就引入了"端口"的概念，端口是传输层的服务访问点。端口分为知名端口（1024 以内）和用户端口两类，知名端口主要是分配给通用的网络应用使用的，表3-4 就是一些常用的知名端口。

表 3-4　TCP 常用码位字段

端 口 号	关 键 字	描　述	端 口 号	关 键 字	描　述
20	FTP-DATA	FTP 的数据	53	DOMAIN	域名
21	FTP	FTP 的控制	69	TFTP	简单 FTP
22	SSH	SSH 登录	80	HTTP	Web 访问
23	TELNET	远程登录	110	POP3	邮件接收
25	SMTP	简单邮件传输	143	IMAP	邮件访问协议

3.1.2　Web 应用

WWW（World Wide Web）是由分布在 Internet 中的成千上万个超文本文档链接而成的网络信息系统。该系统采用统一的资源定位符（Uniform Resource Locator，URL）和精彩鲜艳的声音图文用户界面，可以方便地浏览网上的信息和利用各种网络服务。WWW 是现在 Internet 上用户量和访问量最大的应用。

从用户的观点来看，Web 是一个巨大的全球范围的文档或 Web 页面集合组成的网络。而每个页面中都可以存储其他页面的链接，通过单击链接就可以转到相应的页面。

超文本：通常文字信息是组织成为线性的 ASCII（American Standard Code for Information Interchange，美国信息交换标准代码）文本文件，而 Web 上的信息组织是非线性的超文本文件，它可以通过超链接指向网络上的其他资源。简单地说，超文本就是非线性的、用"链接"整合的信息结构。

从技术上说，WWW 是一个支持交互式访问的分布式超媒体系统。超媒体系统直接扩充了传统的超文本系统。在这两个系统中，信息被作为一个文档集而存储起来，除了基本的信息外，还包含有指向集中其他文档的。Web 文档用超文本标记语言（HyperText Mark-up Language，HTML）来撰写。除了文本外，文档还包括指定文档版面与格式的标签。在页面中可以包含图形、音频、视频等各种多媒体信息。

HTML 是通用标记语言 SGML（Standard Generalized Markup Language，标准通用标记语言）的一种简化版本，专用于编写 Web 超文本文件，在发展中遇到一些瓶颈，因此出现了 XML。

WWW 中，依赖于标准化的 URL 地址来定位信息的内容。URL 用于对信息进行寻址，包括协议（例如，HTTP）、主机名、网页名三个部分，也就是在地址栏输入的东西。在进行页面访问时通常采用 HTTP（Hypertext Transfer Protocol，超文本传送协议），其服务端口就是 HTTP 服务端口。HTTP 是 Web 技术中的核心协议，它最大的特点是短连接，即建立一次连接，只处理一个请求，发回一个应答，然后就释放连接，因此是无状态的协议。

1. 客户端

最早在客户端只需一个负责解释 HTML 的浏览器。但由于后来页面中可能出现的文件格式越来越多种多样，浏览器不可能内置所有的解释器。因此，采取了一种更加通用的解决方案，让服务器返加一个指明页面 MIME（Multipurpose Internet Mail Extensions，多功能 Internet 邮件扩充）类型的信息，然后浏览器参照它的 MIME 类型表（它与一个查看器关联）来决定如何显示。

扩展浏览器的方式有两种：插件式和辅助应用程序式。插件是指一个代码模块，它将在浏览器需要时调入内存，运行在浏览器内部；完成后则从浏览器的内存中删除掉。而辅助应用程序是一个单独的程序，因此它没有为浏览器提供接口，也不使用浏览器的服务，而是在需要打开临时文件时被调用。

2. 服务端

从本质而言，Web 服务器的本质工作是：接受来自浏览器的 TCP 连接，获取所需文件的名字，然后从磁盘上取得该文件，并将其返回给客户，最后释放该连接。从这里可以会发现，每次请求都需要进行一次磁盘访问，因此 Web 服务器能够处理的请求数将小于能够访问磁盘的次数，但这样的性能是不可接受的。一种显而易见的改进方式是在内存中维护一个缓存，保存最近使用的文件，从而避免磁盘访问。

对 Web 服务器性能的第二个改进方面是使其成为多线程模式。如图 3-3 所示，设置一个前端模块转发所有进入的请求和 k 个处理模块负责实际的处理工作。

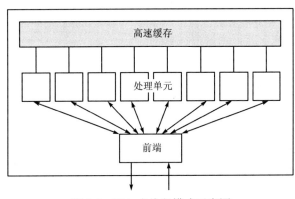

图 3-3　Web 多线程模式示意图

当然，只完成取文件、返回文件的工作是无法满足现代 Web 应用的需求的，需要进行一些扩展：

（1）确定被请求的 Web 页面的名字；

（2）鉴别客户的身份，主要是"验证"；

（3）针对客户的身份，执行访问控制，以确定是否存在某些限制会影响到这个请求；

（4）针对 Web 页面，执行访问控制，以检查是否存在与页面自身相关联的访问控制；

（5）检查缓存；

（6）从磁盘上取回被请求的页面（（5）和（6）都是为了取回页面）；

（7）确定在回复中应包含的 MIME 类型；

（8）处理各种零碎的事项；

（9）将回复返回给客户——送回结果；

（10）在服务器的日志中增加一个条目。

3．Cookie 技术

正是由于 Web 服务采用的是短连接的模式，因此是无状态的，也就是说无法识别已经访问过的客户端。但在 Web 应用中却又经常需要获得这个信息，而 Cookie 技术就是实现这个功能的技术之一。使用了 Cookie 后，当客户请求一个 Web 页面时，服务器除了应答所请求的页面之外，还将返回一个存有附加信息的 Cookie。Cookie 中包括的信息有域名、路径、内容、过期时间和是否需要安全服务器等 5 类信息。规定了过期时间的 Cookie 称为非持久的 Cookie，否则称为持久的 Cookie。

4．主要的静态 Web 文档技术

静态 Web 文档是指 Web 页面已经存放在服务器上，等待浏览器访问。实现静态 Web 文档的技术有多种，如表 3-5 所示。

表 3-5　主要静态 Web 文档技术对照表

技　　术	说　　明
HTML	超文本标记语言，专门为编写超文本（Web 文档）的标记语言
表单	HTML 2.0 中新增，可实现浏览器和服务器之间的双向信息交流，常用于实现注册、搜索等功能
XML 和 XSL	XML 用一种结构化的方式来描述 Web 内容，而 XSL（EXtensible Stylesheet Language，可扩展样式语言）则以一种独立于内容的方式来描述格式，它们增强了 Web 文档的表现力
XHTML	XHML（eXtensible HyperText Markup Language，可扩展超文本标识语言）和 HTML 的差异体现在：XHTML 页面和浏览器必须严格遵守标准；所有的标签和属性必须是小写；结束标签是必需的；属性必须被包含在引号之中，标签的嵌套必须是正确的；每个文档必须指明它的文档类型

5．主要的动态 Web 文档技术

随着 Web 应用的继续深入，越来越多的内容需要是动态生成的，而不是预先存储在磁盘中的。而这种动态生成分为服务器端生成和客户端生成两种。

服务器端生成技术的对照如表 3-6 所示。

表 3-6　服务器端动态 Web 技术对照表

技　术	说　明
CGI	公共网关接口，它是一个允许 Web 服务器与后端程序及脚本进行通信的标准化接口。通常使用 Perl、Python 等脚本语言来实现 CGI（Common Gateway Interface，公共网关接口）。它通常独立地存放在服务器上
PHP	PHP（Hypertext Preprocessor，超文本预处理器）通过在 HTML 中插入脚本，然后让服务器来执行这些脚本，以重生成最终发送给客户的页面
JSP	JSP（Java Server Pages，Java 服务器页面），与 PHP 非常相似，只是在页面中的动态部分是用 Java 语言，而非 PHP
ASP	ASP（Active Server Page，活动的服务器页面）是微软公司的产品，功能与 PHP 和 JSP 一样

各种服务器端的动态生成技术能够解决服务器上的数据库交互问题，但是却无法根据客户端的用户交互进行处理，而这就需要应用表 3-7 所示的一些客户端生成技术。

表 3-7　客户器端动态 Web 技术对照表

技　术	说　明
JavaScript	它是一种脚本语言，它不是 Java，只是受到了 Java 程序设计中的一些思想的启发
applet	是指已经被编译成 JVM（Java Virtual Machine，Java 虚拟机）机器指令的 Java 小程序，它可以嵌入到 HTML 页面上，由具有 JVM 的浏览器来执行
ActiveX 控件	是指一种已经被编译成为 Pentium 机器指令的程序，它可以直接在硬件上执行，是微软应对 applet 的技术

6．超文本传输协议

正如前面所说的，浏览器就是与服务器机器上的 80 端口建立一个 TCP 连接，使用超文本传输协议 HTTP 来通信的。在 HTTP 1.0 中采用的是短连接机制，也就是当请求的信息回应后，TCP 连接就会被自动释放。而由于 Web 文档页中经常存在许多个关联的小文件，因此为了避免多次的连接，在 HTTP 1.1 中提供了持续连接的支持。

在 HTTP 协议中定义了 8 种方法：读取 Web 页面的 GET 方法、读取 Web 页面头部的 HEAD 方法、存储 Web 页面的 PUT 方法、附加一个命名资源的 POST 方法、移除 Web 页面的 DELETE 方法、送回收到请求的 TRACE 方法、查询特定选项的 OPTIONS 方法，还有保留未用的 CONNECT 方法。对于这些请求，Web 服务器都将会根据执行的情况来返回相应的状态码，如表 3-8 所示。

表 3-8　HTTP 协议返回状态码说明

状态码	含　义	例　子
1xx	信息	100（服务器同意处理客户的请求）
2xx	成功	200（请求成功），204（没有内容存在）
3xx	重定向	301（页面移动了），304（缓存的页面仍然有效）
4xx	客户错误	403（禁止的页面），404（页面未找到）
5xx	服务器错误	500（服务器内部错误），504（以后再试）

7．无线 Web

随着无线通信技术的发展，可以使用小型便携设备，通过无线链路来访问 Web。而现在最主要的无线 Web 系统包括 WAP（Wireless Application Protocol，无线应用协议）和 i-mode。

WAP 是指无线应用协议，它是专门针对 Web 访问的协议栈。它最底层支持所有现有的移动电话系统，WAP 1.0 定义的数据率是 9600bps。在此之上是 WDP（Wireless Datagram Protocol，WAP 数据报协议层），其本质就是 UDP。在无线应用环境层，它使用了 WML（Wireless Markup Language，无线标记语言），但正是由于它并非使用 HTML，而影响了 WAP 的发展。而 WAP 2.0 则在 1.0 的基础上进行了创新，增加了许多新的功能，并且支持新的标记语言 XHTML Basic，而且定义了更高速度。

而 i-mode 是日本 DocoMo 公司发明的无线 Web 访问方法，它由新的传输系统、新的手持机和新的 Web 页面设计语言组成。新的传输系统是指两个分离的网络，一是现有的电路交换的移动电话网，二是新建的分组交换网络。i-mode 手持机采用轻量传输协议并通过空中链路来与一个协议转换网关进行通话。它在 HTML 的基础上精简出了 cHTML（精简的 HTML）作为页面设计语言。

3.2 通信技术

计算机网络的应用与人们的日常生活息息相关，诸如移动通信、卫星通信、有线电视等，都给人们的生活带来了巨大的变化。

3.2.1 移动通信

移动通信技术经历过了三个发展时期：第一代移动通信系统是模拟通信，采用的是 FDMA（Frequency Division Multiple Access，频分多址）调制技术，其频谱利用率低；第二代移动通信系统是现在常用的数字通信系统，采用的是 TDMA（Time Division Multiple Access，时分多址）的数字调制方式，对系统的容量限制较大；而新近出现的第三代移动通信（3G）技术则采用了 CDMA（Code Division Multiple Access，码分多址）数字调制技术，能够提供大容量、高质量、综合业务、软切换的功能。

当移动通信进入 3G 时代后，就可为数据通信提供良好的支持，国际电联已采纳以下三大标准。

1. WCDMA

WCDMA（宽带码分多址）是基于 GSM（Global System for Mobile Communications，全球移动通信系统）网发展出来的 3G 技术规范，该标准提出了在 GSM 基础上的升级演进策略："GSM（2G）→GPRS→EDGE→WCDMA（3G）"。

希赛教育专家提示：GPRS（General Packet Radio Service，通用分组无线业务）俗称 2.5G；EDGE（Enhanced Data Rate for GSM Evolution，增强数据速率的 GSM 演进）俗称 2.75G。

WCDMA 系统支持宽带业务，可有效支持电路交换业务、分组交换业务。灵活的无线协议可在一个载波内对同一用户同时支持话音、数据和多媒体业务。通过透明或非透明传输块来支持实时、非实时业务。业务质量可通过如延迟、误比特率、误帧率等调整。

WCDMA 采用 DS-CDMA（Direct Sequence-Code Division Multiple Access，直接序列码分多址）方式，码片速率是 3.84Mbps，载波带宽为 5MHz。系统不采用 GPS 精确定时，不同基站可选择同步和不同步两种方式，可以不受 GPS 系统的限制。在反向信道上，采用导频符号相干 RAKE 接收的方式，解决了 CDMA 中反向信道容量受限的问题。它还采用精确的功率控制方式，包括基于 SIR 的快速闭环、开环和外环三种方式。功率控制速率为 1500 次/秒，控制步长 0.25～4dB 可变，可有效满足抵抗衰落的要求。

WCDMA 还可采用一些先进的技术，例如，自适应天线（adaptive antennas）、多用户检测（multi-user detection）、分集接收（正交分集、时间分集）、分层式小区结构等，来提高整个系统的性能。2009 年 1 月 7 日，中国联合网络通信集团（中国联通）正式取得 3G 牌照，批准运营 WCDMA 网络。

2．CDMA2000

CDMA2000 是由窄带 CDMA（CDMA-IS95）技术发展而来的宽带 CDMA 技术，该标准提出了在 CDMA-IS95 的基础上的升级演进策略："CDMAIS95（2G）→CDMA20001x→CDMA20003x（3G）"。CDMA20003x 与 CDMA20001x 的主要区别在于应用了多路载波技术，通过采用三载波使带宽提高。

CDMA2000 的一个主要特点是与现有的 TIA/EIA-95-B 标准向后兼容，并可与 IS-95B 系统的频段共享或重叠，这样就使 CDMA2000 系统可从 IS-95B 系统的基础上平滑地过渡、发展，保护已有的投资。另外，CDMA2000 也能有效地支持现存的 IS-634A 标准。CDMA2000 的核心网是基于 ANSI-41，同时通过网络扩展方式提供在基于 GSM-MAP 的核心网上运行的能力。

CDMA2000 采用 MC-CDMA（多载波 CDMA）多址方式，可支持话音、分组、数据等业务，并且可实现 QoS 的协商。CDMA2000 包括 1X 和 3X 两部分，也易于扩展到 6X、9X、12X。对于射频带宽为 N*1.25MHz 的 CDMA2000 系统，采用多个载波来利用整个频带，图 3-4 给出了 N=3 时的情况。支持一个载波的 CDMA2000 标准 IS2000 已在 1999 年 6 月通过。

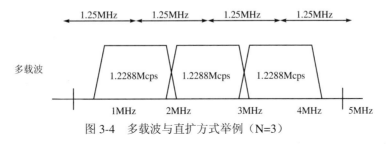

图 3-4　多载波与直扩方式举例（N=3）

CDMA2000 采用的功率控制有开环、闭环和外环三种方式，速率为 800 次/秒或 50 次/秒。CDMA2000 还可采用辅助导频、正交分集、多载波分集等技术来提高系统的性能。2009 年 1 月 7 日，中国电信集团正式取得 3G 牌照，批准运营 CDMA2000 网络。

3．TD-SCDMA

TD-SCDMA（Time Division-Synchronous Code Division Multiple Access，时分同步 CDMA）是由我国大唐电信公司提出的 3G 标准，该标准提出不经过 2.5 代的中间环节，直接向 3G 过渡，非常适用于 GSM 系统向 3G 升级。

TD-SCDMA 系统采用时分双工、TDMA/CDMA 多址方式工作，基于同步 CDMA、智能天线、多用户检测、正交可变扩频系数、Turbo 编码技术等新技术，工作于 2010MHz～2025MHz。

TD-SCDMA 的主要优势是：

- 上下行对称，利于使用智能天线、多用户检测、CDMA 等新技术；

- 可高效率地满足不对称业务需要；
- 简化硬件，可降低产品成本和价格；
- 便于利用不对称的频谱资源，频谱利用率大大提高；
- 可与第二代移动通信系统兼容。

该系统基于 GSM 网络，使用现有的 MSC，对 BSC 只进行软件修改，使用 GPRS 技术。它可以通过 A 接口直接连接到现有的 GSM 移动交换机以支持基本业务、通过 Gb 接口支持数据包交换业务。

TD-SCDMA 系统基站采用高集成度、低成本设计，采用 TD-SCDMA 的物理层和基于修改后的 GSM 二、三层。并支持基本的 GPRS 业务。

基站的主要特点是：

- 3 载波设计，每载波带宽 1.6MHz，共占用 5MHz 带宽；
- 低中频数字合成技术解决多载波的有关问题；
- 公用一套智能天线系统；
- 公用射频收发信机单元；
- 基于软件无线电的基带数字信号处理技术；
- 低功耗设计，每载波基站耗电不超过 200W；
- 高可靠性和可维护性。

TD-SCDMA 系统采用双频双模（GSM900 和 TD-SCDMA）终端，支持 TD-SCDMA 系统内切换，并有支持 TD-SCDMA 到 GSM 系统的切换。在 TD-SCDMA 系统覆盖范围内优先选用 TD-SCDMA 系统，在 TD-SCDMA 系统覆盖范围以外采用现有的 GSM 系统。

终端的主要特点为：

- 有 6 个发射功率等级；
- 双频双模：900MHz－GSM，2000MHz－TD-SCDMA；
- 使用 GSMSIM 卡；
- 话音编译码：GSM/3G，5kbps；
- 配备数据接口或大尺寸 LCD 显示屏幕；
- 尺寸和价格：手持机和 GSM/DCS1800 双频手持机相当；
- 固定台及车载台：多载波工作，外接天线，提供 384kbps 至 2Gbps 业务，具有较大尺寸 LCD 显示屏幕。

TD-SCDMA 系统于 2000 年年底完成样机开发，并进行现场试验。TD-SCDMA 系统的使用不需立即重新建设一个第三代移动通信网络，而是在已有的第二代（如 GSM）网络上，增加 TD-SCDMA 设备即可。考虑我国 GSM 网络的现状，可分阶段完成移动通信向第三代移动通信网络的过渡。首先，基站在用户密度大的地区首先应用，解决 GSM 容量不足问题。系统设备价格（平均每用户价格）将比用 GSM 扩容降低至少 20%。与 GSM 系统同基站安装，不需基建投资；其次，双频双模终端，在 TD-SCDMA 网络覆盖不到的地方使用 GSM 基站，使用户没有局部覆盖的感觉。双频双模手持机的价格和现在 GSM 双频手持机相当。在向第三代网络过渡时，GSM 无线基站完全可以继续使用，不至于有越来越大的第二代系统的包袱。

因此，移动通信系统向第三代发展过程中，具有独立知识产权的 TD-SCDMA 移动通信系统是首选。研究开发 IMT-2000 并形成产业，对我国移动通信产业的形成，是十年一遇的机遇，而开发以我国自己技术为主的 TD-SCDMA 系统是能否成功的关键。2009 年 1 月 7 日，中国移动通信集团正式取得 3G 牌照，批准运营 TD-SCDMA 网络。

3.2.2　卫星通信

微波通信技术是应用最广泛的无线通信技术，但它要求在视距范围之内，卫星通信技术则可以有效解决这一问题。从某种意义上说，可以将通信卫星想象为天空中的一个大的微波中继器。在通信卫星上，通常包含了几个异频发射应答器，它们分别监听频谱中的一部分，并对接收到的信号进行放大，然后在另一个频率上将放大的信号重新发射出去（防止与接收的信号发生干扰）。由于地球是球面的，因此卫星离地球越近，其覆盖范围也就越小，要实现覆盖全球的卫星总数也就越多。而可以安全放置卫星的区域包括三种，如表 3-9 所示。

表 3-9　卫星区域类型

类　　型	高　　度	延　　迟	所需卫星数
GEO（地球同步轨道）	35000 公里以上	270 毫秒	3
MEO（中间轨道）	5000～15000 公里	35～85 毫秒	10
LEO（低轨道）	1000 公里以内	1～7 毫秒	50

下面逐一简要地进行说明。

1．地球同步轨道卫星

轨道槽位：ITU 分配，即卫星运行的轨道；

频率：这也是争夺最激烈的部分；频率划分如表 3-10 所示。

表 3-10　卫星区域类型

频　　段	下行链路	上午链路	带　　宽	问　　题
L	1.5GHz	1.6GHz	15MHz	低带宽，拥挤
S	1.9GHz	2.2GHz	70MHz	低带宽，拥挤
C	4.0GHz	6.0GHz	500MHz	地面干扰
Ku	11GHz	14GHz	500MHz	雨水
Ka	20GHz	30GHz	3500MHz	雨水，设备成本

典型系统：VSAT（小孔终端，低成本的微型站）将通过中心站进行数据的转发。例如，VSAT-2 要发信息给 VSAT-4，则先通过通信卫星站发到中心站，然后再由中心站通过卫星发送给 VSAT-4。

2．中间轨道卫星

中间轨道卫星最典型的应用是由 24 颗卫星组成的 GPS，很少用于通信领域。

3．低轨道卫星

低轨道卫星的优点就是延迟时间短，缺点则是卫星需要较多，最有代表性的 LEO 通信卫星系统有如下三个。

（1）铱星计划：由 66 颗卫星组成（原计划是 77 颗），覆盖全球的语音通信系统，轨道位于 750 公里上。

（2）Globalstar：由 48 颗卫星组成，它的最大特点是不仅可以通过地区交换，还可以通过卫星之单直接进行交换，它也是一个语音通信系统。

（3）Teledesic：它定位于提供全球化、高带宽的 Internet 服务，计划达到为成千上百万的并发用户提供上行 100Mbps，下行 720Mbps 的带宽，而每个用户则使用一个小的、固定的、VSAT 类型的天线完成。它的设计是使用 288 颗卫星（现在实际上是使用 30 颗），排列成为 12 个平面，位于 1350 公里高处。

3.2.3　有线电视网

原有的有线电视网（Community Antenna Television，CATV）是全同轴的，而为了能够在其基础上充分地利用带宽资源，实现数据通信，衍生出了 HFC（Hybrid Fiber-Coaxial，混合光纤-同轴电缆）技术。HFC 原义是指采用光纤传输系统代替全同轴 CATV 网络中的干线传输部分。而现在则是指利用混合光纤同轴网络来进行宽带数据通信的 CATV（有线电视）网络。它是指将光缆架设到小区，然后通过光电转换，利用 CATV 的总线式同轴电缆连接到用户，提供综合业务。

1. HFC 网络的逻辑结构

HFC 网络通常是星型或总结结构，有线电视台的前端设备通过路由器与数据网相连，并通过局用数据端机与公用电话网相连。有线电视台的电视信号、公用电话网来的话音信号和数据网的数据信号送入合路器并形成混合信号后，在这里通过光缆线路送到各个小区的光纤结点，然后再经同轴分配网将其送到用户综合服务单元。整个网络的逻辑结构如图 3-5 所示。

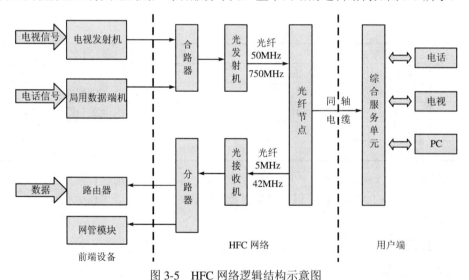

图 3-5　HFC 网络逻辑结构示意图

2. HFC 网络的物理拓扑

HFC 网络的物理结构如图 3-6 所示，通常包括局端系统(Cable Modem Termination Systems，CMTS)、用户端系统和 HFC 传输网络三部分。CMTS 一般在有线电视的前端，或在管理中心的机房，负责将数据信息与视频信息混合，送到 HFC 传输网络（将数据封装为 MPEG2-TS（Moving Pictures Experts Group 2 - Transport Stream，动态图像专家组版本 2-传输流）帧形式，经过 64QAM（Quadrature Amplitude Modulation，正交幅度调制），下载给端用户）。而上行时，

CMTS 负责将收到的经 QPSK（Quadrature Phase Shift Keying，正交相移键控）调制的数据进行解调，传给路由器。用户端系统最主要的就是 Cable Modem。

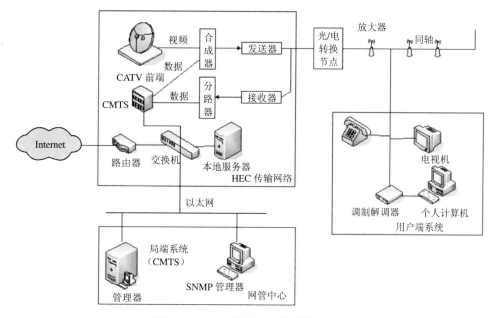

图 3-6　HFC 网络物理拓扑结构示意图

3．Cable Modem

采用有线铜缆上网，通常是使用频分复用技术与电视信号分享带宽，而且还需要借助一个称为线缆调制解调器（Cable Modem）的设备，它不仅是 Modem，还集成了调谐器、加/解密设备、桥接器、网卡、以太网集线器等设备。通常具有两个接口，一个用于连接到计算机，另一个用于连接到有线电视网络。一开始 Cable Modem 大都采用的是私用的协议，后来随着技术的逐渐成熟，形成了一个兼容标准，即 DOCSIS（Data Over Cable Service Interface Specification），现在使用 Cable Modem 技术，上行速度通常能够达到 10Mbps 以上，下行则可以达到更高的速度。

3.3　通信服务

在构建计算机网络的过程中，有许多种不同的网络技术可以选择，它们具有不同的特性和功用，能够提供不同的通信服务。

3.3.1　交换技术

通信网络中通常有许多中间结点，因此信息在传输时需要经过许多中间结点，而这些交换结点转发信息的方式就是交换方式。表 3-11 列出了几种常见的交换方式的对比。

表3-11 交换技术对照表

交换方式		主要特点
电路交换		首先创建一条临时专用通路（通常包括一系列链路），使用完后拆除连接，没有传输延迟，适合大量数据传输和实时通信，少量信息传输时效率不高
报文交换		不在通信结点间建立通路，将信息组成为报文，采用虚储-转发的机制，线路利用率高，但传输延迟较大
分组交换	数据报	类似于报文交换，发送端要组合成分组，接收端要拆分
	虚电路	类似于电路交换，要建立一个逻辑链路，但逻辑链路是共享的。可靠性高，但效率要低于数据报
	信元交换	采用 53B 的永远固定的分组大小，通常是采用面向连接的虚电路方式，ATM（Asynchronous Transfer Mode，异步传输模式）使用该方式

3.3.2 ISDN 技术

ISDN（Integrated Services Digital Network，综合业务数字网）可以分为窄带 ISDN（N-ISDN）和宽带 ISDN（B-ISDN）两种。其中 N-ISDN 是将数据、声音、视频信号集成进一根数字电话线路的技术。它的服务由两种信道构成：一是传送数据的运载信道（又称为 B 信道，每个信道 64kbps），二是用于处理管理信号及调用控制的信令信道（又称为 D 信道，每个信道 16kbps 或 64kbps）。然后将这两类信道进行组成，形成两种不同的 ISDN 服务：基速率接口（Basic Rate Interface，BRI）和主速率接口（Primary Rate Interface，PRI）。

BRI 一般由 2B+D 组成，常用于小型办公室与家庭，用户可以用 1B 做数据通信，另 1B 保留为语音通信，但无法使用 D 通道。当然如果需要，也可以同时使用 2B 通道（128kbps）做数据通信。要注意的是如果不说明，通常 N-ISDN 就是指 ISDN BRI。

PRI 包括两种，一是美国标准的 23B+1D（64kbps 的 D 信道），达到与 T1 相同的 1.533Mbps 的 DS1 速度；二是欧洲标准的 30B+2D（64kbps 信道），达到与 E1 相同的 2.048Mbps 的速率。另外，电话公司通常可以将若干个 B 信道组合成不同的 H 信道：H0 信道（6B，384kbps）、H10 信道（24 个 56kbps 的 B 信道，1.472Mbps）、H11 信道（24B，1.536Mbps）、H12 信道（30B，1.92Mbps，这也是最大的 H 信道）。

N-ISDN 定义了物理层、数据链路层和网络层的部分功能。在物理层建立了一个 64kbps 的线路交换连接，还提供了网络终端适配器的物理接口；在数据链路层则使用了 LAPD（Link Access Procedure of D-Channel，D 通路上链路接入规程）来管理所有的控制和信令功能；其网络层处理所有的线路交换及分组交换服务。

N-ISDN 的缺点是数据速率低，不适合视频信息等需要高带宽的应用，而且它仍然是一种基于电路交换网的技术。因此 ITU-T（ITU Telecommunication Standardization Sector，国际电信联盟远程通信标准化组）又专门开发了 B-ISDN 技术，B-ISDN 的关键技术是 ATM，采用 5 类双绞线或光纤，数据速率可达 155Mbps，可以传输无压缩的高清晰度电视（High Technology Video，HTV）。

1．N-ISDN 的功能组和参考点

ISDN 的功能组是指由设备和软件实现的功能。而参考点则是两个功能组之间的接口，包括布线细节。

希赛教育专家提示：对于不同的网络拓扑，ISDN 中规定的参考点并不是所有都必须使用的。

ISDN 中所规定的功能组和参考点如图 3-7 所示。

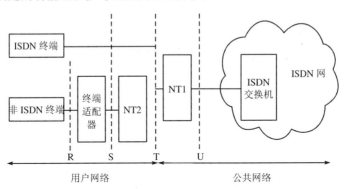

图 3-7　ISDN 功能。组和参考点示意图

其中设备如表 3-12 所示。

表 3-12　ISDN设备一览表

功能组	名　　称	说　　明
TE1	1 型终端设备（ISDN 标准设备）	符合 ISDN 接口标准，可以通过数字管道直接连接 ISDN，例如数字电话、数字传真机等
TE2	2 型终端设备（非 ISDN 标准设备）	不符合 ISDN 接口标准，无法直接连接 ISDN，必须通过使用 RS-232 或 V.35 的电缆连接到 TA，通过 TA 连接 ISDN
TA	终端适配器	用来完成非 ISDN 标准设备的接入，可以认为是 TE2 基础上的 TE1 功能组
NT1	1 型网络终端	通常应用于家庭用户，最多可以挂接 8 个设备，共享 2B+D（144kbps）的信道，不过其中 16kbps 是信令通道，通常无法用于数据传输。另一端则通过数公里的双绞线连接到 ISDN 交换局
NT2	2 型网络终端	通常应用于大型商业用户，可以提供 30B+D（约 2.048Mbps 的信道）的接口速率，其实就是一台专用小交换机 PBX，可以对数据和话音混合传输，从某种意义上说与 ISDN 交换局相比也只是规模小一些
NT1/NT2		在同一设备上将 NT1 和 NT2 结合

这些设备之间的接口，就是 ISDN 标准中定义的 4 个参考点，如表 3-13 所示。

表 3-13　ISDN 参考点一览表

参考点	说　　明
U（User）	用户线路与 ISDN 交换局之间的接口
T（Terminal）	用户网络与 ISDN 公共网络之间的参考点，代表用户设备与网络设备间的接口
S（System）	对应于 ISDN 终端接口，把终端和网络通信功能分开
R（Rate）	非 ISDN 终端接口

2．N-ISDN 网络接口示意图

针对家庭用户（主要使用 ISDN BRI，2B+D）和商业用户（主要使用 ISDN PRI，30B+D）

的不同情况，ISDN 网络接口也会有些不同。图 3-8 则分别展现了两种不同用户的典型网络结构。

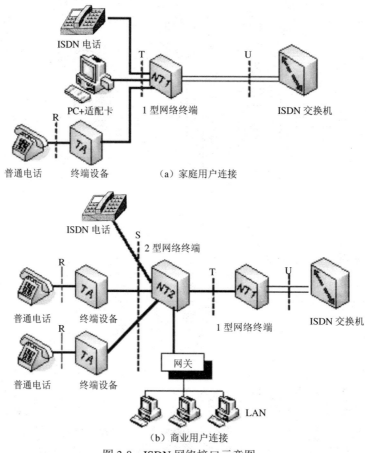

图 3-8　ISDN 网络接口示意图

3.3.3　帧中继技术

帧中继是综合业务数字网络的一个产物，在其作为协议出现前，只是 ISDN 的分组交换数据业务的一部分，它最初是被设计成用来提供一个非常高速率的分组交换数据传输业务的。帧中继协议在二层实现，没有专门定义物理层接口（可以使用 X.21、V.35、G.703、G.704 等接口协议），在帧中继之上，可以承载 IP 数据报、而且其他协议甚至远程网桥协议都可以在帧中继上透明传输。

1. 帧中继协议

帧中继协议是在第二层建立虚拟电路，它用帧方式来承载数据业务，因此第三层就被简化了，而且它比 HDLC（High-Level Data Link Control，高级数据链路控制）要简单，只做检错、不重传、没有滑动窗口式的流控，只有拥塞控制，把复杂的检错丢给高层去处理了。它所采用的接口协议体系如图 3-9 所示。

帧中继使用的最核心协议是 LAPD，它比 LAPB（Link Access Procedure Balanced，链路访问过程平衡）更简单，省去了控制字段。在其帧结构中有一些较有特色的地方和一些需要了解的知识点。

信息字段就是用户要传送的信息，长度是可变的，默认长度为 1600 位。

帧中继采用了显式拥塞控制机制，在帧头中有 FECN（向前拥塞比特）、BECN（向后拥塞比特）两个特殊字段。如果 FECN 被设置为 1，则说明帧在传送方向上出现了拥塞，该帧到达接收端后，接收方可对数据速率做相应的调整；如果 BECN 被设置为 1，则说明在与传送方向相反的方向上出现了拥塞，该帧到达发送端后，发送端可对数据速率做相应的调整。

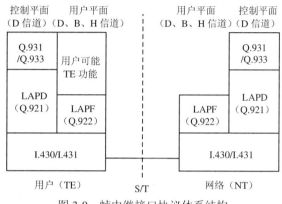

图 3-9　帧中继接口协议体系结构

帧中继中包括一个 DE（优先丢弃比特），如果设置为 1，当网络拥塞时会优先丢弃。

与 X.25 相类似，帧中继也是使用虚拟电路的方式提供面向连接的服务，在帧头中包括一个 DLCI（Data Link Connection Identifier，数据链路连接标志符）字段，每个 DLCI 都标识出了一个虚电路，其中 DLCI 0 是用于信令传输的。

帧中继在数据链路方面还有两个相关的知识点：

帧中继采用的是隐式流控机制，即通过检测帧丢失的概率来实现，当丢失率达到一定程度，就自动降低发送的速度。

帧中继还可以采用另一种拥塞控制方法：强化链路层管理。强化链路层管理消息通过第二层管理连接成批地传送拥塞信息，其中包含受影响的 DLCI 清单，以及出现拥塞的原因。

帧中继支持交换虚电路（Switching Virtual Circuit，SVC）和固定虚电路（permanent Virtual Circuit，PVC）两种虚电路技术。

（1）交换虚电路：控制交换虚电路的信息是在信令信道（DLCI=0）上传送的。这些消息采用的是 LAPF 协议（LAPF 的帧格式与 LAPD 基本相同，但没有 FECN、BECN 和 DE 字段）。

（2）固定虚电路：帧中继协议在早期并没有建立交换虚电路的信令，只能够通过网络管理建立永久虚电路。PVC 的管理协议控制端到端的连接，是通过带外信令的无编号信息帧传送的。

而基于这两种不同的虚电路技术，帧中继就可以向用户提供不同的服务质量，帧中继服务质量参数如表 3-14 所示。

表 3-14 帧中继服务质量一览表

服务质量	缩　写	含　义
接入速度	AR	指 DTE 可获得的最大速率
约定突发量	Bc	指在测定时间内允许发送的数据量，数据量=CIR×时间
超突发量	Be	指在测定时间内超出 Bc 部分的数据量→尽力传送。数据量=EIR×时间
约定数据速率	CIR	正常状态下的数据速率
扩展的数据速率	EIR	指允许用户增加的数据速率

使用帧中继进行远程连网的主要优点是：透明传输、面向连接、帧长可变、速率高、能够应对突发数据传输、没有流控和重传、开销小。但它并不适于对延迟的敏感的应用（音频和视频），无法保证可告的提交。

2. 帧中继网络设计

如果使用点对点线路来构建广域网，点对点专线连接示意图如图 3-10 所示。那么随着结点的增加将会带来两个问题：一个是构建全网连接，虽然可以保证不增加传输延迟，但却会使得线路数量快速增长（6 个路由就达到 15 条专线）；另一个是线型连接，虽然能够减少线路的增量，但是传输延迟却有明显的增加（例如 R1 到 R6，就需要经过 3 条线路）。

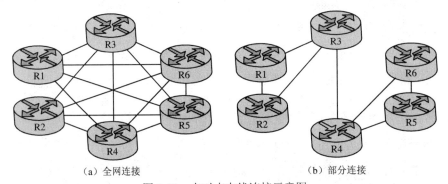

（a）全网连接　　　　　　　　　　（b）部分连接

图 3-10 点对点专线连接示意图

而帧中继则被认为是一种可以代替专线的点对点 WAN 设计的最佳方案之一，它通过 VC（虚拟线路）来连接各个站点，这样每个路由器只要一个载波物理接口就可以实现如图 3-10（a）的全网连接相同的效果。

（1）帧中继的设备类型。帧中继定义了用户 DTE（DataTerminalEquipment，数据终端设备）和载波 DCE（Data Communication Equipment，数据通信设备）之间的连接，它所使用的设备如表 3-15 所示。

表 3-15 帧中继设备类型一览表

设备类型	设备名称	适　用　于
DTE	路由器	需要连接不同类型的 LAN
	FRAD	只需提供基本的帧中继网络连接性
	FEP	需和 IBM 网络连接
DCE	帧中继交换机	通用，在局端

（2）PVC 与 CIR（Committed Information Rate，约定信息速率）。帧中继服务的典型单元

是 PVC，它是一种不可靠的数据链路，使用 DLCI 来标识，通常该值是通信运营商分配，也是收费的基础。帧中继服务和线路如图 3-11 所示。用户和载波之间的 DLCI 协定将指定载波提供的 CIR。任何超过 CIR 的数据流都会被帧中继交换机标注为 DE，当出现拥塞时就会丢弃。通常 PVC 的 CIR 会更接近于较慢的那个。

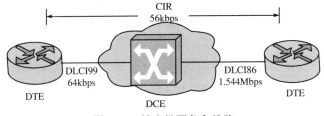

图 3-11　帧中继服务和线路

（3）LMI（Local Management Interface，本地管理接口）。帧中继通过发信号来报告 PVC 的状态，最早的帧中继信号规范称为 LMI，它规定了帧中继交换机和路由器之间的信息传递。LMI 包含了 PVC 的状态信息，还可作为路由器和帧中继交换机之间的存活机制。现在，比较常见的三种 LMI 版本是 Frame Relay Forum LMI，ANSI T1.617 Annex D，ITU-T Q.933 Annex A。

（4）帧中继网络的拓扑结构。帧中继网络的拓扑结构可以分为以下两种。

- 完全网状的 NBMA（Non-Broadcast Multiple Access，非广播多路访问）。每个 PVC 都映射到一个单独的子网，由于每个链路都只有两个主机，因此应该使用 255.255.255.252 作为子网掩码。
- 中心辐射式。它适用于将一组较小的远程站连接到一个中央集线器站点上，通常机构信息发布所需的服务器配置在集线器站点上，远程站之间的直接通信较少，这也是符合企业业务模型的，很常用的一种方式。

3.3.4　ATM 技术

ATM 是一种可以将局域网功能、广域网功能、语音、视频和数据集成进一个统一的协议设计。ATM 标准最早是作为 B-ISDN 标准的一部分而出现的。

1. 同步传输和异步传输

电路交换网络都是按照时分多路复用的原理将信息从一个结点送到另一个结点的。根据工作模式的不同，可以分为如下两种。

（1）同步传输模式（Synchronous Transfer Module，STM）。根据要求的数据速率，将一个逻辑信道分配为 1～多个时槽，在连接存在期时，时槽是固定分配的，即采用的是同步时分复用模式。

（2）异步传输模式。则采用了与前面不同的方法分配时槽，它把用户数据组成为 53B 的信元，信元随机到达，中间可以有间隙，信元准备好就可以进入信道，即采用的是统计时分复用模式。

在 ATM 中，信元不仅是传输的基本单位，也是交换的信息单位（它是虚电路式分组交换的一个特例。与分组相比，由于信元是固定长度的，因此可以高速地进入处理和交换。ATM 的典型数据速率为 150Mbps，也就是每秒可以有约 36 万（150M/8/53）个信元。ATM 是面向连接的，所以在高速交换时要尽量减少信元的丢失。

2．ATM 的分层体系结构

在 B-ISDN 中，建立了如表 3-16 所示的 4 层体系结构，这里总结了它们的功能及与 OSI 层次的对应关系。

表 3-16　ATM 分层结构

层　　次	子　　层	功　　能	与 OSI/RM 对应
高层		对用户数据的控制	高层
ATM 适配层	汇聚子层（CS）	为高层数据提供统一接口	第四层
	拆装子层（SAR）	分割和合并用户数据	
ATM 层		虚通道和虚信道的管理、信元头的组装和拆分、信元的多路复用和流量控制	第三层
物理层	传输会聚子层（TC）	信元校验和速率控制、数据帧的组装和分拆	第二层
	物理介质子层（PMD）	比特定时和物理网络接入	第一层

（1）ATM 物理层。

- 物理介质相关子层（PMD）。规定了传输介质、信号电平、比特定时等。不过 ATM 并没有提供相应的规则，而是列出了一些可用的传输标准。例如基于 5 类双绞线或光纤可达到 155.52Mbps，622.08Mbps，2488.32Mbps（SONET 标准）；在 T3 信道上可达 44.736Mbps，在 FDDI 上达到 100Mbps。
- 传输聚合子层。提供了与 ATM 层的统一接口，该层完成类似数据链路层的功能。

（2）ATM 层。ATM 层相当于网络层的功能，它通过虚电路技术提供面向连接的服务。在 ATM 中，虚电路有两级：虚通道（VP）和虚信道（VC），虚信道与 X.25 的虚电路相当，而虚通道则是由多条虚信道捆绑在一起形成的。由于 ATM 通常是在光纤的基础上建立的，因此是不提供应答，它将少量的错误交给高层处理；另外，ATM 的目的是实现实时通信，因此对于偶然的信元错误是不重传的，对于要重传的通信由高层处理。

53 字节的 ATM 的信元，是由 5 个字节的信元头和 48 个字节的数据组成的。在信元头中，有一些比较重要的字段需要掌握：

- 虚通路标志符（VPI）。8 位或 12 位，常用是 8 位，因此一个主机上的虚通路数通常是 256 个。
- 虚信道标志符（VCI）。16 位，因此理论上一个虚通路可以包含 65536 个虚信道，不过部分信道是用于控制的，并不传送用户数据。
- 8 位头校验和。它只对信元头进行校验，采用的是 X^8+X^2+X+1 的 8 位 CRC 校验。
- 信元丢失优先级（CLP）。在网络发生拥塞时提供指导，置为 1 的信元可抛弃。
- 流控标志（GFC）。用于主机和网络之间的流控或优先级控制。
- 负载类型（PTI）。区分不同的拥塞信息。

另外，有一个小知识点：在 ATM 逻辑通道中，是使用 VPI+VCI 的组合来标识连接的，在做 VP 交换或交叉连接时，只需要交换 VP，无须改变 VCI 的值。

（3）ATM 适配层（ATM Adapter Layer，AAL）。ATM 适配层负责处理高层来的信息，发送方把高层来的数字切成 48 字节长的 ATM 负载，接收方把 ATM 信元的有效负载重新组装成为用户数据包。AAL 支持 4 种业务，有五种 AAL 层协议分别满足这些业务，如表 3-17 所示。

表 3-17　ATM 适配层对照表

服务类型	A 类	B 类	C 类	D 类
端到端定时	要求		不要求	
比特率	恒定	可变		
连接模式	面向连接			无连接
适配层协议	AAL1	AAL2	AAL3/4 和 AAL5	

AAL1：检测丢失和误插入信元，提供固定速率。

AAL2：用于传输面向连接的实时数据流、无错误检测，只检查顺序。

AAL3/4：原来是两个不同协议，分别对于 C 和 D，后来合并为一个，用于面向连接和无连接服务。

AAL5：它是实现 C、D 两类服务的新协议，它能够应用于 ATM 局域网访问。它采用 32 位 CRC 校验。

（4）ATM 高层。ATM 的高层主要是规定了 4 类 5 种业务类型，以满足不同的 ATM 客户需求。如表 3-18 所示。

表 3-18　ATM 高层一览表

业务类型	特　　点	适用应用
CBR（固定比特率业务）	没有错误检查、流控和其他处理	交互式语音和视频流
RT-VBR（实时性变化比特率业务）	能够对信元的延迟和延迟变化进行控制	交互式压缩视频信号
NRT-VBR（非实时性变化比特率业务）	能够满足按时提交的需求	多媒体电子邮件
ABR（有效比特率业务）		突发式通信
UBR（不定比特率业务）	发生拥塞，信元可丢弃	IP 分组传送

3．通信量和拥塞控制

由于 ATM 网络上的通信量模式以及 ATM 网络的传输特性都与其他交换网络有很大不同，由于需要运载实体性高的数据通信量，因此在通信量和拥塞控制方面需要更多的考虑与设计。其中通信量控制方面，ATM 采用的措施包括：

（1）网络资源管理。即以某种方式分配网络资源，按照不同的服务特性来区分不同的通信流量。

（2）连接许可控制。这是 ATM 网络防止自己过载的第一道防线。

（3）使用参数控制。一旦连接许可控制功能接受了某条连接，网络的使用参数据控制功能就会监视这条连接，以判断它的通信量是否遵守通信量合约。

（4）优先级控制。当网络在参数控制之外的某点丢弃信元时，则起作用的是优先级控制。

（5）快速资源管理。在 ATM 连接的环加传播延迟这一时间尺度上操作。

而为了能够尽量减少拥塞的强度、扩散程度及持续时间而采取了一系列拥塞控制措施，主要包括：

（1）选择性信元丢弃。这与优先级控制类似，通过信元头的 CLP 字段来实现。

（2）显式前向拥塞指示。工作方式与帧中继网络相同，一般是通过 GFC（流量控制）字段来实现的。

4．ATM LAN 仿真基础

由于 ATM 能够以很高的数据速率支持各种类型的服务，尤其是可以支持宽带视频业务这样的高速实时通信，能够提供可扩展性的吞吐率，能够根据通信的速率调节带宽，能够实现点对点通信。为了能够将此优势应用到局域网中，就催生了 LANE（LAN Emulation，局域网仿真），它是 ATM 论坛定义的一种标准，它可以通过 ATM 连接入网的工作站提供通常从传统 LAN（例如以太网、令牌环网）能够获得的相同能力。LANE 作为新型的局域网集成手段，实现了与 ATM 广域网的无缝连接。

（1）LANE 配置形式。在传统局域网中加入一个 ATM 交换机（拥有多种局域网接口，速率与所接局域网相同），把交换机作为路由器和通信集中器，通过它把局域网连接到广域网中去。由 ATM 交换机构成的 LAN 如图 3-12 所示。

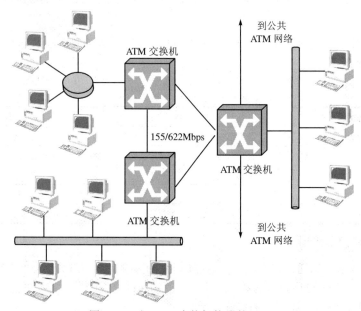

图 3-12　由 ATM 交换机构成的 LAN

使用 ATM 集线器，提高端到端的全速率连接，它拥有多种不同的局域网模块。这种配置仍然可以使用原来的 LAN 设备，实现对已有 LAN 的升级。

（2）LANE 的组成。在一个 LANE 网络中，通常包括如图 3-13 所示的几个实体。

- LEC：LANE 客户端，位于终端（如工作站或路由器）上的一个实体，为单个仿真 LAN 上的单个终端完成数据的转发、地址解析和其他控制功能。LEC 向与它接触的高层应用提供标准的 LAN 服务。一个路由器上可以有多个驻留的 LEC，每个 LEC 与不同的仿真 LAN 连接。LEC 将它的 MAC（Media Access Control，介质访问控制）地址注册到 LAN 仿真服务器。
- LES：LANE 服务器，为客户提供注册单播和多播 MAC 地址的功能。LES 负责处理 LE-ARP（LANE 中的地址请求协议）请求，并负责维护 LAN 目的 MAC 地址列表。
- BUS：广播和未知服务器，一个充满目的地址未知通信量的多播服务器，将多播和广播通信量转发给仿真 LAN 中的客户。

- LECS：LANE 配置服务器，将 LEC 定向到仿真 LAN 对应的 LES，从而实现为特定仿真 LAN 分配唯一的 LEC 功能。LECS 维护着 LEC ATM 或 MAC 地址及相关的仿真 LAN 数据库。每个 ATM 交换机云图中只允许存在一个 LECS，它可以为多个仿真 LAN 服务。

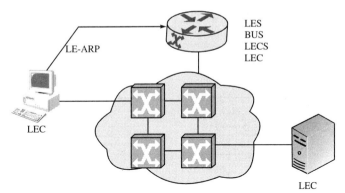

图 3-13　LANE 组成的示意图

在图 3-13 中，路由器起到 LES、BUS、LECS 的作用，同时它也应该配置 LEC 协议。如果需要的话，LECS 和 LES/BUS 也可以放置在网络云中的 ATM 交换机上。

（3）ATM LANE 的工作机理。ATM 的 LAN 仿真的整个实现过程相对比较复杂，包括初始化和配置过程、登录和注册过程，以及数据传输过程。

初始化和配置过程如下：

- 获取 LECS 地址。可以通过"使用本地管理临时接口"（ILMI）、"使用一个众所周知的 ATM 地址建立与 LECS 的虚通道连接"或"使用一个预先定义的 LECS 虚路径/虚通道"（VPI=0，VCI=17）三种方式之一来获取；
- 向 LECS 发送配置请求。
- LECS 向客户机返回信息。信息包括仿真 LAN 的名称、协议类型、最大帧长、LES 的 ATM 地址等。

登录和注册过程如下：

- LEC 向 LES 发送 JOIN-REQUEST 请求，并说明客户机的类型（ATM 主机、ATM-LAN 连接器）。
- 若 LES 接受该请求，就建立一条与 LEC 的控制连接。
- LEC 通过该控制连接将 MAC 地址和 ATM 地址登记在 LES 上；（如果 LEC 是 ATM-LAN 转换器，它还将会把其代理的一系列 MAC 地址登记在 LES 上）；另外，LEC 还要发出连接 BUS 的请求，以便获得广播发送的能力。

数据传输过程：LEC 完成了登记过程后，就可以与目标主机建立数据连接，但如果客户机不知道目标主机的 ATM 地址，则还需经过以下过程。

- LEC 通过 BUS 广播 LE-ARP-REQUEST 请求，请求中包含了目标 MAC 地址；
- 目标主机则使用 LE-ARP-RESPONSE 应答；
- 获得地址就可以实现点对点连接了。

另外，LEC 也可以采用优化后的方式来实现，也就是先将 LE-ARP-REQUEST 请求发给

LES。具体的流程如图 3-14 所示。

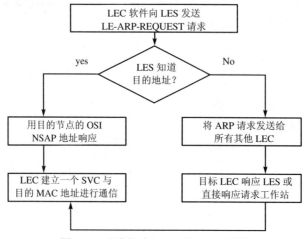

图 3-14 解析目标 LEC 的 ATM 地址

3.3.5 租用线路

公共数据网（Public Data NetWork，PDN）是一个以数据通信为目标的网络，与此相应的公共电话网（Public Switched Telephone Network，PSTN）则是一个以语音通信为目标的网络。随着广域网技术的发展，公共数据网也经历了几次的发展变革。

1．X.25 网

X.25 网协议定义了用户设备和 PDN 设备之间统一的接口标准，它是存储转发式的分组交换网络，它是一个点对点的协议，不支持广播，它可以与 PSTN、用户电报网、ISDN 以及其他 X.25 PDN 等公用网络互联，也可以实现 LAN 互联。X.25 网支持 IP、IPX、AppleTalk、DECnet、OSI、VINES 及 XNS 等多种网络协议，它们被封装在 X.25 虚电路上的包中传送。

接入 X.25 的 DTE 分为：分组终端（PT，具有 X.25 规程规定的所有功能）和非分组终端（NPT，不具备 X.25 功能，如用户 PC）两种。对于 NPT 的接入，需要使用 PAD（Pachet Assembler and Disassambler，分组装拆设备）。对于局域网接入，通常可以使用：

（1）规模较大、多种协议共存的网络接入。采用路由器和网关同时连接 X.25 网和本地局域网，安装配置简单，维护方便。

（2）中小规模、协议较少的网络接入。采用安装 X.25 网卡和路由软件的网关。

（3）X.25 协议环境的网络。直接使用 PAD。

2．数字数据网

数字数据网（Digital Data Network，DDN）是一种利用数字信道提供数据信号传输的数据传输网，也是面向所有专线用户的基础电信网。它可以使用任何一种传输介质，使用数字交叉连接技术，为用户提供半永久性连接电路，即 DDN 提供的信道道为用户独占的永久性虚电路。DDN 网络分为专用电路、帧中继、压缩话音/G3 传真三类业务。如表 3-19 所示。

表 3-19　DDN 业务一览表

业　　务	特　　点	用户入网速率	用户间连接
DDN 专用电路	为两个用户提供一条高速、高质的专用电路。可以有点到点、点到多点两种。异步方式：200bps～19.2kbps，同步方式：1.2kbps～128kbps，最高：2.048Mbps	2.048Mbps N×64kbps（N=1～31） 子速率：2.4、4.8、9.6、19.2kbps	TDM 连接
帧中继	在 DDN 的基础上增加 FR 模块，主要用于 LAN 和 WAN 互联，适应于 LAN 中数据量大、突发性强的特点	9.6、14.4、19.2、32、48kbps；N×64Kbps（N=1～31）、2.048Mbps	PVC 连接
语音/G3	通过设置话音服务模块（VSM）提供	8、16、32kbps 通路	带信令传输能力的 TDM 连接

3.4　Web 的各种负载均衡技术

负载均衡（Load Balance）建立在现有网络结构之上，它提供了一种廉价、有效、透明的方法扩展网络设备和服务器的带宽，增加吞吐量，加强网络数据处理能力，提高网络的灵活性和可用性。

负载均衡有两方面的含义：首先，大量的并发访问或数据流量分担到多台节点设备上分别处理，减少用户等待响应的时间；其次，单个重负载的运算分担到多台节点设备上做并行处理，每个节点设备处理结束后，将结果汇总，返回给用户，系统处理能力得到大幅度提高。对一个网络的负载均衡应用，可以从网络的不同层次入手，具体情况要看对网络瓶颈所在之处的具体分析，大体上不外乎从传输链路聚合、采用更高层网络交换技术和设置服务器群集策略三个角度实现。

1．传输链路聚合

链路聚合技术（第二层负载均衡）将多条物理链路当做一条单一的聚合逻辑链路使用，网络数据流量由聚合逻辑链路中所有物理链路共同承担，由此在逻辑上增大了链路的容量，使其能满足带宽增加的需求。

2．带均衡策略的服务器群集

带均衡策略的服务器群集技术是通过将多台服务器群集，按同一访问地址对待，然后将对于该地址的访问，均衡地分配给所有服务器，从而提供服务能力。通过将两个或两个以上高级服务器的主机连成群集，网络负载均衡就能够提供关键任务服务器所需的可靠性和性能。

能进行负载均衡的网络设计结构为对称结构，在对称结构中每台服务器都具备等价的地位，都可以单独对外提供服务而无须其他服务器的辅助。可以通过某种技术，将外部发送来的请求均匀地分配到对称结构中的每台服务器上，接收到连接请求的服务器都独立回应客户的请求。

3．高层交换

现代负载均衡技术通常操作于网络的第 4 层或第 7 层。第 4 层负载均衡将一个 Internet 上合法注册的 IP 地址映射为多个内部服务器的 IP 地址，对每次 TCP 连接请求动态使用其中一个内部 IP 地址，达到负载均衡的目的。在第 4 层交换机中，此种均衡技术得到广泛的应用，一个目的地址使服务器群 VIP（Virtual IP address，虚拟 IP 地址）连接请求的数据包流经交换机，交换机根据源端和目的 IP 地址、TCP 或 UDP 端口号和一定的负载均衡策略，在服务器 IP 和 VIP 间进行映射，选取服务器群中最好的服务器来处理连接请求。

第 4 层交换技术利用第 3 层和第 4 层包头中的信息（包括 TCP / UDP 协议端口号、标记应用会话开始与结束的"SYN/FIN"位及 IP 源 / 目的地址）识别应用数据流会话，能够让第 4 层交换机做出向何处转发会话传输流的智能决定。

第 4 层交换技术支持负载均衡以及像基于应用类型和用户 ID 的传输流控制等功能，可以根据应用来标记传输流，并为传输数据流分配优先级。第 4 层交换机安置在服务器前端，能够了解应用会话内容和用户权限，防止非授权访问服务器。

4．Web 内容智能交换技术

Web 内容智能交换技术即 URL 交换或第 7 层交换技术，提供了一种对访问流量的高层控制方式。Web 内容交换技术检查所有的 HTTP 报头，根据报头内的信息来执行负载均衡的决策，并可以根据这些信息来确定如何为个人主页和图像数据等内容提供服务。它不是根据 TCP 端口号来进行控制的，所以不会造成访问流量的滞留。如果 Web 服务器已经为图像服务、SSL 对话、数据库事务服务之类的特殊功能进行了优化，那么，采用这个层次的流量控制将可以提高网络的性能。

第 7 层负载均衡控制应用层服务的内容，提供了一种对访问流量的高层控制方式，适合对 HTTP 服务器群的应用。第 7 层负载均衡技术通过检查流经的 HTTP 报头，根据报头内的信息来执行负载均衡任务。

内容智能交换逐渐成为新互联网数据中心基础设施的指定传输管理服务，它能让电子商业机构为新的商业需求架构其服务器及应用程序体系结构，并快速做出反应。

Web 内容智能交换的基本的原理是，首先，内容请求的解析需要临时终止来自客户端的 TCP 连接。换句话说，Web 交换机必须先"假装"自己为服务器，并询问客户端需要什么，然后检验请求，再接通到适当服务器的连接。在这个过程中，Web 交换机必须临时将请求送到缓冲区。这样会占用部分系统内存。这个临时终止称为"延时结合"（Delayed Binding），具体处理过程如图 3-15 所示。

第 7 层负载均衡优缺点如下：

（1）通过对 HTTP 报头的检查，可以检测出 HTTP400、500 和 600 系列的错误信息，因而能透明地将连接请求重新定向到另一台服务器，避免应用层故障。

（2）根据流经的数据类型把数据流量引向相应内容的服务器来处理，提升系统性能。

（3）根据连接请求的类型，把相应的请求引向相应的服务器来处理，提高系统的性能及安全性。

（4）第 7 层负载均衡受到其所支持的协议限制（一般只有 HTTP），这样就限制了它应用的广泛性，并且检查 HTTP 报头会占用大量的系统资源，势必会影响到系统的性能，在大量连接请求的情况下，负载均衡设备自身容易成为网络整体性能的瓶颈。

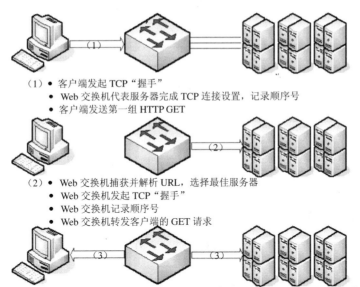

（1）● 客户端发起 TCP "握手"
　　● Web 交换机代表服务器完成 TCP 连接设置，记录顺序号
　　● 客户端发送第一组 HTTP GET

（2）● Web 交换机捕获并解析 URL，选择最佳服务器
　　● Web 交换机发起 TCP "握手"
　　● Web 交换机记录顺序号
　　● Web 交换机转发客户端的 GET 请求

（3）● Web 交换机在每个封包进行封包和顺序号调整、TCP/IP 检查和计算
　　　以及 NAT

图 3-15　Web 内容智能交换过程示意图

3.5　网络存储系统

在传统的情况下，通常使用的是直接存储模式（Direct Attached Storage，DAS），这种模式的缺点是容量难扩展，服务器异常，数据不可获得。

网络存储是指建立在客户/服务器计算的基础上，将管理存储和文件系统的负担分摊在计算机系统和存储设备之间。由计算机负责数据的处理，存储设备或子系统负责数据的存储。网络存储利用专用的存储服务器和存储子系统实现。负责在多个系统间分配存储任务、在一个或多个位置实现简单而可靠的数据存储、从一个或多个位置实现简单而可靠的数据恢复。

存储连接技术最新的发展包括网络连接存储（Network Attached Storage，NAS）、存储区域网络（Storage Area Network，SAN）和光纤路径三种，其中 NAS 和 SAN 在概念上相对复杂。

1. 网络连接存储

NAS 是将存储设备连接到现有网络上，提供数据和文件服务。一般由存储硬件、操作系统及其上的文件系统等几个部分组成。它通常不依赖于通用操作系统，而是采用面向用户设计，专用于数据存储的简化操作系统。NAS 与客户间通信通常使用 NFS（Network File System，网络文件系统）协议、CIFS（Common Internet File System，通用 Internet 文件系统）协议。NAS 的结构示意图如图 3-16 所示。

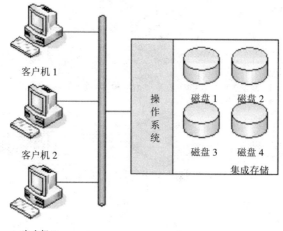

图 3-16　NAS 示意图

2．存储区域网络

SAN 是一种专用网络，可以把一个或多个系统连接到存储设备和子系统。与 NAS 相比，SAN 具有无限的扩展能力，更高的连接速度和处理能力。SAN 的结构示意图如图 3-17 所示。

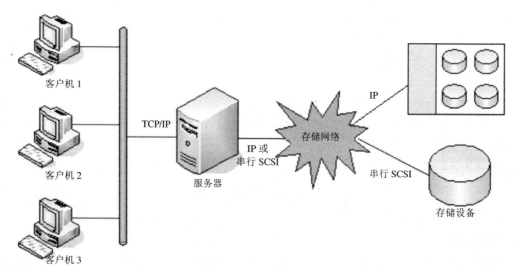

图 3-17　SAN 示意图

第 4 章 系统性能评价

　　系统性能是一个系统提供给用户的众多性能指标的混合体。它既包括硬件性能，也包括软件性能。随着计算机技术的不断发展，有关性能的描述也越来越细化，根据不同的应用需要产生了各种各样的性能指标，如整数运算性能、浮点运算性能、响应时间、网络带宽、稳定性、I/O 吞吐量、SPEC-Int、SPEC-Fp、TPC、Gibson mix 等。有了这些性能指标之后，如何来衡量这些性能指标呢？这就涉及到了性能计算。同时用户对性能需求的多样性和广泛性也更进一步加快了计算机技术的发展，并由此出现了一个新的分支：性能设计。性能设计主要包含两方面的内容：一是作为未来计算机技术发展的参考和规划；另一个则是对现有系统进行性能上的调整以达到最优化。在系统性能指标的不断增多和完善过程中，许多公司和个人投身于系统性能的挖掘和实践中，并由此产生了一系列有效的系统性能评价体系。如前面提到 SPEC，已经成为测试 CPU 的最权威的性能测试标准。

　　本章将就系统性能的 4 个方面进行阐述。

　　（1）性能指标：描述当前流行系统主要涉及的性能指标；

　　（2）性能计算：描述当前使用到的主要性能指标的计算方法；

　　（3）性能设计：描述如何对现有系统进行性能上的调整优化，并介绍几个已经成熟的设计规则和解决方案；

　　（4）性能评估：描述如何对当前取得的性能指标进行评价和改进。

4.1 性能指标

　　在计算机刚刚诞生时，所谓的系统仅仅指的是计算机本身，随着网络的出现和发展，诸如路由器、交换机设备，TCP/IP、SPX/IPX、以太网、光纤网络等网络技术如雨后春笋般涌现。系统的概念也不再局限于单台计算机，而成为一个集各种通信设备于一体的集成装置。因此，这里所提到的性能指标，既包括软件，也包括硬件。在硬件中，既包括计算机，也包括各种通信交换设备、以及其他网络硬件；在软件中，既包括操作系统和各种通信协议，也包括各种参与到通信中应用程序，如数据库系统、Web 服务器等。因此，本节要提到的系统性能指标实际上就是这些软硬件的性能指标的集成。

4.1.1 计算机

　　对计算机评价的主要性能指标如下：

1. 时钟频率（主频）

　　主频是计算机的主要性能指标之一，在很大程度上决定了计算机的运算速度。CPU 的工作节拍是由主时钟来控制的，主时钟不断产生固定频率的时钟脉冲，这个主时钟的频率即是 CPU

的主频。主频越高，意味着 CPU 的工作节拍就越快，运算速度也就越快。一般用在一秒钟内处理器所能发出的脉冲数量来表示主频。随着半导体工艺的不断提升，时钟频率的计量单位已由原来的 MHz 逐步推进到以 GHz 进行标识。

从 2000 年 IBM 发布第一款双核心模块处理器开始，多核心已经成为 CPU 发展的一个重要方向。原来单以时钟频率来计算性能指标已经不合适了，还得看单个 CPU 中的内核数。现在主流的服务器 CPU 大都为双核或四核，未来更可能发展到 32 核，96 核甚至更多。

2. 高速缓存

高速缓存可以提高 CPU 的运行效率。目前一般采用两级高速缓存技术，有些使用三层。高速缓冲存储器均由静态 RAM（Random Access Memory，随机存取存储器）组成，结构较复杂，在 CPU 管芯面积不能太大的情况下，L1 级高速缓存的容量不可能做得太大。采用回写（WriteBack）结构的高速缓存。它对读和写操作均有可提供缓存。而采用写通（Write-through）结构的高速缓存，仅对读操作有效。L2 及 L3 高速缓存容量也会影响 CPU 的性能，原则是越大越好。

3. 运算速度

运算速度是计算机工作能力和生产效率的主要表征，它取决于给定时间内 CPU 所能处理的数据量和 CPU 的主频。其单位一般用 MIPS（百万条指令/秒）和 MFLOPS（百万次浮点运算/秒）。MIPS 用于描述计算机的定点运算能力；MFLOPS 则用来表示计算机的浮点运算能力。

4. 运算精度

即计算机处理信息时能直接处理的二进制数据的位数，位数越多，精度就越高。参与运算的数据的基本位数通常用基本字长来表示。PC（Personal Computer，个人计算机）机的字长，已由 8088 的准 16 位（运算用 16 位，I/O 用 8 位）发展到现在的 32 位、64 位。大中型计算机一般为 32 位和 64 位。巨型机一般为 64 位。在单片机中，目前主要使用的是 8 位和 16 位字长。

5. 内存的存储容量

内存用来存储数据和程序，直接与 CPU 进行信息交换。内存的容量越大，可存储的数据和程序就越多，从而减少与磁盘信息交换的次数，使运行效率得到提高。存储容量一般用字节（Byte）数来度量。PC 机的内存已由 286 机配置的 1MB，发展到现在主流的 1GB 以上。而在服务器领域中，一般的都在 2~8GB，多的如银行系统中省级结算中心使用的大型机，内存高达上百 GB。内存容量的加大，对于运行大型软件十分必要，尤其是对于大型数据库应用。内存数据库的出现更是将内存的使用发挥到了极致。

6. 存储器的存取周期

内存完成一次读（取）或写（存）操作所需的时间称为存储器的存取时间或者访问时间。而连续两次读（或写）所需的最短时间称为存储周期。存储周期越短，表示从内存存取信息的时间越短，系统的性能也就越高。目前内存的存取周期约为几到几十 ns（10^{-9} 秒）。

存储器的 I/O 的速度、主机 I/O 的速度，取决于 I/O 总线的设计。这对于慢速设备（例如键盘、打印机）关系不大，但对于高速设备则效果十分明显。例如对于当前的硬盘，它的外部传输率已可达 100Mbps、133Mbps 以上。

7．数据处理速率

数据处理速率（Processing Data Rate，PDR）的计算公式是：PDR=L/R。其中：

L=0.85G＋0.15H＋0.4J＋0.15K；R=0.85M＋0.09N＋0.06P

其中：G 是每条定点指令的位数　　　　　M 是平均定点加法时间

　　　　H 是每条浮点指令的位数　　　　　N 是平均浮点加法时间

　　　　J 是定点操作数的位数　　　　　　P 是平均浮点乘法时间

　　　　K 是浮点操作数的位数

另外还规定：G>20 位，H>30 位；从主存取一条指令的时间等于取一个字的时间；指令和操作数都存放在同一个主存，无变址或间址操作；允许有先行或并行取指令功能，此时选用平均取指令时间。

PDR 主要用来度量 CPU 和主存储器的速度，它没有涉及到高速缓存和多功能等。因此，PDR 不能度量机器的整体速度。

8．响应时间

某一事件从发生到结束的这段时间。其含义将根据应用的不同而变化。响应时间既可以是原子的，也可以是由几个响应时间复合而成的。在计算机技术的发展中，早在 1968 年，米勒先生即给出了如下三个经典的有关响应时间的建议。

- 0.1 秒：用户感觉不到任何延迟。
- 1.0 秒：用户愿意接受的系统立即响应的时间极限。即当执行一项任务的有效反馈时间在 0.1～1 秒之内时，用户是愿意接受的。超过此数据值，则意味着用户会感觉到有延迟，但只要不超过 10 秒，用户还是可以接受的。
- 10 秒：用户保持注意力执行本次任务的极限，如果超过此数值时仍然得不到有效的反馈，客户会在等待计算机完成当前操作时转向其他的任务。

9．RASIS 特性

RASIS 特性是可靠性（Reliability）、可用性（Availability）、可维护性（Serviceability）、完整性（Integraity）和安全性（Security）5 者的统称。

可靠性是指计算机系统在规定的工作条件下和规定的工作时间内持续正确运行的概率。可靠性一般是用平均无故障时间（Mean Time To Failure，MTTF）或平均故障间隔时间（Mean Time Between Failure，MTBF）来衡量。

可维护性是指系统发生故障后能尽快修复的能力，一般用平均故障修复时间（Mean Time To Repair，MTTR）来表示。取决于维护人员的技术水平和对系统的熟悉程度，同时和系统的可维护性也密切相关。

有关这些特性的详细知识，将在 16.5 节介绍。

10．平均故障响应时间

平均故障响应时间（TAT）即从出现故障到该故障得到确认修复前的这段时间。该指标反应的是服务水平。平均故障响应时间越短，对用户系统的影响越小。

11．兼容性

兼容性是指一个系统的硬件或软件与另一个系统或多种操作系统的硬件或软件的兼容能力，是指系统间某些方面具有的并存性，即两个系统之间存在一定程度的通用性。兼容是一个广泛的概念，它包括数据和文件的兼容、程序和语言级的兼容、系统程序的兼容、设备的兼容、以及向上兼容和向后兼容等。

除了上述性能指标之外，还有其他性能指标，例如综合性能指标如吞吐率、利用率；定性指标如保密性、可扩充性；功能特性指标如文字处理能力、联机事务处理能力、I/O 总线特性、网络特性等。

4.1.2　路由器

路由器是计算机网络中重要的一个环节，分为模块化和非模块化两种类型。模块化结构的路由器的扩展性好，支持多种端口类型（如以太网接口、快速以太网接口、高速串行口等），并且各种端口的数量一般是可选的。但价格通常比较昂贵。而固定配置的路由器扩展性差，只能用于固定类型和数量的端口，但价格低廉。

在选择路由器产品时，应多从技术角度来考虑，如可延展性、路由协议互操作性、广域数据服务支持、内部 ATM 支持、SAN 集成能力等。另外，选择路由器还应遵循标准化原则、技术简单性原则、环境适应性原则、可管理性原则和容错冗余性原则等。特别是对于高端路由器，还应该更多地考虑是否和如何适应骨干网对网络高可靠性、接口高扩展性以及路由查找和数据转发的高性能要求。高可靠性、高扩展性和高性能的"三高"特性是高端路由器区别于中、低端路由器的关键所在。从技术性能上考察路由器产品，一般要考察路由器的容量、每秒钟能处理多少数据包、能否被集群等性能问题，还要注意路由器是否能够提供增值服务和其他各种服务。另外，在安装、调试、检修、维护或者扩展网络的过程中，免不了要给网络中增减设备，也就是说可能会要插拔网络部件。那么路由器能否支持带电插拔，也是路由器产品应该考察的一个重要性能指标。

总的来说，路由器的主要性能指标有设备吞吐量、端口吞吐量、全双工线速转发能力、背靠背帧数、路由表能力、背板能力、丢包率、时延、时延抖动、虚拟专用网支持能力、内部时钟精度、队列管理机制、端口硬件队列数、分类业务带宽保证、资源预留、区分服务、CIR、冗余、热插拔组件、路由器冗余协议、基于 Web 的管理、网管类型、带外网管支持、网管粒度、计费能力、分组语音支持方式、协议支持、语音压缩能力、端口密度、信令支持等。

4.1.3　交换机

机架式交换机是一种插槽式的交换机，这种交换机扩展性较好，可支持不同的网络类型，如以太网、快速以太网、千兆位以太网、ATM、令牌环及 FDDI（Fiber Distributed Data Interface，光纤分布式数据接口）等，但价格较贵。固定配置式带扩展槽交换机是一种有固定端口数并带少量扩展槽的交换机，这种交换机在支持固定端口类型网络的基础上，还可以支持其他类型的网络，价格居中。固定配置式不带扩展槽交换机仅支持一种类型的网络，但价格最便宜。

交换机的性能指标主要有机架插槽数、扩展槽数、最大可堆叠数、最小/最大端口数、支持的网络类型、背板吞吐量、缓冲区大小、最大物理地址表大小、最大电源数、支持协议和标准、支持第 3 层交换、支持多层（4~7 层）交换、支持多协议路由、支持路由缓存、支持网管类型、支持端口镜像、服务质量（Quality of Service，QoS）、支持基于策略的第2层交换、每端口最大优先级队列数、支持最小/最大带宽分配、冗余、热交换组件、负载均衡等。

4.1.4 网络

网络是一个是由多种设备组成的集合体。其性能指标也名目繁多。一般可以将这些性能指标分为下面几类：

（1）设备级性能指标。网络设备提供的通信量的特征，是确定网络性能的一个重要因素。计算机网络设备（主要指路由器）的标准性能指标主要包括吞吐量（信道的最大吞吐量为"信道容量"）、延迟、丢包率和转发速度等。

（2）网络级性能指标。可达性、网络系统的吞吐量、传输速率、信道利用率、信道容量、带宽利用率、丢包率、平均传输延迟、平均延迟抖动、延迟/吞吐量的关系、延迟抖动/吞吐量的关系、丢包率/吞吐量的关系等。

（3）应用级性能指标。QoS、网络对语言应用的支持程度、网络对视频应用的支持程度、延迟/服务质量的关系、丢包率/服务质量的关系、延迟抖动/服务质量的关系等。

（4）用户级性能指标。计算机网络是一种长周期运行的系统。可靠性和可用性是长周期运行系统非常重要的服务性能，是决定系统是否有实际使用价值的重要参数。

（5）吞吐量。在没有帧丢失的情况下，设备能够接受的最大速率。

网络吞吐量可以帮助寻找网络路径中的瓶颈。例如，即使客户端和服务器都被分别连接到各自的100Mbps以太网上，但是如果这两个100Mbps以太网被10Mbps的以太网连接起来，那么10Mbps的以太网就是网络的瓶颈。

网络吞吐量非常依赖于当前的网络负载情况。因此，为了得到正确的网络吞吐量，最好在不同时间（一天中的不同时刻，或者一周中不同的天）分别进行测试，只有这样才能得到对网络吞吐量的全面认识。

有些网络应用程序在开发过程的测试中能够正常运行，但是到实际的网络环境中却无法正常工作（由于没有足够的网络吞吐量）。这是因为测试只是在空闲的网络环境中，没有考虑到实际的网络环境中还存在着其他的各种网络流量。所以，网络吞吐量定义为剩余带宽是有实际意义的。

4.1.5 操作系统

现代操作系统的基本功能是管理计算机系统的硬件、软件资源，这些管理工作分为处理机管理、存储器管理、设备管理、文件管理、作业和通信事务管理。

操作系统的性能与计算机系统工作的优劣有着密切的联系。评价操作系统的性能指标一般有：

（1）系统的可靠性。

（2）系统的吞吐率（量），是指系统在单位时间内所处理的信息量，以每小时或每天所处理的各类作业的数量来度量。

（3）系统响应时间，是指用户从提交作业到得到计算结果这段时间，又称周转时间；

（4）系统资源利用率，指系统中各个部件、各种设备的使用程度。它用在给定时间内，某一设备实际使用时间所占的比例来度量。

（5）可移植性。

4.1.6　数据库管理系统

数据库为了保证存储在其中的数据的安全和一致，必须由一组软件来完成相应的管理任务，这组软件就是 DBMS，DBMS 随系统的不同而不同，但是一般来说，它应该包括以下几方面的内容：

（1）数据库描述功能。定义数据库的全局逻辑结构，局部逻辑结构和其他各种数据库对象。

（2）数据库管理功能。包括系统配置与管理，数据存取与更新管理，数据完整性管理和数据安全性管理。

（3）数据库的查询和操纵功能。该功能包括数据库检索和修改。

（4）数据库维护功能。包括数据引入引出管理，数据库结构维护，数据恢复功能和性能监测。为了提高数据库系统的开发效率，现代数据库系统除了 DBMS 之外，还提供了各种支持应用开发的工具。

因此，衡量数据库管理系统的主要性能指标包括数据库本身和管理系统两部分。

数据库和数据库管理系统的性能指标包括数据库的大小、单个数据库文件的大小、数据库中表的数量、单个表的大小、表中允许的记录（行）数量、单个记录（行）的大小、表上所允许的索引数量、数据库所允许的索引数量、最大并发事务处理能力、负载均衡能力、最大连接数。

4.1.7　Web 服务器

Web 服务器也称为 WWW 服务器，主要功能是提供网上信息浏览服务。

在 UNIX 和 Linux 平台下使用最广泛的 HTTP 服务器是 W3C、NCSA 和 Apache 服务器，而 Windows 平台使用 IIS 的 Web 服务器。跨平台的 Web 服务器有 IBM WebSphere、BEA WebLogic、Tomcat 等。在选择使用 Web 服务器应考虑的本身特性因素有性能、安全性、日志和统计、虚拟主机、代理服务器、缓冲服务和集成应用程序等。

Web 服务器的主要性能指标包括最大并发连接数、响应延迟、吞吐量（每秒处理的请求数）、成功请求数、失败请求数、每秒点击次数、每秒成功点击次数、每秒失败点击次数、尝试连接数、用户连接数等。

4.2　性能计算

随着计算机系统复杂度的不断增长，性能指标也随之不断地增长，同时也增加了衡量计算机系统性能的难度。如何在众多指标中选取合适的性能指标，以及选择何种衡量方法都成为一项重要的课题。因此衍生了各种性能评估体系。由于性能指标种类繁多，不可能一一列举，本节主要介绍一些常用性能指标的计算方法。在实际应用时，往往是对这些常用性能指标的复合计算，然后通过算法加权处理得到最终结果。

性能指标计算的主要方法有：定义法、公式法、程序检测法、仪器检测法。定义法主要根据其定义直接获取其理想数据，公式法则一般适用于根据基本定义所衍生出的复合性能指标的计算，而程序检测法和仪器检测法则是通过实际的测试来得到其实际值（由于测试的环境和条件不定，其结果也可能相差比较大）。

有些性能指标，在不同的环境中，其名字相同，但计算方式和结果可能相差甚远，例如，吞吐量、带宽等，在计算机、路由器、交换机和网络中多处出现了有关吞吐量的定义，但其具体的含义不尽相同。

1．MIPS 的计算方法

$$\text{MIPS} = \frac{\text{指令条数}}{\text{执行时间} \times 10^6} = \frac{Fz}{\text{CPI}} = \text{IPC} \times Fz$$

式中，Fz 为处理机的工作主频，CPI（Cycles Per Instruction）为每条指令所需的平均时钟周期数，IPC 为每个时钟周期平均执行的指令条数。

例如，如果要计算 Pentium IV/2.4E 处理机的运算速度，由于 Pentium IV/2.4E 处理机的 IPC=2（或 CPI=0.5），Fz=2400MHz，所以 $\text{MIPS}_{\text{P4/2.4E}} = \text{IPC} \times Fz = 2 \times 2400 = 4800\text{MIPS}$。

2．峰值计算

衡量计算机性能的一个重要指标就是计算峰值或者浮点计算峰值，它是指计算机每秒钟能完成的浮点计算最大次数。包括理论浮点峰值和实测浮点峰值。

理论浮点峰值是该计算机理论上能达到的每秒钟能完成浮点计算最大次数，它主要是由 CPU 的主频决定的。

理论浮点峰值 = CPU 主频×CPU 每个时钟周期执行浮点运算的次数×系统中 CPU 数

 希赛教育专家提示：CPU 每个时钟周期执行浮点运算的次数是由处理器中浮点运算单元的个数及每个浮点运算单元在每个时钟周期能处理几条浮点运算来决定的。

3．等效指令速度

静态指令使用频度指的是在程序中直接统计的计算机速度。动态指令使用频度指的是在程序执行过程中统计的指令速度。在计算机发展的早期，用加法指令的运算速度来衡量计算机的速度。后来发展成为等效指令速度法或吉普森（Gibson）法，在这种方法中，通常加、减法指令占 50%，乘法指令占 15%，除法指令占 5%，程序控制指令占 15%，其他指令占 15%。

例如，我国最早研制的小型计算机 DJS-130，定点 16 位，加法速度每秒 50 万次，但没有硬件乘法和除法等指令。用软件实现乘法和除法，速度降低 100 倍左右，则其等效指令速度为：

$$1/(\frac{0.80}{0.5} + \frac{0.20}{0.5/100}) = 0.02\text{MIPS}$$

即每秒 2 万次，由于乘法和除法用软件实现，等效速度降低了 25 倍。

又如，如果浮点开平方操作 FPSQR 的比例为 2%，它的 CPI 为 100，其他浮点操作的比例为 23%，它的 CPI=4.0，其余指令的 CPI=1.33，则该处理机的等效 CPI 为：

$$100 \times 2\% + 4 \times 23\% + 1.33 \times 75\% = 3.92$$

如果 FPSQR 操作的 CPI 也为 4.0，则其等效 CPI 为：

$$4 \times 25\% + 1.33 \times 75\% = 2.00$$

由于改进了仅占 2% 的 FPSQR 操作的 CPI，使等效速度提高了近一倍。

4.3 性能设计

本节主要讨论如何进行系统性能调整、负载均衡等方面的知识。

4.3.1 系统性能调整

性能调整是与性能管理相关的主要活动。当性能降到最基本的水平时，性能调整由查找和消除瓶颈组成，瓶颈是在服务器中的某个硬件或软件接近其容量限制时发生和显示出来的情况。

对于不同的系统，其调整参数也不尽相同。对于数据库系统，主要包括 CPU/内存使用状况、优化数据库设计、优化数据库管理以及进程/线程状态、硬盘剩余空间、日志文件大小等；对于应用系统，主要包括应用系统的可用性、响应时间、并发用户数及特定应用的系统资源占用等。

在开始性能调整循环之前，必须做一些准备工作，为正在进行的性能调整活动建立框架。应该：

（1）识别约束。站点的业务实例确定优先级，而优先级又设立边界。约束（如可维护性和预算限制）在寻求更高的性能方面是不可改变的因素。必须将寻求性能提高的努力集中在不受约束的因素上。

（2）指定负载。这涉及确定站点的客户端需要哪些服务，以及对这些服务的需求程度。用于指定负载的最常用度量标准是客户端数目、客户端思考时间以及负载分布状况。其中客户端思考时间是指客户端接收到答复到后面提交新请求之间的时间量，负载分布状况包括稳定或波动负载、平均负载和峰值负载。

（3）设置性能目标。性能目标必须明确，包括识别用于调整的度量标准及其对应的基准值。总的系统吞吐量和响应时间是用于测量性能的两个常用度量标准。识别性能度量标准后，必须为每个度量标准建立可计量的基准值与合理的基准值。

建立了性能调整的边界和期望值后，可以开始调整循环，这是一系列重复的受控性能试验。

1．调整循环

重复图 4-1 所示的 4 个调整循环阶段，直到获得在开始调整过程前建立的性能目标。

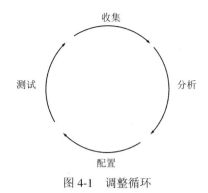

图 4-1　调整循环

2．收集

收集阶段是任何调整操作的起点。在此阶段，只使用为系统特定部分选择的性能计数器集合来收集数据。这些计数器可用于网络、服务器或后端数据库。

不论调整的是系统的哪一部分，都需要根据基准测量来比较性能的改变。需要建立系统空闲以及系统执行特定任务时的系统行为模式。因此，可以使用第一遍数据收集来建立系统行为值的基准集。基准建立在系统的行为令人满意时应该看到的典型计数器值。

　希赛教育专家提示：基准性能是一个主观的标准，必须设置适合于工作环境且能最好地反映系统工作负荷和服务需求的基准。

3．分析

收集了调整选定系统部分所需的性能数据后，需要对这些数据进行分析以确定瓶颈。记住，性能数字仅具有指示性，它并不一定就可以确定实际的瓶颈在哪里，因为一个性能问题可能由多个原因所致。某个系统组件的问题是由另一系统组件的问题导致的，这种情况也很普遍。内存不足是这种情况的最好示例，它表现为磁盘和处理器使用的增加。

以下几点来自"Microsoft Windows 2000 资源工具包"，提供了解释计数器值和消除可能导致设置不适当的调整目标值的错误数据或误导数据的指南。

（1）监视名称相同的进程。监视某个实例而没有监视另一个实例的异乎寻常大的值。有时，系统监视器将多个实例的组合值报告为单个实例的值，这就错误地报告了同名进程的不同实例的数据。可通过按进程标志符对进程进行跟踪来解决此问题。

（2）监视多个线程。当监视多个线程而其中一个线程停止时，一个线程的数据可能被报告成了另一个线程的数据。这是由于线程的编号方式所导致的。可通过将进程线程的线程标志符包含在日志或显示中来解决此问题。为此，请使用"线程/线程 ID"计数器。

（3）数据值中的不连续峰值。不必太重视数据中偶尔出现的峰值。这些峰值可能是由于进程的启动，并不是该进程随时间改变的计数器值的准确反映。尤其是平均计数器可以导致峰值随时间停留的效果。

（4）监视一段延长的时期。建议使用图形代替报告或直方图，因为后两种视图仅显示最后的值和平均值。结果，当查找峰值时，可能得不到这些值的准确反映。

（5）排除启动事件。除非有特殊的原因需要将启动事件包含在数据中，否则排除这些事件，因为它们产生的临时性高峰值往往歪曲了整体性能结果。

（6）零值或缺少的数据。调查所有出现的零值或缺少的数据。这些零值或缺少的数据会妨碍建立有意义的基准。

4. 配置

收集了数据并完成结果分析后，可以确定系统的哪部分最适合进行配置更改，然后实现此更改。

实现更改的最重要规则是：一次仅实现一个配置更改。看起来与单个组件相关的问题可能是由涉及多个组件的瓶颈导致的。因此，分别处理每个问题很重要。如果同时进行多个更改，将不可能准确地评定每次更改的影响。

5. 测试

实现了配置更改后，必须完成适当级别的测试，确定更改对调整的系统所产生的影响。在这一点上，这是确定更改是否有如下影响的问题：

（1）性能提高。更改提高了性能吗？如果是，提高了多少？

（2）性能下降。更改在其他位置导致了瓶颈吗？

（3）对性能没有影响。更改对性能到底有何显著的影响？

如果幸运，性能提高到预期的水平，这时便可以退出。如果不是这样，则必须重新逐步进行调整循环。

测试时务必要检查用于测试的应用程序的正确性和性能，查找内存泄漏和不正常的客户端请求响应延迟；确保所有测试都正常进行；确保可以使用相同的事务混合和相同的客户端生成相同的负载来重复所有测试；文档更改和结果。

4.3.2　阿姆达尔解决方案

阿姆达尔（Amdahl）定律是这样的：系统中对某部件采用某种更快执行方式，所获得的系统性能的改变程度，取决于这种方式被使用的频率，或所占总执行时间的比例。

· 阿姆达尔定律定义了采用特定部件所取得的加速比。假定使用某种增强部件，计算机的性能就会得到提高，那么加速比就是下式所定义的比率：

$$加速比 = \frac{不使用增强部件时完成整个任务的时间}{使用增强部门时完成整个任务的时间}$$

加速比反映了使用增强部件后完成一个任务比不使用增强部件完成同一任务加快了多少。阿姆达尔定律为计算某些情况下的加速比提供了一种便捷的方法。加速比主要取决于两个因素：

（1）在原有的计算机上，能被改进并增强的部分在总执行时间中所占的比例。这个值称之为增强比例，它永远小于等于1。

（2）通过增强的执行方式所取得的改进，即如果整个程序使用了增强的执行方式，那么这个任务的执行速度会有多少提高，这个值是在原来条件下程序的执行时间与使用增强功能后程序的执行时间之比。

原来的机器使用了增强功能后，执行时间等于未改进部分的执行时间加上改进部分的执行时间：

$$新的执行时间 = 原来的执行时间 \times \left(\left(1 - 增强比例 \right) + \frac{增强比例}{增强加速比} \right)$$

总的加速比等于两种执行时间之比：

$$总加速比 = \frac{原来的执行时间}{新的执行时间} = \frac{1}{\left(\left(1 - 增强比例 \right) + \dfrac{增强比例}{增强加速比} \right)}$$

4.3.3　负载均衡

负载均衡是由多台服务器以对称的方式组成一个服务器集合，每台服务器都具有等价的地位，都可以单独对外提供服务而无须其他服务器的辅助。通过某种负载分担技术，将外部发送来的请求均匀地分配到对称结构中的某一台服务器上，而接收到请求的服务器独立地回应客户的请求。

当用户发现 Web 站点负载量非常大时，应当考虑使用负载均衡技术来将负载平均分摊到多个内部服务器上。如果有多个服务器同时执行某一个任务时，这些服务器就构成一个集群（clustering）。使用集群技术可以用最少的投资获得接近于大型主机的性能。

1．负载均衡技术的类型

目前，比较常用的负载均衡技术主要有以下几种：

（1）基于特定服务器软件的负载均衡。很多网络协议都支持"重定向"功能，例如，在 HTTP 协议中支持 Location 指令，接收到这个指令的浏览器将自动重定向到 Location 指明的另一个 URL 上。由于发送 Location 指令比起执行服务请求，对 Web 服务器的负载要小的多，因此可以根据这个功能来设计一种负载均衡的服务器。当 Web 服务器认为自己负载较大的时候，它就不再直接发送回浏览器请求的网页，而是送回一个 Location 指令，让浏览器在服务器集群中的其他服务器上获得所需要的网页。

在这种方式下，服务器本身必须支持这种功能，然而具体实现起来却有很多困难。例如，一台服务器如何能保证它重定向过的服务器是比较空闲的，并且不会再次发送 Location 指令？Location 指令和浏览器都没有这方面的支持能力，这样很容易在浏览器上形成一种死循环。因此这种方式实际应用当中并不多见，使用这种方式实现的服务器集群软件也较少。有些特定情况下可以使用 CGI（包括使用 FastCGI 或 mod_perl 扩展来改善性能）来模拟这种方式去分担负载，而 Web 服务器仍然保持简洁、高效的特性。此时，避免 Location 循环的任务将由用户的 CGI 程序来承担。

（2）基于 DNS（Domain Name Server，域名服务器）的负载均衡。通过 DNS 服务中的随机名字解析来实现负载均衡，在 DNS 服务器中，可以为多个不同的地址配置同一个名字，而最终查询这个名字的客户机将在解析这个名字时得到其中一个地址。因此，对于同一个名字，不同的客户机会得到不同的地址，它们也就访问不同地址上的 Web 服务器，从而达到负载均衡的目的。

DNS 负载均衡的优点是简单、易行，并且服务器可以位于互联网的任意位置上，当前使用在包括 Yahoo 在内的 Web 站点上。然而它也存在不少缺点，一个缺点是为了保证 DNS 数据及时更新，一般都要将 DNS 的刷新时间设置得较小，但太小就会造成太大的额外网络流量，并且更改了 DNS 数据之后也不能立即生效；第二点是 DNS 负载均衡无法得知服务器之间的差异，它不能做到为性能较好的服务器多分配请求，也不能了解到服务器的当前状态，甚至会出现客户请求集中在某一台服务器上的偶然情况。

（3）反向代理负载均衡。使用代理服务器可以将请求转发给内部的 Web 服务器，使用这种加速模式显然可以提升静态网页的访问速度。因此也可以考虑使用这种技术，让代理服务器将请求均匀地转发给多台内部 Web 服务器，从而达到负载均衡的目的。这种代理方式与普通的代理方式有所不同，标准代理方式是客户使用代理访问多个外部 Web 服务器，而这种代理方式是多个客户使用它访问内部 Web 服务器，因此也被称为反向代理模式。

实现这个反向代理能力并不能算是一个特别复杂的任务，但是在负载均衡中要求特别高的效率，这样实现起来就不是十分简单的了。每针对一次代理，代理服务器就必须打开两个连接，一个为对外的连接，一个为对内的连接。因此，当连接请求数量非常大的时候，代理服务器的负载也就非常之大了，最后，反向代理服务器会成为服务的瓶颈。例如，使用 Apache 的 mod_rproxy 模块来实现负载均衡功能时，提供的并发连接数量受 Apache 本身的并发连接数量的限制。一般来讲，可以使用它来对连接数量不是特别大，但每次连接都需要消耗大量处理资源的站点进行负载均衡，例如搜寻。

使用反向代理的好处是，可以将负载均衡和代理服务器的高速缓存技术结合在一起，提供有益的性能，具备额外的安全性，外部客户不能直接访问真实的服务器。并且实现起来可以采用较好的负载均衡策略，将负载非常均衡地分给内部服务器，不会出现负载集中到某个服务器的偶然现象。

（4）基于 NAT（Network Address Translation，网络地址转换）的负载均衡技术。网络地址转换指的是在内部地址和外部地址之间进行转换，以便具备内部地址的计算机能访问外部网络，而当外部网络中的计算机访问地址转换网关拥有的某一外部地址时，地址转换网关能将其转发到一个映射的内部地址上。因此如果地址转换网关能将每个连接均匀转换为不同的内部服务器地址，此后，外部网络中的计算机就各自与自己转换得到的地址上服务器进行通信，从而达到负载分担的目的。

地址转换可以通过软件方式来实现，也可以通过硬件方式来实现。使用硬件方式进行操作一般称为交换，而当交换必须保存 TCP 连接信息的时候，这种针对 OSI/RM 网络层的操作就被称为第四层交换。支持负载均衡的网络地址转换为第四层交换机的一种重要功能，由于它基于定制的硬件芯片，因此其性能非常优秀，很多交换机声称具备 400MB～800MB 的第四层交换能力，然而也有一些资料表明，在如此快的速度下，大部分交换机就不再具备第四层交换能力了，而仅仅支持第三层甚至第二层交换。

使用软件方式来实现基于网络地址转换的负载均衡则要实际得多，除了一些厂商提供的解决方法之外，更有效的方法是使用免费的自由软件来完成这项任务。其中包括 Linux Virtual Server Project 中的 NAT 实现方式。一般来讲，使用这种软件方式来实现地址转换，中心负载均衡器存在带宽限制，在 100Mbps 的快速以太网条件下，能得到最高达 80Mbps 的带宽，然而在实际应用中，可能只有 40Mbps～60Mbps 的可用带宽。

（5）扩展的负载均衡技术。上面使用网络地址转换来实现负载分担，毫无疑问所有的网络连接都必须通过中心负载均衡器，那么如果负载特别大，以至于后台的服务器的数量不再在是几台、十几台，而是上百台甚至更多，这时，即便是使用性能优秀的硬件交换机也会遇到瓶颈。此时问题将转变为，如何将那么多台服务器分布到各个互联网的多个位置，分散网络负担。当然这可以通过综合使用 DNS 和 NAT 两种方法来实现，然而更好的方式是使用一种半中心的负载均衡方式。

在这种半中心的负载均衡方式下，即当客户请求发送给负载均衡器的时候，中心负载均衡器将请求打包并发送给某个服务器，而服务器的回应请求不再返回给中心负载均衡器，而是直接返回给客户，因此中心负载均衡器只负责接受并转发请求，其网络负担就较小了。

2. 服务器负载均衡

服务器负载均衡一般用于提高服务器的整体处理能力，并提高可靠性、可用性和可维护性，最终目的是加快服务器的响应速度，从而提高用户的体验度。

负载均衡从结构上分为本地负载均衡（Local Server Load Balance）和全域负载均衡（Global Server Load Balance，全局负载均衡），前者是指对本地的服务器群作负载均衡，后者是指对分别放置在不同的地理位置、有不同的网络及服务器群之间做负载均衡。

全域负载均衡有以下的特点：

（1）解决网络拥塞问题，服务就近提供，实现地理位置无关性；

（2）对用户提供更好的访问质量；

（3）提高服务器响应速度；

（4）提高服务器及其他资源的利用效率；

（5）避免了数据中心单点失效。

4.4 性能评估

性能评估是对一个系统进行各项检测，并形成一份直观的文档，因此性能评估是通过各项测试来完成的。评估的一个目的是为性能的优化提供参考，而性能优化涉及的面很广，也很复杂，而且永无止境。对于不同的应用程序，优化的方法会有一些区别。

4.4.1 基准测试程序

把应用程序中用得最多、最频繁的那部分核心程序作为评价计算机性能的标准程序。称为基准测试程序（benchmark）。

（1）整数测试程序：Dhrystone。用 C 语言编写，100 条语句。包括：各种赋值语句，各种数据类型和数据区，各种控制语句，过程调用和参数传送，整数运算和逻辑操作。

VAX-11/780z 的测试结果为每秒 1757 个 Dhrystones，即：

$$1VAX MIPS=1757 Dhrystones/s$$

（2）浮点测试程序：Linpack。用 FORTRAN 语言编写，主要是浮点加法和浮点乘法操作。用 MFLOPS（Million Floating Point Operations Per Second）表示 GFLOPS、TFLOPS。

（3）Whetstone 基准测试程序。用 FORTRAN 语言编写的综合性测试程序，主要包括：浮点运算、整数算术运算、功能调用、数组变址、条件转移、超越函数。测试结果用 Kwips 表示。

（4）SPEC 基准测试程序。SPEC 基准测试程序（System performance evaluation Cooperative，系统性能评估联盟）由 30 个左右世界知名计算机大厂商所支持的非盈利的合作组织，包括 IBM、AT&T、BULL、Compaq、CDC、DG、DEC、Fujitsu、HP、Intel、MIPS、Motolola、SGI、SUN、Unisys 等；SPEC 能够全面反映机器的性能，具有很高的参考价值。SPEC 以 AX-11/780 的测试结果作为基数，当前主要的基准测试程序有 SPEC int_base_rate 2000、SPEC fp_base_rate 2000 和 SPEC JBB 2000 等。还有基于某种数据库运行环境下的测试，也是可以参考的数值。在采用通用基准测试程序时，要注意真实的业务流程和使用环境与通用测试基准的业务流程和使用环境的异同，这样，基准测试值才有参考价值。

（5）TPC 基准程序。TPC（Transaction Processing Council，事务处理委员会）成立于 1988 年，已有 40 多个成员，用于评测计算机的事务处理、数据库处理、企业管理与决策支持等方面的性能。1989 年以来相继发表的 TPC 基准测试程序包括 TPC-A、TPC-B、TPC-C、TPC-D、TPC-H 和 TPC-W 等。其中 TPC-A 用于在线联机事务处理下更新密集的数据库环境下的性能测试，TPC-B 用于数据库系统及运行它的操作系统的核心性能测试，TPC-C 则用于在线联机事务处理测试，TPC-D 用于决策支持系统测试，TPC-H 是基于 TPC-D 基础上决策支持基准测试，还有 TPC-W 是用于电子商务应用软件测试。

TPC-C 是衡量 OLTP 系统的工业标准。它测试广泛的数据库功能，包括查询、更新和排队袖珍型批处理（mini-batch）事务。这一规范在关键领域十分严格，如数据库透明性和事务处理隔离性。许多 IT 专家把 TPC-C 作为"真实世界"OLTP 系统性能的一个很好的指示器。独立审核员认证基准测试（benchmark）的结果，TPC 还有全套的公开报告。

（6）Linpack 测试。Linpack 是国际上最流行的用于测试高性能计算机系统浮点性能的测试。通过对高性能计算机采用高斯消元法求解一元 N 次稠密线性代数方程组的测试，评价高性能计算机的浮点性能。

Linpack 测试包括三类，Linpack100、Linpack1000 和 HPL。Linpack100 求解规模为 100 阶的稠密线性代数方程组，它只允许采用编译优化选项进行优化，不得更改代码，甚至代码中的注释也不得修改。Linpack1000 要求求解 1000 阶的线性代数方程组，达到指定的精度要求，可以在不改变计算量的前提下做算法和代码上的优化。HPL 即 High Performance Linpack，也叫高度并行计算基准测试，它对数组大小 N 没有限制，求解问题的规模可以改变，除基本算法（计算量）不可改变外，可以采用其他任何优化方法。前两种测试运行规模较小，已不是很适合现代计算机的发展。

HPL 是针对现代并行计算机提出的测试方式。用户在不修改任意测试程序的基础上，可以调节问题规模的大小（矩阵大小）、使用 CPU 数目、使用各种优化方法等来执行该测试程序，以获取最佳的性能。HPL 采用高斯消元法求解线性方程组。求解问题规模为 N 时，浮点运算次数为 $2/3 \times N^3 - 2N^2$。

因此，只要给出问题规模 N，测得系统计算时间 T，峰值=计算量（$2/3 \times N^3 - 2N^2$）/计算时间 T，测试结果以浮点运算每秒（Flops）给出。HPL 测试结果是 TOP500 排名的重要依据。

4.4.2　Web 服务器的性能评估

在 Web 服务器的测试中，能够反映其性能的参数主要包括最大并发连接数、响应延迟和吞吐量（每秒处理的请求数）。

现在常见的 Web 服务器性能评测方法有基准性能测试、压力测试和可靠性测试。基准测试即采用前面所提到的各种基准程序对其进行测试；压力测试则是采用一些测试工具（这些测试工具的主要特征就是能够模拟足够数量的并发操作）来测试 Web 服务器的一些性能指标，如最大并发连接数，间接测试响应时间，以及每秒钟可以处理的请求数目。通过这种压力测试，不但可以考察 Web 服务器的各项性能指标，更可以找到服务器的瓶颈所在，然后通过参数调整，让服务器运行的更高效。

IxWeb 是美国 IXIA 公司的一个有关 Web 测试的解决方案，它是一个高性能业务负载生成与分析应用系统，可在 TCP 和应用层模拟现实世界的业务负载方案，能够对设备进行强度测试、检验转发策略和验证 4～7 层的性能。IxWeb 通过模拟用户（客户端）来测试 Web 服务器。每一个 IXIA 测试仪端口都有独立的 CPU 和内存，运行 Linux 操作系统，具备完整的 TCP/IP 协议栈，每个端口可以模拟大量的 Web 客户，每个客户能够产生大量的并发连接。它还可以通过同时模拟客户端和服务器端，对内容交换机等设备进行测试。

IxWeb 能够配置会话，以模拟使用路由、交换和 NAT 环境中的用户。为了进一步测试实际应用方案，IxWeb 能够修改 TCP 参数，并提供对用户通过诸如拨号调制解调器和 DSL 等多种接入机制联网进行仿真的功能。通过配置"思考时间"（Think Times，用户操作之间的时间间隔）来对用户的行为进行仿真，还可进一步增加测试的真实性。

IxWeb 中 HTTP 1.0/1.1 支持的方法包括：GET、POST、PUT、HEAD、DELETE，可以修改 HTTP 客户端与服务器包头规格。IxWeb 对 SSL 的支持使用户能够模拟访问安全网站的大量 SSL 客户端会话。IxWeb 具有生成真正的 SSL 握手和 HTTPS 功能。

IxWeb 能够仿真成千上万个下载大文件的 FTP 用户以及提供大量所需数据的相应设备。IxWeb 提供了灵活的用户配置和全面的统计数字，以测定同步 FTP 用户的最大数量以及内容交换机、负载均衡器、服务器与防火墙的吞吐量。

IxWeb 提供了广泛详实的实时统计数字及记录日志，并可将其导出到标准文件格式，以便定制报告生成。测试一旦完成，即可以用包括 HTML 在内的多种文件格式生成内容丰富的报告。

4.4.3　Java 应用服务器的基准

今天，许多应用软件都是用 Java 编写的，它的优势很明显，就是经过一次编写后可运行在不同的操作系统平台上，有很大的灵活性。但是，不同的 Java 版本运行在不同的硬件平台上，会反映出不同的性能。如何判定不同硬件平台运行 Java 程序的效率，是 Java 使用者所普遍关心的问题，而 SPEC jbb2004 就是一项被广泛采用的 Java 虚拟机性能基准测试，它的前身是 SPEC jbb2000。

SPEC jbb2004 是 SPEC 委员会制定的一套 Java 基准测试程序，用于测试 Java 服务器性能，但是并不考察网络、磁盘 I/O 和图形处理能力。SPEC jbb2004 模拟了三层 C/S 结构，所有的三层结构都在一个 JVM 内实现。

这三层结构模拟了一个典型的商业应用结构：第一层是用户（客户端输入），第二层是业务逻辑层，第三层是数据库。在 SPEC jbb2004 里，第一层是用进程或线程模拟客户系统的随机输入，由 Java 类和 Java 对象形成的 Btree 模拟第三层的数据库，在第二层里是对 Btree 数据库中的数据进行操作，其结构图如图 4-2 所示。

SPEC jbb2004 基准测试借用了 TPC-C 基准测试的概念、输入产生、和交易模式。只不过，SPEC jbb2004 用 Java 类取代数据库中的表，用 Java 对象取代数据库中的记录(Record)。SPEC jbb2004 主要关心的是第二层业务逻辑的处理能力，即考察用 Java 编写的应用程序运行在某台服务器上所表现出的性能。

SPEC jbb2004 规则中要求只运行一个 JVM。在整个测试中，JVM、JIT（Just In Time，即时编译）、操作系统的内核处理、CPU 的整型处理能力、Cache 的大小、服务器 SMP（Symmetrical Multi-Processing，对称多处理）的线性扩展能力等因素都会成为影响测试性能的关键。不过，测试值的好坏更多地依赖于 Java 虚拟机的性能，而且受系统带宽的影响较小。在硬件平台不变的情况下，JVM 版本的升级会带来性能几倍的提升。

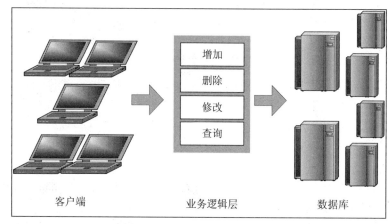

图 4-2　SPEC jbb2004 结构图

SPEC jbb2004 反映的是 JVM 的性能，但在实际中该值常被用来说明服务器的扩展性，有些厂商甚至用它来证明服务器的性能是最优的、扩展能力是线性的。其实，SPEC jbb2004 基准测试完全是在内存中运行的，不涉及 I/O 操作、网络操作等。如果用它来衡量服务器的整体能力和扩展性，未免以点带面过于主观，TPC-C、Oracle ASB11i 等这些基准测试更能贴近客户的实际情况，更能代表服务器的性能和扩展性。

4.4.4　系统监视

系统监视的目标是为了评估系统性能。要监视系统性能，需要收集某个时间段内的如下 3 种不同类型的性能数据：

（1）常规性能数据。该信息可帮助识别短期趋势（如内存泄漏）。经过一两个月的数据收集后，可以求出结果的平均值并用更紧凑的格式保存这些结果。这种存档数据可帮助人们在业务增长时做出容量规划，并有助于在日后评估上述规划的效果。

（2）比较基准的性能数据。该信息可帮助人们发现缓慢、历经长时间才发生的变化。通过将系统的当前状态与历史记录数据相比较，可以排除系统问题并调整系统。由于该信息只是定期收集的，所以不必对其进行压缩存储。

（3）服务水平报告数据。该信息可帮助人们确保系统能满足一定的服务或性能水平，也可能会将该信息提供给并不是性能分析人员的决策者。收集和维护该数据的频率取决于特定的业务需要。

进行系统监视通常有三种方式。一是通过系统本身提供的命令，如 UNIX/Liunx 中的 w、ps、last，Windows 中的 netstat 等；二是通过系统记录文件查阅系统在特定时间内的运行状态；三是集成命令、文件记录和可视化技术，提供直观的界面，操作人员只需要进行一些可视化的设置，而不需要记忆繁杂的命令行参数，即可完成监视操作，如 Windows 的 Perfmon 应用程序。

目前，已经有些厂商提供专业化的监视平台，将以上三种方式集成到一个统一的监控平台，进行统一监控，并提供各类分析数据和分析报表，帮助用户进行性能的评估和诊断。如 IBM 公司提供的 Tivoli、HP 公司提供的 Sitescope 等。

1. Tivoli 简介

IBM Tivoli 软件提供智能的基础设施管理解决方案，能够帮助客户理解其 IT 系统的业务价值，并以随需应变的方式前瞻性地管理这些价值。Tivoli 软件超越了独立的客户系统组件概念，使用基于策略的资源分配、安全性、存储和系统管理解决方案，为管理和优化关键 IT 系统提供了完整的视图。

Tivoli 软件采用了开放的系统和自动化技术，其高质量、可伸缩和可靠的系统管理解决方案支持随需应变的计算。

IBM Tivoli 软件减少客户诊断问题和部署解决方案所需的时间，使他们有更多的时间来有效地管理业务。IBM Tivoli 智能基础设施管理解决方案不但交付了当前需要的功能，也为未来的需求做好了准备。

2. SiteScope 简介

SiteScope 可以实施于 Windows PC 服务器或 Linux 之上，在统一的平台上集中式地管理各种不同的操作系统的服务器、Web 服务器、数据库系统、邮件服务器、网络设备、应用服务器等资源。它的显著的无代理方式监控技术的应用，尤其适用于多变的系统环境之中，再加上 SiteScope 的远端管理方式和极其灵活的配置方式，将为用户的管理和服务助一臂之力。

由于在 SiteScope 管理系统中采用了与操作系统厂商、数据库厂商和其他应用系统厂商的性能数据库的集成，将在不修改生产系统机的情况下，对其进行全面的系统、数据库和应用系统性能管理。无代理程序的系统、数据库和应用系统性能管理方案，将生产系统的日常运行和管理系统的操作分离了开来，使得管理系统对生产系统的消耗和影响降到了最低点。

SiteScope 目前支持绝大多数的业界流行的标准，包括操作系统类型、数据库、邮件系统、FTP（File Transfer Protocol，文件传输协议）服务器、网络设备、应用服务器、中间件等 90 多种不同监控器。

除了传统的监控对象外，SiteScope 还提供了对于不同 URL 和业务关键交易的监控点，它甚至可以模仿业务用户来填写 Web 表单。它基本的 URL 监控点要远比其他产品丰富得多。

用户可以通过 URL 监控器管理每一个关注的 Web 页面的响应时间，使用 URL 内容做页面内容的匹配检查。而 URL 顺序监控器更能模拟用户一定的业务流程顺序地访问一组页面。SiteScope 从 URL 等监控器获得数据帮助用户实时地了解基于 Web 的应用系统的性能问题。

第5章 开发方法

软件开发方法是软件开发的方法学。自从"软件危机"爆发以来，软件研究人员就在对开发方法进行不断的研究，以期能够提高软件的质量、降低软件的成本。经过 40 多年的研究，人们提出了很多开发方法，如从最初的结构化开发到现在非常流行的面向对象的开发方法等。本章将介绍软件生命周期、软件开发模型、软件重用技术、逆向工程及形式化开发方法。

5.1 软件生命周期

软件生命周期（Software Life Cycle）也就是软件生存的周期。同万物一样，软件也有诞生和消亡，软件生命周期就是指软件自开始构思与研发到不再使用而消亡的过程。有关软件生命周期的阶段划分，不同的标准有不同的规定。在 GB8566-88（《软件工程国家标准——计算机软件开发规范》）中将软件生命周期划分为 8 个阶段：可行性研究与计划、需求分析、概要设计、详细设计、实现、集成测试、确认测试、使用和维护。

（1）可行性研究与计划：在决定是否开发软件之前，首先需要进行可行性研究。通过可行性研究，来决定开发此软件的必要性，并根据可行性研究的结果初步确定软件的目标、范围、风险、开发成本等内容。从而制订出初步的软件开发计划。通过可行性研究，如果确定该软件具有研发的必要，则将产生《可行性研究报告》和《软件开发计划》，并进入需求分析阶段。

（2）需求分析：需求分析是软件开发的重要阶段。经过可行性研究后，初步确定了软件开发的目标和范围，之后则需要对软件的需求进行细致的分析，来确定软件要做成什么样的。需求分析是软件开发过程中极其重要的一环，如果需求分析出现了重大偏差，那么软件开发必然会偏离正确的道路，越走越远。尤其是如果需求分析的错误在软件开发的后期才被发现，修正的代价是非常高昂的。

（3）概要设计：概要设计确定整个软件的技术蓝图，负责将需求分析的结果转化为技术层面的设计方案。在概要设计中，需要确定系统架构、各子系统间的关系、接口规约、数据库模型、编码规范等内容。概要设计的结果将作为程序员的工作指南，共程序员了解系统的内部原理，并在其基础上进行详细设计和编码工作。

（4）详细设计：详细设计完成编码前最后的设计，详细设计在概要设计的基础上进行细化，如类设计。详细设计不是开发过程中必需的阶段，在一些规模较小、结构简单的系统中，详细设计往往被省略。同样，在某一次软件开发中，可能只会对部分关键模块进行详细设计。

（5）实现：实现过程包括编码和单元测试。单元测试指的是对刚刚编写出的一个小的程序单元进行测试，如某一个过程、方法或函数。由于单元测试的对象是小的程序单元，而不是完整的程序，因此往往需要编写一些测试程序来进行测试。有效的单元测试可以大大提升编码的质量，降低软件系统的缺陷率。

（6）集成测试：集成测试又称为组装测试。通过单元测试的程序并不意味着没有 BUG，当程序单元被集成到一起进行交互的时候，往往会出现单元测试中不能发现的问题。同单元测试不同，集成测试必须经过精心的组织，制订集成测试计划，确定如何将这些程序单元集成到一起，按照什么样的顺序进行测试，使用哪些测试数据等问题。

（7）确认测试：当完成集成测试后，软件之间的接口方面的错误已经排除，这时需要验证软件是否同需求一致，是否达到了预期目标。同集成测试一样，确认测试也需要进行计划和组织，逐步地验证软件系统与需要的一致性。经过确认测试的软件将投入正常使用，并进入维护期。

（8）使用和维护：即使经过了单元测试、集成测试和确认测试，也不可能发现软件系统中的全部缺陷；软件系统的需求也会根据业务的发展变化而变化。因此，在软件使用过程中，必须不断地对软件进行维护，修正软件中的缺陷，修改软件中已经不能适应最新情况的功能或者增加新的功能。软件维护的过程会贯穿整个软件的使用过程。当使用和维护阶段结束后，软件系统也就自然消亡，软件系统的生命周期结束。

5.2　软件开发模型

在计算机刚刚诞生的年代，计算机是一种只有天才才能掌握的工具。人们对软件的认知仅仅停留在程序的层面上，所谓的软件开发就是那些能够掌握计算机的天才们写的一些只有计算机才能理解的二进制序列而已。但随着技术的发展，软件的复杂度不断地提高，人们进入了大规模软件开发的时代。这时，人们发现，软件系统已经变得非常复杂，需要遵循一定的开发方法才能取得成功，称这些模式化的开发方法为开发模型。

5.2.1　瀑布模型

顾名思义，瀑布模型就如同瀑布一样，从一个特定的阶段流向下一个阶段，如图 5-1 所示。

1. 瀑布模型的核心思想

瀑布模型认为，软件开发是一个阶段化的精确的过程。就像要制造一艘航空母舰，首先需要知道航空母舰的参数（长、宽、高、排水量、航速等）。在这些参数的技术上需要对航空母舰进行设计，设计包括总体设计和详细设计。只有设计得一清二楚的图纸才能交付施工，制造出航空母舰的各个部分，否则造出的零件肯定拼装不到一起。制造完毕后，要把这些零件一个一个地拼装起来，拼装成发动机、船舱等部分，并检查这些部分是否符合设计标准，这就是集成测试。最后，把各个部分组合在一起，造出来一艘巨大的航母。这个过程正如图 5-1 中的描述，软件要经过需求分析、总体设计、详细设计、编码、调试、集成测试和系统测试阶段才能够被准确地实现。在图 5-1 中，每一阶段都有回到前一阶段的反馈线，这指的是，在软件开发中当在后续阶段发现缺陷的时候，可以把这个缺陷反馈到上一阶段进行修正。

从图 5-1 中可以看出瀑布模型的一个重要特点：软件开发的阶段划分是明确的，一个阶段到下一个阶段有明显的界限。在每个阶段结束后，都会有固定的文档或源程序流入下一阶段。在需求分析阶段结束后，需要有明确地描述软件需求的文档；总体设计结束后，需要有描述软件总体结构的文档；详细设计结束后，需要有可以用来编码的详细设计文档；而编码结束后，代码本身被作为文档流到下一个阶段。因此也称瀑布模型是面向文档的软件开发模型。

当软件需求明确、稳定时，可以采用瀑布模型按部就班地开发软件，当软件需求不明确或变动剧烈时，瀑布模型中往往要到测试阶段才能暴露出需求的缺陷，造成后期修改代价高昂，难以控制开发的风险。

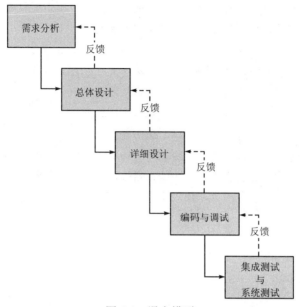

图 5-1   瀑布模型

2. 瀑布 V 模型

瀑布 V 模型是瀑布模型的一种变体。随着对瀑布模型的应用，人们发现，缺陷是无法避免的，任何一个阶段都会在软件中引入缺陷，而最后的测试也不能证明软件没有缺陷，只能是争取在交付前发现更多的缺陷。测试成为软件开发中非常重要的环节，测试的质量直接影响到软件的质量。因此，人们对瀑布模型进行了小小的更改，提出了更强调测试的瀑布 V 模型，如图 5-2 所示。

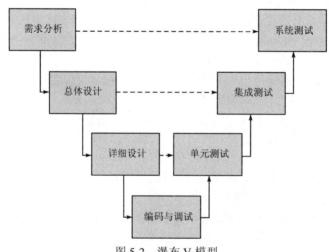

图 5-2   瀑布 V 模型

整个的瀑布模型在编码与调试阶段打了个折，形成了一个对称 V 字。瀑布 V 模型同标准瀑布模型一样，在进行完需求分析就将进入总体设计阶段，但是除总体设计外，需求分析还有一条虚线指向的系统测试。这指的是，需求分析的结果将作为系统测试的准则，即需求分析阶段也将产生同软件需求一致的系统测试用力；同时软件产品是否符合最初的需求将在系统测试阶段得到验证。依此类推，总体设计对应了集成测试，详细设计对应了单元测试。瀑布 V 模型除了保持了瀑布模型的阶段式文档驱动的特点，而且更强调了软件产品的验证工作。

3. 瀑布模型的缺点

虽然是经典的开发模型，但瀑布模型中存在一些难以克服的缺陷，即使是在改进的瀑布 V 模型中还是存在。

首先，在瀑布模型中，需求分析阶段是一切活动的基础，设计、实现和验证活动都是从需求分析阶段的结果导出的。一旦需求分析的结果不完全正确，存在偏差，那么后续的活动只能放大这个偏差，在错误的道路上越走越远。事实上，由于用户和开发者的立场、经验、知识域都不相同，不同的人对同一件事物的表述也不同，这就造成需求分析的结果几乎不可能精确、完整地描述整个软件系统。所以瀑布模型后期的维护工作相当繁重，而这些维护工作大多都是修正在需求分析阶段引入的缺陷。这个问题是瀑布模型难以克服的。

其次，瀑布模型难以适应变化。在瀑布模型中精确地定义了每一个阶段的活动和活动结果，而每一阶段都紧密依赖于上一阶段的结果。如果在软件的后期出现了需求的变化，整个系统又要从头开始。

第三，使用瀑布模型意味着当所有阶段都结束才能最终的交付软件产品，所以在提出需求后只能开始相当长一段时间的等待才能够看到最终结果，才能发现软件产品究竟能不能够满足客户的需求。

第四，文档驱动型的瀑布模型除了制造出软件产品外还将产生一大堆的文档，大部分的文档对客户没有任何意义，但完成这些对客户没有意义的文档却需要花费大量的人力。所以也称瀑布模型是一种重载过程。

5.2.2　演化模型

瀑布模型看起来很好，随着一个又一个阶段的流过，软件系统就被建立起来了。可是在应用软件开发的过程中，人们发现很难一次性完理解用户的需求、设计出完美的架构，开发出可用的系统，这是由于人的认知本身就是一个过程，这个过程是渐进的、不断深化的，对于复杂问题，"做两次"肯定能够做得更好。那么，对于软件开发这个复杂而且与人的认知过程紧密相关的事也应该是一个渐进的过程。

演化模型正是基于这个观点提出的。一般地，一个演化模型可以看做若干次瀑布模型的迭代，当完成一个瀑布模型后，重新进入下一个迭代周期，软件在这样的迭代过程中得以演化、完善。根据不同的迭代特点，演化模型可以演变为螺旋模型、增量模型和原型法开发。

5.2.3　螺旋模型

螺旋模型将瀑布模型和演化模型（Evolution Model）结合起来，不仅体现了两个模型的优点，而且还强调了其他模型均忽略了的风险分析。螺旋模型的每一个周期都包括需求定义、风险分析、工程实现和评审 4 个阶段，由这 4 个阶段进行迭代，软件开发过程每迭代一次，软件开发就前进一个层次。采用螺旋模型的软件过程如图 5-3 所示。

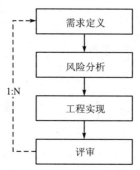

图 5-3　采用螺旋模型的软件过程

螺旋模型基本做法是在"瀑布模型"的每一个开发阶段前，引入一个非常严格的风险识别、风险分析和风险控制。它把软件项目分解成一个个小项目，每个小项目都标识一个或多个主要风险，直到所有的主要风险因素都被确定。

螺旋模型强调风险分析，使得开发人员和用户对每个演化层出现的风险有所了解，继而做出应有的反应。因此，螺旋模型特别适用于庞大而复杂、具有高风险的系统，对于这些系统，风险是软件开发不可忽视的、潜在的不利因素，它可能在不同程度上损害软件开发过程，影响软件产品的质量。减小软件风险的目标是在造成危害之前，及时对风险进行识别、分析，决定采取何种对策，进而消除或减少风险的损害。

与瀑布模型相比，螺旋模型支持用户需求的动态变化，为用户参与软件开发的所有关键决策提供了方便，有助于提高目标软件的适应能力，为项目管理人员及时调整管理决策提供了便利，从而降低了软件开发风险。

但是，不能说螺旋模型绝对比其他模型优越，事实上，螺旋模型也有其自身的缺点：

（1）采用螺旋模型，需要具有相当丰富的风险评估经验和专门知识。在风险较大的项目开发中，如果未能够及时标识风险，势必造成重大损失。

（2）过多的迭代次数会增加开发成本，延迟提交时间。

5.2.4　增量模型

演化模型的另一种形式是增量模型。在系统的技术架构成熟、风险较低的时候，可以采用增量的方式进行系统开发，这样可以提前进行集成测试和系统测试，缩短初始版本的发布周期，提高系统对用户的可见度。

对于增量模型，通常有两种策略。一是增量发布的办法。即首先做好系统的分析和设计工作，然后将系统划分为若干不同的版本，每一个版本都是一个完整的系统，后一版本以前一版本为基础进行开发，扩充前一版本的功能。在这种策略中，第一版本往往是系统的核心功能，可以满足用户最基本的需求，随着增量的发布，系统的功能逐步地丰富、完善起来。用户在很短的时间内就可以得到系统的初始版本并试用。试用中的问题可以很快地反馈到后续开发中，从而降低了系统的风险。在应用增量模型中需要注意：

（1）每一个版本都是一个完整的版本。虽然最初的几个增量不能完全地实现用户需求，但这些版本都是完整的、可用的。

（2）版本间的增量要均匀，这一点是很重要的。如果第一个版本花费一个月，而第二个版本需要花费 6 个月，这种不均匀的分配会降低增量发布的意义，需要重新调整。

另一种策略是原型法。同增量发布不同，原型法的每一次迭代都经过一个完整的生命周期。当用户需求很不明确或技术架构中存在很多不可知因素的时候，可以采用原型法。在初始的原型中，针对一般性的用户需求进行快速地实现，并不考虑算法的合理性或系统的稳定性。这个原型的主要目的是为了获得精确的用户需求，或验证架构的可用性。一般情况下，会在后面的开发中抛弃这个原型，重新实现完整的系统。

5.2.5　构件组装模型

随着软构件技术的发展，人们开始尝试利用软构件进行搭积木式的开发，即构件组装模型。在构建组装模型中，当经过需求分析定义出软件功能后，将对构件的组装结构进行设计，将系统划分成一组构件的集合，明确构件之间的关系。在确定了系统构件后，则将独立完成每一个构件，这时既可以开发软件构件，也可以重用已有的构件，当然也可以购买或选用第三方的构件。构件是独立的、自包容的，因此架构的开发也是独立的，构件之间通过接口相互协作。

构件组装模型的一般开发过程如图 5-4 所示。

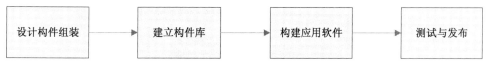

图 5-4　构件组装模型

构件组装模型的优点如下：

（1）构件的自包容性让系统的扩展变得更加容易。

（2）设计良好的构件更容易被重用，降低软件开发成本。

（3）构件的粒度较整个系统更小，因此安排开发任务更加灵活，可以将开发团队分成若干组，并行的独立开发构件。

鱼与熊掌不可兼得，构件组装模型也有明显的缺点：

（1）对构件的设计需要经验丰富的架构设计师，设计不良的构件难以实现构件的优点，降低了构件组装模型的重用度。

（2）在考虑软件的重用度时，往往会对其他方面如性能等做出让步。

（3）使用构件组装应用程序时，要求程序员熟练地掌握构件，增加了研发人员的学习成本。

（4）第三方构件库的质量会最终影响到软件的质量，而第三方构件库的质量往往是开发团队难以控制的。

5.3　统一过程

统一过程（Unified Process，UP）是由 Rational 公司开发的一种迭代的软件过程，是一个优秀的软件开发模型，它提供了完整的开发过程解决方案，可以有效地降低软件开发过程的风险，经过裁剪的 UP 可以适应各种规模的团队和系统。

1. UP 的二维模型

UP 是一个很有特色的模型，它本身是一个二维的结构，如图 5-5 所示。对于 UP 而言，时间主线就是横轴的阶段，随着时间的流逝，软件开发活动总要经过初始、细化、构建和交付这4 个阶段方能完成。而纵轴的工作流程则描述了在不同的阶段需要进行的主要工作。例如在初始阶段，软件组织需要进行大量的调研，对软件进行业务建模、需求，同时进行一些设计以验证建模的合理性，还要进行一些实施甚至测试和部署的工作，用于验证需求和设计的工作及开发系统原型，当然配置与变更管理、项目管理和环境是在任何阶段都不能缺少的。

从这个模型中可以看出 UP 迭代的特点。任何一个阶段的工作都不是绝对的，都是相互交叠配合的。但每一个阶段都有其侧重点：

在初始阶段，开发者刚刚接入系统，此时最重要的工作是界定系统范围，明确系统目的。在这一阶段，业务建模和需求工作成为重头戏。

在细化阶段，开发者需要抽象出软件的逻辑模型，设计出软件的架构，在这一阶段，分析设计工作是最主要的工程活动。

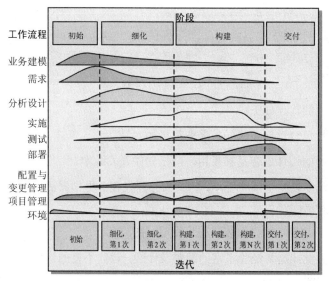

图 5-5　UP 二维模型图

在构建阶段，开发者需要基本完成系统的构建，使之成为一个完整的实体，并进行测试和部署，在这一阶段，实施和测试是最主要的活动。

当进入交付阶段（该阶段也经常被称为转移阶段），软件系统需求已经完全成熟或产品化，或进入下一个版本。在这一阶段不可避免地要对软件系统进行重构、修改、测试和部署。

在这 4 个阶段中，各有侧重点，但也不是像瀑布模型那样完全不允许其他活动的存在。在初始阶段，为了验证开发者的想法，就需要进行一部分的实施和测试；而即使到了交付阶段，需要也可能会发生变化，仍然需要进行部分业务建模、需求和设计的活动。

在每个阶段中，系统推进也不是一蹴而就的。在图中将细化阶段划分为第一次细化和第二次细化，将构建阶段也划分为三个小阶段。在实际开发中，可以根据实际的需要划分为更多的小阶段来完成。

对于纵轴而言，业务建模、需求、分析设计、实施、测试、部署、配置与变更管理、项目管理、环境称为 UP 的 9 个核心工作流。可以把这 9 个工作流进行简单的分类以帮助理解，业务建模、需求、分析设计、实施、测试和部署是工程活动，而配置与变更管理、项目管理和环境是管理活动。

在这 9 个工作流中，前 8 个可以说是绝大多数考生耳熟能详的东西，而"环境"工作流则相对难以理解。"环境"工作流很重要，也可以称之为"环境管理"。俗语道："巧妇难为无米之炊"，"环境"工作流就是为软件开发准备"米"的活动。在软件开发中，需要为各种工作准备相应的工作环境，在工作环境中需要包含必需的工具、活动的指南、活动的流程规范、工作产品的模板、基本的开发设施等。在很多组织中，"环境"工作流没有得到应有的重视，或者被完全忽视，为开发者提供了工作台和计算机就觉得万事大吉了，其实这种做法是错误的。每一个开发团体都有自己特定的活动准则和规范，这些准则和规范是团体协作的基础，万万少不得。没有合理的工具配备，没有充分的指南、规范和模板，软件开发的活动肯定是放羊式的管理，管理者当然除了一些"羊毛"外什么也收获不到。观察 UP 模型就可以发现，在每一阶段的最开始，"环境"工作流都有一个小小的波峰。在这里面，开发团队需要为开发环境进行相应的准备并在后续的活动中为开发环境提供支持。

2. UP 的生命周期

前面已经提到，UP 模型的时间主线是阶段，UP 的生命周期也是与阶段一一对应的。在 UP 的生命周期中共有 4 个里程碑：

（1）目标里程碑（Objective Milestone）。目标里程碑对应着先启阶段的结束，当开发者可以明确软件系统的目标和范围时即到达了该里程碑。

（2）架构里程碑（Architecture Milestone）。架构里程碑是 UP 生命周期中的第二个里程碑，在这个里程碑前，开发者需要确定稳定的系统架构。

（3）能力里程碑（Capacity Milestone）。当然系统已经足够稳定和成熟，并完成 Alpha 测试，认为到达了第三个里程碑。

（4）发布里程碑（Release Milestone）。在到达发布里程碑前，需要完成系统的 Beta 测试、完成系统发布和用户培训等工作。

在经过这 4 个里程碑后，即完成了一个完整的生命周期，开发出一个新的版本。此时可以关闭该产品的开发，也可以迭代进入下一版本。

3. UP 的特点

UP 是一个特点鲜明的开发模型，下面列出 UP 的一些特点：

（1）UP 是一个迭代的二维开发模型，在生命周期的每一阶段都可以进行需求、设计等活动。UP 不但给出了迭代的生命周期，还给出了生命周期每一阶段的迭代指南。

（2）采用不同迭代方式的 UP 可以演变为演化模型或增量模型。

（3）UP 的迭代特点使得更容易控制软件开发的风险。

（4）虽然 UP 是一个迭代的开发模型，但 UP 本身并不属于敏捷方法。相反，一般认为，未经裁减的 UP 是一个重载过程。

（5）在实际应用中可以根据具体问题对 UP 进行裁减，从而使其可以适应各种规模的软件和开发团队。

4. 架构设计师在 UP 中的活动

架构设计师的角色在 UP 中承担了非常重要的角色。在 UP 中，架构设计师除了需要建立系统架构模型外，还需要：

（1）同需求人员和项目管理人员密切协作。

（2）细化软件架构。

（3）保持整个架构的概念完整性。

具体地说，架构设计师不但需要设计系统架构，还需要定义设计方法、设计指南、编码指南、评审设计等工作。因此，也有人称 UP 是一个以架构为中心的开发模型。

5.4 敏捷方法

2001 年 2 月，在美国的犹他州，17 位"无政府主义者"共同发表了《敏捷软件开发宣言》，在宣言中指出：

- 尽早地、持续地向客户交付有价值的软件对开发人员来说是最重要的。
- 拥抱变化，即使在开发的后期。敏捷过程能够驾驭变化，保持客户的竞争力。
- 经常交付可工作的软件，从几周到几个月，时间范围越小越好。
- 在整个项目中，业务人员和开发者紧密合作。
- 围绕士气高昂的团队进行开发，为团队成员提供适宜的环境，满足他们的需要，并给予足够的信任。
- 在团队中，最有效率的也是效果最好的沟通方式是面对面的交流。
- 可以工作的软件是进度首要的度量方式。
- 可持续的开发。投资人、开发团队和用户应该保持固定的节奏。
- 不断追求优秀的技术和良好的设计有助于提高敏捷性。
- 要简单，尽可能减少工作量。减少工作量的艺术是非常重要的。
- 最好的架构、需求和设计都来自于一个自我组织的团队。
- 团队要定期的总结如何能够更有效率，然后相应的自我调整。

至此，敏捷软件联盟（Agile Alliance）建立起来，敏捷软件开发方法进入了大发展的时代。这份宣言也就是敏捷方法的灯塔，所有的敏捷方法都在向这个方向努力。截至本书成稿时，敏捷方法族中包含 11 种开发方法，它们分别是：

- AD（Agile Database Techniques，敏捷数据技术）。
- AM（Agile Modeling，敏捷建模）。
- ASD（Adaptive Software Development，自适应软件开发）。
- Crystal（水晶方法）。
- FDD（Feature Driven Development，特征驱动开发）。
- DSDM（Dynamic Systems Development Method，动态系统开发方法）。
- LSD（Lean Software Development，精益软件开发）。
- Scrum。
- TDD（Test-Driven Design，测试驱动设计）。

- XBreed。
- XP（eXtreme Programming，极限编程）。

在这 11 种方法中，XP 传播最为广泛，为此，本节主要介绍 XP，其次介绍另外两种很有特色的开发模型——FDD 和 LSD。

5.4.1 极限编程

XP 方法可以说是敏捷联盟中最鲜艳的一面旗帜，也是相对来说最成熟的一种。XP 方法的雏形最初形成于 1996～1999 年，Kent Beck、Ward Cunningham、Ron Jeffery 夫妇在开发 C3 项目（Chrysler Comprehensive Compensation）的实践中总结出了 XP 的基本元素。在此之后，Kent Beck 和他的一些好朋友们一起在实践中完善提高，终于形成了极限编程方法。

XP 是一种轻量（敏捷）、高效、低风险、柔性、可预测、科学而且充满乐趣的软件开发方式。与其他方法论相比，其最大的不同在于：

（1）在更短的周期内，更早地提供具体、持续的反馈信息。

（2）迭代地进行计划编制，首先在最开始迅速生成一个总体计划，然后在整个项目开发过程中不断地发展它。

（3）依赖于自动测试程序来监控开发进度，并及早地捕获缺陷。

（4）依赖于口头交流、测试和源程序进行沟通。

（5）倡导持续的演化式的设计。

（6）依赖于开发团队内部的紧密协作。

（7）尽可能达到程序员短期利益和项目长期利益的平衡。

XP 由价值观、原则、实践和行为 4 个部分组成，它们彼此相互依赖、关联，并通过行为贯穿于整个生命周期。

1. 四大价值观

XP 的核心是其总结的沟通、简单、反馈、勇气 4 大价值观，它们是 XP 的基础，也是 XP 的灵魂。

（1）沟通。通常，程序员给人留下的印象就是"内向、不善言谈"，项目中的许多问题就出在这些缺乏沟通的开发人员身上。由于某个程序员做出了一个设计决定，但是却不能够及时地通知团队中的其他成员，结果使得团队在协作与配合上出现很多麻烦。而在传统的开发方法中，并不在意这种口头沟通不畅的问题，而是希望借助于完善的流程和面面俱到的文档、报表、计划来替代，但是，这同时又引入了效率不高的新问题。

XP 方法认为，如果小组成员之间无法做到持续的、无间断的交流，那么协作就无从谈起。从这个角度来看，通过文档、报表等人工制品进行交流，具有很大的局限性。因此，XP 组合了诸如结对编程这样的最佳实践，鼓励大家进行口头交流、通过交流解决问题、提高效率。

（2）简单。XP 方法提倡在工作中秉承"够用即好"的思路，也就是尽量地简单化，只要今天够用就行，不考虑明天会发现的新问题。这一点看上去十分容易，但要真正做到保持简单的工作其实是很难的，因为在传统的开发方法中，都要求开发人员对未来做一些预先规划，以便对今后可能发生的变化预留一些扩展的空间。

简单和沟通之间还有一种相当微妙的互相支持关系。一方面，团队成员之间沟通得越多，就越容易明白哪些工作需要做，哪些工作不需要做；另一方面，系统越简单，需要沟通的内容也就越少，沟通也将更加全面。

（3）反馈。是什么原因使得客户、管理层这么不理解开发团队？究其症结，就是开发的过程中缺乏必要的反馈。在很多项目中，当开发团队经历过了需求分析阶段之后，在相当长的一个时间段中，是没有任何反馈信息的。整个开发过程对于客户和管理层而言就像一个黑盒子，进度完全不可见。而且，在项目开发过程中，这样的现象不仅出现在开发团队与客户、管理层之间，还出现在开发团队内部。因此，开发团队需要更加注重反馈。反馈对于任何软件项目的成功都是至关重要的，而在 XP 方法论中则更进一步，通过持续、明确的反馈来暴露软件状态的问题。

反馈与沟通有着良好的配合，及时和良好的反馈有助于沟通。而简单的系统，更有利于测试和反馈。

（4）勇气。在应用 XP 方法时，每时每刻都在应对变化：由于沟通良好，会有更多需求变更的机会；由于时刻保持系统的简单，新的变化会带来一些重新开发的需要；由于反馈及时，会有更多中间打断思路的新需求。总之，这一切使得开发团队处于变化之中，因此，这时就需要有勇气来面对快速开发，面对可能的重新开发。勇气可以来源于沟通，因为它使得高风险、高回报的试验成为可能；勇气可以来源于简单，因为面对简单的系统，更容易鼓起勇气；勇气可以来源于反馈，因为可以及时获得每一步前进的状态（自动测试），会使得更勇于重构代码。

希赛教育专家提示：在 XP 的 4 大价值观之下，隐藏着一种更深刻的东西，那就是尊重。因为这一切都建立在团队成员之间的相互关心、相互理解的基础之上。

2. 12 个最佳实践

在 XP 中，集成了 12 个最佳实践，有趣的是，它们中没有一个是创新的概念，大多数概念和编程一样老。其主要的创新点在于提供一种良好的思路将这些最佳实践结合在一起，并且确保尽可能彻底地执行它们，使得它们能够在最大程度上互相支持。

（1）计划游戏。计划游戏的主要思想就是先快速地制订一份概要的计划，然后，随着项目细节的不断清晰，再逐步完善这份计划。计划游戏产生的结果是一套用户故事及后续的一两次迭代的概要计划。

（2）小型发布。XP 方法秉承的是"持续集成、小步快走"的哲学，也就是说每一次发布的版本应该尽可能地小，当然前提条件是每个版本有足够的商业价值，值得发布。由于小型发布可以使得集成更频繁，客户获得的中间结果越频繁，反馈也就越频繁，客户就能够实时地了解项目的进展情况，从而提出更多的意见，以便在下一次迭代中计划进去，以实现更高的客户满意度。

（3）隐喻。相对而言，隐喻比较令人费解。根据词典中的解释是："一种语言的表达手段，它用来暗示字面意义不相似的事物之间的相似之处"。隐喻常用于 4 个方面：寻求共识、发明共享语汇、创新的武器、描述架构。

希赛教育专家提示：如果能够找到合适的隐喻是十分快乐的，但并不是每一种情况都可以找到恰当的隐喻，因此，没有必要去强求，而应顺其自然。

（4）简单设计。强调简单的价值观，引出了简单性假设原则，落到实处就是"简单设计"实践。这个实践看上去似乎很容易理解，但却又经常被误解，许多批评者就指责 XP 忽略设计是不正确的。其实，XP 的简单设计实践并不是要忽略设计，而且认为设计不应该在编码之前一次性完成，因为那样只能建立在"情况不会发生变化"或者"我们可以预见所有的变化"之类的谎言基础上。

（5）测试先行。对于有些团队而言，有时候程序员会以"开发工作太紧张"为理由，而忽略测试工作。这样，就导致了一个恶性循环，越是没空编写测试程序，代码的效率与质量越差，花在找缺陷、解决缺陷的时间也越长，实际产能大大降低。由于产能降低了，因此时间更紧张，压力更大。

（6）重构。重构是一种对代码进行改进而不影响功能实现的技术，XP 需要开发人员在"闻到代码的坏味道"时，有重构代码的勇气。重构的目的是降低变化引发的风险、使得代码优化更加容易。

（7）结对编程。自从 20 世纪 60 年代开始，就有类似的实践在进行，长年以来的研究结果给出的结论是，结对编程的效率反而比单独编程更高。一开始虽然会牺牲一些速度，但慢慢地，开发速度会逐渐加快。究其原因，主要是结对编程大大降低了沟通的成本，提高了工作的质量。结对编程技术被誉为 XP 保持工作质量、强调人文主义的一个最典型的实践，应用得当还能够使开发团队协作更加顺畅、知识交流与共享更加频繁、团队稳定性也会更加牢固。

（8）集体代码所有制。由于 XP 方法鼓励团队进行结对编程，而且认为结对编程的组合应该动态地搭配，根据任务、专业技能的不同进行最优组合。因此，每一个人都会遇到不同的代码，代码的所有制就不再适合于私有，因为那样会给修改工作带来巨大的不便。所谓集体代码所有制，就是团队中的每个成员都拥有对代码进行改进的权利，每个人都拥有全部代码，也都需要对全部代码负责。同时，XP 强调代码是谁破坏的（修改后出现问题），就应该由谁来修复。

希赛教育专家提示：集体代码所有制是 XP 与其他敏捷方法的一个较大不同，也从另一个侧面体现了 XP 中蕴含的很深厚的编码情结。

（9）持续集成。在前面谈到小型发布、重构、结对编程、集体代码所有制等最佳实践的时候，多次提到"持续集成"，可以说持续集成是这些最佳实践的基本支撑条件。

（10）每周工作 40 小时。这是最让开发人员开心、管理者反对的一个最佳实践了，加班、再加班早已成为开发人员的家常便饭，也是管理者最常使用的一种策略。而 XP 方法认为，加班最终会扼杀团队的积极性，最终导致项目的失败，这也充分体现了 XP 方法关注人的因素比关注过程的因素更多一些。不过，有一点是需要解释的，"每周工作 40 小时"中的"40"不是一个绝对数，它所代表的意思是团队应该保证按照"正常的时间"进行工作。

（11）现场客户。为了保证开发出来的结果与客户的预想接近，XP 方法认为最重要的是需要将客户请到开发现场。就像计划游戏中提到过的，在 XP 项目中，应该时刻保证客户负责业务决策，开发团队负责技术决策。因此，在项目中有客户在现场明确用户故事，并做出相应的业务决策，对于 XP 项目而言有着十分重要的意义。

（12）编码标准。拥有编码标准可以避免团队在一些与开发进度无关的枝末细节问题上发生争论，而且会给重构、结对编程带来很大的麻烦。不过，XP 方法的编码标准的目的不是创建一个事无巨细的规则列表，而是只要能够提供一个确保代码清晰，便于交流的指导方针。

有句经典名言"1+1>2"最适合表达 XP 的观点，Kent Beck 认为，XP 方法的最大价值在于，在项目中融汇贯通地运用这 12 个最佳实践，而非单独使用。当然，可以使用其中的一些实践，但这并不意味着就应用了 XP 方法。要使 XP 方法真正发挥效能，就必须完整地运用 12 个实践。

5.4.2 特征驱动开发

FDD 方法来自于一个大型的新加坡银行项目。FDD 的创立者 Jeff De Luca 和 Peter Coad 分别是这个项目的项目经理和首席架构设计师。在 Jeff 和 Peter 接手项目时，客户已经经历了一次项目的失败，从用户到高层都对这个项目持怀疑的态度，项目组士气低落。随后，Jeff 和 Peter 应用了特征驱动、彩色建模等方法，最终获得了巨大成功。

FDD 是也是一个迭代的开发模型。FDD 的每一步都强调质量，不断地交付可运行的软件，并以很小的开发提供精确的项目进度报告和状态信息。同敏捷方法一样，FDD 弱化了过程在软件开发中的地位。虽然 FDD 中也定义了开发的过程，不过一个几页纸就能完全描述的过程深受开发者的喜爱。

1. FDD 角色定义

FDD 认为，有效地软件开发不可缺少的三个要素是：人、过程和技术。软件开发不能没有过程，也不能没有技术，但软件开发中最重要的是人。个人的生产率和人的技能将会决定项目的成败。为了让项目团队能够紧密地工作在一起，FDD 定义了 6 种关键的项目角色：

（1）项目经理。项目经理是开发的组织者，但项目经理不是开发的主宰。对于项目团队来说，项目经理应该是团队的保护屏障。他将同团队外界（如高层领导、人事甚至写字楼的物业管理员）进行沟通，努力为团队提供一个适宜的开发环境。

（2）首席架构设计师。不难理解，首席架构设计师负责系统架构的设计。

（3）开发经理。开发经理负责团队日常的开发，解决开发中出现的技术问题与资源冲突。

（4）主程序员。主程序员将带领一个小组完成特征的详细设计和构建的工作，一般要求主程序员具有一定的工作经验，并能够带动小组的工作。

（5）程序员。若干个程序员在主程序员的带领下形成一个开发小组，按照特征开发计划完成开发。

（6）领域专家。领域专家是对业务领域精通的人，一般是由客户、系统分析员等担当。领域专家作为关键的项目角色正是敏捷宣言中"业务人员同开发人员紧密合作"的体现。

根据项目规模的大小，有些角色是可以重复的。例如在一个小规模项目中，项目经理自身的能力很强，他就可以同时担当项目经理、首席架构设计师和开发经理的角色。

2. 核心过程

FDD 共有 5 个核心过程，如图 5-6 所示。

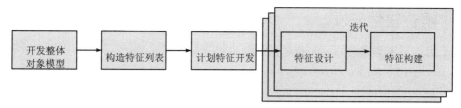

图 5-6　FDD 的核心过程

（1）开发整体对象模型。开发整体对象模型也就是业务建模的阶段。不过 FDD 强调的是全系统的完整的面向对象建模，这种做法有助于与把握整个系统，而不是仅仅关注系统中的若干个点。在这一阶段，领域专家和首席架构设计师相互配合，完成整体对象模型。

（2）构造特征列表。完成系统建模后，需要构造一个完整的特征列表。所谓特征指的是一个小的、对客户有价值的功能。采用动作、结果和目标来描述特征，特征的粒度最好把握在可以两周之内实现这个特征。在这一阶段，可以整理出系统的需求。

（3）计划特征开发。很少看到有哪个软件在开发过程中明确包含计划过程，其实任何一个软件项目都必须有计划——无论是重载方法还是敏捷方法。在这一阶段，项目经理根据构造出的特征列表、特征间的依赖关系进行计划，安排开发任务。

（4）特征设计。在这一阶段，主程序员将带领特征小组对特征进行详细设计，为后面的构建做准备。

（5）特征构建。特征构建和特征设计这两个阶段合并起来可以看做特征的实现阶段，这两个阶段反复地迭代，直到完成全部的开发。

3．最佳实践

组成 FDD 的最佳实践包括：领域对象建模、根据特征进行开发、类的个体所有、组成特征小组、审查、定期构造、配置管理、结果的可见性。

这其中，最有特色的莫过于类的个体所有了。几乎所有的开发模型都是代码共有的，程序员们负责开发系统中的全部代码，并通过配置管理和变更控制来保持代码的一致性。在 FDD 中，将类分配给特定的任何小组，分配给 A 成员的代码将全部由 A 来维护，除 A 外的角色都不能修改它，只能使用它。这样做当然有它的优点：个人对所分配的类很容易保持概念的完整性；开发类代码的人肯定是最熟悉这个类的主人；而对这个类的支配感会促使开发人员产生自豪感，从而更出色地完成任务。不过 FDD 也提到了类个体所有的缺陷：项目中的依赖关系增强、当 A 需要 B 修改他自己的类时，必须等待 B 完成修改才能使用；类的个体所有提高了员工离职的损失。面对这些优点和缺陷，显然 FDD 认为类的个体所有对系统开发更有帮助。

除类的个体所有外，审查也是 FDD 中很具特色的一项实践。不少人都认为审查是非常严格的软件过程所特有的，因为进行审查不但要花费不少的人力和时间，对审查者本身的素质也有要求。然而在 FDD 中，明确地将审查作为一项最佳实践提出。审查是一种很有效地发现缺陷的手段，但经常被忽视，国内的软件组织中很少有严格审查制度保证软件质量。有效地审查可以发现很多潜在的问题，而这些问题往往是无法通过测试发现的，例如建模、需求和设计期的缺陷。这些潜在的缺陷大多要到系统测试甚至发布后才能发现，修正这些缺陷的代价是很高昂的。

5.4.3　精益软件开发

Lean 可以引申为节约的，尤其是在管理中的节约。通过这个名字就可以看出来精益软件开发的目的——降低成本。精益软件开发由 Mary Poppendieck 和 Tom Poppendieck 提出。他们的著作"Lean Software Development: An Agile Toolkit by Mary Poppendieck and Tom Poppendieck"获得了第 14 届 Jolt 的生产效率大奖，得到了广泛的认可。

同 XP 一样，精益软件开发没有定义任何软件开发过程。精益软件开发方法认为，与其为了让"任何人都可以编码"而定义出严格的详细设计过程，还不如直接培养一线员工的技能，让他们定义最适合自己的过程。下面介绍方法中提出进行精益软件开发的 7 点原则。

1．消除浪费

根据精益制造的原则，在开发中应该尽量避免浪费（时间的浪费、成本的浪费、资源的浪费），尽力避免不能为软件增加任何价值的工作。而在一个复杂的软件过程中，浪费随处可见。唯一需要做的就是迅速地搞清楚客户想要什么，然后开发它。软件开发中常见的浪费包括：

（1）部分完成的工作。因为没有全部完成，其实没有任何用户可见的价值。

（2）额外的过程。额外的过程包括各种各样的文档和流程，例如，变更审批流程。

（3）不需要的特性。很显然，这些额外的需求根本不应该出现。

（3）任务的调换。团队成员需要调整自己的思路才能适应工作环境和内容的变化，这种调整是完全不必要的。

（4）除了上面列举的还有：等待、人和中间产品的移动、各种缺陷、管理活动等。

要进行精益软件开发，就必须首先消除浪费，提高生产效率，因此方法中建议使用价值流图来评估软件开发的过程。

2．增强学习

虽然持续的学习新技术和新方法非常重要，不过并不是本节所说的学习，这里的学习指的是一个迭代渐进的过程。软件开发不同于生产制造，没有人可以一下子把整个软件把握得巨细无遗，迭代、反馈和渐进才是软件开发的正确道路。软件开发类似于厨师开发出新的菜谱，需要有反复尝试的学习阶段才能制作出可口的美味。尤其对于复杂的项目的庞大的团队，这种迭代和反馈显得更为重要。

3．尽量推迟决策

同通常的软件过程和经典的项目管理理论完全不同的是，精益软件开发应该尽量推迟决策。因为软件开发具有很大的不确定性，想要正确地决策就必须把决策建立在事实而不是预测的基础上，要做到这一点就必须推迟决策。在一个不断变化的市场中，推迟决策比早期的预测更有效。当然，推迟决策强调决策的快速，在发生变化的时候应该迅速地进行决策，制订尽可能简单的规则。笔者认为，如果不能迅速地进行决策，推迟决策恐怕会适得其反。为此，最好能够针对不确定性事先制订出一些可选的方案，以提高决策的速度。

4．尽快交付

尽快交付完全符合敏捷宣言中的"经常交付可工作的软件"，这一点也已经被很多人所接受。尽快交付可用的软件不但可以提高开发的效率还可以提高软件质量。因为交付周期越短，出现变化的可能性就越小，能够更早地得到相应的反馈，同时越可能满足客户的需要，实现软件的价值。

5. 授权团队

这一点又暗合了宣言中"围绕士气高昂的团队进行开发，为团队成员提供适宜的环境，满足他们的需要，并给予足够的信任"。在精益软件开发中，对这一点有更进一步的诠释。对问题的细节了解最清楚的莫过于身处一线的开发人员，他们最清楚问题现在是什么样的，应该怎么做，他们的决策才是最有效的。精益软件开发采用"拉动"的方法制订工作进度计划，让开发人员能相互了解彼此的工作，提高决策的速度和效果。

6. 完整的开发

完整的开发指的是开发出的软件具有概念的完整性和功能的完备性。当然，精益软件开发并不是要一次性开发出大而全的系统，而是让这个系统保持为完整的内聚体，这种内聚体才能够真正满足客户的需求，才具有可用性和适用性，也就实现了用户价值。而一个具有概念完整性的系统也更容易扩展和维护。根据精益软件开发的原则，一个只开发了部分的系统几乎没有什么价值，客户也无法从系统中获得更多的帮助。

7. 着眼整体

人们经常说，要有大局观、系统观。其实，工程师很少会以系统的观点来看待软件开发的整个过程。毫无疑问，整个软件开发的过程是一个复杂的系统，系统中任何一个部分的变化都会对开发的结果造成影响——正面影响或负面影响。这不是一个简单的线性系统，系统中的各个部分相互依存、相互影响。当人们采用看起来更严密的过程的时候，其实很难评估它对系统最终的影响。为了说明这一点，引用 Mary Poppendieck 和 Tom Poppendieck 举的一个例子。喜欢自行车运动的人应该听说过阿姆斯特朗，连续 4 年蝉联环法自行车大赛的冠军。但其实，阿姆斯特朗很少获得分站赛的冠军——4 年中只有 11 次，平均每年不超过三次。这种简单累加分站赛成绩计算最后总成绩的系统尚且表明局部的优势不能提高最终结果，那么对于软件开发这个复杂的系统呢？局部的优化往往造成其他部分的削弱，只有着眼于整体，从系统的角度进行思考，才能避免这种只见树木不见森林的错误。

除了 FDD、LSD 和 XP 外，敏捷方法族中还有很多成员。这些方法都具有短迭代、强调客户价值、中间结果少的特点。

> **希赛教育专家提示**：在敏捷方法的学习中，熟记过程或实践的形式是次要的，更重要的是敏捷宣言的理解。敏捷方法明确地提出要拥抱变化，这些方法也是来自于各个不同的项目，这些项目与设计师所处的项目肯定不同，生搬硬套敏捷方法不如领会敏捷宣言中的思想，运用灵活。这样才能提高开发的效率和质量。

5.5 软件重用

软件重用技术是一种重要的软件开发方法，虽然软件重用技术至今还不够成熟，离理想中的软件工厂还有很长的路要走，但现有的一些重用技术（例如，中间件、应用服务器等）已经改变了开发过程。

5.5.1　软件重用

软件产品与其他的产品不同，是抽象的，一旦产生就可以无限制地复制，因此重复利用软件产品的意义重大，可以节约大量的人力物力。软件重用指的是利用已经存在的软件元素建立新的软件系统，这其中的软件元素既可以是软件产品、源程序，也可以是文档、设计思想甚至是领域知识。软件重用可以直接提高软件的开发效率、降低软件的开发成本、缩短软件的开发周期、提高软件质量。

常见的软件重用形式包括：

（1）源代码重用。这是最简单也是最常见的重用形式，但由于软件系统的复杂性，很难大规模地重用已有源代码。

（2）架构重用。架构重用也很常见，随着软件架构风格和设计模式的推广和应用，架构重用已经对软件开发产生了重大的影响。

（3）应用框架的重用。随着软件技术的发展，应用框架的重用变得越来越普遍，很多成熟的软件公司都建立了自己的开发框架。在开源社区中，世界各地的技术爱好者也在不断地推出应用了各种新技术的开发框架，例如，应用了 AOP（Aspect Oriented Programming，面向方面编程）技术的 Spring 等。

（4）业务建模的重用。虽然不同的软件的业务领域各自不同，但人们还是总结出了一些常见领域的建模方法，重用这些领域模型可以降低因领域知识不足而造成的需求风险。

（5）文档及过程的重用。软件文档和软件过程也是软件开发中不可或缺的元素，有效地重用这些的文档和过程也有助于提高开发效率和软件质量、降低开发成本。

（6）软构件的重用。关于软构件的重用，请参考 5.5.2 节。

（7）软件服务的重用。随着 Web 服务的提出，人们越来越关注服务的重用。SOA（Service-Oriented Architecture，面向服务的架构）提出了面向服务的软件架构，并定义了相应的标准。但 SOA 还不够成熟，相信这一领域在未来的几年中还将取得更大的进展。

5.5.2　构件技术

构件（component）又称为组件，是一个自包容、可复用的程序集。首先，构件是一个程序集，或者说是一组程序的集合。这个集合可能会以各种方式体现出来，如源程序或二进制的代码。这个集合整体向外提供统一的访问接口，构件外部只能通过接口来访问构件，而不能直接操作构件的内部。

构件的两个最重要的特性是自包容与可重用。自包容指的是构件的本身是一个功能完整的独立体，构件内部与外部的功能界限清晰明确，可以独立配置与使用。而可重用既是构件的特点，也是构件出现的目的。早在 1968 年 NATO 软件工程会议，Mcllroy 的论文《大量生产的软件构件》中，就提出了"软件组装生产线"的思想。从那以后，使用构件技术实现软件复用，采用"搭积木"的方式生产软件，就成为软件人员的梦想。

构件的开发者和使用者往往不是相同的人或组织，所以必须定义构件的标准才能够消除其中的障碍。随着构件技术的发展，目前应用比较广泛的构件标准有 CORBA、Java Bean/EJB、COM/DCOM。

应用构件技术开发软件可以使用构件组装模型，见 5.1.5 节的介绍。

5.6　形式化方法

形式化方法是指采用严格的数学方法，使用形式化规约语言来精确定义软件系统。非形式化的开发方法通过自然语言、图形或表格描述软件系统的行为和特性，然后基于这些描述进行设计和开发，而形式化开发则是基于数学的方式描述、开发和验证系统。

形式化方法包括形式化描述和基于形式化描述的形式化验证两部分内容。形式化描述就是用形式化语言进行描绘，建立软件需求和特性，即解决软件"做什么"的问题。形式化验证指的是验证已有的程序是否满足形式化描述的定义。形式化描述主要可以分为两类，一类是通过建立计算模型来描述系统的行为特性，另一类则通过定义系统必须满足的一些属性来描述系统。形式化描述又称为形式化规约，相对于自然语言描述，形式化描述是精确的、可验证的，避免了模糊与二义性，消除需求中相互矛盾的地方，避免需求定义人员和开发人员对需求的理解偏差。

形式化描述可以通过计算机技术进行自动处理，进行一致性的检查和证明，提高需求分析的效率和质量。通过形式化描述，需求分析的质量大大提高，很多自然语言描述无法避免的缺陷在需求分析阶段就会被发现，并得到解决，从而降低后期的开发和维护的成本，并提升软件的质量和可靠性。

在一些要求高可靠性的关键应用上，采用形式化开发方法可以保证软件系统的可靠性。如巴黎地铁 14 号线和 Roissy 机场穿梭车的自动控制系统。这两个系统中的部分程序使用了形式化方法进行开发，并取得了很好的效果。如表 5-1 所示。

表 5-1　形式化开发案例数据对比

项目	巴黎地铁 14 号线	Roissy 机场穿梭车
ADA 代码行数	86000	158000
交互证明所用人月	7.1	4.6

表 5-1 中的 ADA 代码行数表示运用形式化方法开发的软件系统规模，这些代码是形式化方法自动生成的，开发人员并不直接修改这些代码。

> **希赛教育专家提示：**这两个案例都没有进行单元测试，而在非形式化开发中，这类关键应用系统的软件的单元测试和集成测试都是非常重要的工作，通常要花费高昂的代价。形式化开发的优点可见一斑。

第6章 系统计划

系统计划主要描述从项目提出、选择到确立的过程，包括系统项目的提出与可行性分析，系统方案的制订、评价和改进，新旧系统的分析和比较，以及现有软件、硬件和数据资源的有效利用等问题。

6.1 项目的提出与选择

组织在信息化的过程中，可能基于各种动机提出系统项目的建设，有关人员要根据这些动机，提出和确定信息系统的工作范围，确定项目立项，提出系统选择方案，给出选择结果。

6.1.1 项目的立项目标和动机

企事业单位在其自身的经营管理过程中，对于项目的立项建设可能具有多种动机，通常可归结为下列几种模式。

1. 进行基础研究并获取技术

此类项目通常由大学院校或企业集团的战略研究性部门提出和实施。小规模的研究组织可能仅仅是企业中的一个研发部门或从事研发工作的团队；中大规模的研究组织包括研究所或研究院这种独立建制的单位；大规模的研究性项目可类似国家 863 计划这样跨行业、跨地域协作的国家级重大项目立项。

此类项目的目标通常不仅仅包含了对某种产品实现机制或核心技术支撑理论或理论体系的深入钻研，而且也代表着对前沿技术的追踪和对技术发展趋势的早期研判。因此通常也称为"基础研究"。此类研究通常都被看做一种长期的战略性投资，目标不是为了短期的市场收益和支持当前的市场或行业应用，而是为了开拓未来的市场、创造全新概念的产品、产业或生活方式、建立行业或国家竞争优势而开展的基础研究性工作。

"基础研究"更多地体现为一种探索性研究，成果多体现为某种理论体系和技术成果。基础研究的工作方式通常是：研究者设想未来的技术趋势、社会环境和人的习惯变迁，大胆构思一种超前的需求，并为满足这种需求而预研某种前沿技术。这样的研究通常没有具体的产品发布目标，也没有苛刻的时间限制，甚至连阶段性目标和长期目标也是由研究人员自己来设定的。在研究过程中需要研究人员充分发挥想象力和创造力，突破现有理论或技术模型的框架，提出全新的理论体系和技术或产品。

2. 进行应用研发并获得产品

此类项目通常由企业进行立项和开发，企业立项的基本动机通常是得到应用软件产品并向目标客户群进行销售从而获取利润等。产品一般会基于某类特定客户群体的需求进行设计，有明确和具体的研发目标需求，有严格的时间限制、资源预算等，因此可归入"应用研发"型软件。

应用研发型软件通常具有一定的通用性、客户广泛，既可能是面向个人消费者的工具软件（例如，Office、杀毒软件、游戏软件等），也可能是面向特定领域或行业的工具软件（例如，SQL Server 数据库、AutoCAD 工程绘图软件、Rational Rose 这样的建模工具软件等）。

3. 提供技术服务

对此类项目进行立项的企业通常能向目标客户群提供比较全面的技术服务而不是单一的软件产品。因此企业的服务范围可能包含提供技术和解决方案的咨询、利用现有产品进行系统集成和服务、面向特定客户的软件项目定制开发、对现有的软件系统进行升级和改造、提供软件应用相关的技术支持、服务和培训等服务中的一个或多个内容。

总的来说，此类组织通常会面向一个特定行业、具有相对稳定的客户群体、通过提供一种综合性服务而不是单一软件产品来获取市场价值，可以把此类公司看做"服务"导向的组织。

4. 信息技术产品的使用者

信息技术的使用者是最终客户。对他们来说，软件项目的立项动机既不是得到软件产品进行销售，也不是为了提供技术服务，而是通过购买产品或服务来得到使用价值。例如：一个个人消费者购买了绘图软件是为了存储和处理个人数码相机中的照片，而一个企业通过实施 ERP（Enterprise Resource Planning，企业资源计划）可能是为了达到诸如生产能力的控制、生产计划科学性、提高管理水平、获取新的决策能力、降低库存成本、提高资金周转率、建立面向市场订单生产方式等这样的目标，并期望通过这些目标的实现来增强企业竞争力、获取更大的市场份额。对信息技术的使用者来说，信息技术是一种手段，同时也是一种成本。如何用最小的成本和风险获得满意的效果是客户最关心的问题。

进行基础研究或应用型产品研发的项目可能是高度技术驱动的，而以技术服务、按客户需求进行定制开发类的项目则可能是高度业务导向和客户导向的。这些需求本身并不矛盾，通常取决于建设项目的单位在行业价值链中所处的位置。如图 6-1 所示。

由此可见，不同单位的系统项目立项动机和获益目标是多种多样的，并不存在一个统一的软件系统项目的提出模式。项目提出的来源也具有多种多样的途径：

- 进行基础技术、学科和理论的研究；
- 企事业单位内部的技术改造；
- 特定客户根据自身需要提出的投标项目或一对一的软件定制项目；
- 根据现有市场同类产品的调查结果确立的开发项目；
- 新的市场机会；
- 提供技术服务而确立的软件项目；
- ……

立项前的项目目标通常是模糊不清的，需要对项目预期的建设目标进行多角度的评估和前瞻性的构想才能有所细化，同时还需要考察包括项目需求的初期调研结果、产品或项目未来的商务模式和盈利模式、用户业务描述和想象、用户群体、用户业务和业务规划、内部外部环境、资源计划、企业产品战略和技术路线等各方面的情况。项目立项前的各种工作通常是由企业的中高层管理者来负责勾画，包括项目远景目标和项目实施的路线蓝图，他们也负责完成立项建议的最终决策过程。

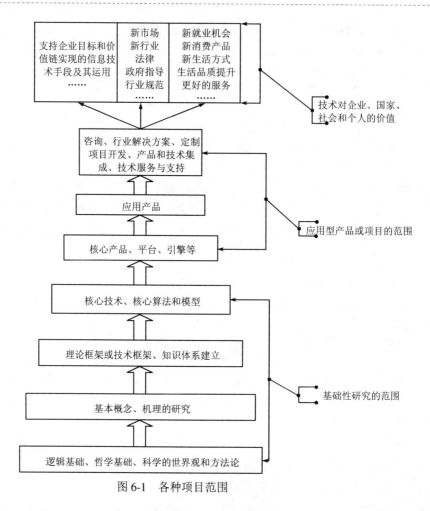

图 6-1　各种项目范围

6.1.2　项目提出的角色和工作范围

系统项目提出这个问题域所覆盖的内容，实际上超出了多数系统架构设计师和系统分析师的工作范畴。其中部分问题位于企业经营管理层和具体业务的执行层的边界上。这是很多产品或项目定义阶段事情总是模糊不清的根源。

系统分析师经常感到困惑的问题是，企业中高层经理指出了一个具体的企业策略（例如，在本年度内要通过信息化手段改善管理水平，降低管理成本）但并没有告知企业将如何去执行这个策略，同时业务人员、管理人员和从事软件开发的 IT 人员彼此之间也对对方的工作及工作的意义所在并不能完全理解。不管怎么样，事情总是需要从沟通开始，因此系统分析师常常准备了一系列的问题询问业务人员，例如：谁提出了软件项目？最终用户是什么？想象中的操作方式如何？。而业务人员通常不会详细介绍项目背景及项目背景之后的企业策略问题，往往会直接提出一些很抽象的要求，例如：软件应该界面友好、简洁方便、应该性能好，但缺少解释软件至关重要的功能是什么、以及为什么要这样？如果系统分析师不能深入发掘项目立项的目的，则项目预期的目标就会在不知不觉中偏离原来设定的目标。

对这个问题常见的理解误区，是很多管理者会把根源归咎于客户或开发单位的管理水平或软件人员的设计能力问题。但多数系统架构设计师和软件工程师所面对的问题是已经立项后的软件设计和实施问题。只有较少的技术负责人会参与到软件立项背后的产品规划、技术战略、项目远景目标和价值判断的确认过程中。当项目已经开始准备甚至实施了一段时间后，而项目的具体建设目标和意义却并不清晰，这是很多软件项目所面对的最大风险，这些问题必须在立项前的项目选择阶段解决。

为了确立项目远景、意义、价值和路线图，系统架构设计师和系统分析师有必要从捕获用户需求更进一步去观察项目的价值，以及项目背后的企业规划问题。或者提醒进行项目决策的管理层去明确这些问题，以便规避那些"根源性"失败的风险。同时，虽然多数系统架构设计师并不会过多涉足企业战略的领域，但了解客户和自己所在单位的经营战略、产品战略和技术路线，考察客户所在的行业价值链等因素，将可以寻找到很多新产品和新业务的发展机会，同时也有助于系统架构设计师在定义产品或项目的开发边界时，理解和抓住软件产品中对最终项目或产品成功具有至关重要影响的功能需求。

6.1.3　项目的选择和确定

系统项目的选择至少包含两种实用性的目的，一种是软件开发公司在诸多的产品方向中选择适当的方向进行研究和开发，另一种是客户从诸多的产品中购买适合自己需要的产品、或选择适合自己需要的技术方案进行实施。与系统项目提出的问题一样，并不存在一个统一模式进行系统项目的选择和取舍，但可以提出进行项目取舍和评估的若干原则。通过使用上述原则，可以逐步排除那些不符合需求的项目定义，从而找到比较适合的项目或产品开发方向。

1．选择有核心价值的产品/项目或开发方向

这个策略的关键在于确定什么样的系统项目是有价值的。通常由于立项单位所处的行业、在行业中的位置、立项目标等因素不同，对软件项目的价值判断也不同。但"有核心价值的软件项目"通常总是和企业或客户的核心业务相关的。

美国哈佛商学院的著名教授 Michael Porter 曾经在他的《竞争优势》（Competitive Advantage）一书中提出了"价值链"的概念，价值链把企业运作的各种活动划分为产品设计、生产、营销和应用等独立领域，企业的价值链也可以进一步和上游供货商与下游买主的价值链相连，从而构成一个产业的价值链。如果以"价值链"的观点来看待软件产品或项目，软件是作为一种技术服务手段被作用到企业业务的价值链上的，通过实现价值链中的关键业务的信息化从而最终改善客户单位的企业质量，同时也使软件开发公司获得现实的经济利益。

因此，在企业或客户经营活动中对价值链增值最大的部分，就是企业或客户的"核心业务"。针对核心业务的信息化产品或项目，通常都是具有高价值的，也可以说，所谓的"行业信息化"的关键就是该行业中这些核心业务的信息化改造。例如：

（1）对生产制造业的企业来说，生产计划、库存控制、实现面向订单的生产就是核心业务，无论实施 ERP 还是小规模的 MIS 系统，针对这些部分的软件功能总是被客户认为是最有价值的。

（2）对于金融保险行业来说，由于保险公司的基本职责是分摊风险和补偿损失，所以一般要求保险公司有足够的分散风险的能力。因此，管理保单数据的业务系统、评估风险的定损系统等就是非常有价值的软件系统。

（3）对于教育行业来说，因为学校的核心职能是教书育人，因此与教研、教学、考试、评价等业务相关的软件系统，以及支持上述业务开展的教育资源库软件、电子图书馆软件等就是

高价值的软件系统。

总之，选择软件项目，必须首先考察软件应用的行业、业务和目标，以便判明要建设的软件项目价值。

2. 评估项目风险、收益和代价

在判断出一个潜在的软件项目后，还应评估项目实施的风险、收益和维护付出的代价。对于开发产品进行销售的情况，主要评估的是产品的预期收益和为完成开发投入的各种资源（包括时间、人力、资金等），项目的风险主要是技术难度、技术能力、经济能力和各种资源是否能承担、是否是企业需要优先实施的项目、是否符合行业标准和国家政策规定（例如：在电子签章没有经过国家法律许可之前，使用电子签章替代手工操作可能是有风险的）等。

对于购买产品或技术服务的客户来说，还应该评估项目实施后对自身业务变更、组织机构和人员职责的影响、现有的业务流程和人员的 IT 技能是否能满足要求、是否需制定相关的系统维护、运行规约和规章制度等。而项目实施的实际开销，除购买产品或服务的开支外，通常还包括各种系统维护、改进、培训、招聘新职员、变更业务流程等各种应用方面的开销。以总持有成本（Total Owner Cost，TOC）来评估信息化的代价才能比较准确的得到项目的实际代价。

评估项目风险、预期收益和代价后，可筛选掉多数不符合企业要求的建议项目。

3. 评估项目的多种实施方式

对于已经确认有价值、并且有能力开发的软件项目，则可以进一步参照企业现状考察项目的实施方式。这种实施方式通常既包括了前面对项目风险、预期收益和资源开销的评估，也包含了企业对现阶段经营目标和现有资源如何合理运用的考虑。这个过程通常由项目的负责人和企业中高层经理进行决策，决策结果决定了项目的实施优先级及具体的实施方式。

需要说明的是，企业完成软件项目的方式并不单纯限制于自己组建开发团队进行软件项目或软件产品开发的策略。根据具体情况不同，还可能使用诸如转包开发业务给外部公司、直接 OEM（Original Equipment Manufacture，原始设备制造商）软件产品并进行系统集成、购买关键技术并进行"软件集成"方式的开发、完成技术方案和设计然后寻求外部公司进行编码等各种方式，对这些项目实施方式的取舍，主要依据依然是对项目风险、收益和资源开销综合平衡的考虑。

4. 平衡地选择适合的方案

人们在选择可行的方案时，总是希望能尽量得到那种高质量、低成本的产品和方案。软件开发人员通常也很愿意在产品开发中，向产品中加入激动人心的创造性的内容。另一方面，客户单位在面对诸多的投标方案时，会听到各种各样关于技术先进性、快速开发、产品质量稳定可靠、价格如何低廉、推荐的方案有多少成功应用等宣传。然而：

（1）新技术可能意味着未来更多的变化从而导致风险、新技术也意味着未来产品的使用者需要更多的学习和导入期，而采用成熟的技术则可能享受不到新技术带来的好处。

（2）不基于某种快速开发技术或平台构造的产品可能会延长项目开发时间而导致更多的开销和成本，但基于某种平台的产品又可能使得用户未来"绑定"在某种平台之上，减少未来的自由选择性。

（3）不考虑系统的扩展性，则很可能在业务变更时，会受阻于已经实施的 IT 设施，但过多考虑系统的扩展性，软件接口通常就需要花费较大的力气进行设计，那么用户是否在当前的购买中为一些自己并不需要的特性多支付成本？尤其在软件技术高速发展的今天，当用户期望进行系统升级的时候，常常会发现原来的计算体系已经早就被开发单位淘汰和抛弃了。

（4）价格低廉的产品可能具有好的质量，也有可能有些功能并不那么让人满意，而最重要的是，当关注这些先进性、低成本、具有众多成功应用的产品或方案的时候，项目的选择者容易失去对自己目标的关注，即这些先进技术或宣传的产品特性是否确实是自己需要的？

事实上，对性能的要求常常是充满矛盾的，任何时候都从不存在一个完美无缺的方案，只存在一个对当前的项目目标相对比较适合的方案。项目的决策者必须从最终的项目目标出发，判明各种功能或性能的重要性和优先级。在抛弃掉明显存在问题和实施障碍的"差"项目后，选择项目的基本立场应该是"适合"，而不是尽可能的"好"。（实际上任何超出预期设定目标的"好"性能，通常都意味着更多的成本。）

更进一步地看，"适合"的方案就是平衡考虑开发单位利益和客户满意度的方案。

图 6-2 是 Noriaki Kano 提出的顾客质量模型图，要求质量是客户认为产品应该做到的功能或性能，实现越多客户会越满意；假想质量是客户想当然认为产品应具备的功能或性能，客户并不能正确描述自己想当然要得到的这些功能或性能需求；兴奋质量则是客户要求范围外的功能或性能（但通常是软件开发者很乐意赋予产品的技术特性），实现这些性能客户会更高兴，但不实现也不影响其购买的决策。

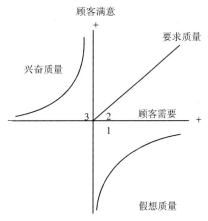

图 6-2　顾客质量模型图

显然，项目开发方考虑更多的是项目风险和回报。而客户更关心的是成本和购买后的满意度。好的方案必须平衡考虑这些因素。系统分析师应尽可能用技术手段来平衡这些彼此对立的要求，保证在项目预期投入资源可接受的范围内，尽量实现客户要求质量对应的功能和性能、发掘客户假想质量对应的功能要求并进行沟通确认，但按自身所服务企业的经营目标平衡考虑客户兴奋质量的实现策略（是努力提供兴奋质量的功能争取忠诚的客户获得远期潜在的收益，还是削减这些功能以便最小化项目的成本）。

希赛教育专家提示：系统设计师常犯的一个错误，就是用自己对技术的兴趣产生的兴奋质量，来替换客户最基本的要求质量和假想质量。而企业经营者常犯的错误，则可能是对客户提出的合理要求质量内容麻木不仁；或者走向另一个极端，不加区分地把一切未经评估的假想要求质量不断指派给软件开发团队。这些都是错误的做法。

6.1.4　项目提出和选择的结果

系统项目提出和选择的结果，最终会以"产品/项目建议书"的方式来体现。典型的应用场景是：

（1）在投标项目中，产品/项目建议书通常是乙方提交给甲方竞标方案的一部分；

（2）企业单位在确立了要开发某类型产品后，对该产品进行多角度的评估，最终项目立项人向上级提交供决策的建议报告的主要内容就是"产品/项目建议书"。

产品/项目建议书是一个包含多种综合内容的报告，涉及的范围通常要比 GB 8567-1988 标准中规定的标准"项目可行性分析报告"的内容要更全面。在项目建议书中，可能包含如下几个部分：

- 用户单位、项目或产品的立项背景、需求来源和目标性的介绍；
- 用户的内外部环境、组织机构、现有的 IT 设施情况等；
- 用户的业务模型和业务规划；
- 预期要建设的技术系统在用户业务中的位置和作用；
- 信息化后的用户业务模型、软件应用方式、相关的部署环境、运行规则、管理规范等；
- 为实现信息化业务模型，技术系统的产品需求定义（功能、性能、约束）和部署方式等；
- 产品或项目的技术框架；
- 项目的要点、技术难点、主要实施障碍等；
- 项目或产品的可行性研究结果；
- 项目可选择的实施方式、组织方式、沟通和协调机制等；
- 项目的资源范围和预算（人、财、物、时间等）；
- 项目的成本/收益分析；

……

其他项目建议书可能包含的内容，或以单独文档列举的内容可能包括：

- 项目风险及影响评估；
- 项目进度计划；
- 项目质量计划；
- 项目过渡期资金的获得方式、财务计划；
- 产品或项目的商务模式、盈利模式论述；
- 同类产品或公司的市场调查结果及竞争性比较；
- 企业成功案例、资质等；
- 商务条款或供应商/客户合同；

……

项目建议书标志着项目立项和选择阶段性工作的完成，一旦项目建议书被批准通过，项目即可进入正式的开发准备和实施阶段。

6.2　可行性研究与效益分析

在项目计划和选择的过程中，需要完成的首要事情是对项目进行估算。项目估算的范围涉及方方面面，例如项目或产品开发的范围、投入和回报、项目风险、作用和意义等。在传统软件工程方法中，是以可行性研究的方式来组织对项目的主要估算内容的。

可行性研究的范围可能覆盖很广泛的技术、经济、执行、环境等各种需要评估的因素，但它并不是最后的详细计划（例如：项目的时间进度以及人员安排）。通常在进行可行性研究的阶段，甚至项目的目标、或产品的最终方向也是高度易变化的。

但可行性研究的意义在于，虽然可行性研究不能指出项目最终的详细计划和方向，但可行性研究可以在项目定义阶段用较小的代价识别出错误构思的系统，从而规避未来更多的资源投入的损失（时间、资金、人力、机会），或者因遭遇到无法逾越的技术障碍或环境障碍导致的不可避免的失败。

对于那些可行性研究表明可执行的软件项目来说，可行性研究的结果也不承诺系统的收益一定很巨大、或技术风险和资源投入就一定很低，但可行性研究的结果设立了一个"底线"，即：如果做什么，则风险和收益是什么这样的控制范围。这些评估结果给了未来的项目评估、项目风险控制、甚至在资源剧烈变化的情况下有计划有重点地削减功能、重定义项目开发范围、提供了非常有价值的方向性指引。

6.2.1　可行性研究的内容

可行性研究的主要内容包括经济可行性、技术可行性、法律可行性、执行可行性和方案的选择 5 个部分。

1．经济可行性

经济可行性主要评估项目的开发成本、以及项目成功后的可能经济收益。多数项目只有开发成本能控制在企业可接受的总数量和计划内的时候，项目才有可能被批准执行。而经济收益的考虑则非常广泛，例如：项目技术开发的直接现金收入、新产品在生命周期中预期的总销售收入、技术积累、对公司业务和产品线的完善和支持、开辟新市场和利润增长点、进入预期能带来较高收益的新市场、提高客户满意度和忠诚度、打击竞争对手抢夺市场份额、获得新的信息化能力从而改善经营或管理格局等。

2．技术可行性

技术可行性评估对于假想的软件系统需要实现的功能和性能，以及技术能力约束。技术可行性分析可通过提问－回答的方式来进行论证，包括：

（1）技术：现有的技术能力和 IT 技术的发展现状足以支持想象中的系统目标实现吗？

（2）资源：现有的资源（掌握技术的职员、公司的技术积累、构件库、软硬件条件等）足以支持项目实施吗？技术风险在评估的哪个范围内？

（3）目标：在目前设定的系统目标中，哪些目标会遭遇到较强的技术障碍？尤其是那些被设定为必须实现的系统目标？由于在可行性研究阶段，项目的目标是比较模糊的，因此技术可行性最好与项目功能、性能和约束的定义同时进行。在可行性研究阶段，调整开发目标和选择可行的技术体系均是可用的手段，而一旦项目进入开发阶段，任何调整都意味着更多的开销。

需要再次指出的是，技术可行性绝不仅仅是论证在技术上是否可实现，实际上包含了在当前资源条件下的技术可行性。

投资不足、时间不足、预设的开发目标技术难度过大、没有足够的技术积累、没有熟练的职员可用、没有足够的合作公司和外包资源积累等均是技术可行性的约束。软件系统的技术评估者通常都只考虑技术手段是否能实现而忽视了当前的资源条件和环境，从而对技术可行性研究得出了过于乐观的结果，这种错误判断对后期的项目实施会导致灾难性后果！

加强前期的项目调研、寻求专家的咨询，以及采用具有大量成功应用案例、被广泛支持的技术标准和事实标准等均有助于改善项目的技术可行性。

3. 法律可行性

法律可行性评估可能由系统开发引发的侵权或法律责任，可能包括合同的订立和条款、职责、侵权情况的设定、违约、争议解决等方方面面的内容。法律可行性还包括国家政策和法律的限制，例如：在政府信息化的领域中使用未被认可的加密算法、未经许可在产品中使用了其他公司被保护的软件技术或构件等。

4. 执行可行性

执行可行性主要评估预期的软件系统在真实环境中能够被应用的程度和实施障碍。例如：ERP 系统建成后的数据采集和数据质量问题、或客户工作人员没有足够的 IT 技能等。这些问题虽然与软件系统本身无关，但如果不经评估，很可能会导致投入巨资建成的软件系统毫无用处。

执行可行性还需要评估对用户的各种影响，包括对现有 IT 设施的影响、对用户组织机构的影响、对现有业务流程的影响、对地点的影响、对经费开支的影响等。如果某项影响会过多改变客户的现状，需要对这些因素做进一步的讨论并和软件系统的使用者沟通、提出建议的解决方法。

5. 方案的选择

评估系统或产品开发的可选方法。一般来说，同样的项目，可以采用不同的方法来实现。甚至一个大项目的若干个子系统的实现方法也不一样。如何进行系统分解、如何定义各子系统的功能、性能和界面，实现方案不唯一。可以采用折中的方法，反复比较各个方案的成本/效益，选择可行的方案。

6.2.2 成本效益分析

效益分析实际上包含了成本－收益的分析。从内容上来看，效益分析是可以包含在可行性研究的经济可行性分析中的。但效益分析的目的在于，对项目开发目标所描绘的成本，以及可度量的项目现金收入和无形收益进行一次专门化的评估。这种以经济回报为收益的评估结果，是得到企业管理、决策层批准项目实施的重要因素。

效益分析中的成本分析，将尽可能地列举所有项目涉及的直接财务支出数字，以便管理层协调和制定各种资源的支出计划。效益分析中的收益分析，将尽可能清晰地列举实施项目带来的各种直接经济收益和无形收益，以便管理层理解项目的价值和给予项目资源上的支持。否则，一旦项目所需要的各种资源不能按计划投入（资金、人力资源、设备等），项目失败的风险将大大增加，并且除了变更项目预设的开发目标外，几乎没有可供选择的应急方案。

1. 项目可能涉及的成本

项目的成本部分，通常可能包括如下分析。

- 基础建设支出：如房屋和设施，办公设备，平台软件，必需的工具软件等购置费用；
- 一次性支出：如研究咨询费用、调研费、管理费用、培训费、差旅费、其他一次性杂费等；
- 运行维护费用：如设备租金和定期维护费用、定期消耗品支出、通信费、人员工资奖金、房屋租金、公共设施维护，以及其他经常性的支出项目。

2．项目可能涉及的收益

项目的收益，通常可以分为一次性收益、非一次性收益和不可定量的收益三个部分。

（1）一次性收益

- 开支的缩减。包括改进了的系统的运行所引起的开支缩减，如资源要求的减少，运行效率的改进，数据进入、存储和恢复技术的改进，系统性能的可监控，软件的转换和优化，数据压缩技术的采用，处理的集中化/分布化等；
- 价值的增升。包括由于一个应用系统的使用价值的增升所引起的收益，如资源利用的改进，管理和运行效率的改进以及出错率的减少等；
- 其他。如从多余设备出售回收的收入等。

（2）非一次性收益

在整个系统生命期内由于运行所建议系统而导致的按月的、按年的能用人民币表示的收益，包括开支的减少。

（3）不可定量的收益

无法直接用人民币表示的收益，如服务的改进，由操作失误引起的风险的减少，信息掌握情况的改进，组织机构给外界形象的改善等。有些不可捉摸的收益只能大概估计或进行极值估计（按最好和最差情况估计）。

3．效益分析的若干指标和进一步的分析

- 收益/投资比：软件项目实施后整个系统生命期的收益/投资比值；
- 投资回收周期：收益的累计数开始超过支出的累计数的时间；
- 敏感性分析：分析项目中的一些关键性因素如系统生命期长度、系统的工作负荷量、工作负荷的类型、处理速度、设备和软件的配置等因素发生变化或进行合理搭配时，对开支和收益的影响最灵敏的范围估计。通常当项目需要在不同因素之间取舍和调整的时候，需要参考敏感性分析的内容。

6.2.3　可行性分析报告

在国家标准 GB 8567-1988 中，规定了可行性分析报告的详细格式和内容。这个规范文本基本上涵盖了可行性分析需要考察的问题，可作为书写可行性研究报告的参考文档模板。

不管可行性报告的形式如何，最重要的内容应当如下。

- 项目背景：包括问题描述、实现环境和限制条件；
- 管理概要和建议：包括重要的研究结果、说明、建议和影响；
- 候选方案：包括候选系统的配置和最终方案的选择标准；
- 系统描述：包括系统工作范围的简要说明和被分配系统元素的可行性；
- 经济可行性（成本/效益分析）：包括经费概算和预期的经济效益；

- 技术可行性（技术风险评价）：包括技术实力、已有工作基础和设备条件；
- 法律可行性：包括系统开发可能导致的侵权，违法和责任等；
- 用户使用可行性：包括用户单位的行政管理，工作制度和使用人员的素质；
- 其他与项目有关的问题：例如，其他方案介绍和未来可能的变化。

可行性研究报告首先由项目负责人审查（审查内容是否可靠），再上报给上级主管审阅（评估项目的地位）。从可行性研究应当得出"行或不行"的决断。

6.3 方案的制订和改进

通过在问题定义和归结模型阶段的工作，已经分析并定义了与系统开发目标相关的各种模型、分析出了系统的功能清单、性能要求等，解释了"系统目标是什么"的问题。在系统方案阶段，主要完成的工作则是解释"系统如何实现"的问题。

系统方案制订的最主要内容，包括以下几个方面。

1．确定软件架构

在问题定义阶段得到的软件概念模型使用各种工具定义了项目的开发目标。在系统方案制订阶段才开始真正考虑如何去实现软件。其中最重要的工作，就是制定系统的实现架构。

系统的实现架构与一些很具体的方面相关：

（1）分析模型的结构。例如，采用结构化分析方法得到的功能分解体系，或面向对象的类和对象－关系图、对象－行为图。

（2）一些对应于系统目标的最基本、最重要的实现要素。例如，关键的用例、最主要的控制类、对象组织的模式、常用和最关键的实现算法模型等。这些实现要素对应于系统目标实现最重要的场景，表示了整个系统最主要的控制流程和实现机制。

（3）特性和要点的解释。这些附加的内容解释系统的一些特性、服务等是如何实现的。

2．确定实现的各种关键性要素和实现手段

关键性的实现要素通常包括：

- 关键的用例、最主要的控制类、功能和服务的首要组织方式（例如网站首页）；
- 对象的组织模式；
- 常用和最关键的实现算法模型。

关键性的实现手段通常包括：

- 选定基础计算平台，如操作系统、数据库、Web 服务器、中间件平台等；
- 选定开发工具和开发环境，如计算机语言、构件库、工具软件等。

3．归结目标到最适合的计算体系

通常，提供开发工具和开发环境的组织总是有一些标准的计算体系可以选择（例如，.NET和 J2EE 等），因此对于大多数系统开发项目来说，比较各种标准计算体系与预期目标之间的匹配程度即可选定计算体系。选择标准的计算体系去实现系统可以忽略大多数基础平台和底层支撑技术的实现问题，从而大大提高系统的质量、降低开发风险和成本。开发人员常根据基础平台的系统实现能力支持、公司或项目组在特定实现平台上的技术积累、甚至技术的"先进性"

或流行程度这样的因素去选择系统的实现技术体系。

在另一些情况下，出于各种诸如用户投资力度、与用户现有的 IT 设施保持一致性、兼容性、扩展性、未来维护的能力等因素，系统的基础平台很可能在项目的论证阶段就已经被确定，如操作系统、数据库系统、Web 服务器、开发工具或开发环境等。在这种情况下，系统的实现体系实际上已经确定。

通过同时参考系统概念模型、将前面得到的系统功能清单和系统实现的各种关键要素整理并分类，然后与现有的技术、标准的实现体系进行比较和匹配，就可以将系统概念模型定义的系统目标，进一步映射到真正可计算、可实现的系统架构上。这个过程可以理解为一种不断归结、比较并匹配的过程。

进行匹配的过程常常是一种双向的选择和探究过程，一方面拿出一个系统目标中的功能或实现要素，询问：这部分功能属于表示层、业务逻辑、还是数据服务？另一方面，也研究标准计算体系提供的功能，例如：放在业务逻辑层合适吗？技术人员具有这方面的开发经验积累、甚至标准构件或服务可用吗？

各种标准的计算体系可能很复杂，但通常总是包括一些逻辑上的划分，例如，.NET 体系将应用系统理解为三个层次，表示层、事务逻辑层和数据服务层构成。

（1）表示层：用户的界面部分。例如，单一应用程序的用户界面、C/S 计算模式的客户端、B/S 模式在浏览器中运行的 HTML、DHTML、Scripting、JavaApplet、ActiveX 等。

（2）事务逻辑层：负责处理表示层的应用请求，完成商务逻辑的计算任务，并将处理结果返回给用户。事务逻辑处理层是将原先置于客户端的事务逻辑分离出来，集中置于服务器部分，为所有用户共享。事务逻辑层是整个应用的核心部分，而组件对象模型 COM 则相当其心脏。事务逻辑层通过 COM 进行事务处理，并由 IIS（Internet Information Server，Internet 信息服务器）和 MTS（Microsoft Transaction Server，微软事务处理服务器）为各种应用组件提供完善的管理。

（3）数据服务层：为应用提供数据来源。和以往的两层体系结构不同，数据库不再和每个活动客户保持一个连接，而是若干个客户通过应用逻辑组件共享数据库的连接，从而减少连接次数，提高数据服务器的性能和安全性。

相同的三层计算模式，也会表现为不同的实现方式。例如，表示层可能是单一应用系统的用户界面、C/S 计算的客户端、或 B/S 计算的 Web 页面和元素；事务逻辑层可能是单一应用系统的程序模块、C/S 的服务器端服务、B/S 应用服务器中的业务脚本或业务对象；当利用类似存储过程来实现数据操作逻辑的时候，存储过程也被看做事务逻辑层的一部分，但如果利用 ADO（ActiveX Data Object，ActiveX 数据对象）这样的数据访问组件访问数据时，ADO 和后台的数据库系统及数据库的逻辑则被看做数据服务层的一部分。

在必要的情况下，某个层次还可能进一步细分，例如，使用面向对象设计方法的系统常常会将事务逻辑层划分为基本的计算对象、业务对象，以及黏合业务对象实现功能的脚本"胶水"或一些控制类。

不同的标准计算体系的逻辑划分、甚至同一个计算体系的不同版本通常也不会套用这样的三层分类方式，但却有类似之处。图 6-3 表示了利用 JSP 开发 Web 程序的计算模式。JSP 页面构成了前端的表示层，EJB 构成了业务逻辑层，JDBC（Java DataBase Connectivity，Java 数据库连接）和后台的数据库构成了数据服务层。

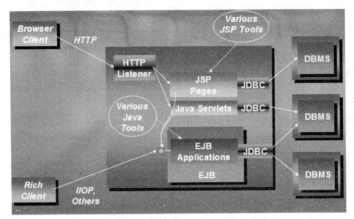

图 6-3　利用 JSP 开发 Web 程序的计算模式

对于小规模的网站系统，开发者可能直接在 JSP 页面中书写所有的应用逻辑脚本，这样业务逻辑层就和表示层合并了，而对于使用 J2EE 体系的开发人员来说，利用 EJB 的容器、对象操作语言等机制直接实现了对象级的接口，开发人员直接在业务逻辑层去构思应用，JDBC 和后台数据库系统的数据服务层被隐含在 J2EE 的平台机制内，在更高的抽象级别上被屏蔽。

因此，归结系统实现要素到计算体系的时候，要点在于理解各种计算体系的大致分层和构成、比较实现要素的目标和实现手段之间的"适合程度"，而不是生搬硬套某种实现机制，或盲目追求某种"流行的"或"先进的"计算体系。

系统方案制订后，需要根据有关标准进行评价，找出不符合实际的地方，然后进行改进。

6.4　新旧系统的分析和比较

计算机技术飞速发展，日新月异，许多企业因为业务发展的需要和市场竞争的压力，需要建设新的企业信息系统。在这种升级改造的过程中，怎么处理和利用那些历史遗留下来的老系统，成为影响新系统建设成败和开发效率的关键因素之一。通常称这些老系统为遗留系统（Legacy System）。

目前，学术和工业界对遗留系统的定义没有统一的意见。Bennett 在 1995 年对遗留系统作了如下的定义：遗留系统是不知道如何处理但对组织又至关重要的系统。Brodie 和 Stonebraker 对遗留系统的定义如下：遗留系统是指任何基本上不能进行修改和演化以满足新的变化了的业务需求的信息系统。

笔者认为，遗留系统应该具有以下特点：

（1）系统虽然完成企业中许多重要的业务管理工作，但已经不能完全满足要求。一般实现业务处理电子化及部分企业管理功能，很少涉及经营决策。

（2）系统在性能上已经落后，采用的技术已经过时。如多采用主机/终端形式或小型机系统，软件使用汇编语言或第三代程序设计语言的早期版本开发，使用文件系统而不是数据库。

（3）通常是大型的系统，已经融入企业的业务运行和决策管理机制之中，维护工作十分困难。

（4）系统没有使用现代系统工程方法进行管理和开发，现在基本上已经没有文档，很难理解。

在企业信息系统升级改造过程中，如何处理和利用遗留系统，成为新系统建设的重要组成部分。处理恰当与否，直接关系到新系统的成败和开发效率。遗留系统的演化（evolution）方式可以有很多种，根据系统的技术条件、商业价值以及维护和运行系统的组织特征不同，可以采取继续维护、某种形式的重构（reengineering）或替代策略，或者联合使用几种策略。究竟采用哪些策略来处理遗留系统，需要根据对遗留系统的所有系统特性的评价来确定。

6.4.1 遗留系统的评价方法

对遗留系统评价的目的是为了获得对遗留系统更好的理解，这是遗留系统演化的基础，是任何遗留系统演化项目的起点。本文的评价方法包括度量系统技术水准、商业价值和与之关联的组织特征，其结果作为选择处理策略的基础。

评价方法由一系列活动组成，如图 6-4 所示。

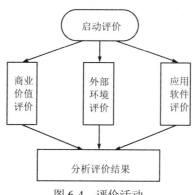

图 6-4 评价活动

1．启动评价

评价是为了获得对遗留系统的足够深度的理解，从技术、商业和企业角度对系统的理解为系统处理策略提供基础，开始评价前，需要了解以下问题。

（1）对企业来说，遗留系统是否是至关重要的。在评价过程中，可能会发现系统对企业的继续运作产生的影响不大。在这种情况下，就没有必要考虑系统的演化问题。

（2）企业的商业目标是什么。从商业观点来看，评估师必须理解企业的商业目标，因为商业目标产生演化需求。

（3）演化需求是什么。演化需求来自企业的商业目标和评价活动。需求必须是可见的，以便决定已存在的系统是否能满足需求。

（4）所期望的系统寿命多长。一个系统的寿命由软件和硬件的服务能力决定，一旦系统硬件或支撑软件过时，系统的有效性就受到限制。

（5）系统使用期限多久。如果系统的使用期限只是短期的，就没有必要花费成本来演化系统。相反，如果系统将在相当长的时期内支持主要业务流程，则必须进行演化。

（6）系统的技术状态如何。例如，如果应用软件的技术状况很差，则很难理解，维护费用会很高。

（7）企业是否愿意改变。企业对改变的态度是遗留系统演化成功的关键因素之一。

（8）企业是否有能力承受演化。企业的技术成熟度，员工的素质，支撑工具的级别等都是影响演化的因素。

2．商业价值评价

商业价值评价的目标是判断遗留系统对企业的重要性。在多数情况下，重要业务过程的改变意味着旧的系统现在仅仅具有外围价值，修改这种系统只需花费少许财力和物力。在其他情况下，系统的业务价值很大，需要继续维护运行。可以在概要和详细两个级别上进行遗留系统的商业价值评价。

概要级评价将为更加详细的分析提供信息。概要级评价包括：

（1）咨询。向有关专家进行咨询，包括最终用户和负责业务处理的管理人员。

（2）评价问卷。问卷应该标识系统在业务处理过程中的哪些地方使用，本系统与其他系统的关系，如果系统不再运行所需的代价，已有系统的缺点和存在的问题等。问题的准确性依赖于所评价的系统。

（3）进行评价。有了问卷的基础后，必须认真分析系统是如何使用的，这往往会发现系统的价值，而这在问卷中是得不到的。

希赛教育专家提示：详细级评价包括应用系统不符合业务规范的风险分析，这种分析十分费时，最好由业务分析师来完成详细级的评价。

3．外部环境评价

系统的外部技术环境是指硬件、支撑软件和企业基础设施的统一体。

（1）硬件。系统硬件包括许多需要进行常规性维护的部件，这些硬件或者在一个站点，或者分布在许多站点并由网络连接。一般来说，遗留系统的硬件包括主机和小型机，磁盘驱动器，磁带，终端，打印机和网络硬件。

与商业价值评价类似，硬件评价也可以分为概要级评价和详细级评价。概要级评价把遗留系统作为一个整体，提供硬件质量估计。详细估计包括识别系统中的每个部件。在这两种情况下，必须识别一系列特征，用做评价的基础。特征的选择取决于要评价的系统，系统的一些常见特征有供应商、维护费用、失效率、年龄、功能、性能等。

具体评价方法是：每一个部件（或整个系统）在每个特征上分配一个价值分数（取值为1~4），然后把所有分数相加，获得该部件的总分。

（2）支撑软件。系统的支撑软件环境也由许多部分组成，可包括操作系统、数据库、事务处理程序、编译器、网络软件、应用软件等。一般来说，支撑软件是依赖于某个硬件的，应用软件依赖于系统软件。在评价过程中，必须考虑这种依赖性。支撑软件的评价方法类似于硬件评价，在此省略。

（3）企业基础设施。企业基础设施包括开发和维护系统的企业职责和运行该系统的企业职责（两者可能为同一个企业），这些基础设施是很难评价的，但对遗留系统的演化起关键作用。必须考虑以下问题。

- 企业和使用者的类型。企业或者有自己的系统开发队伍，或者所有开发和应用管理都是请其他企业完成。系统用户或许只重复一些记录性工作，或许包括一些更有技术性的工作。
- 开发组织的技术成熟度。开发组织的技术成熟度包括是否使用了现代系统工程方法，是否遵循了统一的标准，是否进行了过程改进等。
- 企业的培训过程。如果企业（包括开发方和客户方）的培训做得好，遗留系统的演化可能会更成功。
- 系统支持人员的技术水平。如果系统支持人员的水平和经验不够，就不要急于对系统做大的改动。
- 企业是否愿意改变。企业对改变的态度是遗留系统演化成功的关键因素之一。

企业基础设施的评价方法类似于硬件评价，在此省略。

4. 应用软件评价

应用软件评价也有两个级别。

（1）系统级。把整个系统看做是不可分的原子，评价时不考虑系统的任何部分。

（2）部件级。关注系统的每个子系统，考虑每个子系统的特征，包括复杂性、数据、文档、外部依赖性、合法性、维护记录、大小、安全性等。

具体评价方法也与硬件评价类似，在此省略。

5. 分析评价结果

评价活动将产生硬件、支撑软件、企业基础设施和应用软件的特征值矩阵，这些特征值体现了遗留系统当前的技术因素，其加权平均值代表了系统的技术水平。计算公式如下：

$$OR = (P_1 ORH + P_2 ORS + P_3 OAF + P_4 ORA)/4$$

其中 ORH 是硬件的评价值，ORS 是支撑软件的评价值，ORF 是企业基础设施的评价值，ORA 是应用软件的评价值，$P_i(1 \leqslant i \leqslant 4)$ $P_i(1 \leqslant i \leqslant 4)$ 分别是它们的权系数，即第 i 个评价值对遗留系统的影响因子。

把对技术水平的全面评价结果与商业评价进行比较，可以为系统演化提供第一手的资料。具体方法是按照商业评价分值和技术水平分值的情况，把评价结果分为 4 种类型，如图 6-5 所示。

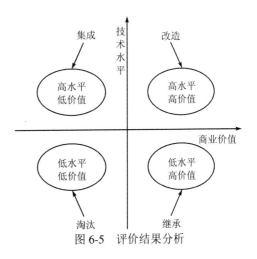

图 6-5 评价结果分析

6.4.2 遗留系统的演化策略

在图 6-5 中，把对遗留系统的评价结果分列在坐标的 4 个象限内。对处在不同象限的遗留系统采取不同的演化策略。

1. 淘汰策略

第3象限为低水平、低价值区，即遗留系统的技术含量较低，且具有较低的商业价值。对这种遗留系统的演化策略为淘汰，即全面重新开发新的系统以代替遗留系统。

完全淘汰是一种极端性策略，一般是企业的业务产生了根本的变化，遗留系统已经基本上不再适应企业运作的需要；或者是遗留系统的维护人员、维护文档资料都丢失了。经过评价，发现将遗留系统完全淘汰，开发全新的系统比改造旧系统从成本上更合算。

对遗留系统的完全淘汰是企业资源的根本浪费，应该善于"变废为宝"，通过对遗留系统功能的理解和借鉴，可以帮助新系统的设计，降低新系统开发的风险。

2. 继承策略

第4象限为低水平、高价值区，即遗留系统的技术含量较低，已经满足企业运作的功能或性能要求，但具有较高的商业价值，目前企业业务尚紧密依赖该系统。对这种遗留系统的演化策略为继承。在开发新系统时，需要完全兼容遗留系统的功能模型和数据模型。为了保证业务的连续性，新老系统必须并行运行一段时间，再逐渐切换到新系统上运行。

要做到对遗留系统的继承，必须对系统进行分析，得到旧系统的功能模型和数据模型，这种分析可以部分代替或验证系统的需求分析。

如果遗留系统的维护文档已经不完全了，而又必须解析系统的功能模型和数据模型，那将是一项十分艰巨的任务。这时可使用有关系统重构的CASE工具，通过分析系统的代码产生出系统结构图或其他报告。

3. 改造策略

第1象限为高水平、高价值区，即遗留系统的技术含量较高，本身还有较大的生命力，且具有较高的商业价值，基本上能够满足企业业务运作和决策支持的要求。这种系统可能建成的时间还很短，对这种遗留系统的演化策略为改造。

这些改造包括系统功能的增强和数据模型的改造两个方面。系统功能的增强是指在原有系统的基础上增加新的应用要求，对遗留系统本身不做改变。数据模型的改造指将遗留系统的旧的数据模型向新的数据模型的转化。

4. 集成策略

第2象限为高水平、低价值区，即遗留系统的技术含量较高，但其商业价值较低，可能只完成某个部门（或子公司）的业务管理。这种系统在各自的局部领域里工作良好，但对于整个企业来说，存在多个这样的系统，不同的系统基于不同的平台，不同的数据模型。对这种遗留系统的演化策略为集成。

在集成过程中，可采用由互连系统构成的系统的体系结构，遗留系统可作为从属系统来描述。

在企业信息系统建设过程中，如何处理那些遗留系统，将会是越来越突出的矛盾，因为即使是今天看来很先进的系统在明天也会成为遗留系统。对遗留系统的处理恰当与否，直接关系到新系统的成败和开发效率。如何建立一套系统的、行之有效的方法，以期望对实际工作有所指导，已成为一个迫切的问题。在实际工程项目中，遇到处理遗留系统的问题时，要具体情况具体分析，选择最佳的演化策略。

6.5　资源估计

对项目所需要的资源进行评估的目的，通常包括以下两个方面：

（1）制订项目所需的资源清单、列举不足的资源以便提前制订计划和进行准备。

（2）通过合理选择并复用软件构件类资源，降低开发成本、提前交付时间、提高系统质量。

1．描述资源

对资源的描述可以采用一个统一资源清单的表格项目进行描述，每一类资源至少使用三个特征进行说明。

（1）资源描述：详细说明所需资源的内容和特性。

（2）可用性说明：描述此类资源当前是否可用、存量，以及当不足的时候可获得的方式。

（3）投入时间：说明此类资源需要的开始时间，以及需要连续占用的时间。

2．与开发相关的项目资源

（1）组织和人力资源。组织和人力资源可能包括：外部可协作的开发组织、服务和支持性团队、项目开发团队所需要的管理服务性职位（例如，项目经理、产品经理、领域专家、顾问、售前技术支持人员、文档管理员、网络管理员等）、项目开发团队所需要的技术型职位（例如，技术经理、高级软件工程师、测试人员、系统分析设计师、美工、内容编辑）等。

对于组织和人力资源还需要重点研究的另一个问题，就是项目开发团队的组织方式。在小型项目中，很多角色可能是重合的，而在较大型的项目中，则需要设置不同的岗位，并严格定义工作职责和工作的流程。开发团队的组织方式还可能和企业组织形态、企业文化、项目的目标等有密切关系。有的企业倾向于按项目划分团队的方式进行组织，而另一些企业可能会倾向于建立层次型组织，将所有项目集中开发和管理。

（2）软件资源。软件资源主要是指各种不同程度可复用的软件资源。这些软件资源可能包括：可直接使用的第三方软件构件或开发平台、在某些类似项目中建立的规约、设计、代码、测试数据、方案、需求报告等。

在项目开发论证阶段，应将复用现有的软件资源提到一个特别重要的高度来看待。通常复用现有的软件构件的程度越高，项目的成本、开发时间、质量等就越能得到改善。在项目设计中，也应该特别关注那些未来可能复用的知识、方案、代码或构件等，在当前项目中对这些未来可能复用的软件资源进行前瞻性的开发，将在未来很多的类似项目中得到回报。

（3）开发环境。开发环境主要是指支持开发团队的各种环境、设备和工具。如：测试环境、试运行环境的各种软件和硬件设备；用于项目管理、知识管理、测试、缺陷跟踪软件、变更跟踪软件、需求管理软件、建模工具、开发语言和开发平台等各种支持性或工具性软件。

3．与产品和服务相关的资源

（1）产品售后技术支持人员和客户支持人员。

（2）产品化相关的资源。例如，宣传、支持、服务、培训用的各种文档、软件包装、标签、加工等所需要的管理人员、物品、美工设计等。

（3）外部采购或合作涉及的商务人员、合同、文书模板；法律顾问或相关人员；软件版权申请和登记所需要的各种资源和准备性工作等。

（4）根据项目内容提供给销售人员的样品、宣传页、手册、演示盘、宣传性网站等。

第7章 系统分析与设计方法

对于架构设计师而言，如何进行系统设计是其"看家本领"，而设计是在对系统进行分析的基础上进行的，否则，设计就是"无米之炊"。从软件开发项目中的角色分配来看，系统架构设计师应该与系统分析师协作，在信息系统项目管理师的协调下工作。

7.1 定义问题与归结模型

软件系统的目的是为了解决问题，因此在建模之初最重要的步骤是问题的分析与定义，并在此基础上归结模型，这样才能够获得切实有效的模型。定义问题的过程包括：理解真实世界中的问题和用户的需要，并提出满足这些需要的解决方案的过程。

7.1.1 问题分析

问题分析的目标就是在开始开发之前对要解决的问题有一个更透彻的理解。为了达到这一目标，通常需要经过在问题定义上达成共识，理解问题本质，确定项目干系人，定义系统的界限和确定系统实现的约束这 5 个步骤。

1. 在问题定义上达成共识

要检验大家是否在问题的定义上达成了共识，最简单的方法就是把问题写出来，看看是否能够获得大家的认可。而要使得这个过程更加有效，应该将问题用标准化的格式写出来，根据 UP 的建议，应该包括以下几个方面的要素。

- 问题概述：用简短的几句话，将所理解的问题本质描述出来。
- 影响：说明该问题将会对哪些项目干系人（Stakeholder，风险承担者）产生影响。
- 结果：确定问题对项目干系人和商业活动会产生什么样的影响。
- 优点：概要性地提出解决方案，并列举出该解决方案的主要优点。

在问题定义上达成共识，就能够有效地将开发团队的理解与用户的需求形成一致，这样就能够使得整个系统的开发沿着合理的方向进展。

2. 理解问题的本质

每一句描述都会夹杂着叙述者的个人理解和判断，因此透过表面深入本质，理解问题背后的问题，是在问题分析阶段的一个十分关键的任务。其中一种技术是"根本原因"分析，这是一种提示问题或其表象的根本原因的系统化方法。在实际的应用中，常使用因果鱼骨图和帕雷托图两种方法。

（1）因果鱼骨图。因果鱼骨图是一种有效的探寻问题根源的技术，它通过直观的图形找出问题或现象的所有潜在原因，从而追踪出问题的根源。它能够帮助人们将问题的原因而非症状放在首位，它提供了一种运用集体智慧解决问题的方法。在使用时，通常将按照以下步骤进行：

- 将问题简明扼要地写在右边的方框里；
- 确定问题潜在原因的主要类别，将它们连到鱼的脊骨上；
- 用头脑风暴法寻找原因并归类。

图 7-1 是鱼骨图的一个示例。

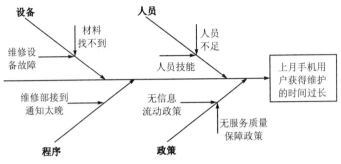

图 7-1　鱼骨图示例

（2）帕累托图。帕累托图是采用直方图的形式，根据问题的相对频率或大小从高往低降序排列，帮助设计师将精力集中在重要的问题上。它为 80%的问题找到关键的 20%的原因，它可以一目了然地显示出各个问题的相对重要程度，它有助于预防在解决了一些问题后，却使另外一些问题变得更糟。在使用时，通常将按照以下步骤进行。

- 明确问题：也就是前面达成共识的问题定义。
- 找出问题的各种可能原因：通常可以利用头脑风暴来收集意见，并通过参考以往积累的资料和运营的数据来综合分析。
- 选择评价标准和考察期限：最常用的评价标准包括频率（占总原因的百分比）和费用（产生的影响），而考察的期限则应具有相应问题的代表性，并不是越长越好。
- 收集各种原因发生的频率及费用数据。
- 将原因按照发生的频率或费用从大到小排列起来。
- 将原因排在横轴上，频率或费用排列在纵轴上，形成如图 7-2 所示的结果。

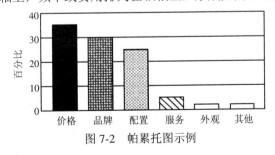

图 7-2　帕累托图示例

这样就能够将造成问题的关键原因捕获出来，以便指导设计出更符合需要、更能够解决问题的解决方案。

3．确定项目干系人和用户

要想有效地解决问题，必须了解用户和其他相关的项目干系人（任何将从新系统或应用的实现中受到实质性影响的人）的需要。不同的项目干系人通常对问题有不同的看法和不同的需要，这些在解决问题时必须加以考虑。事实上，许多项目干系人就是系统的用户，这一部分通常是易于识别的；但还有一部分项目干系人是系统的间接用户，甚至只是受系统影响的商业结果的影响，这一部分不易识别，但十分重要。

在寻找项目干系人时，可以思考：系统的用户是谁？系统的客户（购买者）是谁？还有哪些人会受到系统输出的影响？系统完成并投入使用后，有谁会对它进行评估？还有没有其他系统内部或外部客户，他们的需要有没有必要被考虑到？系统将来由谁来维护？

4. 定义系统的边界

系统的边界是指解决方案系统和现实世界之间的边界。在系统边界中，信息以输入和输出的形式流入系统并由系统流向系统外的用户，所有和系统的交互都是通过系统和外界的接口进行的。在系统的边界定义时，将世界分为两个部分：系统，以及与系统进行交互的事物。

要描述系统的边界有两种方法，一种是结构化分析中的"上下文范围图"，另一种则是面向对象分析中的"用例模型"。

（1）上下文范围图。它也就是数据流图中的顶层图，它是一个反映领域信息的模型，能够清晰地显示出系统的工作职责和相邻系统的职责起止之处，从而让读者从宏观的层面了解系统。图7-3就是一个描述"证券经纪人系统"的上下文范围图。

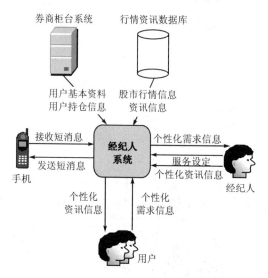

图7-3　上下文范围图示例

（2）用例模型。用例模型则通过引入参与者来描述"和系统进行交互的事物"，只要识别了参与者，自然而然系统的界限就确定下来了。在寻找参与者时，可以思考以下问题：谁会对系统提供信息？谁会在系统中使用信息？谁会从系统中删除信息？谁将操作系统？系统将会在哪儿被使用？系统从哪儿得到信息？哪些外部系统要和系统进行交互？

然后，再根据每个参与者的功能需求，识别出代表系统功能的用例，从而界定系统的边界。而关于用例模型的更多细节，请参考7.4.3节。

5. 确定系统实现的约束

由于各种因素的存在，会对解决方案的选择进行一定的限制，称这种限制为约束。每条约束都将影响到最后的解决方案的形成，甚至会影响是否能够提出解决方案。

在考虑约束时，首先应该考察到不同的约束源，其中包括进度、投资收益、人员、设备预算、环境、操作系统、数据库、主机和客户机系统、技术问题、行政问题、已有软件、公司总体战略和程序、工具和语言的选择、人员及其他资源限制等。

7.1.2 问题定义

通过对问题进行细致周密的分析，就可以对其进行综合的定义。对于一个问题的完整定义，通常应包括目标、功能需求和非功能需求三个方面。

1．目标

目标是指构建系统的原因，它是最高层次的用户需求，是业务上的需要，而功能、性能需求则必须是以某种形式对该目标作出贡献。在描述目标时，应该注意如下方面。

- 优势：目标应该不仅仅是解决问题，还要提供业务上的优势。
- 度量：不仅要说明业务的优势，而且还必须提供度量这种优势的标准。
- 合理性：要确保完成解决方案所需的工作量是少于所获得的业务优势的，这才是合理的解决方案。
- 可行性：要探寻能够满足度量标准的解决方案。
- 可达成性：对于组织而言，是否具备或获取该系统的技能，构建完成后是否能够操作它。

例如，表 7-1 就是一个很好的目标描述的例子。

表 7-1 目标描述的例子

目标：在冬季道路养护支出上节省费用
优势：减少除冰和道理养护的费用
度量标准：除冰费用将在目前道路处理费用的基础上降低 25%，冰对道路造成的损伤将降低 50%

2．功能需求

功能性需求用来指明系统必须做的事情，只有这些行为的存在，才有系统存在的价值。功能需求应该源于业务需求，它只与问题域相关，与解决方案域无关。也就是说，功能需求是您与用户或某个业务人员交谈时，他们所描述的为了完成他们的某部分工作必须做的事情。而在设计解决方案时，会遇到一些限制条件，这些东西也是"系统需求"的一部分，不过应该是设计约束或非功能需求形式指定。

在规定功能性需求时要注意其详细程度。由于这些需求是业务需求，因此该由业务人员来验证。也就是说，用户应该能够告诉您系统要达到有用的程度，功能是否已经足够；考虑到工作的成果，它的功能是否正确。另外，在描述功能需求时，应该注意需求的二义性。而二义性主要体现在以下几个方面。

（1）同名异义的词：在自然语言中存在许多同名但异义的词语，应该谨慎地排除它们带来的影响。

（2）代词：在需求描述中，代词经常会产生指代不明的现象，应该尽量避免使用，而是换成主语及宾语。

希赛教育专家提示：在检查功能需求的二义性时，一种有效的方法是大声地朗读出来，大家一起边听边进行讨论，这样可以不断地优化。

3．非功能需求

非功能需求是系统必须具备的属性，这些属性可以看做是一些特征或属性，它们使产品具有吸引力、易用、快速或可靠。非功能需求并不改变产品的功能，它是为工作赋予特征的。在识别功能需求和非功能需求时，有一种十分有用的思维模式：功能需求是以动词为特征的，而非功能性需求则是以副词为特征的。非功能需求主要包括以下几种。

（1）观感需求：即产品的外观的精神实质，也就是与用户界面的感观相关的一组属性。

（2）易用性需求：也就是产品的易用性程度，以及特殊的可用性考虑，通常包括用户的接受率、因为引入该产品而提高的生产效率、错误率、特殊人群的可用性等指标。

（3）性能需求：也就是关于功能实现要求有多快、多可靠、多少处理量及多精确的约束。例如：速度、精度、安全性、容量、值范围、吞吐量、资源使用效率、可靠性（平均无故障时间）、可用性（不停机时间）、可扩展性等。

（4）可操作性需求：衡量产品的操作环境，以及对该操作环境必须考虑的问题。

（5）可维护性和可移植性需求：期望的改变，以及完成改变允许的时间。

（6）安全性需求：产品的安全保密性，通常体现的保密性、完整性和可获得性。

（7）文化和政策需求：由产品的开发者和使用者所带来的特别需求。

（8）法律需求：哪些法律和标准适用于本产品。

7.2　需求分析与软件设计

需求分析是软件生命周期中相当重要的一个阶段。根据 Standish Group 对 23000 个项目进行的研究结果表明，28%的项目彻底失败，46%的项目超出经费预算或者超出工期，只有约 26%的项目获得成功。需求分析工作在整个软件开发生命周期中有着十分重要的意义。而在这些高达 74%的不成功项目中，有约 60%的失败是源于需求问题，也就是差不多有一半的项目都遇到了这个问题，这一可怕的现象不得不让人们对需求分析引起高度的重视。在需求分析阶段的主要任务是通过开发人员与用户之间的广泛交流，不断澄清一些模糊的概念，最终形成一个完整、清晰、一致的需求说明。

而当明确了用户的需求之后，下一步的任务就是对未来的软件系统进行设计，它是确定系统实现基础的关键工作。需求分析和设计的方法对于软件开发过程而言是十分重要的，因此必须扎实地掌握它。

需求分析与软件设计是软件生存期中最重要的两个步骤，需求分析解决的是"做什么"的问题，系统设计则解决"怎么做"的问题。

7.2.1　需求分析的任务与过程

需求分析所要做的工作是深入描述软件的功能和性能，确定软件设计的限制和软件同其他系统元素的接口细节，定义软件的其他有效性需求，细化软件要处理的数据域。用一句话概括就是：需求分析主要确定待开发软件的功能、性能、数据、界面等要求。需求分析的实现步骤通常包括：获取当前系统的物理模型，抽象出当前系统的逻辑模型，建立目标系统的逻辑模型三个部分。具体来说，需求分析阶段的工作可以分成如下 4 个方面。

（1）问题识别：用于发现需求，描述需求，主要包括功能需求、性能需求、环境需求、可靠性需求、安全保密要求、用户界面需求、资源使用需求、软件成本消耗与开发进度需求、预先估计以后系统可能达到的目标。

（2）分析与综合：也就是对问题进行分析，然后在此基础上整合出解决方案。这个步骤经常是反复进行的，常用的方法有面向数据流的结构化分析方法（Structured Analysis，SA），面向数据结构的 Jackson 方法，面向对象的分析方法（Object Oriented Analysis，OOA），以及用于建立动态模型的状态迁移图和 Petri 网。

（3）编制需求分析的文档：也就是对已经确定的需求进行文档化描述，该文档通常称为"需求规格说明书"。

（4）需求分析与评审：它是需求分析工作的最后一步，主要是对功能的正确性、完整性和清晰性，以及其他需求给予评价。

1．需求的分类

什么是软件的需求呢？软件需求就是系统必须完成的事及必须具备的品质。具体来说，软件需求包括功能需求、非功能需求和设计约束三方面内容。各种需求的概念示意图如图 7-4 所示。

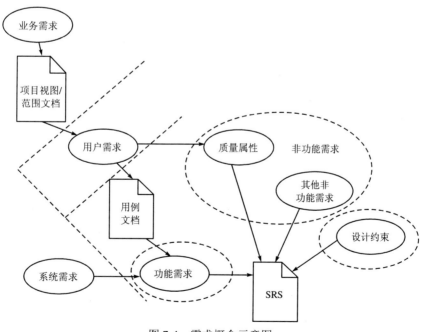

图 7-4　需求概念示意图

- 功能需求：是指系统必须完成的那些事，即为了向它的用户提供有用的功能，产品必须执行的动作。
- 非功能需求：是指产品必须具备的属性或品质，如可靠性、性能、响应时间、容错性、扩展性等。

- 设计约束：也称为限制条件、补充规约，这通常是对解决方案的一些约束说明，例如必须采用国有自主知识版权的数据库系统，必须运行在 UNIX 操作系统之下等。

除了这三种需求之外，还有业务需求、用户需求、系统需求这三个处于不同层面下的概念，充分地理解这样的模型才能够更加清晰地理清需求的脉络。

- 业务需求（business requirement）：是指反映组织机构或客户对系统、产品高层次的目标要求，通常问题定义本身就是业务需求。
- 用户需求（User requirement）：是指描述用户使用产品必须要完成什么任务，怎么完成的需求，通常是在问题定义的基础上进行用户访谈、调查，对用户使用的场景进行整理，从而建立从用户角度的需求。
- 系统需求（system requirement）：是从系统的角度来说明软件的需求，它就包括了用特性说明的功能需求、质量属性，以及其他非功能需求，还有设计约束。

分析师经常围绕着"功能需求"来展开工作，而功能需求大部分都是从"系统需求"的角度来分析与理解的，也就是用"开发人员"的视角来理解需求。但要想真正地得到完整的需求，仅戴上"开发人员"的眼镜是不够的，还需要"领域专家"的眼镜，要从更高的角度来理解需求，这就是"业务需求"；同时还应该更好地深入用户，了解他们的使用场景，了解他们的所思所想，这就是"用户需求"。这是理解层次的问题，并不仅仅是简单的概念。

2. 需求工程

需求工程就是包括创建和维护系统需求文档所必需的一切活动的过程，也就是通过需求开发和需求管理两大工作。

（1）需求开发：包括需求捕获、需求分析、编写规格说明书和需求验证 4 个阶段。在这个阶段需要确定产品所期望的用户类型、获取每种用户类型的需求、了解实际用户任务和目标以及这些任务所支持的业务需求、分析源于用户的信息、对需求进行优先级分类、将所收集的需求编写成为软件规格说明书和需求分析模型、对需求进行评审等工作。

（2）需求管理：通常包括定义需求基线、处理需求变更、需求跟踪等方面的工作。

这两个方面是相辅相成的，需求开发是主线，是目标；需求管理是支持，是保障。换句话说，需求开发是努力更清晰、明确地掌握客户对系统的需求；而需求管理则是对需求的变化进行管理的过程。

3. 需求分析方法

需求分析的方法可谓种类繁多，不过如果按照分解的方式不同，可以很容易地划分出几种大类型。本节先从分析方法发展的历史，对其建立一个概要性的认识，在本章的后面几节中将详细说明最具有代表性的结构化分析与设计和面向对象分析与设计两种方法。

（1）结构化分析方法：最初的分析方法都不成体系，而且通常都只包括一些笼统的告诫，在 20 世纪 70 年代分析技术发展的分水岭终于出现了。这时人们开始尝试使用标准化的方法，开发和推出各种名为"结构化分析"的方法论，而 Tom DeMacro 则是这个领域最有代表性和权威性的专家。

（2）软系统方法：这是一个过渡性的方法论，并未真正流行过，它的出现只是证明了结构化分析方法的一些不足。因为结构化分析方法采用的相对形式化的模型不仅与社会观格格不入，而且在解决"不确定性"时显得十分无力。最有代表性的软系统方法是 Checkland 方法。

（3）面向对象分析方法：在 20 世纪 90 年代，结构化方法的不足在面对多变的商业世界时，显得更加苍白无力，这就促使了 OOA 的迅速发展。

（4）面向问题域的分析（Problem Domain Oriented Analysis，PDOA）：现在又发现面向对象分析方法也存在着很多的不足，应运而生了一些新的方法论，PDOA 就是其中一种。不过现在还在研究阶段，并未广泛应用。

7.2.2　如何进行系统设计

当设计者拿到一个需求时，他如何开展系统设计呢？许多想进入系统分析与设计的年轻人以为自己知道了面向对象、统一建模语言、设计模式等新鲜深奥的名词就可以进行设计了，可是掌握工具和技能绝不是成为优秀设计者的充分条件，甚至也不是必要条件。遗憾的是这里没有捷径，只有靠设计者在实践中不断学习和总结。而在实践中，系统设计与其说是在设计，不如说是在选择和妥协。

妥协，就是在各个系统目标之间找到一个平衡点。系统目标包括但不限于：功能、性能、健壮性、开发周期、交付日期等。不幸的是，这些目标往往是矛盾的，提高软件性能直接意味着开发周期的增加、交付日期的推迟，盲目地增加功能可能导致性能降低，维护成本提高。软件设计者的难题在于在如此众多的目标之间找到这个平衡点，并且明确知道如何设计能实现这个平衡，既可以让投资者觉得在预算之内，又能让用户相对满意。可行性分析阶段应该已经论述了存在这样一个平衡点，可是如果设计者发现没有这样一个平衡点，如同没有一个设计者能让人骑着自行车到月球上去，那么设计者只能提出放弃某个方面的过度要求，否则系统必然要遭受失败的命运。更多的情况是没有经验的设计者不知道是否存在这些平衡点，更不知道如何利用合理的设计及有效的工具来达到平衡。因此设计者需要了解可以解决问题的各种方案，并清楚地知道各个方案的效果、成本、缺点，以及这些方案的区别，在各种方案中进行选择。而这些，不是一个人能在一两天了解的。

没有一个设计者会完全重新开始设计一个系统，他们总是会参考多个与目标系统相类似的系统，再从中进行甄别、取舍和补充来作为新系统的设计。人们发现一个优秀的设计者似乎能在听完需求后就立即构想出目标系统的框架，这并不是因为他聪明或者比初次茫然不知所措的设计者新手多一个脑袋，而是因为他们能够把以前的设计根据需要再次使用上，他在平时已经了解了大量的系统，对各种设计的优缺点、局限也了然于胸。所以要成为优秀的设计者，了解、掌握、消化、总结前人和自己以前的设计成果是最好的方法，似乎也是唯一的方法。

设计者的苦恼有时候和编程人员一样。计算机系统的发展是如此之快，解决方案也越来越多，如同编程语言的发展，同时，基于人类无止境的贪婪本性，投资者和客户也提出了越来越高的要求，这又需要设计者不断学习、创造新的方案。

但系统设计也并非没有规律可以遵循，如同幸福的家庭都很相似，不幸的家庭各有各的不幸，人们在实践中发现优秀的系统设计一般在以下方面都很出色：

（1）组件的独立性。审视自己设计的系统，是否做到了高内聚，低耦合呢？

（2）例外的识别和处理。谁能保证系统使用者都精确按照使用说明书使用呢？

（3）防错和容错。当网络中断、数据库崩溃这样的灾难性事件发生时，系统也跟着崩溃吗？

而且，更幸运的是，也有一些技术能够改进系统设计，这些方法包括：降低复杂性、通过合约进行设计、原型化设计、错误树分析等。

7.2.3 软件设计的任务与活动

软件设计是一个把软件需求变换成软件表示的过程。最初这种表示只是描绘出软件的总体框架，然后再进一步细化，在此框架中填入细节。

1．软件设计的两个阶段

从工程管理角度，软件设计可以分为如下两个步骤。

（1）概要设计：也称为高层设计，将软件需求转化为数据结构和软件的系统结构。例如，如果采用结构化设计，则将从宏观的角度将软件划分成各个组成模块，并确定模块的功能及模块之间的调用关系。

（2）详细设计：也称为低层设计，将对结构表示进行细化，得到详细的数据结构与算法。同样，如果采用结构化设计，则详细设计的任务就是为每个模块进行设计。

在整个软件设计过程中，需完成以下的工作任务。

- 制定规范：也就是制定设计时遵守的共同标准。
- 完成软件系统结构的总体设计：首先将复杂系统按功能划分为模块的层次结构，然后确定模块的功能，以及模块间的调用关系——模块间的组成关系。
- 设计处理方式：包括确定算法，明确性能——周转时间、响应时间、吞吐量、精度等非功能特性。
- 设计数据结构：根据需要选择相应的数据结构。
- 可靠性设计：通过容错、冗余模型等技术来提高软件系统的可靠性。
- 编写设计文档：主要包括概要设计说明书、数据库设计说明书、用户手册、初步的测试计划等关键性文档。
- 概要设计评审：主要对可追溯性、接口、风险、实用性、技术清晰度、可维护性、质量、限制等因素进行评审。

软件设计包括4个既独立又相互联系的活动：体系结构设计、接口设计、数据设计和过程设计。

2．主要的设计方法比较

在结构化设计风行的时代，主流的设计方法还包括 Jackson 方法和 Parnas 方法。结构化方法侧重于"模块相对独立且功能单一，使模块间联系弱、模块内联系强"；而 Jackson 方法则是从数据结构导出模块结构；Parnas 方法的主要思想则是将可能引起变化的因素隐藏在有关模块内部，使这些因素变化时的影响范围受到限制，它只提供了重要的设计准则，但没有规定出具体的工作步骤。

而近年来，对象技术凭借其对数据的高效封装及良好的消息机制，实现了高内聚、低耦合的系统设计，成为现代软件设计的主流方法学。

7.3　结构化分析与设计

结构化分析与设计方法是一种面向数据流的需求分析和设计方法，它适用于分析和设计大型数据处理系统，是一种简单、实用的方法，曾获得广泛的应用。

7.3.1　结构化分析

结构化分析方法的基本思想是自顶向下逐层分解。分解和抽象是人们控制问题复杂性的两种基本手段。对于一个复杂的问题，人们很难一下子考虑问题的所有方面和全部细节，通常可以把一个大问题分解成若干个小问题，每个小问题再分解成若干个更小的问题，经过多次逐层分解，每个最底层的问题都是足够简单、容易解决的，于是复杂的问题也就迎刃而解了。这个过程就是分解过程。

结构化分析与面向对象分析方法之间的最大差别是：结构化分析方法把系统看做一个过程的集合体，包括人完成的和电脑完成的；而面向对象方法则把系统看成一个相互影响的对象集。结构化分析方法的特点是利用数据流图来帮助人们理解问题，对问题进行分析。

结构化分析一般包括以下工具：数据流图（Data Flow Diagram，DFD）、数据字典（Data Dictionary，DD）、结构化语言、判定表、判定树。在本节的随后部分将对它们一一做简单介绍。

结构化系统分析方法从总体上来看是一种强烈依赖数据流图的自顶向下的建模方法。它不仅是需求分析技术，也是完成需求规格化的有效技术手段。

1．结构化分析的工作步骤

在介绍具体的结构化分析方法之前，先对如何进行结构化分析做一个总结性描述，以帮助大家更好地应用该方法。

（1）研究"物质环境"。首先，应画出当前系统（可能是非计算机系统，或是半计算机系统）的数据流图，说明系统的输入、输出数据流，说明系统的数据流情况，以及经历了哪些处理过程。在这个数据流图中，可以包括一些非计算机系统中数据流及处理的命名，例如部门名、岗位名、报表名等。这个过程将可以帮助分析员有效地理解业务环境，在与用户的充分沟通与交流中完成。

（2）建立系统逻辑模型。当物理模型建立完成之后，接下来的工作就是画出相对于真实系统的等价逻辑数据流图。在前一步骤建立的数据流图的基础上，将所有自然数据流都转成等价的逻辑流：例如，将现实世界的报表改成为存储在计算机系统中的文件里；又如将现实世界中"送往总经理办公室"改为"报送报表"。

（3）划清人机界限。最后，确定在系统逻辑模型中，哪些将采用自动化完成，哪些仍然保留手工操作。这样，就可以清晰地划清系统的范围。

2．数据流图

DFD 是一种图形化的系统模型，它在一张图中展示信息系统的主要需求，即输入、输出、处理（过程）、数据存储。由于从 DFD 中可以很容易地一眼看出系统紧密结合的各个部分，而且整个图形模式只有 5 个符号需要记忆，所以深受分析人员的喜爱，因而广为流行。

如图 7-5 所示，DFD 中包括以下几个基本元素。

- 过程：也称为加工，一步步地执行指令，完成输入到输出的转换。
- 外部实体：也称为源/宿，系统之外的数据源或目的。
- 数据存储：也称为文件，存放数据的地方，一般是以文件、数据库等形式。
- 数据流：从一处到另一处的数据流向，如从输入或输出到一个过程的数据流。
- 实时连接：当过程执行时，外部实体与过程之间的来回通信。

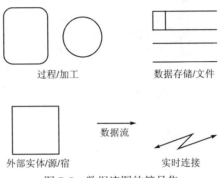

图 7-5 数据流图的符号集

> **希赛教育专家提示**：不同的参考书籍中关于 DFD 的符号可能有些不一样，其中加工、外部实体、数据存储和数据流是公共的部分。

（1）数据流图的层次。正如前面提到的，结构化分析的思路是依赖于数据流图进行自顶而下的分析。这也是因为系统通常比较复杂，很难在一张图上就将所有的数据流和加工描述清楚。因此，数据流图提供一种表现系统高层和低层概念的机制。也就是先绘制一张较高层次的数据流图，然后在此基础上，对其中的过程（处理）进行分解，分解成为若干独立的、低层次的、详细的数据流图，而且可以这样逐一地分解下去，直至系统被清晰地描述出来。数据流图的层次如图 7-6 所示。

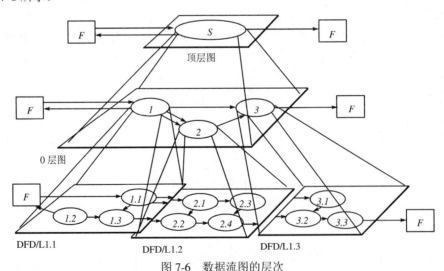

图 7-6 数据流图的层次

（2）Context 图。Context 图，也就是系统上下文范围关系图。这是描述系统最高层结构的DFD 图。它的特点是，将整个待开发的系统表示为一个过程，将所有的外部实体和进出系统的数据流都画在一张图中。图 7-7 就是一个 Context 图的例子。

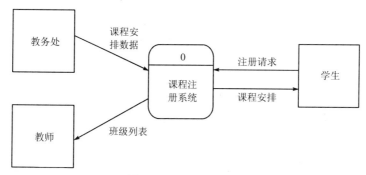

图 7-7 Context 图实例

Context 图用来描述了系统有什么输入、输出数据流，与哪些外部实体直接相关，可以把整个系统的范围勾画出来。

（3）逐级分解。当完成了 Context 图的建模之后，就可以在此基础上进行进一步的分解。下面以图 7-7 为例，进行再分解，在对原有流程了解的基础上，可以得到图 7-8 所示的结果。

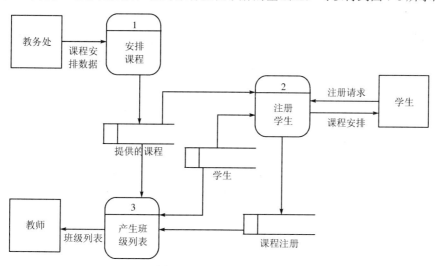

图 7-8 DFD 0 层图实例

图 7-8 是在 Context 的基础上做的第一次分解，而在 Context 只有一个过程，那就是系统，将其编号为 0。而接下来对 Context 图进行的分解，其实就是对这个编号为 0 的过程进行更细化的描述，在这里引入了新的过程、数据存储，为了能够区分其位于的级别，在这层次上的过程将以 1、2、3 为序列进行编号。

正是由于这是对过程 0 的分解，因此也称之为 DFD 0 层图。而可以根据需要对 DFD 0 层图上的过程（编号为 1、2、3）进行如法炮制的分解，那么就称之为 DFD 1 层图，这 DFD 1 层图中引入的新过程，其编号规则就是 1.1，1.2…，以及 2.1，2.2…，依此类推，直到完成分析工作。

另外，这里存在着一个很关键的要点，那就是 DFD 0 层图是 Context 的细化，因此所有的输入和输出应该与 Context 完全一致，否则就说明存在着错误。

（4）如何画 DFD。DFD 的绘制是一个自顶向下、由外到里的过程，通常按照以下几个步骤进行。

- 画系统的输入和输出：就是在图的边缘标出系统的输入、输出数据流。这一步其实是决定研究的内容和系统的范围。在画的时候，可以先将尽可能多的输入、输出画出来，然后再删除多余的，增加遗漏的。
- 画数据流图的内部：将系统的输入、输出用一系列的处理连接起来，可以从输入数据流画向输出数据流，也可以从中间画出去。
- 为每一个数据流命名：命名的好坏与数据流图的可理解性密切相关，应避免使用空洞的名字。
- 为加工命名：注意应用使用动宾短语。
- 不考虑初始化和终点，暂不考虑出错路径等细节，不画控制流和控制信息。

3. 细化记录DFD部件

为了更好地描述DFD的部件，结构化分析方法还引入了数据字典、结构化语言以及决策树、决策表等方法。通过使用这些工具，能对数据流图中描述不够清晰的地方进行有效的补充。

（1）结构化语言。结构化语言是结构化编程语言与自然语言的有机结合，可以采用顺序结构、分支结构、循环结构等机制，来说明加工的处理流程。该技术通常用来描述一些重要的、复杂的过程的程序逻辑。下面就是一个使用结构化语言描述的例子：

```
IF 分数>=60 Then
    IF 分数<80 Then
        成绩=C
    ELSE
        IF 分数<90 Then
            成绩=B
        Else
            成绩=A
        EndIf
    EndIf
ELSE
    IF 分数>=50 Then
        成绩=D
    ELSE
        成绩=E
    EndIf
EndIf
```

（2）决策表和决策树。决策表是一种处理逻辑的表格表示方法，其中包括决策变量、决策变量值、参与者或公式。与上例相应的决策表如表7-2所示。

表7-2　决策表示例

分数>=60	是			否	
分数	>=80		<80	>=50	<50
分数	>=90	<90			
成绩	A	B	C	D	E

而决策树则使用像树枝一样的线条对过程逻辑进行图表化的描述。与上例相应的决策树如图7-9所示。

很显然，应用这两种手段来描述复杂决策逻辑，要远远优于使用结构化语言。而这两种技术也各有优劣，决策表更严密，而决策树更易读。分析人员可以根据自己的实际需要来灵活选择应用。

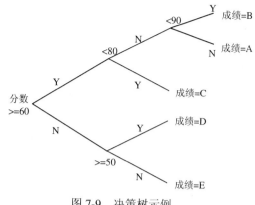

图 7-9　决策树示例

（3）数据字典。数据字典技术是一种很实用、有效的表达数据格式的手段。它是对所有与系统相关的数据元素的一个有组织的列表和精确的、严格的定义，使得用户和系统分析员对于输入、输出、存储成分和中间计算机有共同的理解。通常数据字典的每一条目中包括以下信息。

① 名称：数据或控制项、数据存储或外部实体的主要名称，如果有别名的还应该将别名列出来。

② 何处使用/如何使用：使用数据或控制项的加工列表，以及如何使用。

③ 内容描述：说明该条目内容组成，通常采用以下符号进行说明。

- =：由…构成
- +：和，代表顺序连接的关系
- [|]：或，代表从中选择一个
- {}*：n 次重复
- （）：代表可选的数据项
- *…*：表示特定限制的注释

④ 补充信息：关于数据类型、默认值、限制等信息。

下面就是一个数据字典的实例：

客户基本信息=客户编号+客户名称+身份证号码+手机+小灵通+家庭电话

客户编号　= $\{0...9\}^8$

客户名称　= $\{字\}^4$

身份证号码　= $[\{0...9\}^{15}|\{0...9\}^{18}]$

手机　= $[\{0...9\}^{11}|\{0...9\}^{12}]$

小灵通　=（区号）+本地号

家庭电话　=（区号）+本地号

　　区号　= $\{0...9\}^4$

　　本地号　= $[\{0...9\}^7|\{0...9\}^8]$

4. 小结

结构化分析方法为开发者和客户提供一个直观易懂的模型，能够对实现理解问题域这一基本的分析目标有力支持。但也存在着很多的先天不足：

- 对问题域的研究力度不够大；
- 分析与设计之间缺乏清晰的界限；
- 没有一个真正的功能规格说明；
- 需求实质上是根据满足该需求的某一特定系统的内部设计来加以说明的；
- 内部设计的开发使用的是不可靠的内部设计技术——功能分解；
- 不适用于很多类型的应用。

可以这么说，结构化分析方法在很大程度上推动了分析技术的发展，但又被更合适的技术逐渐取代，不过，结构化分析方法中的具体工具现在仍然还有很广泛的应用空间。

7.3.2 结构化设计

结构化设计包括体系结构设计、接口设计、数据设计和过程设计等任务。它是一种面向数据流的设计方法，是以结构化分析阶段所产生的成果为基础，进一步自顶而下、逐步求精和模块化的过程。

1. 概要设计与详细设计的主要任务

概要设计阶段的主要任务是设计软件的结构、确定系统是由哪些模块组成的，以及每个模块之间的关系。它采用的是结构图（包括模块、调用、数据）来描述程序的结构，还可以使用层次图和 HIPO（层次图加输入/处理/输出图）。

整个过程主要包括：复查基本系统模型、复查并精化数据流图、确定数据流图的信息流类型（包括交换流和事务流）、根据流类型分别实施变换分析或事务分析、根据软件设计原则对得到的软件结构图进一步优化。

而详细设计阶段的主要任务则是确定应该如何具体地实现所要求的系统，得出对目标系统的精确描述。它采用自顶向下、逐步求精的设计方式和单入口单出口的控制结构。常常使用的工具包括程序流程图、盒图、PAD（Problem Analysis Diagram，问题分析图）、PDL（Program Design Language，程序设计语言）。

2. 结构图

如图 7-10 所示，结构图的基本成分包括模块、调用（模块之间的调用关系）和数据（模块间传递及处理数据信息）。

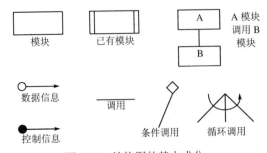

图 7-10　结构图的基本成分

结构图是在需求分析阶段产生的数据流图的基础上进行进一步的设计。它将 DFD 图中的信息流分为如下两种类型。

- 变换流：信息首先沿着输入通路进入系统，并将其转换为内部表示，然后通过变换中心（加工）的处理，再沿着输出转换为外部形式离开系统。具有这种特性的加工流就是变换流。
- 事务流：信息首先沿着输入通路进入系统，事务中心根据输入信息的类型在若干个动作序列（活动流）中选择一个执行，这种信息流称为事务流。

与此相对应，在使用结构图进行设计时主要需要进行变换分析和事务分析两个工作。

（1）变换分析。变换分析的主要任务是从变换流的 DFD 中导出程序结构图，它的工作步骤主要包括以下几个环节。

- 确定输入流和输出流，将变换中心孤立出来。通常把系统输入端的数据称为物理输入，系统输出端的数据称为物理输出。但输入时通常需要经过编辑、格式转换、合法性检查、预处理等逻辑操作之后才形成真正的输入（逻辑输入）；而输出时也需要经过编辑、格式转换、形成物理块、缓冲处理等逻辑操作之后形成真正的输出，这些逻辑操作之前的输出流称为逻辑输出。而变换中心就位于逻辑输入和逻辑输出之中。
- 第一级分解：主要是完成顶层和第一层模块的设计。它将生成 4 个部分：一是顶层模块，负责整个系统功能；二是输入控制模块，负责接收数据；三是变换控制模块，用来实现输入与输出的转换；四是输出控制模块，用来产生所有的输出数据。
- 第二级分解：主要完成中、下层模块的设计。它包括对输入控制模块、输出控制模块和变换控制模块的分解。

（2）事务分析。事务分析的主要任务是从事物流的 DFD 中导出程序结构图，它的工作步骤主要包括以下几个环节。

- 确定事务中心和每条活动流的特性：一条事务流的 DFD 是由输入流、事务中心和若干条活动流组成的。
- 将事务流的 DFD 映射成为高层的程序结构：它将分解出三个主要模块，一是顶层模块，它的功能就是整个系统的功能；二是接收模块，对应于输入流；三是发送模块，它负责控制下层的所有活动流模块。另外，还有对应于各条活动流的活动流模块。
- 在高层的程序结构的基础上，进一步采用变换分析或事务分析的方法进行分解。

3. 程序流程图和盒图

程序流程图和盒图都是用来描述程序的细节逻辑的，其符号如图 7-11 所示。

程序流程图的特点是简单、直观、易学，但它的缺点也正是由于其随意性而使得画出来的流程图容易成为非结构化的。而盒图正是为了解决这一问题设计的，它是一种符合结构化程序设计原则的图形描述工具。

盒图的主要的特点是功能域明确、无法任意转移控制、容易确定全局数据和局部数据的作用域、容易表示嵌套关系、可以表示模块的层次结构。但它也带来了一个副作用，那就是修改相对比较困难。

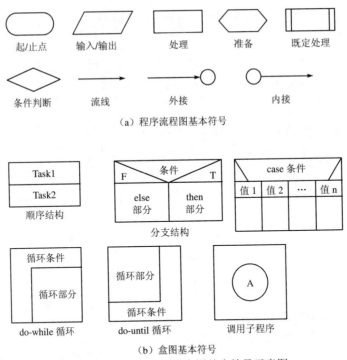

（a）程序流程图基本符号

（b）盒图基本符号

图 7-11　程序流程图和盒图基本符号示意图

4. PAD 和 PDL

PAD 是问题分析图的缩写，它符合自顶向下逐步求精的原则，也符合结构化程序设计的思想，它最大的特点在于能够很方便地将其转换为程序语言的源程序代码。

PDL 则是语言描述工具的缩写，它和高级程序语言很相似，也包括数据说明部分和过程部分，还可以带注解等成分，但它是不可执行的。PDL 是一种形式化语言，其控制结构的描述是确定的，但内部的描述语法是不确定的。PDL 通常也被称为伪码。

7.3.3　模块设计

在结构化方法中，模块化是一个很重要的概念，它是将一个待开发的软件分解成若干个小的简单部分——模块，每个模块可以独立地开发、测试。这是一种复杂问题的"分而治之"原则，其目的是使程序的结构清晰、易于测试与修改。

具体来说，模块是指执行某一特定任务的数据结构和程序代码。通常将模块的接口和功能定义为其外部特性，将模块的局部数据和实现该模块的程序代码称为内部特性。而在模块设计时，最重要的原则就是实现信息隐蔽和模块独立。模块经常具有连续性，也就是意味着作用于系统小变动将导致行为上的小变化，同时规模说明的小变动也将影响到一小部分模块。

1. 信息隐蔽原则

信息隐蔽是开发整体程序结构时使用的法则，即将每个程序的成分隐蔽或封装在一个单一的设计模块中，并且尽可能少地暴露其内部的处理。通常将难的决策、可能修改的决策、数据结构的内部连接及对它所做的操作细节、内部特征码、与计算机硬件有关的细节等隐蔽起来。

通过信息隐蔽可以提高软件的可修改性、可测试性和可移植性，它也是现代软件设计的一个关键性原则。

2. 模块独立性原则

模块独立是指每个模块完成一个相对独立的特定子功能，并且与其他模块之间的联系最简单。保持模块的高度独立性，也是在设计时的一个很重要的原则。通常用耦合（模块之间联系的紧密程度）和内聚（模块内部各元素之间联系的紧密程度）两个标准来衡量，设计的目标是高内聚、低耦合。

模块的内聚类型通常可以分为 7 种，根据内聚度从高到低排序如表 7-3 所示。

表 7-3　模块的内聚类型

内聚类型	描　　述
功能内聚	完成一个单一功能，各个部分协同工作，缺一不可
顺序内聚	处理元素相关，而且必须顺序执行
通信内聚	所有处理元素集中在一个数据结构的区域上
过程内聚	处理元素相关，而且必须按特定的次序执行
瞬时内聚	所包含的任务必须在同一时间间隔内执行（如初始化模块）
逻辑内聚	完成逻辑上相关的一组任务
偶然内聚	完成一组没有关系或松散关系的任务

与此相对应，模块的耦合性类型通常也分为 7 种，根据耦合度从低到高排序如表 7-4 所示。

表 7-4　模块的耦合性类型

耦合类型	描　　述
非直接耦合	没有直接联系，互相不依赖对方
数据耦合	借助参数表传递简单数据
标记耦合	一个数据结构的一部分借助于模块接口被传递
控制耦合	模块间传递的信息中包含用于控制模块内部逻辑的信息
外部耦合	与软件以外的环境有关
公共耦合	多个模块引用同一个全局数据区
内容耦合	一个模块访问另一个模块的内部数据； 一个模块不通过正常入口转到另一模块的内部； 两个模块有一部分程序代码重叠； 一个模块有多个入口

除了满足以上两大基本原则之外，通常在模块分解时还需要注意：保持模块的大小适中，尽可能减少调用的深度，直接调用该模块的个数应该尽量大，但调用其他模块的个数则不宜过大；保证模块是单入口、单出口的；模块的作用域应该在之内；功能应该是可预测的。

7.4　面向对象的分析与设计

面向对象方法是一种非常实用的软件开发方法，它一出现就受到软件技术人员的青睐，现已成为计算机科学研究的一个重要领域，并逐渐成为软件开发的一种主要方法。面向对象方法以客观世界中的对象为中心，其分析和设计思想符合人们的思维方式，分析和设计的结构与客观世界的实际比较接近，容易被人们接受。在面向对象方法中，分析和设计的界面并不明显，它们采用相同的符号表示，能够方便地从分析阶段平滑地过渡到设计阶段。此外，在现实生活中，用户的需求经常会发生变化，但客观世界的对象及对象间的关系比较稳定，因此用面向对象方法分析和设计的结构也相对比较稳定。

7.4.1 面向对象的基本概念

1．对象和类

对象是系统中用来描述客观事物的一个实体，它由对象标识（名称）、属性（状态、数据、成员变量）和服务（操作、行为、方法）三个要素组成，它们被封装为一个整体，以接口的形式对外提供服务。

在现实世界中，每个实体都是对象，如学生、书籍、收音机等；每个对象都有它的操作，例如书籍的页数，收音机的频道、按钮等属性，以及收音机的切换频道等操作。

而类则是对具有相同属性和服务的一个或一组对象的抽象。类与对象是抽象描述和具体实例的关系，一个具体的对象被称作类的一个实例。

2．继承与泛化

继承是面向对象方法中重要的概念，用来说明特殊类（子类）与一般类（父类）的关系，而通常用泛化来说明一般类与特殊类的关系，也就是说它们是一对反关系。

例如，如图 7-12 所示，"交通工具"是"自行车"和"小轿车"的泛化；"自行车"和"小轿车"从"交通工具"中继承。

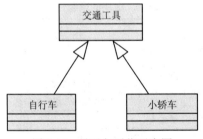

图 7-12　继承与泛化示意图

3．多态与重载

多态（即多种形式）性是指一般类中定义的属性或服务被特殊类继承后，可以具有不同的数据类型或表现出不同的行为，通常是使用重载和改写两项技术来实现的。通常有 4 种不同形式的多态，如表 7-5 所示。

表 7-5　多态类型一览表

多态类型	描　　述	示　　例
重载 （专用多态）	描述一个函数名称有多种不同实现方式，通常可以在编译时基于类型签名来区分各个重载函数的名称	class OverLoader{ 　public void test (int x); 　public void test (int x, double y); 　public void test (string x); }

续表

多态类型	描　　　述	示　　　例

改写
(包含多态)
	是重载的一种特殊情况，只发生在有关父类和子类之间关系中。注：通常签名相同，内容不一样	class Parent{
		　public void test (int x); }
		class Child extends Parent{
		　public void test (int); }

多态变量 (赋值多态强制多态)	声明为一种类型，但实际上却可以包含另一种类型数值的变量	Parent p=new Child ( );
泛型（模板，参数多态)	它提供了一种创建通用工具的方法，可以在特定的场合将其特化	template <class T> T max (T a, T b) {　if (a< b) return b; 　Return a; }

注 1：重载也称为过载、重置；

注 2：参数多态和包含多态称为通用多态，重载多态和强制多态称为特定多态。

 希赛教育专家提示：虽然重载和改写都是在多种潜在的函数体中，选择和调用某一个函数或方法并对其进行执行，但它们的本质区别在于，重载是编译时执行的（静态绑定），而改写则是运行时选择的（动态绑定）。

4．模板类

也称为类属类，它用来实现参数多态机制。一个类属类是关于一组类的一个特性抽象，它强调的是这些类的成员特征中与具体类型无关的那些部分，而用变元来表示与具体类型有关的那些部分。

5．消息和消息通信

消息就是向对象发出的服务请求，它通常包括提供服务的对象标识、消息名、输入信息和回答信息。消息通信则是面向对象方法学中的一个重要原则，它与对象的封装原则密不可分，为对象间提供了唯一合法的动态联系的途径。

7.4.2　面向对象分析

面向对象分析的目标是开发一系列模型，这些模型描述计算机软件，当它工作时以满足一组客户定义的需求。对象技术的流行，演化出了数十种不同的 OOA 方法，每个方法都引入了一个产品或系统分析的过程、一组过程演化的模型及使软件工程师能够以一致的方式创建每个模型的符号体系。其中比较流行的方法包括 OMT、OOA、OOSE、Booch 方法等，而 OMT、OOSE、Booch 最后则统一成为 UML。

1．OOA/OOD 方法

这是由 Peter Coad 和 Edward Yourdon 提出的，OOA 模型中包括主题、对象类、结构、属性和服务 5 个层次，需经过标识对象类、标识结构与关联（包括继承、聚合、组合、实例化等）、划分主题、定义属性、定义服务 5 个步骤来完成整个分析工作。

OOD 中将继续贯穿 OOA 中的 5 个层次和 5 个活动，它由人机交互部件、问题域部件、任务管理部件、数据管理部件 4 个部分组成，其主要的活动就是这 4 个部件的设计工作。

- 设计问题域部分：OOA 的结果恰好是 OOD 的问题域部件，分析的结果在 OOD 中可以被改动或增补，但基于问题域的总体组织框架是长时间稳定的。

- 设计人机交互部件：人机交互部件在上述结果中加入人机交互的设计和交互的细节，包括窗口和输出报告的设计。可以用原型来帮助实际交互机制的开发和选择。
- 设计任务管理部分：这部分主要是识别事件驱动任务，识别时钟驱动任务，识别优先任务和关键任务，识别协调者，审查每个任务并定义每个任务。
- 设计数据管理部分：数据管理部分提供了在数据管理系统中存储和检索对象的基本结构，其目的是隔离数据管理方法对其他部分的影响。

2．Booch 方法

Booch 认为软件开发是一个螺旋上升的过程，每个周期中包括标识类和对象、确定类和对象的含义、标识关系、说明每个类的接口和实现 4 个步骤。它的模型中主要包括表 7-6 所示的几种图形。

表 7-6　Booch 方法的模型概述

	静态模型	动态模型
逻辑模型	类图 对象图	状态转换图 时序图
物理模型	模块图 进程图	

Booch 方法的开发过程是一个迭代的、渐进式的系统开发过程，它可以分为宏过程和微过程两类。宏过程用于控制微过程，是覆盖几个月或几周所进行的活动，它包括负责建立核心需求的概念化，为所期望的行为建立模型的分析，建立体系结构的设计，形成实现的进化，以及管理软件交付使用的维护 5 个主要活动。

而微过程则基本上代表了开发人员的日常活动，它由 4 个重要、没有顺序关系的步骤组成：在给定的抽象层次上识别出类和对象，识别出这些类和对象的语义，识别出类间和对象间的关系，实现类和对象。

3．OMT 方法

OMT 是对象建模技术的缩写，它是由 Jam Rambaugh 及其同事合作开发的，它主要用于分析、系统设计和对象及设计。包括对象模型（静态的、结构化的系统的"数据"性质，通常采用类图）、动态模型（瞬时的、行为化的系统"控制"性质，通常使用状态图）和功能模型（表示变化的系统的"功能"性质，通常使用数据流图）。OMT 方法的三大模型如表 7-7 所示。

表 7-7　OMT 方法的三大模型

模　　型	说　　明	主要技术
对象模型	描述系统中对象的静态结构、对象之间的关系、属性、操作。它表示静态的、结构上的、系统的"数据"特征	对象图
动态模型	描述与时间和操作顺序有关的系统特征，如激发事件、事件序列、确定事件先后关系的状态。它表示瞬时、行为上的、系统的"控制"特征	状态图
功能模型	描述与值的变换有关的系统特征：功能、映射、约束和函数依赖	数据流图

在进行 OMT 建模时，通常包括分析、系统设计、对象设计和实现 4 个活动。

（1）分析。建立可理解的现实世界模型。通常从问题陈述入手，通过与客户的不断交互及对现实世界背景知识的了解，对能够反映系统的三个本质特征（对象类及它们之间的关系，动态的控制流，受约束的数据的函数变换）进行分析，构造出现实世界的模型。它可以分为如下 5 个主要活动。

- 编写问题陈述：即为问题域编写问题陈述。
- 建立对象模型：包括识别出类和对象、丢弃不必要和不正确的类、准备数据词典、识别出类之间的关联关系、丢弃不必要和不正确的关联关系、抽象出类和对象的属性、丢弃不必要和不正确的属性、使用继承关系来建立类之间的层次关系、遍历访问路径、找出不足。
- 建立动态模型：包括识别出用例和典型的交互作用脚本；识别出对象间的事件，并为每个脚本建立事件跟踪图；为系统建立事件流图；为具有重要动态行为的类建立状态图；检查多个状态图共享事件的一致性和完整性。
- 建立功能模型：包括识别出输入和输出值，根据需要使用数据流图描述功能依赖关系，描述每个功能做什么，识别出约束，规定优化标准。
- 细化对象模型、动态模型和功能模型，并建立文档。

（2）系统设计。确定整个系统的体系结构，形成求解问题和建立解答的高层次策略。在这个阶段主要将做出以下 8 个方面的决策：

- 将系统划分为子系统，而且还需要为每个子系统间定义良好的接口。
- 识别并发：检查系统中不同的、可能的控制线程。
- 将子系统和任务分配给处理器：决策哪个子系统用硬件实现，哪个子系统用软件实现；并确定处理器的位置、速度等具体的内容。
- 选择实现数据存储的策略：是采用文件，还是数据库管理系统实现。
- 识别出全局资源，并确定控制访问全局资源的机制。
- 选择实现软件控制的方法：通常可以采用的模式有过程驱动的系统、事件驱动的系统和并发系统三种。
- 考虑系统的边界条件：包括系统的初始化、结束和失败条件。
- 建立折中的优先级。

（3）对象设计。在分析的基础上，建立基于分析模型的设计模型，并考虑实现细节。其焦点是实现每个类的数据结构及所需的算法。对象设计的主要步骤如下。

- 其他的模型为对象模型获取操作。
- 设计算法实现操作：包括选择实现操作的代价最小的算法，选择适合该算法的数据结构，定义新的内部类和操作，将没有明确与某个类相关的操作分配给正确的类。
- 优化访问数据的路径：添加冗余的关联，重新安排算法中操作的执行顺序，存储导出的值以避免复杂表达式的计算。
- 实现控制：使用系统设计阶段选择的策略实现状态图。
- 调整类结构，并增加继承。
- 设计关联的实现。
- 确定对象属性的准确表达。
- 用模块封装类和关联。

（4）实现。将对象设计阶段开发的对象类及其关系转换为特程序设计语言、数据库或硬件的实现。

（5）测试。用来验证系统是否正确实现。在分析和设计阶段也部分涉及实现和测试，也就是说这些活动是在增量式开发中交错进行的活动。

4. OOSE 方法

OOSE 是面向对象软件工程的缩写，它是由 Ivar Jacobson 提出的。它在 OMT 的基础上，对功能模型进行了补充，提出了"用例"的概念，最终取代了数据流图进行需求分析和建立功能模型。

5. Wirfs-Brock 方法

该方法并没有明确地区分分析和设计的任务，而是从客户规约的估价开始到设计完成结束的一个过程。它的过程主要包括：评估客户规约、使用文法分析从规约中抽取候选类、分组类以试图标识超类、为每个类定义责任、为每个类赋予责任、标识类间的关系、基于责任定义类间的协作、建造类的层次表示以显示继承关系、构造系统的协作图。

7.4.3　统一建模语言

统一建模语言（Unified Modeling Language，UML）是用于系统的可视化建模语言，它将 OMT、OOSE 和 Booch 方法中的建模语言和方法有机地融合在一起，是国际统一的软件建模标准。虽然它源于 OO 软件系统建模领域，但由于其内建了大量扩展机制，也可以应用于更多的领域中，例如工作流程、业务领域等。

1. UML 是什么

- UML 是一种语言：UML 在软件领域中的地位与价值就像"1、2、3、+、-、…"等符号在数学领域中的地位一样。它为软件开发人员之间提供了一种用于交流的词汇表，一种用于软件蓝图的标准语言。
- UML 是一种可视化语言：UML 只是一组图形符号，它的每个符号都有明确语义，是一种直观、可视化的语言。
- UML 是一种可用于详细描述的语言：UML 所建的模型是精确的、无歧义和完整的，因此适合于对所有重要的分析、设计和实现决策进行详细描述。
- UML 是一种构造语言：UML 虽然不是一种可视化的编程语言，但其与各种编程语言直接相连，而且有较好的映射关系，这种映射允许进行正向工程、逆向工程。
- UML 是一种文档化语言：它适合于建立系统体系结构及其所有的细节文档。

2. UML 的结构

UML 由构造块、公共机制和架构三个部分组成。

（1）构造块。构造块也就是基本的 UML 建模元素（事物）、关系和图。

- 建模元素：包括结构事物（类、接口、协作、用例、活动类、组件、节点等）、行为事物（交互、状态机）、分组事物（包）、注释事物。
- 关系：包括关联关系、依赖关系、泛化关系、实现关系。
- 图：在 UML 2.0 中包括 14 种不同的图，分为表示系统静态结构的静态模型（包括类图、对象图、包图、构件图、部署图、制品图、）以及表示系统动态结构的动态模型（包括对象图、用例图、顺序图、通信图、定时图、状态图、活动图、交互概览图）。

（2）公共机制。公共机制是指达到特定目标的公共 UML 方法，主要包括规格说明、修饰、公共分类和扩展机制 4 种。

- 规格说明：规格说明是元素语义的文本描述，它是模型真正的"肉"。
- 修饰：UML 为每一个模型元素设置了一个简单的记号，还可以通过修饰来表达更多的信息。
- 公共分类：包括类元与实体（类元表示概念，而实体表示具体的实体）、接口和实现（接口用来定义契约，而实现就是具体的内容）两组公共分类。
- 扩展机制：包括约束（添加新规则来扩展元素的语义）、构造型（用于定义新的 UML 建模元素）、标记值（添加新的特殊信息来扩展模型元素的规格说明）。

（3）架构。UML 对系统架构的定义是：系统的组织结构，包括系统分解的组成部分、它们的关联性、交互、机制和指导原则，这些提供系统设计的信息。而具体来说，就是指 5 个系统视图：

- 逻辑视图：以问题域的语汇组成的类和对象集合。
- 进程视图：可执行线程和进程作为活动类的建模，它是逻辑视图的一次执行实例。
- 实现视图：对组成基于系统的物理代码的文件和组件进行建模。
- 部署视图：把组件物理地部署到一组物理的、可计算节点上。
- 用例视图：最基本的需求分析模型。

3. 用例图基础

用例（use case）是什么呢？Ivar Jacobson 是这样描述的："用例实例是在系统中执行的一系列动作，这些动作将生成特定参与者可见的价值结果。一个用例定义一组用例实例。"首先，从定义中得知用例是由一组用例实例组成的，用例实例也就是常说的"使用场景"，就是用户使用系统的一个实际的、特定的场景。其次，可以知道，用例应该给参与者带来可见的价值，这一点很关键。最后，用例是在系统中的。

而用例模型描述的是外部参与者（actor）所理解的系统功能。用例模型用于需求分析阶段，它的建立是系统开发者和用户反复讨论的结果，表明了开发者和用户对需求规格达成的共识。图 7-13 就是一个用例图的例子。

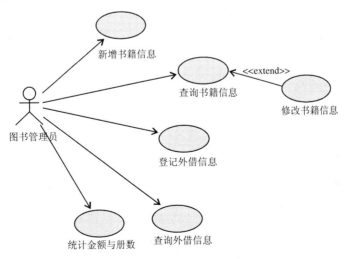

图 7-13 用例图示例

（1）参与者。参与者代表与系统接口的任何事物或人，它是指代表某一种特定功能的角色，因此，参与者都是虚拟的概念。在 UML 中，用一个小人表示参与者。

图 7-13 中的"图书管理员"就是参与者。对于该系统来说，可能可以充当图书管理员角色的有多个人，由于他们对于系统而言均起着相同的作用，扮演相同的角色，因此只使用一个参与者表示。切忌为每一个可能与系统交互的真人画出一个参与者。

（2）用例。用例是对系统行为的动态描述，它可以促进设计人员、开发人员与用户的沟通，理解正确的需求，还可以划分系统与外部实体的界限，是系统设计的起点。在识别出参与者之后，可以使用下列问题帮助识别用例：

- 每个参与者的任务是什么？
- 有参与者将要创建、存储、修改、删除或读取系统中的信息吗？
- 什么用例会创建、存储、修改、删除或读取这个信息？
- 参与者需要通知系统外部的突然变化吗？
- 需要通知参与者系统中正在发生的事情吗？
- 什么用例将支持和维护系统？
- 所有的功能需求都对应到用例中了吗？
- 系统需要何种输入/输出？输入从何处来？输出到何处？
- 当前运行系统的主要问题是什么？

（3）包含和扩展。两个用例之间的关系可以主要概括为两种情况。一种是用于重用的包含关系，用构造型<<include>>或者<<use>>表示；另一种是用于分离出不同的行为，用构造型<<extend>>表示。

- 包含关系：当可以从两个或两个以上的原始用例中提取公共行为，或者发现能够使用一个组件来实现某一个用例的部分功能是很重要的事时，应该使用包含关系来表示它们。所提取出来的公共行为称为抽象用例。包含关系的例子如图 7-14 所示。
- 扩展关系：如果一个用例明显地混合了两种或两种以上的不同场景，即根据情况可能发生多种事情。可以将这个用例分为一个主用例和一个或多个辅用例，描述可能更加清晰。扩展关系的例子如图 7-15 所示。

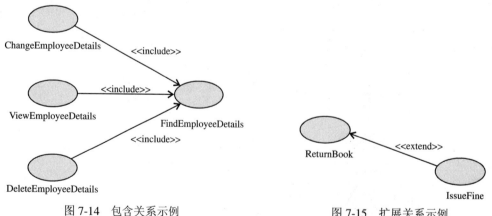

图 7-14　包含关系示例　　　　　图 7-15　扩展关系示例

希赛教育专家提示：此处介绍的包含和扩展关系属于用例之间所特有的关系，因为用例也是 UML 的一种结构事物，因此，事物之间的 4 种基本关系对用例也是适用的。

4．类图和对象图基础

在面向对象建模技术中，将客观世界的实体映射为对象，并归纳成一个个类。类、对象和它们之间的关联是面向对象技术中最基本的元素。对于一个想要描述的系统，其类模型和对象模型揭示了系统的结构。在 UML 中，类和对象模型分别由类图和对象图表示。类图技术是 OO方法的核心。图 7-16 则是一个类图的实例。

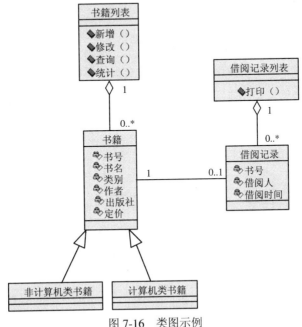

图 7-16 类图示例

（1）类和对象。对象与人们对客观世界的理解相关。人们通常用对象描述客观世界中某个具体的实体。所谓类是对一类具有相同特征的对象的描述。而对象是类的实例（Instance）。在UML 中，类的可视化表示为一个划分成三个格子的长方形（下面两个格子可省略）。图 7-16中，"书籍"、"借阅记录"等都是一个类。

- 类的获取和命名：最顶部的格子包含类的名字。类的命名应尽量用应用领域中的术语，应明确、无歧义，以利于开发人员与用户之间的相互理解和交流。
- 类的属性：中间的格子包含类的属性，用以描述该类对象的共同特点。该项可省略。图 7-16 中"书籍"类有"书名"、"书号"等属性。UML 规定类的属性的语法为："可见性 属性名：类型 = 默认值 {约束特性}"。

可见性包括 Public、Private 和 Protected，分别用+、-、#号表示。

类型表示该属性的种类：它可以是基本数据类型，例如整数、实数、布尔型等，也可以是用户自定义的类型。一般它由所涉及的程序设计语言确定。

约束特性则是用户对该属性性质一个约束的说明。例如"{只读}"说明该属性是只读属性。

- 类的操作（Operation）：该项可省略。操作用于修改、检索类的属性或执行某些动作。操作通常也被称为功能，但是它们被约束在类的内部，只能作用到该类的对象上。操作名、返回类型和参数表组成操作界面。UML 规定操作的语法为："可见性：操作名（参数表）：返回类型 {约束特性}"。

类图描述了类和类之间的静态关系。定义了类之后，就可以定义类之间的各种关系了。

（2）类之间的关系。在建立抽象模型时，会发现很少有类会单独存在，大多数都将会以某种方式彼此协作，因此还需要描述这些类之间的关系。关系是事物间的连接，在面向对象建模中，有4个很重要的关系。

1）依赖关系。有两个元素X、Y，如果修改元素X的定义可能会引起对另一个元素Y的定义的修改，则称元素Y依赖（Dependency）于元素X。在UML中，使用带箭头的虚线表示依赖关系

在类中，依赖由各种原因引起，如：一个类向另一个类发消息；一个类是另一个类的数据成员；一个类是另一个类的某个操作参数。如果一个类的界面改变，它发出的任何消息可能不再合法。

2）泛化关系。泛化关系描述了一般事物与该事物中的特殊种类之间的关系，也就是父类与子类之间的关系。继承关系是泛化关系的反关系，也就是说子类是从父类中继承的，而父类则是子类的泛化。在UML中，使用带空心箭头的实线表示，箭头指向父类。

在UML中，对泛化关系有三个要求：

① 子类应与父类完全一致，父类所具有的关联、属性和操作，子元素都应具有。

② 子类中除了与父类一致的信息外，还包括额外的信息。

③ 可以使用子父类实例的地方，也可以使用子类实例。

3）关联关系。关联（Association）表示两个类之间存在某种语义上的联系。例如，一个人为一家公司工作，一家公司有许多办公室。就认为人和公司、公司和办公室之间存在某种语义上的联系。

关联关系提供了通信的路径，它是所有关系中最通用、语义最弱的。在UML中，使用一条实线来表示关联关系。

① 聚合关系：聚合（Aggregation）是一种特殊形式的关联。聚合表示类之间的关系是整体与部分的关系。例如一辆轿车包含四个车轮、一个方向盘、一个发动机和一个底盘，就是聚合的一个例子。在UML中，使用一个带空心菱形的实线表示，空心菱形指向的是代表"整体"的类。

② 组合关系：如果聚合关系中的表示"部分"的类的存在，与表示"整体"的类有着紧密的关系，例如"公司"与"部门"之间的关系，那么就应该使用"组合"关系来表示。在UML中，使用带有实心菱形的实线表示，菱形指向的是代表"整体"的类。

> **希赛教育专家提示**：聚合关系是指部分与整体的生命周期可以不相同，而组合关系则是指部分与整体的生命周期是相同的。

4）实现关系。实现关系是用来规定接口和实现接口的类或组件之间的关系。接口是操作的集合，这些操作用于规定类或组件的服务。在UML中，使用一个带空心箭头的虚线表示。

（3）多重性问题。重复度（Multiplicity）又称多重性，多重性表示为一个整数范围 $n..m$，整数 n 定义所连接的最少对象的数目，而 m 则为最多对象数（当不知道确切的最大数时，最大数用*号表示）。最常见的多重性有：0...1；0...*；1...1；1...*；*。

多重性是用来说明关联的两个类之间的数量关系的，例如：

- 书与借书记录之间的关系，就应该是 1 对 0...1 的关系，也就是一本书可以有 0 个或 1 个借书记录。
- 经理与员工之间的关系，则应为 1 对 0...*的关系，也就是一个经理可以领导 0 个或多个 员工。
- 学生与选修课程之间的关系，就可以表示为 0...*对 1...*的关系，也就是一个学生可以 选择 1 门或多门课程，而一门课程有 0 个或多个学生选修。

（4）类图。对于软件系统，其类模型和对象模型类图描述类和类之间的静态关系。与数据 模型不同，它不仅显示了信息的结构，同时还描述了系统的行为。类图是定义其他图的基础。

（5）对象图。UML 中对象图与类图具有相同的表示形式。对象图可以看做是类图的一个 实例。对象是类的实例；对象之间的链（Link）是类之间的关联的实例。对象与类的图形表示 相似，均为划分成两个格子的长方形（下面的格子可省略）。上面的格子是对象名，对象名下 有下划线；下面的格子记录属性值。链的图形表示与关联相似。对象图常用于表示复杂类图的 一个实例。

5．交互图基础

交互图（Interactive Diagram）是表示各组对象如何依某种行为进行协作的模型。通常可以 使用一个交互图来表示和说明一个用例的行为。在 UML 中，包括三种不同形式的交互图，强 调对象交互行为顺序的顺序图，强调对象协作的通信图（UML1.X 版本中称为"协作图"），强 调消息的具体时间的定时图，它们之间没有什么本质不同，只是排版不尽相同而已。

（1）顺序图。顺序图（Sequence Diagram）用来描述对象之间动态的交互关系，着重体现 对象间消息传递的时间顺序。顺序图允许直观地表示出对象的生存期，在生存期内，对象可以 对输入消息做出响应，并且可以发送信息。图 7-17 是一个顺序图的示例。

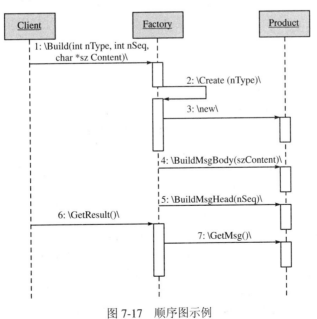

图 7-17　顺序图示例

正如图 7-17 所示，顺序图存在两个轴，水平轴表示不同的对象，即图中的 Client、Factory、

Product 等；而垂直轴表示时间，表示对象及类的生命周期。

对象间的通信通过在对象的生命线间画消息来表示。消息的箭头指明消息的类型。顺序图中的消息可以是信号、操作调用或类似于 C++ 中的 RPC（Remote Procedure Calls）和 Java 中的 RMI（Remote Method Invocation）。当收到消息时，接收对象立即开始执行活动，即对象被激活了。通过在对象生命线上显示一个细长矩形框来表示激活。

消息可以用消息名及参数来标识，消息也可带有顺序号。消息还可带有条件表达式，表示分支或决定是否发送消息。如果用于表示分支，则每个分支是相互排斥的，即在某一时刻仅可发送分支中的一个消息。

（2）通信图。通信图（Communication Diagram）用于描述相互合作的对象间的交互关系和链接关系。虽然顺序图和通信图都用来描述对象间的交互关系，但侧重点不一样。顺序图着重体现交互的时间顺序，通信图则着重体现交互对象间的静态链接关系。图 7-18 就是与图 7-17 相对应的通信图，可以从图 7-18 中很明显地发现它与顺序图之间的异同点。

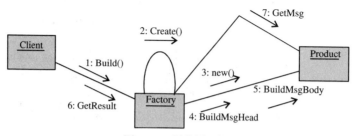

图 7-18 通信图示例

（3）定时图。如果要表示的交互具有很强的时间特性（例如，现实生活中的电子工程、实时控制等系统中），在 UML 1.X 中是无法有效地表示出来的。而在 UML 2.0 中引入了一种新的交互图来解决这类问题，这就是着重表示定时约束的定时图（Timing Diagram）。

根据 UML 的定义，定时图实际上是一种特殊形式的顺序图（即一种变化），它与顺序图的区别主要体现在以下几个方面：

- 坐标轴交换了位置，改为从左到右来表示时间的推移。
- 用生命线的"凹下凸起"来表示状态的变化，每个水平位置代表一种不同的状态，状态的顺序可以有意义、也可以没有意义。
- 生命线可以跟在一根线后面，在这根线上显示一些不同的状态值。
- 可以显示一个度量时间值的标尺，用刻度来表示时间间隔。

图 7-19 是一个定时图的实际例子，其中小黑点加曲线表示的是注释。它用来表示一个电子门禁系统的控制逻辑，该门禁系统包括门（物理的门）、智能读卡器（读取用户的智能卡信息）、处理器（用来处理是否开门的判断）。

在这个例子中，它所表示的意思是一开始读卡器是启用的（等用户来刷卡）、处理器是空闲的（没有验证的请求）、门是关的；接着，当用户刷卡时，读卡器就进入了"等待校验"的状态，并发一个消息给处理器，处理器就进入了校验状态。如果校验通过，就发送一个"禁用"消息给读卡器（因为门开的时候，读卡器就可以不工作了），使卡器进入禁用状态；并且自己转入启用状态，这时门的状态变成了"开"。而门"开"了 30 秒钟（根据时间刻度得知）之后，处理器将会把它再次"关"上，并且发送一个"启用"消息给读卡器（门关了，读卡器又要重新工作了），这时读卡器再次进入启用状态，而处理器已经又回到了空闲状态。

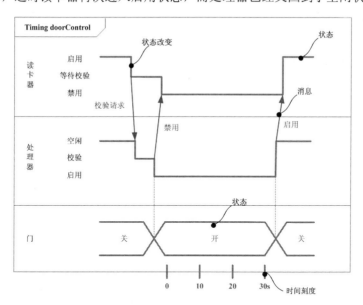

图 7-19　定时图示例

从上面的例子中不难看出，定时图所包含的图元并不多，主要包括生命线、状态、状态变迁、消息、时间刻度，可以根据自身的需要来使用它。

6. 状态图基础

状态图（State Diagram）用来描述一个特定对象的所有可能状态及其引起状态转移的事件。大多数面向对象技术都用状态图表示单个对象在其生命周期中的行为。一个状态图包括一系列的状态及状态之间的转移。图 7-20 是一个数码冲印店的订单状态图实例。

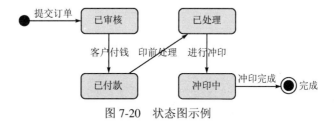

图 7-20　状态图示例

状态图包括以下部分。

- 状态：又称为中间状态，用圆角矩形框表示。
- 初始状态：又称为初态，用一个黑色的实心圆圈表示，在一张状态图中只能够有一个初始状态。
- 结束状态：又称为终态，在黑色的实心圆圈外面套上一个空心圆，在一张状态图中可能有多个结束状态。
- 状态转移：用箭头说明状态的转移情况，并用文字说明引发这个状态变化的相应事件是什么。

一个状态也可能被细分为多个子状态，那么如果将这些子状态都描绘出来，那么这个状态就是复合状态。

状态图适合用于表述在不同用例之间的对象行为，但并不适合于表述包括若干协作的对象行为。通常不会需要对系统中的每一个类绘制相应的状态图，而通常会在业务流程、控制对象、用户界面的设计方面使用状态图。

7. 活动图基础

活动图的应用非常广泛，它既可用来描述操作（类的方法）的行为，也可以描述用例和对象内部的工作过程。活动图是由状态图变化而来的，它们各自用于不同的目的。活动图依据对象状态的变化来捕获动作（将要执行的工作或活动）与动作的结果。活动图中一个活动结束后将立即进入下一个活动（在状态图中状态的变迁可能需要事件的触发）。

（1）基本活动图。图 7-21 给出了一个基本活动图的例子。

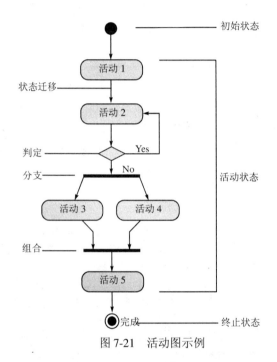

图 7-21　活动图示例

正如图 7-21 所示，活动图与状态图类似，包括了初始状态、终止状态，以及中间的活动状态，每个活动之间，也就是一种状态的变迁。在活动图中，还引入了以下几个概念。

- 判定：说明基于某些表达式的选择性路径，在 UML 中使用菱形表示。
- 分支与结合：由于活动图建模时，经常会遇到并发流，因此在 UML 中引入了如上图所示的粗线来表示分支和结合。

（2）带泳道的活动图。在前面说明的基本活动图中，虽然能够描述系统发生了什么，但没有说明该项活动由谁来完成。而针对 OOP 而言，这就意味着活动图没有描述出各个活动由哪个类来完成。要想解决这个问题，可以通过泳道来解决这一问题。它将活动图的逻辑描述与顺序图、协作图的责任描述结合起来。图 7-22 是一个使用了泳道的例子。

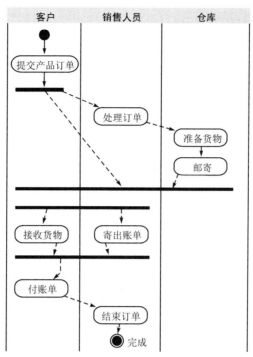

图 7-22　带泳道活动图示例

（3）对象流。在活动图中可以出现对象。对象可以作为活动的输入或输出，对象与活动间的输入/输出关系由虚线箭头来表示。如果仅表示对象受到某一活动的影响，则可用不带箭头的虚线来连接对象与活动。

（4）信号。在活动图中可以表示信号的发送与接收，分别用发送和接收标志来表示。发送和接收标志也可与对象相连，用于表示消息的发送者和接收者。

8．构件图基础

构件图是面向对象系统的物理方面进行建模要用的两种图之一。它可以有效地显示一组构件，以及它们之间的关系。构件图中通常包括构件、接口以及各种关系。图 7-23 就是一个构件图的例子。

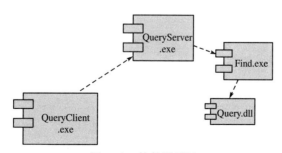

图 7-23　构件图示例

通常构件指的是源代码文件、二进制代码文件和可执行文件等。而构件图就是用来显示编译、链接或执行时构件之间的依赖关系的。例如，在图 7-23 中，就是说明 QueryClient.exe 将通过调用 QueryServer.exe 来完成相应的功能，而 QueryServer.exe 则需要 Find.exe 的支持，

Find.exe 在实现时调用了 Query.dll。

通常来说，可以使用构件图完成以下工作。

- 对源代码进行建模：这样可以清晰地表示出各个不同源程序文件之间的关系。
- 对可执行体的发布建模：如上图所示，将清晰地表示出各个可执行文件、DLL 文件之间的关系。
- 对物理数据库建模：用来表示各种类型的数据库、表之间的关系。
- 对可调整的系统建模：例如对于应用了负载均衡、故障恢复等系统的建模。

在绘制构件图时，应该注意侧重于描述系统的静态实现视图的一个方面，图形不要过于简化，应该为构件图取一个直观的名称，在绘制时避免产生线的交叉。

9．部署图基础

部署图，也称为实施图，它和构件图一样，是面向对象系统的物理方面建模的两种图之一。构件图相对来说，是说明构件之间的逻辑关系，而部署图则是在此基础上更进一步，描述系统硬件的物理拓扑结构，以及在此结构上执行的软件。部署图可以显示计算结点的拓扑结构和通信路径、结点上运行的软件构件，常常用于帮助理解分布式系统。

图 7-24 就是与图 7-23 对应的部署图，这样的图示可以使系统的安装、部署更为简单。在部署图中，通常包括以下一些关键的组成部分。

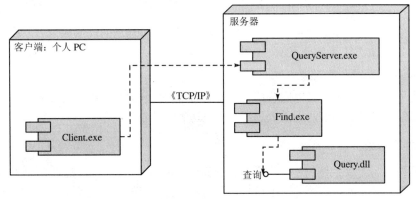

图 7-24　部署图示例

（1）结点和连接。结点（Node）代表一个物理设备及其上运行的软件系统，如一台 UNIX 主机、一个 PC 终端、一台打印机、一个传感器等。

如图 7-24 所示，"客户端：个人 PC" 和 "服务器" 就是两个结点。在 UML 中，使用一个立方体表示一个结点，结点名放在左上角。结点之间的连线表示系统之间进行交互的通信路径，在 UML 中被称为连接。通信类型则放在连接旁边的 "《》" 之间，表示所用的通信协议或网络类型。

（2）构件和接口。在部署图中，构件代表可执行的物理代码模块，如一个可执行程序。逻辑上它可以与类图中的包或类对应。例如，在图 7-24 中，"服务器"结点中包含"QueryServer.exe"、"Find.exe" 和 "Query.dll" 三个构件。

在面向对象方法中，类和构件等元素并不是所有的属性和操作都对外可见。它们对外提供了可见操作和属性，称之为类和构件的接口。界面可以表示为一头是小圆圈的直线。在图 7-24

中，"Query.dll"构件提供了一个"查询"接口。

7.4.4 结构化方法和面向对象方法的比较

很难对结构化分析方法和面向对象分析方法做一种优劣性的比较。使用两种方法成功和失败的系统都很多。面向对象分析方法已经成为主流分析方法，并且各种不同的面向对象分析方法，均有对应的面向对象设计的方法、计算机语言、建模工具的支持。然而，结构化方法也并未过时，大量成功的系统依然在通过结构化方法进行分析和实现。因此，在这里仅仅以"工程实施"的角度来比较一下结构化方法和面向对象方法的优缺点，而结论则是：使用何种方法并不成为一种根本性障碍，恰当地运用方法才是根本性问题。

1. 思维方法的比较

从基本的思维方法来比较两种方法，结构化方法关注于功能的分层和分解，这非常符合人们自上而下、逐步分解问题直到可解决的自然思考方式，应用的是基本的科学逻辑方法。结构化分析方法本身隐含着几个基本假设，即：问题是可定义的、问题是有限的、通过有限的步骤总是可以将问题分解到可解决的程度。结构化方法因此很符合诺依曼型计算机的"有限自动机计算"本质。

使用结构化分析方法可能存在的风险在于：在得到问题本质性的描述之前，不断分解出的结论和需要处理的信息越来越多、越来越复杂，使得"只见树木不见森林"的风险大大增加。因此，使用结构化分析方法的人需要不断将得到的分析结论与现有的知识与问题分解体系进行比较、匹配和归结，从而保证能在细化问题的连续过程中，仍然能够把握到问题的本质，这就需要使用思维方法中的"归纳法"通过总结问题来补充结构化分析方法的不足。

不同于结构化分析方法对现实世界的"测量"，面向对象方法更类似使用科学抽象方法对现实世界进行的"模拟"。

由于面向对象方法在这种模拟之中，总是试图在问题中抽象出更公用的解释（类），因此抽象问题的投入和层次常比结构化方法更高，但这也是 OO 方法的风险所在，对于那些经验不够丰富的运用者来说，常常可能会抽象出与问题本质面目全非的对象模型来，这样的模型既不正确也难以进一步细化，常常导致项目不可避免的失败。因此，OO 方法可以配合"假想并证明"的逻辑方法，来验证 OO 模型的正确性。

2. 价值判断

运用结构化分析方法或运用面向对象方法都有一些明显的价值，这些潜在的价值常被忽视，但可能是初期选择某种方法的关键性因素，如表 7-8 所示。

表 7-8 价值判断比较

分类	描述
结构化方法	自上而下的分解、得到问题域的层次性模型
	符合人类思考问题的自然方式
	容易和上层的业务分析和产品规划方法结合
	……

续表

分类	描述
面向对象方法	更容易支持企业的连续过程改进 更容易支持软件复用、得到公用的软件构件 在较高的思维水平进行问题抽象 具有广泛的语言编译器、建模工具支持、当前的流行方法 更容易支持面向消息和事件驱动的系统 …… 初期的问题抽象比较困难、使用难度高于结构化方法 需要多次反复才能得到复用性较高的设计 要求组织具有面向复用的过程改进机制 ……

3. 方法运用

结构化分析方法和面向对象分析方法都不是完美无缺的唯一方法。

由于结构化分析方法的"测量"性质，使用这种方法的工程师通常不会喜欢问题在"测量"阶段剧烈变化，如何跟踪项目目标的变化也是一个让人头疼的问题。而面向对象方法由于抽象层次比较高，通常增加了初期分析和设计的困难程度和开销；即使有了诸如"设计模式"这样的手段来帮助，得到一个高度可复用的面向对象系统设计仍然是一件比较困难的事情。采用面向对象方法进行设计时，投入的开销通常需要经过多个项目的不断抽象和提炼，才能在组织的过程改进、开发设计能力积累、得到可复用的构件库等方面体现出价值回报来。为了充分得到这些价值回报，还需要在系统开发环境、工具、过程改进等方面做出努力。

结构化分析方法和面对象分析方法也不是对立的或简单归结为某种先进、另一种过时。例如利用结构化分析方法分析问题的"信息加工域"或归结"具有共性的处理"时，常常有助于确认类的划分规模、内部操作和接口。

因此，对于如何运用这些分析方法存在一些原则性的结论，如：

- 应关注运用这些方法的成本和价值；
- 并不存在方法学上单纯的优劣和对立问题；
- 在适当的环境适当地运用这些分析方法抓住问题的本质才是关键。

这些都需要系统架构设计师具有高度的思维水平，将知识、技能、经验、方法等高度科学、艺术地运用在目标问题的解决上。

7.5 用户界面设计

接口设计主要包括三个方面的内容：一是设计软件构件间的接口；二是设计模块和其他非人的信息生产者和消费者（如外部实体）的接口；三是人（如用户）和计算机间界面设计。

软件构件间接口的设计与体系结构的设计紧密相关，而设计模块和外部实体的接口则与详细设计相关，人机界面接口则是相当容易被忽视的环节，在此就对其重点内容进行一个概要性描述。

7.5.1　用户界面设计的原则

用户界面设计必须考虑软件使用者的体力和脑力，根据 Theo Mandel 的总结，它指出在设计时必须遵从三个黄金法则。

- 置用户于控制之下：具体来说就是以不强迫用户进入不必要的或不希望的动作的方式来定义交互模式、提供灵活的交互、允许用户交互可以被中断和撤销、当技能级别增长时可以使交互流水化并允许定制交互、使用户隔离内部技术细节、设计应允许用户和出现在屏幕上的对象直接交互。
- 减少用户的记忆负担：具体来说就是减少对短期记忆的要求、建立有意义的默认、定义直觉性的捷径、界面的视觉布局应该基于真实世界的隐喻、以不断进展的方式提示信息。
- 保持界面的一致：具体来说就是允许用户将当前任务放入有意义的语境、在应用系列内保持一致性、如果过去的交互模型已经建立了用户期望，除非有不得已的理由，否则不要改变它。

除此之外，还应该考虑表 7-9 所示的设计原则。

表 7-9　用户界面设计原则

原　　则	描　　述
用户熟悉	界面所使用的术语和概念应该是来自于用户的经验，这些用户是将要使用系统最多的人
意外最小化	永远不要让用户对系统的行为感到吃惊
可恢复性	界面应该有一种机制来允许用户从错误中恢复
用户指南	在错误发生时界面应该提供有意义的反馈，并有上下文感知能力的用户帮助功能
用户差异性	界面应该为不同类型用户提供合适的交互功能

7.5.2　用户界面设计过程

用户界面的设计过程也应该是迭代的，它通常包括 4 个不同的框架活动，如图 7-25 所示。

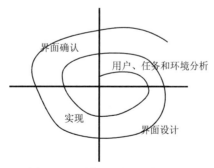

图 7-25　用户界面设计过程

（1）用户、任务和环境分析：着重于分析将和系统交互的用户的特点。记录下技术级别、业务理解以及对新系统的一般感悟，并定义不同的用户类别。然后对用户将要完成什么样的任务进行详细的标识和描述。最后对用户的物理工作环境进行了解与分析。

（2）界面设计：主要包括建立任务的目标和意图，为每个目标或意图制定特定的动作序列，按在界面上执行的方式对动作序列进行规约，指明系统状态，定义控制机制，指明控制机制如何影响系统状态，指明用户如何通过界面上的信息来解释系统状态。

（3）实现：就是根据界面设计进行实现，前期可以通过原型工具来快速实现，减少返工的工作量。

（4）界面确认：界面实现后就可以进行一些定性和定量的数据收集，以进行界面的评估，以调整界面的设计。

7.6　工作流设计

工作流技术的发展，经过多年的努力，取得了一定的成果。但在实际应用中，应用的企业还是较少，应用的范围窄，效果不理想。

流程的设计是对设计者更高的挑战，现实中对计算机所管理的流程需要灵活的定义、方便的路径修改、容易使用，可是这几个目标是矛盾的。更严重的是，如何分析现实中的流程本身就是个困难的问题，更不用谈如何来设计实现了。流程设计的主要困难实际上也就是软件的主要困难：现实复杂性。

任何对现实的描述（图形也罢，文字也罢）都是不完美的，"不是庐山真面目"是设计面临的共同难题。设计者不得不意识到所有的流程模型都是对现实的简化，计算机只根据确定的信息做判断，而现实中的流程存在大量的不确定性，虽然计算机专家们自信地告诉企业管理者这是管理的问题，信誓旦旦地保证可以用计算机系统来"完善"企业的管理，但他们似乎没有意识到企业管理已经发展了几百年，而计算机还没有百年的历史。

人们常常抱怨计算机系统的流程设计太过刻板，因为许多时候，标准流程是先于应用构造且由一些集中的权威强制执行的，所以这种刻板性是不可避免的。同时，对参与者而言缺乏自由度导致工作流管理系统显得很不友好。结果是它们经常被忽略或绕过，甚至最终被放弃。

另外的困难是：对于流程处理，不仅名称众多，例如，动态模型、工作流等，而且对流程的定义也是千姿百态。面对这些困难，设计者无疑需要巨大的勇气来进行流程设计。

7.6.1　工作流设计概述

限于篇幅，这里只列出工作流管理联盟对于工作流的定义："工作流是一类能够完全或者部分自动执行的经营过程，根据一系列过程规则、文档、信息或任务在不同的执行者之间传递、执行"。

（1）工作流。简单地说，工作流是现实中的具体工作从开始到结束过程的抽象和概括。这个过程包括了众多因素：任务顺序、路线规则、时间时限约束等。

（2）流程定义。流程定义是指对业务过程的形式化表示，它定义了过程运行中的活动和所涉及的各种信息。这些信息包括过程的开始和完成条件、构成过程的活动，以及进行活动间导航的规则、用户所需要完成的任务、可能被调用的应用、工作流间的引用关系，以及与工作流数据的定义。这个定义的过程可能是由设计者用纸和笔来完成的，但越来越多的设计者倾向于使用流程定义工具来完成这个工作。

（3）流程实例。也常常称为工作，是一个流程定义的运行实例。例如客户的一次订购过程，客服中心受理的一次客户投诉过程等。

（4）工作流管理系统。和数据库管理系统类似，是一个软件系统。这个程序存储流程的定义，按照所使用的流程定义来触发流程状态的改变，推动流程的运转。这个推动的依据常常称为工作流引擎。

（5）流程定义工具。同样是一套软件系统，这个软件和工作流管理系统的关系就如同数据库设计工具和数据库管理系统的关系一样。它可能是独立的软件，也可能是工作流管理系统的一部分。如前所述，设计者常常使用流程定义工具来完成流程定义的工作。它提供一些常用的工作流元素素材，以提高设计者的效率。

（6）参与者。回答业务流程中"谁？"这个问题。它可以是具体的人或者角色（企业内部有特别共同作用的多个人），也可以是自动化系统，甚至是其他系统。

（7）活动。活动是流程定义中的一个元素，一次活动可能改变流程处理数据的内容、流程的状态，并可能将流程推动到其他活动中去。活动可以由人来完成，也可以是系统自动的处理过程，典型的自动处理是当活动超过了这个活动可以容忍的时限时，自动过程将向流程定义中指定的参与者发出一条消息。

（8）活动所有者。参与者之一，他有权决定该活动是否结束，当他决定活动结束时，将活动推动到其他活动中，可能是下一个活动，也可能是前一个活动。

（9）工作所有者。工作所有者是有权整体控制流程实例执行过程的参与者。

（10）工作项。代表流程实例中活动的参与者将要执行的工作。

要分析现实中的处理流程，必须首先描述目标系统的流程，这个过程也可以称为建模。流程是个复杂的事务，必须从多方面才可以描述一个流程，包括："谁"，流程的参与者；"什么"，参与者做什么工作；"何时"，工作完成的时间限制，还需要说明工作的数据流和完成工作的控制流。人们认为自然语言在描述如此复杂的事务时容易引起歧义，所以，人们定义了一些形式化语言试图在自然语言中挑选一个子集，这个子集既可以真正描述流程，又能够摆脱自然语言的复杂和多变，实际上想在人和机器在理解处理流程上架起一座桥梁，如同其他计算机语言以及后来发展的统一建模语言一样，这些形式化的语言也称为"工作流定义语言"。

同样，为了描述实际中的处理流程，人们也想到了图形的方式。有限状态自动机是一种分析状态和改变状态的良好工具，这种方法需要完全列出流程中所有状态以及这些状态的组合，当处理流程变得庞大时，自动机所对应的状态图膨胀得太厉害。由于 Petri 网有严格的数学基础和图形化的规范语义，在描述离散事件动态系统方面的能力已经得到公认，具有较强的模型分析能力，在工作流的描述和分析中已经是人们广泛采用的一种方法。虽然有人认为图形并非工作流的最佳表示方法，但由于图形的直观性，大多数设计者都愿意采用图形的描述方式。有关有限状态自动机和 Petri 网的论述请参考其他书籍。

7.6.2　工作流管理系统

根据工作流管理联盟（Workflow Management Coalition，WFMC）的定义，工作流管理系统是"一种在工作流形式化表示的驱动下，通过软件的执行而完成工作流定义、管理及执行的系统"，其主要目标是对业务过程中各活动发生的发后次序及与活动相关的相应人力或信息资源的调用，进行管理而实现业务过程的自动化。

如同关系数据库一样，现在已经出现了专门的工作流管理系统，这些系统经过专门的设计，从不同的角度负责解决设计者在流程设计中遇到的共同问题：节点定义、路径选择、数据流动等。不幸的是，和关系数据库共同基于关系代数、支持标准的 SQL 不同，这些工作流管理系统基于不同的数学模型，提供完全不同的接口。所以这些工作流管理系统各具特色，但在通用性和其他系统相互协作上的不足使得这些系统的应用受到了限制。

WFMC 给出了包含 6 个基本模块的参考模型，这 6 个模块被认为是工作流管理系统的最基本组成，这个参考模型同时包括了这些模块之间的接口标准。

（1）流程定义工具。这部分软件提供图形化或者其他方式的界面给设计者。由设计者将实际工作流程进行抽象，并将设计者提交的流程定义转换为形式化语言描述，提供给计算机工作流执行服务进行流程实例处理的依据。

（2）工作流执行服务。这个服务程序是工作流管理系统的核心，它使用一种或者多种数据流引擎，对流程定义进行解释，激活有效的流程实例，推动流程实例在不同的活动中运转。和包括客户应用程序、其他工作流服务执行程序及其他应用程序进行交互，从而完成流程实例的创建、执行和管理工作。同时这部分软件为每个用户维护一个活动列表，告诉用户当前必须处理的任务。如果有必要，还可以通过电子邮件甚至是短消息的形式提醒用户任务的到达。

（3）其他工作流执行服务。大型的企业工作流应用，往往包括多个工作流管理系统。这就需要这些工作流管理系统之间进行有效的交互，避免画地为牢、信息孤岛的现象出现。

（4）客户应用程序。这是给最终用户的界面，用户通过使用这部分软件对工作流的数据进行必要的处理，如果用户是当前活动的拥有者，还可通过客户应用程序改变流程实例的活动，将流程实例推动到另外一个活动中。

（5）被调用应用程序。这常常是对工作流所携带数据的处理程序，用得很多的是电子文档的处理程序。它们由工作流执行服务在流程实例的执行过程中调用，向最终用户展示待处理数据。在流程定义中应该定义这些应用程序的信息，包括名称、调用方式、参数等。

（6）管理和监控工具。如同数据库管理系统或多或少地提供一些方式告诉管理员当前数据库的使用状态一样，工作流管理系统也应该提供对流程实例的状态查询、挂起、恢复、销毁等操作，同时提供系统参数、系统运行情况统计等数据。

看到这里，没有处理流程设计经验的设计者一定已经云里雾里了。确实，流程设计是系统设计中最困难的一部分，它的复杂性直接来源于现实世界的复杂性。而且直到现在，人们对流程的设计，仍然处在探索之中。

7.7 系统的文件设计

文件可以作为保存数据的方法，也可以作为不同计算机、不同系统之间数据交换的方法。当然为了这两个目的，现在都有很多其他方法，不一定需要文件的方式。同时，随着计算机的发展，速度的提高，软件的增强，即使是桌面数据库都已经有了相当强大的功能，所以只要条件允许，设计者大多数会采用数据库作为数据的保存方式，而且关系数据库已经非常成熟，理论和实践都有了相当大的进展，工具异常丰富，实现也变得非常简单。而作为数据保存，文件方式仍然还有许多优势，适用于以下几个方面：

- 数据量大，但数据并不是数字、字符等结构化数据，如多媒体信息；
- 数据量大，信息松散，如历史记录、档案文件等；
- 临时存放的数据；
- 非关系层次化数据，如系统配置等。

当文件用于数据交换时，要注意的是交换的双方对文件格式的理解要一致。XML 已经在数据交换上被广泛采用，当机器的处理能力足够，设计者可以优先考虑采用 XML 文件。

XML 是一套定义语义标记的规则，这些标记将文档分成许多部件并对这些部件加以标识。它也是元标记语言，用于定义其他与特定领域有关的、语义的、结构化的标记语言的句法语言。

XML 具有以下特点。

1．简洁有效

XML 是一个精简的 SGML，它将 SGML 的丰富功能与 HTML 的易用性结合到 Web 的应用中。XML 保留了 SGML 的可扩展功能，这使 XML 从根本上有别于 HTML。XML 比 HTML 强大得多，它不再是固定的标记，而是允许定义数量不限的标记来描述文档中的资料，允许嵌套的信息结构。HTML 只是 Web 显示数据的通用方法，而 XML 提供了一个直接处理 Web 数据的通用方法。HTML 着重描述 Web 页面的显示格式，而 XML 着重描述的是 Web 页面的内容。

XML 中包括可扩展样式语言（eXtensible Style Language，XSL）和可扩展链接语言（eXtensible Linking Language，XLL）。

XSL 用于将 XML 数据翻译为 HTML 或其他格式的语言。XSL 提供了一种叠式页面 CSS 的功能，使开发者构造出具有表达层结构的 Web 页面来，以有别于 XML 的数据结构。XSL 也能和 HTML 一起构造叠式页面。XSL 可以解释数量不限的标记，它使 Web 的版面更丰富多彩，例如动态的文本、跑马式的文字。此外，XSL 还处理多国文字、双字节的汉字显示、网格的各种各样的处理等。

XLL 是 XML 的链接语言，它与 HTML 的链接相似，但功能更强大。XLL 支持可扩展的链接和多方向的链接。它打破了 HTML 只支持超级文本概念下最简单的链接限制，能支持独立于地址的域名、双向链路、环路、多个源的集合链接等。XLL 链接可不受文档制约，完全按用户要求来指定和管理。

2．易学易用

为了使 XML 易学易用，XML 精简了很多 SGML 中不常用的功能。正如几十万汉字中常用的只不过八千，SGML 常用的部分只占 20%，XML 抛弃了 SGML 中不常用的部分，使它一下就精简了 80%。这样一来，XML 的语法说明书只有 30 页，而 SGML 却有 500 页。

XML 设计中也考虑了它的易用性，易用性来自两个方面：一方面用户编写 Web 页面方便，另一方面设计人员实现 XML 浏览器也不太困难。

3．开放的国际化标准

XML 在市场上有许多成熟的软件可用来帮助编写、管理等，XML 通过验证的标准技术，使得其具有高度的开放性。众多业界顶尖公司，与 W3C 的工作群组并肩合作，协助确保交互作业性，支持各式系统和浏览器上的开发人员、作者和使用者，以及改进 XML 标准。其中包括：

（1）XML 标准，这是 W3C 正式批准的。这意味着这个标准是稳定的，完全可用于 Web 和工具的开发。

（2）XML 名域标准，这用来描述名域的句法，支持能识别名域的 XML 解析器。

（3）文档对象模式（Document Object Model，DOM）标准，这为给结构化的数据编写脚本提供了标准，这样开发人员就能够同计算机在基于 XML 的数据上进行交互作用。

（4）XSL 标准。XSL 有两个模块：XSL 转换语言和 XSL 格式化对象。转换语言可用来转换 XML 以满足显示要求。由于 XSL 的两部分是模块，转换语言能够独立地用来进行多用途的转换，包括把 XML 转换成结构完整的 HTML。CSS 可应用于结构简单的 XML 数据，但不能以不同于信息如何传递来的方式显示信息。

（5）XLL 标准和 XML 指针语言（XPOINTER）标准。XLL 提供类似与 HTML 的链接，但功能更强大。例如，链接可以是多方向的，可以存在于对象上而不仅仅是页面上。

而且 XML 通过采用一个新的编码标准，可以支持世界上大多数文字。因此，XML 不仅能在不同的计算机系统之间交换信息，而且能跨国界和超越不同文化疆界交换信息。

4. 高效且可扩充

支持复用文档片断，使用者可以发明和使用自己的标签，也可与他人共享，可延伸性大，在 XML 中，可以定义无限量的一组标注。XML 提供了一个表示结构化资料的架构。一个 XML 组件可以宣告与其相关的资料为零售价、营业税、书名、数量或其他任何数据元素。随着世界范围内的许多机构逐渐采用 XML 标准，将会有更多的相关功能出现：一旦锁定资料，便可以使用任何方式透过电缆线传递，并在浏览器中呈现，或者转交到其他应用程序做进一步的处理。XML 提供了一个独立的运用程序的方法来共享数据，使用 DTD（Document Type Definition，文档类型定义），不同组中的人就能够使用共同的 DTD 来交换数据。应用程序可以使用这个标准的 DTD 来验证接收到的数据是否有效，也可以使用一个 DTD 来验证自己的数据。

总之，XML 使用一个简单而有灵活的标准格式，为基于 Web 的应用提供了一个描述数据和交换数据的有效手段。HTML 描述了显示全球数据的通用方法，而 XML 提供了直接处理全球数据的通用方法。

XML 语言可以让信息提供者根据需要，自行定义标记及属性名，结构化地描述信息内容，因此赋予了应用软件强大的灵活性，为开发者和用户带来许多好处。

在嵌入式系统中，受限于成本和硬件设计，很多系统的数据存储似乎还没有采用文件方式，往往是将数据按照一定格式直接写进 Hash，这种格式完全由程序员掌握。而且 flash 的操作必须分块进行，实现起来也比较烦琐。现在已经有人对嵌入式文件系统做了专门的研究，而且随着 Linux 等嵌入式操作系统慢慢成熟，嵌入式系统也将越来越多地采用文件作为数据储存方式。

7.8 网络环境下的计算机应用系统的设计

网络已经极大地改变了许多人的生活，那么网络最根本的作用在哪里呢？网络是人类继语言、文字、印刷术后的又一个伟大发明，如果说语言使得人与人的交流变得可能，文字使得未曾见面的人也能够交流，印刷术使得书本广泛传播，使得几乎所有人都能和作者交流，那么网络使得全世界的人都可以进行相互交流。而交流，正是人类进步的推动力之一。

谈到网络，人们首先想到的就是 ISO 的网络"七重天"，不过，在实践中严格按照这七个层次来设计的网络很少，而且随着 Internet 的广泛发展，大多数人已经离不开 Internet 了，TCP/IP 协议族已经成为事实上的计算机网络标准协议。但是在不同的专业领域中，还存在大量的其他协议，电话网络中存在的 1 号信令，7 号信令是程控交换机之间的通信协议，电力通信也有国家的标准协议，不过对于大多数设计者而言，了解 TCP/IP 协议族已经可以满足普通环境下的设计了。

1. 需要考虑的问题

下面是网络程序设计时需要考虑的几个方面。

（1）通信方式和应用协议。首先要根据当前项目的实际情况选择合适的网络和网络协议，使用 UDP 发送重要的数据，那么设计者就不得不在重发机制上多费工夫了。当只在本系统之内通信，还可以考虑专门的协议，如果需要和其他系统通信，TCP/IP 协议显然是当前最好的选择。应用协议是系统各站点之间的通信语言的语法，考虑应用协议应该考虑协议的无歧义、容易理解和实现。

（2）可靠性。网络天生就是不可靠的，无论网络设备商和系统集成商说他们的网络如何健壮，可是作为设计者，应该把网络设想为不可靠的，停电、设备故障、软件故障都可能产生网络的中断。因此与网络相关的系统必须考虑网络不通和网络突然中断的情况。

（3）网络拥挤。人们把网络比喻成高速公路，可是高速公路都有塞车的时候。设计者需要考虑网络发生拥挤时应用系统的应对措施。典型的是使用缓存策略，这样，当网络拥挤时，系统能够等待一点时间，而使用者的使用在一定程度上不受到影响。

（4）安全性。安全性是一个无底洞，也就是说如同在现实世界中即使坐在墙根下看鸟也可能被倒塌的墙砸着一样，网络也没有绝对的安全。在网络应用设计时应该合理地考虑安全性问题，主要是当安全问题发生时，估计系统的影响和损失有多大，以及采用不同的安全级别花费的代价之后，才考虑采用什么级别的安全措施。

2. 设计实例

现在，银行代收费业务已经越来越多地出现在人们面前，下面一代收费系统为例，讨论网络环境下的计算机应用系统的设计。

显然，代收费系统使需要收费的公司（以下简称公司）免去了大量建设营业厅的投资，可以利用银行已经具备的网点资源，银行出租自己的资源来换取手续费，这是一个对双方都有好处的系统。要实现现代收费基本有两种方式：批量代扣和实时缴费。批量代扣是公司的用户需要在银行开一个账户，到了固定的时间由银行根据公司提供的费用情况从账户上扣除相应的费用。实时缴费银行的营业厅必须能够实时知道公司用户的费用情况，并且能实时告诉公司其用户的缴费情况。这两种方式都被广泛地采用，其中实时缴费对网络的要求更高。第一种方式可以使用其他文件交换的方式，甚至双方可以不必联网。

处于安全的考虑，双方只有一条连接通道，或者是物理的或者是逻辑的。在网络通道的两端，公司和银行各使用一台前置机完成通信的工作。在公司的前置机安装了两块网卡，一块和银行相连，一块和本地局域网相连。双方使用 TCP/IP 协议，在和银行相连的网卡上应该有防火墙控制，使其只接受固定计算机对本机固定端口的连接。这个防火墙可以是前置机上运行的软件，也可以是一个防火墙硬件产品。

前置机软件需要长期运行，监听双方协议好的端口，接收数据包，按照双方约定的数据格式分析数据包的内容，解释了银行的数据包后，进行相应的处理，把处理结果返回给银行。这里实际上也是一个分布式的应用，如同在本章后面描述的，这是一个基于服务的分布式系统。

在业务上包括了费用查询、缴费、冲正、对账等操作。缴费成功后还应该把发票内容给银行，银行打印收款凭证（发票）给用户，作为收费的凭证。

在这样的系统中，数据完整性和安全问题是设计的重点。由于网络的不可遇见的可能错误，会使得数据包丢失。银行提交了收款信息却迟迟没有收到是否正确收款的回应，重发过程中也同样可能产生丢包情况的发生。设计者会发现无法设计出一个完美的方案来，所以几乎所有这样的系统最终都有一个对账的过程。每隔一段时间，通常是一天，银行都要把收费的记录副本给公司一份，并且公司以这个副本为真实收款数，对于哪些公司认为收了款而银行认为没有收的，要更改收费的记录。在银行方面来说，真实的收款数必须和和打印出的发票存根相匹配。

安全性在这样的系统中也格外重要。从网络硬件来说，双方只有一条通道相连，可以比较有效地防止对数据包的窃听和拦截。同时防火墙（软件或者硬件）防止对系统非法端口的访问，能比较有效地防止系统或者系统留下的后门。

该系统的执行软件也需要采取一定的措施来保证安全问题：

（1）该软件只解释固定机器的数据。

（2）为了防止伪装，双方在数据通信之前需要进行握手：银行首先产生一个随机数，将这个随机数加密后发给公司，公司将这个加密的数据解密，同时也产生一个随机数，将两个数合并，再次加密后回复给银行。银行将这两个数解密后，将前一个数和自己发送的数据相比较。比较相符后将后面这个数加密后传给公司，公司将其解密，和刚才发送的数据进行比较。如果相符则握手过程结束，可以进行通信了。双方的密匙不同，并定期更换，更换使用其他途径进行。

（3）握手过程结束后的业务通信数据也同样可以加密，这个密匙和握手的应该不同。

如果实时缴费业务量很大，公司这一端一台前置机性能无法满足要求时，可以使用负载均衡技术来把任务给多个机器完成。这样，和银行连接的机器上只做一个负载均衡的软件，而多个前置机的软件基本可以不变。

7.9　简单分布式计算机应用系统的设计

网络极大地扩展计算机的应用范围，同时，由于升级到更强的服务器的费用常常远远高于购买多台档次稍低的机器，更何况虽然计算机有了长足的发展，可是单台计算机的功能仍然十分有限，利用联网的计算机协同工作，共同完成复杂的工作成为比较而言相对成本较低的选择，而且可以完成单台计算机所无法完成的任务。分布式系统使得这一目标成为可能。另外，网络本质上并不可靠，特别是远程通信，分布式系统还带来了并发和同步的问题。

分布式系统可以有两种完全不同的方式来进行协同和合作，第一种是基于实例的协作。这种方式下所有的实例都处理自己范围内的数据，这些对象实例的地位是相同的，当一个对象实例必须要处理不属于它自己范围的数据时，它必须和数据归宿的对象实例通信，请求另外一个对象实例进行处理。请求对象实例可以启动对象、调用远程对象的方法，以及停止运行远程实例。基于实例的协作具有良好的灵活性，但由于实例之间的紧密联系复杂的交互模型，使得开发成本提高，而且，由于实例必须能够通过网络找到，所以通信协议必须包括实例的生存周期管理，这使得基于实例的协作大多只限于统一的网络，对于复杂的跨平台的系统就难以应付。所以基于实例的协作适用于比较小范围内网络情况良好的环境中，这种环境常常被称为近连接。这种情况下对象的生存周期管理所带来不寻常的网络流量是可以容忍的。

使用基于实例的协作常常使用被称为"代理"的方法，某个对象实例需要调用远程对象时，它可以只和代理打交道，由代理完成和远程对象实例的通信工作：创建远程对象，提交请求、得到结果，然后把结果提交给调用的对象实例。这样，这个对象实例甚至可以不知道自己使用了远程对象。当远程对象被替换掉（升级）时，对本地代码也没有什么需要修改的地方。

另外一种方式是基于服务的协作，该方法试图解决基于实例的协作的困难。它只提供远程对象的接口，用户可以调用这些方法，却无法远程创建和销毁远程对象实例。这样减少了交互，简化了编程，而且使得跨平台协作成为可能。同样由于只提供接口，这种协作方式使得对象间的会话状态难以确定，而且通信的数据类型也将有所限制，基本上很难使用自定义的类型。基于服务的协作适用于跨平台的网络，网络响应较慢的情况，这种环境常称为远连接，这时，简化交互性更为重要，而频繁的网络交换数据会带来难以容忍的延时。

基于服务的协作往往采用分层次的结构，高层次的应用依赖于低层次的对象，而低层次对象实例的实现细节则没有必要暴露给高层次对象，这种安排使得高层次的实现不受低层次如何实现的影响，同时，当低层次服务修改时，高层次的服务也不应该受到影响。

设计者在进行设计时，通常会倾向于比较细致的设计，对象往往提供了大量的操作和方法，响应许多不同的消息，以增加达到系统的灵活性、可维护性等。这在单个系统中没有什么问题，当考虑分布式系统的设计时，这种细致的设计所带来对对象方法的大量调用会比较严重地影响性能，所以在分布式系统中，倾向于使用大粒度的设计方式，往往在一个方法中包含了许多参数，每个方法基本上代表了一个独立的功能。当然这样的设计使得参数的传递变得复杂，当需要修改参数时，需要对比较大范围的一段过程代码进行修改，而不是像小粒度设计一样，只需要修改少量的代码。

7.10　系统运行环境的集成与设计

在设计一个新的系统时，设计者必须考虑目标系统的运行环境问题，人们往往认为软件应该能够在任何环境中运行，常常看到这样的系统，硬件已经升级了多次，而软件还是原来的软件。软件的运行环境是指系统运行的设备、操作系统和网络配置。

本节给出软件运行的几个典型环境，设计者可以从这几种典型环境中选择适合自己的目标系统的环境，也可以将这些典型环境做一些组合，来满足自己设计的系统的特殊要求。

1. 集中式系统

早期的计算机系统没有什么可以选择的，除了集中式系统。所有的操作都集中于一台主机中，而操作员必须在主机的附近操作，结果也在附近给出。这种系统仍然广泛地应用于批处理应用系统以及更大的分布式系统的一部分。

集中式系统常见于银行、保险、证券行业，它们含有大规模的处理应用。而现在流行的电子商务又给大型处理机注入了新的活力，人们发现电子商务要面对大量的事务，需要大型处理机来处理。但是，实践中很少单独地使用集中式系统，因为大量的系统需要处理在地理上分布得很远的连接请求、这些请求有的需要实时响应，并可能要发送到其他某个地方的一个集中式系统。所以，在现代的系统中，集中式系统通常是某个分布式系统的一个环节。

集中式系统由以下几个部分组成。

（1）单计算机结构：这种结构简单、容易维护，但是处理能力受到限制。

（2）集群结构：由多个计算机组成，这些计算机具有类似的硬件平台、操作系统等。通常采用负载均衡、资源共享等方式实现更大的处理能力和容量。

（3）多计算机结构：由多个计算机组成，这些计算机之间操作环境可能不同。适用于当系统可以分解成多个不同的子系统时。

2. 分布式系统

在 7.9 节中，已经简单介绍了分布式系统。分布式系统由于网络的普遍延伸，费用的不断降低而越来越成为大型系统的首选环境。分布式系统必须基于网络，这个网络可以是在一个地域内的局域网，也可以是跨越不同城市乃至国家的广域网。对比集中式的计算机环境，分布式系统有着多种多样的形式。这也给设计者在确定系统运行环境时带来一定的烦恼。

3. C/S 结构

系统由提供服务的服务器和发起请求、接受结果的客户机构成。这种结构是一种可以使用很多方式实现的通用结构模型。并非只限于数据库的 C/S 结构，典型的还有网络打印服务系统，现在流行的网络游戏也显然基于这种结构。

4. 多层结构

这种结构是 C/S 结构的扩展，典型的分为存储数据的数据库服务器作为数据层、实现商业规则的程序作为逻辑层、管理用户输入/输出的视图层所组成的三层结构。当系统更复杂时，可以再增加其他层次构成多层结构。

多层结构形式复杂，功能多样。实现多层结构常常需要来实现不同层次间通信的专门程序——管件，也称为中间件。中间件大多数实现远程程序调用、对象请求调度等功能。

现代企业级的计算机系统大量地基于分布式结构。支持分布式系统的软件也曾经如同雨后春笋。系统如何分层、如何处理分布带来的同步等问题也同样在考验设计者。

5. Internet、Intranet 和 Extranet

Internet 是全球的网络集合，使用通用的 TCP/IP 协议来相互连接。Internet 提供电子邮件、文件传输、远程登录等服务。Intranet 是私有网络，只限于内部使用，也使用 TCP/IP 协议。Extranet 是一个扩展的 Intranet。它包括企业之外的和企业密切相关合作的其他企业。Extranet 允许分离的组织交换信息并进行合作，这样就形成了一个虚拟组织。现在的 VPN 技术允许在公用网络上架构只对组织内部开发服务。

Web 同样基于 C/S 结构，实际上 Web 接口是一个通用的接口，不是只能使用浏览器的协议，它同样能够在普通的程序中使用。Internet 和 Web 已经给设计者提供了一个非常富有吸引力的选择方案。它的优势在于：它们已经成为网络的事实上的标准，支持它们的软件已经广泛存在于全世界的计算机中，而且通信费用已经下降到很有竞争力的水平。从某种程度上来说，企业可以把 Internet 当做自己廉价的广域网。没有它们，电子商务还是水中月。

当然，事务有相反的一面，当设计者试图采用 Internet 时，必须考虑其不利的一面。Internet 的安全性过去是，现在是，以后仍然是设计者头痛的问题。其他诸如可靠性、系统吞吐量、不断发展的技术和标准都是影响系统选择它们作为运行环境的不利因素。

设计者应该根据目标系统的实际需要来选择不同的运行环境。不过，已经有越来越多的公司提供支持 Internet 和电子商务的接口的支持。

7.11　系统过渡计划

当新系统似乎开发完毕，要取代原来的系统时，系统过渡就是设计者不得不面对的问题。这个问题，不幸的是，比许多人想象得要复杂，和软件开发一样，存在着许多冲突和限制。例如，费用、客户关系、后勤保证和风险等。设计者需要考虑的问题也很多，其中比较重要的几个问题是：

- 如果同时运行两个系统，会给客户造成多大的开销；
- 如果直接运行新系统，客户面对的风险有多大；
- 对新系统试运行时的查错和纠错，以及出现严重错误而导致停止运行时的应急措施；
- 客户运行新系统将面临的不利因素有哪些；
- 人员的培训。

使用不同的系统过渡方案意味着不同的风险，不同的费用及不同的复杂度。

1．直接过渡

这是一种快速的系统过渡方式，当新系统运行时，立即关闭原来的系统。这种过渡方式非常简单，没有后勤保障的问题，也不要消耗很多资源。同时，它也意味着大风险，目标系统的特性决定了风险的大小。设计者主要要权衡当新系统失败时，系统停止运行或者勉强运行给客户带来的损失有多大。由于这种过渡方式简单而费用低廉，对于可以容忍停机一段时间的系统，还有很多实践者采用这种方式。

2．并行过渡

设计者采用并行过渡方式，让新系统和旧系统在一段时间里同时运行，通过这样的旧系统作为新系统的备份，可以大大降低系统过渡的风险。可是并行过渡显然比直接过渡要消耗更多的资源：现有的硬件资源必须保证能同时跑两套系统，这常常意味着增加服务器和额外的存储空间，需要增加人员来同时使用两套系统，或者增加现有员工的工作量，让他们同时操作两套系统。这种方式同时也增加了管理和后勤保障的复杂度。据统计，并行过渡时期的开销是旧系统单独运行的 2.5～3 倍。

设计者还会发现有些系统无法使用并行过渡的方式，主要是客户没有足够的资源来维持两个系统同时运行，另外一种情况是新、旧系统差别太大，旧系统的数据无法为新系统采用。当客户无法使用并行过渡，又想尽可能的减少风险，设计者可以使用部分并行过渡的策略，使并行的开销减少到客户能够允许的范围内。

3．阶段过渡

通常使用于系统非常复杂，过于庞大以至于无法一次性进行过渡时采用，也适用于分阶段开发的系统。设计者需要设计一系列步骤和过程来完成整个系统的过渡，这种过渡方式和系统的复杂程度相关，随着系统的不同往往有很大的不同。和并行过渡一样，阶段过渡也能够减少风险，显然局部的失败要比全体的失败更可以接受，带来的损失更小。阶段过渡也带来了复杂性，有时候比并行过渡更加复杂。

第 8 章　软件架构设计

像学写文章一样，在字、词、句学会之后，就应上升到段落，就应追求文章的"布局谋篇"，这就是架构，通俗地讲，软件架构设计就是软件系统的"布局谋篇"。

人们在软件工程实践中，逐步认识到了软件架构（software architecture）的重要性，从而开辟了一个崭新的研究领域。软件架构的研究内容主要涉及软件架构描述、软件架构设计、软件架构风格、软件架构评价和软件架构的形成化方法等。

软件人员学习软件架构知识旨在站在较高层面上整体地解决好软件的设计、复用、质量和维护等方面的实际问题。

8.1　软件架构概述

软件架构是软件抽象发展到一定阶段的产物，从编程的角度，可以清晰地看到软件抽象层次和表达工具的发展历史。

- 20 世纪 60 年代是子程序的年代：出现了原始的软件架构，即是子程序，并以程序间的调用为连接关系。
- 20 世纪 70 年代是模块化的年代：出现了数据流分析、实体—关系图（E-R 图）、信息隐藏等工具和方法，软件的抽象层次发展到了模块级。
- 20 世纪 80 年代是对象的年代：基于模块化的编程语言进一步发展成面向对象的语言，继承性地增加了一种新的元素之间的连接关系。
- 20 世纪 90 年代是框架的年代：标准的基于对象的架构以框架的形成出现了。如电子数据表、文档、图形图像、音频剪辑等可互换性的黑箱对象，可以相互嵌入。
- 当前（最近 10 年来），中间件和 IT 架构作为标准平台出现，可购买可复用的元素来构建系统，同时，基于架构的开发方法和理论不断成熟。

8.1.1　软件架构的定义

软件架构仍在不断发展中，还没有形成一个统一的、公认的定义，这里仅举出几个较权威的定义。

定义 1：软件或计算机系统的软件架构是该系统的一个（或多个）结构，而结构由软件元素、元素的外部可见属性，以及它们之间的关系组成。

定义 2：软件架构为软件系统提供了一个结构、行为和属性的高级抽象，由构成系统的元素的描述、这些元素的相互作用、指导元素集成的模式，以及这些模式的约束组成。

定义 3：软件架构是指一个系统的基础组织，它具体体现在：1）系统的构件，2）构件之间、构件与环境之间的关系，以及 3）指导其设计和演化的原则上。（IEEE1471-2000）

前两个定义都是按元素——结构——架构这一抽象层次来描述的，它们的基本意义相同，其中定义 1 较通俗，因此，本章采用这一定义。该定义中的"软件元素"是指比"构件"更一般的抽象，元素的"外部可见属性"是指其他元素对该元素所做的假设，如它所提供的服务、性能特征等。

为了更好地理解软件架构的定义，特作如下说明：

（1）架构是对系统的抽象，它通过描述元素、元素的外部可见属性及元素之间的关系来反映这种抽象。因此，仅与内部具体实现有关的细节是不属于架构的，即定义强调元素的"外部可见属性"。

（2）架构由多个结构组成，结构是从功能角度来描述元素之间关系的，具体的结构传达了架构某方面的信息，但是个别结构一般不能代表大型软件架构。

（3）任何软件都存在架构，但对该架构的具体表述文档不一定有。即架构可以独立于架构的描述而存在。如文档已过时，则该文档不能反映架构了。

（4）元素及其行为的集合构成架构的内容。体现系统由哪些元素组成，这些元素各有哪些功能（外部可见），以及这些元素相互间如何连接与互动。即在两个方面进行抽象：在静态方面，关注系统的大粒度（宏观）总体结构（如分层）；在动态方面，关注系统内的关键行为的共同特征。

（5）架构具有"基础"性：它通常涉及解决各类关键的重复问题的通用方案（复用性），以及涉及系统设计中影响深远（架构敏感）的各项重要决策（一旦贯彻，更改的代价昂贵）。

（6）架构隐含有"决策"，即架构是由架构设计师根据关键的功能和非功能性需求（质量属性及项目相关的约束）进行设计与决策的结果。不同的架构设计师设计出来的架构是不一样的，为避免架构设计师考虑不周，重大决策应经过评审。特别是，架构设计师自身的水平是一种约束，不断学习和积累经验才是摆脱这种约束走向自由王国的必经之路。

在设计软件架构时也必须考虑硬件特性和网络特性，因此，软件架构与系统架构二者间的区别其实不大。但是，在大多情况下，架构设计师在软件方面的选择性较之硬件方面，其自由度大得多。因此，使用"软件架构"这一术语，也表明了一个观点：架构设计师通常将架构的重点放在软件部分。

将软件架构置于商业背景中进行观察，可以发现软件架构对企业非常重要。

（1）影响架构的因素。软件系统的项目干系人（客户、用户、项目经理、程序员、测试人员、市场人员等）对软件系统有不同的要求、开发组织（项目组）有不同的人员知识结构、架构设计师的素质与经验、当前的技术环境等方面都是影响架构的因素。

这些因素通过功能性需求、非功能性需求、约束条件及相互冲突的要求，影响架构设计师的决策，从而影响架构。

（2）架构对上述诸因素具有反作用，例如，影响开发组织的结构。架构描述了系统的大粒度（宏观）总体结构，因此可以按架构进行分工，将项目组为几个工作组，从而使开发有序；影响开发组织的目标，即成功的架构为开发组织提供了新的商机，这归功于：系统的示范性、架构的可复用性，以及团队开发经验的提升，同时，成功的系统将影响客户下一个系统的要求等。这种反馈机制构成了架构的商业周期。

8.1.2　软件架构的重要性

从技术角度看，软件架构的重要性表现为如下几方面。

（1）项目关系人之间交流的平台。软件系统的项目关系人分别关注系统的不同特性，而这些特性都由架构所决定，因此，架构提供了一个共同语言（公共的参考点），项目关系人以此作为彼此理解、协商、达成共识或相互沟通的基础。架构分析既依赖于又促进了这个层次上的交流。

（2）早期设计决策。从软件生命周期来看，软件架构是所开发系统的最早设计决策的体现，主要表现如下。

- 架构明确了对系统实现的约束条件：架构是架构设计师对系统实现的各方面进行权衡的结果，是总体设计的体现，因此，在具体实现时必须按架构的设计进行。
- 架构影响着系统的质量属性：要保证系统的高质量，具有完美的架构是必要的（虽然不充分）。
- 架构可以用来预测系统的质量，例如，可以根据经验对该架构的质量（如性能）作为定性的判断。
- 架构为维护的决策提供根据。在架构层次上能为日后的更改决策提供推理、判断的依据。一个富有生命力的架构，应该是在最有可能更改的地方有所考虑（架构的柔性），使其在此点最容易进行更改。
- 架构有助于原型开发。可以按架构构造一个骨架系统（原型），例如，在早期实现一个可执行的特例，确定潜在的性能问题。
- 借助于架构进行成本与进度的估计。

（3）在较高层面上实现软件复用。软件架构作为系统的抽象模型，可以在多个系统间传递（复用），特别是比较容易地应用到具有相似质量属性和功能需求的系统中。产品线通常共享一个架构。产品线的架构是开发组织的核心资产之一，利用架构及其范例进行多系统的开发，在开发时间、成本、生产率和产品质量方面具有极大的回报。基于架构的开发强调对各元素的组合或装配。系统开发还可以使用其他组织开发的元素，例如购买商业构件。

（4）架构对开发的指导与规范意义不容忽略。架构作为系统的总体设计，它指导后续的详细设计和编码。架构使基于模板的开发成为可能，有利于开发的规范化和一致性，减少开发与维护成本。架构可以作为培训的基础，有利于培养开发团队和培训相关人员。

从软件开发过程来看，如果采用传统的软件开发模型（生命周期模型），则软件架构的建立应位于需求分析之后，概要设计之前。

基于架构的软件开发模型则明确地把整个软件过程划分为架构需求、设计、文档化、评审（评估）、实现、演化6个子过程。本章各节将分别对这些子过程进行讨论。

8.2　架构需求与软件质量属性

架构的基本需求主要是在满足功能属性的前提下，关注软件质量属性，架构设计则是为满足架构需求（质量属性）寻找适当的"战术"。

软件属性包括功能属性和质量属性，但是，软件架构（以及软件架构设计师）重点关注的是质量属性。因为，在大量的可能结构中，可以使用不同的结构来实现同样的功能性，即功能性在很大程度上是独立于结构的，架构设计师面临着决策（对结构的选择）。而功能性所关心的是它如何与其他质量属性进行交互，以及它如何限制其他质量属性。

8.2.1　软件质量属性

《GB/T16260-1996(idt ISO／IEC9126：1991)信息技术 软件产品评价 质量特性及其使用指南》中描述的软件质量特性包括功能性、可靠性、易用性、效率、可维护性、可移植性 6 个方面，每个方面都包含若干个子特性。

- 功能性：适合性、准确性、互操作性、依从性、安全性。
- 可靠性：成熟性、容错性、易恢复性。
- 易用性：易理解性、易学性、易操作性。
- 效率：时间特性、资源特性。
- 可维护性：易分析性、易改变性、稳定性、易测试性。
- 可移植性：适应性、易安装性、遵循性、易替换性。

正如上述列举与分类，软件的质量属性很多，也有各种不同的分类法和不同的表述。虽然术语没有统一的定义，但其含义可以认为业界已有共识。下面选取常用的质量属性术语，并做逐一说明。

1. 运行期质量属性

- 性能（Performance）：性能是指软件系统及时提供相应服务的能力。包括速度、吞吐量和持续高速性三方面的要求。
- 安全性（Security）：指软件系统同时兼顾向合法用户提供服务，以及阻止非授权使用的能力。
- 易用性（Usability）：指软件系统易于被使用的程度。
- 可伸缩性（Scalability）：指当用户数和数据量增加时，软件系统维持高服务质量的能力。例如，通过增加服务器来提高能力。
- 互操作性（Interoperability）：指本软件系统与其他系统交换数据和相互调用服务的难易程度。
- 可靠性（Reliability）：软件系统在一定的时间内无故障运行的能力。
- 持续可用性（Availability）：指系统长时间无故障运行的能力。与可靠性相关联，常将其纳入到可靠性中。
- 鲁棒性（Robustness）：是指软件系统在一些非正常情况（如，用户进行了非法操作、相关的软硬件系统发生了故障等）下仍能够正常运行的能力。也称健壮性或容错性。

2. 开发期质量属性

- 易理解性（Understandability）：指设计被开发人员理解的难易程度。
- 可扩展性（Extensibility）：软件因适应新需求或需求变化而增加新功能的能力。也称为灵活性。
- 可重用性（Reusability）：指重用软件系统或其一部分的难易程度。
- 可测试性（Testability）：对软件测试以证明其满足需求规范的难易程度。
- 可维护性（Maintainability）：当需要修改缺陷、增加功能、提高质量属性时，定位修改点并实施修改的难易程度。
- 可移植性（Portabiliyt）：将软件系统从一个运行环境转移到另一个不同的运行环境的

难易程度。

在实践中，架构设计师追求质量属性常常陷入"鱼和熊掌"的两难境地，这就需要架构设计师的决策智慧了。表 8-1 反映了质量属性之间的相互制约关系（正相关或负相关），其中"+"代表"行属性"能促进"列属性"；而"-"则相反。例如，第一列符号说明许多属性（行）对性能（列）有负作用，第一行符号说明性能（行）对许多属性（列）有负作用，认识到这一点，对于架构决策的权衡很重要。

表 8-1 质量属性关系矩阵

	性能	安全性	持续可用性	可互操作性	可靠性	鲁棒性	易用性	可测试性	可重用性	可维护性	可扩展性	可移植性
性能				-	-	-	-	-		-	-	-
安全性	-											
持续可用性				+	+							
可互操作性	-	-									+	+
可靠性	-		+			+	+	+		+	+	
鲁棒性	-		+		+		+					
易用性								+				
可测试性			+		+		+			+	+	
可重用性				+						+	+	+
可维护性	-		+	+				+			+	
可扩展性				+					+		+	+
可移植性	-		+					-	+	+	-	+

8.2.2　6个质量属性及实现

本节从架构关注点来研究质量属性实现，将质量属性分为 6 种：可用性、可修改性、性能、安全性、可测试性、易用性。其他的质量属性一般可纳入这几个属性中（在其他文献中为了强调常单列出来），例如，可扩充性可归入可修改性中（修改系统容量），可移植性也可以作为平台的可修改性来获得。对于未能纳入的其他质量属性，可以用本章的方法进行研究。

那么，如何描述质量属性需求呢？采用质量属性场景作为一种描述规范，它由以下 6 个部分组成，如图 8-1 所示。

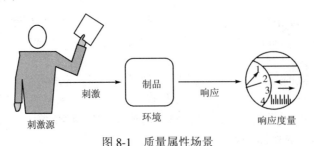

图 8-1　质量属性场景

- 刺激源：生成该刺激的实体（人、计算机系统或其他激励器）。
- 刺激：刺激到达系统时可能产生的影响（即需要考虑和关注的情况）。
- 环境：该刺激在某条件内发生。如系统可能正处于过载情况。
- 制品：系统中受刺激的部分（某个制品被刺激）。
- 响应：刺激到达后所采取的行动。
- 响应度量：当响应发生时，应能够以某种方式对其度量，用于对是否满足需求的测试。

需要将一般的质量属性场景（一般场景）与具体的质量属性场景（具体场景）区别开来，前者是指独立于具体系统、适合于任何系统的一般性场景；而后者是指适合于正在考虑的某个特定系统的场景，具体场景通常是指从一般场景中抽取特定的、面向具体系统的内容。下面几个小节中为每个质量属性提供一张表，该表给出了质量属性场景每部分的一些可能取值，整体上形成一个一般场景的表格描述。在实际应用时，根据系统的具体情况，从该表中选取适当的值，就能变成具体场景（可读性强、可应用），可以把具体场景的集合作为系统的质量属性需求。

实现这些质量属性的基本设计决策，称为"战术"，而把战术的集合称为"架构策略"。这些架构策略供架构设计师选择。下面几个小节将对各质量属性的战术进行示例性的总结。

"战术"作为逻辑部件位于图 8-1 的制品中，它旨在控制对刺激的响应。

1．可用性及其实现战术

（1）可用性的描述。可用性的描述如表 8-2 所示。

表 8-2　可用性一般场景的表格描述

场景的部分	可能的值
刺激源	系统内部、系统外部
刺激	错误：疏忽（构件对某输入未做出反映）、崩溃、时间不当（响应时间太早或太迟）、响应不当（以一个不正确的值来响应）
制品	系统的处理器、通信通道、存储器、进程
环境	正常操作、降级模式
响应	系统应检测事件，并进行如下一个或多个活动： ● 将其记录下来 ● 通知适当的各方，包括用户和其他系统 ● 根据规则屏蔽导致错误或故障的事件源 ● 不可用（进入修理状态） ● 继续在正常或降级模式下运行
响应度量	可用时间、修复时间、各种情况的时间间隔

可用性一般场景可以用图 8-2 表示。

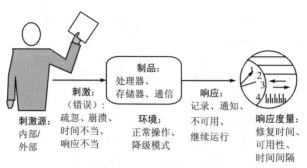

图 8-2　可用性一般场景

对一般场景进行具体化可以得到可用性具体场景，如图 8-3 所示。

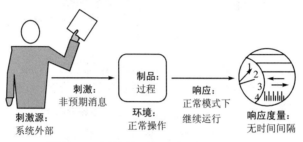

图 8-3　可用性的一个具体场景（示例）

（2）可用性战术。可用性战术的目标是阻止错误发展成故障，至少能够把错误的影响限制在一定范围内，从而使修复成为可能。战术分为：错误检测、错误恢复、错误预防。

① 错误检测

- 命令/响应：一个构件发出一个命令，并希望在预定义的时间内收到一个来自审查构件的响应，例如远程错误的检测。
- 心跳（计时器）：一个构件定期发出一个心跳消息，另一个构件收听到消息，如果未收到心跳消息，则假定构件失败，并通知错误纠正构件。
- 异常：当出现异常时，异常处理程序开发执行。

② 错误恢复

- 表决：通过冗余构件（或处理器）与表决器连接，构件按相同的输入及算法计算输出值交给表决器，由表决器按表决算法（如多数规则）确定是否有构件出错，表决通常用在控制系统中。
- 主动冗余（热重启、热备份）：所有的冗余构件都以并行的方法对事件做出响应。它们都处在相同的状态，但仅使用一个构件的响应，丢弃其余构件的响应。错误发生时通过切换的方式使用另一个构件的响应。
- 被动冗余（暖重启/双冗余/三冗余）：一个构件（主构件）对事件做出响应，并通知其他构件（备用的）必须进行的状态更新（同步）。当错误发生时，备用构件从最新同步点接替主构件的工作。
- 备件：备用件是计算平台配置用于更换各种不同的故障构件。
- 状态再同步：主动和被动冗余战术要求所恢复的构件在重新提供服务前更新其状态。更新方法取决于可以承受的停机时间、更新的规模以及更新的内容多少。
- 检查点/回滚：检查点就是使状态一致的同步点，它或者是定期进行，或者是对具体事件做出响应。当在两检查点之间发生故障时，则以这个一致状态的检查点（有快照）和之后发生的事务日志来恢复系统（数据库中常使用）。

③ 错误预防

- 从服务中删除：如删除进程再重启动，以防止内存泄露导致故障的发生。
- 事务：使用事务来保证数据的一致性，即几个相关密切的步骤，要么全成功，要么都不成功。
- 进程监视器：通过监视进程来处理进程的错误。

2．可修改性及其实现战术

（1）可修改性的描述。可修改性的描述如表 8-3 所示。

表 8-3　可修改性一般场景的表格描述

场景的部分	可能的值
刺激源	最终用户、开发人员、系统管理员
刺激	增加/删除/修改/改变：功能、质量属性、容量
制品	用户界面、平台、环境或关联系统
环境	运行时、编译时、构建时、设计时
响应	查找要修改的位置，进行修改（不影响其他功能），进行测试，部署所修改
响应度量	对修改的成本进行度量，对修改的影响进行度量

对于可修改性一般场景的图示及可修改性具体场景，读者可仿照前面可用性的描述方式，自行练习。

（2）可修改性战术。包括局部化修改、防止连锁反应、推迟绑定时间。

① 局部化修改。在设计期间为模块分配责任，以便把预期的变更限制在一定的范围内，从而降低修改的成本。

- 维持语义的一致性：语义的一致性指的是模块中责任之间的关系，使这些责任能够协同工作，不需要过多地依赖其他模块。耦合和内聚指标反映一致性，应该根据一组预期的变更来度量语义一致性。使用"抽象通用服务"（如应用框架的使用和其他中间软件的使用）来支持可修改性是其子战术。
- 预期期望的变更：通过对变更的预估，进行预设、准备，从而使变更的影响最小。
- 泛化该模块：使一个模块更通用、更广泛的功能。
- 限制可能的选择：如在更换某一模块（如处理器）时，限制为相同家族的成员。

② 防止连锁反应。由于模块之间有各种依赖性，因此，修改会产生连锁反应。防止连锁反应战术如下。

- 信息隐藏：就是把某个实体的责任分解为更小的部分，并选择哪些信息成为公有的，哪些成为私有的，通过接口获得公有责任。
- 维持现有的接口：尽可能维持现有接口的稳定性。例如通过添加接口（通过新的接口提供新的服务）可以达到这一目的。
- 限制通信路径：限制与一个给定的模块共享数据的模块。这样可以减少由于数据产生/使用引入的连锁反应。
- 仲裁者的使用：在具有依赖关系的两个模块之间插入一个仲裁者，以管理与该依赖相关的活动。仲裁者有很多种类型，例如：桥、调停者、代理等就是可以提供把服务的语法从一种形式转换为另一种形式的仲裁者。

③ 推迟绑定时间。系统具备在运行时进行绑定并允许非开发人员进行修改（配置）。

- 运行时注册：支持即插即用。
- 配置文件：在启动时设置参数。
- 多态：在方法调用的后期绑定。
- 构件更换：允许载入时绑定。

3. 性能及其实现战术

（1）性能的描述。性能描述如表 8-4 所示。

表 8-4　性能一般场景的表格描述

场景的部分	可能的值
刺激源	系统外部或内部
刺激	定期事件、随机事件、偶然事件
制品	系统
环境	正常模式、超载模式
响应	处理刺激、改变服务级别
响应度量	度量等待、期限、吞吐量、缺失率、数据丢失等

对于性能一般场景的图示及性能具体场景，读者可仿照前面可用性的描述方式，自行练习。

（2）性能战术。性能与时间相关，影响事件的响应时间有两个基本因素。

- 资源消耗：事件到达后进入一系列的处理程序，每一步处理都要占用资源，而且在处理过程中消息在各构件之间转换，这些转换也需要占用资源。
- 闭锁时间：指对事件处理时碰到了资源争用、资源不可用或对其他计算的依赖等情况，就产生了等待时间。

性能的战术有如下几种。

① 资源需求

- 减少处理事件流所需的资源：提高计算效率（如改进算法）、减少计算开销（如在可修改性与性能之间权衡，减少不必要的代理构件）。
- 减少所处理事件的数量：管理事件率、控制采样频率。
- 控制资源的使用：限制执行时间（如减少迭代次数）、限制队列大小。

② 资源管理

- 引入并发：引入并发对负载平衡很重要。
- 维持数据或计算的多个副本：C/S 结构中客户机 C 就是计算的副本，它能减少服务器计算的压力；高速缓存可以存放数据副本（在不同速度的存储库之间的缓冲）。
- 增加可用资源：在成本允许时，尽量使用速度更快的处理器、内存和网络。

③ 资源仲裁

资源仲裁战术是通过如下调度策略来实现的：

- 先进/先出（FIFO）；
- 固定优先级调度：先给事件分配特定的优先级，再按优先级高低顺序分配资源；

- 动态优先级调度：轮转调度、时限时间最早优先；
- 静态调度：可以离线确定调度。

4．安全性及其实现战术

（1）安全性的描述。安全性的描述如表 8-5 所示。

表 8-5　安全性一般场景的表格描述

场景的部分	可能的值
刺激源	对敏感资源进行访问的人或系统（合法的、非法的）
刺激	试图：显示数据、改变/删除数据、访问系统服务、降低系统服务的可用性
制品	系统服务、系统中的数据
环境	在线或离线、联网或断网、有或无防火墙
响应	对用户身份验证；阻止或允许对数据或服务的访问；授予可回收访问权；加密信息；限制服务的可用性；通知用户或系统
响应度量	增加安全性的成本；检测或确定攻击的可能性；降低服务级别后的成功率；恢复数据/服务

对于安全性一般场景的图示及安全性具体场景，读者可仿前面可用性的描述方式，自行练习。

（2）安全性战术：包括抵抗攻击、检测攻击和从攻击中恢复。

① 抵抗攻击

- 对用户进行身份验证：包括动态密码、一次性密码、数字证书及生物识别等；
- 对用户进行授权：即对用户的访问进行控制管理；
- 维护数据的机密性：一般通过对数据和通信链路进行加密来实现；
- 维护完整性：对数据添加校验或哈希值；
- 限制暴露的信息；
- 限制访问：如用防火墙、DMZ 策略。

② 检测攻击。一般通过"入侵检测"系统进行过滤、比较通信模式与历史基线等方法。

③ 从攻击中恢复

- 恢复：与可用性中的战术相同；
- 识别攻击者：作为审计追踪，用于预防性或惩罚性目的。

5．可测试性及其实现战术

（1）可测试性的描述。可测试性的描述如表 8-6 所示。

表 8-6　可测试性一般场景的表格描述

场景的部分	可能的值
刺激源	各类测式人员（单元测试、集成测试、验收、用户）
刺激	一种测试
制品	设计、代码段、完整的应用
环境	设计时、开发时、编译时、部署时
响应	提供测试的状态值、测试环境与案例的准备
响应度量	测试成本、出现故障的概率、执行时间等

对于可测试性一般场景的图示及可测试性具体场景，读者可仿前面可用性的描述方式，自行练习。

（2）可测试性战术：包括输入/输出和内部监控。

① 输入/输出

- 记录/回放：指捕获跨接口的信息，并将其作为测试专用软件的输入；
- 将接口与实现分离：允许使用实现的替代（模拟器），来支持各种测试目的；
- 优化访问线路/接口：用测试工具来捕获或赋予构件的变量值。

② 内部监控。当监视器处于激活状态时，记录事件（如通过接口的信息）。

6. 易用性及其实现战术

（1）易用性的描述。易用性的描述如表8-7所示。

表8-7　易用性一般场景的表格描述

场景的部分	可能的值
刺激源	最终用户
刺激	学习系统特性、有效使用系统、使错误的影响最低、适配系统、对系统满意
制品	系统
环境	运行时或配置时
响应	支持"学习系统特性"的响应：界面为用户所熟悉或用帮助系统 支持"有效使用系统"的响应：数据/命令聚合或复用；界面是导航；操作的一致性；多个活动同时进行 支持"使错误的影响最低"的响应：撤销/取消；从故障中恢复；识别并纠正用户错误；验证系统资源 支持"适配系统"的响应：定制能力；国际化 支持"对系统满意"的响应：显示系统状态；与用户的节奏合拍
响应度量	从最终用户的角度进行度量，如：学习成本、错误数量、解决问题的数量、满意度等

对于易用性一般场景的图示及易用性具体场景，读者可仿前面可用性的描述方式，自行练习。

（2）易用性战术：包括运行时战术、设计时战术和支持用户主动。

① 运行时战术

- 任务的模型：维护任务的信息，使系统了解用户试图做什么，并提供各种协助；
- 用户的模型：维护用户的信息，例如使系统以用户可以阅读页面的速度滚动页面；
- 系统的模型：维护系统的信息，它确定了期望的系统行为，并向用户提供反馈。

② 设计时战术。将用户接口与应用的其余部分分离开来，预计用户接口会频繁发生变化，因此，单独维护用户接口代码将实现变更局部化。这与可修改性相关。

③ 支持用户主动。支持用户的主动操作，如支持"取消"、"撤销"、"聚合"和"显示多个视图"。

8.3　架构设计

8.2节讨论了实现软件质量属性的战术，这些战术可以看做设计的基本"构建块"，通过这些构建块，就可以精心设计系统的软件架构了。

架构模式（architectural pattern）也称为架构风格（architectural style），它是适当地选取战术的结果，这些固定的结果（模式）在高层抽象层次上具有普遍实用性和复用性。

通过架构模式，架构设计师可以借鉴和复用他人的经验，看看类似的问题别人是如何解决的。但不要把模式看成是一个硬性的解决方法，它只是一种解决问题的思路。Martin Fowler 曾说："模式和业务构件的区别就在于模式会引发你的思考。"

在本章的后续部分将进一步讨论架构模式。

1. 演变交付生命周期

业界已开发出各种软件生命周期模型，其中把架构放在一个适当位置的模型中典型的有演变交付生命周期模型，如图 8-4 所示。

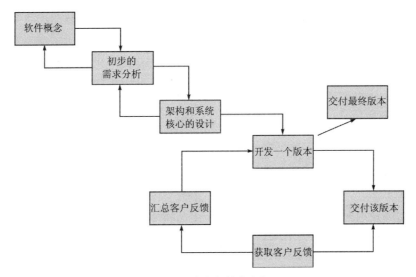

图 8-4　演变交付生命期

在生命周期模型中，架构设计就是从初步的需求分析开始逐步进行循环迭代（图 8-4 中的反向箭头说明了这一点）。即：一方面在了解系统需求前，不能开始设计架构；另一方面，刚开始进行设计架构时并不需要等到全部需求都收集到。架构是由"架构驱动"因素"塑造"的，架构因素是指少数关键的、优先级别最高的业务目标质量需求。架构由少数关键需求决定并在循环迭代中处于基本稳定状态，它作为演变的基础设施。

2. 属性驱动设计法

上述模型强调先建立软件架构，再把架构作为骨架，在上面循环迭代，逐步长出有血有肉的系统之躯。属性驱动设计法（Attribute-Driven Design，ADD）就是一种定义软件架构的方法，该方法将分解过程建立在软件必须满足的质量属性之上。ADD 的输入为：功能需求（一般表示为用例）、限制条件和质量需求（一组特定于系统的质量场景）。

ADD 的步骤如下：

（1）选择要分解的模块。通常是整个系统，要求上述输入都是可获得的（限制条件、功能需求、质量需求）。从系统开始，然后分解为子系统，进一步将子系统分解为子模块。

（2）根据如下步骤对模块进行求精：

- 从具体的质量场景和功能需求集合中选择架构驱动因素。并不是同等看待所有需求，而是在满足了最重要需求的条件下，才满足不太重要的需求，即针对架构需求有优先级。
- 选择满足架构驱动因素的架构模式，根据前面的战术创建（或选择）模式。其目标是建立一个由模块类型组成的总体架构模式。
- 实例化模块并根据用例分配功能，使用多个视图进行表示。
- 定义子模块的接口。
- 验证用例和质量场景，并对其进行求精，使它们成为子模式的限制。

（3）对需要进一步分解的每个模块重复上述步骤。

3. 按架构组织开发团队

在架构的模块分解结构的最初几个层次相当稳定之后，就可以把这些模块分配给开发小组，其结果就是工作视图。像软件系统一样，开发小组也应该努力做到松耦合、高内聚。即每个模块都构成自己的小领域（专门知识或专门技术），与其他模块的接口清晰，这样，不同的模块分到不同的开发小组中，就能减少各开发小组之间的沟通成本，而在各开发小组内部，由于是处理小领域的问题，容易建立起有效的沟通机制，如成员有这个小领域的背景知识（或培训获得）、共享决策信息。

同时，项目计划在架构确定之后可以结合分工进一步明细化，特别要规划好接口提供的时间点，保证项目开发的整体协调性。

4. 开发骨架系统

演变交付生命周期模型中有两个循环，第一个循环是通过迭代的方式开发出软件架构，第二个循环，是在架构的基础上通过迭代的方式开发出交付的最终版本。开发骨架系统就是第二个循环的第一步。这一步就是以架构为指导，开发一个可运行的原型（骨架系统）。在骨架系统开发过程中要注意对接口进行充分协商，避免先开发的部分强制随后部分满足其不合理的接口要求。骨架系统完成后，就可以在其上进行增量开发，直到软件开发完成。

5. 利用商用构件进行开发

模式本来就是针对特定问题的解，因此，针对需求的特点，也可以选用相应的模式来设计架构，并利用对应于该模式的商用构件进行软件开发。例如可以使用 J2EE/EJB 进行开发面向对象的分布式系统。

8.4 软件架构文档化

记录软件架构的活动就是架构编档过程，也就是架构的文档化。它包含两个方面：一是过程，编档过程能促使架构设计师进一步地思考，使得架构更加完善；二是结果，描述架构的文档将作为架构开发的成果，供项目关系人使用。

1. 架构文档的使用者

架构文档的使用者是架构的项目关系人。编写技术文档（尤其是软件架构文档）最基本的原则之一是要从读者的角度来编写，易于编写但很难阅读的文档是不受欢迎的。

架构的主要用途是充当项目关系人之间进行交流的工具，文档则促进了这种交流——架构项目关系人希望从架构文档中获得自己所关心的架构信息，如：系统实现人员希望文档提供关于开发活动的不能违反的限制及可利用的自由；测试人员和集成人员希望能从文档中得到必须组合在一起的各部分，并以此得到一个正确的测试黑箱；项目经理希望根据所确定的工作任务组建开发小组，规划和分配项目资源。

2. 合理的编档规则

编写架构文档和编写其他文档一样，必须遵守一些基本规则，这些针对任何软件编档包括软件架构编档的规则归纳为 7 条：

（1）从读者的角度编写文档。

（2）避免出现不必要的重复。

（3）避免歧义。

（4）使用标准结构。

（5）记录基本原理。

（6）使文档保持更新，但更新频度不要过高。

（7）针对目标的适宜性对文档进行评审。

3. 视图编档

视图是最重要的软件架构编档概念，将在 8.8 节和 8.9 节中专门讨论架构的视图。视图的概念（视图是捕获结构的工具）为架构设计师提供了进行软件架构编档的基本原则。架构文档化就是将相关视图编成文档，并补充多个视图的关联关系。

视图编档的组织结构（内容及编排次序、大纲）虽然目前还没有工业标准模板，研究者（Bachmann 等人）提出了文档组织结构包含 7 个部分，如图 8-5 所示。

（1）视图概述：对系统进行概括性的描述，包含视图的主要元素和元素间的关系（但并不包含所有元素和元素间的关系，如：与错误处理相关的内容可以放在支持文档中）。主要表示可用多个形式：图形、表格、文本，通常用图形形式，使用 UML 语言来描述。

（2）元素目录：对主要表示中所描述的元素及其关系进行详细描述，包括：元素及其属性、关系及其属性、元素接口、元素行为。

这部分是文档的主要组成部分，其中要注意：

- 对元素及其协同工作的行为进行编档，如用 UML 的顺序图和状态图描述行为；
- 对接口进行编档，图 8-6 说明了这部分的内容。

（3）上下文图：用图形展示系统如何与其环境相关。

（4）可变性指南：描述架构的可变化点，如在软件产品线中，产品线架构通过变化，适用于多个系统，因此，文档中应包含这些变化点，如各系统要做出选择的选项、做出选择的时间。

（5）架构背景：为架构的合理性提供足够的、令人信服的论据。包括：基本原理、分析结果及设计中所反映的假定。

（6）术语表：对文档中每个术语进行简要说明。

（7）其他信息：描述不属于架构方面的必要信息，如管理信息（创作者、配置控制数据及变更历史）。

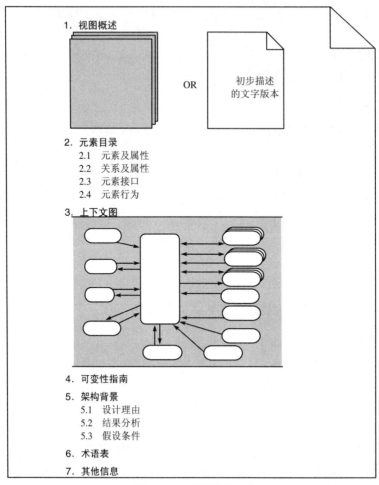

图 8-5　文档组织结构

图 8-6　元素接口文档结构

4. 跨视图文档

软件架构由多个视图文档来反映，按前面所述的要求完成每个视图的文档后，需要对这些文档进行一个整体的"打包"工作，这就是跨视图文档。它包括如下内容。

（1）文档有哪些内容，它们是如何组织的：视图目录（含哪些视图）；视图模板（即前面描述的视图文档，企业可以通过规范化来定义统一的、公共的视图模板）。

（2）架构概述：它描述系统的目的、视图之间的关联、元素表及索引、项目词汇。

（3）为什么架构是这样的（基本原理）：跨视图基本原理解释了整体架构实际上是其需求的一个解决方案。即解释了做出决策的原因、方案的限制、改变决策时的影响及意义。

5. 使用 UML

UML 已经成为对软件架构进行文档化的事实上的标准表示法。在视图文档的组织结构中，UML 主要用于表示元素或元素组的行为。

有关 UML 的详细内容，请阅读 7.4.3 节。

6. 软件架构重构

前面已论述了架构编档，即在架构设计时完成编档工作。但是还有另外一种情况：系统已经存在，但不知其架构，即架构没有通过文档很好地保留下来（文档的失缺/失效）。如何维护这样的系统并管理其演变？其关键就是要找到软件架构，软件架构重构（architecture reconstruction）就是研究解决这一问题的方法，它是反向工程之一。

架构重构需要工具的支持，但任何一个工具或工具集对架构重构都是不够的。因为：

- 工具往往是面向特定语言的；
- 数据提取工具经常返回不完整的或错误的结果，因此，应在多个工具提供的结果间进行补充、验证和判断；
- 重构的目的（文档的用途）不同，决定了需要提取什么数据，这反过来影响了工具的选择。以此为原则，就是架构重构的工作台方法，如 SEI 开发的 Dali。

软件架构重构由以下活动组成，这些活动以迭代方式进行，如图 8-7 所示。

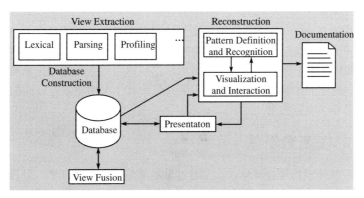

图 8-7　软件架构重构活动

（1）信息提取（View Extraction）。可以使用各种工具进行信息提取，如解析器、语法分析器等；可以利用 build 和 makefile 文件中关于模块的依赖关系；可以从源代码、编译时制品和设计制品中提取静态信息；可能使用分析工具提取动态信息。

（2）数据库构造（Database Construction）：将提取的信息转化为标准的形式，并置于数据库中。

（3）视图融合（View Fusion）：将数据库中的信息组合在一起，生成该架构的一个内聚的视图。

（4）重构（Reconstruction）：构建数据抽象和各种表示以生成架构表示，主要由两个活动组成：可视化和交互、模式定义和识别。最后生成需要的架构文档（Documentation）。

上述过程中，架构是由重构人员通过对系统做出一组假定来获得的，为了最有效地生成这些假定并对其进行验证，必须让熟悉系统的人参与此项工作，包括过去参与系统开发的人员或现在正在对其进行维护的人员。

8.5　软件架构评估

软件架构评估是在对架构分析、评估的基础上，对架构策略的选取进行决策。它也可以灵活地运用于对软件架构进行评审等工作中。

8.5.1　软件架构评估的方法

业界已开发出多种软件架构评估的方法，按基于的技术手段来看，可以分为三类：基于调查问卷或检查表的方式、基于场景的方式和基于度量的方式。

（1）基于调查问卷或检查表的方式：该方式的关键是要设计好问卷或检查表，它充分利用系统相关人员的经验和知识，获得对架构的评估。其缺点是在很大程度上依赖于评估人员的主观推断。

（2）基于场景的方式：基于场景的方式由 SEI 首先提出并应用在架构权衡分析法（Architectural Tradeoff Analysis Method，ATAM）和软件架构分析方法（Software Architecture Analysis Method，SAAM）中。它是通过分析软件架构对场景（也就是对系统的使用或修改活动)的支持程度，从而判断该架构对这一场景所代表的质量需求的满足程度。下一节将对 ATAM 进行重点介绍。

（3）基于度量的方式：它是建立在软件架构度量的基础上的，涉及三个基本活动：首先需要建立质量属性和度量之间的映射原则，即确定怎样从度量结果推出系统具有什么样的质量属性；然后从软件架构文档中获取度量信息；最后根据映射原则分析推导出系统的质量属性。它能提供更为客观和量化的质量评估，但它对评估人员及其使用的技术有较高的要求。ATAM 中也使用了度量的思想（度量效用）。

8.5.2　架构的权衡分析法

从技术角度对软件架构进行评估，旨在通过分析来预见软件的质量；通过分析来创建、选择、评估与比较不同的体系结构。例如，Kazman 等人在 2000 年提出的架构的 ATAM 方法。ATAM 方法不但能够揭示体系结构如何满足特定的质量需求（例如，性能和可修改性），而且还提供了分析这些质量需求之间交互作用的方法。使用 ATAM 方法评价一个软件体系结构的目的是理解体系结构设计满足系统质量需求的结果。

ATAM 产生如下结果。

（1）一个简洁的架构表述：ATAM 的一个要求是在一个小时内表述架构，这样就得到了一个简洁、可理解的、面向普通项目关系人的架构表述。它是从架构文档中提炼形成的。

（2）表述清楚的业务目标。

（3）用场景集合捕获质量需求。

（4）架构决策到质量需求的映射。

（5）所确定的敏感点和权衡点集合：这个集合是一些对一个或多个质量属性具有显著影响的架构决策。如：备份数据库就是这样一个架构决策，它对可靠性产生正面影响，而对系统性能产生负面影响，因此，需要进行权衡。

（6）有风险决策和无风险决策。

（7）风险主题的集合。找到这些风险主题旨在采取相应的措施。

（8）产生一些副结果。评估过程形成的文档（经受住了评估的考验）可以作为经验保留下来。

（9）还产生一些无形结果，如能够使项目关系人产生"团队感"，提供了一个交流平台和沟通渠道，使大家更好地理解架构（优势及弱点）。

ATAM 的 9 个步骤如下。

（1）ATAM 方法的表述：评估负责人向参加会议的项目代表介绍 ATAM（简要描述 ATAM 步骤和评估的结果）。

（2）商业动机的表述。项目决策者从商业角度介绍系统的概况。

（3）架构的表述。对架构进行详略适当的介绍。设计师要描述用来满足需求的架构方法或模式，还应描述技术约束条件及与其他系统的交互等。

（4）对架构方法进行分类。通过研究架构文档及倾听上一步的表述，了解系统使用的架构模式和方法（进行明确命名）。

（5）生成质量属性效用树。可以选取这样一棵树：根——质量属性——属性求精（细分）——场景（叶）。修剪这棵树，保留重要场景（不超过 50 个），再对场景按重要性给定优先级（用 H/M/L 的形式），之后，再按场景实现的难易度来确定优先级（用 H/M/L 的形式），这样对所选定的每个场景就有一个优先级对（重要度，难易度），如（H，L）表示该场景重要且易实现。

（6）分析架构方法。评估小组按优先级对上述效用树的场景进行分析（小组成员提问，设计师回答、解释），探查实现场景的架构方法。评估小组把相关架构决策编成文档，确定其有风险决策、无风险决策、敏感点、权衡点，并对其进行分类（分别用表格列出）。

（7）集体讨论并确定场景的优先级。由于项目关系人的不同角色，所关心的场景不一致，因此，应鼓励项目关系人考虑效用树中尚未分析过的场景。集体讨论后，可通过投票的方式获得各场景的优先级。通过把集体讨论确定了优先级的一组场景与效用树中的那组场景进行比较，能发现设计师所想的与项目关系人实际所要的是否存在差距，这一差距是否导致风险。

（8）分析架构方法。类似于第（6）步，这时，评估小组引导设计师实现在第（7）步中得到的优先级最高的场景。

（9）结果的表述。把在 ATAM 分析中得到的各种信息进行归纳总结，并呈现给项目关系人。主要有：

- 已编写了文档的架构方法；

- 经过讨论得到的场景集合及其优先级；
- 效用树；
- 所发现的有风险决策；
- 已编成文档的无风险决策；
- 所发现的敏感点和权衡点。

8.5.3 成本效益分析法

在大型复杂系统中最大的权衡通常必须考虑经济性，因此，需要从经济角度建立成本、收益、风险和进度等方面软件的"经济"模型。成本效益分析法（the Cost Benefit Analysis Method，CBAM）是在 ATAM 上构建，用来对架构设计决策的成本和收益进行建模，是优化此类决策的一种手段。CBAM 的思想就是架构策略影响系统的质量属性，反过来这些质量属性又会为系统的项目关系人带来一些收益（称为"效用"），CBAM 协助项目关系人根据其投资回报（ROI）选择架构策略。CBAM 在 ATAM 结束时开始，它实际上使用了 ATAM 评估的结果。

CBAM 的步骤如下：

（1）整理场景。整理 ATAM 中获取的场景，根据商业目标确定这些场景的优先级，并选取优先级最高的 1/3 的场景进行分析。

（2）对场景进行求精。为每个场景获取最坏情况、当前情况、期望情况和最好情况的质量属性响应级别。

（3）确定场景的优先级。项目关系人对场景进行投票，其投票是基于每个场景"所期望的"响应值，根据投票结果和票的权值，生成一个分值（场景的权值）。

（4）分配效用。对场景的响应级别（最坏情况、当前情况、期望情况和最好情况）确定效用表。

（5）架构策略涉及哪些质量属性及响应级别，形成相关的策略——场景——响应级别的对应关系。

（6）使用内插法确定"期望的"质量属性响应级别的效用。即根据第（4）步的效用表以及第 5 步的对应关系，确定架构略策及其对应场景的效用表。

（7）计算各架构策略的总收益。根据第（3）步的场景的权值以及第（6）步的架构略策效用表，计算出架构策略的总收益得分。

（8）根据受成本限制影响的 ROI（Return On Investment，投资报酬率）选择架构策略。根据开发经验估算架构策略的成本，结合第（7）步的收益，计算出架构策略的 ROI，按 ROI 排序，从而确定选取策略的优先级。

8.6 构件及其复用

软件企业为了提高开发效率，越来越注重软件元素的复用（也称重用），因此，架构设计师在进行架构设计时，必须关注复用，例如，考虑丰富企业的构件和充分使用已有的构件。本节从构件角度研究如何使用软件复用技术，下一节重点讨论基于产品线的软件复用。

与复用技术密切相关的概念是构件（component，组件），业界对构件还没有公认的定义，如下为几种常见的定义。

定义 1：构件是指软件系统中可以明确辨识构成成分。而可复用构件（reusable component）是指具有相对独立的功能和可复用价值的构件。

定义 2：构件是一个组装单元，它具有约定式规范的接口及明确的依赖环境。

定义 3：构件是软件系统中具有相对独立功能、可以明确辨识、接口由契约指定、和语境有明显依赖关系、可独立部署的可组装软件实体。

对构件更广义的理解是把所有种类的工作成品（例如，各类文档、方案、计划、测试案例、代码）都看成是可复用的构件。

8.6.1　商用构件标准规范

当前，主流的商用构件标准规范包括 OMG（Object Management Group，对象管理组织）的 CORBA、Sun 的 J2EE 和 Microsoft 的 DNA。

1. CORBA

CORBA（Common Object Request Broker Architecture，公共对象请求代理架构）主要分为三个层次：对象请求代理、公共对象服务和公共设施。底层是对象请求代理（Object Request Broker，ORB），规定了分布对象的定义（接口）和语言映射，实现对象间的通信和互操作，是分布对象系统中的“软总线”；在 ORB 之上定义了很多公共服务，可以提供诸如并发服务、名字服务、事务（交易）服务、安全服务等各种各样的服务；最上层的公共设施则定义了构件框架，提供可直接为业务对象使用的服务，规定业务对象有效协作所需的协定规则。

CORBA CCM（CORBA Component Model，CORBA 构件模型）是 OMG 组织制定的一个用于开发和配置分布式应用的服务器端构件模型规范，它主要包括如下三项内容。

（1）抽象构件模型：用以描述服务器端构件结构及构件间互操作的结构。

（2）构件容器结构：用以提供通用的构件运行和管理环境，并支持对安全、事务、持久状态等系统服务的集成。

（3）构件的配置和打包规范：CCM 使用打包技术来管理构件的二进制、多语言版本的可执行代码和配置信息，并制定了构件包的具体内容和文档内容标准。

2. J2EE

在 J2EE 中，Sun 给出了完整的基于 Java 语言开发面向企业分布应用规范，其中，在分布式互操作协议上，J2EE 同时支持 RMI（Remote Method Invocation，远程方法调用）和 IIOP（Internet Inter-ORB Protocol，互联网内部对象请求代理协议），而在服务器端分布式应用的构造形式，则包括了 Java Servlet、JSP、EJB 等多种形式，以支持不同的业务需求，而且 Java 应用程序具有跨平台的特性，使得 J2EE 技术在发布计算领域得到了快速发展。其中，EJB 给出了系统的服务器端分布构件规范，这包括了构件、构件容器的接口规范以及构件打包、构件配置等的标准规范内容。EJB 技术的推出，使得用 Java 基于构件方法开发服务器端分布式应用成为可能。从企业应用多层结构的角度，EJB 是业务逻辑层的中间件技术，与 JavaBeans 不同，它提供了事务处理的能力，自从三层结构提出以后，中间层，也就是业务逻辑层，是处理事务的核心，从数据存储层分离，取代了存储层的大部分地位。从 Internet 技术应用的角度，EJB 和 Servlet，JSP 一起成为新一代应用服务器的技术标准，EJB 中的 Bean 可以分为会话 Bean 和实体 Bean，前者维护会话，后者处理事务，通常由 Servlet 负责与客户端通信，访问 EJB，并把结果通过 JSP 产生页面传回客户端。

3. DNA 2000

Microsoft DNA 2000（Distributed interNet Applications）是 Microsoft 在推出 Windows 2000 系列操作系统平台基础上，在扩展了分布计算模型，以及改造 Back Office 系列服务器端分布计算产品后发布的新的分布计算体系结构和规范。在服务器端，DNA 2000 提供了 ASP、COM、Cluster 等的应用支持。

DNA 2000 融合了当今最先进的分布计算理论和思想，例如，事务处理、可伸缩性、异步消息队列、集群等内容。DNA 使得开发可以基于 Microsoft 平台的服务器构件应用，其中，如数据库事务服务、异步通信服务和安全服务等，都由底层的分布对象系统提供。

Microsoft 的 DCOM/COM/COM+技术，在 DNA 2000 分布计算结构基础上，展现了一个全新的分布构件应用模型。首先，DCOM/COM/COM+的构件仍然采用普通的 COM（Component Object Model，构件对象模型）模型。COM 最初作为 Microsoft 桌面系统的构件技术，主要为本地的 OLE（Object Linking and Embedding，对象连接与嵌入）应用服务，但是随着 Microsoft 服务器操作系统 Windows NT 和 DCOM（Distributed Component Object Model，分布式构件对象模型）的发布，COM 通过底层的远程支持使得构件技术延伸到了分布应用领域。DCOM/COM/COM+更将其扩充为面向服务器端分布应用的业务逻辑中间件。通过 COM+的相关服务设施，如负载均衡、内存数据库、对象池、构件管理与配置等，DCOM/COM/COM+将 COM、DCOM、MTS（Microsoft Transaction Server，微软事物处理服务器）的功能有机地统一在一起，形成了一个概念、功能强的构件应用体系结构。

通过购买商用构件（平台）并遵循其开发标准来进行应用开发，是提高应用软件开发效率的常见选择。

8.6.2 应用系统簇与构件系统

除专门开发构件的企业外，开发应用系统的企业也会发展自己的构件应用体系：通常是随着企业的不断成熟，逐步从已开发的应用系统中整理出一些构件，反过来，将这些构件复用到优化与整合已有应用系统中或复用于开发新的应用系统。

一个应用系统中的复用率毕竟有限，通常在应用系统簇中进行软件构件复用。当要开发若干相关的应用系统时，可以先按复用的要求，界定这一组应用系统的共同"特性"（feature），根据这些共同特性，建立模型，并按照复用的要求，将模型分解成恰当规模和结构的构件，对这些构件进行设计、实现、打包、编写文档，形成方便使用的可复用构件。这批可复用构件将用于支持该应用簇的各个应用系统的开发工作。这里的构件特指一个封装的代码模块或大粒度的运行模块。

软件企业将相关的构件有机地组织在一起，形成构件系统（较构件库层次更高），实施复用的软件企业通常拥有多个构件系统，有的是购置的，有的是自己开发的。

应用系统和构件系统都是系统产品（而不是工作产品）。它们都可以采用模型和结构的类型定义出来。一般情况下，构件系统只在开发单位内部使用，而应用系统提供给外部客户，与应用系统相比，构件系统具有通用性、可复用性，这就要求构件系统的开发过程应当实施更为严格的工程规范。

一个构件系统是能提供一系列可复用特性的系统产品。构件系统中的构件应当是高内聚低耦合的，但构件之间应有若干种关系；可以发送消息给其他构件；可以与其他构件联合，支持协同工作。构件系统应当是易于理解和易于使用的，对构件应当是仔细地进行建模、实现、制作文档、测试等，便于以后的有效维护和改进。通常为支持构件的复用，应开发与构件系统相配的工具箱。

应用系统可以向构件系统输入构件（构件的需求源于应用系统或应用系统中的模块），反过来，构件系统向应用系统输出构件。这就是构件系统如何获得构件和如何提供构件。

8.6.3 基于复用开发的组织结构

基于复用的开发组织与传统的开发组织结构不同，它需要有一部分资源用于开发可复用资产，这部分资源应同具体应用系统的开发资源分开，以确保不被占用。

一种较平衡的组织结构如图 8-8 所示，它有三类职能部门：一是构件系统开发部门，它开发可复用资产；二是应用系统项目开发部（多个），它复用资产；三是支持部门，这个部门是可选的，它进一步隔离前述两主体部门，虽然牺牲了一些效率，但保证了构件的规范性。它的主要职责是对构件开发部门所提供的可复用资产进行确认、对构件库进行分类编目、向开发应用系统的工程师们发通告和分发可复用资产、提供必要的文档、从复用者处收集反馈信息和缺陷报告。可以这样理解：构件系统开发部门开发的构件系统由支持部门向应用开发部门推广，即支持部门是企业内的推广部。外部购买的商用构件也由支持部门维护与管理。

这三个平行部门之上有一个高层经理（复用经理），他关注总目标，协调相互关系。

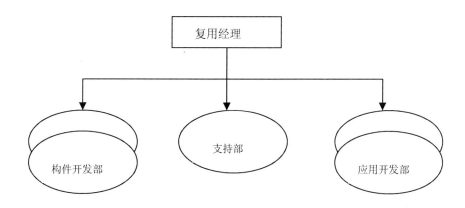

图 8-8 一种软件复用组织结构

一方面，构件开发者应当尽量接近应用开发者，以使其开发出的构件能尽量符合实际需要；另一方面，构件开发者与应用开发者分属于两并列的部门，使构件开发者能摆脱开应用项目的日常压力，保证可复用的资产的开发和持续改进。复用经理应当在构件开发和应用项目开发利益之间进行权衡，保证长期目标不受近期项目压力的影响。

8.7 产品线及系统演化

软件企业追求长远的发展，通常采用产品线模型及系统演化策略，它实质上是用架构技术构建产品线，并在此基础上借助复用技术持续演化，不断地推出新产品，满足市场追求产品升级换代的要求。

8.7.1 复用与产品线

软件产品线是指一组软件密集型系统，它们共享一个公共的、可管理的特性集，满足某个特定市场或任务的具体需要，是以规定的方式用公共的核心资产集成开发出来的。即围绕核心资产库进行管理、复用、集成新的系统。核心资产库包括软件架构及其可剪裁的元素，更广泛地，它还包括设计方案及其文档、用户手册、项目管理的历史记录（如预算和进度）、软件测试计划和测试用例。复用核心资产（特别是软件架构），更进一步采用产品线将会惊人地提高生产效率、降低生产成本和缩短上市时间。

创建一个成功的产品线取决于软件工程、技术管理和组织管理等多个方面的协调，这里只对软件架构方面进行讨论。

基于产品间共性的"软件"产品线代表了软件工程中一个创新的、不断发展的概念。软件产品线的本质是在生产产品家族时，以一种规范的、策略性的方法复用资产。可复用的资产非常广，如下所示。

- • 需求：许多需求与早期开发的系统相同或部分相同，如网上银行交易与银行柜面交易。
- 架构设计：原系统在架构设计方面花费了大量的时间与精力，系统成功验证了架构的合理性，如果新产品能复用已有的架构，将会取得很好效益。
- 元素：元素复用不只是简单的代码复用，它旨在捕获并复用设计中的可取之处，避免（不要重复）设计失败的地方。
- 建模与分析：各类分析方法（如性能分析）以及各类方案模型（如容错方案、负载均衡方案）都可以在产品中得到复用。
- 测试：采用产品线可积累大量的测试资源，即在考虑测试时不是以项目为单位，而是以产品线为单位，这样，整个测试环境都可以得到复用，如测试用例、测试数据、测试工具，甚至测试计划、过程、沟通渠道都可以得到复用。
- 项目规划：利用经验对项目的成本、预算、进度及开发小组的安排等进行预测，即不必每次都建立工作分解结构。
- 过程、方法和工具：有了产品线这面旗帜，企业就可以建立产品线级的工作流程、规范、标准、方法和工具环境，供产品线中所有产品复用。如编码标准就是一例。
- 人员：以产品线来培训的人员，适应于整个系列的各个产品的开发。
- 样本系统：将已部署（投产）的产品作为高质量的演示原型和工程设计原型。
- 缺陷消除：产品线开发中积累的缺陷消除活动，可使新系统受益，特别是整个产品家族中的性能、可靠性等问题的一次性解决，能取得很高的回报。同时也使得开发人员和客户心中有"底"。

8.7.2 基于产品线的架构

软件产品线架构是针对一系列产品而设计的通用架构，并在此基础上，进一步将系列产品共用的模块事先实现，供直接重用；将架构用框架的形式予以实现，供定制使用。这就是通常所称的"平台"。

产品线架构较之单个产品架构，有如下三点特别之处：

（1）产品线架构必须考虑一系列明确许可的变化；

（2）产品线架构一定要文档化；

（3）产品线架构必须提供"产品创建者指南"（开发指南），描述架构的实例化过程。

产品线的软件架构应将不变的方面突出出来（正因为有不变，才产生了产品线），同时，识别允许的变化，并提供实现它们的机制。通常应考虑三个方面。

（1）确定变化点：确定变化是一项需要持续进行的活动，可以在开发过程的任何时间确定变体。

（2）支持变化点：对变化的支持可以有多种形式，举例如下。

- 包含或省略元素：如条件编译。
- 包含不同数量的复制元素：如通过添加更多的服务器产生高容量的变体。
- 具有相同的接口但具有不同的行为或质量特性的元素版本的选择：如静态库和动态链接库的使用。
- 在面向对象的系统中，通过特化或泛化特定的类实现变化。
- 通过参数配置来实现变化。

（3）对产品线架构的适宜性进行评估。

- 评审方法：见下节的软件架构评估。
- 评估的内容：必须把评估的重点放在变化点上，以确保它（变化点）提供了足够的灵活性，从而能覆盖产品线的预期范围；它们支持快速构建产品。
- 评估的时间：应该对用于构建产品线中的一个或多个产品的架构的实例或变体进行评估。产品架构评估的结果通常能提供有用的反馈，推动架构的改进。当提议开发的一个新产品不在最初的产品线的范围内时，则可以重新对产品线架构进行评估，看如何使其容纳新的产品或是否有必要产生一个新的产品线。

8.7.3　产品线的开发模型

开发（确定）产品线的方法有如下两种模型。

（1）"前瞻性"产品线：利用在应用领域的经验、对市场和技术发展趋势的了解及商业判断力等进行产品线设计，它反映了企业的战略决策。通常是自上而下地采用产品线方法。

（2）"反应性"模型：企业根据以前的产品构建产品家族，并随着新产品的开发，扩展架构和设计方案，它的核心资产库是根据"已经证明"为共有、而非"预先计划"为共有的元素构建的。通常是自下而上地采用产品线方法。

一旦确定了产品线，就进入其演变阶段，它是产品线不断向前的发展过程。

8.7.4　特定领域软件架构

架构的本质在于其抽象性。它包括两个方面的抽象：业务抽象和技术抽象。其中业务抽象面向特定应用领域。

特定领域软件架构（Domain Specific Software Architecture，DSSA）可以看做开发产品线的一个方法（或理论），它的目标就是支持在一个特定领域中多个应用的生成。DSSA 的必备特征有：

（1）一个严格定义的问题域/或解决域；

（2）具有普遍性，使其可以用于领域中某个特定应用的开发；

（3）对整个领域的合适程度的抽象；

（4）具备该领域固定的、典型的在开发过程中可复用元素。

从功能覆盖的范围角度理解 DSSA 中领域的含义有两种方法：

（1）垂直域。定义了一个特定的系统族（整个系统族内的多个系统），导出在该领域中可作为系统的可行解决方案的一个通用软件架构。

（2）水平域。定义了在多个系统和多个系统族中功能区域的共有部分，在子系统级上涵盖多个系统（族）的特定部分功能。

DSSA 的活动阶段如下。

（1）领域分析：主要目标是获得领域模型。即通过分析领域中系统的需求（领域需求），确定哪些需求是被领域中的系统广泛共享的，从而建立领域模型。

（2）领域设计：这个阶段的目标是获得 DSSA，它是一个能够适应领域多个系统的需求的一个高层次的设计。由于领域模型中的领域需求具有一定的变化性，DSSA 也要相应地具有变化性，它可以通过表示多选一的、可选的解决方案等来做到这一点。

（3）领域实现：主要目标是依据领域模型和 DSSA 开发与组织可复用信息。这些复用信息可以是从现有系统中提取得到的，也可能需要通过新的开发得到。这个阶段可以看做复用基础设施的实现阶段。

在上述工作中，获得领域模型是基础也是关键，领域建模专注于分析问题领域本身，发掘重要的业务领域概念，并建立业务领域概念之间的关系。通常领域模型可用 UML 的类图和状态图表示。

 希赛教育专家提示：对于中等复杂度的项目，应该在系统的领域模型中找到大约 50 到 100 个类。

领域模型的主要作用如下：

（1）领域模型为需求定义了领域知识和领域词汇，这较之单一的项目需求等更有较好的大局观；

（2）软件界面的设计往往和领域模型关系密切；

（3）领域模型的合理性将严重影响软件系统的可扩展性；

（4）在分层架构的指导下，领域模型精化后即成为业务层的骨架；

（5）领域模型也是其数据模型的基础；

（6）领域模型是团队交流的基础，因为，它规定了重要的领域词汇表，并且这些词汇的定义是严格的、大家共同认可的。

8.7.5 架构及系统演化

架构虽然为系统的变化提供一定的自由度，但是系统的较大变化必然导致架构的改变。架构（系统）演化指向既定的方向、可控的改变。架构（系统）演化可以形成产品线，反过来，架构（系统）可以在规划的产品线中进行演化。

架构（系统）演化过程包含 7 个步骤，如图 8-9 所示。

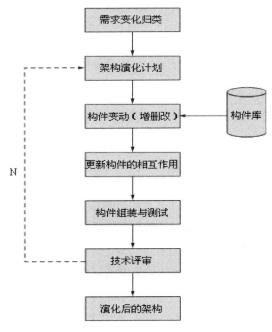

图 8-9　架构演化过程

（1）需求变动归类。首先，必须对用户需求的变化进行归类，使变化的需求与已有构件对应。对找不到对应构件的变动，也要做好标记，在后续工作中，将创建新的构件，以对应这部分变化的需求。

（2）制订架构演化计划。在改变原有结构之前，开发组织必须制订一个周密的架构演化计划，作为后续演化开发工作的指南。

（3）修改、增加或删除构件。在演化计划的基础上，开发人员可根据在第（1）步得到的需求变动的归类情况，决定是否修改或删除存在的构件、增加新构件。最后，对修改和增加的构件进行功能性测试。

（4）更新构件的相互作用。随着构件的增加、删除和修改，构件之间的控制流必须得到更新。

（5）构件组装与测试。通过组装支持工具把这些构件的实现体组装起来，完成整个软件系统的连接与合成，形成新的架构。然后，对组装后的系统整体功能和性能进行测试。

（6）技术评审。对以上步骤进行确认，进行技术评审。评审组装后的架构是否反映需求变动，符合用户需求。如果不符合，则需要在第（2）到第（6）步之间进行迭代。

（7）产生演化后的架构。在原来系统上所做的所有修改必须集成到原来的架构中，完成一次演化过程。

8.8　软件架构建模

软件架构作为一个有机的整体，可以分解成多个侧面来认识，每个侧面强调它的不同方面的特征，从而使架构设计师能整体地把握重点。本节讨论通过建模技术认识与设计各个侧面。

8.8.1　架构的模型

可以将软件架构归纳成 5 种模型：结构模型、框架模型、动态模型、过程模型和功能模型。最常用的是结构模型和动态模型。

（1）结构模型。这是一个最直观、最普遍的建模方法。这种方法以架构的构件、连接件和其他概念来刻画结构，并力图通过结构来反映系统的重要语义内容，包括系统的配置、约束、隐含的假设条件、风格、性质。研究结构模型的核心是体系结构描述语言。

（2）框架模型。框架模型与结构模型类似，但它不太侧重描述结构的细节而更侧重于整体的结构。框架模型主要以一些特殊的问题为目标建立只针对和适应该问题的结构。

（3）动态模型。动态模型是对结构或框架模型的补充，研究系统"大颗粒"的行为性质。例如，描述系统的重新配置或演化。动态可能指系统总体结构的配置、建立或拆除通信通道或计算的过程。

（4）过程模型。过程模型研究构造系统的步骤和过程。因而结构是遵循某些过程脚本的结果。

（5）功能模型。该模型认为架构是由一组功能构件按层次组成的，下层向上层提供服务。它可以看做是一种特殊的框架模型。

这 5 种模型各有所长，也许将 5 种模型有机地统一在一起，形成一个完整的模型来刻画软件架构更合适。即将软件架构视为这些模型的统一体，通过这些模型的表述（文档）来完整反映软件架构。例如，Kruchten 在 1995 年提出了一个"4+1"的视图模型。"4+1"视图模型从 5 个不同的视角包括逻辑视图、进程视图、物理视图、开发视图和场景视图来描述软件架构。每一个视图只关心系统的一个侧面，5 个视图结合在一起才能反映系统的软件架构的全部内容。"4+1"视图模型如图 8-10 所示。

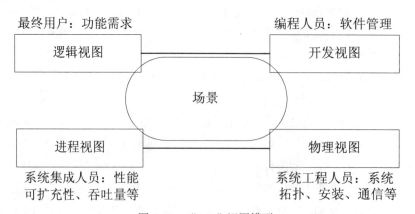

图 8-10　"4+1"视图模型

（1）逻辑视图（logic view）：主要支持系统的功能需求，即系统提供给最终用户的服务。

在逻辑视图中，系统分解成一系列的功能抽象，这些抽象主要来自问题领域。这种分解不但可以用来进行功能分析，而且可用做标识在整个系统的各个不同部分的通用机制和设计元素。在面向对象技术中，通过抽象、封装和继承，可以用对象模型来代表逻辑视图，用类图来描述逻辑视图。逻辑视图中使用的风格为面向对象的风格，逻辑视图设计中要注意的主要问题是要保持一个单一的、内聚的对象模型贯穿整个系统。

（2）开发视图（development view）：也称为模块视图（module view），主要侧重于软件模块的组织和管理。软件可通过程序库或子系统进行组织，这样，对于一个软件系统，就可以由不同的人进行开发。开发视图要考虑软件内部的需求，如软件开发的容易性、软件的重用和软件的通用性，要充分考虑由于具体开发工具的不同而带来的局限性。开发视图通过系统输入输出关系的模型图和子系统图来描述。可以在确定了软件包含的所有元素之后描述完整的开发角度，也可以在确定每个元素之前，列出开发视图原则。

（3）进程视图（process view）：侧重于系统的运行特性，主要关注一些非功能性的需求，例如系统的性能和可用性。进程视图强调并发性、分布性、系统集成性和容错能力，以及从逻辑视图中的主要抽象如何适合进程结构。它也定义逻辑视图中的各个类的操作具体是在哪一个线程中被执行的。进程视图可以描述成多层抽象，每个级别分别关注不同的方面。

（4）物理视图（physical view）：主要考虑如何把软件映射到硬件上，它通常要考虑到解决系统拓扑结构、系统安装、通信等问题。当软件运行于不同的节点上时，各视图中的构件都直接或间接地对应于系统的不同节点上。因此，从软件到节点的映射要有较高的灵活性，当环境改变时，对系统其他视图的影响最小。

（5）场景（scenarios）：可以看做是那些重要系统活动的抽象，它使 4 个视图有机联系起来，从某种意义上说场景是最重要的需求抽象。在开发架构时，它可以帮助设计者找到架构的构件和它们之间的作用关系。同时，也可以用场景来分析一个特定的视图，或描述不同视图构件间是如何相互作用的。场景可以用文本表示，也可以用图形表示。

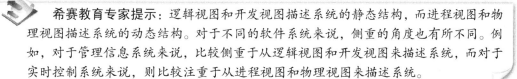

希赛教育专家提示：逻辑视图和开发视图描述系统的静态结构，而进程视图和物理视图描述系统的动态结构。对于不同的软件系统来说，侧重的角度也有所不同。例如，对于管理信息系统来说，比较侧重于从逻辑视图和开发视图来描述系统，而对于实时控制系统来说，则比较注重于从进程视图和物理视图来描述系统。

8.8.2　架构风格

对架构建模，常体现出不同的风格，对各类风格进行总结、归类以及标准化，就得到架构模式，可以认为"架构模式"和"架构风格"两个术语几乎是同义语，它们在不同的场合使用，本章不区分这个两术语，并主要使用"架构风格"一词。

可以这样理解：架构的战术是基本的建构块,利用它们可以建造各种模式(解决各类问题),而面向特定应用领域进行模式组合，则构成架构风格。

软件架构风格是描述某一特定应用领域中系统组织方式的惯用模式。它反映了领域中众多系统所共有的结构和语义特性，并指导如何将各个模块和子系统有效地组织成一个完整的系统。即软件架构风格定义了用于描述系统的术语表和一组指导构件系统的规则。

架构风格由以下几个因素确定：

（1）一组元素（如：数据存储库、用于计算的构件）；

（2）描述元素关系的拓扑布局；

（3）一组语义限制（描述功能和为了防止歧义而特地指出的限制）；

（4）一组交互机制，它们描述元素如何通过拓扑进行协调（例如，子例程调用、事件-订阅者）。

对软件架构风格的研究和实践促进了对设计的复用，一些经过实践证实的解决方案也可以可靠地用于解决新的问题。软件架构风格的不变部分使不同的系统可以共享同一个实现代码。只要系统是使用常用的、规范的方法来组织，就可使别的设计者很容易地理解系统的架构。例如，如果某人把系统描述为"客户/服务器"模式，则不必给出设计细节，架构设计师立刻就会明白系统是如何组织和工作的，即风格提供了系统表述的高层次"通用语言"。

软件架构风格有很多，如何将它们进行归类呢？不同的学派提出了不同的分类。

Garlan 和 Shaw 对通用软件架构风格的分类，如表 8-8 所示。

表 8-8　一种架构风格分类

风格类别	名称
调用-返回	分层
	主程序-子程序
	面向对象
独立构件	通信进程
	事件系统
虚拟机	解释器
	规则为中心
数据流	批处理
	管道-过滤器
数据为中心	数据库
	黑板

基于现代商用架构的总结，还可以有另一种分类，如表 8-9 所示。

表 8-9　另一种架构风格分类

风格类别	名称
一般结构	分层
	管道-过滤器
	黑板
分布式系统	代理者
交互式系统	MVC（Model-View-Controller，模型-视图-控制）
	PAC(Presentan-Abstraction-Control)
适应性系统	微内核
	基于元模型

另外，表 8-9 从架构视图的角度，对架构风格进行了另一种分类，使其与架构文档所需的视图更容易地对应。

利用软件架构的模式或风格理论，业界已开发出了特定应用领域的中间件或系统平台，如 J2EE/EJB 就是一个基础架构平台，它应用于构建分布式面向对象系统。

在实践中，人们为了实现架构的复用，进一步对各类架构进行归类、抽象，得到许多模式。例如，对于系统结构设计，使用层模式；对于分布式系统，使用代理模式；对于交互系统，使用 MVC 模式。GoF 的《设计模式——可复用面向对象软件的基础》一书讲了 23 种主要的模式（注：GoF 是指 Gangs of Four，就是它的四个作者：Erich Gamma，Richard Helm，Ralph Johnson，John Vlissides）。

有关 GoF 设计模式的详细知识，请阅读 9.1.3 节。

8.8.3　架构风格举例

由于架构风格有很多种，限于篇幅，本书不可能详细介绍每一种架构风格，只是讨论两种最常见的风格——层次式架构和三层 C/S 架构。

1．层次系统风格

层次系统组织成一个层次结构，每一层为上层服务，并作为下层客户。在一些层次系统中，除了一些精心挑选的输出函数外，内部的层只对相邻的层可见。这样的系统中构件在一些层实现了虚拟机（在另一些层次系统中层是部分不透明的）。连接件通过决定层间如何交互的协议来定义，拓扑约束包括对相邻层间交互的约束。

这种风格支持基于可增加抽象层的设计。这样，允许将一个复杂问题分解成一个增量步骤序列来实现。由于每一层最多只影响两层，同时只要给相邻层提供相同的接口，允许每层用不同的方法实现，同样为软件复用提供了强大的支持。

图 8-11 是层次系统风格的示意图。层次系统最广泛的应用是分层通信协议。在这一应用领域中，每一层提供一个抽象的功能，作为上层通信的基础。较低的层次定义低层的交互，最低层通常只定义硬件物理连接。

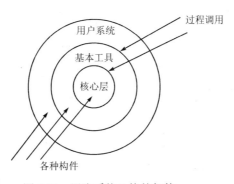

图 8-11　层次系统风格的架构

层次系统有许多可取的属性，例如：

- 支持基于抽象程度递增的系统设计，使设计者可以把一个复杂系统按递增的步骤进行分解；

- 支持功能增强，因为每一层至多和相邻的上下层交互，因此功能的改变最多影响相邻的上下层；
- 支持复用。只要提供的服务接口定义不变，同一层的不同实现可以交换使用。这样，就可以定义一组标准的接口，而允许各种不同的实现方法。

但是，层次系统也有其不足之处：

- 并不是每个系统都可以很容易地划分为分层的模式，甚至即使一个系统的逻辑结构是层次化的，出于对系统性能的考虑，系统设计师不得不把一些低级或高级的功能综合起来；
- 很难找到一个合适的、正确的层次抽象方法。

2. 三层 C/S 架构风格

C/S 架构是基于资源不对等，且为实现共享而提出来的，是 20 世纪 90 年代成熟起来的技术，C/S 结构将应用一分为二，服务器（后台）负责数据管理，客户机（前台）完成与用户的交互任务。

C/S 软件架构具有强大的数据操作和事务处理能力，模型思想简单，易于人们理解和接受。但随着企业规模的日益扩大，软件的复杂程度不断提高，传统的二层 C/S 结构存在以下几个局限：

- 二层 C/S 结构是单一服务器且以局域网为中心的，所以难以扩展至大型企业广域网或 Internet；
- 软、硬件的组合及集成能力有限；
- 服务器的负荷太重，难以管理大量的客户机，系统的性能容易变坏；
- 数据安全性不好。因为客户端程序可以直接访问数据库服务器，那么，在客户端计算机上的其他程序也可以想办法访问数据库服务器，从而使数据库的安全性受到威胁。

正是因为二层 C/S 有这么多缺点，因此，三层 C/S 结构应运而生。三层 C/S 结构将应用功能分成表示层、功能层和数据层三个部分，如图 8-12 所示。

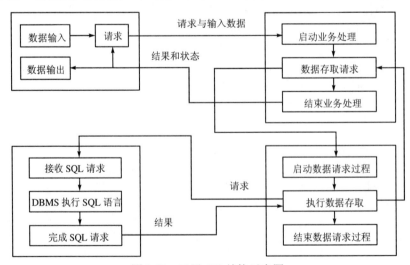

图 8-12　三层 C/S 结构示意图

表示层是应用的用户接口部分，它担负着用户与应用间的对话功能。它用于检查用户从键盘等输入的数据，显示应用输出的数据。在变更用户接口时，只需改写显示控制和数据检查程序，而不影响其他两层。检查的内容也只限于数据的形式和取值的范围，不包括有关业务本身的处理逻辑。

功能层相当于应用的本体，它将具体的业务处理逻辑编入程序中。而处理所需的数据则要从表示层或数据层取得。表示层和功能层之间的数据交往要尽可能简洁。

数据层就是数据库管理系统，负责管理对数据库数据的读写。数据库管理系统必须能迅速执行大量数据的更新和检索。因此，一般从功能层传送到数据层的要求大都使用 SQL 语言。

三层 C/S 的解决方案是：对这三层进行明确分割，并在逻辑上使其独立。原来的数据层作为数据库管理系统已经独立出来，所以，关键是要将表示层和功能层分离成各自独立的程序，并且还要使这两层间的接口简洁明了。

一般情况是只将表示层配置在客户机中，如果将功能层也放在客户机中，与二层 C/S 结构相比，其程序的可维护性要好得多，但是其他问题并未得到解决。客户机的负荷太重，其业务处理所需的数据要从服务器传给客户机，所以系统的性能容易变坏。

如果将功能层和数据层分别放在不同的服务器中，则服务器和服务器之间也要进行数据传送。但是，由于在这种形态中三层是分别放在各自不同的硬件系统上的，所以灵活性很高，能够适应客户机数目的增加和处理负荷的变动。例如，在追加新业务处理时，可以相应增加装载功能层的服务器。因此，系统规模越大，这种形态的优点就越显著。

8.9　软件架构视图

8.8 节从软件架构本身的特点出发讨论了架构建模及与特定应用领域密切相关的架构风格。本节将从对架构编档的角度对软件架构视图及其风格进行讨论。

8.9.1　软件视图的分类

现代软件系统非常复杂，通常在某个具体的时间内将注意力集中在某几个结构上（就像一次看病，医生只是将注意力集中在某方面的人体结构上，骨科医生与心血管科医生关心不同的结构），结构是元素本身的集合，而视图则是捕获和表达结构（文档描述），虽然它们有区别，但在实际使用时则不严格区分，即从系统体系的角度说是结构，从文档角度说是视图，因此，本节将不再区分结构和视图术语。

软件架构是一种无法以简单的一维方式进行说明的复杂实体，从不同侧面的描述就是视图。架构的优势也在于使用视图：每个视图强调系统的某个方面，同时忽视系统的其他方面，以便有助于处理或理解当前问题，描述完整的系统架构必须具备完整的视图集，"4+1"方法就是一类完备视图集。

软件视图通常分为如下三种类型。

（1）模块视图类型（module）：为系统的主要实现单元编档。

（2）构件和连接件（component-and-connector（C&C））视图类型：为系统的执行单元编档。

（3）分配视图类型（allocation）：为软件的开发和执行环境之间的关系编档。

每一视图类型中，又有一些常用的形态，可以把这些形态归纳成架构风格（简称风格），大量的架构风格供架构设计师选用，例如客户机/服务器是一种常见的架构风格，它是构件和连接件视图类型中的一员。架构风格是对元素和关系类型的特化，它还包括发何使用这些元素和关系类型的一组限制条件。架构结构/视图分类如表 8-10 所示。下面各节中再分别对这三类型及其风格从元素、关系及特征诸方面做进一步总结。

表 8-10　系统的架构视图

组别	架构风格	说明	应用于
模块视图类型	分解	大模块分解为小模块，小到容易理解	资源分配、项目结构化和规划；信息隐蔽、封装；配置控制
	使用	一个单元正确性依赖另一个单元的正确性（如版本）	设计子集；设计扩展（增量开发）
	分层	上层使用下层的服务；实现隐藏细节的抽象	增量式开发；基于"虚拟机"上的可移植性
	类或泛化	"继承自"或"是一个实例"；共享访问方法	面向对象的设计（使用公共模板）
构件—连接器视图类型	客户机—服务器	构件是客户机和服务器，连接件是协议及共享消息	分布式操作；关注点分离（支持可修改性）；负载均衡
	进程或通信进程	通过通信、同步或排除操作将彼此相连的进程或线程	调度分析；性能分析
	并发	在相同的"逻辑线程"上运行	确定资源争用；分析线程
	共享数据	运行时产生数据、使用数据（共享数据存储库）	性能；数据完整性；可修改性
分配视图类型	部署	软件功能分配给软件（进程）、硬件（处理器）和通信路径	性能、可用性、安全性说明。尤其在分布式或并行系统中
	实现	模块映射到开发活动中	配置控制、集成、测试活动
	工作分配	将责任分配到适当的开发小组，特别是公共部分不是每个人去实现	项目管理、管理通用性，最好的专业技术安排

8.9.2　模块视图类型及其风格

模块将遵循某种方式将软件系统分解成可管理的功能单元。

架构模块视图通过文档来枚举系统的主要实现单元或模块，以及这些单元之间的关系。任务完整的架构文档必须包含有模块视图，它为源代码提供蓝图。该类型如表 8-11 所示。

表 8-11　模块视图类型总结

元素	其元素就是模块，它是一种能提供内聚功能单元的软件实现单元
关系	其关系表现为： •"部分关系"，即模块间部分-整体关系，如分解关系； •"依赖关系"，如"共享数据"、"调用"； •"特化关系"，定义了较为特殊的模块和一般模块之间的关系，如面向对象中的继承
元素特征	•可能必须遵守命名容间规则的名称； •模块责任，应该使用责任特性定义模块功能； •实现信息
关系特征	•"部分关系"拥有相关的可见性特征，这种特性确定子模块在聚集模块之外是否可见； •"依赖关系"拥有分配的约束条件，以便详细规定两个模块之间的依赖性关系； •"特化关系"拥有实现特性，如特殊模块继承一般模块的实现方案

下面对模块视图的 4 种风格进行总结。

（1）分解风格能展示向模块分配责任的方式。该风格总结如表 8-12 所示。

表 8-12　模块分解风格总结

元素	模块，见模块视图类型总结表。有时将具有独立完整功能的模块称为子系统
关系	分解关系，它是"部分关系"的精化形式，文档必须定义分解的标准
元素特征	见表 8-11
关系特征	可见性，模块被其父模块之外的模块了解的程度及其功能对于这些外部模块的可用程度
其他	・分解视图中不允许出现循环； ・在一个视图中，一个模块不能同时属于多个模块

（2）使用风格能展示模块相互依赖的方式。该风格总结如表 8-13 所示。

表 8-13　模块使用风格总结

元素	模块，见模块视图类型总结表
关系	使用关系，它是"依赖关系"的精化形式，如果模块 A 依赖于功能正常的模块 B 的存在来满足自己的需求，那么，模块 A 就是在使用模块 B
元素特征	见表 8-11
关系特征	描述一个模块会以哪种方式使用另一个模块

（3）分层风格能将系统分割成一组虚拟机，通过"允许使用"关系相互关联，分层风格能帮助实现可移植性和可修改性。该风格总结如表 8-14 所示。

表 8-14　模块分层风格总结

元素	层
关系	"允许使用"，它是模块视图类型一般的"依赖关系"的特化。如果 P1 的正确性依赖于当前 P2 的正确实现，就说 P1 使用 P2
元素特征	层的名称。 层包容的软件单元。 允许层使用的软件。一是层间和层内的使用规则，如"高层可以使用较低层次的软件"和"不允许软件使用同一层中的其他软件"等；二是这些规则可以容许的例外情况。 层的内聚：对层所表示的虚拟机的描述
关系特征	见表 8-11
其他	每一部分软件只能分配给一个层

（4）泛化风格能展示一个模块将如何成为另一个模块的泛化或特化，从而使模块之间产生关联。它广泛应用于面向对象的系统，能展示继承性，并能用来使用模块之间的共性。该风格总结如表 8-15 所示。

表 8-15　模块泛化风格总结

元素	模块，见表 8-11
关系	泛化关系，即模块视图类型中的"特化关系"
元素特征	除了模块视图类型中为模块定义的特性外，模块还能拥有"抽象"特性，抽象特性能定义拥有接口但没有实现方案的模块
关系特征	泛化关系能拥有一种区别接口和实现继承的特性
其他	• 不允许出现循环，子模块不能是父模块的泛化； • 模块能拥有多个父模块，但这种多重继承一般不提倡

8.9.3　C&C 视图类型及其风格

C&C 视图能定义由具有某种运行时存在的元素模型，这些元素包括进程、对象、客户机、服务器及数据存储器等。此外，它还包含作为元素的交互路径，如通信链路和协议、信息流及共享存储器访问。通常，可利用复杂的基础结构（如中间件框架、分布式通信信道和进程调度）来执行这些交互操作。该类型总结如表 8-16 所示。

表 8-16　C&C 视图类型总结

元素	• 构件类型：主要处理单元和数据存储器 • 连接件类型：交互机制
关系	构件且有接口，这种接口被称为端口。连接件具有接口，这种接口被称为角色。 连接：构件端口与特定的连接件角色相关联
元素特征	（1）构件： • 名称：应反映构件功能。 • 类型：定义一般功能、端口数量及类型以及所需特征。 • 其他：包括性能和可靠性值等（取决于构件类型）。 （2）连接件： • 名称：应反映连接件的交互功能。 • 类型：定义交互性质、角色数量及类型以及所需特征。 • 其他：包括交互协议和性能值等（取决于连接件类型）

C&C 视图风格是 C&C 视图类型的特化，C&C 视图风格为数不少，下面对 C&C 视图的几种风格进行总结。

（1）管道和过滤器风格中的交互模式表现出数据流连续变换的特征。数据抵达过滤器并经过转换后由管理传送给下一个过滤器。该风格总结如表 8-17 所示。

表 8-17　管道和过滤器风格总结

元素	• 构件——过滤器。过滤器端口必须是输入端口或输出端口。 • 连接件——管道。管道拥有数据输入和数据输出角色
关系	连接关系能使过滤器输出端口与某个管道的数据输入角色相关联，使过滤器输入端口与多个管道的数据输出角色相关联，并能确定交互过滤器的图形
计算模型	• 过滤器是从其输入端口读取数据并将数据流写入其输出端口的数据转换器。 • 管道能将数据流从一个过滤器传送到另一个过滤器
特征	见表 8-16

（2）共享数据风格通过保留持久数据来支配交互模式，持久数据由多个数据存取器和至少一个储存库保留。该风格总结如表 8-18 所示。

表 8-18　共享数据风格总结

元素	·构件——共享数据储存库和数据存取器。 ·连接件——数据读写
关系	连接关系能确定哪些数据存取器将连接到哪些数据储存库
计算模型	数据存取器之间的通信经由共享数据存储库来完成，控制过程由数据存取器或数据储存库来启动
特征	见表 8-16。可精化为：存储数据的类型、面向性能的数据特征和数据分配

（3）发布-订阅风格用于向一组未知接受者发送事件和消息。可在不修改生产者的情况下添加新的接受者（订阅者）。在发布-订阅风格中，构件通过事件发布进行交互。构件可订阅一组事件。该风格总结如表 8-19 所示。

表 8-19　发布-订阅风格总结

元素	·构件——任何具有能发布和订阅事件的接口的 C&C 构件。 ·连接件——发布-订阅
关系	连接关系能将构件与发布-订阅连接件关联起来
计算模型	宣布事件并能对其他已宣布事件做出反应的独立构件系统
特征	见表 8-16。可精化为：哪些事件由哪些构件宣布，哪些事件由哪些构件订阅，什么时候允许构件订阅事件
其他	所有构件连接到一个事件分配器，可将该分配器视为总线（连接件）或构件

（4）客户机/服务器风格能展示构件通过请求其他构件的服务进行交互的过程，将功能划分成客户机和服务器后，即可基于运行时准则把它们单独分配给各个级。该风格总结如表 8-20 所示。

表 8-20　客户机/服务器风格总结

元素	·构件——请求其他构件服务的客户机和向其他构件提供服务的服务器。 ·连接件——请求/应答，即客户机对服务器的非对称调用
关系	连接关系使客户机与连接件的请求角色相关联，使服务器与连接件的应答角色相关联，并确定哪些服务能由哪些客户机请求
计算模型	客户机能启动各项活动，向服务器请求所需服务，并等待这些请求的结果
特征	见表 8-16。可精化为：可连接的客户机数量和类型以及性能特性
其他	可施加以下限制： ·与给定端口或角色的连接数量。 ·服务器之间允许存在的关系。 ·是层级的

（5）对等连接系统能通过构件之间的直接交换支持服务交换。它是一种调用/返回风格。该风格总结如表 8-21 所示。

表 8-21　对等连接风格总结

元素	构件——同位体。 连接件——调用过程
关系	连接关系使同位体与"调用过程"连接件相关联，并能确定可能的构件交互

计算模型	同位体提供接口和对状态进行封装。计算是通过相互请求服务的同位体协作完成
特征	见表 8-16。但会强调交互协议和面向性能的特性。连接可能会在运行时出现变化
其他	可能会限制与任何给定端口或角色的允许连接数量。可能会施加其他可见性限制，以便对哪些构件能了解其他构件进行限制

（6）通信/进程风格的特征表现在通过各种连接件机制并发执行构件的交互，如通过同步、消息传递、数据交换、启动和停止等进行交互。该风格总结如表 8-22 所示。

表 8-22　通信/进程风格总结

元素	构件——并发单元，如任务、进程和线程。 连接件——数据交换、消息传递、同步、控制和其他类型的通信
关系	连接关系，见表 8-16
计算模型	通过特定连接件机制进行交互的并发执行构件
特征	并发单元："可抢占性"，它表示并发单元的执行可被另一个并发单元抢占，或并发单元将继续执行，直到它自愿中止自己的执行；"优先性"，它能影响调度；"时间参数"定义周期和最后期限等。 数据交换："缓冲"，它表示如果不能立即处理消息就会先把消息保存起来；"协议"用于通信

8.9.4　分配视图类型及其风格

硬件、文件系统和团队结构都会与软件架构进行交互，将软件架构映射到其环境的一般形式称为"分配视图类型"。该类型总结如表 8-23 所示。

表 8-23　分配视图类型总结

元素	软件元素和环境元素
关系	"分配到……"。软件元素被分配到环境元素
元素特征	软件元素拥有"要求的"特征。环境元素拥有"提供的"特性，前者必须与后者匹配
关系特征	取决于特定的风格

分配视图类型的三种常见风格如下。

- 布置风格：能描述构件和连接件对硬件的映射，硬件是软件执行的场所。
- 实现风格：能描述模块对包含它们的文件系统的映射。
- 工作任务风格：能描述模块对承担模块开发任务的人员、团队或小组的映射。

（1）布置风格体现为 C&C 风格（如通信-进程风格）的元素被分配到执行平台。该风格总结如表 8-24 所示。

表 8-24　布置风格总结

元素	软件元素：通常是 C&C 视图类型中的进程。 环境元素：计算硬件，如处理器、内存、磁盘和网络等
关系	"分配到……"。表示软件元素驻留在哪些物理单元上。 分配可以是动态的
元素特征	软件元素所要求的特性：重要的硬件特征，如处理器、内存、容量需求和容错性。 环境元素提供的特性：影响分配决策的重要硬件特征
关系特征	"分配到……"

（2）实现风格能将模块视图类型中的模块映射到开发基础结构。实现一个模块总会产生许多独立文件，必须对这些文件进行组织，以免失去对系统的控制及系统的完整性。通常利用配置管理技术进行文件管理。该风格总结如表 8-25 所示。

表 8-25　实现风格总结

元素	软件元素：模块。 环境元素：配置条目，如文件或目录
关系	包含关系，规定一个配置条目由另一个配置条目包容。 "分配到……"关系，描述将模块分配到配置条目
元素特征	如果有的话，就是软件元素所要求的特性；例如对数据库等开发环境的需求。 环境元素提供的特性：对开发环境提供的特征的指示
关系特征	无
其他	分层配置条目："包容在……"

（3）软件项目的时间和预算估计取决于工作分解结构（WBS），而工作分解结构则取决于软件架构。工作任务风格将软件架构映射到由人组成的团队之中，实现这一项目管理的目的。该风格总结如表 8-26 所示。

表 8-26　工作任务风格总结

元素	软件元素：模块。 环境元素：组织单元，如人员、团队、部门和分包商
关系	"分配到……"关系，描述将模块分配到配置条目
元素特征	技能集：所需的技能和提供的技能
关系特征	无
其他	分层配置条目："包容在……"

工作任务风格与模块分解风格关系密切，它能将模块分解风格用做其分配映射的基础。这种风格能通过添加与开发工具、测试工具和配置管理系统等对应的模块分解进行扩展。工作任务风格还通常与其他风格联合使用，例如，团队工作任务可以是模块分解风格中的模块，可以是分层图中的层，也可以是多进程系统中的任务或进程。

8.9.5　各视图类型间的映射关系

为了完整地描述一个架构，必须使用多个视图，这些视图必须遵守一定的映射关系。

（1）模块视图类型中的视图通常会映射到构件和连接件视图类型中的视图。模块实现单元将映射到运行时构件。

（2）系统的构件和连接件视图和模块视图之间的关系可能会非常复杂。同样的代码模块可由 C&C 视图的许多元素执行。反之，C&C 视图的单一构件可执行由许多模块定义的代码。同样，C&C 构件可能会拥有许多与环境进行交互的点，每个交互点由同一模块接口定义。

（3）分配视图类型是为有效地实现软件架构的辅助性视图，它将其他视图类型中的软件元素映射到软件环境中，即反映其他视图与软件环境之间的关系。

第 9 章　设计模式

面向对象技术为软件技术带来新的发展。人们运用面向对象的思想分析系统、为系统建模并设计系统，最后使用面向对象的程序语言来实现系统。但是面向对象的设计并不是一件很简单的事情，尤其是要设计出架构良好的软件系统更不容易。为了提高系统的复用性，需要进行一些"额外"的设计（这里的额外并不是无用的，而是指业务领域之外），定义类的接口、规划类的继承结构、建立类与类之间的关系。毋庸置疑，良好的设计可以让系统更容易地被复用、被移植和维护，而如何快速进行良好的设计则是设计模式要讨论的问题。设计模式是软件架构设计师的必修课，设计模式中蕴含的思想是架构设计师必须掌握的。

9.1　设计模式概述

在 20 世纪 70 年代，Christopher Alexander 提出了城市建筑的模式，他认为：模式就是描述一个不断发生的问题和该问题的解决方案。随后，Erich Gamma、Richard Helm、Ralph Johnson 和 John Vlissides 写了一本著名的参考书《设计模式：可复用面向对象软件的基础》。后人也因为这本书称这 4 个人为 4 人组，将这本书中描述的模式称为 GoF（Gang of Four）设计模式。在这本书中，4 人组将设计模式定义为：对被用来在特定场景下解决一般设计问题的类和互相通信的对象的描述。通俗地说，可以把设计模式理解为对某一类问题的通用解决方案。

9.1.1　设计模式的概念

首先，设计模式解决的是一类问题，例如工厂模式就是为了解决类创建的问题，而适配器模式则是为了解决类接口不匹配的问题。如果把解决 A 问题的设计模式使用在 B 问题上，结果肯定是张冠李戴了。所以在描述设计模式前，首先要描述这个设计模式究竟要解决什么样的问题。

其次，设计模式是一种通用的解决方案，而不是具体的也不是唯一的。在 GoF 的书中对设计描述主要着重于思想的描述，虽然也给出了 C++的实现方法，但同样也可以使用 Java 甚至非面向对象的语言实现。具体应用时可以根据实际情况进行相应的变化，例如，对于工厂模式就有很多种变化。

需要指出的是，虽然在 GoF 的著作中第一次提出了软件的设计模式，但设计模式并非这四人所创，它来源于很多项目中的成功设计，并将这些优雅的设计方式进行抽象、总结、归纳出来。

在学习设计模式时需要注意以下两点：

（1）学习这些模式是一个方面，另一方面更要了解模式中的思想。设计模式本身是为了提高软件架构的质量，学习设计模式的目的也是为了提高架构设计的水平。虽然设计模式中描述的大多是面向对象的低层设计方案，但其中包含的却是软件设计的思想，同软件架构风格是一致的。例如，MVC 既可以看做一种设计模式也可以看做一种架构风格。掌握这种设计思想是非常有意义的。

（2）设计模式虽然可以使设计变得更精妙，但滥用设计模式会适得其反。在软件设计中使用设计模式，可以优化设计，提高架构质量。但是，首先，设计模式有其应用的场合，不相宜的场合乱用设计模式有害无益；其次，设计模式主要解决对象之间相互通信、相互依赖的结构关系，架构设计师需要把握好使用设计模式的粒度，过度的使用设计模式不但不会提高软件的复用性，反而会让架构变得混乱难以维护。

9.1.2　设计模式的组成

一般地，在描述一个设计模式时，至少需要包含 4 个方面：模式名称（Pattern name）、问题（Problem）、解决方案（Solution）、效果（Consequence）。这 4 个方面就是设计模式的 4 要素。名不正则言不顺，每种设计模式都有自己的名字，也就是模式名称；设计模式都有其应用的场合，即该设计模式意图解决的问题，超出了这个问题就不应该再应用这种模式，所以问题是设计模式的第二要素；设计模式的目的就是解决问题，所以在描述设计模式时当然要有解决问题的方法描述，这就是设计模式的另外一个要素——解决方案；虽然架构设计师知道应用设计模式可以提高架构质量，提高软件的复用性，但对于每一种设计模式而言，还有其更具体的效果描述，所以设计模式的最后一个要素就是效果。

这 4 个要素是描述设计模式时必不可少的部分。在本章中，除了描述模式的 4 要素外，还补充了该模式的 Java 实现和对该模式的引申，也就是说，本章中的模式将按照如下的方式描述：模式名称、意图解决的问题、模式描述、效果、实现、相关讨论。在 9.2 节中，将使用这种方式介绍几种有代表性的设计模式。

9.1.3　GoF 设计模式

GoF 的著作不但第一次总结了设计中的常用模式，还在学术上建立了软件设计模式的地位。因此，人们习惯上将 GoF 提出的 23 个模式统称为 GoF 模式，这 23 个模式分别简述如下。

（1）Factory Method 模式。Factory Method 模式提供了一种延迟创建类的方法，使用这个方法可以让在运行期由子类决定创建哪一个类的实例。

（2）Abstract Factory 模式。Abstract Factory 又称为抽象工厂模式，该模式主要为解决复杂系统中对象创建的问题。抽象工厂模式提供了一个一致的对象创建接口来创建一系列具有相似基类或相似接口的对象。抽象工厂模式是一种很有代表性的设计模式，在 9.2 节中将对该模式进行更详细的介绍。

（3）Builder 模式。Builder 模式与 Abstract Factory 模式非常类似，但 Builder 模式是逐步的构造出一个复杂对象，并在最后返回对象的实例。Builder 模式可以把复杂对象的创建与表示分离，使得同样的创建过程可以创建不同的表示。

（4）Prototype 模式。Prototype 模式可以根据原型实例制定创建的对象的种类，并通过深拷贝这个原型来创建新的对象。Prototype 模式有着同 Abstract Factory 模式和 Builder 模式相同的效果，不过当需要实例化的类是在运行期才被指定的而且要避免创一个与产品曾是平行的工厂类层次时，可以使用 Prototype 模式。使用 Prototype 模式可以在运行时增加或减少原型，比 Abstract Factory 和 Builder 模式更加灵活。

（5）Singleton 模式。Singleton 模式也是一种很有代表性的模式。使用 Singleton 可以保证一个类仅有一个实例，从而可以提供一个单一的全局访问点。将在 9.2 节中对 Singleton 做更详细的介绍。

（6）Adapter 模式。Adapter 模式可以解决系统间接口不相容的问题。通过 Adapter 可以把类的接口转化为客户程序所希望的接口，从而提高复用性。

（7）Bridge 模式。Bridge 模式把类的抽象部分同实现部分相分离，这样类的抽象和实现都可以独立的变化。

（8）Composite 模式。Composite 模式提供了一种以树形结构组合对象的方法，使用 Composite 可以使单个对象和组合后的对象具有一致性以提高软件的复用性。

（9）Decorator 模式。Decorator 模式可以动态的为对象的某一个方法增加更多的功能。在很多时候，使用 Decorator 模式可以不必继承出新的子类从而维护简洁的类继承结构。在 9.2 节中将对 Decorator 模式做更详细的介绍。

（10）Facade 模式。Facade 模式为一组类提供了一致的访问接口。使用 Facade 可以封装内部具有不同接口的类，使其对外提供统一的访问方式。Facade 模式在 J2EE 系统开发中发展为 Session Facade 模式。

（11）Flyweight 模式。Flyweight 模式可以共享大量的细粒度对象，从而节省创建对象所需要分配的空间，不过在时间上的开销会变大。

（12）Proxy 模式。顾名思义，Proxy 模式为对象提供了一种访问代理，通过对象 Proxy 可以控制客户程序的访问。例如：访问权限的控制、访问地址的控制、访问方式的控制等，甚至可以通过 Proxy 将开销较大的访问化整为零，提高访问效率。

（13）Interpreter 模式。定义了一个解释器，来解释遵循给定语言和文法的句子。

（14）Template Method 模式。定义一个操作的模板，其中的一些步骤会在子类中实现，以适应不同的情况。

（15）Chain of Responsibility 模式。Chain of Responsibility 模式把可以响应请求的对象组织成一条链，并在这条对象链上传递请求，从而保证多个对象都有机会处理请求而且可以避免请求方和相应方的耦合。

（16）Command 模式。将请求封装为对象，从而增强请求的能力，如参数化、排队、记录日志等。

（17）Iterator 模式。Iterator 模式提供了顺序访问一个对象集合中的各元素的方法，使用 Iterator 可以避免暴露集合中对象的耦合关系。

（18）Mediator 模式。Mediator 模式可以减少系统中对象间的耦合性。Mediator 模式使用中介对象封装其他的对象，从而使这些被封装的对象间的关系就成为松散耦合。

（19）Memento 模式。Memento 模式提供了一种捕获对象状态的方法，且不会破坏对象的封装。并且可以在对象外部保存对象的状态，并在需要的时候恢复对象状态。

（20）Observer 模式。Observer 模式提供了将对象的状态广播到一组观察者的方式，从而可以让每个观察者随时可以得到对象更新的通知。

（21）State 模式。State 模式允许一个对象在其内部状态改变的时候改变它的行为。

（22）Strategy 模式。使用 Strategy 模式可以让对象中算法的变化独立于客户。

（23）Visitor 模式。表示对某对象结构中各元素的操作，使用 Visitor 模式可以在不改变各元素类的前提下定义作用于这些元素的新操作。

9.1.4　其他设计模式

在 GoF 之后，人们继续对设计模式进行发掘，总结出更多的设计模式。在 J2EE 应用领域，人们也对使用 J2EE 框架开发的应用程序总结出一系列设计模式，本节对几种较有代表性的 J2EE 设计模式进行简要介绍。因为这些设计模式是同 J2EE 技术紧密相关的，所以本节将会使用一些 J2EE 技术术语。

（1）Intercepting Filter 模式。在 J2EE 的 BPS（Basic Programming System，基本编程系统）应用框架下，在真正响应客户端请求前经常需要进行一些预处理，如客户身份验证、客户 Session 的合法性验证、字符集转码、客户请求记录等。当然可以将这些请求预处理在每一个 Servlet 中，不过很明显，这样的话预处理的代码就"侵入"了真正的处理程序，使得代码变得更加难以维护。Intercepting Filter 模式提供了解决这个问题的方法。它通过截取客户请求，并将请求发送到 Filter 链中，一步一步地进行预处理，直到这些处理结束，请求才会被转发到真正响应客户请求的 Servlet 中。关于 Interception Filter 模式的详细内容，请参考 9.2 节。

（2）Session Facade 模式。Session Facade 模式广泛应用于 EJB 开发的 J2EE 应用程序中。EJB 是一种分布式构件，EJB 的客户端需要通过 EJB 容器调用 EJB，即使 EJB 的客户端同 EJB 部署于同一台机器，对 EJB 的调用也许要通过网络接口进行远程调用。因此，在开发 EJB 时，需要尽量减少对 EJB 调用的次数以提高性能。同时为了提高 EJB 构件的可维护性和复用性，应该尽量将 EJB 构件的接口设计得一致。在 GoF 设计模式中就有 Facade 模式提高接口的一致性，在 J2EE 开发领域，人们把 Session Bean 和 Facade 模式结合起来，封装业务逻辑的接口，形成了 Session Facade 模式。关于 Session Facade 模式的详细内容，请参考 9.2 节。

9.1.5　设计模式与软件架构

软件架构描述了软件的组成，例如，经典的"4+1"视图，将软件架构通过逻辑视图、开发视图、进程视图、物理视图及场景视图来进行描述。在这些视图中，描述了软件系统中类之间的关系、进程之间的关系、软件和硬件的结合等问题。一般来说，软件架构更倾向于从整体和全局上描述软件的组成。

而设计模式则更侧重于类与类、对象与对象之间的关系。例如在逻辑视图中，可以使用多种设计模式来组织类与类之间的关系。因此，有很多人认为，设计模式和软件架构是面向不同层次问题的解决方案。

同设计模式一样，软件架构也有一些固定的模式，通常称为架构风格。常见的架构风格有分层架构、客户机/服务器架构、消息总线、SOA（Service-Oriented Architecture，面向服务的架构）等。

软件架构风格同设计模式在某种含义上是一致的。"一花一世界，一叶一菩提"，设计模式和软件架构中蕴含的很多思想是一致的。无论是架构风格还是设计模式，人们在追求良好设计的过程中，总是会将一些常见解决方案总结、整理出来，形成固定的风格与模式。例如消息总线的架构风格同 Observer 模式就有神似之处。因此，掌握设计模式对于软件架构设计有非常大的帮助。

9.1.6　设计模式分类

可以说，设计模式是面向问题的，即每一种设计模式都是为了解决一种特定类型的问题。因此，根据设计模式要解决的问题将设计模式分为三类，分别为创建型、结构型和行为型。

事实上，面向对象的设计中，需要解决的就是：如何管理系统中的对象、如何组织系统中的类与对象、系统中的类与对象如何相互通信。这三类设计模式分别解决了这三个方面的问题。

创建型设计模式主要解决对象创建的问题。在最简单的情况下，在程序中定义类，在使用时创建一个对象实例。但在实际开发中，对象的创建会变得复杂很多，这时就需要使用创建型设计模式解决创建对象的问题。

随着开发的系统在不断的扩张，系统功能更加丰富、模块之间的复用越来越多、系统中类与对象的结构变的更加复杂。如果缺乏良好的设计，这些类之间的关系将会变得非常混乱。结构型设计模式就是为了解决这些问题的。

除了这种分类方法外，GoF 还提出了可以根据设计模式主要应用于类还是对象来对设计模式进行分类，对于这种分类方法就不再赘述了。综合这两种分类方法，可以把 GoF 模式进行分类，如表 9-1 所示。

表 9-1　GoF 模式分类

GoF 模式			
		创建型	结构型	行为型
应用范围	应用于类	Factory Method	Adapter	Interpreter Template Method
	应用于对象	Abstract Factory Builder Prototype Singleton	Adapter Bridge Composite Decorator Facade Flyweight Proxy	Chain of Responsibility Command Iterator Mediator Memento Observer State Strategy Visitor

随着 GoF 设计模式的提出，后人也总结出了更多的良好设计的范本，并根据其他的方法进行分类。例如，在《Core J2EE Patterns》一书中，作者将书中列举的 Design Pattern 分为表现层模式、业务层模式和综合层模式。根据这种分类方法，可以得到应用于 J2EE 框架的设计模式图谱，如表 9-2 所示。

表 9-2 J2EE 设计模式分类

J2EE 设计模式		
表现层	**业务层**	**综合层**
Intercepting Filter	Business Delegate	Data Access Object
Front Controller	Value Object	Service Activator
View Helper	Session Facade	
Composite View	Composite Entity	
Service to Worker	Value Object Assembler	
Dispatcher View	Value List Handler	
	Service Locator	

9.2 设计模式及实现

本节就几种常用的设计模式，讨论其实现问题。

9.2.1 Abstract Factory 模式

1．模式名称

Abstract Factory，也经常称为抽象工厂模式。

2．意图解决的问题

在程序中创建一个对象似乎是不能再简单的事情，其实不然。在大型系统开发中：

（1）object = new ClassName 是最常见的创建对象方法，但这种方法造成类名的硬编码，需要根据不同的运行环境动态加载接口相同但实现不同的类实例，这样的创建方法就需要配合上复杂的判断，实例化为不同的对象。

（2）为了适用于不同的运行环境，经常使用抽象类定义接口，并在不同的运行环境中实现这个抽象类的子类。普通的创建方式必然造成代码同运行环境的强绑定，软件产品无法移植到其他的运行环境。

抽象工厂模式就可以解决这样的问题，根据不同的配置或上下文环境加载具有相同接口的不同类实例。

3．模式描述

Abstract Factory 模式的结构如图 9-1 所示。

就如同抽象工厂的名字一样，AbstractFactory 类将接收 Client 的"订单"——Client 发送过来的消息，使用不同的"车间"——不同的 ConcreteFactory，根据已有的"产品模型"——AbstractProduct，生产出特定的"产品"——Product。不同的车间生产出不同的产品供客户使用，车间与产品的关系是一一对应的。由于所有的产品都遵循产品模型——AbstractProduct，具有相同的接口，所以这些产品都可以直接交付客户使用。

在抽象工厂模式中，AbstractFactory 可以有多个类似于 CreateProduct()的虚方法，就如同一个工厂中有多条产品线一样。CreateProduct1()创建产品线 1，CreateProduct2()创建产品线 2。

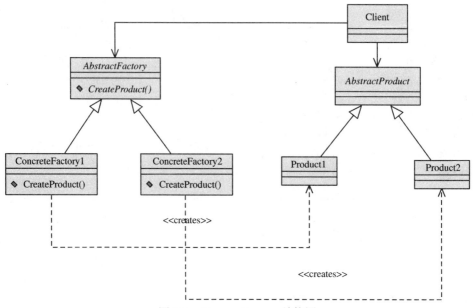

图 9-1　Abstract Factory 结构图

> **希赛教育专家提示**：在 AbstractFactory 中，CreateProduct()方法与 AbstractProduct 是一一对应的，而 ConcreteFactory 的数量同实际的 Product 的数量是一致的。

4. 效果

应用 Abstract Factory 模式可以实现对象可配置的、动态的创建。灵活运用 Abstract Factory 模式可以提高软件产品的移植性，尤其是当软件产品运行于多个平台，或有不同的功能配置版本时，抽象工厂模式可以减轻移植和发布时的压力，提高软件的复用性。

5. 实现

```
/**
 * 抽象工厂的抽象类，由于使用Java语言，故定义为接口
 */
public interface AbstractFactory {
        //创建产品的方法
        public AbstractProduct createProduct();
}
/**
 * 抽象的产品接口
 */
public interface AbstractProduct {

}
public class Product1 implements AbstractProduct {
        //实际的产品1
}
public class Product2 implements AbstractProduct {
        //实际的产品2
}

/**
 * 在这个车间中，将创建实际产品1
 */
```

```
public class CFactory1 implements AbstractFactory {

    public AbstractProduct createProduct() {
            return new Product1();
        }
}

/**
 * 在这个车间中，将创建实际产品 2
 */
public class CFactory2 implements AbstractFactory {
    public AbstractProduct createProduct() {
            return new Product2();
        }
}
```

6．相关讨论

在实际应用中，Abstract Factory 可以有更灵活的变化。事实上，如果仔细观察 Abstract Factory 模式就可以发现，对于 Client 来说，最关注的就是在不同条件下获得接口一致但实现不同的对象，只要避免类名的硬编码，采用其他方式也可以实现。所以也可以采用其他的方式实现。例如在 Java 中就可以采用接口的方式实现，如图 9-2 所示。

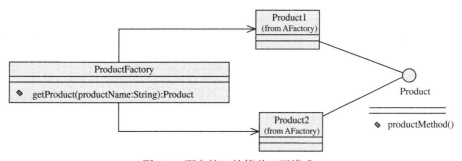

图 9-2　面向接口的简单工厂模式

图 9-2 中所描绘的类就应用了 Abstract Factory 的思想，采用面向接口的方式，简单实现了工厂模式。ProductFactory 既可以看做抽象工厂 Abstract Factory，也可以看做具体的工厂（车间）ConcreteFactory。其中提供了一个获得产品的方法：getProduct（productName:String），该方法将根据产品的名称创建特定的产品，并返回。所有的产品都实现了 Product 接口，可以在客户程序中加以使用。同抽象工厂模式一样，工厂中获得对象的方法（getProduct()）与实际的产品线数量是一致的，如果要增加新的产品线——例如定义新的产品接口 ProductX，需要增加相应的 getProduct()方法。由于这种方式把 Abstract Factory 和 Concrete Factory 合并为一个 ProductFactory，所以增加新的实现 Product 接口的 Productn 不需要修改任何代码。

除了这种面向接口的方法外，工厂模式还可以有更多的变化。前面已经说过，学习设计模式最终要的是学习设计思想，学习了工厂模式后，应该知道：

- 可配置的对象创建方法可以提高系统的移植性和复用性；
- 充分利用面向对象多态的特性可以避免对象创建过程的硬编码。

9.2.2　Singleton 模式

1．模式名称

Singleton，也常称之为单件模式或单根模式。

2．意图解决的问题

在软件开发中，开发人员希望一些服务类有且仅有一个实例供其他程序使用。例如，短消息服务程序或打印机服务程序，甚至对于系统配置环境的控制，为了避免并发访问造成的不一致，也希望仅为其他程序提供一个实例。

对于供整个系统使用的对象可以使用一个全局变量，不过全局变量仅能保证正确编码时使用了唯一的实例。但随着系统不断的扩张，开发队伍的扩大，仍然无法保证这个类在系统中有且仅有一个实例。

3．模式描述

Singleton 模式可以解决上面的问题，其结构如图 9-3 所示。

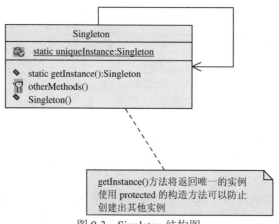

图 9-3　Singleton 结构图

从结构角度而言，Singleton 是最简单的一个模式，不过其用途很广。在 Singleton 中，通过将 Singleton 类的构造函数设为 protected 型（或 private）来防止外部对其直接初始化。需要访问 Singleton 的程序必须通过 getInstance()方法来获得一个 Singleton。在 getInstance()中仅创建一次 uniqueInstance 就可以保证系统中的唯一实例。

对于 Singleton 中的 uniqueInstance 有两种不同的初始化策略（Lazy Initialization 和 Early Initialization），在实现中将分别给出这两种初始化策略的代码。

4．效果

使用 Singleton 模式可以保证系统中有且仅有一个实例，这对于很多服务类或者环境配置类来说非常重要。

5．实现

```
public class Singleton {
    private static Singleton uniqueInstance;
    protected Singleton(){}//被保护的构造函数无法被外部直接使用
```

```
public static synchronized Singleton getInstance()
{
    if (uniqueInstance==null)
        uniqueInstance= new Singleton();
    return uniqueInstance;
}
}
```

6. 相关讨论

在使用 Singleton 模式时，需要注意：

（1）Singleton 仅能保证在单一系统内的单一实例。如果使用分布式构件，如运行在多个 JVM 下的 EJB，上面的实现方法是不能保持整个系统中的单一实例的。

（2）Singleton 模式仅适用于系统中至多有一个实例的情况，应避免滥用。很多过度设计的 Singleton 同使用了静态方法的工具类一样，没有任何必要，反而可能降低效率。

（3）从 Singleton 的实现就可以看出，Singleton 不支持继承。对于 C++等支持 Template 技术的开发语言，可以定义 Singleton 模版来构造 Singleton，进一步提高该模式的复用性。但在 Java、C#等语言中，则只有采用其他的方法实现。不过 Singleton 不等同于 static 类，所以一般来说，系统中不会也不应该出现很多 Singleton 类，在不支持 Template 的语言中逐一实现也未尝不可。

如果一定要在不支持 Template 的语言中实现批量的 Singleton 类，可以参考有关文献中的方法。

9.2.3　Decorator 模式

1. 模式名称

Decorator 模式，又称装饰模式或油漆工模式。

2. 意图解决的问题

在开发时，经常会发现为类预先设计的功能并不够强大，需要增强或扩展类的功能。解决这个问题的最简单办法是继承出一个新的类，并扩展相应的方法。但是这样做会产生大量的子类，让系统中类的层次结构变得复杂且混乱。Decorator 模式通过在原有类基础上包装一层来解决功能扩展的问题。

3. 模式描述

Decorator 模式的结构如图 9-4 所示。

DecoratorComponent 是 ConcreteComponent 的装饰类，它们继承自同一个抽象类 Component，拥有相同的接口。对于 ConcreteComponent 的装饰可能不止一种，因此又继承出 ConcreteDecorator1 和 ConcreteDecorator2 来作为具体的装饰类。这个结构在类层次上是很清晰的，比静态继承更具有灵活性。图 9-5 中使用顺序图描述了使用 Decorator 类的方法。

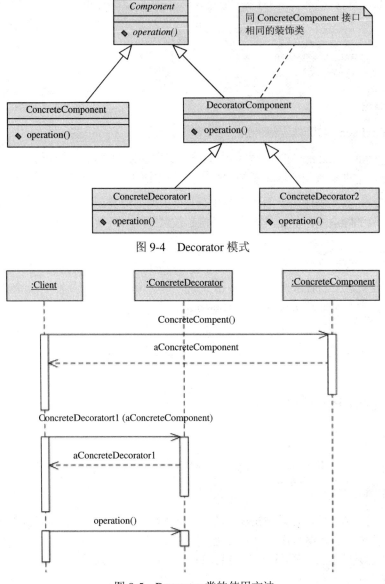

图 9-4　Decorator 模式

图 9-5　Decorator 类的使用方法

通过图 9-4 的方法，对于接口相同的 operation()，在运行期可以根据客户的选择具有不同的行为特征，实现功能动态的扩展。

4．效果

Decorator 模式可以动态地扩展类的功能，同时又避免继承出大量的子类，比继承的方法更灵活。由于 Decorator 提供了动态的扩展方法，因此可以随时根据具体需求产生新的装饰类，从而可以在一定程度上避免层次较高类的复杂性。但是大量使用 Decorator 模式会造成系统中出现很多接口类似的小装饰对象，这样就造成系统可维护性的下降。

5．实现

因为使用 Java 进行实现，所以没有使用抽象类，而是定义了一个公共的接口。

例如，假设有一个卖东西的接口 Sell，其中定义了卖苹果 sellApple()和卖其他东西 sellOther()
的方法：

```
public interface Sell {
    /**
     * 卖苹果
     * @param apple
     */
    public void sellApple(String apple);
    /**
     * 卖其他的物品
     */
    public void sellOther();
}
```

有一个市场类 Market 实现了 Sell 接口：

```
public class Market implements Sell {

        public void sellApple(String apple) {
            System.out.println("卖出去一个苹果");

        }
        public void sellOther(){
            System.out.println("卖了些别的东西");
        }
}
```

后来发现，有些时候是通过打折降价才把东西卖出去的，所以要求系统中支持以打折、降
价甚至更多的出售物品的方法。于是，定义 Sell 的装饰类：

```
public class SellDecorator implements Sell {

    private Sell sell;

    public SellDecorator(Sell aSell){
        sell=aSell;
    }
    public void sellApple(String apple) {
        sell.sellApple(apple);
    }

    public void sellOther() {
        sell.sellOther();
    }
}
```

然后，定义具体的装饰方法，以打折的方式出售苹果：

```
public class Promotion extends SellDecorator {
    private int discountRate; //折扣率
    public Promotion(Sell aSell, int rate) {
        super(aSell);
        discountRate = rate;
    }

    public void sellApple(String appleId) {
        System.out.println(
                "卖了一个打折的苹果，折扣率为百分之"
                + Integer.toString(discountRate));
    }
}
```

最后，客户程序使用 Promotion 的方法如下：

```
Market myMarket=new Market();
Promotion promotions=new Promotion(myMarket,95);//折扣率定为95%
promotions.sellApple("一个大苹果");
```

6. 相关讨论

Decorator 模式提供了一种动态为类扩展功能的方法，有着较广的应用。例如，在开源项目 displaytag（一个提供 JSP 标签扩展的开源项目，可以简单地在网页中画出美观的表格，http://displaytag.sourceforge.net/）中就提供了以 Decorator 方式扩展功能，进行二次开发的接口，在 JDK 的 I/O API 中，也大量使用了 Decorator 模式。

同其他模式一样，滥用 Decorator 会降低系统的可维护性。如果开发出来的装饰类仅被单一的地方使用或只进行了相当简单的处理，就需要考虑是否有必要使用 Decorator 模式了。

9.2.4　Facade/Session Facade 模式

1. 模式名称

Facade 模式，又称外观模式，也有人很形象地把它翻译成"门面模式"。

2. 意图解决的问题

在程序中，经常会用到其他若干个子系统。在不作任何处理的时候，需要了解每一个子系统的接口，并使用这些接口进行调用，于是系统就如图 9-6 一样混乱。

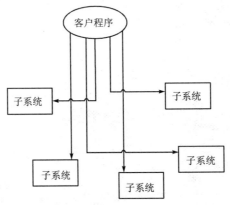

图 9-6　混乱的系统间调用

这些调用不但让结构变得混乱，客户程序和各子系统的耦合性也大大增加，扩展与维护都变得相当困难。

3. 模式描述

Facade 模式的结构如图 9-7 所示。

如图 9-7 所示的一样，Facade 模式通过在原有系统前增加一层的方法，封装这些子系统的接口，对外提供一致的访问接口，解决了上面的问题。

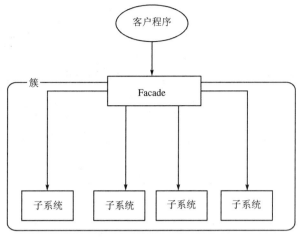

图 9-7 Facade 模式

4. 效果

Facade 模式屏蔽了子系统的细节，降低了客户程序使用这些子系统的复杂度，同时也降低了客户程序和子系统的耦合程度。这样就从需要让所有的人了解所有的子系统接口变成让个别专家抽象子系统的接口。

Facade 模式应用起来非常灵活，也没有特定的实现，其应用的关键就是抽象出合理的 Facade 接口。

5. 实现

Facade 模型并没有特定的实现，故此节略。

6. 相关讨论

Facade 模式很好体现了封装的思想，它封装的是一个子系统的内部结构。例如，经常对数据访问对象（Data Access Object，DAO）进行封装，使数据访问同具体的数据库相分离。客户程序只要知道最外层的数据库访问构件的接口就可以操纵任何支持的数据库。

在 EJB 开发领域，又根据 Facade 模式引申出 Session Facade 模式。

EJB 是一种分布式构件，J2EE 将对 EJB 的访问定义为远程访问。例如，使用 Servlet 访问 EJB 时，即使 Servlet 和 EJB 部置于同一台主机，但由于 Servlet 和 EJB 分置于不同的容器（Servlet 在 Web 容器中，EJB 在 EJB 容器中），Servlet 的缺省访问方式也是通过本机的回播地址（127.0.0.1）访问 EJB，从而造成 EJB 访问的效率问题。而 EJB 中封装了复杂的业务对象，把这些业务对象的全部暴露给外部也不利于系统的维护。所以通常使用 Session Bean 封装这些业务逻辑，提高访问效率，减少内部业务逻辑和外部访问者的耦合，封装服务器中的对象模型。如图 9-8 所示。

在 Session Facade 模式中，一般使用 Session Bean 作为业务逻辑的接口，在 Session Bean 中进行事务处理，确保客户对 Session Bean 的每一次访问即完成一次业务操作。使用 Session Facade 模式除了获得 Facade 模式的优点外，还可以减少远程调用 EJB 的次数，降低网络接口的负载，提高性能。

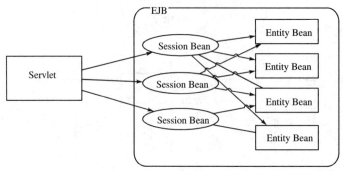

图 9-8　Session Facade 模式

9.2.5　Mediator 模式

1．模式名称

Mediator 模式，又称中介者模式。

2．意图解决的问题

在一个复杂系统中会有很多对象，这些对象之间会相互通信，从而造成对象的相互依赖。修改其中一个对象可能会影响到其他若干对象，系统中对象的复杂耦合关系造成系统可维护性的降低，系统显得混乱且难以理解。Mediator 通过封装一组对象间的通信为系统解耦。

3．模式描述

Mediator 模式的结构如图 9-9 所示。

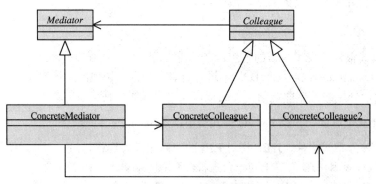

图 9-9　Mediator 模式

在 Mediator 模式中，一组对象——抽象类 Colleague 的子类，通过中介类——ConcreteMediator 进行通信，中介类 ConcreteMediator 继承了抽象类 Mediator，其中需要实现 Mediator 中定义的通信接口，保证中介类和相互通信类之间接口的一致。

Mediator 模式看上去类似于消息机制，其实和消息机制有很大的区别。Mediaor 不需要负责消息的排队、优先级等处理，但它必须根据 Colleague 发送的消息做出响应，并向特定的 Colleague 类发送消息。换句话说，ConcreteMediator 类中封装了 Colleague 之间的通信，就好比人的大脑，接收到眼睛发送的"前面有一个坑"的消息，就会向脚发送"停止前进"的消息。

4．效果

Mediator 封装了一组对象间的通信，降低了 Colleague 之间的耦合性，单个 Colleague 的变化不会影响到其他的对象。还举前面大脑的例子，在行走的时候，大脑接收到眼睛发送的"前面有状况"的消息会通知脚"停止前进"，而在开车的时候，大脑接收这条消息后则会向脚发送"踩下刹车"的消息。

不过当 Colleague 比较多，且其中的关系复杂时，中介类 ConcreteMediator 会变得非常复杂，难以维护。

5．实现

首先定义中介类的接口。

```java
public interface Mediator {
    //Mediator 需要提供通信的完整接口
    public void eyeSawRiver();

}
```

然后 Colleague 的基础类。

```java
public class Colleague {
    protected Mediator mediator;

    public Mediator getMediator() {
        return mediator;
    }

    public void setMediator(Mediator mediator) {
        this.mediator = mediator;
    }
}
```

定义系统两个具体的 Colleague 类。

```java
public class Eye extends Colleague {
    public void seeRiver(){
        //看到了障碍物
        mediator.eyeSawRiver();
    }

    public void otherMethods(){
        //眼睛其他的方法
    }
}

public class Foot extends Colleague{
    public void stop(){
        System.out.println("不走了，停下来");
    }
    public void brakeCar(){
        System.out.println("踩刹车");
    }
}
```

在不同的情况下使用不同的 ConcreteMediator。

```java
public class BrainInDriver {

    private Eye eyes=new Eye();

    private Foot feet=new Foot();
```

```
        public void eyeSawRiver() {
            //对于司机来说，看到河以后需要刹车
            feet.brakeCar();
        }
    }
public class BrainInWalker {
    private Eye eyes=new Eye();

    private Foot feet=new Foot();

    public void eyeSawRiver() {
        //对于行人来说，看到河需要停止前进
        feet.stop();
    }
}
```

6. 相关讨论

Mediator 模式在 GUI 方面有较多的使用。当一个窗体或表单或对话框中有多个需要互相通信的对象时——例如显示部门中人员的下拉列表需要根据部门下拉列表不同的选择而变化，使用 Mediator 封装通信可以降低这些对象的耦合性，提高系统的可维护性。

 希赛教育专家提示：Mediator 经常会变得非常复杂，不但每一个需要通信的对象都需要知道 Mediator 的存在，而且 Mediator 也需要知道每一个通信的对象的实现。所以，一般仅在较小的范围内使用 Mediator 模式，否则过多的 Colleague 类造成中介类的难以维护会抵消掉该模式带来的优点，反而让系统更难以维护。

9.2.6 Observer 模式

1. 模式名称

Observer 模式，又称观察者模式。

2. 意图解决的问题

由于对象封装的特性，一般地，在系统中对象状态的变化都是独立的，即 A 对象状态的变化不会立即反映到 B 对象。但是，在系统中很多对象是相互关联的，例如对于一个股票行情系统，股票状态的变化需要同时反映到多个视图中——实时行情、技术分析图表等。对于这个问题，最简单的解决办法就是硬编码这些关联关系。但是这样会造成系统中对象的紧密耦合，系统难以维护和复用。

3. 模式描述

Observer 模式的结构如图 9-10 所示。

抽象类 Subject 定义了主题类——也就是被观察者的接口，它的子类 ConcreteSubject 的任何状态改变将会通知全部的观察者——ConcreteObserver。为了保持接口的一致性，这些观察者继承自相同的抽象类 Observer。

抽象类在 Subject 中保存有观察者的列表——observers，并通过 attach 和 detach 方法来动态地添加或移出一个特定的观察者。这种采用订阅方法来添加的观察者并不知道还有其他的观察者，他仅仅是能够接收被观察的主题对象的状态改变。在 notify 方法中，主题类将根据目前加入订阅的观察者列表 observers 来向每一个观察者发出状态改变的消息。

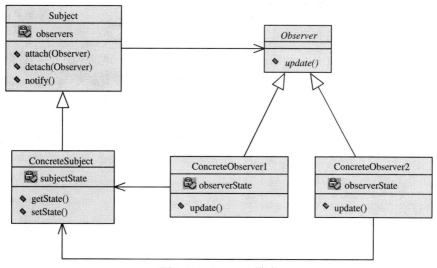

图 9-10 Observer 模式

ConcreteSubject 中的 setState()方法表明对象的状态发生了变化，该方法会调用 notify 方法对所有的观察者进行更新，如图 9-11 所示。

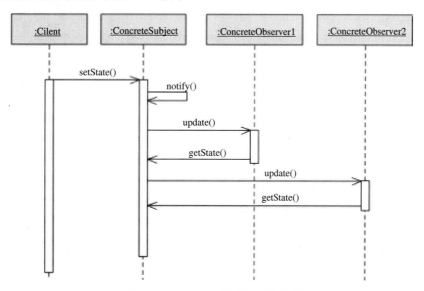

图 9-11 Observer 模式的工作方式

4．效果

在 Observer 模式中，实现了具体对象和观察者之间的抽象耦合。虽然 Subject 了解目前有哪些观察者需要捕获自己状态的变化，但它并不了解这些观察者要做什么；而每一个观察者仅仅知道自己捕获到对象的变化，但并不清楚目前有多少观察者在观察对象的状态，也不需要通知其他的观察者。这样，动态的增加和移除观察者是非常简单的。

通过 Observer 模式可以实现对象间的消息广播，这在很多处理中非常有用。不过广播的副作用是增加了系统的负载，任何消息都将被自动地发送到每一个观察者，每一个观察者都将根据这些消息做出响应，这些响应未必都是必要的。

5. 实现

在 Java 中，自 1.0 版 JDK 开始就已经实现了 Observer 模式（见 java.util 包），程序员只需要使用就可以了。下面将 JDK 中实现的 Observer 代码列出，供读者参考。

```java
    //定义观察者接口
public interface Observer {
    void update(Observable o, Object arg);
}

//Observable 也就是模式中描述的主题类
public class Observable {
    private boolean changed = false;//使用 changed 标志可以控制更新
    private Vector obs;//用于存放 observers

    public Observable() {
     obs = new Vector();
    }

    public synchronized void addObserver(Observer o) {
     if (!obs.contains(o)) {
       obs.addElement(o);
     }
    }

    public synchronized void deleteObserver(Observer o) {
        obs.removeElement(o);
    }

public void notifyObservers() {
//不使用附加参数更新观察者状态
        notifyObservers(null);
    }

public void notifyObservers(Object arg) {
//更新所有观察中的状态
     Object[] arrLocal;
    synchronized (this) {
    //在这里进行同步，以避免并发的更新
      if (!changed)
          return;
      arrLocal = obs.toArray();
      clearChanged();
    }

    for (int i = arrLocal.length-1; i>=0; i--)
       ((Observer)arrLocal[i]).update(this, arg);
    }

    public synchronized void deleteObservers() {
     obs.removeAllElements();
    }

    protected synchronized void setChanged() {
        changed = true;
    }
```

```
protected synchronized void clearChanged() {
    changed = false;
}

public synchronized boolean hasChanged() {
    return changed;
}

public synchronized int countObservers() {
    return obs.size();
}
}
```

6．相关讨论

Observer 模式将一对多的对象依赖转化为抽象耦合，提高系统的复用价值，得到了广泛的应用。Smalltalk 的 MVC 架构中就应用了 Observer 模式，将 Model 的变化传递到 View 中。

但是 Observer 使用不当会造成很多问题。在图 9-9 中描述的更新方法是在 setState()后由 Subject 自动执行 nofity()，向所有的 Observer 发送通知，这种方法可以保证所有的更新都能够通知到观察者。但是对象状态并不总是孤立的，客户程序很可能在执行了 setState1()方法之后紧接着执行 setState2()方法，甚至要连续对对象的状态作若干次的更改。这样，每一次更改都会带来一个 noifty()事件，这些更改被放大到每一个 Observer 对象中。并发执行观察者的 update()方法很可能造成程序的错误，而独占的访问 update()方法又会造成程序阻塞。

因此有时会采用图 9-12 中的方法发送对象状态变化的通知。

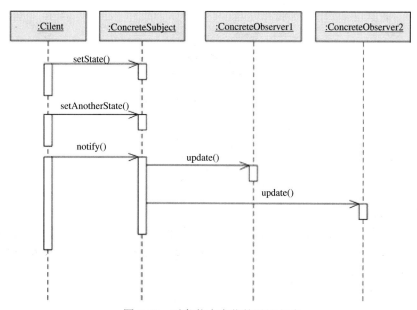

图 9-12　对象状态变化的通知方法

这种方法在客户程序执行了一系列改变对象状态的方法后调用 notify()方法，避免了上面的问题，不过这种方法首先不能保证对象状态的变化一定会被通知到各个观察者，其次还造成观察者对客户程序的不透明。

所以，在使用 Observer 模式时一定要注意精确地定义对象状态变化的依赖关系，以避免这些问题。

前面也提到使用 Observer 可以实现消息的广播。广播是一柄双刃剑，虽然可以简化一对多的消息发送，但也将带来一系列的问题。了解计算机网络的读者知道以太网中的广播风暴问题，在 Observer 模式中需要尽力避免广播的扩大，在 update()对象中避免更新 Subject 类的状态，尤其不能更新自己观察的 Subject 类的状态。否则，可能会造成对象间的消息无穷循环下去。

9.2.7　Intercepting Filter 模式

1. 模式名称

Intercepting Filter 模式，又称筛选器模式。

2. 意图解决的问题

在使用 MVC 架构进行 Web 应用开发时，通常需要对来自于客户的请求进行一些预处理，如验证客户身份、验证请求来源、对请求解码等，然后再传递给控制器。如果把这些预处理都交由控制器来完成，将增加控制器的复杂度，而且难以维护和扩展。

3. 模式描述

Intercepting Filter 模式的结构如图 9-13 所示。

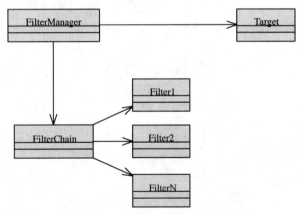

图 9-13　Intercepting Filter 模式

FilterManager 负责调度整个 FilterChain，它将在请求到达 Target 前拦截请求，并传递给 FilterChain，由 FilterChain 中的过滤器依次进行预处理。直到请求经过最后一个过滤器后才完成了全部的预处理，然后由 FilterManger 把请求转发给实际的目标。使用 Intercepting Filter 模式时的时序关系如图 9-14 所示。

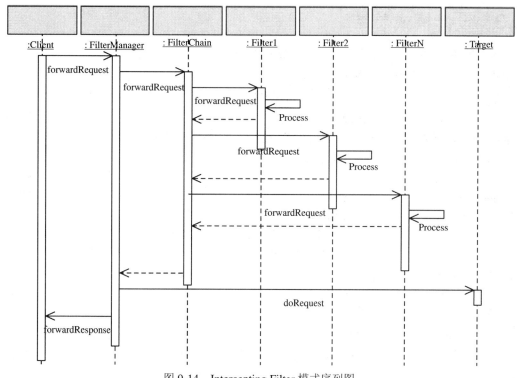

图 9-14　Intercepting Filter 模式序列图

4．效果

使用 Intercepting Filter 模式使得预处理的逻辑和真正的处理逻辑分离，进行实际处理的 Target 只需要关心具体的逻辑，而同请求相关的预处理都放在 FilterManager 中进行。同时解除了这两类处理的耦合性，扩展、修改预处理过程变得容易，系统具有更好的维护性和扩展性。

5．实现

Intercepting Filter 的实现是很简单的，本节不再赘述，留给读者自己思考。

6．相关讨论

虽然 Intercepting Filter 作为一种 J2EE 模式出现在有关文献中，但实际上有很广泛的应用。不仅应用 J2EE 的开发可以使用该模式分离预处理过程，使用.NET 框架等其他的 Web 应用时也可以使用 Intercepting Filter。

仔细观察 Intercepting Filter 模式就可以发现，它与 Decorator 模式有些类似，都是在真正的处理对象前增加一层，扩展对象的操作。只不过实现起来有很大的差别。

希赛教育专家提示：完全可以让 Intercepting Filter 变得更通用，更容易配置。如果对于不同的请求需要使用不同的 FilterChain——例如根据客户不同的编码方式使用不同的解码程序——可以使用工厂模式来动态创建 Filter 对象进行处理。类似的灵活使用设计模式的方法还有很多，也可以用于各种模式，需要架构设计师根据实际情况进行深入的思考。

9.3　设计模式总结

9.2 节详细讨论了 7 种设计模式：Abstract Factory、Singleton、Decorator、Facade/Session Facade、Mediator、Observer 和 Intercepting Filter。目前总结出的设计模式远远不止这些，除了 23 种 GoF 模式外，很多学者都在这方面进行了有益的尝试，总结出了大量良好设计的范例。

学习设计模式最重要的是理解，而不是生搬硬套。每种设计模式中都包含着良好设计和架构的思想，如隐藏内部细节、降低耦合度等，越是复杂的系统越需要这些思想的支撑。观察人类社会就可以发现很多与设计模式相同的地方。每一个人都是一个封装良好的对象，通过感官和行动提供了与外界沟通的媒介。人类对外接收消息的方式不过是视觉、听觉、嗅觉、触觉等有限的几种，但这些感觉器官封装了内部复杂的结构（Facade）；可以使用望远镜、电话或其他的工具来扩展能力（Decorator）；对于人类的复杂组织，有间接沟通的渠道，中介所提供了交流的平台（Mediator）；新闻机构则可以让人们随时了解其他人和事的最新状态（Observer）……，类似的例子还可以举出来很多，如经纪人与 Proxy 模式非常相近，而绝大多数的组织看起来都像 Composite。软件系统的最终目的是辅助人类的活动，以良好的方式抽象现实世界才可以获得良好的设计，单纯地死记硬背这些模式不会有任何价值，与实际情况相联系才能得出易维护易复用的系统来。

在使用中，经常会把几种模式综合起来解决复杂的问题，例如 9.2.7 中提到的 Intercepting Filter 和工厂模式的结合。这需要系统架构设计师具体问题具体分析，综合利用设计模式消除系统中的混乱与耦合，提高系统复用性。

> 希赛教育专家提示：要切记不能滥用设计模式，尤其在一些简单系统中。如果系统中的对象都用工厂模式创建、系统中的工具类都设计成 Singleton、两个对象间的通信还要硬加上一层 Mediator 等都是不可取的，只能毫无价值地提高系统复杂度，反而不利于系统的理解与维护。除最初的设计外，重构也是一个很好的时机，系统架构设计师可以在重构的时候的根据需要逐步应用设计模式改良系统，提高系统的维护性和复用性。

第 10 章　测试评审方法

软件测试与评审是软件质量保证的主要手段之一，也是在将软件交付给客户之前所必须完成的步骤。目前，软件的正确性证明尚未得到根本的解决，软件测试与评审仍是发现软件错误（缺陷）的主要手段。

本章重点要求读者掌握测试方法、评审方法、验证与确认、测试自动化、测试设计和管理方法、面向对象的测试 6 个方面的知识。

10.1　测试方法

在介绍软件测试之前，首先应该明确"错误"（error）和"缺陷"（fault）的概念。根据 IEEE 的定义，"错误"主要针对软件开发过程，"缺陷"主要针对软件产品。软件开发人员在软件开发过程（主要是分析、设计和编码过程）中所出现的"错误"是导致软件产品"缺陷"的原因，反过来说，"缺陷"是"错误"的结果和表现形式。

软件测试的目的就是在软件投入生产性运行之前，尽可能多地发现软件产品（主要是指程序）中的错误（缺陷）。

为了发现软件中的错误（缺陷），应竭力设计能暴露错误（缺陷）的测试用例。测试用例是由测试数据和预期结果构成的。一个好的测试用例是极有可能发现至今为止尚未发现的错误（缺陷）的测试用例。一次成功的测试是发现了至今为止尚未发现的错误（缺陷）的测试。

高效的测试是指用少量的测试用例，发现被测软件尽可能多的错误（缺陷）。

软件测试所追求的目标就是以尽可能少的时间和人力发现软件产品中尽可能多的错误（缺陷）。

10.1.1　软件测试阶段

从测试阶段上分，软件测试通常可分为单元测试、集成测试和系统测试。

1. 单元测试

单元测试（unit testing），也称模块测试，通常可放在编程阶段，由程序员对自己编写的模块自行测试，检查模块是否实现了详细设计说明书中规定的功能和算法。单元测试主要发现编程和详细设计中产生的错误，单元测试计划应该在详细设计阶段制订。

单元测试期间着重从以下几个方面对模块进行测试：模块接口、局部数据结构、重要的执行通路、出错处理通路和边界条件等。

测试一个模块时需要为该模块编写一个驱动模块和若干个桩（stub）模块。驱动模块用来调用被测模块，它接收测试者提供的测试数据，并把这些数据传送给被测模块，然后从被测模块接收测试结果，并以某种可以看见的方式（例如显示或打印）将测试结果返回给测试者。桩模块用来模拟被测模块所调用的子模块，它接受被测模块的调用，检验调用参数，并以尽可能简单的操作模拟被调用的子程序模块功能，把结果送回被测模块。顶层模块测试时不需要驱动模块，底层模块测试时不需要桩模块。

模块的内聚程度高可以简化单元测试过程。如果每个模块只完成一种功能，则需要的测试方案数目将明显减少，模块中的错误也更容易预测和发现。

2. 集成测试

集成测试（integration testing），也称组装测试，它是对由各模块组装而成的程序进行测试，主要目标是发现模块间的接口和通信问题。例如，数据穿过接口可能丢失，一个模块对另一个模块可能由于疏忽而造成有害影响，把子功能组合起来可能不产生预期的主功能，个别看来是可以接受的误差可能积累到不能接受的程度，全程数据结构可能有问题等。集成测试主要发现设计阶段产生的错误，集成测试计划应该在概要设计阶段制订。

集成的方式可分为非渐增式和渐增式。

非渐增式集成是先测试所有的模块，然后一下子把所有这些模块集成到一起，并把庞大的程序作为一个整体来测试。这种测试方法的出发点是可以"一步到位"，但测试者面对众多的错误现象，往往难以分清哪些是"真正的"错误，哪些是由其他错误引起的"假性错误"，诊断定位和改正错误也十分困难。非渐增式集成只适合一些非常小的软件。

渐增式集成是将单元测试和集成测试合并到一起，它根据模块结构图，按某种次序选一个尚未测试的模块，把它同已经测试好的模块组合在一起进行测试，每次增加一个模块，直到所有模块被集成在程序中。这种测试方法比较容易定位和改正错误，目前在进行集成测试时已普遍采用渐增式集成。

渐增式集成又可分为自顶向下集成和自底向上集成。自顶向下集成先测试上层模块，再测试下层模块。由于测试下层模块时它的上层模块已测试过，所以不必另外编写驱动模块。自底向上集成先测试下层模块，再测试上层模块。同样，由于测试上层模块时它的下层模块已测试过，所以不必另外编写桩模块。这两种集成方法各有利弊，一种方法的优点恰好对应于另一种方法的缺点，实际测试时可根据软件特点及进度安排灵活选用最适当的方法，也可将两种方法混合使用。

3. 系统测试

系统测试是软件测试中的最后的、最完整的测试，它是在单元测试和集成测试的基础上进行的，它从全局来考察软件系统的功能和性能要求。系统测试计划应该在需求分析阶段制订。

通常，系统测试包括确认测试（validation testing）和验收测试（acceptance testing）。

确认测试，主要依据软件需求说明书检查软件的功能、性能及其他特征是否与用户的需求一致。

软件配置复查是确认测试的另一项重要内容。复查的目的是保证软件配置的所有成分都已齐全，质量符合要求，文档与程序完全一致，具有完成软件维护所必需的细节。

如果一个软件是为某个客户定制的，最后还要由该客户来实施验收测试，以便确认其所有需求是否都已得到满足。由于软件系统的复杂性，在实际工作中，验收测试可能会持续到用户实际使用该软件之后的相当长的一段时间。

如果一个软件是作为产品被许多客户使用的，不可能也没必要由每个客户进行验收测试。绝大多数软件开发商都使用被称为α(Alpha)测试和β(Beta)测试的过程，来发现那些看起来只有最终用户才能发现的错误。

α测试由用户在开发者的场所进行，并且在开发者的指导下进行测试。开发者负责记录发现的错误和使用中遇到的问题。也就是说，α测试是在"受控的"环境中进行的。

β测试是在一个或多个用户的现场由该软件的最终用户实施的，开发者通常不在现场，用户负责记录发现的错误和使用中遇到的问题并把这些问题报告给开发者。也就是说，β测试是在"不受控的"环境中进行的。

经过系统测试之后的软件通常就可以交付使用了。

10.1.2　白箱测试和黑箱测试

从测试方法上分，软件测试可分为白箱测试和黑箱测试。

1．白箱测试

白箱测试，又称结构测试或白盒测试，主要用于单元测试阶段。它的前提是可以把程序看成装在一个透明的白箱子里，测试者完全知道程序的结构和处理算法。这种方法按照程序内部逻辑设计测试用例，检测程序中的主要执行通路是否都能按预定要求正确工作。

白箱测试根据软件的内部逻辑设计测试用例，常用的技术是逻辑覆盖，即考察用测试数据运行被测程序时对程序逻辑的覆盖程度。主要的覆盖标准有 6 种：语句覆盖、判定覆盖、条件覆盖、判定/条件覆盖、组合条件覆盖和路径覆盖。

（1）语句覆盖。语句覆盖是指选择足够多的测试用例，使得运行这些测试用例时，被测程序的每个语句至少执行一次。

很显然，语句覆盖是一种很弱的覆盖标准。

（2）判定覆盖。判定覆盖又称分支覆盖，它的含义是，不仅每个语句至少执行一次，而且每个判定的每种可能的结果（分支）都至少执行一次。

判定覆盖比语句覆盖强，但对程序逻辑的覆盖程度仍然不高。

（3）条件覆盖。条件覆盖的含义是，不仅每个语句至少执行一次，而且使判定表达式中的每个条件都取得各种可能的结果。

条件覆盖不一定包含判定覆盖，判定覆盖也不一定包含条件覆盖。

（4）判定/条件覆盖。同时满足判定覆盖和条件覆盖的逻辑覆盖称为判定/条件覆盖。它的含义是，选取足够的测试用例，使得判定表达式中每个条件的所有可能结果至少出现一次，而且每个判定本身的所有可能结果也至少出现一次。

（5）条件组合覆盖。条件组合覆盖的含义是，选取足够的测试用例，使得每个判定表达式中条件结果的所有可能组合至少出现一次。

显然，满足条件组合覆盖的测试用例，也一定满足判定/条件覆盖。因此，条件组合覆盖是上述 5 种覆盖标准中最强的一种。然而，条件组合覆盖还不能保证程序中所有可能的路径都至少经过一次。

（6）路径覆盖。路径覆盖的含义是，选取足够的测试用例，使得程序的每条可能执行到的路径都至少经过一次（如果程序中有环路，则要求每条环路径至少经过一次）。

路径覆盖实际上考虑了程序中各种判定结果的所有可能组合，因此是一种较强的覆盖标准。但路径覆盖并未考虑判定中的条件结果的组合，并不能代替条件覆盖和条件组合覆盖。

2. 黑箱测试

黑箱测试，又称功能测试或黑盒测试，主要用于集成测试和确认测试阶段。它把软件看做一个不透明的黑箱子，完全不考虑（或不了解）软件的内部结构和处理算法，它只检查软件功能是否能按照软件需求说明书的要求正常使用，软件是否能适当地接收输入数据并产生正确的输出信息，软件运行过程中能否保持外部信息（例如文件和数据库）的完整性等。

黑箱测试根据软件需求说明书所规定的功能来设计测试用例，它不考虑软件的内部结构和处理算法。

常用的黑箱测试技术包括等价类划分、边值分析、错误推测和因果图等。

（1）等价类划分。在设计测试用例时，等价类划分是用得最多的一种黑箱测试方法。所谓等价类就是某个输入域的集合，对于一个等价类中的输入值来说，它们揭示程序中错误的作用是等效的。也就是说，如果等价类中的一个输入数据能检测出一个错误，那么等价类中的其他输入数据也能检测出同一个错误；反之，如果等价类中的一个输入数据不能检测出某个错误，那么等价类中的其他输入数据也不能检测出这一错误（除非这个等价类的某个子集还属于另一等价类）。

如果一个等价类内的数据是符合（软件需求说明书）要求的、合理的数据，则称这个等价类为有效等价类。有效等价类主要用来检验软件是否实现了软件需求说明书中规定的功能。

如果一个等价类内的数据是不符合（软件需求说明书）要求的、不合理或非法的数据，则称这个等价类为无效等价类。无效等价类主要用来检验软件的容错性。

黑箱测试中，利用等价类划分方法设计测试用例的步骤是：

- 根据软件的功能说明，对每一个输入条件确定若干个有效等价类和若干个无效等价类，并为每个有效等价类和无效等价类编号。
- 设计一个测试用例，使其覆盖尽可能多的尚未被覆盖的有效等价类。重复这一步，直至所有的有效等价类均被覆盖。
- 设计一个测试用例，使其覆盖一个尚未被覆盖的无效等价类。重复这一步，直至所有的无效等价类均被覆盖。

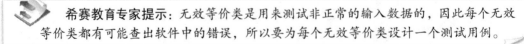

希赛教育专家提示：无效等价类是用来测试非正常的输入数据的，因此每个无效等价类都有可能查出软件中的错误，所以要为每个无效等价类设计一个测试用例。

（2）边值分析。经验表明，软件在处理边界情况时最容易出错。设计一些测试用例，使软件恰好运行在边界附近，暴露出软件错误的可能性会更大一些。

通常，每一个等价类的边界，都应该着重测试，选取的测试数据应该恰好等于、稍小于或稍大于边界值。

将等价类划分法和边值分析法结合使用，更有可能发现软件中的错误。

（3）错误推测。使用等价类划分和边值分析技术，有助于设计出具有代表性的、容易暴露软件错误的测试方案。但是，不同类型不同特定的软件通常又有一些特殊的容易出错的地方。错误推测法主要依靠测试人员的经验和直觉，从各种可能的测试方案中选出一些最可能引起程序出错的方案。

（4）因果图。因果图法是根据输入条件与输出结果之间的因果关系来设计测试用例的，它首先检查输入条件的各种组合情况，并找出输出结果对输入条件的依赖关系，然后为每种输出条件的组合设计测试用例。

10.1.3　缺陷的分类和级别

根据 IEEE 标准和 Paul C.Jorgensen 的教科书，软件测试中所发现的错误（缺陷）主要包括以下几类：

（1）输入/输出错误。包括不接受正确的输入、接受不正确的输入、描述有错或遗漏、参数有错或遗漏、输出结果有误、输出格式有误、输出时间有误、结果不一致、遗漏结果、不合逻辑的结果、拼写/语法错误、修饰词错误。

（2）逻辑错误。包括遗漏情况、重复情况、极端条件出错、解释有误、遗漏条件、外部条件有错、错误变量的测试、不正确的循环迭代、错误的操作符。

（3）计算错误。包括不正确的算法、遗漏计算、不正确的操作数、不正确的操作、括号错误、精度不够错误的内置函数。

（4）接口错误。包括不正确的中断处理、I/O 时序有错、调用了错误的过程、调用了不存在的过程、参数不匹配、不兼容的类型、过量的包含。

（5）数据错误。包括不正确的初始化、不正确的存储/访问、错误的标志/索引值、不正确的打包/拆包、使用了错误的变量、错误的数据引用、缩放数据范围或单位错误、不正确的数据维数、不正确的下标、不正确的类型、不正确的数据范围、数据超出限制、数据溢出、不一致的数据。

根据错误（缺陷）后果的严重程度，Beizer 将错误（缺陷）分为 10 级：

（1）轻微（例如，界面文字有个别的错别字，但不影响理解）

（2）中等（例如，界面文字错误可能误导操作者）

（3）使人不悦（例如，数字串被断开）

（4）影响使用（例如，有些交易没有处理）

（5）严重（例如，丢失交易）

（6）非常严重（例如，不正确的交易处理）

（7）极为严重（例如，经常出现不正确的交易处理）

（8）无法容忍（例如，数据库遭到破坏）

（9）灾难性（例如，系统无法工作）

（10）传染性（例如，可导致其他系统无法工作）

10.1.4 缺陷的评估和分析

对于测试过程中已发现错误（缺陷）的评估和分析，既可提供软件的可靠性与质量指标，又可反映测试的有效性与效率。

错误（缺陷）分析可以建立在各种方法之上，从简单的错误（缺陷）计数到种类繁多的错误（缺陷）度量模型。

如果将错误（缺陷）计数（或其他更复杂的错误度量值）看做测试时间的函数，则可创建一张错误（缺陷）曲线图。错误（缺陷）曲线图的收敛度可以反映软件的开发质量与测试质量。

如果错误（缺陷）曲线图随测试时间的延续而不断收敛，一般可认为测试是有效的。如果错误（缺陷）曲线图长期呈发散状态，则证明软件质量有严重问题或测试方法不对。

软件中潜藏的错误数目 E_T 是一个十分重要的值，它是计算软件平均无故障时间的重要参数，也是直接标志软件可靠程度的度量指标之一。E_T 与软件规模、类型、开发环境、开发方法论、开发人员的技术水平和管理水平等都有密切关系，通常用错误注入法估计 E_T 的值。

在测试之前，由专人在程序中人工注入 p 个错误。经过一段时间的测试，发现了 m 个注入的错误，另外还发现了 n 个原有的错误。如果可以认为测试方案发现注入错误和发现潜藏的错误的能力相同，则能够估计出程序中潜藏的错误的总数为：$E_T=(n/m) \times p$。

10.1.5 排错

排错（即调试）与成功的测试形影相随。测试成功的标志是发现了错误。根据错误迹象确定错误的原因和准确位置并加以改正，主要依靠排错技术。

排错是一个相当艰苦的过程，究其原因除了开发人员心理方面的障碍外，还因为隐藏在程序中的错误具有下列特殊的性质：

（1）错误的外部征兆远离引起错误的内部原因，对于高度耦合的程序结构此类现象更为严重；

（2）纠正一个错误造成了另一错误现象（暂时）的消失；

（3）某些错误征兆只是假象；

（4）因操作人员一时疏忽造成的某些错误征兆不易追踪；

（5）错误是由于分时而不是程序引起的；

（6）输入条件难以精确地再构造（例如，某些实时应用的输入次序不确定）；

（7）错误征兆时有时无，此现象对嵌入式系统尤其普遍；

（8）错误是由于把任务分布在若干台不同处理机上运行而造成的。

在软件排错过程中，可能遇到大大小小、形形色色的问题，随着问题的增多，排错人员的压力也随之增大，过分地紧张致使开发人员在排除一个问题的同时又引入更多的新问题。

尽管排错不是一门好学的技术，但还是有若干行之有效的方法和策略的，常用的排错策略分为三类：

（1）原始类。原始类（brute force）排错方法是最常用也是最低效的方法，只有在万般无奈的情况下才使用它，主要思想是"通过计算机找错"。例如输出存储器、寄存器的内容，在程序安排若干输出语句等，凭借大量的现场信息，从中找到出错的线索。虽然最终也能成功，但难免要耗费大量的时间和精力。

（2）回溯类。回溯法（backtracking）能成功地用于程序的排错。方法是从出现错误征兆处开始，人工地沿控制流程往回追踪，直至发现出错的根源，不幸的是程序变大后，可能的回溯路线显著增加，以致人工进行完全回溯可望而不可即。

（3）排除类。排除法（cause eliminations）基于归纳和演绎原理，采用"分治"的概念，首先分析与错误出现有关的所有数据，假想一个错误原因，用这些数据证明或反驳它；或者一次列出所有可能的原因，通过测试一一排除。只要某次测试结果说明某种假设已呈现端倪，则立即精化数据，乘胜追击。

10.2　评审方法

根据 IEEE 1028 的定义，评审（review）是对软件元素或者项目状态的一种评估手段，以确定其是否与计划的结果保持一致，并使其得到改进。

狭义的"软件评审"通常指软件文档和源程序的评审。广义的"软件评审"还包括与软件测试相结合的评审以及管理评审。软件评审包括软件需求评审、概要设计评审、详细设计评审、软件验证和确认评审、功能检查、物理检查、综合检查和管理评审。

（1）软件需求评审。在软件需求分析结束后必须进行软件需求评审（software requirements review），以确保在软件需求说明书中所规定的各项需求的合适性。

（2）概要设计评审。在软件概要设计结束后必须进行概要设计评审（preliminary design review），以评价软件设计说明书中所描述的软件概要设计在总体结构、外部接口、主要部件功能分配、全局数据结构及各主要部件之间的接口等方面的合适性。

（3）详细设计评审。在软件详细设计结束后必须进行详细设计评审（detailed design review），以评价软件设计说明书中所描述的软件详细设计在每一个基本部件的功能、算法和过程描述等方面的合适性。

（4）软件验证和确认评审。在软件验证与确认计划完成后必须进行软件验证与确认评审（software verification and validation review），以评价软件验证与确认计划中所规定的验证与确认方法的合适性与完整性。

（5）功能检查。在软件释放前，要对软件进行功能检查（functional audit），以验证所开发的软件已经满足在软件需求说明书中规定的所有需求。

（6）物理检查。在软件验收前，要对软件进行物理检查（physical audit），以验证程序和文档已经一致并已做好了交付的准备。

（7）综合检查。在软件验收时，要允许用户或用户所委托的专家对所要验收的软件进行设计抽样的综合检查（comprehensive audit），以验证代码和设计文档的一致性、接口规格说明的一致性（硬件和软件）、设计实现和功能需求的一致性、功能需求和测试描述的一致性。

（8）管理评审。要对计划的执行情况定期（或按阶段）进行管理评审（management reviews），这些评审必须由独立于被评审单位的机构或授权的第三方主持进行。

在评审过程中，以下几点值得注意。

（1）不应以测试代替评审。许多缺陷是在早期阶段引入的，缺陷发现越晚，纠正费用越高。而且每个进入下一步骤的缺陷都可能引起下一步骤中的多个缺陷，导致消除成本的剧增。早期阶段可以进行评审，但是无法进行测试，评审的目的就是减少泄漏到测试阶段的缺陷。评审可能会花很多时间，但在测试中节省了时间。而且，测试也不能发现某些特定类型的缺陷（例如违犯编程规范）。

（2）评审人员应关注产品而不应评论开发人员。评审的主要目的是发现产品中的问题，而不是根据产品来评价开发人员的水平。但是往往会出现把产品质量和开发人员水平联系起来的事情，于是评审变了味，变成了"批斗大会"，极大地打击了开发人员的自尊心，以至于严重地影响了评审的效果。

（3）评审人员应关注于实质性问题。评审中经常会出现这样的现象，评审人员过多地关注于一些非实质性的问题，例如，文档的格式、措词，而不是产品的设计。出现这种情况，可能的原因有：没有选择合适的人参加评审，评审人员对评审对象没有足够的了解，无法发现深层次的问题。

（4）评审会议不应变为问题解决方案讨论会。评审会议主要的目的是发现问题，而不是解决问题，问题的解决是评审会议之后需要做的事情。但是，由于开发人员对技术的追求，评审会议往往变成了问题研讨会，大量地占用了评审会议的时间，导致大量评审内容被忽略，留下无数的隐患。

（5）评审应被安排进入项目计划。参与评审需要投入大量的时间和精力，应该被安排进入项目计划中。但在现实中，评审往往变成了临时安排的工作。如此一来，出现评审人员对评审对象不了解的情况也就不足为奇了。

（6）评审参与者应了解整个评审过程。如果评审参与者不了解整个的评审过程，就会有一种自然的抗拒情绪，因为大家看不到做这件事情的效果，感觉到很迷茫，这样会严重地影响大家参与评审的积极性。

（7）评审人员事先应对评审材料充分了解。任何一份评审材料都是他人智慧和心血的结晶，需要花足够的时间去了解、熟悉和思考。只有这样，才能在评审会议上发现有价值的深层次问题。在很多的评审中，评审人员因为各种原因，在评审会议之前对评审材料没有足够的了解，于是出现了评审会议变成技术报告的怪现象。

（8）应重视评审的组织工作。在组织评审的过程中，很多人不太注意细节。例如，会议时间的设定，会议的通知，会议场所的选择，会场环境的布置，会议设施的提供，会议上气氛的调节和控制等，而实际上这样的细节会大大影响评审会议的效果。

10.3 验证与确认

验证与确认都是确定软件产品是否满足其预期要求和条件的过程。验证可适用于分析、设计、编码、测试和评审等众多的过程，而确认通常用于验收过程。

1. 验证

软件项目的验证一般应包括合同验证、过程验证、需求验证、设计验证、编码验证、集成验证和文档验证。

（1）合同验证。应根据下列准则验证合同：

- 供方具有满足需求的能力；
- 需求是一致的并覆盖了用户的需要；
- 为处理需求变更和升级问题规定了适当的规程；
- 规定了各方之间的接口及其合作规程与范围，包括所有权、许可权、版权和保密要求；
- 按照需求规定了验收准则和规程。

（2）过程验证。应根据下列准则验证过程：

- 项目是适当的、及时的；
- 为项目选择的过程是适当的并满足合同要求的；
- 用于项目过程的标准、规程和环境是适当的；
- 根据合同要求为项目配备了经过培训的人员。

（3）需求验证。应根据下列准则验证需求：

- 需求是明确的、一致的、无歧义的；
- 需求是可行的；
- 需求是可测试的。

（4）设计验证。应根据下列准则验证设计：

- 设计是正确的，是可以实现需求的；
- 可以从需求导出设计，可以从设计追踪需求。

（5）编码验证。应根据下列准则验证编码：

- 编码是正确的，可以实现设计和需求；
- 可以从设计导出编码，可以从编码追踪设计。

（6）集成验证。应根据下列准则验证集成：

- 每一个软件项的软件部件和软件单元已完整、正确地集成到软件项中；
- 系统的硬件项、软件项和人工操作已完整、正确地集成到系统中。

（7）文档验证。应根据下列准则验证文档：

- 文档是充分的、完备的、一致的；
- 文档制订是及时的；
- 文档配置管理遵循了规定的规程。

2. 确认

如果项目需要开展确认工作，应建立一个确认过程，以确认软件产品满足其预期用途。确认可以是组织内部的，也可以由独立的第三方实施。

一般来讲，确认过程应包括下列任务：

（1）编写测试需求、测试用例和测试规程；

（2）确保这些测试需求、测试用例和测试规程可以反映软件产品的预期用途；

（3）执行测试；

（4）确认软件产品满足其预期用途。

10.4　测试自动化

软件测试的工作量很大，但测试却极有可能应用计算机进行相当一部分自动化的工作，原因是测试的许多操作是重复性的、非智力创造性的、需求细致注意力的工作，而计算机就最适合于代替人类去完成这些任务。测试自动化会对整个开发工作的质量、成本和周期带来非常明显的效果。

一些适用于考虑进行自动化的测试工作为：

（1）测试用例的生成（包括测试输入、标准输出、测试操作指令等）。

（2）测试的执行控制（包括单机与网络多机分布运行、夜间及假日运行、测试用例调用控制、测试对象、范围、版本控制等）。

（3）测试结果与标准输出的对比。

（4）不吻合的测试结果的分析、记录、分类和通报。

（5）总测试状况的统计，报表的产生。

测试自动化与软件配置管理是密不可分的，与测试有关的资源都应在配置管理中统一考虑。

10.5　测试设计和管理方法

测试设计是整个测试过程中非常重要的一个环节，测试设计的输出结果是测试执行活动依赖的执行标准，测试设计的充分性决定了整个软件过程的测试质量。测试管理的目的则是为了确保软件测试技术能在软件项目的整个生命周期内得到顺利实施，并产生预期的效果。

10.5.1　测试设计

软件测试过程包括测试计划、测试设计、测试执行和测试评估等阶段。为了保证测试质量，应从多方面来综合考虑系统需求的实现情况，从以下几个层次来进行测试设计：用户层、应用层、功能层、子系统层、协议层。

1. 用户层测试

主要是面向产品最终的使用操作者的测试。重点突出的是从操作者角度上，测试系统对用户支持的情况，用户界面的规范性、友好性、可操作性，以及数据的安全性等。主要包括：

- 用户支持测试（用户手册、使用帮助、支持客户的其他产品技术手册是否正确？是否易于理解？是否人性化？）；
- 用户界面测试（界面是否美观？是否直观？操作是否友好？是否人性化？易操作性是否较好？）；
- 可维护性测试（是否支持远程维护？有无维护工具？）；
- 安全性测试（不符合规格的数据能否访问系统？不符合规格的操作权限能否访问系统？）。

2. 应用层测试

主要是针对产品工程应用或行业应用的测试。重点站在系统应用的角度，模拟实际应用环境，对系统的兼容性、可靠性、性能等进行测试。主要包括：

- 系统性能测试（并发性能测试、负载测试、压力测试、强度测试、破坏性测试等）；
- 系统可靠性、稳定性测试（一定负荷的长期使用环境下系统的可靠性、稳定性）；
- 系统兼容性测试（软件与各种硬件设备的兼容性，与操作系统兼容性，与支撑软件的兼容性）；
- 系统组网测试（组网环境下系统软件对接入设备的支持情况）；
- 系统安装升级测试（确保该软件在正常和异常的不同情况下进行安装时都能按预期目标来处理）。

3．功能层测试

主要是针对产品具体功能实现的测试。主要包括：

- 功能覆盖测试（需求规格定义的功能系统是否都已实现）；
- 功能分解测试（通过对系统进行黑箱分析，分解测试项）；
- 功能组合测试（关注相关联的功能项的组合功能的实现情况）；
- 功能冲突测试（功能间存在的功能冲突情况）。

4．子系统层测试

主要是针对产品内部结构性能的测试。重点关注子系统内部的性能、模块间接口的瓶颈。主要包括：

- 单个子系统性能测试；
- 子系统间的接口瓶颈测试；
- 子系统间的相互影响测试。

5．协议层测试

主要是针对系统支持的协议的测试。主要包括：

- 协议一致性测试；
- 协议互通测试。

10.5.2　测试管理

按照管理的对象不同，软件测试管理大致分为测试团队管理、测试计划管理、错误（缺陷）跟踪管理及测试件管理四大部分。

（1）测试团队管理。首先，一个好的测试团队要有一个具有极为丰富的开发经验、具有亲和力和人格魅力的带头人。其次，测试团队还应有具备一技之长（如对某些自动化测试工具运用娴熟或能轻而易举地编写自动化测试脚本）的成员。另外，测试团队还应有兼职的同行专家。

（2）测试计划管理。测试计划也称软件验证与确认计划（software verification and validation plan），详细规定测试的要求，包括测试的目的、内容、方法、步骤以及测试的准则等，以用来验证软件需求规格说明书中的需求是否已由软件设计说明书描述的设计实现。软件设计说明书表达的设计是否已由编码实现，编码的执行是否与软件需求规格说明书中所规定的需求相一致。由于要测试的内容可能涉及软件的需求和软件的设计，因此必须及早开始测试计划的编写工作。不应在着手测试时，才开始考虑测试计划。通常，测试计划的编写从需求分析阶段开始，到软件设计阶段结束时完成。

（3）错误跟踪管理。当测试团队发现文档或代码中存在错误（缺陷）以后，并不是交一份测试报告就草草了事，而是在递交报告以后继续督促开发团队及时改正已知错误（缺陷）。当开发团队改正了测试报告中的错误以后，测试团队还需进行回归测试以验证开发团队在改错过程中没有引入新的错误。

（4）测试件（testware）管理。测试件是指测试工作形成的产品，包括测试团队在长期实践过程中逐步积累起来的经验教训、测试技巧、测试工具、规格文档以及一些经过少量修改能推广通用的测试脚本程序。测试件管理工作做得越好，测试团队在实际测试过程中就能越少走弯路，测试团队内部的知识交流和传递就越充分，测试脚本或规格文档的重复开发工作也就能被有效地避免。

下面给出 10 条有用的软件测试管理准则：

（1）应该尽早地、不断地进行软件测试，把软件测试贯穿于开发过程的始终。

（2）所有测试都应该能追溯到用户需求。从用户的角度看，最严重的错误是导致软件不能满足用户需求的那些错误。

（3）应该从"小规模"测试开始，并逐步进行"大规模"测试。

（4）应该远在测试之前就制订出测试计划。

（5）根据 Pareto 原理，80%的错误可能出现在 20%的程序模块中，测试成功的关键是怎样找出这 20%的模块。

（6）应该由独立的第三方从事测试工作。

（7）对非法和非预期的输入数据也要像合法的和预期的输入数据一样编写测试用例。

（8）检查软件是否做了应该做的事仅是成功的一半，另一半是看软件是否做了不该做的事。

（9）在规划测试时不要设想程序中不会查出错误。

（10）测试只能证明软件中有错误，不能证明软件中没有错误。

10.6　面向对象的测试

传统的软件测试策略是从"小型测试"开始，逐步走向"大型测试"。即从单元测试开始，然后进入集成测试，最后是系统测试。

面向对象程序的结构不再是传统的功能模块结构，作为一个整体，原有集成测试所要求的逐步将开发的模块搭建在一起进行测试的方法已成为不可能。而且，面向对象软件抛弃了传统的开发模式，对每个开发阶段都有不同以往的要求和结果，已经不可能用功能细化的观点来检测面向对象分析和设计的结果。因此，传统的测试模型对面向对象软件已经不再适用。

1. 面向对象测试模型

面向对象的开发模型突破了传统的瀑布模型，将开发分为 OOA、OOD 和 OOP 三个阶段。针对这种开发模型，结合传统的测试步骤的划分，可以把面向对象的软件测试分为：面向对象分析的测试、面向对象设计的测试、面向对象编程的测试、面向对象的单元测试、面向对象的集成测试和面向对象的系统测试。

2. 面向对象分析的测试

传统的面向过程分析是一个功能分解的过程，是把一个系统看成可以分解的功能的集合。功能分解分析法的着眼点在于一个系统需要什么样的信息处理方法和过程，以过程的抽象来对待系统的需要。而面向对象的分析直接映射问题空间，将问题空间中的实例抽象为对象，用对象的结构反映问题空间的复杂实例和复杂关系，用属性和操作表示实例的特性和行为。OOA 的结果是为后面阶段类的选定和实现、类层次结构的组织和实现提供平台。因此，对 OOA 的测试，应从以下方面考虑：

（1）对认定的对象的测试；

（2）对认定的结构的测试；

（3）对认定的主题的测试；

（4）对定义的属性和实例关联的测试；

（5）对定义的服务和消息关联的测试。

3. 面向对象设计的测试

传统的结构化设计方法，采用面向作业的思路，它把系统分解以后，提出一组作业，这些作业是以过程实现系统的基础构造，把问题域的分析转化为求解域的设计，分析的结果是设计阶段的输入。而 OOD 以 OOA 为基础归纳出类，并建立类结构或进一步构造成类库，实现分析结果对问题空间的抽象。由此可见，OOD 不是 OOA 的另一思维方式，而是 OOA 的进一步细化和更高层的抽象，OOD 与 OOA 的界限通常是难以严格区分的。OOD 确定类和类结构不仅是满足当前需求分析的要求，更重要的是通过重新组合或加以适当的补充，能够方便地实现功能的重用和扩充，以不断适应用户的要求。因此，对 OOD 的测试，应从如下三方面考虑：

（1）对认定的类的测试；

（2）对构造的类层次结构的测试；

（3）对类库的支持的测试。

4. 面向对象编程的测试

典型的面向对象程序具有继承、封装和多态的新特性，这使得传统的测试策略必须有所改变。封装是对数据的隐藏，外界只能通过被提供的操作来访问或修改数据，这样降低了数据被任意修改和读写的可能性，降低了传统程序中对数据非法操作的测试。继承是面向对象程序的重要特点，继承使得代码的重用性提高，同时也使错误传播的概率提高。多态使得面向对象程序对外呈现出强大的处理能力，但同时却使得程序内"同一"函数的行为复杂化，测试时不得不考虑对于不同类型参数具体执行的代码和产生的行为。

面向对象程序是把功能的实现分布在类中。能正确实现功能的类，通过消息传递来协同实现设计要求的功能。因此，在 OOP 阶段，忽略类功能实现的细则，将测试的焦点集中在类功能的实现和相应的面向对象程序风格，主要体现为以下两个方面。

（1）数据成员是否满足数据封装的要求；

（2）类是否实现了要求的功能。

5. 面向对象的单元测试

传统的单元测试的对象是软件设计的最小单位——模块，测试依据是详细设计说明书。单元测试应对模块内所有重要的控制路径设计测试用例，以便发现模块内部的错误。单元测试多采用白箱测试技术，系统内多个模块可以并行地进行测试。

对于面向对象的软件，单元的概念发生了变化。每个类和类的实例（对象）封装了属性（数据）和操纵这些数据的操作，而不是个体的模块，最小的可测试单位变成了封装的类或对象。因此，单元测试的意义发生了较大变化。不再孤立地测试单个操作，而是将操作作为类的一部分。

6. 面向对象的集成测试

传统的集成测试，有两种典型的集成策略：

（1）自顶向下集成，它从主控模块开始，按照软件的控制层次结构，以深度优先或广度优先的策略，逐步把各个模块集成在一起。

（2）自底向上集成，从"原子"模块（即软件结构最低层的模块）开始组装测试。

面向对象的软件没有层次控制结构，传统的自顶向下和自底向上集成策略已无太大意义。此外，一次集成一个操作到类中（传统的增量集成方法）通常是不可能的。对 OO 软件的集成测试也有两种不同策略：第一种称为基于线程的测试，集成系统的一个输入或事件所需的一组类，每个线程被集成并分别测试，并使用回归测试以保证没有产生副作用。第二种称为基于使用的测试，首先测试那些几乎不使用其他类的类（称为独立类）并开始构造系统，在独立类测试完成后，下一层的使用独立类的类（称为依赖类）被测试。这个依赖类层次的测试序列一直持续到构造完整个系统。

7. 面向对象的系统测试

通过单元测试和集成测试，仅能保证软件开发的功能得以实现。但不能确认在实际运行时，它是否满足用户的需要。为此，对完成开发的软件必须经过规范的系统测试。系统测试应该尽量搭建与用户实际使用环境相同的测试平台，应该保证被测系统的完整性，对临时没有的系统设备部件，也应有相应的模拟手段。系统测试时，应该参考 OOA 分析的结果，对应描述的对象、属性和各种服务，检测软件是否能够完全"再现"问题空间。系统测试不仅是检测软件的整体行为表现，从另一个侧面看，也是对软件开发设计的再确认。

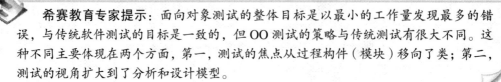
希赛教育专家提示：面向对象测试的整体目标是以最小的工作量发现最多的错误，与传统软件测试的目标是一致的，但 OO 测试的策略与传统测试有很大不同。这种不同主要体现在两个方面，第一，测试的焦点从过程构件（模块）移向了类；第二，测试的视角扩大到了分析和设计模型。

第11章 嵌入式系统设计

随着计算机技术、微电子技术、通信技术及集成电路技术的发展，嵌入式技术逐渐发展和成熟起来。嵌入式系统的应用日益广泛，并在数量上远远超越了通用计算机系统，成为计算机技术和计算机应用领域的一个重要组成部分。

本章主要讨论嵌入式系统的基本知识与嵌入式系统的开发设计两部分内容，主要包括嵌入式系统概念、软/硬件组成与基本架构、嵌入式操作系统和嵌入式数据库系统、网络系统及窗口系统等核心支撑软件系统的基本原理和技术，最后介绍嵌入式系统的开发设计。

11.1 嵌入式系统概论

嵌入式系统是一个面向应用、面向产品的专用计算机系统。无论从技术与应用上，还是从软件系统或硬件组成上，嵌入式系统都有许多不同于通用计算机系统的地方。习惯上，人们通常把嵌入式系统归到非通用计算机系统这一类。

本节从这个角度讲述嵌入式系统的定义、特点和分类等基础知识。

11.1.1 嵌入式系统的基本概念

嵌入式系统是一种以应用为中心，以计算机技术为基础，可以适应不同应用对功能、可靠性、成本、体积、功耗等方面的要求，集可配置可裁减的软、硬件于一体的专用计算机系统。它具有很强的灵活性，主要由嵌入式硬件平台、相关支撑硬件、嵌入式操作系统、支撑软件及应用软件组成。其中，"嵌入性"、"专用性"与"计算机系统"是嵌入式系统的三个基本的核心要素，具体来讲：

"嵌入性"：指计算机嵌入到对象系统中，且满足对象系统的环境要求，如物理环境（小型）、电气/气氛环境（可靠）、成本（价廉）等要求。

"专用性"：指软、硬件的裁剪性，满足对象要求的最小软、硬件配置等。

"计算机系统"：指嵌入式系统必须是一个能满足对象系统控制要求的计算机系统。

归纳起来，典型的嵌入式系统具有以下特点。

（1）系统专用性强。嵌入式系统是针对具体应用的专门系统。它的个性化很强，软件和硬件结合紧密。一般要针对硬件进行软件的开发和移植，根据硬件的变化和增减对软件进行修改。由于嵌入式系统总是用来完成某一特定任务的，整个系统与具体应用有机地结合在一起，升级换代也以更换整个产品的方式进行，因此，一个嵌入式产品一旦进入市场，一般具有较长的生命周期。

（2）系统实时性强。嵌入式系统有相当一部分系统对外来事件要求在限定的时间内及时做出响应，具有实时性。

（3）软、硬件依赖性强。嵌入式系统的专用性决定了其软、硬件的互相依赖性很强，两者必须协同设计，已达到共同实现预定功能的目的，并满足性能、成本和可靠性等方面的严格要求。

（4）处理器专用。嵌入式系统的处理器与通用计算机的处理器的最大不同之处在于，嵌入式系统的处理器一般是为某一特定目的和应用而专门设计的。通常具有功耗低、体积小、集成度高等优点，能够把许多在通用计算机上需要由板卡完成的任务和功能集成到芯片内部，从而有利于嵌入式系统的小型化和移动能力的增强。

（5）多种技术紧密结合。嵌入式系统通常是计算机技术、半导体技术、电力电子技术及机械技术与各行业的具体应用相结合的产物。通用计算机技术也离不开这些技术，但它们相互结合的紧密程度不及嵌入式系统。

（6）系统透明性。嵌入式系统在形态上与通用计算机系统差异甚大。它的输入设备往往不是常见的鼠标和键盘之类的设备，甚至没有输出装置，用户可能根本感觉不到它所使用的设备中有嵌入式计算机系统的存在，即使知道也不必关心这个嵌入式计算机系统的相关情况。

（7）系统资源受限。嵌入式系统为了达到结构紧凑、可靠性高及降低系统成本的目的，其存储容量、输入/输出设备的数量和处理器的处理能力都比较有限。

11.1.2 嵌入式系统的分类

嵌入式系统与通用计算机系统相比，用途更加广泛，系统的外部形态差异很大，不像通用计算机系统那样有比较统一的外形模式。按照嵌入方式、嵌入程度、实时性和系统的复杂程度4种准则可以对现有的嵌入式系统进行如下分类。

1. 根据嵌入方式分类

根据嵌入式系统的嵌入方式可以将嵌入式系统分成整机式嵌入、部件式嵌入和芯片式嵌入三类。

（1）整机式嵌入：这种嵌入方式是将一个专用具有接口的计算机系统嵌入到一个系统中，作为该系统的核心部件。通常，这种计算机系统具有强大且完整的功能，负责系统中关键任务的处理，往往拥有较完善的人机界面和外部设备。

（2）部件式嵌入：这种嵌入方式是将计算机系统以部件的方式嵌入到设备中，用以实现某一处理功能。这种方式使计算机部件与其他硬件耦合得更加紧密，功能更专一。如雷达的数字信号处理部件就是采用的这种处理方式。

（3）芯片式嵌入：这种嵌入方式是将一个具有完整计算机功能的芯片嵌入到设备中，该芯片上具有存储器和完整的输入/输出接口，能够实现专门功能。如显示控制器和微波炉控制器等就是采用的这种嵌入方式。

2. 根据嵌入程度分类

根据嵌入式系统的嵌入程度可以将嵌入式系统分为深度嵌入、中度嵌入和浅度嵌入三类。

（1）深度嵌入：深度嵌入的嵌入式系统指那些不易被察觉其中有计算机存在的系统，这种系统对资源和性能有严格的要求。

（2）中度嵌入：中度嵌入的嵌入式系统在形态上与通用计算机系统已无共同之处，不具有与鼠标和键盘相当的输入装置，也没有与显示器类似的显示装置，但是嵌入式系统的使用者可以明显地感觉到设备中有起控制作用的计算机部件。

（3）浅度嵌入：浅度嵌入的嵌入式系统与通用计算机系统有很多类似之处，其外表也很像一台"计算机"。在系统中一般有类似于键盘和鼠标的输入装置，有类似于显示屏幕的输出装置。浅度嵌入的系统一般具有一定的通用性，如 PDA（Personal Digital Assistant，个人数码助理）就是一种典型的浅度嵌入的嵌入式系统。

3．根据实时性分类

根据嵌入式系统的实时性可以将嵌入式系统分为两类，分别是实时嵌入式系统和非实时嵌入式系统。

（1）实时嵌入式系统：是指那些系统的响应时间对于系统来说至关重要的嵌入式系统。

（2）非实时嵌入式系统：对外部事件是否在限定的时间内予以响应要求不敏感，甚至根本没有要求。

4．根据系统的复杂程度分类

根据嵌入式系统的复杂程度可以将嵌入式系统分为三类，分别是单微处理器嵌入式系统、构件式嵌入式系统、分布式嵌入式系统。

（1）单微处理器嵌入式系统。单微处理器嵌入式系统的规模一般较小，系统中计算机装置控制的对象比较简单。控制这些装置既不需要很强的处理能力，也不需要复杂的算法。因此，控制部件可以采用较低档的处理器和较少的存储器，价格也较便宜。

（2）构件式嵌入式系统。构件式嵌入式系统一般是一个规模很大的系统，在整个系统中起控制作用的计算机装置是整个系统的一个局部构件。这种嵌入式系统中，计算机的处理能力一般比较强，而且还经常用到一些复杂的控制算法和数据库等支撑软件。如电话交换机、电梯控制系统、数据采集系统及医疗监视设备等都属于构件式嵌入式系统。

（3）分布式嵌入式系统。分布式嵌入式系统是由多个各自具有处理能力的设备组成，各个设备上的处理器用通信线路连接起来。连接的方式可以是紧耦合型的也可以是松散耦合型的。如自动仓储系统就是一种分布式嵌入式系统，其中，计算机起总控作用，而不是直接控制单个设备。

11.2　嵌入式系统的组成

嵌入式系统一般都由软件和硬件两个部分组成，其中嵌入式处理器、存储器和外部设备构成整个系统的硬件基础。嵌入式系统的软件部分可以分为三个层次：系统软件、应用支撑软件和应用软件。其中系统软件和支撑软件是基础，应用软件则是最能体现整个嵌入式系统的特点和功能的部分。

11.2.1　硬件架构

图 11-1 是一个嵌入式系统的基本硬件架构。微处理器是整个嵌入式系统的核心，负责控制系统的执行。外部设备是嵌入式系统同外界交互的通道，常见的外部设备有 Flash 存储器、键盘、输入笔、触摸屏、液晶显示器等输入/输出设备，在很多嵌入式系统中还有与系统用途紧

密相关的各种专用外设。嵌入式系统中经常使用的存储器有三种类型：RAM、ROM（Read-Only Memory，只读内存）和混合存储器。系统的存储器用于存放系统的程序代码、数据和系统运行的结果。

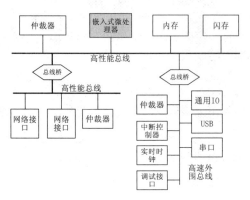

图 11-1　嵌入式硬件平台的系统架构

1．嵌入式处理器

嵌入式系统的核心部件是各种类型的嵌入式处理器。据不完全统计，目前世界上嵌入式处理器的种类已经超过了 1000 种，比较流行的也有 30 几个系列。根据目前的使用情况，嵌入式处理器可以分为如下几类：

（1）嵌入式微处理器。嵌入式微处理器（Embedded Micro Processing Unit，EMPU）由通用计算机中的 CPU 演变而来。嵌入式微处理器在功能上跟普通的微处理器基本一致，但是它具有体积小、功耗低、质量轻、成本低及可靠性高的优点。通常，嵌入式微处理器和 ROM、RAM、总线接口及外设接口等部件安装在一块电路板上，称为单板计算机。目前，主要的嵌入式微处理器有 AM186/88，386EX，SC-400，POWER PC，MIPS 及 ARM 等系列。

（2）嵌入式微控制器。嵌入式微控制器（Embedded Micro Controlling Unit，EMCU）又称为单片机，就是整个计算机系统都集成到一块芯片中。嵌入式微控制器一般以某一种微处理器内核为核心，芯片内部集成有 ROM/EPROM/E2PROM、RAM、总线、总线逻辑、定时器/计数器、WatchDog（监督定时器）、并口/串口、数模/模数转换器、闪存等必要外设。与嵌入式微处理器相比，嵌入式微控制器的最大特点是单片化，因而体积更小、功耗和成本更低，可靠性更高。

目前，嵌入式微控制器的品种和数量最多，约占嵌入式系统市场份额的 70%。比较有代表性的通用系列有：8051 系列、MCS-96/196/296、C166/167、MC68HC05/11/12/16 等。还有许多半通用系列，如支持 UBS 接口的 MCU 8XC930/931、C540、C541 以及用于支持 I^2C、现场总线等各种微控制器。

（3）嵌入式数字信号处理器。嵌入式数字信号处理器（Embedded Digital Signal Processor，EDSP）是一种专门用于信号处理的处理器，DSP 芯片内部采用程序和数据分开的哈佛结构，具有专门的硬件乘法器，广泛采用流水线操作，提供特殊的 DSP 指令，可以用来快速实现各种数字信号的处理算法。目前，数字信号处理器在嵌入式系统中使用非常广泛，如数字滤波、快速傅立叶变换及频谱分析等。同时，嵌入式系统的智能化也是推动嵌入式 DSP 发展的一个动力，如各种带有智能逻辑的消费类产品、生物信息识别终端、带有加密/解密算法的设备、实时语音压缩和解压系统以及虚拟现实显示装置等,这类系统上的智能化算法一般运算量都比较大,这恰好可以充分发挥数字信号处理器的长处。

(4) 嵌入式片上系统。嵌入式片上系统(Embedded System On Chip)是一种在一块芯片上集成很多功能模块的复杂系统,如微处理器内核、RAM、USB、IEEE 1394、Bluetooth 等。以往这些单元按照各自的功能做成一个个独立的芯片,通过电路板与其他单元组成一个系统。现在将这些本来在电路板上的单元都集成到一个芯片中,构成一个嵌入式片上系统,从而大幅度缩小了系统的体积、降低了系统的复杂度、增强了系统的可靠性。在大量生产时,生产成本也远远低于单元部件组成的电路板系统。嵌入式片上系统可以分为通用片上系统和专用片上系统两类。通用类的主要产品有 Siemens 的 Trocore、Motorola 的 M-Core、某些 ARM 系列的器件等。专用类的嵌入式片上系统一般是针对某一或某些系统而设计的。具有代表性的产品有Philips 的 Smart XA,它将 XA 单片机的内核和支持超过 2048 位复杂 RSA 算法的 CCU 单元制作在一个芯片上,形成一个可加载 Java 或 C 的专用嵌入式片上系统,可用于网络安全等方面。

2. 总线

总线是连接计算机系统内部各个部件的共享高速通路,自 20 世纪 70 年代以来,工业界相继出现了多种总线标准,很多总线技术在嵌入式系统领域得到了广泛的应用。

嵌入式系统的总线一般分为片内总线和片外总线。片内总线是指嵌入式微处理器内的 CPU与片内其他部件连接的总线;片外总线是指总线控制器集成在微处理器内部或外部芯片上的用于连接外部设备的总线。

(1) AMBA 总线。AMBA(Advanced Microcontroller Bus Architecture,先进微控制器总线架构)是 ARM 公司研发的一种总线规范,该总线规范独立于处理器和制造工艺技术,增强了各种应用中外设和系统单元的可重用性,它提供将 RISC 处理器与 IP 核集成的机制。该规范定义了三种总线:

- 先进性能总线(Advanced High-performance Bus,AHB)。AHB 由主模块、从模块和基础结构三部分组成,整个 AHB 总线上的传输都由主模块发起,从模块响应,基础结构包括仲裁器、主从模块多路选择器、译码器、名义主模块、名义从模块等。AHB 系统具有时钟边沿触发、无三态、分帧传输等特性。AHB 也支持复杂的事务处理,如突发传送、主单元重试、流水线操作及分批事务处理等。
- 先进系统总线(Advanced System Bus,ASB)。ASB 用于高性能模块的互连,支持突发数据传输模式,较老的总线格式,逐步由 AHB 总线所替代。
- 先进外设总线(Advanced Peripheral Bus,APB)。APB 主要用于连接低带宽外围设备,其总线结构只有唯一的主模块,即 APB 桥,它不需要仲裁器及响应/确认信号,以最低功耗为原则进行设计,具有总是两周期传输、无等待周期和响应信号的特点。

(2) PCI 总线。外围构件互连总线(Peripheral Component Interconnect,PCI)规范先后经历开了 1.0 版本、2.0 版本和 2.1 版本等一系列规范。PCI 总线是地址、数据复用的高性能 32位与 64 位总线,是微处理器与外围设备互连的机构,它规定了互连协议、电气、机械及配置空间的标准。PCI 是不依赖于具体处理器的局部总线,从结构上看,PCI 是在微处理器和原来的系统总线之间加入的一级总线,由一个桥接电路负责管理,实现上下接口和协调数据传送,管理器提供了信号缓冲,使多种外设能够在高时钟频率下保持高性能。PCI 总线支持主控技术,允许智能设备在需要时获得总线控制权,以加速数据传输。

为了将 PCI 总线规范应用到工业控制计算机中，1995 年，推出了 Compact PCI 规范，并相继推出了 PCI-PCI Bridge 规范、Computer Telephony TDM 规范和用户定义 I/O 引脚分配规范等。CPCI 总线规范有机地结合了 PCI 总线电气规范的高性能和欧洲卡结构的高可靠性。目前，CPCI 总线已经在嵌入式系统、工业控制计算机等高端系统中得到了广泛的应用，并逐步替代了 VME 和 MultiBUS 总线。

（3）Avalon 总线。Avalon 总线是 Altera 公司设计的用于（System on Programmable Chip，SOPC）可编程片上系统中，连接片上处理器和其他 IP 模块的一种简单总线协议，规定了主部件和从部件之间进行连接的端口和通信时序。

作为总结，表 11-1 对比了几种嵌入式总线技术的主要特点。

表 11-1　几种嵌入式总线技术的主要特点

总线类型	主要特点
AMBA 总线	带宽高；采用地址与数据分离的流水线操作；支持固定长与不定长突发传送；兼容性好；支持多个总线主设备
PCI 总线	速度快；支持线性突发传送；支持即插即用；兼容性好；可靠性高；可扩展性好
Avalon 总线	支持字节、半字和字传输；同步接口；独立的地址线、数据线和控制线；设备内嵌译码部件；支持多个总线主设备；自动生成仲裁机制；多个主设备可同时操作使用一条总线；可自动调整总线宽度，以适应尺寸不匹配的数据

3. 存储器

嵌入式系统的储存器主要包括主存和外存，如图 11-2 所示，是嵌入式系统的存储结构，嵌入式系统的存储器主要分为三种：高速缓存（Cache）、片内主存和片外主存及外存。

（1）高速缓存。高速缓存是存放当前使用最多的程序代码和数据的，即主存中部分内容的副本，在嵌入式系统中，Cache 全部集成在嵌入式微处理器内部，可以分为数据 Cache、指令 Cache 和混合 Cache。

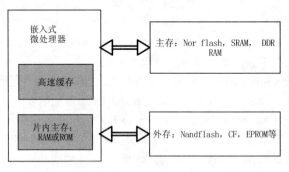

图 11-2　嵌入式系统的存储结构

（2）主存。主存是处理器能够直接访问的存储器，用来存放系统和用户的程序和数据，系统上电后，主存中的代码直接运行，主存的主要特点是速度快，一般采用 ROM，EPROM，NOR flash、SRAM 和 DRAM 等存储器件。

（3）外存。外部存储器是不与运算器直接联系的后备存储器，用来存放不常用的或暂不使用的信息，外存一般以非易失性存储器构成，数据能够持久保存，即使掉电，也不消失。Flash 存储器是在 EPROM 和 EEPROM 的基础上发展起来的非易失性存储器，具有结构简单、可靠性高、体积小、质量轻、功耗低、成本低等优点，Flash 存储器是最常用的一种外存类型。

4．I/O 设备与接口

嵌入式系统的输入设备因其应用领域的不同而多种多样，比较常见的有键盘、鼠标、触摸屏、手柄、声控开关等。通常，根据输入设备实现机理的不同，嵌入式系统的设备可以分为：机械式、触控式及声光式三类。嵌入式系统的输出设备除了通用计算机常用的显示器、打印机、绘图仪等设备外，还包括 LED 指示灯、LCD 屏幕、扬声器等媒体设备。嵌入式系统与外部设备或其他的计算机系统进行通信，需经接口适配电路，进行工作速度、数据格式、电平等匹配与转换，嵌入式系统应用的接口形式是多种多样的。

嵌入式系统中接口电路的设计需要考虑的因素主要有：首先是电平匹配问题，嵌入式系统微处理器所提供与接收信号的电平，必须与所连接的设备的电平相匹配，否则将导致电路损坏或逻辑判定错误。其次，还要考虑驱动能力和干扰问题。

当前，在嵌入式系统中广泛应用的接口主要有：RS232-串行接口、并行接口、USB 接口、IEEE-1394 接口以及 RJ-45 接口等，此外，以蓝牙为代表的无线接口在嵌入式系统中的应用也日趋广泛。

（1）RS-232 接口。RS-232 接口是美国电子工业协会推广的一种串行通信总线标准，是数据通信设备和数据终端设备间传输数据的接口总线，RS-232-C 标准规定其最高速率为 20kbps，在低码元畸变的情况下，最大传输距离是 50 英尺，通过使用增强器，其传输距离已经延长到 1000m 左右。

（2）USB 接口。USB（Universal Serial Bus，通用串行总线）是 1995 年由康柏等几大厂商共同制定的一种支持即插即用的外设接口标准，它支持 USB 外部设备到主机的外部总线的连接。在 USB 系统中，必须有一个 USB 主控制器，USB 设备通过 4 根电缆与 USB 主控制器直接或间接相连，USB 的规范由最初的 1.0 版本发展到了 1.1 版本，以至当前主流的高速 2.0 版本，最高速率可到 480Mbps。

（3）1394 接口。IEEE1394 即火线（FireWire）最初是由 Apple 公司研制的，1995 年 IEEE 协会以 FireWire 为蓝本制定了这个串行接口标准，其电缆接口为 6 根电缆组成，包括一堆电源线和两对双绞信号线。IEEE1394 协议定义了三种传输速率：98.304Mbps、196.608Mbps 和 392.216Mbps，分别称之为 S100、S200 和 S400。为了保证数据传输率，线缆的长度一般不超过 4.5m。

IEEE1394 标准通过所有连接设备建立起一种对等网络，不需要主控节点来控制数据流，即跟 USB 技术相比，最大的区别是 IEEE1394 不需要主控制器，不同的外设之间可以直接传递信息，此外，采用该技术，两台计算机可以共享同一个外部设备。

IEEE1394 同时支持同步和异步传输两种模式。在异步传输模式下，信息的传递可以被中断，在同步模式下，数据将不受任何中断和干扰下实现连续传输。采用异步传输模式时，IEEE1394 会根据不同的设备实际需要分配相应的带宽。同时，IEEE1394 设备也支持热插拔和即插即用。

11.2.2　软件架构

随着嵌入式技术的发展，特别是在后 PC 时代，嵌入式软件系统得到了极大的丰富和发展，形成了一个完整的软件体系，如图 11-3 所示。

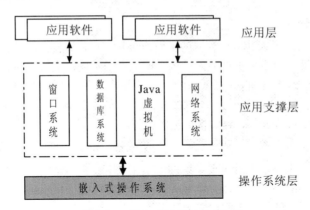

图 11-3　嵌入式系统的软件架构

这个体系自底向上由三部分组成：嵌入式操作系统、应用支撑软件和应用软件。

（1）操作系统。嵌入式操作系统由操作系统内核、应用程序接口、设备驱动程序接口等几部分组成。嵌入式操作一般采用微内核结构。操作系统只负责进程的调度、进程间的通信、内存分配及异常与中断管理最基本的任务，其他大部分的功能则由支撑软件完成。

（2）应用支撑软件。嵌入式系统中的应用支撑软件由窗口系统、网络系统、数据库管理系统及 Java 虚拟机等几部分组成。对于嵌入式系统来讲，软件的开发环境大部分在通用台式计算机和工作站上运行，但从逻辑上讲，它仍然被认为是嵌入式系统支撑软件的一部分。应用支撑软件一般用于一些浅度嵌入的系统中，如智能手机、个人数字助理等。

（3）应用软件。嵌入式系统中的应用软件是系统整体功能的集中体现。系统的能力总是通过应用软件表现出来的，一个嵌入式系统可以没有支撑软件，甚至可以没有操作系统，但不可以没有应用软件，否则它就不可能成为一个系统。从范围上讲，嵌入式系统的应用软件涉及工业控制、家电、商业、通信等诸多领域。从跟用户的交互方式上讲，有跟桌面系统类似的软件，也有嵌入程度很深的，使用户感觉不到其存在的应用软件。从运行环境上讲，有在操作系统和支撑软件上运行的软件，也有直接在硬件上运行的应用软件。

11.3　嵌入式应用软件与开发平台

嵌入式系统的应用支撑软件近年来发展迅速。通常，应用支撑软件包括窗口系统、数据库管理系统及 Java 虚拟机等几个部分。应用支撑软件的出现大大改变了应用软件的开发条件，同时也使得应用系统的功能不断增强。

本节主要介绍常见的应用支撑软件系统中的基本概念、特性与系统的基本架构，以及嵌入式开发环境与软件调试技术。

11.3.1　嵌入式窗口系统

需要支持窗口系统的嵌入式系统主要有两大类，第一类是 PDA、DVD/VCD 播放器、机顶盒、智能手机等设备，这些设备需要向用户提供上网浏览功能，需要支持页面脚本语言、Java虚拟机等，因此必须有一个功能齐备的窗口系统作为底层支撑软件。第二类是工业实时控制系统，为了监控和操作方便，也需要一个窗口系统的支持。但有不少嵌入式系统，特别是深度嵌入式系统则不需要支持窗口系统。

嵌入式窗口系统是一种用于控制嵌入式系统中的位映象显示设备与输入设备的软件系统，管理屏幕、窗口、字体、光标、图形图像等资源及输入设备。从终端用户的角度看，嵌入式窗口系统通过窗口、菜单、对话框、滚动条、图标及按钮等界面对象提供一种与系统交互的机制。从应用开发者的角度看，该系统提供了一系列用于构造图形界面的编程机制和调用接口，利用这些机制可以开发出界面友好的应用程序。

1. 图形用户界面系统的层次模型

图形用户界面系统是指计算机系统以图形方式向用户提供的人机交互的操作环境。其内涵比嵌入式窗口系统广得多。图形用户界面的主要特征为：

（1）一般该系统使用位映象图形显示技术，允许用户通过操作显示在屏幕上的图形对象，如菜单、按钮等，直接控制系统和应用程序的运行。

（2）一般该系统也允许用户对界面本身进行裁减和定制，图形界面的属性可随用户的喜好而更改。

（3）通常对用户的误操作提供强有力的保护机制和帮助机制。

（4）完整的图形用户环境应能提供有效的开发工具，以方便用户开发在该环境下运行的应用程序。

如图 11-4 所示，一个图形用户界面系统通常由显示模型和用户模型两个基本层次所组成。用户模型即视感模型，包含了显示和交互的主要特征，显示模型决定了图形在屏幕上以什么方式进行显示。窗口模型决定窗口如何在屏幕上显示、如何改变大小、如何移动及各窗口间的关系等。最底层是嵌入式系统的硬件平台，如机顶盒或 PDA 等，硬件平台之上是嵌入式操作系统。目前，大多数嵌入式操作系统均具有支持图形用户界面的能力。

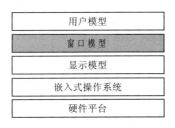

图 11-4　图形用户界面系统的层次模型

2. 嵌入式环境对窗口系统的影响

通常，嵌入式系统硬件环境的特点对窗口系统的影响主要来自以下几个方面：

（1）嵌入式系统上没有大容量的外存设备。

（2）通用计算机系统一般以磁盘和光盘作为外存设备，由于这两种设备体积大、功耗高、接口复杂，无法在嵌入式系统上使用。目前，多数嵌入式设备以闪存或存储卡作为内存的扩充，充当外存。但其容量较小，对程序和数据及文件格式等都有约束。

（3）鼠标不再是嵌入式系统上的指针设备，一般，输入笔替代了鼠标。

（4）输入笔是嵌入式系统上主要的指针设备，其作用与鼠标类似。但是，鼠标总是跟屏幕上的光标相联系，由光标指示指针设备的当前位置，而输入笔则不存在光标的当前位置。所以，嵌入式窗口系统必须针对输入笔重新设计事件分发和传播机制。

（5）嵌入式系统的内存容量明显小于通用计算机系统的内存容量。这就要求包括窗口系统在内的各种软件必须非常精练。

（6）嵌入式系统的显示分辨率低于通用计算机系统，且不同类型的系统差异很大。

3. 嵌入式窗口系统的特点

嵌入式系统之所以不同于通用窗口系统的原因主要有两个方面，一是嵌入式系统的硬件环境，二是实际应用的需求。因而，嵌入式窗口系统通常具有如下特点：

（1）嵌入式窗口系统一般都在操作系统内核之外以进程的方式实现。该进程起服务器的作用，窗口应用程序作为客户进程，两者通过进程间通信的方式由窗口服务器实现窗口系统的功能。这种类型的窗口系统称为基于客户/服务器模型的窗口系统。

（2）嵌入式窗口系统通常是一个退化的窗口系统，在窗口的放大、缩小、移动及窗口的属性方面并不完全支持，而是仅支持一些简单的常用操作。

（3）嵌入式窗口系统一般对输入笔有专门的支持，提供专门操作和控制输入笔的应用程序接口函数。

（4）嵌入式窗口系统一般针对不同嵌入式系统的需求进行了必要的裁减，以便减少资源的占用。

4. 嵌入式窗口系统的运行原理

典型的嵌入式窗口系统一般由窗口函数、窗口服务器和设备相关层三个部分组成，如图 11-5 所示，嵌入式窗口系统一般采用客户/服务器的结构模型。窗口应用程序为客户方，它与窗口服务器之间通过消息进行通信，应用程序发给窗口服务器的消息就是服务请求，应用程序调用某些窗口函数，就可以向窗口服务器发送请求。服务器在收到服务请求时，发给应用程序服务应答消息。

当服务器在处理请求时遇到了不能处理的问题时，便给应用程序发送错误通知消息。同时，输入设备也能给窗口服务器发送消息，即设备事件。窗口服务器在处理服务请求和设备事件时，发送给应用程序服务通知消息。

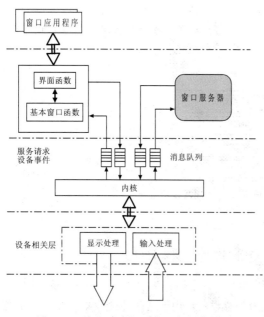

图 11-5　嵌入式窗口系统一般工作原理

（1）窗口函数是一组预先编制好的库函数，是应用程序与窗口系统的接口。它可以分为两个层次：基本窗口函数和位于其上的界面函数。基本窗口函数层与图形用户界面的显示模型相对应，提供操纵和控制窗口与图形的机制，如收/发消息、建立和映射窗口、输出基本图元等。基本窗口函数分为两类：第一类占大多数，这些函数的共同之处是并不负责具体的操作，只是根据用户所给出的参数，向窗口服务器发送一个服务请求，让窗口服务器来完成具体的操作。这类函数中，一般服务请求发出后，要等待窗口服务器的回应。第二类窗口函数，并不向窗口服务器请求消息，仅在应用程序一方操作。界面函数层与图形用户界面的用户模型相对应，用于操纵和控制界面对象，如控制菜单、按钮、滚动条、列表框等。

（2）窗口服务器由初始化、取消息、处理设备事件和处理服务请求 4 个部分组成，负责实现窗口管理所需的基本功能，包括向窗口分发该窗口的各种事件、记录窗口的属性并显示窗口、在窗口中输出各种基本图元、在窗口中显示输入设备的反馈信息。

（3）设备相关层负责管理和控制输入笔、键盘和显示设备等，主要功能有接收输入，并以事件形式通知窗口服务器；追踪输入笔的运动；将窗口服务器输出传送到显示缓冲区。

5．嵌入式窗口系统的消息循环

嵌入式窗口系统的消息机制的一般工作流程如图 11-6 所示。窗口服务器的工作由初始化、取消息、处理设备事件和处理服务请求等几个部分组成，它负责实现对窗口进行管理所需要的各种基本功能。这些功能包括向窗口分发接收的各种事件、记录窗口的属性、在窗口中输出各种图元，以及在窗口中显示输入设备的反馈信息。

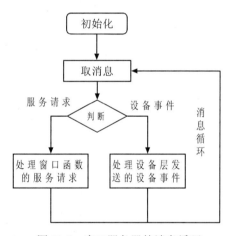

图 11-6　窗口服务器的消息循环

7．窗口应用程序的基本框架

窗口系统的应用程序采用消息循环的运行机制，其结构可分为三个部分：

（1）初始化部分，在初始化部分建立应用程序和窗口服务器的连接，并创建应用程序要使用的各种资源。

（2）消息处理循环部分，对来自服务器的各种事件进行处理，并根据需要向服务器发出请求。

（3）结束部分，该部分负责关闭窗口、释放资源并断开与服务器的连接等。

11.3.2 嵌入式窗口系统实例分析

嵌入式系统往往是一种定制的设备，它们对图形用户界面的需求也各不相同。有的系统只要求一些图形功能，而有些系统要求完备的 GUI 支持。因此很多嵌入式系统需要自己特定的嵌入式图形用户界面。下面是几种常用的嵌入式图形用户界面及它们的特点。

1. MiniGUI

MiniGUI 是在 Linux 控制台上运行的多窗口图形用户界面支持系统，可以为以 Linux 为基础的应用平台提供一个简单可行的 GUI 支持系统。MiniGUI 可以应用在电视机顶盒、实时控制系统、掌上电脑等诸多场合。MiniGUI 是基于 SVGA 库和 LinuxThread 库的。MiniGUI 使用类似于 Win 32 的 API 来获得简单的、具有 Win 98 风格的图形用户界面，接口十分完善。

如图 11-7 所示，MiniGUI 的结构采用分层设计，从底到上依次为底层支撑、MiniGUI 核心及应用程序接口三个层次。

图 11-7　MiniGUI 层次结构

底层是图形抽象层（GAL）、输入抽象层（IAL）提供显示器、鼠标、键盘的驱动，Pthread 是一个支持内核级线程操作的 C 函数库。

中间层是 MiniGUI 核心，提供了窗口系统的各种基本功能。

MiniGUI 是一种面向嵌入式系统或者实时系统的图形用户界面支持系统。可以运行在任何一种具有 POSIX 线程支持的 POSIX 兼容的系统上。

2. Microwindows

Microwindows 是一个开放源代码项目，目前由美国一家公司在主持开发。该项目的开发非常活跃，提供了 GB2312 等字符集的支持。它主要的特色在于提供了比较完善的图形功能，包括一些高级功能，例如，Alpha 混合、三维支持和 TrueType 字体支持等。它使得那些只有在具有相当的硬盘和 RAM 配置的高端 Windows 系统才能实现的窗口系统，如 Microsoft Windows 和 X2Windows，可以在嵌入式这类设备上运行。Microwindows 能够在没有任何操作系统或其他图形系统的支持下运行，它能对裸显示设备进行直接操作。它拥有 WIN32 编程接口，便于熟悉 Windows 开发的用户进行开发，不过接口不够完善。

3. Qt/Embedded

Qt/Embedded 是一个完整的自包含 GUI 和基于 Linux 的嵌入式平台开发工具。Qt/Embedded 通过 Qt API 与 Linux I/O 设施直接交互，成为嵌入式 Linux 端口，Qt/Embedded 是完整的自包含 C++GUI 和基于 Linux 的嵌入式平台开发工具，其 API 可用于多种开发项目，Qt/Embedded 可以开发市场上多种类型的产品和设备，从消费电器（移动电话、联网板和机顶盒）到工业控制设备（如医学成像设备、移动信息系统等）。

Qtopia 是一个应用程序平台，是针对 PDA、移动电话或上网设备以 Linux 与 QT/E 为基础的应用程序集合，目前主要有两个版本，其中 Qtopia Phone Edition 是为智能电话等产品所设计的；而 Qtopia PDA Edition 是为 PDA 等产品设计的。Qtopia 是一套完整的窗口系统，具有 Windows Manager、Applications Laucher 以及虚拟输入接口等，还包括基本的个人信息管理、HTML 网页浏览、文件管理多媒体播放、手写识别等应用。

11.3.3　嵌入式系统的 Java 虚拟机

Java 最初是由 Sun 公司开发的编程语言，可以在网络环境下为不同类型的计算机和操作系统开发软件。目前，在智能手机、机顶盒等嵌入式系统中得到了广泛的应用。为了适应不同硬件环境和应用目标，Sun 公司相继推出了 4 种不同类型的 Java 平台，这 4 类平台分别如下。

（1）J2EE（Java 2 Platform Enterprise Edition，Java2 平台企业版）：主要用于电子商务和网站内容服务等领域。

（2）J2SE（Java 2 Platform Standard Edition，Java2 平台标准版）：主要用于个人计算机、工作站等台式计算机上。

（3）J2ME（Java 2 Platform Micro Edition，Java2 平台微型版）：主要用在各类嵌入式系统上。

（4）JavaCard：主要用于各类智能卡中。

图 11-8 说明了这些版本所对应的目标市场。

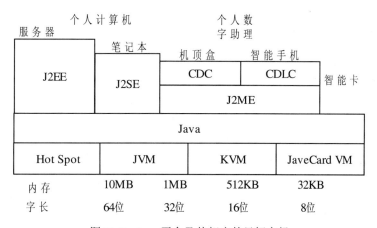

图 11-8　Java 平台及其相应的目标市场

2. J2ME 目标设备

运行 J2ME 的嵌入式设备主要有两大类。

第一类是受限连接设备（Connected Limited Device），主要包括智能手机、PDA 等。这类设备用户界面简单，内存小，一般靠电池供电，仅具有低带宽、非连续的网络连接能力，采用的网络协议通常不是 TCP/IP。受限连接设备具有的典型特征：具有 16 位或 32 位的微处理器；有限的和间歇性的无线连接；具有 160～512 KB 内存；电池驱动；仅具有比较简单的输入/输出装置。

第二类是连接设备（Connected Device），主要包括车用导航设备、机顶盒、数字电视以及可视电话等，这类设备可支持良好的用户界面，内存较大，一般具有高速的网络连接能力，使用的协议通常是 TCP/IP。连接设备具有的典型特征：具有 32 位微处理器；具有 2MB 以上的内存供 Java 使用，这些内存可以是 RAM、ROM 或 FlashROM；具有比较完善的输入/输出装置；具有网络连接能力。

区分这两类设备的关键在于设备的内存、供电方式和是否拥有比较完善的输入/输出装置，但两类设备之间的界限有时非常模糊。

3．J2ME 的结构

如图 11-9 所示，J2ME 的结构分为 4 个层次：框架、配置、Java 虚拟机及嵌入式操作系统。J2ME 的核心是 Java 虚拟机，运行于嵌入式操作系统之上，配置运行于 Java 虚拟机上，由若干基本功能所组成的编程库，与设备的资源情况有密切的联系。在一个 Java 虚拟机上可以由多个配置，配置上是框架，每个框架针对一类条件相似的嵌入式设备。

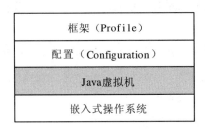

图 11-9　J2ME 的层次结构

Java 虚拟机层（Java Virtual Machine Layer）：这一层是 Java 虚拟机的一个实现，它是为特定设备的主机操作系统定制的，而且支持一个特定的 J2ME 配置。

配置层（Configuration Layer）：配置层定义了 Java 虚拟机功能的和特定类别设备上可用的 Java 类库的最小集。从某种程度上说，一个配置定义了 Java 平台功能部件和库的共同性，开发者可以假设这些功能部件和库在属于某一特定类别的所有设备上都是可用的。用户见不到这一层，但它对框架（profile）实现者非常重要。

框架层（Profile Layer）：框架层定义了特定系列设备上可用的应用程序编程接口的最小集。框架在一个特定的配置上面实现。应用程序是针对特定的框架编写的，因此可以移植到支持该框架的任何设备上。一个设备可以支持多个框架。用户和应用程序供应商看到最多的就是这一层。

（1）配置。在 J2ME 中存在着两种标准的配置，它们分别是受限连接设备配置（Connected Limited Device Configuration，CLDC）和连接设备配置（Connected Device Configuration，CDC）。图 11-10 给出了 CLDC、CDC 和 J2SE 之间的关系。CLDC 和 CDC 的大部分功能派生自 J2SE，在 CLDC 和 CDC 中，从 J2SE 派生的类必须完全与 J2SE 中的类功能相符或是 J2SE 的子集。另外，CLDC 和 CDC 还引入了一些并非来自 J2SE 的功能，是专门为嵌入式系统而设计的。

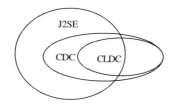

图 11-10　CLDC、CDC 和 J2SE 之间的关系

（2）KVM-虚拟机。J2ME CLDC 使用的是一个紧缩的 JVM，称为 K 虚拟机（K Virtual Machine，KVM）。KVM 是为小存储器、资源受限的网络连接设备设计的，这类设备的内存通常以 KB 为单位。作为 J2ME 目标的微型设备具有 16 位或 32 位处理器和总容量不小于 128 KB 的存储器。这些设备都符合 CLDC，同时也保留了 Java 的传统特性，即任何时间、任何地点的代码可移植性，部署灵活性，安全的网络传送及代码稳定性。KVM 在设备中的作用不同，一些设备中，KVM 位于本地软件栈的上层，通过它使设备具有下载和运行 Java 程序的能力。而另一些设备中，KVM 用于底层，并用 Java 编程语言实现底层软件和设备驱动程序。

（3）CVM-虚拟机。J2ME 的另一个配置是 CDC。CDC 使用的虚拟机称为 C 虚拟机（C Virtual Machine，CVM）。它的目标是高档的消费类电子产品和嵌入式设备，例如智能手机、智能个人数字助理、交互式数字电视机顶盒等。典型地，这些设备运行一个 32 位的微处理器/控制器，而且有总容量大于 2 MB 的存储器可用于虚拟机和库的存储。从功能上来讲，CVM 支持 Java 2 Version 1.3 虚拟机的全部特征，以及安全、弱引用、JNI（Java Native Interface，Java 本地接口）和 RMI 方面的类库。为了适应资源占用少的特性，KVM 已经按以下方式进行了修改：

- VM 的大小和类库已减小为 50~80KB 目标代码的标准；
- 存储器占用已经减小为几十 KB 的标准；
- 在具有 16 位和 32 位处理器的设备上，性能高效；
- 体系结构是高可移植的，特定于机器或平台的代码总量很少；
- 多线程和垃圾回收是独立于系统的；
- 可以对虚拟机的构件进行配置，以适合于特定的设备，从而增强了灵活性。

J2ME 虚拟机、KVM 和 CVM 都是 JVM 的子集。KVM 和 CVM 均可被看做是一种 Java 虚拟机，它们是 J2SE JVM 的压缩版。

（4）框架。在 J2ME 中，框架是配置之上的一种类库，它扩展了配置的功能，也可看做一个高于配置的应用程序接口，在一个配置之上可以有多个框架。

同一类嵌入式系统，在功能和档次上有所差异，但本质上仍有很多共性，基于这一点，提出了一种按照设备的用途纵向分组的策略，并由此提出了框架的概念。引入框架的目的是为了能在同属一个应用领域的嵌入式系统之间实现互操作和应用软件的移植。

目前，在 J2ME 中，主要有 MIDP、Personal、PDA、Foundation、RMI 等框架，图 11-11 给出了这些框架与嵌入式操作系统、虚拟机及配置之间的关系。

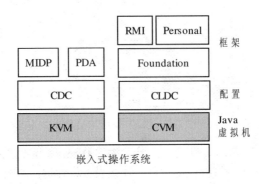

图 11-11　框架、配置与虚拟机和嵌入式操作系统之间的关系

MIDP（Mobile Information Device Profile，移动信息设备框架）是一种基于 CLDC 的框架。它提供了一组供手机等移动信息设备使用的 API，MIDP 包含用户界面、数据库和网络等方面的类库。它的运行环境允许把应用程序下载到移动信息设备上。运行在 MIDP 之上的应用程序成为 MIDlet 程序。

Personal 的应用对象是机顶盒、游戏机及汽车仪表等资源相对丰富的电子设备，提供了一组适合在这些设备上使用的用户界面 API，它符合 Java 2 虚拟机规范，与 Personal Java 1.1 和 1.2 向后兼容。

Foundation 是一种基于 CDC 的框架，它扩展了 CDC 的 API，本身不提供任何向用户开放的 CDC，而是作为其他框架的基础。

RMI 扩展了 Foundation 的功能，其主要作用是使嵌入式设备上的应用程序可以使用远程方法调用。

4. 移动信息设备框架

MIDP 是一个 Java API 集合，它处理诸如用户界面、持久存储和联网等问题。移动信息设备上的软件系统架构如图 11-12 所示。

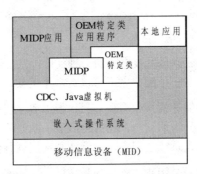

图 11-12　移动信息设备上的软件系统架构

MIDP 仅提供了一个有限的 API 集合来支持嵌入式移动信息设备，这个集合中包含对于实现可移植性必要的 API，主要包括应用模型、用户界面、记录存储、网络通信和定时器。一般，在适合运行 MIDP 的移动信息设备上，可以运行功能和结构差异很大的系统软件，MIDP 仅对系统软件做了最小的限制。

最低层的是嵌入式移动信息设备硬件，在硬件之上是本地系统软件，包括嵌入式操作系统和设备内部使用的库，其上是 CLDC 和 Java 虚拟机，提供了底层的 Java 执行环境，在其上可以建立高层的 Java API。

在 CLDC 之上有两种类型的 API：MIDP 和 OEM 特定类。由于移动信息设备覆盖的范围广泛，所以 MIDP 不可能完全支持所有制造商所生产的设备，这些特定的制造商的设备可以由 OEM 特定类来支持，从而达到访问其特定功能的目的。

最上层是移动信息设备的应用程序，这些应用程序可以分为三类：

- MIDP 应用程序，即 MIDlet 程序，仅使用 MIDP 和 CLDC 所定义的 Java 类库编写的应用程序；
- OEM 特定类应用程序，指基于 MIDP 之外的类库编写的应用程序；
- 本地应用程序，只用 Java 之外的语言编写的应用程序，是设备本地的系统软件。

11.3.4　嵌入式系统软件开发平台

嵌入式系统的软件开发方法采用的不是通用的开发方法，而是交叉式开发方法。本小节主要介绍嵌入式系统软件开发的交叉编译环境的基本概念和特点，以及软件调试常用的几种方法。

1．交叉平台开发环境

嵌入式系统的软件开发采用交叉平台开发方法（Cross Platform Development，CPD），即软件在一个通用的平台上开发，而在另一个嵌入式目标平台上运行。这个用于开发嵌入式软件的通用平台通常叫做宿主机系统，被开发的嵌入式系统称为目标机系统。而当软件执行环境和开发环境一致时的开发过程则称为本地开发（Native Development，ND）。

图 11-13 是一个典型交叉平台开发环境，通常包含三个高度集成的部分：

（1）运行在宿主机和目标机上的强有力的交叉开发工具和实用程序。

（2）运行在目标机上的高性能、可裁剪的实时操作系统。

（3）连接宿主机和目标机的多种通信方式，例如，以太网，串口线，ICE（In Circuit Emulator，在线仿真器）或 ROM 仿真器等。

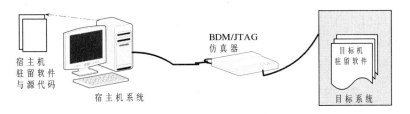

图 11-13　典型交叉平台开发环境

2．交叉编译环境

宿主机提供的基本开发工具是交叉编译器、交叉链接器和源代码调试器。作为目标机的嵌入式系统则可能提供一个动态装载器、链接装载器、监视器和一个调试代理等。在目标机和宿主机之间有一组连接，通过这组连接程序代码映象从宿主机下载到目标机，这组连接同时也用来传输宿主机和目标机调试代理之间的信息。

嵌入式系统开发人员需要完全了解目标机系统如何在嵌入式系统上存储程序映象，需要了解可执行映象如何下载到内存及执行控制如何传给应用，需要了解运行期间如何和何时装载程序映象，如何交叉式的开发和调试应用系统。这些方面对代码如何开发、编译、链接等步骤都有影响。

图 11-14 是一个典型的交叉编译环境的示例，显示了如何使用开发工具处理各种输入文件，并产生最终目标文件的过程。其中，交叉编译器将用户编写的 C/C++/Java 源代码文件根据目标机的 CPU 类型生成包含二进制代码和程序数据的目标文件。在此过程中，交叉编译器会建立一个符号表，包含所产生的目标文件中指向映象地址的符号名，当建立重定位输出时，编译器为每个相关的符号产生地址。

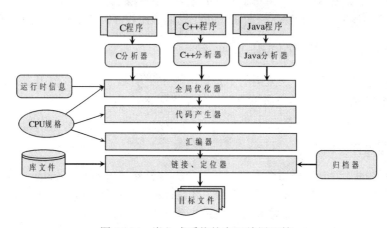

图 11-14　嵌入式系统的交叉编译环境

通常，还可以使用归档工具将这些目标文件收集到一起形成一个库。最后，链接器将这些目标文件作为输入来产生一个可执行的映象。

一般，用户会首先编辑一个链接脚本文件用来指示链接器如何组合和重定位各个代码段以便生成最终文件。此外，链接器还可以将多个目标文件组合成一个更大的重定位目标文件或一个共享目标文件。

目前，嵌入式系统中常用的目标文件格式是 COFF（Common Object File Format，公共对象文件格式）和 ELF（Executable Linking Format，可执行链接格式）。另外，一些系统还需要有一些专门工具将上述格式转换成二进制代码格式才可使用。

典型地，一个目标文件包含：

（1）关于目标文件的通用信息，如文件尺寸、启动地址、代码段和数据段等具体信息。

（2）机器体系结构特定的二进制指令和数据。

（3）符号表和重定位表。

（4）调试信息。

11.3.5　嵌入式开发调试

通用系统与嵌入式系统的软件调试过程存在着明显的差异。对于通用系统，调试工具与被调试的程序位于同一台计算机上，调试工具通过操作系统的调试接口来控制被调试的程序。但是在嵌入式系统中，由于资源的限制，不能在其上直接开发应用程序，调试过程通常也以交叉方式进行的。在实际开发实践中，经常采用的调试方法有直接测试法、调试监控法、在线仿真法、片上调试法及模拟器法等。

1．直接调试法

直接调试法就是将目标代码下载到目标机上，让其执行，通过观察指示灯来判断程序的运行状态。在嵌入式系统发展的早期一般采用这种方式进行，其基本步骤是：

（1）在宿主机上编写程序。

（2）在宿主机上编译、链接生成目标机可执行程序代码。

（3）将可执行代码写入到目标机的存储器中。

（4）在目标机运行程序代码。

（5）判断程序的运行情况，如有错误则纠正错误，重复以上步骤，直到正确为止。

（6）将可执行代码固化到目标机，开发完成。

这种方法是最原始的调试方法，程序运行时产生的问题，只有通过检查源代码来解决，因而开发效率很低。

2．调试监控法

调试监控法也叫插桩法。目标机和宿主机一般通过串行口、并行口或以太网相连接，采用这种方法还需要在宿主机的调试器内和目标机的操作系统上分别启动一个功能模块，然后通过这两个功能模块的相互通信来实现对应用程序的调试。在目标机上添加的模块叫做桩，也叫调试服务器或调试监控器，主要有两个作用：其一，监视和控制被调试的程序。其二，跟宿主机上调试程序通信，接收控制指令，返回结果等。

在进行调试的时候，宿主机上的调试器通过连接线路向调试监控器发送各种请求，实现目标机内存读/写和寄存器访问、程序下载、单步跟踪和设置断点等操作。来自宿主机的请求和目标机的响应都按照预定的通信协议进行交互。

使用插桩法作为调试手段时，开发应用程序的基本步骤是：

（1）在宿主机上编写程序的源代码。

（2）在宿主机编译、链接生成目标机可执行程序。

（3）将目标机可执行代码下载到目标机的存储器中。

（4）使用调试器进行调试。

（5）在调试器帮助下定位错误。

（6）在宿主机上修改源代码，纠正错误，重复上述步骤直到正确为止。

（7）将可执行代码固化到目标机上。

相对于直接测试法，插桩法明显地提高了开发效率，降低了调试的难度，缩短了产品的开发周期，有效降低了开发成本。但是插桩法仍有明显的缺点，主要体现在以下几个方面：

（1）调试监控器本身的开发是个技术难题。

（2）调试监控器在目标机要占用一定的系统资源，如 CPU 时间、存储空间及串口或网络接口等外设资源。

（3）调试时，不能响应外部中断，对有时间特性的程序不适合。

（4）在调试过程中，被调试的程序实际上在调试监控器所提供的环境中运行，这个环境可能会与实际目标程序最终的运行环境有一定的差异，这种差异有可能导致调试通过的程序最后仍不能运行。

为了克服插桩法的缺点，出现了一种改良的方法，即 ROM 仿真器法。

ROM 仿真器可以认为是一种用于替代目标机上 ROM 芯片的硬件设备，ROM 仿真器一端跟宿主机相连，一端通过 ROM 芯片的引脚插座和目标机相连。对于嵌入式处理器来说，ROM 仿真器像是一个只读存储器，而对于宿主机来说，像一个调试监控器。ROM 仿真器的地址可以实时映射到目标机的 ROM 地址空间里，所以它可以仿真目标机的 ROM。ROM 仿真器在目标机和宿主机之间建立了一条高速信息通道，其典型的应用就是跟插桩法相结合，形成一种功能更强的调试方法。该方法具有如下优点：

（1）不必再开发调试监控器。

（2）由于是通过 ROM 仿真器上的串行口、并行口、或网络接口与宿主机连接，所以不必占用目标机上的系统资源。

（3）ROM 仿真器代替了目标机上原来的 ROM，所以不必占用目标机上的存储空间来保存调试监控器。

（4）另外，即使目标机本身没有 ROM，调试依然可以进行，并且不需要使用专门工具向 ROM 写入程序和数据。

3. 在线仿真法

ICE 是一种用于替代目标机上 CPU 的设备。对目标机来说，在线仿真器就相当于它的 CPU，在线仿真器本身就是一个嵌入式系统，有自己的 CPU、内存和软件。在线仿真器的 CPU 可以执行目标机的所有指令，但比一般的 CPU 有更多的引脚，能够将内部信号输出到被控制的目标机上，在线仿真器的存储器也被映射到用户的程序空间，因此，即使没有目标机，仅用在线仿真器也可以进行程序的调试。

在线仿真器和宿主机一般通过串行口、并行口或以太网相连接。在连接在线仿真器和目标系统时，用在线仿真器的 CPU 引出端口替代目标机的 CPU。在用在线仿真器调试程序时，在宿主机运行一个调试器界面程序，该程序根据用户的操作指令控制目标机上的程序运行。

在线仿真器能实时地检查运行程序的处理器的状态，设置硬件断点和进行实时跟踪，所以提供了更强的调试功能。在线仿真器，支持多种事件的触发断点，这些事件包括内存读写、I/O 读写及中断等。在线仿真器的一个重要特性就是实时跟踪，在线仿真器上有大容量的存储器用来保存每个指令周期的信息，这个功能使用户可以知道事件发生的精确时序，特别适于调试实时应用、设备驱动程序和对硬件进行功能测试。但是，在线仿真器的价格一般都比较昂贵。

4. 片上调试法

片上调试（In Circuit Debugger, ICD）是 CPU 芯片内部的一种用于支持调试的功能模块。按照实现的技术，片上调试可以分为仿调试监控器、后台调试模式（Background Debugging

Mode，BDM）、连接测试存取组（Joint Test Access Group，JTAG）和片上仿真（On Chip Emulation，OnCE）等几类。仿调试监控器类的 ICD 芯片产品有 Motorola 的 CPU16、CPU32 和 ColdFire 等系列，BDM 类的主要有 Motorola 的 MPC5xx 和 MPC8xx 系列等，OnCE 类的主要有 Motorola 的 DSP 芯片系列，JTAG 类的主要有 PPC6xxx、PPC4xx、ARM7TDMI、ARM9TDMI 及 Intel1960 等。

目前，使用较多的是采用 BDM 技术的 CPU 芯片。这种芯片的外面有跟调试相关的引脚，这些引脚在调试的时候被引出，形成一个与外部相连的调试接口，这种 CPU 具有调试模式和执行模式两种不同的运行模式。当满足了特定的触发条件时，CPU 进入调试模式，在调试模式下，CPU 不再从内存中读取指令，而是通过其调试端口读取指令，通过调试端口还可以控制 CPU 进入和退出调试模式。这样在宿主机上的调试器就可以通过调试端口直接向目标机发送要执行的指令，使调试器可以读/写目标机的内存和寄存器，控制目标程序的运行及完成各种复杂的调试功能。

该方法的主要优点是：不占用目标机的通信端口等资源；调试环境和最终的程序运行环境基本一致；无须在目标机上增加任何功能模块即可进行；支持软、硬断点；支持跟踪功能，可以精确计量程序的执行时间；支持时序逻辑分析等功能。

该方法的缺点是：实时性不如在线仿真器法强；使用范围受限，如果目标机不支持片上调试功能，则该方法不适用；实现技术多样，标准不完全统一，工具软件的开发和使用均不方便。

5．模拟器法

模拟器是运行于宿主机上的一个纯软件工具，它通过模拟目标机的指令系统或目标机操作系统的系统调用来达到在宿主机上运行和调试嵌入式应用程序的目的。

模拟器适合于调试非实时的应用程序，这类程序一般不与外部设备交互，实时性不强，程序的执行过程是时间封闭的，开发者可以直接在宿主机上验证程序的逻辑正确性。当确认无误后，将程序写入目标机上就可正确运行。

模拟器有两种主要类型：一类是指令级模拟器，在宿主机模拟目标机的指令系统。另一类是系统调用级模拟器，在宿主机上模拟目标操作系统的系统调用。指令级的模拟器相当于宿主机上的一台虚拟目标机，该目标机的处理器种类可以与宿主机不同，如，宿主机是英特尔的 x86 系列机，而虚拟机可以是 ARM、PowerPC、MIPS 等。比较高级的指令级模拟器还可以模拟目标机的外部设备，如键盘、串口、网络接口等。系统调用级的模拟器相当于在宿主机上安装了目标机的操作系统，使得基于目标机的操作系统的应用程序可以在宿主机上运行。被模拟的目标机操作系统的类型可以跟宿主机的不同。两种类型的模拟器相比较，指令级模拟器所提供的运行环境与实际目标机更为接近。

使用模拟器的最大好处是在实际的目标机不存在的条件下就可以为其开发应用程序，并且在调试时利用宿主机的资源提供更详细的错误诊断信息，但模拟器有许多不足之处：

（1）模拟器环境和实际运行环境差别很大，无法保证在模拟条件下通过的应用程序也能在真实环境中正确运行。

（2）模拟器不能模拟所有的外部设备，嵌入式系统通常包含诸多外设，但模拟器只能模拟少数部分。

（3）模拟器的实时性差，对于实时类应用程序的调试结果可能不可靠。

（4）运行模拟器需要的宿主机配置较高。

尽管模拟器有很多的不足之处，但在项目开发的早期阶段，其价值是不可估量的，尤其对那些实时性不强的应用，模拟器调试不需要特殊的硬件资源，是一种非常经济的方法。

11.4 嵌入式网络系统

嵌入式网络是用于连接各种嵌入式系统，使之可以互相传递信息、共享资源的网络系统。嵌入式系统在不同的场合采用不同的连接技术，如在家庭居室采用家庭信息网，在工业自动化领域采用现场总线，在移动信息设备等嵌入式系统则采用移动通信网，此外，还有一些专用连接技术用于连接嵌入式系统。

11.4.1 现场总线网

现场总线（FieldBus）是20世纪80年代中期继模拟仪表控制系统、集中式数字控制系统以及集散控制系统之后，发展起来的一项计算机控制技术，它是当今自动化控制领域技术发展的热点之一，通常也被称做工业自动化领域的计算机局域网。

现场总线是一种将数字传感器、变换器、工业仪表及控制执行机构等现场设备与工业过程控制单元、现场操作站等互相连接而成的网络。它具有全数字化、分散、双向传输和多分支的特点，是工业控制网络向现场级发展的产物。

现场总线是一种低带宽的底层控制网络，位于生产控制和网络结构的底层，因此也被称为底层网（Infranet）它主要应用于生产现场，在测量控制设备之间实现双向的、串行的、多节点的数字通信。

现场总线控制系统（Field Control System，FCS）是运用现场总线连接各控制器及仪表设备而构成的控制系统，该控制系统将控制功能彻底下放到现场，降低了安装成本和维护费用。实际上FCS是一种开放的、具有互操作性的、彻底分散的分布式控制系统。

嵌入式现场控制系统将专用微处理器置入传统的测量控制仪表，使其具备数字计算和数字通信能力。它采用双绞线、电力线或光纤等作为总线，把多个测量控制仪表连接成网络，并按照规范标准的通信协议，在位于现场的多个微机化测量控制设备之间以及现场仪表与远程监控计算机之间，实现数据传输与信息交换，形成了各种适用实际需要的自动控制系统。简言之，现场总线控制系统把单个分散的测量控制设备变成网络节点，以现场总线为纽带，使这些分散的设备成为可以互相沟通信息，共同完成自动控制任务的网络系统。借助于现场总线技术，传统上的单个分散控制设备变成了互相沟通、协同工作的整体。

1. 现场总线的技术特点

现场总线主要有总线型与星型两种拓扑结构，分别如图11-15和图11-16所示。

现场总线控制系统通常由以下部分组成：现场总线仪表、控制器、现场总线线路、监控、组态计算机。这里的仪表、控制器、计算机都需要通过现场总线网卡、通信协议软件连接到网上。因此，现场总线网卡、通信协议软件是现场总线控制系统的基础和神经中枢。

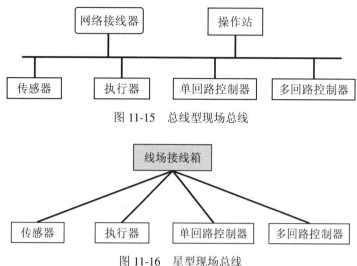

图 11-15 总线型现场总线

图 11-16 星型现场总线

现场总线克服了在传统的 DCS（Distributed Control System，分布式控制系统）系统中通信由专用网络实现所带来的缺陷。把基于专用网络的解决方案变成了基于标准的解决方案，同时把集中与分散相结合的 DCS 集散控制结构变成了全分布式的结构。把控制功能彻底放到现场，依靠现场设备本身来实现基本的控制功能。归纳起来，现场总线控制系统具有如下优点。

（1）全数字化：将企业管理与生产自动化有机结合一直是工业界梦寐以求的理想，但只有在 FCS 出现以后这种理想才有可能高效、低成本地实现。在采用 FCS 的企业中，用于生产管理的局域网能够与用于自动控制的现场总线网络紧密衔接。此外，数字化信号固有的高精度、抗干扰特性也能提高控制系统的可靠性。

（2）全分布：在 FCS 中各现场设备有足够的自主性，它们彼此之间相互通信，完全可以把各种控制功能分散到各种设备中，而不再需要一个中央控制计算机，实现真正的分布式控制。

（3）双向传输：传统的 4~20mA 电流信号，一条线只能传递一路信号。现场总线设备则在一条线上既可以向上传递传感器信号，也可以向下传递控制信息。

（4）自诊断：现场总线仪表本身具有自诊断功能，而且这种诊断信息可以送到中央控制室，以便于维护，而这一点在只能传递一路信号的传统仪表中是做不到的。

（5）节省布线及控制室空间：传统的控制系统每个仪表都需要一条线连到中央控制室，在中央控制室装备一个大配线架。而在 FCS 系统中多台现场设备可串行连接在一条总线上，这样只需极少的线进入中央控制室，大量节省了布线费用，同时也降低了中央控制室的造价。

（6）多功能：数字、双向传输方式使得现场总线仪表可以摆脱传统仪表功能单一的制约，可以在一个仪表中集成多种功能，做成多变量变送器，甚至集检测、运算、控制于一体的变送控制器。

（7）开放性：1999 年年底，现场总线协议已被批准为国际标准，从而使现场总线成为一种开放的技术。

（8）互操作性：现场总线标准保证不同厂家的产品可以互操作，这样就可以在一个企业中由用户根据产品的性能、价格，选用不同厂商的产品集成在一起，避免了传统控制系统中必须选用同一厂家的产品限制，促进了有效的竞争，降低了控制系统的成本。

（9）智能化与自治性：现场总线设备能处理各种参数、运行状态信息及故障信息，具有很高的智能。能在部件，甚至网络故障的情况下独立工作，大大提高了整个控制系统的可靠性和容错能力。

（10）可靠性：由于现场总线控制系统中的设备实现了智能化，因此与使用模拟信号的设备相比，从根本上提高了测量与控制的精确度，减小了传送误差。同时，由于系统结构的简化，设备与连线减少，现场仪表内部功能加强，使得信号的往返传输大为减少，进一步提高了系统的可靠性。

2．几种主要的现场总线

下面对几种常见的现场总线进行比较，如表11-2所示。

表 11-2　几种常用现场总线的对比

特　　性	FF（Foundation FieldBus）	Profibus	HART（Highway Addressable Remote Tranducer）
应用范围	仪表	PLC	汽车
OSI 网络层次	1、2、3、4 层	1、2、7 层	1、2、7 层
通信介质	双绞线、电力线、光纤、无线等	双绞线、光纤	双绞线、电力线、光纤、无线等
介质访问方式	令牌、主从	令牌、主从	位仲裁
纠错方式	CRC	CRC	CRC
通信速率	2.5Mbps	1.2 Mbps	1.25Mbps
最大字节数	32	128	110
优先级	有	有	有

11.4.2　家庭信息网

家庭信息网是一种把家庭范围内的个人计算机、家用电器、水、电、气仪表、照明设备和网络设备、安全设备连接在一起的局域网。其主要功能是集中控制上述设备并将其接入Internet，以共享网络资源和服务。此外，家庭信息网还可以扩展至整幢住宅甚至整个社区，成为智能住宅小区和智能社会的基础。

在家庭信息网络系统中，所有的家庭设备都是智能化的，包括家用电器、水、电、气仪表及照明设备等。它们能够互相通信，并通过家庭网关接入 Internet。家庭信息网络的实现为人们提供了更加安全、便捷、舒适的家庭环境。如主人外出时，大门自动关闭、上锁，监视系统自动开启，家中出现异常情况能够自动通知主人，对家中各种设备能够随时随地进行控制，仪表数据能够自动上传等。

家庭信息网需要解决两个基本问题：

（1）如何将家用电器，水、电、气仪表，照明设备等互相连接起来。

（2）如何实现这些连在一起的设备间的互操作，即家庭信息网上的设备可以在需要的时候自动请求服务，相关设备可以提供服务或接受请求并处理之。

家庭信息网可以采用不同的拓扑结构，如总线型、星型结构等。家庭信息网内部还可以进一步划分出若干控制子网和数据子网，其中控制子网类似于现场总线，是一种带宽不高、主要用于发送和接收控制信息的网络。而数据子网对带宽的要求则较高，连接在其上的设备需要传送大量的数据信息。

如图 11-17 所示是一个典型的家庭信息网,为了满足对带宽不同的需求,采用了两级结构,由主网段和控制子网段、无线子网段组成。主网段有较高的带宽,用来传送视频等信息。控制子网连接一些只需接收控制信息的设备如冰箱、空调、微波炉及洗衣机之类的家电。无线子网使笔记本、PDA 等设备可以连接到主网段并接入 Internet 网。

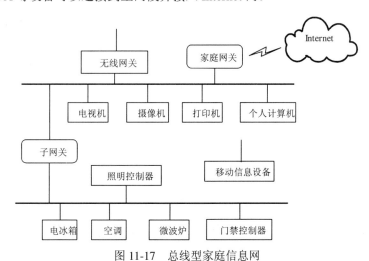

图 11-17　总线型家庭信息网

1．家庭底层传输网络

目前,家庭底层传输网络分为有线与无线两类技术,第一类是有线连接技术,包括以太网络、电话线、电力线、IEEE1394 及 USB 等。另一类是无线连接技术,包括蓝牙(BlueTooth)、红外线(InfroRed)、无线 USB 以及 802.11x 等相关无线标准。

(1)Ethernet 网络:使用 Ethernet 来建构家庭网络,最大的好处在于其应用广泛,并可在 10Mbps 到 100Mbps 及 1000Mbps 等模式下提供相当可靠的传输。缺点是架设网络时施工不便,要另外做线路布局。

(2)电话线:电话线可以说是目前全球分布最广的网络,所以若能使用电话线为基础来建构家庭网络将可以省去额外配线的麻烦,而许多家庭现在也是通过电话线路来连接 Internet 的,在目前的技术下,利用电话线来传输数据速率理论值已可达 128Mbps。

(3)电力线:利用电力线来传输数据是属于比较新的技术,以目前 HomePlug 标准来说,其传输速率已可达 14Mbps。由于任何家庭中一定都会配有电源插座,所以如果可以利用电力线来进行数据的传输显然会是不错的选择。

(4)IEEE1394:IEEE1394 是一项传输速率可达 400Mbps 的传输标准,其传输距离约为 4.5 米且支持随插即用与热插拔的功能。它可以将电视机、录像机、摄影机、音响等各种家电连接到计算机系统上,使得 PC 与家电用品间能用更简易的方式直接交换信息。

(5)USB2.0:USB2.0 对于高速设备可提供高达 480Mbps 的数据传输率,而 USB OTG (On-The-Go)的技术更使得新一代 USB 接口得以摆脱主从架构,进而具备独立运作能力。由于其建造成本比技术功能相似的 IEEE1394 低,特别是,最新的 USB 3.0 技术的传输速度将达到 4.7Gbps,是如今 480Mbps 的将近十倍,并同时向下兼容 USB 2.0/1.1 标准的各种产品。所以

USB 技术对 IEEE1394 标准造成了相当大的挑战。

（6）蓝牙：蓝牙技术现在已经成为 IEEE 802.15 的国际标准，其传输范围在 10～100 米之间，在数据传输上可提供下载 723.2kbps 及上传 57.6kbps 的非对称性传输速率或 433.9kbps 的对称性传输速率。针对语音传输的部分，则可提供约 64kbps 的传输速率。目前大多数蓝牙的应用商品都集中在语音方面。

（7）IEEE 802.11x：目前无线局域网络的主流标准为 IEEE 802.11b/IEEE 802.11g/IEEE 802.11n，其中，IEEE 802.11b 的传输范围约在 100 米，可提供 11Mbps 的传输速度，而较新的版本 802.11a 的传输范围约为 80 米，可提供 54Mbps 的传输速度。对于居家使用者来说，无线局域网络的技术将可省去接线的麻烦。

2．家庭网络应用接口标准

仅有底层的传输技术而少了上层的共同接口标准，仍无法组成一个完整的家庭网络环境，目前主流的上层应用标准，如 HomePlug、HomePNA、HAVi，这几个标准当初是针对特定传输实体而设计的，而 UPnP、Jini、Echonet、SCP、LONWORKS 这几个标准则是希望在各类传输环境中都能被实现，以下是对这些接口标准的详细介绍。

（1）HomePlugTechnology。HomePlug 标准是利用电力线作为数据传输的介质，使用电力线作为家庭网络传输介质的好处在于可省去安装额外线路的麻烦。它不仅在全球任何地方都存在，同时也省去像无线网络须要布置多个 AP（Access Points，访问点）的缺点，让家电用品更容易具备网络的功能并使用现存的电源信号来做通信。

受限于电力线本身高噪声、信号衰减快速的特性，电力线的传输速率一直无法大幅提升，再加上没有一个统一的标准，因此这项技术长久以来没有受到太多的注目。这种情形一直到 2001 年年底，由电力线家庭网络联盟（HomePlug Powerline Alliance）制定出了第一代电力线家庭网络的标准 HomePlug 1.0 后才开始转变。

在 HomePlug 1.0 的版本内结合了精确的前向纠错（Forward Error Correction，FEC）、插入错误检测（Interleaving Error Detection，IED）以及自动重传请求（Automatic Repeat reQuest，ARQ）等技术来确保通信质量的完整，并提供高达 14Mbps 的传输速度。同时为了考虑到与现有网络的兼容，底层所使用的是与 CSMA/CA（Carrier Sense Multiple Access with Collision Avoidance，带有冲突避免的载波侦听多路访问）相似的 MAC 层通信协议。另外，还通过 56 位的 DES 加密标准来维护信息的隐密性。

（2）HomePNA。HomePNA（Home Phoneline Network Alliance）是一项利用电话线来进行数据传输的技术，它可以被用于建构快速且可靠的局域网络。就 HomePNA 3.0 来说，速度已可达 128Mbps，同时在新一代的标准中，其针对实时性数据增加了更强大的 QoS 功能，使得它适用于多媒体视频音频数据的传输。

使用 HomePNA 来建构家庭网络的优点在于可利用现有的电话线来进行数据传输，并具有高度的可移植性。任何已具有电话线路的环境，只需在现有家电上外加转接盒，便可以快速地建立起家庭网络而无须额外的布线。目前全球已约有 150 家厂商提供相关的服务让用户以最低的成本来将各类家电连接起来。

（3）HAVi。由 8 大家电业者包括 Hitachi、Matsushita、Philips、Sharp、Sony、Thomson、Toshiba 等共同倡议的 HAVi（Home Audio/Video interoperability），此标准最初是建立在 IEEE1394

（FireWire、i-LINK）的通信接口之上，它想要解决的问题在于如何通过一个共同的通信接口，让不同厂商所制造的家电能得到无缝的连接，增进各项视频、音频产品间彼此的互联性，提供如播放、录制、回放等功能。同时在 HAVi 内提供了一个叫做 HJA（HAVi Java APIs）的程序设计接口来支持 JAVA 程序设计，它能让各样产品能轻易地连接上网络，执行多项互联网网络功能。HAVi 的优点在于提供了与平台无关的 HAVi 标准以及 HAVi API 来设计产品，另外通过 IEEE1394 的接口具有随插即用的方便性，同时，相同的接口标准可让自家产品与不同制造商所生产的产品进行互动与整合，进而创造新的商机。

（4）UPnP。UPnP 通信协议所提供的是一个无所不在的端对端（Peer-to-Peer）网络连接，其所定义的是一个结合 TCP/IP 的开放式网络架构与互联网络。使用者不论是在家庭、办公室或是其他任何场所，都能在不同设备间发出控制信息或进行数据传输，让 PC 与其他的网络家电及无线设备得以进行沟通。这项技术具有下面的几项优势：

- 与传输介质无关，它可以在电话线、电力线、以太网络、无线网络及 IEEE1394 等各种传输环境下使用；
- 与系统平台无关，任何操作系统均可提供 UPnP 的技术服务；
- 以现有的网络架构为基础，它是一个建立在 TCP/IP、UDP、HTTP 以及 XML 之上的标准；
- 具可扩充性，各家厂商可在其上建立自己的其他增值服务。

UPnP 的技术主要是针对家庭网络、局域网络，以及小型办公室网络所设计的，它所提供的是一种可以不用进行组态设定，便能自动加入网络群组取得 IP 位置的通信标准。通过这项技术可使刚连接上网络的设备发出信息告知其他设备自己的存在及其所具有的功能。同时，刚加入网络的设备也可通过 UPnP 技术来得知其他设备的存在及它们的功能，以达到资源共享的目的。

（5）Jini。Jini 是具有 Java 优势的中介支撑软件，其本身是由一套应用程序接口（API）与网络通信协议所组成。它当初被制订的目的在于帮助包含不同服务的分布式系统进行整合，可以使各种各样数字设备无须配置、安装或人工干预就能在一个设备集合中协同工作。Jini 在逻辑上由基础设施、编程模型和服务三个部分组成。这三个部分可以看成将 Java 技术向分布式环境的延伸。Jini 的逻辑结构如表 11-3 所示。

表 11-3　Jini 的逻辑结构

	基础设施	编程模型	服务
Java	Java 虚拟机 Java 安全模型	Java API Java Beans	JND（Java Naming and Directory Interface） 企业 Beans JTS（Java Transaction Service）
Jini	Java RMI：用在不同 Java 虚拟机的客户和服务之间的通信。 Discovery and Join Protocols：发现和加入协议，使服务可以在网络中注册，并将自己所提供的功能广播到网络中的其他成员。 Lookup Services：查找服务，类	租借接口（the Leasing Interface）提供一种按期限对资源进行分配和释放的方法。 事件和通知接口（the Event and Notification Interfaces）将 Java Beans 的事件模型扩展到了分布环境，实现基于事件的 Jini 服务通信。	服务是具有一定功能、可被用户程序或其他服务所使用的实体，服务利用基础设施通信。如：Print，JavaSpaces

续表

	基础设施	编程模型	服　　务
Jini	似于一个服务仓库，保存目前所有网络成员所能提供的服务。但某一成员需要某种服务时，便向查找服务提出请求。	事 务 接 口 （ the Transaction Interfaces）提供了一种使多个应用程序安全地协同工作的事务协议。	

举例来说，一个支持 Jini 技术的随身碟所提供的就是一项储存的服务。一个打印机提供的就是打印的服务。通过 Jini 技术的连接可以让该环境内的任一客户端来使用它们的功能以达到某些目的。这里所指的服务可以是处于该分布式环境内的任何一种设备所具有的功能。这个服务可以是一个硬设备、软件程序、或是通信管道甚至是由使用者本身来提供的服务。

（6）Echonet。Echonet（Energy Conservation and Homecare Network）是由日本厂商所主导的建立在 HBS（Home Bus System）标准之上的家庭网络技术。当初的目标，是想要建立一套可以立即应用到家庭之中、无须重新布线、同时又可以控制各种家电的技术。这项技术具有以下特点：

- 可应用于无线传输技术及现有电力线来构建家庭网络，把需要改变的降到最低；
- 可让不同品牌制造的产品相互沟通；
- 支持即插即用，使得任何人都可以随时加入或移出设备；
- 可与 Internet 相连。

在 Echonet 架构下，每一个独立局域网络都称为域（domain），不同的域之间需要通过 Echonet 网关来连接，而一个域之中又可以包含若干个不同的系统（system），每一个系统都是由可互相传递信息的控制器与设备来组成，Echonet 标准允许不同的系统拥有相同的控制器或是设备。Echonet 域内包含了 A 与 B 两个系统，当中的设备可能属于其中之一或同时属于两个系统。两个系统内皆有控制器负责控制与监测，系统内的设备除了能跟控制器做沟通外，彼此之间也可以进行信息的交换。

（7）SCP。SCP（Simple Control Protocol）是由微软主推与 UPnP 搭配的一项家电控制技术，这项技术能让制造商更轻松地开发出支持 UPnP 的家电并通过低速的网络进行沟通。SCP 技术具有以下优点：

- 针对低速传输的环境做了最优化的通信协议设计；
- 可自动发现新加入的网络设备；
- 无须通过集中控制管理，是一种以端对端为基础的网络架构；
- SCP 设备可通过简易的转换接口来跟上层的 UPnP 协议进行整合；
- 可建立在电力线、红外线、无线电波等各类传输介质之上；
- 可与 CEBus 及 X10 等同类电力线传输协议共存。

在 SCP 网络下的每个 SCP 设备都能提供一或数个不同的服务，当中的每一个服务都是由一些属性与相对应的动作来组成。而属性是用来描述某个服务目前的状态以及动作的改变等。SCP 设备在相互合作时会通过散布跟自身相关属性与动作的信息来沟通。同时通过信息的交换也可以存取到其他设备的属性与动作。

11.4.3　无线数据通信网

近年来，随着移动电话通信的迅速发展，个人计算机的迅速普及，多种便携式计算机，例如膝上型计算机、笔记本计算机、手持式计算机等迅速增多，固定计算机之间的数据通信已不能满足需要。人们希望能随时随地进行数据信息的传送和交换，于是数据通信传输媒体开始从有线扩展到无线，出现了无线移动数据通信。

无线数据通信网是一种通过无线电波传送数据的网络系统。它是在有线数据通信的基础上发展起来的，能实现移动状态下的数据通信。通过无线数据通信网，智能手机、PDA 及笔记本计算机可以互相传递数据信息，并接入 Internet。

无线数据通信网分为短程无线网和无线 Internet。短程无线网主要包括 802.11、蓝牙、IrDA 及 HomeRF 等。无线 Internet 或移动 Internet 主要采用两种无线连接技术：一种是移动无线接入技术，例如，GSM、GPRS、CDPD（Cellular Digital Packet Data）等。另一种是固定无线接入技术，包括微波、扩频通信、卫星及无线光传输等。

1. 无线局域网

无线局域网，是计算机网络与无线通信技术相结合的产物。无线局域网（Wireless LocalArea Network，WLAN）在不采用传统电缆线的同时，提供传统有线局域网的所有功能，网络所需的基础设施不需要再埋在地下或隐藏在墙里，网络却能够随着需要移动或变化。无线局域网的通信范围不受环境条件的限制。无线局域网技术具有传统局域网无可比拟的灵活性。

无线局域网的基础还是传统的有线局域网，是有线局域网的扩展和替换。它只是在有线局域网的基础上通过无线 HUB、无线访问节点、无线网桥、无线网卡等设备使无线通信得以实现。其中，无线接入点或无线访问节点是一种提供无线到有线的连接方法，做无线中继，连接位于一个地理区域内的移动或固定的无线信息设备。

与有线网络一样，无线局域网同样也需要传送介质。只是无线局域网采用的传输媒体不是双绞线或者光纤，而是红外线（IR）或者无线电波（RF），并以后者使用居多。

目前常见的无线网络标准以 IEEE 802.11x 系列为主。它是 IEEE 国际电气和电子工程师协会制定的一个通用无线局域网标准。该协会陆续推出了 IEEE 802.11b、802.11a、802.11g、802.11e、802.11f、802.11h、802.11i、802.11n 等一系列技术标准。这些标准都是经 IEEE 批准的无线局域网规范，标准的确立也就意味着厂商们的认可和支持，它们之间技术差别很大，所走的发展道路也不尽相同。

（1）几个 IEEE 802.11 无线局域网标准比较。表 11-4 是对几种无线局域网标准的比较。

表 11-4　几种主要的 802.11 无线局域网标准

标　准	理论速率	实际速率	工作频率	通信方式
IEEE 802.11(FHSS)	1 Mbps	0.5 Mbps	2.4 GHz	FHSS
IEEE 802.11(DSSS)	2 Mbps	1 Mbps	2.4 GHz	DSSS
IEEE 802.11a	54 Mbps	31 Mbps	5 GHz	OFDM
IEEE 802.11b	11 Mbps	6 Mbps	2.4 GHz	DSSS
IEEE 802.11g	54 Mbps	31 Mbps	2.4 GHz	OFDM
IEEE 802.11n	600Mbps	320 Mbps	2.4GHz 和 5GHz	MIMO OFDM

其中，

FHSS：跳频扩频（Frequency Hopping Spread Spectrum）

DSSS：直接序列扩频（Direct Sequence Spread Spectrum）

OFMD：正交频分复用（Orthogonal Frequency Division Multiplexing）

MIMO：多输入多输出（Multiple Input Multiple Output）

- 802.11b。802.11b 是所有 WLAN 标准演进的基石。采用 2.4GHz 的频段，2.4GHz 频段为世界上绝大多数国家通用，因此 802.11b 得到了最为广泛的应用。其数据传输速率为 11Mbps，支持动态速率转换，使用与以太网类似的连接协议和数据包确认机制，提供可靠的数据传送和网络带宽。
- 802.11a。802.11a 标准是得到广泛应用的 802.11b 标准的后续标准。它工作在 5GHzU-NII 频带，物理层速率可达 54Mbps，传输层可达 25Mbps。可提供 25Mbps 的无线 ATM 接口和 10Mbps 的以太网无线帧结构接口，以及 TDD/TDMA 的接口，支持语音、数据以及图像业务。
- 802.11g。802.11g 是为了提供更高的传输速率而制定的标准，它采用 2.4GHz 频段，使用 CCK 技术与 802.11b 后向兼容，同时它又通过采用 OFDM 技术支持高达 54Mbit/s 的数据流，所提供的带宽是 802.11a 的 1.5 倍。

此外，IEEE 协会还制定了一些补充标准：

- 802.11e。802.11e 为满足服务质量(Qos)方面的要求而制订的 WLAN 标准。在 802.11MAC 层，802.11e 加入了 Qos 功能，其中的混合协调功能(HCF:Hybrid Coordination Function) 可以单独使用或综合使用以下两种信道接入机制：一种是基于论点式的信道接入机制 (contention-based)，一种是轮询式接入机制(polling-based)。
- 802.11i。802.11i 是为解决 WLAN 安全认证问题而制订的新安全标准。由于 802.11i 与 MAC 层上的功能有关，认证协议在传输层，其中定义了基于 AES 的全新加密协议 CCMP（CTR with CBC-MAC Protocol）。
- 802.11f。802.11f 是专门针对接入点之间的漫游而制订的协议，它能为接入点之间支持 802.11 分布式系统功能提供必要的交换信息。

通常，WLAN 的接入点设备可能来自不同的供应商，在没有 802.11f 的条件下，为确保用户漫游时的互通性，运营商只能安装同一供应商的产品。在接入点设计中加入 802.11f 能够彻底消除产品选择的限制，确保不同供应商产品的互操作性。

（2）IEEE 802.11 的协议层次。802.11 协议的层次结构与 ISO 参考模型的比较如图 11-18 所示。

图 11-18　802.11 协议层次结构与 ISO 参考模型比较

（3）拓扑结构。IEEE 802.11 支持两种类型的拓扑结构。

- 移动自组网模式：一个基本服务集包含两台以上的无线通信设备，设备之间可以互相通信，并负责无线通信的管理，这种结构模式也称为对等结构模式或无接入点模式，基本服务集中的设备仅能互相通信，但不能与一个有线局域网中的设备通信。
- 基础结构模式：基础结构模式利用接入点，使得无线通信设备可以发送和接收信息。无线设备向接入点传输信息，接入点接收信息，并将其转发给其他设备。接入点还可以连接到有线网络或互联网。基础结构模式又分为两类，即基本服务集（Basic Service Set，BSS）和扩展服务集（Extended Service Set，ESS）。基本服务集指在无线通信区内引入无线接入点设备，所有入网的设备都与接入点通信，由接入点设备负责无线管理、设备之间发送与接收、缓存数据等工作。就形成了一个基本服务集，这种结构模式也称为含接入点模式。扩展服务集指通过有线网把多个接入点连在一起就形成了一个扩展服务集。

2．IrDA

IrDA 是红外数据协会制定的一个红外数据通信的工业标准。红外线数据协会 IrDA（Infrared Data Association）成立于 1993 年。起初，采用 IrDA 标准的无线设备仅能在 1m 范围内以 115.2 kbps 的速率传输数据，很快发展到 4Mbps 及 16Mbps 的速率。

IrDA 是一种利用红外线进行点对点通信的技术，是第一个实现无线个人局域网（PAN）的技术。目前，它的软/硬件技术都很成熟，在小型移动设备上使用广泛，如：

- 笔记本式计算机、台式计算机和 PDA；
- 打印机、键盘鼠标等计算机外围设备；
- 电话机、移动电话；
- 数码相机、计算器、游戏机和机顶盒；
- 工业设备和医疗设备；
- 网络接入设备，如调制解调器等。

IrDA 的主要优点是无须申请频率的使用权，因而红外通信成本低廉。并且还具有移动通信所需的体积小、功耗低、连接方便、简单易用的特点。此外，红外线发射角度较小，传输上安全性高。

IrDA 的不足在于它是一种视距传输，两个相互通信的设备之间必须对准，中间不能被其他物体阻隔，因而该技术只能用于两台（非多台）设备之间的连接。而蓝牙就没有此限制，且不受墙壁的阻隔。IrDA 目前的研究方向是如何解决视距传输问题及提高数据传输率。

IrDA 包括三个基本的规范和协议：

- 物理层规范（Physical Layer Specification）；
- 连接建立协议（Link Access Protocol，IrLAP）；
- 连接管理协议（Link Management Protocol，IrLMP）。

物理层定义了对红外数据通信硬件的要求，IrLAP 和 IrLMP 定义了两层软件负责对连接进行设置、管理和维护。在 IrLAP 和 IrLMP 基础上，红外数据协会还针对一些特定的红外通信应用领域发布了一些更高级别的协议，如 TinyTP、IrOBEX、IrCOMM、IrLANh 和 IrTran-P 等。

IrDA 目前有 4 个标准的版本，这些版本定义的传输速率有很大的差异，但各个版本互相兼容：

- SIR（Serial InfraRed），即 IrDA1.0 版本，它采用的是一种异步、半双工的红外通信方式，以系统的异步通信收发器（UART）为基础，通过对串行数据脉冲的波形进行压缩和对所接收的光脉冲信号的波形解压的编码、解码过程，实现红外数据的传输；

- MIR（Middle InfraRed），传输速率为 1.152Mbps，足以用来传输电视质量的视频信号；
- FIR（Fast InfraRed），即 IrDA1.1 版本，不再依靠 UART，其最高通信速率达到 4 Mbps，其通信的原理与 SIR 不同，它通过分析脉冲的相位来判别所传输的数据信息；
- VFIR（Very Fast InfraRed），被补充纳入 IrDA1.1 版本，其最高通信速率达到 16 Mbps。

3. HomeRF

HomeRF 工作组是由美国家用射频委员会领导的并于 1997 年成立的，其主要工作任务是为家庭用户建立具有互操作性的话音和数据通信网。它推出了 HomeRF 的标准集成了语音和数据传送技术，工作频段为 10GHz，数据传输速率达到 100Mbps。

HomeRF 的拓扑结构与 802.11 有些类似，有被管结构和对等结构两种形式。被管结构类似于 802.11 的扩展服务集。对等结构类似于 802.11 的基本服务集。在被管结构的网中，所有入网的信息设备都直接与接入点连接，由接入点承担无线通信的管理和与有线网络的连接工作。在对等网络中，没有接入点，入网的信息设备可直接与在无线网络覆盖范围内的其他设备相连接。

每个 HomeRF 网有一个 48 位的网络标识，所以 HomeRF 网络数目再多也不至于引起冲突或影响网络的并发操作。HomeRF 网的传送范围为 46 米，其信号可以透过家庭和办公室的大多数障碍物。一个 HomeRF 网中最多可以连接 127 台设备，一台设备称为一个网络结点，每个结点都要有一个无线接口模块，无线接口模块通常被做成 PC 卡的形式或 USB 接口的形式。

HomeRF 提供了流媒体真正意义上的支持。由于流媒体规定了高级别的优先权并采用了带有优先权的重发机制，这样就确保了实时播放流媒体所需的高带宽、低干扰、低误码。HomeRF 将共享无线接入协议（SWAP）作为未来家庭联网的技术指标，基于该协议的网络是对等网，因此该协议主要针对家庭无线局域网。其数据通信采用简化的 IEEE 802.11 协议标准，沿用类似于以太网技术中的冲突检测的载波监听多址技术。语音通信采用 DECT（Digital Enhanced Cordless Telephony）标准，使用 TDMA 时分多址技术。

HomeRF 是对现有无线通信标准的综合和改进：当进行数据通信时，采用 IEEE802.11 规范中的 TCP/IP 传输协议。当进行语音通信时，则采用数字增强型无绳通信标准。

但是，该标准与 802.11b 不兼容，并占据了与 802.11b 和 Bluetooth 相同的 2.4GHz 频率段，所以在应用范围上会有很大的局限性，更多地是在家庭网络中使用。

5. 蓝牙

蓝牙是一种低成本、低功率、短距离的无线电链路，它适用于移动设备与无线广域网或局域网的访问点之间的无线连接。蓝牙工作在非特许的 2.4GHz ISM 波段，包括硬件规范和软件体系架构。蓝牙是一个开放的技术标准。每台蓝牙设备上都有一个蓝牙模块，蓝牙模块中包括无线收发器、链路控制器以及链路管理器等几个部分。无线收发器非常小，内置在计算机的芯片上。

蓝牙支持语音和数据通信，支持点对点和点对多点的通信方式。它描述了一个小覆盖区（small-footprint）的技术，该技术优化了所有移动设备的使用模型。具有以下特点：全球通用；支持语音和数据处理；具有建立特别连接和网络的能力；具有抗干扰能力；功率消耗可忽略；

开放的接口标准；蓝牙单元成本低、有竞争力。

如图 11-19 所示，蓝牙的独特性来自它的系统架构，蓝牙模型并不与 OSI 模型严格匹配。

OSI 参考模型	蓝牙模型
应用层	应用层
表示层	RFCOMM/SDP
会话层	L2CAP
传输层	主机控制器接口
网络层	链路管理器（LM）
数据链路层	基带层
物理层	无线电

图 11-19　OSI 参考模型和蓝牙系统架构

- 物理层：对通信介质，包括调制和信道译码的电干扰做出相应，蓝牙通过无线电和基带协议实施该项功能；
- 数据链路层：提供特定链路上的传输、成帧和错误控制。在蓝牙协议下，该项功能被链路控制器协议处理；
- 网络层：控制跨网络的数据传输，独立于介质和网络拓扑。在蓝牙协议下，链路控制器和部分链路管理器（LM，Link Manager）处理这些任务，建立并维持多重链路；
- 传输层：对于跨网络被传送到应用层的数据，控制器多路复用，从而与 LM 的高端以及主机控制器接口相交叠，提供实际的传送机制；
- 会话层：提供管理和数据流控制服务，这些服务被逻辑链路控制和适应协议（Logical Link Control and Adaptation Protocol，L2CAP）以及 RFCOMM/SDP 的较低端所覆盖；
- 表示层：通过向数据单元增加服务结构，来为应用层数据提供一种通用的表示，这是 RFCOMM/SDP 的主要任务；
- 应用层：负责管理主机应用程序之间的通信。

基本的蓝牙网叫做皮网（Piconet），皮网是蓝牙设备的任意聚集，这些设备的物理位置足够近并能够互相通信和交换信息。如图 11-20 是一个蓝牙网络的实际示例。

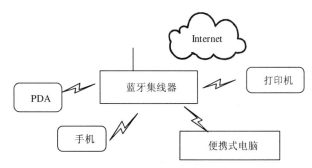

图 11-20　蓝牙网实例

多个激活的设备如个人数字助理、便携式电脑、移动电话等通过一个蓝牙集线器连接到公司的局域网。多个皮网组合成分散网，称为皮网群，用以增加蓝牙网络的范围。如图 11-21 所示是一个典型的分散网实例。

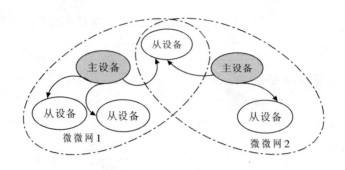

图 11-21　分散网

当两台设备通信建立蓝牙连接时，一台设备充当主设备的角色，另一台设备充当从设备的角色。蓝牙构件工作在 4 种模式下：激活、嗅探、保持、待命。主设备并不享有专门的特权，只是决定设备间通信的调频模式，一台主设备可以和多台从设备通信，组成一个多达 7 台激活的从设备和最多 255 台待命的从设备组。

主设备和某个特定的主设备进行通信的从设备组成皮网，皮网的所有设备都必须同步。

在皮网附近的设备，必须和主设备通信才能成为皮网的一部分，如果多个皮网覆盖同一个区域，设备单元利用时分复用技术参加到两个或更多的皮网中。蓝牙单元能在若干个皮网中充当从设备，但只能在一个皮网中充当主设备。

6. 短程无线网总结

现在，表 11-5 对以上介绍的几种主要的短程无线网络进行简单对比。

表 11-5　短程无线网络比较

	IEEE 802.11b	HomeRF	Bluetooth
速率	11Mbps	1，2，10 Mbps	30~400kbps
适用范围	办公或校园局域网	总部、住宅、房间	个人区域网
终端类型	外置于笔记本电脑、台式机、掌上设备、Internet 网关	外置于笔记本电脑、台式机、掌上设备、电话、调制解调器、Internet 网关	内置于笔记本电脑、台式机、掌上设备、电话、电器、汽车等
典型配置	多客户/访问点	点到点或多设备/访问点	点到点或多设备/访问点
有效范围	20~100 米	50 米	10 米
频率共享	直接序列扩频	宽带跳频	窄带跳频
支持者	Cisco、Lucent、3Com、WECA	Apple、Compaq、Dell、HomeRF Group、Intel Motorola、Promix	BluetoothSIG、Ericsson、Motorala、Nokia

7. 移动 Internet

移动 Internet 是一个通过移动通信网所提供的信道，将智能移动电话、PDA、便携式电脑及各类嵌入式移动信息设备接入 Internet，并可以访问 Internet 的系统。它是移动通信技术与 Internet 技术相结合的产物。无线移动数据通信网通过与有线数据通信网的互联，使数据通信网的应用扩展到无线移动数据通信。

现在，无线移动数据通信方式的种类正在迅速增多，已经有电路交换蜂窝移动通信、蜂窝数字分组数据（CDPD）通信、微蜂窝扩频通信、专用分组无线通信、双向卫星数据通信等多种方式的移动数据通信开通使用。

无线移动数据通信与有线数据通信相比有许多独特之处，例如，可以随时随地进行通信，快速方便。例如，新闻记者携带一台便携式电脑，即可在现场通过移动电话机将新闻稿件及时发出。可以追踪移动资源，例如汽车公司可以随时掌握车辆情况，进行调度，提高运营效率，可以确保信息可靠到达。在移动数据终端内均可储存信息，例如，当接收数据的人暂时离开或不方便当时接收信息时，信息可存储在数据终端，待回来后或方便时随时提取而不会丢失。人们随时可访问中心数据库或 Internet，商业人员可在现场接订单、开发票、当场结算用户信用卡等。以上都是无线移动数据通信所具有的独特功能。

跟其他网络协议一样，WAP 协议采用的也是分层的组织结构，如图 11-22 所示。

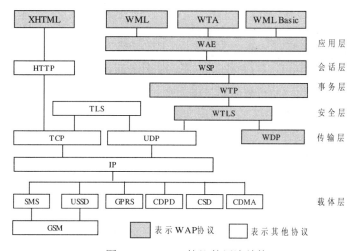

图 11-22　WAP 协议的层次结构

- WAE（Wireless Application Environment，无线应用环境）是 WAP 的应用层，与 WWW 的应用环境类似。该层定义了如下内容：WML（Wireless Markup Language，无线标记语言）是针对无线通信环境开发的语言，特别适合于便携式移动通信设备；WML Scrip 是一种类似于 JavaScript 的语言，用于编写 WAE 程序；WTA（Wireless Telephony Application，无线技术应用）定义了一个控制语音电话的程序设计接口；XHTML Basic 是一种与 WML 兼容的网页设计语言，是 XHTML 的一个子集。
- WSP（Wireless Session Protocol，无线会话协议）是一种适用于低带宽、高延迟环境下的会话层协议。
- WTP（Wireless Transaction Protocol，无线传输协议）负责控制消息的发送和接收，提供可靠的通信路径。
- WTLS（Wireless Transport Layer Security，无线传输层安全）在 SSL（Security Socket Layer，安全套接字层）协议的基础上修改而成的 WAP 安全协议。具有数据正确性保证、数据保密、认证、拒绝服务保护等功能。
- WDP（Wireless Datagram Protocol，无线数据报协议）是低带宽、高延迟无线通信环境下的数据报协议。

11.4.4　嵌入式 Internet

随着 Internet 和嵌入式技术的飞速发展，越来越多的信息电器，如 Web 可视电话、机顶盒、以及信息家电等嵌入式系统产品都要求与 Internet 连接，来共享 Internet 所提供的方便、快捷、无处不在的信息资源和服务，即嵌入式 Internet 技术。嵌入式 Internet 技术在智能交通、家政系统、家庭自动化、工业自动化、POS 及电子商务等领域具有广阔的应用前景。

1. 嵌入式 Internet 的接入方式

嵌入式设备上集成了 TCP/IP 协议栈及相关软件，这类设备可以作为 Internet 的一个节点，分配有 IP 地址，与 Internet 直接互联。这种接入方式的特点是：

- 设备可以直接连接到 Internet，对 Internet 进行透明访问；
- 不需要专门的接入设备；
- 设备的协议标准化；
- 需要的处理器性能和资源相对较高；
- 需要占用 IP 资源，由于目前 IPv4 资源紧张，这种方案在 IPv6 网中可能更现实。

通过网关接入 Internet，即采用瘦设备方案，设备不直接接入 Internet，不需要复杂的 TCP/IP 协议全集，而是通过接入设备接入 Internet。如嵌入式微型网互联技术（Embedded Micro Internet-working Technology，EMIT）便是一种将嵌入式设备接入 Internet 的技术。这种接入方式的特点是：

- 对接入设备的性能和资源要求较低；
- 接入设备的协议栈开销较小；
- 不需要分配合法的 IP 地址；
- 可以降低系统的整体成本；
- 设备可以实现多样化、小型化。

2. 嵌入式 TCP/IP 协议栈

嵌入式 TCP/IP 协议栈完成的功能与完整的 TCP/IP 协议栈是相同的，但是由于嵌入式系统的资源限制，嵌入式协议栈的一些指标和接口等与普通的协议栈可能有所不同。

（1）嵌入式协议栈的调用接口与普通的协议栈不同。普通协议栈的套接字接口是标准的，应用软件的兼容性好，但是，实现标准化接口的代码开销、处理和存储开销都是巨大的。因此，多数厂商在将标准的协议栈接口移植到嵌入式系统上的时候，都作了不同程度的修改简化，建立了高效率的专用协议栈，它们所提供的 API 与通用协议栈的 API 不一定完全一致。

（2）嵌入式协议栈的可裁剪性。嵌入式协议栈多数是模块化的，如果存储器的空间有限，可以在需要时进行动态安装，并且都省去了接口转发、全套的 Internet 服务工具等几个针对嵌入式系统非必需的部分。

（3）嵌入式协议栈的平台兼容性。一般协议栈与操作系统的结合紧密，大多数协议栈是在操作系统内核中实现的。协议栈的实现依赖于操作系统提供的服务，移植性较差。嵌入式协议栈的实现一般对操作系统的依赖性不大，便于移植。许多商业化的嵌入式协议栈支持多种操作系统平台。

（4）嵌入式协议栈的高效率。嵌入式协议栈的实现通常占用更少的空间，需要的数据存储器更小，代码效率高，从而降低了对处理器性能的要求。

11.5　嵌入式数据库管理系统

随着嵌入式技术的发展，嵌入式数据库逐步走向应用。本质上，嵌入式数据库是由通用数据库发展而来的，在各种嵌入式设备上或移动设备上运行，在嵌入式系统中更显示出其优越性，由于受到嵌入式系统本身应用环境的制约，嵌入式数据库有着与通用数据库不同的特点。

通常，嵌入式数据库管理系统就是在嵌入式设备上使用的数据库管理系统。由于用到嵌入式数据库管理系统的系统多是移动信息设备，诸如掌上电脑、PDA、车载设备等移动通信设备，位置固定的嵌入式设备很少用到，所以，嵌入式数据库也称为移动数据库或嵌入式移动数据库。其作用主要是解决移动计算环境下数据的管理问题，移动数据库是移动计算环境中的分布式数据库。

在嵌入式系统中引入数据库技术，主要因为直接在嵌入式操作系统或裸机之上开发信息管理应用程序存在如下缺点：

（1）所有的应用都要重复进行数据的管理工作，增加了开发难度和代价。

（2）各应用之间的数据共享性差。

（3）应用软件的独立性、可移植性差，可重用度低。

在嵌入式系统中引入数据库管理系统可以在很大程度上解决上述问题，提高应用系统的开发效率和可移植性。

11.5.1　使用环境的特点

嵌入式数据库系统是一个包含嵌入式数据库管理系统在内的跨越移动通信设备、工作站或台式机及数据服务器的综合系统，系统所具有的这个特点以及该系统的使用环境对嵌入式数据库管理系统有着较大的影响，直接影响到嵌入式数据库管理系统的结构。其使用环境的特点可以简单地归纳如下：

（1）设备随时移动性，嵌入式数据库主要用在移动信息设备上，设备的位置经常随使用者一起移动。

（2）网络频繁断接，移动设备或移动终端在使用的过程中，位置经常发生变化，同时也受到使用方式、电源、无线通信及网络条件等因素的影响。所以，一般并不持续保持网络连接，而是经常主动或被动地间歇性断接和连接。

（3）网络条件多样化，由于移动信息设备位置的经常变化，所以移动信息设备同数据服务器在不同的时间可能通过不同的网络系统连接。这些网络在网络带宽、通信代价、网络延迟、服务质量等方面可能有所差异。

（4）通信能力不对称，由于受到移动设备的资源限制，移动设备与服务器之间的网络通信能力是非对称的。移动设备的发送能力都非常有限，使得数据服务器到移动设备的下行通信带宽和移动设备到数据服务器之间的上行带宽相差很大。

11.5.2　系统组成与关键技术

一个完整的嵌入式数据库管理系统由若干子系统组成，包括主数据库管理系统、同步服务器、嵌入式数据库管理系统、连接网络等几个子系统，如图 11-23 所示。

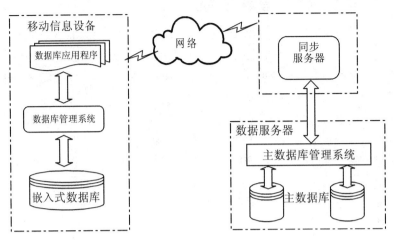

图 11-23　嵌入式数据库系统组成

（1）嵌入式数据库管理系统。嵌入式数据库管理系统是一个功能独立的单用户数据库管理系统。它可以独立于同步服务器和主数据库管理系统运行，对嵌入式系统中的数据进行管理，也可以通过同步服务器连接到主服务器上，对主数据库中的数据进行操作，还可以通过多种方式进行数据同步。

（2）同步服务器。同步服务器是嵌入式数据库和主数据库之间的连接枢纽，保证嵌入式数据库和主数据库中数据的一致性。

（3）数据服务器。数据服务器的主数据库及数据库管理系统可以采用 Oracle 或 Sybase 等大型通用数据库系统。

（4）连接网络。主数据库服务器和同步服务器之间一般通过高带宽、低延迟的固定网络进行连接。移动设备和同步服务器之间的连接根据设备具体情况可以是无线局域网、红外连接、通用串行线或公众网等。

1．嵌入式移动数据库在应用中的关键

嵌入式移动数据库在实际应用中必须解决好数据的一致性（复制性）、高效的事务处理和数据的安全性等问题。

（1）数据的一致性。嵌入式移动数据库的一个显著特点是，移动数据终端之间以及与同步服务器之间的连接是一种弱连接，即低带宽、长延迟、不稳定和经常性断接。为了支持用户在弱环境下对数据库的操作，现在普遍采用乐观复制方法（Optimistic Replication 或 Lazy Replication）允许用户对本地缓存上的数据副本进行操作。待网络重新连接后再与数据库服务器或其他移动数据终端交换数据修改信息，并通过冲突检测和协调来恢复数据的一致性。

（2）高效的事务处理。移动事务处理要解决在移动环境中频繁的、可预见的断接情况下的事务处理。为了保证活动事务的顺利完成，必须设计和实现新的事务管理策略和算法。

- 根据网络连接情况来确定事务处理的优先级，网络连接速度高的事务请求优先处理；
- 根据操作时间来确定事务是否迁移，即长时间的事务操作将全部迁移到服务器上执行，无须保证网络的一直畅通；
- 根据数据量的大小来确定事务是上载执行还是下载数据副本执行后上载；

- 完善的日志记录策略；
- 事务处理过程中，网络断接处理时采用服务器发现机制还是采用客户端声明机制；
- 事务移动（如：位置相关查询）过程中的用户位置属性的实时更新。

（3）数据的安全性。许多应用领域的嵌入式设备是系统中数据管理或处理的关键设备，因此嵌入式设备上的数据库系统对存取权限的控制较严格。同时，许多嵌入式设备具有较高的移动性、便携性和非固定的工作环境，也带来潜在的不安全因素。同时某些数据的个人隐私性又很高，因此在防止碰撞、磁场干扰、遗失、盗窃等方面对个人数据的安全性需要提供充分的保证。保证数据安全的主要措施是：

- 对移动终端进行认证，防止非法终端的欺骗性接入；
- 对无线通信进行加密，防止数据信息泄漏；
- 对下载的数据副本加密存储，以防移动终端物理丢失后的数据泄密。

2. 移动数据库管理系统的特性

移动 DBMS 的计算环境是传统分布式 DBMS 的扩展，它可以看做客户端与固定服务器结点动态连接的分布式系统。因此移动计算环境中的数据库管理系统是一种动态分布式数据库管理系统。由于嵌入式移动数据库管理系统在移动计算的环境下应用在嵌入式操作系统之上，所以它有自己的特点和功能需求：

（1）微核结构，便于实现嵌入式功能。考虑到嵌入式设备的资源有限，嵌入式移动 DBMS 应采用微型化技术实现，在满足应用的前提下紧缩其系统结构以满足嵌入式应用的需求。

（2）对标准 SQL 的支持。嵌入式移动 DBMS 应能提供了对标准 SQL 的支持。支持 SQL92 标准的子集，支持数据查询（连接查询、子查询、排序、分组等）、插入、更新、删除多种标准的 SQL 语句，充分满足嵌入式应用开发的需求。

（3）事务管理功能。嵌入式移动 DBMS 应具有事务处理功能，自动维护事务的完整性、原子性等特性；支持实体完整性和引用完整性。

（4）完善的数据同步机制。数据同步是嵌入式数据库最重要的特点。通过数据复制，可以将嵌入式数据库或主数据库的变化情况应用到对方，保证数据的一致性。

嵌入式移动数据库管理系统的数据同步机制应具有以下的特点：

- 提供多种数据同步方式，具有上载同步、下载同步和完全同步三种同步方式；
- 具有完善的冲突检测机制和灵活的冲突解决方案，具有冲突日志记录功能；
- 支持快速同步，系统同步时，只传递变化的数据，节省了大量的同步时间；
- 支持表的水平分割和垂直分割复制，最大限度地降低了嵌入式数据库的大小；
- 支持异构数据源连接同步，可以用支持 ODBC 的异构数据源作为主数据库和嵌入式设备上的数据库进行数据同步；
- 具有主动同步的功能，允许用户对系统提供的同步事件自定义过程实现，提供了最大灵活度的同步过程。

（5）支持多种连接协议。嵌入式移动 DBMS 应支持多种通信连接协议。可以通过串行通信、TCP/IP、红外传输、蓝牙等多种连接方式实现与嵌入式设备和数据库服务器的连接。

（6）完备的嵌入式数据库的管理功能。嵌入式移动 DBMS 应具有自动恢复功能，基本无须人工干预进行嵌入式数据库管理并能够提供数据的备份和恢复，保证用户数据的安全可靠。

（7）平台无关性与支持多种嵌入式操作系统。嵌入式移动 DBMS 应能支持 Windows CE、Palm OS 等多种目前流行的嵌入式操作系统，这样才能使嵌入式移动数据库管理系统不受移动终端的限制。

（8）零管理特性。嵌入式数据库具有自动恢复功能，不需要人工干预就可以进行嵌入式数据库管理，并提供数据的备份与同步。

另外，一种理想的状态是用户只用一台移动终端（如手机）就能对与它相关的所有移动数据库进行数据操作和管理。这就要求前端系统具有通用性，而且要求移动数据库的接口有统一、规范的标准。前端管理系统在进行数据处理时自动生成统一的事务处理命令，提交当前所连接的数据服务器执行。这样就有效地增强了嵌入式移动数据库管理系统的通用性，扩大了嵌入式移动数据库的应用前景。

总之，在嵌入式移动数据库管理系统中还需要考虑诸多传统计算环境下不需要考虑的问题，如对断接操作的支持、对跨区长事务的支持、对位置相关查询的支持、对查询优化的特殊考虑以及对提高有限资源的利用率和对系统效率的考虑等。为了有效地解决上述问题，诸如复制与缓存技术、移动事务处理、数据广播技术、移动查询处理与查询优化、位置相关的数据处理及查询技术、移动信息发布技术、移动 Agent 等技术仍在不断地发展和完善，会进一步促进嵌入式移动数据库管理系统的发展。

11.5.3 实例解析

本节简单介绍两种嵌入式数据库管理系统。

1．SQL Anywhere Studio

SQL Anywhere Studio 是 Sybase 公司开发的一个嵌入式数据库系统，主要用于笔记本计算机、手持设备、智能电器等领域。能够帮助企业快速部署和实施分布式电子商务系统，使企业可以保证其数据在任何需要的时间和地点都可以被访问。为了实现这个目标，SQL Anywhere Studio 提供了一系列的工具，包括：

（1）Adaptive Server Anywhere 嵌入式数据库管理系统。这个数据库管理系统可以单机运行，也可以作为数据库服务器运行。

（2）UltraLite 提交工具。通过该工具，数据库系统可以分析出一个特定的应用系统需要哪些数据库管理系统的功能，并根据实际需要对数据库进行精简。

（3）MobiLink 同步服务器。SQL Anywhere Studio 支持双向的信息同步。在同步环境下通过 MobiLink 来完成，其原理是：移动通信设备通过标准的 Internet 协议与 MobiLink 同步服务器连接，而 MobiLink 服务器通过标准的 ODBC 与后端的主数据库连接。在异步环境下通过 SQL Remote 来完成。SQL Remote 是基于存储转发的结构，可支持偶然的连接通过文件或消息传递机制来同步数据，在该技术中，只有变化的数据才被发现。

（4）PowerDesigner Physical Architect 数据库模型设计工具。

（5）PowerDynamo Web 动态页面服务器。

（6）JConnect JDBC 驱动器。

（7）Sybase Central 图形化管理工具。用于对数据库、移动用户和数据复制提供便利。

2．Adaptive Server Anywhere

Adaptive Server Anywhere 的主要特点如下：

（1）支持多种操作系统。Adaptive Server Anywhere 可支持多种常见的操作系统，包括 Palm OS、VxWorks、EPOC、Windows CE 等嵌入式操作系统和 Windows、Novell、UNIX 等桌面操作系统。其数据库的文件是二进制数据兼容的，可以方便地在平台间拷贝移植。同时，Adaptive Server Anywhere 占用的资源很少，却具有强大的功能，包括参照完整性、存储过程、触发器、行级锁、自动的时间表和自动恢复功能等。

（2）支持 Java。Adaptive Server Anywhere 全面支持 Java 技术，支持 Java 存储过程和数据类型，并且支持开发人员在数据库中创建和存储 Java 类，从而可以在服务器中实现复杂的商业应用。开发人员可以在任何标准的 Java 环境中开发，可将代码提交给客户端的应用程序、中间层的应用服务器或后台的数据库服务器。Adaptive Server Anywhere 具有 100%纯 JDBC 驱动，开发人员可以使用任何标准的 Java 开发环境把代码提交到客户端应用或中间层事务服务器，或提交到数据库服务器内部，不需要改变任何代码。

（3）支持 Internet 应用。SQL Anywhere Studio 可以支持各种 Internet 标准，包括 HTTP、HTML、XML、JavaScript 等，可以很好地利用已有的 Web 应用程序，一方面可以支持超瘦的 Web 应用。另一方面可以将应用程序和数据信息在本地保存，使得通信断接时，移动用户仍可以运行应用程序。同时，UltraLite 具有企业级的参照完整性和事务处理能力，支持索引和多表连接，能够非常快速地完成数据获取和更新，并且支持所有的 Java 虚拟机。

（4）支持多种应用程序接口。Adaptive Server Any where 支持使用 ODBC、JDBC、OpenClient™、OLEDB 和嵌入式开发数据库应用程序。开发人员可以使用这些数据库接口对移动信息设备和智能电器进行数据访问。另外，还支持多种常见的开发工具，如 Power Builder、Microsoft 的 Visual 系列开发平台及 MetroWerks 的 CodeWarrior 等。

（5）易于管理。由于 Adaptive Server Anywhere 的自管理和自调优功能，所以系统很少需要 DBA（Database Administrator）干预。图形化管理工具 Sybase Central 易于使用，可以方便地集中管理远程数据库和同步环境。SQL Anywhere Studio 提供了企业系统和远程设备之间可伸缩的双向信息复制技术。其 MobiLink 同步技术还提供了远程设备和异构数据源之间安全的双向企业信息交换，并支持特殊的手持设备协议，包括 Palm Computing HotSync、RiverBed ScoutSync、Palm HotSync Server 等。SQL Remote 则允许偶连接用户使用文件或消息传输机制进行数据同步。

（6）系统规模配置灵活。通常，数据库管理系统和应用是分离的，即使应用只用到了数据库管理系统的一部分功能，数据库管理系统仍然包括了所有的功能模块，致使数据库管理系统过于庞大。为此，开发应用时，先以 Adaptive Server Anywhere 为数据库开发平台开发应用程序，然后对应用分析，找出必需的功能模块，生成一个精简的数据库管理系统，从而减少系统资源的占用。

11.6　实时系统与嵌入式操作系统

简单地说，实时系统可以看成对外部事件能够及时响应的系统。这种系统最重要的特征是时间性，也就是实时性，实时系统的正确性不仅依赖于系统计算的逻辑结果，还依赖于产生这些结果的时间。

目前，大多数实时系统都是嵌入式的，并且实际运行中的嵌入式系统也都有实时性的需求，因此，在诸多类型的嵌入式操作系统中，实时嵌入式操作系统是最具代表性的一类，它融合了几乎所有类型的嵌入式操作系统的特点，所以本节主要以实时嵌入式操作系统的特性和概念为主线，对嵌入式操作系统的基本概念与特点、基本架构、内核服务、内核对象与内核服务等核心内容进行全面的介绍。

11.6.1　嵌入式系统的实时概念

现实世界中，并非所有的嵌入式系统都具有实时特性，所有的实时系统也不一定都是嵌入式的。但这两种系统并不互相排斥，兼有这两种系统特性的系统称为实时嵌入式系统。

它们之间的关系如图 11-24 所示。

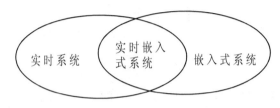

图 11-24　实时嵌入式系统

（1）逻辑（或功能）正确，是指系统对外部事件的处理能够产生正确的结果。

（2）时间正确，是指系统对外部事件的处理必须在预定的周期内完成。

（3）死线（Deadline）或时限、死限、截止时间，是指系统必须对外部事件处理的最迟时间界限，错过此界限可能产生严重的后果。通常，计算必须在到达时限前完成。

（4）实时系统，是指功能正确和时间正确同时满足的系统，二者同等重要。换言之，实时系统有时间约束并且是时限驱动的。但是在某些系统中，为了保证功能正确性，有可能牺牲时间正确性。

对于实时系统的划分，通常还可以根据实时性的强弱，即系统必须对外部事件做出响应的时间长短，将实时系统分为：

（1）强实时系统，其系统的响应时间非常短，通常在毫秒或微秒级；

（2）一般实时系统，其系统响应时间比强实时系统要求要低，通常在秒级；

（3）弱实时系统，其系统响应时间可以更长，也可以随系统负载的轻重而变化。

根据对错失时限的容忍程度或后果的严重性可以将实时系统分为软实时系统和硬实时系统。

（4）硬实时系统，指系统必须满足其灵活性接近零时限要求的实时系统。时限必须满足否则就会产生灾难性后果，并且时限之后得到的处理结果或是零级无用，或是高度贬值。

（5）软实时系统，指必须满足时限的要求，但是有一定灵活性的实时系统。时限可以包含可变的容忍等级、平均的截止时限，甚至是带有不同程度的、可接受性的响应时间的统计分布。在软实时系统中，时限错失通常不会导致系统失败或严重的后果。

表 11-6 是对软实时和硬实时系统的对比。

表 11-6　软实时和硬实时系统对比

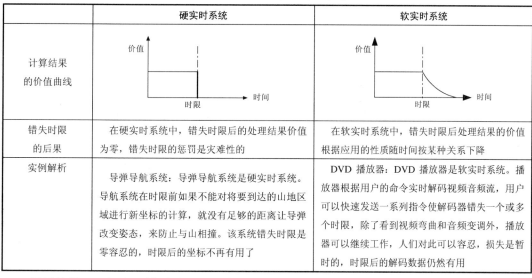

	硬实时系统	软实时系统
计算结果的价值曲线		
错失时限的后果	在硬实时系统中，错失时限后的处理结果价值为零，错失时限的惩罚是灾难性的	在软实时系统中，错失时限后处理结果的价值根据应用的性质随时间按某种关系下降
实例解析	导弹导航系统：导弹导航系统是硬实时系统。导航系统在时限前如果不能对将要到达的山地区域进行新坐标的计算，就没有足够的距离让导弹改变姿态，来防止与山相撞。该系统错失时限是零容忍的，时限后的坐标不再有用了	DVD 播放器：DVD 播放器是软实时系统。播放器根据用户的命令实时解码视频音频流，用户可以快速发送一系列指令使解码器错失一个或多个时限，除了看到视频弯曲和音频变调外，播放器可以继续工作，人们对此可以容忍，损失是暂时的，时限后的解码数据仍然有用

通过比较，可知由于错过时限对软实时系统的运行没有决定性的影响，一个软实时系统不必预测是否可能有悬而未决的时限错失。相反，软实时系统在探知到错失一个时限后可以启动一个恢复进程。

在实时系统中，任务的开始时间跟时限或完成时间同样重要，由于任务缺少需要的资源，如 CPU 和内存，就有可能阻碍任务执行的开始并直接导致错失任务的完成时限，因此时限问题演变成了资源的调度问题。

这一点对调度算法和任务设计都有至关重要的影响。

11.6.2　嵌入式操作系统概述

所谓嵌入式操作系统，就是指运行在嵌入式计算机系统上支持嵌入式应用程序的操作系统，是用于控制和管理嵌入式系统中的硬件和软件资源、提供系统服务的软件集合。嵌入式操作系统是嵌入式软件的一个重要组成部分。它的出现提高了嵌入式软件开发的效率，提高了应用软件的可移植性，有力地推动了嵌入式系统的发展。

1. 嵌入式操作系统的特点

与通用操作系统相比，嵌入式操作系统主要有以下特点。

（1）微型化：嵌入式操作系统的运行平台不是通用计算机，而是嵌入式计算机系统。这类系统一般没有大容量的内存，几乎没有外存，因此，嵌入式操作系统必须做得小巧，以尽量少占用系统资源。为了提高系统地执行速度和系统的可靠性，嵌入式系统中的软件一般都固化在存储器芯片中，而不是存放在磁盘等载体中。

（2）代码质量高：在大多数应用中，存储空间依然是宝贵的资源，这就要求程序代码的质量要高，代码要尽量精简。

（3）专业化：嵌入式系统的硬件平台多种多样，处理器的更新速度快，每种都是针对不同的应用领域而专门设计。因此，嵌入式操作系统要有很好的适应性和移植性，还要支持多种开发平台。

（4）实时性强：嵌入式系统广泛应用于过程控制、数据采集、通信、多媒体信息处理等要求实时响应的场合，因此实时性成为嵌入式操作系统的又一特点。

（5）可裁减、可配置：应用的多样性要求嵌入式操作系统具有较强的适应能力，能够根据应用的特点和具体要求进行灵活配置和合理裁减，以适应微型化和专业化的要求。

2. 嵌入式操作系统的分类

嵌入式操作系统的种类繁多，可以从不同角度对其进行分类。

从嵌入式操作系统的获得形式上，可以分为商业型和商业型两类：

（1）商业型。商业型嵌入式操作系统一般功能稳定、可靠，有完善的技术支持、齐全的开发工具和售后服务。如 WindRiver 公司的 VxWorks 、pSOS 和 Palm 公司的 Palm OS 等。但是，价格昂贵，用户通常得不到系统的源代码。

（2）免费型。免费型嵌入式操作系统的优势在于价格方面，另外，应用系统开发者可以获得系统源代码，给开发带来了方便。但免费型的操作系统功能简单、技术支持差、系统的稳定性也不够好。典型代表系统有嵌入式 Linux、uC/OS 等。

从嵌入式操作系统的实时性上，可以分为实时嵌入式操作系统和非实时嵌入式操作系统两类。

（1）实时嵌入式操作系统（Real-Time Embedded OS，RTEOS）。实时嵌入式操作系统支持实时系统工作，其首要任务是调度一切可利用资源，以满足对外部事件响应的实时时限，其次着眼于提高系统的使用效率。实时嵌入式操作系统主要用在控制、通信等领域。目前，大多数商业嵌入式操作系统都是实时操作系统。

（2）非实时嵌入式操作系统。这类操作系统不特别关注单个任务响应时限，其平均性能、系统效率和资源利用率一般较高，适合于实时性要求不严格的消费类电子产品，如个人数字助理、机顶盒等。

11.6.3　一般结构

与通用计算机系统上的操作系统一样，嵌入式操作系统隔离了用户与计算机系统的硬件，为用户提供了功能强大的虚拟计算机系统，如图 11-25 所示。嵌入式操作系统主要由应用程序接口、设备驱动、操作系统内核等几部分组成。

为方便用户应用程序的开发和代码的重用，嵌入式系统通常集成了第三方提供的中间件，这些中间件面向特定的应用领域具有特定业务逻辑，具有跟平台无关，方便升级和移植等特性。

针对不同的硬件平台，操作系统通常建立在一个抽象硬件层上，该抽象层位于底层硬件和内核之间，为内核提供各种方便移植的宏定义接口，在不同的平台间移植时，只需要修改宏定义即可。在硬件抽象层中封装了和特定硬件有关的各种类型定义、数据结构以及各种接口。硬件抽象层提供的接口包括对于 IO 的接口、中断处理、异常处理、Cache 处理以及对称多处理（SMP）等。

根据抽象程度的不同，硬件抽象层的结构可以分为三个级别。

- 系统结构抽象层：该抽象层抽象了 CPU 核的特征，包括中断的传递、异常处理、上下文切换以及 CPU 的启动等；

- 处理器变种抽象层：该级别抽象了 CPU 变种的特征，如 Cache、内存管理部件、浮点处理器以及片上部件（存储器、中断控制器）；
- 平台抽象层：该抽象级别抽象了不同平台的特征，如片外器件定时器、IO 寄存器等。

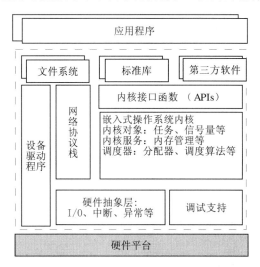

图 11-25　嵌入式操作系统的一般层次结构

　　嵌入式操作系统是一个按时序方式调度执行、管理系统资源并为应用代码提供服务的基础软件。每个嵌入式操作系统都有一个内核。另一方面，嵌入式操作系统也可以是各种模块的有机组合，包括内核、文件系统、网络协议栈和其他部件。

　　通常，如图 11-26 所示，大多数内核都包含以下三个公共部件：

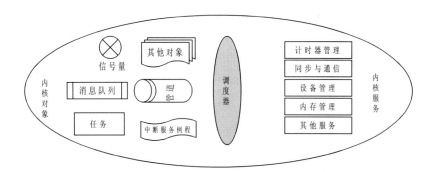

图 11-26　嵌入式操作系统的内核部件

（1）调度器，是嵌入式操作系统的心脏，提供一组算法决定何时执行哪个任务。

（2）内核对象，是特殊的内核构件，帮助创建嵌入式应用。

（3）内核服务，是内核在对象上执行的操作或通用操作。

11.6.4　实时嵌入式操作系统

　　整体上看，一个嵌入式系统的实时性能是由硬件、实时操作系统以及应用程序共同决定的，其中，嵌入式实时操作系统内核的性能起着关键的作用。通常，有两种类型的实时嵌入式操作系统：实时内核型的 RTEOS 与通用型的 RTEOS。

- 实时内核型的 RTEOS：这类操作系统，驱动程序传统嵌在内核之中，应用程序和中间件实现在标准的应用程序接口（APIs，Application Programming Interfaces）之上。
- 实时内核型的 RTEOS：这类操作系统，驱动程序并非深度嵌入到内核中，而是在内核之上实现，并且仅包含少数必要的驱动程序，应用程序和中间件可以直接在驱动程序之上实现，而不必在标准的 APIs 实现。它们的区别如图 11-27 所示。

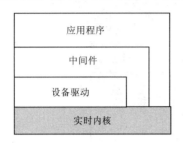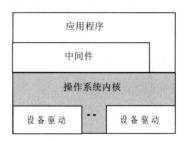

图 11-27 实时内核型的 RTEOS 与通用型的 RTEOS 的比较

实时嵌入式操作系统和通用操作系统之间的功能有很多相似之处，如它们都支持多任务，支持软件和硬件的资源管理，以及都为应用提供基本的操作系统服务。

1. 嵌入式实时操作系统的关键特性

与通用操作系统相比，实时嵌入式操作系统在功能上具有很多特性。实时嵌入式操作系统特有的不同于通用操作系统的关键特性主要有：

- 满足嵌入式应用的高可靠性；
- 满足应用需要的可裁减能力；
- 内存需求少；
- 运行的可预测性；
- 采用实时调度策略；
- 系统的规模紧凑；
- 支持从 ROM 或 RAM 上引导和运行；
- 对不同的硬件平台具有更好的可移植性。

2. 嵌入式实时操作系统的实时性能指标

在评估实时操作系统设计性能时，时间性能指标是最重要的一个性能指标，常用的时间性能指标主要有如下几个：

（1）任务切换时间：是指 CPU 控制权由运行态的任务转移给另外一个就绪任务所需要的时间，包括在进行任务切换时，保存和恢复任务上下文所花费的时间，以及选择下一个待运行任务的调度时间，该指标跟微处理器的寄存器数目和系统结构有关。相同的操作系统在不同微处理器上运行时所花费时间可能不同。

任务切换时间所对应的时序图如图 11-28 所示。

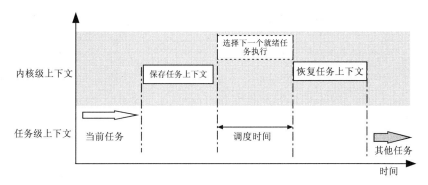

图 11-28 任务切换的时序

（2）中断处理相关的时间指标，对应的中断时序图如图 11-29 所示。

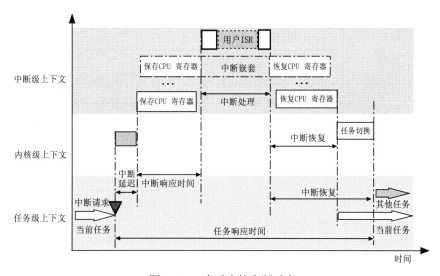

图 11-29 实时内核中断时序

- 中断延迟时间，是指从中断发生到系统获知中断的时间，主要受系统最大关中断时间的影响，关中断时间越长，中断延迟也就越长；
- 中断处理执行时间，该时间由具体的应用决定；
- 中断响应时间，是指从中断发生到开始执行用户中断服务例程的时间；
- 中断恢复时间，是指用户中断服务例程结束回到被中断的代码之间的时间；
- 最大关中断时间，包含两个方面：一是内核最大关中断时间，即内核在执行临界区代码时关闭中断，二是应用关中断时间，关中断最大时间是这两种关中断时间的最大值；
- 任务响应时间，是指从任务对应的中断产生到该任务真正开始运行的时间；

对于可抢占式调度，中断恢复时间的时间还要加上进行任务切换和恢复新的任务上下文的时间。

（3）系统响应时间：指系统在发出处理请求到系统作出应答的时间，即调度延迟，这个时间的大小主要由内核任务调度算法所决定。

作为总结，典型的可抢占实时内核的性能指标计算方法如表 11-7 所示。

表 11-7　可抢占实时内核的性能指标计算表

性能指标	抢占式内核
中断延迟时间	MAX（最长指令时间+用户中断禁止时间+内核中断禁用时间） +开始执行中断服务子程序的第一条指令的时间
中断响应时间	中断延迟+保存 CPU 内部寄存器的时间+内核的进入中断服务函数的执行时间
中断恢复时间	判断是否有更高优先级的任务进入了就绪态的时间+恢复那个更高优先级任务的 CPU 内部寄存器的时间+执行中断返回指令的时间
任务响应时间	找到最高优先级任务的时间+任务切换时间
RAM 大小	应用程序代码+内核 RAM+SUM（任务堆栈）+MAX（中断服务程序堆栈）

11.6.5　内核对象

实时嵌入式操作系统的用户可以使用内核对象来解决实时系统设计中的问题，如并发、同步与互斥、数据通信等。内核对象包括信号量、消息队列、管道、事件与信号等。

1. 任务

（1）任务的定义。任务是独立执行的线程，线程中包含独立的可调度的指令序列。实时应用程序的设计过程包括如何把问题分割成多个任务，每个任务是整个应用的一个组成部分，每个任务被赋予一定的优先级，有自己的一套寄存器和栈空间。在大多数典型的抢占式调度内核中，在任何时候，无论是系统任务还是应用任务，其状态都会处于：就绪、运行、阻塞三个状态之一。另外，某些商业内核还定义了挂起、延迟等颗粒更细的状态。

（2）任务对象。任务是由不同的参数集合和支持的数据结构定义。在创建任务时，每个任务都拥有一个相关的名字、一个唯一的标识号 ID、一个优先级、一个任务控制块、一个堆栈和一个任务的执行例程，这些部件一起组成一个任务对象。

任务具有动态性、并行性与异步独立性的特点。

- 动态性：任务状态是不断变化的；
- 并发性：系统中同时存在多个任务，并且这些任务在宏观上是并发的；
- 异步独立性：每个任务按照各自的互相独立的步调以不可预知的速度运行。

（3）任务的内容。一个任务通常包含一下内容：

- 代码，即一段可执行的程序；
- 数据，即程序所需的相关数据，包括变量、工作空间或缓冲区等；
- 堆栈，用于函数调用与参数传递；
- 程序执行的上下文环境。

实时系统中，任务根据可预测性可以分为周期性任务和非周期性任务两种类型；根据任务本身的重要性可以分为关键任务和非关键任务两类。关键任务一般具有硬实时的时限要求，必须在最后截止时间到来之前得到处理，否则将出现灾难性后果。此外，任务还具有优先级，即在调度处理上的优先程度，优先级越高，表明任务越需要得到优先处理。

2. 信号量

为了同步一个应用的多个并发线程和协调它们对共享资源的互斥访问，内核提供了一个信号量对象和相关的信号量管理服务。

信号量是一个内核对象，就像一把锁，任务获取了该信号量就可以执行期望的操作或访问相关资源，从而达到同步或互斥的目的。

信号量可以分为如下三类。

（1）二值信号量：二值信号量只能有两个值：0或1，当其值为0时，认为信号量不可使用。当其值为1时，认为信号量是可使用的。当二值信号量被创建时，既可以初始化为可使用的，也可以初始化为不可使用的。二值信号量通常作为全局资源，被需要信号量的所有任务共享。

（2）计数信号量：计数信号量使用一个计数器赋予一个数值，表示信号量令牌的个数，允许多次获取和释放。初始化时，如果计数值为0，表示信号量不可用，否则计数值大于0，表示信号量可用。每获取一次信号量其计数值就减1，每释放一次信号量其计数值就加1。在有些系统中，计数信号量允许实现的计数是有界的，有些则无界。同二值信号量一样，计数信号量也可用做全局资源。

（3）互斥信号量：互斥信号量是一个特殊的二值信号量，它支持所有权、递归访问、任务删除安全和优先级反转消除，以避免互斥固有的问题。互斥信号量初始为开锁状态，被任务获取后转到闭锁状态，当任务释放该信号量时又返回开锁状态。

通常，内核支持以下几种操作：创建和删除信号量操作、获取和释放信号量操作、清除信号量的等待队列操作以及获取信号量信息操作。

3．消息队列

多数情况下，任务活动同步并不足以满足实时响应的要求，任务之间还必须能够交换信息。为了实现任务之间的数据交换，内核提供了消息队列对象和消息队列的管理服务。消息队列的内核结构如图11-30所示。

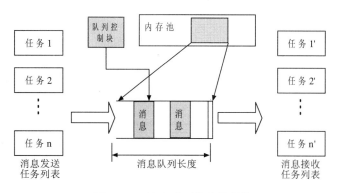

图11-30　消息队列的内核结构

消息队列是一个类似于缓冲区的对象，通过它任务和ISR（Interrupt Service Routines，中断服务程序）可以发送和接收消息，实现数据的通信。消息队列暂时保存来自发送者的消息，直到有接受者准备读取这些消息为止。

消息队列建立时，内核给消息队列分配唯一ID号，并为之创建队列控制块和任务等待列表，并根据用户参数为消息队列分配内存。

消息的发送和接收过程是，在某些内核的实现中，当一个任务试图给一个满的消息队列发送消息时，发送函数会给该任务返回一个错误代码，有些内核则允许这样的任务被阻塞，将该任务移入发送等待队列表中。

大多数内核支持如下典型的消息队列操作：创建和删除消息队列、发送和接收消息，以及获取消息队列的信息等操作。

4．管道

管道是提供非结构化数据交换和实现任务同步的内核对象。每个管道有两个端口，一端用来读，一端用来写。数据在管道中就像一个非结构的字节流，数据按照先进先出方式从管道中读出。管道的结构图如图 11-31 所示。

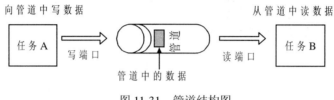

图 11-31　管道结构图

一般嵌入式操作系统内核支持两类管道对象。

（1）命名管道：具有一个类似于文件名的名字，像一个文件或设备出现在文件系统中，需要使用命名管道的任何任务或 ISR 都可以用该名字对其引用；

（2）无名管道（匿名管道）：一般动态创建，且必须使用创建时返回的描述符才可引用此类型的管道。

通常，管道支持如下几种操作：创建和删除一个管道、读、写管道、管道控制、管道上的轮询。

5．事件

事件是一种表明预先定义的系统情况发生的机制，某些特殊的嵌入式操作系统提供一个特殊的寄存器作为每个任务控制块的一部分，称为事件寄存器。它是一个属于任务的对象，并由一组跟踪指定事件的二值事件标志组成。事件寄存器的结构如图 11-32 所示。

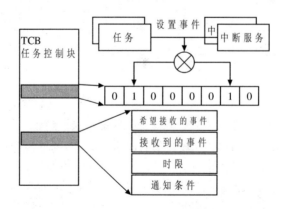

图 11-32　事件寄存器机制原理图

一般地，嵌入式操作系统均支持事件寄存器机制，创建一个任务时，内核同时创建一个事件寄存器作为任务控制块的一部分。经过事件寄存器，一个任务可以检查控制它执行的特殊事件是否出现。一个外部源，如另一个任务或中断处理程序，可以设置该事件寄存器的位，通知任务一个特殊事件的发生。任务说明它所希望接收的事件组，这组事件保存在寄存器中，同样，到达的事件也保存在接收的事件寄存器中。另外，任务还可以指示一个时限说明它愿意等待某个事件多长时间。如果时限超过，没有指定的事件达到任务，则内核唤醒该任务。

有两个主要的操作与事件寄存器有关，分别是发送事件到任务和接收事件。在进行应用设计的时候，需要注意的是，事件寄存器的事件是不排队的，不能累计相同事件发生的次数。

6. 信号

信号是当一个事件发生时产生的软中断，它将信号接收者从其正常的执行路径移开并触发相关的异步处理。本质上，信号通知其他任务或 ISR 运行期间发生的事件，与正常中断类似，这些事件与被通知的任务是异步的。信号的编号和类型依赖于具体的嵌入式的实现。信号机制的一般原理如图 11-33 所示。

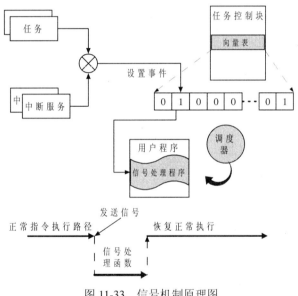

图 11-33　信号机制原理图

通常，嵌入式均提供信号设施，任务可以为每个希望处理的信号提供一个信号处理程序，或是使用内核提供的默认处理程序，也可以将一个信号处理程序用于多种类型的信号。信号可以有被忽略、挂起、处理或阻塞 4 种不同的响应处理。

7. 条件变量

条件变量是一个与共享资源相关的内核对象，它允许一个任务等待其他任务创建共享资源需要的条件。一个条件变量实现一个谓词，谓词是一组逻辑表达式，涉及共享资源的条件。谓词计算的结果是真或假，如果计算为真，则任务假定条件被满足，并且继续运行，反之，任务必须等待所需要的条件。当任务检查一个条件变量时，必须原子性地访问，所以，条件变量通常跟一个互斥信号量一起使用。条件变量机制的一般原理如图 11-34 所示。

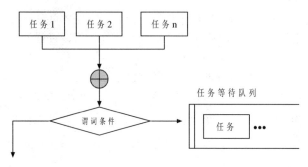

图 11-34　条件变量使用原理

一个任务在计算谓词条件之前必须首先获取互斥信号量，然后计算谓词条件，如果为真，条件满足继续执行后续操作。否则，不满足，原子性地阻塞该任务并先释放互斥信号量。

条件变量不是共享资源同步访问的机制，大多数开发者使用它们让任务等待一个共享资源到达一个所需的状态。

等待条件操作允许任务阻塞，并且在共享资源队列中等待要求条件的发生。为调用次操作，任务必须首先成功地获取互斥信号量，然后将任务放入等待队列，再用一个原子操作释放相关的互斥信号量。信号操作完成时，内核根据挑选的任务，重新获取与条件变量相关的互斥信号量，并且在一个原子操作中解除对任务的阻塞。

11.6.6　内核服务

一般地，嵌入式实时内核提供的主要管理功能包括：任务管理；中断与异常管理；时间管理；任务间的通信、同步与互斥；内存管理；I/O 管理；电源管理。

1．任务控制

在多任务系统中，任务要参与资源的竞争，并且任务拥有资源的情况，经常变化，使得任务通常在不同的运行状态之间切换。

一般，内核提供任务管理服务，任务管理是通过任务控制块的数据结构来实现的，任务控制块包含了任务的相关信息，包括任务名称、任务执行地址、任务的状态、任务的优先级、执行上下文和任务队列指针等内容。

同时，内核也提供一个允许开发者操作任务的系统调用，典型的任务操作有以下几类:任务创建和删除、任务调度控制、任务信息获取。

2．中断管理

通常，嵌入式实时系统对外部事件的响应都是通过中断进行处理的,其对中断的处理方式,直接影响到系统的实时性能。随着嵌入式实时系统的发展，为了方便对中断的处理，一般内核直接接管中断的处理，提供中断管理的功能，来协调中断服务程序和应用级任务之间的协同工作。

内核提供的中断管理功能如下：

（1）安装指定中断服务例程，使硬件中断和服务例程关联起来，当中断发生时，系统进行中断现场的保存和恢复，然后调用相关的服务例程进行处理，中断服务例程处理有关的中断状态和设备操作。

（2）为系统中的设备提供缺省的中断处理服务。

（3）将内核支持的各级中断映射到目标处理器的各级中断上。

（4）提供任务和中断服务例程通信的机制。

（5）提供中断嵌套支持。

（6）提供中断栈切换以及中断退出时的任务调度。

3．计时器

计时器是实时嵌入式系统的一个组成部分。时间轮转调度算法、存储器定时刷新、网络数据包的超时重传以及目标机监视系统的时序等都严格依赖于计时器。许多嵌入式系统用不同形式的计时器来驱动时间敏感的活动，即硬件计时器和软计时器。硬件计时器是从物理计时芯片派生出来的，超时后可以直接中断处理器，硬件计时器对精确的延迟操作具有可预测的性能。而软计时器是通过软件功能调度的软件事件，能够对非精确的软件事件进行有效的调度，通常具有以下特性：高效的计时器维护（即计时器倒计数）、高效的计时器安装（即计时器启动）、高效的计时器删除（即停止一个计时器）。另外，使用软计时器可以减轻系统的中断负担。

（1）基本定义。与计时器相关的几个定义如下：

- 实时时钟，存在于嵌入式系统内部，用来追踪时间、日期的硬件计时设备。
- 系统时钟，用来追踪从系统加电启动以来的事件时间或流失时间，可编程的间隔计时器驱动系统时钟，计时器每中断一次，系统时钟的值就递增一次。
- 时钟节拍，也称为时钟滴答，是特定的周期性中断。中断之间的间隔取决于不同的应用，一般在 10ms～200ms 之间。而且时钟节拍率越快，系统的额外开销就越大。
- 可编程计时器，一般是集成在嵌入式系统内部的专门计时硬件，用做事件计数器、流失时间指示器、速率可控的周期事件产生器等。使用独立的硬件计时器可以有效地降低处理器的负载。
- 软计时器，是应用程序安装的计数器，每次时钟中断，会递减一，当计数器到达 0 时，应用的计时器超时，系统会调用安装的超时处理函数进行有关处理。

（2）软计时器模型。软计时器设施的主要功能有：允许应用程序启动一个计时器；允许应用停止或取消以前安装的计时器；维护计时器。一种实现模型是创建一个工作者任务实现软计时器处理设施，如图 11-35 所示。

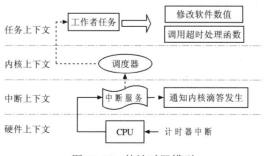

图 11-35　软计时器模型

典型的计时器 ISR 的工作为：修改系统时钟，调用注册的内核函数，修改计时器的寄存器，从中断返回。所有软计时器都用 ISR 完成。但是 ISR 有可能跨越多个滴答，即下一个滴答来临时本次中断服务程序仍未执行完毕，则系统时钟可能出现追随时间软件能觉察到的漂移，更坏的情况是计时器时间丢失。因此 ISR 应该做尽量少的工作。

（3）两类延迟。应用程序安装的软计时器不能与硬件计时器的滴答同步，沿着计时器滴答传递的路径会发生两类延迟，即事件驱动的任务调度延迟和基于优先级的任务调度延迟。

- 事件驱动的任务调度延迟是当计时器中断产生以后，ISR 完成最小的工作量，并触发一个给工作者任务的同步事件，随后，工作者任务才能得到同步事件而转为就绪态等待调度执行。如图 11-36 所示。

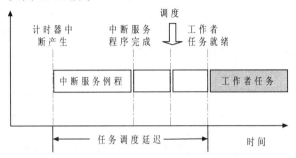

图 11-36　事件驱动的任务调度延迟

- 在基于优先级的任务调度模式中，一个工作者任务可能在其准备好运行时没有最高优先级，所以必须等待，直到其他更高优先级的任务执行完成。如图 11-37 所示，表示第二层次的延迟。

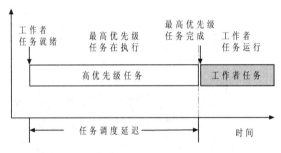

图 11-37　基于优先级任务调度延迟

（4）时间车轮。一般，嵌入式采用双向链表或计数值有序的列表来维护软计时器的滴答，这个代价是昂贵的，因此改进的方法是采用如下时间车轮，如图 11-38 所示。

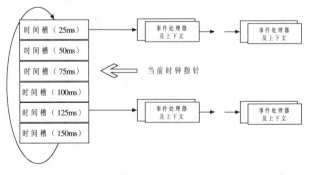

图 11-38　时间槽原理示意图

时间车轮是一个固定长的数组结构，其中每个时间槽表示一个时间单元，代表软计时器的精度。如精度定义为 25ms 为一个滴答，则每个时间槽表示通过了 25ms 的时间，这是安装软计时器中的最小时限值。另外在槽中存放超时处理程序的链表。每次滴答，时钟拨到下一个时间槽上，当增加到最后的数组项时，翻转到时间槽的开始。

因此，当安装一个新的计时器时间时，时钟拨盘的当前位置作为引用指针，决定新的处理程序存储在时间槽的哪个位置。

（5）分层时间车轮。无论对于怎样的系统，时间车轮的时间槽的个数都是有限的。当应用的超时值大于车轮的最大可调度时间（车轮转一周的时间），即车轮时间溢出，可以采用分层时间车轮。分层时间车轮类似于数字时钟，按照分层的次序组织多个时间车轮，每个车轮具有不同的颗粒度，每个车轮都有一个时钟拨盘。当低层的拨盘轮转一个循环后，高层的拨盘就转动一个时间槽，依此类推。

4．I/O 管理

从开发者的观点看，I/O 操作意味着与设备的通信，对设备初始化、执行设备与系统之间的数据传输以及操作完成后通知请求者；从系统的观点看，I/O 操作意味着对请求定位正确的设备，对设备定位正确的驱动程序，并保证对设备的同步访问。

I/O 设备、相关的驱动程序等共同组合成嵌入式系统的 I/O 子系统，图 11-39 是一个典型的微内核系统的层次模型图。

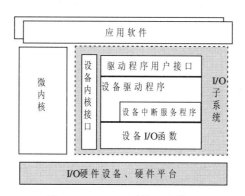

图 11-39　I/O 子系统层次模型

I/O 子系统定义一组标准的 I/O 操作函数，以便于对应用隐藏设备的特性。所有的设备驱动程序都符合并支持这个函数集，给应用提供一个能够跨越各种类型 I/O 的设备的统一的接口。

I/O 子系统通常维护一个统一的设备驱动程序表，使用 I/O 子系统的工具函数，可以将任何驱动程序安装到此表或从表中删除。另外，还使用一个设备表来跟踪为每个设备所创建的实例。

5．内存管理

许多嵌入式设备只有很小的物理内存，这些嵌入式系统也趋于在更加动态的环境中运行，因此对内存有更高的要求。不论嵌入式系统的类型如何，对内存系统的普遍要求是最高的内存利用率、最小的管理负载和确定的分配时间。

（1）嵌入式系统中固定尺寸内存池的内存管理。固定尺寸的内存池的内存管理方法普遍应用于嵌入式网络方面，如嵌入式协议栈的实现。内存空间划分为各种尺寸的内存池，相同的内存池中所有的块具有相同的尺寸。每个内存池的控制块保存着尺寸、总块数、空闲块数等信息。一个成功的分配将从内存池中移走一个块，一个成功的回收将把一个块插入到内存池中。内存池是一个单项链表，内存的分配和回收都在表的开头进行。该操作是常数时间，且内存池也不要求重新结构化。如图11-40所示。

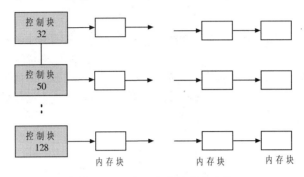

图11-40　基于内存池的内存管理

（2）阻塞与非阻塞的内存函数。在许多嵌入式系统中，各任务竞争有限的系统可用内存会导致内存耗尽，但通常内存耗尽条件是暂时的。如果任务允许内存延迟分配，那么将不会导致系统失败或者回溯到执行点重启一个操作了。如以太网上的网络拥挤模式是突发的，一个嵌入式网络节点可能在一段时间几乎收不到包，也可能突然遇到包的洪流而达到物理网络最大的带宽极限。在拥挤阶段，嵌入式节点中处理任务可能暂时经历内存耗尽问题。

实际中，一个设计良好的内存分配函数应当允许永久阻塞、时限阻塞、永不阻塞三种分配方式。如图11-41所示。

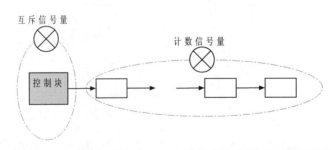

图11-41　用一个互斥信号量和一个计数信号量实现阻塞分配函数

一个阻塞分配函数可用一个互斥信号量和一个计数信号量实现。在内存池创建时，用内存池的总块数初始化计数信号量。请求分配时，任务必须成功地获得计数信号量，如果没有用块，则任务阻塞在该计数信号量上，否则接着获取互斥信号量，并得到需要的块，然后释放互斥信号量。当任务完成对内存块的使用时，释放计数信号量，但是，要先获取互斥信号量。

（3）硬件内存管理单元。目前，许多嵌入式系统都有硬件内存管理单元（Memory Management Unit，MMU），一般没有实现虚拟寻址方式。如果一个嵌入式系统的MMU是开放的，则物理地址就按分页访问，这时，所有的内存访问都通过MMU进行，与每个内存页相关的属性，如该页是代码还是数据、该页访问权限、该页的访问模式等属性都可以得到有效的校验，从而发挥出MMU保护内存的优势。

6．同步与通信

实时嵌入式系统中的应用软件利用并发使效率最大化，其结果是一个应用设计通常包含多个并发的线程、任务等，协调这些活动就要求任务间进行同步与通信。

（1）同步。同步可以分为两种类型：资源同步和活动同步。活动同步是决定如何让多个任务的执行到达一个确定的状态，保证协同运行的各个任务具有正确的执行状态。资源同步是决定如何对共享资源安全访问，以维护资源的完整性。资源同步的方法，除了作为同步原语的资源信号量和互斥信号量外，还有中断锁、抢占锁也可以实现资源同步。

- 中断锁：中断锁禁止系统中断，是同步任务之间的共享资源互斥访问的方法。在不同处理器体系结构上，中断锁的级别有所差异，精细粒度的中断锁允许阻塞低于或等于禁止中断级的异步事件，而仅支持粗粒度中断的中断锁则要禁止所有的中断。当中断禁止时，任务做阻塞调用的行为取决于的实现，某些阻塞调用任务并且随后重新开启中断。但中断锁的时间要尽可能短，并且开放中断的任务必须避免阻塞。
- 抢占锁：许多内核支持基于优先级的、可抢占的任务调度，当它进入临界区时，任务禁止内核抢占。完成后，重新开放抢占。当抢占锁有效时，不能抢占正在执行的任务。即使抢占锁有效时，中断也是开放的，实际的事件服务通常延迟到中断服务外的一个专用任务上执行。抢占锁的优点是允许累计异步事件而不是删除它们。但是，抢占锁的代价是昂贵的，而且会有引入优先级反转问题的可能。

（2）通信。任务间互相通信，可以互相传递信息并且协调它们在多线程嵌入式应用中的活动。通信可以以信号为中心，以数据为中心或者二者兼有之。在信号为中心的通信中，所有的必要信息在事件信号自身内部传递，在数据为中心的通信中，信息在传输的数据中携带。二者结合时，数据传输伴随事件通知。

7．电源管理

在设计嵌入式系统时，通常要根据应用场景的不同，选择合适的供电方式。对于应用到工业控制领域的嵌入式系统，很多应用要求系统 24 小时不间断运行，一旦掉电停机，会造成不可估量的损失，因此，此时应考虑到掉电保护和后备电源问题。对于移动性和便携性较强的嵌入式系统，往往靠电池供电，通常不具有充足的电力供应。

因此，要从几个方面来综合考虑如何降低功耗：选择低功耗处理器、接口驱动电路的设计、采用动态电源管理。

实践证明，系统处于空闲状态的时间占整个运行时间的相当大一部分。电源管理就是为了减少系统在空闲时间的能量消耗，使嵌入式系统的有效能量供给率最大化，从而延长电池的供电时间。

（1）嵌入式硬件平台的功耗机制。对于嵌入式微处理器，提供了多种功耗管理机制：CPU 时钟启停机制、提供多种时钟频率并可动态调整时钟频率、多种工作电压模式、CPU 中的功能部件可以被单独停止工作；对于外部设备，也都提供了多种功耗模式：睡眠模式、内部时钟保持的掉电模式、内部时钟停止的掉电模式。

（2）嵌入式实时内核提供的电源管理功能。为了延长电池的使用时间，在硬件领域，低功耗硬件电路的设计方法得到了广泛应用。然而仅仅利用低功耗硬件电路仍旧不够，进一步的，在系统设计技术中，提出了动态电源管理（Dynamic Power Management，DPM）的概念。在

DPM 中，通用的方法是把系统中不再使用的模块关闭或者进入低功耗模式。

通常，嵌入式实时操作系统实现了灵活的动态电源管理功能，提供了的电源管理机制将系统设为 4 种工作模式，并定义了这 4 种功耗的模式转换关系：

- 常规模式。即支持工作模式，在这种模式下，CPU 的所有跟当前计算相关的部件（如 cache、系统总线、系统定时器等）以及外部设备都处于上电运行模式，此时系统的功耗最大，性能最好。
- 空闲模式。在这种模式下，CPU 的核心被关闭，所有的应用程序都处于挂起或停止状态，但大多数外部设备仍处于活跃状态，以便接受外部事件。
- 休眠模式。在这种模式下，CPU 的大部分模块和大多数外部设备都处于掉电状态，但 CPU 核心仍处于运行态，可以处理一些不需要切换功耗模式的操作。
- 睡眠模式。在这种模式下，系统的功耗是最低的，只有实时时钟处于活跃状态，而 CPU 核心和所有的外部设备都处于掉电状态，在该模式下，只有外部中断可以唤醒系统，系统首先进入休眠状态，而后进入常规状态。

此外，一种更加理想和有效的方法就是动态调节工作电压和改变工作频率。即通过运行时动态地调节 CPU 频率或者电压，在满足瞬时性能的前提下，使能量供给的利用率最大化。

11.6.7 主流嵌入式操作系统介绍

迄今为止，据不完全统计，世界上现有的嵌入式操作系统的总数达几百个之多。其中最常用的有十几种，这些操作系统在各自的应用领域都有很高的知名度和广大的用户群。

表 11-8 选取了一些业界常见的嵌入式操作系统加以比较。

表 11-8　几种主流嵌入式操作系统介绍

名　称	简　介
ECOS	ECOS 是美国 Cygnus Solutions 公司开发的源代码开放的嵌入式操作系统，适用于深度嵌入式应用，主要用在信息电器上，如数字电视、冰箱、空调等
EPOC	EPOC 是 Psion Software 公司推出的一个 16/32 位多任务嵌入式操作系统，在移动计算设备中应用广泛，在 PDA 手机市场上占有相当大的份额。目前支持 EPOC 的主要有 Ericsson、 Motorola 、Panasonic、Nokia、Psion PLC 等公司
IOS	IOS（Internet Operation System）是 Cisco 公司推出的一个专用嵌入式操作系统，主要用在网络交换机、路由器等网络设备上
LynxOS	Lynx Real-time Systems 开发的一个分布式、可扩展的嵌入式实时操作系统，有很高的市场占有率
Nucleus	Nucleus 是 Accelerated Technology 公司开发一个嵌入式实时操作系统，主要用在消费电子、网络设备、无线、导航、办公设备、医疗设备和控制等领域。可以向用户开放源代码，在美国具有很高的市场占有率
OS-9	OS-9 是 Microware Systems 公司开发的一个嵌入式实时操作系统，其市场占有率很高，在国外排在前 10 名，主要用在高科技产品中，包括消费电子产品、工业自动化、无线通信产品、医疗仪器、数字电视以及多媒体设备中。它提供了很好的安全和容错性能，与其他的嵌入式系统相比，更具灵活性
pSOS	pSOS 是 Integrated Systems 公司研发的一个产品，是世界上最早的实时系统之一，是一个模块化的操作系统，比较适用于深度嵌入式系统中。还配有一系列的基于 pSOS 的支撑软件，这些软件包括 TCP/IP 协议栈 pNA、远程过程调用库 pRPC、文件系统管理 pHILE 、ANSI C 标准库 pREPC、调试功能模块 pROBE 及信息系统实时分析工具 pMONT 等

名　称	简　介
QNX	QNX 是加拿大 QNX Software Systems Europe 公司研制的一个实时、可扩展操作系统，并部分遵循 POSIX 相关标准，采用微内核结构，微内核小巧。主要提供 4 种基本服务，所有的操作系统服务都是能互相通信的用户进程。目前，支持 X86、Power PC 、MIPS、ARM 等处理器，主要的应用领域是消费电子、电信、汽车及医疗设备等
VxWorks	VxWorks 操作系统是美国 WindRiver 公司于 1983 年设计开发的一种嵌入式实时操作系统，是 TornadoII 嵌入式开发环境的关键组成部分。良好的持续发展能力、高性能的内核以及友好的用户开发环境，在嵌入式实时操作系统领域逐渐占据一席之地。首先，它十分灵活，具有多达 1800 个功能强大的应用程序接口（API）。其次，它适用面广，可以适用于从最简单到最复杂的产品设计。再次，它可靠性高，可以用于从防抱死刹车系统到星际探索的关键任务。最后，适用性强，可以用于所有流行的 CPU 平台
T-kernel	T-kernel 是日本坂村健教授用近 20 年时间研究开发的一款实时嵌入式操作系统，具有标准的开源结构，在嵌入式系统领域应用广泛，60% 是基于 T-kernel 技术为基础的 OS

11.7　实时多任务调度与多任务设计

当开发多任务的嵌入式系统应用时，许多普遍性的设计问题随之产生。因为系统的资源是有限的，多个任务执行时，共享和竞争相同的资源不可避免，在可抢占的多任务环境中，资源共享是任务优先级的一个函数，任务的优先级越高，任务越重要。

当访问共享资源时，高优先级的任务先于较低优先级任务，因此资源共享必须遵循这个规则，另外，资源的利用率最大化问题也是一个突出的问题。

嵌入式系统中多个任务利用并发执行达到效率最大化，任务之间协同工作也是实际应用的普遍要求，因而任务间的通信和同步问题也是设计者必须考虑的。

11.7.1　并发识别与多任务设计

多任务是操作系统在预定的时限内处理多个活动的能力，多任务的运行使 CPU 的利用率得到最大的发挥，并使应用程序模块化。

嵌入式应用设计的最终目标是将应用分解为一组互相独立的、互相协作的并发任务，来实现应用所要求的功能。并且在分解的过程中要确认这组任务组成的实时系统是可调度的，而且满足关键任务的时限要求。

通常根据实时系统的应用需求，采用由表及里的逐步分解的方法，将应用分解为可执行的并发单元。在分解的过程中，要首先识别系统的输入与输出，并确认系统与外界的交互。

分解过程遵循一些设计原则，将有助于合理地设计系统，加快开发进度。主要的原则有如下几类。

1．识别并发单元

典型地，一个并发单元可以是一个任务或一个进程，也可以是一个可调度的、可竞争 CPU 处理时间的执行线程，同时，中断服务例程一般也作为并发单元看待。这样做的目的是为了优化并行执行，将实时应用的性能和响应性最优化，从而满足所有时限的要求。

实时应用中的并发任务可以在一个处理器上或多个处理器上调度运行，单处理器系统只能实现伪并发执行，而处理器系统则可以实现任务的真并发执行。同时，还要考虑内部任务或任务组合的情况，以及任务与 I/O 设备之间的耦合情况。

2．识别主动设备

嵌入式系统的 I/O 设备可以分为主动设备与被动设备两大类：

（1）主动 I/O 设备（Active I/O Device）可以产生周期性的中断或与其他设备同步的中断，也可以产生非周期性的中断或与其他设备异步的中断；

（2）被动 I/O 设备（Passive I/O Device）不产生中断，必须由应用程序初始化与这些设备的通信。

表 11-9 是主动与被动设备的比较。

表 11-9　主动与被动设备比较表

设备名称	通信方式描述	同步方式	设备类型
主动 I/O 设备	通过产生中断与应用进行通信	同步	同步主动输入/输出设备
		异步	异步主动输入/输出设备
被动 I/O 设备	不产生中断，应用轮询设备		被动输入/输出设备

主动设备产生中断表示设备已经准备就绪可以发送/接收数据或输入/输出过程已经处理完毕，给 CPU 发中断，请求进一步的处理。被动设备的输入/输出必须由应用程序产生，才能跟设备交互，应用还可以周期性或非周期性地查询这些设备。当这些设备负责尖峰信号采样的处理时，应用程序的轮询频率要特别注意，若轮询频率太低，则尖峰和低谷可能被漏掉，若频率太高，则会使系统的负荷过重而浪费 CPU 周期。

主动设备利用中断与实时应用进行通信，每当主动设备需要给实时应用发送或通知一个事件时，设备就产生一个中断，触发一个中断服务程序执行必要的处理，若该事件还需要进一步的处理，则中断服务例程通过通信机制，将该处理移交给一个专门任务负责。

主动 I/O 设备任务设计的建议：

（1）为单独的主动异步 I/O 设备指派单独的任务；

（2）对不经常产生中断且具有较长时限的 I/O 设备进行任务组合；

（3）为具有不同输入和输出速率的设备指派单独的任务；

（4）给中断产生设备相关的任务指派更高的优先权；

（5）指派一个资源控制任务控制对 I/O 设备的访问；

（6）为需要提交给多个任务的 I/O 请求指派一个事件分发任务。

3．标识被动设备

被动设备不同于主动设备，因为被动设备不产生中断，这些设备将一直处于空闲状态直到有任务请求到来。一个任务必须初始化事件或数据传输，任务通过轮询与这些设备通信，输入与输出的具体工作也要由任务来执行。

被动 I/O 设备任务设计的建议：

（1）当与这些被动设备的通信是非周期性的并且时限不太紧急时，给这些被动设备指派一个单独的任务；

（2）通过计时器事件触发对设备的轮询；

（3）对于轮询周期较短的任务应该分配相对较高的优先级；

（4）对每个需要不同速率轮询的被动设备指派一个单独的任务。

4．标识事件的依赖性

实时应用中的事件可能跨越多个任务进行传播，无论一个事件是从外部 I/O 设备还是从内部应用产生，都需要一个任务或一组任务来适当地处理这些事件。

5．标识时间依赖性

在设计实时应用之前，要弄清应用要求的每个时限，在标识时间时限完毕后，可以指派单独的任务处理每个单独的时限，依据每个时限的关键性和紧急性分配不同优先级。

（1）标识关键和紧急的活动。关键任务（Critical Task）是指其失败将引起灾难的任务，时限或长或短，但必须总要满足，否则系统将无法实现其要求； 紧急任务（Urgent Task）是指一个时限相对较短的任务，其失败不一定引起灾难性后果。关键任务和紧急任务一般都要分配相对较高的优先级，但要注意关键性和紧急性的差别。

（2）标识不同周期的执行速率。每个速率驱动（Rate-drive）的活动不依赖于任何其他速率而运行，可以标识周期性活动，并且可以用相同的速率将多个活动组合成多个任务。

（3）标识临时集合。虽然实时系统在功能上是不相关的，但可能包含总是同时执行的代码序列，这样的序列就表现出了临时聚合（Temporal Cohesion），如被相同的外部激励（如一个计时器）驱动的多个不同的活动，将这些活动序列组合成一个任务可以减轻系统的负载。

6．标识计算边界活动

在实时系统中，某些活动可能比其他活动需要更多的 CPU 时间，这些活动被称为计算性边界活动（Computationally Bound Activities），一般可能是数值处理活动，并且典型地具有相对较长的时限，这类活动通常分配较低的优先级，也可以按一般的优先级分配时间，当不需要运行更关键的任务时，可以处理这些任务。

7．标识功能聚合

功能聚合（Functional Cohesion）要求将执行相对紧密的几组活动函数或代码序列组合成一个单独的任务。另外，若两个任务紧密耦合（互相传递大量的数据），也应当考虑将它们组合成一个任务，这样将有助于消除同步问题和通信过载。

8．标识服务特定目的的任务

可以根据服务的特殊目的对任务进行分组，如一个安全任务，它探测可能的问题、设置警报，并且向用户发送通告，建立和执行正确的监控，这些都可以在一个安全任务中协调处理。

9．标识顺序聚合

顺序聚合（Sequential Cohesion）是将那些必须按照给定顺序发生的活动组合成一个任务，从而进一步强调操作顺序的重要性。一个典型的实例就是必须按照预定的次序执行计算的序列，某一步的输出将作为下一步的输入，依此类推。

11.7.2 多任务调度算法

在讨论调度算法之前，首先学习几个基本概念。

（1）调度器：调度器是每个内核的心脏，调度器提供决定何时哪个任务运行的算法。多数实时内核是基于优先级调度的。随着调度的任务数量的增加，对 CPU 的性能需求也随之增加，主要是由于线程运行的上下文切换增加的缘故。

（2）可调度实体：可调度实体是一个可以根据预定义的调度算法，竞争到系统执行时间的内核对象。

（3）上下文切换：每个任务都有自己的上下文，它是每次被调度运行时所要求的寄存器状态，当多任务内核决定运行另外的任务时，它保存正在运行的任务的上下文，恢复将要运行下一任务的上下文，并运行下一任务，这个过程称为上下文切换。在任务运行时，其上下文是高度动态的。调度器从一个任务切换到另一个任务所需要的时间称为上下文切换开销。

（4）可重入性：指一段代码被一个以上的任务调用，而不必担心数据的破坏。具有可重入性的函数任何时候都可以被中断，一段时间以后继续运行，相应数据不会遭到破坏。

（5）分发器：分发器是调度器的一部分，执行上下文切换并改变执行的流程。分发器完成上下文切换的实际工作并传递控制。任何时候，执行的流程通过三个区域之一：应用任务、ISR（中断服务程序）或内核。

根据如何进入内核的情况，分发的情况也有所不同。当一个任务是用系统调用时，分发器通常在每个任务的系统调用完成后退出内核。在这种情况下，分发器通常以调用-调用为基础的，因此，它可以协调由此引起的任何系统调用的任务状态转移。另一方面，如果一个 ISR 做系统调用，则分发器将被越过，直到 ISR 全部完成它的执行。

（6）调度算法：调度算法是调度器决定何时运行哪个任务的策略。

（7）优先级：每个任务都有其优先级，任务越重要，赋予的优先级就越高。

1. 调度算法分类

调度算法根据其时限的性质（软时限还是硬时限）、周期性、可抢占性、静态或动态等准则可以分为如下几类，如图 11-42 所示。

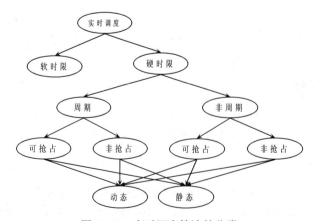

图 11-42 实时调度算法的分类

（1）软时限算法与硬时限算法：实时系统相当复杂，任务优先级确定与调度并非易事。实时系统大多综合了软实时和硬实时这两种需求，软实时系统只要求任务尽快执行，并不要求在某一特定时间内完成，硬实时系统中，要求任务不但要正确无误执行，而且还要准时完成。

（2）周期性与非周期性算法：周期性算法是指调度周期性的任务算法，即每隔 n 个时间单元会执行一次任务。这 n 个时间单元称为任务周期；非周期性任务是指任务请求处理器的时间是不能预期的。

（3）可抢占与非抢占算法：可抢占算法是指正在运行的任务可能被其他任务打断，从而放弃 CPU，让其他任务执行；非抢占算法是指任务会一直运行到结束或者等待其他资源而被阻塞，否则不会放弃 CPU。

（4）静态算法与动态算法：根据任务优先级确定的时机，调度算法分为静态算法和动态算法两类。

1）静态算法是指任务的优先级在设计时就确定下来在任务运行的过程中不会再发生改变。通常，静态调度算法中确定任务优先级的主要依据有：

- 执行时间，以任务的执行时间作为依据：最短执行时间优先与最长执行时间优先；
- 任务周期，以任务的周期作为依据：短周期任务优先与长周期任务优先；
- 任务的紧迫性，根据任务紧迫程度确定任务的优先级。

2）动态算法是指任务的优先级在运行的过程动态确定并且会不断的发生变化和更新，该类算法能够完全掌握系统中运行的任务及截止时间、运行时间、优先级及到达时间等时间约束，可以灵活地处理变化的系统情况。

（5）单处理器调度与多处理器调度算法：单处理器算法仅处理一个处理器的情况，多处理器算法可以处理系统中有多个处理器的情况。多处理器算法又分为同质多处理系统和异质多处理系统两种情况。

（6）在线与离线调度算法：离线式调度算法就是运行中使用的调度信息在系统运行之前就确定了，运行的过程中不再变更，离线调度算法具有确定性，但缺少灵活性，适用于那些能够预先知道运行特性、且不易发生变化的应用类型；在线调度算法是指系统运行的调度信息是运行过程中动态收集获取的，如优先级驱动的调度，该类算法的具有最大的灵活性。

当前，大多数内核支持两种普遍的调度算法，即基于优先级的抢占调度和时间轮转调度算法。

（1）基于优先级的抢占调度。可分为静态优先级和动态优先级。静态优先级是指，应用程序在执行的过程中诸任务的优先级固定不变，称之为静态优先级。在静态优先级系统中，各任务以及它们的时间约束在程序编译时是已知的；动态优先级是指，应用程序在执行的过程中诸任务的优先级可以动态改变，称之为动态优先级。

这种类型的调度，在任何时候运行的任务是所有就绪任务中具有最高优先级的任务，任务在创建时被赋予了优先级，任务的优先级可以由内核的系统调用动态更改，这使得嵌入式应用对于外部事件的响应更加灵活，从而建立真正的实时响应系统。

（2）时间轮转调度算法。为每个任务提供确定份额的 CPU 执行时间。该调度算法的设计时，应该考虑的因素主要包括 CPU 的利用率、系统的 I/O 吞吐量、系统响应时间、公平性、截止时限的满足性。

2. 单调执行速率调度法

一般，采用单调执行速率调度法（Rate Monotonic Scheduling，RMS）进行调度，该算法是一个静态的固定优先级算法，任务的优先级与任务的周期表现为单调函数关系，哪个任务执行的次数最频繁，执行最频繁的任务优先级最高，即任务的周期越短，任务的优先级就越高。RMS 算法是静态调度算法中最有的调度算法，如果一组任务能够被任何静态调度算法所调度，则在 RMS 下一定是可调度的。

RMS 做了如下假设：

（1）所有的任务都是周期性的。

（2）任务间不需要同步，没有共享资源，没有任务间的数据交换等问题。

（3）系统采用抢占式调度，总是优先级最高且就绪的任务被执行。

（4）任务的时限是其下一周期的开始。

（5）每个任务具有不随时间变化的定长时间。

（6）所有的任务具有同等重要的关键性级别。

（7）非周期性任务不具有硬时限。

要使一个具有 n 个任务的实时系统中的所有任务都满足硬实时条件，必须使下述定理成立。

RMS 定理：

$$\sum_i \frac{E_i}{T_i} \quad n\left(2^{1/n} - 1\right)$$

式中，E_i 是任务 i 最长执行时间，T_i 是任务 i 的执行周期。亦即，E_i/T_i 是任务 i 所需的 CPU 时间。由于，$n(2^{1/n}-1)$ 的极限是 en^2，所以，基于 RMS 定理，要所有的任务满足硬实时条件，所有具有时间要求的任务总的 CPU 利用时间（或利用率）应当小于 70%。

通常，作为实时系统设计的一条原则，CPU 利用率应当在 60% 到 70% 之间。

对于一个实时系统，如果每个任务都能满足时限的要求，则称该系统是可调度的或该系统满足可调度性，也称该系统为健壮的系统（Robust System）。

任务的可调度性通过计算任务的 CPU 利用率，然后将该利用率同一个可调度的 CPU 利用率上限进行比较得到。对于实时系统，普遍使用的可调度性分析方法是速率单调分析法（Rate Monotonic Analsis，RMA），该分析法是基于单调执行速率调度定理而提出的。例如表 11-10 是一个采样系统使用 RMA 进行分析的结果。

表 11-10　任务的相关参数

周期性任务	执行时间	周期
Task 1	20	100
Task 2	25	150
Task 3	50	300

根据 RMA 法，处理器利用率的计算如下：

$$\frac{20}{100}+\frac{25}{150}+\frac{50}{300}\leqslant 3(2^{\frac{1}{3}}-1)$$
$$53.34\%\leqslant 77.98\%$$

该问题的利用率是 53%，低于理论边界 78%，定理的条件满足，此三个任务的系统是可调度的，即每个任务都满足时限的要求。

3．时间轮转调度

在时间轮转调度方式中，当有两个或两个以上就绪任务具有相同的优先级且该优先级是就绪任务最高优先级时，调度程序会依次调度每个任务运行一个小的时间片，然后在调度先一个任务。每个任务运行完一个时间片不管其是否停止或运行尚未结束，都要释放 CPU 让下一个任务运行，即相同优先级的任务会得到平等的执行权利，释放处理器的任务被排到同优先级就绪任务队列的尾部等待下次调度。

采用时间轮转调度算法时，时间片的大小选择至关重要，会影响到系统的性能和效率。如果时间片过大，时间轮转的调度就失去了意义；如果时间片过小，任务切换过于频繁，处理器的开销大，用于任务运行的有效时间将降低。

因此，对时间片的灵活调整有助于系统性能和效率的提高，相同优先级的任务可以具有相同的时间片，不同优先级类别的任务可以具有不同的时间片。

通常，纯粹的时间轮转调度无法满足实时系统的要求。取而代之的是基于优先级的抢占式扩充的时间轮转调度，对于优先级相同的任务使用时间片获得相等的 CPU 执行时间。内核在满足以下条件时，把 CPU 控制权转交给下一个就绪态的任务。

（1）当前任务已无事可做处于空闲状态；

（2）当前任务的时间片还没用完任务就已经结束了。

如图 11-43 所示，任务 1、任务 2、任务 3 具有相同的优先级，它们按照各自的时间片运行，任务 2 被更高优先级的任务 4 抢占，当任务 4 执行完毕后恢复任务 2 的执行。

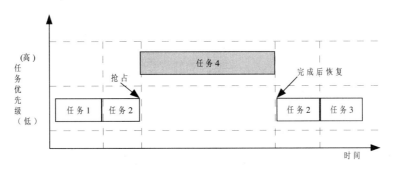

图 11-43　基于优先级的抢占式时间轮转调度

4．动态优先级调度算法

截止时间优先（Earliest Deadline First，EDF）调度算法是指进程的优先级随执行时限变化，即执行时限越靠近，则相对的优先级越高，系统中进程的优先级随时调整。该算法根据最大延迟进行最小化的思想，它基于如下的基本定理：

给定一组 n 个独立的任务和一组任意的到达时间，任务可调度性的充分必要条件是：

$$\sum_i \frac{E_i}{T_i} \leqslant 1$$

对于这组任务，如果 EDF 不能满足其调度性要求，则没有其他算法可以满足这组任务的调度性要求。同固定优先级静态调度算法相比，EDF 算法的优点是其可调度性上限为 100%，即 CPU 的利用率达到了最高。但在实时系统中，实现的难度较大，需要运行中动态地确定任务优先级，具有较大调度开销。

截止时间优先调度算法要求每次一个新的就绪任务到达，都会进入就绪任务队列，并根据它们的截止时间排序。如果一个新的已到达任务被插到了队列的头部，则当前执行的任务会被抢占。

例如，三个任务的抢占调度的情形，如图 11-44 所示。三个任务分别为任务 1、任务 2 及任务 3，它们的到达时间、持续时间、截止时间如图 11-44 中表格所列。

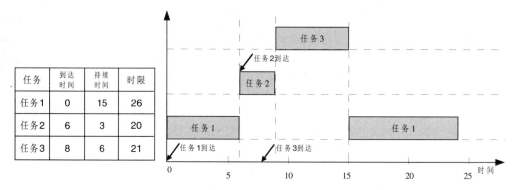

图 11-44　基于截止时间优先调度算法的任务调度图

当任务 1 到达的时候，任务 1 是系统中等待运行的唯一任务；因此，任务 1 立即得到执行，任务 2 在时间 6 到达，由于任务 2 的截止时间（20）早于任务 1 的截止时间（26），因此，任务 2 的优先级比任务 1 更高，任务 2 抢占任务 1 的 CPU 得到执行，任务 3 在时间 8 达到，由于任务 3 的截止时间晚于任务 2 的截止时间，因此任务 2 的优先级高于任务 3 的，任务 2 继续运行，等待任务 2 执行结束，任务 3 才能运行，任务 2 在时间 9 执行完毕。任务 3 开始运行，直到执行结束，任务 1 才继续运行，在时间 24 执行完毕。

11.7.3　任务的同步与通信

嵌入式系统中的应用软件利用并发使效率最大化，通常一个应用设计通常包含多个并发的任务，协调这些任务就要求任务间进行同步与通信，因此，同步与通信是嵌入式应用设计中一个至关重要的问题。

1．实现活动同步的方法

常用的实现活动同步的方法有：使用二值信号量实现任务到任务的同步；使用二值信号量实现 ISR 到任务的同步；使用事件寄存器实现任务到任务的同步；使用事件寄存器实现 ISR 到任务的同步；使用计数信号量实现 ISR 到任务的同步；使用信号实现任务间的异步通告。

2. 实现资源同步与互斥的方法

常用的实现资源同步的方法有：使用互斥信号量共享内存；使用中断锁共享内存；使用抢占锁共享内存；使用计数信号量和互斥信号量实现多个资源的共享。

在以上几种同步与互斥的访问方法中，它们的对系统的性能影响、实现的难易程度及互斥力度均有不同。

访问共享数据要保证互斥，最简单的方式是关闭中断，访问结束在打开中断，这是在中断服务程序中处理共享变量时能够采用的唯一方法。禁止中断是最强的一种互斥机制，可以保证 CPU 对独占资源的访问。但会带来丢失外部时间和时钟漂移等问题，因此，必须保证关中断的时间尽量短。

另外，当前几乎所有的微处理器均提供一条硬件测试设置指令，该指令的执行是原子的，不会被中断，使用该指令可以对一个共享资源进行互斥访问。

另外一种互斥机制是禁止任务抢占，即 不允许其他任务抢占当前任务，这种情况下，中断服务程序仍能够执行，但在中断服务程序结束时，内核仍返回到原先中断了的任务，而不是执行新就绪的高优先级任务，只有在临界区执行完成后，再次调度时，才切换到高优先级任务。因为不能进行抢占调度，系统的实时性可能会受到影响。

内核提供了专门的互斥信号量来解决互斥访问、优先级反转等问题，这是一种互斥粒度最为精细的方式，互斥仅限于对共享资源访问的任务之间。

表 11-11 对上述几种互斥方法进行了简单的对比和总结。

表 11-11　任务的相关参数

互斥方法	互斥粒度	对系统响应特性的影响	实现开销
关中断法	粒度最大，所有可屏蔽中断均被关闭，以中断方式到达的事件均不能得到处理	影响很大	很小
禁止任务切换	粒度较大，所有的任务	影响较大	很小
测试置位指令	粒度较小，所以使用该指令试图访问共享资源的任务	影响较小	很小（CPU 支持）
信号量	最小粒度，只有竞争共享资源的任务	影响大，产生优先级反转	较大

3. 应用举例

如图 11-45 是一个典型的使用情况，n 个任务共享某一类型的资源的 m 个实例。

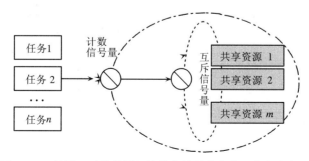

图 11-45　使用互斥信号量与计数信号量共享资源的多个实例

计数信号量跟踪任意时间可使用的资源实例的个数，计数信号量用值 m 初始化。在访问共享资源前，每个任务必须获取计数信号量，通过获取计数信号量，任务有效地保留了资源的一个实例，通常还要使用一个与资源相关的控制结构，用结构维护信息，如哪个资源实例在使用，哪个可以分配等。每次资源的实例被任务分配或释放，都要更新控制结构的信息，使用一个互斥信号量来保证每个任务对控制结构的互斥访问，所以，任务成功地获取计数信号量后，在任务可以分配或释放实例前，必须首先获取互斥信号量。

11.7.4 资源分类与资源请求模型

在嵌入式系统中，被各个并发执行的任务所共享资源，包括 I/O 设备、寄存器和内存区等，大致可分为如下两类。

（1）可抢占的（Preemptible）：这类资源暂时或偶然地被从任务中移走，不影响任务的执行状态和最终结果。多个任务共享处理器的寄存器就属于这种情况。

（2）不可抢占的（Non-Preemptible）：这类资源必须由占用它的任务放弃，否则将发生无法预测的后果。共享内存区域属于这一类型，读写任务在完成操作之前，不允许其他任务写入该内存区域。

在嵌入式实时操作系统中，死锁的形式取决于任务如何请求资源，即资源请求模型。当任务申请资源时，按照请求方式可以划分为如下请求模型：

（1）单资源请求模型（Single），指一个任务在任意给定时间内最多只能有一个明确的资源需求。

（2）与资源请求模型（AND），指一个任务在任意给定时间内可以同时明确地提出多个资源请求。

（3）或资源请求（OR），指一个任务可以请求一组资源，但只要这组资源中一个资源可以使用，任务就可以继续执行。

（4）与-或资源请求模型（AND-OR），指一个任务可以用 AND 和 OR 模型任何组合方式进行资源的请求。

11.7.5 死锁

死锁是指系统中执行的多个并发任务因资源的需求不能满足而产生的永久阻塞现象。

1. 死锁的必要条件

一个典型的实时系统中含有多种类型的资源和竞争这些资源的并发任务，每个任务可以在其生命周期内获得数目和类型不定的各种资源，死锁潜在地存在于系统之中，当满足如下 4 个基本必要条件时，可能发生死锁：互斥访问、不可抢占、保持并等待、循环等待。

图 11-46 是一个资源分配图，由于任务 1 和任务 2 都不愿放弃它们已经持有的资源，故这两个任务死锁，都无法继续运行下去。

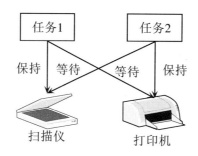

图 11-46　两个任务的死锁情况

2. 死锁的分类

实时系统中的死锁又可根据其特性分为稳态死锁和暂态死锁两种类型。稳态死锁（Stable Deadlock）是永久性的并且只有外部干预才能解除死锁状态；暂态死锁（Temporal Deadlock）是暂时死锁，根据时间约束，死锁集合中的一个或多个任务超过时限，则通过释放可能引起死锁的资源来消除死锁。

3. 死锁检测与恢复

死锁监测是 RTOS 周期性的监测算法，该算法检查当前资源的分配状态和未解决的请求，判断系统中是否有死锁。显然，一个系统若具有死锁检测能力，则资源的利用率更高。

对资源死锁检测的基本思路是以图论为基础，通过寻找资源分配图中的循环来实现的。通常设计死锁检测算法时需要考虑如下因素：

（1）对于 Single 请求模型中的死锁，资源图中的一个循环是充要条件。

（2）对于 AND 请求模型中的死锁，资源图中的一个循环是充要条件，并且一个任务包含在多个死锁集合中是可能的。

（3）对于 OR 请求模型中的死锁，资源图中的一个结（knot）是充要条件（在资源图中，对于结点 A，如果 A 可到达的集合是所有结点 B 的集合，则存在一个从 A 到达 B 的有向路径，一个结点表示请求集合 K，而它的每个结点可精确到达的集合也是 K）。

（4）对于 AND-OR 模型中的死锁，通常，检查 OR 模型是否有结，然后，再检查 AND 模型是否存在死锁的循环。

当死锁检测出来后，下一步是恢复并找出消除死锁的方法，在解除死锁之前，必须执行必要恢复算法。

对于可抢占的资源，资源抢占是一种恢复死锁的方法。当死锁检测算法构造死锁集合后，该集合传递给恢复算法，然后通过从任务中抢走资源并将这些资源重新分给其他任务，以恢复死锁。这个过程可以暂时打破死锁。对于可抢占资源的抢占不能直接影响任务的执行状态或最终结果，但是资源抢占可以影响任务的时间约束。资源抢占期间可能引起被强占任务的夭折，将导致一个未完成的执行并间接地影响任务的结束。

对于不可抢占资源，资源抢占对于被抢占的任务可能是有害的，并且可能影响其他任务的结果。如果任务有一个内在的、自我恢复机制，则不可抢占资源的抢占效果可以最小化。通过在执行路径上定义检查点，可以实现任务的自我恢复，一旦任务到达检查点，任务改变全局状态反映此迁移，另外，任务必须定义在任务允许恢复执行后能被死锁恢复算法调用的入口点。

4. 死锁避免与预防

死锁避免是在资源分配时系统使用一个算法，保证当前的分配不会最终导致死锁。为了死锁避免能够工作，每个任务必须估计它对每个资源类型的最大需求量，这在动态系统中很难做到，然而，对于相对静态的嵌入式系统可以实现死锁避免。但是，由于这个估计是个高额估计，会导致高负载的系统较低的资源利用率。

死锁预防是在系统中构造一组约束和要求，以打破死锁的 4 个条件中的一个或多个。死锁预防的方法有：

（1）消除保持与等待死锁条件。任务在一个时间内请求所有需要的资源，仅当请求集合中的每个资源都得到满足任务才可以开始执行。这个要求避免了执行期间的等待，但这种方法在实现中受到了几个限制。首先，在动态系统中，任务很难预测未来需要哪些资源，即使可以精确地预测，也无法保证这个预测集合中的资源都能使用到。另外一个隐含的缺点是所有的资源必须同时释放，资源必须被保持到任务执行结束，导致系统极低的资源利用率。

（2）消除不可抢占的死锁条件。如果一个任务占有一些资源，进而申请新的资源，但遭到拒绝，则该任务必须释放已经占有的资源，任务必须初始化一个新的请求，包括新的资源和原先已经占有的资源。但是，对于不可抢占资源，这种要求意味着每个任务必须从头开始或者从定义好的检查点重新执行，这个过程使得已经部分完成的工作无效，一个任务潜在地可能总也完成不了，这取决于系统在给定时间内已有任务的平均个数，取决于整个系统的调度行为。

（3）消除循环等待的死锁条件。必须对资源强加一个次序，使得如果一个任务占有资源 R_i，后续的请求必须是对资源 R_j 的请求，下一个请求必须是对资源 R_k 的请求，这里，$k>j>i$，依此类推。

11.7.6　优先级反转问题

优先级反转指由于资源竞争，低优先级的任务在执行，而高优先级的任务在等待的现象。当具有不同优先级的任务中存在相互依赖关系时，就可能发生优先级反转。

当系统内低优先级的任务 C 占用着高优先级任务 A 要使用的资源时，已经就绪高优先级的任务 A 只好等待低优先级的任务 C 执行完毕并释放该资源后才能被调度执行，这时，如果有中优先级任务 B 也进入就绪，剥夺了尚未完成的低优先级任务 C 的 CPU 使用权，使得系统只有先让 B 运行完毕且低优先级任务 C 重新运行结束并释放资源后，高优先级的任务 A 才能运行。任务 A 和 B 优先级发生了颠倒，在这种情况下，高优先级的任务的优先级实际上已经降到了低优先级的水平，从而发生优先级反转现象，这种情况下中优先级的任务抢占低优先级的任务，时间可能不确定，这时发生的优先级反转是无界优先级反转，如图 11-47 所示。

当优先级发生反转时，某些任务的执行时间减少，同时其他任务的执行时间延长，导致任务错失时限，进而引起时序反常。优先级反转是由不同优先级任务间的资源同步引起的，优先级的翻转不可避免，但可以使用资源控制协议将其降到最低限度。

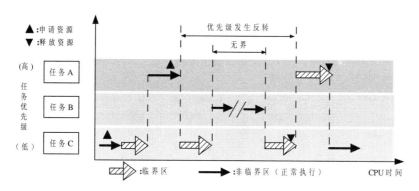

图 11-47 无界优先级反转实例

类似的，有界优先级反转的情况，如图 11-48 所示。

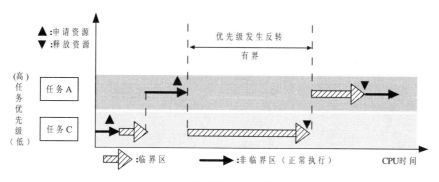

图 11-48 有界优先级反转实例

当一个较高优先级的任务请求一个较低优先级任务占有的资源时，较低优先级的任务却锁住了该资源，即使较高优先级的任务就绪，它也必须等等优先级的任务释放资源后才能继续运行，这种情况下，低优先级的任务占用资源的时间是已知的，这时发生优先级反转是有界优先级反转。

解决优先级反转问题的常用方法主要有两种，一是采用优先级继承协议，二是采用优先级天花板协议。

1．优先级继承协议

为防止发生优先级的反转，多任务内核应允许动态地改变任务的优先级，如果一个任务占有着正要被高优先级任务请求的资源，那么该任务的优先级会暂时提升到与被该任务阻塞的所有任务中优先级最高的任务同样的优先级水平，当该任务退出临界区时，再恢复到最初的优先级，这叫做优先级继承。当然，改变任务优先级的时间开销是相当可观的。

目前，很多商业内核都具有优先级继承的功能。优先级继承协议规则如表 11-12 所示。

表 11-12　优先级继承协议规则

协议规则号	描述
1	如果资源 R 在使用，则任务 T 被阻塞
2	如果资源 R 是空闲的，则资源 R 被分配给任务 T
3	当较高优先级的任务 T′ 请求相同的资源 R 时，任务 T 执行优先级被提升到请求任务 T′ 的优先级等级
4	当释放资源 R 后，任务 T 任务返回到先前的优先级

优先级继承的例子如图 11-49 所示。

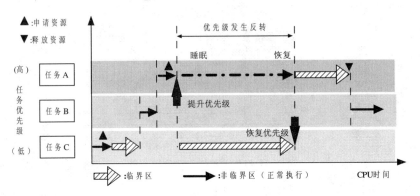

图 11-49　优先级继承的实例

任务 A 是高优先级的，任务 C 是低优先级的，任务 C 首先获得共享资源 S，而任务 A 也请求该资源，优先级继承协议要求任务 C 以任务 A 的优先级执行临界区，这样，任务 C 在执行临界区时，其优先级比它本身的优先级高，这时，中优先级的任务 B 不能抢占任务 C 了，当任务 C 退出临界区时，又恢复到原来的优先级，使任务 A 仍为最高优先级的任务，这样任务 A 便不会中优先级的任务无限期阻塞了。

优先级继承协议的主要特点如下。

（1）如果任务 T 具有最高优先级且请求资源 R，则任务需要实现获得信号量 S 才能进入临界区。如果 S 已被加锁，则任务 T 被已经拥有信号量 S 的任务所阻塞；如果信号量 S 未被加锁，则 T 可以获得信号量 S 并进入临界区。任务 T 退出时，信号量 S 被解锁，此时，如果有阻塞在该信号量上的任务，则具有最高优先级的那个任务将被激活。

（2）任务 T 进入临界区而阻塞了更高优先级的任务，则任务 T 将继承被阻塞任务的优先级，直到任务 T 退出临界区。

（3）优先级继承协议是动态的，一个不相关的较高优先级任务仍可进行任务抢占，这是基于优先级、可抢占调度模式的本性，并且任务优先级在反转期间，被提升优先级的任务的优先级可以继续被提升，即优先级继承具有传递性。

（4）只有在高优先级的任务与低优先级的任务共享临街资源，且低优先级的任务已经进入临界区后，高优先级的任务才有可能被低优先级的任务所阻塞。

（5）高优先级的任务被低优先级的任务阻塞的最长时间是由高优先级任务中可能被所有低优先级任务阻塞的具有最长执行时间的临界区的执行时间所决定。

（6）如果有 m 个信号量可能阻塞任务 T，则任务 T 最多被阻塞 m 次。

但是，优先级继承协议不能消除死锁，虽然在优先级继承协议中，任务的阻塞时间是有界的，但可能出现阻塞链，从而会加长阻塞时间。

2．天花板优先级协议

优先级继承协议具有死锁和阻塞链问题。天花板优先级协议可以就解决这些问题。

如果每个任务的优先级是已知的，对于给定资源（或控制该资源访问的信号量），其优先级天花板是所有可能需要该资源的任务中最高的优先级。

例如，资源 R 被三个任务 A、B 和 C 需要，任务 A 具有优先级 5，任务 B 具有优先级 7，任务 C 具有优先级 10，那么资源 R 的优先级天花板为 10。

当一个任务 T 请求资源 R 时，其遵循的天花板优先级访问控制协议的如表 11-13 所述。

表 11-13　天花板优先级协议规则

协议规则号	描述
1	如果资源 R 在使用，则任务 T 被阻塞
2	如果资源 R 是空闲的，则资源 R 被分配给任务 T。如果资源 R 的优先级天花板比任务 T 的优先级高，则任务 T 的优先级被提升到资源 R 的优先级天花板等级。在任意给定时间，任务 T 的执行优先级等于所有它占有的资源中最高优先级天花板
3	当具有最高优先级天花板的资源被释放时，任务 T 的优先级分配给另一个资源的次最高优先级天花板
4	当释放所有资源后，任务恢复到原来分配的优先级

使用天花板优先级协议时，一旦某任务获得该资源或暂无其他较高优先级的任务竞争同样资源时，则此任务便继承该资源的优先级天花板，即使没有其他较高优先级的任务竞争同样的资源时也要继承该资源的优先级天花板。这意味着访问某临界资源的所有任务的临界区具有同样的天花板等级。

3．优先级天花板协议

优先级天花板是指控制访问临界资源的信号量的优先级天花板，即信号量的优先级天花板为所有使用该信号量的任务中的最高优先级。任意时刻，一个运行系统的当前优先级天花板（Current Priority Ceiling）是此时所有正在使用的资源中的最高优先级天花板。该协议的规则如表 11-14 所述。

表 11-14　优先级天花板协议规则

协议规则号	描述
1	如果资源 R 在使用，则任务 T 被阻塞
2	如果资源 R 空闲且任务 T 的优先级比当前优先级天花板的高，则资源 R 分配给任务 T
3	如果当前天花板属于任务 T 当前保持的资源之一，则资源 R 分配给任务 T，反之，任务 T 被阻塞
4	如果阻塞任务 T 的任务的优先级更高，则继承 T 的优先级，并且按此优先级执行，直到它释放每个优先级天花板高于或等于任务 T 的优先级的资源，然后，任务回到先前的优先级

例如，系统中有 3 个资源正在使用，资源 R1 的优先级天花板为 4，资源 R2 的优先级天花板为 6，资源 R3 的优先级天花板为 9，则系统当前的优先级天花板为 9。

如果任务 T 成功获得资源 R 的信号量，则任务的优先级被提升到该信号量的优先级天花板，任务执行完临界区，释放信号量，恢复到原来的优先级。如果任务 T 不能获得所申请的资源 R 的优先级，则任务 T 将被阻塞。

优先级天花板协议具有如下特性：

（1）一个请求任务只可以被一个任务阻塞；

（2）在优先级天花板协议下，不会发生传递阻塞；

（3）在优先级天花板协议下，不会发生死锁。

11.8 中断处理与异常处理

很多实时嵌入式系统实际上是一个反应式系统，本质上，反应式系统是一种输入驱动的系统，要求系统对外部事件激励作出及时响应。如过程控制、信号处理及监控系统、图形用户接口等都属于典型的反应式系统。

对于实时系统来讲，中断是确保关键任务得到及时处理的必不可少的机制。异常是处理器自身的事件发生，需要无条件地挂起当前运行的程序，执行特定的处理程序。

中断和异常处理是嵌入式系统应用设计的一项非常重要的工作，通常，实时内核大都实现了中断管理的功能，来方便中断处理程序的开发和执行。嵌入式操作系统提供异常的一般默认处理和常用的系统中断服务程序，而设备相关的中断和特殊异常则需要设计者自行设计开发。

本节主要讨论异常和中断处理的一般步骤和设计时需要注意的问题。

11.8.1 异常和中断的概念

大多数嵌入式处理器体系结构都提供了异常和中断机制，允许处理器中断正常的执行路径。这个中断可能由应用软件触发，也可由一个错误或不可预知的外部事件来触发。而大多数嵌入式操作系统则提供异常和中断处理的管理功能，使嵌入式系统开发者避开底层细节的处理。

（1）异常：指任何打断处理器正常执行，迫使处理器进入特权执行模式的事件。

（2）中断：也称为外部中断或异步异常，是一个由外部硬件产生的事件引起的异步异常，大多数嵌入式处理器体系结构中将中断归为异常的一类，如系统复位异常、数据接收中断。

（3）同步异常。程序内部与指令执行相关的事件引起异常，如内存偶地址校准异常、除数为零异常。

1. 异常和中断的应用

从应用的观点来看，异常和外部中断是外部硬件和应用程序通信的一种机制。一般来讲，异常和中断可以在如下两个方面应用于应用设计：内部错误和特殊条件管理、硬件并发和服务请求管理。

（1）内部错误和特殊条件管理。对错误进行处理和适当复原且不能导致停机，是嵌入式系统应用领域的重要课题。内部错误发生时，例如出现被零除、溢出或其他运算错误的情况下，计算任务停止运行，开始执行异常服务例程。

在特殊条件下，如陷入指令产生异常时，会使处理器进入特权模式运行。

在软件调试时，由处理器的断点特性而引起的追踪异常，可以让调试器代理在嵌入式系统上作特殊处理和单步跟踪等操作。

（2）硬件并发和服务请求管理。同时执行不同类型工作的能力对于嵌入式系统来说是十分重要的。许多外部硬件都可以与处理器并行地工作。因此，硬件并发和外部中断在嵌入式应用设计中用途广泛。如，利用外部中断可以给嵌入式处理器发信号或通知它外部硬件正在请求一个服务，当系统的网络接口硬件收到一个数据包时就可以用中断指出数据包已经到达。

2．异常的分类

目前，大多数嵌入式处理器都具有以下异常类型：不可屏蔽中断（不可屏蔽异步异常）、精确同步异常、不精确同步异常、可屏蔽中断（可屏蔽异步异常）。可以被软件阻塞或开放的异步异常称为可屏蔽的异常，否则，称为不可屏蔽异常。不可屏蔽的异常总是被处理器处理，如硬件复位异常。许多处理器具有一个专门的不可屏蔽中断请求线（NMI），任何连接到 NMI 请求线的硬件都可以产生不可屏蔽中断。精确异常指处理器的程序计数器可以精确地指出引起异常的指令。而在流水线或指令预取的处理器上则不能精确地判断引起异常的指令或数据，这时的异常称为不精确异常。

3．异常优先级

所有的处理器按照定义的次序处理异常，虽然每一种嵌入式处理器处理异常的过程不尽相同，但一般都会按照优先级次序来处理。处理的优先次序如表 11-15 所示。

表 11-15　异常优先级

优先次序	类型
高	不可屏蔽中断
	同步精确异常
	同步不精确异常
低	可屏蔽中断

从应用程序的观点看，所有的异常都具有比操作系统内核对象更高的优先级，包括任务、队列和信号量等。

通常，所有的处理器对中断和异常的处理都是按照一定的次序进行的。如，不可屏蔽中断的优先级通常给系统复位。从应用程序的角度看，所有的异常具有比操作系统对象（如任务，队列和信号量等）更高的优先权。

11.8.2　中断处理

中断是由外部事件引起的异步事件，它可能随时发生，可能与当前运行的任务毫无任何关系，在实时操作系统中，对中断的处理较为复杂，中断向量的定义、中断如何交付给软件进行处理、中断的屏蔽等均与具体的硬件结构有关。

异常是任务运行时的同步事件，包含硬件异常（如内存故障、非法指令）和软件异常，异常处理可以是全局的，也可以是局部的，如果是局部的，那么每个任务都必须有一个异常处理程序。在处理过程和结构上跟中断过程极为类似。

1．中断处理的过程

当引发一个异常或外部中断时，中断处理的过程大致分为三个阶段：

（1）中断检测阶段。在每条指令执行结束时进行检测中断请求或异常条件，通常，在处理器的体系结构设计中，专门保留了一个中断周期，如果没有中断信号，则处理器继续运行，否则，处理器进入中断响应阶段，执行服务程序。

（2）中断响应。中断响应是处理器内部自动完成的硬件动作：获取中断向量号；将标志寄存器入栈；复位标志寄存器位；查找中断向量表，跳转到中断服务程序。

（3）中断处理。保存处理器当前的状态信息；把异常或中断处理函数装入程序计数器；将控制转移到处理函数中执行；切换到一个异常框架或一个中断堆栈；存储附加的处理器信息；屏蔽当前的中断级，开放更高级中断；执行必要的最小工作量；在处理程序函数完成之后，恢复处理器的状态；从异常或中断返回，并且恢复早先的运行。

2. 中断或异常处理的步骤

（1）异常处理程序的安装：在异常和中断处理前，异常服务例程（Exception Service Routine，ESR）和 ISR 必须安装在系统中，一般异常表有一个向量地址栏，安装 ESR 和 ISR 时，要用正确的入口地址替换向量表中的地址。在嵌入式系统中，典型地启动代码在系统初始化是安装ESR，硬件驱动程序初始化时安装 ISR。同时，为了防止系统产生异常而导致故障甚至可能的停机。通常，嵌入式 RTOS 为每个可能的异常安装默认的处理程序。

（2）保存处理器的状态：当一个异常或中断在启动服务例程之前，处理器一定要运行一系列的操作，保存处理器的状态信息，以确保服务例程完成之后被异常抢占的程序能够正确地返回。虽然不是所有的嵌入式体系结构都用同样的方式实现异常和中断处理，但理想的规模和保留异常的堆栈空间是相同的。

（3）装入和调用异常处理程序：当异常或中断发生时，处理器首先判断是哪个异常发生，并且计算出正确的地址索引，然后调用异常或中断处理程序。

（4）异常处理程序：异常框架（Exception Frame）是在异步异常上下文中的中断堆栈。异常框架的存在有两个原因：一是处理嵌套异常，另一个是 ESR 或 ISR 的复杂性。因为异常处理程序是设计者用汇编语言或高级语言编写，若采用高级语言编写则需要一个堆栈在调用期间传递函数的参数。异常框架的处理方式是在被安装到系统之前，让 ESR 或 ISR 动态分配一块内存，异常处理程序保存指向这块内存的堆栈指针，重新初始化指向此私有内存的堆栈指针，并且开始处理。

（5）嵌套异常：嵌套异常表示高优先级异常抢占低优先级异常的处理能力。如图 11-50 所示，一个低优先级的中断发生，然后相关的服务例程进入中断上下文，当服务例程运行时，一个更高优先级的中断变为活动，低优先级的服务例程被抢占，等待高优先级的服务例程运行到结束，将控制返回低优先级例程。当中断嵌套时，如果中断是开放的，则堆栈要足够大，以容纳嵌套函数调用的最大需求。

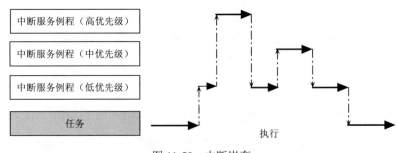

图 11-50　中断嵌套

在中断嵌套的情况下，中断服务程序执行的过程中，如果更高优先级的中断出现，当前的中断服务程序会被打断以执行高优先级中断的服务例程，只有高优先级的中断处理完成后，被打断的中断服务例程才得到继续执行。发生中断嵌套时如果需要进行任务的调度，则任务的调度将延迟到最外层中断处理结束后进行，因为最低优先级的中断的处理优先级也高于任务的优先级。如果在最外层中断服务例程处理结束前，高优先级任务已经就绪，则中断管理程序仅把该任务放入就绪队列，并不立即调度该任务。

3．中断处理模块的层次与组成

典型地，系统的中断模块通常由中断服务程序、中断滞后服务程序和中断线程三个层次组成，如图 11-51 所示，硬件中断触发后，在尽量短的时间内转交给中断服务例程处理 ISR，对硬件进行操作，当其处理完毕返回后，可以请求对应的中断滞后服务例程进入调度器运行。

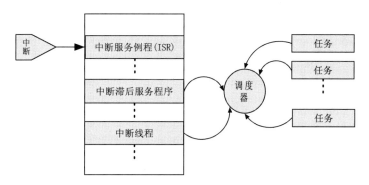

图 11-51　中断处理模块的组成

中断滞后服务程序可以安全地运行并进行特定处理，它可以进一步唤醒中断线程，对互斥和条件变量进行处理。

这三个层次的中断服务分别需要不同的同步技术来保证数据并发访问的正确性。

（1）中断服务程序 ISR 的同步。该层次的中断服务程序可以使用关闭中断的方式进行同步。

（2）中断滞后服务程序的同步。该层次的服务程序可以使用调度锁进行同步。

（3）中断线程的同步。该层次的处理线程可以使用互斥信号量和条件变量来同步，并且只有中断线程可以锁定互斥信号量和条件变量。但中断线程和中断滞后服务例程也可以使用调度锁。

11.8.3　中断服务例程的设计问题

在嵌入式系统中，中断必须能够与运行的任务进行交互，例如，一个任务正在等待 I/O 操作的完成，响应的中断处理程序必须具有通知该任务 I/O 是否完成的能力，中断服务例程可以通过多种方式跟用户级任务进行通信，主要的通信机制有以下几种。

（1）共享内存方式：在某些嵌入式系统中，中断服务程序可以通过与任务共享、缓冲区，来实现通信。

（2）消息队列或管道：中断服务程序也可以通过向任务发送消息或向管道写消息数据来实现通信，通常，中断服务出现不能阻塞，如果消息发送不成功或队列已满，则丢弃该消息。

（3）异步信号：中断服务程序可以向任务发送异步信号，使任务的异步信号处理程序得到执行。

嵌入式系统设计和实现 ISR 时，应注意以下问题。

（1）最大中断频度：嵌入式系统的设计者应该知道的每个设备可能产生中断的频度，即设备多长时间发生一次中断。

（2）中断丢失：中断发生时，由于处理器太忙不能记录发生的值，并为特定的中断服务。一般将 ISR 分为两个执行部分，第一部分服务于设备，以便通知内核有中断请求到达，并且将设备设置到预定的运行状态。第二部分，典型地用于实现守护线程。这样不仅有助于减少中断上下文的处理时间，而且能够处理多优先级的中断请求，从而也减少了丢失中断的机会。

（3）虚假中断：是中断线输入线上一个很短暂的信号，是由信号的短时脉冲波形引起的。在真实世界中，数字和模拟信号不是理想的，环境、传感器或转换器和嵌入式设计中接线方式都对信号的清晰程度有相当大的影响，这些都是虚假行为的潜在来源。发生虚假中断的一个原因是采用边沿触发机制的嵌入式系统中断信号的不稳定性，在处理一个中断请求的过程中，处理器的判断出错，可能引起虚假中断。因此，嵌入式系统的设计者必须知道可能发生的虚假中断，并正确处理这些中断。

（4）栈溢出：栈溢出是中断或异常要求的最大空间超出了给应用分配的最大堆栈空间。栈溢出通常采用设置异常框架的方法解决。

（5）异常嵌套：在允许异常嵌套处理器上设计服务例程是应注意以下问题： 如果 ISR 是不可重入的，则 ISR 可以禁止同级的中断；如果必须按一个原子操作执行一段代码，则 ISR 可以屏蔽所有的中断；ISR 应当避免调用不可重入的函数；ISR 不能做阻塞或悬挂的调用，否则可能导致系统停机。

11.9　嵌入式系统开发设计

嵌入式系统设计的主要任务是定义系统的功能、决定系统的架构，并将功能映射到系统实现架构上。这里，系统架构既包括软件系统架构也包括硬件系统架构。一种架构可以映射到各种不同的物理实现，每种实现表示不同的取舍，同时还要满足某些设计指标，并使其他的设计指标也同时达到最佳化。

嵌入式系统的设计方法跟一般的硬件设计、软件开发的方法不同，是采用硬件和软件协同设计的方法，开发过程不仅涉及软件领域的知识，还涉及硬件领域的综合知识，甚至还涉及机械等方面的知识。要求设计者必须熟悉并能自如地运用这些领域的各种技术，才能使所设计的系统达到最优。

虽然嵌入式系统应用软件的设计方案随应用领域的不同而不同，但是嵌入式系统的分析与设计方法也遵循软件工程的一般原则，许多成熟的分析和设计方法都可以在嵌入式领域得到应用。嵌入式系统的开发过程同样也包括需求分析、系统设计、实现和测试几个基本阶段，并且每个阶段都有其独特的特征和重点。

本节主要介绍嵌入式系统的开发设计的技术与方法，并从嵌入式系统应用和计算模型的角度分析应用软件设计的方法，以及设计过程中面临的主要问题。最后，讨论嵌入式领域软件移植的相关问题。

11.9.1　嵌入式系统设计概述

进行嵌入式系统设计前，应首先明确嵌入式系统设计本身的特点及衡量嵌入式系统设计的一些主要的技术指标。

1. 嵌入式系统设计的特点

与通常的系统设计相比，嵌入式系统设计具有以下特点：

- 软、硬件协同并行开发；
- 微处理器的类型多种多样；
- 实时嵌入式操作系统具有多样性；
- 与通用系统开发相比，可利用系统资源很少；
- 应用支持少；
- 要求特殊的开发工具；
- 软、硬件都要很健壮；
- 调试很困难。

2. 嵌入式系统的技术指标

嵌入式系统设计的常用指标如下。

（1）NRE 成本（非重复性工程成本）：设计系统所需要支付的一次性货币成本，即一旦设计完毕，不需要支付额外的设计费用，就可以制造任意数目的产品。

（2）单位成本：生产单个产品所需要支付的货币成本，不包含 NRE 成本。

（3）大小：指系统所占的空间，对软件而言，一般用字节数来衡量；对硬件而言则用逻辑门或晶体管的数目来衡量。

（4）性能：系统完成规定任务所需要的时间，是设计时最常用的设计指标，主要有两种衡量方式：一是响应时间，即开始执行到任务结束之间的时间。二是完成量，即单位时间内所完成的任务量。

（5）功率：系统所消耗的功率，它决定了电池的寿命或电路的散热需求。

（6）灵活性：在不增加 NRE 成本的前提下，改变系统功能的能力。

（7）样机建立时间：建立系统可运行版本所需的时间，系统样机可能比最终产品更大更昂贵，但可以验证系统的用途和正确性，并可以改进系统的功能。

（8）上市时间：从系统开发到可以上市卖给消费者的时间，最主要的影响因素包括设计时间、制造时间和检测时间。

（9）可维护性：系统推出或上市后进行修改的难易程度，特别是针对非原始开发人员进行的修改。

（10）正确性：正确实现了系统的功能，可以在整个设计过程中检查系统的功能，也可以插入测试电路检验是否正确。

（11）安全性：系统不会造成伤害的概率。

各个设计指标之间一般是互相竞争的，改良了某个指标常常会导致其他指标的恶化，为了最好的满足设计最佳化，设计者必须了解各种软、硬件的实现技术，并且能够从一种技术转移另一种技术，以便找到特定约束下的最佳方案。

3. 嵌入式系统的设计挑战

嵌入式系统设计所面临的挑战如下。

（1）需要多少硬件：设计者对用于解决问题的计算能力有较强的控制能力，不仅可以选择使用何种处理器，而且可以选择存储器的数量、所使用的外设等，因为设计不仅要满足性能的需求，还要受到制造费用的约束，硬件的选择十分重要，硬件太少，将达不到功能和性能的要求，硬件过多又会使产品过于昂贵。

（2）如何满足时限：使用提高处理器速度的方法使程序运行速度加快来解决时间约束的方法是不可取的，因为，这样会使系统的价格上升。同时，提高了处理器的时钟频率有时并不能提高执行速度，因为程序的速度有可能受存储系统的限制。

（3）如何减少系统的功耗：对采用电池供电的系统，功耗是一个十分敏感的问题。对于非电池供电的系统，高功率意味着高散热。降低系统功耗的一种方法是降低它的运算速度，但是单纯地降低运算速度显然会导致性能不可满足，因此，必须认真设计在降低功耗的同时满足性能的约束。

（4）如何保证系统的可升级性：系统的硬件平台可能使用几代，或者使用同一代的不同级别的产品，这些仅需要一些简单的改变，设计者必须通过改变软件来改变系统的特性，设计一种机器使它能够提供现在仍未开发的软件的性能。

（5）如何保证系统的可靠性：可靠性是产品销售时一项重要的指标，产品能够很好地工作是消费者的合理要求，可靠性在一些系统中尤为重要，如安全控制系统。

（6）测试的复杂性：测试一个嵌入式系统比仅仅输入一些数据困难得多，所以不得不运行整台机器以产生正确的数据，数据产生的时间是十分重要的，即不能离开嵌入式系统工作的整个环境来测试嵌入式系统。

（7）可视性和可控制性有限：嵌入式系统通常没有显示设备和键盘，这将导致开发者很难了解系统内部发生了什么，也不能响应系统的动作，有时候不得不通过观察微处理器的信号来了解。在实时系统中，一般无法为了观察而让系统停机。

（8）开发环境受限：嵌入式系统的开发环境，如开发软件、硬件工具通常比通用计算机或工作站上的可用环境更为有限，故只能采用交叉式开发，给开发进度带来很大影响。

11.9.2　开发模型与设计流程

与通用系统的开发类似，嵌入式系统的开发也可以采用软件工程中常见的开发模型，主要包括瀑布模型、螺旋模型、逐步求精模型及层次模型。

1. 常用开发模型

设计流程是系统设计期间应遵循的一系列步骤，其中一些步骤可以由自动化工具完成，而另外一些只可用手工完成。在嵌入式系统领域，有如下几种常用开发过程模型。

（1）瀑布模型。瀑布模型主要由5个主要阶段构成：需求分析阶段确定目标系统的基本特点；系统结构设计阶段将系统的功能分解为主要的构建；编码阶段主要进行程序的编写和调试；测试阶段检测错误；最后一个维护阶段修改代码以适应环境的变化，并改正错误、升级。各个阶段的工作和信息总是由高级的抽象到较详细的设计步骤单向流动，是一个理想的自顶向下的设计模型。

（2）螺旋模型。螺旋模型假定要建立系统的多个版本，早期的版本是一个简单的试验模型，用于帮助设计者建立对系统的直觉和积累开发此系统的经验，随着设计的进展，会创建更加复杂的系统。在每一层设计中，设计者都会经过需求分析、结构设计、测试三个阶段。在后期，当构成更复杂的系统版本时，每一个阶段都会有更多的工作，并需要扩大设计的螺旋，这种逐步求精的方法使设计者可以通过一系列的设计循环加深对所开发的系统的理解。螺旋的顶部第一个循环是很小很短的，而螺旋底部的最后的循环加入了对螺旋模型的早期循环的细节补充，螺旋模型比瀑布模型更加符合实际。

（3）逐步求精模型。逐步求精的模型是一个系统被建立多次，第一个系统被作为原型，其后逐个系统将进一步求精。当设计者对正在建造的系统的应用领域不是很熟悉时，这个方法很有意义。通过建造几个越来越复杂的系统，从而精炼系统使设计者能检验体系结构和设计技术。此外，各种迭代技术也可仅被局部完成，直到系统最终完成。

（4）层次模型。许多嵌入式系统本身是由更多的小设计组成的，完整的系统可能需要各种软件构件、硬件构件。这些部件可能由尚需设计的更小部件组成，因此从最初的完整系统设计到为个别部件的设计，设计的流程随着系统的抽象层次的变化而变化，从最高抽象层次的整体设计到中间抽象层次的详细设计，再到每个具体模块的设计，都是逐层展开的，其中每个流程可能由单个设计人员或设计小组来承担，每个小组依靠其他小组的结果，各个小组从上级小组获得要求，同时上级小组依赖于各个分组设计的质量和性能。而且，流程的每个实现阶段都是一个从规格说明到测试的完整流程。

2．嵌入式系统的设计方法

一个良好的嵌入式系统设计方法是十分重要的，这是因为：

（1）良好的设计方法使设计者可以清楚地了解他们所做工作的进度，这样可以确保不遗漏其中的任何一项工作。

（2）允许使用计算机辅助工具帮助设计者进行工作，将整个过程分成几个可控的步骤进行。

（3）良好的设计方法方便设计团队的成员之间相互交流，通过定义全面的设计过程，团队里的每个成员可以很好地理解他们所要做的工作以及完成分配给他们的任务时所达到的目标。

嵌入式系统软件的开发过程可以分为项目计划、可行性分析、需求分析、概要设计、详细设计、程序建立、下载、调试、固化、测试及运行等几个阶段。

项目计划、可行性分析、需求分析、概要设计及详细设计等几个阶段，与通用软件的开发过程基本一致，都可按照软件工程方法进行，如采用原型化方法、结构化方法等。

 希赛教育专家提示：由于嵌入式软件的运行和开发环境不同，开发工作是交叉进行的，所以每一步都要考虑到这一点。

程序的建立阶段的工作是根据详细设计阶段产生的文档进行的。这一阶段的工作主要是源代码编写、编译、链接等几个子过程，这些工作都是在宿主机进行的，不需要用到目标机。

产生应用程序的可执行文件后，就要用到交叉开发环境进行调试，根据实际情况可以选用可用的几种调试方法之一或它们的有效组合来进行。

嵌入式系统设计不同于传统的软件设计，如图 11-52 所示。经常包含硬件设计和软件设计，其中前端活动，如规格说明和系统架构，需要同时考虑硬件和软件两个方面。

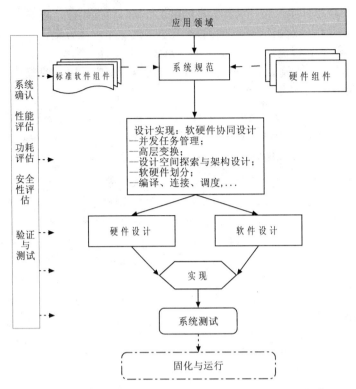

图 11-52　嵌入式系统常用的公共硬件/软件协同设计方法

类似地，后端设计如系统集成和测试要考虑整个系统。中间阶段，软件和硬件构件的开发彼此相互独立，并且大多数的硬件和软件的工作能够相对独立地进行。最后，要将经调试后正确无误的可执行程序固化到目标机上。根据嵌入式系统硬件上配置的不同，固化有几种方式，可以固化在 EPROM 和 Flash 等存储器中，也可固化在 DOC 和 DOM 等电子盘中。通常还要借助一些专用编程器进行。

由于嵌入式系统对安全性和可靠性的要求比通用计算机系统要高，所以在对嵌入式系统进行白箱测试时，要求有更高的代码覆盖率。

在系统开发流程的各个阶段，分别要进行系统的确认和性能评估、安全性评估以及风险性评价，并对系统的实现进行测试验证。

11.9.3　嵌入式系统设计的核心技术

嵌入式系统的开发是软、硬件综合开发，与通用系统的开发存在巨大差异，一方面是因为每个嵌入式系统都是一个软硬件的结合体；另一方面，嵌入式系统一旦研制完成，软件便随着硬件固化到产品中，具有很强的专用性。这些特点决定了，必然要有一种不同于通用软件开发过程的工程方法学来支持嵌入式系统的开发过程，同时也决定了嵌入式系统开发所采用的独特的核心技术。

总体来看，在嵌入式开发领域，主要有三种核心技术：处理器技术、IC 技术、设计/验证技术。

1．处理器技术

处理器技术与实现系统功能的计算引擎结构有关，很多不可编程的数字系统也可以视为处理器，这些处理器的差别在于其面向特定功能的专用化程度，导致其设计指标与其他处理器不同。

（1）通用处理器。这类处理器可用于不同类型的应用，一个重要的特征就是存储程序，由于设计者不知道处理器将会运行何种运算，所以无法用数字电路建立程序。另一个特征就是通用的数据路径，为了处理各类不同的计算，数据路径是通用的，其数据路径一般有大量的寄存器以及一个或多个通用的算术逻辑单元。设计者只需要对处理器的存储器编程来执行所需的功能，即设计相关的软件。

在嵌入式系统中使用通用处理器具有设计指标上的一些优势。上市时间和 NRE 成本较低，因为设计者只需编写程序，而不需做任何数字设计，灵活性高，功能的改变通过修改程序进行即可。与自行设计处理器相比，数量少时单位成本较低。

当然，这种方式也有一些设计指标上的缺陷，数量大时单位成本相对较高，因为数量大时，自行设计的 NRE 成本分摊下来，可降低单位成本。同时，对于某些应用，性能可能很差。由于包含了非必要的处理器硬件，系统的体积和功耗可能变大。

（2）单用途处理器。单用途处理器是设计用于执行特定程序的数字电路，也指协处理器、加速器、外设等。如 JPEG 编码解码器执行单一程序，压缩或解压视频信息。嵌入式系统设计者可通过设计特定的数字电路来建立单用途的处理器。设计者也可以采用预先设计好的商品化的单用途处理器。

在嵌入式系统中使用单用途处理器，在指标上有一些优缺点。这些优缺点与通用处理器基本相反，性能可能更好，体积与功率可能较小，数量大时单位成本可能较低，而设计时间与 NRE 成本可能较高，灵活性较差，数量小时单位成本较高，对某些应用性能不如通用处理器。

（3）专用处理器。专用指令集处理器是一个可编程处理器，针对某一特定类型的应用进行最优化。这类特定应用具有相同的特征，如嵌入式控制、数字信号处理等。在嵌入式系统中使用专用处理器可以在保证良好的性能、功率和大小的情况下，提供更大的灵活性，但这类处理器仍需要昂贵的成本建立处理器本身和编译器。单片机和数字信号处理器是两类应用广泛的专用处理器，数字信号处理器是一种针对数字信号进行常见运算的微处理器，而单片机是一种针对嵌入式控制应用进行最佳化的微处理器。

2．IC 技术

从系统的集成电路设计描述得到实际芯片的物理映射过程的实现技术便是 IC（Integrated Circuits，集成电路）技术，当前在半导体领域的三类实现技术，即全定制、半定制和可编程技术均可应用于嵌入式系统的硬件设计。

（1）全定制/VLSI（Very Large Scale Integrated circuites，超大规模集成电路）。在全定制 IC 技术中，需要根据特定的嵌入式系统的数字实现来优化各层设计人员从晶体管的版图尺寸、位置、连线开始设计以达到芯片面积利用率高、速度快、功耗低的最优化性能。利用掩膜在制造厂生产实际芯片，全定制的 IC 设计也常称为 VLSI，具有很高的 NRE 成本、很长的制造时间，适用于大量或对性能要求严格的应用。

（2）半定制 ASIC（Application Specific Integrated Circuit，专用集成电路）。半定制 ASIC

是一种约束型设计方法，包括门阵列设计法和标准单元设计法。它是在芯片制作好一些具有通用性的单元元件和元件组的半成品硬件，设计者仅需要考虑电路的逻辑功能和各功能模块之间的合理连接即可。这种设计方法灵活方便、性价比高，缩短了设计周期，提高了成品率。

（3）可编程 ASIC。可编程器件中所有各层都已经存在，设计完成后，在实验室里即可烧制出设计的芯片，不需要 IC 厂家参与，开发周期显著缩短。可编程 ASIC 具有较低的 NRE 成本，单位成本较高，功耗较大，速度较慢。

3. 设计/验证技术

嵌入式系统的设计技术主要包括硬件设计技术和软件设计技术两大类。其中，硬件设计领域的技术主要包括芯片级设计技术和电路板级设计技术两个方面。

芯片级设计技术的核心是编译/综合、库/IP（Intellectual Property，知识产权）、测试/验证。编译/综合技术使设计者用抽象的方式描述所需的功能，并自动分析和插入实现细节。库/IP 技术将预先设计好的低抽象级实现用于高级。测试/验证技术确保每级功能正确，减少各级之间反复设计的成本。

软件设计技术的核心是软件语言。软件语言经历了从低级语言（机器语言、汇编语言）到高级语言（例如，结构化设计语言、面向对象设计语言）的发展历程，推动其发展的是汇编技术、分析技术、编译/解释技术等诸多相关技术。软件语言的级别也从实现级、设计级、功能级逐渐向需求级语言发展过渡。

早期，随着通用处理器概念的逐渐形成，软件技术迅速发展，软件的复杂度也开始增加，软件设计和硬件设计的技术和领域完全分开。设计技术和工具在这两个领域同步得到发展，也使得行为描述可以在越来越抽象的级别上进行，以适应设计复杂度不断增长的需要。这种同步发展如今又使得这两个领域都使用同样的时序模型来描述行为，因而这两个领域再度统一为一个领域即将成为可能。

鉴于大多数嵌入式系统都是实时的反应式系统，反应式系统具有多任务并发、时间约束严格与可靠性高的特点，针对反应式系统的设计和描述，人们相继提出了多种描述语言和验证方法学。例如，采用时序逻辑用来刻画反应式系统的性质以及推理反应式系统的行为，采用模型检验技术验证反应式系统设计的正确性等，这些技术已逐步在嵌入式开发过程中发挥着重要的作用。

11.9.4　嵌入式开发设计环境

嵌入式系统的开发环境种类很多，大体可以把它们分为如下几类：

（1）与嵌入式操作系统配套的开发环境。属于这一类的开发环境较多，如 PalmOS、THOS、VxWorks、Windows CE 等商业嵌入式操作系统都有与其配套的功能齐全的开发环境。

（2）与处理器芯片配套的开发环境。这类开发环境一般由处理器厂商提供，如 EPSON 公司推出的一个专门为基于 S1C33 系列微控制器芯片的嵌入式系统开发的工具包便是这一类型的开发环境。

（3）与具体应用平台配套的开发环境。这类开发环境针对性较强，如高通公司的 Brew SDK 等。

（4）其他类的开发环境。这类开发环境主要指一些嵌入式系统供应商在 GNU 开源工具的基础上开发或定制的较为通用的开发环境。这类工具可以免费获得，而且支持的处理器类型繁多，功能齐全，但在技术支持方面比专业化商业工具略逊一些。

11.9.5　嵌入式软件设计模型

随着嵌入式系统的功能日益复杂，要描述这些功能复杂的系统的行为越来越困难，实践证明通过采用计算模型的方法来对系统进行描述和分析是一种具有工程价值的方法。

本节介绍几种嵌入式领域常用的计算模型，并从计算模型的角度分析和阐述嵌入式应用设计和开发的相关问题。

计算模型提供一组用简单对象来组合复杂行为的方法，可以帮助设计者理解和描述系统行为。在嵌入式系统常用的计算模型有如下几种：时序计算模型、通信进程模型、状态机模型、数据流模型、面向对象模型、并发进程模型。

这些模型分别在不同的应用领域使用，如状态机模型特别适合描述以控制为主的系统，数据流模型可以很好地描述数据处理和转换问题。目前使用最广泛的是并发进程模型。

1．状态机模型

有限状态机（Finite-State Machine，FSM）是一个基本的状态模型，可以用一组可能的状态来描述系统的行为，系统在任何时刻只能处于其中一个状态，也可以描述由输入确定的状态转移，最后可以描述在某个状态下或状态转移期间可能发生的操作。

有限状态机 FSM 是一个六元组 $F<S, I, O, F, H, S_0>$，其中 S 是一个状态集合$\{s_0, s_1, \ldots, s_l\}$，$I$ 是输入集合$\{I_0, I_1, \ldots, I_m\}$，$O$ 是输出集合$\{o_0, o_1, \ldots, o_n\}$，$F$ 是次态函数或转移函数，将状态和输入映射到状态$(S \times I \rightarrow S)$，$H$ 是输出函数，将状态映射到输出$(S \rightarrow O)$，S_0 是初始状态。

如图 11-53 所示是电梯的控制单元的状态机描述。在初始"空闲"态，将 up 和 down 设置为 0，open 设置为 1。在所请求的楼层不同于当前楼层之前，状态机一直停留在"空闲"状态。如果所请求的楼层大于当前楼层。则状态机转移到"上升"状态，并将 up 设置为 1。如果所请求的楼层小于当前楼层，则状态机转移到"下降"状态，并将 down 设置为 1。在当前楼层等于所请求的楼层之前，状态机一直留在"下降"或"上升"状态，然后状态转移到"开门"状态，并将 open 设置为 1。通常，系统有一个计时器 timer，因此，当状态机转移到"开门"状态时，还要将计时器启动，状态机停留在"开门"态，直到计时器超时，最后转移到"空闲"态。

当 FSM 被用于嵌入式系统设计时，其输入和输出的数据类型都是布尔类型，而函数表示含有布尔运算的布尔函数，这种模型对于没有数据输入或输出的很多纯控制系统而言已经足够。如果要处理数据，则将 FSM 扩展为带有数据路径的状态机（FSM with Datapath，FSMD）。另外，对状态机模型可以进一步扩展以支持分级和并发，这种模型称为分级/并发 FSM（Hierarchical/Concurrent FSM，HCFSM）模型。

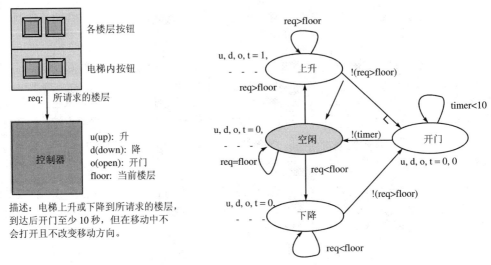

图 11-53　电梯控制器的状态转移描述

2. 数据流模型

数据流模型是并发多任务模型派生出的一种模型，该模型将系统的行为描述为一组结点和边，其中结点表示变换，边表示从一个结点到另一个结点的数据流向。每个结点使用来自其输入边的数据，执行变换并在其输出边上产生数据。

每条边可能有或没有数据，出现在边上的数据称为令牌，当某个结点的所有输入边都至少有一个令牌时，该结点可触发。结点触发后，将使用来自每条输入边的一个令牌，对所有使用的令牌进行数据变换，并在输出边上产生一个令牌，结点的触发仅决定于令牌出现的情况。

如图 11-54 所示是计算 $z=(a+b)\times(c-d)$ 的数据流模型。

目前，已有若干商业化的工具支持用图形化语言表达数据流模型，这些工具可以自动将数据流模型转换为并发多任务模型，以便在微处理器上实现。其转换方法为将每个结点转换为一个任务，每条边转换为一个通道，其中并发多任务模型的实现方法是使用实时操作系统对并发任务进行映射。

如图 11-55 所示是一个同步数据流模型，这个模型中，在结点的每条输入边和输出边上分别标注每次触发所使用和产生的令牌数。该模型的优点是，在实现时不需要将其转换为并发多任务模型，而是用静态方式调度结点，产生时序程序模型。该模型可以使用时序程序语言（如C语言）来表达，不需要实时操作系统就可以执行，因此其执行效率更高。

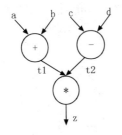

图 11-54　表示算术变换的数据流模型

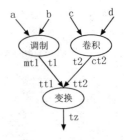

图 11-55　同步数据流模型

3．并发进程模型

并发进程模型是由一组进程构成，每个进程是一个顺序执行的过程，各进程间可以并发执行。并发进程模型提供创建、终止、暂停、恢复和连接进程的操作。进程在执行中可以相互通信，交换数据。进程间通信可以采用两种方式：共享变量和消息传递。信号量、临界区、管程和路径表达式等用来对并发进程的操作进行同步。

通常，实时系统可以看成有许多并发执行的进程构成的系统，其中每个进程都有时间要求。这样，很多嵌入式系统更容易用一组并发执行的任务来描述，因为这些系统本身就是多任务系统，并发进程模型便自然地可以由实时操作系统的多任务来实现。

4．面向对象模型

传统的并发进程模型是围绕进程的概念进行设计的，进程是一个实现级的概念，它是对客观世界活动的一种间接模拟，因此，采用进程模型来解决客观世界中的并发问题就显得极不自然，并且也使得并发程序难以设计和理解。

面向对象模型以一种更加直接的方式刻画客观世界中的活动，模型中存在着潜在的并发执行能力。一个对象向另一个对象发送消息后，若不需要或不立即需要消息的处理结果，前者不必等待后者处理消息，消息发送者和消息接受者可以并发执行。对象不都是处于被动的提供服务状态，它们中的一些除了能通过接收消息向外提供服务外，还可以有自己的事务处理。一个对象往往可以同时处理多个消息。

对象是数据和操作的封装体，数据存放在对象的局部变量中，对象的状态由对象所有的局部变量在某一时刻的取值来表示。在并发环境中，还要考虑对象的并发状态的描述问题，因为对象的并发控制是根据对象的并发状态来进行的。

把并发与面向对象相结合，归结起来可分为两条途径：

（1）在面向对象模型中引进并发机制，充分利用面向对象技术刻画客观世界的良好模型能力和面向对象的各个重要特性，同时把其潜在的并发能力描述出来，使其适合于描述并发计算。

（2）在传统并发模型中引进面向对象思想。

面向对象的并发模型就可以分为两种类型：隐式并发模型和显式并发模型。

（1）隐式并发模型。这种模型的特点是推迟并发设计，将对象建模作为建模基础。在进入运行阶段之前，将对象看成自主单元，各种对象的活动看成理想并发方式完成的特定工作。就像每个对象拥有一个自己的处理器，这个处理器为对象提供一个执行线程。进入系统的外部事件被看成一个处理请求，以广播方式传给一些对象，这些对象接着向其他对象进一步提出处理请求。理论上，对应一个请求，可以有任意多个对象执行相应的处理。在实现时，由调度程序最终决定其对象的操作顺序，如图 11-56 所示。

（2）显式并发模型。这种模型的特点是首先考虑并发，应先把并发概念和对象概念分开。在建立对象以后，用实时操作系统支持的进程概念来表示并发，形成对象和进程两个抽象层次，即先将系统分解为准并发进程作为开始，而在每个进程的内部采用面向对象的技术。对象间交互表示成嵌套的函数调用，通过加入锁、监视器、信号量等显式同步机制，来保证对象的完整。该模型将进程置于对象之上，对象中不必考虑并发、对象串行化，如图 11-57 所示。

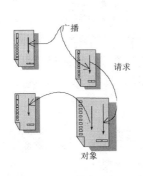

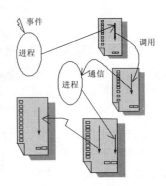

图 11-56　隐式并发模型　　　　　图 11-57　显式并发模型

早期，实时系统的设计方法主要是结构化设计方法，采用结构化方法的系统在复用性、可修改性等方面有很大的局限性。面向对象的实时系统设计方法显然在这些问题上具有明显的优势。较实用的面向对象的设计方法是诺基亚公司的 OCTOPUS 方法，该方法以 OMT 和融合方法（Fusion Method）为基础，提出了对实时系统响应时间、时间域及并发的处理方法，并具体提出了对并发、同步、通信、中断处理、ASIC、硬件界面、端对端响应时间等方面的处理。OCTOPUS 方法将软件开发的主要阶段很好地合并起来，从规格说明到运行模型之间的过渡紧密自然，还支持渐进式开发。OCTOPUS 方法是当前面向对象技术和实时系统相结合的一个典型的设计方法。另外，形式化的面向对象的开发技术和建模语言也逐渐在实时系统建模的初始阶段得到应用。

11.9.6　需求分析

在设计之前，设计者必须知道要设计什么。通常人们用需求和规格说明来描述设计过程的这两个相关而不同的步骤。需求是用户所想要的非形式化的描述，而规格说明是可以用来创建系统体系结构的更详尽、更精确、更一致的描述。当然，需求和规格说明都是指导系统的外部表示，而非内部表示。需求有两种类型：功能性需求和非功能性需求，功能性需求说明这个系统必须做什么，而非功能性需求说明系统的其他属性，如物理尺寸、价格、功耗、设计时间、可靠性等。

对一个大系统进行需求分析是一项复杂而费时的工作，但是，获取少量格式清晰、简单明了的信息是理解系统需求的一个良好开端。表 11-16 是在某项工程开始时填写的需求表格，在考虑系统的基本特征时可将该表格作为检查表。

表 11-16　GPS 移动地图系统的需求表格

名称	说明	示例：GPS 移动地图系统
目的	该项可以简单地列举一些有关将要满足的需求描述或主要特征	GPS 移动地图系统为车辆驾驶人员提供用户级移动地图
输入与输出	这两项内容复杂，对系统输入/输出包含了大量的细节： 数据类型：模拟信号、数字信号、机械输入； 数据特征：周期性到达的数据，每个数据元素的位数； 输入/输出设备的类型：按键、模数转换器、视频显示	输入：一个电源按钮，两个控制按钮 输出：逆光液晶显示屏，分辨率 400×600

续表

名称	说明	示例：GPS 移动地图系统
功能	该项对系统所做的工作详细的描述，从输入到输出进行分析是提出功能的一种好方法：当系统接收到输入时，执行哪些动作，输入的数据如何对该功能产生影响；不同的功能之间如何相互作用	使用 5 种接收器的 GPS 系统，三种用户可选的分辨率，总是显示当前的经纬度
性能	许多嵌入式系统都要花费一定的时间来控制物理设备，或从外界输入数据。多数情况下，这些计算必须在一定的时间内完成，因此对性能的要求必须尽早明确	每 0.25s 更新一次屏幕显示
生产成本	主要指硬件的费用	100 美元
功耗	该项对功耗做一个粗略的估计，靠电池供电的系统须认真考虑	100mW
物理尺寸和重量	对物理尺寸和质量有一定的了解有助于对系统体系结构的设计	不大于 2 英寸×16 英寸，12 盎司

这份需求表格内容是以 GPS（Global Position System，移动地图系统）为例编写的。移动地图系统是一种手持设备，针对在高速公路开车的用户或类似的用户，该设备从 GPS 上得到位置信息，为用户显示当前所在的位置周围的地形图，地图的内容随着用户及设备所在位置的改变而改变。

需求分析阶段最重要的文档输出就是系统的规格说明。

规格说明是精确反映客户需求并且作为设计时必须遵循的要求的一种技术文档。在软件开发的过程中，规格说明非常重要。系统分析人员接受用户需求产生目标软件系统的规格说明，设计与编码人员根据规格说明，进行模块设计并最终产生程序代码，测试和验收人员验证最终软件是否符合规格说明。规格说明应该是清晰的、无歧义的，否则由该规格说明建造系统可能不符合实际的要求。

目前，业界较为流行的方法是采用 UML 进行规格说明的描述。UML 是一个通用的标准建模语言，可以对任何具有静态结构和动态行为的系统进行建模。UML 适用于系统开发过程中从需求规格描述到系统完成后测试的不同阶段。

图 11-58 是一个显示操作的状态机规格说明示例，开始和结束是特殊的状态，状态机中的状态代表了不同的概念性操作。

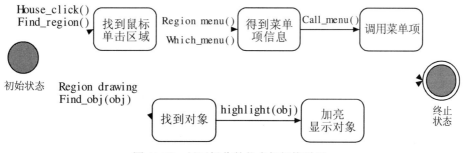

图 11-58　显示操作的状态机规格说明

在需求分析阶段，通过用例来捕获用户需求。通过用例建模，描述对系统感兴趣的外部角色及其对系统（用例）的功能要求。分析阶段主要关心问题域中的主要概念（如抽象、类和对象等）和机制，需要识别这些类以及它们相互间的关系，并用 UML 类图来描述。在分析阶段，只对问题域的对象（现实世界的概念）建模，而不考虑定义软件系统中技术细节的类（如处理用户接口、数据库、通信和并行性等问题的类）。

11.9.7 系统设计

目前，嵌入式系统的设计工具可以分为两类：协同合成工具和协同模拟工具。

（1）协同合成工具。当前，用于嵌入式开发的主要的协同合成工具有 POLIS、COSYMA 和 Chinook 等。

- POLIS：POLIS 是 UC-Berkeley 开发的交互式嵌入式系统的软、硬件协同设计框架，它适用于小型控制系统的设计，系统描述支持基于 FSM（Finite State Machine）的语言。由于软、硬件均可透明地从同一 CFSM 描述中取得，设计空间的灵活性也相应增加，支持使用 PTOLEMY 的协同模拟，在描述及实现层均支持正式的验证，体系结构的支持受限，即硬件 CFSMs 所包围的只有一个处理器，而且不支持共享内存。
- COSYMA：COSYMA 是由德国 IDA 公司开发的一种探索硬件与软件协同设计合成进程的平台，它面向软件系统的描述较简单，支持自动分割和协同处理器合成，在合成时期可以对设计空间进行探索，系统合成取决于硬件限制，不支持并发模块，即一次只能有一个线程执行，体系结构同样受限，不支持正式验证，设计的成功与否取决于分割及开销估计技术。
- Chinook：Chinook 是为控制系统而设计的，整个系统的描述作为一个输入提供给 Chinook，它的内部模式基于类似等级状态的模式，它不对代码进行分割，它为整个设计提供单一的模拟环境，Chinook 支持多种系统架构，尤其是多处理器结构。同样支持定时限制的描述，它能合成多种接口，包括系统之间的软、硬件接口，能直接从定时图表中合成设备驱动器，可以控制处理器之间的通信。

（2）协同模拟工具。协同模拟是嵌入式系统设计中至关重要的一个方面，在整个系统设计完成后，在统一框架下模拟不同种类的成分是必要的，协同模拟不仅提供检验，而且为用户提供各系统的性能信息，这有助于在系统的早期提出变更方案，不至于造成重大损失。目前，主要的协同模拟工具有如下两种。

- PTOLEMY：PTOLEMY 的关键思想是混合使用面向对象内核的计算模型，可用于模拟多种的系统，在各种应用中被广泛地使用，但不适合于系统合成，硬件模拟也是它的一项功能。
- TSS：TSS（Tool for System Simulation）是模拟复杂硬件的工具，采用 C 语言编写，单个模块的提取可由用户控制，可以方便地进行添加与删除模块。但不支持分级模块，没有用于同步各处理器存取共享数据结构的机制，模块间的通信通过端口和总线进行。并且，TSS 支持多核系统的模拟。

1. 系统架构设计

描述系统如何实现规格说明中定义的功能是系统架构设计的主要目的。但是在设计嵌入式系统的系统结构时，很难将软件和硬件完全分开。通常的处理是先考虑系统的软件架构，然后再考虑其硬件实现。系统结构的描述必须符合功能上和非功能上的需求。不仅所要求的功能要体现，而且成本、速度、功耗等非功能约束也要满足。从系统原始框图中的功能元素开始逐个考虑和细化，把原始框图转化为软件和硬件系统结构的同时考虑非功能约束，是一个切实可行的方法。下面以 GPS 移动地图系统的架构设计为例，进行说明。

（1）原始框图。如图 11-59 所示，这个原始框图是移动地图系统的主要操作和数据流。

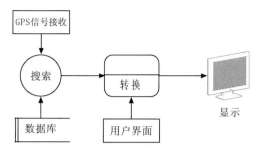

图 11-59　移动地图系统原始框图

（2）软件系统架构。如图 11-60 所示，软件系统主要由用户界面、数据库搜索引擎、数据转换器组成。

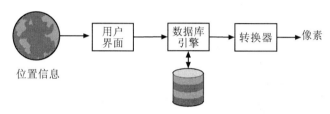

图 11-60　GPS 软件系统架构

（3）硬件系统架构。如图 11-61 所示，硬件系统采用通用微处理器、存储器和 I/O 设备组成。本系统选用两种存储器：通用数据、程序存储器和针对像素显示的帧缓冲存储器。

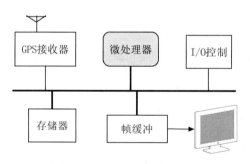

图 11-61　GPS 硬件系统架构

2．硬件子系统设计

嵌入式系统的开发环境由 4 部分组成：目标硬件平台、嵌入式操作系统、编程语言和开发工具，其中处理器和操作系统的选择应当考虑更多的因素，避免错误的决策影响项目的进度。

（1）选择处理器技术。嵌入式系统设计的主要挑战是如何使互相竞争的设计指标同时达到最佳化。设计者必须对各种处理器技术和 IC 技术的优缺点加以取舍。一般而言，处理器技术与 IC 技术无关，也就是说任何处理器技术都可以使用任何 IC 技术来实现，但是最终器件的性能、NRE 成本、功耗、大小等指标会有很大的差异，如图 11-62 所示。

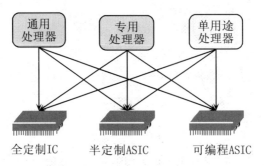

图 11-62　处理器技术和 IC 技术的关系

更通用的可编程技术提供了较大的灵活性，降低了 NRE 成本，建立产品样机与上市的时间较快。定制的技术能够提供较低的功耗、较好的性能、更小的体积和大批量生产时的低成本。

通常，一个公司要推出一种产品，如机顶盒、家庭路由器或通用处理器等，可以先推出半定制产品，以尽快占领市场，然后再推出全定制的产品。也可先用较可靠的老技术实现处理器，再用新制程的技术实现下一代。同样，嵌入式系统的设计者可以使用可编程的器件来建立样机，以加速上市时间，批量时再采用定制器件。

根据这些原则，设计者便可以对采用的处理器技术和处理器做出合理选择。一般，全定制商品化的"通用处理器+软件"是大多数情况下都适用的一个选择。

（2）通用嵌入式处理器的选择。根据用户的需求和项目的需要选择合适的通用嵌入式处理器，选择时需要考虑如下指标和标准。

- 处理器的速度。一个处理器的性能取决于多个方面的因素：时钟频率，内部寄存器的大小，指令是否对等处理所有的寄存器等。对于许多需用处理器的嵌入式系统设计来说，目标不是在于挑选速度最快的处理器，而是在于选取能够完成作业的处理器和 I/O 子系统。处理器的性能满足系统的需求，并有一定的余量，但也不必选得太高。
- 技术指标。当前，许多嵌入式处理器都集成了外围设备的功能，从而减少了芯片的数量，进而降低了整个系统的开发费用。开发人员首先考虑的是，系统所要求的一些硬件能否无需过多的组合逻辑就可以连接到处理器上。其次是考虑该处理器的一些支持芯片，如 DMA 控制器、内存管理器、中断控制器、串行设备、时钟等的配套。
- 开发人员对处理器的熟悉程度，即项目的开发人员需要在处理器本身的成本和开发成本之间做一个权衡。
- 处理器的 I/O 功能是否满足系统的需求，即许多处理器提供内置的外部设备，以减少芯片数量、降低成本，应尽量考虑这种方案。
- 处理器的相关软件支持工具，即该款处理器是否具有完善的嵌入式操作系统、编程语言和开发工具的支持等。
- 处理器的调试，即处理器是否集成了调试功能，如是否支持 JTAG、BDM 等调试方式。
- 处理器制造商的支持可信度。在产品的生命周期，在选择某种处理器时，设计者必须确认它有足够的供货量、技术支持等处理器的低功耗。

嵌入式微处理器最大并且增长最快的市场是手持设备、电子记事本、PDA、手机、GPS 导航器、智能家电等消费类电子产品，这些产品中选购的微处理器典型的特点是要求高性能、低功耗。许多 CPU 生产厂家已经进入了这个领域。

（3）硬件设计的注意事项。首先，将硬件划分为部件或模块，并绘制部件或模块连接框图。

其次，对每个模块进行细化，把系统分成更多个可管理的小块，可以被单独实现。通常，系统的某些功能既可用软件实现也可用硬件实现，没有一个统一的方法指导设计者决定功能的软硬件分配，但是可以根据约束清单，在性能和成本之间进行权衡。

设计软、硬件之间的接口，接口的设计需要硬件设计者和软件设计者协同工作才能完成，良好的接口设计可以保证硬件简洁、易于编程。

设计时需要注意以下几点。

- I/O 端口：列出硬件的所有端口、端口地址、端口属性、使用的命令和序列的意义、端口的状态及意义。
- 硬件寄存器：对每个寄存器设计寄存器的地址、寄存器的位地址和每个位表示意义以及对寄存器读写的说明、使用该寄存器的要求和时序说明。
- 内存映射：共享内存和内存映射 I/O 的地址，对每个内存映射，说明每个 I/O 操作的读/写序列、地址分配。
- 硬件中断：如何使用硬件中断，列出所使用的硬件中断号和分配的硬件事件。
- 存储器空间分配：列出系统中程序和数据占用的空间大小、位置，以及存储器类型和访问方式等。

总之，硬件设计者应该给软件设计者更多、更详细的信息，便于进行软件设计和开发。

3．软件子系统设计

根据需求分析阶段的规格说明文档，确定系统计算模型，对软件部分进行合理的设计即可。

（1）操作系统的选择。在选择嵌入式操作系统时，需要做多方面的考虑：

- 操作系统的功能。根据项目需要的操作系统功能来选择操作系统产品，要考虑系统是否支持操作系统的全部功能还是部分功能，是否支持文件系统、人机界面，是实时系统还是分时系统以及系统是否可裁减等因素。
- 配套开发工具的选择。有些实时操作系统（RTOS）只支持该系统供应商的开发工具。也就是说，还必须向操作系统供应商获取编译器、调试器等。有些操作系统使用广泛且有第三方工具可用，因此，选择的余地比较大。
- 操作系统的移植难易程度。操作系统到硬件的移植是一个重要的问题。它是关系到整个系统能否按期完工的一个关键因素，因此要选择那些可移植性程度高的操作系统，从而避免操作系统难以向硬件移植而带来的种种困难，加速系统的开发进度。
- 操作系统的内存需求如何。均衡考虑是否需要额外 RAM 或 EEPROM 来迎合操作系统对内存的较大要求。有些操作系统对内存的要求是目标相关的。如 Tornado/VxWorks，开发人员能按照应用需求分配所需的资源，而不是为操作系统分配资源。从需要几 K 字节存储区的嵌入设计到需求更多的操作系统功能的复杂的高端实时应用，开发人员可任意选择多达 80 种不同的配置。
- 操作系统附加软件包。是否包含所需的软件部件，如网络协议栈、文件系统、各种常用外设的驱动等。
- 操作系统的实时性如何。实时性分为软实时和硬实时。有些嵌入式操作系统只能提供软实时性能，如 Microsoft Windows CE 2.0 是 32 位，Windows 兼容，微内核，可伸缩实时操作系统，可以满足大部分嵌入式和非嵌入式应用的需要。但实时性不够强，属于软实时嵌入式操作系统。

- 操作系统的灵活性如何。操作系统是否具有可剪裁性，即能否根据实际需要进行系统功能的剪裁。有些操作系统具有较强的可剪裁性，如嵌入式 Linux、Tornado/VxWorks 等。

（2）编程语言的选择。在选择编程语言时，也需要做多方面的考虑：

- 通用性。随着微处理器技术的不断发展，其功能越来越专用，种类越来越多，但不同种类的微处理器都有自己专用的汇编语言。这就为系统开发者设置了一个巨大的障碍，使得系统编程更加困难，软件重用无法实现，而高级语言一般和具体机器的硬件结构联系较少，比较流行的高级语言对多数微处理器都有良好的支持，通用性较好。

- 可移植性。由于汇编语言和具体的微处理器密切相关，为某个微处理器设计的程序不能直接移植到另一个不同种类的微处理器上使用，因此，移植性差。高级语言对所有微处理器都是通用的，因此，程序可以在不同的微处理器上运行，可移植性较好。这是实现软件重用的基础。

- 执行效率。一般来说，越是高级的语言，其编译器和开销就越大，应用程序也就越大、越慢。但单纯依靠低级语言，如汇编语言来进行应用程序的开发，带来的问题是编程复杂、开发周期长。因此，存在一个开发时间和运行性能之间的权衡。

- 可维护性。低级语言如汇编语言，可维护性不高。高级语言程序往往是模块化设计，各个模块之间的接口是固定的。因此，当系统出现问题时，可以很快地将问题定位到某个模块内，并尽快得到解决。另外，模块化设计也便于系统功能的扩充和升级。

- 基本性能。在嵌入式系统开发过程中使用的语言种类很多，比较广泛应用的高级语言有 Ada、C/C++、Modula-2 和 Java 等。Ada 语言定义严格，易读易懂，有较丰富的库程序支持，目前，在国防、航空、航天等相关领域应用比较广泛，未来仍将在这些领域占有重要地位。C 语言具有广泛的库程序支持，在嵌入式系统中是应用最广泛的编程语言，在将来很长一段时间内仍将在嵌入式系统应用领域占重要地位。C++是一种面向对象的编程语言，在嵌入式系统设计也得到了广泛的应用，如 GNU C++。Visual C++是一种集成开发环境，支持可视化编程，广泛应用于 GUI 程序开发。但 C 与 C++相比，C++的目标代码往往比较庞大和复杂，在嵌入式系统应用中应充分考虑这一因素。

（3）软件开发过程。嵌入式软件的开发过程不同一般通用软件的开发过程，主要有如下步骤：

- 选择开发语言，建立交叉开发环境；
- 根据详细设计说明编写源代码，进行交叉编译、链接；
- 目标代码的重定位和下载；
- 在宿主机或目标机调试、验证软件功能；
- 进行代码的优化。

（4）软件开发文档。在嵌入式产品的开发设计过程中，开发阶段完成系统产品的实现，这一阶段同时需要完成一系列的文档，这些文档对完成产品设计、维护相当重要，这些文档分别为技术文件目录、技术任务书、技术方案报告、产品规格、技术条件、设计说明书、试验报告、总结报告等。

11.9.8　系统集成与测试

通常嵌入式系统测试主要包括软件测试、硬件测试、单元测试三个部分。

一般系统的硬件测试包括可靠性测试和电磁兼容性测试，关于电磁兼容性目前已经有了强制性国内和国际标准。

嵌入式系统软件测试方法和原理跟通用软件的测试基本一致,软件测试时,一般需要测试实例或测试序列,序列有两种来源:一种是需要用户进行设计,另一种是标准的测试序列。无论哪种测试实例,都要求实例能够高概率地发现更多的错误,但在测试的内容上有些差别:

(1)嵌入式软件必须长时间稳定运行。

(2)嵌入式软件一般不会频繁地版本升级。

(3)嵌入式软件通常使用在关键性的应用中。

(4)嵌入式软件必须和嵌入式硬件一起对产品的故障和可靠性负责。

(5)现实世界的条件是异步和不可预测的,使得模拟测试非常困难。

由于这些差别,使得嵌入式系统软件测试主要集中在如下 4 个不同的方面:

(1)因为实时性和同时性很难同时满足,所以大多数测试集中于实时测试。

(2)大多数实时系统都有资源约束,因此需要更多的性能和可用性测试。

(3)可以使用专用实时跟踪工具对代码覆盖率进行测试。

(4)对可靠性的测试级别比通用软件要高得多。

另外,性能测试也是设计嵌入式系统中需要完成的最主要的测试活动之一,对嵌入式系统有决定性的影响。

由于嵌入式系统的专用性特点,系统的硬件平台和软件平台多种多样,每种都针对不同的应用而专门设计,因此,应用软件在各个平台之间很少具有通用性,并且嵌入式系统的更新换代速度相对较快。为了保护已有的投资、充分利用现有的软件资源和加快产品研制速度,软件的移植在嵌入式领域变得非常频繁。

11.9.9　嵌入式系统的软件移植

本节主要介绍嵌入式软件移植的相关问题,包括软件移植的类型、每种类型的特点以及移植涉及的主要工作,还介绍了设计可移植性软件的一般原则。

1. 嵌入式系统的软件移植概述

一般地,通用计算机软件移植的情况并不频繁,而嵌入式系统软件移植的情况却很多,主要有如下两个原因:

(1)基于嵌入式处理器的原因。每种嵌入式处理器都有一个生命周期,随着半导体器件技术的迅猛发展,嵌入式处理器制造商不断推出新的嵌入式处理器产品,新的产品与旧的产品在一定时期内可能是向下兼容的。但是随着新的高性能体系结构的研究与开发,旧的体系结构可能被淘汰或停产,新的处理器体系结构不一定兼容旧的体系结构,导致以前的软件不能在新的结构上继续运行,于是,需要考虑现有系统的软件移植问题。

(2)基于操作系统的原因。以前,嵌入式系统的开发工具很不完善,大部分嵌入式系统与嵌入式操作系统紧密相关,一种嵌入式应用只能运行在一种嵌入式操作系统之上,如果操作系统的换代、老操作系统的淘汰或因技术或市场的原因而要求应用软件运行在新的操作系统平台上,则应用软件就要进行基于操作系统移植。

2．嵌入式系统软件移植的分类

嵌入式系统的软件移植可以归纳为如下两类：

（1）基于裸机系统的软件移植

- 基于裸机的应用软件移植到新的硬件平台上；
- 嵌入式操作系统移植到硬件平台上。

（2）基于嵌入式操作系统的移植

- 应用软件移植到新的操作系统之上；
- 操作系统和应用软件的整体移植。

3．裸机系统的软件移植

早期，直接在裸机系统上开发的应用软件要移植到新的体系结构不同的嵌入式系统上运行时，这类软件通常比较简单，软件的代码量不大，结构不太复杂，如果大部分代码采用高级语言编写，仅有少部分为汇编代码，这种情况下移植的工作量不大，只需将与系统结构相关的汇编代码重新改写后，就可完成移植。否则，若是整个代码均采用汇编语言编写，移植基本上等于重新开发。

应用软件大部分采用高级语言编写，且具有良好的层次结构，如图 11-63 所示，软件分为两层，输入/输出模块层以嵌入式硬件平台为运行平台，实现了系统 I/O 接口的软件支持，完成设备驱动程序的功能，如设备控制、数据输入/输出等。这类软件的移植只需修改与处理器相关的 I/O 模块即可。

如果在处理器之上又增加了一个硬件抽象层，如图 11-64 所示，则把 I/O 模块设计成不是依赖于处理器体系结构而是基于硬件抽象层的，由硬件抽象层来屏蔽硬件细节的多样性，这种三层结构的软件的移植工作量会进一步减少。

图 11-63　模块化应用软件移植

图 11-64　具有硬件抽象层的软件移植

4．基于嵌入式操作系统的软件移植

相对简单的系统一般采用裸机设计，即直接基于处理器编写软件，这类系统一般功能简单，代码量少。而对于功能复杂的系统，若也采用裸机开发的方案，其代码开发的工作量和难度都很大，系统的可靠性和可维护性势必难以保证。

随着各种类型嵌入式操作系统的成熟和发展，与通用系统的开发方法相似，基于操作系统的开发方案逐渐成为开发的主流。嵌入式操作系统作为应用软件的运行平台，已经成为许多嵌入式系统的关键。

有操作系统支持的嵌入式系统软件系统如图 11-65 所示，这种情况下的移植工作包括操作系统在新的平台上的移植和新平台的设备驱动程序的开发和移植。与移植有关的软件系统包括嵌入式操作系统、设备驱动程序两大部分。

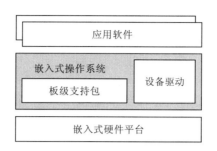

图 11-65　带有嵌入式操作系统支持的软件结构

（1）板级支持包。板级支持包（Board Support Package，BSP），是对目标系统的底层支持软件。具体地说，BSP 是一些与硬件相关功能的集合，这些文件按功能大致可分为三个部分：

- 操作系统载体的硬件初始化文件；
- 操作系统初始化文件；
- 生成 BSP 目标代码所需的工具文件，如各种编译链接文件等。

BSP 的主要工作有：

- 硬件初始化，主要是 CPU、RAM 的初始化，为整个软件系统提供底层的硬件支持；
- 为操作系统提供设备驱动程序和系统中断服务程序；
- 定制操作系统的功能，为软件系统提供一个实时多任务的运行环境；
- 初始化操作系统，为操作系统正常运行做好准备。

在移植操作系统到新的硬件平台上时，BSP 需要用户重新编写，一般嵌入式系统供应商会提供一些编写帮助和示例参考。

（2）设备驱动程序。设备驱动程序是设备提供给操作系统或者应用软件的一套接口，主要负责对硬件寄存器的读/写操作和设备的逻辑控制。它的出现把操作系统和应用软件与设备隔离开来，屏蔽了硬件的细节，方便了用户对设备的读/写和控制。

同时，它也使得一种硬件设备只要配备不同的驱动程序，就可以在不同的系统上使用。一种操作系统只要配备不同的驱动程序，就可以使用不同设备。

设备驱动程序是内核的一部分，它完成以下功能：

- 对设备初始化和释放；
- 把数据从内核传送到硬件和从硬件读取数据；
- 读取应用程序传送给设备文件的数据和回送应用程序请求的数据；
- 检测和处理设备出现的错误。

在移植操作系统到新的硬件平台上时，设备驱动程序需要用户重新编写。

11.9.10　可移植性软件的设计

在设计嵌入式软件时，设计的早期就考虑到软件系统的移植性问题是一个很好的设计思路和习惯，设计易于移植的嵌入式软件需要遵循层次化和模块化的软件设计方法。

1．可移植性软件的设计原则

（1）层次化原则。所谓层次化，是指嵌入式系统的软件设计的纵向结构，下层为上层提供服务，上层利用下层提供的服务完成更高级的功能。下层为上层的服务通过调用接口的形式提供，如图 11-66 所示。

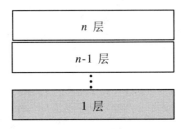

图 11-66　层次化的软件结构

层次化的嵌入式软件结构体现在不同层次的软件模块的相互依赖关系上，层次化的软件结构给每个层次定义一个清晰的接口和功能，分层的数量要合理，不能太多，以免增加软件的复杂性和降低效率，又不能太少，否则同一层里存在依赖关系，失去了分层的意义。层次化的软件在移植的时候，只需修改底层的相关软件即可，不需要修改上层软件。修改底层软件的时候，保持向上的调用接口不变，上层的软件无需修改即可在新的环境下运行。

（2）模块化原则。在同一层次上，软件又被划分为一个个单独软件单元，即模块。一般模块之间是相互独立的，一个模块的实现不依赖于同层的其他模块，模块之间的通信也常常不用全局变量，可以使用操作系统的服务机制，良好的模块设计可以使软件易于裁减和更新。

模块化的软件结构如图 11-67 所示。

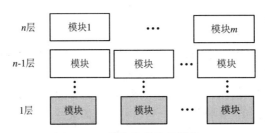

图 11-67　模块化的软件结构

（3）层次化与模块化相结合的原则。规模较大的系统设计，采用模块化和层次化相结合的方法，软件的上、下层之间采用层次化设计，同一层的内部采用模块化的设计。层次化的最低层是硬件抽象层，为嵌入式操作系统的移植提供可移植的环境。

2．硬件抽象层

如图 11-68 所示，硬件抽象层把系统软件和硬件部分隔离开来，这样就使得系统的设备驱动程序与硬件设备无关，从而大大提高了系统的可移植性。从软硬件测试的角度来看，软、硬件的测试工作可分别基于硬件抽象层来完成。在抽象层的定义上，需要规定统一的软、硬件接口标准。

图 11-68 包含硬件抽象层的系统结构

（1）硬件抽象层及其接口的特点

硬件抽象层及其接口具有如下特点：

- 硬件抽象层具有与硬件密切的相关性；
- 硬件抽象层具有与操作系统的无关性；
- 接口定义的功能应包含硬件支持的所有功能；
- 接口的定义应简单，以免增加软件的复杂性；
- 接口的设计应具有可测试性，以利于系统的测试和集成。

（2）硬件抽象层的类型

实际上，在具体的实现中通常可以将硬件抽象层分为 5 种类型，即公共抽象层、体系结构抽象层、变体抽象层、平台抽象层和辅助抽象层。

- 公共抽象层包含了所有体系结构和平台的硬件抽象层所共享的选项和函数，包括常用的调试功能、驱动程序接口函数、监视调用接口等；
- 体系结构抽象层对处理器的基本结构进行抽象和定义，包括中断和异常的定义和处理、上下文切换程序、Cache 的定义和控制、系统启动程序、测试程序等；
- 变体抽象层抽象和封装该处理器在处理器系列中所具有的特殊性，包括内存管理部件（MMU）、浮点运算部件、片内设备驱动程序及对体系结构扩展的程序；
- 平台抽象层对当前的系统的硬件平台进行抽象，包括平台的启动、芯片的选择和配置、定时器、I/O 寄存器访问及中断寄存器等；
- 辅助抽象层包含了处理器的一些变体所共享的公共模块和特殊模块。

3．操作系统抽象层

如图 11-69 所示，操作系统抽象层把应用软件和操作系统隔离开来，使得应用软件与特定的操作系统无关，从而大大提高了应用软件的可移植性和跨平台的支持性。

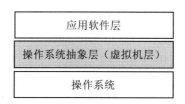

图 11-69 含有操作系统抽象层的软件结构

在操作系统抽象层的定义方面，需要规定统一的操作系统接口标准，这些工作根据系统的需要和操作系统的多样性来进行。完善的嵌入式操作系统抽象层的功能应该覆盖操作系统的所有功能。

操作系统抽象层为应用软件的开发提供了一个一致的编程接口，包含的功能有：任务的管理、任务之间的通信、常见的操作系统服务如内存管理、中断和异常处理等。

操作系统抽象层的主要特点有：

- 操作系统抽象层跟实际操作系统密切相关，统一的操作系统接口标准是在实际操作系统的编程接口的基础上封装并扩充而来；
- 操作系统抽象层跟应用软件无关，应用软件只需使用统一接口标准编写即可；
- 操作系统抽象层的实现本身应该可裁减的；
- 接口标准应该简单统一，应尽量支持 POSIX 标准；
- 接口设计应该具有可测试性，以利于系统的集成与测试；
- 操作系统抽象层的实现应尽量保持原来系统的性能。

4．应用软件层

嵌入式系统基于操作系统的移植是指将应用软件从一个嵌入式操作系统平台上移植到另一个嵌入式操作系统平台上。

在移植的过程中会出现以下两种情况：

- 应用软件的运行环境中，硬件平台不变，只是嵌入式操作系统平台改变了。如一个远程控制应用系统，运行在 ARM7 硬件平台，因系统的成本原因，需要将操作系统从原来的 VxWorks 换成 Nucleus，这时应用软件需要从 VxWorks 移植到 Nucleus 上。
- 应用软件的运行环境中，硬件平台和操作系统平台都更换了。如工业控制系统，最初使用 STD 总线的工控机，随着技术的进步，改用基于 MIPS 处理器的硬件平台，原来的操作系统也无法继续使用，这时就需要把应用软件移植到新的硬件平台和操作系统上。

移植一个嵌入式应用软件，一般需满足如下条件：应用软件是层次化设计的；应用软件是模块化设计的；最好有应用软件的源程序。

为了解决未来软件移植的问题，嵌入式应用软件在设计时应考虑设计操作系统抽象层（虚拟机层），就是在设计软件时，应该使用虚拟机的系统调用而不是直接使用操作系统的系统调用，并且在开发应用时尽量使用高级语言（如标准 C 语言）实现。

第 12 章　开发管理

美国国防部曾于 20 世纪 70 年代中期专门针对软件项目失败的原因做了调查。调查结果显示 70%的失败软件项目都是因为管理不善引起的，而并不是事先以为的技术实力不够。到了 20 世纪 90 年代，据对美国软件工程实施现状的调查，大约只有 10%的项目，尤其是商用软件能够按预先计划的费用和进度交付。因此，业界认为影响软件研发项目全局的因素是管理水平，而技术只影响局部，这就有必要从项目管理的角度去管理软件的开发和运行。加强项目管理的好处是明显的，它可以控制财务成本、提高资源利用率；改进客户关系；缩短开发时间；降低成本；提高利润、生产率、产品质量和可靠性；完善公司内部协调等。

根据美国项目管理协会的项目管理知识体系，项目管理是指"在项目活动中运用专门的知识、技能、工具和方法，使项目能够实现或超过项目干系人的需要和期望。"。一般的项目管理可以分为范围管理、时间管理、费用管理、质量管理、人力资源管理、沟通管理、风险管理、采购管理和整体管理 9 个知识领域。对于软件的开发管理来讲，软件范围管理、软件进度管理、软件成本管理、软件配置管理（属于整体管理）、软件质量管理、软件风险管理、开发人员管理（属于人力资源管理）7 个方面的管理尤为重要，软件开发的每个阶段、每个过程都要重视这几方面的管理。

12.1　项目的范围、时间与成本

项目管理首先要考虑三个约束条件：项目范围、时间进度、成本预算。在签订软件开发合同时要明确：项目的任务是什么？发起人要通过项目获得什么样的产品或服务？这属于项目范围的范畴；项目需要多长时间？进度如何安排？这属于时间进度的范畴；项目需要花费多少？资金来源如何？这属于项目成本的范畴。

12.1.1　项目范围管理

所谓项目范围管理，包括保证项目包含所有为顺利完成项目所需的全部工作所需要的过程。其目的是控制项目的全部活动都在需求范围内，以确保项目资源的高效利用。它主要包括项目启动、范围计划编制、范围定义、范围核实和范围变更控制 5 个部分的内容。项目启动指批准项目启动或者允许项目进入下一个阶段；范围计划编制是将生产项目产品所需进行的项目工作渐进明细和形成文件的过程；项目范围定义是把主要的项目可交付成果分解成更小、更易管理的单元，以达到如下目的：

- 提高对于成本、时间及资源估算的准确性。
- 为绩效测量与控制定义一个基准计划。
- 便于进行明确的职责分配。

正确的范围定义是项目成功的关键。"当范围定义不明确时，由于不可避免的变更会使最终项目成本大大超出预算，因为这些不可避免的变更会破坏项目节奏，导致返工、增加项目历时、降低生产率和工作人员的士气"。范围核实是项目干系人（发起人、客户）正式接受项目范围的过程。范围核实需要审查可交付成果和工作结果，以确保它们都已经正确圆满地完成。如果项目被提前终止，范围核实过程应当对项目完成程度建立文档。范围核实与质量控制是不同的，范围核实是有关工作结果的"接收"，而质量控制是有关工作结果的正确性。项目范围变更控制涉及的是：

- 对造成范围变更的因素施加影响，以确保这些变更得到一致认可；
- 确定范围变更是否已经发生；
- 当范围变更发生时对实际变更进行管理。

范围变更控制必须与其他控制管理过程（进行控制、成本控制和质量控制）结合在一起使用，才能取得良好的效果。

12.1.2 项目成本管理

所谓项目成本管理，是保证在批准预算内完成项目所需要的过程。成本对项目有关各方来说都是非常敏感的问题。因此成本管理在软件项目管理中是一项非常重要的工作。软件项目的成本不仅包括开发成本，也包括开发之前立项阶段以及软件在运行中的费用。此外。操作者的培训费用和项目所使用的各种硬件设施费用也都是整个项目成本的一部分，这些成本都需要很好地计划和控制。

项目成本管理包括资源计划编制、成本估算、成本预算、成本控制 4 个主要部分内容。资源计划编制是确定为完成项目各活动需什么资源（人、设备、材料）和这些资源的数量。资源计划与成本估算是紧密相关的。成本估算就是计算出完成一个项目的各活动所需各资源成本的近似值。当一个项目按合同进行时，应区分成本估算和定价这两个不同意义的词。成本估算所涉及的是对可能数量结果的估算——执行组织为提供产品和服务的花费是多少；而定价是一个商业决策——执行组织为提供的产品或服务索取多少费用。成本估算是定价要考虑的因素之一。成本估算包括确认和考虑各种不同的成本估算替代方案。例如软件设计阶段多做些工作可减少编码阶段的成本。而成本估算过程必须考虑增加的设计工作所多花的成本是否被以后的节省所抵消。

成本预算是把估算的总成本分配到单个活动或工作包上去，建立基准计划来度量项目实际绩效。成本控制的内容有：对造成成本基准计划变化的因素施加影响，以保证这种变化得到一致认可；确定成本基准计划是否已经发生变化；当变化发生和正在发生时，对这种变化执行管理。

成本控制包括以下方面：

- 监测成本执行情况，以寻找出并掌握计划的偏差及原因。
- 确保所有变更都准确地记录在成本基准计划中。
- 防止把不正确、不适宜或未批准的变更纳入成本基准成本。
- 将批准的变更通知项目干系人。
- 采取措施，把预计的成本控制在可接受的范围内。

成本控制包括寻找产生正负偏差的原因。成本控制必须和其他控制过程结合。例如，如果成本偏差采取不恰当的应对措施常会引起项目的质量和进度问题或引起项目在后期出现无法接受的风险。

12.1.3　项目时间管理

时间管理包括确保项目按时完成所需的各个过程。它包括活动定义、活动排序、活动历时估算、进度计划编制、进度控制等 5 个部分内容。活动定义是对 WBS 中规定的可交付成果或半成品的产生所必须进行的具体活动进行定义，并形成文档。为使项目目标得以实现，在这个过程中对活动做出定义无疑是必要的。活动排序是确定各活动之间的依赖关系，并形成文档。活动必须被正确地加以排序，以便今后制订切实可行的进度计划。排序可由计算机辅助或用手工排序。

项目活动历时估算是根据项目范围和资源的相关信息为进度表设定历时输入的过程。历时估算的输入通常来自项目团队中熟悉该活动特性的个人和团体。估算通常采用渐进明细的方式，同时此过程需考虑输入数据的质量和可获得性。因此，可以假设此估算逐步精确，并且其质量水平是已知的。项目团队中最熟悉具体活动性质的个人或团队应当完成历时估算。制订进度计划要决定项目活动的开始和结束日期。若开始和结束日期是不现实的，项目就不可能按计划完成。进度计划、历时估算、成本估算等过程交织在一起，这些过程反复多次，最后才能确定项目进度计划。进度控制涉及的是：

- 对造成进度变更的因素施加影响，以确保这些变更得到一致认可；
- 确定进度变更是否已经发生；
- 当变更发生时对实际变更进行管理。

12.2　配置管理与文档管理

随着软件规模和复杂性的增大，许多大型开发项目往往都会延迟和超出预算，软件开发不得不直面越来越多的问题，表现为开发的环境日益复杂，代码共享日益困难，需跨越的平台增多；软件的重用性需要提高；软件的维护越来越困难。

为了解决这些问题，软件配置管理（Software Configuration Management，SCM）作为控制软件系统一系列变化的学科应运而生。其主要作用是通过结构化的、有序化的、产品化的管理软件工程的方法来维护产品的历史，鉴别和定位产品独有的版本，并在产品的开发和发布阶段控制变化；通过有序管理和减少重复性工作，配置管理保证了生产的质量和效率；它涵盖了软件生命周期的所有领域并影响所有数据和过程。作为软件开发中一个重要过程，实现在有限的时间和资金内，满足不断增长的软件产品质量要求，软件配置管理已经逐渐受到各类软件企业的重视。

12.2.1　软件配置管理的概念

对于软件配置管理，IEEE 给出了一个定义：SCM 是指在软件系统中确定和定义构件（源代码、可执行程序、文档等），在整个生命周期中控制发布和变更，记录和报告构件的状态和变更请求，并定义完整的、正确的系统构件的过程。在 IEEE 标准 729-1983 中，软件配置管理包括以下几个方面的功能。

- 配置标识：产品的结构、产品的构件及其类型，为其分配唯一的标志符，并以某种形式提供对它们的存取。
- 版本控制：通过建立产品基线，控制软件产品的发布和在整个软件生命周期中对软件产品的修改。例如，它将解决哪些修改会在该产品的最新版本中实现的问题。

- 状态统计：记录并报告构件和修改请求的状态，并收集关于产品构件的重要统计信息。例如，它将解决修改这个错误会影响多少个文件的问题。
- 审计和审查：确认产品的完整性并维护构件间的一致性，即确保产品是一个严格定义的构件集合。例如，它将解决目前发布的产品所用的文件的版本是否正确的问题。
- 生产：对产品的生产进行优化管理。它将解决最新发布的产品应由哪些版本的文件和工具来生成的问题。
- 过程管理：确保软件组织的规程、方针和软件周期得以正确贯彻执行。它将解决要交付给用户的产品是否经过测试和质量检查的问题。
- 小组协作：控制开发统一产品的多个开发人员之间的协作。例如，它将解决是否所有本地程序员所做的修改都已被加入到新版本的产品中的问题。

而在另外一个标准 ISO9000.3 中，对软件配置管理系统做了如下要求：

- 唯一地标识每个软件项的版本；
- 标识共同构成一个完整产品的特定版本的每一软件项的版本；
- 控制由两个或多个独立工作的人员同时对一个给定软件项的更新；
- 按要求在一个或多个位置对复杂产品的更新进行协调；
- 标识并跟踪所有的措施和更改；这些措施和更改是在从开始直到放行期间，由于更改请求或问题引起的。

两个文件都强调了配置管理三个核心部分：版本管理、问题跟踪和建立管理，其中版本管理是基础。版本管理应完成以下主要任务：

- 建立项目；
- 重构任何修订版的某一项或某一文件；
- 利用加锁技术防止覆盖；
- 当增加一个修订版时要求输入变更描述；
- 提供比较任意两个修订版的使用工具；
- 采用增量存储方式；
- 提供对修订版历史和锁定状态的报告功能；
- 提供归并功能；
- 允许在任何时候重构任何版本；
- 权限的设置；
- 晋升模型的建立；
- 提供各种报告。

12.2.2 软件配置管理的解决方案

目前，软件配置管理的软件解决方案有许多厂商提供，如 Rational ClearCase，Merant PVCS，Microsoft VSS。大部分软件具备版本控制、建立管理、构造管理、问题追踪这些基本的功能模块，有些软件还融合了需求管理、需求变更管理技术，并支持工作流程，以至 Internet/Intranet 应用的异地通信和管理功能。可以看到软件配置管理的趋势是涉及面越来越广，将影响软件开发环境、软件过程模型、配置管理系统的使用者、软件产品的质量和用户的组织机构。

常用的软件配置管理工具，主要有如下产品：Rational ClearCase，Merant PVCS，Microsoft VSS，CVS。

1．Rational ClearCase

ClearCase 是 Rational 公司的主要配置管理工具，可以用于 Windows 和 UNIX 开发环境。ClearCase 主要应用于复杂的产品发放、分布式团队合作、并行的开发和维护任务，支持 Client/Server 网络结构。ClearCase 提供了全面的配置管理功能，包括版本控制、工作空间管理、建立管理和过程控制，而且无须软件开发者改变他们现有的环境、工具和工作方式。下面列举其主要功能：

（1）版本控制。ClearCase 的核心功能是版本控制，它是对软件开发进程中一个文件或一个目录发展过程进行追踪的手段，通过分支和归并功能支持并行开发。在软件开发环境中，ClearCase 可以对每一种对象类型（包括源代码、二进制文件、目录内容、可执行文件、文档、测试包、编译器、库文件等）实现版本控制。因而，ClearCase 提供的能力远远超出资源控制，并且可以帮助团队，在开发软件时为他们所处理的每一种信息类型建立一个安全可靠的版本历史记录。

（2）工作空间管理。所谓空间管理，即保证开发人员拥有自己独立的工作环境，拥有自己的私人存储区，同时可以访问成员间的共享信息。ClearCase 给每一位开发者提供了一致、灵活的可重用工作空间域。它采用名为 View 的新技术，通过设定不同的视图配置规格，帮助程序员选择特定任务的每一个文件或目录的适当版本，并显示它们。View 可以让开发者在资源代码共享和私有代码独立的不断变更中达到平衡，从而使他们工作更有效。

（3）建立管理。ClearCase 自动产生软件系统构造文档信息清单，而且可以完全、可靠地重建任何构造环境。ClearCase 也可以通过共享二进制文件和并发执行多个建立脚本的方式支持有效的软件构造。

使用 ClearCase，构造软件的处理过程可以和传统的方法兼容。对 ClearCase 控制的数据，既可以使用自制脚本也可使用本机提供的 make 程序，但 ClearCase 的建立工具 clearmake（支持 UNIX）和 omake（支持 NT）为构造提供了重要的特性：自动完成任务、保证重建的可靠性、存储时间和支持并行的分布式结构的建立。此外，ClearCase 还可以自动追踪、建立产生永久性的资料清单。

（4）过程控制。ClearCase 有一个灵活、强大的功能，可以明确项目设计的流程。ClearCase 为团队通信、质量保证、变更管理提供了非常有效的过程控制和策略控制机制。ClearCase 可以通过有效的设置监控开发过程，这体现在：为对象分配属性；超级链接；历史记录；定义事件触发机制；访问控制查询功能等几个方面。自动的常规日志可以监控软件被谁修改、修改了什么内容以及执行政策，如：可以通过对全体人员的不同授权来阻止某些修改的发生，无论任何时刻某一事件发生应立刻通知团队成员，对开发的进程建立一个永久记录并不断维护它。

综上所述，ClearCase 支持全面的软件配置管理功能，给那些经常跨越复杂环境（如 UNIX、Windows 系统）进行复杂项目开发的团队带来巨大效益。此外，ClearCase 也支持广泛的开发环境，它所拥有的特殊构件已成为当今软件开发人员工程人员和管理必备的工具。

2．Merant PVCS

Merant 的 PVCS 是世界领先的软件开发管理工具，在软件生命周期管理市场占有绝大多数市场份额，是公认的工业标准。全球的著名企业、软件机构、银行等诸多行业及政府机构多大数都应用了 PVCS。它能够实现配置管理中的各项要求，并且能和多种流行开发平台集成，为配置管理提供了很大的方便。PVCS 包含多种工具，几乎覆盖了软件开发管理中的所有问题。

- PVCSVersionManager：能完整、详细地记录开发过程中出现的变更和修改，可快速得到系统中任何文件的各个版本，并使修订版本自动升级。
- PVCSConfigurationBuilder：为软件系统提供了可靠的自动重建过程。它保证系统在任何时候对某一发布的产品准确地进行重建，避免发生错误，同时自动地对修改过的模块重新编译以节省时间。
- PVCSTracker：在整个开发过程中确定和追踪软件的每一变更的要求。
- PVCSNotify：将软件状态的变更通过 E-mail 通知组织机构中的其他成员。
- PVCSReporter：为 GUI 界面环境提供一个客户报表工具，使用它能很容易地生成和存储多个项目的报表。
- PVCSProductionGateway：提供了局域网间与大型机 MVS 系统双向同步互联。
- PVCSDeveloper'sToolkit：为 PVCS 客户提供了应用程序开发接口（API），使项目信息通过编程访问。
- PVCSRequisitePro：提供了一个独特的 MicrosoftWord 界面和需求数据库，从而可以使开发机构实时、直观地对来自于最终用户的项目需求及需求变更进行追踪和管理，可有效地避免重复开发，保证开发项目按期、按质、按原有的资金预算交付用户。

上述的 8 个模块既可以单独的安装和使用，也可以相互集成，建立工业化软件开发企业所需的完整的软件开发管理环境。PVCS 不仅很好地解决了代码重用、数据丢失等问题，它还从几个方面满足了软件开发机构迅速增长的市场需求，成为全球开发机构首选的软件配置管理工具。

3. Microsoft VSS，CVS

微软的 VSS（Visual SourceSafe）提供了基本的认证安全和版本控制机制，包括 CheckIn（入库）、CheckOut（出库）、Branch（分支）、Label（标定）等功能。版本控制是工作组软件开发中的重要方面，它能防止意外的文件丢失、允许反追踪到早期版本、并能对版本进行分支、合并和管理。在软件开发中比较两种版本的文件或找回早期版本的文件时，源代码的控制是非常有用的。

VSS 是一种源代码控制系统，它提供了完善的版本和配置管理功能，以及安全保护和跟踪检查功能。VSS 带有一个专业的文档、代码管理库，通过将有关项目文档（包括文本文件、图像文件、二进制文件、声音文件、视频文件）存入数据库进行项目研发管理工作。通过 VSS 与 APT 系统的配合，能够对文件进行控制，用户可以根据需要随时快速有效地共享文件。从文档的控制流程（增加、删除、修改、借阅等），到文档的修改信息记录，实现完善的文档管理。VSS 提供了历史版本的提取、提供源码历史版本对比。VSS 文件一旦被添加进 VSS，它的每次改动都会被记录下来，用户可以恢复文件的早期版本，项目组的其他成员也可以看到有关文档的最新版本，并对它们进行修改，VSS 也同样会将新的改动记录下来。用 VSS 来组织管理项目，使得项目组间的沟通与合作更简易而且直观。

VSS 可以同 Visual studio 开发环境以及 Microsoft Office 应用程序集成在一起，提供了方便易用、面向项目的版本控制功能。VSS 可以处理由各种开发语言、创作工具或应用程序所创建的任何文件类型，用户可以同时在文件和项目级进行工作。VSS 面向项目的特性能更有效地管理工作组应用程序开发工作中的日常任务。VSS 的客户端既可以连接服务器运行，也可以在本机运行，非常适合于个人程序开发的版本管理。

　　CVS（并发版本系统，Concurrent Versions System）是主流的开放源码的版本控制系统，Linux 和 UNIX 下系统自带的版本控制工具。CVS 对于从个人开发者到大型、分布式团队都是有用的。与微软 VSS 在实现功能上属于同一个级别，不过支持的操作平台不一样。

12.2.3　软件文档管理

　　所谓文档（document），是指某种数据媒体和其中所记录的数据。它具有永久性，并可以由人或机器阅读，通常仅用于描述人工可读的东西。在软件工程中，文档常常是用来对活动、需求、过程或结果进行描述、定义、规定、报告或认证的任何书面或图示的信息。

　　在软件生产过程中，总是产生和使用大量的信息。软件文档在产品的开发过程中起着重要的作用。

1．软件文档的作用

　　（1）管理依据。在软件开发过程中，管理者必须了解开发的进度、存在的问题和预期目标。每一阶段计划安排的定期报告提供了项目的可见性，把开发过程中发生的事件以某种可阅读的形式记录在文档中。定期报告还提醒各级管理者注意该部门对项目承担的责任以及该部门效率的重要性。开发文档规定若干个检查点和进度表，使管理者可以评定项目的进度，如果开发文档有遗漏、不完善或内容陈旧，则管理者将失去跟踪和控制项目的重要依据。管理人员可把这些记载下来的材料作为检查软件开发进度和开发质量的依据，分析评估项目、检查调整项目/计划、调配专用资源，实现对软件开发的工程管理。

　　（2）任务之间联系的凭证。大多数软件开发项目通常被划分成若干个任务，并由不同的小组去完成。学科方面的专家建立项目，分析员阐述系统需求，设计员为程序员制定总体设计，程序员编制详细的程序代码，质量保证专家和审查员评价整个系统性能和功能的完整性，负责维护的程序员改进各种操作或增强某些功能。

　　这些人员需要的互相联系是通过文档资料的复制、分发和引用而实现的，因而，任务之间的联系是文档的一个重要功能。大多数系统开发方法为任务的联系规定了一些正式文档。分析员向设计员提供正式需求规格说明，设计员向程序员提供正式设计规格说明等。

　　（3）质量保证。软件文档能提高开发效率。软件文档的编制使得开发人员对各个阶段的工作都进行周密思考、全盘权衡、减少返工。并且可在开发早期发现错误和不一致性，便于及时加以纠正。那些负责软件质量保证和评估系统性能的人员需要程序规格说明、测试和评估计划、测试该系统用的各种质量标准以及关于期望系统完成什么功能和系统怎样实现这些功能的清晰说明；必须制定测试计划和测试规程，并报告测试结果；他们还必须说明和评估完全控制、计算、检验例行程序及其他控制技术。这些文档的提供可满足质量保证人员和审查人员上述工作的需要。

　　（4）培训与参考。软件文档作为开发人员在一定阶段的工作成果和结束标志，它的另一个功能是使系统管理员、操作员、用户、管理者和其他有关人员了解系统如何工作，以及为了达到他们各自的目的，如何使用系统。

　　（5）软件维护支持。记录开发过程中有关信息，便于协调以后的软件开发、使用和维护。维护人员需要软件系统的详细说明以帮助他们熟悉系统，找出并修正错误，改进系统以适应用户需求的变化或适应系统环境的变化。软件文档提供对软件的运行、维护的有关信息，便于管理人员、开发人员、操作人员、用户之间的协作、交流和了解。

（6）历史档案。良好的文档系统，作为全组织范围内共享所存储的文档信息，对于软件企业而言，也是一个很好的学习资源。通常文档记载系统的开发历史，可使有关系统结构的基本思想为以后的项目利用。系统开发人员通过审阅以前的系统以查明什么部分已试验过了，什么部分运行得很好，什么部分因某种原因难以运行而被排除。良好的系统文档有助于把程序移植和转移到各种新的系统环境中。

（7）销售可能。软件文档便于潜在用户了解软件的功能、性能等各项指标，为他们选购符合自己需要的软件提供依据。

从某种意义上来说，良好的文档管理是优秀项目的重要标志，文档是软件开发规范的体现和指南，也是记录和管理知识的重要形式。文档与知识管理文档是固化的知识，是显性知识的重要载体，按规范要求生成一整套文档的过程，就是按照软件开发规范完成一个软件开发的过程。从历史经验来看，写作文档在项目开发的早期可能会使项目的进度比起不写文档要稍慢，但随着项目的进展，部门间配合越来越多、开发方对用户需求越来越细、开发者越来越需要知道系统设计的开发思路和用户的进一步功能需求，才能使自己的开发朝着正确的方向推进。一个明显的例子就是系统整合，或者某些环节是建立在其他环节完成的基础之上时，就更显现出文档交流的准确性和高效性。文档的管理虽然是一个非常烦琐的工作，但是长远来看，它不仅使项目的开发对单个主要人员的依赖减少，从而减少人员流动给项目的带来的风险，更重要的是在项目进行到后10%的时候起到拉动项目的作用。所以，在使用工程化的原理和方法来指导软件的开发和维护时，应当充分注意软件文档的编制和管理。

2. 文档的归类

按照文档产生和使用的范围，软件文档大致可分为三类：开发文档；管理文档；产品文档。

（1）开发文档。开发文档是描述软件开发过程，包括软件需求、软件设计、软件测试、保证软件质量的一类文档，开发文档也包括软件的详细技术描述（程序逻辑、程序间相互关系、数据格式和存储等）。开发文档起到如下 5 种作用：

- 它们是软件开发过程中包含的所有阶段之间的通信工具，它们记录生成软件需求、设计、编码和测试的详细规定和说明；
- 它们描述开发小组的职责。通过规定软件、主题事项、文档编制、质量保证人员以及包含在开发过程中任何其他事项的角色来定义做什么、如何做和何时做；
- 它们用做检验点而允许管理者评定开发进度。如果开发文档丢失、不完整或过时，管理者将失去跟踪和控制软件项目的一个重要工具；
- 它们形成了维护人员所要求的基本的软件支持文档。而这些支持文档可作为产品文档的一部分；
- 它们记录软件开发的历史。

基本的开发文档包括：可行性研究和项目任务书；需求规格说明；概要设计说明；详细设计说明，包括程序和数据规格说明；项目开发计划；软件集成和测试计划；质量保证计划、标准、进度；安全和测试信息。

（2）产品文档。产品文档规定关于软件产品的使用、维护、增强、转换和传输的信息。产品的文档起到如下三种作用：

- 为使用和运行软件产品的任何人规定培训和参考信息；
- 使得那些未参加开发本软件的程序员维护它；

- 促进软件产品的市场流通或提高可接受性。

产品文档主要应用于下列类型的读者：

- 用户——他们利用软件输入数据、检索信息和解决问题；
- 运行者——他们在计算机系统上运行软件；
- 维护人员——他们维护、增强或变更软件。

产品文档包括如下内容：用于管理者的指南和资料，他们监督软件的使用；宣传资料通告软件产品的可用性并详细说明它的功能、运行环境等；一般信息 对任何有兴趣的人描述软件产品。基本的产品文档实物包括：培训手册；参考手册和用户指南；软件支持手册；产品手册和信息广告；维护修改建议等。

（3）管理文档。这种文档建立在项目管理信息的基础上，管理的角度规定涉及软件生存的信息。它包括：项目开发计划、测试计划；开发过程的每个阶段的进度和进度变更的记录；软件变更情况的记录；相对于开发的判定记录；开发人员职责定义；测试报告、开发进度月报；项目开发总结等。

另外，软件文档从用途上还可以分为内部文档和外部文档。其中，内部文档包括项目开发计划、需求分析、体系结构设计说明、详细设计说明、构件索引、构件成分说明、构件接口及调用说明、构件索引、构件接口及调用说明、类索引、类属性及方法说明、测试报告、测试统计报告、质量监督报告、源代码、文档分类版本索引和软件安装打包文件等。

外部文档主要包括软件安装手册、软件操作手册、在线帮助、系统性能指标报告和系统操作索引等。

3．文档编制计划

软件开发的管理部门应该根据本单位承担的应用软件的专业领域和本单位的管理能力，制定一个对文档编制要求的实施规定。对于一个具体的应用软件项目，项目负责人应根据上述实施规定，确定一个文档编制计划。

文档计划可以是整个项目计划的一部分或是一个独立的文档。应该编写文档计划并把它分发给全体开发组成员，作为文档重要性的具体依据和管理部门文档工作责任的备忘录。编制计划的工作应及早开始，对计划的评审应贯穿项目的全过程。如同任何别的计划一样，文档计划指出未来的各项活动，当需要修改时必须加以修改。导致对计划作适当修改的常规评审应作为该项目工作的一部分，所有与该计划有关的人员都应得到文档计划。

文档计划一般包括以下几方面内容：

- 列出应编制文档的目录；
- 提示编制文档应参考的标准；
- 指定文档管理员；
- 提供编制文档所需要的条件，落实文档编写人员、所需经费以及编制工具等；
- 明确保证文档质量的方法，为了确保文档内容的正确性、合理性，应采取一定的措施，如评审、鉴定等；
- 绘制进度表，以图表形式列出在软件生存期各阶段应产生的文档、编制人员、编制日期、完成日期、评审日期等。

还必须明确：要编制哪几种文档，详细程度如何；各文档的编制负责人和进度要求；审查

/批准负责人和时间进度安排；在开发时期内各文档的维护、修改和管理的负责人，以及批准手续。文档计划还确定该计划和文档的分发，有关的开发人员必须严格执行这个文档编制计划。文档计划还应该规定每个文档要达到的质量等级，以及为了达到期望的结果必须考虑哪些外部因素。

4．对文档质量的要求

如果不重视文档编写工作，或是对文档编写工作的安排不当，就不可能得到高质量的文档。质量差的文档一般会使读者难于理解，给使用者造成许多不便；会削弱对软件的管理（难以确认和评价开发工作的进展情况），提高软件成本（一些工作可能被迫返工）；造成误操作。一般而言，好的软件文档要求具备如下特征。

（1）针对性。文档编制以前应分清读者对象。按不同的类型、不同层次的读者，决定怎样适应他们的需要。

- 管理文档主要面向管理人员
- 用户文档主要面向用户

这两类文档不应像开发文档（面向开发人员）那样过多地使用软件的专用术语。

（2）精确性。文档的行文应当十分确切，不能出现多义性的描述。同一课题几个文档的内容应当是协调一致、没有矛盾的。

（3）清晰性。文档编写应力求简明，如有可能，配以适当的图表，以增强其清晰性。

（4）完整性。任何一个文档都应当是完整的、独立的，它应自成体系。例如，前言部分应做一般性介绍，正文给出中心内容，必要时还有附录，列出参考资料等。同一课题的几个文档之间可能有些部分内容相同，这种重复是必要的。不要在文档中出现转引其他文档内容的情况。如，一些段落没有具体描述，用"见××文档××节"的方式。

（5）灵活性。各个不同软件项目，其规模和复杂程度有着许多实际差别，不能一律看待。应根据具体的软件开发项目，决定编制的文档种类。

12.3 软件需求管理

在软件开发的整个过程中，随着客观条件的变化和客户对软件或业务理解的加深，会产生很多新的软件需求，项目经理需要经常面对需求变更，有效地管理需求。需求管理的目的就是控制和维持事先约定，保证项目开发过程的一致性，使用户能够得到他们最终想要得到的软件产品。下面的内容主要涉及需求管理的两个方面：需求变更、需求跟踪。

12.3.1 需求变更

需求变更是指在软件开发过程中，用户确定软件需求之后，由于各种客观和主观条件的变化，用户增加了新的需求或改变原有的需求。

项目经理需要在整个项目生命周期中管理需求变更，将项目变更的影响降到最低。进行需求变更控制的主要依据是项目计划、变更请求和反应项目执行状况的绩效报告。为保证项目变更的规范性和项目的有效实施，通常软件开发机构会有：

（1）项目启动阶段的变更预防。对于任何项目，变更都无可避免，也无从逃避，只能积极应对。这个应对应该是从项目启动的需求分析阶段就开始了。对一个需求分析做得很好的项目来说，基准文件定义的范围越详细、清晰，用户跟项目经理的分歧就越少。如果需求做得好，文档清晰且有客户签字，那么后期客户提出的变更超出了合同范围，就需要另外处理。

（2）项目实施阶段的需求变更。成功项目和失败项目的区别就在于项目的整个过程是否是可控的。项目经理应该树立一个理念——"需求变更是必然的、可控的、有益的"。项目实施阶段的变更控制需要做的是分析变更请求，评估变更可能带来的风险和修改基准文件。控制需求变更需要注意以下几点：

- 需求一定要与投入有联系，如果需求变更的成本由开发方来承担，则项目需求的变更就成为必然了。所以，在项目的开始，无论是开发方还是出资方都要明确这一条：需求变，软件开发的投入也要变。

- 需求的变更要经过出资者的认可，使需求的变更有成本的概念。这样项目实施涉及各方就能够慎重地对待需求的变更。

- 小的需求变更也要经过正规的需求管理流程。在实践中，人们往往不愿意为小的需求变更去执行正规的需求管理过程，认为降低了开发效率，浪费了时间。但正是由于这种观念才使需求逐渐变为不可控，最终导致项目的失败。

- 还要注意沟通的技巧。实际情况是用户、开发者都认识到了上面的几点问题，但是由于需求的变更可能来自客户方，也可能来自开发方，因此，作为需求管理者，项目经理需要采用各种沟通技巧来使项目的各方受益。

12.3.2　需求跟踪

需求跟踪是指在软件需求管理的过程中定义需求变更流程，分析需求变更影响，控制变化的版本，维护需求变更记录，跟踪每项需求状态。

（1）确定需求变更控制过程。制定一个选择、分析和决策需求变更的标准过程，所有的需求变更都需遵循此过程。

（2）进行需求变更影响分析。评估每项需求变更，以确定它对项目计划安排和其他需求的影响，明确与变更相关的任务，并评估完成这些任务需要的工作量。通过这些分析将有助于需求变更控制部门做出更好的决策。

（3）建立需求基准版本和需求控制版本文档。确定需求基准，这是项目各方对需求达成一致认识时刻的一个快照，之后的需求变更遵循变更控制过程即可。每个版本的需求规格说明都必须是独立说明，以避免将底稿和基准或新旧版本相混淆。

（4）维护需求变更的历史记录。将需求变更情况写成文档，记录变更日期、原因、负责人、版本号等内容，及时通知到项目开发所涉及的人员。为了尽量减少困惑、冲突、误传，应指定专人来负责更新需求。

（5）跟踪每项需求的状态。可以把每一项需求的状态属性（如已推荐的，已通过的，已实施的，或已验证的）保存在数据库中，这样可以在任何时候得到每个状态类的需求数量。

12.4　软件开发的质量与风险

随着软件开发的规模越来越大，软件的质量问题越来越引起人们的关注。关于软件质量，IEEE 729—1983 标准有以下定义：

- 软件产品满足给定需求的特性反特征的总体的能力。
- 软件拥有所期望的各种属性组合的程度。
- 顾客或用户认为软件满足他们综合期望的程度。
- 软件组合特性在使用中，将满足用户预期需求的程度。

从上述这个定义可以看到质量不是绝对的，它总是与给定的需求有关。因此，对软件质量的评价总是在将产品的实际情况与从给定的需求中推导出来的软件质量的特征和质量标准进行比较后得出来的。尽管如此，这里给出的软件质量还是一个模糊的概念并且难以衡量。所以，软件质量管理的目的是建立对项目的软件产品质量的定量理解和实现特定的质量目标。

12.4.1 软件质量管理

项目质量管理包括保证项目能满足原先规定的各项要求所需要的过程，即"总体管理功能中决定质量方针、目标与责任的所有活动，并通过诸如质量规划、质量保证、质量控制、质量改进等手段在质量体系内加以实施"。软件质量管理着重于确定软件产品的质量目标、制定达到这些目标的计划，并监控及调整软件计划、软件工作产品、活动及质量目标以满足顾客及最终用户对高质量产品的需要及期望。

软件质量管理包括三个部分：质量计划——判断哪些质量标准与本项目相关，并决定应如何达到这些质量标准；质量保证——定期评估项目总体绩效，建立项目能达到相关质量标准的信心；质量控制——监测项目的总体结果，判断它们是否符合相关质量标准，并找出如何消除不合格绩效的方法。

1. 软件质量计划

在进行软件正式开发前，需要制定一个软件质量计划，用于说明项目管理团队将如何实施其质量方针。用 ISO9000 的话来说，它应该说明项目质量体系，即："用以实施质量管理的组织结构、责任、程序、过程和资源"。目前国际上有许多质量标准，较常用的是 ANSI/IEEE STOL730—1984，983—1986 标准。质量计划可以识别哪些质量标准适用于本项目，并确定如何满足这些标准的要求。在软件质量计划阶段应该完成如下活动：

- 对项目的软件质量活动做出计划。
- 对软件产品质量的可测量的目标及其优先级进行定义。
- 确定软件产品质量目标的实现过程是可量化的和可管理的。
- 为管理软件产品的质量提供适当的资源和资金。
- 对实施和支持软件质量管理的人员进行实施和支持过程中所要求的培训。
- 对软件开发项目组和其他与软件项目有关的人员进行软件质量管理方面的培训。
- 按照已文档化的规程制订和维护项目的软件质量计划。
- 项目的软件质量管理活动要以项目的软件质量计划为基础。
- 在整个软件生命周期，要确定、监控和更新软件产品的质量目标。

2. 软件质量保证

质量保证指为项目符合相关质量标准要求树立信心而在质量系统内部实施的各项有计划的系统活动。质量保证应贯穿于项目的始终，在事件驱动的基础上，对软件产品的质量进行测量、分析，并将分析结果与既定的质量标准相比较，以提供质量改进的依据。如果属于软件外包，还需要对软件产品的定量质量目标进行合理的分工，分派给项目交付软件产品的承包商。

3. 软件质量控制

质量控制指监视项目的具体结果，确定其是否符合相关的质量标准，并判断如何杜绝造成不合格结果的根源。软件质量的控制不单单是一个软件测试问题，评审、调试和测试是保证软件质量的重要手段。质量控制指监视项目的具体结果，确定其是否符合相关的质量标准，并判断如何杜绝造成不合格结果的根源。质量控制应贯穿于项目的始终。项目结果既包括产品结果（例如可交付成果）、也包括项目管理结果（例如成本与进度绩效）。质量控制通常由机构中的质量控制部或名称相似的部门实施，软件质量控制包括如下活动：

- 对软件产品进行测试，并将测试结果用于软件质量管理活动的状态。
- 高级管理者定期参与评审软件质量管理的活动。
- 软件项目负责人定期参与评审软件质量管理的活动。
- 软件质量保证评审小组负责评审软件的质量管理活动和工作产品，并填写相关报告。

（1）软件评审。软件评审并不是在软件开发完毕后进行评审，而是在软件开发的各个阶段都要进行评审。因为在软件开发的各个阶段都可能产生错误，如果这些错误不及时发现并纠正，会不断地扩大，最后可能导致开发的失败。

首先，要明确评审目标包括如下部分：

- 发现任何形式表现的软件功能、逻辑或实现方面的错误；
- 通过评审验证软件的需求；
- 保证软件按预先定义的标准表示；
- 已获得的软件是以统一的方式开发的；
- 使项目更容易管理。

其次，评审过程应包括：

- 召开评审会议。
- 会议结束时必须做出以下决策之一：接受该产品，不需做修改；由于错误严重，拒绝接受；暂时接受该产品。
- 评审报告与记录；所提出的问题都要进行记录，在评审会结束前产生一个评审问题表，另外必须完成评审简要报告。

还应该遵循基本的评审准则，如：

- 对每个正式技术评审分配资源和时间进度表；
- 评审产品，而不是评审设计者，不能使设计者有任何压力；
- 会议不能脱离主题，应建立议事日程并维持它；
- 评审会不是为了解决问题，而是为了发现问题，限制争论与反驳；
- 对每个被评审的产品建立评审清单，以帮助评审人员思考；

（2）测试。软件测试是软件开发的一个重要环节，同时也是软件质量保证的一个重要环节。所谓测试就是用已知的输入在已知环境中动态地执行系统（或系统的构件）。测试一般包括单元测试、模块测试、集成测试和系统测试。如果测试结果与预期结果不一致，则很可能是发现了系统中的错误，测试过程中将产生下述基本文档：

- 测试计划：确定测试范围、方法、和需要的资源等。
- 测试过程：详细描述和每个测试方案有关的测试步骤和数据（包括测试数据及预期的结果）。
- 测试结果：把每次测试运行的结果归入文档，如果运行出错，则应产生问题报告，并且必须经过调试解决所发现的问题。

12.4.2 项目风险管理

无论是系统集成还是软件开发，IT 公司经常面临着各种项目的实施和管理，面临着如何确定项目的投资价值、评估利益大小、分析不确定因素、决定投资回收时间等众多问题。并且，一个 IT 项目，无论其规模大小，必然会为被实施方（用户）在管理、业务经营等多方面带来变革，这就使 IT 项目必然具有高风险性的特点。尤其是近年来，IT 项目的广泛实施，一方面为众多的企业带来了管理、经营方面的革新，而另一方面，夭折、中断、失败的项目也不在少数。因此，如何在项目实施中有效地管理风险、控制风险，已经成为了项目实施成功的必要条件。

实际上，项目风险的管理不仅贯穿于整个项目过程，而且在项目事件发生之前风险的分析就已经开始。可以根据风险控制与项目事件发生的时间将风险管理划分为三个部分：事前控制——风险管理规划，事中控制——风险管理方法，事后控制——风险管理报告。

1．项目风险管理的概念

根据 PMBOK2000 版的定义，风险管理指对项目风险进行识别、分析、并采取应对措施的系统过程。它包括尽量扩大有利于项目目标事项发生的概率与后果，而尽量减小不利于项目目标事项发生的概率与后果。

项目风险按是否有可确定性划分为：已知风险、可预知风险、不可预知风险。按风险管理的内容又可以划分为如下几种类型：

（1）内部技术风险：技术变化和创新是项目风险的重要来源之一。一般说来，项目中采用新技术或技术创新无疑是提高项目绩效的重要手段，但这样也会带来一些问题，许多新的技术未经证实或并未被充分掌握，则会影响项目的成功。还有，当人们出于竞争的需要，就会提高项目产品性能、质量方面的要求，而不切实际的要求也是项目风险的来源。

（2）内部非技术风险：公司的经营战略发生了变化相关的战略风险、涉及公司管理/项目管理人员管理水平等的管理风险，以及与范围变更有关的风险；没有按照要求的技术性能和质量水平完成任务的质量风险；没有在预算的时间范围内完成任务的进度风险；没有在预算的成本范围内完成任务的成本风险。

（3）外部法律风险：包括与项目相关的规章或标准的变化，如许可权、专利、合同失效、诉讼等。

（4）外部非法律风险：主要是指项目的政治、社会影响、经济环境的变化，组织中雇佣关系的变化，如公司并购、政府干预、货币变动、通货膨胀、税收、自然灾害等。这类风险对项目的影响和项目性质的关系较大。

2．风险管理的过程

风险管理包括对项目风险识别、分析和应对的过程，从而将正面事件影响扩大到最大化和将负面事件影响减少到最小化。项目风险管理的主要过程包括：

- 风险管理规划，决定如何指导和规划项目的风险管理活动。
- 项目风险识别，找到哪些风险可能影响项目，并记录其特征。
- 定性风险分析，完成风险和环境的定性分析，并按其对项目目标的影响进行排序。定性风险分析是决定具体风险的重要性并指导做出相关反应的一种方法。与风险相关的动作的时间相关性可能使风险的重要性加大。

- 定量风险分析，度量风险的可能性和后果，估量其对项目目标的潜在影响。
- 风险应对计划，创建过程和技术来为项目目标增进机会和减少威胁。
- 风险监督与控制，在项目生命周期中监视现存的风险、识别新的风险、执行缓解风险计划以及评估其效果。

上述过程不仅彼此交互作用，而且也同其他知识领域的过程交互作用。一般说来，每个过程在项目中至少出现一次。

（1）风险识别。风险的识别就是识别整个项目过程中可能存在的风险事件。在项目开始、每个项目阶段中间、主要范围变更批准之前都要进行风险识别，实际上它在整个项目生命周期内都是一个连续的过程。要识别风险，首先应该了解在软件开发的各个阶段都有可能发生哪些风险（风险事件或风险来源）。表 12-1 列出软件开发各阶段可能发生的风险。

表 12-1　软件开发各阶段的风险事件

阶　　段	风险事件
初始阶段	项目目标不清 项目范围不明确 用户参与少或和用户沟通少 对业务了解不够 对需求了解不够 没有进行可行性研究
设计阶段	项目队伍缺乏经验，如缺乏有经验的系统分析员 没有变更控制计划，以至于变更没有依据，该变更的不变，不该变的也变，这样得来的设计势必会失败或者偏离用户需求 仓促计划，可能带来进度方面的风险 漏项，由于设计人员的疏忽某个功能没有考虑进去
实施阶段	开发环境没有具备好 设计错误带来的实施困难 程序员开发能力差，或程序员对开发工具不熟 项目范围改变（突然要增加或修改一些功能，需要重新考虑设计） 项目进度改变（要求提前完成任务等） 人员离开，在一个项目内软件开发工作有一定的连续性，需要移交和交接，有时人员离开对项目的影响会很大 开发团队内部沟通不够，导致程序员对系统设计的理解上有偏差 没有有效的备份方案 没有切实可行的测试计划 测试人员经验不足
收尾阶段	质量差 客户不满意 设备没有按时到货 资金不能回收

其中，初始阶段主要进行大部分需求分析、少部分设计（大部分业务建模和需求、少部分分析设计）；设计阶段主要进行大部分设计、少部分编码（大部分分析设计，部分实施及测试，开始考虑部署）；实施阶段进行大部分编码和测试，也涉及少部分设计（大部分实施及测试，

部分部署）；收尾阶段完成安装及维护（大部分部署）。

除了考虑项目过程之外，软件企业在人力资源管理中也存在风险，如招聘失败、新政策引起员工不满、技术骨干突然离职等，这些事件会影响公司的正常运转，甚至会对公司造成致命的打击。特别是高新技术企业，由于对人的依赖更大，所以更需要识别人力资源方面的风险。

以上只是列举了常见的风险事件，对不同项目可能发生的风险事件不同，应该对具体项目识别出真正有可能发生在该项目的风险事件。一般是根据项目的性质，从潜在的事件及其产生的后果和潜在的后果及其产生的原因来检查风险。收集、整理项目可能的风险并充分征求各方意见就形成项目的风险列表，并对这些风险事件进行描述，如：可能性、可能后果范围、预计发生时间、发生频率等。风险识别的有效方法有很多，如：建立风险项目检查表、因果分析图、采访各种项目干系人等。

（2）风险分析。确定了项目的风险列表之后，接下来就可以进行风险分析了。风险分析的目的是确定每个风险对项目的影响大小，一般是对已经识别出来的项目风险进行量化估计，这里要注意三个概念。

- 风险得失值：它是指一旦风险发生可能对项目造成的影响大小，说明可能造成的损失。如果损失的大小不容易直接估计，可以将损失分解为更小部分再评估它们。风险得失值可用相对数值表示，建议将损失大小折算成对计划影响的时间表示。
- 风险概率：它是风险发生可能性的百分比表示，是一种主观判断。
- 风险值：它是评估风险的重要参数，"风险值" = "风险概率"" × "风险影响"。如：某一风险概率是 25%，一旦发生会导致项目计划延长 4 周，因而，风险值=25%×4 周=1周。

风险分析就是对以上识别出来的风险事件做风险影响分析。通过对风险及风险的相互作用的估算来评价项目可能结果的范围，从成本、进度及性能三个方面对风险进行评价，确定哪些风险事件或来源可以避免，哪些可以忽略不考虑（包括可以承受），哪些要采取应对措施。

（3）风险应对方法。完成了风险分析后，就已经确定了项目中存在的风险及它们发生的可能性和对项目的风险冲击，并可排出风险的优先级。此后就可以根据风险性质和项目对风险的承受能力制订相应的防范计划，即风险应对。制订风险应对策略主要考虑以下 4 个方面的因素：可规避性、可转移性、可缓解性、可接受性。风险的应对策略在某种程度上决定了采用什么样的项目开发方案。对于应"规避"或"转嫁"的风险在项目策略与计划时必须加以考虑。

项目中的风险永远不能全部消除，PMBOK2000 版提到 4 种应对方法：

- 规避。回避风险指改变项目计划，以排除风险或条件，或者保护项目目标，使其不受影响。虽然项目永远不可能排除所有的风险事件，但某些具体风险则是可以回避的。出现于项目早期的某些风险事件可以通过澄清要求、取得信息、改善沟通，或获取技术专长而获得解决。通过分析找出发生风险事件的原因，消除这些原因来避免一些特定的风险事件发生。例如，如何避免客户不满意？客户不满意有两种情况，一种情况是没有判断客户满意度的依据，即没有双方互相认可的客户验收标准，还有一种是开发方没有达到验收标准，即没有满足用户需求。不管是哪一种，开发方都有不可推卸的责任，只要做好以下环节就完全可以避免：业务建模阶段要让客户参与；需求阶段要多和客户沟通，了解客户真正的需求；目标系统的模型或 DEMO 系统要向客户演示，并得到反馈意见，如果反馈的意见和 DEMO 系统出入比较大时，一定要将修改后的DEMO 系统再次向客户演示，直到双方都达成共识为止；要有双方认可的验收方案和验收标准；做好变更控制和配置管理等。

- 转嫁。转嫁风险指设法将风险的后果连同应对的责任转移到第三方身上。转嫁风险实际只是把风险管理责任推给另一方，而并非将其排除。该方法基本上需要向承担风险者支付风险费用。它包括利用保险、履约保证书、担保书和保证书。可以利用合同将具体风险的责任转嫁给另一方。如果项目的设计是稳定的，可以用固定总价合同把风险转嫁给卖方。虽然成本报销合同把较多的风险留给了顾客或赞助人，但如果项目中途发生变化时，它有助于降低成本。

- 减轻。通过降低风险事件发生的概率或得失量来减轻对项目的影响。提前采取行动减少风险发生的概率或者减少其对项目所造成的影响，比在风险发生后亡羊补牢地进行补救要有效得多。减轻风险的成本应估算得当，要与风险发生的概率及其后果相称。项目预算中考虑应急储备金是另一种降低风险影响的方法。例如，经过风险识别发现，项目组的程序员对所需开发技术不熟。可以采用熟悉的技术来减轻项目在成本或进度方面的影响。也可以事先进行培训来减轻对项目的影响。

- 接受。接收风险造成的后果。采取此项技术表明项目团队已经决定不打算为处置某项风险而改变项目计划，或者表明他们无法找到任何其他应对良策。主动地接受风险包括制定一套万一发生风险时所准备实施的应变计划。例如，为了避免自然灾害造成的后果，在一个大的软件项目中考虑了异地备份中心。

确定风险的应对策略后，就可编制风险应对计划，它主要包括：已识别的风险及其描述、风险发生的概率、风险应对的责任人、风险对应策略及行动计划、应急计划等。

（4）风险应对计划。针对需要采取应对措施的风险事件，开发应对计划，一旦发生风险事件，就实施应对计划。应对计划常应用于项目进行期间发生的已识别风险，事先制定应变计划可大大降低风险发生时采取行动的成本。风险触发因素，例如缺失的中间里程碑，应确定其定义，并进行跟踪。如果风险的影响甚大，或者所选用的对策不见得有效时，就应制定一套后备权变计划。该项计划可包括留出一笔应急款项、制订其他备用方案、或者改变项目范围。最常见的接受风险的应对措施是预留应急储备，或者简称储备，包括为已知风险留出时间、资金、或者资源。为所接受的风险所预留的储备取决于按可接受风险水平计算所得影响的大小。

例如，在一个软件开发项目中，某开发人员有可能离职，离职后会对项目造成一定的影响，则应该对这个风险事件开发应对计划，可以参照如下过程：

- 进行调研，确定流动原因。
- 在项目开始前，把缓解这些流动原因的工作列入风险管理计划。
- 项目开始时，做好计划一旦人员离开时便可执行，以确保人员离开后项目仍能继续进行。
- 制定文档标准，并建立一种机制，保证文档及时产生。
- 对所有工作进行细微详审，使更多人能够按计划进度完成自己的工作。
- 对每个关键性技术人员培养后备人员。

当然该应对计划需要花费一定的成本，在考虑风险成本之后，决定是否采用上述策略。

（5）风险监控。制定了风险应对计划后，风险并非不存在，在项目推进过程中还可能会增大或者衰退。因此，在项目执行过程中，需要时刻监督风险的发展与变化情况，并确定随着某些风险的消失而带来的新的风险。

风险监控包括两个层面的工作：其一是跟踪已识别风险的发展变化情况，包括在整个项目周期内，风险产生的条件和导致的后果变化，衡量风险减缓计划需求。其二是根据风险的变化情况及时调整风险应对计划，并对已发生的风险及其产生的遗留风险和新增风险及时识别、分析，并采取适当的应对措施。对于已发生过和已解决的风险也应及时从风险监控列表调整出去。

最有效的风险监控工具之一就是"前10个风险列表"，它是一种简便易行的风险监控活动，是按"风险值"大小将项目的前10个风险作为控制对象，密切监控项目的前10个风险。每次风险检查后，形成新的"前10个风险列表"。

12.5　人力资源管理

软件项目人力资源管理包括为最有效地使用参与项目人员所需的各项过程，一般包括组织规划、人员招募和团队建设三个主要过程。

1. 组织规划

组织规划用于确定、记录并分派项目角色、职责和请示汇报关系。角色、职责和请示汇报关系可以分派给个人或者集体。这些个人与集体可以是项目实施组织的一部分，也可以来自组织外部，通过人员招聘、借用等方式获得。实施组织往往与某个具体职能部门相关，例如，工程部门、销售部门或者财务部门，通过与职能经理协商、谈判等方式获得。

软件项目组织一般由担当各种角色的人员所组成。每位成员扮演一个或多个角色，常见的一些项目角色包括：策划师、数据库管理员、设计师、操作/支持工程师、程序员、项目经理、项目赞助者、质量保证工程师、需求分析师、用户、测试人员等。组织规划取决于可供选择的人员、项目的需求及组织的需求，组织的具体形式可以有三种方案：垂直方案、水平方案和混合方案。以垂直方案组织的团队由多面手组成，每个成员都充当多重角色。以水平方案组织的团队由专家组成，每个成员充当一到两个角色。以混合方案组织的团队既包括多面手，又包括专家。

如果可供选择的人员中大多数人员是多面手，则往往需要采用垂直方案；同样，如果大多数人员是专家，则采用水平方案。如果正引入一些新人，即使这些人员都是合同工，则仍然需要优先考虑项目和组织。本节描述了形成团队组织的垂直、水平和混合方案，并指出了它们各自的优缺点。

（1）垂直团队组织。垂直团队由多面手组成。如，功能模块分配给了个人或小组，然后由他们从头至尾地实现该功能模块。其优点在于，以单个功能模块为基础实现平滑的端到端开发；开发人员能够掌握更广泛的技能。而缺点也很明显：

- 多面手通常是一些要价很高并且很难找到的顾问。
- 多面手通常不具备快速解决具体问题所需的特定技术专长。
- 主题专家可能不得不和若干开发人员小组一起工作，从而增加了他们的负担。
- 所有多面手水平各不相同。

（2）水平团队组织。水平团队由专家组成。此类团队同时处理多个功能模块，每个成员都从事功能模块中有关其自身的方面。其优点在于能高质量地完成项目各个方面（需求、设计等）的工作；一些外部小组，如用户或操作人员，只需要与了解他们确切要求的一小部分专家进行交互。其缺点在于：专家们通常无法意识到其他专业的重要性，导致项目的各方面之间缺乏联系；由于专家们的优先权、看法和需求互不相同，所以项目管理比较困难。

（3）混合团队组织。混合团队由专家和多面手共同组成。多面手继续操作一个功能模块的整个开发过程，支持并处理多个功能模块，使各部分的专家们一起工作。它可能拥有前两种方案的优点：外部小组只需要与一小部分专家进行交互；专家们可集中精力从事他们所擅长的工作；各个功能模块的实现都保持一致。但是它可能拥有前两种方案的缺点：尽管这应该由多面手来调节，专家们仍然不能认识到其他专家的工作并且无法很好地协作；多面手较难找到，故而，项目管理仍然较难。

因而，要综合考虑、确定团队组织方案。在方案确定后，合理配备人员是成功完成软件开发项目的切实保证。所谓合理配备人员应包括按不同阶段适时运用人员，恰当掌握用人标准。一般来说，软件项目不同阶段、不同层次技术人员的参与情况是不一样的。如人员配置不当，很容易造成人力资源的浪费，并延误工期。特别是采用恒定人员配备方案时，在项目的开始和最后都会出现人力过剩，而在中期又会出现人力不足的情况。

在多数项目中，组织规划大都是作为项目早期阶段的一部分进行的。但在项目的整个过程中都应对其结果定期检查，以保证其继续适用性。如果当初的组织规划已不再适用，就应该及时对其进行修改。

2．人员招募

人员招募指获取分派到项目上，并在那里工作所需的人力资源（个人或集体）。在多数环境中，很可能无法得到"最佳"资源，因此项目管理团队必须注意保证所物色到的人力资源符合项目要求。

通过前一阶段完成的成果——人员配备管理计划，来进行实际的人员招募。首先必须了解组织可用/备用人员库的情况。按照组织规划确定的人力资源需求情况，充分考虑可调配人员的特点。要考虑的问题主要有以下内容：

- 以往经验——这些个人或集体以前是否从事过类似或者相关的工作？工作表现如何？
- 个人兴趣——这些个人或集体对本项目的工作感兴趣吗？
- 能否得到——最理想的个人或集体人选能在规定期限内招募到手吗？
- 胜任与熟练程度——需要何种能力以及何种水平？

而后，通过谈判、事先分派和采购等方式获取项目人员，以保证项目在规定期限内获得足以胜任的工作人员。其中谈判对象可能是实施组织的职能经理，也可能分到其他项目团队，以争取稀缺或特殊人才得到合理分派。在某些情况下，人员可能事先被分派到项目上。这种情况往往发生在：项目是方案竞争的结果，而且事先已许诺具体人员指派是获胜方案的组成部分，或者项目为内部服务项目，人员分派已在项目章程中明确规定。在实施组织缺乏完成项目所需的内部人才时，就需要动用采购手段。

项目经理是团队组织的核心，其综合素质直接影响项目的成败。一般要求项目经理具备如下能力。

（1）领导能力。项目经理必须具备高超的领导才能和强烈的科技意识和较强的业务处理能力。领导能力，简单地说，通过项目团队来达到目标。

首先，项目经理应懂得如何授权和分配职责，采取参与和顾问式的领导方式，发挥导向和教练作用，让成员在职责范围内充分发挥能动性，自主地完成项目工作；

其次，项目经理应善于激励。由于项目经理通常没有太大的权力对成员进行物质方面的激励，因此，非物质激励方式就特别重要。例如，借助项目的唯一性，给项目成员接受挑战的机会往往可以对优秀的项目成员起到极大的激励作用；另外，对项目成员的工作成绩要及时表示认可。及时是非常重要的，并且最好是当众表扬，例如，在上级领导或客户面前对项目团队或具体成员做出正面的评价。

第三，项目经理应该为成员树立榜样，表现出积极的心态，成为团队的典范和信心的源泉。只有身先士卒，各方面以身作则，才能得到广大开发人员的认可和信任，才能树立较高的威信。

第四，项目经理应该能够果断抉择，负责人的重要任务是决策，特别是有多种选择的情况下，一个正确的选择往往事半功倍。

（2）沟通技巧。有效的沟通是项目顺利进行的保证，沟通及时、集思广益、步调一致，才能取得项目最终的成功。项目过程中，项目经理需要通过多种渠道保持与团队及分包商、客户方、公司上级的定期交流沟通，及时了解项目的进程、存在的问题以及获得有益的建议。沟通的方式可以是口头的或书面的，如：面谈、电话、邮件、会议等。在沟通过程中，项目经理应善于提问，并做到有效地聆听，能经常站在对方的角度思考问题。

（3）人际交往能力。良好的人际关系有助于项目的协调，避免生硬的操作方式。项目经理必须积极对外联络，充分利用外部资源，例如其他部门做过类似项目者，可以向他们取经甚至直接获得源码。这对一个项目争取时间，避免重复工作很重要。

项目协调是随时需要的，主要来自于项目内部及客户，可能是资源的配置问题，也可能是项目范围的调整等。人际交往需要从一点一滴做起，而且往往发生在项目工作之外，项目经理需要采取主动、热情的姿态。

（4）应付压力的能力。项目的特点决定了项目工作过程存在一定的不可预见性，项目经理需要做好随时面对压力甚至是冲突的准备。一旦面临压力或冲突，最重要的是保持冷静，避免使项目陷入困境。项目经理要以乐于解决问题的姿态出现在团队中以及上级或客户面前。

（5）培养员工的能力。出色的项目经理重视对项目成员的培养，通过项目过程使小组每个成员都能发挥能力和提升员工的能力，促进员工的自我发展。项目经理要帮助成员明晰自己的职业与技能发展方向，分配合适的工作任务，鼓励学习和相互交流，让项目小组成员具有很强的成就感。

（6）时间管理技能。当需要在同一时段处理两项以上的任务时，时间管理就是必要的。而项目经理往往需要同时面对数项甚至十几项任务，可见有效的时间管理是极为重要的。项目经理不仅需要管理好自己的时间，还需要与相关部门及人员订立时间使用协议，尽量减少非预期的时间占用。

合格的项目经理具有敏锐的洞察力，能瞄准目标，实事求是，精心组织，坚决果断，灵活应变，享有信誉；善于制订计划，解决问题，沟通信息；具有良好的市场意识和交际能力。

当然同时满足这些条件比较困难，但是他应该具有实现这些素质的条件，并注重经验的积累、素质的提高和能力的培养。

3．团队建设

项目团队的建设既包括提高项目干系人作为个人作出贡献的能力，也包括提高项目团队作为集体发挥作用的能力。个人的培养（管理能力与技术水平）是团队建设的基础，而团队建设则是项目实现其目标的关键。

因为软件开发是一项长期艰苦的工作，一个团结、协作的团体才能在规定的时间内完成一个质量上乘的软件项目。团队中的每个人必须积极融入到整个集体中，不能互相推诿，更不能互相埋怨和指责，正确的态度是大家在充分信任的基础上团结协作、互相帮助、主动承担任务，利用集体的智慧获得成功。整个团队就是一部机器，只有每一个齿轮都能正常运作，才能生产出优质的产品。

人是最宝贵的资源，在软件项目中，应该为软件开发人员和管理人员等各类项目人员营造一个和谐、良好的工作氛围，为开发人员创造出一个人尽其才的环境也是项目成功的重要环节，让他们能得心应手地施展自己的才华，特别在工作安排上要煞费苦心，针对每个人不同的特长，根据项目的具体环境和条件把人员合理地安排在恰当的岗位上。使他们能感到项目成功的把握和有积极的工作心态，将项目作为自己事业的一部分，确保项目队伍的稳定性和连续性。在项目结束之际，项目团队的各个成员是否感到他们从自己的经历中学到了一些知识、是否喜欢为这次项目工作，以及是否希望参与组织的下一个项目都是非常重要的。

对于软件项目团队的成长规律，有人归纳出了以下 4 个阶段：

（1）形成阶段。形成阶段促使个体成员转变为团队成员。每个人在这一阶段都有许多疑问：我们的目的是什么？其他团队成员的技术、人品怎么样？每个人都急于知道他们能否与其他成员合得来，自己能否被接受。

为使项目团队明确方向，项目经理一定要向团队说明项目目标，并设想出项目成功的美好前景以及成功所产生的益处；公布项目的工作范围、质量标准、预算及进度计划的标准和限制。项目经理在这一阶段还要进行组织构建工作，包括确立团队工作的初始操作规程，规范沟通渠道、审批及文件记录工作。所以在这一阶段，对于项目成员采取的激励方式主要为预期激励、信息激励和参与激励。

（2）震荡阶段。这一阶段，成员们开始着手执行分配到的任务，缓慢地推进工作。现实也许会与个人当初的设想不一致。例如，任务比预计的更繁重或更困难；成本或进度计划的限制可能比预计的更紧张；成员们越来越不满意项目经理的指导或命令。

震荡阶段的特点是人们有挫折、愤怨或者对立的情绪。这一阶段士气很低，成员可能会抵制形成团队，因为他们要表达与团队联合相对立的个性。

因此在这一阶段，项目经理要做导向工作，致力于解决矛盾，决不能希望通过压制来使其自行消失。这时，对于项目成员采取的激励方式主要是参与激励、责任激励和信息激励。

（3）正规阶段。经受了震荡阶段的考验，项目团队就进入了发展的正规阶段。项目团队逐渐接受了现有的工作环境，团队的凝聚力开始形成。这一阶段，随着成员之间开始相互信任，团队内大量地交流信息、观点和感情，合作意识增强，团队成员互相交换看法，并感觉到他们可以自由地、建设性地表达他们的情绪及意见。

在正规阶段，项目经理采取的激励方式除参与激励外，还有两个重要方式：一是发掘每个成员的自我成就感和责任意识，引导员工进行自我激励；二是尽可能地多创造团队成员之间互相沟通、相互学习的环境，以及从项目外部聘请专家讲解与项目有关的新知识、新技术，给员工充分的知识激励。

（4）表现阶段。团队成长的最后阶段是表现阶段。这时，项目团队积极工作，急于实现项目目标。这一阶段的工作绩效很高，团队有集体感和荣誉感，信心十足。团队能感觉到被高度授权，如果出现技术难题，就由适当的团队成员组成临时攻关小组，解决问题后再将相关知识或技巧在团队内部快速共享。

这一阶段，项目经理需要特别关注预算、进度计划、工作范围及计划方面的项目业绩。如果实际进程落后于计划进程，项目经理就需要协助支持修正行动的制定与执行。这一阶段激励的主要方式是危机激励、目标激励和知识激励。

需要强调的是，对于信息系统建设人才，要更多地引导他们进行自我激励和知识激励。当然，足够的物质激励是不言而喻的，它从始至终都是最有效的激励。

激励的结果是使参与信息系统的所有成员组成一个富有成效的项目团队，这种团队具有如下特点：

- 能清晰地理解项目的目标；
- 每位成员的角色和职责有明确的期望；
- 以项目的目标为行为的导向；
- 项目成员之间高度信任、高度合作互助。

总之，科学地进行团队建设有助于按期、保质、高效、在预算内完成软件项目。

12.6 软件的运行与评价

软件的运行与评价是指软件开发结束后交付用户使用，用户在实际使用中对软件是否符合开发时制定的一系列评价标准进行打分，看是否满足了用户的使用要求。通常，关注如下几点：

（1）软件的稳定性和可靠性评价。软件的稳定性，指软件在一个运行周期内、在一定的压力条件下，软件的出错几率、性能劣化趋势等，并观察其运行环境内的应用服务器、数据库服务器等系统的稳定性。从用户角度看，软件在使用过程中如果出现系统故障，系统反应速度慢等就表明软件本身的可靠性需要提高。通常在软件交付用户使用前都要进行大量的系统功能测试和用户可靠性测试，如果测试工作做得很好，后期运行使用时这方面的问题会减少。

（2）软件是否满足了用户的需求。满足用户的需求是软件开发的基本要求。系统交付使用前，需要用户对系统提供的需求进行评价。用户评价的标准就是归档的需求文档，用户可以根据文档的要求逐个检查系统是否提供了相应的功能。只有软件满足了用户需求，用户才会同意交付使用。

（3）软件实施给用户带来的好处。这是用户需要软件开发的原因。通常体现为价值指标，如节省多少人工成本，节省业务流程时间，减少数据质量出错率等。软件交付用户使用后一段时间，用户可以测量相应的指标是否满足了之前设定的目标，对新系统给予评价。

12.7 软件过程改进

处于激烈市场竞争中的软件开发机构若想在预定的期限内用有限的资金，满足不断增长的软件产品的需求，就必须不断加强软件开发过程的管理，对软件开发的所有环节施加有效的管理和控制，将软件的开发逐渐转变成为一种工业化的生产过程。

软件过程改进（Software Process Improvement，SPI）用于帮助软件企业对其软件生产过程进行计划、过程诊断、改进方案的制订及实施等工作。它的实施对象是软件企业的软件过程，即软件产品的生产过程，也包括配置管理、软件维护等辅助过程。目前，使用最多的软件过程改进模型包括 CMM、CMMI、ISO9000 和 ITIL 等系列标准。

1. CMM

SW-CMM（软件能力成熟度模型）为软件企业的过程能力提供了一个阶梯式的进化框架，阶梯共有五级。第一级实际上是一个起点，任何准备按 CMM 体系进化的企业都自然处于这个起点上，并通过这个起点向第二级迈进。除第一级外，每一级都设定了一组目标，如果达到了这组目标，则表明达到了这个成熟级别，可以向下一个级别迈进。CMM 体系不主张跨越级别的进化，因为从第二级起，每一个低的级别实现均是高的级别实现的基础。

（1）初始级。初始级的软件过程是未加定义的随意过程，项目的执行是随意甚至是混乱的。也许，有些企业制定了一些软件工程规范，但若这些规范未能覆盖基本的关键过程要求，且执行没有政策、资源等方面的保证时，那么它仍然被视为初始级。

（2）可重复级。根据多年的经验和教训，人们总结出软件开发的首要问题不是技术问题而是管理问题。因此，第二级的焦点集中在软件管理过程上。一个可管理的过程则是一个可重复的过程，一个可重复的过程则能逐渐进化和成熟。第二级的管理过程包括了需求管理、项目管理、质量管理、配置管理和子合同管理 5 个方面。其中项目管理分为计划过程和跟踪与监控过程两个过程。实施这些过程，从管理角度可以看到一个按计划执行的且阶段可控的软件开发过程。

（3）定义级。在第二级仅定义了管理的基本过程，而没有定义执行的步骤标准。在第三级则要求制定企业范围的工程化标准，而且无论是管理还是工程开发都需要一套文档化的标准，并将这些标准集成到企业软件开发标准过程中去。所有开发的项目需根据这个标准过程，剪裁出与项目适宜的过程，并执行这些过程。过程的剪裁不是随意的，在使用前需经过企业有关人员的批准。

（4）管理级。第四级的管理是量化的管理。所有过程需建立相应的度量方式，所有产品的质量（包括工作产品和提交给用户的产品）需有明确的度量指标。这些度量应是详尽的，且可用于理解和控制软件过程和产品。量化控制将使软件开发真正变成为一种标准的工业生产活动。

（5）优化级。第五级的目标是达到一个持续改善的境界。所谓持续改善是指可根据过程执行的反馈信息来改善下一步的执行过程，即优化执行步骤。如果一个企业达到了这一级，那么表明该企业能够根据实际的项目性质、技术等因素，不断调整软件生产过程以求达到最佳。

2. CMMI

CMMI 的全称为：Capability Maturity Model Integration，即能力成熟度模型集成。CMMI 是 CMM 模型的最新版本。CMMI 与 CMM 最大的不同点在于：CMMISM-SE/SW/IPPD/SS 1.1 版本有四个集成成分，即：系统工程(SE)和软件工程(SW)是基本的科目，对于有些组织还可以应用集成产品和过程开发方面(IPPD)的内容，如果涉及供应商外包管理可以相应的应用 SS(Supplier Sourcing)部分。

CMMI 有两种表示方法，一种是和软件 CMM 一样的阶段式表现方法，另一种是连续式的表现方法。这两种表现方法的区别是：阶段式表现方法仍然把 CMMI 中的若干个过程区域分成了 5 个成熟度级别，帮助实施 CMMI 的组织建议一条比较容易实现的过程改进发展道路。而连续式表现方法则通过将 CMMI 中过程区域分为四大类：过程管理、项目管理、工程以及支持。对于每个大类中的过程区域，又进一步分为基本的和高级的。这样，在按照连续式表示方法实施 CMMI 的时候，一个组织可以把项目管理或者其他某类的实践一直做到最好，而其他方面的过程区域可以完全不必考虑.

3. ISO 9000

国内软件公司采用的 ISO 9000 系列质量体系认证通常有 ISO 9001 的 1994 年版和 2000 年版。ISO 9001 和 CMM 非常相似的是，两者都共同着眼于质量和过程管理，而且它们都是基于戴明博士的全面质量管理 TQM 产生的，因此不存在任何矛盾的地方。但是，它们的基础是不同的：ISO9001（ISO9000 标准系列中关于软件开发和维护的部分）确定一个质量体系的最少需求，而 CMM 强调持续过程改进。在 1994 年版的 ISO 9001 中，CMM 2 级的 6 个关键过程区域所涉及的部分，基本上都比较明确的做出了要求；而 CMM 3 级的 7 个关键过程区域中所涉及的内容大多数都提到了，但做出的要求不是非常详细。很多实施了 94 版 ISO9000 的企业在了解了 SW-CMM 以后，普遍反映 CMM 比 ISO 的要求明确、详细得多。如果 94 版 ISO 实施的效果很好的话，实施 CMM 2 级工作量是可以减少很多的。而 2000 版的 ISO 则更多的和 CMM 有直接对应的关系，甚至是大量 CMM 4 级和 5 级的要求。

4. ITIL

ITIL（信息技术基础设施库）是英国政府中央计算机与电信管理中心（CCTA）在 20 世纪 90 年代初期发布的一套 IT 服务管理最佳实践指南。在此之后，CCTA 又在 HP、IBM、BMC、CA 和 Peregrine 等主流 IT 资源管理软件厂商近年来所做出的一系列实践和探索的基础之上，总结了 IT 服务的最佳实践经验，形成了一系列基于流程的方法，用以规范 IT 服务的水平，并在 2000 年至 2003 年期间推出新的 ITIL V2.0 版本，于 2007 年推出 V3.0 版本。

ITIL 为企业的 IT 服务管理实践提供了一个客观、严谨、可量化的标准和规范，企业的 IT 部门和最终用户可以根据自己的能力和需求定义自己所要求的不同服务水平，参考 ITIL 来规划和制定其 IT 基础架构及服务管理，从而确保 IT 服务管理能为企业的业务运作提供更好的支持。对企业来说，实施 ITIL 的最大意义在于把 IT 与业务紧密地结合起来，从而让企业的 IT 投资回报最大化。

第 13 章　软件开发环境与工具

目前，软件系统的应用范围和领域越来越广泛，规模也越来越大，大量的应用程序有上万行、甚至几十万行源程序代码。开发如此复杂的软件系统需要组织级的、甚至跨组织的通力协作，大型程序的组装、调试、修改等工作都需要有计算机辅助才能顺利完成。除了源程序之外，还有大量的软件文档与其他各种不同类型的软件配置项。如此众多的信息全部由人直接管理是非常困难的，而且非常容易出错。早期人们为提高软件系统的开发效率，研制了许多独立的软件开发工具，如编辑工具、编译工具、组装工具、调试工具和测试工具等。通常，在使用一个工具之后，为使用另一工具必须从前一工具退出，然后才能进入另一工具，工具之间几乎没有任何联系。而事实上，软件系统开发的整个过程是紧密联系的，信息系统开发环境就是顺应这种需要而产生的。

软件开发工具是指用于辅助软件开发过程活动的各种软件。早期的开发工具主要用来辅助程序员编程，因而也称为编程工具。20 世纪 60 年代，出现了软件工程和软件生命周期的概念，支持需求分析、设计、测试、维护和项目管理等过程活动的工具应运而生。20 世纪 80 年代中期，面向对象的方法学逐渐形成，人们开始研究对象建模工具。由于开发工具与软件工程的密切关系，通常也将软件开发工具称为计算机辅助软件工程（Computer Aided Software Engineering）工具，简称 CASE 工具。

本章重点要求读者掌握集成开发环境、建模工具、分析设计工具、编程工具、测试工具和项目管理工具 6 个方面的知识。

13.1　集成开发环境

广义地讲，软件开发环境既包括集成型开发环境，也包括非集成型开发环境。但通常讲的"软件开发环境"是指集成型软件开发环境。

集成型软件开发环境是一种把支持多种软件开发方法和开发模型、支持软件开发全过程的软件工具集成在一起的软件开发环境。

13.1.1　开发环境的组成

软件开发环境通常由工具集和环境集成机制两部分组成。工具集用以支持软件开发的相关过程、活动和任务，环境集成机制为工具集成和软件的开发、维护及管理提供统一的支持环境。工具集和环境集成机制间的关系犹如"插件"和"插槽"间的关系。

软件开发环境中的工具可包括：

- 支持特定过程模型和开发方法的工具，如支持瀑布模型及数据流方法的分析工具、设计工具、编码工具、测试工具、维护工具，支持面向对象方法的 OOA 工具、OOD 工具和 OOP 工具等；

- 独立于模型和方法的工具，如界面辅助生成工具和文档出版工具；
- 管理类工具和针对特定领域的应用类工具。

开发环境中的工具集采用统一的工具结构模型，一般应包括4个部件：功能部件、数据接口部件、控制接口部件和界面接口部件。

环境集成机制主要包括数据集成机制、控制集成机制、过程集成机制和界面集成机制等。

（1）数据集成机制。数据集成机制提供统一的数据模式和数据接口规范，需要相互协作的工具通过这种统一的模式与规范交换数据。数据集成可以有不同的层次，如共享文件、共享数据结构和共享信息库等。

（2）控制集成机制。控制集成机制支持各工具或各开发活动之间的通信、切换、调度和协同工作，并支持软件开发过程的描述、执行和转接。通常使用消息通信机制实现控制集成，工具间发送的消息统一由消息服务器进行管理。

（3）过程集成机制。过程集成机制支持建立软件过程模型，并利用该模型启动各个软件开发活动，按照具体软件开发过程的要求进行工具的选择与组合。

（4）界面集成机制。界面集成机制为统一的工具界面风格和统一的操作方式提供支持，使得环境中的工具具有相同的视觉效果和操作规则，减少用户为学习不同工具的使用所花费的开销。界面集成主要体现在相同或相似的窗口、菜单、工具条、快捷键、操作规则与命令语法等。

从功能角度看，界面集成机制可划分为环境信息库、过程控制与消息服务器、环境用户界面三个部分。其中，过程控制与消息服务器是实现过程集成及控制集成的基础，环境用户界面包括环境总界面以及由其统一控制的各环境部件及工具的界面。

环境信息库是软件开发环境的核心，用以储存与信息系统开发有关的各种信息并支持信息的交流与共享。工具间的联系和相互理解都是通过存储在信息库中的共享数据得以实现的。

环境信息库中储存两类信息：一类是开发过程中产生的有关被开发系统的信息，如分析文档与需求基线、设计文档与设计基线、源代码、测试用例与测试报告、软件产品或半成品等；另一类是环境提供的支持信息，如文档模板、系统配置、过程模型与可复用构件等。

较初级的环境信息库一般包含通用子程序库、程序加工信息库、模块描述与接口信息库、软件测试与纠错依据信息库等；较完整的环境信息库还应包括可行性研究与需求信息档案、阶段设计详细档案、测试驱动数据库和软件维护档案等。

更进一步的要求是面向软件规划到实现、维护全过程的自动进行，这就要求环境信息库系统具有某种智能性，例如，软件编码的自动实现与优化、软件文档与软件编码之间的相互转换、测试自动化、软件项目的多方面不同角度的自我分析与总结。智能型环境信息库还应具备主动学习与主动更新的功能，以不断丰富其知识与信息的积累。

13.1.2 开发环境的分类

软件开发环境可按以下几种角度分类：

（1）按软件开发模型及开发方法分类，有支持瀑布模型、演化模型、螺旋模型、喷泉模型以及结构化方法、信息模型方法、面向对象方法等不同模型及方法的软件开发环境。

（2）按功能及结构特点分类，有单体型、协同型、分散型和并发型等多种类型的软件开发环境。

（3）按开发阶段分类，有前端开发环境(支持系统规划、分析、设计等阶段的活动)、后端开发环境(支持编程、测试等阶段的活动)、软件维护环境和逆向工程环境等。此类环境往往可通过对功能较全的环境进行剪裁而得到。

（4）按应用范围分类，有通用型和专用型软件开发环境。其中，专用型软件开发环境与应用领域有关。

软件开发环境在一定程度上支持一种或多种软件开发方法，如支持传统的软件开发方法、面向对象的软件开发方法和面向软件过程的软件开发方法等。

例如，支持传统软件开发方法的软件开发环境集成了结构化分析工具、结构化设计工具、结构化编辑工具、程序调试工具以及各种分析测试工具等。开发环境将所有工具有机地联系起来，各工具有着统一的接口、内部格式和用户界面，前阶段工具产生的信息能被后继阶段的工具利用，使用者可以从一个工具方便地转换到另一个工具。例如，在编辑一个源程序时，随时可以调用编译程序，如程序有误，编译程序会自动转入编辑，并能将当前编辑位置停留在程序的出错处，程序修改后又能立即调用编译程序，编译完成后可以立即运行或调试程序。

较完善的软件开发环境通常具有如下功能：

（1）软件开发的一致性及完整性维护；

（2）配置管理及版本控制；

（3）数据的多种表示形式及其在不同形式之间自动转换；

（4）信息的自动检索及更新；

（5）项目控制和管理；

（6）对方法学的支持。

软件开发环境通常应具有开放性和可裁减性。开放性为环境外的工具集成到环境中来提供方便；可裁减性是指根据不同的应用或不同的用户需求进行裁减，以形成特定的开发环境。

随着 Internet 的飞速发展，原有的开发环境不论从开发技术上还是从开发模式上越来越无法满足 Internet 时代基于 Web 的应用程序和 Web 服务开发的需求，新一代集成开发环境应运而生，最典型是面向 Microsoft .NET 平台和 J2EE 平台的集成开发环境。

13.1.3　分布式开发环境

分布式软件系统是指在网络环境下的多处理机体系结构上执行任务的软件系统，包括分布式操作系统、分布式文件系统和分布式数据库系统等。

分布式操作系统负责管理分布式处理系统资源和控制分布式程序运行，它和集中式操作系统的区别在于资源管理、进程通信和系统结构等方面。

分布式文件系统具有执行远程文件存取的能力，并以透明方式对分布在网络上的文件进行管理和存取。

分布式数据库系统由分布于多个计算机结点上的若干个数据库系统组成，它提供有效的存取手段来操纵这些结点上的子数据库。分布式数据库在使用上可视为一个完整的数据库，而实际上它是分布在地理分散的各个结点上。当然，分布在各个结点上的子数据库在逻辑上是相关的。

分布式开发环境用于开发运行于分布式计算机系统上的分布式软件。与集中式开发环境相似，分布式开发环境同样由工具集和环境集成机制两部分组成，但一个分布式开发工具通常由若干个可以独立执行的程序模块组成，它们分布于一个分布式处理系统的多台计算机上被同时执行。

13.2　建模工具

简单地说，"建模"就是建立软件系统的抽象模型。系统模型贯穿于软件生命周期的整个过程，包括分析模型、设计模型、实现模型、测试模型等，但通常所说的"系统模型"主要指分析模型和设计模型。

面向对象的方法学，把系统看做是相互协作的对象，这些对象是结构和行为的封装，都属于某个类，那些类具有某种层次化的结构，系统的所有功能通过对象之间相互发送消息来获得。面向对象的系统模型有着十分明显的优点：抽象化、封装化、模块化、层次化、分类、并行、稳定、可重用、可扩展。

面向对象的分析与设计方法，在20世纪80年代末至20世纪90年代中发展到一个高潮。但是，诸多流派在思想和术语上有很多不同的提法，在术语、概念上的运用也各不相同，迫切需要一种统一的符号来描述面向对象的分析设计模型。正是在这样一种大背景下，统一建模语言 UML 应运而生。UML 是一种定义良好、易于表达、功能强大且普遍适用的建模语言，它融入了软件工程领域的新思想、新方法和新技术，不仅支持面向对象的分析与设计，还支持从需求分析开始的软件开发全过程。

UML 是面向对象技术发展的重要成果，获得科技界、工业界和应用界的广泛支持，已成为可视化建模语言事实上的工业标准。本书介绍的"建模工具"仅包括以 UML 为建模语言的分析设计模型的生成工具。

目前，在 UML 建模领域，已经有很多厂商在角逐，知名的 UML 建模工具已有 100 多种，每家都宣称自己是最好的，最适合用户的需求。那么，什么才是选择建模工具的客观判断标准？UML 建模专家提出了建模工具应该具有的 8 条特性：

（1）全面支持 UML。不用说，这是建模工具最基本的要求。

（2）能自动保持源代码和模型的同步，无须人工干预。自动保持源代码和模型的同步，是一个建模工具必须具有的特性，否则将会使人搞不清楚：到底是源代码新，还是模型更新一些呢？

（3）具有强大的文档生成能力。技术人员大多很厌烦写文档，如果建模工具可以帮助开发人员自动产生所需要的文档，无疑可以极大地提高开发效率，将开发人员从繁杂的文档工作中解脱出来。而且，项目管理人员和测试、维护人员再也不用担心文档与源代码（或模型）不一致了，因为随时可以根据源代码（或模型）得出最新的文档。

（4）能与软件工程领域的其他工具进行集成。软件开发过程包括分析、设计、编程、测试和维护等 5 个主要的阶段，在迭代、增量的开发模型下，这 5 个阶段不是截然分开的，而是互相重迭的。建模工具应能够与其他各阶段的工具集成，从而形成各种 CASE 工具协同工作、无缝链接的局面，这将极大地提高开发效率，减少需要人工干预的工作量。

（5）能支持团队工作。现在的软件开发是团队的协同开发，而不再是以前那种小作坊形式的作业了，管理的复杂性成了软件开发过程中的一个主要问题。CASE 工具应该具有沟通机制，能使团队的协同工作成本降到最低，并能有效提高团队的开发效率。

（6）支持设计模式。模式是历经锤炼、经过证明的最佳设计方式。建模工具应该支持多方面的模式列表，包括通用模式、语言特定的模式（如 J2EE 模式）等。此外，建模工具的模式特性应该是可扩充的，应允许开发人员定制自己的模式，并借助团队特性，从而得以在团队成员间共享。

（7）支持重构。没有哪一个软件的设计是尽善尽美的，没有哪一个软件是不需要修改的（除非从来没人使用）。所谓"重构"，就是"在不改变软件的外部行为的情况下，改进其内部结构，使其更易于修改"。建模工具应支持对软件进行重构，以便对软件进行持续改进。

（8）具有反向工程能力。对于一个缺少文档、仅是一堆代码的老软件，建模工具应当有能力从中抽象出系统的结构和交互行为。

下面介绍几种典型的建模工具。

1．IBM Rational Rose

IBM Rational Rose for UNIX/Linux 和 IBM Rational Rose Enterprise for Windows（简称 Rose）在软件工程领域被公认为 UML 建模工具的执牛耳者。Rose 为大型软件工程提供了可塑性和柔韧性极强的解决方案：

- 强有力的浏览器，用于查看模型和查找可重用的构件。
- 可定制的目标库或编码指南的代码生成机制。
- 既支持目标语言中的标准类型又支持用户自定义的数据类型。
- 保证模型与代码之间转化的一致性。
- 通过 OLE 链接，Rational Rose 图表可动态连接到 Microsoft Word 中。
- 能够与 Rational Visual Test、SQA Suite 和 SoDA 文档工具无缝集成，完成软件生命周期中的全部辅助软件工程工作。
- 强有力的正/反向建模工作。
- 缩短开发周期。
- 降低维护成本。

IBM Rational Rose 通常与 Rational 产品家族的其他软件配合使用。下面顺便介绍一下 Rational 产品家族。

Rational 是 IBM 软件集团旗下之第五大软件品牌，通过提高企业的软件开发能力，IBM Rational 软件可以帮助各开发机构创造商业价值。Rational 软件开发平台集成了软件工程的最佳经验、最佳工具和最佳服务。利用 Rational 软件开发平台，各开发机构可以获得更快的反应能力和更强的适应性，并可以集中精力关注核心任务，在随需应变的时代取得更大的发展。Rational 基于标准的跨平台解决方案有助于软件机构开发出不同平台、不同编程语言的软件产品。

Rational 平台从根本上改善了各开发机构的软件构建方法。它鼓励开发团队：

- 采用迭代式开发模式，以降低项目风险。

- 专注于架构，开发出更有弹性的系统，以迅速适应不断变化的业务需求。
- 有效地管理变更，并保护关键战略资产。

IBM Rational 软件工具为开发人员和开发团队提供了整个开发生命周期的支持。单独使用时，Rational 软件的每种工具在其各自市场领域中都处于领先地位。结合使用时，它们更是提供了无与伦比的自动化和易用性。Rational 软件工具可以在 Windows、UNIX、Linux 和大型机平台上使用，并且可以支持绝大多数语言、IDE 和操作环境，其中包括：Java、C、C++、Visual C++、C#、Visual Basic .NET、Microsoft .NET、COM、DCOM、CORBA 以及 100 多个针对实时、嵌入式系统开发人员的开发环境和最新的 Internet/Web 服务标准。

IBM Rational 产品家族的主要成员包括：

IBM Rational Suite AnalystStudio 用于问题分析和需求管理

IBM Rational Suite DevelopmentStudio 用于模型驱动的开发以及开发人员的测试

IBM Rational Suite DevelopmentStudio RealTime 用于实时/嵌入式系统的模型驱动的开发和开发人员的测试

IBM Rational Suite TestStudio 用于功能、可靠性和性能测试

IBM Rational Suite Enterprise 供跨多个功能区域的技术人员使用

IBM Rational XDE Developer 用于 Java 与.NET 软件的模型驱动的开发及运行时分析

IBM Rational XDE Tester 用于 Java 与 Web 应用程序的自动化测试

IBM Rational XDE Modeler 用于 Java 与.NET 软件的可视化建模

IBM Rational Apex 系列用于关键应用程序的 Ada 开发

IBM Rational ClearCase 系列（Rational ClearCase、Rational ClearCase LT 和 Rational ClearCase MultiSite）业内领先的软件配置管理解决方案

IBM Rational ClearQuest 系列（Rational ClearQuest、Rational ClearQuest MultiSite) - 灵活的缺陷和变更跟踪工具

IBM Rational ProjectConsole 可以通过网站形式对项目进行管理和监控

IBM Rational PurifyPlus 开发人员的运行时分析工具，包括用于运行时错误检测的 Rational Purify，用于性能曲线分析的 Rational Quantify 以及用于代码覆盖分析的 Rational PureCoverage

IBM Rational Rapid Developer N-层应用程序的架构快速开发和部署

IBM Rational RequisitePro 基于团队的需求管理

IBM Rational Robot 实现功能自动测试

IBM Rational Rose 系列业内领先的模型驱动的开发工具

IBM Rational Rose RealTime 用于实时/嵌入式环境的模型驱动的开发工具

IBM Rational SoDA 具有跨功能的文档生成功能

IBM Rational TeamTest 实现性能和功能自动测试

IBM Rational Test RealTime 用于实时/嵌入式产品的全面测试和运行时检测工具

IBM Rational TestManager 开放的、可扩展的测试管理工具

IBM Rational Unified Process 软件工程最佳经验指南

2. Together

Borland 软件公司推出的 Borland Together Designer Community Edition（简称 Together）是一个与平台、语言和 IDE 无关的建模应用软件，主要功能与特性如下：

- 支持所有的 UML 图形。Together 支持 UML2.0 和 UML1.2 的所有图形，可以将模型以 XML 规范的方式导出。
- 能自动进行模型与代码的同步。Together 的 LiveSource 技术能够做到模型与代码的自动同步，使开发人员摆脱了某些 CASE 工具需要手工去做这些同步的烦恼。另外，由于源代码与模型是实时同步的，软件重构既可以在代码中进行（如果觉得直接修改代码比较放心），也可以在模型图中进行（如果觉得模型比代码更直观）。
- 自动生成文档。Together 具有强大的文档生成能力，并且支持文档模板定制，从而使开发人员可以将更多的精力集中到分析和设计上。
- 广泛的模式支持。Together 支持业界常用的模式，如 J2EE 模式等，并可以让开发人员定制自己的模式，从而使模式的复用成为现实，这将极大提高项目的架构质量。
- 重构、测试、审计和度量。Together 支持多种重构技巧，并具有强大的测试框架生成能力，可以在一个集成开发环境下完成重构所需的步骤。Together 结合使用审计、度量和重构，可以使重构工作更见成效。
- 支持团队工作，支持与其他 CASE 工具的集成。Together 通过与 SCM 工具（Borland StarTeam、CVS、ClearCase 等）的集成，支持团队工作。

除了版本控制工具外，Together 还与业内领先的需求管理工具进行了集成，其中包括 Borland CaliberRM 和 Rational RequisitePro。通过集成，Together 将整个软件开发的各个环节无缝地链接在一起，信息共享变得更加方便，开发效率得以提高。

3. WinA&D

Excel 软件公司的 WinA&D 6.0，是一种用于需求管理、软件建模、代码生成、再工程以及报告生成的工程工具，可进行基于 UML 的面向对象的分析和设计、结构化分析和设计、多任务设计和数据库设计。

对于面向对象的分析和设计，WinA&D 6.0 支持全套的 UML 图。其中，包和类图用来显示类的结构，用例图捕捉功能需求，状态图定义特定的系统状态和事件，对象的交互在交互图或顺序图中表示，活动图用来表达并行行为，部属图展示硬件和软件构件运行时的关系。

对于多任务、实时系统的结构化分析和设计，WinA&D 6.0 使用数据流图和控制流图表示信息在系统中的流向，使用状态图和表标识方法的模式和事件处理，使用任务图表示由操作系统服务关联起来的多个执行线程，使用结构表来表示模块结构之间的调用。

对于数据库设计，WinA&D 6.0 使用逻辑数据模型和物理数据模型表示表、视图、约束、断言、触发器、索引、存储过程以及其他的 SQL 元素，然后为一个 RDBMS 生成 SQL Schema 代码。

WinA&D 6.0 为需求管理提供一个集成的解决方案，支持需求的标识、描述、分组、跟踪及控制，并且为面向对象、结构化和数据库设计提供代码生成的支持。和 WinTranslator 联合使用，可以从代码中生成得到类模型、结构和数据类型。内嵌的全脚本支持的报告生成工具可以生成大量的 HTML 和 WORD 格式的标准报表，从中可以浏览项目信息。

4．QuickUML

Excel 公司推出的 QuickUML 3.0 for Windows 和 QuickUML 2.0 for Linux 是一种提供 UML 主要模型之间的紧密结合及同步的面向对象的建模工具。QuickUML 通过卡片窗口的形式提供对用例、类模型、对象模型、字典和代码的支持，用例用来捕捉系统必须提供的用户可见的本质的功能，类模型描述系统中的对象及其静态关系，顺序图用来描述对象之间的交互并强调事件发生的顺序。

QuickUML 支持跨平台和不同的编程语言。QuickUML 项目文件中存放的是与平台无关的 UML 数据以及与平台相关的文本字体、大小和在 Windows、Linux、Macintosh 平台下的文件路径。Quick 支持各种平台上灵活的文本处理功能以适应 Windows（CRLF）、Macintosh（CR）和 Linux（LF）等不同的终端要求。在设计中，可以定义诸如属性数据类型以及方法参数列表等语言（如 C++、Java、Delphi、Ada 和 Visual Basic）相关的细节，这些内容作为编程规约以文本形式列出。

5．Metamill

Metamill 5.0 是卢森堡 Metamill 软件公司推出的基于 UML 的可视化建模工具，主要功能如下：可视化 UML 建模，具有直觉而快捷的用户接口；对 C、C++、C#和 Java 的双向代码工程支持；支持 UML2.0 和 UML1.2；HTML 文档生成；MetamillScript 脚本语言；快速的 Windows 二进制程序。

13.3　设计工具

设计工具是指辅助软件设计过程活动的各种软件，它辅助设计人员从软件的需求分析模型出发，得到相应的设计模型。常用的设计工具包括面向对象的设计工具、结构化设计工具和数据库设计工具等。

1．面向对象的设计工具

根据面向对象方法学的特点，软件系统的分析模型与设计模型采用统一的描述手段，设计模型通常是在分析模型的基础上扩充细化而成，面向对象的分析工具和设计工具往往是统一的。13.2 节所讲的全部建模工具均可作为面向对象的设计工具，目前软件设计人员最常用的设计工具就是 IBM Rational Rose。除此之外 IBM Rational 的 Software Architect 和 Software Modeler 也经常用于软件架构设计。

（1）IBM Rational Software Architect。在一个开发团队中，软件架构设计师和高级开发人员要负责确定和维护应用程序架构的各个方面。他们需要功能强大、易于配置的工具来管理当今应用程序的复杂性。IBM Rational Software Architect 是一种集成的设计和开发工具，通过使用基于 UML 的模型驱动的开发，来创建结构更为合理的应用程序和服务。

借助于 Rational Software Architect，可以将软件设计和开发的各个方面统一起来：

- 开发应用程序时比以前更加卓有成效；
- 利用建模语言技术中的最新成果；
- 检查和控制 Java 应用程序的结构；
- 利用开放的和可扩展的建模平台；
- 简化设计和开发工具解决方案；

- 与生命周期中的其他方面进行整合。

（2）IBM Rational Software Modeler。软件架构设计师、系统分析人员和设计师负责在开发时确定和维护系统的各种视图。IBM Rational Software Modeler 是一种可自定义的、基于 UML 的可视化建模和设计工具，可使得用户能够清楚地文档化和交流这些系统视图。Rational Software Modeler 还与环境中的其他工具整合以支持团队开发。

IBM Rational Software Modeler 具有强大的建模优势：

- 利用开放和可扩展的建模平台；
- 比以往更有效率地对应用程序进行建模；
- 利用最新建模语言技术的强大优势；
- 与生命周期中的其他方面整合。

2．结构化设计工具

根据结构化方法学，软件系统的设计模型通常采用模块结构图、实体关系图和流程图等图形元素描述。

3．数据库设计工具

数据库设计工具是指辅助数据库设计活动的各种软件。一个高效的数据库设计工具应该满足以下条件：

- 应该支持图形界面，这更有利于实体关系的建立，至少比文字方式要直观、简练。
- 应该支持强大的数据导出功能，能够生成完全自定义格式的超文本或 Word 文档，可以满足用户想要的输出格式。
- 应该支持代码生成功能，可以生成一些基本的数据操作代码，而且支持多种语言。

下面介绍两种常用的数据库设计工具。

（1）IBM Rational Rose Data Modeler。历史上，数据库设计人员和开发人员曾面临一个相同的问题。他们为同一目标而努力，但使用的方法却往往大不相同。数据库设计人员使用 ER 符号设计数据库，而开发人员使用基于 UML 的工具（如果有的话）开发应用程序。团队成员在不同的环境中工作，即使他们拥有一个共同的目标——通过应用程序和数据库解决业务问题，但由于工作环境不同，他们无法轻松地共享信息或将对象映射到数据模型。IBM Rational Rose Data Modeler 是一个独特的基于 UML 的数据库设计工具，它使数据库设计人员、业务分析人员和开发人员——所有需要理解数据库构造，以及数据库与应用程序之间的交互和映射方式的人员可以用同一种工具和语言协同合作。

借助 IBM Rational Rose 的强大功能，IBM Rational Rose Data Modeler 将所有的模型用同一种语言和工具联系在一起，为跨模型的对象之间的链接提供了一种完整的解决方案。数据库设计人员可以轻松地将数据模型传达给实施数据访问方法的开发人员，而且还可以即时访问开发人员的实施模型，便于复审和提出变更建议。负责建立数据存取方法的应用程序开发人员使用一种工具即可访问对象和数据模型以及与它们的联系和映射方式有关的关键信息。利用这些有价值的信息，开发人员可以对如何建立数据存取方式做出明智的选择。

Rational Rose Data Modeler 主要功能如下：

- 对象关系映射。跟踪对象模型到数据模型的迁移。这种映射形式有助于用户深入了解应用程序与数据库之间的关系，并使应用程序和数据库与开发过程中的最新变更保持同步。

- 生成方案。自动根据数据模型创建数据库方案。方案可以直接从数据库中生成，或者保存为脚本文件以便在将来实施。方案包括视图、存储、表、列、约束、索引、触发器、存储过程、用户定义的数据类型等。
- 对象和数据模型的双向工程。无论将来修改哪些地方，都一直保持立即同步所有内容。利用这种转换，无论数据模型还是对象模型都可被更新。数据模型和数据库的双向工程允许用户创建一个基于数据库结构的数据模型或创建一个基于数据模型的数据库。
- 全面的数据库支持。允许数据库设计人员建立数据库的全部文档，包括画出表示数据库形态的模型，以及生成 DDL 来创建数据库。
- 对比和同步。使数据模型和数据库保持同步。能够以可视化方式显示数据模型与数据库之间的差异，然后根据这些差异选择在任何一方有变更后，是更新模型还是更改数据库来保持两者的同步。
- 域支持。允许数据库设计人员创建一个用户定义的数据类型的标准集合，并将其指定给模型中的任一列。域属性包括数据类型、是否为空、默认值、检查约束、唯一性和指定列的其他信息。利用 IBM Rational Rose 框架，域可以由一个标准组来维护并在建模人员创建新模型时部署。
- 可选的键迁移。允许数据库设计人员选择迁移一个表格的主键或者某个独有约束包含的其他列。

（2）PowerDesigner。Sybase 公司的 PowerDesigner 12.5 是最具集成特性的设计工具集，用于创建高度优化和功能强大的数据库、数据仓库以及与数据密切相关的构件。

PowerDesigner 提供了一个完整的数据库设计解决方案，业务或系统分析人员、设计人员、数据库管理员和开发人员可以对其裁剪以满足他们的特定需要，而其模块化的结构为购买和扩展提供了极大的灵活性，从而使开发单位可以根据其项目的规模和范围来使用他们所需要的工具。PowerDesigner 灵活的分析和设计特性允许使用一种结构化的方法有效地创建数据库或数据仓库，而不要求严格遵循一个特定的方法学。PowerDesigner 提供了直观的符号表示使数据库的创建更加容易，并使项目组内的交流和通信标准化，同时能更加简单地向非技术人员展示数据库和应用的设计。

PowerDesigner 不仅加速了开发的过程，而且向最终用户提供了管理和访问项目信息的有效方式。它允许设计人员不仅创建和管理数据的结构，而且可以利用先进的开发工具环境快速生成应用对象以及与数据密切相关的构件。开发人员可以使用同样的物理数据模型查看数据库的结构和整理文档，并且生成应用对象和在开发过程中使用的构件。

PowerDesigner 作为一个功能强大而使用简单的工具集，提供了一个全面的交互环境，支持开发生命周期的所有阶段，从处理流程建模到对象和构件的生成。PowerDesigner 产生的模型和应用对象可以不断地增长，适应并随着实际需求的变化而变化。

PowerDesigner 包含 6 个紧密集成的模块，允许开发机构根据其实际需求灵活选用。下面详细介绍 PowerDesigner 的 6 个模块：

- PowerDesigner ProcessAnalyst。用于数据分析或"数据发现"。ProcessAnalyst 模型易于建立和维护，并可用在应用开发周期中确保所有参与人员之间顺畅的通信。ProcessAnalyst 可以用一种更加自然的方式描述数据项，从而能够描述复杂的处理模型以反映它们的数据库模型。

- PowerDesigner DataArchitect。用于数据库的两层（概念层和物理层）设计和数据库构造。DataArchitect 提供概念数据模型设计、自动的物理数据模型生成、非规范化的物理设计、针对多种 DBMS（数据库管理系统）的数据库生成，支持开发工具和高质量的文档特性。利用其逆向工程能力，设计人员可以得到一个数据库结构的"蓝图"，用于文档生成、数据库维护或移植到一个不同的 DBMS。

- PowerDesigner AppModeler。用于物理数据库的设计、应用对象以及与数据密切相关的构件的生成。通过提供完整的物理建模能力以及利用那些模型进行开发的能力，AppModeler 允许开发人员针对先进的开发环境（包括 PowerBuilder 和 Visual Studio）快速地生成应用对象和构件。AppModeler 还可以生成用于创建数据驱动的 Web 站点的构件，使开发人员和设计人员可以从一个 DBMS 发布"动态"的数据。另外，AppModeler 提供了针对超过 30 个 DBMS 和桌面数据库的物理数据库生成、维护和文档生成。

- PowerDesigner MetaWorks。通过模型共享以及其支持高级团队工作的能力，MetaWorks 提供了所有模型对象的一个全局的层次结构的浏览视图，以确保其贯穿于整个开发周期的一致性。MetaWorks 还提供了用户和组的说明定义以及访问权限的管理，包括模型锁定安全机制。另外，MetaWorks 包含了一个灵活的字典浏览器 MetaBrowser（用以浏览、创建和更新跨项目的所有模型信息）和一个版本控制系统 Powersoft ObjectCycle。

- PowerDesigner WarehouseArchitect。用于数据仓库和数据集市的建模和实现。WarehouseArchitect 提供了对传统 DBMS 和数据仓库特定的 DBMS 平台的支持，同时支持维护建模特性和高性能索引模式。WarehouseArchitect 维护源信息和目标信息之间的链接追踪，用于第三方的数据抽取、查询及分析。Warehouse Architect 提供了针对所有主要传统 DBMS（诸如 Sybase、Oracle、Informix 和 DB2）以及数据仓库特定的 DBMS（如 Red Brick Warehouse 和 ASIQ）的完全的仓库处理支持。WarehouseArchitect 还允许用户从众多的运行数据库引入源信息（逆向工程）。

- PowerDesigner Viewer。用于以只读的、图形化的方式访问模型和源数据信息。Viewer 提供了对 PowerDesigner 所有模型（包括概念模型、物理模型和仓库模型）信息的只读访问。此外，Viewer 还提供了一个图形化的查看模型信息的视图，并提供了完全覆盖所有模型的报表和文档功能。

4．AllFusion ERwin Data Modeler

Computer Associates 公司的 AllFusion ERwin Data Modeler 7.2（简称 ERwin）是关系数据库应用开发的优秀 CASE 工具，可用来建立实体-联系（E-R）模型。ERwin 可以方便地构造实体和联系，表达实体间的各种约束关系，并根据模板创建相应的存储过程、包、触发器、角色等，还可以编写相应的 PB 扩展属性，如编辑样式、显示风格、有效性验证规则等。

ERwin 可以实现将已建好的 ER 模型到数据库物理设计的转换，可在多种数据库服务器（如 Oracle、SQL Server 等）上自动生成库结构，提高了数据库的开发效率。

ERwin 可以进行反向工程、能够自动生成文档、支持与数据库同步、支持团队式开发，所支持的数据库多达 20 多种。

13.4　编程工具

编程工具是指辅助编程过程活动的各类软件。从方法学分类，可分为结构化编程工具和面向对象的编程工具。从使用方式分类，可分为批处理式编程工具（目前已很少见到）和可视化编程工具。从功能分类，可细分为编辑工具、编译（汇编）工具、组装（building）工具和排错工具等，但目前的编程过程多采用集成化开发环境工具。

下面介绍两种典型的集成式可视化编程工具。

1. Visual Studio .NET 2008

Visual Studio .NET 2008 是 Microsoft 为解决今天最具挑战性的软件开发需要而推出的新一代开发工具，用于设计、开发、调试和和部署功能强大而安全的连接 Microsoft .NET 的软件。

Visual Studio .NET 2008 支持 C#、VC、C++、VB、VJ#和 J++等编程语言，开发人员可以使用 Visual Studio .NET 2008 完成以下工作：

- 构建功能强大而且响应能力极好地基于 Windows 的应用程序。
- 构建功能强大而且响应能力极好的 Pocket PC 应用程序。
- 构建完善而安全的 Web 应用程序。
- 构建对设备有智能感知能力的完善而安全的移动 Web 应用程序。
- 在以上任何一种应用程序中使用 XML Web services。
- 避免"DLL 灾难"。
- 消除代价高昂的应用程序部署和维护问题。

Visual Studio .NET 2008 分为速成版、专业版及不同级别的团队版。

2. Borland JBuilder

Borland JBuilder 是 Borland 用于 Java 平台的应用程序生命周期管理（ALM）技术套件的关键部分，用来为 Java 开发小组提供所需的开发工具，以便加速 Enterprise JavaBeans（EJB）、Web、XML、Web 业务、移动与数据库应用程序的开发。

JBuilder 使用提高小组生产力与效率的增强技术，可以使 Java 开发小组生成可靠的企业级应用。有了 JBuilder，开发者就可以在集成的、可升级的、可扩展的小组环境中工作，从而简化源代码的并行管理。JBuilder 技术有助于开发小组理解并经济地复用现有的代码部件，这意味着开发者能够更加高效地利用时间，对具有类似功能的多个实例只需进行一次编码。

JBuilder 开发环境可让开发者使用从设计、编程、调试与测试直到分发与管理的应用程序生命周期的全部阶段。JBuilder 企业版包括了 Borland Optimizeit Suite 性能套件工具，用以在整个开发过程中确保开发质量与产品质量。与 Borland 的 Java 应用程序生命周期解决方案中其他工具的无缝集成，可以使开发小组专注于开发更好的应用程序，而不必考虑各种工具如何协同工作。JBuilder 与 Boeland Together 建模技术的结合，有助于 JBuilder 用户更好地理解代码结构，管理项目的复杂程度。JBuilder 与 Borland StarTeam 自动化配置变更管理系统在一起，可以在全部开发周期中提高对项目的掌握程度。JBuilder 也与其他业界领先的版本控制系统与分发平台系统集成在一起，提供了平台的灵活性与选择的自由。

13.5 测试工具

测试工具是指辅助测试过程活动的各类软件，通常可分为白箱测试工具、黑箱测试工具和测试管理工具等。

白箱测试工具根据测试原理的不同，又可以分为静态测试工具和动态测试工具。所谓静态测试就是不运行程序直接进行代码静态分析和语法扫描，找出不符合编码规范的地方，还可以进一步根据某种质量评价模型评价代码的质量，生成系统的调用关系等。动态测试则主要采用"插桩"的方式，在可执行文件中插入一些监测代码并运行程序，查看和统计程序运行时的数据，进行 API 错误检查、指针错误和内存泄漏检查、代码运行效率和遍历度分析等。比较有代表性的白箱测试工具包括 Compuware 的 Numega 系列工具、ParaSoft 的 Java Solution 和 C/C++ Solution 系列工具，以及开放源代码的以 Junit、Dunit、HttpUnit 为代表的 Xunit 系列工具。

黑箱测试工具主要分为功能测试工具和性能测试工具，原理是通过测试脚本模拟用户的操作和模拟用户数目，测试执行时通过回放将输出结果同预先给定的标准结果比较，达到自动化测试的效果。比较有代表性的黑箱测试工具包括 Mercury Interactive 的 TestSuite 系列工具、IBM Rational 的 TestStudio 系列工具和 Compuware 的 QACenter 系列工具。

测试管理工具主要对软件测试计划、测试用例和测试实施等进行管理，并对软件在其整个开发周期内产生的缺陷和变更请求进行有效跟踪。比较有代表性的测试管理工具包括 Mercury Interactive 的 TestDirector、Empirix 的 d-Tracker、Segue 的 Silkplan pro、Compuware 的 TrackRecord 和 IBM Rational 的 ClearQuest。

下面重点介绍 Mercury Interactive 公司的功能测试工具 WinRunner、性能负载测试工具 LoadRunner 和测试管理工具 TestDirector。

1. WinRunner

Mercury Interactive 的 WinRunner 是一种企业级的功能测试工具，用于检测应用程序是否能够达到预期的功能以及是否能够正常运行。通过自动录制、检测和回放用户的应用操作，WinRunner 能够有效地帮助测试人员对复杂的企业级应用的不同发布版进行测试，提高测试人员的工作效率和质量，确保跨平台的、复杂的企业级应用无故障发布及长期稳定运行。

（1）轻松创建测试。使用 WinRuuner 创建一个测试，只需单击鼠标和键盘，完成一个标准的业务操作流程，WinRunner 自动记录用户的操作并生成所需的脚本代码。这样，即使计算机技术知识有限的业务用户也能轻松创建完整的测试。测试者还可以直接修改测试脚本以满足各种复杂测试的需求。WinRunner 提供这两种测试创建方式，满足测试团队中业务用户和专业技术人员的不同需求。

（2）插入检查点。在记录一个测试的过程中，可以插入检查点，检查在某个时刻/状态下，应用程序是否运行正常。在插入检查点后，WinRunner 会收集一套数据指标，在测试运行时对其一一验证。WinRunner 提供几种不同类型的检查点，包括文本的 GUI、位图和数据库。例如，用一个位图检查点，可以检查公司的图标是否出现于指定位置。

（3）检验数据。除了创建并运行测试，WinRunner 还能验证数据库的数值，从而确保业务交易的准确性。例如，在创建测试时，可以设定哪些数据库表和记录需要检测；在测试运行时，测试程序就会自动核对数据库内的实际数值和预期的数值。WinRunner 自动显示检测结果，在有更新/删除/插入的记录上突出显示以引起注意。

（4）增强测试。为了彻底全面地测试一个应用程序，需要使用不同类型的数据来测试。WinRunner 的数据驱动向导（Data Driver Wizard）可以让测试者简单地单击几下鼠标，就可以把一个业务流程测试转化为数据驱动测试，从而反映多个用户各自独特且真实的行为。

以一个订单输入的流程为例，测试者可能希望把订单号或客户名称做为可变栏，用多套数据进行测试。使用 Data Driver Wizard，测试者可以选择订单号或客户名称用数据表格文件中的哪个栏目的数据替换。测试者可以把订单号或客户名称输入数据表格文件，或从其他表格和数据库中导入。数据驱动测试不仅节省了时间和资源，又提高了应用的测试覆盖率。

WinRunner 还可以通过 Function Generator 增加测试的功能。使用 Function Generator 可以从目录列表中选择一个功能增加到测试中以提高测试能力。

（5）运行测试。创建好测试脚本，并插入检查点和必要的添加功能后，就可以开始运行测试。运行测试时，WinRunner 会自动操作应用程序，就像一个真实的用户根据业务流程执行着每一步的操作。测试运行过程中，如有网络消息窗口出现或其他意外事件出现，WinRunner 也会根据预先的设定排除这些干扰。

（6）分析结果。测试运行结束后，需要分析测试结果。WinRunner 通过交互式的报告工具来提供详尽的、易读的报告。报告中会列出测试中发现的错误内容、位置、检查点和其他重要事件，帮助测试、开发、维护人员对测试结果进行分析。这些测试结果还可以通过 Mercury Interactive 的测试管理工具 TestDirector 来查阅。

（7）维护测试。随着时间的推移，开发人员会对应用程序做进一步的修改，并需要增加另外的测试。使用 WinRunner，不必对程序的每一次改动都重新创建测试。WinRunner 可以创建在整个应用程序生命周期内都可以重复使用的测试，从而大大地节省时间和资源，充分利用以往的测试投资。

每次记录测试时，WinRunner 会自动创建一个 GUI Map 文件以保存应用对象。这些对象分层次组织，既可以总览所有的对象，也可以查询某个对象的详细信息。一般而言，对应用程序的任何改动都会影响到成百上千个测试。通过修改一个 GUI Map 文件而非无数个测试，WinRunner 可以方便地实现测试重用。

2. LoadRunner

Mercury Interactive 的 LoadRunner 是一种预测系统行为和性能的负载测试工具。通过模拟上千万用户实施并发负载及实时性能监测的方式来确认和查找问题，LoadRunner 能够对整个企业架构进行测试。通过使用 LoadRunner，企业能最大限度地缩短测试时间，优化性能和加速应用系统的发布周期。

LoadRunner 是一种适用于各种体系架构的自动负载测试工具，它能预测系统行为并优化系统性能。LoadRunner 的测试对象是整个企业的系统，它通过模拟实际用户的操作行为和实行实时性能监测，来帮助开发人员更快地查找和发现问题。此外，LoadRunner 能支持广泛的协议和技术，为特殊环境提供特殊地解决方案。

使用 LoadRunner 的 Virtual User Generator，可以简便地创立系统负载。该引擎能够轻松创建虚拟用户，以虚拟用户的方式模拟真实用户的业务操作行为。它先记录下业务流程（如下订单或机票预订），然后将其转化为测试脚本。利用虚拟用户，可以在 Windows、UNIX 或 Linux 机器上同时产生成千上万个用户访问。所以 LoadRunner 能极大地减少负载测试所需的硬件和人力资源。另外，LoadRunner 的 TurboLoad 专利技术能提供很高的适应性。TurboLoad 可以产生每天几十万名在线用户和数以百万计的点击数的负载。

使用 Virtual User Generator 建立测试脚本后，可以对其进行参数化操作，这一操作能让测试人员利用几套不同的实际发生数据来测试应用程序，从而反映出本系统的负载能力。以一个订单输入过程为例，参数化操作可将记录中的固定数据，如订单号和客户名称，由变量来代替。在这些变量内随意输入可能的订单号和客户名，来匹配多个实际用户的操作行为。

LoadRunner 通过 Data Wizard 来自动实现其测试数据的参数化。Data Wizard 直接连于数据库服务器，从中可以获取所需的数据（如订单号和用户名）并直接将其输入到测试脚本，从而避免人工处理数据，节省大量时间。

为了进一步确定 Virtual user 能够模拟真实用户，可利用 LoadRunner 控制某些行为特性。例如，只需要单击一下鼠标，就能轻易控制交易的数量、交易的频率、用户的思考时间和链接速度等。

（1）创建真实的负载。Virtual users 建立起后，需要设定负载方案、业务流程组合和虚拟用户数量。使用 LoadRunner 的 Controller，可以很快组织起多用户的测试方案。Controller 的 Rendezvous 功能提供一个互动的环境，在其中既能建立起持续且循环的负载，又能管理和驱动负载测试方案。

而且，还可以利用它的日程计划服务来定义用户在什么时候访问系统以产生负载，从而实现测试过程自动化。同样还可以用 Controller 来限定负载方案，在这个方案中所有的用户同时执行一个动作（如登录到一个库存应用程序）来模拟峰值负载的情况。另外，还可以监测系统架构中各个构件的性能（包括服务器、数据库、网络设备等）来帮助客户决定系统的配置。

LoadRunner 通过其 AutoLoad 技术，提供更多的测试灵活性。使用 AutoLoad，可以根据目前的用户人数事先设定测试目标，优化测试流程。例如，目标可以确定为应用系统承受的每秒单击数或每秒的交易量。

（2）定位性能问题。LoadRunner 内含集成的实时监测器，在负载测试过程的任何时候，都可以观察到应用系统的运行性能。这些性能监测器实时显示交易性能数据（如响应时间）和其他系统构件（包括 Application Server、Web Server、网路设备和数据库等）的实时性能。这样，就可以在测试过程中从客户和服务器两方面评估这些系统构件的运行性能，从而更快地发现问题。

另外，利用 LoadRunner 的 ContentCheck TM，可以判断负载下的应用程序功能正常与否。ContentCheck 在 Virtual users 运行时，检测应用程序的网络数据包内容，从中确定是否有错误内容传送出去。它的实时浏览器帮助测试、开发人员从终端用户角度观察程序性能状况。

分析结果以精确定位问题所在——测试完毕后，LoadRunner 收集汇总所有的测试数据，并提供高级的分析和报告工具，以便迅速查找到性能问题并追溯原由。通过使用 LoadRunner 的分析工具，可以很快地查找到出错的位置和原因并做出相应的调整。

重复测试保证系统发布的高性能——负载测试是一个重复过程。每次处理完一个出错情况，需要对应用程序在相同的方案下再进行一次负载测试，以检验所做的修正是否改善了运行性能。

测试脚本可重用——Mercury Interactive 的所有产品和服务都是集成设计的，能完全相容地一起运作。Mercury Interactive 某一产品的测试脚本，可以重用于 Mercury Interactive 的另一产品。

完整的企业应用环境的支持——LoadRunner 支持广泛的协议，可以测试各种 IT 基础架构。

3. TestDirector

Mercury Interactive 的 TestDirector 是业界第一个基于 Web 的测试管理系统，它可以在公司内部或外部进行全球范围内测试的管理。TestDirector 在一个整体的应用系统中集成了测试管理的各个部分，包括需求管理、测试计划、测试执行及错误跟踪等功能。

TestDirector 能消除组织机构间、地域间的障碍，让测试人员、开发人员或其他的 IT 人员通过一个中央数据仓库，在不同地方就能交互测试信息。TestDirector 将测试过程流水化，从测试需求管理，到测试计划、测试日程安排、测试执行，再到出错后的错误跟踪，仅在一个基于浏览器的应用中便可完成，而不需要每个客户端都安装一套客户端程序。

（1）需求管理。TestDirector 提供了一个比较直观的机制将需求和测试用例、测试结果联系起来，以验证应用软件的每一个特性或功能是否正常，从而确保能达到最高的测试覆盖率。

TestDirector 使用两种方式将需求和测试联系起来。其一，TestDirector 捕获并跟踪所有首次发生的应用需求，测试人员可以在这些需求基础上生成一份测试计划。其二，由于应用是不断更新和变化的，需求管理允许测试人员增减或修改需求，并确定目前的应用需求已达到多大的测试覆盖率，应用软件的哪些部分还需要测试，完成的应用软件是否满足了用户的要求。

（2）计划测试。测试计划的制定是测试过程中至关重要的环节，它为整个测试提供了一个结构框架。TestDirector 的 Test Plan Manager 指导测试人员如何将应用需求转化为具体的测试计划。根据 Requirements Manager 所定义的应用需求，Test Plan Wizard 可以快捷地生成一份测试计划。如果已经将计划信息以文字处理文件形式（如 Microsoft Word 方式）储存，可以将其导入到 Test Plan Manager。

Test Plan Manager 还能进一步帮助测试人员完善测试设计，并以文件形式描述每一个测试步骤，包括对应于每一项测试的用户反应顺序、检查点和预期的结果等。TestDirector 还能为每一项测试连接附属文件（如 Word、Excel、HTML 文件），用于更详尽地描述测试计划。

随着应用需求的不断改变，测试人员需要相应地更新其测试计划，优化测试内容。无论更新得多么频繁，TestDirector 都能简单地将应用需求与相关的测试对应起来。

多数的测试项目需要人工与自动测试的结合，即使符合自动测试要求的工具，在大部分情况下也需要人工的操作。启用一个演变性的自动化切换机制，能让测试人员决定哪些重复的人工测试可转变为自动脚本以提高测试速度。TestDirector 可以快捷地将人工测试切换到自动测试脚本，并立即启动测试设计过程。

（3）安排和执行测试。测试计划建立后，TestDirector 的测试实验室管理为测试日程制定提供一个基于 Web 的框架。它的 Smart Scheduler 根据测试计划中创立的指标对运行着的测试执行监控。

当网络上任何一台主机空闲时，测试可以彻底执行于其上。Smart Scheduler 能自动分辨是系统还是应用错误，然后将测试重新安排到网络上的其他机器。

对于不断改变的 Web 应用，经常性地执行测试对于追查出错发生的环节和评估应用质量都是至关重要的。然而，这些测试的运行都要消耗测试资源和时间。Smart Scheduler 能让测试机构在更短的时间内，在更少的机器上完成更多的测试。

用 WinRunner、Astra QuickTest、Astra LoadTest 或 LoadRunner 来自动运行功能性或负载测试，无论成功与否，测试信息都会被自动汇集传送到 TestDirector 的数据储存中心。

（4）缺陷管理。测试完成后，项目经理需要解读测试数据与测试报告。当发现错误时，还要指定相关人员及时纠正。

TestDirector 的缺陷跟踪贯穿于测试的全过程，从最初的问题发现到修改错误再到检验修改结果。由于同一项目组中的成员经常分布于不同的地方，TestDirector 基于浏览器的特征，能让多个用户无论何时何地都可通过 Web 查询出错跟踪情况。利用缺陷管理，测试人员只需进入一个 URL，就可汇报和更新错误，过滤整理错误列表并做趋势分析。在进入一个出错案例前，测试人员还可自动执行一次错误数据库的搜寻，确定是否已有类似的案例记录，以避免重复劳动。

（5）图形化和报表输出。测试过程的最后一步是分析测试结果，确定应用软件是否需要再次的测试。

TestDirector 常规化的图表和报告可以在测试的任一环节帮助测试人员对数据信息进行分析。

TestDirector 可以标准的 HTML 或 Word 形式生成和发送正式的测试报告。测试分析数据还可简便地输入到其他的业界标准化报告工具（如 Excel、ReportSmith 和 CrystalReports 等）。

13.6 项目管理工具

项目管理就是通过计划、组织和控制等一系列活动，合理地配置和使用各种资源，以达到项目既定目标的过程。软件项目管理先于任何技术活动之前开始，并且贯穿于软件的整个生命周期之中。

项目管理工具是指辅助软件项目管理活动（包括项目的计划、调度、通信、成本估算、资源分配及质量控制等）的各类软件。项目管理工具分很多类别，有的管理工具只能用于项目管理的某个方面（如成本估算、质量控制等），有的管理工具则可用于项目管理的许多方面。本书只介绍后一类管理工具，即综合性项目管理工具。

1. Microsoft Project Server 2007

Microsoft Project Server 2007 是 Microsoft Project 系列中的新的服务器产品（用于替代 Microsoft Project Central Server）。当与 Microsoft Project 配合使用时，Microsoft Project Server 可为发布项目和资源信息提供一个集中的储存库，使企业能够统一保存数据，从而保证报告的时效性。Microsoft Project Server 提供企业规模、安全性和性能能力，用于满足企业不断增长的项目和资源管理需求。

Microsoft Project Server 使得项目工作组能够通过它的 Web 入口（称为 Microsoft Project Web Access）进行协作及访问和更新项目信息。通过 Microsoft Project Web Access 使用 Microsoft Project Server 的服务需要 Microsoft Project Server 客户端访问（CAL）。

作为.NET Enterprise Server 系列中的一员，Microsoft Project Server 充当工作组协作和企业项目管理的基础。Microsoft Project Server 为企业提供了一个可伸缩、可扩展的技术平台，使他们能够通过该技术平台安全地开发项目管理措施，并把这些项目管理措施与现在和将来的业务系统集成。

Microsoft Project Server 2007 需要 Microsoft Windows 2003 Server 和 Microsoft SQL Server 2005 或包含的用于后端数据存储的 MSDE（企业项目管理需要 Microsoft SQL Server 2005；

OLAP 报告需要包含在 Microsoft SQL Server 之中的 Microsoft SQL Server Analysis Services）。Microsoft Project Server 包括用于工作组协作的 SharePoint Team Services。管理员需要具有 Microsoft Office XP 许可证，才能获得在 Microsoft Project Web Access 中创建"公文包分析器"视图所需的全部 Office Web Components 交互功能。

Microsoft Project Server 2007 主要功能如下：

（1）电子邮件通知。自动电子邮件通知可以由一些事件触发，例如项目更新、即将发生的转折性事件、问题等。这些电子邮件通知确保每个人都能够通知到，并且项目始终处于跟踪状态。电子邮件消息包含项目计划的链接，这样项目组成员可以通过 Microsoft Project Web Access 轻松访问更新的信息。项目经理和项目组成员都可以指定发送的电子邮件通知和提醒的类型和频率。

（2）企业自定义域和代码。项目管理员可以使用公式、大纲代码和选择列表（例如，技能代码）为项目和资源定义自定义域的标准。项目管理投入可以根据企业的特定过程进行定制。通过应用标准，可以确保一致的、准确的和完整的跨项目报表和资源报表。

（3）Microsoft Project Server 兼容性。Microsoft Project Server 也可以作为 Microsoft Project 2007 的配套服务器产品来实现。这种兼容性有助于企业无须经过同时升级服务器和客户端，即轻松地从 Microsoft Project 2003 过渡到 Microsoft Project 2007。

（4）Microsoft Project Server 用户权限。企业可以通过改进的权限设置来降低管理开销。管理员可以创建和设置组账户和个人账户的权限，以控制对信息的访问。Microsoft Project 为组提供了预定义的权限，这些组包括项目经理、资源经理、项目组成员、项目干系人和管理员组，可以对这些组进行自定义或直接使用。通过为各个用户指定权限，可以进一步定制这些权限。

（5）与 Microsoft SharePoint Team Services 集成。SharePoint Team Services 与 Microsoft Project Server 的集成为项目的文档共享和问题跟踪提供了现成的解决方案。每次新项目发布到 Microsoft Project Server 时，系统都会自动创建一个 SharePoint Team Services 子站点，从而使用户可以通过 Microsoft Project Web Access 这一 Microsoft Project Server Web 界面集中保存和组织与项目相关的文档及跟踪问题。

（6）可伸缩性。Microsoft Project Server 通过服务器的负载平衡和数据库服务器的群集技术满足对性能和可伸缩性的需求。Microsoft Project Server 通过将服务器的负载根据需要分布到不同的计算机上，从而为企业提供了增强系统性能的灵活性。

（7）企业标准。企业可以通过全局企业模板保存和共享所有项目共有的标准化数据，包括基准日历、视图和企业域，这样整个项目公文包的报告都是一致的。

（8）无须编写 ASP。Microsoft Project Server Web 页被分成几个小构件，使用户可以轻松地创建 Web 部件，而无须编写 ASP（Active Server Page）。Microsoft Outlook 快捷方式允许用户在 Outlook 内访问指定的 Microsoft Project Server 视图。

（9）Microsoft Project OLE DB 提供程序。Microsoft Project OLE DB 提供程序经改进后包括了对数据访问页的时间分段数据、附加表和扩展属性的支持。

（10）企业模板。企业可以通过企业模板促使所有职员采用他们的最佳措施和过程。因为企业模板集中保存在 Microsoft Project Server 中，并由管理员进行管理，所以整个单位都可以使用这些模板，并且可以监督它们是否符合标准化的项目规划。

（11）企业资源。企业资源库为安全保存和管理资源信息提供了一个集中的场所，这样项目和资源经理就可以得到关于资源的准确的最新信息，包括资源在整个企业中的分配情况、技能、使用情况和可用性。

（12）Microsoft Project Web Access 构件。企业可以扩展和自定义 Microsoft Project Web Access 这一 Microsoft Project Server Web 界面，主要是因为控件的可编程界面经过了改进。

（13）企业项目安全性：签入/签出。使用 Microsoft Project Server 签入/签出方法可安全地控制修改企业项目的权限。Microsoft Project Server 禁止多个用户同时访问和编辑同一信息，从而保证了项目公文包的安全性。

（14）企业项目安全性：项目数据服务。项目数据服务（PDS）通过基于单个用户筛选项目数据，使用 XML 和简单对象访问协议（SOAP）来传输数据并提供安全保护。通过 PDS，每个项目组成员只能查看和更新他有权访问的信息。

（15）资源表和 OLAP 多维数据集更新。可以对资源表和 OLAP 多维数据集更新的日期范围和频率进行设置，使公文包视图包含及时、准确的报告和分析信息。

（16）可扩展的系统集成。Microsoft Project Server 的开放式结构允许企业将 Microsoft Project Server 与他们的当前文档管理或问题跟踪解决方案通过一个可扩展的服务器端对象进行集成。

用户可以通过删除旧信息，在 Microsoft Project Server 上释放更多的空间。可以删除项目、任务、资源任务更改和状态报告，以使 Microsoft Project Server 更易于维护。

（17）支持业界标准。通过使用业界标准（例如 XML 和 SOAP），Microsoft Project Server 可以将架构和数据与其他重要的业务应用程序和数据库轻松地进行集成和交换。

2．IBM Rational Portfolio Manager（RPM）7.0

RPM 起源于加拿大 Systemcorp 公司所开发的项目和项目组合管理工具——PMOffice，IBM 收购 Systemcorp 公司之后，PMOffice 集成到了 Rational 产品线，并更名为：IBM Rational Portfolio Manager（RPM）。

RPM 将项目活动可分为计划、执行和监控等 3 类活动，参与项目活动的角色可分为系统管理员/业务管理员、项目经理、项目成员、项目主管和功能部门经理等 5 类角色。不同的角色在 RPM 这个公共平台上，各司其职，协同完成各类项目活动。

- 系统管理员和业务管理员的职责是根据业务需求配置 RPM 环境。RPM 环境配置包括：费用编码设置、时间编码设置、项目元素属性设置、人力资源定义和资源能力定义。
- 项目经理是项目的"法人代表"，为项目成败承担完全责任，是驱动项目前进的"发动机"。项目经理的主要职责包括：制定项目计划、进行任务分派、执行项目监控。
- 项目成员是任务的执行者，其主要职责是：在规定的预算和时间范围内，高质量地完成项目经理所分配的任务。
- 项目主管是指项目的监控者，其责任是：通过报表查看项目信息，了解项目状况，做出相应决策；根据需要创建报表，并进行报表查看的权限控制。
- 功能部门经理负责为项目提供资源，共同保证公司和项目的成功。

RPM 具有很好的企业级项目管理理念，具体可概括为以下三点：

（1）集成性。全公司所有研发项目集成在一个公共平台上，便于项目监控和分析，以及公司决策。另外，项目的进度计划、资源计划、风险管理和文档管理被集成在一个系统中，提高了项目管理效率。

（2）协同性。RPM 是一个基于 Web 的企业级应用，项目主管、项目经理、项目成员、功能部门经理在同一平台上协同工作，共同保证项目成功。

（3）统一性。所有项目共享一个统一的资源池，合理充分利用公司资源。所有项目共享标准模板，保证以前经验的继承和项目管理的规范性。

3．P3E

P3E（Primavera Project Planner for Enterpriser）是美国 Primavera 公司开发的企业集成项目管理工具。P3E 包括 4 个模块：

（1）P3E 计划模块：主模块，供项目经理使用，进行项目计划制定、管理和控制。Client/Server模式，数据库可采用 Oracle、MS SQL、InterBase 等。

（2）进度汇报模块（Progress Reporter）：供项目成员使用，用来接收任务分配，反馈任务执行的进度。基于 Web，项目成员可通过浏览器访问。

（3）Primavision 模块：项目经理使用该模块来发布项目计划，计划发布到一个 intranet 或 internet 站点上，允许项目成员和其他感兴趣的人员使用 Web 浏览器查看项目信息。

（4）Portfolio Analyst 模块：向项目主管、高层管理者以及项目分析员提供项目总结和跟踪信息，包括丰富的图形、电子数据表和报表等。

4．Artemis Views 8.0

Artemis Views 8.0 是美国 Artemis 公司推出的企业级项目管理工具。主要功能包括：

- 支持层次结构的多计划视图；
- 分析多项目计划的成本和资源的需求；
- 可以直接将 MS Project 的数据存到中央数据库；
- 允许 MS Project 的数据进入跟踪模块，来实现活动和时间的自动跟踪；
- 支持基于 Web 的用户离线填报工时，联上服务器后自动更新数据库的数据；
- 企业级成本计划和控制；
- 提供项目进度、活动和资源的财务角度的视图；
- 支持在线成本数据和差异分析；
- 盈利分析管理；
- 支持 ERP 的集成；
- 为不同权限的用户提供不同的使用模块。

第 14 章　基于中间件的开发

20 世纪 90 年代初，C/S 计算模式成为主流，将数据统一存储在数据服务器上，而有关的业务逻辑都在客户端实现。但是，这种两层结构的模式由于服务器依赖于特定的供应商，数据存取受到限制，再加上难以扩展到广域网或互联网等原因，极大地阻碍着计算机软件系统的发展。有人提出将客户端的业务逻辑独立出来，形成第三层。在这种三层结构中，客户端仅仅是处理图形用户界面，在设计和实现时需要开发的，仅是在应用服务器上的业务逻辑部分的软件。

随着 Internet 及 WWW 的出现，使计算机的应用范围更为广阔，许多应用程序需在网络环境的异构平台上运行。在这种分布异构环境中，通常存在多种硬件系统平台（例如，PC、工作站、小型机等），在这些硬件平台上又存在各种各样的系统软件（例如，不同的操作系统、数据库、语言编译器等），以及多种风格的用户界面，这些硬件系统平台还可能采用不同的网络协议和网络体系结构连接。如何把这些系统集成起来并开发新的应用是一个非常现实而困难的问题。为了解决这个问题，出现了处于系统软件和应用软件之间的中间件。它使设计者集中设计与应用有关的部分，大大简化了设计和维护工作。

14.1　中间件技术

中间件（middleware）是基础软件的一大类，属于可复用软件的范畴。顾名思义，中间件处在操作系统、网络和数据库之上，应用软件的下层（如图 14-1 所示），也有人认为它应该属于操作系统中的一部分。

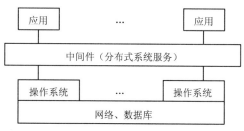

图 14-1　中间件图示

14.1.1　中间件的概念

中间件从诞生到现在，仅 10 多年时间，但发展极其迅速，是有史以来发展最快的软件产品，但在技术上还处于成长阶段，还没有统一的标准和模型，通常都是用 C++语言以面向对象的技术来实现的，但是它的特性已超出面向对象的表达能力，由于它属于可重用构件，目前趋向于用构件技术来实现。然而，中间件要涉及软件的所有标准、规范和技术，它含有更多的内涵，因为它包括平台功能，自身具有自治性、自主性、隔离性、社会化、激发性、主动性、并发性、认识能力等特性，是近似于 Agent（代理）的结构。

目前很难给中间件一个严格的定义，国际上各家机构都有不同的定义，如 IDC 对中间件给出的定义是：中间件是一种独立的系统软件或服务程序，分布式应用软件借助这种软件在不同的技术之间共享资源，中间件位于客户机服务器的操作系统之上，管理计算资源和网络通信。这些服务程序或软件具有标准的程序接口和协议。针对不同的操作系统和硬件平台，它们可以有符合接口和协议规范的多种实现。中间件为处于其上层的应用软件提供运行与开发的环境，帮助用户灵活、高效地开发和集成复杂的应用软件。中间件应具有如下一些特点：

- 满足大量应用的需要；
- 运行于多种硬件和 OS 平台；
- 支持分布计算，提供跨网络、硬件和 OS 平台的透明性的应用或服务的交互；
- 支持标准的协议；
- 支持标准的接口。

世界著名的咨询机构 Standish Group 在一份研究报告中归纳了中间件的十大优越性：

- 缩短应用的开发周期；
- 节约应用的开发成本；
- 减少系统初期的建设成本；
- 降低应用开发的失败率；
- 保护已有的投资；
- 简化应用集成；
- 减少维护费用；
- 提高应用的开发质量；
- 保证技术进步的连续性；
- 增强应用的生命力。

具体来说，首先，中间件屏蔽了底层操作系统的复杂性，使程序开发人员面对一个简单而统一的开发环境，减少程序设计的复杂性，将注意力集中在自己的业务上，不必再为程序在不同系统软件上的移植而重复工作，从而大大减少了技术上的负担。

中间件带给应用系统的，不只是开发的简便、开发周期的缩短，也减少了系统的维护、运行和管理的工作量，还减少了计算机总体费用的投入。Standish 的调查报告显示，由于采用了中间件技术，应用系统的总建设费用可以减少 50% 左右。在网络经济大发展、电子商务大发展的今天，从中间件获得利益的不只是 IT 厂商，IT 用户同样是赢家，并且是更有把握的赢家。

其次，中间件作为新层次的基础软件，其重要作用是将不同时期、在不同操作系统上开发的应用软件集成起来，彼此无缝地整体协调工作，这是操作系统、数据库管理系统本身做不了的。中间件的这一作用，使得在技术不断发展之后，人们以往在应用软件上的劳动成果仍然物有所用，节约了大量的人力、财力投入。

最后，由于标准接口对于可移植性和标准协议对于互操作性的重要性，中间件已成为许多标准化工作的主要部分。对于应用软件开发，中间件远比操作系统和网络服务更为重要，中间件提供的程序接口定义了一个相对稳定的高层应用环境，不管底层的计算机硬件和系统软件怎样更新换代，只要将中间件升级更新，并保持中间件对外的接口定义不变，应用软件几乎不需任何修改，从而保护了企业在应用软件开发和维护中的重大投资。

14.1.2　中间件的分类

好比一个大型城市的交通系统，网络看做市区马路，通过交通工具（如汽车）实现通信，每分钟将有数以万辆车在马路上行驶，如果没有相应的交通设施和管理规划，城市将会乱成一团，发生各种交通事故，中间件系统就相当于这些配套的交通设施。按照中间件在分布式系统中承担的职责不同，可以划分以下几类中间件产品。

（1）通信处理（消息）中间件。正如，安装红绿灯，设立交通管理机构，制定出交通规则，才能保证道路交通畅通一样，在分布式系统中，人们要建网和制定出通信协议，以保证系统能在不同平台之间通信，实现分布式系统中可靠的、高效的、实时的跨平台数据传输，这类中间件称为消息中间件，也是市面上销售额最大的中间件产品，目前主要产品有 BEA 的 eLink、IBM 的 MQSeries、TongLINK 等。实际上，一般的网络操作系统如 Windows 已包含了其部分功能。

（2）事务处理（交易）中间件。正如，城市交通中要运行各种运载汽车，完成日常的运载，同时要随时监视汽车运行，出现故障时，要及时排堵保畅。在分布式事务处理系统中，经常要处理大量事务，特别是 OLTP 中，每笔事务常常要多台服务器上的程序顺序地协调完成，一旦中间发生某种故障时，不但要完成恢复工作，而且要自动切换系统，达到系统永不停机，实现高可靠性运行。要使大量事务在多台应用服务器能实时并发运行，并进行负载平衡地调度，实现昂贵的可靠性机和大型计算机系统同等的功能，为了实现这个目标，要求中间件系统具有监视和调度整个系统的功能。BEA 的 Tuxedo 由此而著名，它成为增长率最高的厂商。

（3）数据存取管理中间件。在分布式系统中，重要的数据都集中存放在数据服务器中，它们可以是关系型的、复合文档型、具有各种存放格式的多媒体型，或者是经过加密或压缩存放的，该中间件将为在网络上虚拟缓冲存取、格式转换、解压等带来方便。

（4）Web 服务器中间件。浏览器图形用户界面已成为公认规范，然而它的会话能力差、不擅长作数据写入、受 HTTP 协议的限制等，就必须进行修改和扩充，形成了 Web 服务器中间件，如 SilverStream 公司的产品。

（5）安全中间件。一些军事、政府和商务部门上网的最大障碍是安全保密问题，而且不能使用国外提供的安全措施（如防火墙、加密、认证等），必须用国产的产品。产生不安全因素是由操作系统引起的，但必须要用中间件去解决，以适应灵活多变的要求。

（6）跨平台和架构的中间件。当前开发大型应用软件通常采用基于架构和构件技术，在分布系统中，还需要集成各节点上的不同系统平台上的构件或新老版本的构件，由此产生了架构中间件。功能最强的是 CORBA，可以跨任意平台，但是太庞大；JavaBeans 较灵活简单，很适合于做浏览器，但运行效率有待改善；COM+模型主要适合 Windows 平台，在桌面系统已广泛使用。由于国内新建系统多基于 UNIX（包括 Linux）和 Windows，因此，针对这两个平台建立相应的中间件市场相对要大得多。

（7）专用平台中间件。为特定应用领域设计领域参考模式，建立相应架构，配置相应的构件库和中间件，为应用服务器开发和运行特定领域的关键任务（如电子商务、网站等）。

（8）网络中间件。它包括网管、接入、网络测试、虚拟社区、虚拟缓冲等，也是当前最热门的研发项目。

14.1.3　中间件产品介绍

本节介绍主流的中间件产品 IBM MQSeries 和 BEA Tuxedo。

1. IBM MQSeries

IBM 公司的 MQSeries 是 IBM 的消息处理中间件。MQSeries 提供一个具有工业标准、安全、可靠的消息传输系统，它用于控制和管理一个集成的系统，使得组成这个系统的多个分支应用（模块）之间通过传递消息完成整个工作流程。MQSeries 基本由一个信息传输系统和一个应用程序接口组成，其资源是消息和队列。

MQSeries 的关键功能之一是确保信息可靠传输，即使在网络通信不可靠或出现异常时也能保证信息的传输。MQSeries 的异步消息处理技术能够保证当网络或者通信应用程序本身处于"忙"状态或发生故障时，系统之间的信息不会丢失，也不会阻塞。这样的可靠性是非常关键的，否则大量的金钱和客户信誉就会面临极大的损害。

同时，MQSeries 是灵活的应用程序通信方案。MQSeries 支持所有的主要计算平台和通信模式，也能够支持先进的技术（如 Internet 和 Java），拥有连接至主要产品（如 LotusNotes 和 SAP/R3 等）的接口。

2. BEA Tuxedo

BEA 公司的 Tuxedo 作为电子商务交易平台，属于交易中间件。它允许客户机和服务器参与一个涉及多个数据库协调更新的交易，并能够确保数据的完整性。BEA Tuxedo 一个特色功能是能够保证对电子商务应用系统的不间断访问。它可以对系统构件进行持续的监视，查看是否有应用系统、交易、网络及硬件的故障。一旦出现故障，BEA Tuxedo 会从逻辑上把故障构件排除，然后进行必要的恢复性步骤。

BEA Tuxedo 根据系统的负载指示，自动开启和关闭应用服务，可以均衡所有可用系统的负载，以满足对应用系统的高强度使用需求。借助 DDR（数据依赖路由），BEA Tuxedo 可按照消息的上下文来选择消息路由。其交易队列功能，可使分布式应用系统以异步"少连接"方式协同工作。

BEA Tuxedo 的 LLE 安全机制可确保用户数据的保密性，应用/交易管理接口（ATMI）为 50 多种硬件平台和操作系统提供了一致的应用编程接口。BEA Tuxedo 基于网络的图形界面管理可以简化对电子商务的管理，为建立和部署电子商务应用系统提供了端到端的电子商务交易平台。

14.2　应用服务器技术

Web 应用开发大致经历了三个阶段。在第一阶段，大家都使用 Web 服务器提供的服务器扩展接口，使用 C 或者 Perl 等语言进行开发，例如 CGI、API 等。这种方式可以让开发者自由地处理各种不同的 Web 请求，动态地产生响应页面，实现各种复杂的 Web 系统要求。但是，这种开发方式的主要问题是对开发者的素质要求很高，往往需要懂得底层的编程方法，了解 HTTP 协议，此外，这种系统的调试也相当困难。

在第二阶段，大家开始使用一些服务器端的脚本语言进行开发，主要包括 ASP、PHP、Livewire 等。其实现方法实质上是在 Web 服务器端放入一个通用的脚本语言解释器，负责解释各种不同的脚本语言文件。这种方法的首要优点是简化了开发流程，使 Web 系统的开发不再是计算机专业人员的工作。此外，由于这些语言普遍采用在 HTML 中嵌入脚本的方式，方便实际开发中的美工和编程人员的分段配合。对于某些语言，由于提供了多种平台下的解释器，所以应用系统具有了一定意义上的跨平台性。但是，这种开发方式的主要问题是系统的可扩展性不够好，系统一旦比较繁忙，就缺乏有效的手段进行扩充。此外，从一个挑剔者的眼光来看，这种方式不利于各种提高性能的算法的实施，不能提供高可用性的效果，集成效果也会比较差。

为了解决这些问题，出现了一个新的 Web 应用开发方法，也就是应用服务器的方式。目前，应用服务器已经成为电子商务应用中一种非常关键的中间件技术。如今，各大主要软件厂商纷纷将应用服务器作为其电子商务平台的基础，如 IBM 的 Websphere，Oracle 的 Internet 应用服务器，Sybase 的 Enterprise 应用服务器等。本节将阐述了应用服务器的概念、相关技术及发展方向，并就目前主流的应用服务器产品进行了简单的介绍。

14.2.1　应用服务器的概念

应用服务器是在当今 Internet 上企业级应用迅速发展，电子商务应用出现并快速膨胀的需求下产生的一种新技术，通过它能将一个企业的商务活动安全、有效地实施到 Internet 上，实现电子商务。它并非一种传统意义上的软件，而是一个可以提供通过 Internet 来实施电子商务的平台。在分布式、多层结构及基于构件和服务器端程序设计的企业级应用开发中，它提供的是一个开发、部署、运行和管理、维护的平台。它可以提供软件"集群"的功能，因而可以让多个不同的、异构服务器协同工作、相互备份，以满足企业级应用所需要的可用性、高性能、可靠性和可伸缩性等。

故而，从某种意义中说，应用服务器提供了一个"企业级应用的操作系统"。实现 J2EE 规范的应用服务器称为 J2EE 应用服务器。

现代社会商机一纵即逝，电子商务应用要求能很快地开发出功能强大的系统。应用服务器可以帮助企业快速架构一个基于 Internet 的电子商务系统，而且拥有极高的稳定性、可扩展性和安全性。它能够：

（1）更合理地分工企业级应用开发，加快应用的开发速度，减少应用的开发量。应用服务器将系统功能与业务功能分开，使得编程人员能够集中精力在业务功能上，在系统内建立/部署的构件越来越多，并且为分布式架构的时候，系统功能必将变得越来越复杂；而与此同时，对可靠性（负载均衡、容错和故障恢复）的需求也会越来越高。开发人员只想编码业务方面的功能，对系统一级的功能并没有多少兴趣。因为系统级底层功能的实现，一般需要非常复杂的专业技能，因此对功能实现的合理分离可以允许技能的优化。

在应用服务器上开发采用的是模块化方法，提供了大量的可重用模块。一个新的系统可以通过组合一些现成的框架和模块，再加上一定的开发来快速完成。而新开发出的代码又可作为今后重复利用的模块，这一点对于降低开发成本，提高开发速度是非常重要的。

另外，为了便于开发，有些应用服务器还提供开发版的服务器，以便进行各种调试工作。应用服务器一般还提供集成开发环境，将本地编辑、上传、项目管理和调试工具等集中在一起，使开发工作在一个界面内全部完成。还有一些开发环境同时提供后台系统的开发环境，以便同时进行开发管理。此外，还有一些产品内置一些代码的自动生成器，数据库设计辅助工具等，例如 ORM（Object Relation Mapping，对象关系映射）等，这些都有效地提高了开发速度，减少了应用开发量。

（2）应用设计、开发、部署、运行、管理、维护的平台。应用服务器既是应用开发的平台，包括表示层、应用层和数据层的设计模式和编程环境；同时又是多层结构应用的部署、运行平台，对多层结构应用进行配置、启动、监控、调整，并在开发的不同阶段承担不同的职责。

设计：应用服务器完成底层通信、服务，并屏蔽掉复杂的底层技术细节，向用户提供结构简单、功能完善的编程接口，让用户可以专心于商务逻辑的设计。

开发：应用服务器提供了完全开放的编程语言和应用接口，用户可以用任何自己习惯的开发工具来工作。另外应用服务器自己也提供快速开发的工具和手段，帮助用户提高开发效率。

部署：应用服务器可以部署在任何硬件平台、任何操作系统，而且可以分布在异构网络中，应用服务器帮助用户在复杂的网络环境中配置系统参数，使系统发挥最大的性能，拥有最好的稳定可靠性。

运行：应用服务器采用的是开放技术标准，它提供了一个完整的标准实现，即提供了系统的运行环境，任何基于同样标准的系统都能很好地运行于这个环境中。在运行中提供应用系统的名字解析、路由选择、负载平衡、事务控制等服务，并提供系统容错、修复、迁移、升级扩展等功能。

管理：应用服务器让用户通过图形化的界面方便地管理自己的资源，而且在系统运行时也能动态监控和管理。

（3）使得应用与底层平台无关，便于商业逻辑的实现与扩展。一个好的应用服务器通过提供对操作系统/数据库平台的广泛支持，或采用平台无关技术如 J2EE，从而能够做到让应用独立于操作系统/数据库平台。显然，它可以确保企业应用具备很好的移植性并保护了企业在应用和开发技能上的投资。

另外一个方面，在激烈的市场竞争条件下，企业的商业逻辑不可能一成不变，而随着生产经营的拓展，首先需要解决的一个问题就是将按需地对现有的业务系统，方便地进行扩充和升级。应用服务器技术可以很好地解决这个问题，因为它采用了三层结构体系，应用服务器将业务流程单独作为一层，客户可以根据自己的商业逻辑来专心设计这一层。应用服务器能提供这种设计能力，当客户业务扩展时，只需专注于改进中间层的设计，原系统就能平滑方便地升级。

（4）为企业应用提供现成的、稳定而强健的、灵活的、成熟的基础架构。在构建电子商务应用的竞争中，许多企业已经没有时间去从容地"千锤百炼"一个电子商务架构体系。通过应用服务器，立刻就可以拥有一个成熟的架构，包括基础平台、标准、应用开发工具和预制构件。

另外一方面，随着经济全球化的步伐加快，许多企业的业务服务于全球，计算机业务系统需要提供 24 小时不间断的服务，系统在大负荷量和长时间运转情况下的稳定性至关重要。应用服务器通过分布式体系来保障这一点，表现为：

- 当系统处理能力不够时，可以通过简单的增加硬件来解决；
- 动态调整不同主机间的负载可以最大地利用系统资源，同时提高单机的稳定性；
- 当系统中的某台机器出现故障时，它的工作可由其他机器来承担，不会影响系统整体的运行，即无单点故障。

希赛教育专家提示：目前市面上的应用服务器的解决方案基本都具备了这些作用，因而企业在选购应用服务器产品的时候，不能简单地判断优劣，而需要先充分了解自己的需求到底是什么，然后在各个主要技术问题上，确定适合自己的解决方案，最后寻找使用这些解决方案的产品来完成自己的系统。

14.2.2　主要的应用服务器

本节介绍 5 种主要的应用服务器产品。

1．BEA WebLogic

BEA WebLogic 作为新一代基于 Java 的 Web 应用服务器，是一款满足 Web 站点对性能和可靠性要求很高的产品。在提供传统的应用服务器功能的同时，还针对当今的 Internet 技术和 Java 技术提供了众多功能，它符合最新 Java 标准。安装 WebLogic 非常容易。WebLogic EJB Deployer Tool 提供了对管理多个 EJB.jar 文件和配置 WebLogic Server 部署特性和资源的控制。Deployer Tool 支持两级 EJB 部署的合法性检测，它自动地检查特性和引用，以确保它们包含正确的值，并检验关键 EJB 所需的类是否符合 EJB1.1 规范。

名为 WebLogic Zero Administration Client（ZAC）发布向导的图形实用程序使用户可以创建、发布和管理包括应用程序、小程序或 Java 代码库的软件包。ZAC 使用户可以开发客户端 Java 应用并将这些应用打包分发。

2．IBM WebSphere

IBM 的 WebSphere 强调其在应用开发（WebSphere Studio 和 VisualAge for Java）、数据库（DB2）和消息服务（MQseries）的集成性。这些产品构成了该公司总体电子商务产品战略的基础。WebSphere 以对多种平台的支持和符合最新的 Java 标准，提供了开发电子商务应用的可靠平台。

WebSphere 安装简单易行。对 WebSphere 服务器以及它运行的应用的控制是在 WebSphere 高级管理控制台中执行的。由于 WebSphere 可以运行多个服务器，因此，用户必须从控制台分别地启动每一个服务器进程。如果必须重新引导系统的话，WebSphere 可以记住目前每个不同服务器的状态并自动地重新启动运行的服务器。

IBM 提供了像 WebSphereStudio 和 VisualAgeforJava 这类专为开发基于 Java 应用而设计的其他产品。WebSphere 的高级版和企业版在发送时附带了 IBM 的 DB2 数据库产品和 SecureWay 轻型目录访问协议服务器。企业版包括用于连接到外部数据库、CICS、IMS 或 MQSeries 应用的一个构件代理应用适配器。

3．SUN iPlanet

作为 Sun 与 Netscape 联盟产物的 iPlanet 公司生产的 iPlanet 应用服务器满足最新 J2EE 规范的要求，并通过了全套 J2EE 证书测试套件的测试。iPlanet 应用服务器的基本核心服务包括事务监控器、多负载平衡选项、对集群和故障转移全面的支持、集成的 XML 解析器和可扩展格式底稿语言转换（XLST）引擎以及对国际化的全面支持。包括 Directory Server、Web Server 和用于 EAI（Enterprise Application Integration，企业应用集成）的另一些附件在内的其他 iPlanet

产品之间实现了紧密的集成。

IPlanet Application Deployment 工具是基于 Java 的程序，它可以指导用户完成一个应用的部署过程。iAS 提供了一款与 WebGainStudio、InspireJBuilder、IBMVisualAge 以及 Java 企业版的 SunForte 这类第三方工具集成在一起的独立产品 iPlanet Application Builder。

4．Oracle Internet Application Server

Oracle 公司的数据库产品毫无疑问是多种平台上的市场领先产品，凭借这种得天独厚的优势，Oracle 的 Internet Application Server（iAS）与其余 Oracle 产品实现了相互集成，例如，可以利用 Oracle iAS 向 Web 部署任何基于 OracleForms 应用的 Oracle Forms Service。

Oracle 利用一些扩展的 Apache Web Server 作为进入 Oracle iAS 的入口点。iAS 管理器是配置和管理应用的工具，提供了综合操作各种系统管理功能的统一界面。Oracle 为 Apache 开发了插件盒模块来处理 Java 应用程序、Perl 程序、PL/SQL 程序以及 SSL 上的安全网页。插件盒模块是一个共享库，可以实现程序逻辑访问。插件盒模块中运行一个或多个插件盒实例，包括 PL/SQL 插件盒、Jweb 插件盒、LiveHTML 插件盒、Perl 插件盒、C 插件盒、ODBC 插件盒等。

iAS 允许开发基于 CORBA 对象的应用，通信协议采用 IIOP。iAS 支持以下两种应用模式：CORBA 应用和 EJB 应用。这两种模式都允许不同的 CORBA 客户访问。iAS 企业版配置了 Oracle Portal。Oracle Portal 提供了部署企业信息用户所需的工具。

Oracle iAS 是该公司将应用推向 Web 战略的关键组成部分。Oracle 的客户可以比较容易地将他们的 Oracle Forms 和 Oracle Reports 放到 Web 上运行。但是，Oracle iAS 价格也比较昂贵。

5．Sybase Enterprise Application Server

Sybase Enterprise Application Server（EAServer）将 Sybase 的 JaguarCTS 和 PowerDynamo 紧密集成并加以发展，是同时实现 Web 联机事务处理（WebOLTP）和动态信息发布的企业级应用服务器平台。它对各种工业标准提供广泛的支持，符合基于构件的多层体系结构，是支持所有主要构件模型的应用服务器产品，并且在它的最新版本中加强了对 PowerBuilder 构件和 EJB 的深层支持。这样，用户可以运用它提供的灵活的开发能力，充分利用多样化的计算环境，建立更加高效的企业 Web 应用系统。

EAServer 支持多种构件模型，同一应用中可以结合使用各种构件，支持标准脚本语言和任意客户类型，集成了 PowerSite 开发环境，使 Web 应用开发和提交方便快捷。除了优良的性能之外，EAServer 还支持多种数据库访问方式，给用户提供了可靠的安全性。

14.3　J2EE

J2EE 是针对 Web Service、业务对象、数据访问和消息报传送的一组规范。这组应用编程接口确定了 Web 应用与驻留它们的服务器之间的通信方式。J2EE 注重两件事，一是建立标准，使 Web 应用的部署与服务器无关；二是使服务器能控制构件的生命周期和其他资源，以便能够处理扩展、并发、事务处理管理和安全性问题。

J2EE 规范定义了以下几种构件：应用客户端构件、EJB 构件、Servlets 和 JSP、Applet 构件。J2EE 采用的是多层分布式应用模型，意味着应用逻辑将根据功能分成几个部分，用户可以在相同或不同的服务器上安装不同应用构件组成的 J2EE 应用。这些层次可以参见图 14-2。

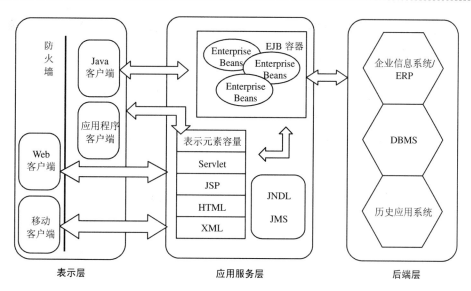

图 14-2　J2EE 多层分布式应用模型图

14.3.1　表示层

　　J2EE 客户端可以基于 Web，也可以基于 Java。在 HTML、Javascript、XML 等技术的帮助下，Web 浏览器可以支持强大、快速的用户界面。实际上，如果 HTML 足以捕获和显示应用所需的信息，则 HTML 为首选；如果 HTML 不足以达到此目的，则应该由客户端执行必要的捕获和操作。无论是 Applet 还是独立的 Java 程序，提供更丰富的图形用户界面。Applet 还可以与中层通信，从而进一步加强程序控制和系统灵活性。

　　分布式企业应用可以同时包括多种客户端，并且这些客户端都可以访问相同的业务逻辑。如图 14-3 所示：当客户端是 HTML 时，JSP/Servlet 组合将成为能实现业务目标的真正客户端。当客户端是 Java 程序或基于 COM 程序时，它可以直接访问业务逻辑。

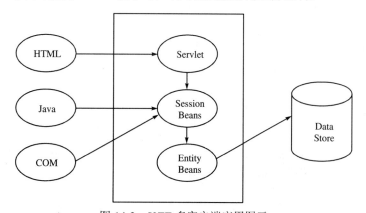

图 14-3　J2EE 多客户端应用图示

14.3.2　应用服务层

　　一般情况下，应用服务层包含表示层请求的表示逻辑和业务逻辑。表示层由显示 HTML 页面的 JSP 页面和 Servlets 实现。业务逻辑通过 RMI 对象和 EJB 实现。EJB 依靠容器（Container）

来实现事务处理、生命周期和状态管理、资源池、安全等问题，容器是 EJB 运行的环境。

1. Servlet

Java Servlets 是指可以扩展 Web 服务器功能的程序。Servlet 从客户端接受请求，动态生成响应，然后将包含 HTML 或 XML 文档的请求发送给客户端。Servlet 类似于 CGI（公共网关接口），但 Servlet 使用 Java 类和流，更易于编写；由于 Servlet 可编译为 Java 字节码，在运行时，Servlet 例程驻留在内存中，每一个用户请求都生成一条新线程，故而它们的执行速度也更快。

2. JSP

JSP 页面是基于文本的 Servlet 开发方式。JSP 页面提供 Servlet 的所有优点，如果与 JavaBeans 类结合在一起，可以容易地将内容和显示逻辑分开。这使得无须了解 Java 代码就能更新页面的外观，更新 Java Beans 类的人也无须深入了解 Web 页面的设计。相对 CGI 而言，由于 CGI 依赖于平台，消耗资源更多，而且程序不能容易地访问参数数据等缺点，故而 JSP 页面和 Servlet 都比 CGI 应用广泛。

用户可以使用带 Java Beans 类的 JSP 页面定义 Web 模板，以便建立由外观相似的页面组成的 Web 站点，而 Java Beans 类负责组织数据。用户还可以借助标记和脚本将内容与应用逻辑捆绑在一起，或是嵌入一些 Java 小应用程序来实现一些简单的 Web 应用。

3. EJB

EJB 构件用于封装业务逻辑，使开发人员无须再担心数据访问、事务处理支持、安全性、高速缓存和迸发等琐碎任务的编程。在 EJB 规范中，它们由 EJB 容器负责。EJB 包含接口和类。客户端通过 EJB 的本地接口和远程接口访问 EJB 方法。本地接口提供的方法可用于生成、删除和查找 EJB，远程接口则提供业务方法。部署时，容器从这些接口生成类，这些类使客户端可以访问、生成、删除、查找和调用 EJB 上业务方法。EJB 类为业务方法、生成方法和查找方法提供实施，如果 Bean 管理自己的存储，还得提供生成生命周期方法的实施。

EJB 共有三种类型：Entity Bean（实体 Bean）、Session Bean（会话 Bean）和 Message Driven Bean（消息驱动 Bean），下面分别说明。

（1）实体 Bean。实体 Bean 表示数据库中的数据以及作用于数据的方法。在关系型数据库中，表中的每一行就是一个 Bean 的实例。实体 Bean 是事务处理型和持久的，只要数据存在于数据库中，实体 Bean 就存在。

用容器管理的持久性访问关系数据库的 EJB 不需要为数据库访问使用任何 JDBC API，因为容器可以负责完成这项任务。但是，如果使用 Bean 管理的持久性或想访问关系数据库以外的企业信息系统，就需要提供相应的程序代码才能完成。但是如果 EJB 使用 Bean 管理的持久性访问数据库，用户必须借助于 JDBC API 实施 Bean 生命周期方法，这样才能加载和保存数据，并保持运行和持久数据库存储之间的一致性。

（2）会话 Bean。会话 Bean 代表与客户间的短暂对话。在执行数据库读写时，会话 Bean 可以请求 JDBC 调用，也可以使用实体 Bean 执行调用，这时会话 Bean 是实体 Bean 的客户端。会话 Bean 的字段中包含对话的状态，如果服务器或客户端出现故障，会话 Bean 将消失。

会话 Bean 可以有状态，也可以无状态。有状态会话 Bean 包含客户端方的对话状态，对话状态是会话 Bean 实例的字段值加上可以从会话 Bean 字段阅读的所有对象。有状态的会话 Bean

不表示持久数据库中的数据，但能够以客户端的名义访问和更新数据。

无状态会话 Bean 没有客户端的任何状态信息。它们一般不提供保留任何状态的服务器方行为。无状态会话 Bean 需要的系统资源较少。提供通用服务或表示共享数据视图的业务对象适合作为无状态的会话 Bean。

（3）消息驱动 Bean。EJB2.0 规范中的消息驱动 Bean 能处理从 JMS 消息队列接受到的异步消息。JMS 将消息路由到消息驱动 Bean，由消息驱动 Bean 从池中选择某个实例处理消息。

消息驱动 Bean 在 EJB 容器中管理。由于它们不是由用户的应用直接调用的，因此不能借助 EJB 本地接口从应用访问。但是，用户的应用可以将消息发送到 Bean 所监听的 JMS 队列中，以此来实例化消息驱动 Bean。

4．JMS

JMS 是支持 Java 程序之间信息交换的 J2EE 机制。这也是 Java 支持异步通信的方法——发送者和接收者无须相互了解，因此可以独立操作。JMS 支持两种消息传播模式：

- 点到点（point to point）。基于消息队列，消息产生者将消息发送到队列中。消息消费者可以将自身与队列连接，以倾听消息。当消息到达队列时，客户可以从队列中取走，并给出响应。消息只能发送到一个队列，只能由一个消费者使用。消费者可以过滤消息，以便获得希望获得的消息。
- 出版和订阅（publish/subscribe）。消息生产者将消息发送到一个话题（topic），注册到此话题的消费者都能接收到这些消息。这种情况下，许多消费者都能接收到同样的消息。

5．JNDI

由于 J2EE 应用的构件可以独立运行，而且是在不同的设备上运行，因此客户端和应用服务器层代码必须以某种方式查找和参考其他代码和资源。客户端和应用代码使用 JNDI（Java Naming and Directory Interface，Java 命名和目录接口）查找用户定义对象（如 EJB）和环境实体（Environment Entities）。在 JDBC2.0 中，数据源可以绑定到 JNDI 上，并允许应用程序访问。

6．事务处理

J2EE 事务处理模型可以在部署过程中，定义组成一个事务处理的方法之间的联系，以便事务处理中的所有方法可以作为一个整体存在。如果用户希望完成这一任务，因为事务处理是一系列步骤，要么全部执行成功，要么全部回滚。例如，EJB 中可能有一系列方法，其作用是将资金从一个账户转到另一个账户，方法是借记第一个账户和贷记第二个账户。用户可能希望将全部操作作为一个整体，这样，如果借记之后，贷记之前出现故障，借记将滚回。

事务处理的属性在应用构件的集成过程中确定。它可以将各种方法组合成应用构件间的事务处理，即用户可以在 J2EE 应用中容易地重新分配应用构件的事务处理属性，无须修改代码和重新编译。J2EE 事务处理 API（JTA）和 Java 事务处理服务（JTS）形成 J2EE 中事务处理支持的基础，而且更适合 EJB 和 JDBC2.0。JTS 是低级事务处理管理 API，主要作用是将 Java 映射到对象管理组（OMG）的对象事务处理服务。JTA 是高级 API，包括两个部分：

- 事务处理接口。该接口允许事务处理定界，通过分布式构件由进行全局事务处理登记来完成工作。这种方法可以令多组操作组成一个事务处理。
- XA 资源接口。基于能处理分布式事务处理的 X/Open/XA 接口，有时也称为两步提交事务处理，需要多种资源之间的协调，如数据库或序列。分布式事务处理由两步提交协议协调，可跨越用 XA 兼容的 JDBC 驱动程序访问的多个数据库，如针对 Oracle/XA 的 BEA WebLogicDriver 等。

EJB 规范定义了 Bean 管理的事务处理和 Container 管理的事务处理。当 EJB 用 Container 管理的事务处理部署时，应用服务器将自动协调事务处理。如果 EJB 由 Bean 管理事务处理部署，EJB 参数必须提供事务处理代码。

基于 JMS 或 JDBC API 的应用代码可以启动事务处理，或参与先前启动的事务处理。一个事务处理联系与执行应用的应用服务器线程相关，所有事务处理操作都在参与当前事务处理的线程上执行。

多数情况下，用户无须担心用 JTA 编写明确事务处理的问题，因为此项工作由 JDBC 完成，EJB API 由 Container 处理，并由应用部署说明符配置。这样，用户就可以将精力集中在事务处理设计而非实施上。

14.4 .NET

Microsoft.NET 战略基于一组开放的互联网协议，推出了一系列的产品、技术和服务，吹响了一次互联网技术变革的号角。关于.NET，微软公司 CEO 鲍尔默这样描述："Microsoft.NET 代表了一个集合、一个环境、一个可以作为平台支持下一代 Internet 的可编程结构。"这句话简单扼要地概括了.NET 的外部特性。

14.4.1 .NET 平台

.NET 首先是一个环境。这是一个理想化的未来互联网环境，微软的构想是一个"不再关注单个网站、单个设备与 Internet 相连的网络环境，而是要让所有的计算机群、相关设备和服务商协同工作"的网络计算环境。简而言之，互联网提供的服务，要能够完成更高程度的自动化处理。未来的互联网，应该以一个整体服务的形式展现在最终用户面前，用户只需要知道自己想要什么，而不需要一步步地在网上搜索、操作来达到自己的目的。

而要搭建这样一种互联网环境，首先需要解决的问题是针对现有 Internet 的缺陷，来设计和创造一种下一代 Internet 结构。这种结构不是物理网络层次上的拓扑结构，而是面向软件和应用层次的一种有别于浏览器只能静态浏览的可编程 Internet 软件结构。因此.NET 把自己定位为可以作为平台支持下一代 Internet 的可编程结构。

.NET 的最终目的就是让用户在任何地方、任何时间，以及利用任何设备都能访问他们所需要的信息、文件和程序。而用户不需要知道这些东西存在什么地方，甚至连如何获得等具体细节都不需要知道。他们只需发出请求，然后只管接收就是了，而所有后台的复杂性是完全屏蔽起来的。故而，对于企业的 IT 人员来说，工作量将大大地减少，他们也不需要管理复杂的平台以及各种分布应用之间的工作是如何协调的。

.NET 包括 4 个重要特点：一是软件变服务，二是基于 XML 的共同语言，三是融合多种设备和平台，四是新一代的人机界面。这 4 个特点基本上覆盖了.NET 的技术特征。

（1）软件变服务。鲍尔默在谈到软件服务时说道，"今天的软件产品仅仅是一张光盘，用户购买软件，亲自安装、管理和维护。但是软件服务是来自 Internet 的服务，它替用户安装、更新和跟踪这些软件，并让它们和用户一同在不同的机器间漫游。它为用户存储自己的信息和参考资料。这些就是软件和软件服务各自不同的风格。"这段话概括了软件变服务的核心。

伴随着 ASP（应用服务提供）产业的兴起，软件正逐渐从产品形式向服务形式转化，这是整个 IT 行业的大势所趋。在.NET 中，最终的软件应用是以 Web 服务的形式出现并在 Internet 发布的。Web 服务是一种包装后的可以在 Web 上发布的构件，.NET 通过 WSDL 协议来描述和发布这种 Web 服务信息，通过 DISCO 协议来查找相关的服务，通过 SOAP 协议进行相关的简单对象传递和调用。

如图 14-4 所示，.NET 平台中 Orchestration 可视化编程工具用于产生基于 XML 的 XLANG 代码，它和 BizTalk 服务器、.NET 框架，以及 VisualStudio.NET 都曾是 Windows DNA 2000 战略的重要部分。

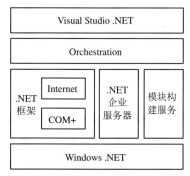

图 14-4　.NET 平台示意图

微软的.NET 战略意味着：微软公司及在微软平台上的开发者将会制造服务，而不是制造软件。在未来几年之内，微软将陆续发布有关.NET 的平台和工具，在 Internet 上开发 Web 服务。那时，工作在.NET 上的用户、开发人员和 IT 工作人员都不再购买软件、安装软件和维护软件。取而代之的是，他们将定制服务，软件会自动安装，所有的维护和升级也会通过互联网进行。

（2）基于 XML 的共同语言。XML 是从 SGML 语言演化而来的一种标记语言。作为元语言，它可以定义不同种类应用的数据交换语言。在.NET 体系结构中，XML 作为一种应用间无缝接合的手段，用于多种应用之间的数据采集与合并，用于不同应用之间的互操作和协同工作。具体而言，.NET 通过 XML 语言定义了简单对象访问协议（Simple Object Access Protocol，SOAP）、Web 服务描述语言（Web Services Description Language，WSDL）、Web 服务发现协议。SOAP 协议提供了在无中心分布环境中使用 XML 交换结构化有类型数据的简单轻量的机制。WSDL 协议定义了服务描述文档的结构，如类型、消息、端口类型、端口和服务本身。Web 服务发现协议定义了如何从资源或者资源集合中提取服务描述文档、相关服务发现算法等。

（3）融合多种设备和平台。随着 Internet 逐渐成为一个信息和数据的中心，各种设备和服务已经或正在接入和融入 Internet，成为其中的一部分。.NET 谋求与各种 Internet 接入设备和平台的一体化，主要关注在无线设备和家庭网络设备及相关软件、平台方面。

（4）新一代的人机界面。新一代人机界面主要体现在"智能与互动"两个方面。.NET 包括通过自然语音、视觉、手写等多种模式的输入和表现方法；基于 XML 的可编辑复合信息架构——通用画布；个性化的信息代理服务；使机器能够更好地进行自动处理的智能标记等技术。

.NET 的平台及框架是基于微软软件工业基础的又一次升级和演化。然而，.NET 还是要尽力保证 Windows 系统及系列产品和.NET 能够融为一体，尽量在微软公司原有的软件资产基础上，使.NET 继续成为 Internet 的中心。

14.4.2 .NET 框架

Microsoft.NET 开发框架如图 14-5 所示。通用语言运行时以及它所提供的一组基础类库是整个开发框架的基础；在开发技术方面，.NET 提供了全新的数据库访问技术 ADO.NET，以及网络应用开发技术 ASP.NET 和 Windows 编程技术 WinForms；在开发语言方面，.NET 提供了 VB、VC++、C#等多种语言支持；而 VisualStudio.NET 则是全面支持.NET 的开发工具。

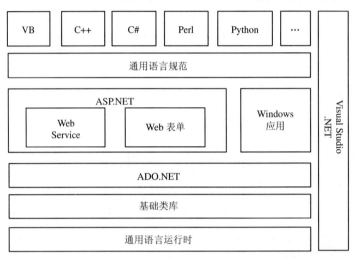

图 14-5　.NET 开发框架图示

1．通用语言运行时

Microsoft.NET 给开发人员带来了一种全新的开发框架，而通用语言运行时（Common Language Runtime，CLR）则处于这个框架的最低层，是这个框架的基础。读者也许对于所谓的 C 运行时、VB 运行时、Java 虚拟机这些概念已经有所了解，而通用语言运行时则为多种语言提供了一种统一的运行环境。另外，它还提供了更多的功能和特性，例如，统一和简化的编程模型，用户不必迷惑于 Win32API 和 COM；避免了 DLL 的版本和更新问题，从而大大简化了应用程序的发布和升级；多种语言之间的交互，例如，甚至可以在 VB 中使用 C++编写的类；自动的内存和资源管理等。Microsoft.NET 正是基于通用语言运行时，实现了这些开发人员梦寐以求的功能。

基于通用语言运行时开发的代码称为受控代码，它的运行步骤大体如下：首先使用一种通用语言运行时支持的编程语言编写源代码，然后使用针对通用语言运行时的编译器生成独立于机器的微软中间语言（Microsoft Intermediate Language，MIL），同时产生运行所需的元数据，在代码运行时再使用即时编译器（Just In Time Compiler，JITC）生成相应的机器代码来执行。

2．基础类库

当然对于开发者而言，他们除了关心通用语言运行时提供的那么多新特性外，还关心它究竟给开发者提供了什么样的编程接口，这就是基础类库（Base Class Library）。这组基础类库包括了从输入输出到数据访问等各方面，提供了一个统一的面向对象的、层次化的、可扩展的编程接口。它使用一种点号分隔的方法，使得查找和使用类库非常容易。例如基础类库中的根，它的命名空间是 System，提供数据访问的类库的命名空间是 System.Data。在使用时，开发者只需在自己的应用中添加所需的基础类库的引用，然后就可以使用这个类库中的所有方法、属性等。跟传统的 Windows 编程相比，使用和扩展基础类库都非常容易，这使得开发者能够高效、快速地构建基于下一代互联网的网络应用。

3．ADO.NET

几乎所有的应用程序都需要访问从简单的文本文件到大型的关系型数据库等各种不同类型的数据。在 Microsoft.NET 中访问数据库的技术是 ADO.NET。ADO.NET 提供了一组用来连接到数据库、运行命令、返回记录集的类库，与从前的 ADO（ActiveX Data Object）相比，Connection 和 Command 对象很类似，而 ADO.NET 的革新主要体现在如下几个方面：

首先，ADO.NET 提供了对 XML 的强大支持，这也是 ADO.NET 的一个主要设计目标。在 ADO.NET 中通过 XMLReader，XMLWriter，XMLNavigator，XMLDocument 等可以方便地创建和使用 XML 数据，并且支持 W3C 的 XSLT、DTD、XDR 等标准。ADO.NET 对 XML 的支持也为 XML 成为 Microsoft.NET 中数据交换的统一格式提供了基础。

其次，ADO.NET 引入了 DataSet 的概念，这是一个驻于内存的数据缓冲区，它提供了数据的关系型视图。不管数据来源于一个关系型的数据库，还是来源于一个 XML 文档，人们都可以用一个统一的编程模型来创建和使用它。它替代了原有的 Recordset 的对象，提高了程序的交互性和可扩展性，尤其适合于分布式的应用场合。

另外，ADO.NET 中还引入了一些新的对象，例如 DataReader 可以用来高效率地读取数据，产生一个只读的记录集等。简而言之，ADO.NET 通过一系列新的对象和编程模型，并与 XML 紧密结合，使得在 Microsoft.NET 中的数据操作十分方便和高效。

4．ASP.NET

ASP.NET 是 Microsoft.NET 中的网络编程结构，它使得建造、运行和发布网络应用非常方便和高效。可以从以下几个方面来了解 ASP.NET：

（1）Web 表单。ASP.NET WEB 表单的设计目的就是使得开发者能够非常容易地创建 Web 表单，它把 VB 中的快速开发模型引入到网络开发中来，从而大大简化了网络应用的开发。具体地说，在 ASP.NET 中可以支持多种语言，不仅仅支持脚本语言，通用语言运行时支持的所有语言在 ASP.NET 中都可以使用；代码和内容分开，在现在的 ASP（Active Server Pages）开发中，内容和脚本交错，维护和升级很困难，将它们分开可以使得开发人员和设计人员能够更好地分工合作，提高开发效率；另外在 ASP.NET 中通过引入服务器端控件，将类似 VB 的快速开发应用到了网络开发中，这样大大提高了构建网络表单效率，并且服务器端控件是可扩展的，开发者可以建造自己需要的服务器端控件。

（2）ASP.NET Web 服务。Web 服务是下一代可编程网络的核心，它实际上就是一个可命名的网络资源，可用来在 Internet 范围内方便地表现和使用对象，就像使用今天的 COM 对象一样，不同的是使用和表现网络服务是通过 SOAP 甚至 HTTP 来实现的。在 ASP.NET 中，建造和使用网络服务都非常方便。

在 ASP.NET 中建造网络服务就是编写一个后缀为.ASMX 的文件，在这个文件中加入想要表现出来的方法就可以了，网络服务的建造者不需要了解 SOAP，XML 的细节，只需要把精力集中在自己的服务本身，这也为独立软件服务开发商提供了很好的机会；使用网络服务最简单的方式就是使用 HTTP 协议（HTTPGET 或 HTTPPOST），用户只需要直接访问网络服务（.ASMX 文件）的 URL 即可；当然用户还可以通过 SOAP 在自己的应用中更灵活地使用网络服务。

（3）ASP.NET 应用框架。ASP.NET 应用不再是解释脚本，而是编译运行，再加上灵活的缓冲技术，从根本上提高了性能；由于 ASP.NET 的应用框架基于通用语言运行时，发布一个网络应用，仅仅是一个复制文件的过程，即使是构件的发布也是如此，更新和删除网络应用，可以直接替换/删除文件；开发者可以将应用的配置信息存放 XML 格式的文件中，管理员和开发者对应用程序的管理可以分开进行；提供了更多样的认证和安全管理方式；在可靠性等多方面都有很大提高。

5．WinForms

传统的基于 Windows 的应用（WinForms），它仍然是 Microsoft.NET 战略中不可或缺的一部分。在 Microsoft.NET 中开发传统的基于 Windows 的应用程序时，除了可以利用现有的技术例如 ActiveX 控件及丰富的 Windows 接口外，还可以基于通用语言运行时开发，可以使用 ADO.NET、网络服务等，这样也可以实现诸如避免 DLL 地狱、多语言支持等.NET 的新特性。

6．开发语言

从上面的介绍中，已经知道 Microsoft.NET 开发框架支持多种语言，在目前的测试版中已经支持 VB，C++，C#和 JScript 四种语言以及它们之间的深层次交互。而且微软支持第三方生产针对 Microsoft.NET 的编译器和开发工具，这也就是说几乎所有市场上的编程语言都有可能应用于 Microsoft.NET 开发框架。这样开发者可以任意选择自己喜爱的语言，这种开放和交互的特性正是开发者所热爱的。

需要特别指出的是，微软在 Microsoft.NET 中推出了全新的 C#语言，这种全新的面向对象的语言使得开发者可以快速地构建从底层系统级到高层商业构件的不同应用。C#在保证了强大的功能和灵活性的同时，给 C 和 C++带来了类似于 VB 的快速开发，并且它还针对.NET 做了特别设计，例如，C#允许 XML 数据直接映射为它的数据类型等，这些特性结合起来使得 C# 成为优秀的下一代网络编程语言。

与此同时，Microsoft.NET 对原有的 VB 和 C++也做了很大的改进，使得它们更加适应 Microsoft.NET 开发框架的需求。例如在 VisualBasic.NET 中增加了继承等面向对象的特性，结构化的出错处理等；可管理的 C++扩展，大大提高了利用 C++来开发 Microsoft.NET 应用的效率等。

Visual Studio.NET 作为微软的下一代开发工具，它和.NET 开发框架紧密结合，是构建下一代互联网应用的优秀工具。VisualStudio.NET 通过提供一个统一的集成开发环境及工具，大大提高了开发者的效率；集成了多种语言支持；简化了服务器端的开发；提供了高效地创建和使用网络服务的方法等。.NET 框架的一个主要目的是使 COM 开发变得更加容易。COM 开发过程中最难的一件事是处理 COM 基本结构。因此，为了简化 COM 开发，.NET 框架实际上已自动处理了所有在开发人员看来是与 COM 紧密相关的任务，包括引用计算、接口描述以及注册。必须认识到，这并不意味着.NET 框架构件不是 COM 构件。事实上，使用 VisualStudio 6.0 的 COM 开发人员可以调用.NET 框架构件，并且在他们看来，后者更像是拥有 iUnknown 数据的 COM 构件。相反，使用 VisualStudio.NET 的.NET 框架开发人员则将 COM 构件视为.NET 框架构件。

为了避免引起误解，这里需对这种关系加以特别说明：COM 开发人员必须手动去做大多数.NET 框架开发人员可以在运行时自动执行的事情。例如，必须手写 COM 构件的安全性模块，且无法自动管理模块占用的内存，而在安装 COM 构件时，注册条目必须放进 Windows 注册表中。对.NET 框架而言，运行时实现了这些功能的自动化。例如，构件本身是自我描述型的，因而无须注册到 Windows 注册表中便能安装。

当把 COM 与 Microsoft 事务服务器（MTS）和分布式 COM（DCOM）结合在一起时，就变成了 COM+。COM+提供了一组面向中间层的服务。特别是 COM+提供了进程管理功能和数据库与对象连接池处理功能。在将来的版本中，它还将提供一种称为分区的功能——专门为应用程序服务提供商设计的更强大的进程隔离功能。COM+服务主要面向中间层应用程序开发，并主要为大型分布式应用程序提供可靠性和可扩展性。这些服务是对.NET 框架所提供服务的补充；通过.NET 框架类，可以直接访问这些服务。

7．其他特征

.NET 框架有几个要素值得一提。首先是它的安全系统和配置系统。这两个系统协同工作，有力地遏止了运行不安全代码的可能性，并大幅度减少了号称"DLL 地狱"的对应用程序进行配置时所面临的挑战。

安全系统是一个高度细化、基于事实的系统，它赋予开发人员和管理员多种代码处理权限（而不仅仅是"on"或"off"）。将来，还会根据代码本身的核心要素来决定如何实施上述权限。

例如，当.NET 框架应用程序被下载到某一系统中时，它会申请一组权限（诸如对临时目录的写入权限）。运行时将收集有关应用程序的事实信息（诸如：它是从何处下载的、是否用了有效签名、甚至它访问系统的准确程度），并按管理策略决定是否允许应用程序运行。运行时甚至还可告之应用程序它无法授权申请的所有权限，并允许应用程序自行决定是否继续运行。

有这种安全系统作保障，许多应用程序配置问题便会迎刃而解。开发人员和管理员（最终是用户）所面临的最大挑战之一是版本的管理问题。如果在新装了某个应用程序之后，一切都限于瘫痪状态，而在这之前系统一直运行得非常良好，那么最大的可能就是新安装的应用程序重写了一些共享库，并极有可能修正了现有应用程序正使用的程序错误。这种情况出现的频率很高，以致于人们将它称为"DLL 地狱"。

.NET 框架拥有的几项高级功能可以彻底消除"DLL 地狱"现象。首先，它有一个非常强大的内部命名系统，能够有效地防止两个库因互相重名而被错当作对方的情况发生。除此之外，它还提供一项被称做"并行"配置的新功能。如果前例中新安装的应用程序确实重写了共享库，现有应用程序可对该库进行修复。等现有应用程序再次启动时，它会检查所有的共享文件。如果发现文件被更改，同时这些更改又是不兼容的，则它可以请求运行时提取一个它可以使用的版本。得益于强大的安全系统，运行时可以安全地执行该操作，这样应用程序就完成了本身的修复工作。

总之，Microsoft.NET 开发框架在通用语言运行时的基础上，给开发者提供了完善的基础类库、下一代的数据库访问技术 ADO.NET、网络开发技术 ASP.NET，开发者可以使用多种语言及 Visual Studio.NET 来快速构建下一代的网络应用。随着相关的互联网标准及技术的普及，可以预言将会有越来越多的开发者采用这种开发结构，开发出丰富多样的下一代互联网应用来。

14.5 企业应用集成

许多企业的信息系统在最初的设计时没有考虑多个系统"协同工作"的需要。这主要是由于企业信息化建设者对信息系统由不熟悉到熟悉，从了解信息化的好处，到真正体会到好处需要一个长期的过程，这就客观上造成企业信息化建设缺乏一个整体规划，实际需要的时候才会想到。因而，企业的信息化往往是从单项业务系统开始的，不同系统的开发方式以及对于开发规范的遵从程度都有所不同，这使得系统间存在很强的孤立性，再加上对企业外部的信息未予足够的重视，致使各部门开发出的信息系统最终成为一个个信息孤岛，一个系统很难与其他系统交换信息。同时，大多数企业都有过去遗留下来的异构的系统、应用、商务流程以及数据源构成的应用环境。应用环境的通信状况是混乱的，只有很少的接口文档，并且维护代价也非常的昂贵。

据有关数据统计，一家典型的大型企业平均拥有 49 个应用系统，33% 的 IT 预算花在传统的集成上，而且普遍是通过"点对点"连接，如图 14-6 所示，使众多的信息孤岛联系起来，以便让不同的系统之间交换信息。

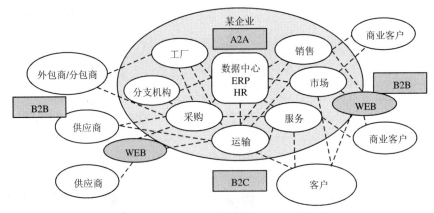

图 14-6 某企业应用系统状况图示

EAI（Enterprise Application Integration，企业应用集成），可以在一定程度上帮助人们解决这一问题。EAI 是指通过将业务流程、应用软件、硬件和各种标准联合起来，对企业中完成不同业务功能的应用系统进行无缝集成，使它们像一个整体一样进行业务处理和信息共享，从而提高企业效率，为客户提供灵活的业务服务。

EAI 使人们可以从更高层次来看待企业内的信息资源，使新的信息和应用可以通过可插拔的方式和原有的资源在一个全新的信息集成共享平台上协同工作，共同发挥"1+1>2"的集成效应。企业在借助 EAI 系统整合企业内部既有的各种信息系统的同时，也加速了数据的即时共享和提高了企业的信息反应能力。特别是，目前处在电子商务时代的企业不仅仅需要在企业内部的系统之间进行集成，同时也需要对供应链中的不同环节进行集成。而 EAI 不仅是连接企业内应用的高效手段，它也是在企业之间建立信息沟通共享的一种科学而有效的方式，从而有效地降低供应链网络的整体拥有成本。

EAI 可以通过中间件技术作为杠杆来连接企业级各种应用，使异构应用系统之间能够相互"交流"与"协作"，如图 14-7 所示。通过 15.1 节的介绍，读者对中间件技术的特点有了一定的了解，这里就不赘述。正因为这些特点，中间件技术能给企业带来的好处也就显而易见了。

首先，中间件产品对各种硬件平台、操作系统、网络数据库产品及客户端实现了兼容和开放。

其次，中间件保持了平台的透明性，使开发者不必考虑操作系统的问题。

第三，中间件实现了对交易的一致性和完整性的保护，提高了系统的可靠性。

第四，中间件产品可以缩短开发周期 50%～75%，从而大大地降低了开发成本，提高了工作效率。

EAI 包括的内容很复杂，涉及结构、硬件、软件及流程等企业系统的各个层面，根据 EAI 集成的深度来划分可以分为应用集成、业务过程集成、数据集成。

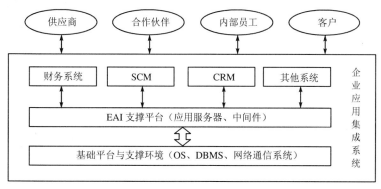

图 14-7　EAI 示意图

1．应用集成

应用层次的集成主要为两个以上的应用中的数据和函数提供接近实时的集成。在网络环境中的跨平台应用程序之间的应用到应用（Application to Application，A2A）的集成。它涵盖了普通的代码（COBOL，C++，Java）撰写、应用程序接口、远端过程调用、分布式中间件如 TP 监控、分布式对象、CORBA、RMI、面向消息的中间件及 Web 服务等各种软件技术。应用层次的集成一般来说是通过处理多个应用系统之间的消息交换，实现系统间的集成。各个应用能够处于同步模式的，即基于客户（请求程序）和服务器（响应程序）之间的请求响应交互机制。应用系统能够自己处理消息的转换，并且它将影响被集成系统的数据转换和有效性。但是，这需要对系统进行修改以建立发送和接收消息的接口。

2．业务过程集成

业务过程集成需要处理企业范围的业务过程和把企业存在的应用系统整合到这些业务过程中。它是一个完全的企业应用集成实现策略，因为它使企业内的一个个分离系统变成了一个支持业务过程的连续系统，满足企业的整个业务过程需求。

当对业务过程进行集成的时候，企业必须在各种业务系统中定义、授权和管理各种业务信息的交换，以便改进操作、减少成本、提高响应速度。业务过程集成包括业务管理、进程模拟以及综合任务、流程、组织和进出信息的工作流，还包括业务处理中每一步都需要的工具。业务过程集成至少包括以下两种形式的流程。

（1）交互式流程。交互式流程包含了跨两个系统之间的事务处理。这种流程是完整的且不间断的，它不包含任何需要人为参与的工作和间断的流程。由于交互式流程通常是在两个系统之间流转的，它不需要特别复杂的 EAI 处理。

（2）多步流程。作为业务流程的一部分，许多单独的事务处理根据事先定义的顺序在两个或者多个系统之间流转，这就涉及工作流和业务流程重组。多步流程有一系列的步骤并同多个系统相关，并能在一定的时间内完成。这种流程可以是一对多、多对一或者多对多的关系。

3．数据集成

要完成应用集成和业务过程集成，必须首先解决数据和数据库的集成问题。为了处理多个数据库之间的数据移动，很多企业把数据级 EAI 作为他们实施 EAI 的切入点。当应用系统必须分享信息时，这种集成支持不同数据库之间的数据交换。目前有很多支持数据级 EAI 的工具，这使得数据级 EAI 实现起来相对容易，甚至不用修改应用系统的源程序。通行的作法就是将历史数据批量导入新系统中和现行系统中的批量、实时数据处理，也称数据同步。

随着数据仓库的建立，越来越多的数据同步工作能够采用批量的方式来处理。这样可以掌握更多的信息，例如客户类型、客户交易历史和客户习惯的购买、交货方式都能够每日或者每周更新一次。关键数据、新客户的数据和可用库存增加的需求都能够进行批量实时的更新。很多企业也在寻找方法来进行批量数据的集成，缓解日益增长的数据给数据同步带来的压力。

当然，更深层次的数据集成，需要首先对数据进行标识并编成目录，另外还要确定元数据模型。这三步完成后，数据才能在数据库系统中分布和共享。但是，目前数据集成解决方案中最普遍的方法发生在企业内的数据库和数据源级别，即通过从一个数据源将数据移植到另外一个数据源来完成数据集成。下面举出数据集成的一些例子：

- 将订单从 ERP 系统更新到 CRM（Customer Relationship Management，客户关系管理）系统中，以便销售人员能够实时了解订单的情况。
- 从多个系统中同步和规范客户信息，使企业能够从 360 度全面审视客户。
- 将运作数据实时地保存在系统中，客户和分销商能通过商业智能网络访问企业的库存和订单信息。
- 每天一次或者多次地将 ERP 中的数据导入 SCM（Supply Chain Management，供应链管理）系统中，将有助于企业制订物料需求计划。
- 每天多次将运输的价格信息传输给各个下游分销商。

数据集成的一个最大的问题是商业逻辑常常只存在于主系统中，无法在数据库层次去响应商业流程的处理，因此限制了实时处理的能力。

在企业内部，EAI 通过建立底层结构来联系横贯整个企业的异构系统、应用、数据源等，完成在企业内部的 ERP、CRM、SCM、数据库、数据仓库，以及其他重要的内部系统之间无缝地共享和交换数据的需要。而在电子商务时代，企业不仅需要在内部的应用系统之间进行集成，还需要对供应链中的不同企业系统进行集成，以帮助企业创建一条畅通于企业的各个部门，以及它的供应商、承运商、分销商、零售商和顾客之间的信息流，进行有效的数据和业务集成。

特别是随着信息技术越来越普及，企业各种应用的迅速增加，越来越多的企业开始采用 EAI 解决方案将企业内部的应用软件与外部客户和供应商的应用软件进行链接，实现数据流和业务运作的自动化，从而达到业务的实时与快速。好的企业应用集成解决方案可以实现对于未来业务的集成，维护和修改实现时间和成本的节约，从而提升企业的核心竞争力。

14.6 轻量级架构和重量级架构

MVC 模式是目前广泛流行的一种软件设计模式，随着 J2EE 的成熟，它成为 J2EE 平台上推荐的一种设计模型，将业务处理与显示分离，将应用分为模型、视图及控制层，增加了应用的可扩展性。MVC 模式为搭建具有可伸缩性、灵活性、易维护性的 Web 系统提供了良好的机制。

J2EE 多层结构的出现促进了软件业的巨大改变，但是，J2EE 只是提出了一般意义上的框架设计，并且其庞大的体系显得有些臃肿。轻量级 Web 架构不仅保持了 J2EE 的优势，还简化了 Web 的开发。目前主流的轻量级架构是把 Struts、Spring 和 Hibernate 这三种在业内比较推崇的开源技术基于 MVC 模式相结合，这样在项目开发中，不管是从效率上，还是费用上及易维护上都能达到很好的效果。下面将分别介绍这三种框架。

14.6.1 Struts 框架

Struts 是一个基于 Sun J2EE 平台的 MVC 框架，主要是采用 Servlet 和 JSP 技术来实现的。在 Struts 框架中，模型由实现业务逻辑的 JavaBean 或 EJB 构件构成，控制器由 ActionServlet 和 Action 来实现，视图由一组 JSP 文件构成，如图 14-8 所示。

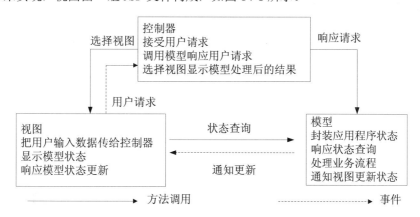

图 14-8　模型、视图和控制器的关系

Struts 把 Servlet、JSP、自定义标签和信息资源整合到一个统一的框架中，开发人员利用其进行开发时不用自己再编码实现全套 MVC 模式，极大地节省了时间。

Struts 将业务数据、页面显示、动作处理进行分离，这有利于各部分的维护。Struts 采用 Front Controller 模式来实现动作处理，让所有的动作请求都经过一个统一入口，然后进行分发。这方便人们在入口中加入一些全局控制代码，如安全控制、日志管理、国际化编码等。通常情况下借助 Struts Validator 框架帮助完成 Web 层的验证工作，不用再去为每个 Web 页面写验证代码，只需通过配置即可实现。这也减少了开发量，由于验证代码的集中管理，为维护带来了便利。

Struts 的工作流程为：首先，JSP view 发起一个以.do 表示的请求；ActionForm 封装用户请求数据，同时提供验证数据的功能；ActionServlet 根据 struts- config.xml 文件来得到处理这个请求的 Action 对象，并将请求发送给这个 Action 对象；Action 对象调用 model 去处理这个请求，将结果返回给 ActionServlet；ActionServlet 决定将结果返回给对应的 view;view 得到结果，并将它显示给用户。这里需要提到一点，通过 Struts 提供的 ActionForm 封装 Web Form 中的元素，使重用 Web 表单成为可能。

14.6.2 Spring 框架

Spring Framework 是由 Rod Johnson 创立的一个开放源码的应用框架。它是轻量级的 J2EE 应用程序框架，旨在简化 J2EE 的开发，降低 J2EE 项目实施的难度。这个框架包括声明性事务管理，通过 RMI 或 Web services 远程访问业务逻辑，mail 支持工具及对于数据和数据库之间持久层的各种配置的支持。Spring 允许自由选择和组装各部分功能，还提供和其他软件集成的接口，如与 Hibernate、Struts 的集成。

Spring 核心本身是个容器，管理物件的生命周期、物件的组态、相依注入等，并可以控制物件在创建时是以原型（Pro-totype）或单例子（Singleton）的方式来创立的。

Spring 的核心概念是控制反转（Inversion of Control，IoC），更具体而易懂的名词是依赖注入（Depen-dency Injection），使用 Spring，不必自己在程序码中维护物件的依赖关系，只需在构件中加以设定，Spring 核心容器会自动根据构件将依赖注入指定的物件。Spring 的目标是实现一个全方位的整合框架，在 Spring 框架下实现多个子框架的组合，这些子框架之间彼此可以独立，也可以使用其他的框架方案加以替代，Spring 成为企业级应用程序一站式的解决方案。其体系结构如图 14-9 所示。

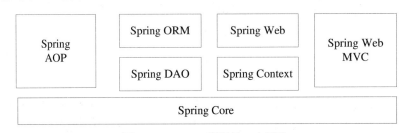

图 14-9 Spring 框架的 7 个模块

Spring 模块构建在核心容器之上。核心容器定义了创建、配置和管理 Bean 的方式。Core 封装包的主要构件是 BeanFactory，它提供对 Factory 模式的经典实现来消除对程序性单例模式的需要，并真正地允许从程序逻辑中分离出依赖关系和配置。

DAO 提供了 JDBC 的抽象层，它可消除冗长的 JDBC 编码和解析数据库厂商特有的错误代码。并且，JDBC 封装包还提供了一种比编程性更好的声明性事务管理方法，不仅仅实现了特定接口，而且对所有的 POJOs（Plain Old Java Objects，普通的 Java 对象）都适用。

ORM 框架提供了对象关系映射工具，其中包括 JDO（Java Data Object，Java 持久对象）、Hibernate、Ibstis、JPA（Java Persistence API，Java 持久 API）。所有这些都遵从 Spring 的通用事务和 DAO 异常层次结构。

Context（上下文）是一个配置文件。Spring 的上下文包括企业服务，例如，EJB，JNDI，Remodeling Mail，Validation。

Web 包提供了基础的针对 Web 开发的集成特性，例如多方文件上传，利用 Servlet listeners 进行 IoC 容器初始化和应用上下文。当与 Web 或 Struts 一起使用 Spring 时，这个包使 Spring 可与其他框架结合。

通过策略接口，MVC 框架变为高度可配置的，容纳了大量视图技术。

Spring 的核心要点是支持不绑定到特定 J2EE 服务的可重用业务和数据访问对象。Spring 的 IoC 控件主要服务于利用类、对象和服务去组成一个企业级应用，通过规范的方式，将各种不同的控件整合成一个完整的应用。

14.6.3　Hibernate 框架

Hibernate 是一种对象和关系之间映射的框架，是 Java 应用和关系数据库之间的桥梁。它可以将数据库资源映射为一个或者多个 POJO。将面向数据库资源的各种业务操作以 POLO 的属性和方法的形式实现，使人们摆脱烦琐的 JDBC 代码，将精力更多地集中在编写数据表示和业务逻辑上。Hibernate 的基本实现框架如图 14-10 所示。

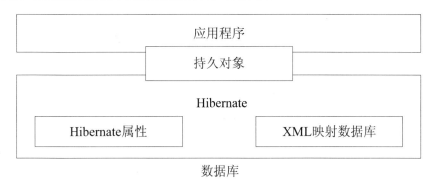

图 14-10　Hibernate 的基本实现框架

Hibernate 是一个工具，而不是一个 J2EE 的服务器。可以在各种流行的服务器中使用 Hibernate，利用 Hibernate 来作为持久化的处理技术，或者在桌面程序中直接利用 Hibernate 来完成数据库操作，还可以基于 Hibernate 成熟的持久化技术框架来扩展平台软件的功能，例如基于 Hibernate 来完成对 EJB 3.0 标准的实现。Hibernate 在支持集成方面提供了对 JMX 标准的支持，实现了封装 Hibernate 全部功能的 MBean 接口。Hibernate 的作用如图 14-11 所示。

图 14-11　Hibernate 的作用

在 Hibernate 中对象/ 关系映射机制的核心是一个 XML 文件，通常命名为*.hbm.xml。这个映射文件描述了数据库模式是怎么与一组 Java 类绑定在一起的。Hibernate 提供工具从已有的数据库模式和 Java 代码生成*.hbm.xml 文件。一旦有了*.hbm.xml 文件，就可以生成 Java 代码或数据库模式，或者两者兼得。

Hibernate 只是一个将持久化类与数据库表映射的工具，Hibernate 只需要将每个持久化实例对应于数据库表中的一个数据行即可。

14.6.4 基于 Struts、Spring 和 Hibernate 的轻量级架构

基于 Struts、Spring 和 Hibernate 框架，可以构造出 Web 轻量级架构。如图 14-12 所示，该系统逻辑上分成三层。

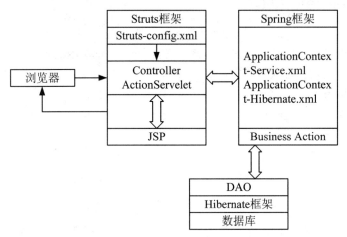

图 14-12 基于 Struts、Spring 和 Hibernate 的轻量级架构

（1）表示层。由 Struts 实现，主要完成如下任务：管理用户请求和响应；提供一个控制器代理以调用业务逻辑和各层的处理；处理从其他层抛给 StrutsAction 的异常；为显示提供数据模型；借助 Struts Validator 框架帮助完成 Web 层的验证工作，通常情况下，不用再去为每个 Web 页面写验证代码，只需通过配置即可实现。Struts 里的控制器也就是 ActionServlet 会解析核心配置文件 struts- config.xml。其中用户登录验证的配置文件如下：

```
<s truts -config>
<form-beans>
<form-bean name="loginForm" type="com.authorise.LoginForm">
<form-property name="name" type="java.lang.String" />
</form-bean> </form-beans> <action-mappings>
<action path="/login"name="loginForm"
type="com.authorise.LoginAction"        scope="reques    t"    input="/Login.jsp"
validate="false"/>
</action-mappings>
</s truts -config>
```

（2）持久层。由 Hibernate 实现。它通过一个面向对象的查询语言（Hibernate Query Language，HQL）或正则表达式的 API 来检索对象的相关信息。HQL 类似与 SQL，只是把 SQL 里的表和列用对象和它的字段代替。Hibernate 还负责存储、更新、删除数据库记录。同时 Hibernate 支持大部分主流数据库，且支持父表/子表关系、事务处理、继承和多态。

（3）业务层。由 Spring 来实现。使用 Spring 的优点是：利用延时注入思想组装代码，提高了系统扩展性和灵活性，实现插件式编程。利用 AOP 思想，集中处理业务逻辑，减少重复代码，构建了较理想的解决方案。利用其对 Hibernate 的会话工厂（Session Factory）、事务管理的封装，可以更简洁地应用 Hibernate。

14.6.5　轻量级架构和重量级架构的探讨

重量级的开发倒并不是指 EJB 或者是 JNDI，很大意义上，重量级的开发都需要依赖一个非常庞大的容器系统进行开发，在 EJB 的开发中，所有开发的内容基本上都需要放置在一个容器系统中运行，这些容器因为基本上针对大型企业应用，所以体积庞大，占用资源过多，在开发的过程中效率很低。因为使用大型容器作为开发环境的话，很大一部分时间都用在了配置、运行这样的过程上，有时候改动一个小小的部分，需要等很长的时间才能看到结果。如果做单元测试也比较麻烦，虽然现在有很多针对容器的单元测试框架，但还是没有很好地解决配置的等待问题，所以在开发者这里，EJB 逐渐失去了吸引力，因为感觉实在是太笨重了。

轻量级框架的优势很大程度上是因为加速了开发的速度，不用部署一个很庞大的容器系统就可以实现以前需要容器才能实现的功能，可以使用 Spring 代替 EJB 中的无状态的会话 Bean，可以使用 Hibernate 代替 EJB 中的实体 Bean，而且可以直接写一个应用程序运行已经完成的系统，马上可以看到结果，做单元测试非常的简洁，不需要做太多的工作就可以构建系统，这些特性对于开发人员来说非常有吸引力。

关于轻量级和重量级之间的论战已经由来已久了，也始终没有出现一个很好的结果，重量级框架在大规模运行的时候会表现出非常优异的性能，劣势主要是开发效率较低，轻量级框架正好相反，开发的时候非常迅速，但是在大规模运行的时候，性能与重量级框架相比还是有差异的。

但是随着最近一些框架标准的成熟，可以有新的选择，因为不管是轻量级还是重量级框架，基本上解决的是两个问题，一个是事务控制，另一个是持久化控制。在 JPA 标准发布以后，看到一个很好的解决方式，持久化的开发可以和任何框架没有关系，直接使用 JPA 的标准注解即可，所以开发持久化部分的时候可以使用 JPA 进行注解，开发时期用 Hibernate 作为 JPA 的实现进行开发测试，需要上线运行的时候就可以直接部署到 EJB 的实体 Bean 上，在 EJB 3.0 之后，已经进行了很好的移植部署。关于事务控制，现在所有的实现方式都比较简单，针对方法进行注解事务类型即可，开发的时候可以用一个转换器将这些注解转化为 Spring 的 映射，快速地进行开发，在上线运行的时候，直接使用 EJB 的会话 Bean 进行部署就可以解决，这些方式实现起来并不困难，可以很好地解决"重量级"和"轻量级"之间的矛盾。

第 15 章　安全性和保密性设计

随着科技进步、社会发展，尤其是以计算机为代表的信息技术飞速发展，各种信息呈爆炸式发展。计算机及信息技术的应用领域在不断扩展，计算机在政府、企业、民生等各个领域中都得到越来越广泛的应用。与此同时，网络攻击和入侵事件与日俱增，重要机构的信息系统遭黑客袭击的事件时有发生。攻击者可以从容地对那些缺乏足够安全保护的信息系统进行攻击和入侵，如进行拒绝服务攻击、从事非授权的访问、肆意窃取和篡改重要的数据信息、安装后门监听程序以便随时获得内部信息、传播计算机病毒、摧毁主机等。攻击和入侵事件给这些机构和组织带来了巨大的经济损失和形象的损害，甚至威胁到国家的安全。

信息化时代，人们对信息系统的安全需求越来越迫切。

信息安全，具体地说就是保证信息的保密性、完整性、真实性、占有性。

保密性是指系统中的信息必须按照该信息拥有者的要求保证一定的秘密性，不会被未经许可的第三方非法获取。系统必须阻止一切对秘密信息的非授权访问或泄露。

完整性是指系统中的信息应当安全、准确、有效，要求数据不能被非法改动或删除。完整性是信息安全的最基本要求。为了实现完整性，可以借助本章讲述的数字签名、加密等措施，从而有力地保护数据的完整。

真实性是指对信息的发送者身份的确认或系统中有关主体的身份确认，这样可以保证信息的可信度。信息的真实性可以通过数字签名、公钥加密等方式来实现。

占有性是指要保护信息赖以存储的节点、介质、载体等不被盗用或窃取。保护信息占有性的方法有使用版权、专利、商业秘密性，提供物理的或逻辑的存取限制方法，维护和检查有关窃取文件的记录等。

15.1　加密和解密

加密技术源远流长，自从古代有了信息的传递和存储，就有了加密技术的运用。此后，很长一段时间里，加密以及解密技术在军事、政治、外交、金融等特殊领域里被普遍采用，并经过长时间的研究和发展，形成了比较完备的一门学科——密码学。

密码学是研究加密方法、秘密通信的原理，以及解密方法、破译密码的方法的一门科学。

加密和解密的过程大致如下：首先，信息的发送方准备好要发送信息的原始形式，叫做明文。然后对明文经过一系列变换后形成信息另一种不能直接体现明文含义的形式，叫做密文。由明文转换为密文的过程叫做加密。在加密时所采用的一组规则或方法称为加密算法。接收者在收到密文后，再把密文还原成明文，以获得信息的具体内容，这个过程叫做解密。解密时也要运用一系列与加密算法相对应的方法或规则，这叫做解密算法。在加密、解密过程中，由通信双方掌握的参数信息控制具体的加密和解密过程，这个参数叫做密钥。密钥分为加密密钥和解密密钥，分别用于加密过程和解密过程。

在加密和解密的过程中，如果采用的加密密钥与解密密钥相同，或者从一个很容易计算出另一个，则这种方法叫做对称密钥密码体制，也叫做单钥密码体制。反之，如果加密和解密的密钥并不相同，或者从一个很难计算出另外一个，这叫做不对称密钥密码系统或者公开密钥密码体制，也叫做双钥密码体制。

15.1.1　对称密钥加密算法

在过去很长一段时间里，人们一直都采用对称密钥密码体制来对信息进行加密和解密，直到现在，对称密钥密码体制也仍然是一种非常重要的常用加密方法。

对称密钥密码体制中，加密和解密过程中所使用的是同一个密钥，或者即使加密密钥和解密密钥不同，但是很容易地由一个计算出另外一个。显然，在这种密码体制中，密钥成为整个秘密通信的核心，整个加密系统的安全性完全以密钥的保密为基础。如果密钥暴露，则整个密码体制就完全失去了保密的效果。所以说，密钥的保密是对称密钥加密体制安全保密的关键，必须妥善保存并经由可靠的渠道传递。

对称密钥加密算法有多种，例如，DES（Data Encryption Standard，数据加密标准）、IDEA（International Data Encryption Algorithm，国际数据加密算法）、Skipjack、3DES、GDES、New DES、Lucifer、FEAL N、LOKI 91、RC4、RC5 等。

1．DES 算法

DES 算法是 1977 年美国政府公布的一种加密算法，由于算法实现简单，加密效果好，在很长时间里在全世界范围里都被广泛运用。它通过对数据进行非常复杂的迭代和置换进行加密，使得企图破译者从加密后的密文无法获得任何有效信息。对这种加密方法，如果用穷举的方法进行攻击的话，由一台一秒钟能够进行 10000 次破译的计算机来计算，则要经过 200 多年才能够破解，可见 DES 算法具有很好的保密效果。另外，DES 算法实现起来并不复杂，不但在软件中可以容易地实现，而且早已经在芯片上实现了，使用起来非常方便。

DES 算法的过程，简单来说，就是把要加密的明文分成 64 位的数据段作为输入，再使用根据 64 位密钥变化生成的 52 个子密钥，对输入的数据段依次进行初始置换、16 轮迭代、逆初始置换，然后得到 64 位密文。

DES 的解密过程与加密过程几乎相同，只是子密钥的使用顺序不一样。加密时依次使用的部分参数 $K_1 K_2 K_3 … K_{16}$，在解密时则按照 $K_{16} K_{15} K_{14} … K_1$ 顺序使用。其他算法完全一样，这也是 DES 容易使用的一个方面。

2．IDEA 算法

IDEA 在加密运算中所处理的数据段大小也是 64 位，但是所用的密钥长度为 128 位，而且采用更加复杂的加密算法，目的是保证它不会被轻易破译。IDEA 是一种加密强度很高的加密算法，迄今为止还没有出现对该算法的有效攻击。假如一台计算机一秒钟可以产生和运行 10 亿个密钥，则要猜出 IDEA 密钥需要花费 10^{13} 年的时间，可见 IDEA 的加密强度非常高。另外，IDEA 实现非常方便，既可以通过软件实现，也可以通过硬件实现。

IDEA 算法对数据的处理是以 64 位为单位的，在加密前把要加密的明文按每 64 位作为一个数据段进行分割然后分别加密。

IDEA 的解密过程与加密过程基本相同，所不同的就是解密子密钥的产生方式与加密子密钥的产生方式不一样，解密的其他运算过程同加密一样，也是把 64 位数据段分成 4 个 16 位的数据段，然后经过八轮迭代变换和一轮输出变换，就可以得到对应的明文结果。

15.1.2 不对称密钥加密算法

对称密钥加密方法是加密、解密使用同样的密钥，由发送者和接收者同时保存，在加密和解密时使用相同的密钥。采用这种方法的主要问题是密钥的生成、导入、存储、管理、分发等过程比较复杂，特别是随着用户的增加，密钥的需求量成倍增加。而在较大规模的信息系统中，大量密钥的分配与管理是一个难以解决的问题。

例如，系统中有 n 个用户，其中每两个用户之间需要建立密码通信，则系统中每个用户须掌握 $(n-1)/2$ 个密钥，而系统中所需的密钥总数为 $n*(n-1)/2$ 个。对 10 个用户的情况，每个用户必须有 9 个密钥，系统中密钥的总数为 45 个。对 100 个用户来说，每个用户必须有 99 个密钥，系统中密钥的总数为 4950 个。这还仅仅考虑用户之间的通信只使用一种会话密钥的情况，如果不同的会话需要变换不同的密钥，则密钥总数就更多了。如此庞大数量的密钥生成、管理、分发是一个难以处理的问题。

与对称密钥加密方法不同，不对称密钥加密技术在对信息进行加密和解密时，需要分别采用两个不同的密钥，因此也称为双钥加密方法。它在运算中，先产生一对密钥，其中之一是保密密钥，由用户自己保存，不能向外界泄漏，简称私钥；另一个为公开密钥，可对外公开，甚至可在公共目录中列示，简称公钥，因此也叫公开密钥加密方法。

只有使用私钥才能解密用公钥加密的数据，同时使用私钥加密的数据只能用公钥解密。在通信过程中，如果发送者要向接收者发送保密信息，则需要先用接收者的公开密钥对信息进行加密，然后发送给该接收者，接收方用其私钥能够顺利解密。而其他人即使收到加密的密文也无法正确解读，从而达到保密通信的目的。

公开密钥加密方法中，要能够达到良好的加密效果，算法上必须做到：产生密钥对在计算上非常容易；已知公钥的情况下对明文加密在计算上很容易实现；已知私钥的情况下对密文解密在计算上很容易实现；尽管用于加密和解密的两个密钥在数学上是相关的，但是在已知公钥的情况下，要想求得私钥在计算上不可行；已知公钥和密文的情况下，要想求得明文在计算上不可行。只有做到以上几点，才能有效地防止攻击者对算法的破译。

不对称密钥加密算法有多种，例如，RSA、背包密码、McEliece、Diffe Hellman、Rabin、Ong Fiat Shamir、零知识证明的算法、椭圆曲线、ElGamal 等。这里主要讲一讲 RSA 的加密原理。

在众多的公钥加密算法中，以 1977 年由 Ron Rivest、Adi Shamir 和 Leonard Adleman 提出的以他们的名字命名的 RSA 加密算法最为著名。而且它是第一个既能用于数据加密也能用于数字签名的算法。RSA 从提出到现在已经二十多年，经历了各种攻击的考验，逐渐为人们所接受，普遍认为是目前优秀的公钥加密方法之一。由于它易于理解和操作，因而获得了广泛的应用。但 RSA 的安全性一直未能得到理论上的证明。

RSA 的安全性依赖于大数的分解，即求得两个大数（例如，大于 100 位的十进制数）的乘积非常容易，但是要把一个大数分解为两个素数却非常困难。

在 RSA 加密体制中，每个用户有公开密钥 $P_K = (N, e)$ 和私人密钥 $S_K = (N, d)$，其中，N 为两个大素数的乘积，为了保密性更好，一般都取两个 100 位以上的大素数相乘得到 N。e 和

d 是根据一定运算法则计算得到的，虽然 N、e、d 之间存在一定的计算关系，但是攻击者根据 N、e 无法求解 d，从而实现不对称加密。

1．RSA 加密过程

首先把需要加密的明文按比特位分成等长的数据段，使得每个数据段对应的十进制数小于 N，即数据段的长度小于 $\log_2 N$。然后依次对每个明文数据段 m 做加密运算可以得到密文 c：$c = m^e \bmod N$。

相应的，解密时对密文数据段做解密运算就可以得到明文 m：$m = c^e \bmod N$。

2．RSA 数字签名

RSA 加密算法不仅可以用于信息的加密，而且还可以用于发送者的身份验证或数字签名。例如，用户 B 要向 A 发送一个信息 m，而且要让 A 确信该信息就是 B 本人发出的。为此，B 用自己的私钥 $S_K = (N, d)$ 对信息加密得到密文 c：$c = m^d \bmod N$，然后把 c 发送给 A。A 收到密文后，使用 B 的公钥 $P_K = (N, e)$ 对密文进行解密得到明文 m：$m = c^e \bmod N$。这样，经过验证，A 可以确认信息 m 确实是 B 发出的，因为只有 B 本人才有与该公钥对应的私钥，其他人即使知道公钥，也无法猜出或计算出 B 的私钥来冒充他发送加密信息。

15.2　数字签名与数字水印

散列函数是一种公开的数学函数。散列函数运算的输入信息也可叫做报文。散列函数运算后所得到的结果叫做散列码或者叫做消息摘要。散列函数具有如下一些特点：

（1）不同内容的报文具有不同的散列码，而一旦原始报文有任何改变，哪怕改变一位信息，则通过散列函数计算后得到的散列码也将完全不同。这样，这个散列码就好比是这个报文所特有的"指纹"。

（2）散列函数是单向的，即求解某一个报文的散列码非常容易，但是根据散列码来倒推原始报文是非常困难的。

（3）对于任何一个报文，无法预知它的散列码。

（4）散列码具有固定的长度，不管原始报文的长度如何，通过散列函数运算后的散列码都具有一样的长度。例如，MD5（（Message Digest Algorithm 5，消息摘要算法第 5 个版本）散列算法的散列码长度为 128 位，并且不管是对一部百科全书、还是某个人的工资进行 MD5 散列运算，得到的散列码长度都是 128 位。

由于散列函数具有这些特征，因此散列函数可以用来检测报文的可靠性。接收者对收到的报文用与发送者相同的散列函数进行运算，如果得到与发送者相同的散列码，则可以认为报文没有被篡改，否则，报文就是不可信的。

常见的散列函数有 MD5、SHA、HMAC 等。MD5 是一种非常著名的散列算法，已经成为国际标准，具有更好的安全性能。MD5 算法在对输入的报文进行计算时，是以 512 位为单位进行处理的，结果生成一个 128 位长的消息摘要；SHA、HMAC 等算法都是对任意长度的报文以 512 位为单位进行处理，最后得出一个 160 位的消息摘要。

15.2.1　数字签名

对于计算机系统中传送、存储的重要文件、数据、信息等，一般需要有某种方式来确认其真实性，即接受者能够确认自己得到的信息确实是由该信息所声称的发送者发出的，而不是由非法入侵者伪造、冒充发出的。并且还要能够保证信息在传送、存储中没有被恶意篡改，这样这份信息才能真实地反映发送方的意图。另外，对于发送方来说，如果发出一份信息，还必须有一定的措施阻止其否认自己发出信息的行为，即不可否认性。

只有做到以上几点，一个信息传送、存储系统才能够安全、可靠，其上所传送、存储的信息才是真实的、值得相信的。

举例来说，互有贸易往来的买卖双方之间通过计算机系统进行贸易，卖方通过计算机系统给买方发出一张电子报价单，买方收到后，擅自更改了收到的单价，并声称是卖方发出的，而且据此下订单，这就是篡改信息。显然安全的系统应该能够阻止这种行为。

要实现以上安全的系统，就离不开数字签名技术。

数字签名主要有两个算法组成：签名算法和验证算法。通过使用签名算法签名一个消息，所得到的签名能够通过一个验证算法来验证签名的真实性和有效性。

所以数字签名技术的大致过程就是：信息的发送方对信息利用自己的私钥进行签名，接着发送方把这个签名和信息一起发送给接收方。接收方收到信息后利用发送方的公钥来对其中的数字签名进行验证，确认其合法性。

目前已经有大量的数字签名算法，例如，RSA 数字签名算法、EI Gamal、Fiat-Shamir、Guillon-Oucsquerrter、DSS（Digital Signature Standard，数字签名标准）、DSA（Digital Signature Algorithm，数字签名算法）、椭圆曲线等多种。

1．RSA 结合 MD5 数字签名

前面讲过，RSA 公钥加密技术本身就可以用来实现数字签名。但是仅仅使用公钥加密算法进行数字签名的运算量是比较大的，尤其是要传送的信息量比较大的时候，则速度会更加慢。显然，直接用这种方法进行数字签名并不是很好的选择。

而散列算法（例如，MD5 算法）就有很好的特性，它能对每一个不同长度的信息产生相互不同的、独特的、简短的消息摘要。这个消息摘要可以看做是这个信息特有的"指纹"，因而非常适合用做数字签名。

通过散列算法对原始数据进行散列，再对散列码进行公钥加密就可以很好地实现数字签名。它的特点是：它代表了文件的特征，具有唯一性。只要文件发生哪怕一位数据的改变，或者签名者有任何差别，数字签名的值也将随之而发生改变；不同的文件和签名者得到的是不同的数字签名。

RSA 结合 MD5 数字签名的主要过程是：信息的发送方通过对信息进行散列运算生成一个消息摘要，接着发送方用自己的私钥对这个消息摘要进行加密，就形成发送方的数字签名。然后，把这个数字签名将作为信息的附件和信息一起发送给信息的接收方。接收方收到信息后，首先对收到的信息进行与发送者相同的散列运算得到一个消息摘要，接着再用发送方的公钥来对信息中附加的数字签名进行解密得到发送方计算出的散列码。如果两个散列码相同，那么接收方就能确认该信息和数字签名是由发送方发出的。通过数字签名能够实现对原始信息完整性

的鉴别和发送方发送信息的不可抵赖性。

下面结合一个例子，看一看 RSA 结合 MD5 数字签名的具体步骤：

（1）信息发送者 A 要向 B 发送一份信息，A 先按双方约定的散列算法对该信息进行散列运算，得到一个该信息特有的消息摘要 H，从前面所述可以知道，只要改动信息中任何一位，重新计算出的消息摘要值就会与原先的值不相符。这样就保证了信息的不可更改性。

（2）接着把该消息摘要用 A 自己的私钥加密，得到该 A 对该信息的数字签名 S。

（3）然后 A 把信息原文与数字签名 S 一起发送给 B。

（4）当 B 收到后，先用 A 的公钥对数字签名 S 解密得到 A 的消息摘要 H。

（5）再用同样的散列算法对收到的信息进行散列运算，得到消息摘要 H'。

（6）比较 H 与 H'，如相等则说明信息确实来自它所声称的发送者 A。

在传输过程中，如有攻击者对文件进行了篡改，但他并不知道发送方的私人密钥，因此，接收方解密得到的数字签名 H 与经过计算后的数字签名 H'必然不同。这就提供了一个安全的确认发送方身份的办法。

当然，以上例子中，对传送的信息是以明文出现的，不具有保密意义。实际应用中，还需要对信息本身运用适当的保密措施。

RSA 用于数字签名的一个重要的特点是能够证实信息发送方的身份以及电子文件的可靠性和完整性，它对于发送方和被发送的信息都是独一无二的，具有可验证性和不可否认的权威性特点；另一个重要的特点是它通过在计算机之间交换数字证书就可以确定当事者就是他们所宣称的人。

2．数字签名标准

DSS 是美国国家标准与技术学会的数字签名标准。自 1991 年提出以来又经过广泛的修改。DSS 为计算和验证数字签名指定了一个数字签名算法——DSA。DSA 是 El Gamal 数字签名算法的一个改进版本，它通过选择较小规格的参数减少数字签名的数据量，从而减少了存储空间和传输带宽。

DSS 中指定 SHA 作为其散列算法，它对原始信息进行运算后产生 160 位的消息摘要，然后 DSS 把这一消息摘要与一个用做这个特殊签名的随机数作为输入送到数字签名算法中，经过运算生成数字签名。

该数字签名函数还依赖于发送方的私钥 S_K 和一个对许多通信方都公开的由重要的公钥集合组成的全局公钥。

接收方在收到消息摘要和签名后作为验证函数的输入。验证函数还依赖于全局公钥和与发送方的私钥相匹配的公钥 P_K，这样只有发送方用其自己的私钥才能产生有效的签名。

数字签名作为一项重要的鉴别技术，近年来越来越受到人们的重视，在政府、军事、金融、安全等领域得到广泛的运用。通过数字签名可以有效地保证数据的完整性，防止第三方伪造或发送方的抵赖。

2004 年 8 月 28 日，十届全国人大常委会第十一次会议表决通过了电子签名法。这部法律规定，可靠的电子签名与手写签名或者盖章具有同等的法律效力，并于 2005 年 4 月 1 日起施行。这部法律将对我国电子商务、电子政务等计算机信息系统的发展起到极其重要的促进作用。

15.2.2 数字水印

随着计算机技术的发展和应用的普及，各种形式的多媒体数字产品如图像、音频、视频等纷纷涌现。与此同时，数字化产品的版权保护成为一个迫切需要解决的新课题。数字水印技术就是针对这些数字作品而出现的一种版权保护技术，其目的是鉴别出非法复制或盗用的数字形式的多媒体作品，保护正版的产品。

数字水印技术就是通过在原始多媒体数据信息中采用特殊手段嵌入一个特定的秘密信息作为数字水印，用来确定该数据的拥有权。被嵌入的数字水印可以是一段特定文字、一个标识或者序列号等形式，并且数字水印一般要求不能被明显的查看，它隐藏在原始多媒体数据如图像、音频、视频的内部。

数字水印的技术要求一般随着具体应用的不同而有所区别。但是它们也都应该具有如下一些共同特点。

（1）透明性：数字水印一般要求不能被轻易地查看，它隐藏在原始数据，如图像、音频、视频等的内部，但是不能为用户感官察觉，不能明显干扰被保护的数据，不能影响用户的正常使用。

（2）强键性：数字水印还要具有较强的抗拒外界操作（例如，拉伸、缩放、变形、压缩等）的能力；必须用一般的技术手段难以擦除、最好无法擦除；如果破坏数字水印将导致多媒体数据的可用性大大下降；这样数字水印才有较强的生命力，从而得以长时间的保存。

（3）安全性：数字水印应当难以伪造或篡改，同时误检率要低。

（4）通用性：同一种数字水印算法应当对图像、音频、视频等多种媒体都适用。这样才有利于在多媒体产品中加上水印；而且数字水印算法应当有利于用硬件实现，这样才便于加工制作，实现大规模生产。

（5）确定性：数字水印所携带的信息应当能够被唯一地鉴别确定，从而认定具体的某种数字水印的唯一性。

数字水印技术在近几年来的研究中获得了很大的发展，下面介绍几种数字水印算法。

1. 空域算法

典型的空域算法（例如，Patchwork 算法）是随机选择 N 对像素点（a_i，b_i），然后将每个 a_i 点的亮度加 1，每个 b_i 点的亮度减 1。这样，通过适当的调整参数，可是整个图像的平均亮度、总亮度保持不变。该方法对压缩、滤波、图像裁剪等都有一定的抵抗力。但是该方法能嵌入的信息量不大。如果要嵌入更多的信息，可以把图像分成很多块，然后对每一块分别嵌入秘密数据。

2. 变换域算法

变换域算法一般采用扩展频谱通信（Spread Spectrum Communication）技术来实现。

变换域技术是一种在图像的显著区域隐藏信息的技术。它是一种相对来说比较强壮的算法，它能很好地抵抗一部分攻击，不但能抵抗各种信号处理，而且还具有感官不可察觉的优良特性。

3．运用扩展频谱技术嵌入信息

运用扩展频谱技术向图像嵌入秘密信息（Spread Spectrum Image Stefanographia，SSIS）技术不是直接把信息嵌入到图像中，而是把它转换成已建立某种噪声模型的 Gausssiass 变量，然后再把它嵌入到宿主图像中去。这里之所以故意处理成噪声模型，是为了避免引起非法盗版者的注意或非法攻击者的怀疑。

SSIS 的信息嵌入与提取的过程大致是这样的：首先，把要嵌入的信息使用密钥 K_1 加密，然后再经过错误更正码的编码，得到一个二元的串流 m，分别用+1，-1 来表示。另外用另一个密钥 K_2 当做种子，通过模拟噪声的 Gaussian 随机数产生器，产生一串实数随机数记作 n。把 m 与 n 按某种调制方式结合起来可以得到一串数 S。再用第三个密钥 K_3 把 S 的次序重新编排，然后再根据宿主图像与人眼视觉的特性去放大或缩小 S，使之适合于嵌入，最后进行嵌入操作，完成信息嵌入。

用 SSIS 方法嵌入到图像中的信息具有较好的抗噪声干扰和低阶的抗压缩能力。当然，在宿主图像中加入的噪声越多，则在重新提取信息时所需要的错误更正码要求越高，相对的在存储方面也要花更大的代价。

数字水印技术是一门新兴的交叉学科，内容涉及信号处理、数字图像技术、密码学、数学、通信理论等多个学科，近几年来一直是目前国际学术界的研究热点之一，并且还在迅速发展过程中。今后的数字水印技术将会进一步提高算法的强健性、安全性，并把它更好地应用到实际生产实践中去。

在信息技术迅速发展的今天，数字水印技术的发展必将对保护各种形式的数字产品起到重要作用。但数字水印技术要想取得良好的效果，还必须配合加密技术、认证技术等一起使用，共同构成一个完整的安全系统，才能一起保护好数字产品的版权。

15.3　数字证书与密钥管理

过去，人们总是依赖于对于加密算法和密钥的保密来增加保密的强度和效果。随着现代密码学的发展，大部分的加密算法都已经公开了。一些典型的算法（例如，DES、IDEA、RSA 等）更是成了国际标准，被广泛接纳。人们可以从多种途径来获取算法的细节，也已经有很多采用这些算法的软件、硬件设备可以利用。

因此，在现代密码系统中，算法本身的保密已经不重要了，对于数据的保密在很大程度上、甚至完全依赖于对密钥的保密。只要密钥能够保密，即使加密算法公开，甚至加密设备丢失，也不会对加密系统的坚固性和正常使用产生多大影响。相反，如果密钥丢失，则不但非法用户可以窃取机密数据，而且合法用户却面对密文如读天书，无法提取有效的信息。与其如此，还不如不加密呢！因此，在密码系统中，如何高效地分配密钥、安全地管理密钥对于保证数据安全至关重要。

15.3.1　密钥分配中心

鉴于密钥的举足轻重的地位，密钥必须通过安全的通路进行分配。例如，可以派非常可靠的信使，以十分安全的方式，物理地携带密钥人工送达需要进行通信的各方。这种方法虽然可靠，但是效率比较低，在过去信息技术不发达的时候用得比较多。而对于一个用户比较多、相互之间通信比较频繁的信息系统来说，则显然不适合采用这种人工方法，而必须采用计算机自动分配密钥。

一个方法是在一个信息系统中任意两个用户之间都自己协商来选择不同的密钥，如图 15-1 所示。

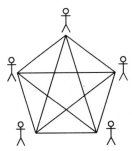

图 15-1　用户自己协商密钥的密钥管理方式

显然，对于有 N 个用户的这种通信系统中，每个用户都要保存（N-1）个密钥，系统中总共要保存 N*(N-1)/2 个密钥。在用户数量较少时，这样来分配密钥还是比较简单、易用的，但是一旦用户数量多起来，系统中要保存的密钥会急剧增多，让每个用户自己高效、安全地管理数量庞大的密钥实际上是不可能的。

此外有一种非常有效的密钥自动分配方案是密钥分配中心（Key Distribution Center，密匙分配中心）技术。

在 KDC 方案中，每一个用户都只保存自己的私钥 SK 和 KDC 的公钥 PK_{KDC}，而在通信时再经由 KDC 获得其他用户的公钥 PK 或者仅仅在某一次通信中可以使用的对称密钥加密算法的临时密钥 K。

假设有两个用户 A、B 都是 KDC 的注册用户，他们分别拥有私钥 SK_A 和 SK_B，相应的公钥分别是 PK_A 和 PK_B。现在 A 想要与 B 进行会话，假如采用对称密钥加密算法来加密这次会话，那么密钥的分配过程如图 15-2 所示。

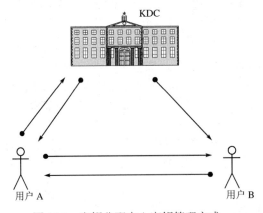

图 15-2　密钥分配中心密钥管理方式

首先用户 A 向 KDC 发送用自己的私钥 SK_A 加密的请求 SK_A(A，B)，说明自己想要与 B 进行会话。

KDC 收到这个请求后，根据某种算法生成一个可以供 A、B 双方进行秘密会话的对称密码算法的密钥 K，然后向 A 返回一个应答 PK(K，PK_B(A，K))。这个应答信息是用 A 的公钥

PK_A 加密的，当然只有用户 A 自己才能够正确解读，可以从中提取与 B 会话的密钥 K。

同时，该信息中还有一部分内容 $PK_B(A，K)$，表明用户 A 欲与 B 进行会话，并且密钥是 K，这是用 B 的公钥 PK_B 加密的。用户 A 把这一部分信息发送给 B，B 收到后从中解密出会话密钥。

至此，完成一次密钥的自动分配过程。此后，A、B 双方就可以利用密钥 K 进行加密通信了。

15.3.2 数字证书和公开密钥基础设施

公钥加密算法的密钥分配和对称密钥加密算法中密钥的分配要求有着很大的区别。在对称密钥加密体制中，要求将密钥从一方传送到另一方，并且保证只有通信的双方知道密钥，而不让其他任何一方知道密钥。

而在公钥加密体制中，则要求通信各方的私钥只有通信的一方知道，而其他任何一方都不能知道，同时每一方的公钥需要公开，其他任何一方都可以查看和提取。

在公钥加密体制中，私钥的分配相对容易，但是，公钥地发布和获取就需要采取合适的方法来进行，否则很容易留下安全漏洞。

一种简单的发布公钥的方法是公开宣布。通信系统中的每一方都独自保管好自己的私钥，而把自己的公钥公开地公布给其他所有各方，以使其他人能够得到他的公钥，从而可以与他进行加密通信。这实现起来非常简单，似乎也没有什么问题。但是，却有一个致命的漏洞，就是任何一个非法入侵者也可以冒充是这个通信系统中的一方，向这个通信系统中公布一个冒充的公钥。此后系统中与该用户的通信实际上就是与该非法冒充者进行的了。

数字签名和公钥加密都是基于不对称加密技术的，因此也存在这样的问题：如何保证公开密钥的持有者是真实的；大规模信息系统环境下公开密钥的如何产生、分发和管理。

要解决以上问题，就要用到数字证书和 PKI（Public Key Infrastructure，公开密钥基础设施）。

1．数字证书

数字证书提供了一个在公钥和拥有相应私钥的实体之间建立关系的机制。目前最常用的数字证书格式是由国际标准 ITU-T X.509 v3 版本定义的。

数字证书中采用公钥体制，即利用一对互相匹配的密钥进行加密、解密。每个用户自己保存私钥，用它进行解密和签名；同时设定一个公钥，并由本人公开，为一组用户所共享，用于加密和验证签名。

数字证书是用户在系统中作为确认身份的证据。在通信的各个环节中，参与通信的各方通过验证对方数字证书，从而确认对方身份的真实性和有效性，从而解决相互间的信任问题。

数字证书的内容一般包括：唯一标识证书所有者的名称、唯一标识证书签发者的名称、证书所有者的公开密钥、证书签发者的数字签名、证书的有效期及证书的序列号等。

2．公开密钥基础设施

PKI 在信息系统中的作用就相当于作为公共设施在社会生活中的作用，其目标是向广大的信息系统用户和应用程序提供公开密钥的管理服务。PKI 是指由数字证书、证书颁发机构

（Certificate Authority，CA）以及对电子交易、通信等所涉及的各方的合法性进行检查和验证的其他注册机构组成的一套系统。为了使用户在不可靠的网络环境中获得真实可靠的公开密钥，PKI 引入公认可信的第三方；同时 PKI 中采用数字证书机制来避免在线查询集中存放的公开密钥产生的性能瓶颈。可信的第三方是 PKI 的核心部件，系统中任意两个实体之间都是通过公认可信的第三方建立安全联系。数字证书中第三方的数字签名，使用户可以离线地确认一个公开密钥的真实性。

除了数字证书的有效期外，证书撤销列表（Certificate Revocation List，CRL）是另一种数字证书有效期控制机制。当数字证书中认可的事实发生变化时，数字证书发布者必须使用某种机制来撤销以前发出、但现在失效的证书。证书发布者定期发布 CRL，列出所有曾发布但当前已被撤销的证书号，证书的使用者依据 CRL 即可验证某证书是否已被撤销。

（1）PKI 的结构模型。PKI 中有三类实体：管理实体、端实体和证书库。管理实体是 PKI 的核心，是 PKI 服务的提供者；端实体是 PKI 的用户，是 PKI 服务的使用者；证书库是一个分布式数据库，用于证书和 CRL 的存放和检索。

CA 和注册机构（Registe Authority，RA）是两种管理实体。CA 是 PKI 框架中唯一能够发布和撤销证书的实体，维护证书的生命周期；RA 负责处理用户请求，在验证了请求的有效性后，代替用户向 CA 提交。RA 可以单独实现，也可以合并在 CA 中实现。作为管理实体，CA 和 RA 以证书方式向端实体提供公开密钥的分发服务。

持有者和验证者是两种端实体。持有者是证书的拥有者，是证书所声明的事实上的主体。持有者向管理实体申请并获得证书，也可以在需要时请求撤销或更新证书。持有者使用证书声明自己的身份，从而获得相应的权力。验证者确认持有者所提供的证书的有效性和对方是否为该证书的真正拥有者，只有在成功鉴别之后才可与对方进行更进一步的交互。

证书库可以用 Web、FTP 或目录等来实现。由于证书库中存取的对象是证书和 CRL，其完整性由数字签名保证，因此对证书库的操作可在无特殊安全保护的通道上传输。

不同的实体间通过 PKI 操作完成证书的请求、确认、发布、撤销、更新和获取等过程。PKI 操作分成存取操作和管理操作两类。其中，存取操作包括管理实体或端实体把证书和 CRL 存放到证书库、从证书库中读取证书和 CRL；管理操作则是管理实体与端实体之间或管理实体与管理实体之间的交互，是为了完成证书的各项管理任务和建立证书链。

（2）PKI 层次模型。PKI 框架可以分为三个层次。最低层是传输层，向上提供 PKI 报文的可靠传输，它可以是传输层协议或应用层协议。中间层是密码学服务层，向上提供加密、解密、数字签名、消息摘要等基本密码学服务，可由 RSA、MD5 等方法实现。最高层是证书服务层，使用前面两层提供的加密和传输服务，向用户提供证书的请求、签发、发布、撤销和更新等服务。

PKI 的三类实体对这三层服务的使用各不相同。证书库无须特殊的安全交互措施，所以仅使用传输层服务来分发证书和 CRL；管理实体和端实体使用证书服务层构造 PKI 证书，使用密码学服务层来鉴别和保护交互信息，使用传输层服务传送信息。

（3）X.509 数字证书。ISO/ITU、ANSI、IETF 等组织制定的 X.509 标准，对数字证书的格式进行了专门定义，该标准是为了保证使用数字证书的系统间的互操作性而制定的。理论上为一种应用创建的 X.509 证书可以用于任何其他符合 X.509 标准的应用。但实际上，不同的公司对 X.509 证书进行了不同的扩展，并不是所有的证书都彼此兼容。

X.509 证书具有如下一些突出的特点：

- 支持多种算法。X.509 证书独立于算法，CA 可以根据需要选择证书的签名和摘要算法，以及端实体所拥有密钥对的类型。摘要算法有 MD2、MD5 和 SHA-1，证书签名算法有 RSA 和 DSA，密钥对类型有 RSA 密钥、DSA 签名密钥、D-H 密钥交换密钥、KEA 密钥和 ECDSA 密钥。
- 支持多种命名机制。X.509 证书除了使用 X.500 名字机制标识持证者和验证者，还支持 E-mail 地址、IP 地址、DNS 名和 URI。
- 可以限制证书（公开密钥）的用途。CA 能够规定证书的使用范围，如：签名、不可否认、密钥加密、数据加密、密钥协商、证书签发和 CRL 签发等。
- 定义证书遵循的策略。每个 CA 都定义了一定的安全策略，规范证书的操作过程。这些策略包括：CA 的命名空间、身份验证、撤销机制、法律责任和收费等。
- 控制信任关系的传递。建立 CA 体系，跨域认证，使得每个 CA 除负责本域的证书管理任务外，还要维护与其他 CA 间的信任关系。X.509 证书定义若干字段用于控制信任关系的传递，CA 能够将自己管理域的安全策略体现在信任关系中。

可见，X.509 证书适用于大规模信息系统环境，它的灵活性和扩展性能够满足各种应用系统不同类型的安全要求。

X.509 有不同的版本，例如，X.509 v3 是比较新的版本，它是在原有版本 X.509 v 的基础上进行功能的扩充。每一版本都包含下列数据项有：

- 版本号：用来区分 X.509 的不同版本号。
- 序列号：由 CA 给每一个证书分配唯一的数字型编号，由同一 CA 发放的每个证书的序列号是唯一的。
- 签名算法识别符：用来指定 CA 签发证书时所使用的公开密钥算法和 HASH 算法，须向国际标准组织注册。
- 发行者名称：建立和签署证书的 CA 名称。
- 有效期：证书有效的时间包括两个日期，证书开始生效的日期和证书失效的日期和时间。在所指定的这两个时间之间有效。
- 主体名称：证书持有人的姓名、服务处所等信息。
- 主体的公开密钥信息：包括主体的公开密钥、使用这一公开密钥的算法的标志符及相应的参数。
- 发行者唯一识别符：这一数据项是可选的，当 CA 名称被重新用于其他实体时，则用这一识别符来唯一标识发行者。
- 主体唯一标志符：这一数据项也是可选的，当主体的名称被重新用于其他实体时，则用这一识别符来唯一地识别主体。
- 扩充域：其中包括一个或多个扩充的数据项。
- 签名：CA 用自己的私钥对上述各数据项的散列值进行数字签名的结果。

15.4 安全协议

Internet 是 IT 领域中发展的重大成就，它的迅速发展和全面普及给人们的生产、生活带来了很大的帮助。

但是，Internet 在当初是为了让更多的人来使用网络、共享资源、并且容易扩充、容易治理等目标而设计的，因此它是一个全面开放的系统，而没有在安全方面做充分的考虑。加上日益增加的庞大的用户、各种不同的动机等因素，使得 Internet 上的安全事件层出不穷。

在 Internet 安全中，网络通信的安全是一个非常重要的环节，因此有必要研究在网络上安全传输数据的方法。

15.4.1 IPSec 协议简述

在 TCP/IP 协议中，对 IP 数据包没有提供任何安全保护，攻击者可以通过网络嗅探、IP 欺骗、连接截获等方法来攻击正常的 TCP/IP 通信。因此，通信过程中会存在着以下危险：数据并非来自合法的发送者、数据在传输过程中被非法篡改、信息内容已被人窃取等。

为了确保在 IP 网络上进行安全保密的通信，IETF 制定了一套开放标准的网络安全协议 IPSec（IP Security）。该协议把密码技术应用在网络层，以向信息的发送方和接收方提供源地址验证、数据传输的完整性、存取控制、保密性等安全服务，保护通信免遭窃听、抵御网络攻击，而且更高层的应用层协议也可以直接或间接地使用这些安全服务，为其上层协议如 TCP、UDP 等提供透明的安全保护服务，在 Internet 这样不安全的网络中为通信提供安全保证。

在 IPv6 中，IPSec 协议是一个必备的组成部分，被强制实施；在 IPv4 中，它是一个可选的扩展协议。

由于 Internet 等网络具有公共特性，因此在通信过程中难以相信传输媒介是安全的，所以要进行安全的通信，则通信数据必须经过加密。IPSec 协议对数据的加密以数据包而不是整个数据流为单位，这不仅非常灵活，也有助于进一步提高 IP 数据包的安全性。

IPSec 协议的基本工作原理是：发送方在发送数据前对数据实施加密，然后把密文数据发送到网络中去，开始传输。在整个传输过程中，数据都是以密文方式传输的，直到数据到达目的节点，才由接收方对密文进行解密，提取明文信息。

IPSec 协议对网络层的通信使用了加密技术，它不是加密数据包的头部和尾部信息（如源地址、目的地址、端口号、CRC 校验值等），而是对数据包中的数据进行加密。由于加密过程发生在 IP 层，因此可在不改变 HTTP 等上层应用协议的情况下进行网络协议的安全加密，为通信提供透明的安全传输服务。

IPSec 协议中使用端到端的工作模式，掌握加、解密方法的只有数据的发送方和接收方，两者各自负责相应的数据加、解密处理，而网络中其他节点只负责转发数据，无须支持 IPSec，从而可以实现加密通信与传输媒介无关，保证机密数据在公共网络环境下的适应性和安全性。因此，IPSec 可以应用到非常广泛的环境中，能为局域网、拨号用户、远程站点、Internet 之上的通信提供强有力的保护，而且还能用来筛选特定数据流，还可以用于不同局域网之间通过互联网的安全互联。

IPSec 协议不是一个单独的协议，它包括应用于 IP 层上网络数据安全的一整套协议，主要包括 AH（Authentication Header，IP 认证头部协议）、ESP（Encapsulating Security Payload，封装安全负载协议）、IKE（Internet Key Exchange，Internet 密钥交换协议）和用于网络认证及加密的一些算法等。

AH 提供数据的完整性和认证，但不包括保密性；而 ESP 原则上只提供保密性，但也可在 ESP Header 中选择适当的算法及模式来实现数据的完整性和认证。AH 和 ESP 可以分开使用也可一起使用。IKE 则提供加密算法、密钥等的协商。

1. 安全关联和安全策略

安全关联（Security Association，SA）是指提供通信安全服务的发送方和接受方之间的一种单向关系。安全关联是构成 IPSec 的基础，它是进行通信的双方经协商建立起来的一种协定。安全关联可以用一个 32 位的安全参数索引（Security Parameter Index，SPI）来唯一标识，一个 SPI 值决定一个特定的 SA，它通常放在 AH 或 ESP 头中；安全关联是单向的，如果要对两台主机 A 与 B 实现双向安全，则需要两个安全关联，每个方向一个：（A，B）、（B，A）。安全关联的内容包含了 IP 数据包是否加密、认证以及加密、认证采用的算法、密钥等相关信息。所有的 SA 记录都存放在安全关联数据库中，按散列方式存取。

安全策略（Security Policy）定义了两个 IPSec 系统之间的安全通信特征，并决定在该通信中为数据包提供的安全服务。一个 IPSec 系统的所有安全策略都存放在安全策略数据库中，根据选择符（包括源地址、目的地址、协议、端口等）进行检索。安全策略通常与 SA 合作，共同作用于通信的数据包。

2. AH

AH 通过把校验和加密后附加到 IP 数据包上来提供对数据包的认证，从而实现无连接通信的数据完整性、数据源认证和防止重放攻击。AH 能完成除了数据加密以外的所有的 ESP 所能提供的功能。在认证机制上，它所覆盖的范围比 ESP 的广，包括对 IP 头中一些选项的认证。

为了应用 IPSec 协议，IP 数据包的格式要有所改变，即在 IP 头和被保护的数据之间插入一个 AH 头，如图 15-3 所示。

IP 头	AH 头	被保护的数据

图 15-3　用 AH 保护的 IP 数据包格式示意图

AH 头的格式如图 15-4 所示，包括：下一报头、有效载荷长度、保留位、安全参数索引、序列号、认证数据。

下一个报头	有效载荷长度	保留位
安全参数索引（SPI）		
序列号		
认证数据（AD）		

图 15-4　AH 头部格式

AH 使用的典型的认证算法是一种迭代型的消息摘要算法。AH 中采用 MD5 算法，可以提供完整性服务。从前面的讲述可以知道 MD5 可以对任意长度的信息进行散列运算产生一个唯一的 128 位消息摘要。由于消息摘要是唯一的，所以对信息的任何修改都将得到另一个不同的消息摘要，因此能防止消息被篡改，从而保证了数据的完整性。AH 也可以采用 SHA 算法提供更强的抗攻击能力，SHA 是在 MD5 的基础上，增加了分组处理的迭代次数和复杂性，产生一个 160 位的消息摘要。接收者在收到数据后可以通过检验数据包中的单向递增的序列号来确定数据包的合法性，防止重放攻击。

3. ESP

ESP 通过对数据包的数据进行加密来提供传输信息的保密性，从而实现了数据完整性、数据源认证、数据保密性的安全服务。ESP 是一个通用的、可扩展的安全机制，其加密认证算法主要由 SA 的相应数据项决定。接收者也可以通过在收到数据后检验数据包中的单向递增的序列号来确定数据包的合法性，防止重放攻击。

在应用中，需要在 IP 数据包的头和被保护的数据之间插入一个 ESP 头，在被保护的数据后附加一个 ESP 尾，如图 15-5 所示。

IP 头	ESP 头	被保护的数据	ESP 尾

图 15-5　用 ESP 保护的 IP 数据包示意图

ESP 头的格式如图 15-6 所示，包括：安全参数索引（标识用于处理数据包的安全关联）、序列号（用于防止重放攻击）、有效荷载数据。ESP 头的所有字段都是不加密的，因为在解密数据包时需要先读取头部字段。

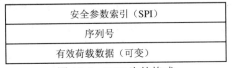

安全参数索引（SPI）
序列号
有效荷载数据（可变）

图 15-6　ESP 头的格式

ESP 尾的格式如图 15-7 所示，包括：填充项（某些加密算法要求被加密数据的长度是密钥长度的整数倍，若受保护的数据的长度不满足这个要求，就需要在后面追加一些填充项）、填充项长度（指明填充项的长度）、下一个头部、认证数据（数据完整性的检验结果）。

填充项		
（0~255bit）	填充长度	下一头部
认证数据（可变）		

图 15-7　ESP 尾的格式

ESP 在提供加密功能的同时，还可以提供认证功能。对于发出的数据包，首先进行加密处理；而对于收到的数据包，则先进行认证处理。

ESP 支持多种加密算法。DES 是 ESP 中默认的加密算法，它采用 64 位的密钥，对明文进行加密，加密解密使用同一个密钥，该算法简单高效。此外还可以选择采用 3DES、AES、RC5、RC6、Blowfish 等算法。

4．IP 密钥交换

IKE 是一个混合协议，它使用到了 Internet 安全关联和密钥管理协议（Internet Security Association and Key Management Protocol，ISAKMP）、密钥确定协议 Oakley 和描述支持匿名和快速密钥刷新的密钥交换的 SKEME 协议。IKE 除了实现通信双方的密钥交换，还使用 ISAKMP 实现 IPSec 的安全关联。

ISAKMP 协议是 IKE 的核心组成部分，它定义了包括协商、建立、修改、删除安全关联的过程和数据格式。ISAKMP 的工作分为两个阶段：第一阶段，通信双方协商并建立一个安全的通道，并对该通道进行验证，为第二阶段的进一步通信提供安全服务；第二阶段，为 IPSec 建立起具体的 IPSec 安全关联，用于保护通信双方的数据传输安全。在 IKE 的协商过程中，使用了 Diffie-Hellman 机制、Oakley 的密钥交换模式和 SKEME 的共享和密钥更新技术。

5．IPSec 的工作模式

IPSec 的工作模式有两种：传输模式和隧道模式。

传输模式首先将要传送的数据使用 IPSec 加密封装起来，再把相关的 IPSec 头插入 IP 头和被保护的数据之间封装起来。因为 IP 头没有加密，接收端收到封装的数据包时直接处理 IP 头，然后从 IPSec 头读取 SPI 值得到相对的 SA，再利用 SA 所订的解密参数解出所加密的数据。

传输模式的 IPSec 头直接加在欲传送的数据前，由于加密的部分较少，没有额外的处理，因此比较节省带宽和 CPU 负载，通信和处理效率较高。

在传输模式中，解密者就是目的地址端的使用者。

隧道模式首先使用 SA 的相关信息将 IP 的数据包全部加密，接下来在前面加上 ESP Header，然后把它们作为数据为它们再加上一个新的 IP 头。接收端收到 ESP 封包后，使用 ESP Header 内容中的 SPI 值提供的 SA，然后解出 ESP Header 后的装载数据，就可以取回原始的 IP 头与封包。

隧道模式可以在两个终端之间建立一个安全的隧道，经由这两个终端之间的通信均在这个隧道中进行，因此安全性较高。

两种模式的 IP 数据包的格式如图 15-8 所示。

图 15-8　不同传输模式下的 IP 包

15.4.2　SSL 协议

SSL 是用于安全传输数据的一种通信协议。它采用公钥加密技术、对称密钥加密技术等保护两个应用之间的信息传输的机密性和完整性。但是，SSL 也有一个不足，就是它本身不能保证传输信息的不可否认性。

SSL 协议包括服务器认证、客户认证、SSL 链路上的数据完整性、SSL 链路上的数据保密性等几个方面，通过在浏览器和 Web 服务器之间建立一条安全的通道来保证 Internet 上数据传递的安全性。目前，利用公钥加密的 SSL 技术，已经成为 Internet 上进行保密通信的工业标准。SSL 协议常常用于增强 Web 服务的安全性。

在 TCP/IP 协议中，SSL 协议建立在传输层即 TCP 之上、应用层之下。SSL 协议有一个突出的优点，就是它与应用层协议相独立，高层的应用层协议如 HTTP 等可以透明地建立在 SSL 协议之上进行工作。

通过 SSL 协议建立的传输通道具有如下的基本安全性：

（1）通道是保密的，经过握手确定密钥之后，所有的消息被加密。SSL 协议在应用层协议工作之前就已经完成了加密算法、密钥的协商、服务器认证等工作，而此后的所有应用层所传送的数据都是经过加密的，因此 SSL 协议具有很好的保密性。

（2）通道是被认证的，通信中的服务器端总是被认证，客户端可选认证。在基于 SSL 协议的通信过程中，服务器端认证是必须进行的，所以，即使在一次会话过程中不进行客户端认证，该会话的确认性也能够有很好的保证。

（3）通道是可靠的，用 MAC 对传送的消息进行完整性检查，保证通道上数据的完整性。基于 SSL 协议的通信过程中，因为传递的消息中包括消息完整性检查数据（即 MAC 数据），因此，可以保证该通信是可靠的。

SSL 协议有 SSL 记录协议、SSL 握手协议、SSL 密码变更说明协议、SSL 警告协议等组成。其体系结构如图 15-9 所示。

SSL 握手协议	SSL 密码变更说明协议	SSL 警告协议	HTTP
SSL 记录协议			
TCP			
IP			

图 15-9　SSL 协议

1．SSL 记录协议

在 SSL 记录协议中，所有要传输的数据都被封装在记录中，记录是由纪录头和长度不为 0 的记录数据组成的。所有的 SSL 通信，包括握手消息、安全空白记录、应用数据等都需要使用 SSL 记录。

2．SSL 协议记录头格式

SSL 协议记录头格式如图 15-10 所示。

记录头类型	记录数据长度
MAC	数据

2 字节的记录头

记录头类型	Escape 位	记录长度	填充长度
MAC	数据		填充数据

3 字节的记录头

图 15-10　SSL 协议记录头格式

SSL 协议记录头包括的数据有记录头长度、记录数据长度、记录数据中是否有粘贴数据等。SSL 协议的记录头长度既可以是两个字节、也可以是三个字节长。当记录头的最高位为 1 时，表示不含有粘贴数据，记录头长度为两个字节，记录数据最大长度为 32767 字节；当记录头的最高位为 0 时，则含有粘贴数据，记录头长度为三个字节，记录数据最大长度为 16383 字节。当记录头的最高位为 0 时，次高位有特殊的含义。当次高位为 1 时，表示所传输的记录是普通记录；当次高位为 0 时，表示所传输的记录是安全空白记录。

记录头中数据长度编码不包括数据头所占用的字节长度。记录头长度为两个字节时记录长度的计算方法为：

$$记录长度 = ((byte[0] \& 0x7f) << 8)) | byte[1]$$

记录头长度为三个字节时记录长度的计算方法为：

$$记录长度 = ((byte[0] \& 0x3f) << 8)) | byte[1]$$

以上计算式中，byte[0]、byte[1]也分别表示所传输的第一、二个字节。

另外，粘贴数据的长度为传输的第三个字节。

3．SSL 记录数据的格式

SSL 记录数据包含三个部分：MAC 数据、实际数据、粘贴数据。

MAC 数据用于数据完整性检查。计算 MAC 所用的散列函数由握手协议中的消息确定。若使用 MD5 算法，则 MAC 数据长度是 16 个字节。MAC 数据的产生方式为：

$$MAC 数据= HASH（密钥，实际数据，粘贴数据，序号）$$

其中，当会话的客户端发送数据时，密钥是客户的写密钥（服务器用读密钥来验证 MAC 数据）；而当会话的客户端接收数据时，密钥是客户的读密钥（服务器用写密钥来验证 MAC 数据）。序号是一个可以被发送和接收双方递增的计数器。每个通信方都会建立一个计数器，分别属于发送者和接收者。计数器有 32 位，计数值循环使用，每发送一个记录计数值递增一次，序号的初始值为 0。

4．SSL 握手协议

SSL 握手协议建立在 SSL 记录协议之上，用于在实际的数据传输开始前，通信双方进行身份认证、协商加密算法、交换加密密钥等。SSL 握手的过程可以分为两个阶段，第一阶段用于建立秘密的通信信道，第二阶段用于客户验证。

在 SSL 协议中，同时使用了对称密钥加密算法和公钥加密算法，这是为了综合利用对称密钥加密算法的高速度和公钥加密算法的安全性的优点。SSL 协议使用公钥加密算法使服务器端身份在客户端得到验证，并且传递用于会话中对数据加密的对称密钥。然后再利用对称密钥在通信过程中对收到和发送的数据进行比较快速的加密，从而减小系统开销，保证通信效率。

SSL 支持各种加密算法。在"握手"过程中，使用 RSA 公开密钥系统。密钥交换后，可以使用多种密码，例如，RC2、RC4、IDEA、DES、3DES 及 MD5 信息摘要算法等。

SSL 协议可以非常有效地保护通信过程。但是，如果某种攻击是利用 SSL 协议通信进行攻击的，那么，这种攻击也会受到 SSL 协议的保护，从而使得攻击更加隐蔽，难于被发现。当然，这种攻击也能够很好地穿透防火墙、躲过入侵检测系统的检查。

另外，SSL 在通信过程中，要进行许多加密、解密的操作，这些计算的复杂性随着密码的强度不同而不同，但是高强度的计算会增加服务器负载、增加网络带宽，从而使服务器性能下降，吞吐量也下降。

15.4.3　PGP 协议

在信息时代里，电子邮件已经成为人们生活中的一部分，同时电子邮件的安全问题也就日益显得突出。一般来说，电子邮件在网络上的传输是不加密的。这种不加保护的邮件在网络上传输，第三者就会轻易获得通信过程中传送的信息。此外，为了防止冒名顶替，收信人需要确认邮件没有被第三者篡改，确实是发送者本人发出的，这就需要使用数字签名的一些技术。从前面的讲述可以知道，RSA 公钥密码体系非常适合用来满足上述要求。但是要直接使用 RSA 加密电子邮件，还有一些不方便的地方。

PGP（Pretty Good Privacy）是美国人 PhilZimmermann 于 1995 年提出的一套电子邮件加密方案。它可以用来对邮件加密以防止非授权者阅读，还能对邮件加上数字签名而使收信人可以确认邮件确实是由发送方发出的。

PGP 并不是什么新的加密算法或协议，它综合采用了多种加密算法，例如，对邮件内容加密采用 IDEA 算法、对于加密信息采用采用 RSA 公钥加密算法，还采用了用于数字签名的消息摘要算法，加密前进行压缩处理等技术手段进行邮件加密的一套软件。通过组合使用这些加密方法，把 RSA 公钥加密体系的良好加密效果和对称密钥加密体系的高速度结合起来，并且通过在数字签名和密钥认证管理机制的巧妙设计，使得 PGP 成为一个优秀的强有力的数据加密程序。

由于 PGP 功能强大、处理迅速、使用简便，而且它的源代码是免费的，因此，PGP 在 IT 等多个行业得到了广泛的应用，迅速普及。如今，PGP 除了用于通常的电子邮件加密以外，还可以用来加密重要文件，用 PGP 代替 UUencode 生成 RADIX64 格式（就是 MIME 的 BASE64 格式）的编码文件，以保证它们在网络上的安全传输，或为文件作数字签名，以防止篡改和伪造。

1. PGP 加密的原理

假设一个用户 A 想要发送一个加密的邮件给另一个用户 B。那么加密的过程如图 15-11 所示。

通过以上的通信过程可以看出，PGP 既可以保证邮件不被第三方窃取，又可以防止发信人抵赖和信件被途中篡改。

由于 RSA 算法的计算量太大、速度太慢，对邮件正文这种大量数据不适合用它来加密。所以 PGP 实际上用来加密邮件正文的不是 RSA 本身，而是采用了 IDEA 加密算法。IDEA 的加密和解密使用同一个密钥，它的主要缺点就是在公共网络环境中很难进行安全的密钥的传递，不适合 Internet 上邮件加密的需要。但 IDEA 的加、解密速度比 RSA 快得多，所以 PGP 使用一个随机生成的密钥（每次加密都不同）运用 IDEA 算法对明文加密，然后用 RSA 算法对 IDEA 密钥加密。这样收件人同样使用 RSA 算法解密出这个随机的 IDEA 密钥，再用 IDEA 算法解密邮件本身。这样的链式加密就做到了既具有 RSA 算

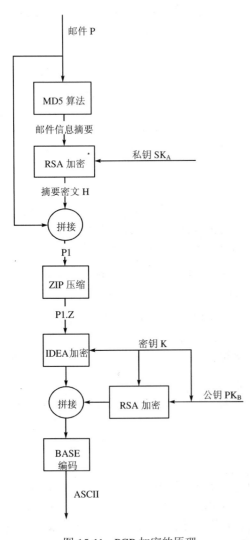

图 15-11 PGP 加密的原理

法的保密效果，又具有 IDEA 算法的快捷方便。这里，PGP 在每次加密邮件时所使用的 IDEA 密钥是个随机数，而且为了增强随机性，PGP 是从用户敲击键盘的时间间隔上取得随机数种子来产生密钥的，从而更加增强了它的加密效果。

PGP 中使用 PKZIP 算法来压缩加密前的明文。这对电子邮件而言，一方面压缩后再加密得到的密文有可能比明文更短，这就节省了网络传输的时间；另一方面，明文经过压缩，实际上相当于多经过一次变换，信息更加杂乱无章，对非法攻击的抵御能力更强。

PGP 还可以只签名而不加密，这可以用于公开发表声明。声明人为了证实自己的身份，可以用自己的私钥签名。这样就可以让公众用他公开的公钥来验证这个签名，从而确认声明人的身份。

2. PGP 的密钥管理机制

在 PGP 加密通信过程中，密钥无疑起着最为关键的作用。一个成熟的加密体系必然要有一个成熟的密钥管理机制与之相配套。PGP 对于密钥管理也提出了一套分配、使用、管理的方案。

公钥加密体制本身就是为了解决对称密钥加密体制中的密钥分配难以保密的缺点而提出的。例如，攻击者常用的手段之一就是"监听"，如果密钥是通过网络传送就很容易被拦截。PGP 中采用公钥来加密，而公钥本来就要公开，所以不存在被监听的问题。但是公钥在发布过程中仍然存在安全隐患。例如，公钥被非法篡改，这就是公钥密码体系中的一大安全隐患，因为这很难被普通用户发现。

举例来说，假如用户 A 要向用户 B 发一封加密的邮件，那么 A 必须拥有 B 的公钥。于是 A 从公共目录中查到了 B 的公钥，并用它加密了邮件然后发给了 B。这是一个正常的过程。

但是，在这个过程中可能出现攻击：A 和 B 都不知道，另一个用户 C 用他自己假冒 B 的名字生成的密钥对中的公钥替换了 B 的公钥！

那么 A 用来发信的公钥就不是 B 的而是 C 的公钥。然而一切看来都很正常，因为 A 拿到的公钥的用户名是 B。于是 C 就可以用他手中的私钥来解密 A 发给 B 的邮件，甚至他还可以用 B 真正的公钥来转发 A 发给 B 的信，这样 A 和 B 都不会发现什么异常，而他们的通信却全部泄漏了。甚至 C 如果想改动 A 发给 B 的邮件也毫无问题。

而且，C 还可以伪造 B 的签名给 A 或其他人发送信息，因为 A 和其他人手中的公钥是 C 伪造的，A 和其他人可以正常解密这份伪造的签名，因而以为真是来自 B 的信息。

要防止这种情况，必须防止任何人伪造其他人的公钥。例如，通信双方直接见面并交换密钥，就可以避免得到伪造的公钥。然而当双方相隔遥远或不方便直接见面时，就难以直接交换密钥。这种情况下，PGP 是通过一种公钥介绍机制来解决这个问题的。

继续上面的例子：如果 A 和 B 有一个共同的朋友 D，而 D 知道他手中 B 的公钥是正确的（这里假设 D 已经认证过 B 的公钥）。这样 D 就可以用他自己的私钥在 B 的公钥上签名，表示他担保这个公钥是 B 的真正的公钥，并把它发送给 A。然后 A 用 D 的公钥来验证 D 发给 A 的 B 的公钥，同样 D 也可以向 B 担保 A 的公钥。这样 D 就成为了 A 和 B 之间的公钥介绍人。

这样 B 或 D 就可以放心地把 D 签过名的 B 的公钥列示到公共目录中去，供 A 读取，没有人能够伪造 B 的公钥而不被 A 发现。这就是 PGP 从不安全的 Internet 上传递公钥的安全手段。

不过，如何确认 D 的公钥的安全可靠性呢？对这种情况 PGP 建议通过一个大家普遍信任的人或权威部门担当认证机构角色。每个由权威认证机构签字的公钥都被认为是真实的，这样大家只要有一份认证机构的公钥就行了。由于认证机构广泛提供公钥服务，因而其公钥流传广泛，假冒其公钥是很困难的，所以认证其公钥也非常方便。

在 PGP 中使用密钥，要注意在使用任何一个公钥之前，一定要首先认证它。无论什么情况下，都不要直接信任一个从公共渠道得来的公钥。而要使用可信的人介绍的公钥，或者自己与对方亲自认证。

由于 PGP 能够实现数字签名、不可否认、防止篡改、防止破译等功能，所以自从 PGP 推出以来，就受到人们的普遍欢迎。目前，PGP 几乎成为最流行的公钥加密软件。随着人们通信的增加和安全意识的增强，PGP 将会得到更加广泛的应用。

15.5 计算机病毒与防治

计算机技求和网络技术的飞速发展，为人们的工作、学习、生活带来了极大的方便．计算机已经成为人们不可缺少的现代化工具。但是计算机病毒的出现带给了人们一些不安和忧虑，同时向人们提出了挑战。

15.5.1 计算机病毒概述

计算机病毒（Computer Virus）的概念最早是由美国计算机病毒研究专家 F.Cohen 博士提出的。对于计算机病毒的定义，不同的国家、不同的专家从不同的角度给出的定义也不尽相同。根据《中华人民共和国计算机信息系统安全保护条例》第 28 条规定："计算机病毒，是指编制或者在计算机程序中插入的破坏计算机功能或者毁坏数据，影响计算机使用，并能自我复制的一组计算机指令或者程序代码。"此定义在我国具有法律效力和权威性。

和生物病毒一样，计算机病毒的复制能力使得计算机病毒可以很快地蔓延，又常常难以根除。它们能把自身附在宿主系统或文件中，当系统被运行或文件从一个用户传送到另一个用户时，它们就随同系统运行或文件传输一起蔓延开来。

在病毒的生命周期中，病毒一般会经历潜伏阶段、传染阶段、触发阶段和发作阶段四个阶段。多数病毒是基于某种特定的方式进行工作的，因此也依赖于某个特定的操作系统或某个特定的硬件平台。因此，攻击者经常利用某特定系统的细节和弱点来设计病毒程序。

1．计算机病毒的特征

计算机病毒多种多样，但是它们都具有共同的特征，即：传染性、非授权性、潜伏性、破坏性。

计算机病毒的传染性是指病毒具有把自身复制到其他系统或文件等宿主中去的能力，这是病毒的基本特征。非授权性是指病毒程序的执行不需要得到用户的同意，对用户来说是未知的。潜伏性是病毒生存的必要条件，即病毒潜伏在系统中而不被人们所发觉。破坏性是指病毒在一定条件下可以自动触发，并对计算机实施破坏，是病毒的表现特征。病毒的非授权性、潜伏性使安得病毒的行为是不可预见的，也增加了病毒检测的困难。病毒破坏性的触发条件越多，则传染性越强，但同时其潜伏性降低。一个病毒必须具备传染性，但不一定需要拥有其他属性。

2．计算机病毒的分类

计算机病毒按不同的分类标准，有许多不同分类：

从按照操作系统分，可分为攻击 DOS 系统的病毒、攻击 Windows 系统的病毒、攻击 Unix/Linux 系统的病毒、攻击 OS/2 系统的病毒、攻击 Macintosh 系统的病毒、攻击手机的病毒、其他操作系统上的病毒。

按照链接方式分，计算机病毒可分为源码型病毒、嵌入型病毒、Shell 病毒、宏病毒、脚本型病毒、操作系统型病毒。

按照破坏情况分，计算机病毒可分为良性病毒和恶性病毒。

按传播媒介来分，计算机病毒可分为单机病毒和网络病毒。

3．计算机病毒的组成

病毒程序一般由传染模块、触发模块、破坏模块、主控模块组成，相应地完成病毒的传染、触发和破坏等任务。也有少数病毒不具备所有的模块。

（1）传染模块。传染模块是病毒进行扩散传播的部分，负责把计算机病毒从一个系统或文件传播到更多的系统或文件中去。每个病毒都有一个自我识别的标记，叫做传染标记或病毒签名。病毒程序传染系统或文件时，要把传染标记写入系统或文件中某个特定区域，例如，宿主程序、注册表、物理磁道等，作为该系统或文件已被传染的标记，以防止重复传染、增强病毒的潜伏效果。传染模块的主要功能有：寻找一个可传染的系统或文件；检查该系统或文件中是否有传染标记，判断改系统或文件是否已经被传染；如果没有传染标记，则进行传染操作，将病毒代码植入宿主系统或文件中，完成一次传染。

（2）触发模块。病毒触发模块主要检查预定触发条件是否满足，如果满足，则调用相应传染或破坏模块，进行传染和破坏动作。病毒的触发条件有多种形式，如日期、时间、键盘、发现特定程序、发现网络连接、发现系统漏洞、传染的次数、特定中断调用的次数等。依据触发条件的情况，可以控制病毒传染和破坏动作的频率，使病毒在隐蔽的状态下，进行传染和破坏动作。

（3）破坏模块。破坏模块负责实施病毒的破坏动作。这些破坏动作可能是破坏程序、数据、降低系统的性能、干扰系统的运行，还有些病毒甚至可以破坏计算机硬件。也有少数病毒的破坏模块并没有明显的恶意破坏行为，仅在被传染的系统设备上表现出特定的现象，该模块有时又被称为表现模块。

（4）主控模块。主控模块在总体上控制病毒程序的运行。染毒程序运行时，首先运行的是病毒的主控模块。

15.5.2　网络环境下的病毒发展新趋势

在互联网给人们的工作、生活带来方便的同时，也给大量新病毒的产生和发展带来了"方便"。在互联网络高度发达的今天，计算机病毒的数量急剧增多、传播途径也更加多样、传染速度也更加快捷。除了以往通过相互复制文件、系统之间交叉传染等方式以外，目前的计算机病毒更多地通过网页、电子邮件、局域网共享、系统漏洞等方式在网络上进行自动传播。有些流行病毒，常常借助于网络在两、三天内迅速传遍全国、传遍全世界。

例如，E-mail 病毒就是目前最为流行 Internet 病毒种类之一，它通过在电子邮件附件中添加危险的病毒执行程序，在邮件正文中添加诱惑性的文字，诱使收件人执行附件病毒程序，以达到其激活的目的。目前此类病毒多数针对微软的 Outlook 和 Outlook Express 程序，并以使用 Windows 的地址簿联系人发送病毒邮件形式传播。不但危害个人，而且可能导致 Internet 邮件服务器由于收发大量的病毒附加的邮件被大量占用网络资源，直至邮件服务器崩溃。

此外，由于 Internet 即时通信被广泛运用，借助于 MSN、QQ、OICQ 等传播病毒也成为近年来病毒流行的一个趋势，病毒很可能通过这些软件自动发送有害信息实现自动传播。

目前，通过局域网共享传播的病毒也有很多。在广泛使用的 Windows 系统中，管理共享、特殊端口等默认是打开的，有些版本的系统中，甚至具有可写权限。这样，病毒在搜索到局域网共享资源后，便可以直接传染目标计算机相应文件夹中的文件或者将病毒写入到相应系统中，以传染目标计算机中执行的机会。也正是因为这个原因，很多病毒在传染一台计算机后会造成某个局域网普遍传染的情况，并且在不断开网络连接的情况下很难将病毒清除干净。

在当前的网络环境下，最常见的恶意程序是木马程序，也叫后门程序。它们大多是利用系统漏洞或者是空闲的端口，通过在系统中安装相应的木马程序，并通过互联网使用专门的软件监视宿主计算机，以这样的方式获得宿主系统文件访问授权以及收集宿主系统的信息，如用户个人资料、银行账号与密码、网游账号等。

由于网络传输速度很快，所以网络环境下的病毒传染速度也非常快，一度轰动的"冲击波"、"震荡波"等病毒都是在相应的系统漏洞被发现后几天时间里，就迅速在全世界大范围蔓延开来。可以说，今天的计算机病毒的品种和传播速度，超过了以往任何时候。

15.5.3 计算机病毒的检测与清除

本节简单介绍计算机病毒的检测方法，以及如何清除病毒。

1. 特征码检测

所谓特征码查毒法，就是在获取病毒样本后，提取出其特征码，（例如，杨基病毒的特征码是 16 进制的 "F4 7A 2C 00"，快乐时光病毒中的"Fun Time"字符串等），然后通过该特征码对目标文件或内存等进行扫描。如果发现这种特征码，则说明感染了这种病毒，然后有针对性地清除病毒。

特征码技术是最早被采用、而且被许多反病毒软件一直沿用至今的病毒检测方法。特征码检测方法检测病毒，方法简单、准确、快速，可识别病毒的名称，误报警率低。

但是，特征码技术只能诊断已知的计算机病毒，其响应速度永远滞后于病毒，而且不能检查未知病毒和变形病毒，不能对付隐蔽性病毒。

随着计算机病毒的发展，不断出现新的病毒，甚至有些病毒具有自动变形功能，例如，"卡死脖"病毒，采用传统病毒特征码搜索技术的杀毒软件常常难以应付这些变形病毒。为此，人们提出了广谱特征码过滤技术，该技术在一定程度上可以弥补以上缺陷。

2. 校验和检测

先计算正常文件的内容和正常的系统扇区数据的校验和，将该校验和写入数据库中保存。检测时，检查文件现在内容的校验和与原来保存的校验和是否一致，从而可以发现文件或扇区是否被感染，这种方法叫校验和检测。

校验和检测技术的优点是：方法简单、能发现未知病毒、被查文件的细微变化也能发现。但是，它不能识别病毒种类。而且，由于病毒感染并非是文件内容改变的唯一原因，文件内容的改变有可能是正常程序引起的，所以校验和检测技术受到种种限制，同时这种方法也会影响文件的运行速度。另外，校验和不能检测新的文件，如从网络传输来的文件、磁盘和光盘拷入的文件、备份文件和压缩文档中的文件等。

3．行为监测

随着近年来病毒与反病毒斗争的不断升级、新病毒产生的速度不断加快，传统反病毒技术滞后于病毒的特点越来越不能适应防病毒的需要，更需要采用通用反病毒技术来保护计算机的安全。现阶段中被广泛研究和采用的通用病毒检测技术有病毒行为监测技术、启发式扫描技术和虚拟机技术。

通过研究发现，病毒不论伪装得如何巧妙，它们总是存在着一些和正常程序不同的行为，而这些行为在正常应用程序中却十分罕见，这就是病毒的行为特性。

常见的病毒行为特性有：对可执行文件进行写操作、写磁盘引导区、病毒程序与宿主程序的切换、程序自己重定位、通过搜索函数索引表来获取 API 函数地址等。

利用这些特征，就可以对病毒实施监视，在病毒程序体进行活动时发出报警。采用这种行为特性检测方法不仅可以检测出已知病毒，而且可以检测出新出现的未知病毒，无论该病毒是什么种类，或是否变形。但是，行为监测技术也可能误报警，而且不能识别病毒名称。

4．启发式扫描

在特征码扫描技术的基础上，利用对病毒代码的分析，获得一些统计的、静态的启发性知识，可以用于静态的启发性扫描技术（Heuristic Scanning）。

启发式扫描主要是分析文件中的指令序列，根据统计知识，判断该文件可能被感染或者没有被感染，从而有可能找到未知的病毒。因此，启发式扫描技术是一种概率方法，遵循概率理论的规律。早期的启发式扫描软件采用代码反编译技术作为它的实现基础。这类病毒检测软件在内部保存数万种病毒行为代码的跳转表，每个表项对应一类病毒行为的必用代码序列，如病毒格式化磁盘必须用到的代码等。启发式病毒扫描软件利用代码反编译技术，反编译出被检测文件的代码，然后在这些表格的支持下，使用"静态代码分析法"和"代码相似比较法"等有效手段，就能有效地查出已知病毒的变种，以及判定文件是否含有未知病毒。

由于病毒代码千变万化，具体实现启发式病毒扫描技术是相当复杂的。通常这类病毒检测软件要能够识别并探测许多可疑的程序代码指令序列，如格式化磁盘类操作、搜索和定位各种可执行程序的操作、实现驻留内存的操作、子程序调用中只执行入栈操作、远距离（如超过文件长度的三分之二）跳往文件头的指令等。一般来说，仅仅一项可疑的功能操作不足以触发病毒报警。但如果同时具有多项可以操作，目标程序就很可能是病毒程序。

5．虚拟机

自动变形病毒，也称为多态性病毒或多型（形）性病毒。自动变形病毒每次感染宿主时都自动改变自身的程序代码和特征码，这类病毒的代表有"幽灵"病毒等。

一般而言，自动变形病毒采用以下几种操作来不断变换自己：采用等价代码对原有代码进行替换；改变与执行次序无关的指令的次序；增加许多垃圾指令；对原有病毒代码进行压缩或加密等。因为自动变形病毒对其代码不断进行变换，而且每次传染使用不同的密钥。把染毒文件的病毒代码相互比较，也难以找出相同的可作为病毒特征的稳定特征码，因此用传统检测方法根本无法检测出这类病毒。但是，自动变形病毒也有一个共同的规律：即无论病毒如何变化，每一个自动变形病毒在其自身执行时都要对自身进行还原。

为了检测自动变形病毒，出现了一种新的病毒检测方法——"虚拟机技术"。该技术用软件方法让病毒在一个虚拟的环境中，仿真一部分系统指令和功能调用，对病毒代码做解释执行，而且仿真运行不对系统产生实际的影响，即可获得程序运行的后果，并在此基础上对程序运行分析，进而判断是否存在病毒。不管病毒使用什么样的加密、隐形等伪装手段，只要在虚拟机所营造的虚拟环境下，病毒都会随着运行过程自动褪去伪装（实际上是被虚拟机动态还原）。正是基于上述设计原理，虚拟机在处理加密、变换、变形病毒方面具有很强的优越性。

虚拟机检测方法，实际上是用软件实现了模拟人工反编译、智能动态跟踪、分析代码运行的过程，其效率更高，也更准确。使得反病毒从单纯的静态分析进入了动态和静态分析相结合的新时期，极大地提高了对已知病毒和未知病毒的检测水平。在今后相当长的一段时间内，虚拟机技术还会有很大的发展。

6. 病毒的清除

将病毒代码从宿主中去除，使之恢复为可正常运行的系统或程序，称为病毒清除。大多数情况下，采用反病毒软件或采用手工处理方式可以恢复受感染的文件或系统。

不是所有染毒文件都可以消毒，也不是所有染毒的宿主都能够被有效恢复。依据病毒的种类及其破坏行为的不同，感染病毒后，如果宿主数据没有被删除，常常可以恢复；如果宿主数据被病毒删除或覆盖、或者宿主数据的逻辑关系被病毒破坏，常常不能恢复。

15.5.4　计算机病毒的预防

"防重于治"，对于计算机病毒也是如此。在日常使用计算机的过程中，同时做好预防工作，可以在很大程度上避免被病毒感染，减少不必要的物力、数据损失。

要预防计算机病毒，最好的方法就是不与外界交换文件，但这是不可能的。人们在工作中，经常要与外界进行各种数据交换。而大量与外界交换信息，就给病毒的感染与传播创造了条件。

为了保护计算机不受病毒破坏，至少必须做到：

（1）一定要在计算机中安装反病毒软件。

（2）不要轻易使用来历不明的或者没有经过确认的软件。对从网络上下载的程序和文档应十分小心，在执行文件或打开文档之前，要检查是否有病毒。从外部取得的介质及其中的文件，应检查病毒后再使用。压缩后的文件应解压缩后检查病毒。

（3）电子邮件的附件应该先检查病毒后再开启，并在发送邮件之前检查病毒。不要运行来历不明的 E-mail 附件，尤其是在邮件正文中以诱惑性的文字建议执行的附件程序。

（4）定期使用反病毒软件扫描系统。

（5）确保所使用的反病毒软件的扫描引擎和病毒代码库为最新的，因为旧的扫描引擎和病毒代码库不会检查到新出现的病毒.

（6）为防止引导型病毒对系统的破坏，应该在系统安装完成后立即制作系统应急启动盘，以便万一硬盘分区表遭到破坏时，能从应急盘启动，并用备份的引导区、分区表等直接进行恢复。

（7）对于一些重要的文件，要定期进行备份，以便万一系统遭受病毒破坏时能够从备份恢复。

（8）利用安全扫描工具定时扫描系统和主机。若发现漏洞，及时寻找解决方案，从而减少被病毒和蠕虫感染的机会。

（9）使用反病毒软件时，最好是先查毒，找到了带毒文件后，再确定是否进行杀毒操作。因为查毒不是危险操作，它可能产生误报，但绝不会对系统造信成任何损坏。而杀毒是危险操作，有的可能破坏文件。

（10）建立本单位的计算机病毒防治管理制度；并对计算机用户进行反病毒培训。

15.6　身份认证与访问控制

访问控制是通过某种途径限制和允许对资源的访问能力以及范围的一种方法。它是针对越权使用系统资源的保护措施，通过限制对文件等资源的访问，防止非法用户的侵入或者合法用户的不当操作造成的破坏，从而保证信息系统资源的合法使用。

访问控制技术可以通过对计算机系统的控制，自动、有效地防止对系统资源进行非法访问或者不当的使用，检测出一部分安全侵害，同时可以支持应用和数据的安全需求。

访问控制技术并不能取代身份认证，它是建立在身份认证的基础之上的。

访问控制技术包括如下几方面的内容：

（1）用户标识与认证。用户标识与认证是一种基于用户的访问控制技术，它是防止未经授权的用户进入系统的一种常规技术措施。用户标识用于向系统声明用户的身份。用户标识一般应当具有唯一性，其最常见的形式就是用户 ID。系统必须采用一定的策略来维护所有的用户标识。验证用户标识的有效性、真实性，通常有三种类型的认证方式：一是用户个人掌握的秘密信息，例如，口令、密钥、PIN 码等；二是用户个人所拥有的带有认证信息的特定物品，例如，磁卡、IC 卡等；三是用户个人的特定生理、生物学特征，例如，声音、指纹等。在同一种系统中可以单独采用一种认证方法，也可以联合采用多种认证方法。

（2）逻辑访问控制。逻辑访问控制是基于系统的访问控制技术，用来控制特定的用户对特定资源的访问。通常，把用户分成不同的组，再对组授予不同的访问权限来实现对用户的逻辑访问控制，防止用户访问他所不需要访问的资源，或者进行与工作无关的访问。

（3）审计与跟踪。审计与跟踪系统的一个或多个运行记录，在事件发生后对事件进行调查，分析其时间、原因、活动内容、引发的相关事件、涉及的用户等。

（4）公共访问控制。如果一个应用系统是面向公众开放，允许公众进行访问时，面临的主要威胁是来自外部的匿名攻击，必须采取访问控制等措施以保护系统数据的完整性和敏感信息的保密性。

15.6.1 身份认证技术

身份认证是对系统的用户进行有效性、真实性验证。

1. 口令认证方式

使用口令认证方式，用户必须具有一个唯一的系统标识，并且保证口令在系统的使用和存储过程中是安全的，同时口令在传输过程中不能被窃取、替换。另外特别要注意的是在认证前，用户必须确认认证者的真实身份，以防止把口令发给冒充的认证者。

使用口令的单向身份认证过程一般是：请求认证者和认证者之间建立安全连接、并确认认证者身份等；然后请求认证者向认证者发送认证请求，认证请求中必须包括请求认证者的 ID 和口令；认证者接受 ID 和口令，在用户数据库中找出请求认证的 ID 和口令；查找是否有此用户并比较两口令是否相同；最后向请求认证者发回认证结果。如果请求认证者的 ID 在认证者的用户数据库中，并且请求认证者发送的口令与数据库中相应的口令相同，则允许请求认证者通过认证。

2. 基于公钥签名的认证方式

公开密钥签名算法的身份认证方式，是通过请求认证者与认证者（对于双向身份认证而言，双方互为请求认证者和认证者）之间对于一个随机数做数字签名与验证数字签名来实现的。这种方式中认证双方的个人秘密信息不用在网络上传送，减少了口令等秘密信息泄漏的风险。

采用数字签名技术认证与口令认证方式的有一个很大的不同：口令认证通常在正式数据交换开始之前进行。认证一旦通过，双方即建立安全通道进行通信，此后的通信被认为是安全的，不再进行身份认证；而数字签名认证在每一次的请求和响应中进行，即接收信息的一方先从接收到的信息中验证发送者的身份信息，验证通过后才对收到的信息进行相应处理。

使用公钥加密算法进行身份认证要求：请求认证者必须具有私钥实现数字签名的功能；认证者必须具有使用公钥验证数字签名的功能；认证者必须具有产生随机数的功能，而且随机数的质量必须达到到一定要求。

使用公钥加密算法进行身份认证的方式，对用于数字签名的私钥由参与通信的认证者自己保密，而用于验证数字签名的公钥则需要采用可靠的方式进行安全分发。一般可以采用公钥数据库方式或者使用认证机构签发数字证书的方式（认证机构与数字证书的内容参见前文 PKI 部分）。

如果使用公钥数据库的方式管理公钥，则请求认证者 ID 就包含在认证请求中发给认证者，认证者使用该 ID 从公钥数据库中获得请求认证者的公钥。

如果使用认证机构签发数字证书的方式管理公钥，则请求认证者的数字证书包含在认证请求中发给认证者，认证者验证请求认证者的数字证书后，从数字证书中获取请求认证者的公钥。

3. 持卡认证方式

持卡认证方式最早采用磁卡。磁卡中最重要的部分是磁道，不仅存储数据，而且也存储着用户的身份信息。目前所用的卡是 IC 卡，与磁卡相比，它除了存储容量大之外，还可一卡多用，同时具有可靠性高，寿命长，读写机构简单可靠，造价便宜，维护方便，容易推广等诸多优点。正由于以上优点，使得 IC 卡在世界各地广泛使用。IC 卡上一般分为不加密的公共区、加密的数据区等，有些还有自己的操作系统和微处理器。IC 卡已广泛应用于身份认证领域。

一般 IC 卡与用户的个人 PIN 一起使用。在脱机系统中，PIN 以加密的形式存在卡中，识别设备读出 IC 卡中的身份信息，然后将其中的 PIN 解密，与用户输入的 PIN 比较，以决定 IC 卡持有者是否合法。在联机系统中，PIN 可不存在 IC 卡上，而存在主机系统中，鉴别时，系统将用户输入的 PIN 与主机的 PIN 比较，而由此认证其身份的合法性。

4．基于人体生物特征的认证方式

这种方式是指通过计算机，利用人体固有的生理特征或行为特征进行个人身份鉴定。与传统的身份鉴别手段相比，基于生物特征的认证技术具有突出的优点：一是不会遗忘或丢失；二是防伪性能好，无法伪造；三是随时随地可用。能够用来鉴别身份的生物特征一般具有广泛性（每个人都应该具有这种特性）、唯一性（每个人拥有的特征应各不相同）、稳定性（所选择的特征应该不随时间变化而发生变化）和可采集性（所选择的特征应该便于采集、测量）。目前，可用于身份鉴别的生物特征主要有指纹、笔迹、脸像、红外温、视网膜、手形、掌纹等。

由于生物特征识别的设备比其他身份认证的设备要复杂，所以一般用在非常重要的机密场合，例如，军事等。生物特征识别主要采用模式识别技术。身份识别系统工作方式分为识别模式和鉴定模式，其性能指标主要有错误拒绝率和错误接受率等。在选择这种认证方式时需要对这些参数做认真的考虑。

5．动态口令技术（一次性口令技术）

一般情况下，所使用的计算机口令都是静态的，也就是说在一定的时间内是相对不变的，而且可重复使用。这种口令很容易被系统中的嗅探程序所劫持，而且很容易受到基于字典的暴力攻击。

针对这种静态口令认证方式的缺陷，人们提出了利用散列函数产生一次性口令的方法，即用户每次登录系统时使用的口令都是变化的。

一次性口令是动态变化的密码，其变化来源于产生密码的运算因子也是变化的。一次性口令的产生因子一般都采用双运算因子：一是用户的私钥，它代表用户身份的识别码，是固定不变的。二是变动因子，正是变动因子的不断变化，才能够产生动态的一次性口令。

动态口令技术认证方式中要用到动态口令密码卡，这是一种便于携带的智能化硬件产品。这种密码卡内置的构件和程序能通过密码卡内的密钥加上其他因子动态地计算出新的口令。

当密码卡持有者将这个口令输入计算机时，系统中的认证服务器会根据相同的算法和动态因子计算出对应于该密码卡的认证口令，并把这个口令与密码卡产生的口令比对，进行身份认证。

6．PPP 中的认证协议

点到点协议（Point-to-Point Protocol，PPP）提供了一种在点到点链路上封装网络层协议信息的标准方法。PPP 也定义了可扩展的链路控制协议。链路控制协议使用验证协议磋商机制，在链路层上传输网络层协议前验证链路的对端。

PPP 包含这样几个部分：在串行链路上封装数据报的方法；建立、配置和测试数据链路连接的链路控制协议（Link Control Protocol，LCP）；建立和配置不同网络层协议的一组网络控制协议（Network Control Protocol，NCP）。

PPP协议定义了两种验证协议：密码验证协议（Password Authentication Protocol，PAP）和挑战-握手验证协议（Challenge-Handshake Authentication Protocol，CHAP），此外还有扩展认证协议（Extensible Authentication Protocol，EAP）。

一个典型的PPP链路建立过程分为三个阶段：创建阶段、认证阶段和网络协商阶段。

（1）创建阶段。在这个阶段，将对基本的通信方式进行选择。链路两端设备通过LCP向对方发送配置信息，建立链路。在链路创建阶段，只是对验证协议进行选择，具体的用户验证过程在认证阶段实现。

（2）认证阶段。在这个阶段，客户端会将自己的身份发送给远端的接入服务器。该阶段使用一种安全的验证方式避免第三方窃取数据或冒充远程客户接管与客户端的连接。认证成功，则转到网络层协商阶段。如果认证失败，则链路终止。

（3）网络层协商。认证阶段完成之后，PPP将调用在链路创建阶段选定的各种NCP协商高层协议问题，例如，在该阶段IP控制协议可以向拨入用户分配动态地址。这样，经过三个阶段以后，一条完整的PPP链路就建立起来了。

最常用的认证协议有PAP和CHAP，此外还有EAP。

（1）PAP。PAP是一种简单的明文验证方式。网络接入服务器要求用户提供用户名和口令，PAP以明文方式返回用户信息，并且对回送或者重复验证和错误攻击没有保护措施。很明显，这种验证方式的安全性较差，第三方可以很容易地获取被传送的用户名和口令，并利用这些信息与网络接入服务器建立连接获取网络接入服务器提供的资源。所以，一旦用户密码被第三方窃取，PAP无法提供避免受到第三方攻击的保障措施。

（2）CHAP。CHAP是一种加密的验证方式，能够避免建立连接时传送用户的明文密码。网络接入服务器向远程用户发送一个挑战口令，其中包括会话ID和一个任意生成的挑战字串。远程客户端使用MD5散列算法返回用户名和加密的挑战口令、会话ID及用户口令。

CHAP对PAP进行了改进，不再直接通过链路发送明文口令，而是使用挑战口令以散列算法对口令进行加密。因为服务器端存有客户的明文口令，所以服务器可以重复客户端进行的散列操作，并将结果与用户返回的口令进行对照。

CHAP为每一次验证任意生成一个挑战字串来防止受到攻击。在整个连接过程中，CHAP将不定时地随机向客户端重复发送挑战口令，从而避免非法入侵者冒充远程客户进行攻击。

CHAP验证方式具有如下优点：

- 通过可变的挑战口令和随机地、重复地发挑战口令，CHAP防止了重放攻击。
- 该认证方法依赖于认证者和对端共享的密钥，密钥不是通过链路发送的。
- 虽然该认证是单向的，但是在两个方向都进行CHAP协商，同一密钥可以很容易地实现交互认证。
- 由于CHAP可以用在许多不同的系统认证中，因此可以用用户名作为索引，以便在一张大型密钥表中查找正确的密钥。这样也可以在一个系统中支持多个用户名-密钥对，在会话中随时改变密钥。

CHAP在设计上的要求：

- CHAP算法要求密钥长度必须至少是一字节，至少应该不易让人猜出，密钥最好至少是散列算法所选用的散列码的长度，如此可以保证密钥不易受到穷举搜索攻击。所选用的散列算法，必须保证从已知挑战口令和响应值来确定密钥在计算上是不可行的。

- 每一个挑战口令应该是唯一的，否则在同一密钥下，重复挑战口令将使攻击者能够用以前截获的响应值应答挑战口令。由于希望同一密钥可以用于地理上分散的不同服务器的认证，因此挑战口令应该做到全局临时唯一。
- 每一个挑战口令也应该是不可预计的，否则攻击者可以欺骗对方，让对方响应一个预计的挑战口令，然后用该响应冒充对端欺骗认证者。虽然 CHAP 不能防止实时地主动搭线窃听攻击，然而只要能产生不可预计的挑战口令就可以防范大多数的主动攻击。

（3）EAP。EAP 是一个用于 PPP 认证的通用协议，可以支持多种认证方法。EAP 并不在链路控制阶段而是在认证阶段指定认证方法，这样认证方就可以在得到更多的信息以后再决定使用什么认证方法。这种机制还允许 PPP 认证方简单地把收到的认证信息传给后方的认证服务器，由后方的认证服务器来真正实现各种认证方法。

EAP 的认证过程是：在链路阶段完成以后，认证方向对端发送一个或多个请求报文。在请求报文中有一个类型字用来指明认证方所请求的信息类型，例如，可以是对端的 ID、MD5 的挑战口令、一次性密码及通用密码卡等。MD5 的挑战口令对应于 CHAP 认证协议的挑战口令。典型情况下，认证方首先发送一个 ID 请求报文随后再发送其他的请求报文。对端对每一个请求报文响应一个应答报文。和请求报文一样，应答报文中也包含一个类型字段，对应于所回应的请求报文中的类型字段。认证方再通过发送一个成功或者失败的报文来结束认证过程。

EAP 具有突出的优点：它可以支持多种认证机制，而不需要在建立连接阶段指定；某些设备，例如，网络接入服务器，不需要关心每一个请求信息的真正含义，而是作为一个代理把认证报文直接传给后端的认证服务器，设备只需关心认证结果是成功还是失败，然后结束认证阶段。

当然 EAP 也有一些缺点：它需要在 LCP 中增加一个新的认证协议，这样现有的 PPP 要想使用 EAP 就必须进行修改。同时，使用 EAP 也和现有的在 LCP 协商阶段指定认证方法的模型不一致。

7. RADIUS 协议

RADIUS（Remote Authentication Dial-in User Service）协议是由朗讯公司提出的客户/服务器方式的安全认证协议，它能在拨号网络中提供注册、验证功能，现已成为 Internet 的正式协议标准，是当前流行的 AAA（Authentication、Authorization、Accounting）协议。

RADIUS 协议可以把拨号和认证这两种功能放在两个分离的服务器——网络接入服务器（NAS）和后台认证服务器（RADIUS 服务器）上。在 RADIUS 服务器上存放有用户名和它们相应认证信息的一个大数据库，来提供认证用户名和密码及向用户发送配置服务的详细信息等。

RADIUS 具有非常突出的特点：

- RADIUS 协议使用 UDP 进行传输，它使用 1812 号端口进行认证以及认证通过后对用户的授权，使用 1813 号端口对用户计费。
- 支持多种认证方法，RADIUS 能支持 PAP、CHAP、UNIX Login 及其他认证方法。
- 支持认证转接（Authentication Forwarding），一个 RADIUS 服务器可以作为另一个 RADIUS 服务器的客户端向它要求认证，这叫做认证转接。
- 协议扩展性好，通过协议中变长的属性串能够进一步扩展 RADIUS 协议。

- 认证信息都加密传输，安全性高。RADIUS 服务器和接入服务器之间传递的认证信息用一个事先设置的口令进行加密，防止敏感信息泄露，因此安全性高。

RADIUS 的认证过程如下：

（1）接入服务器从用户那里获取用户名和口令（PAP 口令或 CHAP 口令），把它同用户的一些其他信息（如主叫号码、接入号码、占用的端口等）组成 RADIUS 认证请求数据包发送给 RADIUS 服务器，请求认证。

（2）RADIUS 服务器收到认证请求包后，首先查看接入服务器是否已经登记，然后根据请求中用户名、口令等信息验证用户是否合法。如果用户非法，则向接入服务器发送访问拒绝包；如果用户合法，那么 RADIUS 服务器会将用户的配置信息，例如，用户类型、IP 地址、连接协议、端口信息、ACL 授权等信息，一起组成访问接受包发送回接入服务器。

（3）接入服务器收到访问接受/拒绝包时，首先要判断包中的签名是否正确，如果不正确将认为收到了一个非法的包。验证签名的正确性后，如果收到了访问接受包，那么接入服务器会接受用户的上网请求，并用收到的授权信息对用户进行配置、授权，限制用户对资源的访问；如果收到的是访问拒绝包则拒绝该用户的上网请求。

（4）当用户成功的登录后，接入服务器会向 RADIUS 服务器发送一个连接开始的记账信息包，其中包括用户使用的连接种类、协议和其他自定义的用户记账的信息；当用户断开连接后，接入服务器再向 RADIUS 服务器发送一个连接结束的记账信息包，通知 RADIUS 服务器停止对该用户记账。RADIUS 服务器根据收到的记账信息包按照该用户的设置为用户记账。

15.6.2　访问控制技术

访问控制是在身份认证的基础上，根据不同身份的用户对用户的访问请求加以限制。

身份认证关心的是"你是谁，你是否拥有你所声明的身份"这个问题；而访问控制则关心"你能做什么，不能做什么"的问题。

在访问控制过程中，一般把发出访问、存取请求的一方，例如，用户、程序、进程等叫做主体；而把被访问的对象和资源，例如，文件、数据库、设备、内存区域等叫做客体。另外还有一套定义主体与客体之间相互关系，确定不同主体对不同客体的访问能力与权限的规则，叫做访问规则。一个完整的访问控制体系就是由上述三方面共同构成的。

1．访问控制策略

访问控制策略一般可以划分为三类：自主访问控制（Discretionary Access Control，DAC）、强制访问控制（Mandatory Access Control，MAC），基于角色的访问控制（Role Based Access Control，RBAC）。其中 DAC、MAC 是属于传统的访问控制策略，而 RBAC 则是后来出现的一种访问控制策略，被认为具有很大的优势，具有很好的发展前景。

（1）DAC。自主访问控制是目前计算机系统中实现最多的访问控制机制，它是主体可以自主的进行配置以决定其他的主体可以采取什么样的方式来访问其所拥有的一些资源，即一个拥有一定权限范围的主体可以直接或者间接地把权限授予其他的主体。

常见的操作系统的如 Windows、UNIX 等都是采用自主访问控制策略来实施访问控制的。其常见的方式是由某个用户（一般为某个文件或资源的拥有者或超级管理员）采用某种方式指定不同类型、不同分组的其他用户对其名下的资源的访问许可和访问方式。

自主访问控制策略中，由用户自己决定其他用户对系统中某些资源的访问权限，这样虽然方便，但是却很难保证这种类型的授权对于整个系统来说是安全的。首先，用户往往不知道或者难以确定其他的用户是否适合具有对某些资源的访问权限；其次，如果不是所有的用户都有很强的安全意识，可能随意授权，这对于系统安全是一个潜在的威胁；再次，由用户自己决定访问权限的分配，不利于系统管理员实施统一的全局访问控制；另外，许多组织中往往希望对于信息系统采取的授权与控制结构能够与该组织的行政结构一致。总之，自主访问控制策略容易使系统失控，容易给非法入侵者留下可乘之机。所以，自主访问控制策略的安全性不是很高。

随着网络规模的扩大，对访问控制服务的质量也提出了更高的要求，采用自主访问控制策略已经很难满足一个安全性要求比较高的系统的需要。

（2）MAC。强制访问控制是系统统一采用某种访问权限的授予和撤销的策略，而且强制所有主体都必须服从这种访问权限的分配。

MAC 一般用在安全级别层次比较多的军事、安全等特殊应用领域中。它预先为系统中接受的所有主体、客体根据可以信任的程度、所处的岗位和承担的任务、信息的敏感程度、时间发展的阶段等划分成若干级别，例如，信息可以分为绝密、机密、秘密和无密级等不同的级别。然后再根据主体和客体的级别标记来决定访问模式，任何用户对任何客体的访问请求都由这种安全级别的划分及相应的权限配置来控制。

强制访问控制由于过于强调系统的安全性能，虽然能够很好地控制系统的安全，但是它管理起来比较麻烦，工作量很大，也不够灵活。

（3）RBAC。前面讲述的两种访问控制策略都各有其特点，但是也各有它们的不足。而基于角色的访问控制则可以在克服以上两者的缺点的同时，提供一个良好的安全的系统环境，因而是面向企业的系统中一种十分有效的访问控制策略。

DAC 系统中，有一种常见的情况，就是在一个组织中，最终用户能够使用某些资源，但是它并不是该资源的拥有者，资源的拥有者是这个组织或组织中的所有用户。这时，就应该基于用户的职务来进行访问权限的设置和分配，而不应该基于资源的拥有者来进行。

例如，在图书馆中，应该根据某一个用户是流通人员、还是文献编目人员、还是分馆的管理员等不同的角色来分配和设置权限。如果是文献编目人员，那么他对系统中流通的图书这种资源就只能有查看的权限，而对未进行典藏的图书等资源就有比较高的访问权限；如果是分馆的管理员，那么他相应地就具有对该分馆的读者、文献等资源有较高的访问权限，而对其他用户则没有。也就是说，用户具有什么样的访问权限，不直接取决于用户自己，而是取决于他所属的角色，有什么样的角色就有什么样的权限。

角色的种类和访问权限由系统管理员来定义，每一个成员属于那种类型的角色也由系统管理员来规定，即只有系统管理员才有权定义和分配角色，而且对于用户来说只能服从系统中的这一系列规定，而不能有自主的配置，因此这是一种非自主型访问控制策略。

2．访问许可的授权

对访问许可的授权有三种类型：

（1）等级型。把对客体的存取控制权限的修改能力划分成不同的等级，拥有高级别修改能力的主体可以把这种权限分配给比其级别低的主体。依此类推，从而将访问许可的授权关系组成一个树型结构。

例如，超级管理员可以作为这个等级树的根，具有修改所有客体的存取控制表的能力，且可以向任意一个主体分配这种修改权。系统管理员把用户根据部门划分成多个子集，并对部门领导授予相应存取控制权限的修改权和对修改权的分配权。部门领导又可以把自己所拥有的权力按照同样的方法向下授权。

这种方式的优点是树型结构与实际组织机构类似，并且可以由领导根据日常实际工作需要进行授权来对各级用户进行控制与管理。但这种方式也有一个缺点，就是对同一个客体来说，可能存在多个主体有能力修改其存取控制权限。

（2）拥有型。是对每一个客体都有一个拥有者（一般情况下就是该客体的创建者），拥有者具有对所拥有的客体的全部的控制权，并且可以任意修改其拥有的客体的访问控制表，并可对其他主体授予或撤销对其客体的任何一种访问权限。但是拥有者无权将其对客体的访问控制权的分配权授予给其他主体。

在 UNIX 系统中就是用这种方式来进行授权控制的。

（3）自由型。自由型的特点是一个客体的拥有者可以对任何主体授予对他所拥有的客体的访问权限，同时还可以把这种分配权授予其他主体而不受任何限制。这样，获得了这种授权的主体就可以把这种分配权授予更多的主体而不受该客体拥有者的限制。这样，一旦访问控制的分配权被授予出去，就很难控制对客体的访问了。显然，这样做安全性比较差，一般的系统中很少采用这种方式。

15.7　网络安全体系

ISO 的 OSI/RM 是著名的网络体系结构模型，但是，OSI/RM 并没有在安全性方面作专门的设计，因此该模型本身的安全性是很弱的。为了改善网络的安全状况，提高网络安全强度，ISO 又在 OSI/RM 的基础上提出了一套 OSI 安全体系结构，用以强化网络的安全性。

15.7.1　OSI 安全体系结构

OSI 安全体系结构是一个面向对象的、多层次的结构，它认为安全的网络应用是由安全的服务实现的，而安全服务又是由安全机制来实现的。

1. OSI 安全服务

针对网络系统的技术和环境，OSI 安全体系结构中对网络安全提出了五类安全服务，即对象认证服务、访问控制服务、数据保密性服务、数据完整性服务、禁止否认服务。

（1）对象认证服务。对象认证服务又可分为对等实体认证和信源认证，是用于识别对等实体或信源的身份，并对身份的真实性、有效性进行证实。其中，对等实体认证用来验证在某一通信过程中的一对关联实体中双方的声称是一致的，确认对等实体中没有假冒的身份。信源认证可以验证所接收到的信息是否确实具有它所声称的来源。

（2）访问控制服务。访问控制服务防止越权使用通信网络中的资源。访问控制服务可以分为自主访问控制、强制访问控制、基于角色的访问控制。由于 DAC、MAC 固有的弱点，以及RBAC 的突出优势，所以 RBAC 一出现就成为在设计中最受欢迎的一种访问控制方法。访问控制的具体内容前面已有讲述，此处不再赘述。

（3）数据保密性服务。数据保密性服务是针对信息泄漏而采取的防御措施，包括信息保密、选择段保密、业务流保密等内容。数据保密性服务是通过对网络中传输的数据进行加密来实现的。

（4）数据完整性服务。数据完整性服务包括防止非法篡改信息，如修改、删除、插入、复制等。

（5）禁止否认服务。禁止否认服务可以防止信息的发送者在事后否认自己曾经进行过的操作，即通过证实所有发生过的操作防止抵赖。具体的可以分为防止发送抵赖、防止递交抵赖和进行公证等几个方面。

2．OSI 安全机制

为了实现前面所述的 OSI 五种安全服务，OSI 安全体系结构建议采用如下 8 种安全机制：加密机制、数字签名机制、访问控制机制、数据完整性机制、鉴别交换机制、流量填充机制、路由验证机制、公正机制。

（1）加密机制。加密机制即通过各种加密算法对网络中传输的信息进行加密，它是对信息进行保护的最常用措施。加密算法有许多种，大致分为对称密钥加密与公开密钥加密两大类，其中有些（例如，DES 等）已经可以通过硬件实现，具有很高的效率。

（2）数字签名机制。数字签名机制是采用私钥进行数字签名，同时采用公开密钥加密算法对数字签名进行验证的方法。用来帮助信息的接收者确认收到的信息是否是由它所声称的发送方发出的，并且还能检验信息是否被篡改、实现禁止否认等服务。

（3）访问控制机制。访问控制机制可根据系统中事先设计好的一系列访问规则判断主体对客体的访问是否合法，如果合法则继续进行访问操作，否则拒绝访问。访问控制机制是安全保护的最基本方法，是网络安全的前沿屏障。

（4）数据完整性机制。数据完整性机制包括数据单元的完整性和数据单元序列的完整性两个方面。它保证数据在传输、使用过程中始终是完整、正确的。数据完整性机制与数据加密机制密切相关。

（5）鉴别交换机制。鉴别交换机制以交换信息的方式来确认实体的身份，一般用于同级别的通信实体之间的认证。要实现鉴别交换常常用到如下这样一些技术。

- 口令：由发送方提交，由接收方检测；
- 加密：将交换的信息加密，使得只有合法用户才可以解读；
- 实体的特征或所有权：例如，指纹识别、身份卡识别等。

（6）业务流填充机制。业务流填充机制是设法使加密装置在没有有效数据传输时，还按照一定的方式连续地向通信线路上发送伪随机序列，并且这里发出的伪随机序列也是经过加密处理的。这样，非法监听者就无法区分所监听到的信息中哪些是有效的、哪些是无效的，从而可以防止非法攻击者监听数据、分析流量、流向等，达到保护通信安全的目的。

（7）路由控制机制。在一个大型的网络里，从源节点到目的节点之间往往有多种路由，其中有一些是安全的，而另一些可能是不安全的。在这种源节点到目的节点之间传送敏感数据时，就需要选择特定的安全的路由，使之只在安全的路径中传送，从而保证数据通信的安全。

（8）公证机制。在一个复杂的信息系统中，一定有许多用户、资源等实体。由于各种原因，很难保证每个用户都是诚实的、每个资源都是可靠的，同时，也可能由于系统故障等原因造成信息延迟、丢失等。这些很可能会引起责任纠纷或争议。而公证机构是系统中通信的各方都信任的权威机构，通信的各方之间进行通信前，都与这个机构交换信息，从而借助于这个可以信赖的第三方保证通信是可信的，即使出现争议，也能通过公证机构进行仲裁。

3. OSI 安全服务与安全机制之间的关系

OSI 安全服务与安全机制之间不是一一对应的关系。有的服务需要借助多种机制来实现，同时，有些机制可以提供多种服务。一般来说，OSI 安全服务与安全机制之间具有如表 15-1 所示的关系，在设计中可以参考选用这些安全机制从而提供相应的安全服务。

表 15-1　OSI 安全服务与安全机制之间的关系

安全机制 ＼ 安全服务	对象认证	访问控制	数据保密性	数据完整性	防止否认
加密	√		√	√	
数字签名	√	√		√	√
访问控制		√			
数据完整性				√	√
鉴别交换	√				
业务流填充			√		
路由控制			√		
公证					√

15.7.2　VPN 在网络安全中的应用

虚拟专用网络（Virtual Private Network，VPN）是指利用不安全的公共网络如 Internet 等作为传输媒介，通过一系列的安全技术处理，实现类似专用网络的安全性能，保证重要信息的安全传输的一种网络技术。

1. VPN 技术的优点

VPN 技术具有非常突出的优点，主要包括：

（1）网络通信安全。VPN 采用安全隧道等技术提供安全的端到端的连接服务，位于 VPN 两端的用户在 Internet 上通信时，其所传输的信息都是经过 RSA 不对称加密算法加密处理的，它的密钥则是通过 Diffie-Hellman 算法计算得出的，可以充分地保证数据通信的安全。

（2）方便的扩充性。利用 VPN 技术实现企业内部专用网络，以及异地业务人员的远程接入等，具有非常方便灵活的可扩性。首先是重构非常方便，只需要调整配置等就可以重构网络；其次是扩充网络方便，只需要配置几个结点，不需要对已经建好的网络做工程上的调整。

（3）方便的管理。利用 VPN 组网，可以把大量的网络管理工作放到互联网络服务提供商一端来统一实现，从而减轻了企业内部网络管理的负担。同时 VPN 也提供信息传输、路由等方面的智能特性，以及与其他网络设备相独立的特性，也给用户提供了网络管理的灵活的手段。

（4）显著节约成本。利用已有的无处不在的 Internet 组建企业内部专用网络，可以节省大量的投资成本及后续的运营维护成本。以前，要实现两个远程网络的互联，主要是采用专线连接方式。这种方式成本太高。而 VPN 则是在 Internet 基础上建立的安全性较好的虚拟专用网，因此成本比较低，而且可以把一部分运行维护工作放到服务商端，又可以节约一部分维护成本。

2. VPN 的原理

实现 VPN 需要用到一系列关键的安全技术，包括：

- 安全隧道技术。即把传输的信息经过加密和协议封装处理后再嵌套装入另一种协议的数据包中送入网络中，像普通数据包一样进行传输。经过这样的处理，只有源端和目标端的用户对加密封装的信息能进行提取和处理，而对于其他用户而言只是无意义的垃圾。
- 用户认证技术。在连接开始之前先确认用户的身份，然后系统根据用户的身份进行相应的授权和资源访问控制。
- 访问控制技术。由 VPN 服务的提供者与最终网络信息资源的提供者共同协商确定用户对资源的访问权限，以此实现基于用户的访问控制，实现对信息资源的保护。

VPN 系统的结构如图 15-12 所示。

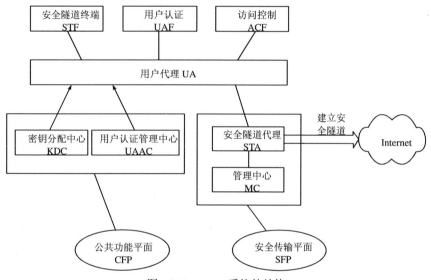

图 15-12　VPN 系统的结构

在图 15-12 中，安全隧道代理和管理中心组成安全传输平面（Secure Transmission Plane，STP），实现在 Internet 上安全传输和相应的系统管理功能。用户认证管理中心和密钥分配中心组成公共功能平面（Common Function Plane，CFP），它是安全传输平面的辅助平面，主要向用户代理提供相对独立的用户身份认证与管理、密钥的分配与管理功能。

建立 VPN 通信时，VPN 用户代理向安全隧道代理请求建立安全隧道，安全隧道代理接受后，在管理中心的控制和管理下在 Internet 上建立安全隧道，然后向用户提供透明的网络传输。VPN 用户代理包括安全隧道终端功能、用户认证功能和访问控制功能三个部分，它们共同向上层应用提供完整的 VPN 服务。

（1）安全传输平面。安全传输平面实现在 Internet 上安全传输和相应的系统管理功能，这是由安全隧道代理和管理中心共同完成的。

1）安全隧道代理。安全隧道代理可以在管理中心的控制下将多段点到点的安全通路连接成一条端到端的安全隧道。它是 VPN 的主体，其主要作用有：

- 建立与释放安全隧道。按照用户代理的请求，在用户代理与安全隧道代理之间建立点到点的安全通道，并在这个安全通道中进行用户身份验证和服务等级协商等交互。在安全通道中进行初始化过程，可以充分保护用户身份验证等重要信息的安全。然后在管理中心的控制下建立发送端到接收端之间由若干点到点的安全通道依次连接而成的端到端的安全隧道。在信息传输结束之后，由通信双方中的任一方代理提出释放隧道连接请求，就可以中断安全隧道连接。

- 用户身份的验证。在建立安全隧道的初始化过程中，安全隧道代理要求用户代理提交用户认证管理中心提供的证书，通过验证该证书可以确认用户代理的身份。必要时还可以由用户代理对安全隧道代理进行反向认证以进一步提高系统的安全性。
- 服务等级的协商。用户身份验证通过之后，安全隧道代理与用户代理进行服务等级的协商，根据其要求与 VPN 系统当时的实际情况确定提供的服务等级并报告至管理中心。
- 信息的透明传输。安全隧道建立之后，安全隧道代理负责通信双方之间信息的传输，并根据商定的服务参数进行相应的控制，对其上的应用提供透明的 VPN 传输服务。
- 控制与管理安全隧道。在维持安全隧道连接期间，安全隧道代理还要按照管理中心的管理命令对已经建立好的安全隧道进行网络性能及服务等级等有关管理与调整。

2）VPN 管理中心。VPN 管理中心是整个 VPN 的核心部分，它与安全隧道代理直接联系，负责协调安全传输平面上的各安全隧道代理之间的工作。具体功能包括：

- 安全隧道的管理与控制。确定最佳路由，并向该路由上包含的所有安全隧道代理发出命令，建立安全隧道连接。隧道建立以后，管理中心继续监视各隧道连接的工作状态，对出错的安全隧道，管理中心负责重新选择路由并将该连接更换到新的路由。在通信过程中，还可以根据需要向相应安全隧道上的代理发送管理命令，以优化网络性能、调整服务等级等。
- 网络性能的监视与管理。管理中心不断监视各安全隧道代理的工作状态，收集各种 VPN 性能参数，并根据收集到的数据完成 VPN 性能优化、故障排除等功能。同时，管理中心还负责完成对各种 VPN 事件进行日志记录、用户计费、追踪审计、故障报告等常用的网络管理功能。

（2）公共功能平面。公共功能平面是安全传输平面的辅助平面，向 VPN 用户代理提供相对独立的用户身份认证与管理、密钥的分配与管理功能，分别由用户认证管理中心和 VPN 密钥分配中心完成。

1）认证管理中心。认证管理中心提供用户身份认证和用户管理。用户认证就是以第三者身份客观地向 VPN 用户代理和安全隧道代理中的一方或双方提供用户身份的认证，以便他们能够相互确认对方的身份。

用户管理是指与用户身份认证功能直接相关的用户管理部分，即对各用户（包括用户代理、安全隧道代理及认证管理中心等）的信用程度和认证情况进行日志记录，并可在 VPN 与建立安全隧道双方进行服务等级的协商时参考。这里的管理是面向服务的，而与用户权限、访问控制等方面有关的用户管理功能则不在此列。

2）密钥分配中心。密钥分配中心向需要进行身份验证和信息加密的双方提供密钥的分配、回收与管理功能。在 VPN 系统里，用户代理、安全隧道代理、认证管理中心等都是密钥分配中心的用户。

希赛教育专家提示：采用 VPN 技术，既能保证整个企业网络的连通性与数据的共享，又能保证财务等重要数据的安全，是一种实现企业内部本地网络互连的良好方案。

15.8　系统的安全性设计

要设计一个安全的系统，除了要了解一些前面讲到的常用的保护手段和技术措施外，还要对系统中可能出现的安全问题或存在的安全隐患有充分的认识，这样才能对系统的安全做有针对性的设计和强化，即"知己知彼，百战百胜"。

下面以物理安全、防火墙、入侵检测为例讲解系统安全中可能出现的问题及如何采取相应的措施。

15.8.1　物理安全问题与设计

物理安全包括物理设备本身是否安全可靠，还包括设备的位置与环境的安全、限制物理访问、地域因素等几个方面。

信息系统的所有重要的物理设备、设施都应该放在专门的区域，并尽可能集中，同时严格限制外来人员来访，尽可能地减少未经授权的访问。

物理安全还要求在设计中注意物理设备的冗余备份，例如，核心设备或部件都应该是热备份系统，具有实时或准实时切换的能力。

物理安全还要求严格限制对网络信息点、线缆等网络基础设施及其所在地进行物理访问，要想访问必须经过专门的授权。

物理安全还包括环境方面的因素，要求在设计之初就要对信息系统中的温度、湿度、灰尘、振动、雷电、电力等方面的参数都要有明确的要求，要对自然灾害（地震、台风、闪电等）有充分的考虑，还要对电磁泄露等方面的要求作明确的定义。设计系统的时候要对这些因素全盘考虑，并采取适当的防护措施或强化手段。例如，机房这种重要的地点，除了所在的建筑物要有防雷系统外，还可以加装一套专用的防雷系统。这样可以保证即使建筑物遭到雷击时，万一建筑物的避雷系统未能充分保护好昂贵的信息系统，那么单独为机房安装的专用避雷系统也能保障机房设备免受损失。

15.8.2　防火墙及其在系统安全中的应用

网络安全隐患的一大主要原因是由网络的开放性、无边界性、自由性造成的，所以保护网络安全可以首先考虑把被保护的网络从开放的、无边界的、自由的公共网络环境中独立出来，使之成为有管理、可控制的、安全的内部网络。也只有做到这一点，实现信息网络的通信安全才有可能。

目前，最基本的网络分隔手段就是防火墙，它也是目前用来实现网络安全的一种主要措施。利用防火墙，可以用来在拒绝未经允许的网络连接、阻止敏感数据的泄漏的同时，保证合法用户的合法网络流量畅通无阻，可以实现内部可信任网络（如企业网）与外部不可信任网络（如Internet）之间，或是内部不同子网之间的隔离与控制，保证网络系统及网络服务的可用性。

1．防火墙的基本原理

防火墙通常使用的采用包过滤、状态检测、应用网关等几种方式控制网络连接。

包过滤防火墙是一种简单而有效的安全控制技术，它根据在防火墙中预先定义的规则（允许或禁止与哪些源地址、目的地址、端口号有关的网络连接），对网络层和传输层的数据包进行检查，进而控制数据包的进出。包过滤的优点是对用户透明，传输性能高。但是由于只能在网络层、传输层进行控制，安全控制的方式也只限于源地址、目的地址和端口号这几种，对于应用层的信息无法感知，因而只能进行较为初步的安全控制，对于拥塞攻击、内存覆盖攻击或病毒等高层次的攻击手段，则无能为力。

状态检测防火墙保持了包过滤防火墙的优点，所以性能比较好，而且对应用是透明的。同时，状态检测防火墙改进了包过滤防火墙仅仅检查进出网络的数据包，不关心数据包状态的缺点，在防火墙的内部建立状态连接表，维护了连接，将进出网络的数据当成一个个的事件来处理。对于每一个网络连接，状态检测根据预先设置的安全规则，允许符合规则的连接通过，并在内存中记录下该连接的相关信息，生成状态表。对该连接的后续数据包，只要符合状态表，就可以通过。这种方式的好处在于：由于不需要对每个数据包进行规则检查，而是对一个连接的后续数据包（通常是大量的数据包）通过散列算法，直接进行状态检查，从而使得性能得到了较大提高。

与前两种方式不关心应用层数据不同，应用网关防火墙检查所有应用层的信息包，并将检查的内容信息放入决策过程，从而提高网络的安全性。然而，应用网关防火墙是通过打破客户机/服务器模式实现的。每个客户机/服务器通信需要两个连接：一个是从客户端到防火墙，另一个是从防火墙到服务器。另外，每个网关需要一个不同的应用进程，或一个后台运行的服务程序，对每个新的应用必须添加针对此应用的服务程序，否则不能使用该服务。所以，应用网关防火墙使用起来比较麻烦，而且通用性比较差。

2．防火墙的优点

在系统中使用防火墙，对于系统的安全有很多的优点：

（1）可以隔离网络，限制安全问题的扩散。防火墙可以隔离不同的网络，或者用来隔离网络中的某一个网段，这样就能够有效地控制这个网段或网络中的问题在不同的网络中传播，从而限制安全问题的扩散。

（2）通过防火墙可以对网络中的安全进行集中化管理，简化网络安全管理的复杂度。只要在防火墙上配置好过滤策略，就使防火墙成为一个网络安全的检查站，所有进出网络的信息都需要通过防火墙，把非法访问拒于门外。从而实现安全的集中统一的管理，并且能够简化安全管理的复杂度。

（3）能够有效地记录 Internet 上的活动。因为所有进出内部网络的信息都必须通过防火墙，所以防火墙能够收集内部网络和外部网络之间或者不同网段之间所发生的事件，为管理员的进一步分析与安全管理提供依据。

3．正确使用防火墙

虽然防火墙的技术日渐成熟起来，成为网络安全的一个重要的手段。但是，它也不能完全解决网络上的安全问题。在实际使用过程中还有一些安全性是防火墙不能实现的，在实际工作中，一般应注意如下几点：

（1）防火墙虽然能对来自外部网络的非法连接做很严格的限制，但是对来自本地网络内部的攻击却无从防范。事实上，大多数攻击不是来自外部，而是来自内部。因此，即使使用了防火墙，对本地网络内部的主机、应用系统、数据库等也要采取其他有效的措施，才能真正做到安全。

（2）即使对于来自外部的攻击，目前的任何防火墙也不能做到完全阻挡所有的非法入侵。随着各种新技术的陆续涌现、非法分子对系统的深入研究与剖析、各种新的应用需求不断被开发，防火墙本身也会受到越来越多的威胁。对这些新的动态、趋势要密切关注，不断地升级防火墙、修正完善防火墙的配置，才能使防火墙本身更加坚固，进而长久的发挥安全保护作用。

（3）防火墙不能防范病毒，无法抵御基于数据的攻击。尽管防火墙的过滤技术在不断完善，可是由于病毒的类型太多、隐藏方式也非常复杂，而且它们很多都是隐藏在数据文件中，因此要防火墙对所有的包含病毒的文件做出限制是不太现实的，而应当在系统中单独安装专门的病毒网关或者在主机上安装相应的防病毒软件、反间谍软件等工具软件，才能较好的防范此类安全隐患。

（4）防火墙不能防范全部的威胁，而只能防备已知的威胁。所以在使用过程中，应当经常根据需要配合使用入侵检测系统。

（5）防火墙不能防范不通过它的链接。防火墙可以有效地过滤经过它的信息传输，但不能防范不通过它的信息传输，例如，如果允许拨号访问防火墙后面的内部系统，则防火墙没有任何办法对它进行控制。

15.8.3　入侵检测系统

传统上，一般采用防火墙作为系统安全的边界防线。但是，随着攻击者的知识日趋丰富，攻击工具与手法的日趋复杂多样，单纯的防火墙已经无法满足对安全高度敏感的部门的需要，网络的防卫必须采用一种纵深的、多样的手段。

与此同时，当今的网络环境也变得越来越复杂，各式各样的复杂的设备，需要不断升级、补漏，系统管理员的工作不断加重，不经意的疏忽便有可能造成安全的重大隐患。所以，信息系统中存在着不少可以被攻击者所利用的安全弱点、漏洞以及不安全的配置，主要表现在操作系统、网络服务、TCP/IP 协议、应用程序（如数据库、浏览器等）、网络设备等几个方面。正是这些弱点、漏洞和不安全设置给攻击者以可乘之机。

另外，由于大部分网络缺少预警防护机制，即使攻击者已经侵入到内部网络，侵入到关键的主机，并从事非法的操作，系统管理员也很难察觉到。这样，攻击者就有足够的时间来做他们想做的任何事情。

要防止和避免遭受攻击和入侵，不仅要找出网络中存在的安全弱点、漏洞和不安全的配置，然后采取相应措施堵塞这些弱点、漏洞，对不安全的配置进行修正，最大限度地避免遭受攻击和入侵；而且要对网络活动进行实时监测，一旦监测到攻击行为或违规操作，能够及时做出反应，包括记录日志、报警甚至阻断非法连接。

在这种环境下，入侵检测（Intrusion Detection）技术受到人们愈来愈多的关注，而且已经开始在各种不同的环境中发挥其关键作用。入侵检测系统可以在系统中发生一些不正常的操作时发出警报，防患于未然。设置硬件防火墙，可以提高网络的通过能力并阻挡一般性的攻击行为；而采用入侵检测系统，则可以对越过防火墙的攻击行为，以及来自网络内部的违规操作进行监测和响应。

入侵检测技术，是通过对计算机网络或计算机系统中得若干关键点收集信息并对其进行分析，从中发现网络或系统中是否有违反安全策略的行为和被攻击的迹象。与其他安全产品不同的是，入侵检测系统需要更多的智能，它要根据智能库对收集到的数据进行分析，并采取相应措施。

作为对防火墙及其有益的补充，入侵检测系统（IDS）能够帮助人们快速发现系统攻击的发生，扩展了系统管理员的安全管理能力（包括安全审计、监视、进攻识别和响应等），提高了信息系统的安全性。入侵检测系统被认为是防火墙之后的第二道安全闸门，它能在不影响网络性能的情况下对网络进行监听，从而提供对内部攻击、外部攻击和误操作的实时保护。

入侵检测系统作为一种积极主动的安全防护工具，能够在计算机网络和系统受到危害之前进行报警、拦截和响应。其主要功能包括：通过检测和记录系统中的安全违规行为，惩罚信息系统攻击，防止入侵事件的发生；检测其他安全措施未能阻止的攻击或安全违规行为；检测黑客在攻击前的探测行为，预先给管理员发出警报；报告信息系统中存在的安全威胁；提供有关攻击的信息，帮助管理员诊断系统中存在的安全弱点，利于其进行修补。

在大型、复杂的计算机系统中布置入侵检测系统，可以显著提高信息系统安全管理的质量。

1. 入侵检测技术

入侵检测系统的处理过程分为数据采集阶段、数据处理及过滤阶段、入侵分析及检测阶段、报告及响应阶段 4 个阶段。数据采集阶段主要收集目标系统中引擎提供的通信数据包和系统使用等情况。数据处理及过滤阶段是把采集到的数据转换为可以识别是否发生入侵的数据的阶段。分析及检测阶段通过分析上一阶段提供的数据来判断是否发生入侵。这一阶段是整个入侵检测系统的核心阶段。报告及响应阶段针对上一个阶段中得出的判断做出响应。如果被判断为发生入侵，系统将对其采取相应的响应措施，或者通知管理人员发生入侵，以便于采取措施。

在入侵检测系统的工作过程中，对信息系统中的各种事件进行分析，从中检出违反安全策略的行为是入侵检测系统的核心功能。检测技术分为两类：一种基于标志(signature-based) 的入侵检测，另一种基于异常情况(anomaly-based)的入侵检测。

基于标识的检测技术，先定义出违背安全策略的事件的特征，如网络数据包的某些头信息等。然后对收集到的数据进行分析，通过判别这类特征是否在所收集到的数据中出现来判断是否受到入侵。此方法非常类似杀毒软件的特征码检测，比较简单有效。

而基于异常的检测技术则是先定义一组系统"正常"情况的数值，如 CPU 利用率、网络流量规律、文件校验和等（这类数据可以人为定义，也可以通过观察系统、并用统计的办法得出），然后将系统运行时的数值与所定义的"正常"情况比较，得出是否有被攻击的迹象。这种检测方式的核心在于如何定义所谓的"正常"情况。

两种检测技术的方法、所得出的结论有时会有非常大的差异。基于标志的检测技术的核心是维护一个知识库。对于已知得攻击，它可以详细、准确的报告报告出攻击类型，但是对未知攻击却效果有限，而且知识库必须不断更新。基于异常的检测技术则无法准确判别出攻击的手法，但它可以判别更广范、甚至未发觉的攻击。如果条件允许，两者结合的检测会达到更好的效果。

2．入侵检测系统的种类和选用

一般来说，入侵检测系统可分为主机型和网络型。

主机型入侵检测系统往往以系统日志、应用程序日志等作为数据源，当然也可以通过其他手段（如监控系统调用）从所在的主机收集信息进行分析。主机型入侵检测系统保护的一般是所在的主机系统。主机型入侵检测系统需要为不同平台开发不同的程序，而且会增加系统负荷，还要在每一台主机安装，比较麻烦，但是可以充分利用操作系统本身提供的功能、并结合异常分析，更准确的报告攻击行为。

网络型入侵检测系统则以网络上的数据包作为数据源，通过在一台主机或网络设备上监听本网段内的所有数据包来进行分析判断。一般网络型入侵检测系统担负着保护整个网段的任务。这种系统应用十分简便：一个网段上只需安装一个或几个这样的系统，便可以监测整个网段的情况，但是它不跨越多个物理网段，对于复杂结构的网络（如交换环境），效果有一定影响。

主机型入侵检测系统和网络型入侵检测系统各有利弊，应用中可以根据实际需要从中选择。

15.9　安全性规章

15.9.1　安全管理制度

信息系统安全，不仅仅要从技术角度采取若干措施，更要从组织管理的角度出发，制定明确的安全管理的规章制度，以确保安全技术实施的有效性。只有依靠安全管理规章的有力支持和保障，信息安全的技术解决方案才能够切实地取得预期的效果。

事实上，管理的缺失是信息安全失败的非常重要的原因。有统计表明，危害信息系统安全的因素中，70%以上来自组织内部。系统管理员随意性的配置或者软件升级不及时造成的安全漏洞、使用脆弱的用户口令、随意下载使用来自网络的软件、在防火墙内部架设拨号服务器却没有对账号认证等严格限制、用户安全意识不强，将自己的账号随意转借他人或与别人共享等，这些管理上的问题都是无论多么高超的安全技术都不能解决的，都会使信息系统处于危险之中。如果没有健全的安全性规章或者安全性规章不能贯彻落实，即便设计和实现了再好的安全设备和系统，信息系统安全也只不过是空谈而已。

所以建立定期的安全检测、口令管理、人员管理、策略管理、备份管理、日志管理等一系列安全性规章并认真贯彻执行对于维护信息系统的安全来说是非常必要的。

为了更好地落实安全性规章，首先需要根据实际情况，建立和健全信息系统安全委员会、安全小组、安全员。安全组织成员应当由主管领导、安全保卫、信息中心、人事、审计等部门的工作人员组成，必要时可聘请相关部门的专家组成。如果有必要，安全组织也可成立专门的独立机构。设立信息安全部门和安全人员，不但可以有效地制定并贯彻落实安全性规章制度，还可以提高对安全事件的反应能力和响应速度。

有了信息安全部门和人员，还要制定安全管理制度。只有建立健全的安全管理制度，并在信息系统的运行过程中始终坚持贯彻执行，才能从根本上为信息系统的正常运行，以及信息系统安全技术的执行提供良好的、坚固的基础。安全管理制度应该包括下面一些主要方面的内容：

（1）机房安全管理制度；

（2）系统运行管理制度，包括系统启动、关闭、系统状态监控、系统维护等；

（3）人员管理制度，包括管理人员、设计人员、操作人员、人事变更等；

（4）软件管理制度；

（5）数据管理制度；

（6）密码口令管理制度；

（7）病毒防治管理制度；

（8）用户登记和信息管理制度；

（9）工作记录制度；

（10）数据备份制度；

（11）审计制度；

（12）安全培训制度等。

此外，有了制度而不认真执行等于没有，所以，只有在系统的运行过程中，管理人员、操作人员、用户之间的相互配合、相互协作，共同遵守既定的安全性规章，才能保证信息系统的安全措施是有用的、有效的。

总之，信息安全所涉及的方面是很多的，只有在各个方面都进行全面管理，才能在此基础上，与所采用的安全技术和设备一起，有效保证信息系统安全。

15.9.2　计算机犯罪与相关法规

随着计算机技术的不断发展，针对信息系统的各种入侵和攻击事件也与日俱增，而且由此带来的影响和损失也越来越大，有些事件甚至已经严重地危害到国家安全、经济发展、社会稳定。因此，提高信息安全性已经不再仅仅局限于采取适当的安全技术措施、完善安全性规章制度，更需要正确地运用法律手段来对付日益严重的计算机犯罪、避免重大损失的问题。

1．计算机犯罪

所谓计算机犯罪是指针对和利用计算机系统，通过非法操作或者以其他手段，对计算机系统的完整性或正常运行造成危害后果的行为。

计算机犯罪的犯罪对象是计算机系统或其中的数据，包括计算机设备、系统程序、文本资料、运算数据、图形表格等。所谓非法操作，是指一切没有按照操作规程或是超越授权范围而对计算机系统进行的操作。非法操作是对计算机系统造成损害的直接原因。

计算机犯罪是随着计算机技术的发展而出现和发展的，在不同的历史时期，具有不同的特点。大体上，计算机犯罪可以划分成两个阶段：

第一个阶段是计算机单机时代，即早期的电脑犯罪阶段，时间大致从 20 世纪中期至 80 年代。这个时期的主要形式是计算机诈骗、针对计算机内部信息的窃取和破坏。

第二个阶段是计算机网络时代，时间大致从 20 世纪 80 年代到现在。在这个时期，由于计算机网络的迅速发展及其应用范围越来越广泛，而且计算机软件日益复杂化、普及化，计算机犯罪呈现出一些新的特点：

（1）呈现国际化趋势。互联网的发展是跨越国界的，随之而来的就是计算机犯罪由区域性犯罪向跨地区、跨国界的国际性犯罪发展。

（2）从犯罪所针对的对象看，向全社会各单位和个人蔓延。计算机犯罪由早期的主要攻击金融系统、政府机关向攻击其他所有行业、所有部门的信息系统蔓延；由攻击单位、团体的信息系统向攻击个人信息系统蔓延。这两种趋势的出现都是因为计算机已经从早期的特殊部门向全社会众多机关团体以及个人普及。

（3）从组织形式上看，由个人犯罪向群体犯罪、组织犯罪发展；由单一目的犯罪向综合性犯罪发展。

（4）从犯罪主体看，所涉及人员范围越来越广泛，并呈现低龄化趋势。从年龄结构来看，低龄化、普遍化是主要特点。从犯罪人员素质层次看，已经从早期的高学历、高技能型向普通人群发展。这些也都是因为计算机技术的普及，使得越来越多的人能够方便地学习到更多的计算机技术，通过长时间的学习和实践，青少年、低学历人员也能够逐渐掌握这些技术，成为计算机和网络犯罪的主体。

（5）从危害程度看，后果越来越严重。由于知识经济的发展，各企事业单位的日常业务越来越依赖于信息系统，大量政治、军事、经济等方面的重要文件和数据，以及大量的社会财富集中于信息系统中，例如网络银行、股票等往往就表现为计算机系统中账户上的数据。一旦犯罪分子侵入这样的信息系统，必将对国家安全、经济发展、社会进步产生巨大的影响，甚至造成不可挽回的损失。

通过网络窃取机密信息将成为间谍活动的主要形式之一。随着越来越多的企事业单位和个人连接互联网，其中的很多机密信息和数据都面临着网络窃密行为的威胁。对于没有采取严格安全措施的系统，通过网络窃取其机密信息相对于其他方式更加隐蔽、快捷。例如，通过后门程序盗窃用户的账号和密码、通过系统漏洞取得系统特权、非法窃取商业机密等。

这些计算机犯罪行为显然具有很大的危害，它们影响社会的稳定、危及国家安全、扰乱经济秩序、影响社会治安、妨害青少年的健康成长、阻碍高科技产业的健康发展。因此，对于各种形式的计算机犯罪必须运用法律手段进行打击和惩处。加大对网络犯罪的打击力度，是保证我国社会稳定、经济持续发展的一项重要任务。

2. 我国的相关法律、法规

计算机犯罪，已经成为刑事犯罪的一种新形式。我国《刑法》已经增加了计算机犯罪的相关内容，并将计算机犯罪分为五种类型。一类是直接以计算机信息系统为犯罪对象的犯罪，另一类是以计算机为犯罪工具实施其他犯罪。具体地，《刑法》关于计算机犯罪的规定有：

第二百八十五条 (非法侵入计算机信息系统罪) 违反国家规定，侵入国家事务、国防建设、尖端科学技术领域的计算机信息系统的，处三年以下有期徒刑或者拘役。

第二百八十六条 (破坏计算机信息系统罪) 违反国家规定，对计算机信息系统功能进行删除、修改、增加、干扰，造成计算机信息系统不能正常运行，后果严重的，处五年以下有期徒刑或者拘役；后果特别严重的，处五年以上有期徒刑。

违反国家规定，对计算机信息系统中存储、处理或者传输的数据和应用程序进行删除、修改、增加的操作，后果严重的，依照前款的规定处罚。

故意制作、传播计算机病毒等破坏性程序，影响计算机系统正常运行，后果严重的，依照第一款的规定处罚。

第二百八十七条 (利用计算机实施的各类犯罪) 利用计算机实施金融诈骗、盗窃、贪污、挪用公款、窃取国家秘密或者其他犯罪的，依照本法有关规定定罪处罚。

这些规定对于我国大规模的推广应用各种信息系统，对于保护信息系统的生产者和使用者的合法权益，对于信息系统的安全运作都具有极为重要的作用。

除了《刑法》之外，我国在信息系统安全方面，自 1994 年以来，国务院及其有关部委相继修改和出台了若干相关法规和管理规定，其中对于我国境内发生的各种计算机犯罪及其处罚都有明文规定。因此，为了做好信息系统安全，有必要详细了解这些法律、法规，包括《中华人民共和国宪法》、《中华人民共和国刑法》、《中华人民共和国国家安全法》、《中华人民共和国保守国家秘密法》、《中华人民共和国计算机信息系统安全保护条例》、《中华人民共和国计算机信息网络国际联网管理暂行规定》、《中华人民共和国治安管理处罚条例》、《中华人民共和国计算机信息网络国际联网管理暂行规定实施办法》、《中华人民共和国专利法》、《中华人民共和国反不正当竞争法》、《中华人民共和国商标法》、《中华人民共和国海关法》、《中华人民共和国标准化法》、《关于对<中华人民共和国计算机信息系统安全保护条例>中涉及的"有害数据"问题的批复》、《科学技术保密规定》、《计算机信息系统安全专用产品检测和销售许可证管理办法》、《公安部关于对与国际联网的计算机信息系统进行备案工作的通知》、《计算机信息网络国际联网安全保护管理办法》、《电子出版物管理规定》、《中国互联网络域名注册暂行管理办法》、《从事放开经营电信业务审批管理暂行办法》、《计算机信息网络国际联网出入口信道管理办法》、《中国公用计算机互联网国际联网管理办法》、《中国公众多媒体通信管理办法》、《计算机软件保护条例》、《商用密码管理条例》、《计算机信息系统国际联网保密管理规定》、《计算机病毒防治管理办法》》、《信息安全等级保护管理办法》等。

第16章 系统的可靠性分析与设计

系统的可靠性分析与设计是系统架构设计师在系统分析与设计阶段、系统集成阶段应该重点考虑的问题。内容主要为可靠性设计、系统的故障模型、系统的可靠性模型、组合模型可靠性计算、马尔柯夫模型可靠性计算以及硬件冗余、信息校验码等方面；另外也涉及系统可靠性分析与计算、系统可靠性评估和系统配置方法等概念与理论的实际工程运用等内容。

16.1 可靠性概述

与可靠性相关的概念主要有：可靠度、可用度、可维度、平均无故障时间、平均故障修复时间以及平均故障间隔时间等。

（1）可靠度。系统的可靠度 $R(t)$ 是指在 $t=0$ 时系统正常的条件下，系统在时间区间[0,t]内能正常运行的概率。

（2）可用度。系统的可用度 $A(t)$ 是指系统在时刻 t 可运行的概率。

（3）可维度。系统的可维度 $M(t)$ 是指系统失效后，在时间间隔内被修复的概率。

（4）平均无故障时间。可靠度为 $R(t)$ 的系统平均无故障时间（Mean Time To Failure，MTTF）定义为从 $t=0$ 时到故障发生时系统的持续运行时间的期望值：

$$\text{MTTF} = \int_0^\infty R(t)\mathrm{d}t$$

如果 $R(t) = \mathrm{e}^{-\lambda t}$ 则：

$$\text{MTTF} = 1/\lambda$$

式中 λ 为失效率，是指器件或系统在单位时间内发生失效的预期次数，在此处假设为常数。

（5）平均故障修复时间。可用度为 $A(t)$ 的系统平均故障修复时间（Mean Time To Repair，MTTR）可以用类似于求 MTTF 的方法求得。

设 $A_1(t)$ 是在风险函数 $Z(t)=0$ 且系统的初始状态为 1 状态的条件下 $A(t)$ 的特殊情况，则：

$$\text{MTTR} = \int_0^\infty A_1(t)\mathrm{d}t$$

此处假设修复率 $\mu(t) = \mu$（常数），修复率是指单位时间内可修复系统的平均次数，则：

$$\text{MTTR} = 1/\mu$$

（6）平均故障间隔时间。平均故障间隔时间（Mean Time Between Failure，MTBF）常常与 MTTF 发生混淆。因为两次故障（失败）之间必然有修复行为，因此，MTBF 中应包含 MTTR。对于可靠度服从指数分布的系统，从任一时刻 t_0 到达故障的期望时间都是相等的，因此有：

$$MTBF = MTTR + MTTF$$

16.2　系统故障模型

任何系统，不管现在运行得多么稳定，总有发生故障的时候。那么，一般的系统故障遵循一个什么样的规律呢？这就是本节要讨论的内容。

16.2.1　故障的来源以及表现

下面先介绍几个概念。

（1）失效：硬件的物理改变。

（2）故障：由于部件的失效、环境的物理干扰、操作错误或不正确的设计引起的硬件或软件中的错误状态。

（3）错误（差错）：故障在程序或数据结构中的具体位置。错误与故障位置之间可能出现一定距离。故障或错误有如下几种表现形式：

- 永久性：描述连续稳定的失效、故障或错误。在硬件中，永久性失效反映了不可恢复的物理改变。
- 间歇性：描述那些由于不稳定的硬件或变化着的硬件或软件状态所引起的、仅仅是偶然出现的故障或错误。
- 瞬时性：描述那些由于暂时的环境条件而引起的故障或错误。

一个故障可能由物理失效、不适当的系统设计、环境影响或系统的操作员引起。永久性失效会导致永久性故障。间歇性故障可能由不稳定、临界稳定或不正确的设计所引起。环境条件会造成瞬时性故障。所有这些故障都可能引起错误。不正确的设计和操作员失误会直接引起错误。由硬件的物理条件、不正确的硬件或软件设计，或不稳定但重复出现的环境条件所引起的故障可能是可检测的，并且可以通过替换或重新设计来修复；然而，由于暂时的环境条件所引起的故障是不能修复的，因为其硬件本身实际上并没有损坏。瞬时和间歇故障已经成为系统中的一个主要错误源。

16.2.2　几种常用的故障模型

故障的表现形式千差万别，可以利用所谓故障模型对千差万别的故障表现进行抽象。故障模型可以在系统的各个级别上建立。一般说来，故障模型建立的级别越低，进行故障处理的代价也越低，但故障模型覆盖的故障也越少。如果在某一级别的故障模型不能包含故障的某些表现，则可以用更高一级别的模型来概括。下面介绍几种常用的故障模型。

1. 逻辑级的故障模型

固定型故障指电路中元器件的输入或输出等线的逻辑固定为 0 或固定为 1。如某线接地、电源短路或元件失效等都可能造成固定型故障。短路故障是指一个元件的输出线的逻辑值恒等于输入线的逻辑值；元件的开路故障是元件的输出线悬空，逻辑值可根据具体电路来决定。桥接故障指两条不应相连的线连接在一起而发生的故障。

2．数据结构级的故障

故障在数据结构上的表现称为差错。常见的差错如下。

- 独立差错：一个故障的影响表现为使一个二进制位发生改变。
- 算术差错：一个故障的影响表现为使一个数据的值增加或减少 $2^i(i=0,1,2,...)$。
- 单向差错：一个故障的影响表现为使一个二进制向量中的某些位朝一个方向（0 或 1）改变。

3．软件故障和软件差错

软件故障是指软件设计过程造成的与设计说明的不一致，软件故障在数据结构或程序输出中的表现称为软件差错。与硬件不同，软件不会因为环境应力而疲劳，也不会因为时间的推移而衰老。因此，软件故障只与设计有关。常见的软件差错有以下几种。

- 非法转移：程序执行了说明中不存在的转移。
- 误转移：程序执行了尽管说明中存在，但依据当前控制数据不应进行的转移。
- 死循环：程序执行时间超过了规定界限。
- 空间溢出：程序使用的空间超过了规定的界限。
- 数据执行：指令计数器指向数据单元。
- 无理数据：程序输出的数据不合理。

4．系统级的故障模型

故障在系统级上的表现为功能错误，即系统输出与系统设计说明的不一致。如果系统输出无故障保护机构，则故障在系统级上的表现就会造成系统失效。

16.3 系统配置方法

容错技术是保证系统在某些组成部分出现故障或差错时仍能正常工作的技术。通常根据不同的系统配置方法而采用相应容错技术：单机容错技术、双机热备份技术和服务器集群技术。

16.3.1 单机容错技术

容错技术是保证系统在某些组成部分出现故障或差错时仍能正常工作的技术。系统的故障可分为两类：一类是"致命的"，不可能自行修复，例如系统的主要部件全部损坏；另一类是局部的，可能被修复，例如部分元件失效、线路故障、偶然干扰引起的差错等。容错技术正是用于构造一种能够自动排除非致命性故障的系统，即容错系统。

在单机容错技术中，提高系统工作可靠性的方法主要有自检技术和冗余技术。容错又有多种形式，如硬件容错、软件容错、整机容错等。

1．自检技术

自检指系统在发生非致命性故障时能自动发现故障和确定故障的性质、部位，并自动采取措施更换和隔离产生故障的部件。自检需采用诊断技术，常用专门程序实现，属于程序设计的范围。容错系统的实现要求系统必须具有重复部件或备份部件，或具有不止一个完成某种功能的通道。因此自检技术常配合冗余技术使用。计算机的容错系统一般都需要应用自检技术。

2．冗余技术

冗余可分为硬件冗余（增加硬件）、软件冗余（增加程序，如同时采用不同算法或不同人编制的程序）、时间冗余（如指令重复执行、程序重复执行）、信息冗余（如增加数据位）等。冗余技术中最常用的两种方法是重复线路和备份线路。重复线路指用多个相同品种和规格的元件或构件并联起来，当做一个元件或构件使用，只要有一个不出故障系统就能够正常工作。在并联工作时每一个构件的可靠性概率是互相独立的。备份线路与重复线路的差别是参加备份的构件并不接入系统，只有在处于工作状态的构件发生故障后才把输入和输出接到备份构件上来，同时切断故障构件的输入/输出。

容错技术已获得广泛应用，常用于对可靠性要求高的系统，特别是用于危及人身安全的关键部位。在这些部位大多采用双重冗余，也有采用三重、四重甚至五重冗余的。现代的大型复杂系统常常是容错能力很强的系统。容错技术在计算机中应用得最早和最广泛。

16.3.2　双机热备份技术

双机热备份技术是一种软硬件结合的较高容错应用方案。该方案是由两台服务器系统和一个外接共享磁盘阵列柜和相应的双机热备份软件组成。其中的外接共享磁盘阵列柜也可以没有，而是在各自的服务器中采取 RAID（Redundant Array of Independent Disk，独立冗余磁盘阵列）卡。

在这个容错方案中，操作系统和应用程序安装在两台服务器的本地系统盘上，整个网络系统的数据是通过磁盘阵列集中管理和数据备份的。数据集中管理是通过双机热备份系统，将所有站点的数据直接从中央存储设备读取和存储，并由专业人员进行管理，极大地保护了数据的安全性和保密性。用户的数据存放在外接共享磁盘阵列中，在一台服务器出现故障时，备机主动替代主机工作，保证网络服务不间断。

双机热备份系统采用"心跳"方法保证主系统与备用系统的联系。所谓"心跳"，指的是主从系统之间相互按照一定的时间间隔发送通信信号，表明各自系统当前的运行状态。一旦"心跳"信号表明主机系统发生故障，或者备用系统无法收到主机系统的"心跳"信号，则系统的高可用性管理软件认为主机系统发生故障，立即将系统资源转移到备用系统上，备用系统替代主机工作，以保证系统正常运行和网络服务不间断。

双机热备份方案中，根据两台服务器的工作方式可以有三种不同的工作模式，即：双机热备模式、双机互备模式和双机双工模式。

双机热备模式即目前通常所说的 active/standby 方式，active 服务器处于工作状态；而 standby 服务器处于监控准备状态，服务器数据包括数据库数据同时往两台或多台服务器写入（通常各服务器采用 RAID 磁盘阵列卡），保证数据的即时同步。当 active 服务器出现故障的时候，通过软件诊测或手工方式将 standby 机器激活，保证应用在短时间内完全恢复正常使用。典型应用有证券资金服务器或行情服务器。这是目前采用较多的一种模式，但由于另外一台服务器长期处于后备的状态，就存在一定的计算资源浪费。

用户可以根据系统的重要性以及终端用户对服务中断的容忍程度决定是否使用双机热备份。例如，根据网络中的用户最多能容忍多长时间恢复服务，如果服务不能很快恢复会造成什么样的后果作为是否采用双机热备份的根据。对于承担企业关键业务应用的服务器需要极高的稳定性和可用性，并需要提供每周 7（天）×24（小时）不间断服务的应用，推荐使用双机热备份。

双机互备模式，是两个相对独立的应用在两台机器同时运行，但彼此均设为备机，当某一台服务器出现故障时，另一台服务器可以在短时间内将故障服务器的应用接管过来，从而保证了应用的持续性，但对服务器的性能要求比较高。

双机双工模式是集群的一种形式，两台服务器均处于活动状态，同时运行相同的应用，以保证整体系统的性能，也实现了负载均衡和互为备份，通常使用磁盘柜存储技术。Web 服务器或 FTP 服务器等用此种方式比较多。

16.3.3　服务器集群技术

集群技术指一组相互独立的服务器在网络中组合成为单一的系统工作，并以单一系统的模式加以管理。此单一系统为客户工作站提供高可靠性的服务。大多数情况下，集群中所有的计算机拥有一个共同的名称，集群内任一系统上运行的服务可被所有的网络客户所使用。

集群必须可以协调管理各分离的构件出现的错误和故障，并可透明地向集群中加入构件。一个集群包含多台(至少二台)共享数据存储空间的服务器。其中任何一台服务器运行应用时，应用数据被存储在共享的数据空间内。每台服务器的操作系统和应用程序文件存储在其各自的本地储存空间上。

集群内各节点服务器通过一内部局域网相互通信，当一台节点服务器发生故障时，这台服务器上所运行的应用程序将在另一节点服务器上被自动接管。当一个应用服务发生故障时，应用服务将被重新启动或被另一台服务器接管。当以上的任一故障发生时，客户都将能很快连接到其他应用服务器上。

16.4　系统可靠性模型

与系统故障模型对应的就是系统的可靠性模型。人们经常说某系统"十分可靠"，那么这个"十分"究竟如何衡量呢？下面介绍几种常用的模型。

16.4.1　时间模型

最著名的时间模型是由 Shooman 提出的可靠性增长模型，这个模型基于这样一个假设：一个软件中的故障数目在 $t = 0$ 时是常数，随着故障被纠正，故障数目逐渐减少。

在此假设下，一个软件经过一段时间的调试后剩余故障的数目可用下式来估计：

$$E_r(\tau) = \frac{E_0}{I - E_c(\tau)}$$

其中，τ 为调试时间，$E_r(\tau)$ 为在时刻 τ 软件中剩余的故障数，E_0 为 $\tau = 0$ 时软件中的故障数，$E_r(\tau)$ 为在$[0, \tau]$内纠正的故障数，I 为软件中的指令数。

由故障数 $E_r(\tau)$ 可以得出软件的风险函数：

$$Z(t) = C \cdot E_r(\tau)$$

其中 C 是比例常数。

于是，软件的可靠度为：

$$R(t) = e^{-\int_0^t z(t)\mathrm{d}t} = e^{-c(E_0/I - E_c(\tau))}$$

软件的平均无故障时间为：

$$\mathrm{MTBF} = \int_0^\infty R(t)\mathrm{d}t = \frac{1}{C(E_0/I - E_c(\tau))}$$

> 希赛教育专家提示：在 Shooman 的模型中，需要确定在调试前软件中的故障数目，这往往是一件很困难的任务。

16.4.2 故障植入模型

故障植入模型是一个面向错误数的数学模型，其目的是以程序的错误数作为衡量可靠性的标准，模型的原型是 1972 年由 Mills 提出的。

Mills 提出的故障植入模型的基本假设如下：

（1）程序中的固有错误数是一个未知的常数；

（2）程序中的人为错误数按均匀分布随机植入；

（3）程序中的固有错误数和人为错误被检测到的概率相同；

（4）检测到的错误立即改正。

用 N_0 表示固有错误数，N_1 表示植入的人为错误数，n 表示检测到的错误数，ξ 表示被检测到的错误中的人为错误数，则：

$$P_r\{\xi = y, N_0, N_1, n\} = \frac{\binom{N_1}{y}\binom{N_0}{n-y}}{\binom{N_1 + N_0}{n}}$$

对于给定的 N_1，n，在测试中检测到的人为错误数为 k，用最大似然法求解可得固有错误数 N_0 的点估计值为：

$$\hat{N}_0 = \left.\frac{N_1(n-k)}{k}\right|_{\mathrm{int}eger}$$

考虑到实施植入错误时遇到的困难，Basin 在 1974 年提出了两步查错法，这个方法是由两个错误检测人员独立对程序进行测试，检测到的错误立即改正。用 N_0 表示程序中的固有错误数，N_1 表示第一个检测员检测到的错误数，n 表示第二个检测员检测到的错误数，用随机变数 η 表示两个检测员检测到的相同的错误数，则：

$$P_r\{\eta = y, N_0, N_1, n\} = \frac{\binom{N_1}{y}\binom{N_0 - N_1}{n-y}}{\binom{N_0}{n}}$$

如果实际测得的相同错误数为 k，则程序固有错误数 N_0 的点估计值为：

$$\hat{N}_0 = \left.\frac{N_1 n}{k}\right|_{\text{int}eger}$$

16.4.3　数据模型

在数据模型下，对于一个预先确定的输入环境，软件的可靠度定义为在 n 次连续运行中软件完成指定任务的概率。

最早的一个数据模型是 Nelson 于 1973 年提出的，其基本方法如下：

设说明所规定的功能为 F，程序实现的功能为 F'，预先确定的输入集。

$$E = \{e_i : i = 1, 2, \cdots, n\}$$

令导致软件差错的所有输入的集合为 E_e，即：

$$E_e = \{e_j : e_j \in E \text{ and } F'(e_j) \neq F(e_j)\}$$

则软件运行一次出现差错概率为：

$$P_1 = |E_e| / |E|$$

一次运行正常的概率为：

$$R_1 = 1 - P_1 = 1 - |E_e| / |E|$$

在上述讨论中，假设了所有输入出现的概率相等，如果不相等，且 e_i 出现的概率为 $p_i (i = 1, 2, \cdots, n)$，则软件运行一次出现差错的概率为：

$$p_1 = \sum_{i=1}^{n} (Y_i \cdot p_i)$$

其中：

$$Y_i = \begin{cases} 0 & \text{如果} \quad F'(e_i) = F(e_i) \\ 1 & \text{如果} \quad F'(e_i) \neq F(e_i) \end{cases}$$

于是，软件的可靠度（n 次运行不出现差错的概率）为：

$$R(n) = R_1^n = (1 - P_1)^n$$

只要知道每次运行的时间，上述数据模型中的 $R(n)$ 就很容易转换成时间模型中的 $R(t)$。

16.5　系统的可靠性分析和可靠度计算

本节介绍如何计算一个组合系统可靠性的几种方法。

16.5.1　组合模型

组合模型是计算机容错系统可靠性最常用的方法。一个系统只要满足以下条件，就可以用组合模型来计算其可靠性。做如下假设。

（1）系统只有两种状态：运行状态和失效状态；

（2）系统可以划分成若干个不重叠的部件，每个部件也只有两种状态：运行状态和失效状态；

（3）部件的失效是独立的；

（4）系统失效当且仅当系统中的剩余资源不满足系统运行的最低资源要求（系统的状态只依赖于部件的状态）时；

（5）已知每个部件的可靠性，可靠性指可用度或可靠度等概率参数。

组合模型的目标就是根据各部件的可靠性 $R_i(t)$ 来计算系统的可靠度 $R_{sys}(t)$，组合模型的基本思想如下。

1. 枚举所有系统状态

假设系统被划分为 n 个部件，则系统状态是一个 n 维向量，$q=(s_1, s_2, \cdots, s_n)$，其中：

$s_i=\{0$，如果部件 i 处于运行状态；1，如果部件 i 处于失效状态（$i=1,2,\cdots,n$）$\}$，一个具有 n 个部件的系统共有 2^n 个状态。

2. 计算每个系统状态的概率

系统状态的概率是指系统处于该状态的概率。设系统状态 $q=(s_1, s_2, \cdots, s_n)$，$q$ 的所有 0 分量对应的部件用 A_0 来表示（A_0 是所有处于运行状态的部件的集合），q 的所有 1 分量对应的部件用 A_1 来表示（A_1 是所有处于失效状态的部件的集合）。于是，系统状态的概率为：

$$P_q = (\prod_{i \in A_0} R_i)(\prod_{j \in A_1}(1-R_j))$$

3. 可靠性计算

直接计算一个复杂系统的可靠性是很困难的，通常的方法是把整个系统分解为简单的子系统，通过子系统的组合来计算整个系统的可靠性。

（1）串联系统。在一个由 n 个模块（部件）构成的系统中，如果系统中任意一个模块失效将导致系统失败（系统的最低资源要求是所有模块全部运行，只有全 0 系统（0，0，…，0）能够使系统运行）。

用随机变量 ξ_i 表示模块 i 发生失效的时间，用随机变量 ξ_s 表示系统发生失效的时间，则 ξ_s 可表示为：

$$\xi_s = \min(\xi_1, \xi_2, \cdots, \xi_n)$$

则系统可靠度为：

$$R_{\text{sys}}(t) = P_r(\xi_s > t) = P_r(\min(\xi_1, \xi_2, \cdots, \xi_n) > t)$$

$$= P_r(\xi_1 > t)P_r(\xi_2 > t)\cdots P_r(\xi_n > t) = \prod_{i=1}^{n} R_i(t)$$

其中，$R_i(t)$ 是模块 i 的可靠度，串联系统的可靠度是各个模块可靠度的乘积。

这种系统可抽象地看成是一个如图 16-1 所示的串联系统，因此，上式称为串联可靠性公式。

图 16-1　串联系统

串联系统的失效率为：

$$Q_{\text{sys}}(t) = 1 - \prod_{i=1}^{n} R_i(t) = 1 - \prod_{i=1}^{n}(1 - Q_i(t))$$

其中，$Q_i(t) = 1 - R_i(t)$ 是模块 i 的失效概率。

（2）并联系统。在一个由 n 个模块（部件）构成系统中，如果只要有一个模块可运行，系统就可运行（系统的基本资源是一个模块，除了全 1 系统状态（1，1，1，…，1）外，系统都是可运行的），因此：

$$\xi_s = \max(\xi_1, \xi_2, \cdots, \xi_n)$$

系统的失效概率分布函数可以表示为：

$$Q_{\text{sys}}(t) = P_r(\xi \leqslant t) = P_r(\max(\xi_1, \xi_2, \cdots, \xi_n) \leqslant t)$$

$$= \prod_{i=1}^{n} P_r(\xi_i \leqslant t) = \prod_{i=1}^{n} Q_i(t)$$

其中 $Q_i(t)$ 是模块 i 的失效分布函数。

并联系统的可靠度为：

$$R_{\text{sys}}(t) = 1 - Q_{\text{sys}}(t) = 1 - \prod_{i=1}^{n} Q_i(t) = 1 - \prod_{i=1}^{n}(1 - R_i(t)) \quad (16.27)$$

其中，$Q_i(t) = 1 - R_i(t)$ 是模块 i 的失效概率。

这种系统可抽象地看成是一个如图 16-2 所示的并联系统，因此，上式称为并联可靠性公式。

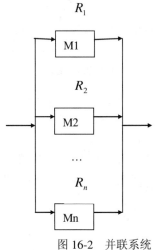

图 16-2　并联系统

（3）串并联系统。如果一个系统由 N 个子系统并联而成，而每个并联的子系统又由 n 个元件串联而成，称这样的系统为串并联系统。

设第 j 个子系统的第 i 个元件的可靠度为 $R_{ij}(i=1,2,\cdots,n;j=1,2,\cdots,N)$，则该串并联系统的可靠度为：

$$R_{sp}=1-\prod_{j=1}^{N}(1-\prod_{i=1}^{n}R_{ij})$$

如果 R_{ij} 全相等为 R，则：

$$R_{sp}=1-(1-R^n)^N$$

（4）并串联系统。如果一个系统由 n 个子系统串联而成，且其中每个子系统又由 N 个元件并联而成，称这种系统为并串联系统。

并串联系统的可靠度为：

$$R_{ps}=\prod_{i=1}^{n}\left\{(1-\prod_{j=1}^{N}(1-R_{ij}))\right\}$$

若 R_{ij} 全相等为 R，则：

$$R_{ps}=(1-(1-R)^N)^n$$

16.5.2　马尔柯夫模型

马尔柯夫模型的两个核心概念是状态和状态转移。系统的状态表示了在任何瞬间用以描述该系统所必须知道的一切。对于可靠性分析，马尔柯夫模型的每个状态表示了有效和失效模块的不同组合。如果每个模块都是处于有效和失效两种情况之一，则一个 n 模块系统的完整模型有 2^n 个状态。

状态转移是指随着时间的流逝，因模块的失效和修复，系统发生的状态变化。

作为马尔柯夫模型基础的基本假设是：给定状态的转移概率仅取决于当前的状态。系统从一个状态 i 转移到另一个状态 j 的转移率定义为单位时间内从状态 i 转移到状态 j 的概率。对于一个模块来说，从运行状态到失效状态的转移率就是模块的失效率，从失效状态到运行状态的转移率就是模块的修复率。一个失效率为 λ，修复率为 μ 的模块的状态图如图 16-3 所示。

对于由 n 个模块构成的系统，共有 2^n 个状态。从理论上说，任意两个状态之间都存在转移的可能性。但因失效是独立的，在很短的时间内发生多个失效的可能性远小于发生一个失效的可能性。因此，只考虑任一时刻只有一个模块失效的转移；同样，也只考虑任意时刻只有一个模块修复的转移。系统的状态图也可以表示为层次图。第一层只有一个状态，对应于所有模块都运行的情况；第二层有 n 个状态，对应于一个模块失效的各种情况；第 $i+1$ 层有 C_n^i 个状态，对应于 n 个模块中有 i 个失效的各种情况；第 $n+1$ 层也只有一个状态，对应于全部模块都失效的情况。

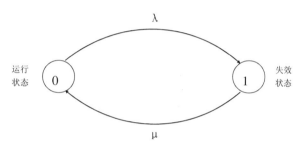

图 16-3 (λ, μ) 模块的状态图

根据系统的状态图，可以计算出系统处于任意状态的概率。

设系统在 t 时刻处于状态 0 和 1 的概率分别为 $P_0(t)$ 和 $P_1(t)$，于是，在 $t+\Delta t$ 时刻系统处于 0 状态的概率为：

$$P_0(t+\Delta t) = P_0(t) - P_0(t) \cdot \lambda \cdot \Delta t + P_1(t) \cdot \mu \cdot \Delta t$$

同样，在 $t+\Delta t$ 时刻系统处于 1 状态的概率为：

$$P_1(t+\Delta t) = P_1(t) + P_0(t) \cdot \lambda \cdot \Delta t - P_1(t) \cdot \mu \cdot \Delta t$$

令 $\Delta t \to 0$ 取极限得微分方程组：

$$\begin{bmatrix} \dot{P}_0(t) \\ \dot{P}_1(t) \end{bmatrix} = \begin{bmatrix} -\lambda & \mu \\ \lambda & -\mu \end{bmatrix} \begin{bmatrix} P_0(t) \\ P_1(t) \end{bmatrix}$$

其中，$\dot{P}_i(t)$ 是 $P_i(t)$ 对 t 的一阶导数 $(i=0,1)$。

只要解此微分方程组就可以得出 $P_0(t)$ 和 $P_1(t)$。

对于有 n 个状态的状态图，设状态 i 到 j 的转移率为 α_{ij}。考虑其中的任意一个状态 j，其他状态到 j 的转移和 j 到其他状态的转移，系统在 $t+\Delta t$ 时刻，处于状态 j 的概率可以表示为：

$$P_j(t + \Delta t) = P_j(t) - \sum_{\substack{i=1 \\ i \neq j}}^{n}(P_j(t) \cdot \alpha_{ji} \cdot \Delta t) + \sum_{\substack{i=1 \\ i \neq j}}^{n}(P_i(t) \cdot \alpha_{ij} \cdot \Delta t)$$

由此可得：

$$\dot{P}_j(t) = \sum_{\substack{i=1 \\ i \neq j}}^{n}(P_i(t) \cdot \alpha_{ij}) - \left(\sum_{\substack{i=1 \\ i \neq j}}^{n}\alpha_{ji}\right) \cdot P_j(t) \qquad j = 1, 2, \cdots, n$$

用矩阵方程把 $\dot{P}_j(t)(j = 1, 2, \cdots, n)$ 全部表示出来就是：

$$\dot{\boldsymbol{P}}(t) = \boldsymbol{T} \cdot \boldsymbol{P}(t)$$

或

$$\begin{bmatrix} \dot{P}_1(t) \\ \dot{P}_2(t) \\ \dot{P}_3(t) \\ \vdots \\ \dot{P}_n(t) \end{bmatrix} = \begin{bmatrix} -\beta_1 & \alpha_{21} & \alpha_{31} & \cdots & \alpha_{n1} \\ \alpha_{12} & -\beta_2 & \alpha_{32} & \cdots & \alpha_{n2} \\ \alpha_{13} & \alpha_{23} & -\beta_3 & \cdots & \alpha_{n3} \\ \vdots & \vdots & \vdots & & \vdots \\ \alpha_{1n} & \alpha_{2n} & \alpha_{3n} & \cdots & -\beta_n \end{bmatrix} \cdot \begin{bmatrix} P_1(t) \\ P_2(t) \\ P_3(t) \\ \vdots \\ P_n(t) \end{bmatrix}$$

其中，$\boldsymbol{T}$ 称为状态转移矩阵，其对角线上的元素：

$$\beta_j = \sum_{\substack{i=1 \\ i \neq j}}^{n}\alpha_{ji}(j = 1, 2, \cdots, n)$$

这一矩阵方程称为查普曼-科尔莫戈罗夫（Chapman-Kolmoqorov）方程，由它可解出系统处于任意状态的概率。解方程最常用的是拉普拉斯变换解法。

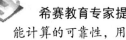 **希赛教育专家提示**：马尔柯夫模型是计算系统可靠性的强有力工具，用组合模型能计算的可靠性，用马尔柯夫模型也能计算，马尔柯夫模型还能计算许多组合模型不能计算的可靠性。

16.6 提高系统可靠性的措施

防止故障造成系统失效的两种技术是故障掩蔽技术和系统重组技术，故障掩蔽技术是指防止故障造成差错的各种技术，系统重组技术是防止差错导致系统失效的各种技术。故障掩蔽技术和系统重组技术是达到容错的两种基本途径。而它们又是建立在资源冗余的基础上的。资源冗余有硬件冗余、信息冗余、时间冗余和软件冗余 4 种形式。本节主要介绍前两种形式。

16.6.1 硬件冗余

硬件冗余最常用的是三模冗余（Triple Modular Redundancy，TMR），三个相同的模块接收三个相同的输入，产生的三个结果送至多数表决器。表决器的输出取决于三个输入的多数，若有一个模块故障，则另两个正常模块的输出可将故障模块的输出掩蔽，从而不在表决器输出产生差错。

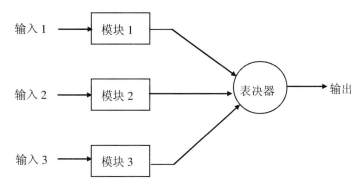

图 16-4　TMR 系统结构图

图 16-4 是一个简单的 TMR 系统，用组合模型可以计算出系统的可靠度为：

$$R = R_v(R_m^3 + 3R_m^2(1-R_m)) = R_v(3R_m^2 - 2R_m^3)$$

由于 $R_m = e^{-\lambda t}$，因此：

$$R = R_v(3e^{-2\lambda t} - 2e^{-3\lambda t})$$

其中 R_v 和 R_m 分别表示表决器和模块的可靠度（假设各模块的可靠度相同）。

在无修复的屏蔽冗余系统中，当屏蔽冗余因模块中的故障而耗尽时，再发生模块故障将导致输出的错误。假若模块具有修复能力，则系统的可靠性将会大大提高。下面讨论修复对 TMR 结构可靠性的影响。

设模块的失效率为 λ，修复率为 μ，TMR 系统可靠度的马尔柯夫模型如图 16-5 所示。

TMR 系统的拉氏系数矩阵为：

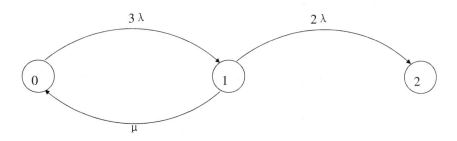

图 16-5　（λ，μ）TMR 的马尔柯夫模型状态图

$$A = \begin{bmatrix} s+3\lambda & -\mu & 0 \\ -3\lambda & s+2\lambda+\mu & 0 \\ 0 & -2\lambda & s \end{bmatrix}$$

设系统的初态 $P_0(0) = (1\,0\,0)^T$，则：

$$P_2^*(s) = \frac{\begin{vmatrix} s+3\lambda & -\mu & 1 \\ -3\lambda & s+2\lambda+\mu & 0 \\ 0 & -2\lambda & 0 \end{vmatrix}}{\begin{vmatrix} s+3\lambda & -\mu & 1 \\ -3\lambda & s+2\lambda+\mu & 0 \\ 0 & -2\lambda & s \end{vmatrix}}$$

$$= \frac{6\lambda^2}{s(s^2 + (5\lambda+\mu)s + 6\lambda^2)}$$

$$\approx \frac{6\lambda^2}{s^2(s+5\lambda+\mu)}$$

对上式做部分分式分解可得：

$$\frac{6\lambda^2}{s^2(s+5\lambda+\mu)} = -\frac{1}{(5\lambda+\mu)^2} \cdot \frac{1}{s} + \frac{1}{(5\lambda+\mu)^2} \cdot \frac{1}{s^2} + \frac{1}{(5\lambda+\mu)^2} \cdot \frac{1}{s+5\lambda+\mu}$$

查拉氏逆变换表可得：

$$P_2(t) \approx -\frac{1}{(5\lambda+\mu)^2} + \frac{t}{(5\lambda+\mu)} + \frac{1}{(5\lambda+\mu)^2} \cdot e^{-(5\lambda+\mu)t}$$

系统的可靠度：

$$R_{TMR}(t) = 1 - P_2(t)$$

$$\approx 1 + \frac{1}{(5\lambda+\mu)^2} - \frac{t}{(5\lambda+\mu)} - \frac{1}{(5\lambda+\mu)^2} \cdot e^{-(5\lambda+\mu)t}$$

用同样的方法，可以计算出带修复的 TMR 的可用度 $A_{TMR}(t)$。

由 TMR 的完全状态图，可以计算出系统的拉氏系数矩阵为：

$$A = \begin{bmatrix} s+3\lambda & -\mu & 0 & 0 \\ -3\lambda & s+2\lambda+\mu & -2\mu & 0 \\ 0 & -2\lambda & s+2\mu+\lambda & -3\mu \\ 0 & 0 & -\lambda & s+3\mu \end{bmatrix}$$

用马尔柯夫模型可解出：

$$P_0(t) = \frac{\mu^3 + 3\lambda\mu^2 e^{-(\lambda+\mu)t} + 3\lambda^2\mu e^{-2(\lambda+\mu)t} + \lambda^3 e^{-3(\lambda+\mu)t}}{(\lambda+\mu)^3}$$

$$P_1(t) = \frac{3\lambda\mu^2 + 3\lambda\mu(2\lambda-\mu)e^{-(\lambda+\mu)t} + 3\lambda^2(\lambda-2\mu)e^{-2(\lambda+\mu)t} - 3\lambda^3 e^{-3(\lambda+\mu)t}}{(\lambda+\mu)^3}$$

$$P_2(t) = \frac{3\lambda^2\mu + 3\lambda^2(\lambda-2\mu)e^{-(\lambda+\mu)t} - 3\lambda^2(2\lambda-\mu)e^{-2(\lambda+\mu)t} + 3\lambda^3 e^{-3(\lambda+\mu)t}}{(\lambda+\mu)^3}$$

$$P_3(t) = \frac{\lambda^3 - 3\lambda^3 e^{-(\lambda+\mu)t} + 3\lambda^3 e^{-2(\lambda+\mu)t} - \lambda^3 e^{-3(\lambda+\mu)t}}{(\lambda+\mu)^3}$$

则 TMR 结构系统的可用度为：

$$A_{\mathrm{TMR}}(t) = P_0(t) + P_1(t)$$

对 TMR 函数积分，可得出平均无故障时间 MTTF：

$$\mathrm{MTTF} = \frac{5\lambda+\mu+\sqrt{\lambda^2+10\lambda\mu+\mu^2}}{(5\lambda+\mu)\sqrt{\lambda^2+10\lambda\mu+\mu^2} - \lambda^2 - 10\lambda\mu - \mu^2}$$
$$-\frac{5\lambda+\mu-\sqrt{\lambda^2+10\lambda\mu+\mu^2}}{(5\lambda+\mu)\sqrt{\lambda^2+10\lambda\mu+\mu^2} + \lambda^2 + 10\lambda\mu + \mu^2}$$

简化得：

$$\mathrm{MTTF} = \frac{5}{6\lambda} + \frac{\mu}{6\lambda^2}$$

上面的分析没有考虑表决的可靠性，为了能够容忍表决器的故障，可以对表决器也采用三倍冗余。一般说来，对于一个由若干模块构成的系统，可以对每个模块分别实施 TMR 技术。

TMR 的推广是 N 模冗余（N-Modular Redundancy，NMR）。与三模冗余原理相同，但采用 N 个相同的模块，$N \gg 3$，且 N 为奇数，以方便进行多数表决。NMR 的结构如图 16-6 所示。

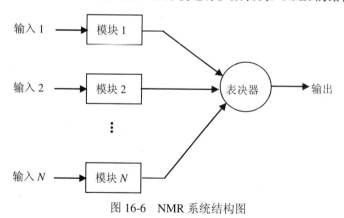

图 16-6　NMR 系统结构图

16.6.2　信息冗余

信息冗余是指通过在数据中附加冗余的信息以达到故障检测、故障掩蔽或容错的目的。应用最广泛的是奇偶校验码、海明校验码。

1. 海明校验码

海明校验码是由 Richard Hamming 于 1950 年提出、目前仍然被广泛采用的一种很有效的校验方法，是只要增加少数几个校验位，就能检测出二位同时出错，亦能检测出一位出错并能自动恢复该出错位的正确值的有效手段，后者被称为自动纠错。它的实现原理，是在 k 个数据位之外加上 r 个校验位，从而形成一个 $k+r$ 位的新的码字，使新的码字的码距比较均匀地拉大。把数据的每一个二进制位分配在几个不同的偶校验位的组合中，当某一位出错后，就会引起相关的几个校验位的值发生变化，不但可以发现出错，还能指出是哪一位出错，为进一步自动纠错提供了依据。

基本的海明纠错码能纠正一位错。它的原理是基于重叠奇偶校验的概念：将原始数据位分成若干个重叠的组，每组设一位奇偶校验位。由于组间有重叠，因此每位原始数据从属于多于一个组。而且每位原始数据的从属关系是不一样的，纠错时，根据哪些组的奇偶校验位出错，就可以唯一地确定是哪一位数据出错。将该位取反就完成了纠错。

海明校验码是一种特殊的 $(n，k)$ 线性纠错码，线性纠错码可借助它们的奇偶校验矩阵（Parity-check matrix，PCM）来描述。$(n，k)$ 线性码的 PCM 是一个 $(n\text{-}k)\times n$ 的矩阵，其元素是 0 和 1。矩阵的每一列与码字中的一个位相对应，而每一行与校验位相对应。

推导并使用长度为 m 位的码字的海明码，所需步骤如下：

（1）确定最小的校验位数 k，将它们记成 D1、D2、...、Dk，每个校验位符合不同的奇偶测试规定。

（2）原有信息和 k 个校验位一起编成长为 $m+k$ 位的新码字。选择 k 校验位（0 或 1）以满足必要的奇偶条件。

（3）对所接收的信息作所需的 k 个奇偶检查。

（4）如果所有的奇偶检查结果均为正确的，则认为信息无错误。

如果发现有一位或多位错了，则错误的位由这些检查的结果来唯一地确定。

2. 循环冗余校验码

循环冗余校验码（Cyclic Redundancy Chec，CRC）也广泛应用于移动通信和磁盘数据存储中。CRC 也是给信息码加上几位校验码，以增加整个编码系统的码距和查错纠错能力。

CRC 的基本原理是：在 K 位信息码后再添加 R 位的校验码，整个编码长度为 N 位，因此，这种编码又叫 (N,K) 码。对于一个给定的 (N,K) 码，可以证明存在一个最高次幂为 $N\text{-}K=R$ 的多项式 $G(x)$。根据 $G(x)$ 可以生成 R 位的校验码，而 $G(x)$ 叫做这个 CRC 码的生成多项式。

校验码的具体生成过程为：假设发送信息用信息多项式 $C(x)$ 表示，将 $C(x)$ 左移 R 位，则可表示成 $C(x)\times 2^R$，这样 $C(x)$ 的右边就会空出 R 位，这就是校验码的位置。通过 $C(x)\times 2^R$ 除以生成多项式 $G(x)$ 得到的余数就是校验码。

CRC 码的生成步骤为：

（1）将 x 的最高幂次为 R 的生成多项式 $G(x)$ 转换成对应的 $R+1$ 位二进制数。

（2）将信息码左移 R 位，相当于对应的信息多项式 $C(x)\times 2^R$。

（3）用生成多项式（二进制数）对信息码做模 2 除，得到 R 位的余数。

（4）将余数拼到信息码左移后空出的位置，得到完整的 CRC 码。

16.7　故障对策和备份与恢复

在计算机系统中，硬件故障、系统软件和应用软件的故障、操作员的失误，甚至病毒、认为破坏总是不可避免的，为了保证故障发生后，系统能尽快从错误状态恢复到某种逻辑一致的状态，系统就必须有备份与恢复的机制。

系统的数据备份就是在系统其他地方创建数据与程序的电子拷贝，为重建系统中被破坏的或不正确的数据提供条件，备份最常用的技术是数据转储和建立日志文件。可以结合这两种技术为系统提供比较好的备份手段。

数据转储可分为静态转储和动态转储。静态转储是指在系统中无事务时进行的转储操作，动态转储是指转储操作与用户事务并发进行，而且转储工作不会影响事务的运行，但它不能保证副本中的数据正确有效。

建立日志文件是指把所有事务对系统的修改活动都登记下来。若发生了故障，对于静态转储，可以在重装后备副本之后，利用日志文件进行恢复，避免重新运行事务；对于动态转储，可以把转储得到的副本和转储期间的日志文件结合起来进行故障恢复，使系统恢复正常工作状态。

备份通常分为联机备份和脱机备份两种方式。

脱机备份也叫冷备份，是一种静态转储技术，备份系统所有的物理文件（控制文件、数据文件、重做日志和归档日志）和初始化文件。这种方式的优点是在恢复过程中步骤最少，它比热备份快并且出错机会少，定期的脱机备份加上一组好的重做日志可以把系统的数据恢复到任何一个时间点上。

联机备份也叫热备份，是一种动态转储技术，由于只备份所需的文件，因而被看做是部分备份。它在系统运行时执行。这种方式的优点是可以实现完全的时间点恢复，同时由于数据库一直处于打开状态，减少了系统对物理资源的要求，改善了数据的执行；但联机备份比较复杂，需要对系统的核心有比较深刻的认识，对备份策略进行反复的测试，才能最终确定它的正确性和可用性。

第 17 章　软件的知识产权保护

知识产权也称为"智力成果权"、"智慧财产权"。它是人类通过创造性的智力劳动而获得的一项权利。根据我国《民法通则》的规定，知识产权是指民事权利主体（自然人、法人）基于创造性的智力成果。知识产权具有无形性、专有性、地域性和时间性四大特点。

计算机软件具有固定的表达形式，容易复制等特征，大多数国家将其列为版权法的保护范畴，也是知识产权保护中的一个重要方面，因此作为一个软件从业人员，一方面应该了解法规，带头维护知识产权；另一方面也应学会利用知识产权维护自身的合法利益。

我国十分重视知识产权的保护，出台了一系列的相关法律法规。其中主要包括《著作权法》、《计算机软件保护条件》、《专利法》、《商标法》和《反不正当竞争法》。本章就针对这些主要的法律法规进行详细的解读。

17.1　著作权法及实施条例

1990 年 9 月通过，1991 年 6 月 1 日正式实施的《中华人民共和国著作权法》是知识产权保护领域的最重要的法律基础。另外国家还颁发了《中华人民共和国著作权法实施条例》作为执行补充，该条例于 1991 年 5 月通过，2002 年 9 月修订。在这两部法律法规中，十分详细、明确地对著作权保护及具体实施做出大量明确的规定。

17.1.1　著作权法客体

著作权法及实施条件的客体是指受保护的作品。这里的作品，是指文学、艺术和自然科学、社会科学、工程技术领域内具有独创性并能以某种有形形式复制的智力成果。

1．作品类型

其中包括以下 9 种类型。

- 文字作品：包括小说、诗词、散文、论文等以文字形式表现的作品；
- 口述作品：是指即兴的演说、授课、法庭辩论等以口头语言形式表现的作品；
- 音乐、戏剧、曲艺、舞蹈、杂技作品；
- 美术、摄影作品；
- 电影、电视、录像作品；
- 工程设计、产品设计图纸及其说明；
- 地图、示意图等图形作品；
- 计算机软件；
- 法律、行政法规规定的其他作品。

2．职务作品

为完成单位工作任务所创作的作品，称为职务作品。如果该职务作品是利用单位的物质技术条件进行创作，并由单位承担责任的；或者有合同约定，其著作权属于单位。那么作者将仅享有署名权，其他著作权归单位享有。

其他职务作品，著作权仍由作者享有，单位有权在业务范围内优先使用。并且在两年内，未经单位同意，作者不能够许可其他人、单位使用该作品。

17.1.2　著作权法主体

著作权法及实施条例的主体是指著作权关系人，通常包括著作权人、受让者两种。

1．著作权人与受让者

著作权人又称为原始著作权人：是根据创作的事实进行确定的，创作、开发者将依法取得著作权资格。

受让者又称为后继著作权人：是指没有参与创作，通过著作权转移活动成为享有著作权的人。

2．著作权人的确定

著作权法在认定著作权人时，是根据创作的事实进行的，而创作就是指直接产生文学、艺术和科学作品的智力活动。而为他人创作进行组织、提供咨询意见、物质条件或者进行其他辅助工作，不属于创作的范围，不被确认为著作权人。

如果在创作的过程中，有多人参与，那么该作品的著作权将由合作的作者共同享有。合作的作品是可以分割使用的，作者对各自创作的部分可以单独享有著作权，但不能够在侵犯合作作品整体的著作权的情况下行使。

而如果遇到作者不明的情况，那么作品原件的所有人可以行使除署名权以外的著作权，直到作者身份明确。

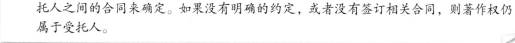 希赛教育专家提示：如果作品是委托创作的话，著作权的归属应通过委托人和受托人之间的合同来确定。如果没有明确的约定，或者没有签订相关合同，则著作权仍属于受托人。

17.1.3　著作权

根据著作权法及实施条例规定，著作权人对作品享有 5 种权利。

（1）发表权：即决定作品是否公之于众的权利；

（2）署名权：即表明作者身份，在作品上署名的权利；

（3）修改权：即修改或者授权他人修改作品的权利；

（4）保护作品完整权：即保护作品不受歪曲、篡改的权利；

（5）使用权、使用许可权和获取报酬权、转让权：即以复制、表演、播放、展览、发行、摄制电影、电视、录像或者改编、翻译、注释、编辑等方式使用作品的权利；以及许可他人以上述方式使用作品，并由此获得报酬的权利。

1. 著作权保护期限

根据著作权法相关规定，著作权的保护是有一定期限的。

（1）著作权属于公民。署名权、修改权、保护作品完整权的保护期没有任何限制，永远属于保护范围。而发表权、使用权和获得报酬权的保护期为作者终生及其死亡后的 50 年（第 50 年的 12 月 31 日）。作者死亡后，著作权依照继承法进行转移。

（2）著作权属于单位。发表权、使用权和获得报酬权的保护期为 50 年（首次发表后的第 50 年的 12 月 31 日），若 50 年内未发表的，不予保护。但单位变更、终止后，其著作权由承受其权利义务的单位享有。

2. 使用许可

当第三方需要使用时，需得到著作权人的使用许可，双方应签订相应的合同。合同中应包括许可使用作品的方式，是否专有使用，许可的范围与时间期限，报酬标准与方法，违约责任。在合同未明确许可的权力，需再次经著作权人许可。合同的有效期限不超过 10 年，期满时可以续签。

对于出版者、表演者、录音录像制作者、广播电台、电视台而言，在下列情况下使用作品，可以不经著作权人许可、不向其支付报酬。但应指名作者姓名、作品名称，不得侵犯其他著作权。

- 为个人学习、研究或者欣赏，使用他人已经发表的作品；
- 为介绍、评论某一个作品或者说明某一个问题，在作品中适当引用他人已经发表的作品；
- 为报道时间新闻，在报纸、期刊、广播、电视节目或者新闻纪录影片中引用已经发表的作品；
- 报纸、期刊、广播电台、电视台刊登或者播放其他报纸、期刊、广播电台、电视台已经发表的社论、评论员文章；
- 报纸、期刊、广播电台、电视台刊登或者播放在公众集会上发表的讲话，但作者声明不许刊登、播放的除外；
- 为学校课堂教学或者科学研究，翻译或者少量复制已经发表的作品，供教学或者科研人员使用，但不得出版发行；
- 国家机关为执行公务使用已经发表的作品；
- 图书馆、档案馆、纪念馆、博物馆、美术馆等为陈列或者保存版本的需要，复制本馆收藏的作品；
- 免费表演已经发表的作品；
- 对设置或者陈列在室外公共场所的艺术作品进行临摹、绘画、摄影、录像；
- 将已经发表的汉族文字作品翻译成少数民族文字在国内出版发行；
- 将已经发表的作品改成盲文出版。

17.2 计算机软件保护条例

1991 年 6 月通过，10 月 1 日正式实施《计算机软件保护条例》是我国计算机软件保护的法律依据。该条例最新版本是在 2001 年底通过，2002 年 1 月 1 日正式实施的。

由于计算机软件也属于《中华人民共和国著作权法》保护的范围，因此在具体实施时，首先适用于《计算机软件保护条例》条文规定，若是在《计算机软件保护条例》中没有规定适用条文的情况下，才依据《著作权法》的原则和条文规定执行。

《计算机软件保护条例》的客体是计算机软件，而在此计算机软件是指计算机程序及其相关文档。而根据条例规定，受保护的软件必须是由开发者独立开发的，并且已经固定在某种有形物体上（如光盘、硬盘、软盘）。

> **希赛教育专家提示**：《计算机软件保护条例》对软件著作权的保护只是针对计算机软件和文档，并不包括开发软件所用的思想、处理过程、操作方法或数学概念等。

1. 著作权人的确定

（1）合作开发。对于由两个以上开发者或组织合作开发的软件，著作权的归属根据合同约定确定。若无合同，共享著作权。若合作开发的软件可以分割使用，那么开发者对自己开发的部分单独享有著作权，可以在不破坏整体著作权的基础上行使。

（2）职务开发。如果开发者在单位或组织中任职期间，所开发的软件若符合以下条件的，则软件著作权应归单位或组织所有：

- 针对本职工作中明确规定的开发目标所开发的软件；
- 开发出的软件属于从事本职工作活动的结果；
- 使用了单位或组织的资金、专用设备、未公开的信息等物质、技术条件，并由单位或组织承担责任的软件。

（3）委托开发。如果是接受他人委托而进行开发的软件，其著作权的归属应由委托人与受托人签订书面合同约定；如果没有签订合同，或合同中未规定的，其著作权由受托人享有。

另外，由国家机关下达任务开发的软件，著作权的归属由项目任务书或合同规定，若未明确规定，其著作权应归任务接受方所有。

2. 软件著作权

根据《计算机软件保护条例》规定，软件著作权人对其创作的软件产品，享有以下权利：发表权、署名权、修改权、复制权、发行权、出租权、信息网络传播权、翻译权、使用许可权、获得报酬权、转让权。软件著作权自软件开发完成之日起生效。

（1）著作权属于公民。著作权的保护期为作者终生及其死亡后的 50 年（第 50 年的 12 月 31 日）。对于合作开发的，则以最后死亡的作者为准。在作者死亡后，将根据继承法转移除了署名权之外的著作权。

（2）著作权属于单位。著作权的保护期为 50 年（首次发表后的第 50 年的 12 月 31 日），若 50 年内未发表的，不予保护。但单位变更、终止后，其著作权由承受其权利义务的单位享有。

（3）合法复制品所有人权利。当得到软件著作权人的许可，获得了合法的计算机软件复制品，则复制品的所有人享有以下权利：

- 根据使用的需求，将该计算机软件安装到设备中（电脑、PDA 等信息设备）；

- 可以制作复制品的备份，以防止复制品损坏，但这些复制品不得通过任何方式转给其他人使用；
- 根据实际的应用环境，对其进行功能、性能等方面的修改。但未经软件著作权人许可，不得向任何第三方提供修改后的软件。

（4）使用许可的特例。如果使用者，只是为了学习、研究软件中包含的设计思想、原理，而安装、显示、存储软件等方式使用软件，可以不经软件著作权人许可，不向其支付报酬。

（5）侵权责任。根据计算机软件保护条件，侵犯软件著作权的法律责任包括民事责任、刑事责任、行政责任三种。

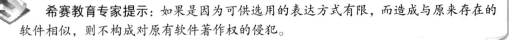

　　希赛教育专家提示：如果是因为可供选用的表达方式有限，而造成与原来存在的软件相似，则不构成对原有软件著作权的侵犯。

17.3　商标法及实施条例

任何能够将自然人、法人及组织的商品与他人的商品区别开的可视性标志，就是可以用于注册的商标。商标可以包括文字、图形、字母、数字、三维标志和颜色组合。商标必须报商标局核准注册。通常包括商品商标、服务商标、集体商标，以及证明商标。

除了一些与国家、政府、国际组织相同、相似的，以及一些带有民族歧视、影响社会道德等性质的标志不能够作为商标注册以外，县级以上行政区划的地名也不能够作为商标。

1. 商标的使用期限

商标的使用，是指将商标用于商品、包装、容器、交易文书、广告宣传、展览，以及其他商业活动中。

注册商标的有效期是 10 年，从核准通过，正式注册之日起开始计算。在有效期满之后，可以续注册，但必须在期满前 6 个月提出申请，如未在此期间提出申请的，则给予 6 个月的宽限期，在宽限期还未提出申请的，将注销其商标。

2. 注册商标的申请

要申请商标注册，应当按照公布的商品和服务分类表按类申请。每一件商标注册申请应当向商标局提交《商标注册申请书》1 份、商标图样 5 份（清晰，长宽不大于 10cm，不小于 5cm）；指定颜色的，并应当提交着色图样 5 份、黑白稿 1 份。

如果商标是三维标志，应在申请书中声明，并提交能够确定三维形状的图样。商标为外文或者包括外文的，应说明其含义。

如果有多个申请人，在同一天申请注册相同或近似的商标，则申请人应该提交其申请注册前在先使用该商标的证据，先使用者获得商标注册。如果都没有使用证据，那么将通过协商解决，协商无效，则通过抽签决定。

3. 注册商标专用权保护

注册商标的专用权，是以核准注册的商标和核定使用的商品有限的。而若存在以下行为之一，就属于侵犯注册商标专用权。

（1）未经商标注册人的许可，使用相同或近似商标；

（2）销售侵犯商标专用权的商品（注：如果销售方不知道是侵权商品，并且能够证明自己是合法取得的，不承担相应责任）；

（3）伪造他人注册商标，或销售这些伪造的注册商标；

（4）未经商标注册人同意，更换其注册商标，并将更换商标的商品投入市场。

当出现侵犯注册商标的专用权时，双方当事人可以协商解决。如果无法协商解决，可以向人民法院起诉，或提请工商局处理。法院可以根据侵权行为的情节判处 50 万元以下的赔偿。

4. 注册商标使用的管理

当合法地注册了商标使用权后，就可以在商品、商品包装、说明书或者其他附着物上标明"注册商标"或者注册标记（包括©和®）。

 希赛教育专家提示：若商标注册人死亡或者终止，自死亡或终止之日起 1 年期满，而没有继续办理转移手续，任何人都可以向商标局申请注销该注册商标。

17.4　专利法及实施细则

专利法的客体是发明创造，也就是其保护的对象。这里的发明创造是指发明、实用新型和外观设计。发明是指对产品、方法或者其改进所出的新的技术方案；实用新型是指对产品的形状、构造及其组合，提出的适于实用的新的技术方案；外观设计是指对产品的形状、图案及其组合，以及色彩与形状、图案的结合所做出的富有美感并适于工业应用的新设计。

1. 授予专利权的条件

要想申请专利权的发明和实用新型，应当具备新颖性、创造性和实用性等特点。

（1）新颖性：也就是在申请专利之前没有同样的发明或实用新型在国内外出现过（不过如果是自己在政府主办或承认的展会上展出、在规定的学术会议或技术会议上发表、他人未经同意泄露等情况，并不丧失新颖性）；

（2）创造性：是指同原有的技术相比，有突出的特点和显著的进步；

（3）实用性：是指其能够被制造或者使用，并且有积极的效果。

而对于想申请专利权的外观设计，应保证在国内外发表的外观设计不相同、不相近似。

 希赛教育专家提示：对于科学发现、智力活动的规则和方法、疾病的诊断和治疗方法、动植物品种及用原子核变换方法获得的物质，不能够被授予专利权。

2. 确定专利权人

根据专利法的规定，专利权归属于发明人或者设计人，这是指对发明创造做出创造性贡献的人。对于在发明创造过程中，只负责组织、提供方便、从事辅助工作的都不属于发明人或设计人。

（1）职务发明。如果是执行单位任务，或者是利用本单位的物质技术条件所完成的发明创造，被视为职务发明创造，通常包括：

- 在本职工作中做出的发明创造；
- 在履行单位交付的本职工作之外的任务所做出的发明创造；
- 退职、退休或者调动工作后 1 年内做的，与其原来承担的任务相关的发明创造。

对于职务发明的专利申请被批准后，单位是专利权人。对于利用单位的物质技术条件进行发明创造的，发明人、设计人与单位之间可以签订合同，重新规定专利权的归属。

（2）合作发明、设计。对于合作发明、设计的，其专利权应属共同所有，但可以根据合作方之间另行签订的合同来确定专利权的归属。

（3）委托发明。若一个单位或者个人接受其他单位或个人的委托，所完成的发明创造，若没有签订合同规定专利权归属，则专利权归属发明、设计者。

如果非职务发明，则单位无权压制个人进行专利权申请。对于多个相类似的专利申请，则专利权归属最先提交的申请人。

3. 专利权

未经专利权人许可，实施专利的，就属于侵犯专利权，专利权人可以起起诉，申请调解。

假冒他人专利，没收违法所得，并处以 3 倍以下的罚款，或 5 万元以下罚款，情节严重的，依法追究刑事责任。以非专利产品冒充专利产品，责令整改，并可处以 5 万元以下的罚款。侵犯专利权的赔偿数额，参照该专利许可使用费的倍数合理确定。专利诉讼的有效期是 2 年，以专利权人得知侵权行为之日起计算。

对于以下情况，不视为侵犯专利权：

（1）对于专利权人制造、进口或者经专利权人许可而制造、进口的专利产品，或者依照专利方法直接获得的产品售出后，使用、许诺销售或者销售该产品。

（2）在专利申请日前已经制造相同产品、使用相同方法或者已经做好制造、使用的必要准备，并且公在原有范围内继续制造、使用。

（3）临时通过中国的国外运输工具，在其自身需要使用了专利。

（4）专为科学研究和实验而使用有关专利的。

我国现行专利法规定的发明专利权保护期限 20 年，实用新型和外观设计专利权的期限为 10 年，均从申请日开始计算。在保护期内，专利权人应该按时缴纳年费。

在专利权保护期限内，如果专利权人没有按规定缴纳年费，或以书面声明放弃其专利权的，专利权可以在期满前终止。

另外，任何单位和个人都可以在授予专利之日起，请求专利复审，如果复审未通过，则将终止专利权。

对于具备实施条件的单位，可以以合理的条件请求发明或者实用新型专利权人许可实施其专利。若国家出现紧急状态或者非常情况时，可以为了公共利益强制实施发明专利、实用新型专利的许可。

17.5　反不正当竞争法

不正当竞争是指经营者违反规定,损害其他经营者的合法权益,扰乱社会经济秩序的行为。

(1) 采用不正当的市场交易手段:采用例如假冒他人注册商标;擅自使用与知名商品相同或相近的名称、包装,混淆消费者;擅自使用他人的企业名称;在商品上伪造认证标志、名优标志、产地等信息,从而达到损害其他经营者的目的。

(2) 利用垄断的地位,来排挤其他经营者的公平竞争。

(3) 利用政府职权,限定商品购买,以及对商品实施地方保护主义。

(4) 利用财务或其他手段进行贿赂,以达到销售商品的目的。

(5) 利用广告或者其他方法,对商品的质量、成分、性能、用途、生产者、有效期、产地等进行误导性的虚假宣传。

(6) 以低于成本价进行销售,以排挤竞争对手。不过对于鲜活商品、有效期将至及积压产品的处理,以及季节性降价,国清债、转产、歇业等原因进行降价销售均不属于不正当竞争。

(7) 搭售违背购买者意愿的商品。

(8) 采用不正当的有奖销售。例如谎称有奖,却是内定人员中奖;利用有奖销售推销质次价高产品;奖金超过 5 000 元的抽奖式有奖销售。

(9) 捏造、散布虚伪事实,损害对手商誉。

(10) 串通投标,排挤对手。

采用不正当竞争对别的经营者造成损害的,应承担赔偿责任。如果无法计算损失的,则赔偿侵权期因侵权所得的利润。

(1) 对于假冒注册商标、姓名、认证、产地的不正当竞争行为根据《商标法》进行处罚;如果是仿冒知名商标的,则可以根据情节罚款违法所得的 1 万～3 万元罚款,特别严重的追究刑事责任。

(2) 通过贿赂达到销售目的,根据情节处以 1 万～20 万元罚款,严重的追究刑事责任。

(3) 利用独占地位进行经营,根据情节处以 5 万～20 万元罚款;借此销售质次价高商品的,则没收违法所得,并罚款 1 万～3 万元。

(4) 采用广告误导消费者,处于 1 万～20 万元罚款。

(5) 采用不合法的有奖销售的,根据情节处以 1 万～10 万元的罚款。

(6) 串通投标者,根据情节处以 1 万～20 万元的罚款。

在《反不正当竞争法》中,对商业秘密进行了保护。商业秘密是指不为公众所知,具有经济利益,具有实用性,并且已经采取了保密措施的技术信息与经营信息,如果存在以下行为的,视为侵犯商业秘密:

(1) 以盗窃、利诱、胁迫等不正当手段获取别人的商业秘密;

(2) 披露、使用不正当手段获取的商业秘密;

(3) 违反有关保守商业秘密的要求约定,披露、使用其掌握的商业秘密。

对于侵犯商业秘密的,将根据情节处以 1 万～20 万罚款。

第 18 章   标准化知识

标准化是人类由自然人进入社会共同生活实践的必然产物，它随着生产的发展、科技的进步和生活质量的提高而发生、发展，受生产力发展的制约，同时又为生产力的进一步发展创造条件。

本章重点要求读者掌握标准化概论、标准化组织机构、标准分级与标准类型、编码标准、数据交换标准、软件开发规范与文档标准、信息安全标准 7 个方面的知识。

18.1   标准化概论

标准化是一门综合性学科，其工作内容极为广泛，可渗透到各个领域。标准化工作的特征包括横向综合性、政策性和统一性。

为在一定的范围内获得最佳秩序，对活动或其结果规定共同的和重复使用的规则或特性的文件，称为标准。该文件经协商一致制定并经一个公认机构的批准。标准应以科学、技术和经验的综合成果为基础，以促进最佳社会效益为目的。标准化是指在经济、技术、科学及管理等社会实践中，对重复性事物和概念通过制定、发布和实施标准达到统一，以获得最佳秩序和最大社会效益。

根据《中华人民共和国标准化法》，"标准化工作的任务是制定标准、组织实施标准和对标准的实施进行监督"。"通过制定、发布和实施标准，达到统一"是标准化的实质。"获得最佳秩序和社会效益"则是标准化的目的。

1. 标准化的对象

在国民经济的各个领域中，凡具有多次重复使用和需要制定标准的具体产品，以及各种定额、规划、要求、方法、概念等，都可称为标准化对象。

标准化对象一般可分为两大类：一类是标准化的具体对象，即需要制定标准的具体事物；另一类是标准化总体对象，即各种具体对象的总和所构成的整体，通过它可以研究各种具体对象的共同属性、本质和普遍规律。

根据《中华人民共和国标准化法》，对下列需要统一的技术要求，应当制定标准：

（1）工业产品的品种、规格、质量、等级或者安全、卫生要求；

（2）工业产品的设计、生产、检验、包装、储存、运输、使用的方法或者生产、储存、运输过程中的安全、卫生要求；

（3）有关环境保护的各项技术要求和检验方法；

（4）建设工程的设计、施工方法和安全要求；

（5）有关工业生产、工程建设和环境保护的技术术语、符号、代号和制图方法。

重要农产品和其他需要制定标准的项目，由国务院规定。

2．标准化的基本原理

标准化的基本原理通常是指统一原理、简化原理、协调原理和最优化原理。

统一原理就是为了保证事物发展所必需的秩序和效率，对事物的形成、功能或其他特性，确定适合于一定时期和一定条件的一致规范，并使这种一致规范与被取代的对象在功能上达到等效。

简化原理就是为了经济有效地满足需要，对标准化对象的结构、形式、规格或其他性能进行筛选提炼，剔除其中多余的、低效能的、可替换的环节，精炼并确定出满足全面需要所必要的高效能的环节，保持整体构成精简合理，使之功能效率最高。

协调原理就是为了使标准的整体功能达到最佳，并产生实际效果，必须通过有效的方式协调好系统内外相关因素之间的关系，确定为建立和保持相互一致、适应或平衡关系所必须具备的条件。

按照特定的目标，在一定的限制条件下，对标准系统的构成因素及其关系进行选择、设计或调整，使之达到最理想的效果，这样的标准化原理称为最优化原理。

3．标准化的主要作用

标准化的主要作用表现在以下 10 个方面：

（1）标准化为科学管理奠定了基础。所谓科学管理，就是依据生产技术的发展规律和客观经济规律对企业进行管理，而各种科学管理制度的形式，都以标准化为基础。

（2）促进经济全面发展，提高经济效益。标准化应用于科学研究，可以避免在研究上的重复劳动；应用于产品设计，可以缩短设计周期；应用于生产，可使生产在科学的和有秩序的基础上进行；应用于管理，可促进统一、协调、高效率等。

（3）标准化是科研、生产、使用三者之间的桥梁。一项科研成果，一旦纳入相应标准，就能迅速得到推广和应用。因此，标准化可使新技术和新科研成果得到推广应用，从而促进技术进步。

（4）随着科学技术的发展，生产的社会化程度越来越高，生产规模越来越大，技术要求越来越复杂，分工越来越细，生产协作越来越广泛，这就必须通过制定和使用标准，来保证各生产部门的活动，在技术上保持高度的统一和协调，以使生产正常进行。所以，人们说标准化为组织现代化生产创造了前提条件。

（5）促进对自然资源的合理利用，保持生态平衡，维护人类社会当前和长远的利益。

（6）合理发展产品品种，提高企业应变能力，以更好地满足社会需求。

（7）保证产品质量，维护消费者利益。

（8）在社会生产组成部分之间进行协调，确立共同遵循的准则，建立稳定的秩序。

（9）在消除贸易障碍，促进国际技术交流和贸易发展，提高产品在国际市场上的竞争能力方面具有重大作用。

（10）大量的环保标准、卫生标准和安全标准制定发布后，用法律形式强制执行，对保障人民的身体健康和生命财产安全具有重大作用。

4．制定标准的原则

根据《中华人民共和国标准化法》，制定标准应遵循的原则是：

（1）应当有利于保障安全和人民的身体健康，保护消费者的利益，保护环境；

（2）应当有利于合理利用国家资源，推广科学技术成果，提高经济效益，并符合使用要求，有利于产品的通用互换，做到技术上先进，经济上合理；

（3）应当有利于促进对外经济技术合作和对外贸易。

5．标准化的发展

公元前 221 年，秦始皇统一中国之后，用政令对度量衡、文字、货币、道路、兵器进行大规模的标准化，"书同文、车同轨"，堪称古代标准化的经典之作。

机器生产、社会化大生产为标准化提供了大量生产实践经验，科学技术为标准化提供了系统实验手段，近代的标准化工作已从凭直观和零散的形式对现象的表述和总结经验的阶段，进入了定量的实验科学阶段，并开始通过民主协商的方式在广阔的领域推行工业标准化体系，作为提高生产率的途径。1926 年，国家标准化协会国际联合会成立，标准化活动成为全球的事业，活动范围从机电行业扩展到各行各业。标准化使生产的各个环节，各个分散的组织到各个工业部门，扩散到全球经济的各个领域，由保障互换性的手段，发展成为保障合理配置资源、降低贸易壁垒和提高生产力的重要手段。1947 年，国际标准化组织正式成立。现在，世界上已有100 多个国家成立了自己的国家标准化组织。

随着经济全球化不可逆转的过程，特别是信息技术高速发展和市场全球化的需要，现代标准化更需要运用方法论、系统论、控制论、信息论和行为科学理论的指导，以标准化参数最优化为目的，以系统最优化为方法，运用数字方法和电子计算技术等手段，建立与全球经济一体化、技术现代化相适应的标准化体系。

6．标准的生命周期

一项标准的出台一般要经过 6 个阶段：第一阶段，申请阶段；第二阶段，预备阶段；第三阶段，委员会阶段；第四阶段，审查阶段；第五阶段，批准阶段；第六阶段，发布阶段。

自标准实施之日起，至标准复审重新确认、修订或废止的时间，称为标准的有效期，又称标龄。由于各国情况不同，标准有效期也不同。我国在国家标准管理办法中规定国家标准实施5 年内要进行复审，即国家标准有效期一般为 5 年。

7．标准化组织机构

标准化机构是指制定、发布和管理各种标准的国际组织、区域性组织、政府或非政府组织、行业组织等。不同的标准化机构，所制定标准的级别也不同。

目前，世界上有许多个国际和区域性组织在制定标准或技术规则，其中最大的是国际标准化组织（International Organization for Standardization，ISO）、国际电工委员会（International Electrotechnical Commission，IEC）和国际电信联盟（International Telecommunication Union，ITU）。在信息技术领域，电气电子工程师学会（Institute of Electrical and Electronics Engineers，IEEE）、Internet 协会（Internet Society，ISOC）、国际 Web 联盟（World Wide Web Consortium，

W3C）是几个影响较大的行业标准化组织。

在中国，按照国务院授权，在国家质量监督检验检疫总局管理下，国家标准化管理委员会（Standardization Administration of China，SAC）统一管理全国标准化工作。全国信息技术标准化技术委员会（National Information Technology Standardization Technical Committee，NITS）在国家标管委领导下，负责信息技术领域国家标准的规划和制订工作。

另外，美国标准化委员会（American National Standards Institute，ANSI）、欧洲标准化委员会（European Committee for Standardization，CEN）也是两个较有影响的国家和区域标准化组织。

18.2　标准分级与标准类型

根据制定机构和适用范围的不同，标准可分为若干个级别。按类型划分，标准可分为强制性标准和推荐性标准。

18.2.1　标准分级

根据《中华人民共和国标准化法》，国内标准分为国家标准、行业标准、地方标准和企业标准。在全球范围内，标准的分级方式并不统一，一般可分为国际标准、行业标准、区域标准和企业标准等。

1．国际标准

国际标准是指由国际联合机构制定和公布，提供各国参考的标准。国际标准化组织、国际电工委员会和国际电信联盟制定的标准均为国际标准。此外，被 ISO 认可、收入 KWIC 索引中的其他 25 个国际组织制定的标准，也视为国际标准。

2．国家标准

国家标准是指由政府或国家级的机构制定或批准，适用于全国范围的标准，例如：

GB（或 GB/T）：中华人民共和国国家标准。《中华人民共和国标准化法》规定，"国家标准由国务院标准化行政主管部门制定"。目前，国家标准由国家标准化管理委员会制定，国家质量监督检验检疫总局批准和公布。

ANSI（American National Standards Institute）：美国国家标准协会标准。

FIPS-NBS（Federal Information Processing Standards，National Bureau of Standards）：美国国家标准局联邦信息处理标准。

BS（British Standard）：英国国家标准。

JIS（Japanese Industrial Standard）：日本工业标准。

3．行业标准

行业标准是指由行业机构、学术团体或国防机构制定，并适用于某个业务领域的标准，例如：

- IEEE：电气电子工程师学会标准。
- GJB：中华人民共和国国家军用标准，由国防科学技术工业委员会批准，适合于国防部门和军队。

- DOD-STD（Department Of Defense STanDards）：美国国防部标准，适用于美国国防部门。
- MIL-S（MILitary Standards）：美国军用标准，适用于美国军队内部。

根据《中华人民共和国标准化法》，国内的行业标准由国务院有关行政主管部门制定，并报国务院标准化行政主管部门备案。

4. 区域/地方标准

区域标准是指由区域性国际联合机构制定和公布，提供区域内各国参考和执行的标准，例如：

- ARS：非洲地区标准，由非洲地区标准化组织制定。
- ASMO：阿拉伯标准，由阿拉伯标准化与计量组织制定。
- EN：欧洲标准，由欧洲标准化委员会制定。
- ETS：欧洲电信标准，由欧洲电信标准学会制定。
- PAS：泛美标准，由泛美技术标准委员会制定。

在国内，地方标准是指由地方行政主管部门制定，仅适用于本地的标准。根据《中华人民共和国标准化法》，地方标准由省、自治区、直辖市标准化行政主管部门制定，并报国务院标准化行政主管部门和国务院有关行政主管部门备案。

5. 企业标准

企业标准是指一些大型企业或机构，由于工作需要制定的适用于本企业或机构的标准。

根据《中华人民共和国标准化法》，国内企业的产品标准须报当地政府标准化行政主管部门和有关行政主管部门备案。《GB/T 1 标准化工作导则》规定，企业标准以 Q 字开头。

目前，国外个别大型 IT 企业自订的某些标准已成为事实上的全球工业标准。

6. 各级标准之间的关系

《中华人民共和国标准化法》明确规定了国家标准、行业标准、地方标准和企业标准之间的关系。

（1）对需要在全国范围内统一的技术要求，应当制定国家标准。

（2）对没有国家标准而又需要在全国某个行业范围内统一的技术要求，可以制定行业标准。在公布国家标准之后，该项行业标准即行废止。

（3）对没有国家标准和行业标准而又需要在省、自治区、直辖市范围内统一的工业产品的安全、卫生要求，可以制定地方标准。在公布国家标准或者行业标准之后，该项地方标准即行废止。

（4）企业生产的产品没有国家标准和行业标准的，应当制定企业标准，作为组织生产的依据。已有国家标准或者行业标准的，国家鼓励企业制定严于国家标准或者行业标准的企业标准，在企业内部适用。

《中华人民共和国标准化法》同时规定，"国家鼓励积极采用国际标准"，但并没有明确指出：当国家标准与国际标准不一致时，应当采用哪个标准。按照国际惯例，当一国产品在另一国销售时，应当优先适用销售地的国家标准。

18.2.2　强制性标准与推荐性标准

《中华人民共和国标准化法》规定：国家标准、行业标准分为强制性标准和推荐性标准。保障人体健康，人身、财产安全的标准和法律、行政法规规定强制执行的标准是强制性标准，其他标准是推荐性标准。省、自治区、直辖市标准化行政主管部门制定的工业产品的安全、卫生要求的地方标准，在本行政区域内是强制性标准。

强制性国家标准以 GB 开头，推荐性国家标准以 GB/T 开头。但应注意，此项规定并不适用于国家早期发布的标准，当时的国家标准统一以 GB 开头。

强制性标准可分为全文强制和条文强制两种形式：

（1）标准的全部技术内容需要强制时，为全文强制形式。此类标准，必须在"前言"的第一段以黑体字写明："本标准的全部技术内容为强制性"。

（2）标准中部分技术内容需要强制时，为条文强制形式。此类标准，应根据具体情况选用最简洁的方式，在标准"前言"的第一段以黑体字写明其强制性条文和非强制性条文。

根据国家质量技术监督局[2000]36 号文件，强制性内容的范围包括：

（1）有关国家安全的技术要求；

（2）保障人体健康和人身、财产安全的要求；

（3）产品及产品生产、储运和使用中的安全、卫生、环境保护、电磁兼容等技术要求；

（4）工程建设的质量、安全、卫生、环境保护要求及国家需要控制的工程建设的其他要求；

（5）污染物排放限值和环境质量要求；

（6）保护动植物生命安全和健康的要求；

（7）防止欺骗、保护消费者利益的要求；

（8）国家需要控制的重要产品的技术要求。

《中华人民共和国标准化法》规定：强制性标准，必须执行。不符合强制性标准的产品，禁止生产、销售和进口。生产、销售、进口不符合强制性标准的产品的，由法律、行政法规规定的行政主管部门依法处理，法律、行政法规未作规定的，由工商行政管理部门没收产品和违法所得，并处罚款；造成严重后果构成犯罪的，对直接责任人员依法追究刑事责任。

推荐性标准，国家鼓励企业自愿采用。这类标准，不具有强制性，任何单位均有权决定是否采用，主要通过经济手段或市场因素自行调节。违犯这类标准，不构成经济或法律方面的责任。但应当指出，推荐性标准一经接受并采用，或各方商定同意纳入经济合同中，就成为各方必须共同遵守的技术依据，具有法律上的约束性。

建国以来，我国最初研制发布的强制性标准数量较多。20 世纪 90 年代后，为了适应国内经贸发展，并与国际标准化接轨，国家标准主管部门曾多次对强制性标准的有关规定进行调整，并对已有强制性标准进行反复的清理整顿，使强制性标准的数量得到适当控制。

18.3　编码标准

中文编码标准主要包括汉字编码标准和中国少数民族文字编码标准。目前国内常用的两大编码体系 GB18030 和 ISO/IEC 10646（GB13000）均包含了汉字与绝大多数少数民族文字的编码（GB18030 是通过与 ISO/IEC 10646 的映射关系实现对少数民族文字编码的），但这两大编码体系并不兼容。由于 GB18030 的历史继承性较好，目前国内的汉文应用系统多采用 GB18030 编码体系。但因 GB18030 中所有少数民族文字均采用四字节编码，而在 ISO/IEC 10646 中绝大多数少数民族文字采用双字节编码，国内新开发的少数民族文字应用系统多倾向于采用 ISO/IEC 10646 编码体系。

18.3.1　汉字编码标准

1980 年 3 月 9 日，原国家标准总局颁布了华北计算技术研究所起草的我国第一个汉字编码字符集标准－《信息交换用汉字编码字符集　基本集》（GB2312－1980）。该标准共收入 6763 个汉字及常用符号，奠定了中文信息处理的基础。为了解决汉字大字符集的编码问题，国家又陆续公布了电子工业部十五研究所起草的《信息交换用汉字编码字符集　辅助集》（GB12345－1990）、《信息交换用汉字编码字符集　第二辅助集》（GB/T 7589－1987）、《信息交换用汉字编码字符集　第三辅助集》（GB13131－1991）、《信息交换用汉字编码字符集　第四辅助集》（GB/T 7590－1987）、《信息交换用汉字编码字符集　第五辅助集》（GB13132－1991）和《信息交换用汉字编码字符集　第七辅助集》（GB/T 16500－1998）等汉字编码标准。在这期间，全国信息技术标准化技术委员会曾制定和发布了《汉字扩展规范 GBK 1.0》，在实际工作中得到广泛应用。

随着国际间的交流与合作的扩大，信息处理应用对字符集提出了多文种、大字量、多用途的要求。1993 年，国际标准化组织发布了《ISO/IEC 10646－1 信息技术　通用多八位编码字符集　第一部分：体系结构与基本多文种平面》。同年 12 月 30 日，我国等同采用此标准制定了 GB 13000.1－1993。该标准采用了全新的多文种编码体系，收录了中、日、韩汉字 20902 个，是编码体系未来发展方向。但由于 ISO/IEC 10646（GB13000）的汉字编码与 GB2312、GBK 的编码体系不兼容，所以它的实现仍需要有一个过程，目前还不能完全解决我国当前应用的迫切需要。

考虑到 ISO/IEC 10646（GB13000）的完全实现有待时日，以及 GB2312 编码体系的延续性和现有资源与系统的有效利用与过渡，2000 年 3 月 17 日，国家质量技术监督局批准并发布了信息产业部电子工业标准化研究所等单位起草的新的汉字编码标准《信息技术　信息交换用汉字编码字符集　基本集的扩充》（GB 18030－2000）。2005 年 11 月 8 日，该标准升级为《信息技术　中文编码字符集》（GB 18030－2005）。GB18030 在编码上与 GB2312、GBK 一脉相承，较好地解决了旧系统向新系统的转换问题。

GB18030－2005 收录了 70244 个汉字，总编码空间超过 150 万个码位，采用单字节、双字节、四字节混合编码的方式。尽管 GB18030 包括了 ISO/IEC 10646（GB13000）的所有字汇，两种编码也可以自由转换，但 GB18030 与 ISO/IEC 10646（GB13000）是两种不同的编码体系。

究竟是应该走 GB18030 的道路，还是应该走 ISO/IEC 10646（GB13000）的道路？信息技术专家和标准化专家们一直在争论。

18.3.2　少数民族文字编码

中国是一个统一的多民族国家，民族多、语言多、文字多。55 个少数民族中，除回族外，其他 54 个民族都有（或曾经有）自己的语言，其中大约 30 个民族有与自己的语言相一致的文字。由于有的民族使用一种以上的文字，据国家有关部门统计，我国共有少数民族文字 50 多种（尚有争议）。但这 50 多种文字中，大多数都是近代或现代新创的拉丁化文字或准拉丁化文字，这些文字可以借用拉丁字母的编码，个别变形字符可以统一编码，没必要为每一种文字制定特殊编码。少数民族文字编码主要指非拉丁化传统少数民族文字的编码。

20 世纪 80 年代末至 90 年代初，国家标准化主管部门陆续批准并公布了内蒙古自治区电子计算中心等单位起草的《信息处理交换用蒙古文七位和八位编码图形字符集》（GB8045－1987）、新疆大学等单位起草的《信息处理　信息交换用维吾尔文编码图形字符集》（GB 12050－1989）、延边电子信息中心起草的《信息交换用朝鲜文字编码字符集》（GB 12052－1989）和四川省民族事务委员会等单位起草的《信息交换用彝文编码字符集》（GB13134－1991）等少数民族文字编码标准。但当时的标准并未考虑统一的编码平面问题。

1993 年起，中国的少数民族文字专家、信息化专家、标准化专家与国外同行开始研究制定 ISO/IEO 10646 统一多八位编码字符集中的中国少数民族文字编码标准。截止到 2008 年底，蒙古文（Mongolian）、托忒蒙古文（Todo）、满文（Manchu）、锡伯文（Sibe）、藏文（Tibetan）、维吾尔文（Uighur）、哈萨克文（Kazakh）、柯尔克孜文（Kirghiz）、朝鲜文（Korea 或 Hangul）、规范彝文（Yi）、德宏傣文（Tai Le）、西双版纳新傣文（New Tai Lue）、西双版纳老傣文（Tai Tham）和八斯巴文（Phags-pa）编码字符集已分别被收入：

ISO/IEC 10646:2003 Universal Multiple-Octet Coded Character Set（UCS）

ISO/IEC 10646:2003/Amendment 1:2005 Glagolitic, Coptic, Georgian and other characters

ISO/IEC 10646:2003/Amendment 2:2006 N'Ko, Phags-pa, Phoenician and other characters

ISO/IEC 10646:2003/Amendment 3:2008 Lepcha, Ol Chiki, Saurashtra, Vai and other characters

ISO/IEC 10646:2003/Amendment 4:2008 Cham, Game Tiles, and other characters

ISO/IEC 10646:2003/Amendment.5:2008 Tai Tham, Tai Viet, Avestan, Egyptian Hieroglyphs, CJK Unified Ideographs Extension C, and other characters

其中：

（1）蒙古文、托忒蒙古文、满文、锡伯文编码空间为 U1800-18AF，收入字符 156 个。

（2）藏文编码空间为 U0F00-0FFF，收入字符 201 个。

（3）维吾尔文、哈萨克文、柯尔克孜文字符号散列在"阿拉伯文基本集"（U0600-067F、U0750-077F）、"阿拉伯文扩展集 A"（UFB50-FDFF）和"阿拉伯文扩展集 B"（UFE70-FEFF）之中。

（4）朝鲜文编码空间为 UAC00-D7FF、U1100-11FF、UA960-A97F、UD7B0-D7FF 和 U31A1-318F，收入朝鲜文整字字符（Hangul Syllable）11172 个、组合字符（Hangul Jamo）357 个以及用于兼容以往字符集的组合字符（Hangul Compatibility Jamo）94 个。

（5）规范彝文编码空间为 UA000-A48F 和 UA490-A4C8，收入彝文字符（Yi Syllable）1165 个和彝文部首 57 个。

（6）德宏傣文编码空间为 U1950-197F，收入字符 35 个。西双版纳新傣文编码空间为 U1980-19DF，收入字符 80 个。西双版纳老傣文编码空间为 U1A20-1AAF，收入字符 127 个。

（7）八斯巴文编码空间为 UA840-A87F，收入字符 56 个。

另外，傈僳文（Lisu）、古突厥文（Old Turkic）、西夏文（Tangut）、滇东北苗文（Simple Miao）、纳西东巴文（Naxi Tomba）和古彝文（Old Yi）的编码字符集标准也在制订之中。其中：

（1）傈僳文和古突厥文的编码字符集标准提案已被收入 ISO/IEC 10646:2003/FPDAM 6（Final Proposed Draft Amendment 6）。傈僳文编码空间为 UA4D0-A4FF，收入字符 48 个。古突厥文编码空间为 U10C00-10C4F，收入字符 73 个。

（2）西夏文编码字符集标准提案已被收入 ISO/IEC 10646:2003/PDAM 7（Proposed Draft Amendment 7）。编码空间为 U17000-1871F，收入字符 5190 个。

（3）滇东北苗文和纳西东巴文编码字符集标准提案已正式提交。

（4）古彝文编码字符集标准提案正在准备之中。

如同世界上许多"复杂文字"一样，中国的一些少数民族文字也有"名义字符"（Nominal Glyph）与"显现字符"（Presentation Glyph）之分。例如，维吾尔文只有 32 个字母（名义字符），但大多数字母都有 4 种显现形式：前连、中连、后连和独立式（显现字符）。再如，藏文只有 30 个辅音和 4 个元音（名义字符），但通过纵向叠加方式可以组合出近万个藏文字符（显现字符）。早期的 ISO/IEC 10646 编码，出于技术实现难度的考虑，采用名义字符与显现字符并存的方式，当时大家的注意力全都集中在显现字符上，没有认识到名义字符才是根本，各种应用系统无一例外地把显现字符作为运算码和交换码。1997 年，ISO/IEC 10646 工作组通过决议，今后只给名义字符编码，不再给显现字符编码，各种应用系统也相继改为以显现字符作为运算码和交换码。由于名义字符（编码）与字库中的显现字符之间可能存在"一对多"、"多对一"和"多对多"等多种映射关系，传统的 TrueType 字库无法用于 ISO/IEC 10646 编码体系下复杂文种的显示，应使用带有"索引信息"的 OpenType 字库或类似字库。

18.4 数据交换标准

数据交换标准，大致可分为两类。一类是与硬件有关的，如软盘、硬盘、光盘和磁带等数据存储介质的物理数据交换标准。另一类是与硬件无关的，如文件格式标准、元数据标准和置标语言标准等。本书所讲的"数据交换标准"仅指与硬件无关的数据交换标准。

中国发布的数据交换标准主要包括：

GB/T 14805－1993 用于行政、商业和运输业电子数据交换的应用级语法规则

GB/T 14805.1－2007 行政、商业和运输业电子数据交换（EDIFACT）应用级语法规则（语法版本号: 4，语法发布号：1）第 1 部分：公用的语法规则及语法服务目录

GB/T 14805.2－2007 行政、商业和运输业电子数据交换（EDIFACT）应用级语法规则（语法版本号: 4，语法发布号：1）第 2 部分：批式电子数据交换专用的语法规则

GB/T 14805.3－2007 行政、商业和运输业电子数据交换（EDIFACT）应用级语法规则（语

法版本号: 4, 语法发布号：1）第 3 部分：交互式电子数据交换专用的语法规则

GB/T 14805.4－2007 行政、商业和运输业电子数据交换（EDIFACT）应用级语法规则（语法版本号: 4, 语法发布号：1）第 4 部分：批式电子数据交换语法和服务报告报文（报文类型为 CONTRL）

GB/T 14805.5－2007 行政、商业和运输业电子数据交换（EDIFACT）应用级语法规则（语法版本号: 4, 语法发布号：1）第 5 部分：批式电子数据交换安全规则（真实性、完整性和源抗抵赖性）

GB/T 14805.6－2007 行政、商业和运输业电子数据交换（EDIFACT）应用级语法规则（语法版本号: 4, 语法发布号：1）第 6 部分：安全鉴别和确认报文（报文类型为 AUTACK）

GB/T 14805.7－2007 行政、商业和运输业电子数据交换（EDIFACT）应用级语法规则（语法版本号: 4, 语法发布号：1）第 7 部分：批式电子数据交换安全规则（保密性）

GB/T 14805.8－2007 行政、商业和运输业电子数据交换（EDIFACT）应用级语法规则（语法版本号: 4, 语法发布号：1）第 8 部分：电子数据交换中的相关数据

GB/T 14805.9－2007 行政、商业和运输业电子数据交换（EDIFACT）应用级语法规则（语法版本号: 4, 语法发布号：1）第 9 部分：安全密钥和证书管理报文（报文类型为 KEYMAN）

GB/T 14805.10－2005 用于行政、商业和运输业电子数据交换的应用级语法规则 第 10 部分：语法服务目录

GB/T 14915－1994 电子数据交换术语

GB/T 15424－1994 电子数据交换用支付方式代码

GB/T 15634－2008 行政、商业和运输业电子数据交换段目录

GB/T 15635－2008 行政、商业和运输业电子数据交换复合数据元目录

GB/T 15947－2001 用于行政、商业和运输业电子数据交换的报文设计规则

GB/T 16520－1996 消息处理　电子数据交换消息处理业务

GB/T 16651－1996 消息处理系统　电子数据交换消息处理系统

GB/T 16703－1996 用于行政、商业和运输业电子数据交换 语法实施指南

GB/T 16833－2002 用于行政、商业和运输业电子数据交换的代码表

GB/T 16834－1997 用于行政、商业和运输业电子数据交换的标准报文和目录文件的编写规则

GB/T 16968.1－1997 用于行政、商业和运输业电子数据交换的技术评审指南　第 1 部分：批式电子数据交换技术评审审核表

GB/T 16968.2－1998 用于行政、商业和运输业电子数据交换的技术评审指南　第 2 部分：交互式电子数据交换技术评审审核表

GB/T 16979.1－1997 工业自动化系统　制造报文规范（MMS）第 1 部分：服务定义 补充件 1：数据交换

GB/T 16979.2－1997 工业自动化系统　制造报文规范（MMS）第 2 部分：协议规范 补充

件1：数据交换

GB/T 17539－1998 电子数据交换标准化应用指南

GB/T 17549－1998 用于行政、商业和运输业电子数据交换的业务与信息模型化框架

GB/T 17629－1998 电子数据交换的国际商用交换协议样本

GB/T 17699－2008 行政、商业和运输业电子数据交换 数据元目录

GB/T 17798－1999 地球空间数据交换格式

GB/T 18793－2002 信息技术 可扩展置标语言（XML）1.0

GB/T 19254－2003 电子数据交换报文实施指南

GB/T 19667.1－2005 基于 XML 的电子公文格式规范 第 1 部分：总则

GB/T 19667.2－2005 基于 XML 的电子公文格式规范 第 2 部分：公文体

GB/T 19709－2005 用于行政、商业和运输业电子数据交换基于 EDI（FACT）报文实施指南的 XML schema（XSD）生成规则

GB/T 20092－2006 中文新闻信息置标语言

GB/Z 21025－2007 XML 使用指南

GB/T 21063.3－2007 政务信息资源目录体系 第 3 部分：核心元数据

GB/T 22113－2008 印刷技术 印前数据交换 用于图像技术的标签图像文件格式（TIFF/IT）

GB/T 22373－2008 标准文献元数据

> **希赛教育专家提示**：还有许多事实上的数据交换标准，都是由一些大公司、商业或技术团体制定的，如人们常见的 DOC（Word 文档格式）和 PDF（Portable Document Format，可移植文档格式）等数据交换标准。

18.5 软件开发规范与文档标准

软件开发规范标准与软件文档标准密不可分，实际上软件文档标准都是基于软件开发规范标准的。

18.5.1 软件开发规范

1988 年，前国家标准局批准并发布了《GB8566－1988 计算机软件开发规范》，将软件生命周期划分为可行性研究与计划、需求分析、概要设计、详细设计、实现、组装测试、确认测试、使用和维护 8 个阶段。

1995 年，GB8566－1988 的替代标准，《GB/T 8566－1995 信息技术 软件生存期过程》使用软件生命周期的 7 个过程取代了原来的 8 个阶段，这 7 个过程是管理过程、获取过程、供应过程、开发过程、运行过程、维护过程和支持过程。

2001 年，GB/T 8566－1995 又被国家质量监督检验检疫总局新发布的《GB/T 8566－2001 信息技术 软件生存周期过程》（＝ISO/IEC 12207:1995）所取代。GB/T 8566－2001 全面、系统

地阐述了软件生命周期的 5 个主要过程（获取过程、供应过程、开发过程、运行过程、维护过程）、8 个支持过程（文档编制过程、配置管理过程、质量保证过程、验证过程、确认过程、联合评审过程、审核过程、问题解决过程）和 4 个组织过程（管理过程、基础设施过程、改进过程、培训过程）。

2007 年，GB/T 8566 升级为《GB/T 8566－2007 信息技术　软件生存周期过程》。本标准将软件生存周期中可能执行的活动分为 5 个基本过程、9 个支持过程和 7 个组织过程。

软件生存周期的过程与活动清单如表 18-1 所示。

表 18-1　软件生存周期的过程与活动清单

	过程名	主要活动和任务描述
基本过程	获取过程	启动；招标准备；合同准备及验收
	供应过程	启动；准备投标；签订合同；编制计划；执行和控制；评审和评价；交付和完成
	开发过程	过程实施；系统需求分析；系统体系结构设计；软件需求分析；软件体系结构设计；软件详细设计；软件编码和调试；软件集成；软件合格性测试；系统集成；系统合格性测试；软件安装；软件验收支持
	运行过程	过程实施；运行测试；系统运行；用户支持
	维护过程	过程实施；问题和变更分析；变更实现；维护评审/验收；软件移植；软件退役
支持过程	文档编制过程	过程实施；文档设计与开发；文档生产；文档维护
	配制管理过程	过程实施；配置标识；配置控制；配置状态统计；配置评价；发布管理与交付
	质量保证过程	过程实施；软件产品的质量保证；软件过程的质量保证；质量体系保证
	验证过程	过程实施；验证
	确认过程	过程实施；确认
	联合评审过程	过程实施；项目管理评审；技术评审
	审核过程	过程实施；审核
	问题解决过程	过程实施；问题解决
	易用性过场	过程实施；以人为本的设计；策略、推广和保障方面的人为因素
组织过程	管理过程	启动和范围定义；制订计划；执行和控制；评审和评价；收尾；测量
	基础设施过程	过程实施；建立基础设施；维护基础设施
	改进过程	过程建立；过程评估；过程改进
	人力资源过程	过程实施；定义培训需求；补充合格的员工；评价员工绩效；建立项目团队需求；知识管理
	资产管理过程	过程实施；资产存储和检索定义；资产管理和控制
	重用大纲管理过程	启动；领域标识；重用评估；计划；执行和控制；评审和评价
	领域工程过程	过程实施；领域分析；领域设计；资产供应；资产维护

18.5.2　软件文档标准

软件文档是软件产品的一部分。1988 年 1 月，国家标准局批准并发布了《GB8567－1988 计算机软件产品开发文件编制指南》。2006 年 7 月，该标准升级为《GB/T 8567－2006 计算机软件文档编制规范》。

GB/T 8567－2006 规定在软件生存周期中一般应产生以下基本文档：

A 可行性分析（研究）报告（FAR）

B 软件开发计划（SDP）

C 软件测试计划（STP）

D 软件安装计划（SIP）

E 软件移交计划（STrP）

F 运行概念说明（OCD）

G 系统/子系统需求规格说明（SSS）

H 接口需求规格说明（IRS）

I 系统/子系统设计（结构设计）说明（SSDD）

J 接口设计说明（IDD）

K 软件需求规格说明（SRS）

L 数据需求说明（DRD）

M 软件（结构）设计说明（SDD）

N 数据库（顶层）设计说明（DBDD）

O 软件测试说明（STD）

P 软件测试报告（STR）

Q 软件配置管理计划（SCMP）

R 软件质量保证计划（SQAP）

S 开发进度月报（DPMR）

T 项目开发总结报告（PDSR）

U 软件产品规格说明（SPS）

V 软件版本说明（SVD）

W 软件用户手册（SUM）

X 计算机操作手册（COM）

Y 计算机编程手册（CPM）

GB8567－2006 还规定了面向对象的软件应编制以下文档：

A 总体说明文档

B 用例图文档

C 类图文档

D　　顺序图文档

E　　协作图文档

F　　状态图文档

G　　活动图文档

H　　构件图文档

I　　部署图文档

J　　包图文档

18.6　信息安全标准

信息安全标准包括总体安全标准、密码算法标准、密钥管理标准、防信息泄漏标准、信息安全产品标准、系统与网络安全标准、应用工程安全标准、信息安全评估标准和信息安全管理标准等。截止到 2008 年底，中国发布的信息安全标准主要包括：

GB/T 15278－1994　信息处理　数据加密　物理层互操作性要求

GB/T 15843.1－2008　信息技术　安全技术　实体鉴别　第 1 部分：概述

GB/T 15843.2－2008　信息技术　安全技术　实体鉴别　第 2 部分：采用对称加密算法的机制

GB/T 15843.3－2008　信息技术　安全技术　实体鉴别　第 3 部分：采用数字签名技术的机制

GB/T 15843.4－2008　信息技术　安全技术　实体鉴别　第 4 部分：采用密码校验函数的机制

GB/T 15843.5－2005　信息技术　安全技术　实体鉴别　第 5 部分：使用零知识技术的机制

GB 15851－1995　信息技术　安全技术　带消息恢复的数字签名方案

GB/T 15852.1－2008　信息技术　安全技术　消息鉴别码　第 1 部分：采用分组密码的机制

GB 17859－1999　计算机信息系统　安全保护等级划分准则

GB/T 17710－2008　信息技术　安全技术　校验字符系统

GB/T 17901.1－1999　信息技术　安全技术　密钥管理　第 1 部分：框架

GB/T 17902.1－1999　信息技术　安全技术　带附录的数字签名　第 1 部分：概述

GB/T 17902.2－2005　信息技术　安全技术　带附录的数字签名　第 2 部分：基于身份的机制

GB/T 17902.3－2005　信息技术　安全技术　带附录的数字签名　第 3 部分：基于证书的机制

GB/T 17903.1－2008　信息技术　安全技术　抗抵赖　第 1 部分：概述

GB/T 17903.2－2008　信息技术　安全技术　抗抵赖　第 2 部分：采用对称技术的机制

GB/T 17903.3－2008　信息技术　安全技术　抗抵赖　第 3 部分：采用非对称技术的机制

GB/T 19713－2005　信息技术　安全技术　公钥基础设施　在线证书状态协议

GB/T 19714－2005　信息技术　安全技术　公钥基础设施　证书管理协议

GB/T 17963－2000　信息技术　开放系统互联　网络层安全协议

GB/T 17964－2008　信息安全技术　分组密码算法的工作模式

GB/T 17965－2000　信息技术　开放系统互连　高层安全模型

GB/T 18018－2007 信息安全技术 路由器安全技术要求

GB/T 18231－2000 信息技术 低层安全模型

GB/T 18237.1－2000 信息技术 开放系统互连 通用高层安全 第1部分：概述、模型和记法

GB/T 18237.2－2000 信息技术 开放系统互连 通用高层安全 第2部分：安全交换服务元素（SESE）服务定义

GB/T 18237.3－2000 信息技术 开放系统互连 通用高层安全 第3部分：安全交换服务元素（SESE）协议规范

GB/T 18237.4－2003 信息技术 开放系统互连 通用高层安全 第4部分：保护传送语法规范

GB/T 18238.1－2000 信息技术 安全技术 散列函数 第1部分：概述

GB/T 18238.2－2002 信息技术 安全技术 散列函数 第2部分：采用n位块密码的散列函数

GB/T 18238.3－2002 信息技术 安全技术 散列函数 第3部分：专用散列函数

GB/T 18336.1－2008 信息技术 安全技术 信息技术安全性评估准则 第1部分：简介和一般模型

GB/T 18336.2－2008 信息技术 安全技术 信息技术安全性评估准则 第2部分:安全功能要求

GB/T 18336.3－2008 信息技术 安全技术 信息技术安全性评估准则 第3部分:安全保证要求

GB/T 18794.1－2002 信息技术 开放系统互连 开放系统安全框架 第1部分：概述

GB/T 18794.2－2002 信息技术 开放系统互连 开放系统安全框架 第2部分：鉴别框架

GB/T 18794.3－2003 信息技术 开放系统互连 开放系统安全框架 第3部分：访问控制框架

GB/T 18794.4－2003 信息技术 开放系统互连 开放系统安全框架 第4部分：抗抵赖框架

GB/T 18794.5－2003 信息技术 开放系统互连 开放系统安全框架 第5部分：机密性框架

GB/T 18794.6－2003 信息技术 开放系统互连 开放系统安全框架 第6部分：完整性框架

GB/T 18794.7－2003 信息技术 开放系统互连 开放系统安全框架 第7部分：安全审计和报警框架

GB/T 19771－2005 信息技术 安全技术 公钥基础设施 PKI 构件最小互操作规范

GB/T 20008－2005 信息安全技术 操作系统安全评估准则

GB/T 20009－2005 信息安全技术 数据库管理系统安全评估准则

GB/T 20010－2005 信息安全技术 包过滤防火墙评估准则

GB/T 20011－2005 信息安全技术 路由器安全评估准则

GB/T 20269－2006 信息安全技术 信息系统安全管理要求

GB/T 20270－2006 信息安全技术 网络基础安全技术要求

GB/T 20271－2006 信息安全技术 信息系统通用安全技术要求

GB/T 20272－2006 信息安全技术 操作系统安全技术要求

GB/T 20273－2006 信息安全技术 数据库管理系统安全技术要求

GB/T 20274.1－2006 信息安全技术 信息系统安全保障评估框架 第一部分：简介和一般模型

GB/T 20274.2－2008　信息安全技术　信息系统安全保障评估框架　第 2 部分：技术保障

GB/T 20274.3－2008　信息安全技术　信息系统安全保障评估框架　第 3 部分：管理保障

GB/T 20274.4－2008　信息安全技术　信息系统安全保障评估框架　第 4 部分：工程保障

GB/T 20275－2006　信息安全技术　入侵检测系统技术要求和测试评价方法

GB/T 20276－2006　信息安全技术　智能卡嵌入式软件安全技术要求（EAL4 增强级）

GB/T 20277－2006　信息安全技术　网络和终端设备隔离部件测试评价方法

GB/T 20278－2006　信息安全技术　网络脆弱性扫描产品技术要求

GB/T 20279－2006　信息安全技术　网络和终端设备隔离部件安全技术要求

GB/T 20280－2006　信息安全技术　网络脆弱性扫描产品测试评价方法

GB/T 20281－2006　信息安全技术　防火墙技术要求和测试评价方法

GB/T 20282－2006　信息安全技术　信息系统安全工程管理要求

GB/Z 20283－2006　信息安全技术　保护轮廓和安全目标的产生指南

GB/T 20518－2006　信息安全技术　公钥基础设施　数字证书格式

GB/T 20519－2006　信息安全技术　公钥基础设施　特定权限管理中心技术规范

GB/T 20520－2006　信息安全技术　公钥基础设施　时间戳规范

GB/T 20945－2007　信息安全技术　信息系统安全审计产品技术要求和测试评价方法

GB/T 20979－2007　信息安全技术　虹膜识别系统技术要求

GB/T 20983－2007　信息安全技术　网上银行系统信息安全保障评估准则

GB/T 20984－2007　信息安全技术　信息安全风险评估规范

GB/Z 20985－2007　信息技术　安全技术　信息安全事件管理指南

GB/Z 20986－2007　信息安全技术　信息安全事件分类分级指南

GB/T 20987－2007　信息安全技术　网上证券交易系统信息安全保障评估准则

GB/T 20988－2007　信息安全技术　信息系统灾难恢复规范

GB/T 21028－2007　信息安全技术　服务器安全技术要求

GB/T 21050－2007　信息安全技术　网络交换机安全技术要求（评估保证级 3）

GB/T 21052－2007　信息安全技术　信息系统物理安全技术要求

GB/T 21053－2007　信息安全技术　公钥基础设施　PKI 系统安全等级保护技术要求

GB/T 21054－2007　信息安全技术　公钥基础设施　PKI 系统安全等级保护评估准则

GB/T 22080－2008　信息技术　安全技术　信息安全管理体系　要求

GB/T 22081－2008　信息技术　安全技术　信息安全管理实用规则

GB/T 22186－2008　信息安全技术　具有中央处理器的集成电路（IC）卡芯片安全技术要求（评估保证级 4 增强级）

GB/T 22239－2008　信息安全技术　信息系统安全等级保护基本要求

GB/T 22240－2008　信息安全技术　信息系统安全等级保护定级指南

第 19 章 多媒体技术及其应用

随着多媒体技术的发展，以及计算机网络速度的大幅度提升，多媒体技术在信息系统中的应用越来越广泛。

19.1 多媒体技术基本概念

多媒体主要是指文字、声音和图像等多种表达信息的形式和媒体，它强调多媒体信息的综合和集成处理。多媒体技术依赖于计算机的数字化和交互处理能力，它的关键是信息压缩技术和光盘存储技术。

1. 亮度、色调和饱和度

视觉上的彩色可用亮度、色调和饱和度来描述，任一彩色光都是这三个特征的综合效果。亮度是光作用于人眼时所引起的明亮程度的感觉，它与被观察物体的发光强度有关；由于其强度不同，看起来可能亮一些或暗一些。对于同一物体照射的光越强，反射光也越强，感觉越亮，对于不同物体在相同照射情况下，反射性越强者看起来越亮。显然，如果彩色光的强度降至使人看不清了，在亮度等级上它应与黑色对应；同样如果其强度变得很大，那么亮度等级应与白色对应。此外，亮度感还与人类视觉系统的视敏功能有关，即使强度相同，颜色不同的光进入视觉系统，也可能会产生不同的亮度。

色调是当人眼看到一种或多种波长的光时所产生的彩色感觉，它反映颜色的种类，是决定颜色的基本特性，如红色、绿色等都是指色调。不透明物体的色调是指该物体在日光照射下，所反射的各光谱成分作用于人眼的综合效果；透明物体的色调则是透过该物体的光谱综合作用的效果。

饱和度是指颜色的纯度，即掺入白光的程度，或者说是指颜色的深浅程度。对于同一色调的彩色光，饱和度越深，颜色越鲜明，或者说越纯。例如，当红色加进白光之后冲淡为粉红色，其基本色调还是红色，但饱和度降低；换句话说，淡色的饱和度比深色要低一些。饱和度还和亮度有关，因为若在饱和的彩色光中增加白光的成分，由于增加了光能，因而变得更亮了，但是它的饱和度却降低了。如果在某色调的彩色光中掺入别的彩色光，会引起色调的变化，掺入白光时仅引起饱和度的变化。

2. 三原色原理

三原色原理是色度学中最基本的原理，是指自然界常见的各种颜色光，都可由红（R）、绿（G）、蓝（B）三种颜色光按不同比例相配制而成。同样绝大多数颜色光也可以分解成红、绿、蓝三种色光。当然，三原色的选择并不是唯一的，也可以选择其他三种颜色为三原色，但是，三种颜色必须是相互独立的，即任何一种颜色都不能由其他两种颜色合成。由于人眼对红、绿、蓝三种色光最敏感，因此，由这三种颜色相配制所得的彩色范围也最广，所以一般都选用这三种颜色作为基色。

3．彩色空间

（1）RGB 彩色空间。在多媒体计算机技术中，用得最多的是 RGB 彩色空间表示。因为计算机的彩色监视器的输入需要 R、G、B 三个彩色分量，通过三个分量的不同比例，在显示屏幕上可以合成所需要的任意颜色，所以不管多媒体系统采用什么形式的彩色空间表示，最后的输出一定要转换成 RGB 彩色空间表示。

（2）YUV 彩色空间。在现代彩色电视系统中，通常采用三管彩色摄像机或彩色 CCD 摄像机，把摄得的彩色图像信号经分色棱镜分成 R0、G0、B0 三个分量的信号；分别经放大和校正得到三基色，再经过矩阵变换电路得到亮度信号 Y、色差信号 R-Y 和 B-Y，最后发送端将 Y、R-Y 和 B-Y 三个信号进行编码，用同一信道发送出去，这就是人们常用的 YUV 彩色空间。

YUV 彩色空间与 RGB 彩色空间的换算关系如下。

$Y = 0.3 \times R + 0.59 \times G + 0.11 \times B$。

$U = (B-Y) \times 0.493$。

$V = (R-Y) \times 0.877$。

（3）其他彩色空间表示。彩色空间表示还有很多种，如 CIE（国际照明委员会）制定的 CIE XYZ、CIE LAB 彩色空间和 CCIR（Consultative Committee International Radio）制定的 CCIR601-2YCC 彩色空间，以及 HIS（Hue，Saturation，Intensity）等。

19.2　数据编码技术

数据编码是将数据表示成某种特殊的信号形式以便于数据的可靠传输。在计算机中数据是以二进制数 0、1 比特序列方式表示的，而计算机数据在传输过程中采用什么样的编码取决于它所采用的通信信道所支持的数据类型。计算机网络中常用的通信信道分为两类：模拟信道和数字信道。所谓模拟信道指其上只能传送模拟信号，也就是电流或随时间连续变化的信号。而数字信道指传输数字信号的信道，数字信号指电流或电压随时间不连续变化的信号，或者叫离散信号。

19.2.1　数据编码方法

信息理论认为，若信源编码的熵大于信源的实际熵，则该信源中一定存在冗余度。去掉冗余不会减少信息量，仍可原样恢复数据；但若减少了熵，数据则不能完全恢复。不过在允许的范围内损失一定的熵，数据可以近似地恢复。根据压缩过程中是否减少了熵，目前常用的压缩编码方法可以分为两大类：一类是无损压缩编码法（Lossless Compression Coding），也称冗余压缩法或熵编码法；另一类是有损压缩编码法（Loss Compression Coding），也称为熵压缩法，如图 19-1 所示。

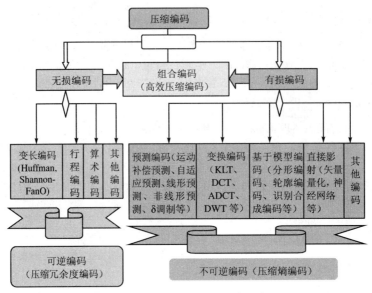

图 19-1　常用压缩编码方法分类

无损压缩编码法去掉或减少了数据中的冗余，但这些冗余值是可以重新插入到数据中的，因此，这种压缩是可逆的，也称为无失真压缩。为了去除数据中的冗余度，常常要考虑信源的统计特性，或建立信源的统计模型，因此许多适用的冗余度压缩技术均可归结于统计编码方法。此外，统计编码技术在各种熵压缩方法中也经常会用到。统计编码方法有霍夫曼编码、算术编码、游程编码等。冗余压缩法由于不会产生失真，因此在多媒体技术中一般用于文本、数据，以及应用软件的压缩，它能保证完全地恢复原始数据。但这种方法的压缩比较低，如 LZ 编码、游程编码、霍夫曼编码的压缩比一般在 2 : 1～5 : 1 之间。无损压缩法广泛用于文本数据、程序和特殊应用场合的图像数据（如指纹图像、医学图像等）的压缩。由于压缩比的限制，仅使用无损压缩方法不可能解决图像和数字视频的存储和传输问题。

有损压缩法压缩了熵，会减少信息量。因为熵定义为平均信息量，而损失的信息是不能再恢复的，因此这种压缩法是不可逆的。熵压缩主要有两大类：特征抽取和量化。特征抽取的编码方法如基于模型的编码、分形编码等。对于实际应用而言，量化是更为通用的熵压缩技术，包括特征提取、零记忆量化、预测编码、直接映射、变换编码等，其中预测编码和变换编码是最常见的实用压缩编码方法。熵压缩法由于允许一定程度的失真，可用于对图像、声音、动态视频等数据的压缩。如采用混合编码的 JPEG（Joint Photographic Experts Group，联合图像专家组）、MPEG（Moving Picture Experts Group，运动图像专家组）等标准，它对自然景物的灰度图像，一般可压缩几倍到几十倍，而对于自然景物的彩色图像，压缩比将达到几十倍甚至上百倍；采用自适应差分脉冲编码调制的声音数据，压缩比通常能做到 4 : 1～8 : 1；动态视频数据的压缩比最为可观，采用混合编码的多媒体系统，压缩比通常可达 100 : 1～400 : 1。有损压缩广泛应用于语音、图像和视频数据的压缩。

1948 年，Oliver 提出了第一个编码理论——脉冲编码调制（Pulse Coding Modulation，PCM）；同年，Shannon 的经典论文——"通信的数学原理"首次提出并建立了信息率失真函数概念；1959 年，Shannon 进一步确立了码率失真理论，以上工作奠定了信息编码的理论基础。

同时在数据编码上，又有第一代编码和第二代编码之称。第一代编码方法主要有预测编码、变换编码和统计编码，也称为三大经典编码方法。

（1）预测编码：基本思想是根据数据的统计特性得到预测值，然后传输图像像素与其预测值的差值信号，使传输的码率降低，达到压缩的目的。预测编码方法简单经济，编码效率较高。

（2）变换编码：基本思想是由于数字图像像素间存在高度相关性，因此可以进行某种变换来消除这种相关性。目前，国际上已经制定了基于离散余弦变换的静止图像压缩标准 JPEG 和运动图像压缩标准 MPEG 等一系列标准。

（3）统计编码：基本思想是主要针对无记忆信源，根据信息码字出现概率的分布特征而进行压缩编码，寻找概率与码字长度间的最优匹配。常用的统计编码有游程编码、Huffman 编码和算术编码三种。

这些编码技术都是非常优秀的纹理编码方案，它们能够在中等压缩率的情况下，提供非常好的图像质量，但在非常低的位率情况下，无法为一般的序列提供令人满意的质量。20 世纪 80 年代初期，第一代编码技术已经达到了顶峰，这类技术去除客观和视觉冗余信息的能力已接近极限。究其原因是由于这些技术都没有利用图像的结构特点，因此它们也就只能以像素或块作为编码的对象。另外，这些技术在设计编码器时也没有考虑人类视觉系统的特性。

为了克服第一代编码技术的局限性，Kunt 等人于 1985 年提出了第二代编码技术。他们认为，第一代编码技术只是以信息论和数字信号处理技术为理论基础，旨在去除图像数据中的线性相关性的一类编码技术，其压缩比不高。而第二代编码技术不局限于信息论的框架，要充分利用人的视觉生理、心理和图像信源的各种特征，实现从波形编码到模型编码的转变，以便获得更高的压缩比。第二代编码方法主要有：基于分形的编码、基于模型的编码、基于区域分割的编码和基于神经网络的编码等。

（1）基于分形的编码：是一种不对称的编码技术，适于自相似性较强的自然景物图像。

（2）基于模型或知识的编码：是在编码端通过各种分析手段，提取所建模型的特征与状态参数。在解码端依据这些参数，通过模型及相关知识生成所建模的信源。这类方法是把计算机视觉和计算机图形学中的方法应用到视频（图像）编码。

（3）基于区域分割与合并的编码：是根据图像的空域特征将图像分成纹理和轮廓两部分，然后分别对它们进行编码。该方法一般可分为三步来完成，即预处理、编码和滤波。预处理将图像分割成纹理和轮廓两部分。选取分割方法是关键，它直接影响图像编码的效果。分割之后图像成为一系列相连的小区域。对纹理可采用预测编码和变换编码，对轮廓则采用链码方法进行编码。这种方法较好地保存了对人眼十分重要的边缘轮廓信息，因此在压缩比很高时解码图像质量仍然很好。

（4）基于神经网络的编码：是模仿人脑处理问题的方法，通过各种人工神经元网络模型对数据进行非线性压缩。人工神经网络是一个非线性动态网络，工作过程一般分训练和工作两个阶段。训练阶段就是使用一些训练图像和训练算法，调整网络的权重，使重建图像的误差最小。目前直接用于图像压缩编码的神经网络主要有反向误差传播（BP）型和自组织映射型。

第二代编码方法充分利用了计算机图形学、计算机视觉、人工智能与模式识别等相关学科的研究成果，为视频（图像）压缩编码开拓出了广阔的前景。但是由于第二代编码方法增加了分析的难度，所以大大增加了实现的复杂性。从当前发展情况来看，第二代编码方法仍处于深入研究的阶段。例如，分形法由于图像分割、迭代函数系统代码的获得是非常困难的，因而实现起来时间长，算法非常复杂。模型法则仅限于人头肩像等基本的视频（图像）上，进一步的发展有赖于新的数学方法和其他相关学科的发展。神经网络的工作机理至今仍不清楚，硬件研制不成功，所以在视频（图像）编码中的应用研究进展缓慢，目前多与其他方法结合使用。但由于巨大压缩性能的潜力，人们都在致力于这些新方法的研究之中。

（1）过渡编码技术：近年来，出现了一类充分利用人类视觉特性的多分辨率编码方法，如子带编码、塔形编码和基于小波变换的编码。这类方法使用不同类型的一维或二维线性数字滤波器，对视频（图像）进行整体的分解，然后根据人类视觉特性对不同频段的数据进行粗细不同的量化处理，以达到更好的压缩效果。这类方法原理上仍属于线性处理，属于波形编码，可归入经典编码方法，但它们又充分利用了人类视觉系统的特性，因此可以被看做是第一代编码技术向第二代编码技术过渡的桥梁。

（2）子带编码技术：子带编码是一种高质量、高压缩比的图像编码方法，它早已在语音信号压缩编码中获得了广泛的应用。其基本依据是：语音和图像信号可以划分为不同的频域段，人眼对不同频域段的敏感程度不同。例如，图像信号的主要能量集中在低频区域，它反映图像的平均亮度，而细节、边缘信息则集中在高频区域。子带编码的基本思想是利用一个滤波器组，通过重复卷积的方法，经取样将输入信号分解为高频分量和低频分量，然后分别对高频分量和低频分量进行量化和编码。解码时，高频分量和低频分量经过插值和共轭滤波器而合成原信号。进行子带编码的一个关键问题，是如何设计共轭滤波器组，除去混叠频谱分量。

（3）基于小波变换的编码技术：基于小波变换的编码技术具有特别重要的意义。它不仅为多分辨分析、时-频分析和子带编码建立了统一的分析方法，提供了更合理的表示框架，而且它体现着小波分析这一新型分析方法的优越性。目前小波变换在多媒体编码中的应用研究主要有：正交小波基的选择（小波包法）、小波变换与各种量化方式的结合、小波变换在分形法中实现初级分形、小波变换用于运动估计等方面。可以说，小波变换法处于多媒体编码当前首选方法的位置，一方面，它有快速算法，实现起来简单方便、速度快，可暂时弥补第二代编码技术的不足；另一方面，它有着先进的分析方法，可有效提高现有标准的水平，实现突破性进展。因此人们对它的热衷也就不足为奇了。

19.2.2　数据编码标准

本节介绍几种常见的数据编码标准。

1. H.261

H.261是国际电联ITU-T的一个标准草案，H.261又称为P*64，其中P为64Kbps的取值范围，是1～30的可变参数，它最初是针对在ISDN上实现电信会议应用特别是面对面的可视电话和视频会议而设计的。实际的编码算法类似于MPEG算法，但不能与后者兼容。H.261在实时编码时比MPEG所占用的CPU运算量小得多，此算法为了优化带宽占用量，引进了在图像质量与运动幅度之间的平衡折中机制，也就是说，剧烈运动的图像比相对静止的图像质量要差。因此这种方法属于恒定码流可变质量编码而非恒定质量可变码流编码。

2. H.263

H.263是国际电联ITU-T的一个标准草案，是为低码流通信而设计的。但实际上这个标准可用在很宽的码流范围，而非只用于低码流应用，它在许多应用中可以认为被用于取代H.261。H.263的编码算法与H.261一样，但做了一些改善和改变，以提高性能和纠错能力。H.263标准在低码率下能够提供比H.261更好的图像效果。H.263支持5种分辨率，即除了支持H.261中所支持的QCIF（Quarter Common Intermediate Format，区域通用中间格式）和CIF（Common

Intermediate Format，通用中间格式）外，还支持 SQCIF、4CIF 和 16CIF，SQCIF 相当于 QCIF 一半的分辨率，而 4CIF 和 16CIF 分别为 CIF 的 4 倍和 16 倍。

1998 年 IUT-T 推出的 H.263+是 H.263 建议的第 2 版，它提供了 12 个新的可协商模式和其他特征，允许使用更多的源格式，图像时钟频率也有多种选择，拓宽了应用范围；另一重要的改进是可扩展性，它允许多显示率、多速率及多分辨率，增强了视频信息在易误码、易丢包、异构网络环境下的传输。H.263 已经基本上取代了 H.261。

3．M-JPEG

M-JPEG（Motion-Join Photographic Experts Group）技术即运动静止图像（或逐帧）压缩技术，广泛应用于非线性编辑领域，可精确到帧编辑和多层图像处理，把运动的视频序列作为连续的静止图像来处理，这种压缩方式单独完整地压缩每一帧，在编辑过程中可随机存储每一帧，可进行精确到帧的编辑，此外 M-JPEG 的压缩和解压缩是对称的，可由相同的硬件和软件实现。但 M-JPEG 只对帧内的空间冗余进行压缩，不对帧间的时间冗余进行压缩，故压缩效率不高。

M-JPEG 标准所根据的算法是基于 DCT（Discrete Cosine Transform，离散余弦变换）和可变长编码。M-JPEG 的关键技术有变换编码、量化、差分编码、运动补偿、霍夫曼编码和游程编码等。M-JPEG 的优点是：可以很容易做到精确到帧的编辑、设备比较成熟。缺点是压缩效率不高。

4．MPEG－1

MPEG 组织最初得到的授权是制定用于"活动图像"编码的各种标准，随后扩充为"及其伴随的音频"及其组合编码。后来针对不同的应用需求，解除了"用于数字存储媒体"的限制，成为现在制定"活动图像和音频编码"标准的组织。

MPEG－1 标准于 1993 年 8 月公布，用于传输 1.5Mbps 数据传输率的数字存储媒体运动图像及其伴音的编码。该标准包括五个部分：第一部分说明了如何根据第二部分（视频）以及第三部分（音频）的规定，对音频和视频进行复合编码。第四部分说明了检验解码器或编码器的输出比特流符合前三部分规定的过程。第五部分是一个用完整的 C 语言实现的编码和解码器。

5．MPEG－2

MPEG 组织于 1994 年推出 MPEG－2 压缩标准，以实现视/音频服务与应用互操作的可能性。MPEG－2 标准是针对标准数字电视和高清晰度电视在各种应用下的压缩方案和系统层的详细规定，编码码率从 3Mbps～100Mbps，标准的正式规范在 ISO/IEC13818 中。MPEG－2 不是 MPEG－1 的简单升级，它在系统和传送方面做了更加详细的规定和进一步的完善，特别适用于广播级的数字电视的编码和传送，被认定为 SDTV（Standard-Definition TV，标准清晰度电视）和 HDTV（High Definition Television，高清晰度电视）的编码标准。

MPEG－2 图像压缩的原理是利用了图像中的两种特性：空间相关性和时间相关性。这两种相关性使得图像中存在大量的冗余信息。如果能将这些冗余信息去除，只保留少量非相关信息进行传输，就可以大大节省传输频带。而接收机利用这些非相关信息，按照一定的解码算法，可以在保证一定的图像质量的前提下恢复原始图像。一个好的压缩编码方案就是能够最大限度地去除图像中的冗余信息。

MPEG－2 的编码图像被分为三类，分别称为 I 帧，P 帧和 B 帧。I 帧图像采用帧内编码方式，即只利用了单帧图像内的空间相关性，而没有利用时间相关性。P 帧和 B 帧图像采用帧间编码方式，即同时利用了空间和时间上的相关性。P 帧图像只采用前向时间预测，可以提高压缩效率和图像质量。P 帧图像中可以包含帧内编码的部分，即 P 帧中的每一个宏块可以是前向预测，也可以是帧内编码。B 帧图像采用双向时间预测，可以大大提高压缩倍数。

为更好地表示编码数据，MPEG－2 用句法规定了一个层次性结构。它分为 6 层，自上到下分别是：图像序列层、图像组、图像、宏块条、宏块、块。

6. MPEG－4

MPEG 组织于 1999 年 2 月正式公布了 MPEG－4（ISO/IEC14496）标准第一版本。同年年底发布 MPEG－4 第二版，且于 2000 年年初正式成为国际标准。

MPEG－4 与 MPEG－1 和 MPEG－2 有很大的不同。MPEG－4 不只是具体压缩算法，它是针对数字电视、交互式绘图应用（影音合成内容）、交互式多媒体（WWW、资料撷取与分散）等整合及压缩技术的需求而制定的国际标准。MPEG－4 标准将众多的多媒体应用集成于一个完整的框架内，旨在为多媒体通信及应用环境提供标准的算法及工具，从而建立起一种能被多媒体传输、存储、检索等应用领域普遍采用的统一数据格式。

MPEG－4 标准同以前标准的最显著的差别在于它是采用基于对象的编码理念，即在编码时将一幅景物分成若干在时间和空间上相互联系的视频音频对象，分别编码后，再经过复用传输到接收端，然后再对不同的对象分别解码，从而组合成所需要的视频和音频。MPEG－4 系统的一般框架是：对自然或合成的视听内容的表示；对视听内容数据流的管理，如多点、同步、缓冲管理等；对灵活性的支持和对系统不同部分的配置。

与 MPEG－1、MPEG－2 相比，MPEG－4 具有如下独特的优点：基于内容的交互性；高效的压缩性；通用的访问性。MPEG－4 提供了易出错环境的强健性，来保证其在许多无线和有线网络，以及存储介质中的应用，此外，MPEG－4 还支持基于内容的可分级性，即把内容、质量、复杂性分成许多小块来满足不同用户的不同需求，支持具有不同带宽，不同存储容量的传输信道和接收端。

MPEG－4 的主要应用领域有：Internet 多媒体应用、广播电视、交互式视频游戏、实时可视通信、交互式存储媒体应用、演播室技术及电视后期制作、采用面部动画技术的虚拟会议、多媒体邮件、移动通信条件下的多媒体应用、远程视频监控和远程数据库业务等。

7. MPEG－7

MPEG－7 标准被称为"多媒体内容描述接口"，为各类多媒体信息提供一种标准化的描述，这种描述将与内容本身有关，允许快速和有效地查询用户感兴趣的资料。它将扩展现有内容识别专用解决方案的有限能力，特别是它还包括了更多的数据类型。换而言之，MPEG－7 规定一个用于描述各种不同类型多媒体信息的描述符的标准集合。该标准于 1998 年 10 月提出。

MPEG－7 的目标是支持多种音频和视觉的描述，包括自由文本、N 维时空结构、统计信息、客观属性、主观属性、生产属性和组合信息。对于视觉信息，描述将包括颜色、视觉对象、纹理、草图、形状、体积、空间关系、运动及变形等。

MPEG－7 的目标是根据信息的抽象层次，提供一种描述多媒体材料的方法以便表示不同层次上的用户对信息的需求。以视觉内容为例，较低抽象层将包括形状、尺寸、纹理、颜色、运动（轨道）和位置的描述。对于音频的较低抽象层包括音调、调式、音速、音速变化、音响空间位置。最高层将给出语义信息。例如，"这是一个场景：一只鸭子正躲藏在树后并有一辆汽车正在幕后通过。"抽象层与提取特征的方式有关：许多低层特征能以完全自动的方式提取，而高层特征需要更多人的交互作用。MPEG－7 还允许依据视觉描述的查询去检索声音数据，反之也一样。

MPEG－7 的目标是支持数据管理的灵活性、数据资源的全球化和互操作性。

MPEG－7 标准化的范围包括：一系列的描述子（描述子是特征的表示法，一个描述子就是定义特征的语法和语义学）；一系列的描述结构（详细说明成员之间的结构和语义）；一种详细说明描述结构的语言、描述定义语言；一种或多种编码描述方法。

MPEG－7 标准可以支持非常广泛的应用，具体如下：音视数据库的存储和检索；广播媒体的选择（广播、电视节目）；Internet 上的个性化新闻服务；智能多媒体、多媒体编辑；教育领域的应用（如数字多媒体图书馆等）；远程购物；社会和义化服务（历史博物馆、艺术走廊等）；调查服务（人的特征的识别、辩论等）；遥感；监视（交通控制、地面交通等）；生物医学应用；建筑、不动产及内部设计；多媒体目录服务（如黄页、旅游信息、地理信息系统等）；家庭娱乐（个人的多媒体收集管理系统等）。

8. MPEG－21

制定 MPEG－21 标准的目的是：将不同的协议、标准、技术等有机地融合在一起；制定新的标准；将这些不同的标准集成在一起。MPEG－21 标准其实就是一些关键技术的集成，通过这种集成环境对全球数字媒体资源进行透明和增强管理，实现内容描述、创建、发布、使用、识别、收费管理、产权保护、用户隐私权保护、终端和网络资源抽取、事件报告等功能。

任何与 MPEG－21 多媒体框架标准环境交互或使用 MPEG－21 数字项实体的个人或团体都可以看做是用户。从纯技术角度来看，MPEG－21 对于"内容供应商"和"消费者"没有任何区别。MPEG－21 多媒体框架标准包括如下用户需求：内容传送和价值交换的安全性；数字项的理解；内容的个性化；价值链中的商业规则；兼容实体的操作；其他多媒体框架的引入；对 MPEG 之外标准的兼容和支持；一般规则的遵从；MPEG－21 标准功能及各个部分通信性能的测试；价值链中媒体数据的增强使用；用户隐私的保护；数据项完整性的保证；内容与交易的跟踪；商业处理过程视图的提供；通用商业内容处理库标准的提供；长线投资时商业与技术独立发展的考虑；用户权利的保护包括服务的可靠性、债务与保险、损失与破坏、付费处理与风险防范等新商业模型的建立和使用。

9. DVI

DVI（Digital Visual Interface，数字视频接口）视频图像压缩法是 Intel 公司推出的一个压缩算法，其性能与 MPEG－1 相当，即图像质量可达到 VHS（Video Home System，家用录像系统）的水平。压缩后的图像数据率约为 1.5Mbps。应用 Intel 公司生产的 i750 芯片组即 82750PB 和 82750DB 可实时完成 DVI 视频图像的编码和解码算法。

为了扩大 DVI 技术的应用，Intel 公司又推出了 DVI 算法软件解码算法，称为 Indeo 技术。它能将未压缩的数字视频文件压缩为 1/5～1/10。Indeo 技术已被附加在某些产品中，如微软公司 Video for Windows 和苹果公司的 Quick Time。

Indeo 技术使用多类有损和无损压缩技术。Indeo 技术在视频捕获卡记录的同时就实时地对它进行压缩，因此未压缩的数据不需存在盘上。从视频摄像机、VCR（Video Cassette Recorde，盒式磁带录像机）或激光盘上接收到的任何标准格式都由视频捕获卡转换为数字格式。

19.3 图形图像

在计算机科学中，图形和图像这两个概念是有区别的：图形一般指用计算机绘制的画面，如直线、圆、圆弧、任意曲线和图表等；图像则是指由输入设备捕捉的实际场景画面或以数字化形式存储的任意画面。

图像都是由一些排成行列的像素组成的，在计算机中的存储格式有 BMP、PCX、TIF、GIFD 等，一般数据量都较大。它除了可以表达真实的照片外，也可以表现复杂绘画的某些细节，并具有灵活和富于创造力等特点。

与图像文件不同，在图形文件中只记录生成图的算法和图上的某些特征点，也称矢量图。在计算机还原输出时，相邻的特征点之间用特定的很多小直线连接，从而形成曲线，若曲线是一条封闭的图形，也可靠着色算法来填充颜色。它的最大优点是容易进行移动、缩放、旋转和扭曲等变换，主要用于表示线框型的图画、工程制图、美术字等。常用的矢量图形文件有 3DS（用于 3D 造型）、DXF（用于计算机辅助设计）、WMF（用于桌面出版）等。图形只保存算法和特征点，所以相对于位图的大数据量来说，它占用的存储空间也较小。但由于每次屏幕显示时都需重新计算，故显示速度没有图像快。另外在打印输出和放大时，图形的质量较高而点阵图常会发生失真。

下面为了叙述的方便，不再区分图形和图像。

图形的主要指标为分辨率、色彩数与灰度。分辨率一般有屏幕分辨率和输出分辨率两种，前者用每英寸行数与列数表示，数值越大，图形质量越好；后者衡量输出设备的精度，以每英寸的像素点数表示，数值越大越好。如果一个图形是 16 位图像，则颜色数为 2 的 16 次方，共可表现 65536 种颜色。当图形达到 24 位时，可表现 1677 万种颜色，即真彩。常见的色彩位表示一般有 2 位、4 位、8 位、16 位、24 位、32 位、64 位等。

常见的图形有以下几种。

（1）BMP：BMP 是 PC 上最常见的位图格式，有压缩和不压缩两种形式。BMP 格式可表现从 2 位到 24 位的色彩，分辨率也可从 480×320～1024×768。该格式在 Windows 环境下相当稳定，所以在对文件大小没有限制的场合中运用最为广泛。

（2）DIB：DIB 描述图像的能力基本与 BMP 相同，并且能运行于多种硬件平台，只是文件较大。

（3）PCX：PCX 是由 Zsoft 公司创建的一种经过压缩且节约磁盘空间的 PC 位图格式，它最高可表现 24 位图形。过去有一定的市场，但随着 JPEG 的兴起，其地位已逐渐降低了。

（4）DIF：DIF 是 Auto CAD 中的图形文件，它以 ASCII 方式存储图形，表现图形在尺寸大小方面十分精确，可以被 CorelDraw、3DS 等软件调用编辑。

（5）WMF：WMF 是 Microsoft Windows 图元文件，具有文件短小、图案造型化的特点，整个图形内容常由各独立组成部分拼接而成。但该类图形比较粗糙，并只能在 Microsoft Office 中调用编辑。

（6）GIF：在各种平台的各种图形处理软件上均可处理的经过压缩的图形格式，该格式存储色彩最高只能达到 256 种。由于存在这种限制，除了 Web 网页还在使用它外，其他场合已很少使用了。

（7）JPEG：JPEG 格式可以大幅度地压缩图形文件。同样一幅画面，用 JPEG 格式存储的文件是其他类型图形文件的 1/10～1/20，而色彩数最高可达到 24 位，所以它被广泛运用于 Internet 上，以节约网络传输资源。JPEG 文件之所以较小，是以损失图像质量为代价的。

（8）PSD：PSD 是 PhotoShop 中的标准文件格式，专门为 PhotoShop 而优化。

（9）CDR：CDR 是 CorelDraw 的文件格式。

（10）PCD：Photo CD 格式，由 Kodak 公司开发，其他软件系统对其只能读取。

19.4　音频

用计算机处理声音归结为语音合成、存储和输出等技术。

语音合成技术可分为发音参数合成、声道模型参数合成和波形编辑合成，语音合成策略可分为频谱逼近和波形逼近。

发音参数合成对人的发音过程进行直接模拟，定义了唇、舌、声带的相关参数，由这些发音参数估计声道截面积函数，进而计算声波。但由于人发音的生理过程的复杂性，理论计算与物理模拟之间的差异，合成语音的质量暂时还不理想。声道模型参数语音合成方法基于声道截面积函数或声道谐振特性合成语音，这类合成器的比特率低，音质适中。波形编辑语音合成技术基于时域波形修改的语音合成技术，直接把语音波表数据库中的波形级连起来，输出连续语流。这种语音合成技术用原始语音波形替代参数，而且这些语音波形取自自然语音的词或句子，它隐含了声调、重音、发音速度的影响，合成的语音清晰自然。其质量普遍高于参数合成。

推动喇叭发声的电信号是连续的模拟信号。计算机只能存储数字信号，模拟信号转换成数字信号包括采样和量化两个过程。采样是在一系列离散的时间点上测量模拟信号的大小，而量化则是用数字量来表示该大小。

实现计算机语音输出有两种方法：一是录音/重放，二是文-语转换。若采用第一种方法，首先要把模拟语音信号转换成数字序列，编码后，暂存于存储设备中（录音），需要时，再经解码，重建声音信号（重放）。录音/重放可获得高音质声音，并能保持特定人或乐器的音色。但所需的存储容量随发音时间线性增长。

第二种方法是基于声音合成技术的一种声音产生技术，它可用于语音合成和音乐合成。文-语转换是语音合成技术的延伸，它能把计算机内的文本转换成连续自然的语声流。若采用这种方法输出语音，应预先建立语音参数数据库、发音规则库等。需要输出语音时，系统按需求先合成出语音基元，再按语音学规则或语言学规则，连接成自然的语声流。文-语转换的参数库不随发音时间增长而加大，而规则库却随语音质量的要求而增大。

常见的音频格式如下。

（1）WAVE：WAVE 格式的声音文件的扩展名为 WAV，这种格式记录了声音的波形，即模拟信号的采样数值。WAV 文件所记录的声音文件能够和原声基本一致。在播放 WAV 文件时，只需进行数字模拟转换，将数字量转换成相应的电信号值并构成模拟信号即可推动喇叭发音。从理论上说，采样率达 44kHz（每秒采样 44000 次）、采样字节长度达 16 位的音质已能和常规 CD 唱片相当。因为 WAVE 格式要把声音的每个细节都记录下来，而且不压缩，所以它的文件很大。例如，如果采样率为 44kHz，那么每一秒钟就有 44Kb×16×2（立体声）=1441792 位产生，那么，一张 650MB 的空白光盘最多也只能容纳五六十分钟的节目。

（2）MOD：MOD 格式的声音文件的扩展名可为 MOD、ST3、XT、S3M 和 FAR 中的任意一种。MOD 及播放器大约起源于 20 世纪 80 年代初，原先是作为软声卡问世的，MOD 只是这类音乐文件的总称。MOD 格式的文件里不仅存放了乐谱（最初只能支持 4 个声道，到现在已有 16 甚至 32 个声道的文件及播放器了），而且存放了乐曲使用的各种音色样本。由于制作人创作歌曲使用的音色样本同听众回放文件时使用的音乐样本完全相同，所以这样的文件有几个显著优点：回放效果明确；音色种类永无止境。

（3）MPEG－3：MPEG－3 格式的声音文件的扩展名为 MP3，MPEG－3 记录了音乐经数字比压缩的编码，压缩较大，在网络、可视电话通信方面大有用武之地。但 MPEG－3 的失真较大。在播放 MP3 文件时，需要相应的解码器将它转换成模拟信号的数字序列，再经数字模拟转换推动喇叭发音。

（4）Real Audio：Real Audio 格式的声音文件的扩展名为 RA，Real Audio 也是为了解决网络传输带宽资源而设计的，因此主要目标是压缩比和容错性，其次才是音质。Real Audio 压缩比很大，相对而言，Real Audio 的音质比 MPEG－3 好。

（5）CD Audio：CD Audio 格式的声音文件的扩展名为 CDA，回放和采样字节都是 16 位，现在有些厂家在录制 CD 时采用 20 位录音，这样就产生了一些耳朵听不到但大脑感觉得到的波形，可谓 CD 中的精品。CDA 的缺点是：无法编辑，文件太大。

（6）MIDI：MIDI 格式的声音文件的扩展名是 MID。MIDI（Musical Instrument Digital Interface，乐器数字接口）泛指数字音乐的国际标准，它始创于 1982 年。MIDI 描述了音乐演奏过程的指令，利用 MIDI 文件演奏音乐，所需的存储量最少。MIDI 标准规定了不同厂家的电子乐器与计算机连接的电缆和硬件。作为音乐工业的数据通信标准，MIDI 是一种非常专业的语言，它能指挥各音乐设备的运转，而且具有统一的标准格式，能够模仿原始乐器的各种演奏技巧甚至无法演奏的效果。MIDI 依赖于回放设备，为了避免这种缺点，网络上出现了"软波表"之类的软音源。采用专业音源的波表，利用 CPU 对网络上传来的短短的 MIDI 数据进行回收，其效果能够被制作者预测。MIDI 的另一个缺点就是不能记录人声等声音。

19.5 视频

动态图像包括动画和视频信息，是连续渐变的静态图像或图形序列沿时间轴顺次更换显示，从而构成运动视感的媒体。当序列中每帧图像是由人工或计算机产生的图像时，常称为动画；当序列中每帧图像是通过实时摄取自然景象或活动对象时，常称为影像视频，或简称视频。

视频信息在计算机中存放的具体格式有很多种，常见的有下列几种。

（1）Quick Time：Quick Time 是苹果公司的产品，采用了面向最好终端用户桌面系统的低成本、全运动视频的方式，在软件压缩和解压缩中也开始采用这种方式。向量量化是 Quick Time 的软件压缩技术之一，它在最高为 30 帧/秒下提供的视频分辨率是 320×240，而且不用硬件帮助。向量量化预计可成为全运动视频的主要技术，向量量化方法达到的压缩比例为 25:1～200:1。其视频信息采用 MOV 或 QT 文件格式。

（2）AVI：AVI（Audio Video Interleaved，音频视频交错格式）是微软公司的视频格式，是桌面系统上的低成本低分辨率的视频格式，AVI 可在 160×120 的视窗中以 15 帧/秒回收视频并可带有 8 位的声音。也可以在 VGA（Video Graphics Array，视频图形阵列）或超级 VGA 监视器上回收。与超过 320 线的 VCR 分辨率相比，这一分辨率明显低于正常电视信号的分辨率。AVI 很重要的一个特点是可伸缩性，使用 AVI 算法的性能依赖于它一起使用的基础硬件。AVI 包括了几种基于软件的压缩和解压缩算法，其中某些算法被优化用于运动视频，其他算法则被优化用于静止视频。

（3）RealMedia：RealMedia 是 RealNetworks 公司所制定的音频/视频压缩规范，采用了流的方式播放，使用户可以边下载边播放，而且其极高的影像压缩率虽然牺牲了一些画质与音质，但却能在较慢的网速上流畅地播放 RealMedia 格式的音乐和视频。RealMedia 是目前 Internet 上最流行的跨平台的客户/服务器结构多媒体应用标准，它采用音频/视频流和同步回放技术实现了网上全带宽的多媒体回放。在 RealMedia 规范中主要包括三类文件：RealAudio（用以传输接近 CD 音质的音频数据）、RealVideo（用来传输连续视频数据）和 RealFlash（RealNetworks 公司与 Macromedia 公司合作推出的新一代高压缩比动画格式）。其文件格式通常为 RA 或 RM，一张用 RM 格式压缩的光盘上可以存放 4 部电影。RealPlayer 是 RealMeia 的播放工具，利用 Internet 资源对这些符合 RealMedia 技术规范的音频/视频进行实况转播。

（4）ASF：ASF（Advanced Streaming Format，高级流格式）是微软公司为了和 RealMedia 竞争而发展出来的一种可以直接在网上观看视频节目的文件压缩格式。由于它使用了 MPEG−4 的压缩算法，所以压缩率和图像的质量都很不错。因为 ASF 是以一个可以在网上即时观赏的视频流格式存在的，所以它的图像质量比 VCD 差，但比同是视频流格式的 RealMedia 格式要好。

（5）WMV：WMV 是一种独立于编码方式的在 Internet 上实时传播多媒体的技术标准，微软公司希望用其取代 QuickTime 之类的技术标准，以及 WAV、AVI 之类的文件扩展名。WMV 的主要优点包括：本地或网络回放、可扩充的媒体类型、部件下载、可伸缩的媒体类型、流的优先级化、多语言支持、环境独立性、丰富的流间关系，以及扩展性等。

视频点播（Video On Demand，VOD）是可对视频节目内容进行自由选择的交互式电视点播系统，其本质是信息的使用者根据自己的需求主动获得多媒体信息，该双向视频音频信息系统实现了按用户需要播放视频音频节目的功能。

视频服务器是一种对视音频数据进行压缩、存储及处理的专用计算机设备，它在广告插播、多通道循环点播、延时播出、硬盘播出及视频节目点播等方面都有广泛的应用。视频服务器采用 M−JPEG 或 MPEG−2 等压缩格式，在符合技术指标的情况下对视频数据进行压缩编码，以满足存储和传输的要求。它使用 SCSI 接口硬盘或 FC（Fibre Channel）接口硬盘作为视音频数据的在线存储器。具有多通道输入/输出、多种视音频格式接口。可配备 SCSI、FC 等网络接口进行组网，实现视/音频数据的传输和共享。

视频服务器是一种压缩、存储、处理视音频数据的专用计算机，它由视音频压缩编码器、大容量存储设备、输入/输出通道、网络接口、视音频接口、RS422 串行接口、协议接口、软件接口、视音频交叉点矩阵等构成。同时提供外锁相和视频处理功能。

视频服务器具有传统设备所不具备的许多特点，具体表现如下。

（1）将多通道、录制与播放等功能集于一体，传统设备中有多输入和多输出特性的设备是视音频切换矩阵，而具有录制和播放功能的设备是录像机，不言而喻，视频服务器在系统中可代替若干个录像机和一台小型切换矩阵。

（2）视频服务器用硬盘作为记录媒体，具有非线性特点，因而具有非线性设备所有的优点，如素材查找方便；素材可由多个输出通道共享；可同时或相继调出播放。

（3）素材记录在硬盘还未形成完整文件时，便可由输出通道调出播放，这点非常适用于延时播出和视频点播等领域。

（4）视频服务器容易实现向前或向后的变速播放，传统的录像机要实现这一点，要经过价格昂贵的特技设备。

视频服务器的关键技术有数字视频压缩技术、组网技术、控制协议。

目前主流视频服务器都采用 FC 光纤网作为视频服务器之间快速、实时复制和移动素材的交换网络。FC 是 ANSI 为网络和通道输入/输出接口建立的一个标准。FC 与传统的输入/输出接口技术（例如，PCI、SCSI 等总线）不同，它是一种综合的通道技术，它既支持输入与输出通道技术，同时还支持多种网络协议，支持点对点、仲裁环、交换等多种拓扑结构。FC 包含了通道的特性，也兼具网络的特点，它描述了从连接两个设备的单条电缆到由交换机为核心连接许多设备的网络结构。

在视频点播实现中，由信息中心到用户的下行信道要具有视频传输能力的宽带，而用户点播信息则可以通过窄带的上行信道传到信息中心，因此常采用非对称通信模式。

为实现视频点播，在视频中心的服务器要存储大量的视频信息，且要能高速可靠地读出，因此都采用 RAID（廉价冗余降列）来满足这两个要求。RAID 的主要技术是：分块技术、交叉技术和重聚技术。与文件服务器相比，VOD 要求它能提供一个实时的数据流才能满足视频观赏的需要。因此它更注重流调度算法。

由此可见，VOD 技术是计算机技术、网络通信技术、多媒体技术、电视技术和数据压缩技术等多学科、多领域融合交叉的产物。目前，根据不同的功能需求和应用场景，主要有三种 VOD 客户端系统。

（1）TVOD（True Video On Demand，即点即播）：也被称为"真视频点播"或"实时视频点播"。由于点播的节目只能让点的用户收看，所以，TVOD 也被称为"独占式点播"。在实际应用中，TVOD 需要传输网络具有回传条件，因此，TVOD 的发展受到了限制。同时，由于一个用户必须占用一个传输通道，当用户规模比较大时，TVOD 就需要前端系统具有极大的播出能力，需要具有非常多的传输通道，这两项因素也制约了 TVOD 业务用户数量。由于 TVOD 在使用上有种种限制，因此，技术人员在 TVOD 的基础上开发了 Near Video On Demand（NVOD，准实时视频点播）技术。

（2）NVOD：是多个视频流依次间隔一定的时间启动，并发送同样的内容。在实际应用中，NVOD 的服务用户数量是全网用户，因此，它也被称为"共享点播"。由于它使用的是"广播式"网络通道。因此，NVOD 也被称为"广播式视频点播"。经过近几年的项目实践。NVOD 实际上已经不是传统的"点播"服务了，它更像按时开演的电影院，所以，NVOD 也被称为"大片影院"。

（3）IVOD（Interactive Video On Demand，交互式点播电视）：较前两种方式有很大程度的改进，不仅支持即点即放，而且可让用户对视频流进行交互式控制。

第 20 章　信息系统基础知识

信息系统是一个由人、计算机等组成的能进行信息的收集、传递、存储、加工、维护和使用的系统，它是一门综合了经济管理理论、运筹学、统计学、计算机科学的系统性和边缘性学科，是一门尚处在不断发展完善的多元目的的新兴学科。

信息系统包含三大要素，分别是系统的观点、数学的方法和计算机应用。而它又不同于一般的计算机应用，它能够充分利用数据资源为企业经营管理服务；它能够利用信息和模型辅助企业决策，从而预测和控制企业行为。信息系统是企业提升核心竞争力的重要和有力的武器。

20.1　信息系统概述

信息系统（Information System，IS）一般泛指收集、存储、处理和传播各种信息的具有完整功能的集合体。在这里，信息系统并没有强调收集、存储、处理和传播信息所用的工具。作为一般意义上的信息系统，在任何时代、任何社会都会存在，然而，只有到了今天，信息系统的概念才被创造出来，并得到相当程度的普及，这是因为，在当今社会，信息系统总是与计算机技术和互联网技术的应用联系在一起，因此，现代的信息系统总是指以计算机为信息处理工具，以网络为信息传输手段的信息系统。因此，现今只要说到信息系统，一般来说，就是指的这样的信息系统，而不必特意说明是"现代"信息系统。

20.1.1　信息系统的发展阶段

现代信息系统与 60 年来计算机技术和网络技术的发展保持同步。随着社会的进步和技术的发展，信息系统的内容和形式也都在不断发生着巨大的变化。与其他事物一样，信息系统也经历了一个从低级到高级、从局部到全局、从简单到复杂的发展过程。信息系统大致经历了四个发展阶段。

第一阶段：电子数据处理阶段

计算机应用于企业是从简单数据处理开始的。计算机发明以后的一段时期，计算机仅仅用于科学计算。后来，计算机程序设计人员将计算机应用领域进行了拓展，开始尝试用计算机进行数据处理，从而开辟了计算机的更广阔的应用领域。不过，最早的计算机在数据处理中的应用，仅着眼于减轻人们在计算方面的劳动强度，如用于计算工资、统计账目等。

在电子数据处理（Electronic Data Processing，EDP）阶段，计算机主要应用是对手工业务的替代，处理对象大多是对单项业务进行处理，较少涉及管理内容。

第二阶段：事务处理阶段

随着企业业务需求的增长和技术条件的发展，人们逐步将计算机应用于企业局部业务的管理，如财会管理、销售管理、物资管理、生产管理等，即计算机应用发展到对企业的局部事务的管理，形成了所谓事务处理系统（Transaction Process System，TPS），但它并未形成对企业全局的、整体的管理。

第三阶段：管理信息系统阶段

人们常说的信息系统大多是指支持各部门和机构管理决策的信息系统，因此，信息系统一般又称为管理信息系统（Management Information System，MIS，）。管理信息系统一词最早出现在 20 世纪 80 年代初，此后，在应用中得到了快速的发展。人们从不同的角度对它进行了定义，比较被广泛认可的定义是："管理信息系统是用系统思想建立起来的，以电子计算机为基本信息处理手段，以现代通信设备为基本传输工具，且能为管理决策提供信息服务的人机系统。即，管理信息系统是一个由人和计算机等组成的，能进行管理信息的收集、传输、存储、加工、维护和使用的系统"。

在管理信息系统阶段，形成了对企业全局性的、整体性的计算机应用。密斯强调以企业管理系统为背景，以基层业务系统为基础，强调企业各业务系统间的信息联系，以完成企业总体任务为目标，它能提供企业各级领导从事管理需要的信息，但其收集信息的范围还更多地侧重于企业内部。

第四阶段：决策支持系统阶段

当前，计算机信息系统已经从管理信息系统发展成更强调支持企业高层决策的决策支持系统（Decision Support System，DSS），即决策支持系统阶段。

Internet 技术的发展和应用，在很大程度上拓展和提升了信息系统的功能和作用，其主要特点是通过 Internet 把众多的孤立的信息系统（即信息孤岛）联系起来，实现大范围的基于网络互联的信息共享。Internet 技术应用于企业内部信息系统，可以促进企业内综合密斯、DSS功能，并以办公自动化技术为支撑的办公信息系统的实施。企业信息系统的目标为：借助于自动化和互联网技术，集企业的经营、管理、决策和服务于一体，以求达到系统的效率、效能和效益的统一，使计算机和互联网技术在企业管理中发挥更显著的作用。

这里需要指出的是，信息系统的四个发展阶段之间的关系并不是取代关系，而是互相促进、共同发展的关系，也就是说，在一个企业里，以上四个阶段的信息系统，可能同时都存在，也可能只有其中的一种、两种或三种。更高级的是几种信息系统互相融合成一体，例如，ERP、SRM 等就是这种情况。

同时，以上这四种信息系统本身也是与时俱进、与时发展的，不断有新的技术、新的方法和新的工具融入其中。

20.1.2 信息系统的组成

当今的信息系统，由于其广泛的应用，已经发展成为一个极为庞大的家族，而且几乎每个信息系统其内部构成都非常复杂。

为了充分认识信息系统，要从多种角度进行分析。

1. 信息系统的数据环境

目前对于信息系统最为权威的分类方法是世界信息系统大师詹姆斯·马丁的分类。马丁从信息系统的数据环境的角度出发，对信息系统进行分类。

马丁在《信息工程》和《战略数据规划方法学》中将信息系统的数据环境分为四种类型，并认为清楚地了解它们之间的区别是很重要的，因为它们对不同的管理层次，包括高层管理的作用是不同的。

第一类数据环境：数据文件。其特征是：没有使用数据库管理系统，根据大多数的应用需要，由系统分析师和程序员分散地设计各种数据文件。其特点是简单，相对容易实现。但随着应用程序增加，数据文件数目剧增，导致很高的维护费用；一小点应用上的变化都将引起连锁反应，使修改和维护工作既缓慢费用又高昂，并且很难进行。

第二类数据环境：应用数据库。这类信息系统，虽然使用了数据库管理系统，但没达到第三类数据环境那种共享程度。分散的数据库为分散的应用而设计。实现起来比第三类数据环境简单。象第一类数据环境一样，随着应用的扩充，应用数据库的个数，以及每个数据库中的数据量也在急剧增加，随之而导致维护费用大幅度增高，有时甚至高于第一类数据环境。该类数据环境还没有发挥使用数据库的主要优越性。

第三类数据环境：主题数据库。信息系统所建立的主题数据库与一般具体的应用有很大的区别，它有很强的独立性，数据经过设计，其存储的结构与使用它的处理过程都是独立的。各种面向业务主题的数据，如顾客数据、产品数据或人事数据，通过一些共享数据库被联系和体现出来。这种主题数据库的特点是：经过严格的数据分析，建立应用模型，虽然设计开发需要花费较长的时间，但其后的维护费用很低。最终（但不是立即）会使应用开发加快，并能使用户直接与这些数据库交互使用数据。主题数据库的开发需要改变传统的系统分析方法和数据处理的管理方法。但是，如果管理不善，也会蜕变成第二类甚或是第一类数据环境。

第四类数据环境：信息检索系统。一些数据库被组织得能保证信息检索和快速查询的需要，而不是大量的事务管理。软件设计中要采用转换文件、倒排表或辅关键字查询技术。新的字段可随时动态地加入到数据结构中。有良好的最终用户查询和报告生成软件工具。大多数用户掌握的系统都采用第四类数据库。这种环境的特点是：比传统的数据库有更大的灵活性和动态可变性。一般应该与第三类数据环境共存，支持综合信息服务和决策系统。

在数据库技术逐渐普及，软件工程方法得到推广的一二十年中，不同的企业单位开展计算机应用，形成了多种多样的数据环境；这些企业的高层领导和数据处理部门或迟或早都会认识到，需要对现存的数据环境进行改造，以保证信息需求的不断提高，克服现行计算机在数据处理方面的问题，提高科学管理水平，这就需要进行战略数据规划。还有一些企业单位，计算机应用刚刚起步，或者准备开展计算机应用，需要吸取别人的经验教训，避免走错路、走弯路。如果有先进的方法论作指导，就会快速、科学地实现目标，这就更需要这种战略性的、奠基性的规划工作——战略数据规划。对于前一类单位，通过战略数据规划，尽快地将现有数据环境转变到第三类、第四类数据环境，以保证高效率高质量地利用数据资源。对于后一类单位，战略数据规划是整个计算机应用发展规划的基础与核心，是计算机设备购置规划、人才培训规划和应用项目开发规划的基础。两类单位搞战略数据规划的共同目标是分析、组织、建立企业稳定的数据结构，规划各种主题数据库的实施步骤和分布策略，为企业管理计算机化打下坚实的基础。

2. 信息系统的应用层次

一个公司的管理活动可以分成四级：战略级、战术级、操作级和事务级，相应地，信息系统就其功能和作用来看，也可以分为四种类型，即战略级信息系统、战术级信息系统、操作级信息系统和事务级信息系统。不同级别的信息系统的所有者和使用者都是不同的。一般来说，战略级的信息系统的所有者和使用者都是企业的最高管理层，对于现代公司制企业，就是企业的董事会和经理班子；战术级信息系统的使用者一般是企业的中层经理及其管理的部门；操作级信息系统的使用者一般是服务型企业的业务部门，例如，保险企业的保单处理部门；事务级信息系统的使用者一般是企业的管理业务人员，例如，企业的会计、劳资员等。

 希赛教育专家提示：以上不同层级的信息系统，都属于一个大的信息系统的子系统。信息系统是企业信息化的基础性工程，从某种角度说，企业信息化就是信息系统的建设和运行。

20.1.3 信息系统实现的复杂性

大型信息系统的建设是资金密集、技术密集的宏大而复杂的系统工程，它的复杂性不仅来自于计算机、网络和通信等一系列现代技术方面的因素，更重要的是来自于系统建设和管理体制方面的关系和联系，还来自于企业之外的社会因素。因此，信息系统的实现与侧重于技术的系统工程，如大型电站、大型工厂等有很大区别，通常一项技术工程通过规划设计、研制生产、安装调试后即可进入稳定的运行。而信息系统则不然，其复杂性既由于技术的复杂，又由于管理的复杂，而且当两者结合起来以后，其复杂性就尤其突出。信息系统需求和内外部条件总是处于不断的变化之中，因此，没有一个信息系统建好后是一劳永逸的，系统的修改、维护、升级、扩展，甚至是重建都是会经常发生的。

因此，全面而深入地认识信息系统实现的复杂性对于系统开发是异常重要的。

1. 信息系统开发的复杂性

企业信息系统是一个公认的复杂系统，其复杂性既由于技术的复杂，又由于管理的复杂，而且当两者结合起来以后，其复杂性就尤其突出。

技术复杂性是多方面的，一是信息系统涉及的技术跨越多个领域：计算机科学与技术领域，包括软件、硬件等；通信领域，包括有线通信、无线通信等；网络领域，包括局域网、广域网、内联网、外联网、互联网等；以及数学、系统科学、运筹学等。因此，在信息系统的开发中，如何选择技术，以及选择什么样的技术，无疑都有很多难题。二是信息系统所用到的技术都是当今的热门技术，其发展变化异常迅速，很多技术的生命周期很短，有些技术的生命周期只有一、二年时间，也有的技术刚刚出生不久，就面临被更新的技术所替代的命运。面对层出不穷的新技术，信息系统的开发者必须作出远见卓识的判断。三是与新技术相适应的新产品也是层出不穷，令人目不暇接。对此，信息系统的开发者要作出准确的选择。

管理方面的复杂性更为突出。在开发的初期，一般来说，很难给出企业信息系统的一个明确轮廓，究竟要建成一个什么样的信息系统对管理人员来说还都是一个谜，即使开发者设计出来一个完整的方案，也很难向领导及业务人员解释清楚，说服所有的人。至于信息系统将会带来什么效益，更难明确回答。

2. 信息系统运行的复杂性

一个信息系统的开发具有极大的复杂性，但是，运行的困难性可能会更大。这是因为，信息系统的运行需要有科学的管理体制、良好的管理基础、完善的管理机构、合理的管理流程，还要有管理人员，尤其是领导的支持和参与。而要做到这些，就要首先解决管理上的问题，例如管理体制和管理机构的调整、业务流程的优化或重组，管理人员习惯观念的改变。

一个牵涉到企业全局的信息系统要做到良好地运行，需要特别解决好以下四个问题。

一是要解决基础数据的问题。一个信息系统所处理的对象主要是数据，因此，数据的质量十分重要。软件工程中有一句话："输入的是垃圾，输出的肯定也是垃圾"。这就是说，信息系统不可能"化腐朽为神奇"，不可能把垃圾数据处理成有用的数据。而一些信息系统的需求单位，恰恰是基础数据不全、不准或不一致。所谓数据不全是指，只有部分信息系统所需要的数据，例如，一个企业有 10 个下属单位，只有 6 个下属单位有数据，其他则没有，这样一来，该系统的运行效果就必然大打折扣。所谓数据不准，就是指一些基础数据有差错，由此，必然影响系统的可靠性。所谓数据不一致，是指同一项数据在不同的地方取不同的值。

二是领导介入的问题。企业的信息系统绝不仅仅是一个软件的使用，它要涉及企业的组织流程，涉及企业的机构调整，涉及因信息系统的运行而使企业发生许多新的变化，这些都决定了信息系统不仅仅是一个技术的问题；同时，许多问题和障碍也不是仅靠技术人员就能解决的。信息系统的运行需要企业最高领导层的介入，而在一些企业的管理层里，对此却缺乏足够的认识，在一些企业里，最高管理层把信息系统的建设和运行交给信息技术部门就算万事大吉，持有这样做法的企业，其信息系统的良好运行将成问题。

三是最终用户问题。企业信息系统的最终用户，也就是信息系统的使用者往往是那些企业的业务人员。信息系统运行的难题是要让这些业务人员接受信息系统，首先，需要改变他们长时间形成的一些工作习惯，但这往往是比较困难的；再者，这些业务人员需要熟悉并掌握信息系统的一些技术和工作方法，这也需要一个比较复杂的过程。

四是系统分析师。信息系统是复杂的人－机工程，因而最需要的人才是既懂经营管理又懂计算机技术的专家型的人才，也就是系统分析师。而很多企业在建设和运行信息系统时，恰恰缺少的就是系统分析师。

3. 信息系统维护改造的复杂性

由于企业内外部环境和企业经营管理需求的不断变化，信息系统的维护改造经常是不可避免的，特别是随着网络的普及，信息技术的内外部应用环境不断发生着巨大的变化。在激烈的市场竞争中，个人计算机越来越多地出现在管理人员的办公桌上，要发挥这些设备的效益，必须把它们互联起来，既要满足每个管理人员的信息需要，又要给高层领导提供及时的决策信息。这时，人们才吃惊地发现，分散的开发所带来的严重后果：修改原先的软件，重新组织数据，连成一个统一的大系统，所耗费的人力和资金比重新建立还要多；甚至，采取维护和修改的办法是根本行不通的。系统维护问题就像病魔似的缠住了数据处理的发展，这就是人们所说的"数据处理危机"。传统的数据处理开发方法所遭到的一些失败，也是这种危机的表现。

以詹姆斯·马丁（James Martin）为代表的美国学者，总结了这一时期数据处理发展的正反两方面经验，在有关数据模型理论和数据实体分析方法的基础上，再加上他发现的企业数据处理中的一个基本原理：数据类和数据之间的内在联系是相对稳定的，而对数据的处理过程和步骤则是经常变化的。马丁于 1981 年出版了《信息工程》一书，提出了信息工程的概念、原理和方法，勾画了一幅建造大型复杂信息系统所需要的一整套方法和工具的宏伟图像。第二年出版了《总体数据规划方法论》一书，对信息工程的基础理论和奠基性工作。提出了总体数据规划方法，并从理论到具体作法上详加阐述。经过几年的实践和深入研究，詹姆斯·马丁于 20 世纪 80 年代中期又出版了《信息系统宣言》一书，对信息工程的理论与方法加以补充和发展，特别是关于自动化的自动化思想，关于最终用户与信息中心的关系，以及用户在应用开发中应处于恰当位置的思想，都有充分的发挥；同时加强了关于原型法、第四代语言和应用开发工具的论述；最后，向与信息工程有关的各类人员，从企业领导到程序员，从计算机制造商到软件公司，以"宣言"（Manifesto）式的忠告，提出了转变思维和工作内容的建议，实际上这是一系列关于建设高效率高质量的复杂信息系统的经验总结。到此，可以认为信息工程作为一个学科已经形成了，用信息工程方法指导，成功地开发了越来越多的信息系统，逐渐引起了人们的注意。

20.1.4　信息系统的生命周期

信息系统与其他事物一样，也要经历产生、发展、成熟和消亡的过程。人们把信息系统从产生到消亡的整个过程称为信息系统的生命周期。

一般来说，信息系统的生命周期分为 4 个阶段，即产生阶段、开发阶段、运行阶段和消亡阶段。

1. 信息系统的产生阶段

信息系统的产生阶段，也是信息系统的概念阶段或者是信息系统的需求分析阶段。这一阶段又分为两个过程，一是概念的产生过程，即根据企业经营管理的需要，提出建设信息系统的初步想法；二是需求分析过程，即对企业信息系统的需求进行深入地调研和分析，并形成需求分析报告。

2. 信息系统的开发阶段

信息系统的开发阶段是信息系统生命周期中最重要和最关键的阶段。该阶段又可分为 5 个阶段，即，总体规划、系统分析、系统设计、系统实施和开发评价阶段。

（1）总体规划阶段。信息系统总体规划是系统开发的起始阶段，它的基础是需求分析。以计算机和互联网为工具的信息系统是企业管理系统的重要组成部分，是实现企业总体目标的重要工具。因此，它必须服从和服务于企业的总体目标和企业的管理决策活动。总体规划的作用主要有：

- 指明信息系统在企业经营战略中的作用和地位；
- 指导信息系统的开发；
- 优化配置和利用各种资源，包括内部资源和外部资源；
- 通过规划过程规范企业的业务流程。

一个比较完整的总体规划，应当包括信息系统的开发目标、信息系统的总体架构、信息系统的组织结构和管理流程、信息系统的实施计划、信息系统的技术规范等。

（2）系统分析阶段。系统分析阶段的目标是为系统设计阶段提供系统的逻辑模型。

系统分析阶段以企业的业务流程分析为基础，规划即将建设的信息系统的基本架构，它是企业的管理流程和信息流程的交汇点。系统分析的内容主要应包括，组织结构及功能分析、业务流程分析、数据和数据流程分析、系统初步方案等。

（3）系统设计阶段。系统设计阶段是根据系统分析的结果，设计出信息系统的实施方案。系统设计的主要内容包括，系统架构设计、数据库设计、处理流程设计、功能模块设计、安全控制方案设计、系统组织和队伍设计、系统管理流程设计等。

（4）系统实施阶段。系统实施阶段是将设计阶段的结果在计算机和网络上具体实现，也就是将设计文本变成能在计算机上运行的软件系统。由于系统实施阶段是对以前的全部工作的检验，因此，系统实施阶段用户的参与特别重要。如果说在系统设计阶段以前，用户处于辅助地位的话，而到了系统实施阶段以后，用户就应逐步变为系统的主导地位。

（5）系统验收阶段。信息系统实施阶段结束以后，系统就要进入试运行。通过试运行，系统性能的优劣、是否做到了用户友好等问题都会暴露在用户面前，这时就进入了系统验收阶段。

3. 信息系统运行阶段

当信息系统通过验收，正式移交给用户以后，系统就进入了运行阶段。一般来说，一个性能良好的系统，运行过程中会较少出现故障，即使出现故障，也较容易排除；而那些性能较差的系统，运行过程中会故障不断，而且可能会出现致命性故障，有时故障会导致系统瘫痪。因此，长时间的运行是检验系统质量的试金石。

另外，要保障信息系统正常运行，一项不可缺少的工作就是系统维护。在软件工程中，把维护分为四种类型，即排错性维护、适应性维护、完善性维护和预防性维护。一般在系统运行初期，排错性维护和适应性维护比较多，而到后来，完善性维护和预防性维护就会比较多。

4. 信息系统消亡阶段

通常人们比较重视信息系统的开发阶段，轻视信息系统运行阶段，而几乎完全忽视信息系统的消亡阶段。其实，这样做是片面的。因为，计算机技术和互联网技术的发展十分快速，新的技术、新的产品不断出现；同时，由于企业处在瞬息万变的市场竞争的环境之中，在这种情况下，企业开发好一个信息系统想着让它一劳永逸地运行下去，是不现实的。企业的信息系统会经常不可避免地会遇到系统更新改造、功能扩展，甚至是报废重建的情况。对此企业应当在信息系统建设的初期就要注意系统的消亡条件和时机，以及由此而花费的成本。

20.1.5　信息系统建设的原则

为了能够适应开发的需要，在信息系统规划设计，以及系统开发的过程中，必须要遵守一系列原则，这是系统成功的必要条件。下面几条原则是信息系统开发常用的原则。

1. 高层管理人员介入原则

一个信息系统其建设的目标总是为企业的总体目标服务，否则，这个系统就不应当建设。而真正能够理解企业总体目标的人必然是那些企业高层管理人员，只有他们才能知道企业究竟需要什么样的信息系统，而不需要什么样的信息系统；也只有他们才知道企业有多大的投入是值得的，而超过了这个界限就是浪费。这点是那些身处某一部门的管理人员，或者是技术人员所无法做到的。因此，信息系统从概念到运行都必须有企业高层管理人员介入。当然，这里的"介入"有着其特定的含义，它可以是直接参加，也可以是决策或指导，还可以是在政治、经济、人事等方面的支持。

这里需要说明的是，高层管理人员介入原则在现阶段已经逐步具体化，那就是企业的"首席信息官"（Chief Information Officer，CIO）的出现。CIO 是企业设置的相当于副总裁的一个高级职位。负责公司信息化的工作，主持制定公司信息规划、政策、标准，并对全公司的信息资源进行管理控制的公司行政官员。在大多数企业里，CIO 是公司最高管理层中的核心成员之一。毫无疑问，深度介入信息系统开发建设，以及运行是 CIO 的职责所在。

2. 用户参与开发原则

在我国，流行着信息系统开发中所谓"用户第一"或是"用户至上"的原则。当然，这个原则并没有错，一个成功的信息系统，必须把用户放在第一位，这应该是毫无疑义的。但是，究竟应当怎么"放"？怎么"放"才算是第一位？没有一个确切的标准。而马丁提出的"用户参与开发原则"就把"用户第一原则"具体化了。

用户参与开发原则主要包括以下几项含义：

一是"用户"是有确定的范围。究竟谁是用户？人们通常把"用户"仅仅理解成为用户单位的领导，其实，这是很片面的。当然，用户单位领导应该包括在用户范围之内，但是，更重要的用户，或是核心用户是那些信息系统的使用者，而用户单位的领导只不过是辅助用户或是外围用户。

二是用户，特别是那些核心用户，不应是参与某一阶段的开发，而应当是参与全过程的开发，即用户应当参与从信息系统概念规划和设计阶段，直到系统运行的整个过程。而当信息系统交接以后，他们就成为系统的使用者。

三是用户应当深度参与系统开发。用户以什么身份参与开发是一个很重要的问题。一般说来，参与开发的用户人员，既要以甲方代表身份出现，又应成为真正的系统开发人员，与其他开发人员融为一体。

3. 自顶向下规划原则

在信息系统开发的过程中，经常会出现信息不一致的问题，这种现象的存在对于信息系统来说往往是致命的，有时，一个信息系统会因此而遭到报废的结果。研究表明，信息的不一致是由计算机应用的历史性演变所造成的，它通常发生在没有一个总体规划的指导，就来设计实现一个信息系统的情况之下。因此，坚持自顶向下规划原则对于信息系统的开发和建设来说是至关重要的。自顶向下规划的一个主要目标是达到信息的一致性。同时，自顶向下规划原则还有另外一个方面，那就是这种规划绝不能取代信息系统的详细设计。必须鼓励信息系统各子系统的设计者在总体规划的指导下，进行有创造性的设计。

4. 工程化原则

在20世纪70年代，出现了世界范围内的"软件危机"。所谓软件危机是指一个软件编制好以后，谁也无法保证它能够正确地运行，也就是软件的可靠性成了问题。软件危机曾一度引起人们，特别是工业界的恐慌。经过探索，人们认识到，之所以会出现软件危机，最主要的原因，软件产品是一种个体劳动产品，最多也就是作坊式的产品。因此，没有工程化是软件危机发生的根本原因。此后，发展成了"软件工程"这门工程学科，在一定程度上解决了软件危机。

信息系统也经历了与软件开发大致相同的经历。在信息系统发展的初期，人们也像软件开发初期一样，只要做出来就行，根本不管实现的过程。这时的信息系统，大都成了少数开发者的"专利"，系统可维护性、可扩展性都非常差。后来，信息工程、系统工程等工程化方法被引入到信息系统开发过程之中，才使得问题得到了一定程度的解决。

其实，工程化不仅是一种有效的方法，它也应当是信息系统开发的一项重要原则。

5. 其他原则

对于信息系统开发，人们还从不同的角度提出了一系列原则，例如：

- 创新性原则，用来体现信息系统的先进性；
- 整体性原则，用来体现信息系统的完整性；
- 发展性原则，用来体现信息系统的超前性；
- 经济性原则，用来体现信息系统的实用性。

20.1.6　信息系统开发方法

企业信息系统对于企业信息化的重要意义是不言而喻的。从实际运行的效果来看，有些信息系统运行得很成功，取得了巨大的经济效益和社会效益；但也有些信息系统效果并不显著，甚至还有个别信息系统开始时还能正常运行，可时间一长，系统就故障不断，最后走上报废之路。是什么导致这样截然不同的结果呢？当然，这里的原因可能很复杂，但有一个原因是十分重要和关键的，那就是信息系统的开发方法问题。

信息系统是一个极为复杂的人-机系统，它不仅包含计算机技术、通信技术，以及其他的工程技术，而且，它还是一个复杂的管理系统，还需要管理理论和方法的支持。下面简单介绍几种最常用的信息系统开发方法。

1. 结构化方法

结构化方法是由结构化系统分析和设计组成的一种信息系统开发方法。

结构化方法是目前最成熟、应用最广泛的信息系统开发方法之一。它是假定被开发的系统是一个结构化的系统，因而，其基本思想是将系统的生命周期划分为系统调查、系统分析、系统设计、系统实施、系统维护等阶段。这种方法遵循系统工程原理，按照事先设计好的程序和步骤，使用一定的开发工具，完成规定的文档，在结构化和模块化的基础上进行信息系统的开发工作。结构化方法的开发过程一般是先把系统功能视为一个大的模块，再根据系统分析设计的要求对其进行进一步的模块分解或组合。

结构化生命周期法主要特点是：

（1）开发目标清晰化。结构化方法的系统开发遵循"用户第一"的原则，开发中要保持与用户的沟通，取得与用户的共识，这使得信息系统的开发建立在可靠的基础之上。

（2）工作阶段程式化。结构化方法每个阶段的工作内容明确，注重开发过程的控制。每一阶段工作完成后，要根据阶段工作目标和要求进行审查，这使各阶段工作有条不紊，也避免为以后的工作留下隐患。

（3）开发文档规范化。结构化方法每一阶段工作完成后，要按照要求完成相应的文档，以保证各个工作阶段的衔接与系统维护工作的便利。

（4）设计方法结构化。结构化方法采用自上而下的结构化、模块化分析与设计方法，使各个子系统间相对独立，便于系统的分析、设计、实现与维护。结构化方法被广泛地应用于不同行业信息系统的开发中，特别适合于那些业务工作比较成熟、定型的系统，如银行、电信、商品零售等行业。

2. 快速原型法

快速原型法是一种根据用户需求，利用系统开发工具，快速地建立一个系统模型展示给用户，在此基础上与用户交流，最终实现用户需求的信息系统快速开发的方法。在现实生活中，一个大型工程项目建设之前制作的沙盘，以及大型建筑的模型等都与快速原型法有同样的功效。应用快速原型法开发过程包括系统需求分析、系统初步设计、系统调试、系统检测等阶段。用户仅需在系统分析与系统初步设计阶段完成对应用系统的简单描述，开发者在获取一组基本需求定义后，利用开发工具生成应用系统原型，快速建立一个目标应用系统的最初版本，并把它提交给用户试用、评价，根据用户提出的意见和建议进行修改和补充，从而形成新的版本，再返回给用户。通过这样多次反复，使得系统不断地细化和扩充，直到生成一个用户满意的方案为止。

 希赛教育专家提示：快速原型法具有开发周期短、见效快、与业务人员交流方便的优点，特别适用于那些用户需求模糊，结构性比较差的信息系统的开发。

3. 企业系统规划方法

企业系统规划方法（Business System Planning，BSP）最早由 IBM 公司于 20 世纪 70 年代研制并使用的一种企业信息系统开发的方法。虽然 40 年的时间过去了，但是，这种方法对于今天我国企业信息系统建设仍然具有一定的指导意义。

BSP 方法是企业战略数据规划方法和信息工程方法的基础和，也就是说，后两种方法是在 BSP 方法的基础上发展起来的，因此，了解并掌握 BSP 方法对于全面掌握信息系统开发方法是有帮助的。BSP 方法的目标是提供一个信息系统规划，用以支持企业短期的和长期的信息需求。该方法在本章 20.2.3 节"信息系统工程的总体规划"中有较详细的介绍。

4、战略数据规划方法

詹姆斯·马丁是世界级的信息系统大师，他提出的战略数据规划方法是信息系统开发极为重要的一种方法。《战略数据规划方法学》是马丁阐述该方法的一本专著，本书只对该方法作一简单介绍。

对于战略数据规划方法，《战略数据规划方法学》的前言中指出，"在 70 年代，人们就已看清，对企业和其他组织而言，计算机化的信息乃是具有很高价值的资源。人们还看清了，这种信息资源的开发必须有来自最高层的规划，而实施这样的规划又迫切需要一套正规化的，并且最好是与数据库设计相联系的易于用计算机处理的方法学。"马丁进一步指出，"虽然许多企业早已认识到对信息资源进行规划的必要性，但很少有人知道如何实现这样的规划。某些咨询公司强调了制定这类规划的重要性，但又拿不出什么有效的办法来指导所需信息资源的设计。"按照马丁的观点，一个企业要建设信息系统，它没有必要急着去购置设备，也没有必要马上组织软件开发和上网，它的首要任务应该是在企业战略目标的指导下做好企业战略数据规划。一个好的企业战略数据规划应该是企业核心竞争力的重要构成因素，它有非常明显的异质性和专有性，必将成为企业在市场竞争中的制胜法宝。

战略数据规划方法的要点主要有：

（1）数据环境对于信息系统至关重要。企业数据环境是随着企业的发展不断变化的，也是企业发展的基础条件。信息系统建设极大影响着企业的未来发展方向，对企业的数据环境提出了更高的要求。把静态的、独立的信息资源通过战略数据规划重建企业数据环境，使其成为集成化、网络化的信息资源，对一个现代化企业来说是更为迫切的任务。

（2）四种数据环境。在信息系统发展的历程中共有四类数据环境，即数据文件、应用数据库、主题数据库和信息检索系统。

（3）建设主题数据库是信息系统开发的中心任务。这里的主题数据库并不是指数据库的大小，也不是指数据库的功能是什么，而是指哪些数据库是面向企业的业务主题的，哪些不是面向业务主题。所谓业务主题，就是指企业的核心业务和主导流程。例如，对于一个机加工企业来说，生产机件产品就是其核心业务，相应地，围绕核心业务建立的数据库就是企业的主题数据库。而对于一个保险企业来说，围绕着保单处理的数据库就是企业的主题数据库。

（4）围绕主题数据库搞好应用软件开发。

5. 信息工程方法

信息工程方法是詹姆斯·马丁创立的面向企业信息系统建设的方法和实践。信息工程方法与企业系统规划方法和战略数据规划方法是一种交叉关系，即信息工程方法是其他两种方法的总结和提升，而其他两种方法则是信息工程方法的基础和核心。

信息工程是计算机信息系统发展到比较成熟阶段的产物，它不仅为大型信息系统的开发给出了方法和技术，而更重要的是它在理论与实践的结合上对大型信息系统的开发提出了相应的开发策略和原则，而这些策略和原则对于信息系统的成功开发和应用都是至关重要的。虽然，信息工程是在 20 世纪 80 年代末期发展起来的，但是，在今天，仍然对信息系统的开发具有重要的指导价值。

信息工程方法与信息系统开发的其他方法相比，有一点很大的不同，就是信息工程不仅是一种方法，它还是一门工程学科。它第一次把信息系统开发过程工程化了。所谓工程化，就是指，有一整套成熟的、规范的工程方法、技术、标准、程序和规范，使得开发工作摆脱随意性和多变性，其目标是信息系统的开发走上智能化、程序化和自动化的道路。

马丁著有三大卷的《信息工程》，可称得上是信息系统方法的经典之作。

6. 面向对象方法

面向对象方法是对客观世界的一种看法，它是把客观世界从概念上看成是一个由相互配合而协作的对象所组成的系统。信息系统开发的面向对象方法的兴起是信息系统发展的必然趋势。数据处理包括数据与处理两部分。但在信息系统的发展过程的初期却是有时偏重这一面，有时偏重那一面。在 20 世纪 70—80 年代，偏重数据处理者认识到初期的数据处理工作是计算机相对复杂而数据相对简单。因此，先有结构化程序设计的发展，随后产生面向功能分解的结构化设计与结构化分析。偏重于数据方面人员同时提出了面向数据结构的分析与设计。到了 20 世纪 80 年代，兴起了信息工程方法，使信息系统开发发展到了新的阶段。

信息工程在实际应用中既表现出其优越性的一面，同时，也暴露了一些缺点，例如，过于偏重数据，致使应用开发受到影响。而面向对象方法则集成了以前各种方法的优点，避免了各自的一些缺点。

面向对象的分析方法是利用面向对象的信息建模概念，如实体、关系、属性等，同时运用封装、继承、多态等机制来构造模拟现实系统的方法。传统的结构化设计方法的基本点是面向过程，系统被分解成若干个过程。而面向对象的方法是采用构造模型的观点，在系统的开发过程中，各个步骤的共同的目标是建造一个问题域的模型。在面向对象的设计中，初始元素是对象，然后将具有共同特征的对象归纳成类，组织类之间的等级关系，构造类库。在应用时，在类库中选择相应的类。

20.2 信息系统工程

本节包括信息系统的概念、信息系统的内容和信息系统总体规划三部分内容。

20.2.1 信息系统工程的概念

系统是由相互作用和相互依赖的若干部分，按一定规律结合成的、具有特定功能的有机整体。系统有下述特性：

（1）集合性。系统是由许多元素有机地组成的整体。每个元素服从整体，追求全局最优。

（2）相关性。系统的各个组成部分之间是互相联系、互相制约的。

（3）目的性。任何系统都是有目的和目标的。

（4）层次性。一个系统往往由多个部门（或部分）组成。每个部门可看做为一个小的系统，称为子系统，子系统之下又可划分为子子系统。系统具有层次结构。

（5）环境适应性。任何系统都是存在并活动于一个特定的环境之中，与环境不断进行物质、能量和信息的交换。系统必须适应环境。

1. 系统的分类

按照系统功能划分：工业控制系统、信息管理系统、军事系统合经济系统等。

按照系统与外界的关系划分：封闭系统和开放系统。

按照系统的内部结构划分：开环系统和闭环系统等。

按照抽象程度将系统分为：概念系统（描述系统的主要特征和大致轮廓）、逻辑系统（脱离实现细节的合理系统）和物理系统（实际存在的系统）。

2. 系统工程

人们从不同角度、不同的背景、不同的应用目的，给系统工程下了不同的定义：

- "系统工程是为了更好地达到系统目标，而对系统的构成要素、组织结构、信息流动和控制机理等进行分析与设计的技术"（1967 年，日本工业标准 JIS）。
- "系统工程是为了合理地开发、设计和运用系统而采用的思想、程序、组织和方法的总称"（1971 年，日本寺野寿郎，系统工程学）。
- "系统工程是一门把已有的学科分支中的知识有效地组合起来用以解决综合性工程问题的技术"（1974 年，大英百科全书）。
- "系统工程研究的是怎样选择工人和机器的最适宜的综合方式，以完成特定的目标"（1975 年，美国百科全书）。
- "系统工程是组织管理系统的规划、研究、设计、制造、试验和使用的科学方法，是一种对所有系统都具有普遍意义的科学方法"（1982 年，钱学森等，论系统工程）。
- "系统工程是按照系统科学的思想，应用信息论、控制论、运筹学等理论，以信息技术为工具，用现代工程方法去研究和管理系统的技术"（1984 年，宋健，系统工程和技术革命）。

归纳各种不同的定义，给出系统工程的定义如下：

　　系统工程是以研究大规模复杂系统为对象的一门交叉学科。它把自然科学和社会科学的某些思想、理论、方法、策略和手段等根据总体协调的需要，有机地联系起来，应用定量和定性分析相结合的方法和计算机等技术工具，对系统的构成要素、组织结构、信息交换和反馈控制等功能进行分析、设计、制造和服务，从而达到最优设计、最优控制和最优管理的目的。

3. 信息系统

　　信息系统一般泛指收集、存储、处理和传播各种信息的具备完整功能的集合体。人们常说的信息系统大多数支持各部门和机构管理和决策的信息系统，当前信息系统重要的特征是计算机和互联网技术的应用。

　　现代信息系统是以计算机为信息处理工具，以网络为信息传输手段的；它最大限度地屏蔽了时间和空间的限制，使人们能以最快捷的方式获取所需信息并加以利用。

　　计算机应用于企业是从最基础的数据处理开始的。随着企业业务需求的增长和技术条件的发展，人们逐步将计算机应用于企业局部的管理，如财会管理、销售管理、物资管理、生产管理等，即计算机应用发展到对企业的局部事务的管理，形成了所谓事务处理系统。在此基础上，逐步形成对企业全局性的、整体性的计算机应用，并发展形成管理信息系统。管理信息系统强调以企业管理系统为背景，以基层业务系统为基础，强调企业各业务系统间的信息联系，以完成企业总体人物为目标，它能提供企业各级领导从事管理需要的信息，但其收集信息的范围还更多地侧重于企业的内部。随着网络的普及，计算机信息系统已经从管理信息系统发展成为更强调支持企业高层领导决策的决策支持系统，即 DSS 阶段。

4. 信息系统工程

　　将系统工程的理论、方法应用到信系统，并结合信息系统自身特点，就形成信息系统工程。信息系统工程应强调研究法的整体性、系统性，技术应用的综合性和项目管理的规范化、标准化。

　　研究方法的整体性就是把研究对象看做一个由若干个子系统有机结合的整体来分析和设计。对各子系统的技术首先要从实现整个系统技术协调的观点来考虑，从总体最优的需求来选择解决方案。研究方法的系统性要求研究方法反映和顺应客观事物和系统自身的特征和运动规律，例如面向对象分析方法引入对象、属性、方法等概念，相比于面向过程的分析方法更加能够表征自然对象主体特征，而类的概念又比较自然地体现了自然界客观事物的层次性和客观本质，因此被广泛采用。信息系统应用广泛、覆盖面宽，是一个高度综合性的学科领域，客观上要求综合运用各专业领域和信息技术知识，使各种知识技术无缝结合而达到系统整体优化的设计和实现目标。同时也对信息系统开发者提出较高要求，不仅自身要掌握牢固的信息技术知识，而且要有良好的与用户沟通的能力。

　　一个复杂的信息系统工程客观上存在两个并行工程，一个是工程技术进程，一个是对工程技术进程的管理控制进程。后者包括工程的规划、组织、控制、进度安排，对各种方案进行分析、比较和决策、评价选定方案的技术效果等。项目管理的规范化、标准化对信息系统的设计、实现、运行、维护、升级都具有重要意义，是系统工程的关键。在研制信息系统时，必须按照系统的方法，明确划分各个工作阶段，确保每个阶段的工作都得到有效的控制管理，对各阶段的工作成果都有规范的文档和审查标准。

20.2.2　信息系统工程的内容

信息系统工程作为一门综合性技术,与多种学科和技术有着深刻的内在联系。总体上,它涉及社会和技术两大领域,并综合应用了管理科学、系统科学、数学、计算机科学、行为科学的研究成果,逐渐形成了信息系统工程的学科体系。

信息系统工程的内容主要包括几个方面:一是体系,二是技术,三是管理。

1. 信息系统工程的体系构成

原信息产业部制定的《信息系统工程监理暂行规定》将信息系统分为信息网络系统、信息资源系统和信息应用系统三类,并对每一类的含义进行了界定:

- 信息网络系统是指以信息技术为主要手段建立的信息处理、传输、交换和分发的计算机网络系统。
- 信息资源系统是指以信息技术为主要技术手段建立的信息资源采集、存储、处理的资源系统。
- 信息应用系统是指以信息技术为主要手段建立的各类业务管理的应用系统。

以上三个系统一般情况下,并不是彼此独立的,而是一个大的信息系统的组成部分,只不过是不同的信息系统各有所侧重。

2. 信息系统工程的技术构成

软件工程和信息工程是信息系统工程的技术基础,因此,信息系统工程首要的任务是实施软件工程和信息工程。由于信息系统工程其内容不仅包括软件工程和信息工程,而且,它是面向组织管理的,因而,信息系统工程还应包括组织中的业务流程等内容。

软件工程是开发、运行、维护和修复软件的系统方法。其中,"软件"的定义为:计算机程序、方法、规则、相关的文档资料,以及在计算机上运行时所必需的数据的集合。这里尤其要注意"软件"与"程序"两个概念的区别。

软件工程包括三个要素:方法、工具和过程。方法为软件开发提供了"如何做"的技术,包括项目计划与估算、需求分析、数据结构、系统总体结构的设计、算法过程的设计、编码、测试以及维护等;工具包括各种软件工具、开发机器和开发过程信息库,提供自动或半自动的软件开发环境;过程定义了方法使用的顺序、要求交付的文档资料、为保证质量和协调变化所需要的管理及软件开发各个阶段完成的里程碑。

信息工程是指以数据系统为基础,建立一个信息化企业所需要的一套相互关联的原则。信息工程的主要焦点是用计算机来存储和维护数据,而信息则是从这些数据提炼出来,来满足人们的某种需要的数据。

在信息化的过程中,要以数据为中心,而数据的存储和管理是通过各种数据系统软件来支持的。这是因为,一个企业的数据类型变化不能也不会太大。数据是按实体存储的。除了在极特殊的情况下需要加入新的实体类型外,在一项业务活动的生命周期中,实体类型一般是不会变化的,至少不会有太大变化,甚至实体的属性类型也很少变化。而经常变化的则是数据类型的值。因此,只有数据被正确地标识和结构化时,数据才有生命力,才能被灵活地使用。

由于基本数据类型是稳定的,而数据处理过程是趋于变化的,所以面向过程会经常遭受失败,而面向数据就有可能会成功。采用面向过程的技术所产生的系统,实施缓慢且难于变化,而信息工程则面向数据及数据处理，这样做就可以实现满足管理者不断变化的信息需求。一旦所需要的数据基础结构建立起来，就可以使用高级数据库语言和应用过程生成器工具很快地得到所要的结果。

无疑，当前的信息工程方法大量地吸收了软件工程的很多技术成果，因为从某种程度上来观察，软件工程实际上可认为是信息工程的一部分。信息工程方法主要特点：一是以数据为中心，进一步的工作是建立主题数据库；二是将工程的实施划分为对业务系统的实施和对技术系统的实施。前者包含了软件的技术内容，而后者则包含了诸如硬件、网络等工程内容。实施信息工程就是将企业的业务系统与技术系统有机地结合起来。

3. 组织流程管理

组织和流程是两个既有联系又有区别的概念。一个组织必然有工作，而有工作就必然有流程；任何流程必然发生在某一个具体的组织之内。因此，组织流程管理是一个组织管理的重点和中心内容，也是信息系统工程的重要内容。

组织流程管理模式的主要工作在于处理好组织内各流程之间的关系，合理地在各流程之间分配资源。因此，必须建立有效的组织保障，这样才能保证流程管理工作的连续性和长期性。有效的组织保障包括：

（1）建立流程管理机构，这一机构可归入管理流程之中；

（2）配备强有力的领导来负责内部的流程管理工作；

（3）制订各流程之间的动态关系规则。通过实施流程管理模式，传统组织中的组织图将不复存在，取代它的是流程管理图。

组织流程管理需要处理大量的信息，必须以快速而灵敏的信息网络来支持。通过流程管理信息系统，决策者可以及时掌握必需的决策信息。信息系统的建设，一方面构造公司内部的信息网络；另一方面要与公司外部的信息网络联结，充分利用外部的信息资源。

4. 信息系统工程的管理

信息系统工程首先是一项工程，而一项工程一般总是被定义为一个项目，因此，信息系统工程也可以视同为项目管理。

所谓"项目"是指在特定的条件下，具有特定目标的一次任务，是在一定时间内，满足一系列特定目标的多项相关工作的总称。

以上关于项目的定义包含三层含义，一是项目是一次性的任务，且有特定的范围和要求；二是在一定的组织机构内，利用有限资源在规定时间内完成任务；三是任务要满足一定性能、质量、数量、技术指标等要求。所以可以用项目管理的思想和方法来指导信息系统的建设。

项目管理就是把各种资源应用于目标，以实现项目的目标，满足各方面既定的需求。项目管理由环境、资源、目标、组织等诸多要素构成，重点是成本、质量和进度的"三大"控制。

在具体实施过程中，项目管理一般包含了以下几个方面的内容：

（1）任务划分。任务划分是把整个开发工作定义成一组任务的集合，这组任务又可以进一步划分成若干个子任务，进而形成具有层次结构的任务群。

（2）计划安排。依据划分完毕的任务即可制订出整个开发及项目管理计划，并产生完成任务的计划表。

（3）经费管理。经费管理在整个开发项目管理中处于重要的地位。项目经理可以运用经济杠杆来控制整个开发工作。

（4）审计控制。按照所采用的开发方法，应针对每一类开发人员制定出工作过程中的责任、义务、完成任务的质量标准等，按照计划对每项任务进行审计。

（5）风险管理。如何有效地管理和控制风险是保证系统实施成功的重要环节之一。特别是信息系统工程项目，风险管理更是重中之重。

（6）质量保证。质量管理应贯穿于整个项目始终。在项目规划阶段，就应该建立系统质量的度量模型和相应的机制，对项目质量提出总体的要求；在系统分析和设计阶段应对质量管理不断细化，按自顶向下的方式将总体要求划分成若干易于考核和度量的质量单元。

20.2.3　信息系统工程的总体规划

信息系统工程总体规划是信息系统工程生命周期的第一阶段，它决定了信息系统工程方向、规模、深度和效果。

1. 信息系统工程总体规划的概念

信息系统工程总体规划是信息系统工程生命周期的第一阶段。这一阶段的主要目标是明确系统整个生命周期内的发展方向、系统规模和开发计划。信息系统工程建设是投资大、周期长、复杂度高的社会技术系统工程。科学的规划可以减少盲目性，使系统有良好的整体性、较高的适应性，建设工作有良好的阶段性，以缩短系统开发周期，节约开发费用。目前，我国开发的信息系统，单项应用的多，综合应用的少。有的系统适应性差，难于扩充。缺乏科学的规划是造成这种现象的原因之一，有些规模较大的项目，由于没有系统规划和科学论证，上马时轰轰烈烈，上马后困难重重、骑虎难下，不仅造成资金、人力的巨大浪费，而且为今后的系统建设留下隐患。信息系统工程总体规划是信息系统建设成功的关键之一，它比具体项目的开发更为重要。

凡事预则立，不预则废。科学的规划对于任何需要经过较长时间努力才能实现的事情都是非常重要的。现代社会组织，特别是企业的结构和活动内容都很复杂，实现一个组织的信息管理计算机化需要经过长期的努力，因而必须对一个组织的信息系统工程的建设进行规划，根据组织的目标和发展战略及信息系统工程建设和客观规律，并考虑到组织面临的内外环境，科学地制定信息系统工程的发展战略和总体方案，合理安排系统建设的进程。

（1）总体规划的需求

随着科学技术的进步和社会经济的发展，特别是国际化和信息化的推进，信息系统工程建设的需求日趋紧迫。尽管信息系统工程已经有了很大的发展，但不少已经建成或正在建设的系统仍然存在一系列问题，主要是：

- 系统建设与组织发展的目标和战略不匹配；
- 已建成的系统解决问题的有效性低，即系统建成后对管理并无显著改善；
- 不能适应环境变化和组织变革的需要；
- 组织结构陈旧，管理落后；
- 系统使用人员的素质较低；

- 系统开发环境落后，技术方案不合理；
- 系统开发以及运行维护的标准、规范混乱；
- 资源短缺，投入太少，而对系统的期望又过高。

造成以上问题的原因是多方面的，其中一个主要原因就是人们更多地关心怎样建设一个信息系统工程，而对于建设一个什么样的信息系统工程却注意得不够。对于系统的具体方案考虑较少，对总体方案与发展战略问题不够重视。总之，在系统建设中，往往缺乏科学的、有效的系统规划。

（2）总体规划的主要任务

总体规划阶段的主要目标就是制订出信息系统工程的长期发展方案，决定信息系统工程在整个生命周期内的发展方向、规模和发展进程。这样做能为以后的系统分析和设计打好基础。这个阶段的主要任务是：

- 制订信息系统工程的发展战略。主要是使信息系统工程的战略与整个组织的战略和目标协调一致。
- 确定组织的主要信息需求，形成信息系统工程的总体结构方案，安排项目开发计划。
- 制订系统建设的资源分配计划，即制订为实现开发计划而需要的硬软件资源、数据通信设备、人员、技术、服务和资金等计划，提出整个系统的建设概算。

（3）总体规划主要步骤

进行信息系统工程的总体规划一般包括以下几个阶段：

1）对当前系统进行初步的调查。系统分析师从各级干部、相似的企业和本企业内部收集各种信息，站在管理层的高度观察组织的现状，分析系统的运行状况。初步调查主要由两部分构成：

- 一般调查。一般调查包括组织的概括，企业的目标，现行系统运行情况，简单历史，企业的产品，产量，利税，体制及改革情况，人员基本情况，面临的问题，企业的中长期计划以及主要困难等，使系统分析师对企业有一个初步轮廓。
- 信息需求初步调查。信息需求初步调查是整个初步调查的主要内容。通过调查组织系统的工作职责及活动以了解各职能机构所要处理的数据，估计各机构发生的数据量及频度。信息需求初步调查还应调查环境信息，包括内部环境和外部环境的信息。

2）分析和确定系统目标。这实际上可以由总经理和信息系统工程开发的领导小组确定，应包括服务的质量和范围、政策、组织及人员等。它不仅包括信息系统工程的目标，而且应有整个企业的目标。

3）分析子系统的组成及基本功能。从上到下对系统进行划分，并且详细说明各个子系统应该实现的功能。

4）拟定系统的实施方案。可以对子系统的优先级进行设定，以便确定子系统的开发顺序。

5）进行系统的可行性研究。

6）编写可行性报告。

2. 信息系统工程总体规划的目标

信息系统工程总体规划的目标就是信息系统工程的方向和指导方针。

（1）总体规划目标的意义

任何一个组织或工作都要有一个明确的目标，特别是像信息系统工程这样复杂的事项，确定目标更为重要，它是工程中所有活动的指南，是工程成功与否的决定因素。

信息系统工程建设初期的总体规划是完成后续工作，如详细定义信息系统工程的需求、优化企业各类业务流程、在项目实施中控制需求范围，保证信息系统工程顺利实施、取得良好效果的关键所在。

实现一个信息系统工程是一项浩大的工程，它是以软件开发为主要内容的研制过程，与一般工程项目相比，有其特殊的规律，要想做好这项工作，在开发过程的各个阶段都要依据总体规划确定的目标、任务及总体开发方法，做好系统开发的组织管理工作、各个应用项目的设计，这是实现系统组织目标的基本保障。信息系统工程的总体规划是进行具体开发工作的必要准备和基本依据。

（2）总体规划目标的功能

信息系统工程总体规划实施成功与否的关键在于企业最高层领导的全力支持和高层管理干部的亲自参加。因为信息系统工程的总体规划本身需要对企业的战略目标、远景规划和当前各个部门的业务活动有着深入的理解和丰富的实践经验。许多工作应当由主要业务管理人员来做，而不能单纯依赖数据库设计人员，更不能靠编程人员代替完成。整个工作需要组织好一批业务管理骨干，需要一定的资金投入和实施时间。所以，没有企业最高领导始终如一的理解、支持，真抓、实干，这项工作就无法进行或完成得很好。

这里要注意两个原则：

一是从组织的战略出发，而不是从系统的需求出发，这样就可以避免脱离组织宗旨和战略目标，走入为建设而建设的困境；

二是从业务的变革出发，而不是从技术的变革出发，这样有利于充分利用组织的现有资源来满足关键需求，从而避免信息系统工程无法有效地支持组织决策。

信息系统工程规划的主要目的是根据企业总体目标规划好统一的、既有集中式又有分布式、分期逐步实现的数据平台和应用平台的建设。

传统的应用开发不搞总体规划，分散地搞单项应用或互不相关的小系统的开发，短时间内是有效果的。但是随着项目的增多，数据收集、处理上的大量重复，数据冗余和不一致的问题将越来越严重。系统运行将陷入病态，甚至导致瘫痪。

在开发过程的各个阶段都要依据总体规划确定的目标、任务以总体开发方法去工作，搞好系统开发的组织管理工作，做好各个应用项目的设计这是实现系统组织目标的基本保障。信息系统工程的规划是进行具体开发工作的必要准备和基本依据。

信息系统工程总体规划的本质，是基于组织战略的信息系统工程战略。因此，在建设信息系统工程过程中，应当全面分析组织所处的环境、战略目标、组织结构、标准作业过程甚至它的文化，并从中找到所要建设的信系统与组织的关系及其应当起的作用。

（3）总体规划目标的分析过程

总体规划目标的分析过程包括，确定组织的总体目标和确定信息系统工程规划的总体目标两个步骤。

1）确定组织的总体目标。在开发信息系统工程时，关键的任务是明确组织的总体目标。它的分析的步骤是：

- 根据系统调查的结果，进行分析，归纳出现行系统中的关键问题，做出问题表。
- 根据问题表，构造目标的层次结构，即目标树。在目标树中，最上层是总目标，以下各层是分目标或子目标，最下层是为实现目标而采取的具体措施，它是用来衡量目标是否切合实际的标准。
- 对目标树中的各项分目标进行分析。分析各项分目标之间的关系，确定解决目标冲突的方法，指出各项措施的考核指标。
- 将目标树按各层分目标在系统中所起的作用重新绘制。

2）确定信息系统工程规划的总体目标。信息系统工程的目标分析是指在组织总体目标分析的基础上，确立信息系统工程应在哪些方面发挥作用及如何发挥作用。通常，信息系统工程应该在下面几个方面发挥作用。

- 信息系统工程的辅助决策功能。在这方面，信息技术可以充分发挥迅速、准确的存储、检索、输出信息的能力和计算能力，还可以发挥信息系统工程的人－机系统优点，帮助决策者制定企业的长、中、短期决策。期望达到的目标有系统预测、计算机辅助决策、系统模拟与控制等。
- 信息系统工程的辅助管理功能。在这方面，信息技术可以实现部分或全部手工工作的自动化，如填制报表，生产经营数据统计，财务记账，人事档案的登录等。期望达到的目标是实现办公自动化。
- 企业资源管理。随着计算机网络的普及，应用信息技术管理企业内外部资源，是信息系统工程的重要目标。按照经济学原理，企业的市场竞争力不在于拥有多少资源，而是资源是否得到优化配置。应用传统手工管理，由于其处理信息的效率低下，因而，很难做到优化配置。而信息系统工程，由于其强大的信息处理功能，可以对系统中各项经济活动的信息进行及时，甚至是实时的处理，如生产经营、财务核算、辅助设计等，从而能够在瞬息万变的市场竞争中，抓住机会，战胜竞争对手。

（4）总体规划目标的使用

信息系统工程总体规划目标制订出来以后，最重要的工作是正确、有效地使用它。要根据用户的需求和组织的现状，将目标进行分解和阐释。在总体目标的指导下，进一步规划系统的实施范围、功能结构、开发进度、投资规模、参加人员和组织保证等；在做好可行性分析的基础上，制订出实施方案，确定系统的总体结构和子系统的划分。以上工作完成以后，要组织有关专家对总体规划报告进行评估认证，根据认证意见修改或调整计划，必要时重新制订。

3. 信息系统工程总体规划的范围

信息系统工程的总体规划包括，总体规划的层次、总体规划的任务、信息系统工程的功能范围、确定功能范围的步骤、系统总体结构分解、投资概算和总体规划的成果等内容。

（1）总体规划的层次

信息系统工程的总体规划是一个涵盖面很广的概念。从层次上可以分为：信息战略规划、信息资源规划、信息系统工程建设规划和企业资源计划（ERP）。

这 4 个层次是一个，从组织战略出发，由远及近、由粗到细，从抽象到具体的动态递进过程。而对于信息系统工程总体规划的理解存在不同意见，一种意见认为，信息系统工程总体规划就是信息系统工程建设规划；另一种意见认为，应将信息系统工程建设规划这一层细分成信息工程架构规划和信息工程方案规划。

1）信息战略规划。信息战略规划的基础是战略数据规划。战略数据规划这一概念是信息系统大师美国詹姆斯·马丁在20世纪70年代提出的。按照马丁的观点，一个企业要建设信息系统，它没有必要急着去购置设备，也没有必要马上组织软件开发和上网，它的首要任务应该是在企业战略目标的指导下做好企业战略数据规划。一个好的企业战略数据规划应该是企业核心竞争力的重要构成因素，它有非常明显的异质性和专有性，必将成为企业在市场竞争中的制胜法宝。战略数据规划的要点主要有：

- 数据环境对于信息系统至关重要。企业数据环境是随着企业的发展不断变化的，也是企业发展的基础条件。信息系统建设极大影响着企业的未来发展方向，对企业的数据环境提出了更高的要求。把静态的、独立的信息资源通过战略数据规划重建企业数据环境，使其成为集成化、网络化的信息资源，对一个现代化企业来说是更为迫切的任务。

- 四种数据环境。在信息系统发展的历程中共有4类数据环境，即数据文件、应用数据库、主题数据库和信息检索系统。

- 建设主题数据库是信息系统开发的中心任务。这里的主题数据库并不是指数据库的大小，也不是指数据库的功能是什么，而是指哪些数据库是面向企业的业务主题的，哪些不是面向业务主题的。所谓业务主题，就是指企业的核心业务和主导流程。例如，对于一个机加工企业来说，生产机件产品就是其核心业务，相应地，围绕核心业务建立的数据库就是企业的主题数据库。而对于一个保险企业来说，围绕着保单处理的数据库就是企业的主题数据库。

- 围绕主题数据库搞好应用软件开发。

2）信息资源规划。信息作为组织的一种资源，与物质、能源等其他资源一样，具有同等，甚至更重要的地位。因此，信息资源管理应该成为组织的一种新的管理职能。而做好信息资源管理的最重要的前提条件，就是做好信息资源规划。同时，信息资源规划也是信息系统工程规划中的重要内容。

信息资源规划是一个系统工程，包括：需求分析、集成化的管理信息系统的建设、信息资源管理基础标准的制定、业务概念设计模型的建立、信息资源网的构建等。

3）信息系统工程建设规划。信息系统工程的建设需要比较长的时间周期，一般需要半年、一年，甚至几年时间。需要对工程进行科学的规划、组织、控制和进度安排，对各种方案进行分析、比较和决策等。一个组织的信息系统工程一般来说，为了便于管理和实施，把整个工程看做一个或分成几个项目，对每一个项目都实施项目管理。

4）企业资源计划。将在20.4.2节专题论述。

（2）总体规划的任务

无论哪个层次的信息系统工程规划，其基本原理和过程都是一致的，大致都需要完成以下任务：

- 明确组织远景和使命；
- 确立组织发展战略和目标；
- 明晰组织业务及管理变革策略；

- 识别组织关键成功因素、分析关键性能指标、抽取信息需求；
- 建立总体信息工程框架；
- 提出可行性报告和总体规划方案。

信息系统工程的规划本质上可以定位从完成业务战略出发到实现信息系统工程战略。

因此，在建设信息系统工程过程中，应当全面分析这个组织所处的环境，它的战略和目标，它的结构、标准作业过程甚至它的组织文化，并从中找到所要建设的信息系统工程与组织的关系及其应当起的作用。

（3）信息系统工程的功能范围

根据已确定的系统目标和估算出的整个信息系统的信息量，考虑企业现有的客观条件，包括资金情况、设备条件、现场条件、技术水平、管理现状等，合理地确定系统的范围和功能。应注意，既不能超越客观条件的限制，同时又使人、财、物得到充分利用，使系统的功能尽可能完善，保证系统目标的实现。

对于新建立的系统，可能要求现行的管理机构在组织上和功能上做某些调整和变动，以适应计算机的管理。在划分系统范围时，应按客观需要选择必要的系统结构和功能，不要受现行系统的限制。因为新系统在管理机制上，性能要优于现行系统，所以不能把现行体制搬到新的系统上，必要时，可以启动业务流程再造。

（4）确定功能范围的步骤

确定系统的功能范围的步骤是：

1）绘制出系统的总数据流程图。该图是系统分析阶段的各业务部门的数据流程图，综合绘制在一张图上。

2）根据系统方案的规定和用户的要求，结合现行系统的环境，确定系统的边界范围，并在总信息流程图上圈出。

3）有关人员协商讨论。

4）确定系统范围，并做出分析说明。

（5）系统总体结构分解

为了将复杂的信息系统分解成便于理解和实现的部分，一般将信息系统分解为若干相对独立而又相互联系的子系统，即信息系统的主要系统。

如果信息系统规模很大，为了方便信息系统的实现，还需将子系统再细分成若干个分系统。这是因为，首先，子系统间的相互关系仍过复杂，分解之后，可以使这种关系更为明确、简单；其次，并不是在一个子系统中的所有过程都需要给予高优先级的支持，而应分出不同的优先级；最后，给定的子系统往往较大，难以一次实现，需要以分系统或几个分系统为单位来实现。

（6）投资概算

信息系统工程总体规划应当包括投资概算，它包括以下 4 个方面内容。

1）计算机系统软、硬件设备投资。将系统软、硬件配置表上列出的软、硬件设备按生产厂家提出的报价单，计算出它们的购置费，并汇总得出这部分的投资。在得出这部分的投资后，系统分析师应根据系统方案的实施步骤，考虑分期投资计划，列出与系统实施步骤相对应的购置计划。

2）系统开发费。系统开发费指从系统调研到系统全部实现这一过程中花费的研制时间和人力折合的费用，一般按人月或人周计算。系统分析师首先要确定所需的人员和能够投入的人员，再估计出开发周期，将这两个数据折合成"人月"或"人周"，最后得出开发费用。

3）系统安装和维护费用。包括 3 方面内容：计算机软、硬件的安装和维护费用，这个费用一般根据计算机软、硬件生产厂家的报价估算；信息系统的安装和维护费用，系统分析师应该参考类似系统的情况，估计出人力和时间，再折合成费用，与所需物力折合的货币费用一起汇总成信息系统的安装和维护费用；基础设施的维修和改造费用，这里的基础设施包括机房、通信系统、供电系统和照明等。

4）人员培训费。为使系统能够正常地运行和维护，需要对操作和维护人员进行定期培训，这种费用往往占很大的比重。

这 4 种费用也与系统的开发步骤有关，在系统方案报告中，也要与相应的开发步骤一起列出，并标明投资时间。

（7）总体规划的成果

总体规划的成果是可行性分析报告和总体规划报告。

可行性分析也称为可行性研究。可行性研究已经成为新产品开发、工程投资等领域中决策的重要手段。信息系统的开发同样也需要进行可行性研究，以便避免盲目投资，减少不必要的损失。

总体规划报告是信息系统工程总体规划的最终成果，经过一定的审批程序，以组织的名义发布实施，成为信息系统工程的指导性文件。

20.2.4 总体规划的方法论

制定信息系统工程总体规划需要有效的方法论支持，其方法主要有：模型法、业务系统规划法、关键成功因素法、战略目标集合转化法。另外，结构化方法、快速原型法、战略数据规划方法、信息工程方法和面向对象方法等已在 20.1.6 节中介绍。

1. 模型法

建立适当的模型对于分析复杂问题是非常有效的，它可以帮助人们做到忽略次要因素和次要矛盾，直接抓住问题的本质。模型法对于信息系统工程总体规划来说，更为有效。

（1）诺兰模型

从发展阶段的角度看，可分为初级阶段和高级阶段，而且是初级阶段逐步地发展为高级阶段。在这方面，有很多人都做了非常深入的研究，具有代表性的是著名的"诺兰模型"。

信息技术应用于组织中，一般都要经历从初级到高级，从不成熟到不断成熟的成长阶段。诺兰（Nolan）第一次总结了这一规律，1973 年提出了信息系统发展的阶段理论，被称为诺兰阶段模型。到 1980 年，诺兰进一步完善该模型，把信息技术的成长过程划分为 6 个阶段。

第一阶段即"初装（Initiation）阶段"。它的标志是组织安装了第一台计算机并引入了自动化概念，同时初步开发了管理应用程序。该阶段，计算机的作用被初步认识。一般大多发生在财务部门。

第二阶段即"蔓延（Contagion）阶段"。其标志是随着自动化的扩展（从少数部门扩散到多数部门，并开发了大量的应用程序）而导致计算机系统的急增。在该阶段，数据处理能力发展得最为迅速，但同时也出现了许多亟待解决的问题，如数据冗余性、不一致性、难以共享等。

第三阶段即"控制（Control）阶段"。其标志是试图遏制快速上升的计算机服务成本并将数据处理置于控制之下。为了加强组织协调，出现了由企业领导和职能部门负责人参加的领导小组，对整个企业的系统建设进行统筹规划，特别是利用数据库技术解决数据共享问题。

第四阶段即"集成（Integration）阶段"。其标志是各种各样的系统和技术集成为内在统一的系统，数据处理发展进入再生和控制发展时期。

第五阶段即"数据管理（Data administration）阶段"。其标志是完全集成的、基于数据的系统发展和实施的结束。

第六阶段即"成熟（Maturity）阶段"。其标志是公司数据管理的日益成熟，可以满足单位中各管理层次的要求，从而实现信息资源的管理。

随后，Nolan 又将该模型的 6 个阶段划分为两个时期，即计算机时代和信息时代，其中，前三个阶段构成计算机时代，后三个阶段进入信息时代。Nolan 模型能够帮助一个组织识别其所处的阶段从而确立相应的发展战略，是信息化战略管理的重要理论工具。

Nolan 的两个时代划分理论于 20 世纪 90 年代之后逐渐显现其不能适应信息技术发展的需要的弊端，为此，Nolan 又提出了一种理解组织内部信息技术进化的新框架，该框架将信息技术的发展分为三个阶段，即数据处理（DP）阶段、信息技术（IT）阶段和网络（Network）阶段。

DP 阶段（20 世纪 60 年代－80 年代）：信息技术主要在一个组织的操作层面和管理层面起作用，其主要功能是使一些专门的工作自动化，如支持各种指令处理的事物处理系统（Transactions Processing Systems，TPS）和提供资源配置和控制信息的 MIS 系统就是在该阶段发展起来的。

IT 阶段（20 世纪 80 年代－90 年代中期）：信息技术在一个组织中的发展进入战略管理层面，强调知识工作者对信息技术的利用，如财务分析员、证券经纪人和生产规划者等常用 PC 工作站来分析"what if"（如果……怎样）之类的问题。

Network 阶段（20 世纪 90 年代中期之后）：信息技术不再能够单方面地使组织取得他们所寻求的业务效果，信息技术与组织人员及其工作整合为一种网络化的组织形式，以创造 10 倍速的生产率。Nolan 的 3 个时代划分更符合 20 世纪 90 年代之后信息技术发展的新趋势，因而也更有利于战略信息管理者理解信息技术并制订相应的发展战略。

实际上，第一、二阶段带有很大的自发性和盲从性，单纯以提高组织事物处理的效率为主，表现为许多自动化"孤岛"；第三、四、五阶段为有高层领导参与的自觉管理阶段，其内部的基于局域网的数据管理逐渐达到成熟，对战略起支持性作用；Nolan 模型的第六阶段（成熟阶段）划分太"粗"，实质应划分成两个阶段，即第六阶段的"信息资源管理"和第七阶段的"成熟"。其中第六阶段将信息不仅视为资源，而且视为战略资源来管理，为组织创造战略机会服务。此外这阶段管理的重点是组织的外部信息和企业的知识管理。这个时期，企业的 Intranet、Extranet 逐渐完善并发展成熟。第六阶段的"成熟"实质是基于 Internet 架构上战略的体现，是基于 Intranet、Extranet 的再一次彻底的集成和整合，表现为信息技术和战略融为一体，企业驾驭信息技术的能力达到真正的成熟，企业真正成为完全的"数字化企业"。

（2）Schein 模型

Nolan 模型提出以后不久，美国学者 Edgar Schein 也提出了一种称之为"新的信息技术发展阶段模型"的理论，其特点是将信息技术进化过程与组织变迁过程联系起来考察，有助于形成一种整体化的认识。该模型包括 4 个阶段：

第一阶段，投资或启动阶段。组织决定在新的信息技术方面投资，新技术能够带来明显的益处则将顺利进入第二阶段，如果该阶段没有用户参与或发生了供应商方面的问题，那么就会延迟信息技术的进化，并导致成本超出预算、项目缺乏管理及其他不可预期的技术问题。

第二阶段，技术学习和适应阶段。用户通过学习如何利用技术来完成任务，如果用户有机会更好地理解新技术及其益处则顺利进入第三阶段，如果过早地控制技术发展，那么就会影响用户的学习过程，并导致缺乏进一步开发信息技术潜力的动机等问题。

第三阶段，管理控制阶段。组织认识到信息技术的重要性并对系统发展和实施过程予以精确地控制，如果控制过程能够确保各种应用的成本－效益的成功则顺利进入第四阶段，如果出现过多的控制，就会导致创新热情的丧失、新技术扩散的失败乃至从头再来等问题。

第四阶段，大范围的技术转移阶段。新的信息技术如局域网技术等将转移到组织的其他部门，信息技术知识也将随技术向用户转移，信息技术成为组织结构的有机组成部分。

Schein 的"信息技术阶段论"提供了 IT 角色的一种新视角，其主要作用仍在于引导战略信息管理者识别组织所处的信息技术发展阶段并结合所采用的信息技术类型制定针对性的发展战略和方案，它同时也表明，不适当的、过早的和过多的控制不利于信息技术的应用和普及，并容易导致各种停滞问题。

（3）米歇模型

在信息系统阶段划分上，还有"米歇模型"影响也比较大。米歇模型把信息系统建设划分为 4 个阶段，即起步阶段、增长阶段、成熟阶段和更新阶段。同时，米歇模型确定了 4 个阶段的 5 个方面的不同特征，即，技术状况；代表性应用和集成程度；数据库和存取能力；信息技术融入企业文化；全员素质、态度和信息技术视野。

2. 业务系统规划方法

业务系统规划（Business Systems Planning，BSP）方法既是信息系统的重要规划方法，同时，也是信息系统工程总体战略规划的重要方法。

（1）BSP 的概念

BSP 方法是由 IBM 公司研制的指导企业信息系统规划的方法，虽然研制始于 20 世纪 70 年代，但其方法和思想至今仍有指导意义。它辅助企业信息系统规划，来满足其近期和长期的信息化需求。

实行 BSP 的前提是，在企业内有改善信息系统的要求，并且有为建设这一系统而建立总的战略的需要。因而 BSP 的基本功能是服务于信息系统建设的长期目标。

信息系统必须支持企业的战略目标。可以将 BSP 看成是一个转化过程，即将企业的战略转化成信息系统的战略，因此，了解企业的战略就成了 BSP 重要内容之一。

1）信息系统的战略应当表达出企业的各个管理层次的需求。一般来说，不同层次的管理活动有着不同特点的信息化需求，因而有必要建立一个合理的框架，并据此来定义信息系统。

首先，信息系统应强调对管理决策的支持。一般认为，在任一企业内同时存在着三个不同的层次，战略计划层：是决定组织目标、达到这些目标所需用的资源，以及获取、分配这些资源的策略的过程；管理控制层：通过这一过程，管理者确认资源的获取及组织的目标是否有效地使用了这些资源；操作控制层：保证有效率地完成具体的任务。

2）信息系统应该向整个企业提供一致的信息。信息的不一致性，源于"自下而上"的系统数据处理。在企业的各部门，信息在形式上、定义上和时间上有差异。为了强调数据的一致性，有必要把数据作为一种资源统一管理，它不应由一个局部的组织来控制，而应由一个中央部门来协调，使数据对企业有全面性的价值，被企业各单位共享。管理部门要负责制定数据的一致性定义、技术实现，以及数据使用和系统安全性的策略和规程。

3）信息系统应该适应组织机构和管理体制的改变。信息系统应具有适应性。在一个发展的企业中，数据处理系统决不要削弱或妨碍管理部门的应变能力，而应当有能力在企业的长期的组织机构和管理体制的变化中发展自己，而不受到大的冲击。为了实现上述目的，要有适当的关于信息系统的设计技术，BSP 采用了业务过程的概念，这种技术强调独立于组织机构和各种因素。对于任一类型的企业可以从逻辑上定义出一组过程，只要企业的产品或服务基本不变，则过程改变会极小。

4）信息系统的战略规划，应当从总体信息系统结构中的子系统开始实现。支持整个企业需求的总信息系统一般规模都较大，因而有必要建立信息系统的长期目标和规划，从而形成了 BSP 对大型信息系统而言是"自上而下"的系统规划、"自下而上"的分步实现。应用 BSP，信息系统就能按部就班以模块化方式进行建设，并照顾到企业的业务人员、资金情况和其他考虑。

总结起来，BSP 方法确立了信息系统建设的若干原则。方法本身是可以灵活运用的，即方法中的某些步骤和技巧可根据具体情况变化而做相应的调整，但它的基本原则不能违背，因为这些原则是 BSP 的灵魂。

（2）BSP 的目标

BSP 的目标主要是提供信息系统规划，用以支持企业短期的和长期的信息需要。其具体目标可归纳如下：

- 为管理者提供一种形式化的、客观的方法，明确建立信息系统的优先顺序，而不考虑部门的狭隘利益，并避免主观性。
- 为具有较长生命周期系统的建设和投资提供保障。由于系统是基于业务过程的，因而不因机构变化而失效。
- 为了以最高效率支持企业目标，BSP 提供数据处理和资源管理。
- 增加负责人的信心，使其坚信高效的信息系统能够被实施。
- 通过提供信息系统对用户需求的快速响应，从而改善信息系统管理部门和用户之间关系。
- 应将数据作为一种企业资源加以确定，为使每个用户更有效地使用这些数据，要对些数据进行统一规划、管理和控制。
- 由 BSP 所得到的规划不应当看成是一成不变的，它只是在某一阶段对事物的最好认识。

BSP 方法的真正价值在于提供了下面的机会：

一是创造一种环境和提出初步行动计划，使企业能依此对未来的系统和优先次序的改变做出反应，不致造成设计的重大失误。

二是定义信息系统的职能，并不断完善。

（3）BSP 方法实施步骤

1）确立项目。BSP 的经验说明，除非得到了最高领导者和某些最高管理部门参与的承诺，不要贸然开始 BSP。因为这项工作必须反映最高领导者关于企业的观点，其成果取决于管理部门能否向项目组提供企业的现状，他们对于企业的理解和对信息的需求。因此在一开始时就要对项目的范围和目标、应交付的成果取得一致意见，避免事后的分歧，这是至关重要的。

2）工作准备。在取得领导赞同以后，最重要的是选择项目组组长，要有一位企业领导用全部时间参加项目工作并指导项目组的活动。要确认参与研究的其他层次领导是否合适，并能正确地解释由他们所在部门得到的材料。

3）主要活动。除了项目确立和准备工作外，BSP 还包含 11 个主要活动：

- 开始。BSP 首项活动是企业情况介绍，全体项目组成员要参加。重点内容有三方面：由管理部门负责人再次重申项目的目标，期望的成果和远景规划，以及与业务活动的关系；讨论有关企业的决策过程、组织职能、关键人物、存在问题、开发策略、敏感问题，以及用户对数据处理工作的支持等；由信息系统负责人和管理人员互相介绍本部门的情况，以便互相了解企业业务和信息化的历史和现状、目前的主要活动、计划中的变化和主要存在的问题。

- 定义业务过程。业务过程被定义为在企业资源管理中所需要的、逻辑上相关的一组决策活动。这些活动将作为安排同管理人员面谈、确定信息总体结构、分析问题、识别数据类及随后许多项目的基础。

- 定义数据类。业务过程被定义后，即要识别和定义由这些过程产生、控制和使用的数据。数据类指支持企业所必要的逻辑上相关的数据，即数据按逻辑相关性归成类，这样有助于数据库的长期开发。

- 分析现存系统支持能力。弄清目前的数据处理如何支持企业，进而对将来的行动提出建议。对目前存在的组织、业务过程、数据处理和数据文件进行分析，发现不足和冗余，明确责任，并进一步增进对业务过程的理解。

- 确定管理部门对系统的要求。BSP 方法必须考虑管理人员对系统的要求，并通过与高层管理人员的对话来确认项目组已做的工作，明确目标、问题、信息需求和它们的价值，并建立同最高管理部门的联系，争取他们的参与，使 BSP 项目组和管理部门间建立新的、更密切的关系。

- 提出判断和结论。通过与管理部门的会谈对所收集的材料作出确认、解释和补充。要对问题进行分析并联系到业务过程，以便指导安排项目的优先顺序，并指明信息的改进将有助于解决问题。

- 定义信息总体结构。定义信息总体的结构是由对目前情况的工作转向对将来计划的综合的主要步骤。信息总体结构刻画出将来的信息系统和相应的数据，使系统和它们产生的数据结构化和条理化。由于此项工作是描绘将来信息系统的蓝图，因此全体项目组成员都要加以重视。

- 确定总体结构中的优先顺序。项目组要确定系统和数据库开发优先顺序。对信息总体结构中的子系统的项目进行排列，然后根据确定的准则评定项目的重要性，从而确定开发顺序。

- 评价信息资源管理工作。为了使信息系统能高效率地开发、实施和运行，必须建立一个可控的环境。同时，信息系统的开发和运行过程必须加以优化，使其不断地随着技术和业务战略的变化而改变。
- 制定建议书和开发计划。开发计划是帮助管理部门对所建议的项目作出决策，这些项目由总体结构优先顺序和信息管理部门的建议来决定。开发计划要确定具体的资源、日程和其他项目间的关系，并需估计工作规模，以便管理部门进行调度。
- 工作成果报告。最后，项目组要向最高管理部门提交工作报告，期待最高管理部门的审查批准。

3. 关键成功因素法

关键成功因素法（Critical Success Factors，CSF）是由麻省理工学院的一个研究小组开发的，用于信息系统规划的一个有效方法。该方法能够帮助组织找到影响系统成功的关键因素，进行分析以确定组织的信息需求，从而为管理部门控制信息技术及其处理过程提供实施指南。

在每个企业中都存在着对企业成功起关键性作用的因素，称为关键成功因素。关键因素通常与那些能够确保组织生存和发展的方面相关。不同的业务活动，关键成功因素不同。即使同一类型的业务活动在不同时期的信息需求也可能不尽相同，同一信息系统的信息需求在不同时期也不相同。

 希赛教育专家提示：关键成功因素法能够抓住主要矛盾，使目标的识别重点突出，为管理者提供一个结构化的方法，帮助企业确定其关键成功因素和信息需求。

（1）CSF 的确定

关键成功因素的特征如下。

- 内部 CSF：针对机构的内部活动，如改善产品质量、提高工效等；
- 外部 CSF：与机构的对外活动有关，如满足客户企业的进入标准、获得对方的信贷；
- 监控型 CSF：对现有业务流程等进行监控，如监测零件缺陷百分比；
- 建设型 CSF：适应组织未来变化的有关活动，如改善产品组合。

CSF 共分四层：行业的 CSF、组织的 CSF、部门的 CSF、管理者的 CSF，它们依次相互影响。可以通过内外渠道收集的数据按一定方法来验证 CSF，对于不易量化的 CSF 则多由管理者做出主观判断。若要用客观方法来量度，需相当高的创意，例如，使用德尔斐法或其他方法把不同人设想的关键因素综合起来。行业关键成功因素是在竞争中取胜的关键环节，可以通过层次分析法识别行业关键成功因素。

（2）CSF 实施步骤

CSF 法通过与管理者特别是高层管理者的交流，根据企业战略确定的企业目标，识别出与这些目标相关的关键成功因素及其关键性能指标。CSF 方法能够直观地引导高层管理者厘清企业战略、信息化战略与业务流程之间的关系。

CSF 实施过程通常是：通过集成高层管理者的目标而确定成功因素，通过个人的成功因素的汇总，导出组织整体的决定性成功因素，然后据此建立能够提供与这些成功因素相关的信息系统。

第一步：了解组织的战略目标。

第二步：识别所有成功因素。可以通过与高级管理层进行交流，辨别其目标以及由此产生的成功因素；也可以采用逐层分解的方法，引出影响系统战略目标的各种因素，以及影响这些因素的子因素。

第三步：确定关键成功因素。对所有成功因素进行评价，根据组织的现状和目标确定关键成功因素。

第四步：识别绩效指标和标准，以及测量绩效的数据。即给出每个成功因素的绩效指标和标准，以及用以衡量相应指标的数据。

关键成功因素与组织战略规划密切相关，组织战略描述组织期望的目标，关键成功因素则提供达到目标的关键路径和所需的测量标准。关键成功因素是为确保业务过程的成功需要完成最重要的工作，是业务过程的可观察、可测量的特征。它分布于组织的战略层、战术层、应用层及组织的各个方面，因此，需要对关键成功因素进行认真选择和度量，并对关键成功因素之间的关系进行动态调整。

（3）CSF 的优缺点

管理者必须面对环境的变化，在对环境分析的基础上认真考虑如何形成自己的信息需求，对于高层管理和开发 ESS、DSS 尤其适用，该方法要求高层管理就评价标准达成共识。该方法的缺点是：数据的汇总和数据分析过程比较随意，缺乏一种专门严格的方法将众多个人的关键成功因素汇总成一个明确的整个组织的成功因素；由于个人和组织的成功因素往往并不一致，两者之间的界限容易被混淆，从而容易使组织的成功因素具有个人倾向性；由于环境和管理经常迅速变化，信息系统也必须做出相应调整，而用 CSF 法开发的系统可能无法适应变化了的环境；CSF 在应用于较低层的管理时，由于不容易找到相应目标的关键成功因子及其关键指标，效率可能会比较低。

4. 战略目标集合转化法

战略目标集合转化法（strategy set transformation，SST）将组织的战略看成是一个"信息集合"，包括使命、目标、战略和其他战略变量，如管理水平、发展趋势以及重要的环境约束等。战略性系统规划就是把组织的战略集合转化为信息系统的战略集合，而后者由信息系统的系统目标、环境约束和战略规划组成。

该方法的步骤如下。

第一步：识别和阐明组织的战略集合。首先考察组织是否有书面的战略规划，如果没有，就要去构造这种战略集合。其构造过程如下。

可以采用以下步骤：

（1）描绘出组织各类人员结构，如卖主、经理、雇员、供应商、顾客、贷款人、政府代理人、地区社团及竞争者等。

（2）识别每类人员的目标。

（3）对于每类人员识别其使命及战略。

第二步：将组织的战略集合转化为信息系统战略集合。这个转换过程包括对组织战略集合的每一个元素确定对应的信息系统战略元素。信息系统战略集合由系统目标、系统约束和系统设计原则组成。然后提екс出整个信息系统的结构，最后，选出一个较优的方案呈送管理层。

战略目标集合转化法所描述的是从组织的基本宗旨出发，得到对系统开发阶段的输入，其目的是产生一个与组织的战略和能力紧密相关的系统。但是由于不同组织的战略目标集的内容差别很大，所以转化过程还不能形成形式化的算法。

20.3　政府信息化与电子政务

政府信息化是传统政府向信息化政府的演变过程。具体地说，政府信息化就是应用现代信息技术、网络技术和通信技术，通过信息资源的开发和利用来集成管理和服务，从而提高政府的工作效率、决策质量、调控能力，并节约开支，改进政府的组织结构、业务流程和工作方式，全方位地向社会提供优质、规范、透明的管理和服务。

这个定义包含三个方面的内容：第一，政府信息化必须借助于信息技术和网络技术，离不开信息基础设施和软件产品；第二，政府信息化是一个系统工程，它不仅是与行政有关部门的信息化，还包括立法、司法部门以及其他一些公共组织的信息化；第三，政府信息化并不是简单地将传统的政府管理事务原封不动地搬到互联网上，而是要对已有的组织结构和业务流程进行重组或再造。

这里需要说明的是，政府信息化的主要内容是电子政务。因此，在大多数情况下，电子政务可以作为政府信息化的同义语来使用。

20.3.1　我国政府信息化的历程和策略

20 世纪 90 年代以来，伴随着信息技术、特别是网络技术的飞速发展，信息化成为各国普遍关注的一个焦点。在国家信息化体系建设中，政府信息化又成为整个信息化中的关键。

1. 我国政府信息化的发展历程

我国政府信息化最早起始于 20 世纪 80 年代末期"中国国家经济信息系统"的建设和运行。

当时，我国计划经济体制正在开始向市场经济体制转轨，社会发展对于经济信息的需求非常强烈。在这样的情况下，建设国家经济信息系统正是适合了国家和社会的多种需求。国家经济信息系统包括着重为国家宏观经济服务的主系统，以及各部门各行业的专业经济信息系统在内的全国系统。同时，组建了国家经济信息中心作为国家经济信息系统的重要组成部分。国家经济信息中心是整个国家经济信息系统设计、规划、实施和技术协调的承担单位，是政府对全国经济信息事业的归口管理单位，它还负责经济信息政策的研究和经济信息系统技术规范和标准的制定。

国家经济信息系统不但为现今的政府信息化和电子政务提供了丰富的经验积累，也为企业信息系统的建设和运行起到了很好的示范作用。

到了 20 世纪 90 年代，随着信息技术的飞速发展和广泛的应用，我国政府信息化也得到了长足的发展，其中最主要的成果有：

一是以"金"字头为代表的多项信息工程项目取得了突破性进展。从 1993 年起，我国开始实施金桥、金关、金卡"三金"工程。金桥工程是直接为国家宏观经济调控和决策服务的，通过建设政府的专用基础通信网，实现政府之间的相互连接，形成一个连接全国各省市区、400 多个城市，与几十个部委互联的专用网。金关工程主要是为提高外贸及相关领域的现代化管理和服务水平而建立的信息网络系统。到 1999 年，已实现了银行、外汇管理机构以及海关的计算机联网，在关税管理中发挥了重要作用。金卡工程是推动银行卡跨行业务的联营工作，现已取得了重要进展。在成功地实施"三金"工程的基础上，我国政府开始建设金税等重大信息化工程。金税工程的建设完成，使我国税务管理提高较高的层次，例如，该系统的增值税专用发票计算机稽核系统在增值税管理，以及减少直至杜绝偷漏增值税中发挥了很大作用。

二是政府上网工程初具规模。在"金"字系统工程取得重大进展的同时，从1999年起，又及时地推出包含"三金"在内的"十二金"工程。"十二金"工程是要重点推进的12个业务系统。这12个重点业务系统又可以分成三类：第一类是对加强监管、提高效率和推进公共服务起到核心作用的办公业务资源系统、宏观经济管理系统建设；第二类是增强政府收入能力、保证公共支出合理性的金税、金关、金财、金融监管（含金卡）、金审等5个业务系统；第三类是保障社会秩序、为国民经济和社会发展打下坚实基础的金盾、金保、金农、金水、金质等5个业务系统建设。

三是在"十二金"工程的带动下，各级政府都加强了电子政务的软件和硬件两方面的基础建设，建成了覆盖广泛的"两网、一站、四库"："两网"是指政务内网和政务外网；政务内网主要是副省级以上政务部门的办公网，与副省级以下政务部门的办公网物理隔离。政务外网是政府的业务专网，主要运行政务部门面向社会的专业性服务业务和为业务需要在内网上运行的业务。两网之间物理隔离，政务外网与互联网之间逻辑隔离；"一站"，是政府门户网站；"四库"，即建立人口、法人单位、空间地理和自然资源、宏观经济4个基础数据库。

四是在中央的大力倡导下，各地在推动政府信息化方面正在健康发展。在全国普遍实行了政府上网工程。到目前为止，全国绝大多数县级以上政府都实现了电子政务。一些地区、部门在政府信息化方面已取得了显著成效。

有些发展较快的地区，如，上海、北京、广东等，还实施信息港、数字城市等信息化工程项目。

深圳市率先在全国建成了深圳信息网。该网络充分利用邮电通信网、有线电视网、无线数据网、卫星网4大通信网络，构筑起全市政府部门统一的公共通信网络平台，成为涵盖市5套班子、6个区及88个局委办，汇集几十个各类数据库的动态信息资源交汇体系。具体内容主要包括公共交换服务、虚拟专网、电子公务服务、市领导办公服务系统、应急指挥系统、多点电视会议服务系统、接入和信息发布系统、数字视频广播服务等。

北京市2008年成功地举办了奥运会，把奥运会办成了人文奥运、绿色奥运、科技奥运，同时，也是一次信息化奥运。通过奥运会，北京市，以及国家机关，至今已建成了高水平的公用信息平台和政务信息网络。具体内容有：建立了包括企业、人口、税收、统计、车辆、人才、市政等各种管理的一批数据库；全市123个机关、单位均在首都公用信息网平台上建立自己的网站；各级政府机关办公自动化程度明显提高等。逐步建成了体系完整、结构合理、高速宽带、互联互通的电子政务网络系统，全面开展网上交互式办公，从而基本实现政务信息化。

2. 我国政府信息化的策略

政府信息化的一个中心任务是实现由传统政务到电子政务的转变，这是一个牵一发而动全身的复杂问题。虽然近年来，计算机应用不断深入，互联网也在迅速普及，但总的来说，我国各级政府业务流程的信息化还有很长的路要走，各级政府信息系统建设也面临诸多问题。而要稳妥地解决这些问题，选择好政府信息化的策略十分重要。

（1）做好战略数据规划。信息工程方法是信息系统的开发的有效方法。信息工程方法不仅适用于企业的信息化建设，毫无疑问，也适用于政府信息化建设。信息工程的基本原则之一就是信息系统建设应以数据为中心，面向数据，而不应该面向处理过程。因此，信息系统强调高层规划工作，即以战略数据规划为中心的总体规划和总体设计，有一套完整的"自顶向下规划和自底向上设计相结合"的策略。在战略数据规划的指导下，搞好主题数据库建设。所谓主题数据库就是面向政府机构的业务主题的数据库。而应用开发应该在战略数据规划指导下，并且围绕主题数据库进行。

（2）面向主导业务流程。每一个政府部门，总有它自己的核心业务，由核心业务构成的业务流程是主导业务流程。电子政务应当面向主导业务流程，通过信息化优化、改造或重构业务流程。这样做可以收到事半功倍的效果。

（3）重视资源条件。政府信息化是一个系统工程，必然受到内外部环境的制约，也要受到政府机构本身资源状况的限制。因此，政府信息化首先要考虑的问题就是政府本身的财力、物力和人力的状况；同时，也要考虑政府机构内部工作人员的接受程度，以及外部相关单位或部门的认可程度；另外还要考虑系统运行以后的经济效益和社会效益。例如，从经济效益方面考虑，税收管理、财务管理、资源和计划管理、市场和投资管理等项目都应优先建设，我国的"金关"工程和"金税"工程的成功是典型例子。从社会效益方面考虑，面向居民的各种服务系统、警察与公安系统、医疗与保健系统、环境保护和环境信息系统等都应优先建设。

（4）以人为本。政府信息化能否成功，最终取决于人及其素质，要看机构中是否有一支高水平的人才队伍。这支队伍的成员要熟练掌握信息技术，同时还要有娴熟的业务能力，并使二者很好地结合。这就要求，信息技术人员要能深刻理解政府业务，业务人员要学习信息技术。而对于领导来说，更应带头学习，建立起信息管理的观念，形成决策办事讲科学、使用信息技术工作的习惯。因为，领导的行为和观念，对机构成员来说是巨大的、无形的力量，它不仅对从事信息管理工作的专业人员是巨大支持，而且对全体成员起着示范和带头作用。

信息化以人为本，要求不管是领导成员、技术人员还是业务人员都要在信息化过程中不断学习，学习信息技术，学习新的管理理论，转变观念以适应信息化进程，在政府信息化过程中，培养新的人才。

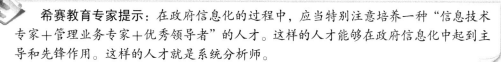

希赛教育专家提示：在政府信息化的过程中，应当特别注意培养一种"信息技术专家＋管理业务专家＋优秀领导者"的人才。这样的人才能够在政府信息化中起到主导和先锋作用。这样的人才就是系统分析师。

（5）设立 CIO。在发达国家，盛行着 CIO（Chief Information Officer，首席信息官员）职位。在我国，目前许多大型企业都在最高管理层中设立了 CIO 职位。在企业里，CIO 是相当于副总裁的高级职位。许多企业的实践证明，设立 CIO，对于企业信息化起到了很大的促进作用。CIO 起源并发展于美国。现在，美国的大型企业几乎都设立了 CIO，许多中小企业也设立了自己的 CIO。其实，在美国，最早的 CIO 并不是在企业中出现的，最早的 CIO 恰恰出现在政府。1980 年以后，为了从组织机构上保证和加强联邦政府各部门的信息资源管理活动，美国政府要求各部门都要设立 CIO 这一职位，并委派副部长或部长助理级的官员担任此职，从较高层次上全面负责本部门信息资源的开发利用，这就是最初的 CIO，人们习惯把 CIO 称做"政府 IT 沙皇"。虽然我国的情况与美国有很大的不同，但是，在政府部门设立 CIO 职位的必要性应当是一致的。

（6）加强规范化和标准化。我国大大小小的政府机构数以万计。如此巨大的电子政务建设规模，如果采用个体经济的办法任由部门各自开发自己的系统，不仅浪费大量的资源和时间，而且由于缺乏标准和规范，政府之间、政府部门之间的各种系统势必难以兼容，信息资源难以共享。

实际上，电子政务中包含许多的标准"零部件"，如人事、财务、计划、公文、档案、日程安排、国有资产、器材、图书资料、考勤管理及政府网站等，不下数十种。如果这些"零部件"都能做到规范化和标准化，不仅可以节约大量的资源，而且可以形成和支持一个相当大的软件产业。"零部件"规范化和标准化的关键则在于政府业务过程的规范化和数据模型的标准化。

从国外的经验来看，电子政务的标准化和规范化并不一定都需要通过行政命令来实现，有些可以通过技术政策来引导和推进，有些则可以依赖于市场的作用，让市场占有份额大的产品成为事实上的标准或规范。建立政府与企业某种形式的伙伴关系有可能使双方都从中受益。

（7）充分利用社会资源。其实，政府信息系统的建设并不一定非要政府投资不可。因为，政府的职责是完成法律赋予的职能，不是信息系统的开发。因此，在电子政务的发展中，政府的角色是准确地提出对信息系统的要求，实现对信息化的有效管理。系统开发的任务应该留给企业去做。如果每一个政府部门都建立一支队伍去搞部门的系统开发，成果不能实现商品化，因而，其成本必然较高，同时，部门自有的开发队伍由于其经验和技术的限制，以及其视野的局限性，决定了这样开发出来的系统，其开放性、实用性都可能大打折扣，更有问题的是，为内部人员非法修改系统和犯罪提供了机会。

20.3.2　电子政务的内容和技术形式

电子政务实质上是对现有的、工业时代形成的政府形态的一种改造，即利用信息技术和其他相关技术，来构造更适合信息时代的政府组织结构和运行方式。因此，电子政务在概念、内容和技术形式上都区别于现有政务。

现有的政府组织形态是工业革命的产物，与工业化的行政管理的需求和技术经济环境相适应，已经存在了 200 年以上。随着网络时代和网络经济的来临，管理正由传统的金字塔模式走向网络模式。政府的组织形态也必然由金字塔式的垂直结构向网状结构转变，从而减少管理的层次，以各种形式通过网络与企业和居民建立直接的联系。因此，电子政务的发展过程实质上是对原有的政府形态进行信息化改造的过程，通过不断地摸索和实践，最终构造出一个与信息时代相适应的政府形态。

1. 电子政务的内容

在社会中，与电子政务相关的行为主体主要有三个，即政府、企（事）业单位及居民。因此，政府的业务活动也主要围绕着这三个行为主体展开，即包括政府与政府之间的互动；政府与企、事业单位，尤其是与企业的互动；政府与居民的互动。在信息化的社会中，这三个行为主体在数字世界的映射，构成了电子政务、电子商务和电子社区三个信息化的主要领域。电子商务在经历了一个发展热潮之后，目前正在向一个新的、更扎实的阶段发展；电子政务则是当前全球关注的热点，正在形成一个发展的热潮。

政府与政府，政府与企（事）业，以及政府与居民之间的互动构成了下面 5 个不同却又相互关联的领域。

（1）政府与政府。政府与政府之间的互动包括首脑机关与中央和地方政府组成部门之间的互动；中央政府与各级地方政府之间、政府的各个部门之间、政府与公务员和其他政府工作人员之间的互动。这个领域涉及的主要是政府内部的政务活动，包括国家和地方基础信息的采集、处理和利用，如人口信息、地理信息、资源信息等；政府之间各种业务流程所需要采集和处理的信息，如计划管理、经济管理、社会经济统计、公安、国防、国家安全等；政府之间的通信系统，包括各种紧急情况的通报、处理和通信系统；政府内部的各种管理信息系统，如财务管理、人事管理、公文管理、资产管理、档案管理等；以及各级政府的决策支持系统和执行信息系统。

（2）政府对企业。政府面向企业的活动主要包括政府向企（事）业单位发布的各种方针、政策、法规、行政规定，即企（事）业单位从事合法业务活动的环境，包括产业政策、进出口、注册、纳税、工资、劳保、社保等各种规定；政府向企（事）业单位颁发的各种营业执照、许可证、合格证、质量认证等。"政府对企业"的活动实质上是政府向企业提供的各种公共服务，如构造一个良好的投资和市场环境，维护公平的市场竞争秩序，协助企业，特别是中小企业的发展，帮助企业进入国际市场和加入国际竞争，以及提供各种各样政府信息的服务等。

（3）政府对居民。政府对居民的活动实际上是政府面向居民所提供的服务。政府对居民的服务首先是信息服务，让居民知道政府的规定是什么，办事程序是什么，主管部门在哪里，以及各种关于社区公安和水、火、天灾等与公共安全有关的信息。户口、各种证件和牌照等的管理等政府面向居民提供的各种服务。政府对居民的服务还包括各公共部门如学校、医院、图书馆、公园等面向居民的服务。

（4）企业对政府。企业面向政府的活动包括企业应向政府缴纳的各种税款，按政府要求应该填报的各种统计信息和报表，参加政府各项工程的竞、投标，向政府供应各种商品和服务，以及就政府如何创造良好的投资和经营环境，如何帮助企业发展等提出企业的意见和希望，反映企业在经营活动中遇到的困难，提出可供政府采纳的建议，向政府申请可能提供的援助。

（5）居民对政府。居民对政府的活动除了包括个人应向政府缴纳的各种税款和费用，按政府要求应该填报的各种信息和表格，以及缴纳各种罚款等，更重要的是开辟居民参政、议政的渠道，使政府的各项工作不断得以改进和完善。政府需要利用这个渠道来了解民意，征求群众意见，以便更好地为人民服务。此外，报警服务（盗贼、医疗、急救、火警等）即在紧急情况下居民需要向政府报告并要求政府提供的服务，也属于这个范围。

当前，世界各国电子政务的发展就是围绕着上述 5 个方面展开的，其目标除了不断地改善政府、企业与居民三个行为主体之间的互动，使其更有效、更友好、更精简、更透明和更有效率之外，更强调在电子政务的发展过程中对原有的政府结构及政府业务活动组织的方式和方法等进行重要的、根本的改造，从而最终构造出一个信息时代的政府形态。

2. 电子政务的技术形式

将现代信息技术应用于政府的各项业务，实现政府业务流程的计算机化，在发达国家已经有了近 50 年的历史。近 50 年来，计算机在政府中的应用从技术上来说，经历了主机、微机加局域网、互联网三个阶段；从处理内容上来说，由数据管理、信息管理，逐步走发展到知识管理；从覆盖的范围来说，其职能由政府内部的管理走向政府的外部服务，取得了相当可观的成就。

与 20 世纪 90 年代初相比，电子政务近几年来在概念上有了很大的发展。当前，电子政务在世界范围内的发展有两个主要的特征。第一个特征是以互联网为基础设施，构造和发展电子政务。这主要是因为近年来互联网的迅速普及和发展，使人们看到了互联网的巨大潜力及其在帮助政府实现与企业和居民的互动方面所具有的不可替代的优越性。第二个特征是，就电子政务的内涵而言，更强调政府服务功能的发挥和完善，包括政府对企业、对居民的服务以及政府各部门之间的相互服务。之所以会出现这样两个主要的特征，是由于发达国家经过持续近50年的信息化的努力，政府内部的管理信息系统和各种决策支持系统已经基本完成，有可能利用互联网将政府的信息系统在技术上和功能上向政府外部延伸；另一方面，也是因为互联网为重新构造政府和政府、企业、居民三者之间的互动关系提供了一个全新的机会。

电子政务的发展大致经历了以下4个阶段：

（1）起步阶段。政府信息网上发布是电子政务发展起步阶段较为普遍的一种形式。以美国为例，联邦和地方各级政府在电子政务方面的项目大约仍有57%属于这一类，大体上是通过网站发布与政府有关的各种静态信息，如法规、指南、手册、政府机构、组织、官员、通信联络等。

（2）政府与用户单向互动。在这个阶段，政府除了在网上发布与政府服务项目有关的动态信息之外，还向用户提供某种形式的服务。这个阶段的一个例子是用户可以从网站上下载政府的表格（如报税表）。上上届的美国政府（克林顿政府）曾经规定，在2000年12月之前联邦政府的最重要的500种表格必须做到完全可以在网上下载。这一点，已经按时实现。

（3）政府与用户双向互动。在这个发展阶段，政府与用户可以在网上完成双向的互动。一个典型的例子是用户可以在网上取得报税表，在网上填完报税表，然后，从网上将报税表发送至国税局。在这个阶段，政府可以根据需要，随时就某件事情，某个非政治性的议题，如公共工程项目，或某个重要活动的安排在网上征求居民的意见，使居民参与政府的公共管理和决策。企业和居民也可以就自己关心的问题向政府提出询问或建议，并与政府进行讨论和沟通。

（4）网上事务处理。援用上面举过的例子，如果国税局在网上收到企业或居民的报税表并审阅后，向报税人寄回退税支票；或者，在网上完成划账，将企业或居民的退税所得直接汇入企业或居民的账户。这样，居民或企业在网上就完成了整个报税过程的事务处理。到了这一步，可以说，电子政务在居民报税方面是趋于成熟了。因为，它是以电子的方式实实在在地完成了一项政府业务的处理。

显然，这个阶段的实现必然导致政府机构的结构性调整，也必然导致政府运行方式的改变。因为，原来政府的许多作业是以纸张为基础的，现在则变成电子化的文件了；原来政府与居民的"接口"是在办公室，或者在柜台、在窗口，现在则移到计算机屏幕上了。因此，需要调整原有的某些政府部门及某些人员；设立一些新的部门及新的岗位；重组政府的业务流程。这就是为什么说电子政务不仅仅是将现有的政府业务电子化，而更重要的是对现有的政府进行信息化的改造。只有这种改造实现了，电子政务才是真正地趋于成熟了。如果一个部门说它已经实现了电子政务，而机构和运行方式却原封不动，那么，这个部门的信息化肯定是不成功的。

一般来说，电子政务所要处理的业务流程有数百个之多。在电子政务的发展中，这数百个业务流程的信息化不可能同时进行，更不可能同时趋于成熟；相反地，只能按照轻重缓急，根据需要和可能，一批一批地开发。因此，建设一个成熟的电子政务可能需要十数年甚至数十年的时间，是一个持续的发展过程。

20.3.3 电子政务建设的过程模式和技术模式

电子政务建设的过程模式是电子政务目标的实现过程，而电子政务的技术模式则是其实现的技术手段。

1. 电子政务建设的过程模式

电子政务发展的基本条件是要有明确的目标，同时，要落实相应的实施部门和所需的资源。其中，特别重要的是明确地定义电子政务的目标，以及通过做哪些事情或完成哪些项目来达到这些目标，这就是电子政务建设的过程模式。

（1）以用户为中心。在电子政务实现的早期阶段，各个政府部门的网站都是按照政府的组织结构来设计的。经过一段时间的实践发现，要真正为用户服务好，必须以用户为中心，按照用户的意向，来设计政府的网站。

（2）引进"客户关系管理"技术。"客户关系管理"是近年来在企业界非常流行的一种信息技术。它通过与客户的互动和信息交流，来掌握客户消费习惯和行为方式，以达到留住老客户、争取更多新客户，扩大市场占有率。现在，这种技术也开始被引入电子政务之中，帮助政府改善与其"客户"～企业和居民的关系。因为，政府比任何企业或单位都有更多的"客户"，将"客户关系管理"技术引入电子政务之中，可以帮助政府更好地为有特殊需要的"客户"服务，从而建立新的、更好的政府与企业、政府与居民之间的关系。

（3）政府门户。政府门户网站已经成为电子政务发展较高阶段的一种基本形式，即通过一个门户网站可以进入到政府的所有部门，或者可以进入任何一个由政府向用户所提供的服务项目。对于那些需要几个政府部门同时介入才能完成的事务处理，这种门户网站对用户来说极为方便。这种通过门户网站形成的用户与政府的互动，对于用户来说，政府的纵横交错的结构是透明的。用户只需要在网上完成他所需要的与政府互动的事务处理，根本不需要知道在这件事情完成的过程中，他与哪些政府部门、哪些政府官员打过交道。

2. 电子政务的技术模式

电子政务的技术模式是一个包括网络管理模式、信息资源管理模式和应用开发模式，以及网络安全、标准化等构成。电子政务通过一定的技术模式将现有的和即将建设的各个政府网络和应用系统联结起来，统一标准和规范，做到互联互通，成为一个统一的政府信息化平台。

（1）网络管理模式

电子政务在网络管理上分为政府专网和通用网络两部分，包括内部网络、专用网络和外部网络。

- 专用网络。指政府部门之间的网络，因为对于机密信息的交换，需要在与外部网络进行物理隔离的专用网络上传输，以保证机密信息的绝对安全性。
- 内部网络。政府内部的办公网络，以局域网为主，有时需要有广域网，用于政府内部和政府部门之间一般的信息交换。内部网络具有传统数据网络的性能优点和共享数据网络结构的优点，同时，还能够提供远程访问，以及外部网络和内部网络的连接。
- 外部网络。对于为公众提供的信息及其他可公开的信息，可以利用政府网站等形式发布到 Internet 网上。

（2）信息资源管理模式

信息资源是电子政务的处理对象，也是电子政务的基础。采用何种模式进行信息资源管理，关系到电子政务的成败。

政府部门的信息从内容上大致可以分成两类：一类是来自公文系统的文档型信息，另一类是来自数据处理系统的结构化信息。电子政务可以选用的信息资源管理模式有多种，目前主要有两种，即元数据管理模式和 XML 数据管理模式。

元数据管理模式。该模式可以为不同部门、不同级别的机构提供统一的数据管理和交换模式，为跨部门、跨行业的信息资源整合提供技术基础。元数据管理模式一般采用分布式的数据存储形式，通过元数据实现各级部门之间的信息检索和内容调用。元数据管理模式采用分类编目管理结构，对电子政务系统中的各类信息进行分类组织，从而达到知识管理和决策支持的目标。

XML 数据管理模式。在数据交换和共享的层面上，基于 XML 数据管理模式，建立统一的信息技术平台，实现不同系统的互联。它覆盖了信息处理的从数据采集、处理和传输，到信息管理、分析和共享整个流程，将传统的管理信息系统提升到具有数据分析和共享功能的系统中，从数据中挖掘和提炼知识，为决策提供有力的支持。

其他的数据管理模式还有，基于 Web 的数据库和数据仓库等。

（3）应用开发模式

应用开发是电子政务的最关键一环，也是体现电子政务的价值的所在。电子政务的应用开发模式主要有：

- 政府与公务员（Government To Employee，G2E）。利用 Intranet 建立有效的行政办公体系，为提高政府工作效率服务。内容包括：电子公文、电子邮寄、电子规划管理、电子人事管理等。
- 政府对经济活动（Government To Business，G2B）。利用互联网等网络手段为经济活动提供信息化支持，包括：电子商务、电子税务、电子金融、电子海关等基础设施服务。
- 政府部门与政府部门（Government To Government，G2G）。政府间的信息交换有助于不同部门间的协同办公，可以解决信息孤岛的问题，使目前很难实现的信息共享、交换、协同工作等问题得以较好的解决。
- 政府对公众服务（Government To Citizen，G2C）。利用公共网络为公众提供广泛的信息服务，包括卫生、教育、法律、税务、金融等一系列的信息服务。

（4）电子政务的安全体系

电子政务系统中重要的组成部分就是安全体系。电子政务的安全体系包括物理安全、网络安全、信息安全以及安全管理等方面。

在实施过程中，要在政府内外网之间实行物理隔离，在部门之内网和政府专网之间实施逻辑隔离。内外网之间信息交流通过倒磁盘的手工方式、半自动方式或全自动隔离服务器的方式进行。同时，系统必须应用 CA 认证，加密传输，防火墙技术、VPN，漏洞检测与在线黑客监测预警，实时审计，网络防病毒，自动备份恢复等一系列安全技术。

信息安全系统以 PKI 技术为基础，围绕数字证书应用，为各种业务应用提供信息的真实性、完整性、机密性和不可否认保证，并在业务系统中建立有效的信任管理机制、授权控制机制和严密的责任机制。信息安全与应用紧密相关，可分为信息安全基础设施和信息安全应用产品两类。

信息安全基础设施产品为各种应用提供通用的安全服务，通过建立通用的安全接口来实现安全服务。主要包括：PKI、PMI、密钥管理。PKI 以公开密钥技术为基础，以数据机密性、完整性、身份认证和行为的不可否认为安全目的。信任服务体系提供基本 PKI 数字证书认证机制的实体身份鉴别服务，从而建立全系统范围内一致的信任基准，为实施电子政务提供支持。密钥管理基础设施（Key Management Infrastructure，KMI）提供统一的密钥管理服务，涉及密钥生成服务器、密钥数据库服务器和密钥服务管理器等组成部分。授权管理基础设施（Grant Management Infrastructure，GMI）主要负责向应用系统提供与应用相关的授权服务管理，授权管理以资源为核心，将对资源的访问控制权统一交由资源的所有者进行访问控制。考虑到不同行业纵向业务系统中的授权管理体系和不同行政级别的横向行政管理系统中的授权管理体系并存，因而也存在一个信任链互连问题。通常，GMI 与 PKI 结合，有效提高授权控制能力。

管理性和技术性的安全措施是相辅相成的，在对技术性措施进行设计的同时，必须考虑安全管理措施。因为诸多的不安全因素恰恰反映在组织管理和人员使用方面，而这又是计算机网络安全所必须考虑的基本问题，所以应在整个安全体系设计时倍加重视。该类产品主要是帮助进行安全管理，如安全策略的制定、系统安全运行状况调查、安全事件的跟踪与处理、安全审计和证据采集、使用等。

（5）电子政务的标准化

电子政务是一项系统工程，是国家信息化建设的重要领域，而标准化是电子政务重要的支撑手段。国家信息化领导小组发布的《关于我国电子政务建设指导意见》规定了电子政务建设的指导思想和原则：统一规划，加强领导；需求主导，突出重点；整合资源，拉动产业；统一标准，保障安全。在阐释"统一标准，保障安全"原则时指出，"加快制定统一的电子政务标准规范，大力推进统一标准的贯彻落实。要正确处理发展与安全的关系，综合平衡成本和效益，一手抓电子政务建设，一手抓网络与信息安全，制定并完善电子政务网络与信息安全保障体系"。

为了加强电子政务标准化工作，国务院信息化工作办公室和国家标准化管理委员会成立了"国家电子政务标准总体组"（简称总体组）。总体组适时编写了《国家电子政务标准化指南》，并组织有关单位起草制定了六项电子政务相关标准，以指导我国电子政务的建设，促进其健康发展。

《国家电子政务标准化指南》共分为以下 6 个部分。

第一部分：总则。概括描述电子政务标准体系及标准化的机制。

第二部分：工程管理。概括描述电子政务工程管理须遵循或参考的技术要求、标准和管理规定。

第三部分：网络建设。概括描述网络建设须遵循或参考的技术要求、标准和管理规定。

第四部分：信息共享。概括描述信息共享须遵循或参考的技术要求、标准和管理规定。

第五部分：支撑技术。概括描述支撑技术须遵循或参考的技术要求、标准和管理规定。

第六部分：信息安全。概括描述保障信息安全须遵循或参考的技术要求、标准和管理规定。

6 项电子政务标准分别是：

① 基于 XML 电子公文格式规范第一部分：总则，第二部分：公文体。

② XML 在电子政务中的应用指南。

③ 电子政务业务流程设计方法通用规范。

④ 信息化工程监理规范。

⑤ 电子政务数据元第一部分：设计和管理规范。

⑥ 电子政务主题词表编制规则。

可以相信，随着电子政务的深入发展，电子政务的标准化体系必将得到进一步的完善，从而为政府信息化作出更大贡献。

20.4　企业信息化与电子商务

本节首先介绍企业信息化的概念、目的、规划、方法，然后再介绍 ERP、CRM、PDM（Product Data Management，产品数据管理）、企业门户、EAI、SCM 等内容，最后介绍电子商务的类型和标准。

20.4.1　企业信息化概述

企业信息化是指企业以业务流程的优化和重构为基础，在一定的深度和广度上利用计算机技术、网络技术和数据库技术，控制和集成化管理企业生产经营活动中的各种信息，实现企业内外部信息的共享和有效利用，以提高企业的经济效益和市场竞争力。

如果从动态的角度来看，企业信息化就是企业应用信息技术及产品的过程，或者更确切地说，企业信息化是信息技术由局部到全局，由战术层次到战略层次向企业全面渗透，运用于流程管理、支持企业经营管理的过程。这个过程表明，信息技术在企业的应用，在空间上是一个由无到有、由点到面、由浅到深、由低级到高级的过程；在时间上具有阶段性和渐进性，起初是战术阶段，经过逐步深化，发展到战略阶段；信息化的核心和本质是企业运用信息技术，进行隐含知识的挖掘和编码化，进行业务流程的管理。企业信息化的实施，一般来说，可以沿两个方向进行，一是自上而下，与企业的制度创新、组织创新和管理创新结合；二是自下而上，以作为企业主体的业务人员的直接受益和使用水平逐步提高为基础。

1. 企业信息化的目的

就一般意义而言，企业信息化的目的就是要建立一个整体上相当于人的神经系统的数字神经系统。这种数字神经系统，使得企业具有平稳和有效的运作能力，对紧急情况和商机做出快速反应，为企业内外部用户提供有价值的信息，以提高企业的核心竞争力。

企业要应对全球化市场竞争的挑战，特别是大型企业要实现跨地区、跨行业、跨所有制、跨国经营的战略目标，要实施技术创新战略、管理创新战略和市场开拓战略，要将企业工作重点转向技术创新、管理创新和制度创新的方向上来，信息化是必然选择和必要手段。企业信息化涉及对企业管理理念的创新，管理流程的优化，管理团队的重组和管理手段的革新。

2. 企业信息化的规划

企业信息化一定要建立在企业战略规划基础之上，以企业战略规划为基础建立的企业管理模式是建立企业战略数据模型的依据。

企业信息化就是技术和业务的融合。这个"融合"并不是简单地利用信息系统去对手工的作业流程进行自动化，而是需要从三个层面来实现。

首先，企业战略的层面。在规划中必须对企业目前的业务策略和未来的发展方向作深入分析。通过分析，确定企业的战略对企业内外部供应链的相应管理模式，从中找出实现战略目标的关键要素，分析这些要素与信息技术之间的潜在关系，从而确定信息技术应用的驱动因素，达到战略上的融合。

其次，业务运作层面。针对企业所确定的业务战略，通过分析获得实现这些目标的关键业务驱动力和实现这些目标的关键流程。这些关键流程的分析和确定要根据他们对企业价值产生过程中的贡献程度来确定。关键的业务需求是从那些关键的业务流程的分析中获得的，它们将决定未来系统的主要功能。这一环节非常重要，因为，信息系统如果能够与这些直接创造价值的关键业务流程相融合，这对信息化投资回报的贡献是非常巨大的，也是信息化建设成败的一个衡量指标。

再次，管理运作层面。虽然这一层面从价值链的角度上来说，属于辅助流程，但它对企业的日常管理的科学性、高效性是非常重要的。另外，在企业战略层面的分析中，可以获得适应企业未来业务发展的管理模式，这个模式的实现是离不开信息技术的支撑的。所以，在管理运作层面的规划上，除了提出应用功能的需求外，还必须给出相应的信息技术体系，这些将确保管理模式和组织架构适应信息化的需要。

企业信息化规划的重要性是不言而喻的，但是，要防止一种倾向，就是把信息化规划片面地理解为信息技术规划，这样的观念是有害的。

企业战略数据模型分为数据库模型和数据仓库模型，数据库模型用来描述日常事务处理中数据及其关系；数据仓库模型则描述企业高层管理决策者所需信息及其关系。在企业信息化过程中，数据库模型是基础，一个好的数据库模型应该客观地反映企业生产经营的内在联系。数据库是办公自动化、计算机辅助管理系统、开发与设计自动化、生产过程自动化、Intranet 的基础和环境。

　希赛教育专家提示：信息技术和网络技术都在飞速发展，企业信息化是多种类、多层次信息系统建设、集成和应用的过程，因而，不是一蹴而就的事情，需要结合企业的实际，全面规划，分步实施。

3. 企业信息化的方法

企业信息化建设是一项系统工程，而不是单元技术的改造，它要涉及企业的方方面面，也就是会涉及企业所处的"生态系统"，个别单位或部分业务的信息化并不能代表整个企业的信息化。企业信息化建设与其说是一场技术变革，还不如说是对企业的经营管理和业务流程的一次革命，它借助于先进的信息技术和网络技术进行价值链重构。同时，企业信息化是一个不断发展、变化的过程，它没有终点，至少目前还看不到终点。企业信息化随着管理理念、信息技术和网络技术的发展而发展，是一个螺旋式上升的过程。而在这个过程中，企业使用什么方法实现信息化，就成为一个事关成败的大问题。

这里需要指出的是，企业信息化方法并不同于信息系统建设方法，这是因为，信息系统建设方法是一个具体的信息项目建设的方法，而企业信息化方法是整个企业实现信息化的方法，因此，企业信息化方法要比信息系统建设方法层次高、涉及面更广。

通过 30 年的发展，人们已经总结出了许多非常实用的企业信息化方法，并且还在探索新的方法。这里只简单介绍几种常用的企业信息化方法。

（1）业务流程重构方法。在20世纪90年代初，美国学者哈默和钱佩在其著作《企业重构》一书中系统地提出了企业业务流程重构的思想，对美国，抑制于世界范围内的企业界产生了很大的影响，一时，企业业务流程重构形成了浪潮。企业业务流程重构的中心思想是，在信息技术和网络技术迅猛发展的时代，企业必须重新审视企业的生产经营过程，利用信息技术和网络技术，对企业的组织结构和工作方法进行"彻底的、根本性的"重新设计，以适应当今市场发展和信息社会的需求。现在，业务流程重构已经成为企业信息化的重要方法。特别是长期受计划经济体制影响的企业，采用业务流程重构方法来实现企业信息化更有现实意义。

（2）核心业务应用方法。任何一个企业，要想在市场竞争的环境中生存发展，都必须有自己的核心业务，否则，必然会被市场所淘汰。当然，不同的企业，其核心业务是不同的。例如，一个石油生产企业，原油的勘探开发生产就是它的核心业务。围绕核心业务应用计算机技术和网络技术是很多企业信息化成功的秘诀。

（3）信息系统建设方法。对大多数企业来说，建设信息系统都是企业信息化的重点和关键。因此，信息系统建设成了最具普遍意义的企业信息化方法。

（4）主题数据库方法。主题数据库就是面向企业业务主题的数据库，也就是面向企业的核心业务的数据库。有些企业，特别是大型企业，其业务数量浩繁，流程错综复杂。在这样的企业里，建设覆盖整个企业的信息系统往往很难成功，但是，各个部门的局部开发和应用又有很大弊端，会造成系统分割严重，形成许多信息孤岛，造成大量的无效或低效投资。在这样的企业里，应用主题数据库方法推进企业信息化无疑是一个投入少、效益好的方法。例如，对于一个油田企业来说，勘探开发无疑是它的核心业务，有一个大型油田企业，在十几年前，就投入巨大的人力、物力和财力开发"勘探开发数据库"。经过十几年的努力，目前，该数据库字符型数据已达G字节级，机器自动采集的数据已达P字节级，对企业生产经营发挥了巨大的作用，取得了巨大的经济效益。

（5）资源管理方法。资源是企业生存发展的根本保证，一个企业如果离开了资源，那它是一天也活不下去的。而资源又包括很多类型，例如，有人力资源、物力资源等；同时，资源又可分为内部资源和外部资源。管理好企业的资源是企业管理的永恒主题。计算机技术和网络技术的应用为企业资源管理提供了强大的能力。因此，资源管理方法也就成了企业信息化的重要方法。目前，流行的企业信息化的资源管理方法有很多，最常见的有ERP、SCM等。

（6）人力资本投资方法。人力资本的概念是经济学理论发展的产物。人力资本与人力资源的主要区别是人力资本理论把一部分企业的优秀员工看做是一种资本，能够取得投资收益。人力资本投资方法特别适用于那些依靠智力和知识而生存的企业，例如，各种咨询服务、软件开发等企业。

20.4.2　企业资源规划

ERP是一种融合了企业最佳实践和先进信息技术的新型管理工具，它在企业信息化中具有示范性和标志性的作用。ERP是一种融合了企业最佳实践和先进信息技术的新型管理工具。它扩充了MIS、MRPⅡ（Manufacturing Resources Planning，制造资源计划）的管理范围，将供应商和企业内部的采购、生产、销售以及客户紧密联系起来，可对供应链上的所有环节进行有效管理，实现对企业的动态控制和各种资源的集成和优化，提升基础管理水平，追求企业资源的合理高效利用。ERP是由美国Gartner Group于20世纪90年代初首先提出的。ERP实质上仍然以MRPⅡ为核心，但ERP至少在两方面实现了拓展，一是将资源的概念扩大，不再局限于企业内部的资源，而是扩大到整个供应链条上的资源，将供应链上的供应商等外部资源也被作为可控对象集成进来；二是把时间也作为资源计划的最关键的一部分纳入控制范畴，这使得 DSS 被看做 ERP 不可缺少的一部分，将 ERP 的功能扩展到企业经营管理中的半结构化和非结构化决策问题。因此，ERP 被认为是顾客驱动的、基于时间的、面向整个供应链管理的制造资源计划。

ERP 的概念对应于管理界、信息界、企业界不同的表述要求，ERP 分别有着它特定的内涵和外延。对于企业来说，要理解 ERP，首先要明确什么是"企业资源"。简单地说，"企业资源"是指支持企业业务运作和战略运作的事物，既包括人们常说的人、财、物，也包括人们没有特别关注的信息资源；同时，不仅包括企业的内部资源，还包括企业的各种外部资源。因此，ERP 就是一个有效地组织、计划和实施企业的内外部资源的管理系统，它依靠 IT 的技术和手段以保证其信息的集成性、实时性和统一性。

1. ERP 的结构

ERP 是一个层次结构，可分为三个层次，即管理思想、软件产品、管理系统。

（1）ERP 的管理思想

ERP 最初是一种基于企业内部"供应链"的管理思想，是在 MRP Ⅱ 的基础上扩展了管理范围，给出了新的结构。它的基本思想是将企业的业务流程看做是一个紧密联接的供应链，将企业内部划分成几个相互协同作业的支持子系统，如财务、市场营销、生产制造、质量控制、服务维护、工程技术等。最早采用这种管理方式的是制造业，当时主要考虑的是企业的库存物料管理，于是产生了 MRP 系统，同时企业的其他业务部门也都各自建立了信息管理系统，诸如会计部门的计算机账务处理系统、人事部门的人事档案管理系统等，而这些系统早期都是相互独立的，彼此之间缺少关联，形成信息孤岛，不但没有发挥 IT 功能和作用，反而造成了企业管理的管理环节和管理部门的重复和不协调。

在这种情况之下，MRP Ⅱ 应运而生。它围绕着"在正确的时间制造和销售正确的产品"这样一个中心目标，将企业的内外部资源进行集中管理。在一定意义上说，ERP 可以说是 MRP Ⅱ 的一个扩展。第一，它将系统的管理核心从"在正确的时间制造和销售正确的产品"转移到了"在最佳的时间和地点，获得企业的最大增值"；第二，基于管理核心的转移，其管理范围和领域也从制造业扩展到了其他行业和企业；第三，在功能和业务集成性方面，都有了很大加强，特别是商业智能的引入使得以往简单的事物处理系统变成了真正智能化的管理控制系统。

（2）软件产品

随着应用的深入，作为 ERP 的载体——软件产品，也在向更高的层次发展，已经经历了三个阶段，最初，ERP 就是一个软件开发项目。这时的软件产品一般来说，费用高，耗时长，而且项目可控性很差，出现了所谓 ERP 成功率低的结果。后来，ERP 产品发展成为模块化，这时，大大地提高了软件开发效率，但是，由于是产品导向，出现了削足适履的现象，因而，这时 ERP 的成功率还是不算高。现在，ERP 产品则发展到比较高的阶段。大多数 ERP 产品供应商都在模块化的基础上，把软件产品和软件服务进行集成，实现软件产品的技术先进性和个性化设计，为用户提供一体化的解决方案。

同时，先进的 IT 技术也为 ERP 提供了技术支持手段，如网络技术、Internet/Intranet 技术、条码技术、电子商务技术、数据仓库技术、远程通信技术等，使得各企业在业务往来和数据传递过程中实现电子方式连接；在管理技术上，在从内部到外部各环节上，ERP 为企业提供了有效的管理工具。由于 ERP 为企业提供更多更好的功能，帮助企业实现管理信息化和现代化，因而，使得企业市场竞争力和综合实力得到提高。

（3）管理系统

毫无疑问，管理系统是 ERP 的基础和依托。一个企业，它要根据市场预测制定全面的预算和计划，因此，企业必须实施动态管理。而一个动态的管理模式需要一个运行系统，而 ERP 正是这样一个系统。

ERP 是一个集成的信息系统，ERP 承诺建立跨越企业各个部门、各种生产要素和环境的单一应用原则下处理所有的事务，即意味着集成。这种集成应该包括人力资源、财务、销售、制造、任务分派和企业供应链等的各项管理业务。

具体而言，ERP 管理系统主要由六大功能目标组成。

一是支持企业整体发展战略经营系统。该系统的目标是在多变的市场环境中建立与企业整体发展战略相适应的战略经营系统，还需要建立与 Intranet、Internet 相连接的战略系统、决策支持服务体系等。

二是实现全球大市场营销战略与集成化市场营销，也就是实现在预测、市场规模、广告策略、价格策略、服务、分销等各方面进行信息集成和管理集成。

三是完善企业成本管理机制。建立全面成本管理系统，建立和保持企业的成本优势。

四是研究开发管理系统，保证能够迅速地开发适应市场要求的新的产品，构筑企业的核心技术体系，保持企业的竞争优势。

五是建立敏捷的后勤管理系统，强调通过动态联盟模式把优势互补的企业联合在一起，用最有效和最经济的方式参加竞争，迅速响应市场瞬息万变的需求。这种敏捷的后勤管理系统能够具有缩短生产准备周期，增加与外部协作单位技术和生产信息及时交互，改进现场管理方法，缩短供应周期等功能。

六是实施准时生产方式，把客户纳入产品开发过程，把销售代理商和供应商、协作单位纳入生产体系，按照客户不断变化的需求同步组织生产，时刻保持产品的高质量、多样性和灵活性。

ERP 对于企业提高管理水平具有重要意义。ERP 首先为企业提供了先进的信息系统平台。ERP 系统软件不仅功能齐全、集成性强、稳定性好，能够提供准确的信息，而且具备可扩充性。其次，ERP 具有规范的基础管理，促进企业管理水平提高的功能，ERP 实质上就是一套规范的由现代信息技术保证的管理制度。最后，ERP 能够整合企业各种资源，提高资源运作效率。

2. ERP 的主要功能

ERP 为企业提供的功能是多层面的和全方位的。

一是支持决策的功能。ERP 在 MRP II 的基础上扩展了管理范围，给出了新的结构，将企业内部业务流程划分成几个相互协同作业的支持子系统，如财务、市场营销、生产制造等，并在功能上增加了质量控制、运输、分销、售后服务与维护，以及市场开发、人事管理等功能，把企业的制造系统、营销系统、财务系统等都紧密地结合在一起，可以实现全球范围内的多工厂、多地点的跨国经营运作，因而，能够不断地收到来自各个业务过程运作信息，并且提供了对质量控制、适应变化、客户满意度、效绩等关键问题的实时分析，从而有力地支持企业的各个层面上的决策。

二是为处于不同行业的企业提供有针对性的 IT 解决方案。ERP 已打破了 MRP II 只局限在传统制造业的格局，把应用扩展到其他行业，如金融业、通信业、零售业等，并逐渐形成了针对于某种行业的解决方案。这一点非常重要，这是因为，不论一个 ERP 软件的功能多么齐全，都无法覆盖所有行业中的特殊需求。一个企业由于其所在行业的原因，既有较为通用的需求，如采购、库存、计划、生产、质检、人事、财务等，还可能有一些与众不同的特殊需求，例如石油天然气行业中的勘探与开采、土地使用与租赁，电力行业中的输配电、电表的抄费计价，零售业中的补货、变价、促销等，这些都需要有特殊的功能来解决和管理，从而需要有一套针对该行业的解决方案。为此，有些 ERP 供应商除了传统的制造业解决方案外，还推出了商业与零售业、金融业、能源、公共事业、工程与建筑业等行业的解决方案，以财务、人事、后勤等功能为核心，加入每一行业特殊的需求。

三是从企业内部的供应链发展为全行业和跨行业的供应链。当前，任何一个企业都要在全球化的大市场中参与竞争，而竞争的规则就是优胜劣汰，因而，任何一个企业都不可能在所有业务上都成为世界上的佼佼者。如果全部业务都由自己来承担，它必然面对所有相关领域的竞争对手。因此，只有联合该行业中其他上下游企业，建立一条业务关系紧密、经济利益相连的供应链实现优势互补，才能适应社会化大生产的竞争环境，共同增强市场竞争实力，因此，供应链的概念就由狭义的企业内部业务流程扩展为广义的全行业供应链及跨行业的供应链。这种供应链或是由物料获取并加工成中间件或成品，再将成品送到消费者手中的一些企业和部门的供应链所构成的网络，或是由市场、加工、组装环节与流通环节建立一个相关业务间的动态企业联盟来进行跨地区、跨行业经营，以更有效地向市场提供商品和服务来完成单个企业不能承担的市场功能。这样，ERP 的管理范围亦相应地由企业的内部拓展到整个行业的原材料供应、生产加工、配送环节、流通环节以及最终消费者。在整个行业中建立一个环环相扣的供应链，使多个企业能在一个整体的 ERP 管理下实现协作经营和协调运作。把这些企业的分散计划纳入整个供应链的计划中，从而大大增强了该供应链在大市场环境中的整体优势，同时也使每个企业之间均可实现以最小的个别成本和转换成本来获得成本优势。例如，在供应链统一的 ERP 计划下，上下游企业可最大限度地减少库存，使所有上游企业的产品能够准确、及时地到达下游企业，这样既加快了供应链上的物流速度，又减少了各企业的库存量和资金占用。通过这种整体供应链 ERP 管理的优化作用，来到达整个价值链的增值。

这种在整个行业中上下游的管理能够更有效地实现企业之间的供应链管理，以此实现其业务跨行业、跨地区甚至是跨国的经营，对大市场的需求作出快速的响应。在它的作用下，供应链上的产品可实现及时生产、及时交付、及时配送、及时地交达到最终消费者手中，快速实现资本循环和价值链增值，以最大限度地为产品市场提供完整的产品组合，缩短产品生产和流通的周期，使产品生产环节进一步向流通环节靠拢，缩短供给市场与需求市场的距离，既减少了各企业的库存量和资金占用，还可及时地获得最终消费市场的需求信息使整个供应链均能紧跟市场的变化。通过这种供应链 ERP 管理的优化作用，达到整个价值链的增值。

3. ERP 的主要功能模块

ERP 是将企业所有资源进行集成整合，简单地说是将企业的三大流：物流，资金流，信息流进行全面一体化管理的管理信息系统。

在企业中，一般的管理主要包括三方面的内容：生产控制（计划、制造）、物流管理（分销、采购、库存管理）和财务管理（会计核算、财务管理）。这三大系统本身就是一个集成体，它们互相之间有相应的接口，能够很好地整合在一起来对企业进行管理。

希赛教育专家提示：随着企业对人力资源管理重视和加强，已经有越来越多的 ERP 厂商将人力资源管理纳入了 ERP 系统。

表 20-1 是 ERP 系统的主要功能模块。

表 20-1　ERP 系统的主要功能模块

财会管理模块	会计核算模块	物流管理模块	分销管理模块
	财务管理模块		库存控制模块
生产控制管理模块	主生产计划		采购管理模块
	物料需求计划	人力资源管理模块	人力资源规划的辅助决策
	能力需求计划		招聘管理
	车间控制		工资核算
	制造标准		工时管理
			差旅费核算

4. ERP 的主要算法

ERP 算法是 ERP 的灵魂，它决定了 ERP 的性能、功用和实施效果。

算法（Algorithm）是解题的步骤。它是一组有穷的规则，它规定了解决某一特定类型问题的一系列运算。算法有 5 个重要特征：

- 确定性。算法的每一种运算必须有确切的定义，即每一种运算应该执行何种动作必须是相当清楚的，无二义性的；
- 能行性。一个算法是能行性指的是算法中有待实现的运算都是基本的运算，每种运算至少在原理上能由人用纸和笔在有限的时间内完成；
- 输入。一个算法有 0 个或多个输入，这些输入是在算法开始之前给出的量，它们取自特定的对象集合；
- 输出。一个算法产生一个或多个输出，这些输出是同输入有某种特定关系的量；
- 有穷性。一个算法总是在执行了有穷步运算之后终止。

在信息技术被广泛应用的今天，一提到算法，通常是指与计算机科学有关的算法。在计算机科学中，算法要用计算机算法语言描述，算法代表用计算机解一类问题的精确、有效的方法。算法+数据结构=程序，求解一个给定的可计算或可解的问题，不同的人可以编写出不同的程序，来解决同一个问题，这里存在两个问题：一是与计算方法密切相关的算法问题；二是程序设计的技术问题。算法和程序之间存在密切的关系。

所谓 ERP 算法就是 ERP 用到的算法。ERP 算法分为两种类型，一类是面向专业软件开发人员的算法。软件开发商在开发 ERP 商用软件或是为用户开发软件时，必然用到大量的算法，例如，排序算法、遍历算法等。这类算法一般是不向用户提供的，有些算法还是软件企业的"绝招"或"独门兵器"，它们是软件企业的商业秘密；另一类算法是面向用户的算法，把这类算法称作"ERP 用户算法"。

以下提到"ERP 算法"，如果没有特别说明，就是指"ERP 用户算法"。

（1）ERP 算法的需求

ERP 是一个以管理会计为核心的信息系统，识别和规划企业资源，从而获取客户订单，完成加工和交付，最后得到客户付款。换言之，ERP 将企业内部所有资源整合在一起，对采购、生产、成本、库存、分销、运输、财务、人力资源进行规划，从而达到最佳资源组合，取得最佳效益。

ERP 应用成功的标志，一是系统运行集成化，软件的运作跨越多个部门；二是业务流程合理化，各级业务部门根据完全优化后的流程重新构建；三是绩效监控动态化，绩效系统能即时反馈以便纠正管理中存在的问题；四是管理改善持续化，企业建立一个可以不断自我评价和不断改善管理的机制。因此，产生了用户的 ERP 算法需求：

1）客户自主扩充和配置。在产品推广的过程中，策略之一就是让客户自己操作，希望通过指导和教授企业相关人员，来帮助企业培养自主操作的能力。在开发 ERP 平台的时候，考虑到整个平台操作的人性化和简单化，为用户自主扩充和配置留出空间。

2）适应建设平台的大趋势。目前，软件厂商推出的各种平台式的 ERP，共有的特点是：技术的标准化、规范化、模块化；构件级系统，用户可以使用构件构建自有应用；标准界面，且界面漂亮，使用方便、操作风格统一，学习成本大大减少。

平台的价值就是统一的标准，用统一的语言说话，用统一的风格操作，用统一的标准开发。但不是说用统一的逻辑实现用户的应用需求。

虽然有了平台，平台就好像有了"积木"，但会搭成什么样子，还是要靠业务分析人员、靠系统实施人员，他们要应用平台，理解业务需求，设计系统逻辑、构建数据结构。有了平台，关键在于应用。因此，设计优良的算法就成了用户的需求。

（2）ERP 算法的来源

可以看到，ERP 算法的需求是问题驱动的，即用户在应用 ERP 时，碰到不同问题就会需要不同的算法。算法的来源主要有：

- 运筹学。许多运筹学方法，如，单纯形法、网络评审技术等都可成为来源。
- 财务会计学。财务会计学，特别是财务分析中的许多方法都可成为 ERP 算法的来源。
- 管理会计学。由于管理会计主要是为满足企业内部管理者对会计信息的需要，行使计划、控制与决策职能，因此，管理会计中的许多方法，例如，作业成本法、量本利分析法等都可成为 ERP 算法的来源。
- 管理学。管理学是一门体系极其庞大、复杂的学科，其中大量的优秀方法都可成为 ERP 算法的来源。
- 经济学。许多经济学方法都凝结了人类的杰出智慧，能够成为 ERP 算法的来源。
- 其他。ERP 算法来源非常广泛，有些算法甚至不好归属于哪一学科。

（3）ERP 算法的功能

ERP 算法的功能主要有：

1）客户二次开发。由于不同企业之间的需求千差万别，即使是同一企业在不同时期也会存在很大的不同，就是同一时期，面对不同事情，也会产生不同需求。而 ERP 软件则是相对固定。为了适应新的需求，企业往往要进行二次开发，而二次开发就需要一定的算法。

2）评价、选择软件产品。每一款 ERP 产品，都向用户提供一些专用的用户算法，它们是用户评价和选择产品的重要指标。

3）理解软件，搞好应用。尽管 ERP 软件已经提供了若干成熟的用户算法，但是，还是需要用户的理解。这时，如果掌握了这些算法，则对用好软件帮助极大。

（4）典型 ERP 算法举例

任何一个算法，总是具体的，都有一定的适用范围。而 ERP 是有许多功能模块构成，因此，每个功能模块，甚至是一个功能模块的一个具体功能都需要一定的算法支持。下面是几个算法的例子。

1）详细的生产排程。ERP 的一个重要模块是生产作业计划。企业制订生产计划的过程一般分成两部分，首先是生成主生产计划，其次是根据主生产计划生成生产作业计划。要得到主生产计划，一般是从订单，部分企业是从市场预测出发，计算出生产数量，通过管理者的决策，制订出来。但是，单有主生产计划是远远不够的。一个简单的主生产计划的生产要求，要把它自动分解为复杂、具体的生产作业过程，这就是详细生产排程，这才是 ERP 系统中最关键的一个环节，是 ERP 系统真正的核心功能。一般说，生产作业计划越详细，它给出的信息越丰富、越有价值，相应计算起来也就越困难。生产作业计划越粗略，越接近主生产计划，信息越少，价值就越低。企业总是希望自动得到尽可能详细的作业计划。但是一个详细的作业计划并不能轻易获得，它涉及的除了物料，还有工序、资源、时间、逻辑关系、技术参数、成本等错综复杂的生产信息，加之，不同行业不同企业的建模方式更是千差万别，这是一个很大的技术难点。可能需要多个优良算法。例如，一个生产项目，其最短工期的计算，就要用网络计划技术或网络评审技术。

2）物料清单。BOM 与企业各部门的业务活动紧密联系，是 ERP 系统运行的基础。因此，BOM 的变化与维护将对生产产生最直接的影响。BOM 的数据结构及算法构成了 ERP 系统数据模型的核心。为优化 ERP 系统的性能，提高系统运行的效率，研究 BOM 的构造与算法，对 ERP 的开发、设计与使用有着重要的意义。

3）约束理论（Theory Of Constraints，TOC）。TOC 是由以色列学者 Goldratt 博士最先提出，目前已被应用到生产、营销、技术管理及项目管理等领域，也被应用到会计领域，形成了基于 TOC 的成本核算法。在供需链上，必然会有一些制约因素影响各种流的畅通，这些制约因素可以是物料供应、各类能力资源、市场、运输，甚至是管理和机制的制约。为了实现企业的整体目标，必须清除这些制约因素的约束，从而用到 TOC。TOC 是从优化生产技术发展起来的概念。当然，TOC 本身还不是一个算法，但它为算法设计提供了基本的思路。

20.4.3　客户关系管理

CRM 在坚持以客户为中心的理念的基础上，重构包括市场营销和客户服务等业务流程。CRM 的目标不仅要使这些业务流程自动化，而且要确保前台应用系统能够改进客户满意度、增加客户忠诚度，以达到使企业获利的最终目标。

1. CRM 的概念

当今世界，几乎所有的企业都宣布坚持"以客户为中心"的理念。但是，怎样把一种好的理念变成企业真实的行动，却并不是一个能够轻而易举的事情。而引进客户关系管理无疑是解决问题的重要举措。CRM 是一种旨在改善企业与客户之间关系的新型管理机制。它通过提供更快速、更周到的优质服务来吸引或保持更多的客户。CRM 集成了信息系统和办公系统等的一整套应用系统，从而确保了客户满意度的提高，以及通过对业务流程的全面管理来降低企业成本。

CRM 在坚持以客户为中心的理念的基础上，重构包括市场营销和客户服务等业务流程。CRM 的目标不仅要使这些业务流程自动化，而且要确保前台应用系统能够改进客户满意度、增加客户忠诚度，以达到使企业获利的最终目标。

需要强调的是脱离后台而只强调前台管理是不够的。只有以客户为中心的应用与能提供客户经验的内部后台系统的集成才可以为整个企业的运作带来所需要的效益。

CRM 实际上是一个概念，也是一种理念；同时，它又不仅是一个概念，也不仅是一种理念，它是企业参与市场竞争新的管理模式，它是一种以客户为中心的业务模型，并由集成了前台和后台业务流程的一系列应用程序来支撑。这些整合的应用系统保证了更令人满意的客户体验，因而会使企业直接受益。

2. CRM 的背景

CRM 的出现体现了两个重要的管理趋势的转变。首先是企业从以产品为中心的模式向以客户为中心的模式的转变。这种转变有着深刻的时代背景，那就是随着各种现代生产管理和现代生产技术的发展，产品的差别越来越小，产品同质化的趋势则越来越明显，因此，通过产品差异化来细分市场从而创造企业的竞争优势也就变得越来越困难。其次，CRM 的出现还表明了企业管理的视角从"内视型"向"外视型"的转变。众所周知，Internet 及其他各种现代交通、通信工具的出现，使得世界变成了一个地球村，企业与企业之间的竞争，哪怕相隔千里万里，也都变成几乎是面对面的竞争。尤其是在我国，仅仅依靠 ERP 的"内视型"的管理模式已难以适应激烈的竞争，企业必须转换自己的视角，在向"外向型"转变的过程中整合自己的资源。

CRM 听起来是一个很好的概念，然而实施起来却不那么容易。因为，CRM 不只是一套产品，它是触及企业内许多独立部门的商业理念。

业界分析人士认为，企业的高层管理人员对 CRM 的认识如何至关重要，只有企业管理层接受了 CRM 的理念，CRM 才能在企业里成功地实施，因为只有技术显然是不够的。CRM 需要在整个企业范围内协调关系，开发信息资源。从主导 20 世纪 90 年代的 ERP 系统转变为将注意力集中在客户，通过市场营销和客户服务来优化业务价值的商业模式。在成功实施 CRM 解决方案之前企业需要认同这些新的、不同的商业技巧。企业的商业理念一定要反映在 CRM 应用上，并且在上至公司高层下到可能与客户发生关系的每位员工之间充分沟通。

3. CRM 的内容

业界一致认为，市场营销和客户服务是 CRM 的支柱性功能。这些是客户与企业联系的主要领域，无论这些联系发生在售前、售中还是售后。

（1）客户服务。客户服务是 CRM 的关键内容，是能否形成并保留大量忠诚客户的关键。随着市场竞争的深入，客户对服务的期望值也在不断地提高，已经超出传统的电话呼叫中心的范围。而呼叫中心正在向可以处理各种通信媒介的客户服务中心演变。电话互动必须与 E-mail、传真、网站，以及其他任何客户喜欢使用的方式相互整合。随着越来越多的客户进入互联网通过浏览器来察看他们的订单或提出询问，自助服务的要求发展得也越来越快。客户服务已经超出传统的帮助平台。"客户关怀"的术语如今用来拓展企业对客户的职责范围。而与客户保持积极主动的关系是客户服务的重要组成部分。客户服务能够处理客户各种类型的询问，包括有关的产品、需要的信息、订单请求、订单执行情况等，还包括高质量的现场服务。

（2）市场营销。营销自动化包括商机产生、商机获取和管理，商业活动管理以及电话营销等。初步的大众营销活动被用于首次客户接触，接下来是针对具体目标受众的更加集中的商业活动。个性化需求很快成为营销规范，客户的喜好和购买习惯都被列入商家关注的重点。旨在更好地向客户行销、带有有关客户特殊需求信息的目录管理和一对一行销应运而生。市场营销迅速从传统的电话营销转向网站和 E-mail。这些基于 Web 的营销活动给潜在客户更好的体验，使潜在客户以自己的方式、在方便的时间查看他需要的信息。销售人员与潜在客户的互动行为、将潜在客户发展为真正客户并保持其忠诚度是使企业盈利的核心因素。为了获得最大的价值，企业管理层必须与销售人员合作，并对这些商业活动进行跟踪，以激活潜在消费并进行成功/失败研究。市场营销活动的费用管理以及营销事件（如贸易展和研讨会）对未来计划的制定至关重要。

（3）共享的客户资料库。共享的客户资料库把市场营销和客户服务连接起来。集成整个企业的客户信息会使企业从部门化的客户联络提高到与客户协调一致的高度。如果一个企业的信息来源相互独立，那么这些信息中必然会存在大量重复、互相冲突的成分。这对企业的整体运作效率将产生负面影响。而动态的、能够被不同部门共享的客户资料库则是企业的一种宝贵资源，同时，它也是 CRM 的基础和依托。

（4）分析能力。CRM 的一个重要方面在于它具有使客户价值最大化的分析能力。如今的 CRM 解决方案在提供标准报告的同时又可提供既定量又定性的即时分析。

深入的智能分析需要统一的客户数据作为切入点，并使所有企业业务应用系统融入分析环境中，通过对客户数据的全面分析、评估客户带给企业的价值以及衡量客户的满意度，再将分析结果反馈给管理层，这样便增加了信息分析的价值。企业决策者会权衡这些信息做出更全面、更及时的商业决策。

4. CRM 的解决方案和实施过程

CRM 的根本要求就是与客户建立起一种互相学习的关系，即从与客户的接触中了解他们在使用产品中遇到的问题，以及对产品的意见和建议，并帮助他们加以解决。在与客户互动的过程中，了解他们的姓名、通信地址、个人喜好以及购买习惯，并在此基础上进行"一对一"的个性化服务，甚至拓展新的市场需求。例如，用户在订票中心预订了机票之后，CRM 就会根据了解的信息，向用户提供唤醒服务或是出租车登记等增值服务。因此，可以看到，CRM 解决方案的核心思想就是通过跟客户的"接触"，搜集客户的意见、建议和要求，并通过数据挖掘和分析，提供完善的个性化服务。

一般说来 CRM 由两部分构成，即触发中心和挖掘中心，前者指客户和 CRM 通过电话、传真、Web、Email 等多种方式"触发"进行沟通；挖掘中心则是指对 CRM 记录交流沟通的信息进行智能分析。由此可见，一个有效的 CRM 解决方案应该具备以下要素：

（1）畅通有效的客户交流渠道（触发中心）。在通信手段极为丰富的今天，能否支持电话、Web、传真、Email 等各种触发手段进行交流，无疑是十分关键的。

（2）对所获信息进行有效分析（挖掘中心）。

（3）CRM 必须能与 ERP 很好地集成。作为企业管理的前台，CRM 的市场营销和客户服务的信息必须能及时传达到后台的财务、生产等部门，这是企业能否有效运营的关键。

CRM 的实现过程具体说来，它包含三方面的工作。一是客户服务与支持，即通过控制服务品质以赢得顾客的忠诚度，例如，对客户快速准确的技术支持、对客户投诉的快速反应、对客户提供产品查询等；二是客户群维系，即通过与顾客的交流实现新的销售，例如，通过交流赢得失去的客户等；三是商机管理，即利用数据库开展销售，例如，利用现有客户数据库做新产品推广测试，通过电话促销调查，确定目标客户群等。

5. CRM 的价值

CRM 之所以受欢迎是因为好的客户关系管理对客户和企业都有益。CRM 用户从不断加强的客户关系管理中明显获益。好的服务不但令人愉快，更能带来巨大价值。带有客户服务的产品的总价值明显高于产品自身。

从另一方面看，企业实施 CRM 并非出于利他原则，而是认识到客户是其真正的财富。统计显示，68%的客户离开厂家是因为得不到令人满意的客户服务，而企业 80%的收入来源于老客户。CRM 的成功应用，其效果是显而易见的。

- 较高的满意度，使得企业能够保留老客户，并不断增加新客户；
- 识别利润贡献度最高的客户并给以相应的优厚对待；
- 通过有效目标市场定位，来降低营销成本；
- 引导潜在消费至适当的销售渠道；
- 提供正确的产品来增加销售（交叉销售/纵向销售）；
- 简化部门工作流程来缩短销售周期；
- 通过集中共同活动以减少多余运作；
- 减少由于多个不协调的客户交互点而产生的差错，节省费用；
- 利用客户喜欢的沟通渠道来增加对客户需求的了解；
- 参照与其他客户的联络纪录和经验，与目前的客户进行沟通；
- 根据对以前绩效的分析评估未来的销售、营销和客户服务活动；

由于 CRM 对企业的重大影响，实施 CRM 项目时需要整个企业范围内的认识与运作。为保持竞争优势，企业必须投资于 CRM 技术，同时要建立新的业务模型。所有客户信息的集中是成功实施的 CRM 的核心。CRM 这一强有力的企业策略将提高销售、客户忠诚度和企业的竞争优势。

20.4.4　产品数据管理

PDM 是工程数据管理、文档管理、产品信息管理、技术数据管理、技术信息管理、图像管理，以及其他产品定义信息管理的集成管理框架技术。

1. PDM 简介

自 20 世纪 80 年代企业实施信息化以来，各种各样的信息系统的开发、各种各样的信息工具的使用给企业带来了丰富的成果，但同时，其弊端也不断显现，最为明显的是信息化带来了数据爆炸和数据混乱的问题。各种高效的信息工具其数据处理能力和存储能力不断提高，产生的数据呈几何级数式地增长。大量的数据文件，由于缺少统一的管理和调度，本来是宝贵的资源却变成了"死数据"或"垃圾数据"，无法被应用。

在这种情况下，PDM 应运而生。早期的 PDM 系统是在 20 世纪 80 年代出现的，当时功能比较单一，主要是产品信息管理，现在已经发展为支持更多功能的信息系统，如企业组织内各种有关产品的数据管理，包括文字文件、图形文件、产品结构形式、电子数据发布和更改过程，以及基于设计能力的构件技术。

由于 PDM 特别关注企业的管理需求，从而使得从产品的概念设计到产品生产的整个过程，以及过程之外所产生的数据被科学、高效的管理起来。20 世纪末的 PDM 继承并发展了"集成制造"等技术的核心思想，在系统工程思想的指导下，用整体优化的观念对产品设计数据和设计过程进行描述，规范产品生命周期管理，保持产品数据的一致性和可跟踪性。PDM 的核心思想是设计数据的有序、设计过程的优化和资源的共享，通过人、过程、技术三者的平衡使虚拟制造过程进一步增值。

PDM 虽然已经得到较广泛的应用，但至今还没有一个统一的定义，下面是国际上三个业界的权威分别给出的三种不同的定义：

- PDM 是一门用来管理所有与产品相关信息（包括零件信息、配置、文档、计算机辅助设计文件、结构、权限信息等）和所有与产品相关过程（包括过程定义和管理）的技术。
- PDM 是为企业设计和生产构筑一个并行产品开发环境（由供应、工程设计、制造、采购、销售与市场、客户构成）的关键技术。一个成熟的 PDM 系统能够使所有参与创建、交流、维护设计意图的人在整个信息生命周期中自由共享和传递与产品相关的所有异构数据。
- PDM 系统是一种软件框架，利用这个框架可以帮助企业实现对与企业产品相关的数据、开发过程以及使用者进行集成与管理，可以实现对设计、制造和生产过程中需要的大量数据进行跟踪和支持。

PDM 系统是帮助产品设计师、制造工程师及其他人员有效管理产品数据及产品开发过程的工具，目标是跟踪、组织、访问和管理产品设计、开发、修改和生产，甚至维修全过程中的所有数据和信息。PDM 能够跨越时间和操作环境，实现数据的无缝连接和移动，保证正确的数据、在正确的时间、以正确的格式、出现在正确的位置，进而推动产品尽快地投入市场并能有效地平衡生产能力。目前，PDM 已广泛地应用于航空航天、汽车、机械、电子等生产制造领域。

PDM 系统的用户主要有三类：

一是信息的使用者，他们要求最简单的用户界面；

二是数据的创造者，如机械工程师和电子工程师等，他们希望 PDM 系统能够很好地融入产品设计应用中；

三是系统管理员，他们面对的是最复杂的用户界面。

由于 PDM 发展很快，用户的需求也在不断变化，所以 PDM 软件产品版本更新很快，但总的趋势是功能模块化、操作简单化，并针对不同用户提供不同的界面。

2. 企业对 PDM 的需求

目前，在现代企业中，每天大约有三分之二到四分之三的设计、管理、工程技术人员不是专心于他们自己的本职工作，而是开会、讨论、协调、调度、等待或在处理各种信息，其目的主要是促使他们之间相互理解。由于工程设计到制造控制系统缺乏产品数据的统一管理，导致产品构型工时增加 20%，成本上升 10%。所以产品数据管理是当代企业管理的瓶颈，已逐步引起工程技术界的普遍注意，并开始对它进行研究和开发。

然而，PDM 系统正好以其强大的功能妥善地解决了以上问题，为企业更好地实施 CIMS 和并行工程提供了底层支持。PDM 能够描述复杂的数据的类型和结构，动态地定义和修改数据模式和严格的约束管理等。实施 PDM 可以：

一是在企业内部建立起完整的、统一的、共享的数据模型，保证各部门的产品信息一致。

二是缩短产品的上市时间。在需要数据的时候立即得到这些数据，加快任务的完成；支持并行工程；允许授权小组的成员随时访问最新的版本的相关数据。

三是适应多品种小批量生产方式。通过产品结构和配置管理为用户提供了系列产品的有效管理方法，并可以快速地响应市场的需求，实现"面向订单"的生产方式。

四是提高设计效率和提高生产效率，降低产品成本。

五是提高设计与制造的准确性，提高产品质量。

六是保护数据完整性。PDM 系统提供权限控制和变更管理确保产品数据的准确和安全。

七是更好地控制项目。项目管理功能提供用户对项目的进展情况实施监控，确保项目顺利进行和如期完成。

八是实现全面的质量管理。PDM 系统可以建立适应 ISO9000 系列验证和全面质量管理的环境，通过在产品全生命周期内的工作流程管理确保了产品的最终质量。

九是建立起企业级的协同工作平台，为最终实现企业的电子商务打下坚实的基础。

3. PDM 的发展过程

PDM 的核心思想是设计数据的有序、设计过程的优化和资源的共享。PDM 技术的发展可以分为以下三个阶段：

（1）配合 CAD（Computer Aided Design，计算机辅助设计）使用的早期简单的 PDM 系统。PDM 技术出现初期，大多是由各 CAD 供应商推出的配合 CAD 产品的系统，主要局限在工程图纸的管理，解决了大量工程图纸、技术文档及 CAD 文件的计算机管理问题。这是第一代 PDM 产品。主要表现形式为各类文档管理或图纸管理的软件系统等。

（2）产品数据管理。20 世纪 90 年代初中期，出现了专业化的 PDM 产品，如 SDRC 公司的 Metaphase、IDS 公司的 iMAN、IBM 公司的 PM、SmartSolution 公司的 SmarTeam 等。与第一代 PDM 产品相比，在第二代 PDM 产品中出现了许多新功能，如对产品生命周期内各种形式的产品数据的管理能力、对产品结构与配置的管理、对电子数据的发布和工程更改的控制以及基于成组技术的零件分类管理与查询等，同时软件的集成能力和开放程度也有较大的提高，少数优秀的 PDM 产品可以真正实现企业级的信息集成和过程集成。第二代 PDM 产品目前被广泛使用。

（3）产品协同商务（Collaborative Product Commerce，CPC）或 PDM 标准化。第三代 PDM 产品具有代表性的有：PTC 公司的 Windchill、MatrixOne 公司的 eMatrix 等。这些产品建立在 Internet 平台、CORBA 和 Java 技术基础之上，并且是基于分布式计算框架，做到了与计算机软硬件平台无关和用户界面的统一，支持以"标准企业职能"和"动态企业"思想为中心的新的企业信息分析方法，可以进行企业信息建模的分析和设计，实现包括文档管理、生命周期管理、工作流管理、产品结构管理、视图管理、变更管理、客户化应用等功能。第三代 PDM 适应了信息时代广义企业异地协同开发、制造和管理产品的要求。

4. PDM 主要功能模块和内容

虽然 PDM 是一个很复杂的系统，但从结构上讲，它基本上可以分成面向信息集成的系统集成工具和面向用户的 PDM 功能模块两部分。

（1）数据基库：PDM 的核心，它一般建立在关系型数据库系统的基础上，主要保证数据的安全性和完整性，并支持各种查询和检索功能。

（2）产品配置管理：以数据基库为底层支持，以 BOM 为组织核心，把定义最终产品的所有工程数据和文档联系起来，对产品对象及其相互之间的联系进行维护和管理。

（3）工作流管理：主要实现产品设计与修改过程的跟踪与控制。包括工程数据的提交与修改、管理和监督、文档的分布控制、自动通知等。

（4）分类及检索功能：与面向对象的技术相结合，将具有相似特性的数据与过程分为一类，并赋予一定的属性和方法，使用户能够在分布式环境中高效地查询文档、数据、零件、标准件等对象。常用的分类技术有：使用智能化的零件序号、成组技术、搜索/检索技术、零件建库技术。

（5）项目管理：在项目实施过程中实现其计划、组织、人员及相关数据的管理与配置，进行项目运行状态的监视，完成计划的反馈。到目前为止，许多 PDM 系统只能提供工作流程活动的状态信息。

PDM 的传统模块的功能已经很成熟，PDM 供应商会推出一些专用模块，将原先使用专用工具完成的功能转化为 PDM 的可选模块。例如，项目管理、工程更改、供应商和零部件管理原先有很多专用软件，现在 PDM 供应商已把这些功能囊括在 PDM 的中或者提供独立的专用模块完成。

以某著名的 PDM 产品为例，典型的 PDM 系统包括以下功能：数据仓库和文档管理、工作流程/过程管理、产品结构/配置管理、查看和圈阅、设计检索和零件库、项目管理、工具和集成件。其他功能诸如扫描和图像服务、电子协作、通信和通告、数据传输和数据翻译等。

20.4.5　企业门户

随着互联网的快速发展，企业门户已经成为企业优化业务模式、扩展市场渠道、改善客户服务以及提升企业形象和凝聚力的强有力手段。企业门户之所以具有极大的吸引力，关键在于它具备广泛的用途和灵活、全面的模型。随着电子商务的发展，企业门户已经成为新型办公环境的重要组成部分。从电子商务应用到企业内部的信息系统，所有用户友好型信息搜集系统都以基于各种技术的企业门户形式出现。不过，如果要给企业门户下一个确切的定义，目前还做不到，因为还没有一个公认的企业门户标准。

1. 企业门户的功能

通常，企业需要更高效能且技术统一的平台，以整合当前的网上业务，同时让系统本身能够随时便利升级，以支持未来网上业务的发展。建设集多种功能（如客户关系管理、网上销售、知识管理、内容管理等）于一身的企业门户网站，成为势在必行的上网策略。

一直以来，门户网站仍局限于提供内容、电子邮箱及搜索引擎等基本功能，针对的主要是大众消费类市场；随着互联网应用于企业市场，企业将各类型业务搬到一个开放统一而且安全度很高的网上平台，便成为其电子商务架构中的重要环节。

据相关独立分析员预测，门户网站的趋势将会主导今后几年的企业计算机应用潮流。电子商务需要有更明确的投资回报评估，由此也导致企业对门户网站技术的需求急剧增加。企业门户网站已经显现出提升竞争力的功用：一方面可以让雇员更方便地存取信息，另一方面又可以加强与客户和伙伴之间的联系。

值得一提的是，不同的企业将不尽相同的网络系统连接至单一开放式企业门户网站上，可以大大降低管理成本。因此，企业门户的主要功能有：

（1）能够将一个机构现有的互联网址和服务完全合并而且相互兼容；

（2）能够支持开放标准和应用编程接口，让平台得以轻易容纳新的应用程序；

（3）能够接入一个由支持企业门户网站架构的伙伴和专业服务公司所组成的网络；

（4）能够多渠道接入网站，如互联网至公司内联网、话音网络、无线网络等；

（5）能够以统一的服务作为企业门户网站各种服务的基础，让用户享有多种便利，如一次登入、个人化接口等。当用户进入门户网站的不同部分时，系统可以记住用户的身份以提供合适的信息。

总之，门户网站应该是一个起点，引领用户接触企业最重要的信息、应用和服务。门户网站并非仅为个人计算机用户标准应用而设，它应该能够根据用户的身份、意向、接入方式、接入设备（如移动电话）等设定个性化的信息内容。

2. 企业门户的分类

按照实际应用领域，企业门户可以划分为三类：信息门户、知识门户和应用门户。

（1）企业信息门户。企业信息门户（Enterprise Information Portal，EIP）的基本作用是为人们提供企业信息，它强调对结构化与非结构化数据的收集、访问、管理和无缝集成。这类门户必须提供数据查询、分析、报告等基本功能，企业员工、合作伙伴、客户、供应商都可以通过企业信息门户非常方便地获取自己所需的信息。

对访问者来说，企业信息门户提供了一个单一的访问入口，所有访问者都可以通过这个入口获得个性化的信息和服务，可以快速了解企业的相关信息。对企业来说，信息门户既是一个展示企业的窗口，也可以无缝地集成企业的业务内容、商务活动、社区等，动态地发布存储在企业内部和外部的各种信息，同时还可以支持网上的虚拟社区，访问者可以相互讨论和交换信息。

在目前企业门户的应用中，信息门户被企业所广泛认同。实际上，各企业建立的企业网站都可以算做企业信息门户的雏形。

（2）企业知识门户。企业知识门户（Enterprise Knowledge Portal，EKP）是企业员工日常工作所涉及相关主题内容的"总店"。企业员工可以通过它方便地了解当天的最新消息、工作内容、完成这些工作所需的知识等。通过企业知识门户，任何员工都可以实时地与工作团队中的其他成员取得联系，寻找到能够提供帮助的专家或者快速地连接到相关的门户。不难看出，企业知识门户的使用对象是企业员工，它的建立和使用可以大大提高企业范围内的知识共享，并由此提高企业员工的工作效率。

当然，企业知识门户还应该具有信息搜集、整理、提炼的功能，可以对已有的知识进行分类，建立企业知识库并随时更新知识库的内容。目前，一些咨询、服务型企业已经开始建立企业知识门户。

（3）企业应用门户。企业应用门户（Enterprise Application Portal，EAP）实际上是对企业业务流程的集成。它以商业流程和企业应用为核心，把商业流程中功能不同的应用模块通过门户技术集成在一起。从某种意义上说，可以把企业应用门户看成是企业信息系统的集成界面。企业员工和合作伙伴可以通过企业应用门户访问相应的应用系统，实现移动办公、进行网上交易等。

以上三类门户虽然能满足不同应用的需求，但随着企业信息系统复杂程度的增加，越来越多的企业需要能够将以上三类门户有机地整合在一起的通用型企业门户。按照 IDC 的定义，通用型的企业门户应该随访问者角色的不同，允许其访问企业内部网上的相应应用和信息资源。除此之外，企业门户还要提供先进的搜索功能、内容聚合能力、目录服务、安全性、应用/过程/数据集成、协作支持、知识获取、前后台业务系统集成等多种功能。给企业员工、客户、合作伙伴、供应商提供一个虚拟的工作场所。

3. 企业门户的要素

当前，一些企业已经在利用不同的平台和多种互联网／内联网服务开展网上运营。企业门户网站最重要的目标，是将多个系统整合到一个具有可扩充性的平台上，为提供多元化的网上服务做好准备，以最少的投资赚取最高收益。企业可以在基本平台上对各种应用程序加以整合，同时做到支持第三方应用程序所需的标准。

以下是建立互联网服务时应考虑的基本要素：

（1）战略性思维。评估未来的需求，并将这些需要与影响业务发展的因素一并考虑，例如处理客户数据时个人私隐及安全问题。

（2）为用户所需要的不同类型门户网站建立一个门户网站架构。

（3）寻找合适的技术供货商—即能够支持各主要标准，并能够将其基本门户网站架构与其他供货商的应用程序整合起来。

（4）确定所要建立的门户网站类型，如销售门户网站或知识管理门户网站。制订可量化的目标，并清楚界定投资回报。如果对进展感到满意，就可逐步实行门户网站策略的其他元素。

（5）首先小规模地试办项目，确保有一个可行的工作环境。接着，如果用户的工作队伍决定加入新服务，就可相应地扩充项目。

20.4.6 企业应用集成

EAI 是伴随着企业信息系统的发展而产生和演变的。企业的价值取向是推动应用集成技术发展的原动力，而应用集成的实现反过来也驱动公司竞争优势的提升。EAI 技术是将进程、软件、标准和硬件联合起来，在两个或更多的企业信息系统之间实现无缝集成，使它们就像一个整体一样。EAI 一般表现为对一个商业实体（例如一家公司）的信息系统进行业务应用集成，但当遇到多个企业系统之间进行商务交易时，EAI 也表现为不同公司实体之间的企业系统集成，例如，B2B 的电子商务。

1. EAI 的简要历史

在计算机广泛商业应用开始于 20 世纪 70 年代。当时，企业应用的主要目标是利用计算机来代替一部分烦琐的重复性手工工作，借以以提高生产效率。这时还没有企业数据集成的需求。

到了 20 世纪 80 年代，许多企业，特别是大型跨国公司在信息系统上投入了巨资，建立了众多的应用信息系统，以帮助企业进行内部或外部业务的处理和管理。由于企业的传统职能结构，企业整体功能被各个部门所分割，使得信息系统也自然为各个部门所独占，其结果是导致众多关键的信息被封闭在相互独立的系统中，形成一个个所谓的信息孤岛。

如何将众多的信息孤岛联系起来，以便让不同的系统之间交互信息，EAI 就作为一个企业的需求被提了出来，这时，EAI 的价值和必要性也开始体现。

企业在追求效率和控制成本，或在兼并和收购过程中，对应用集成技术提出了更高的要求，特别是电子商务的兴起。电子商务，这一基于 Internet 新的商务模式直接导致新的系统集成结构的出现，像 Web 服务技术等。特别是 20 世纪 90 年代，ERP 应用开始流行，也要求新的信息系统能够支持已经存在的应用和数据，这就必须引入 EAI。还有应用供应链管理、Web 应用集成等也对 EAI 起到推动作用。

2. EAI 的内容

EAI 的内容极为广泛，同时，其意义也十分重大，它是企业信息化发展到较高阶段的标志。因为，在企业范围内现有的应用系统和数据库有可能既有几年前的老系统，还可能包括新建系统，需要对它们进行无缝的集成；不同的系统和应用可能包括同样的数据，从而造成了数据冗余、数据的不一致，需要尽量减少数据冗余，并保持所有的数据版本同步更新；企业在激烈的市场竞争中，经常根据需要调整业务流程，必然影响到信息系统的结构和数据，或是建立新的系统。

总之，EAI 是企业信息系统集成的科学、方法和技术，其目的就是将企业内的应用彼此连接起来，或在企业之间连接起来。

EAI 主要包括两方面：企业内部应用集成和企业间应用集成。EAI 包括的内容很复杂，涉及结构、硬件、软件及流程等企业系统的各个层面。

（1）企业内的集成

企业内的应用集成，就是要解决在企业内部业务流程和数据流量，包括业务流程是否进行自动流转，或怎样流转，以及业务过程的重要性。对于应用集成，这点非常重要，因为从本质上讲，企业应用集成就是维持数据正确而自动地流转。同时，不同的 EAI 解决方案采取不同的技术途径，而不同的技术途径也就决定了 EAI 处于不同的层次，从应用和技术上综合考虑，EAI 分为界面集成、平台集成、数据集成、应用集成和过程集成。

1）界面集成。这是比较原始和最浅层次的集成，但又是常用的集成。这种方法就是把用户界面作为公共的集成点，把原有零散的系统界面集中在一个新的、通常是浏览器的界面之中。

2）平台集成。这种集成要实现系统基础的集成，使得底层的结构、软件、硬件以及异构网络的特殊需求都必须得到集成。平台集成要应用一些过程和工具，以保证这些系统进行快速安全的通信。

3）数据集成。为了完成应用集成和过程集成，必须首先解决数据和数据库的集成问题。在集成之前，必须首先对数据进行标识并编成目录，另外还要确定元数据模型，保证数据在数据库系统中分布和共享。

4）应用集成。这种集成能够为两个应用中的数据和函数提供接近实时的集成。例如，在一些 B2B 集成中实现 CRM 系统与企业后端应用和 Web 的集成，构建能够充分利用多个业务系统资源的电子商务网站。

5）过程集成。当进行过程集成时，企业必须对各种业务信息的交换进行定义、授权和管理，以便改进操作、减少成本、提高响应速度。过程集成包括业务管理、进程模拟等，还包括业务处理中每一步都需要的工具。

（2）企业间应用集成

EAI 技术可以适用于大多数要实施电子商务的企业，以及企业之间的应用集成。EAI 使得应用集成架构里的客户和业务伙伴，都可以通过集成供应链内的所有应用和数据库实现信息共享。

传统的 B2B 商务应用了诸如 EDI（Electronic Data Interchange，电子数据交换）和专用 VAN（Value Added Network，增值网络）的技术。然而今天，大多数 B2B 商务则采用了实时性更强的、基于 Internet 的技术，如基于 Internet 的消息代理技术、应用服务器，以及像 XML 等新的数据交换标准。

许多公司的供应链系统也可能包括交易系统，新的 EAI 技术可以首先在交易双方之间创建连接，然后再共享数据和业务过程。当然，他们如今不再使用 VAN，而采用 Internet 作为传输介质。

企业要顺利开展电子商务，都希望其所有的应用之间，以及与其商业伙伴之间都能够实现无缝而及时的通信，这一目标在以前是比较难于实现的，因为，EAI 解决方案是比较昂贵的，直到新一代支持 EAI 的中间件的出现，才改变了这一面貌。

和 B2B 商务有所不同，B2C 商务需要信息能被更广泛的企业之外的人或客户访问到，所以企业应用要能支持基于 Web 的销售和信息共享。显而易见，B2B 和 B2C 方面的需要促进了 EAI 技术的发展。

3. 集成技术的发展展望

目前市场主流的集成模式有三种，分别是面向信息的集成技术、面向过程的集成技术和面向服务的集成技术。

在数据集成的层面上，信息集成技术仍然是必选的方法。信息集成采用的主要数据处理技术有数据复制、数据聚合和接口集成等。其中，接口集成仍然是一种主流技术。它通过一种集成代理的方式实现集成，即为应用系统创建适配器作为自己的代理，适配器通过其开放或私有接口将信息从应用系统中提取出来，并通过开放接口与外界系统实现信息交互，而假如适配器的结构支持一定的标准，则将极大地简化集成的复杂度，并有助于标准化，这也是面向接口集成方法的主要优势来源。标准化的适配器技术可以使企业从第三方供应商获取适配器，从而使集成技术简单化。

面向过程的集成技术其实是一种过程流集成的思想，它不需要处理用户界面开发、数据库逻辑、事务逻辑等，而只是处理系统之间的过程逻辑，与核心业务逻辑相分离。在结构上，面向过程的集成方法在面向接口的集成方案之上，定义了另外的过程逻辑层；而在该结构的底层，应用服务器、消息中间件提供了支持数据传输和跨过程协调的基础服务。对于提供集成代理、消息中间件及应用服务器的厂商来说，提供用于业务过程集成是对其产品的重要拓展，也是目前应用集成市场的重要需求。

基于 SOA 和 Web 服务技术的应用集成是业务集成技术上的一次重要的变化，被认为是新一代的应用集成技术。集成的对象是一个个的 Web 服务或者是封装成 Web 服务的业务处理。Web 服务技术由于是基于最广为接受的、开放的技术标准（例如，HTTP、SMTP 等），支持服务接口描述和服务处理的分离、服务描述的集中化存储和发布、服务的自动查找和动态绑定及服务的组合，成为新一代面向服务的应用系统的构建和应用系统集成的基础设施。

20.4.7　供应链管理

供应链管理是从源头供应商到最终消费者的集成业务流程。它不仅为消费者带来有价值的产品和服务，还为顾客带来有用的信息。

1. 供应链管理的定义

SCM 的核心是供应链。供应链是指一个整体的网络用来传送产品和服务，从原材料开始一直到最终客户（消费者），它凭借一个设计好的信息流、物流和现金流来完成。现代意义的供应链是利用计算机网络技术全面规划供应链中的商流、物流、信息流、资金流等并进行计划、组织、协调和控制。

供应链有两层含义，一层含义是任何一个企业内部都有一条或几条供应链，包括从生产到发货的各个环节；另一层含义是一个企业必定处于市场更长的供应链之中，包括从供应商的供应商到顾客的顾客的每一个环节。供应链是企业赖以生存的商业循环系统，是企业电子商务中最重要的课题。统计数据表明，企业供应链可以耗费企业高达 25%的运营成本。

供应链管理是从源头供应商到最终消费者的集成业务流程。它不仅为消费者带来有价值的产品和服务，还为顾客带来有用的信息。供应链管理至少包括以下 6 大应用功能：需求管理(预测和协作工具)、供应链计划(多工厂计划)、生产计划、生产调度、配送计划、运输计划。新型的供应链管理借助于 Internet 使这个"供应群"能够实现大规模的协作，成为企业降低成本、提高经营效率的关键。

而在计算机广泛应用之前，企业经常出现因信息传递太慢或错误而误导生产及存货计划的现象。20 世纪 90 年代，一些计算机的制造商，如 HP，或生产家庭用品的企业，如宝洁，开始将信息系统作上、下游整合，希望通过正确和快速的信息传递，以及对信息的分析和整合，达到快速反映市场的需求，从而降低库存等目的。因此，有效的供应链管理是建立在高质量的信息传递和共享的基础之上的。

2. 供应链与物流

供应链与物流的关系极为密切，而且不可分割。供应链管理是一种管理方法或思想，而物流是在现实经营活动中的物质运动，供应链管理思想是从物流管理的实践中提取出来的，管理的对象是物流；物流分为采购物流、生产物流、销售物流，而供应链管理将这些全部纳入到一个管理体系之中，在供应商、分销商、零销商之间搭建起一个流畅的通道，建立起一个信息共享的机制，从而优化整个供应链，达到降低成本、提高效率等目的。物流的概念诞生在 20 年代的美国，当时更多地是指商品的移动，怎样通过一个载体把商品从生产者手中送到消费者手中。到了 20 世纪 80 年代，人们发现以前的概念只是消费物流，忽视了两个环节，即采购环节的原材料物流，以及在企业内部进行加工生产的生产物流，于是人们又提出来一个整体现代的物流概念。原材料物流对企业来说可能更有意义，因为从采购环节来控制原材料的成本，可以大大降低企业的整体产品的成本，提高产品的竞争力，所以人们这时候发现，通过这种物流的管理，给企业带来的效益是非常大的，这是物流从狭义到广义的变化。

3. 供应链管理是一种管理思想

随着 Internet 的普及，物流管理很自然地上升为供应链管理。因为在整个交易过程中可能会存在一些矛盾和冲突，供应链管理可以弥合整个体系中的矛盾和冲突。例如，以前可能由分销商承担中间运输环节的工作，从供应商处取货送到零售商。后来，零售企业可能根据自己的效益和规模组建了自己的配送中心。这时分销商自己的物流体系可能就发挥不了太大作用，并且，为了按时将零售商需要的商品送到，分销商还需要备好库存，从而加大了成本。这就形成了利益冲突。而通过供应链管理的思想和方法协调供应商、分销商、零销商之间的关系，明确各自在整个体系中所处的角色，搭建一个良好的合作框架。这是各方进一步协同合作的基础。供应链管理一个重要的前提是信息共享，而各种版本 SCM 产品，其核心功能其实是信息传递。如果没有 SCM，也可以依据这样的思想进行人工的信息传递和管理，如，派人到超市查看自己产品的库存等，只是这样效率比较低。

4. 供应链管理的运作模式

供应链中的信息流覆盖了从供应商、制造商到分销商，再到零售商等供应链中的所有环节。其信息流分为需求信息流和供应信息流，这是两个不同流向的信息流。当需求信息（如客户订单、生产计划、采购合同等）从需方向供方流动时，便引发物流。同时供应信息（如入库单、完工报告单、库存记录、可供销售量、提货发运单等）又同物料一起沿着供应链从供方向需方流动。

由于供应链中的企业是一种协作关系和利益共同体，因而供应链中的信息获取渠道众多，对于需求信息来说既有来自顾客也有来自分销商和零售商的；供应信息则来自于各供应商，这些信息通过供应链信息系统而在所有的企业里流动与分享。对于单个企业情况来说，由于没有与上下游企业形成利益共同体，上下游企业也就没有为它提供信息的责任和动力，因此单个企业的信息获取则完全倚赖于自己的收集。

处于供应链核心环节的企业要将与自己业务有关（直接和间接）的上下游企业纳入一条环环相扣的供应链中，使多个企业能在一个整体的信息系统管理下实现协作经营和协调运作，把这些企业的分散计划纳入整个供应链的计划中，实现资源和信息共享，增强了该供应链在市场中的整体优势，同时也使每个企业均可实现以最小的个别成本和转换成本来获得成本优势。这种网络化的企业运作模式拆除了企业的围墙，将各个企业独立的信息孤岛连接在一起，通过网络、电子商务把过去分离的业务过程集成起来，覆盖了从供应商到客户的全部过程。对供应链中的企业进行流程再造，建立网络化的企业运作模式是建立企业间的供应链信息共享系统的基石。

统一的信息系统架构是决定信息能否共享的物质技术基础，主要包括：为系统功能和结构建立统一的业务标准和建立统一信息交流规范体系等。因为即使某些细节之处没有遵循共同的标准也会影响数据交流和信息共享。例如供应链中的企业通过 EDI 进行数据交换时，双方必须严格遵守文件的标准格式，任一方擅自改动格式都将导致对方的系统无法正常工作。

5. 供应链管理的技术支持体系

供应链信息系统的建立需要大量信息技术来支持，这是因为供应链管理涉及众多的领域：产品（服务）设计、生产、市场营销（销售）、客户服务、物流供应等。它是以同步化、集成化生产计划为指导，通过采用各种不同信息技术来提高这些领域的运作绩效。

信息技术对供应链的支撑可分为两个层面。

第一个层面是由标识代码技术、自动识别与数据采集技术、电子数据交换技术、互联网技术等基础信息技术构成的。

第二层面是基于信息技术而开发的支持企业生产。

在具体集成和应用这些系统时，不应仅仅将它们视为是一种技术解决方案，而应深刻理解它们所折射的管理思想，涉及的技术和方法主要有：销售时点信息系统、电子自动订货系统、计算机辅助设计和计算机辅助制造、ERP 和 MRPII、CRM、电子商务等。

20.4.8　电子商务概述

电子商务是一项涉及全球的全新业务和全新服务，是网络化的新型经济活动，它不仅仅是基于互联网的新型交易或流通方式，而基于互联网、广播电视网和电信网络等电子信息网络的生产、流通和消费活动。

1. 什么是电子商务

电子商务（Electronic Commerce，EC）是指买卖双方利用现代开放的 Internet 络，按照一定的标准所进行的各类商业活动。主要包括网上购物、企业之间的网上交易和在线电子支付等新型的商业运营模式。产品可以是实体化的，如计算机、汽车、电视，也可以是数字化的，如新闻、影像、软件；也可以直接提供服务，如安排旅游、远程教育等。

电子商务分三个方面：即电子商情广告、电子选购和交易及电子交易凭证的交换、电子支付与结算以及网上售后服务等。

参与电子商务的实体有四类：顾客（个人消费者或集团购买）、商户（包括销售商、制造商、储运商）、银行（包括发卡行、收单行）及认证中心。

狭义的电子商务是指利用 Web 提供的通信手段在网上买卖产品或提供服务；广义的电子商务除了以上内容外还包括企业内部的商务活动：如生产、管理、财务等；以及企业间的商务活动：把买家、卖家、厂家和合作伙伴通过 Internet、Intranet 和 Extranet 连接起来所开展的业务。从最初的电话、电报、电子邮件，到 20 多年以前开始的电子数据交换 EDI，都可以说是电子商务的雏形；到今天，电子商务已经延伸到商务的各个方面；人们可以通过网络进行原材料查询、采购、产品展示和订购，再到出货、储运以及电子支付等一系列完整的贸易过程。从更广泛意义上来说，未来 Internet 上的活动，都将是电子商务。

要实现完整的电子商务会涉及很多方面，除了买家、卖家外，还要有银行或金融机构、政府机构、认证机构、配送中心等机构的加入才行。由于参与电子商务中的各方在物理上是互不谋面的，因此整个电子商务过程并不是物理世界商务活动的翻版，网上银行、在线电子支付等条件和数据加密、电子签名等技术在电子商务中发挥着重要的不可或缺的作用。

2. 电子商务的类型

可以对电子商务按参与电子商务交易的对象、电子商务交易的商品内容和进行电子商务的企业所使用的网络类型等对电子商务进行不同的分类。

按参与交易的对象分类，电子商务可以分为以下几类：

（1）企业与消费者之间的电子商务（Business to Customer，B2C）。企业与消费者之间的电子商务是人们最熟悉的一种电子商务类型。网上商店利用 Internet 提供的双向交互通信，完成网上购物的过程。这类电子商务主要是借助于 Internet 所开展的在线式销售活动。最近几年随着 Internet 的发展，这类电子商务的发展异军突起。例如，在 Internet 上目前已出现许多大型超级市场，所出售的产品一应俱全，从食品、饮料到电脑、汽车等，几乎包括了所有的消费品。由于这种模式节省了客户和企业双方的时间和空间，大大提高了交易效率，节省了各类不必要的开支，因而这类模式得到了人们的认同，获得了迅速的发展。

（2）企业与企业之间的电子商务（Business to Business，B2B）。两个或是若干各有业务联系的公司通过 B2B 模式彼此连接起来，形成网上的虚拟企业圈。例如，企业利用计算机网络向它的供应商进行采购，或利用计算机网络进行付款等。B2B 具有很强的实时商务处理能力，使企业能以一种安全、可靠、简便、快捷的方式进行企业间的商务联系活动。

（3）企业与政府间的电子商务（Business to Government，B2G）。B2G 使得政府与企业之间的各项事务都可以涵盖在其中，包括政府采购、税收、商检、管理条例发布等。政府一方面作为消费者，可以通过 Internet 网发布自己的采购清单，公开、透明、高效、廉洁地完成所需物品的采购；另一方面，政府对企业宏观调控、指导规范、监督管理的职能通过网络以电子商务方式更能充分、及时地发挥。借助于网络及其他信息技术，政府职能部门能更及时全面地获取所需信息，做出正确决策，做到快速反应，能迅速、直接地将政策法规及调控信息传达于企业，起到管理与服务的作用。在电子商务中，政府还有一个重要作用，就是对电子商务的推动、管理和规范作用。

（4）消费者与消费者之间的电子商务（Customer to Customer，C2C）。C2C 电子商务平台就是通过为买卖双方提供一个在线交易平台，使卖方可以主动提供商品上网拍卖，而买方可以自行选择商品进行竞价。

如果按照电子商务交易的商品内容分类，电子商务主要包括两类商业活动：

（1）有形商品电子商务（间接电子商务）。有形商品指的是实物商品，如，电视机、鞋帽等，这种商品的交付不能通过计算机网络实现。有形商品电子商务模式指的是有形商品在互联网上进行交易，但实际交付仍然要通过传统的方式递送。

（2）无形商品电子商务（直接电子商务）。网络本身具有传递的功能，又有信息处理的功能，因此，无形产品，如信息、计算机软件、视听娱乐产品等，往往可以通过网络直接向消费者提供。

3. 电子商务的标准

在国内外电子商务的发展中，标准都处于非常重要的地位。

（1）国外电子商务发展状况

标准在国外电子商务的发展中处于非常重要的地位，其发展的特点主要有：

一是电子商务安全标准得到普遍的重视。美国政府很早就致力于密码技术的标准化，制定了一系列有关密码技术的联邦信息处理标准，在技术规范的前提下对密码产品进行严格的检验。1998 年 7 月 1 日，在美国政府发布的美国电子商务纲要中，明确提出要建立一些共同的标准，以确保网上购物的消费者享有与在商店购物的消费者同等权利。韩国一些主要的电子设备公司也建立联盟，签署联合协议，规定在 2000 年制订出整个业界的电子商务标准。

国际上，国际标准化组织 ISO/IEC 信息技术标准化委员会所属的安全技术分委员会，主要负责开展安全标准的研制工作。该分技术委员会已制定和正在研制的国际标准主要涉及密码算法、散列函数、数字签名机制、实体鉴别机制、安全评估准则等领域，并对促进国际信息安全起了重要作用。

二是成立电子商务的专业机构。为了迎接电子商务给全球带来的机遇和挑战，使之在全球范围内更有序地发展，1997 年 6 月，ISO/IEC 成立了电子商务业务工作组，确定了电子商务急需建立标准的三个领域：

（1）用户接口，主要包括：用户界面、图像、对话设计原则等；

（2）基本功能，主要包括：交易协议、支付方式、安全机制、签名与鉴别、记录的核查与保留等；

（3）数据及客体(包括组织机构、商品等)的定义与编码，包括现有的信息技术标准、定义报文语义的技术、EDI 本地化、注册机构、电子商务中所需的值域等。

三是签署有关电子商务的国际合作文件。1998 年 11 月，ISO、IEC 和 UN/ECE（联合国欧洲经济委员会）三组织共同签署了《电子商务标准化理解备忘录》，共同致力于电子商务的标准化工作。"理解备忘录"包括总体部分、三个附录及注册表，扩充了以前的合作框架，扩展了各部门之间的电子商务，增加了国际用户团的参与，以确保证它们的标准化要求得到满足。该备忘录提供了 21 世纪电子商务发展的有效基础，是国际合作的极好范例。

近几年来，国际上越来越重视通用数据交换标准。XML 是国际性标准化组织于 1997 年 12 月推出的用于规定、认证和共享文件格式的数据交换标准，它提供了一种以标准方式互换多媒体文件的机制。

（2）我国电子商务标准发展现状

当前，我国电子商务技术标准现状包含 4 个方面的内容：数据交换标准、识别卡标准、通信网络标准和其他相关的标准。目前涉及我国标准约有 1250 多项。我国把采用国际标准和国外先进标准作业作为一项重要的技术经济政策积极推行。2007 年 1 月，国家电子商务标准化总体组正式成立，它是我国电子商务标准化工作的总体规划和技术协调机构，总体组的成立，将有力地推进我国电子商务标准化工作的进程，促进骨干企业参加电子商务国家标准的制定工作，强化电子商务标准的应用与实施，对于建立和完善国家电子商务标准化体系，支撑我国电子商务快捷、健康、有序发展具有重要的作用。现阶段国家电子商务标准体系由"基础技术标准"、"业务标准"、"支撑体系标准"和"监督管理标准"分体系构成。随着电子商务业务和技术的不断发展，将来可以继续扩展。

（3）我国电子商务标准体系

电子商务标准体系由信息技术基础标准体系、信息资源标准体系、网络基础设施标准体系、信息安全标准体系、应用标准体系、管理标准体系 6 部分组成。

1）电子商务信息技术基础标准体系。包括，术语标准、识别卡标准、存储媒体标准、软件与软件工程标准、设备标准和字符集编码标准。

2）电子商务信息资源标准体系。包括，数据元标准、元数据标准、信息分类及编码标准、业务文档／媒体格式标准、数据库标准、描述技术标准、目录服务标准和 Web 服务标准。

3）电子商务网络基础设施标准体系。该标准体系用于网络基础设施的规划、设计、建设、验收、测试、运行与维护。按网络公用标准和实际使用的网络进行分析、归类，具体划分为：共用标准、IP 网标准、 ATM 网标准、以太网标准、传输网标准和接入网标准。此外还包括卫星网、电话网、支撑网、业务网等标准。

4）电子商务信息安全标准体系。包括，电子商务系统安全模型和电子商务安全标准体系。其中，电子商务系统安全模型包括：物理平台及安全、网络平台及安全、应用支撑平台及安全、应用平台及安全、安全支撑环境和系统安全管理。电子商务安全标准体系包括基础标准、技术标准和管理标准三部分。

5）电子商务应用标准体系。由三部分内容构成，即电子商务标准体系、电子政务标准体系和空间信息应用标准体系。

6）管理标准体系。该体系包括系统管理、网络管理、工程标准、验收与监理标准、测试与评估标准以及质量控制与认证标准等。

（4）我国电子商务标准发展趋势

我国电子商务标准的发展呈现以下趋势：

1）标准驱动市场化。随着电子商务的迅速发展，形成了以市场驱动为主要动力的发展模式。

2）标准制定集中化。电子商务标准的有关机构由分散走向合作。

3）标准内容广泛化·电子商务是一门综合性的新兴商务活动，涉及面相当广泛，包括信息技术、金融、法律、市场等多种领域，相关标准跨行业、跨学科，广义上的电子商务标准体系十分庞杂，几乎涵盖了现代信息技术的全部标准范围，和尚待进一步规范的网络环境下的交易规则。

4）标准合作国际化。电子商务标准的内容复杂，数量巨大，无论从技术上、经济上还是使用上讲，制定工作都不是一、两个国家所能单独够承担的，必须依靠国际合作。

5）标准适用灵活化。电子商务是一门非常活跃的新技术，尚处在发展阶段，具有发展快、更新快等特点，这就使得电子商务相关标准的制定和执行上，既要遵从标准的一般发展要求，又要摆脱传统标准化观念的束缚和某些现行标准化工作程序的限制，使电子商务标准化向更加灵活的方向发展。

20.5　信息资源管理

本节主要介绍信息孤岛的形成根源及预防、应对措施，信息资源分类，信息资源规划和信息资源网建设、知识管理与商业智能等内容。

20.5.1　信息孤岛

信息孤岛是信息化过程中出现的一种现象，它是信息化的成本因素，也就是说，信息孤岛是信息化的阻碍力量，是信息化提升效率的重要瓶颈。因此，消除，至少要削弱信息孤岛的影响，是信息化进程中的重要任务。

1. 信息孤岛的含义

信息孤岛虽然屡屡被人提起，然而，并没有一个被人普遍接受的定义。信息孤岛通常是指，在一个单位的部门之间、系统之间、业务之间由于种种原因造成信息隔离，无法或很少能互相交换和交流，亦即信息不能跨部门、跨系统和跨业务流动。例如，财务信息只在财务部门生成、处理和使用，其他部门不能共享。这种现象，人们习惯性地称为信息孤岛。

信息孤岛在技术上带来的不良影响仅举几例。

（1）数据的一致性无法保证。由于信息定义与采集过程彼此独立，企业的同一数据可能在不同的应用中不一致。

（2）信息无法共享和反馈。使得一些业务由于不能获得所需信息而受影响。

（3）信息需要重复多次的采集和输入。不仅仅增加额外的劳动，同时，也是数据失真的重要原因。

2. 信息孤岛的形成原因

信息孤岛是企业信息化一个重要的负面因素，找出其形成原因，并克服之，对于推动企业信息化有着重要意义。

（1）信息化初级阶段原因。企业信息化处于初级阶段是信息孤岛形成的客观原因。因为，只有在企业实施信息化，开发应用信息系统才能形成"信息岛"，进一步，只有多个"信息岛"才有可能出现所谓的"孤岛"，即信息孤岛。

早在 70 年代在美国由诺兰教授提出"诺兰模型"，即，信息系统建设可分为初始、扩展、控制、统一、数据管理和成熟 6 个阶段。从诺兰模型可以看出，在第四阶段，即统一阶段之前，存在信息孤岛是必然的。

（2）技术原因。信息系统是信息技术的集成应用，因而，技术上的缺陷或初级必然会形成信息孤岛。而技术原因又可分为几种情况：

一是技术不够成熟。例如，在网络未普及之前，大部分企业都是单机应用，自然形成许多信息孤岛。那时，想要消除信息孤岛必然有较大的成本支出。

二是选用技术有缺陷。例如，选用即将被市场淘汰的技术，或是刚刚推出但还不成熟的技术，都会导致信息孤岛的形成。

（3）管理原因。管理方面的问题是信息孤岛形成的最重要原因，而在管理原因中最主要的是缺少信息化战略规划。由于缺少信息化战略规划，致使企业在信息化实施过程中，采取一种"积木"式的策略，每个信息系统都是独立地建设，必然形成许多个信息孤岛。

缺少信息资源规划也是信息孤岛形成的重要原因。不重视信息资源的规划是许多企业共同的薄弱环节。由于不重视信息资源规划，因而，致使信息系统在开发和应用之初就先天不足，一个信息系统本身信息资源管理都处于混乱状态，更遑论信息交换和共享了。

（4）业务流程原因。在一些企业，手工处理的业务本身就存在许多弊端，如，由于业务流程被人为地分割成若干孤立的业务项，而不同的业务项分别由不同的业务人员负责，而且，这些业务人员之间又缺乏交流，形成了许多"业务孤岛"。显然，这些"业务孤岛"的存在就决定了再好的信息系统也无法避免信息孤岛的出现。

（5）标准的原因。企业在不同时期分散实施的系统，由于在运行环境、数据库系统、信息编码规则、业务流程定义等方面执行不同的标准，导致无法实现信息共享和系统集成。例如，某企业开发了人事管理信息系统，在信息编码上，标准不统一，有的用员工编号，有的用身份证号，也有用自然序号或姓名，从而为系统埋下隐患。

3. 信息孤岛的预防及应对之策

信息孤岛问题应从两个方面解决：一是消解已有的信息孤岛，二是预防新的信息孤岛的发生。

一是正确认识信息孤岛。在企业信息化实施过程中，消解已有的信息孤岛和预防新的信息孤岛，二者不可偏废。如果只重视预防而忽视消解，必然造成新旧信息孤岛之间存在许多"死结"，使得新的信息系统由于受到旧系统的拖累而无法正常运行；反之，就会造成已有的信息孤岛还没解决，就又出现新的信息孤岛。

二是要有科学、可行的信息化规划，并且要按规划实施。在实施过程中，如果实际情况发生改变，首先的工作是修改规划，然后，再按规划去执行，而不是把规划放在一边，按主观意愿去实施。

三是从技术上采取消解和预防措施。

（1）消解已有信息孤岛措施

升级替换、建立数据交换协议和数据接口，以及通过集成平台实现系统应用的集成能够消解已有的信息孤岛

1）升级替换。升级替换就是对现有失去持续维护能力和没有维护意义的系统，采用升级的办法或用全新的系统替换，将旧系统中产生的数据导入到新系统中，从而消除现有信息孤岛。在升级替换过程中，应当把系统运行环境、数据库系统等统一起来，在数据整合的基础上实现系统的整合和业务的集成。条件许可的情况下，可以对企业信息化重新规划，对现有运行的系统进行全面的升级和替换。

2）建立数据交换协议和数据接口。建立数据接口是一种不彻底但有效的方法。企业信息化是一个渐进的过程，因此，在大多数企业里，都有先后开发的相对独立的信息系统，并且这些系统可能由不同的供应商提供，同时，由于条件限制，不可能做到全面升级。这时，可以采用建立数据接口方式实现系统之间的数据交换和信息共享。接口协议建立后，各供应商负责自己系统的修改，并按照接口协议规定存取所需要的数据。

3）通过集成平台实现系统应用的集成。集成平台是实现不同信息系统之间数据交换和信息共享的通用工具，它是在应用集成技术支持下完成的。集成平台将业务流程、公共数据、应用软件、硬件和各种标准联合起来，在实现不同信息系统之间的无缝集成，使它们像一个整体一样进行业务处理和实现信息共享。

这种集成平台还可推广到跨企业的信息系统的集成。实现多个企业信息系统之间的商务交易。其中一个成功应用就是海关总署建设的"电子口岸"。它是跨部门联网的集成典范。"电子

口岸"借助国家电信公网资源，将海关总署、商务部、国家税务总局、国家外汇管理局、等十几个部委管理的进出口业务的信息流、资金流和物流的电子底账，集中存放在公共数据中心，在统一、安全、高效的计算机物理平台上实现数据共享和数据交换。

（2）统一规划，预防信息孤岛

一个准备实施的信息化系统，一定要把预防信息孤岛作为重要的任务之一。企业管理层应从预防可能产生信息孤岛的环节入手，进行全面的系统规划、统一接口标准、建立业务流程定义规范，从而保证信息系统具有较强的鲁棒性，保证系统以健康的状态投入运行。

1）统一信息化规划。首先，要结合企业实际情况，进行信息化规划，而后，在规划的指导下，确定统一的系统运行环境、数据库系统，规定信息集成模式、接口标准和规范。

在实施新的信息系统前，依据总体规划要求，审查系统的功能接口，并对可能会出现的问题进行模拟实验，以避免新的信息孤岛的产生，实现各个子系统的高速、高效互联，达到信息共享和网上数据交换，提高信息传递效率。

2）理顺企业的数据流。在企业信息化实施过程中，数据处理的准确性、及时性和可靠性是至关重要的。它是以各业务环节数据的完整性和准确性为基础的，因此，理顺企业的数据流是企业信息化建设成功的关键之一。信息化建设是对企业管理水平进行量化的过程，也是提高管理水平的良好手段。企业流程包括管理流程、业务流程和生产流程，无论是哪种流程，都必然有数据流相伴随，因此，理顺了数据流也等于理顺了管理。而理顺数据流就要明确部门之间哪些数据需要共享，哪些数据要上报企业领导，哪些部门需要获取外部的知识或信息，哪些数据需要对外发布和宣传，哪些数据需要保密，子公司与总公司交换哪些数据等。

3）统一数据平台和集成标准。统一数据平台的基础就是以业务为核心，通过信息流将企业各部门的主要业务集成起来。信息系统建设，需要根据企业规模确定数据结构，即是采取分布式数据结构还是集中式数据结构。在此基础上，统一数据库系统和运行平台。当采用分布式数据库时，需要确定分布的层次、数据传递方向和标准，这样有助于减少日后信息孤岛现象的发生。

20.5.2　信息资源分类

信息资源分类是根据信息资源自身内容的属性或特征，将其按一定的原则和方法进行区分和归类，并建立起一定的分类体系和排列顺序。信息资源分类的依据取决于分类对象的属性或特征。根据不同观察角度和需求的不同，可以对同一个信息资源进行多重分类。

信息资源分类的主要功能是用于信息资源的管理，而信息资源管理的起点和基础是建立信息资源目录。信息资源只有科学地建立了目录，才能使信息资源得到快速、及时的存储、处理、检索和使用。

1. 信息资源分类的基本原则

信息资源分类是信息资源管理中最为复杂的工作之一，应当遵循以下几个原则。

一是简洁原则。信息资源的分类必须简洁，类目的设置一般以分到二级类目为宜，至多不超过三级类目。因为超过三级类目后，从管理的角度，分类的难度和工作量将会有很大的增加；同时，从使用者的角度，对信息资源的分类查找变得更加困难，这将偏离对信息资源进行分类的初衷，难以达到对信息资源快速查找定位的目的。

二是独立原则。在设置不同的分类方式时，不同分类方式的类目设置尽量不要重复，即需要从不同的维度对信息资源进行分类，不同的分类维度最好能够正交。

三是可操作原则。需要注意分类标准的可操作性，很多信息资源的分类都是基于信息资源的业务分类进行细化和合并，尤其对于细化的情况，除非有明确的判定规则和判定依据，应尽量避免细化分类，大多数情况下，对已有类目进行细分是一件非常困难和无法完成的工作。

2. 信息资源分类方法

对信息资源的分类一般从三个维度展开。一是从信息资源管理的角度对信息资源进行分类，二是从信息资源的来源和提供部门的角度进行信息资源的分类，三是从不同的应用主题，建立信息资源的分类体系。

（1）从管理维度分类。从信息资源建立的最初目的来看，一般信息资源都是在业务信息化基础上形成的各种信息。例如，对自然人管理形成的人口信息资源、对法人管理形成的法人信息资源、对各种自然资源以及空间基本信息进行管理的自然地理与空间信息资源等。各领域、各部门在信息资源的采集加工过程中，从业务管理的角度一般都有比较明确的信息资源分类，用于指导信息采集的专业分工。同时，管理角度的信息资源分类也是专业业务分工的结果，某些情况下，二者相互影响。

（2）从专业维度分类。专业业务分工决定了管理维度的信息资源分类，而从业务整体角度考虑，在信息和业务整合的过程中，信息资源的管理分类可以促进专业部门更好的合作。从实际操作的情况看，管理维度的分类一般有两种情况，一是专门的业务部门所采用的信息资源管理分类体系。例如，一般地震信息资源的分类包括了测震、前兆、强震动、应急等主要分类。二是综合部门从信息资源登记和管理的角度提出的分类，例如，部分地方政府的信息化管理部门从信息资源管理的角度，已经初步制定了政务信息资源的分类方式。

（3）从信息来源维度分类。这种信息资源的分类体系比较简单，一般按照权威的信息资源提供部门，设置信息资源的一级、二级乃至三级类目。按照信息资源的来源进行分类的最大优势在于两个方面。一是从分类信息的赋值角度极大地简化了工作量，基本上在数据采集的过程中不需要对采集人员进行专业培训，甚至不需要进行重复录入。对同一个信息资源提供部门来说，只要设定一个初始化的数值，其后该单位所有的信息资源分类信息都可以复用。采用信息资源来源分类的第二个优势是使用者不需要学习或者了解特定分类体系的内容，使信息资源的查找过程更加简单和直接。

（4）从应用主题维度分类。根据应用主题对信息资源分类是三种分类体系中最为复杂的一种分类方式。同一个信息资源根据其服务和应用的目标不同，会有不同的分类方式。例如，对全国行政区划信息而言，从基础测绘部门的角度，可按照其服务对象进行分类，一般划分到基础性信息资源中；而对于宏观经济管理而言，该信息资源由于不是核心业务信息，可能被划分到辅助性信息资源中。尤其对于政府部门产生的信息资源，从政府部门之间跨部门应用角度提出的分类体系与服务于企业和公众的信息资源分类体系必然有很大的不同，这是由不同的信息资源使用者的应用需求来决定的，有多少不同的应用需求就有多少相应的信息资源分类方式。

> **希赛教育专家提示**：很多情况下，不同信息资源分类体系需要相互转化和映射。当一个信息资源已经采用某种分类体系进行分类后，再按照其他分类体系进行赋值时一般都希望通过分类转换的方式自动进行，而不是重新进行分类赋值。

20.5.3　信息资源规划

本节包括信息资源需求、制定信息资源管理基础标准和信息资源网建设三部分内容。

1. 信息资源需求

组织对信息化的需求是组织信息化的原动力，它决定了组织信息化的价值取向和成果效益水平。而需求本身又是极为复杂的，它不是组织中各个部门对计算机技术和功能需求简单的罗列，也不是对信息系统和信息项目需求的简单叠加，而是一个系统性的、多层次的目标体系。

一般说来，信息化需求包含三个层次，即战略需求、运作需求和技术需求。

（1）战略需求。组织信息化的目标是提升组织的竞争能力、为组织的可持续发展提供一个支持环境。从某种意义上来说，信息化对组织不仅仅是服务的手段，也不仅仅是实现现有战略的辅助工具；信息化可以把组织战略提升到一个新的水平，可以为组织带来新的发展契机。特别是对于企业，信息化战略是企业竞争的基础。

（2）运作需求。组织信息化的运作需求是组织信息化需求非常重要且关键的一环，它包含三方面的内容：一是实现信息化战略目标的需要，因为，一个战略目标制定以后，必须通过实际运作来实现。而实际运作的过程中，会不断提出新的信息化需求；二是运作策略的需要。组织信息化策略选择是实现信息化战略的支持力量，例如，是自主开发还是外委，在什么时机进行开发，如何培训，对相关产品如何选型等；三是人才培养的需要。组织信息化的一个关键功能是就是人才的培养。

（3）技术需求。信息化技术是组织发展的一个支撑环境，由于一些组织的信息化建设进行了相当长的时间，一些系统已不满足目前的需求，有的甚至形成了许多信息孤岛，这些问题在信息技术层面上对系统的完善、升级、集成和整合提出了需求。也有的组织，原来基本上没有上大的信息系统项目，有的也只是一些单机应用，做一些文字处理工作，或是上网浏览一下有用信息。这样的组织的信息化需求，一般是从头开发新的系统。

组织的三个层次的需求并不是相互孤立的，而是有着内在的联系。信息化需求的获取是一个自上而下的过程，需要对这些需求进行综合分析，才能把握组织对信息化建设的方向。

一个组织就是一个系统，而且是一个复杂的系统。组织的各层次的信息化需求之间并不是互相独立、互不相关的，而是存在着有机的内在联系。搞清不同层次需求之间的关系对于组织信息化的实施非常重要，其实，它就是信息化所要解决的问题。

各层次信息化需求之间的逻辑关系包括的因果关系、依赖关系、主辅关系、协同关系等。

实现组织信息化是需要资源的，包括人力、物力和财力，以及时间和精力等资源，而任何一个组织所拥有的资源总是有限的，不可能满足所有的需求。在这种情况下，一个组织的信息化应该遵循"总体规划，分步实施"的原则，在多方面、多层次的需求中，首先考虑那些关键的、主要的，并且资源条件允许的需求。另一方面，在组织信息化基础比较薄弱，员工对信息化的认识和技术水平较低的情况下，如果能从相对比较容易实施和产生效果的环节切入，使组织能在短时间内实实在在地体会到信息化所带来的效果，这对组织信息化的推进是很有好处的。

2. 制定信息资源管理基础标准

制定信息资源管理基础标准是信息资源管理的关键环节，缺此，其结果可能相当不乐观。

信息资源管理基础标准是指那些决定信息系统质量的、因而也是进行信息资源管理的最基本的标准。根据高复先教授的总结，信息资源管理基础标准有：数据元素标准、信息分类编码标准、用户视图标准、概念数据库标准和逻辑数据库标准。

> **希赛教育专家提示**：没有卓有成效的数据管理，就没有成功高效的数据处理，更建立不起来整个企业的计算机信息系统。

为了有效地制定和实施这些标准，应该遵循下列重要的原则：

- 不能把例外当成正规。任何原则都有例外的情况，没有适用于所有情况的标准。但是，数据管理人员决不允许把例外当成正规。
- 管理部门必须支持并乐于帮助执行标准。如果违背了标准，管理部门必须帮助确保那些违背标准的行为得以纠正。
- 标准必须是从实际出发的、有生命力的、切实可行的。标准必须以共同看法为基础，标准中复杂难懂的东西越少就越好执行要保持标准的简明性。
- 标准决不是绝对的，必须有某种灵活的余地。尽管有些标准必须严格遵守，但是大多数标准不应该严格到严重束缚数据设计人员灵活性的程度。
- 标准不应该迁就落后。标准要控制和管理当前和未来的活动，而不是恢复和重演过去的做法。在大多数情况下，今天制定的标准是几个月前数据设计所未曾采用的。
- 标准必须是容易执行的。要达到这一点，必须容易发现违反标准的情况。能自动检查标准符合情况的方法愈多，标准本身愈加有效。
- 标准必须加以宣传推广，而不是靠强迫命令。即使上级主管部门完全支持数据管理标准，也要向各级业务人员宣传这些标准。数据管理人员必须热情地向所有职员宣传这些标准，向他们讲明为什么需要这些标准。数据管理标准要求程序员和分析员改变他们的数据设计方法。任何持久的、有意义的变化必须来自员工自己的认识。
- 关于标准的细节本身并不是重要的——重要的是有某些标准。数据管理人员必须善于综合考虑和商讨所要制定的标准细节。
- 标准应该逐渐地制定出来，不要企图把所有的数据管理标准一次搞完。一旦标准制定出来，就要开始执行，但执行标准是渐进的、有节奏的。允许非数据管理人员有充足的时间对新的标准做出反应和适应。标准的实现必须是渐进过程，而不是突变过程。
- 数据管理的最重要的标准是一致性标准——数据命名、数据属性、数据设计和数据使用的一致性。

（2）信息资源管理标准

信息资源是企业最重要的资源，开发和利用好信息资源是企业信息化管理的出发点，也是企业信息化管理的归宿。建立信息资源管理的基础标准，从而保证标准化、规范化地组织信息，这是开发利用信息资源的基本工作。有的企业重视硬件轻视软件，或者重视软件轻视数据，或者重视信息通信网建设而轻视信息资源网建设，这都是一些只见树木不见森林的做法，是造成一些系统失败的主要原因。信息资源管理有下列 5 个基础标准：

1）数据元素标准。数据元素是最小的不可再分的信息单位，是一类数据的总称，它是数据对象的抽象。研究表明，数据元素具有"原子意义"，根据企业的类型和规模，数据元素不仅在数目上存在统计规律，而且还有比较稳定的对象集。对数据元素的标准化管理包括数据元素的定义、命名和一致性管理。由于在不重视数据元素的标准化，即缺少数据元素命名标准，或者缺少考虑数据元素创建和使用规划，从而导致数据处理系统中所使用的大部分数据名称庞杂混乱，少数数据元素有众多的同义词或别名。例如，在数据处理系统中的"职工姓名"、"员工姓名"、"职员姓名"等。数据元素标准有可分为：数据元素命名标准、数据元素标识标准、数据元素一致性标准。

2）信息分类编码标准。在企业信息化的过程中，标准化越来越重要，特别是信息的标准化，更是信息化的"瓶颈"。有这样的案例：在有的企业，由于没有实现信息标准化就盲目地开发了信息系统，运行一段时间后，由于数据混乱而导致系统无法运行。因此，信息分类编码标准是信息标准中的最基础的标准。信息分类就是根据信息内容的属性或特征，将信息按一定的原则和方法进行区分和归类，并建立起一定的分类系统和排列顺序，以便管理和使用信息。信息编码就是在信息分类的基础上，将信息编码对象赋予有一定规律性的、易于计算机和人识别与处理的符号。具有分类编码意义的数据元素是最重要的一类数据元素，它们决定着信息的自动化处理、检索和传输的质量与效率。应该遵循国家已经发布的有关标准化文件，按照一定的序列，建立起属于本企业的一整套信息分类编码标准。

3）用户视图标准。用户视图是一些数据元素的集合，它反映了最终用户对数据实体的看法。用户视图是数据在系统外部而不是内部的表象，是系统的输入或输出的媒介或手段。用户视图主要包括企业管理的表单、报表、屏幕数据格式等。用户视图的规范化管理包括用户视图名称、标识和组成的管理。规范并简化用户视图是企业内外信息共享和交换的基础。因为，人工管理积累了很多冗余或不一致的单证或报表，按照这样的格式建造数据库，必然导致低劣的数据环境。要改变这种情况，必须从用户视图标准化开始设计信息系统。

4）概念数据库标准。概念数据库是最终用户对数据存储的看法，是对用户信息需求的综合概括。用户的信息需求首先集中在概念数据库的界定上。概念数据库标准包括数据库名称、标识、主关键字和数据内容列表。列表项可以是数据元素，也可以是数据元组。概念数据就是主题数据库的概要信息。企业的概念数据库标准是指列出全企业所有的主题数据库的概要信息，它是经过战略数据规划工作之后完成的。由于企业性质和规模的不同，有的企业可能有 30个左右，有的可能有 50 个左右的主题数据库概要信息，这就是企业概念数据库标准。

5）逻辑数据库标准。逻辑数据库是信息系统分析设计的基础，是对概念数据库的进一步分解和细化，一个逻辑主题数据库由一组规范化的基本表构成。

由概念数据库演化为逻辑数据库，主要工作是采用数据结构规范化的理论与方法。将每个概念数据库分解、规范化成第三范式的一组基本表。企业的逻辑数据库标准是指以基本表为基本单元，列出企业全部的逻辑数据库。

（3）数据字典

数据字典是数据管理的重要工具，是有关数据的信息的收集、维护和发布的机制，特别是在制定"信息资源管理基础标准"的过程中，建立数据字典更是一项非常关键的工作。

数据字典提供了关于数据元素、元组、记录组、信息的定义和使用机制，以及这些数据实体之间的联系。还可以定义其他一些对象，例如，输入格式、报表、屏幕界面、处理程序模块。

20.5.4　信息资源网建设

信息资源网的建设是信息资源的开发和应用的高级阶段，是从局部到全局的过程。

1. 信息资源网的概念

信息资源的开发和应用是一个从低级到高级、从局部到全局的过程。信息资源网是信息资源开发和应用到目前为止，比较高级的模式。信息资源网之前的模式主要有：

一是点对点的通信。人们所熟知的书信、电报、电话等都属此类。

二是信息通信网。它不仅仅是点对点的通信，而是一个面向全社会的、广域的、由多种通信方式构成的信息传输网络。

信息资源网是建立在以上两种通信方式基础之上，面向多元社会需求，通过全方位、跨部门、跨地区、多层次的信息资源开发利用的体系。"信息通信网"与"信息资源网"是构成社会经济信息网的两个必要的组成部分。

通信网一般是利用国家公用电信平台，主要是公用电话网、公用分组交换网和数字数据网等构筑的区域性或专业性的通信网。信息资源网是指各相关经济信息提供部门和使用部门建立的各种数据库、信息中心和信息应用系统。从功能角度讲，信息通信网主要是将信息以某种媒体形式进行传输，而信息资源网则包括了从信息采集、加工，直至最终利用的众多环节。

2. 信息资源网的构成要素

信息资源网的构成要素包括，信息资源网的结构特征、信息资源网信息产品的生产体系、信息资源网中的信息产品的营销体系、信息资源网的管理体系和信息资源网的形态特征。

（1）信息资源网的结构特征

之所以成为信息资源网，是因为从不同的角度分析信息资源，都可以看到，信息资源的内部是一种网状结构。

一是从信息资源加工处理的角度看。由于社会经济活动的多样性与复杂性必然要反映到信息中来，所以在庞大的信息资源集合中，每一项信息都反映了一项事物或若干项事物的特征，而每一项事物的特征必须用若干项信息来反映。这样就说明，在信息与事物之间存在一种一对多、多对一，以及多对多的网状结构。人们也正是根据信息的这种网状结构来对各种信息进行分类、汇总、加工、存储和使用。

二是从信息内容的角度看。客观事物总是相互关联的，在信息资源内部也存在与客观事物相对应的有序结构，这种有序结构由信息本身具有的客观内容所决定。

三是从信息需求和利用的角度看。从信息利用的角度看，一条信息可能为多个主体所需求；而一个需求者可能又需要多方面的信息。这种一对多、多对一的联系构成了信息与供求之间复杂的多对多的关系，即从信息需求和利用的角度看，信息也是一种网状结构。

为了提高信息资源的利用效率，应该使资源对用户更为友好，更为透明。因此，在信息资源的组织上还应该包括对最终需求的有序结构。建立信息资源网的主要任务，就是要广泛开发信息资源并使其具备上述的有序结构。

（2）信息资源网的信息产品的生产体系

信息需求者自然可以自行采集、加工自己所需的信息。但现代社会，由于信息总需求大大增加，对效率的要求随之提高，因此，导致信息的生产者与信息的需求者便逐渐分离。信息的需求者可以委托信息生产者开发自己所需的信息，也可以从生产者手中直接获得已经开发信息。这样就形成了信息生产的社会化，形成了信息服务业。另一方面，信息的开发、加工、生产主要是复杂劳动或者说是智力劳动，信息开发往往需要专业知识，因而专业化分工是现代信息产品生产的又一特征。要满足全社会的信息需求，信息资源网就必须包括一种充分发展的、社会化的、专业化的信息开发生产体系。

（3）信息资源网中的信息产品的营销体系

信息资源网建设需要持续不断的投入，但更需要通过营销体系取得效益，这样才能使信息资源网自身能够滚动发展。信息营销是沟通信息供给与需求之间的重要环节，也是促进信息资源合理流动的重要环节。有效的营销体系包括有形和无形的信息市场体系，是信息资源网的又一内容。

（4）信息资源网的管理体系

对信息资源的开发利用也要像对其他资源一样加强管理，因而信息资源网除包括开发利用及运行方面外，还应包括对开发利用的管理。信息资源网的管理主要包括资源管理、行业管理、技术管理。在资源管理方面包含信息资源的配置、信息共享及信息检索的授权、入网信息产品的审查等；在行业管理方面，包括对信息产品生产的统筹规划、专业化分工以及信息产品生产的资格认证等；在技术管理方面，要制定相关的标准、规范，选用新设备、培训人才等。从更高的宏观层上面讲，还包括有关信息服务的法律法规、相应的产业政策。

（5）信息资源网的形态特征

"硬件"和"软件"是计算机技术中的专业术语，人们已习惯于利用它们将不同事物升为"硬"、"软"两种形态，或者将同一事物分为"硬"、"软"两个方面。社会信息资源网也包括硬、软两个方面，即硬资源和软资源。信息是信息资源网的软资源。存储设备、处理设备、检索设备、管理设备等，是信息资源的硬资源。两种资源，即硬资源和软资源的协同、集成开发是信息资源网建设的关键。

3. 信息资源网的意义

信息资源网概念的提出，对信息化建设有着重大的意义，它既强调了信息资源的产生、存在和运动的形态特征，又突出了信息资源开发利用的复杂性和重要性。这对信息化建设者，包括企业领导、信息主管、业务人员、数据管理员、程序员、系统分析师来讲，有利于抓住信息化建设的重点，突出信息资源开发利用的核心地位。

在实施企业信息化过程中，如果对信息资源开发不重视或重视得不够，就会取得事倍功半的效果。因为，把静态的、孤立凌乱的信息资源变为网络化的信息资源，只能使得信息更加混乱，会给企业信息化埋下隐患。而信息资源网的建设就能使信息化建设沿着正确的路径前进。

4. 信息资源网的建设

信息资源网的建设包括，数据库和数据仓库的建设、信息资源网的数据分布和分布式数据库的建设。

（1）数据库和数据仓库的建设

企业信息资源网中存储和流通的信息，可按不同的视角进行分类：有历史信息、现在信息和将来信息；内部运作信息和外部情报信息；实时动态信息和非实时静态信息；计划信息、调整信息和统计信息；操作层的信息、管理层的信息和决策层的信息；结构化信息和非结构化信息等。其中，用于综合分析与决策活动的结构化的数据，包括当前的和历史的数据，具有突出的地位与意义。所有这些数据和信息，都应存储在数据库或数据仓库之中。特别是数据仓库技术，为企业数据的深加工和辅助决策分析应用提供了有力的支持。

数据仓库是从数据库发展来的，明确地讲，是从主题数据库发展来的。企业的主题数据库和数据仓库构成了高档次的数据环境，成为信息资源网主要和重要的资源载体。企业的管理层和决策层所进行的综合信息查询和辅助决策工作，需要从多种数据源中获取信息。如果信息管理环境混乱，缺少共享数据库和数据仓库，那么综合查询和决策信息的提供将是十分复杂、十分困难的；如果有了共享数据库和数据仓库，这些信息的提供就会非常简单方便。

数据仓库简单地说就是单一的、完整的和一致的数据存储，这些数据从多种数据源获取，经过加工成为最终用户在一定程度上可理解的形式，以便用于业务管理工作。企业数据仓库是多种数据库的集成，包括：结构化、半结构化和非结构化数据。这些数据都需要建立稳定的数据库，有科学的结构，才能有效地存储和使用。

（2）信息资源网的数据分布

企业信息资源网的建设必须考虑数据的存储分布策略。一些业务分布地域广的企业，其数据一般不会完全集中存放在中心。不论是通信网络环境如何优越，出于多种因素的考虑，分布式数据库仍然是需要的。

1）数据的分散存储

在技术成本许可的条件下，把数据存放在使用它们的地方通常是较好的选择，原因有两方面：一方面，用户认为数据库是"自己的"，因而会对数据的录入维护更负责任；另一方面，某些数据固有的属性必然导致分散存储。这些属性有：

- 有些数据在某一地点使用，而在其他地点很少或根本不使用。这样，向中心传送存取数据，既复杂又费钱，是完全没有必要的；
- 当地部门负责自己数据的准确性、保密性和安全性；
- 对于单一的集中式数据存储系统来说，数据更新的频率太高；
- 最终用户对外围数据进行检索或处理的操作量很大，这些都集中到中心进行，会危及中心系统的性能。

2）数据的集中存储

某些数据的固有属性必然导致集中存储。这些属性如下：

- 有些数据是被集中式的应用项目所使用的，例如全公司的工资单、采购单、会计总账等；
- 所有部门的用户需要存取相同的数据，而且需要更新到"分钟"级版本的数据。这种数据更新频繁，这就需要集中管理，避免因更新频繁而引起的多副本的实时同步问题；
- 有的数据要作为一个整体被检索，如果去访问多个地理位置上分散的数据库，这会浪费时间，减低查询效率；
- 有些数据要确保高度的安全性，进行集中存储管理并采用后备副本，要比在分散的地点保存数据安全得多。

（3）分布式数据库

分布式数据库存在着多种形式，其中常用的有：

1）复制数据。复制数据是指在不同的地点保存相同数据的几个副本。这样重复存储避免了系统之间的数据传输，节省费用，特别是对于高频率使用的数据更有意义。

2）子集数据。这种数据通常存储在外围计算机中，作为较大计算机的数据库的一个子集。这样做的原因是，一是这种数据在外围地点使用频繁；二是这种数据在产生地点，就地录入，就地使用，对成批数据进行检查，然后再传送到远距离的中心数据库中去。

3）重组数据。一般来说，数据仓库存储的是经过深加工的综合性信息，提供给高层管理人员辅助决策。

4）分区数据。分区数据是指相同的模式被用于两台或多台计算机中，每台计算机存有不同的记录，但有相同的数据结构。这是数据分散管理的一种普通而又有价值的形式。

分布式数据库管理的关键问题是多个数据副本的同步更新。

20.6　知识管理与商业智能

知识管理是企业信息化发展的高级阶段，而商业智能则是知识管理的实际应用。

20.6.1　知识管理

知识管理是信息化时代重要的管理理论和管理方法，管理大师彼得·德鲁克早在一九六五年即预言："知识将取代土地、劳动、资本与机器设备，成为最重要的生产因素"。在信息化的过程中，知识管理成为构建企业核心竞争力，获得市场竞争优势的有力武器。

知识管理可以定义为：在组织中建构一个人文与技术兼备的知识系统，让组织中的信息与知识，通过获得、创造、分享、整合、记录、存取、更新等过程，实现不断创新。同时，这种创新知识又不断回馈到组织之内，从而使得组织的知识不间断的累积和升华，进而转化为企业的智慧资本。

在信息时代里，知识已成为最主要的财富来源。21 世纪的组织，最有价值的资产是组织内的知识工作者和他们的生产力。而知识工作者就是最有生命力的资产，组织和个人的最重要任务就是对知识进行管理。知识管理将使组织和个人具有更强的竞争实力，并做出更好地决策。

早在 20 世纪 80 年代，斯坦福大学的保罗·罗默教授就曾提出了经济增长四要素理论，其核心思想是把知识作为经济增长最重要的要素，他认为：首先，知识能提高收益；其次，知识需要投资；第三，知识与投资存在良性循环关系，投资促进知识，知识促进投资。在信息化过程中，公司中最大的资产，就是继资本、劳动之后脱颖而出的第三资源，即知识资源。

由于知识是企业最重要的战略性资源，因此，知识管理就成为企业的一个重要的战略任务。在国际化和信息化的大背景下，企业要在激烈的市场竞争中胜出，就要运用集体的智慧提高应变能力和创新能力，即，必须有创造和运用知识的能力，同时，也为企业实现显性知识和隐性知识共享提供的新途径。

人在获取知识的过程中，总是离不开信息，总是在与信息打交道，因此，知识管理的过程也是对信息资源的管理过程。毫无疑问，知识管理应是以人为中心，以信息为基础，以知识创新为目标，将知识看做是一种可开发资源。简单说，知识管理就是人在企业管理中对其集体的知识与技能的获得与运用的过程。

2. 知识管理的工具和手段

知识管理的工具和手段为知识管理提供了实施条件，使得知识管理能够为企业提升竞争力服务。

知识管理工具是实现知识的生成、编码和转移技术的集合。知识管理工具主体是以计算机为基础的技术集合，同时，也包括传统的知识管理工具，例如，人们经常用的纸和笔等。

（1）知识管理工具的范畴

基于计算机技术的管理工具分为三类，即，数据管理工具、信息管理工具和知识管理工具。从广义的角度看，知识管理工具是以上三类工具的总和，即，数据管理工具和信息管理工具都可看做是知识管理工具；从狭义的角度看，知识管理工具要区别于其他两类工具，也就是说，数据管理工具和信息管理工具还不是知识管理工具。知识管理工具不仅是数据管理工具和信息管理工具的改进，而是在更高的层次上的发展和创新。这是因为：数据、信息和知识是三个不同层次的事物。数据是基础，是"原生态"。而信息，按照信息论创始人申农的说法，"信息是不确定性的减少"，因此，信息是经过加工处理而具有某种使用价值的数据。知识是高级的信息，是蕴涵更高价值的信息。

数据管理工具的管理对象是数据，手工数据，如，销售数据、库存记录、各种台账报表等，基于计算机技术的有数据库、数据仓库、搜索引擎、数据建模工具等；

信息管理工具的管理对象是信息。现在人们经常使用的主要是基于计算机技术的工具，如，电子交换系统、决策支持系统、管理信息系统等；

知识管理工具的管理对象是知识，知识管理工具能够帮助人们实现知识管理的自动化或半自动化。例如，专家系统、知识库等。

（2）知识管理工具的分类

从企业中知识的生命周期来看，知识管理可以分为知识的生成、知识的编码和知识的转移。相应的，知识管理工具也分为三类，即知识的生成、编码和转移工具。

1）用于知识产生的工具。知识的创造对于一个企业来说是极端重要的，它是企业具有长久生命力的保证。知识的生成包括产生新的想法，发现新的商业模式，发明新的生产流程以及对原有知识的整合。企业内部的知识产生有多种模式，如知识的获取、综合、创新等。不同方式的知识产生模式应有不同的工具对其进行支持。使用比较多的用于知识产生的工具有：搜索引擎、数据挖掘技术、用于知识合成的工具、辅助创新知识的工具。

2）用于知识编码的工具。知识在产生出来后，只有通过共享和交流才能发挥其巨大的价值。知识编码则是通过标准的形式表现知识，使知识能够方便地被共享和交流。知识编码的困难在于，知识几乎不能以离散的形式予以表现。知识编码工具可以分为知识仓库和知识地图。

3）用于知识转移的工具。知识的价值在于流动。许多案例表明，如果不同的部门相互交流各自的经验和知识，那将会产生巨大的效益，因此知识的传播对于提高知识的价值是十分重要的。这个规律适用于组织或个人。在知识流动的过程中，存在许多障碍，使知识不能毫无阻力地任意流动。这些障碍可以分成三类：时间差异、空间差异和社会差异。企业需要根据各种障碍的特点，设计相应的制度和工具，使企业的知识更有效地流动。

（3）对知识管理工具的评价

知识管理工具是企业实施知识管理的物质基础，在企业实施知识管理过程中发挥着重要的作用，它有助于企业知识获取和累积，有利于企业员工进行知识集成和创新，促进企业的知识共享与利用，最终将增强企业的创新和竞争能力。但是，现有的知识管理工具还存在着不足：

一是功能不完整。作为以知识管理为目的的知识管理工具，还不能很好地支持企业内知识有效的获得、共享与传播，其功能还处于较低的层次，达不到大规模应用的程度；

二是集成度不高。现有的知识管理工具几乎都是针对某一具体任务。分别采用不同方法和技术开发的各类工具，往往会导致知识被分割或隔离；

三是协同性不够。知识管理的一个重要功能是促进企业员工、各部门之间的协同工作，而现有的知识管理工具对这方面的支持是不够的；

四是可重构性差。企业需要从多处引进各种不同的知识管理工具，然后建立一套适合于自己的知识管理系统。这就要求这些工具应具有可重构性，而现有知识管理工具这方面的性能是欠缺的。

20.6.2　商业智能

商业智能（Business Intelligence，BI）是企业对商业数据的搜集、管理和分析的系统过程，目的是使企业的各级决策者获得知识或洞察力，帮助他们做出对企业更有利的决策。

早在 20 世纪 90 年代末，商业智能技术就被一家计算机权威杂志评选为未来几年最具影响力的 IT 技术之一。但商业智能技术并不是基础技术或者产品技术，它是数据仓库、联机分析处理 OLAP 和数据挖掘等相关技术走向商业应用后形成的一种应用技术。

商业智能系统主要实现将原始业务数据转换为企业决策信息的过程。与一般的信息系统不同，它在处理海量数据、数据分析和信息展现等多个方面都具有突出性能。

商业智能系统主要包括数据预处理、建立数据仓库、数据分析及数据展现四个主要阶段。数据预处理是整合企业原始数据的第一步，它包括数据的抽取、转换和装载三个过程。建立数据仓库则是处理海量数据的基础。数据分析是体现系统智能的关键，一般采用联机分析处理和数据挖掘两大技术。联机分析处理不仅进行数据汇总/聚集，同时还提供切片、切块、下钻、上卷和旋转等数据分析功能，用户可以方便地对海量数据进行多维分析。数据挖掘的目标则是挖掘数据背后隐藏的知识，通过关联分析、聚类和分类等方法建立分析模型，预测企业未来发展趋势和将要面临的问题。在海量数据和分析手段增多的情况下，数据展现则主要保障系统分析结果的可视化。

一般认为，数据仓库、OLAP 和数据挖掘技术是商业智能的三大组成部分。

20.7　业务流程重组

1990 年，美国迈可·哈默（Michael Hammer）博士首先提出了业务流程重组（Business Process Reengineering，BPR）的概念。哈默认为，BPR 是对业务流程进行根本反思，要对其进行重新设计，从而使得衡量现代企业绩效的关键指标，如成本、质量、服务和速度等得到奇迹般的改善。

哈默对 BPR 的定义较全面地反映了业务流程重组的本质特征，这就是以业务流程为核心、对业务流程进行根本反思、彻底重新设计业务流程，使企业发生跨越式的发展。

以往的企业管理的变革和改进都是基于传统的职能分工理论，因此，其效果往往不佳，造成"膨胀——精简——再膨胀——再精简"的恶性循环。而 BPR 理论从根本上打破了职能分工理论的局限，把业务流程作为基础和核心，作为管理变革的对象。

所谓业务流程，是指为了完成某一目标或任务而进行的一系列跨越时空的逻辑相关活动的有序集合。通过考察业务流程的发生、发展和终结，确定、描述、分析、分解整个业务流程，重构与业务流程相匹配的企业运行机制和组织机构，实现对企业全流程的有效管理和控制，能够使企业真正着眼于流程的结果，消除传统管理中只注重某一环节而无人负责全流程的弊端。

2. BPR 的内容

BPR 彻底地抛弃了传统的职能管理模式，对员工角色、管理观念、组织机构带来巨大变革。

BPR 强调 4 个核心内容，即根本性、彻底性、戏剧性和流程。

（1）根本性。BPR 强调要进行根本性的再思考，各方面都要关注流程，因为它是企业的核心问题。

（2）彻底性。彻底性是要求对 BPR 进行追根溯源，对既定存在的事物不是进行小修小补，而是要进行彻底的改造。例如，BPR 彻底改变了员工的地位，员工不再是被动的命令执行者，而是被赋予足够的权力和负有与之匹配的责任的流程主人。BPR 鼓励员工在权力范围内自己决策，高层管理人员只是进行必要的指导和协调。同时，BPR 对员工的素质要求更高了，要求员工能胜任多层次的工作。在工作开始阶段，BPR 更强调观念教育而非技能培训。

（3）戏剧性。戏剧性表明 BPR 完全抛弃传统管理观念，不是追求稍有改善，而是充分强调结果的满意度；在衡量员工的业绩标准上，BPR 注重员工创造的价值，倡导创新，这与传统的"多劳多得"有本质的不同；BPR 彻底否定企业中大量的低效劳动和无效监督控制；另外，员工的晋升是靠综合能力而非一时的工作业绩。

（4）流程。BPR 主张不是企业的业务流程的简单改善，而是要创建全新的组织机构，打破以专业分工理论为基础的职能部门管理框架，建立以流程工作小组为单元的管理模式，形成扁平式管理机构，大大压缩了管理层级，不但提高了管理效率，增强组织柔性，而且节约了中间管理层所产生的巨额费用。

3. BPR 的作用

BPR 的实施将使企业发生根本性的变革，增强企业的活力，给企业带来巨大的经济效益。

（1）BPR 的实施使企业更贴近市场。企业为了提高顾客满意度，将主动进行市场调研，预测市场需求，及时掌握市场走向。同时，管理层级的压缩，使高层管理人员与第一线业务人员和顾客之间缩短了距离，能够直接获取一线人员的意见，在第一时间感知顾客对产品的反应和新的需求，从而及时调整经营决策。

（2）BPR 使生产成本成倍压缩。BPR 吸收了先进的管理理论和技术，利用并行工程等思想，可大幅度压缩产品的开发周期，加快产品的更新换代频率；同时，BPR 以业务流程为核心，彻底消除了传统管理模式中人为因素的干扰，减少了中间环节，降低协调、控制成本。另外，BPR 否定了传统管理模式中的多余监控，从而减少管理层级，使得管理成本大大降低。

（3）BPR 使产品质量得到全面提升。BPR 将全面质量管理思想贯穿于整个流程中，从市场调研阶段开始就把产品质量作为重要指标来监控。BPR 考虑了市场反馈信息的作用，采用柔性制造系统等先进理论开发、生产产品，可以最大限度地保证产品质量的全面提升。

（4）服务质量更趋完美。由于 BPR 彻底抛弃了职能分工的思想，确立了以流程为核心的观念，因此，企业所有员工都把满足顾客最大需求作为自己工作的首要目标。在工作方式上，员工由被动服务变为主动服务，传统管理模式下企业管理人员的许多监管工作已变得多余，员工工作的主动性和自觉性大大提高，企业的整体服务水平上升了一个层次，服务质量更趋完美。

由于 BPR 是企业管理的一场革命，通过根本性的变革建立以业务流程为核心的运营机制和组织机构，可能会给企业带来巨大的震荡。所以，企业实施 BPR 有可能获得巨大效益的同时，也承受了较大的风险，一旦 BPR 失败，将会给企业带来难以挽回的后果。

4. BPR 遵循的原则

BPR 在追求顾客满意度和员工追求自我价值实现的流程中带来降低成本的结果，从而达到效率和效益改善的目的。BPR 在注重结果的同时，更注重流程的实现，并非以短期利润最大化为追求目标，而是追求企业能够持续发展的能力，而为达此目标必须坚持流程中心原则、团队式管理原则和顾客导向原则。

（1）流程中心原则

企业业务流程，特别是关键业务流程总是在最大程度上体现了企业的总体目标和用户价值，因而，流程式管理模式最主要的特点是企业的一切工作都是围绕结果而不是围绕工序或分工。因而，BPR 注重的是业务流程整体最优，通过理顺和优化业务流程，使得业务流程中每一个环节上的活动尽可能实现最大化增值，尽可能减少无效的或不增值的活动，并从整体最优的目标出发，设计和优化业务流程中的各项活动，消除本位主义和利益分散主义。

（2）团队管理原则

在流程式管理模式下，企业的组织结构必须服从业务流程，要使组织扁平化，而要做到这些，就必须坚持另一个重要原则——团队式管理原则。在 BPR 中，首先是设计、重组业务流程。而后依据业务流程建立或改造企业组织，尽量消除或弱化"中间层"。这不仅降低了管理费用和成本，更重要的是提高了组织的运转效率及对市场的反应速度。

员工素质的提高是 BPR 取得成功的前提条件。在以流程为中心的管理模式下，员工的积极性和主动性必然高于以往，这是因为他们不再满足从事单调、简单的工作，而是承担一定的责任，有一定的权力，在工作中能充分发挥自我，有成就感。而要使员工的积极性和主动性能够得以长期保持，最有效的途径就是组成团队。

（3）客户导向原则

BPR 理论的出现是与世界经济的发展，社会环境的变化，科学技术的进步，新技术、新方法的推广应用特别重要的是信息技术的迅速发展所分不开的，而信息技术的发展才能保证顾客导向原则贯彻到底。因此，利用信息技术能够有效地帮助企业使得 BPR 得以很好地实施，例如，利用建模的信息工具可以重新设计经营流程；采用计算机网络、数据库和多媒体等技术建立的信息网络，能够加快信息传递，实现信息共享，其结果是将传统的串行工作方式变为并行工作方式，将企业组织结构由垂直型变为水平型，使企业成为协同工作的组织，使得企业的业务流程，特别是关键业务流程与市场接通，与顾客接通。

另一方面，科学技术的发展和管理模式日臻完善，为 BPR 创造了条件。例如，在加工制造行业，柔性制造系统，是一种能高效率、高质量地进行多品种、中小批量生产的自动化加工系统，利用它，企业可以快速响应市场变化，满足顾客多样化和个性化需求。一些现代管理模式，如精密生产、准时制造和全面质量管理等，提倡以顾客为中心，以及坚持增值第一和质量第一的理念，都体现了顾客导向的原则。

主要参考文献

[1] 高复先. 信息资源规划——信息化建设基础工程. 清华大学出版社，2002.4

[2] 詹姆斯•马丁. 战略数据规划方法学. 清华大学出版社，1994.3

[3] 黄群慧，张艳丽. 管理信息化：新世纪生产管理变革的主线. 广东经济出版社，2001.9

[4] 顾永才. 企业信息化运营. 同心出版社，2000.3

[5] 佚名. 电子政务工程建设初探. kyhz.nsa.gov.cn/kyxx/2002041506.htm

[6] 张友生. 系统分析师考试辅导. 清华大学出版社，2004.9

[7] 张尧学，史美林. 计算机操作系统教程（第 2 版）. 清华大学出版社，2000.8

[8] 汤子瀛，哲凤屏，汤小丹. 计算机操作系统. 西安电子科技大学出版社，2000.2

[9] 金恩华，邱敏，夏科军. UNIX 教程. 机械工业出版社，2003.5

[10] 何炎祥，宋文欣，彭锋. 高级操作系统. 科学出版社，1999.4

[11] 朱珍民，隋雪青，段斌. 嵌入式实时操作系统及其应用开发. 北京邮电大学出版社，2006.12

[12] 张友生. 系统分析师技术指南（2007 版）.清华大学出版社，2007.1

[13] 张友生. 软件体系结构（第 2 版）. 清华大学出版社，2006.5

[14] 温昱. 软件架构设计. 电子工业出版社，2007.12

[15] 刘寅彪. 系统分析之路. 电子工业出版社，2005.7

[16] 罗蕾. 嵌入式实时操作系统及应用开发（第 2 版） 北京航空航天大学出版社，2007.3

[17] 李庆诚，刘嘉欣，张金. 嵌入式系统原理. 北京航空航天大学出版社，2007.3

[18] 王安. 嵌入式系统的实时概念. 北京航空航天大学出版社，2004.6

[19] 杨刚，龙海燕. 嵌入式系统设计与实践. 北京航空航天大学出版社，2009.3

[20] 张友生. 系统分析与设计技术. 清华大学出版社，2005.3

[21] 张友生，张华. 系统分析师常用工具. 清华大学出版社，2004.9

[22] 马忠梅，马广云，徐英慧. ARM 嵌入式处理器结构与应用基础，北京航空航天大学出版社，2002.1

[23] 王海、张娟、将慧译. 数据与计算机通信. 电子工业出版社，2001.5

[24] 师夷工作室. 局域网与广域网的设计与实现. 机械工业出版社，2001.8

[25] 钟玉啄，王琪，贺玉文. 基于对象的多媒体数据压缩编码国际标准——MPEG-4 及其校验模型. 科学出版社，2000.10

[26] 林福宗. 多媒体技术基础（第二版）. 清华大学出版社，2002.9

[27] 周伯生，冯学民，樊东平. 统一软件开发过程. 机械工业出版社，2002.3

[28] 啄木鸟部落. 测试工具的选择和使用. 程序员，2003.9

[29] 张海藩. 软件工程导论（第四版）. 清华大学出版社，2003.11

[30] 韩柯，杜旭涛. 软件测试. 机械工业出版社，2003.7

[31] 韩柯. 软件测试：经验与教训. 机械工业出版社，2004.1

[32] 罗圣仪. 计算机软件质量保证的方法和实践. 科学出版社，1999.9

[33] 张友生. 计算机数学与经济管理基础知识. 电子工业出版社，2005.1

[34] 胡克瑾. IT 审计（第二版）. 电子工业出版社，2004.11

[35] 张世永. 网络安全原理与应用. 科学出版社，2003.5

[36] 张红旗. 信息网络安全. 清华大学出版社，2002.11

[37] 袁家政. 计算机网络安全与应用技术. 清华大学出版社，2002.8

[38] 杨义先，钮心忻. 网络安全理论与技术. 人民邮电出版社，2003.9

[39] 北京启明星信息技术有限公司. 网络信息安全技术基础. 电子工业出版社，2002.1

[40] 国家质量技术监督局标准化司编. 中华人民共和国标准化法及有关法规文件汇编. 中国标准出版社，2000.1

[41] 国家标准局. GB8567-1988 计算机软件产品开发文件编制指南. 中国标准出版社，1988.1

[42] 国家技术监督局. GB/T 12504，12505-1990 计算机软件质量保证及配置管理计划规范. 中国标准出版社，1990.11

[43] 国家质量监督检验检疫总局. GB/T 8566-2001 信息技术 软件生存周期过程. 中国标准出版社，2001.11

[44] 国家标准总局. GB 2312-1980 信息交换用汉字编码字符集 基本集. 中国标准出版社，1981.3

[45] 国家质量技术监督局. GB 18030-2000 信息技术信息交换用汉字编码字符集基本集的扩充. 中国标准出版社，2001.3

[46] The Unicode Consortium. The Unicode Standard Version 4.0. Addison-Wesley，2003.8

[47] 翁立峰. 互联网络法律体系试探讨.

http://member.netease.com/~bytalent/lawnet/net_tixi.htm

[48] 张友生. 遗留系统的评价方法和进化策略. 计算机工程与应用，2003(13):29-35

[49] 梅宏. 软件工程——实践者的研究方法（第五版）. 机械工业出版社，2004.7

[50] 郑人杰，殷人昆，陶永雷. 实用软件工程（第二版）. 清华大学出版社，1997.4

[51] 孔璐. 数据库原理与开发应用技术. 国防工业出版社，2004.1

[52] 吴丹，史争印，唐忆. 软件工程理论与实践（第2版）. 清华大学出版社，2003.8

[53] 朱群雄，李芳，汪晓男等. 系统分析与设计：第2版. 电子工业出版社，2003.9

[54] 宛延闿，定海. 面向对象分析和设计. 清华大学出版社，2001.2

[55] 胡谋. 计算机容错技术. 中国铁道出版社，1996.6

[56] 袁由光. 实时系统中的可靠性技术. 清华大学出版社，1995.8

[57] 黄锡滋. 软件的可靠性与安全性. 清华大学出版社，2001.5

[58] 刘斌，高小鹏. 嵌入式软件可靠性仿真测试系统研究. 北京航空航天大学学报，2000(8): 490-493

《系统架构设计师教程（第2版）》读者交流区

尊敬的读者：

感谢您选择我们出版的图书，您的支持与信任是我们持续上升的动力。为了使您能通过本书更透彻地了解相关领域，更深入的学习相关技术，我们将特别为您提供一系列后续的服务，包括：

1. 提供本书的修订和升级内容、相关配套资料；
2. 本书作者的见面会信息或网络视频的沟通活动；
3. 相关领域的培训优惠等。

请您抽出宝贵的时间将您的个人信息和需求反馈给我们，以便我们及时与您取得联系。

您可以任意选择以下三种方式与我们联系，我们都将记录和保存您的信息，并给您提供不定期的信息反馈。

1．短信

您只需编写如下短信： A 08940

发送到1066 6666 789（本服务免费，短信资费按照相应电信运营商正常标准收取，无其他信息收费）。

为保证我们对您的服务质量，如果您在发送短信24小时后，尚未收到我们的回复信息，请直接拨打电话（010）88254369。

2．电子邮件

您可以发邮件至jsj@phei.com.cn或editor@broadview.com.cn。

3．信件

您可以写信至如下地址：北京万寿路173信箱博文视点，邮编：100036。

如果您选择第2种或第3种方式，您还可以告诉我们更多有关您个人的情况，及您对本书的意见、评论等，内容可以包括：

（1）您的姓名、职业、您关注的领域、您的电话、E-mail地址或通信地址；

（2）您了解新书信息的途径、影响您购买图书的因素；

（3）您对本书的意见、您读过的同领域的图书、您还希望增加的图书、您希望参加的培训等。

如果您在后期想退出读者俱乐部，停止接收后续资讯，只需发送"B08940+退订"至10666666789即可，或者编写邮件"B08940+退订+手机号码+需退订的邮箱地址"发送至邮箱：market@broadview.com.cn亦可取消该项服务。

同时，我们非常欢迎您为本书撰写书评，将您的切身感受变成文字与广大书友共享。我们将挑选特别优秀的作品转载在我们的网站（www.broadview.com.cn）上，或推荐至CSDN.NET等专业网站上发表，被发表的书评的作者将获得价值50元的博文视点图书奖励。

我们期待您的消息！
博文视点愿与所有爱书的人一起，共同学习，共同进步！

通信地址：北京万寿路173信箱　博文视点（100036）　电话：010-51260888
E-mail：jsj@phei.com.cn，editor@broadview.com.cn

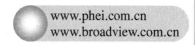

反侵权盗版声明

　　电子工业出版社依法对本作品享有专有出版权。任何未经权利人书面许可，复制、销售或通过信息网络传播本作品的行为；歪曲、篡改、剽窃本作品的行为，均违反《中华人民共和国著作权法》，其行为人应承担相应的民事责任和行政责任，构成犯罪的，将被依法追究刑事责任。

　　为了维护市场秩序，保护权利人的合法权益，我社将依法查处和打击侵权盗版的单位和个人。欢迎社会各界人士积极举报侵权盗版行为，本社将奖励举报有功人员，并保证举报人的信息不被泄露。

举报电话：（010）88254396；（010）88258888

传　　真：（010）88254397

E-mail： dbqq@phei.com.cn

通信地址：北京市万寿路 173 信箱

　　　　　电子工业出版社总编办公室

邮　　编：100036